전
집

고문진보 전집

황견 엮음 — 이장우 · 우재호 · 장세후 옮김

❖ 을유문화사

을유사상고전

고문진보 전집

발행일 2001년 8월 31일 초판 1쇄
2007년 2월 28일 2판 1쇄
2020년 9월 30일 3판 1쇄
2022년 12월 10일 3판 2쇄
옮긴이 이장우·우재호·장세후
펴낸이 정무영, 정상준
펴낸곳 (주)을유문화사

창립일 1945년 12월 1일
주소 서울시 마포구 서교동 469-48
전화 02-733-8153
팩스 02-732-9154
홈페이지 www.eulyoo.co.kr

ISBN 978-89-324-5268-5 03820

3판을 내면서

2001년과 2003년에 이 책의 전집과 후집을 각각 나누어 낸 뒤에, 2007년에 다시 이 두 책의 개정판을 한번 펴냈고, 이번에 이 두 책의 3판을 다시 펴내게 되었다.

이 3판을 내면서는 을유문화사 편집부의 철저한 내용 검토와 수정 작업을 거쳤고, 우재호 교수가 다시 한 번 검열하는 노고를 마다하지 않았다. 필자는 전집 앞부분의 현토를 조금 고치고, 후집 전체의 번역문을 통독하면서 역문과 현토를 일부 수정했다.

이 책이 처음 세상에 나온 지 이미 20년이 다 되어 가고 있지만 거의 1년에 한 번씩 재쇄를 거듭하여, 우리 공역자들이 뿌듯한 마음을 가질 수 있었고, 또 번역문 중 일부는 고등학교의 어느 문학 교과서에도 수록되었으며, 이 책이 여러 대학의 부교재로도 자주 채택되고 있다는 반가운 소식을 듣기도 한다.

들리는 바에 의하면, 근년에 국내에서 나오는 한문 고전 역주류의 책은, 대개 우리가 이 『고문진보』를 역주하면서 과감하게 시도하였던, 원문 한자 발음 표기, 현토, 대역, 풀어 쓴 각주 형식을 더러 채용하고 있다고도 하니, 이 "을유문화사판 고문진보 역주"는 사실상 한국 한문 번역계에 하나의 새로운 모델을 제시한 것이라고 자부하여 보고자 한다. 이러한 모델을 지키면서 을유문화사에서 연이어 펴낸 사서삼경과, 『춘추좌전』, 『노자』, 『장자』 같은 책들도 차차 책 모습을 다시 바꾸어 새롭게 낸다고 하니, 요즘처럼 책이 잘 나가지 않는다고 하는 세상에서 그래도 어딘가는 귀한 불씨를 보존하여 가고 있는 듯하여 매우 반갑다.

　이 모든 즐거운 일은, 한국 최고의 출판사인 을유문화사의 편집진과 경영진의 뒷받침을 바탕으로 삼은 것이라, 감사한 마음을 가눌 길 없다.

2020년 8월 28일
북산서실에서
역자들을 대표하여
이장우

개정판을 내면서

1. 좋은 고전을 읽고, 좋은 글을 쓰고자 하는 사람들에게

『고문진보』의 전집은 중국 역대의 명시를, 후집은 중국 역대의 명문장을 담고 있다. 옛날 우리 동양의 선비들은 이 책에 담긴 것과 같은 중국의 명시와 명문을 읽고 외우면서 한문의 맛을 느끼고 한문 작문을 하는 데 길잡이로 삼았다.

그러면 지금 한글세대인 학생들이나 젊은이들에게 이 한문 책이 무슨 도움이 될 것인가?

지금 한국의 논술고사에서 가장 자주 인용되는 책은 『논어』와 『장자』라고 한다. 앞서 대만에서도 고등학생들이 이와 비슷한 작문 시험을 준비하기 위하여 중국 옛날 명문을 많이 읽고 외운다는 이야기를 들은 적이 있다. 비록 답안을 현대어인 백화문이라는 문체로 쓰지만, 옛날 글을 알고 마음속에 간직하고 있으면, 문장에 더 힘이 넘치고 점수를 더 잘 받을 수 있다고 한다. 이러한 사정은 내가 지금 글을 쓰고 있는 중국 대륙에서도 대개 마찬가지다. 그 이유는 무엇일까?

아마 옛날 사람들이 가지고 있었던 인간의 삶 자체를 긍정적이며 낙천적으로 보는 적극적인 인생관, 사회에 대한 지식인들의 사명감의 강조, 자연과 인간 사이의 조화로운 균형의 도모 등등, 이러한 내용을 담고 있는 글을 한 번이라도 읽어 본 사람의 글과 그렇지 못한 사람의 글은 저절로 차이가 날 것으로 생각한다.

또한 한문 문장이 가지고 있는 간결하면서도 힘찬 표현, 우리의 피부에 가까이 와 닿는 재미있는 비유, 기승전결(起承轉結)로 이어 나가는 그 나름의 논지 전개 등을 접한다면 오히려 지금 따뜻한 가슴보다는 차가운 머리만을 더욱 중시하는 현대 서양식 글쓰기에만 몰두하다가, 우리 나름의 동양적인 정서는 자취를 감춘 시류(時流)의 글들에 식상한 사람들이 한결 편안하면서도 수준 높고, 기백이 넘치는 글을 쓸 수 있을지도 모른다.

무엇보다도 중요한 것은, 이 책을 보면, 도대체 글[文]이라는 것이 무엇이며, 왜 글이라는 것이 필요한지, 또 글은 어떻게 읽어야 하고, 어떻게 지어야 하는지, 글을 읽고 짓는 사람은 어떻게 살아야만 하는지 등 가장 근본적이고 중요한 문제에 대한 고민을 담고 있는 좋은 글이 많다는 점이다. 비록 시대가 많이 바뀌고 문장을 표현하는 도구도 많이 바뀌었다고 하더라도, 이러한 근본적인 고민은 마찬가지라고 해야 할 것이다.

한 걸음 더 나아가 이 『고문진보』에 보면, 당송 시대의 대문호들이 쓴 아주 훌륭한 논설문도 수두룩하다고 말할 수 있다.

2. 중국을 좀 더 많이, 깊이 있게 알고자 하는 사람들에게

또 지금 중국을 여행할 때 이 책에 나오는 굴원(屈原), 왕희지(王羲之), 도연명(陶淵明), 이백(李白), 두보(杜甫), 백거이(白居易), 소동파(蘇東坡) 같은 작가들의 이름과, 서안(西安), 성도(成都), 아미산(蛾眉山), 무한(武漢), 여산(廬山), 동정호(洞庭湖) 등등 유적지에 관하여 쓴 명문들의 내용을 조금이라도 읽은 적이 있기만 해도, 훨씬 더 그 중국 여행이 알차고 뜻깊어질 것이다.

지금 중국 어느 유명한 여행지를 가든지, 대개 마오쩌둥이나 중국 공산당 명사들이 초서나 해서로 쓴, 그 유적지와 관계가 깊은 옛날의 명시나 명문, 또는 그러한 유명한 글에서 뽑은 명구들을 돌에 파서 비석을 세우거나, 나무에 파서 현판으로 걸어 놓은 것을 자주 보는데, 그런 글이나 문구들은 대개 이 책에 나오는 시구나 문장들이 많다.

그런 글을 적어 자신의 실력을 과시하는 마오쩌둥이나 공산당 간부들, 또는 그런 것을 찾아서 열심히 세워 주는 그 추종자들 모두 (비록 한때 홍위병을 내세워 옛날 것을 닥치는 대로 쳐부수는 착오를 저지르기도 하였지만) 공산주의자이기 이전에 자기 것에 대한 자부심이 강한 중국 사람들이라는 것을 알아야만 한다.

그러니 옛날의 중국은 물론이려니와, 오늘날 중국을 여행하는 데나, 오늘날 중국 사람들을 만나서 그들의 마음을 올바르게 이해하는 데도 이 책은 매우 유용하다고 말할 수 있다.

3. 이 『고문진보』 번역의 특징

2001년 봄에 『고문진보』 전집을, 다시 그보다 2년 뒤에 『고문진보』 후집을 을유문화사에서 내었는데, 그 당시로서는 아주 파격적이고, 이색적인 체재를 지닌 번역 주석서라는 평가를 받았다.

모든 문장에 한글 발음을 달고, 또 토(吐: 현토)까지 첨부하였으며, 본문과 번역문을 모두 끊어 한 페이지 안에서 서로 곧바로 대조하여 볼 수 있도록 하였고, 주석도 바로 해당되는 본문의 하단에 달아, 같은 페이지 안에서 원문과 번역, 주석을 모두 서로 대조하여 볼 수 있도록 하였다. 이러한 아이디어는 서양에서 한문을 잘 모르는 사람들을 위하여 내는 동양 고전 번역 주석서들에서 힌트를 받은 것이라고도 할 수 있다. 또 일본에서 이러한 책을 낼 때도 흔히 이 정도는 주밀하게 고려하고 있다.

그러나 지금까지 한국의 한문 고전 번역서들을 보면, 도대체 일반 독자들의 한문 기초 수준이 어느 정도로 저하되었는지를 전혀 고려하지 않고, 마치 독자들도 으레 번역하는 자기와 한문 실력이 비슷하다고 생각하는지, 또는 국한문 혼용 시대가 되돌아와야만 된다고 생각하는지, 주석도 매우 불충분하며, 어떤 책은 번역 문장에까지도 한문을 섞어 놓기까지 한다. 이런 시대 상황을 파악하지 못하는 목표가 막연한 번역 책들은 이제는 수명이 다하여 사라질 수밖에 없으리라고 생각한다.

역자들의 이러한 생각이 적중하였는지, 이 책 전집과 후집이 모두 나오자마자 독자들의 좋은 반응을 얻어 거듭 몇 쇄(刷)를 내었다.

더구나 대한민국학술원에서는 이 책의 전집과 후집 두 권 모두 그해의 우수학술도서로 지정하여 주었다. 역자들로서는 정말 모험에 성공한 듯한 흐뭇한 성취감을 느끼고 있다.

4. 이 개정 작업을 도와준 분들

이 개정판은 앞서 낸 책에서 발견되는 오자와 오기, 또는 전·후집을 따로 내었기 때문에 발생한 체재의 불일치 등을 많이 수정 보완하였다. 아직도 틀린 것이 또 나오지나 않을까 많은 걱정이 되기는 하지만, 역자들은 이 책을 낸 뒤에도 긴장을 늦추지 않고, 이 책을 가지고 계속하여 가르쳐 보면서 보완 작업을 하였음을 밝히고자 한다.

이 개정판을 내면서 여러 사람의 도움을 받았다. 전집을 다시 손보는 데는 영남대 대학원생 박한규 군, 석문주 양 등의 공로가 가장 크며, 후집을 교정하는 데는 동양고전연구회의 회원인 윤국희 여사와 여러 동학들의 수고가 컸음을 우선 밝힌다.

이 외에도 이 번역에 참여하였던 우재호, 장세후, 박세욱 박사와 필자에게 이 책으로 수업을 받고 있는 영남대 중문과와, 같은 학교의 서당인 의인정사의 수강생들, 사단법인 동양고전연구회의 수강생들, 나아가서는 가끔 전화나 이메일로 많은 것을 지적하여 주었던 얼굴도 모르는 전국의 독자들에게 모두 고맙게 생각한다.

5. 맺는말

중국의 좋은 시와 좋은 문장을 모은 이 『고문진보』는 비록 중국인의 손에서 만들어지기는 하였지만, 이미 위에서 한 번 말한 것과 같이, 오히려 한국인과 일본인들이 오늘날까지 잘 지켜 준 책이라고 말할 수 있다(더욱 자세한 것은 「해제」 참조). 이러한 의미에서도 우리가 지금 이 책을 읽고 있는 것을 매우 자랑스럽게 생각해야 할 것이다.

한 걸음 더 나아가, 이러한 동양 고전에 대한 평이하면서도 치밀한 번역 주석 작업을 계기로 동양의 또는 한국의 여러 고전이 한문을 잘 모르는 젊은이들에게 한결 가까이 여겨지게 되기를 바라며, 그렇게 되어야만 한국인들의 가치관도 다시 바로 설 것으로 믿고 있다.

삼가 이 책을 많이 사랑하여 주기를 빈다.

마지막으로 지난해부터 역자들에게 이 책의 개정 작업을 독촉하여 편집 진행을 해 준 을유문화사 여러 분들에게도 감사를 드린다.

2007년 1월 17일
난징대학 외국인 교수 숙사에서
역자들을 대표하여
이장우

차례

오언고풍 단편(五言古風短篇)

오언고풍 장편(五言古風長篇)

칠언고풍 단편(七言古風短篇)

칠언고풍 장편(七言古風長篇)

장단구(長短句)

가류(歌類)

행류(行類)

음류(吟類)

인류(引類)

곡류(曲類)

사류(辭類)

일러두기

1. 모든 원문의 한자는 음을 달고 현토를 하였으며, 주석이나 해설에서도 모든 한자는
   괄호 안에 넣고 어려운 한자 용어는 될 수 있는 한 쉽게 풀어 설명하도록 노력하였다.
2. 표목으로 제시된 모든 시의 제목을 한글로 풀어 적었으며, 주석이나 해설에 나오는
   책 이름[書名], 작품 이름[篇名] 등도 한자 말 그대로 썼을 때에 독자들이 이해하기 어렵다고
   생각되면 한글로 풀어놓은 뒤에 원래의 책 이름이나 작품 이름을 괄호 안에 표기했다.
3. 작가를 표시할 때는 이름으로 표시하는 것을 기본으로 하고, 주석이나 해설에서는
   더러 자(字)나 호(號)를 사용하기도 하였다.
4. 모든 작품에는 일련번호를 부여하여 중복되는 내용의 상호 참조에 편리하도록 하였다.
5. 제목에는 각주를 달아 제목이 담고 있는 뜻을 설명하였다.

해제
참된 보물이 담긴 책, 『고문진보』

1. 고문진보란

'고문(古文)'이라는 말은 '옛날 글'이라는 뜻이며, '진보(眞寶)'라는 말은 '참된 보배'라는 뜻이니, 『고문진보』라면 '옛날 글 가운데서 참된 보물만 모아 둔 책'이라고 우선 풀이할 수가 있을 것이다.

그러나 이 고문이라는 말에는 본래 옛날 글이라는 뜻도 있지만, 한 걸음 더 들어가서 보면, '요즈음 글'이라는 뜻을 가진 '금문(今文)'에 대한 반대의 뜻이 들어 있기도 하다. 그렇다면 어느 때를 기준으로 하여 옛날 글과 요즈음 글을 나누는가?

대개 진시황이 천하를 통일하기 이전에 지어졌던 사서삼경이나 제자백가의 글들, 또는 그보다 조금 뒤인 전한(서한) 때 사마천이 지은 『사기』 같은 책에 적힌 글을 고문이라고 하고, 후한(동한) 이후부터 위진 남북조를 거쳐 당나라 초기까지 문단에서 크게 유행하였던 변려문(騈儷文)을 금문이라고 하였다. 당나라 중기 이후(중당)부터 한유, 유종원 같은 이른바 당송 팔대가들이 나타나서, 대구(對句)를 많이 사용하고 전고(典故)가 많으며 문장에 담는 내용보다는 문장 형식의 꾸밈새에만 치중하는 변려문(금문)을 반대하고, 다시 고문을 모방하여야 한다고 주장하고 나섰기 때문에 이들이 쓴 글을 다시 고문이라고 부르게 되었다.

이렇게 되니, 고문이라는 말에는 '옛날 글'이라는 매우 넓은 범위의 뜻도 있지만, 또 문장의 형식의 아름다움에만 치우치지 않고, 문장 안에 무엇인가 인생 또는 사회를 이끌어가는 데 도움이 될 만한 알맹이 있는 내용, 즉 '옛날 사람들이 생각하던 올바른 도(道)를 담아야 하는 글'이라는 뜻도 지니게 되었다.

『고문진보』는 고풍(고체)시와 변문(騈文)이 아닌 고문을 뽑아 놓은 시문 선집으로, 한국과 일본에서 많이 읽혀 왔다. 그러나 이 책이 언제쯤 중국에서 처음 편집되고 간행되었으며, 후세에 누가 계속하여 이 책을 증보하고 주석하여 놓았는지, 또 누가 계속하여 그것을 간행하였는지 체계적으로 일목요연하게 밝혀 놓은 글은 중국에는 별로 없는 것 같다.

다만 중국과 일본에서 흔히 황견(黃堅: 미상)을 이 책의 편자로 보는 견해가 많다. 이것은 이 책의 명나라 때의 한 중각판(重刻版)에 나타난 발문을 보고서 인용하는 말일 뿐, 구체적으로 어떤 사람인지는 명확하지 않다.

그런데 한국에서는 조선 시대에 나온 여러 책을 보면, 이 책의 처음 편자를 황견이라고 적은 책은 잘 보이지 않고, 그보다는 오히려 원나라 때의 주자(朱子)학자에 속하는 진력(陳櫟: 1252~1334)과 같은 사람을 이야기하는 경우가 훨씬 더 많다.

중국에서는 명나라 후기부터는 이 책이 많이 변화되어 『고문대전』이라는 이름으로 바뀌어 가면서 더러는 시 부분이 빠져 나가기도 하였고, 청나라에 들어서는 거의 간행되지도 않았다. 따라서 일반 대중에게 거의 읽히지도 않았던 것 같다.

2. 이 책에 관련된 두 가지 잘못된 이야기

그러면 이 책은 어떻게 읽혔던가?

이 책은 중국에서 원나라 초기에 처음 편집되고, 뒤이어 여러 사람이 주석을 달기도 하면서 자주 재편집되었다. 우리나라에는 고려 후기, 또는 조선 초기에 이미 몇 가지 판본이 수입된 이후 인쇄되어 널리 보급되었고, 일본에도 한국에서 널리 전파된 것과 똑같은 판본이 들어가기도 하였지만, 내용이 조금 다른 판본이 흘러들어 가서 크게 보급되었다고 한다.

그런데 한 가지 우스운 현상은, 1958년에 김달진 선생이 청우출판사에서 한국에서 전통적으로 많이 유행되어 오던 판본(『詳說古文眞寶大全』)에 의거한 한글판 번역을 내어놓았음에도 불구하고, 근세에 들어 일본에서 『고문진보』에 대한 몇 가지 볼 만한 번역이 나오자, 그 전후에 출간된 대부분의 번역본은 일본에서 유행되어 오던 일본판 『고문진보』(대개 『箋解古文眞寶』 같은 책)를 바탕으로 하여 번역을 하고, 심지어 한국에서는 통행되지도 않았던 일본 판본에 대한 해설까지도 그대로 옮겨 놓고 있었다는 점이다.

이러한 현상은 1986년에 김학주 교수가, 1994년에 성백효 선생이 각각 명문당과 전통문화연구회에서 한국의 전통적인 『고문진보』 판본에 의거한 번역을 다시 내어 크게 보급시키면서 점차 일소되어 가고 있다.

대개 일본에서 나왔던 『고문진보』보다 한국에서 나왔던 『고문진보』는 산문을 수록한 후집 부분의 문장 편수가 훨씬 많고, 배열도 작품의 갈래[文類]에 따른 것이 아니라 저작 시대 순서에 따르고 있다.

또한 일본에서는 흔히 이 책을 처음 편집한 사람을 황견(黃堅)이라고 적고 있는데, 1970년대 초에 한국의 어떤 이름 있는 고고학자가 이 황견을 북송의 유명한 시인 황정견(黃庭堅: 1045~1105)으로 보고, 고려 시대 중기(1170년 전후)에 이미 이 책이 우리나라에서 금속활자로 인쇄되어 나온 것을 자신이 처음으로 확인하였다고 학계에 발표한 사건까지 있었다. 그때 그 고고학자는 이것이야말로 지금까지 발견된 것 중에서는 세계 최초의 금속활자 책이라고 주장하였고, 그날 우리나라의 모든 언론 매체들은 다투어 가면서 이 사실을 매우 흥분에 휩싸여서 보도하였다.

그러나 그다음 날부터 차주환, 이가원 같은 저명한 한학자들의 반론이 제기되어, 또 한 차례 언론을 통한 설전이 계속되었다. 그 반론의 요지는 황견을 황정견으로 단정할 아무런 근거가 없고, 우리나라에서는 오히려 원나라 때 성리학자인 진력 같은 사람을 이 책의 편자로 이야기하는 경우는 있지만, 황견을 거론한 사례는 하나도 없다는 것이다. 더구나 『고문진보』에는 황정견의 제자나 그 뒤에 나온 문인들의 글도 실려 있기 때문에 도저히 북송의 황정견과는 결부시킬 수가 없다는 것이다.

이러한 점에 관해서는, 그 뒤에 성균관대학교의 천혜봉 교수나 서지학자 김윤수 씨가 쓴 볼 만한 논문이 있고, 필자도 관련된 문제를 다룬 별도의 글이 있기 때문에, 여기서 상세한 언급은 피하고자 한다. 그러나 일본에서 지금까지 나온 몇 가지 볼 만한 『고문진보』의 번역본 해제를 보아도, 황견을 원나라 때 사람이라고 하였지 북송 시대의 황정견과 동일인이라고 하지는 않는다.

　그렇다면 왜 같은 『고문진보』라는 이름을 가진 책인데, 편자의 이름이 다르게 전하고 내용도 다소 다른 것인가? 누가 처음으로 이러한 문장 선집을 편집하고 '고문진보'란 이름을 붙였는가? 자세히 알 수는 없으나, 중국이나 일본에서 지금까지 밝혀진 여러 가지 자료와 연구를 종합하여 보면, 대개 황견일 가능성이 가장 큰 것으로 보인다. 그러나 그가 어떤 사람인지는 알 수 없다.

　이 책이 나온 뒤에 여러 사람이 자기 나름으로 주석을 첨가하기도 하고 체제를 다소 바꾸기도 하면서, 여러 가지 이본(異本)이 생겨나고 편찬자의 이름 표기도 더러 달라졌을 것이다.

　그러면 진력은 어떤 사람인가? 왜 우리나라의 유학자들은 그를 이 책의 편자라고 하였을까? 진력 역시 원나라 때 사람인데, 고문을 뽑아서 비평한 『비점고문(批點古文)』이라는 저서를 남기고 있다. 이 책에서는 당시 주자학자들의 고문에 대한 주석을 많이 채용하고 있다. 그런데 우리나라에서 크게 유행한 『고문진보대전』에서는 이 『비점고문』의 내용을 그대로 수록하고 있기 때문에 한국에서는 이 진력의 이름이 오히려 더 알려지게 된 것으로 보인다.[1]

1　천혜봉, 「고문진보대전에 대하여」, 『역사학보』 제61집, 1974; 김윤수, 「상설고문진보대전과 비점고문」, 『중국어문학』 제15집, 1985; 左藤保, 『古文眞寶』, 學習硏究社, 東京, 1984; 이장우, 「명나라와 조선의 고문진보」, 『중국과 중국학』 제1호, 2003 등 참조

3. 역사적 의의

어찌 되었든 명나라 이후로 중국에서는 거의 자취를 감추어 버린 이 책이 한국이나 일본에서는 크게 보급되어 한문 문장 교과서로서 많이 읽힌 것은 틀림이 없다.

고려 말기, 조선 초기에 이미 우리나라에서 목판본과 활자본 『고문진보』가 나오고, 점필재 김종직 선생이 쓴 이 책의 서문이나, 퇴계 이황 선생의 이 책에 실린 작품에 대한 비평 같은 글을 우리는 지금 그분들이 남긴 글에서 찾아 읽을 수 있다. 점필재 선생은 당시에 이미 이 책의 편자에 대한 추측이 구구하였는지, "『고문진보』는 이미 세 차례나 다른 사람의 손을 거쳐 우리나라에 들어왔다"고 하였다. 다음에 김종직 선생의 「상설고문진보발문」에 보이는 내용을 여기에 필자가 쉬운 말로 옮겨 본다.

시는 『시경』 삼백 편을 할아버지로 삼고, 문은 양한의 것을 으뜸으로 삼는다. 그러나 소리로 율격을 맞추고, 대구로 짝을 지음에 이르러 문장은 병들게 되었다. 양나라 소통에서부터 여러 사람들의 글을 분류하여 책을 만드는 사람들이 많았으나, 대개는 모두 많음을 자랑하고 넓음을 다투어서 (…) 그 번잡함을 싫어하지 않으니, 문장의 병통을 논할 겨를이 없었다.

오직 『고문진보』 한 책만이 그렇지가 않아서 거기에 수록할 글을 뽑아서 엮는데 자못 서산 진덕수(眞德秀) 공의 『문장의 바른표본(文章正宗)』의 전통을 터득하였다. 이따금 근체의 글을 섞어 넣기는 하였으나, 역시 서너 편에 지나지 않으니, 그 본래 대의를 바로 세우고자 한 취지에는 조금도 어그러지고 부족함이 없다.

이 책이 앞뒤로 사람들의 손을 세 차례나 거친 뒤에, 우리 동쪽 나라에 들어

와서는 야은 전선생이 합포(마산)에서 제일 먼저 간행하고, 그 뒤에 관성(옥천)에서 이어서 간행되었으나, 이 두 판본에는 서로 더하고 뺀 것이 있었다.

경태 초년에 한림시독 예겸 선생이 지금 통행되는 책을 가지고 와서 우리 동방에 넘겨주셨는데, 그 시와 또 문은 옛날 책에 비교하면 갑절이나 되기 때문에 "대전"이라고 부르게 되었고, 한·진·당·송의 기이하고 숙련되고 우뚝하게 뛰어난 작품은 여기에 모두 모이게 되었으나, 그러나 넉 자씩 가지런하게 놓고 여섯 자씩 짝을 맞추며, 소리로 율격을 견주어 가면서 배열하는 글은 (…) 또한 취하지 않았다.

또한 염계(濂溪)의 주(周)선생과 관중(關中)의 장횡거(張橫渠)와 낙양 부근의 정명도(程明道)·정이천(程伊川) 형제분들의 성리학에 관련된 문장들까지 첨가하여 실었기 때문에 이 뒤에 문장을 배우려는 사람들로 하여금, 사상적으로 근거할 바를 알게 하였다. 오호라! 이렇기 때문에 이 책이 바로 "참다운 보배[眞寶]"가 되는 바가 아니겠는가?

그러나 이 책은 세상에 크게 보급될 수는 없었는데, 대개 그 원인은 활자로 인쇄를 하면 인쇄를 한 뒤에는 곧 그 활자판을 헐어 버리기 때문에, 목판본과 같이 한 번 판각한 뒤에 필요한 대로 마음 놓고 여러 부를 더 찍어낼 수가 없기 때문이었다.

전임 경상감사였던 이서장 대감께서 일찍이 이러한 점을 매우 안타깝게 여기시고, 집에서 전하여 오던 책 한 질을 진주 고을에 부탁하여 간행하도록 하셨다. 지금 감사인 오백창 대감께서도 계속하여 일이 성사되도록 감독하셨다. (…)

장차 이 책이 우리 삼한 지방에 유포됨이, 마치 일용할 양식과 같이 요긴하고, 늘 몸에 걸치는 옷감과 같이 귀중함을 보게 되리니, 집집마다 이 책을 간직하고, 사람마다 외우게 되어, 다투어 가면서 이렇게 한다면, 우리 조선 왕조의 문장의 법도가 진나라·당나라·송나라를 넘어서서, 주나라와 한나라에까지에까지 올라가서 아름다움을 겨루게 될 것이다. 이렇게만 된다면 여러 어른들께서 인쇄 출판을 기획한 공로는 얼마나 빛날 것인가?[2]

또 퇴계 선생이 한 말 중에 다음과 같은 내용도 있다. 그 당시의 사람들은 문장을 공부하기 위하여 『고문진보』를 보통 5~6백 번씩이나 읽으면서 암송하는데, 자신은 젊었을 때 몇백 번밖에 읽지를 못하였지만, 이 뒤로는 한결 시를 쉽게 지을 수 있었다는 것이다.[3] 그가 제자들에게 이 책을 강의하고, 제자들이 이 책 가운데 어려운 부분을 질문한 것에 대하여 대답한 내용은 대개 "고문진보 강록(講錄)"이라는 이름으로 몇몇 제자의 문집에 수록되어 있기도 하다.[4]

이 『고문진보』는 한글로 언해된 것이 부분적으로 남아 있어 영인된 것

---

2 詩以三百篇爲祖, 文以兩漢爲宗. 聲律偶儷興, 而文章病焉, 梁蕭統以來, 遺編諸家者多矣, 率背誇尙鬪博 (…) 不厭其繁, 文章之病, 不暇論也.

惟眞寶一書不然. 其採輯, 頗得眞西山正宗之 遺法, 往往齒以近體之文, 亦不過三數篇, 不能虧損其立意之萬一, 前後三經人手, 自流入東土, 墊隱田先生, 首刊千合補, 厥後繼刊千管城. 三本, 互有增減. 景泰初, 翰林侍讀倪先生, 將今本以遺我東方, 其詩苦文, 視舊倍筵, 呼爲大全. 漢晋唐宋, 奇閑儁越之作, 會粹千是, 而騈四儷六, 排比聲律者, (…) 亦有所不取. 又且叅之以濂溪關洛性命之說, 使後之學爲文章者, 知有所根柢焉. 烏呼! 此其所以爲眞寶世歟! 然而此書不能盛行千世, 盖鑄字隨印隨繕, 非如板本一完之後, 可恣意以印世. 前監司李相公恕長, 當慨千玆, 以傳家一帙, 囑之普陽. 今監司吳相公伯昌繼督. (…)

將見是書之流布三韓, 如菽粟布帛焉, 家儲而人誦. 競爲之, 則盛朝之文章法度, 可以凌晋唐宋, 以媲美周漢矣. 夫如是, 則數君子規劃畫梓之功, 爲如何世!! ―『墊隱逸藁』권 4(부록), p. 7b~8b

이 글에서 『고문진보』에서 사륙변려문은 취하지 않았다고 하였으나, 그 대표적인 명문인 「북산이문(北山移文)」과 「등왕각서(滕王閣序)」 같은 글은 몇 편 수록되어 있다.

3 『퇴계선생언행통록』, 계명한문학연구회, 대구, 1991, 영인본, p.392

4 김륭의 『물암집』, 이덕홍의 『간재집』 등

과 재편집되어 나온 것이 있기도 하다.[5] 한글로 문장의 뜻을 이해하기에 편하게 토를 달아 놓은[懸吐] 책은 여러 가지가 있고, 지금도 그러한 책이 서당의 교재용으로 계속하여 나오기도 한다.

앞에서 밝힌 바와 같이, 1945년 이후로는 일본어로 된 『고문진보』를 보고 옮기다 보니 한국에서 전해 오던 이 책의 전통은 당분간 망각되었다. 그러나 1980년대에 들어와서 다시 한국에서 유행하던 책을 찾아서 옮긴 번역들이 몇 종류나마 나오게 되어 퍽 다행으로 생각한다.

4. 이 책의 내용

이 책의 내용을 좀 살펴보자. 이 책은 크게 시를 모은 부분과 산문을 모은 부분으로 양분되는데 앞의 시 선집을 전집, 뒤의 산문 선집을 후집이라고 부른다.

전집에는 여러 가지 시가가 시작되기 전에 소년들에게 공부를 열심히 할 것을 권유하는 권학문이 몇 편 실려 있다. 그다음에 다섯 글자씩 쓴 오언시와 일곱 글자씩 쓴 칠언시가 각각 길이의 장단에 따라서 장편과 단편으로 나뉘어 수록되고, 글자의 수가 많은 구절과 적은 구절이 뒤섞인 장단구, 옛날 한나라 때의 민요풍의 노래 가사들을 모방하여 쓴 악부시 순으로 배열되어 있다. 이러한 전집의 목차를 보면 다음과 같은 두 가지 점을 주목할 만하다.

첫째, 이 책은 시문 선집이기도 하지만 교훈서를 겸하려고 하였다.

---

5   고려서림, 서울, 1986; 선문대학교 중한번역문헌연구소, 2002

둘째, 고체시는 수록하면서 근체시는 배제하고 있다. 이 점은 설명이 좀 필요하다.

근체시는 당나라에 들어와서 위에서 이야기한 변려문의 영향을 받아 시에서 대구와 전고를 많이 사용하며 음률적인 요소(한 음절 안에서 소리의 높이에 변화가 없는 평성과 그렇지 못한 측성의 배열 규칙 같은 것)까지도 엄격하게 규정한 율시(律詩: 규율·음률이 엄격한 시란 뜻) 같은 시이다. 그 이전에 지어지던 형식이 그렇게 까다롭지 않은 시를 고체시, 또는 고시라고 하며, 고풍(古風)이라고도 부른다. 근체시, 고체시 할 것 없이 오언시와 칠언시가 있지만, 이 책에서는 고풍이라고 하여 고체시에 속한 오언시와 칠언시만 수록하고 있다. 그다음에 나오는 장단구, 악부시도 물론 다 고체시다.

산문에서 당송 팔대가 같은 문장가들이 나와서 고문을 쓸 것을 주장한 뒤에도 우아한 글을 좋아하는 사람들은 금문인 변려문을 계속하여 청나라 말기까지 사용하였던 것같이, 근체시가 형성된 뒤에도 당, 송, 명, 청으로 내려오면서도 형식을 그렇게 따지지 않는 고체시는 계속하여 많이 지어졌다.

후집은 주로 당송 시대의 고문이 수록되어 있지만, 그 이전에 나온 산문과 운문이 결합된 사부(辭賦)체나, 대표적인 변려문 몇 편도 수록하여 놓았다. 그런데 여기서 잠시 '산문'이니 '운문'이니 하는 용어에 대하여 좀 더 자세히 설명할 필요를 느낀다. 왜냐하면 중국에서 원래 산문, 운문이라고 하던 말의 뜻과, 현대에 와서 우리가 흔히 사용하는 이러한 말들의 뜻은 다소 차이가 나기 때문이다.

원래 한자 용어로 산문(散文)은 직역을 하면 '흩어진 글'이 되는데, 이 말은 시구나 변려문과 같이 문장의 길이(글자 수)가 일정하게 배열되어 있지 못한 글이라는 뜻이다. 즉 긴 문장과 짧은 문장이 별 구애를 받지 않고 혼합되어 있는 글을 말한다. 그러나 요즘 우리가 흔히 말하는 산문이라는 개념은 시가(詩歌: 즉 운문)와 같이 줄(시행)을 자주 바꾸는 형식에 대비가 되는, 문장이 줄줄이 이어지는 '줄글'을 말한다. 현대 한국의 문학 용어로는 '산문'에 대가 되는 개념이 '운문(시가)'이지만, 중국의 전통 문학용어로서의 '산문'에 대가 되는 용어로서는 '운문'보다는 오히려 변려문을 줄인 '변문'이라는 말이 사용된다. 이 경우에는 산문은 대구(對句)를 사용하지 않는 글, 변문은 대구를 사용하는 글이라는 뜻이 된다. 그러니 중국에서 원래 산문이라는 말은 문장의 길이가 일정하지도 않고, 대구도 사용하지 않는 글이라는 뜻이다.

중국이나 한국에서 현대적인 용어로서 산문이라고 하면 옛날의 산문과 변문, 나아가서는 옛날에 운문이라고 하던 것의 일부까지도 포함한다. 중국의 옛날 작품 중에는 시가가 아니지만 각운자를 다는 문류가 더러 있는데, 위에서 말한 사부(辭賦)류의 작품에도 각운자를 넣는 단락이 있을 수 있다. 애도문, 조문, 제문, 잠·명·송·찬 같은 유의 글에는 모두 전문(全文)에 각운자를 넣는 것이 제격이며, 산문(줄글) 형식으로 시작하여 쓴 글도 마지막 부분에 가서 "찬으로 이르기를(贊曰)", "시로 이르기를(詩曰)"과 같은 말을 넣어 운문으로 끝내면서, 산문과 운문을 혼합하기까지 한다.

그러니 중국의 옛날 산문은 요즘 보는 것과 같은 순수한 산문이 아니라, 매우 시적인 요소가 많이 들어 있는 산문이라고 말할 수도 있다. 이러한 것이 중국 전통 산문의 한 특징이라고 할 수 있을 것이다.

이상 전집과 후집의 내용을 종합하여 보면, 이 『고문진보』라는 책의 내용은 고시(고체시)와 고문(당송 고문)을 위주로 편집하였다고 말할 수 있으나, 약간은 이 범위를 넘어선 것도 있다고 할 수 있다. 아마 중국에서 『고문관지』나 『고문사류찬』 같은 산문 선집과, 『당시삼백수』 같은 훌륭한 시 전문 선집이 나오고 보니, 이 『고문진보』 같은 좀 성격이 막연한 선집은 저절로 도태되어 별로 주목을 받지 못한 것이 아닌가 싶은 생각이 들기도 한다.

　　그러나 중국의 사정이야 어찌 되었든, 오늘날 우리의 입장에서 보면 이 책은 역시 매우 소중하다. 왜냐하면 우리 선조들이 수백 년 동안 이 책에 담긴 글들을 밤낮없이 읽고 외웠으며, 이와 비슷한 글을 지어 선비로서 행세하기도 하고, 과거에 붙어 입신출세하고 이름을 후세에 남기기도 하였기 때문이다. 우리는 『고문진보』 같은 고전을 통해 동양적 사고방식에 대한 이해와 우리 정신문화에 대한 인식의 폭을 넓힐 수 있을 것이다.

권학문
勸學文

권학문이란 배움을 권하는 글이란 뜻인데,
오언·칠언·잡언(雜言: 글자 수가 일정하지 않음)시나
각운자를 맞추어 지은 산문 등 여러 가지 형식이 있다.
『순자(荀子)』 첫머리에 「권학」편이 있는 것을 모방하여
여기서도 이러한 글을 첫머리에 놓았다.
여기에는 당(唐)대 백거이(白居易)의 「권학문」,
송(宋)대 진종(眞宗)·인종(仁宗)의 「권학문」,
사마광(司馬光)의 「권학가」,
유영(柳永)·왕안석(王安石)·주희(朱熹)의
「권학문」 등이 수록되어 있다.

1. 학문을 권하는 글(勸學文)[1]

진종황제(眞宗皇帝)[2]

富家不用買良田하라
부 가 불 용 매 양 전

집을 부유하게 하려고
좋은 밭 사려 말라,

書中自有千鍾粟[3]이라네
서 중 자 유 천 종 속

책 속에 본래부터
천 종의 곡식이 있다네.

安居不用架高堂[4]하라
안 거 불 용 가 고 당

편히 기거하려고
높은 집 지으려 말라,

書中自有黃金屋[5]이라네
서 중 자 유 황 금 옥

책 속에 본래부터
황금으로 된 집이 있다네.

---

1 권학문(勸學文): 이 글은 한 구 건너 -ok(옥)으로 발음되는 각운자로 압운하고 있어 일곱 자씩 된 칠언고시의 형태를 갖추고 있지만, 제목이 「권학문」이듯 그 내용은 시라기보다 문(文)에 가깝다. 본서 후집의 문류에 있는 「북산의 산신이 해염 현령에게 보내는 경고의 글(北山移文)」·「옛날 전쟁터에서 죽은 원혼을 애도하는 글(弔古戰場文)」이 압운하고 있듯이, 중국 고문에서는 문이라도 글자 수를 맞추고 각운자를 사용하는 경우가 많다. 특히 이 글의 경우에는 일반 백성에게 배움을 권하는 글이므로, 외우기 좋도록 고시의 형식을 빌린 것이라 생각된다.
2 진종황제(眞宗皇帝: 968~1022): 태종(太宗)의 셋째 아들로 송나라 제3대 천자. 성명은 조원간(趙元侃)이나, 후에 항(恒)으로 이름을 바꾸었다. 처음에는 양왕(襄王)에 봉해졌다가 후에 태자가 되었고, 지도(至道) 3년(997)에 태종이 죽자 즉위하였다. 재위는 25년, 시호(諡號)는 문명무정장성원효황제(文明武定章聖元孝皇帝), 묘호(廟號)가 진종
3 천종속(千鍾粟): 많은 양의 녹봉. '종'은 도량형의 단위로, 육석 사두(六石四斗). 천 종은 모두 6,400석. '속'은 본디 껍질을 벗기지 않은 곡식의 총칭, 또는 좁쌀이란 뜻도 있으나, 여기서는 녹봉으로 주는 쌀을 뜻한다.
4 가고당(架高堂): 높고 큰 집을 세우다. '가'는 나무를 짜 틀을 만드는 것. 즉 '세우다', '짓다'라는 뜻
5 황금옥(黃金屋): 황금으로 지붕을 장식한 훌륭한 집. 『한무고사(漢武故事)』에 "무제는 못 속에 점대(漸臺)라는 누대를 짓고 지붕을 황금으로 장식하였다"고 하였다.

出門莫恨無人隨하라
출 문 막 한 무 인 수

문 밖에 나섬에
따르는 이 없다 한하지 말라,

書中車馬多如簇6이라네
서 중 거 마 다 여 족

책 속에 수레와 말이
떨기처럼 많다네.

娶妻莫恨無良媒7하라
취 처 막 한 무 양 매

장가가려는데
좋은 매파 없다 한하지 말라,

書中有女顔如玉8이라네
서 중 유 녀 안 여 옥

책 속에는 얼굴이 옥같이
예쁜 여인 있다네.

男兒欲遂平生志9면
남 아 욕 수 평 생 지

남아가 평소의 뜻을
펴고자 한다면,

六經10勤向窓前讀하라
육 경 근 향 창 전 독

육경을 부지런히
창 앞에서 읽어야 하리.

---

6 족(簇): 떼, 무리, 떨기와 같은 뜻. 나무처럼 많이 모인 것을 말한다.

7 양매(良媒): 좋은 중매. 옛날 중국에서는 반드시 중매인을 통하여 혼사를 정하는 것이 예의였다. 『시경(詩經)』「제풍(齊風)·남산(南山)」에 "장가를 들려면 어떻게 해야 하나? 중매가 없으면 이루어지지 않지(取妻如之何, 匪媒不得)"라고 하였다.

8 안여옥(顔如玉): 얼굴이 옥과 같다. 용모의 아름다움을 형용한 말 『시경』「소남(召南)·야유사균(野有死麕)」에 "옥과 같이 아름다운 여인 있어(有女如玉)"라는 구가 있다.

9 평생지(平生志): 평소의 뜻, 늘 품고 있던 큰 뜻. 『논어』「헌문(憲問)」에 "이익을 보면 도의를 생각하고, 위태로움을 보면 목숨을 바칠 줄 알고, 오래된 약속일지라도 평소에 한 말을 잊지 않고 실천할 수 있다면, 그것도 인간 완성이라고 할 수 있다(見利思義, 見危授命, 久要不忘平生之言, 亦可以爲成人矣)"고 하였다.

10 육경(六經): 한(漢)대의 유학자들은 『시경』·『서경(書經)』·『예기(禮記)』·『악경(樂經)』·『역경(易經)』·『춘추(春秋)』를 가리켜 육경이라 하였다. 후세에 『악경』이 없어져 오경이라 부르게 되었는데, 『악경』 대신 『주례(周禮)』를 넣어 육경이라 부르기도 하였다.

2. 학문을 권하는 글(勸學文)[11]

朕[13]觀無學人하니
_{짐 관 무 학 인}

내가 배움이 없는 사람을 보니,

無物堪比倫[14]이라
_{무 물 감 비 륜}

이에 비길 수 있는 물건은 없는 듯하네.

若比於草木하면
_{약 비 어 초 목}

만약 풀과 나무에 견준다면,

草有靈芝[15]木有椿[16]이요
_{초 유 영 지 목 유 춘}

풀에는 영지가 있고
나무에는 춘이 있으며,

若比於禽獸하면
_{약 비 어 금 수}

만약 새와 짐승에 견준다면,

---

11 권학문(勸學文): 첫째 연(聯)은 오언으로 제1구와 제2구에 모두 압운하고, 둘째 연부터는 오언과 칠언을 엇섞어 가며 칠언구에 압운한 운문 형식으로 되어 있다. 각 운자의 발음에는 모두 -n(ㄴ) 받침이 붙는다. 앞의 권학문과 마찬가지로 누구나 쉽게 외울 수 있도록 하려는 뜻에서 이러한 형식을 취한 것이다.

12 인종황제(仁宗皇帝: 1010~1063): 진종의 여섯 번째 아들로 송나라의 4대 천자. 처음 이름은 수익(受益)이었으나, 후에 정(禎)으로 바꾸었다. 시호(諡號)는 신문성무인효황제(神文聖武仁孝皇帝)이며, 묘호(廟號)가 인종. 재위 기간 43년 동안 천성(天聖)·명도(明道)·경우(景祐)·보원(寶元)·강정(康定)·경력(慶曆)·황우(皇祐)·지화(至和)·가우(嘉祐) 등 아홉 번 연호를 바꾸었다.

13 짐(朕): 천자의 자칭. 고대 중국에서는 일반적으로 일인칭인 '나'라는 뜻으로 썼으나, 진시황(秦始皇) 26년 이후 오직 천자만 쓸 수 있는 호칭이 되었다.

14 감비륜(堪比倫): '감'은 능(能)과 같아 '~할 수 있다'는 뜻. '비륜'은 '같은 무리로서 견주다' 또는 '비슷한 것으로 여기다'.

15 영지(靈芝): 버섯의 일종으로 '자지(紫芝)' 혹은 '복초(福草)'라고도 하며, 옛날부터 천자가 자애롭고 어질면 영지가 난다고 하여 상서로운 풀로 여겼다. 한대 허신(許愼)의 『설문해자(說文解字)』에 "지는 신초이다(芝, 神草也)"라고 하였다.

16 춘(椿): 장수하기로 이름난 신목(神木)이며 상서로운 나무. 『장자(莊子)』 「소요유(逍遙遊)」에 "상고에 대춘이란 나무가 있었는데, 팔천 년을 한 봄으로, 또 팔천 년을 한 가을로 삼았다(上古有大椿者, 以八千歲爲春, 八千歲爲秋)"고 하였다.

禽有鸞鳳[17]獸有麟[18]이요
금 유 난 봉 수 유 린

새에는 봉황이 있고
짐승에는 기린이 있으며,

若比於糞[19]土하면
약 비 어 분 토

만약 똥과 흙에 견주더라도,

糞滋五穀[20]土養民하니라
분 자 오 곡 토 양 민

똥은 오곡을 살찌우고
흙은 백성을 기른다네.

世間無限物이
세 간 무 한 물

세상 무한히 많은 사물들 중에,

無比無學人이니라
무 비 무 학 인

배움이 없는 사람에 비길 것은 없다네.

---

17 난봉(鸞鳳): 전설상의 상서로운 신조인 난새와 봉황. 『산해경』 「서산경(西山經)」에 "[여상산에] 새가 있는데, 생김새는 꿩과 같고 오색의 무늬가 있다. 이름을 난조라고 하며 이 새가 출현하면 천하가 태평해진다([如牀之山]有鳥焉, 其狀如翟而五采文, 名曰鸞鳥, 見則天下安寧)"고 하였다. 난새는 봉황의 한 종류라고도 하며, 붉은색이 많은 것을 봉, 푸른색이 많은 것을 란이라 하였다. 또 『초학기(初學記)』 권 30 「조부(鳥部)」에서는 『모시초충경(毛詩草蟲經)』을 인용하여 "수컷을 봉, 암컷을 황, 그 새끼를 난작이라 한다(雄曰鳳, 雌曰皇, 其雛爲鸞鷟)"고 하였다.

18 인(麟): 세상이 태평할 때만 나온다는 전설상의 어진 짐승 기린. 사슴의 몸, 말의 발, 소의 꼬리를 가지며, 빛깔은 황색이고, 발굽은 둥글며 살로 된 뿔이 머리 위에 하나 돋아 있는데, 왕자가 출현하여 인의 도를 펴면 나타난다고 한다. 수컷을 기(麒), 암컷을 인(린)이라 하며, 날짐승 중에는 봉황, 털짐승 중에는 기린을 으뜸으로 여겼다.

19 분(糞): 똥. 여기서는 거름이라는 의미

20 자오곡(滋五穀): '자'는 살찌우다. '오곡'은 쌀·보리·조·콩·기장의 다섯 가지 곡식, 전하여 모든 곡식을 가리킨다.

3. 학문을 권하는 노래(勸學歌)[21]

사마광(司馬光)[22]

養子不敎父之過요

양 자 불 교 부 지 과

자식을 기르면서 가르치지 않음은
아버지의 허물이요,

訓導不嚴師之惰라

훈 도 불 엄 사 지 타

가르침을 엄하게 하지 않음은
스승의 나태함이다.

父敎師嚴兩無外[23]하되

부 교 사 엄 양 무 외

아비는 가르치고 스승은 엄하여
둘 다 도리에 벗어남이 없는데,

學問無成子之罪라

학 문 무 성 자 지 죄

학문을 이루지 못함은
자식의 잘못이다.

煖衣飽食居人倫[24]하며

난 의 포 식 거 인 륜

따뜻하게 입고 배부르게 먹으며
사람 사이에 살면서,

---

21 권학가(勸學歌): 이 글은 칠언고시의 형식을 빌린 가요체의 글이다. 제1구와 제2구는 한국 한자
발음은 -a(아), 제3구부터는 모두 -oi(외) 또는 -ε(애)라는 발음이 나지만, 현대 북경 발음으로는
-i(이)로 끝나는 각운자로 압운하고 있다.

22 사마광(司馬光: 1019~1086): 자는 군실(君實), 시호(諡號)는 문정(文正), 사후에 태사온국공
(太師溫國公)에 봉해져 사마온공이라고 한다. 사람들은 그를 속수 선생(涑水先生)이라고도
불렀다. 북송의 인종(仁宗)과 영종(英宗)을 섬기고 신종(神宗) 때에 왕안석(王安石)의 신법에
반대하여 낙양(洛陽)으로 쫓겨났으나, 철종(哲宗)이 즉위하자 다시 재상으로 등용되었다. 저서
로 『자치통감(資治通鑑)』 294권이 유명하다.

23 양무외(兩無外): '양'은 부교(父敎)와 사엄(師嚴) 두 가지를 가리킨다. '무외'는 도리에서 벗어나
지 않다.

24 난의포식거인륜(煖衣飽食居人倫): '난의포식'은 따뜻하게 입고 배부르게 먹다. 별걱정 없이 생
활하는 것을 가리킨다. 『맹자(孟子)』「등문공 상(滕文公上)」에 "사람들에게는 지켜야 할 도리
가 있다. 배불리 먹고 따뜻이 입으며 안일하게 지내면서 가르침이 없으면 금수에 가까워진다.

視我²⁵笑談如土塊²⁶라
시 아　소 담 여 토 괴

나 같은 늙은이 보고 웃으며
이야기하면 흙덩이 같은 하찮은
사람이다.

攀高²⁷不及下品流²⁸요
반 고　불 급 하 품 류

높이 오르려다 미치지 못하여
하류의 무리들과 휩쓸리는 것은,

稍²⁹遇賢才無與對³⁰라
초　우 현 재 무 여 대

어진 인재가 녹봉을 얻는 것과
더불어 비교할 수 없다.

勉後生力求誨하고
면 후 생 역 구 회

노력하라 후생들이여,
힘써 가르침을 구하고,

投明師³¹莫自昧하라
투 명 사　막 자 매

훌륭한 스승에게 의지하여,
스스로 몽매함에 빠지지 말라!

성인 요임금은 이것을 근심하여 설로 하여금 사도를 삼아 백성들에게 인륜을 가르치게 하였으니 부자유친·군신유의·부부유별·장유유서·붕우유신이 그것이다(人之有道也. 飽食煖衣逸居以無敎, 則近於禽獸. 聖人有憂之, 使契爲司徒, 敎以人倫. 父子有親, 君臣有義, 夫婦有別, 長幼有序, 朋友有信)"라고 하였다. '거인륜'은 사람들 속에서 생활하다. 여기서 '인륜'은 『맹자』에 인용된 인륜과는 다른 뜻으로, 인간 또는 인류를 말한다. 즉 부자·군신·부부·장유·붕우 등의 인간관계를 뜻한다.

25 시아(視我): 나 같은 사람, 즉 작자와 같이 '나이 많은 사람을 보고'라는 뜻
26 여토괴(如土塊): 흙덩어리와 같이 생각하다. 대수롭지 않게 여긴다는 뜻
27 반고(攀高): 높은 곳에 오르다. 크게 출세하는 것
28 하품류(下品流): 하등의 무리에 끼다. '품'은 등급. '류'는 휩쓸리다, 끼다.
29 초(稍): 관리의 녹봉을 말한다.
30 여대(與對): 함께 이야기하며 어울리다. '무여대'는 더불어 응대할(비교할) 수 없다.
31 투명사(投明師): 훌륭한 스승에게 몸을 던지다. '투'는 '몸을 맡기다' 또는 '의탁하다'.

一朝雲路³²果然登이면
일 조 운 로 　 과 연 등

어느 날이고 출세길에
확실히 나아가기만 하면,

姓名亞等³³呼先輩³⁴라
성 명 아 등 　 호 선 배

훌륭한 이와 이름을 나란히 하여
당장 선배라 불리게 되리라.

室³⁵中若未結親姻³⁶이면
실 　 중 약 미 결 친 인

집안에서 만약 아직
혼인을 맺지 못하였다면,

自有佳人求匹配³⁷리라
자 유 가 인 구 필 배

자연히 아름다운 여인이
배필 되길 구하리라.

勉旃³⁸汝等各早修하고
면 전 　 여 등 각 조 수

그대들은 힘써 노력하여
각자 어서 배움을 닦아,

莫待老來徒自悔하라
막 대 노 래 도 자 회

늙음이 오길 기다렸다가
헛되이 후회하지 않도록 하라.

---

32 운로(雲路): 조정으로 가는 길, 출세길을 뜻한다. 구름은 높은 하늘에 있으므로, 구름길이란 신분이 고귀해지는 것을 가리킨다.
33 아등(亞等): 가장 이름 있는 사람에게 버금가는 사람이 되다. '아'는 '차(次)'라는 뜻
34 선배(先輩): 과거에 급제하고 아직 벼슬하지 않은 사람. 당대에는 과거에 먼저 급제한 사람을 선배라 불렀다. 과거 수석 합격자인 '장원(壯元)'을 뜻한다는 설도 있다.
35 실(室): 결혼하여 부부를 중심으로 이루어진 가정을 말함. 또는 아내가 거처하는 곳
36 친인(親姻): '친'과 '인'은 같은 뜻으로, 혼인이란 의미
37 필배(匹配): 부부, 배우. 두 사람을 한꺼번에 가리킬 때에 '필'이라 하고, 둘 중에 어느 한 사람을 가리킬 때는 '배'라 한다.
38 전(旃): 어조사로 아무런 뜻이 없음

4. 학문을 권하는 글(勸學文)[39]

유영(柳永)[40]

父母養其子而不敎는
부 모 양 기 자 이 불 교

부모가 자식을 기르면서
가르치지 않는 것,

是不愛其子也요
시 불 애 기 자 야

이는 부모가 자식을
사랑하지 않는 것이요,

雖敎而不嚴은
수 교 이 불 엄

가르친다 하더라도
엄하게 가르치지 않는 것,

是亦不愛其子也라
시 역 불 애 기 자 야

이 또한 부모가 자식을
사랑하지 않는 것이다.

父母敎而不學은
부 모 교 이 불 학

부모가 가르치는데
자식이 배우려 하지 않는 것,

是子不愛其身也요
시 자 불 애 기 신 야

이는 자식이 그 자신을
사랑하지 않는 것이요,

雖學而不勤은
수 학 이 불 근

배우기는 하되 힘써 노력하지 않는 것,

---

39 권학문(勸學文): 이 글의 전반부에서는 각운자가 놓일 자리에 야(也) 자를 두어 같은 발음이 되
풀이되도록 하였다.

40 유영(柳永: 990?~1050?): 자는 기경(耆卿). 북송 인종(仁宗) 경우(景祐) 원년(1034)에 진사에
올라 둔전원외랑(屯田員外郎) 벼슬을 지냈기 때문에 그를 유둔전이라고도 불렀다. 시는 별로
전하는 것이 없으나, 사(詞: 운문과 노래가 결합된 장르) 작가로 널리 알려졌으며, 송사(宋詞) 발
전에 크게 기여하였다. 특히 만사(慢詞: 길이가 긴 사)를 성행시켜 당시 아낙들이 모이는 우물가
에서는 어디서나 그의 사를 읊을 정도였다고 한다. 사집(詞集)으로 『악장집(樂章集)』이 있다.

是亦不愛其身也라
시 역 불 애 기 신 야

이 역시 자기 자신을
사랑하지 않는 것이다.

是故養子必敎하고
시 고 양 자 필 교

이 까닭에 자식을 기르면
반드시 가르쳐야 하고,

敎則必嚴하며
교 즉 필 엄

가르친다면 반드시
엄하게 해야 하며,

嚴則必勤하고
엄 즉 필 근

부모가 엄하면 자식은
틀림없이 힘쓸 것이고,

勤則必成이니라
근 즉 필 성

힘써 노력한다면 배움은
반드시 이루어진다.

學則庶人[41]之子爲公卿[42]이요
학 즉 서 인   지 자 위 공 경

배우면 평민의 자식이라 하더라도
공경이 될 수 있고,

不學則公卿之子爲庶人이라
불 학 즉 공 경 지 자 위 서 인

배우지 않으면 공경의 자식이라도
평민이 되는 것이다.

---

41 서인(庶人): 일반 서민

42 공경(公卿): 삼공(三公)과 구경(九卿)의 높은 벼슬을 하는 사람. 주(周)나라 제도에는 삼공으
    로 태사(太師)·태부(太傅)·태보(太保)가 있었고, 구경으로 가재(家宰)·사도(司徒)·종백(宗伯)·
    사마(司馬)·사구(司寇)·사공(司空)·소사(少師)·소부(少傅)·소보(少保)가 있었는데, 시대에 따
    라 관명이 여러 가지로 바뀌어, 때로 삼공육경을 통칭하여 구경이라 부르기도 하였다. 공(公)·경
    (卿)·대부(大夫)·사(士)·서인(庶人)은 중국 고대 봉건 사회의 일반적인 계급이었다.

5. 학문을 권하는 글(勸學文)[43]

왕안석(王安石)[44]

讀書不破費[45]하고
독 서 불 파 비

책을 읽으면 비용이 들지 않고,

讀書萬倍利[46]로다
독 서 만 배 리

책을 읽으면 만 배의 이득이 생기네.

書顯官人[47]才하고
서 현 관 인 재

책은 관리 되려는 사람의 재능을
밝혀 주고,

書添君子智하니라
서 첨 군 자 지

책은 군자의 지혜를 더하여 주네.

有[48]卽起書樓[49]하고
유 즉 기 서 루

재력이 있으면 책을 꽂는 서재를 짓고,

無[50]卽致書櫃[51]니라
무 즉 치 서 궤

여유가 없다면 책상이라도
갖추어야 하네.

---

43 권학문(勸學文): 오언고시의 형태로, 20구 매 구마다 '글 서(書)' 자를 넣은 것이 기발하다. 각
운자는 제1구, 제2구 끝에, 그리고 제3구부터는 격구로 압운하였는데, 그 발음은 대개 -i(이),
-yi(의)로 통일되어 있다.

44 왕안석(王安石: 1021~1086): 자는 개보(介甫), 무주(撫州) 임천(臨川) 사람이라 왕임천이라고
도 하며, 형국공(荊國公)에 봉해져 왕형공이라고도 한다. 박학다식하였고 시문에 뛰어났으며,
특히 고문을 잘 지어 당송 팔대가(唐宋八大家)의 한 사람으로 일컬어진다. 신종(神宗) 때 당시
의 폐단을 시정하고자 신법(新法)을 시행하여 당쟁의 원인을 제공하였다. 저서에 『왕임천문집
(王臨川文集)』 29권이 있다.

45 파비(破費): 비용이 들다.

46 만배리(萬倍利): 만 배는 많음을 형용한 말 이루 말할 수 없을 만큼 큰 이익을 준다는 뜻

47 관인(官人): 벼슬에 있는 사람 또는 벼슬하려는 사람

48 유(有): 돈 또는 재력이 있다.

49 서루(書樓): 책을 모아 두고 독서하는 서재

50 무(無): 유(有)의 반대로, 재력이 없다.

51 치서궤(致書櫃): '치'는 갖추어 두다, 마련하다. '서궤'는 뚜껑이 위로 열리는 책을 넣어 두는 상자.

窓前看古書하고
창 전 간 고 서

창 앞에서 성현의 옛 책을 읽고,

燈下尋書義하라
등 하 심 서 의

등불 밑에서 책의 의미를 찾아보네.

貧者因書富하고
빈 자 인 서 부

가난한 자는 책 때문에 부유해지고,

富者因書貴하며
부 자 인 서 귀

부유한 사람은 책 때문에 귀해지며,

愚者得書賢하고
우 자 득 서 현

어리석은 자는 책으로 인해
어질어지고,

賢者因書利하니라
현 자 인 서 리

어진 사람은 책으로 인해 부귀를 얻네.

只見讀書榮하고
지 견 독 서 영

책을 읽어 영화 누리는 것은 보았지만,

不見讀書墜라네
불 견 독 서 추

책을 읽어 실패하는 것은 보지 못했네.

賣金買書讀하라
매 금 매 서 독

황금을 팔아 책을 사 독서하라!

讀書買金易라네
독 서 매 금 이

책을 읽으면 황금은 쉽게 살 수 있네.

好書卒難逢이요
호 서 졸 난 봉

좋은 책은 참으로 만나기 어렵고,

好書眞難致라네
호 서 진 난 치

좋은 책은 정말 얻기 어렵네.

奉勸讀書人하나니
봉 권 독 서 인

받들어 권하노니 책 읽는 사람들이여,

好書在心記하라
호 서 재 심 기

좋은 책은 꼭 마음에 기억해 둘지어다.

재력이 없는 사람은 아쉬운 대로 책상이라도 마련하여 공부해야 한다는 뜻

6. 학문을 권하는 글(勸學文)[52]

有田不耕倉廩[54]虛하고
유 전 불 경 창 름 허

밭이 있어도 경작하지 않으면
곳간이 비고,

有書不敎子孫愚라네
유 서 불 교 자 손 우

책이 있어도 가르치지 않으면
자식이 어리석게 된다네.

倉廩虛兮[55]歲月乏[56]하고
창 름 허 혜 세 월 핍

곳간이 비면 살림이 구차해져
세월 갈수록 생활은 어렵고,

子孫愚兮禮義疎[57]로다
자 손 우 혜 예 의 소

자손이 어리석으면
예의에 어두워진다네.

---

52 권학문(勸學文): 이 글은 매 구가 일곱 자로 되어 있으나, 글자 수만 시처럼 되어 있을 뿐 각운자
도 맞추지 않아 시로 보기는 어렵다. 끝의 2구 외의 구는 대구를 이루며 같은 구법을 반복하고 있
다. 백거이의 문집에는 이 작품이 실려 있지 않다.

53 백거이(白居易: 772~846): 자가 낙천(樂天), 호는 취음 선생(醉吟先生) 또는 향산거사(香山居
士). 원화(元和) 연간에 진사에 급제하여, 845년 형부상서(刑部尚書)로 관직을 그만둘 때까지
여러 관직을 역임하였다. 중당(中唐)의 사회 시인으로 그의 문장은 정세하고 표현이 절실하며,
시는 평이하고 유창하여 대중들로부터 많은 사랑을 받았다. 특히 원진(元稹)과 함께 신악부운
동(新樂府運動)을 전개하며 시로써 사회를 풍자하고 도의를 밝히려 하였다. 저서로 『백씨장경
집(白氏長慶集)』 71권이 있다.

54 창름(倉廩): 곡식 창고. 일반 곡식을 저장하는 곳을 '창'이라 하고, 특별히 쌀을 저장하는 곳을
'름'이라 한다.

55 혜(兮): 어조사로 '말이을 이(而)'나 '곧 즉(則)'과 같은 의미로 쓰인다.

56 세월핍(歲月乏): 지내기에 궁핍하다. '핍'은 부족하고 곤궁하다. 농사짓지 않아 창고가 텅 비면
생활이 곤궁해진다는 뜻

57 소(疎): '성길 소(疏)'와 같은 글자로, '멀리하다·드물다·거칠다'라는 뜻

若惟[58]不耕與不敎면
약 유　불 경 여 불 교

만약 밭 갈지도 않고
가르치지도 않는다면,

是乃父兄之過歟[59]로다
시 내 부 형 지 과 여

이는 바로 아버지와 형의 잘못이로다.

7. 학문을 권하는 글(勸學文)[60]

주희(朱熹)[61]

勿謂今日不學하여
물 위 금 일 불 학

말하지 말라, 오늘 배우지 않고

而有來日하고
이 유 내 일

내일이 있다고,

勿謂今年不學하여
물 위 금 년 불 학

말하지 말라, 올해 배우지 않고

而有來年하라
이 유 내 년

내년이 있다고.

58　유(惟): 뚜렷한 뜻은 없으며, 단지 강조의 의미를 나타내는 조사

59　여(歟): 단정(斷定)이 아닌 동의를 구하는 의문문에 쓰이는 어조사

60　권학문(勸學文): 이 글도 앞의 두 편과 마찬가지로 대구를 두 번 반복시키는 형식으로 되어 있다. 처음 4구에서는 여섯 자와 네 자, 뒤의 4구에서는 네 자와 네 자의 두 구를 반복시키고, 연(年)·연(延)·건(愆)과 같이 - n(언) 발음의 글자로 압운하고 있다. 주희는 「우연히 짓다(偶成)」란 시에서 다음과 같이 읊기도 하였다. "소년은 늙기 쉽고 학문은 이루기 어려우니, 짧은 시간일지라도 가벼이 여길 수 없네. 못가 봄풀의 꿈에서 채 깨기도 전에, 섬돌 앞 오동잎 떨어져 벌써 가을이네(少年易老學難成, 一寸光陰不可輕. 未覺池塘春草夢, 階前梧葉已秋聲)."

61　주희(朱熹: 1130~1200): 자는 원회(元晦) 또는 중회(仲晦), 호는 자양(紫陽)·운곡산인(雲谷山人)·회옹(晦翁)·창주병수(滄州病叟)·둔옹(遯翁) 등을 사용하였으며, 시호는 문공(文公). 남송 소흥(紹興) 18년에 진사에 급제하여 관리가 되었으나 4년 뒤 사직하고 고향으로 돌아와 학문 연구에 몰두하였으며, 후에 남강군(南康軍)의 백록동서원(白鹿洞書院)을 부흥시키고 강학하였다. 중국에서 가장 위대한 철학가 중의 하나로, 성리학을 집대성하여 주자학(朱子學)을 열었다. 『주자문집(朱子文集)』 등 수많은 저서를 남겼으며, 시문에도 뛰어났다.

日月逝矣하나니 일 월 서 의	해와 달은 무심히 흐를 뿐,
歲不我延[62]이로다 세 불 아 연	세월은 나를 기다리지 않는다
嗚呼老矣라 오 호 노 의	오호라, 늙었구나!
是誰之愆고 시 수 지 건	이 누구의 허물인가.

8. 아들 부가 장안성 남쪽에서 독서함에 부침(符讀書城南)[63]

한유(韓愈)[64]

木之就規矩[65]는 목 지 취 규 구	나무가 둥글고 모나게 깎임은,

---

62 연(延): 끌다, 지체하다. 여기서는 '기다리다'라는 뜻

63 부독서성남(符讀書城南): 부는 한유(韓愈)의 아들 창(昶)의 어릴 때 이름이다. 원화(元和) 11년 가을, 부가 18세였을 때 장안(長安) 남쪽 계하문(啓夏門) 안에 있는 정자에 나아가 독서를 하였 는데, 한유가 이 시를 지어 주며 학문을 독려하였다. 장안성 남쪽에 한유의 별장이 있었으며, 아 들 부는 장경(長慶) 연간에 급제하여 집현교리(集賢校理)가 되었다. 이 글은 고시의 형식으로 한국 한자 발음 -ə(어), 또는 -o(오)로 끝나는 각운자를 썼다.

64 한유(韓愈: 768~824): 자가 퇴지(退之)이고, 창려백(昌黎伯)에 봉해졌기 때문에 세상에서는 창려 선생이라고도 하였다. 시호는 문공(文公). 하남성 맹현(孟縣) 사람. 3세에 아버지를 여의고 영남(嶺南: 지금의 광동성)으로 좌천되는 형 회(會)를 따라갔으나, 얼마 되지 않아 형이 죽자 형 수인 정씨에 의해 양육되었다. 각고의 노력으로 25세에 진사에 급제하였으나 젊었을 때의 벼슬 길은 순탄치 않았다. 육조(六朝) 이래의 변려문(騈儷文)을 반대하고 유종원(柳宗元)과 더불어 고문(古文)을 제창하여 고문운동을 전개하였다. 당송 팔대가의 한 사람이며, 시인으로서도 이 름이 높았다. 불교를 반대하고 유학을 크게 강조하여, 송나라의 새로운 유학[新儒學]을 여는 기 반을 마련하기도 하였다. 『한문공집(韓文公集)』 등의 저술이 있다.

65 취규구(就規矩): '규'는 그림쇠로 원형을 그리는 데 쓰는 컴퍼스와 같은 일종의 자이며, '구'는 곱 자로 방형을 그리는 데 쓰는 자. '취'는 이루다, 좇다. 규나 구와 같은 자를 가지고 나무를 원형 또 는 방형으로 정확하게 깎아 만든다는 뜻

在梓匠輪輿[66]하고
재 재 장 륜 여

장인이나 목수의 손에 달려 있고,

人之能爲人은
인 지 능 위 인

사람이 사람답게 되는 것은,

由腹有詩書[67]니라
유 복 유 시 서

뱃속에 시서가 있느냐에 달려 있네.

詩書勤乃有[68]하고
시 서 근 내 유

시서를 공부하면 이에 지닐 수 있으나,

不勤腹空虛라
불 근 복 공 허

공부하지 않으면 뱃속이 텅 비게 되네.

欲知學之力하면
욕 지 학 지 력

배움의 힘을 알고자 한다면,

賢愚同一初[69]라
현 우 동 일 초

어질고 어리석음이 처음에는 같음을
보면 되지.

由其不能學으로
유 기 불 능 학

그가 배우지 못했기 때문에,

所入遂異閭[70]니라
소 입 수 이 려

들어가는 문이 마침내 달라지는 것이네.

兩家各生子하여
양 가 각 생 자

두 집안에서 각기 아들을 낳았다 하세,

---

66 재장륜여(梓匠輪輿): 재인·장인·윤인·여인을 가리키는데, 재인은 가구나 여러 가지 목기를 만드
    는 목수, 또는 목수의 우두머리이고, 장인은 보통 목공이며, 윤인은 수레바퀴를 만드는 목공, 여
    인은 수레의 몸체를 만드는 목수

67 유복유시서(由腹有詩書): '유'는 말미암다. '시서'는 육경을 대표하는 『시경』과 『서경』 같은 경전
    들. 뱃속에 시·서가 있다는 것은 경전을 충실히 공부하여 얼마나 많이 알고 있는가를 말한다.

68 근내유(勤乃有): 부지런히 공부하면 마음속에 지식을 갖게 된다. 즉 경전을 열심히 공부하면 사
    람답게 된다는 뜻

69 현우동일초(賢愚同一初): '초'는 '사람이 세상에 처음 태어남' 또는 '인간 본래의 바탕'을 말한다.
    어진 사람이나 어리석은 사람이나 처음 세상에 태어났을 때는 똑같다는 말

70 소입수이려(所入遂異閭): '소입'은 들어가게 되는 곳이며, '이려'는 출입하는 문이 다르다는 말
    배우느냐 배우지 않느냐에 따라 나중의 형편이나 상황이 달라짐. 즉 배운 사람과 배우지 않은 사
    람은 나중에 그 신분이 달라진다는 뜻

提孩巧相如[71]하고

제 해 교 상 여

아이 적엔 교묘하게 별 차이가 없고,

少長聚嬉戱[72]에

소 장 취 희 희

조금 자라 함께 모여 놀 적엔,

不殊同隊魚[73]라

불 수 동 대 어

떼지어 헤엄치며 노는 물고기와
다름없네.

年至十二三에

연 지 십 이 삼

나이가 열두세 살 정도에 이르면,

頭角稍相疎[74]하고

두 각 초 상 소

두각이 약간 달라지기 시작하고,

二十漸乖張[75]하고

이 십 점 괴 장

스물에 이르면 점점 틈이 더 벌어져,

淸溝映汚渠[76]하고

청 구 영 오 거

맑은 냇물 더러운 도랑이 대비되네.

三十骨骼[77]成에

삼 십 골 격 성

서른 살이 되면 뼈대가 이루어져서,

乃一龍一猪[78]라

내 일 룡 일 저

하나는 용이 되고 하나는 돼지가
된다네.

---

71 제해교상여(提孩巧相如): '제해'는 안고 다니거나 손으로 끌고 데리고 다닐 수 있는 어린아이.
    두세 살 된 갓난아이. '교상여'는 '교묘하게도 서로 비슷함', '지혜가 비슷하다'는 뜻

72 소장취희희(少長聚嬉戱): '소장'은 약간 자란 것. '취희희'는 모여 장난치며 즐겁게 놀다.

73 동대어(同隊魚): 같이 무리지어 노는 물고기. 우열의 구분이 없음을 형용하는 말

74 두각초상소(頭角稍相疎): '두각'은 머리의 모진 끝. '초'는 점점·차차. '소'는 멀어지는 것. 두각이
    조금씩 달라진다는 말로, 아이들이 커 감에 따라 키가 크고 작고의 차별이 생기듯, 지능이나 배
    움이 노력에 따라 차이가 난다는 뜻

75 점괴장(漸乖張): 점점 더 달라지고 벌어지다. '괴'는 어그러지다. '장'은 벌어지다.

76 청구영오거(淸溝映汚渠): '구'는 개천이나 시내. '청구'는 맑은 시내로, 배운 사람을 비유하는 말
    '거'는 도랑이나 수로. '오거'는 더러운 도랑으로, 배우지 못한 사람을 비유하는 말 '영'은 비치는
    것으로, 서로 비쳐서 비교가 된다는 의미

77 골격(骨骼): 골격(骨格)이라고도 쓰며, 뼈대를 말한다.

78 일룡일저(一龍一猪): 한 사람은 용이 되고, 한 사람은 돼지가 되다. 배운 사람은 용처럼 뛰어난

飛黃騰踏[79]去하고
비 황 등 답 거

신마 비황은 높이 뛰어올라 내달려,

不能顧蟾蜍[80]라
불 능 고 섬 여

두꺼비 따위는 돌아보지도 않네.

一爲馬前卒[81]하여
일 위 마 전 졸

한 사람은 말을 모는 졸개가 되어,

鞭背生蟲蛆[82]하고
편 배 생 충 저

등을 채찍으로 맞아 구더기가 끓고,

一爲公與相[83]하여
일 위 공 여 상

한 사람은 나라의 공경재상이 되어,

潭潭[84]府中居라
담 담 부 중 거

크고 깊숙한 저택에서 지낸다네.

問之何因爾[85]오
문 지 하 인 이

묻노니 무슨 까닭에 이렇게 되었나?

學與不學歟니라
학 여 불 학 여

배우고 배우지 않은 차이 때문이지.

金璧[86]雖重寶나
금 벽 수 중 보

금이나 옥은 귀중한 보배이지만,

사람이 되고, 배우지 못한 사람은 돼지처럼 어리석은 사람이 된다는 뜻

79 비황등답(飛黃騰踏): '비황'은 신마(神馬)의 이름. 서방에서 나며 모양은 여우 같고 등 위에 뿔이 있으며 승황(乘黃)이라고도 하는데, 여기서는 학문을 이룬 사람을 가리킨다. '등'은 날아오르는 것, '답'은 밟는 것. '등답'은 높이 뛰어오른다는 뜻으로, 배운 사람이 크게 출세하는 것을 가리킨다.

80 섬여(蟾蜍): 두꺼비. 배우지 못해 우둔한 사람을 가리킨다.

81 마전졸(馬前卒): 말을 모는 마부 또는 앞에서 시중드는 하인이나 졸개를 말한다. 신분이 천한 사람

82 편배생충저(鞭背生蟲蛆): '편배'는 등을 채찍으로 얻어맞다. '생충저'는 맞은 곳이 터지고 곪아 구더기 같은 벌레가 생기다. 배우지 못하여 천한 신세가 된 사람의 고충을 뜻한다.

83 공여상(公與相): 공경(公卿)과 재상. 최고의 벼슬

84 담담(潭潭): 원래는 물이 깊은 것을 형용하는 말이나, 여기서는 저택이 크고 훌륭하여 깊숙한 것을 뜻한다. 큰 저택 깊숙한 곳에서 의젓하게 지낸다는 의미

85 하인이(何因爾): '이'는 어조사. '무슨 까닭인가?', '무엇 때문인가?'라는 의미

86 금벽(金璧): 황금과 벽옥. '벽'은 원래 가운데 구멍이 있는 둥근 보옥

費用難貯儲[87]요
비용난저저

쉬이 쓰게 되어 간직하기 어렵네.

學問藏之身하여
학문장지신

학문은 몸에 간직하는 것이라,

身在則有餘[88]라
신재즉유여

몸만 있으면 써도 남음이 있다네.

君子與小人이
군자여소인

군자가 되고 소인이 되는 것은,

不繫父母且[89]요
불계부모저

부모에게 달려 있는 것이 아니라네.

不見公與相이
불견공여상

보지 못했는가, 공경과 재상이

起身自犁鋤[90]라
기신자려서

농사짓는 평범한 사람에서 나오는 것을.

不見三公後[91]아
불견삼공후

보지 못했는가, 삼공의 후손들이

寒饑出無驢[92]라
한기출무려

헐벗고 굶주리며
나갈 때 당나귀도 없는 것을.

---

87 비용난저저(費用難貯儲): '비용'은 쓰게 되다, '저저'는 저장하고 간직하다. 황금이나 보옥과 같
    은 재물은 비록 귀중한 것이지만 오래도록 간직하기가 어려워 쉽게 없어지게 된다는 의미

88 신재즉유여(身在則有餘): 몸만 있으면 남음이 있다. 학문이란 마음에 지니는 것이기 때문에, 재
    물과는 달리 아무리 쓰더라도 없어지는 것이 아니라는 뜻

89 불계부모저(不繫父母且): '계'는 관계있다, 단단히 얽매여 있다. '저'는 압운하기 위해 쓰인 어조
    사로, 아무런 의미가 없음. 군자가 되느냐 소인이 되느냐는 부모와 관계있는 것이 아니라 자신이
    얼마만큼 노력하느냐에 달려 있다는 의미

90 기신자려서(起身自犁鋤): '기신'은 '몸을 일으키다', 즉 '출세하다'라는 뜻. '자'는 '~로부터'. '려'
    는 보습·쟁기, '서'는 호미로, 모두 농기구의 일종. 여기서는 농부와 같은 평범한 사람 또는 농가나
    농촌을 말한다.

91 후(後): 후손 또는 자손

92 한기출무려(寒饑出無驢): '한기'는 헐벗고 굶주리다. '출'은 외출하다. '려'는 당나귀. 외출할 때
    당나귀조차 타지 못할 정도로 초라해진다는 뜻

文章豈不貴리오
문 장 기 불 귀

문장이 어찌 귀하지 않으리오,

經訓乃菑畬93라
경 훈 내 치 여

경서의 가르침이 전답과 다름없는데.

潢潦94無根源하니
황 료 무 근 원

길바닥에 고인 물은 근원이 없어,

朝滿夕已除라
조 만 석 이 제

아침엔 찼다가도 저녁이면
말라 없어지지.

人不通古今이면
인 불 통 고 금

사람이면서 고금에 통하지 않는다면,

馬牛而襟裾95요
마 우 이 금 거

말과 소에 옷을 입혀 놓은 것이라네.

行身96陷不義하고
행 신 함 불 의

자신의 행동이 불의에 빠지고서,

況望97多名譽아
황 망 다 명 예

어찌 많은 명예를 바랄 수 있겠는가.

時秋積雨霽98하고
시 추 적 우 제

때는 가을이라 오랜 장마가 그치고,

新涼入郊墟99하니
신 량 입 교 허

맑고 시원한 기운이 교외 마을에 이니,

---

93 경훈내치여(經訓乃菑畬): '경훈'은 경서의 가르침을 뜻하며, '치'는 개간한 지 일 년 된 밭. '여'는
    개간한 지 이 년 된 밭. 일설에는 삼 년 된 밭이라고도 한다. '치여'는 논밭과 같은 경작지를 말한
    다. 경작지에서 곡식을 키워 사람을 먹여 살리듯, 경서의 가르침도 논밭과 같이 사람에게 식록을
    주어 잘 먹고 살도록 해 준다는 뜻

94 황료(潢潦): '황'은 길바닥에 고인 물, '료'는 비 온 뒤에 잠시 고인 물

95 마우이금거(馬牛而襟裾): '금'은 옷깃, '거'는 옷자락. 말이나 소에 옷을 입혀 놓은 것과 같다는 말

96 행신(行身): 자신의 행동·행실·행위

97 황망(況望): '황'은 하물며·더욱이. '망'은 바라다.

98 적우제(積雨霽): '적우'는 오래 계속되는 비, 장맛비. '제'는 맑게 개다. 때는 바야흐로 가을이 되
    어 오래 계속되던 장마가 개다.

99 신량입교허(新涼入郊墟): '신량'은 청신하고 서늘한 가을 기운. '교허'는 성 밖 교외의 인가가 있
    는 언덕

燈火稍可親¹⁰⁰이요
등 화 초 가 친

등불은 점점 가까이할 수 있고,

簡編可卷舒¹⁰¹니
간 편 가 권 서

책을 펼쳐 독서할 만하게 되었네.

豈不旦夕念¹⁰²가
기 불 단 석 념

어찌 조석으로 너를 염려하지 않겠는가,

爲爾惜居諸¹⁰³라
위 이 석 거 저

너를 위해 세월이 흐름을 아쉬워한다.

恩義有相奪¹⁰⁴이니
은 의 유 상 탈

사랑과 의리는 서로 어긋남이 많으니,

作詩勸躊躇¹⁰⁵하노라
작 시 권 주 저

시를 지어 머뭇거리는 너에게 권하노라.

---

100 등화초가친(燈火稍可親): '등화'는 등불. '초'는 조금씩·점점. 등불과 점점 친해질 수 있다는 뜻. 가을이 되어 서늘해지면 밤에 등불을 가까이하여 글 읽기에 좋다는 의미의 고사성어 '등화가친'은 이 구절에서 만들어졌다.

101 간편가권서(簡編可卷舒): '간'은 대나무쪽, 편은 '짜다'라는 의미로, '간편'은 책을 말한다. 옛날 종이가 없을 적에는 대쪽에 글을 적어 그것을 엮어 책으로 만들었다. '권'은 말다. '서'는 펴다. 두루마리로 된 책을 폈다 말았다 하며 독서한다는 의미 즉 책을 펼쳐 독서할 만하다는 뜻

102 기불단석념(豈不旦夕念): 어찌 아침저녁으로 염려하지 않을 수 있겠는가. '기불'은 반어법으로, 긍정의 의미를 강조할 때에 쓰인다. '불념' 사이에 '단석'이 삽입되었으므로, 여기서 '不'의 음은 '부'가 아니라 '불'이다. '단석'은 아침저녁, 즉 조석과 같은 말

103 위이석거저(爲爾惜居諸): '이'는 아들 부를 가리키는 인칭 대명사로 너라는 의미 '석'은 애석하게 생각하다. '거저'는 『시경』 「패풍(邶風)·일월(日月)」의 "해와 달은, 땅을 비추고 있는데(日居月諸, 照臨下土)"에서 따온 말로, 원래 모두 어조사로 사용되어 별 뜻이 없는 것이나, 해와 달[日月]같이 시간을 나타내는 말 뒤에 붙어 있기 때문에 역시 세월·시간을 가리키는 숙어로 사용되었다.

104 은의유상탈(恩義有相奪): '은'은 어버이가 자식을 사랑하는 마음이고, '의'는 자식을 엄하게 교육시키고자 하는 마음. 은과 의가 서로 다툰다는 의미로, 자식을 사랑하는 마음에 부모가 자식을 엄하게 교육시키지 못함을 가리킨다.

105 주저(躊躇): '주저하다', '머뭇거리다'라는 뜻으로, 학문을 하는 태도를 분명히 하지 않고 주저하는 아들을 가리킨다.

오언고풍 단편
五言古風短篇

한 구가 다섯 글자로 된 오언시는 한 무제(武帝) 때 보이기 시작한다.
그 당시 외교관이었던 소무(蘇武)와 장군이었던 이릉(李陵)이
흉노 땅에서 주고받았던 시가 바로 오언시라고 전해진다.
만약 그 작품들이 그들의 시가 확실하다면 오언시 초기의 작품이 된다.
그때 음악을 관장하던 악부(樂府)에서, 이후 백여 년 동안
각 지방에서 유행하던 민가(民歌)들을 많이 수집하였다.
이 민요의 가사들은 처음에는 글자 수가 일정하지 않았으나
뒤로 가면서 점차 오언시의 형식을 갖추게 되었고,
문인들도 차츰 오언시를 짓게 되었다.
고풍은 옛날 시[古詩]라는 뜻이다. 『시경』에 수록된
여러 나라의 민요를 국풍(國風)이라고 하는데,
여기서 풍은 곧 민요라는 뜻이지만, 민요의 가사를 모방하여
문인들이 쓴 시도 포괄하는 말이다.
고시는 평측(平仄)·대구(對句)·전고(典故)를 많이 사용하는
율시(律詩)에 비하여, 대개 한 구절 건너 한 번씩 각운자만 달 뿐,
형식이 그렇게 까다롭지 않은 시체이다.

9. 맑은 밤에 읊음(淸夜吟)[1]

소옹(邵雍)[2]

月到天心處[3]하고
월 도 천 심 처

달은 하늘 한가운데 이르고,

風來水面時[4]라
풍 래 수 면 시

바람은 수면에 불어오는구나.

一般淸意[5]味를
일 반 청 의 미

이러한 맑고 상쾌한 맛을,

料得少[6]人知라
요 득 소 인 지

세상에 아는 사람 적으리라.

10. 사계절(四時)[7]

도잠(陶潛)[8]

春水滿四澤[9]이요
춘 수 만 사 택

봄물은 사방 못에 가득 찼고,

---

1 청야음(淸夜吟): 도(道), 즉 진리의 본체와 그 작용을 알면서 그것을 체득한 세인이 드물다는 것
   을 읊은 시이다. 음(吟)은 영(詠)과 같이 소리 내어 읊조린다는 뜻이다. 『성리대전(性理大典)』(송
   나라의 도학자 120인의 설을 집록한 책) 제70에도 이 시가 실려 있는데, 사물을 빌려 성인의 본체
   가 청명함과 사람의 욕망이 정화된 것을 형용하고 있다고 하였다.
2 소옹(邵雍: 1011~1077): 자는 요부(堯夫), 자신이 사는 집을 안락와(安樂窩)라 이름하여 안락
   선생이란 호를 지니기도 하였다. 사후에 강절(康節)이란 시호가 내려져 소강절이라고도 불렸으
   며, 신안백(新安伯)에 봉해졌다. 소문산(蘇門山)에 은거하며 농사와 독서로 자적하였고, 송대 도
   학(道學)의 개조(開祖)가 되었다. 『이천격양집(伊川擊壤集)』23권 등 많은 저작을 남겼다.
3 천심처(天心處): 하늘 가운데. '심'은 중심·가운데. '처'는 '~하는 곳'이란 의미이지만, 뒤 구 시(時)
   자와 호응하는 말로, 해석하지 않아도 된다.
4 시(時): '~할 때'라는 의미로, 앞 구 처(處)와 호응하는 말
5 일반청의(一般淸意): '일반'은 이러한. '청의'는 상쾌한 기분
6 요득소(料得少): '요득'은 마음속으로 헤아려 알다. '소'는 적다·드물다[稀].

夏雲多奇峰[10]하며
하운다기봉

여름 구름은 기이한 봉우리
많이 만들며,

秋月揚明輝[11]하고
추월양명휘

가을 달은 밝은 빛을 떨치고,

冬嶺秀[12]孤松이라
동령수 고송

겨울 산마루 외로운 소나무 우뚝하네.

11. 강에는 눈만 내리고(江雪)[13]

유종원(柳宗元)[14]

千山[15]鳥飛絶이요
천산 조비절

산이란 산에 새 한 마리 날지 않고,

---

7 사시(四時): 산수와 자연의 아름다움을 시로 노래한 것은 진대(晉代) 이후의 일인데, 이 시는 산
   수화의 개조라 불리는 고개지(顧凱之)의 작품이라고도 하며, 도잠이 고개지의 시 중에서 네 구
   를 적출한 것이라고도 한다.

8 도잠(陶潛: 372~427): 자는 연명(淵明). 또 다른 이름은 원량(元亮)이고 자가 심명(深明)이다
   (『남사(南史)』권 75). 연명의 자가 원량이라고 하는 사람도 있다(『송서(宋書)』권 93). 사후에 사
   시(私諡)를 정절(靖節)이라 하였다. 동진(東晉) 함안(咸安) 2년 임신(壬申)년에 태어나 송(宋)나
   라 원가(元嘉) 4년 정묘(丁卯)년에 죽었으며(양계초의 『도연명』), 심양군(尋陽郡)의 시상현(柴
   桑縣: 지금의 강서성(江西省) 구강시(九江市) 서남쪽)에서 거주하였다. 어려서부터 학문을 좋아
   하여 시문에 뛰어났으며 전원시인(田園詩人)이라고 불린다.

9 사택(四澤): 사방의 못. 모든 못

10 다기봉(多奇峰): '기봉'은 기이한 산봉우리. 이 구절은 여름 구름이 시시각각으로 변하여 기이한
   산봉우리 모양을 많이 만든다는 의미로 해석하지만, 때로 "여름 구름은 기이한 산봉우리에 많이
   모여 있다"로 해석하는 이도 있다.

11 양명휘(揚明輝): '양'은 드날리다·나타내다. '명휘'는 밝은 빛으로, 환한 달빛을 말한다.

12 수(秀): 홀로 빼어나다. 특출하다는 뜻

13 강설(江雪): 이 시는 눈 덮인 겨울 강변을 읊은 것이다.

14 유종원(柳宗元: 773~819): 자는 자후(子厚). 하동(河東: 산서성) 사람이라 유하동이라고도 한
   다. 유주(柳州)자사로 있으면서 선정을 베풀어 평판이 높았다. 시문에 뛰어났으며, 특히 고문에

萬逕¹⁶人蹤滅이라 길이란 길엔 사람 자취 끊어졌네.
만 경   인 종 멸

孤舟蓑笠¹⁷翁이 외로운 배에 도롱이와 삿갓 쓴 늙은이,
고 주 사 립   옹

獨釣寒江雪이라 홀로 낚시질, 차가운 강에는
독 조 한 강 설   눈만 내리고.

12. 도사를 찾아갔으나 만나지 못함(訪道者不遇)¹⁸

가도(賈島)¹⁹

松下問童子²⁰하니 소나무 아래에서 동자에게 물으니,
송 하 문 동 자

言師採藥²¹去라 선생님은 약초를 캐러 가셨다 하네.
언 사 채 약   거

뛰어나 한유(韓愈)와 더불어 당대 고문운동(古文運動)을 주도하였다. 당송 팔대가의 한 사람
이며, 저서로『유하동집(柳河東集)』 45권이 있다.

15 천산(千山): '천'은 다음 구의 만(萬)과 같이 많다는 것을 나타낸다. 모든 산이란 의미

16 경(逕): 길. '길 경(徑)' 자와 같은 자로 쓰인다.

17 사립(蓑笠): '사'는 도롱이, '립'은 삿갓

18 방도자불우(訪道者不遇): '도자'는 수도하는 은자(隱者). 도를 닦고 있는 사람을 말한다. 제목이
「심은자불우(尋隱者不遇)」라고 되어 있는 판본도 있다. 이 시는 산속에서 도를 닦는 은자를 찾
아갔으나 만나지 못했음을 읊은 시이다. 속세를 떠나 깨끗이 살고 있는 은자를 부러워하는 마음
이 은은히 읽는 이의 마음에까지 전해지는 듯하다.

19 가도(賈島: 779~843): 자는 낭선(浪仙). 처음에 중이 되어 무본(無本)이라 불렸으며, 당 문종
(文宗) 때 장강 주부(長江主簿)로 쫓겨났기 때문에 사람들은 가장강이라고도 불렀다. 그가 "승
고월하문(僧敲月下門)"이라는 문구를 놓고 퇴(推) 자를 쓸지 고(敲) 자를 쓸지 몰라 고민하다가
당시 경조윤(京兆尹: 서울특별시장에 해당) 한유의 행차를 막았다는 고사에서 만들어진 '퇴고
(推敲)'는 유명한 성어이다. 이 일로 인해 한유와 친해졌고, 한유에게서 시재를 인정받아 환속하
였다. 저서에『장강집(長江集)』 10권이 있다.

20 동자(童子): 심부름하는 어린아이. 은자를 모시는 어린아이

只²²在此山中이나
지 재차산중

구름 깊어 어디 계신지 모른다네.

只²²在此山中이나
지 재차산중
이 산속에 계시기는 하지만,

雲深不知處라
운 심 부 지 처
구름 깊어 어디 계신지 모른다네.

13. 누에 치는 아낙(蠶婦)²³

작자 미상

昨日到城郭²⁴하여
작 일 도 성 곽
어제는 성내에 갔다가,

歸來淚滿巾²⁵이라
귀 래 루 만 건
돌아오며 눈물 흠뻑 흘렸지.

遍身綺羅²⁶者는
편 신 기 라 자
온몸에 비단을 감고 있는 사람들,

不是養蠶人이라
불 시 양 잠 인
누에 치는 사람이 아니었지.

---

21 채약(採藥): 약초를 캐다. 도사나 은자의 일상생활 가운데 중요한 일 중의 하나
22 지(只): '다만', '~하기는 하지만'이라는 뜻으로, '이 산속에 계시기는 하지만'이라는 의미
23 잠부(蠶婦): 누에 치는 여자를 동정하여 지은 시이다. 작자 미상의 작품. 작가는 누에를 치는 것은 고사하고 누에 치는 고통조차 모르는 자들이 몸에 비단을 두르고 있는 것을 보았기 때문에, 성을 나와 집으로 돌아가며 느끼는 바가 있어 눈물을 흘린 것이다.
24 성곽(城郭): 성시(城市), 도시라는 의미. '성'은 내성, '곽'은 외성을 말한다.
25 귀래루만건(歸來淚滿巾): '귀래'는 돌아오다. '래'는 의미 없는 어조사. '루만건'은 수건이 흠뻑 젖도록 눈물을 흘린다는 뜻
26 편신기라(遍身綺羅): '편신'은 온몸. '편'은 '두루 편(徧)'과 같다. '기라'는 무늬가 새겨진 비단으로, 여기서는 비단을 두르고 있다는 뜻

14. 농부를 애틋해함(憫農)[27]

이신(李紳)[28]

鋤禾日當午[29]하니
서 화 일 당 오

김을 매니 때는 벌써 한낮,

汗滴[30]禾下土라
한 적   화 하 토

땀방울이 곡식 밑 흙에 떨어지네.

誰知盤中飧[31]이
수 지 반 중 손

누가 알리 그릇에 담긴 밥이,

粒粒[32]皆辛苦리오
입 립   개 신 고

한 알 한 알 농민의 땀인 것을.

15. 이사의 전기를 읽고(讀李斯傳)[33]

이업(李鄴)[34]

欺暗[35]常不然커든
기 암   상 불 연

남이 모르는 것 속여도 안 되는데,

---

27 민농(憫農): 이신의 작품이라 전해지는 「민농」 두 편 중의 하나이다. 농부의 노고를 불쌍히 여기는 마음을 노래한 고시인데, 그의 문집에는 없다. 이와 같은 제목의 다른 시는 다음과 같다. "봄에 곡식 한 알 뿌리면, 가을엔 만 알의 곡식 거두네. 천하에 놀리는 밭이 없는데, 농부들은 굶어 죽는다네(春種一粒粟, 秋收萬顆子. 四海無閑田, 農夫猶餓死)."

28 이신(李紳: ?~846): 자는 공수(公垂), 윤주(潤州) 무석(無錫) 사람. 몸집이 작아 세상에서는 단리(短李)라고도 하였다. 후에 재상의 지위에까지 올랐는데, 당시에 이덕유(李德裕)·원진(元稹)과 더불어 삼준(三俊)이라고 불렸으며, 시인으로 명성이 있었다.

29 서화일당오(鋤禾日當午): '서'는 호미로, 김매는 농기구. '화'는 본래 벼를 말하지만, 여기서는 곡식의 총칭. '오'는 한낮으로, 시간상 오전 11시부터 오후 1시까지

30 한적(汗滴): 땀방울. '한'은 땀. '적'은 물방울

31 반중손(盤中飧): 쟁반. 여기서는 밥을 담는 그릇. 아침밥은 '옹(饔)'이라 하고 저녁밥은 '손'이라 하여, 손은 원래 저녁밥을 가리키지만, 여기서는 일반적인 밥을 말한다.

32 입(粒): 곡식의 낟알. '입립'은 낟알 하나하나를 말한다.

欺明[36]當自戮[37]이라
기 명 당 자 륙

다 아는 것 속였으니 죽게 되었지.

難將[38]一人手로는
난 장 일 인 수

어렵겠구나, 한 사람의 작은 손으로,

掩[39]得天下目[40]이리
엄 득 천 하 목

천하의 눈을 모두 다 가리기가.

---

33 독이사전(讀李斯傳): 이사는 초(楚)나라 상채(上蔡) 사람으로 한비(韓非)와 함께 순자(荀子)
    를 좇아 제왕의 술을 배우고, 법술 형명학(法術刑名學)으로 진시황(秦始皇)을 섬겼다. 시황이
    천하를 통일한 후에 승상이 되었다. 군현제(郡縣制)를 정하고 금서령을 내렸는데, 분서갱유(焚
    書坑儒)는 그의 진언에 의한 것이었다. 문자를 정리하게 하여 소전(小篆)을 만드는 데 크게 공헌
    하였다. 진 이세(秦二世) 때 조고(趙高)의 참언에 의해 함양(咸陽) 거리에서 요참형(腰斬刑)에
    처해졌다.
    여기서 이사의 전기는 『사기(史記)』 권 87 열전 27에 실린 「이사열전(李斯列傳)」을 가리킨다.
    『전당시(全唐詩)』나 『당문수(唐文粹)』에 의하면, 이 시의 작자는 이업이 아니라 조업(曹業)이
    다. 『전당시』에 수록되어 있는 조업의 「독이사전」은 여기 수록되어 있는 내용과는 약간 다른데,
    전문은 다음과 같다. "한 수레에 세 바퀴를 단 것은, 본래 빨리 달리려는 것일세. 이것은 수레 몰
    기의 어려움을 모르는 것이어서, 출발하자마자 뒤엎어질 수밖에 없다네. 남이 모르는 것을 속이
    려 해도 뜻대로 되지 않거늘, 아는 것을 속이려 했으니 죽음을 당할 수밖에 없었다네. 한 사람의
    작은 손으로는, 천하의 눈들을 가리기 어렵다네. 보지 못하였는가, 석 자 높이의 무덤에, 그늘졌
    다 별들다 하며 풀빛만 푸르른 것을(一車致三轂, 本圖行地速. 不知駕馭難, 擧足成顚覆. 欺
    暗尙不然, 欺明當自戮. 難將一人手, 掩得天下目. 不見三尺墳, 雲陽草空綠)." 여기서는 이 시
    중에서 5~8구의 네 구만 채록한 것이다.
34 이업(李鄴: 816~875?): 이름이 업, 자는 업지(業之). 광서성(廣西省) 계림(桂林) 사람. 『전당시
    (全唐詩)』에 이업의 시가 한 수 수록되어 있다.
35 기암(欺暗): '기'는 속이다, '암'은 자기만 알고 남은 모르는 일. 자기만 알고 아무도 모른다고 하여
    세상 사람을 속이려 한다는 뜻
36 명(明): 세상 모두가 아는 것
37 자륙(自戮): 스스로 자신을 해치다. '륙'은 죽이다.
38 장(將): 이(以)와 같은 뜻으로 쓰여, '~을 가지고', '~로써'라는 의미
39 엄(掩): 가리다. 안 보이게 막다.
40 천하목(天下目): 세상 모든 사람의 이목

16. 왕소군(王昭君)[41]

昭君拂玉鞍[43]하여
소 군 불 옥 안

上馬啼紅頰[44]이라
상 마 제 홍 협

궁녀 왕소군이 옥구슬 안장 건드리듯,

말에 오르니 붉은 두 뺨엔
눈물 흐르네.

---

41 왕소군(王昭君): 중국 전한(前漢) 원제(元帝)의 궁녀. 이름은 장(嬙), 소군은 자. 원제에게는 궁
    녀가 너무 많아 일일이 친견할 수가 없었으므로, 화공에게 초상화를 그리게 하여 궁녀를 맞아들
    였다. 이에 모든 궁녀는 그림을 잘 그려 달라고 화공인 모연수(毛延壽)에게 뇌물을 썼으나, 왕소
    군만은 뇌물을 바치지 않았다. 이로 인해 절세의 미인이었지만 왕의 부름을 한 번도 받지 못하였
    다. 이후 강성한 흉노(匈奴)와의 친화책 때문에, 원제는 그림을 보고 가장 못생긴 왕소군을 화번
    공주(和蕃公主: 중국 왕족의 부녀로서 변방 밖의 군주를 회유하기 위하여 그곳으로 출가시킬
    사람)로 골라 선우(單于)에게 주었는데, 선우에게 출가하는 왕소군을 보니 천하의 절색이었으
    므로 크게 후회하였다고 한다. 왕소군은 이후 선우에게 시집을 가서 아들 넷을 낳았으나 결국 자
    살하였다. 왕소군의 기구한 운명은 후세에 많은 문학 작품의 소재로 채택되어 윤색되었다.
    이백은「왕소군」이란 제목의 시를 두 편 지었는데, 이것은 그 후편으로, 또 다른「왕소군」한 편은
    다음과 같다. "한나라 조정 서북 지방의 달이, 달그림자 뿌리며 왕소군을 보내네. 한번 옥문관을
    나서더니, 하늘 끝까지 가서 다시는 되돌아오지 않네. 한나라의 달은 여전히 동해에서 뜨건만,
    왕소군은 서쪽 땅으로 가더니 돌아오지 않네. 연지산은 늘 추워 눈이 꽃을 만들고, 아름다운 얼
    굴 초췌해져 오랑캐 땅에 묻히네. 살아선 황금이 없어 초상화를 잘못 그리게 하더니, 죽어선 푸
    른 무덤 남겨 사람으로 하여금 탄식하게 하네(漢家秦地月, 流影送明妃. 一上玉關道, 天涯去
    不歸. 漢月還從東海出, 明妃西嫁無來日. 燕支長寒雪作花, 蛾眉憔悴沒胡沙. 生乏黃金枉
    圖畵, 死留靑塚使人嗟)." 이 시에 나오는 연지(燕支)는 몽고에 있는 산 이름이며, 푸른 무덤[靑
    塚]은 왕소군의 무덤으로 흰 풀이 자라는 호지(胡地)의 다른 무덤과는 달리, 중국의 무덤처럼
    푸른 풀이 났다 하여 이런 이름이 붙여졌다고 한다.
42 이백(李白: 701~762): 자는 태백(太白)이며, 호는 청련거사(靑蓮居士). 시성(詩聖) 두보(杜甫)
    와 더불어 성당(盛唐)의 대표적 시인. 청신하고 화려한 시구에 자유분방한 천재적인 시풍과 도
    가적인 풍모가 있었으므로 사람들은 그를 시선(詩仙)이라고 칭하였다. 하지장(賀知章)은 이백
    을 적선(謫仙: 귀양 온 신선)이라고도 하였다. 저서에『이태백집(李太白集)』30권이 있다.
43 불옥안(拂玉鞍): '불'은 떨치다, 건드리다. '옥안'은 옥으로 장식된 안장
44 제홍협(啼紅頰): '제'는 '울다'. '홍협'은 붉은 뺨. 아름다운 붉은 두 뺨에 눈물을 흘리며 운다는 뜻

今日漢宮人이나
금 일 한 궁 인

오늘까지도 한나라 궁궐 사람이더니,

明朝胡地⁴⁵妾이라
명 조 호 지 첩

내일 아침에는 오랑캐의 첩이 된다네.

17. 검객(劍客)⁴⁶

가도(賈島)

十年磨一劍이나
십 년 마 일 검

십 년 동안 한 칼을 갈았으나,

霜刃未曾試⁴⁷라
상 인 미 증 시

서릿발 같은 칼날 아직 써 보지 않았네.

今日把⁴⁸贈君하니
금 일 파 증 군

오늘 그것을 그대에게 바치노니,

誰有不平事⁴⁹리오
수 유 불 평 사

어느 누가 바르지 못한 일을
할 수 있으리?

---

45 호지(胡地): 오랑캐 땅. 흉노 땅을 가리킨다.
46 검객(劍客): 젊은 검객의 기개를 노래한 작품인데, 여기서 십 년 동안 칼을 갈았다는 것은 학문
연마를 비유한 것으로 볼 수도 있다.
47 상인미증시(霜刃未曾試): '상인'은 서릿발 같은 칼날. '미증시'는 아직 시험해 보지 않음
48 파(把): 잡다, 가지다, 움켜쥐다.
49 유불평사(有不平事): 바르지 못한 일을 하다. '유'는 '할 위(爲)'와 같은 뜻

18. 일곱 걸음에 지은 시(七步詩)[50]

조식(曹植)[51]

煮豆燃豆其[52]하니
자 두 연 두 기

콩을 삶는데 콩대를 때니,

豆在釜中泣[53]이라네
두 재 부 중 읍

콩은 솥 속에서 울고 있네.

本是同根生[54]이어늘
본 시 동 근 생

본디 같은 뿌리에서 났으면서,

相煎[55]何太急이오
상 전 하 태 급

들볶기가 어찌 저리 심할까.

---

50 칠보시(七步詩): 조비가 아우 조식에게 일곱 걸음을 걸을 동안 시 한 수를 지으라고 명하자, 조식
    은 형제가 서로 다투는 비극을 같은 뿌리에서 난 콩깍지를 태워 콩을 삶는 것에 비유하여 이 시
    를 지었다.

51 조식(曹植: 192~232): 자는 자건(子建). 말년에 진왕(陳王)에 봉해졌고, 시호가 사왕(思王)이
    었으므로 진사왕이라 불리기도 한다. 삼국 시대 위(魏)나라 무제(武帝) 조조(曹操)의 셋째 아들
    이며, 문제(文帝) 조비(曹丕)의 동생. 어릴 때부터 천재적인 재주를 발휘하여 조조의 사랑을 많
    이 받았으나, 형 조비에게 미움을 받아 조비가 천자가 된 후에는 불우한 나날을 보냈다. 조조·조
    비와 함께 삼부자가 그 당시의 건안(建安) 문학을 주도하며 많은 걸작을 남겼는데, 문집으로『조
    자건집(曹子建集)』10권이 있다.

52 자두연두기(煮豆燃豆其): '자'는 끓이다, 삶다. '연'은 태우다, 불사르다. '두기'는 콩대

53 부중읍(釜中泣): '부'는 가마솥. '읍'은 울다. 솥 안에서 울고 있다는 뜻

54 동근생(同根生): 한 뿌리에서 남. 조식과 조비는 조조의 자식으로 형제임을 말한다.

55 상전(相煎): 서로 볶다. 여기서 '상' 자는 서로라는 의미보다 한쪽이 다른 쪽에 가하는 동작의 상
    관관계를 강조하기 위해 쓰임. 조비가 아우 조식을 괴롭히고 핍박하는 것을 뜻한다.

19. 경 자와 병 자를 각운자로 지은 시(競病韻)⁵⁶

조경종(曹景宗)⁵⁷

去時兒女悲러니
거 시 아 녀 비

떠날 때는 아녀자들이 슬퍼하더니,

歸來笳鼓競⁵⁸이라
귀 래 가 고 경

돌아오니 피리와 북소리 요란하네.

借問行路人⁵⁹하나니
차 문 행 로 인

물어보노니, 길 가는 사람들이여,

何如霍去病⁶⁰고
하 여 곽 거 병

옛날의 곽거병과 비교하여
어떠하리오?

---

56 경병운(競病韻): 양 무제는 작가가 위(魏)나라 장수 양대안(楊大眼)을 회수(淮水)에서 크게 무
  찌르고 개선하자 화광전(華光殿)에서 연회를 베풀고, 그 자리에서 당대의 대문장가 심약(沈
  約)에게 운자(韻字)를 내게 하여 연구(聯句: 같은 제목을 놓고서 여럿이 이어가는 시)를 짓게
  하였다. 여러 신하들이 돌아가며 시를 지어, 보통 쓰이는 운자는 모두 써 버리고 단지 경(競)·병
  (病) 두 자만이 남았다. 모든 신하들이 쩔쩔매고 있었는데 조경종은 붓을 들고 단숨에 이 시를
  지었다. 무제는 문무를 겸비한 그의 재주를 보고 매우 신임하여 작위를 공(公)으로 올려 주고 시
  중중위장군(侍中中衛將軍)에 제수하였다. 우쭐한 심정은 그 옛날의 유명한 장군이었던 곽거병
  을 자신의 공로와 위용에 비기는 것에서 잘 나타난다.
57 조경종(曹景宗: 457~508): 자는 자진(子震), 신야(新野) 사람. 시호는 장(壯). 위진 남북조 양
  무제(梁武帝) 때의 장군. 처음에는 제(齊)나라의 장군이었으나, 후에 양나라의 장군이 되었다.
  어릴 때부터 말타기와 활쏘기를 좋아했으며 담력으로 이름이 알려졌는데, 문무를 겸비하여 무
  제에게 신임을 받았다.
58 가고경(笳鼓競): '가'는 피리, '고'는 북, '경'은 다투다. 직역하면 피리와 북이 다툰다는 뜻으로, 여
  러 악기들이 다투듯 요란하게 연주한다는 말
59 차문행로인(借問行路人): '차문'은 물어보다. '행로'는 길을 가다.
60 곽거병(霍去病): 한 무제(武帝) 때의 대장군(大將軍)으로, 젊은 나이에 흉노를 여러 번 격파하
  여 공을 세웠고, 죽은 후에 경환후(景桓侯)에 봉해졌다. 충의와 용맹으로 유명하다.

20. 탐천(貪泉)[61]

오은지(吳隱之)[62]

古人云此水는
고 인 운 차 수

옛사람들이 말하기를, 이 샘물은

一歃懷[63]千金이라
일 삽 회 천 금

한번 마시면 천금을 탐낸다 하네.

試使夷齊[64]飮이나
시 사 이 제 음

그러나 백이숙제에게 마시도록 한다면,

終當不易心이리라
종 당 불 역 심

끝내 그들의 마음 바뀌지 않으리라.

21. 상산의 길을 가며 느낌(商山路有感)[65]

백거이(白居易)

萬里路長在한데
만 리 로 장 재

만 리 길은 변함없이 뻗어 있는데,

---

61 탐천(貪泉): 광주성(廣州城) 밖 10리 되는 석문(石門)에 있는 샘 이름. 이 샘물을 마시면 탐욕이
  생긴다 하여 탐천이라 이름하였다. 기록에 의하면 광주에 부임한 자사들이 하나같이 재화 때문
  에 부정한 일을 저질러 자리에서 쫓겨나자, 조정에서는 그 폐단을 막기 위해 청렴결백하기로 유
  명한 오은지를 보냈는데, 오은지는 일부러 탐욕을 일으킨다는 탐천이란 샘을 찾아가 이 시를 지
  었고, 자사로 근무하면서 자신의 맑은 절개를 더욱 빛냈다고 한다. 백이(伯夷)·숙제(叔齊)는 탐
  천을 마시게 되더라도 마음이 변하지 않을 것이라는 말로 자신의 결의를 진술하였다.
62 오은지(吳隱之: ?~413): 자는 처묵(處默). 동진(東晉) 때의 복양(濮陽) 사람. 젊었을 때부터 청
  렴과 절개로 이름이 알려졌으며, 문학과 역사에 두루 통달하였다.
63 삽회(歃懷): '삽'은 마시다. '회'는 마음에 품다.
64 이제(夷齊): 중국 고대 은(殷)나라 주왕(紂王) 때 고죽군(孤竹君)의 두 아들인 백이와 숙제를
  말한다. 주 무왕(周武王)이 은나라를 치려는 것을 말렸으나 듣지 않으므로, 주나라의 곡식 먹기
  를 부끄럽게 여겨 수양산(首陽山)에 들어가 고사리를 캐어 먹으며 숨어 살다가 굶어 죽었다. 후
  에 청렴결백과 절조가 굳은 사람의 대명사가 되었다.

六年今⁶⁶始歸라
육 년 금 시 귀

육 년 지난 지금 비로소 돌아오네.

所經多舊館⁶⁷이나
소 경 다 구 관

지나는 곳마다 옛 여관은 그대로인데,

太半主人非⁶⁸라
태 반 주 인 비

태반이나 주인은 바뀌고 말았네.

22. 금곡원(金谷園)⁶⁹

작자 미상

當時歌舞地⁷⁰에
당 시 가 무 지

그 옛날 노래하고 춤추던 금곡원에,

---

65 상산로유감(商山路有感): '상산'은 섬서성(陝西省) 상현(商縣) 동쪽에 있는 산 이름으로, 상령(商嶺)·상판(商坂)·상안(商顔) 등으로도 불린다. 진 말(秦末)에 전란을 피하여 동원공(東園公)·기리계(綺里季)·하황공(夏黃公)·녹리 선생(甪里先生) 등 사호(四皓)라 불리는 네 사람의 백발노인이 은거했던 곳.
이 시는 백거이가 6년 만에 섬서성 상현의 동쪽에 있는 상산을 지나 장안으로 돌아가면서 느낀 바를 읊은 것이다. 백거이는 옛일을 생각하면서 아직도 변치 않은 상산의 길에서 인간 세상의 변전(變轉)을 슬퍼하며 이 시를 지었다. 일설에는 한나라 때 요동(遼東) 사람 정령위(丁令威)가 도를 배워 학이 되어 돌아와 고향 마을 어귀에 있는 성문 기둥에 앉아 노래한 시를 근거로 이 시가 지어졌다고 한다. 정령위의 노래는 다음과 같다. "새가 왔네, 새가 왔네, 정령위가 왔네! 집 떠난 지 천 년 만에 이제야 돌아왔네. 성곽은 옛 모습 그대로인데 사람들은 달라졌으니, 어찌하여 신선술을 배우지 않아 무덤들이 되었는가?(有鳥有鳥丁令威, 去家千年今始歸. 城郭如故人民非, 何不學仙塚壘壘)" 이 설화는 『수신후기(搜神後記)』라는 소설에 실려 있다.
66 금(今): 백거이의 문집인 『백씨장경집(白氏長慶集)』에는 신(身) 자로 되어 있다.
67 구관(舊館): 옛집. 옛날부터 있었던 여관을 말한다.
68 주인비(主人非): '주인'은 여관의 주인, '비'는 아니다. 즉 여관은 그대로이나 주인은 옛사람이 아니라는 뜻
69 금곡원(金谷園): 하남성(河南省) 낙양현(洛陽縣) 서쪽 금곡에 있었던 진(晉)나라 석숭(石崇)이 만든 정원 이름. 석숭은 무역으로 만금을 벌어, 금곡에 별장을 짓고 정원을 호화롭게 꾸며 놓고 매일 귀인들을 모아 잔치를 벌이며 춤과 노래를 즐겼다.

不說草離離⁷¹로되
불 설 초 리 리

잡초 무성하리라 아무도
생각지 못했네.

今日歌舞盡⁷²하니
금 일 가 무 진

지금은 노래와 춤도 다하고 없으니,

滿園秋露垂⁷³로다
만 원 추 로 수

온 정원에는 가을 이슬만 맺혀 있네.

23. 봄 계수나무의 문답(春桂問答)⁷⁴

왕유(王維)⁷⁵

問春桂하노니
문 춘 계

봄 계수나무에게 묻노니,

---

70 당시가무지(當時歌舞地): '당시'는 진나라의 석숭이 금곡원을 짓고 귀인들을 모아 잔치를 벌이
던 때이며, '가무지'는 노래와 춤이 있는 땅이란 뜻으로 성대한 잔치가 벌어지던 금곡원을 가리
킨다.

71 불설초리리(不說草離離): '불설'은 아무도 말하지 않았다, 즉 생각지 못했다는 뜻. '리리'는 풀이
무성하게 자란 모양을 형용하는 말

72 진(盡): 다했음. 자취조차 없어져 하나도 남아 있지 않다.

73 추로수(秋露垂): 가을 이슬이 풀과 나무에 매달려 있는 것을 말한다.

74 춘계문답(春桂問答): '춘계'는 봄의 계수나무. 계수나무는 상록수이면서 초목이 풍상을 맞는 가
을에 꽃을 피우므로 선비의 지조가 굳음을 상징한다.
이 시는 계수나무와 제삼자와의 문답을 통하여 자기의 마음가짐을 상징적으로 표현한 것이다.
계수나무가 비록 봄빛이 따뜻한 봄날에는 꽃을 피우지 못해 아름다운 향기를 풍기지 못하지만,
일 년 내내 시들지 않고 항상 푸르듯, 이 시를 지은 작가의 마음도 영원히 변하지 않을 것임을 비
유하고 있다.

75 왕유(王維: 701~761): 자는 마힐(摩詰). 관직이 상서우승(尙書右丞)에까지 올라 그를 왕우승
이라고도 부른다. 9세 때부터 글을 지었으며, 음악에도 정통하고, 시서화(詩書畵)에 모두 뛰어
난 다재다능한 인물이었다. 남종화(南宗畵)의 개조(開祖)로 산수화를 특히 잘 그렸다. 만년에
는 불교에 심취하여 늘 검소하고 한적한 생활을 하였으며, 신앙심이 돈독하고 불학(佛學)에도
조예가 깊어 그의 시에는 불교적 경향이 많이 나타나고 있다. 이로 인해 그를 시불(詩佛)이라 칭

桃李正芳華[76]하며
도 리 정 방 화

도리는 지금 꽃 피어 한창이며,

年光隨處[77]滿한데
연 광 수 처 만

봄빛이 이르는 곳마다 가득한데,

何事獨無花오
하 사 독 무 화

무슨 일로 홀로 꽃이 없는가?

春桂答하노니
춘 계 답

봄 계수나무가 대답하기를,

春華詎[78]能久리오
춘 화 거 능 구

봄꽃이 얼마나 오래가리오,

風霜搖落[79]時에
풍 상 요 락 시

바람과 서리에 흔들려 잎이 질 때,

獨秀君知不[80]아
독 수 군 지 부

홀로 빼어남을 그대는 모르는가?

24. 길 떠나는 아들의 노래(遊子吟)[81]

맹교(孟郊)[82]

慈母手中線이
자 모 수 중 선

자애로운 어머님 손에 들린 실은,

하기도 한다. 저서에 『왕우승집(王右丞集)』 6권이 있다.

76 도리정방화(桃李正芳華): '도리'는 복숭아나무와 오얏나무의 꽃을 말한다. 소인이 때를 얻어 부
    귀하게 된 것을 도리의 아름다운 모습에 비유하였다. '정'은 바로, 지금, 방금. '방'은 향기, '화'는
    꽃으로, 향기로운 향을 풍기며 화사하게 꽃이 피는 것

77 연광수처(年光隨處): '연광'은 새봄의 빛. '수처'는 이르는 곳마다

78 거(詎): 얼마나. '어찌 하(何)' 자와 같은 뜻

79 풍상요락(風霜搖落): '풍상'은 바람과 서리. '요락'은 바람과 서리에 흔들려 떨어지다.

80 부(不): 의문사로 쓰이는 부(否)와 같은 뜻

81 유자음(遊子吟): '유자'란 길 나선 사람, 여기서는 먼 길 떠나는 아들이란 뜻이다. 따라서 '유자음'
    이란 나그네의 노래와 같은 의미로, 길 나선 나그네가 어머니의 사랑을 생각하며 지은 시이다.

遊子身上衣라
유 자 신 상 의

길 떠나는 아들의 옷을 짓기 위한 것.

臨行密密縫[83]은
임 행 밀 밀 봉

떠날 때 되어 더욱 촘촘히 꿰매심은,

意恐遲遲[84]歸라
의 공 지 지 귀

아들이 늦게 돌아올까
걱정하셔서라네.

難將寸草[85]心으로
난 장 촌 초 심

어려워라, 한 치 풀 같은 아들의
마음으로

報得三春暉[86]라
보 득 삼 춘 휘

봄날 햇빛 같은 어머님 사랑에
보답하기가.

---

82 맹교(孟郊: 751~814): 당나라 시인, 자는 동야(東野), 호주(湖州) 무강(武康) 사람. 젊어서 과
거에 몇 번 응시하였으나 급제하지 못하였고, 50세가 되어서야 급제하여 율양위(溧陽尉)라는
하급 지방 관리가 되었지만, 그 뒤에도 불우하게 여생을 보냈다. 한유(韓愈)와 더불어 중당(中
唐) 시대의 대표적인 시인으로, 항상 우수와 상심의 분위기를 시에 담았다. 저서로 『맹동야집
(孟東野集)』 10권이 전한다.

83 밀밀봉(密密縫): '밀밀'은 촘촘한 모양, 꼼꼼한 모양을 형용한 말. '봉'은 꿰매다.

84 지지(遲遲): 늦게 늦게, 더디게 더디게

85 난장촌초(難將寸草): '난'은 하기 어렵다. '장'은 '~를 가지고'라는 뜻으로, 이(以)와 같은 의미.
'촌초'는 한 치밖에 안 되는 풀로, 여기서는 미력한 자식을 가리킨다. 『맹동야집』에는 '난장'이 수
언(誰言)으로 되어 있는데, 만약 '수언'으로 해석하면 그 의미는 "누가 말했나 한 치 풀 같은 자식
의 마음으로, 봄 석 달 동안 햇살 같은 어머니 사랑에 보답할 수 있다고"이다.

86 삼춘휘(三春暉): 봄 석 달 동안의 햇빛으로, 여기서는 어머니의 자애로운 사랑을 가리킨다. '춘
휘'는 봄의 따뜻한 기운으로, 이 따뜻한 봄기운을 받아 초목이 자라기 때문에 자애로운 어머니의
사랑에 비유된다.

25. 자야의 오나라 노래(子夜吳歌)[87]

이백(李白)

長安一片月[88]이요
_{장 안 일 편 월}

장안을 비추는 한 조각 달,

萬戶濤衣聲[89]이라
_{만 호 도 의 성}

집집마다 울리는 다듬이질 소리.

秋風吹不盡[90]하니
_{추 풍 취 부 진}

가을바람 끊임없이 불어오니,

總是玉關[91]情이라
_{총 시 옥 관 정}

모두가 옥관의 임 그리는 정이라네.

何日平胡虜[92]하고
_{하 일 평 호 로}

어느 날에 오랑캐를 평정하고,

良人罷遠征[93]고
_{양 인 파 원 정}

임께서는 원정을 끝내시려나.

---

87 자야오가(子夜吳歌): 원래는 민요조의 노래로 악부시(樂府詩)의 일종이다. 동진(東晉)에 살던 자야라는 여인이 처음으로 만들었는데, 후세 사람들이 그 슬픈 곡조를 살려 사시행락(四時行 樂)의 노래를 지었다고 한다. 또 동진의 수도가 오(吳)나라의 건업(建業: 금릉(金陵)으로 지금 의 남경)이었기 때문에, 그 노래들을 '오가'라 부르게 되었다. 곽무천(郭茂倩)의 『악부시집(樂府 詩集)』 제45 「청상곡사(淸商曲辭)」에 이백의 「자야사시가(子夜四時歌)」 네 수가 실려 있는데, 이 시는 그중 「추가(秋歌)」이다.

88 장안일편월(長安一片月): '장안'은 당(唐)나라의 수도, 현재 섬서성(陝西省) 서안(西安)의 옛 이름. '일편월'은 한 조각 달. 대도시 장안 하늘에 뜬 작은 달로, 다음 구의 '만호(萬戶)'와 대조되 어 미묘한 맛을 준다.

89 만호도의성(萬戶濤衣聲): '만호'는 많은 집, 모든 집. 여기서는 '집집마다'라는 뜻. '도의성'은 다 듬이질하는 소리. '도'는 찧다, 두드리다.

90 취부진(吹不盡): 다함이 없이 끊이지 않고 바람이 불어오다.

91 총시옥관(總是玉關): '총시'는 모두. 즉 한 조각 달, 다듬이 소리, 가을바람 등 모든 것을 말한다. '옥관'은 옥문관(玉門關)으로 장안 서북쪽 3,600리 떨어진 곳에 있던 서역으로 나가는 관문. 지 금 이 시에 나오는 여인의 남편이 원정 나가서 서쪽 오랑캐와 싸우고 있는 곳

92 호로(胡虜): 여인의 남편과 싸우고 있는 오랑캐들. '호'는 북쪽 오랑캐. '로'는 포로

26. 벗을 만나 함께 묵다(友人會宿)[94]

이백(李白)

滌蕩千古愁[95]하여
척 탕 천 고 수

留連[96]百壺飮이라
유 련 백 호 음

良宵宜且談[97]이니
양 소 의 차 담

皓月[98]未能寢이라
호 월 미 능 침

醉來臥空山[99]하니
취 래 와 공 산

天地卽衾枕[100]이라
천 지 즉 금 침

천고의 시름을 씻어 버리고자,

눌러 앉아 백 병의 술을 마신다.

좋은 밤이라 이야기 나누기 좋고,

밝은 달빛이라 잠들지 못하노라.

술에 취하여 텅 빈 산에 누우니,

하늘과 땅이 이불과 베개로다.

---

93 양인파원정(良人罷遠征): '양인'은 좋은 사람으로, 남편을 가리킨다. '파'는 그만두다. '원정'은 먼 여행으로, 국경을 경비하기 위해 멀리 나가 오랑캐와 싸우는 것. 오랑캐를 무찌르고 남편이 집으로 돌아오는 것을 뜻한다.

94 우인회숙(友人會宿): 이 시는 친구와 함께 하룻밤을 묵으며, 밝은 달빛 아래 밤새워 술 마시면서 근심을 잊고 고담준론(高談峻論)을 나눈 일을 읊은 것이다.

95 척탕천고수(滌蕩千古愁): '척'은 씻다. '탕'은 깨끗이 하다. 깨끗이 씻어 없앰. '천고수'는 아득한 태고로부터 인간이 지녀 온 씻을 수 없는 시름

96 유련(留連): 미련이 남아 자리를 떠나지 못하다.

97 양소의차담(良宵宜且談): '양소'는 좋은 밤. '의'는 마땅하다. '차'는 또, 또한. 좋은 밤이라 마땅히 이야기하기 좋다는 뜻. 『이태백집』에는 '차담'이 청담(淸談)으로 되어 있다. '청담'은 속세를 떠난 맑은 이야기

98 호월(皓月): 밝은 달. '호'는 희다, 밝다.

99 취래와공산(醉來臥空山): '취래'는 취기가 오다, 즉 취하다. 여기서 '래'는 방향을 나타내는 어조사로 의미가 없다. '공산'은 인적 없는 조용한 산, 텅 빈 산

100 금침(衾枕): 이불과 베개

27. 운곡에서 이것저것 읊음(雲谷雜詠)[101]

주희(朱熹)

野人載酒來[102]하여
야 인 재 주 래

농부가 술을 가지고 찾아와서는,

農談[103]日西夕이라
농 담   일 서 석

농사 이야기로 해가 이미 기울었네.

此意良已勤[104]하니
차 의 양 이 근

이렇게 찾아 준 뜻 참으로 고마워,

感歎情何極[105]고
감 탄 정 하 극

마음에 스미는 정 얼마나 지극한가.

歸去莫頻[106]來하라
귀 거 막 빈   래

돌아가거든 자주 오지는 마오,

林深山路黑[107]이라
임 심 산 로 흑

숲이 깊고 산길이 어두우니.

---

101 운곡잡영(雲谷雜詠): '운곡'은 복건성(福建省) 건양현(建陽縣) 서북쪽 70리 되는 곳에 있는
산 이름으로, 본래는 노봉(蘆峯)이라 하였으나, 주희(朱熹)가 이곳에 초당을 짓고 글을 읽으면
서 '운곡'이라 고쳤다. 『주자대전(朱子大全)』 권 6에 「운곡잡영」 12수가 실려 있는데, 각각 다른
제목이 붙어 있다. 이는 그중에 손님의 내방을 사절하는 내용의 「사객(辭客)」이란 시이다.

102 야인재주래(野人載酒來): '야인'은 들에서 일하는 사람으로, 농부를 말한다. '재주래'는 '술을
수레에 싣고 오다'의 뜻이나, 여기서는 술을 가지고 왔다는 의미

103 농담(農談): 농사에 관한 이야기

104 차의양이근(此意良已勤): '차의'는 농부가 나를 찾아 준 뜻. '양이근'은 참으로 각별하다. '근'은
지극함, 각별함의 의미

105 감탄정하극(感歎情何極): '감탄정'은 마음속으로 느끼는 정. '하극'은 '감사의 정이 얼마나 지
극한지'라는 의미. '극'은 한(限)의 뜻으로 끝이 없다는 말

106 빈(頻): 자주, 빈번히

107 산로흑(山路黑): 산길이 어둡다. 작자가 자신의 수업을 위하여 내방객을 거절한다는 뜻을 손님
에 대한 예로 이렇게 완곡하게 표현한 것

28. 농가를 애달파함(傷田家)[108]

섭이중(聶夷中)[109]

二月賣新絲[110]하고
이 월 매 신 사

이월에 새 고치실을 미리 팔아먹고,

五月糶[111]新穀이라
오 월 조　신 곡

오월이면 추수할 곡식 담보로
돈을 빌리네.

醫得眼前瘡[112]이나
의 득 안 전 창

눈앞의 부스럼은 고칠 수 있겠지만,

剜却心頭肉[113]이라
완 각 심 두 육

심장의 살을 도려내는 것과 같다네.

我願君王心이
아 원 군 왕 심

나는 바라노라, 임금님의 마음이

化作[114]光明燭하여
화 작　광 명 촉

부디 밝게 비추는 촛불이 되시어,

---

108 상전가(傷田家): 농가의 고통을 노래한 시이다. 가난과 고통을 겪는 농가의 농민을 딱하게 생
　　각하여, 그들을 구제할 밝은 정치가 실현되길 희망하여 지은 시이다.

109 섭이중(聶夷中: 837~?): 자는 원지(垣之). 당나라 의종(懿宗) 함통(咸通) 12년(871)에 진사
　　에 급제하였으나, 당시 전쟁으로 인해 혼란하였으므로 관리에 임용될 겨를이 없어 오래도록 빈
　　궁하게 지내다가 화음현위(華陰縣尉)라는 지방관에 부임하였다. 악부시(樂府詩)를 잘 지었
　　으며, 특히 농민의 고통을 대변하는 시를 많이 지었다.

110 이월매신사(二月賣新絲): '이월'은 음력 2월로 농가에서 누에를 치기 시작하는 때. '신사'는 앞
　　으로 생산될 명주. 누에를 치기 시작하면서 앞으로 생산될 명주를 담보로 돈을 빌려 쓰는 것을
　　말한다.

111 오월조(五月糶): '오월'은 모를 심을 때. '조'는 쌀, 또는 곡식을 파는 것. 양식이 떨어진 농민이 모
　　를 심을 때 가을 추수할 곡식을 담보로 식량이나 돈을 빌리는 것을 가리킨다.

112 안전창(眼前瘡): 눈앞의 부스럼. '창'은 종기로 곪다. 크게 심각하지 않은 눈앞의 고통을 가리
　　킨다.

113 완각심두육(剜却心頭肉): '완각'은 도려내어 없애다. '심두육'은 심장의 살점. 더욱 극심한 생활
　　의 고통이 닥침을 뜻한다.

114 화작(化作): 변화하여 ~이 되다.

不照綺羅筵¹¹⁵하고
부조기라연

부자들 잔치 자리 비추지 마시고,

偏照逃亡屋¹¹⁶이라
편조도망옥

흩어지는 농가를 두루 비추소서.

29. 세월을 보고 느낌(時興)¹¹⁷

양분(楊賁)¹¹⁸

貴人昔未貴할제
귀인석미귀

귀한 이들 옛날 귀해지기 전에는,

咸願顧寒微¹¹⁹러니
함원고한미

모두들 원하였지,
빈한한 이들 돌보리라고.

及自登樞要¹²⁰로
급자등추요

자신이 높은 자리에 오르게 되고서는,

何曾問布衣¹²¹리요
하증문포의

언제 평민들 돌본 적 있었던가.

---

115 기라연(綺羅筵): '기라'는 화려한 무늬가 새겨진 귀족들의 비단옷. 화려한 비단옷을 입은 부귀한 귀족들이 벌이는 화려한 잔치 자리
116 편조도망옥(偏照逃亡屋): '편조'는 두루 비추다. '도망옥'은 식구들이 도망가 버린 집이란 뜻으로, 극심한 생활고로 집을 버려두고 유랑하는 농가를 말한다.
117 시흥(時興): 시정(時政)이나 시세(時勢)에 대해 일어나는 감흥을 노래한다는 의미
118 양분(楊賁): 자세한 생졸년은 알 수 없다. 여러 가지 기록에 의하면, 당 현종(玄宗) 천보(天寶) 3년(744)에 과거에 급제하여 덕종(德宗: 780~804) 초에 활약했던 사람임을 알 수 있다.
119 고한미(顧寒微): '고'는 돌아보다. '한'은 가난한 사람. '미'는 신분이 낮아 힘이 없는 사람. 가난하고 천한 사람들을 돌본다는 뜻
120 추요(樞要): '추'는 문의 지도리. 바뀌어 정치를 하는 데 중심이 되는 중요한 인물 또는 높은 벼슬자리라는 뜻
121 포의(布衣): 평민이 입는 옷. 바뀌어 평민 또는 천한 사람이란 뜻

平明登紫閣[122]하고
평 명 등 자 각

새벽 되면 천자 계신 궁궐에 올랐다가,

日晏[123]下彤闈[124]라
일 안　　하 동 위

날 저물면 궁궐 문을 나올 뿐이라네.

擾擾路傍子[125]는
요 요 로 방 자

시끄러운 길거리의 가엾은 이들이여,

無勞歌是非[126]하라
무 로 가 시 비

시비를 노래하는 수고 하지 말지어다.

30. 이별(離別)[127]

육구몽(陸龜蒙)[128]

丈夫[129]非無淚로되
장 부　　비 무 루

사나이 대장부 눈물이 없는 것
아니지만,

---

122 평명등자각(平明登紫閣): '평명'은 밤이 지나고 지평선이 밝아 오는 새벽. '자각'은 천자가 조회를 보는 궁전을 말한다. 중국에서는 천자가 거처하는 곳을 자각·자신(紫宸)·자전(紫殿) 등으로 불렀는데, 하늘에 천제(天帝)가 거처하는 자미원((紫微垣: 옛날 중국 천문학에서 하늘을 태미원(太微垣)·천시원(天市垣)·자미원 등 3원 28수로 나누었는데, 자미원은 작은곰자리를 중심으로 한 170여 개의 별로 이루어졌음)이 있다는 데서, 조정의 앞쪽에 있는 궁전을 이렇게 불렀다.

123 안(晏): 해가 저물 시간. 관리들이 퇴청하는 시간

124 동위(彤闈): 붉게 칠을 한 궁궐의 문

125 요요로방자(擾擾路傍子): '요요'는 시끄럽게 떠드는 모양. '로방자'는 길가에서 구경하고 있는 사람들

126 무로가시비(無勞歌是非): '무'는 막(莫)과 같은 금지사. '무로'는 힘쓰지 말라, 수고하지 말라는 뜻. '가시비'는 귀인들의 옳고 그름을 시나 노래로 풍자하는 것

127 이별(離別): 남자가 이별을 할 때에는 의기가 비장하지 않으면 안 된다는 것을 읊은 시이다.

128 육구몽(陸龜蒙: 847~895): 당나라 말기의 시인이며 철학자. 자는 노망(魯望), 호는 강호산인 (江湖山人)·천수자(天隨子)·보리 선생(甫里先生) 등. 육경(六經)에 통달하였고, 특히 『춘추 (春秋)』에 밝았다.

不灑[130]離別間이라
불 쇄   이 별 간

이별할 때는 눈물 흘리지 않는다네.

仗[131]劍對樽[132]酒하니
장 검 대 준 주

칼을 짚고 한 잔의 이별주를 대하니,

恥爲游子顏[133]이라
치 위 유 자 안

나그네 수심 띤 얼굴 부끄럽다네.

蝮蛇[134]一螫[135]手면
복 사 일 석 수

독사가 한 번 손을 물었다면,

壯士疾解腕[136]이라
장 사 질 해 완

장사는 서슴없이 한 팔을 자르네.

所思在功名하니
소 사 재 공 명

생각하는 바가 공명에 있으니,

離別何足歎고
이 별 하 족 탄

이별 따위를 어찌 탄식하리오!

---

129 장부(丈夫): 사내대장부를 말한다. 『맹자(孟子)』 「등문공 하(滕文公下)」에는 "천하의 넓은 집
[인]에 살고, 천하의 올바른 자리[예]에 서며, 천하의 큰 길[의]을 걸어가, 뜻을 얻으면 백성들과
함께 그 뜻을 실천해 가고, 뜻을 얻지 못하면 홀로 자기의 도를 행하여, 부귀도 그의 마음을 어
지럽히지 못하고, 빈천도 그의 지조를 변하게 하지 못하며, 위력과 무력도 그의 뜻을 꺾지 못하
는 사람, 이런 사람을 대장부라 말한다(居天下之廣居, 立天下之正位, 行天下之大道, 得志
與民由之, 不得志獨行其道, 富貴不能淫, 貧賤不能移, 威武不能屈, 此之謂大丈夫)"고 하
였는데, 참고할 만하다.

130 쇄(灑): 물을 뿌리다. 여기서는 눈물을 흘리다.

131 장(仗): 짚다, 의지하다.

132 준(樽): 술을 마실 때 사용하는 그릇. '바리'라고 하는데, 잔보다 크고 병보다는 작다.

133 유자안(游子顏): 먼 길을 떠나는 나그네의 수심 띤 얼굴

134 복사(蝮蛇): 독사. '복'은 살모사

135 석(螫): 벌레가 쏘다. 여기서는 독사가 무는 것을 말한다.

136 질해완(疾解腕): '질'은 빨리. '해'는 가르다, 자르다. '완'은 팔뚝. 재빨리 팔을 잘라내다. 즉 큰 목
적을 위해서 조그만 희생을 감수해야 한다는 뜻

31. 고시(古詩)[137]

작자 미상

客從遠方來[138]하여
객 종 원 방 래

나그네가 머나먼 곳에서 와서는,

遺我一端綺[139]라
유 아 일 단 기

비단 한 자락 나에게 전해 주었네.

相去萬餘里나
상 거 만 여 리

서로 떨어져 만여 리나 되지만,

故人心尙爾[140]라
고 인 심 상 이

임의 마음만은 아직도 그대로라네.

文綵雙鴛鴦[141]을
문 채 쌍 원 앙

화려하게 원앙이 새겨진 비단을,

裁爲合歡被[142]라
재 위 합 환 피

잘라 만들었네, 임과 덮을 이불을.

著以長相思[143]하고
저 이 장 상 사

속엔 솜을 넣어 영원토록 잊지 말고,

---

137 고시(古詩): 『문선(文選)』 권 29에 실려 있는 「고시」 19수 가운데 18번째 시이다. 예로부터 오언으로 된 고시는 한대에 시작되었다고 하나, 지어진 정확한 시대와 작자를 알 수 없어 단지 '고시'라고 하는데, 후세에 많은 영향을 끼쳐 이를 본떠 지어진 작품들이 많다.

138 원방래(遠方來): 먼 곳에서 오다.

139 유아일단기(遺我一端綺): '유'는 주다, 선사하다. '단'은 길이의 단위로 18척 또는 20척. '일단'은 한 자락이라는 의미. '기'는 아름다운 무늬가 새겨져 있는 비단

140 고인심상이(故人心尙爾): '고인'은 임, 여기서는 멀리 떨어져 있는 남편. '이'는 연(然)의 뜻으로, 변치 않고 그대로임. 자신을 잊지 않고 아직도 사랑하고 있다는 뜻

141 문채쌍원앙(文綵雙鴛鴦): '문채'는 비단에 새겨진 아름다운 빛깔의 무늬. '쌍원앙'은 암수 두 마리의 원앙새. 원앙은 예로부터 금슬 좋은 부부에 비유되었다.

142 합환피(合歡被): 부부가 함께 덮는 이불. '합환'은 기쁨을 같이하다. '피'는 이불

143 저이장상사(著以長相思): '저'는 이불 속에 솜을 넣는 것을 말한다. '장상사'는 잊지 않고 오랫동안 생각하다, 즉 변치 않고 사랑한다는 뜻. 이불의 솜[綿]은 면면(綿綿)히 이어져 사랑이 언제까지나 계속된다는 의미를 함축하고 있다.

緣以結不解[144]라
연 이 결 불 해

이불 가를 시쳐 풀리지 않게 묶었네.

以膠投漆[145]中하니
이 교 투 칠 중

아교를 옻칠에 넣은 것같이 되리니,

誰能別離此리오
수 능 별 리 차

누가 우리를 이별케 할 수 있으리.

32. 전원으로 돌아와 살며(歸園田居)[146]

도잠(陶潛)

種豆南山下한데
종 두 남 산 하

남산 아래에 콩을 심었는데,

草盛豆苗稀라
초 성 두 묘 희

잡초만 무성하고 콩 싹은 드물다.

侵晨理荒穢[147]하고
침 신 리 황 예

새벽부터 잡초 우거진 밭을 매고,

帶月荷鋤歸[148]라
대 월 하 서 귀

달빛 받으며 호미 메고 돌아온다.

---

144 연이결불해(緣以結不解): '연'은 이불의 사방 가를 시치다. '결불해'는 풀리지 않게 단단히 꿰
    매다. 이는 부부가 굳게 결합하여 헤어지지 않는다는 의미를 지닌다.

145 교투칠(膠投漆): '교'는 아교, 나무 등을 붙일 때에 쓰는 강력 접착제. '투'는 섞다, 합하다. '칠'은
    옻칠. 아교와 옻칠을 한데 넣으면, 완전히 섞인다는 뜻. 아교와 옻칠을 한데 섞은 듯한 부부의
    굳은 결합을 뜻한다.

146 귀원전거(歸園田居): 『도연명집(陶淵明集)』권 2에는 「전원으로 돌아와 살며(歸園田居)」라
    는 제목으로 된 연작시가 다섯 편 있는데, 이 시는 그 가운데 세 번째 시이다. 도연명이 관리 생
    활을 떨쳐 버리고 전원으로 돌아와 농사에 힘쓰는 농민의 소박한 마음을 담담하게 읊고 있다.
    시 번호 66, 91의 「전원으로 돌아와 살며」와 74의 「전원으로 돌아와」를 참조할 것

147 침신리황예(侵晨理荒穢): '침신'은 이른 아침. 『도연명집』에는 '신흥(晨興: 아침에 일어나)'으로
    되어 있다. '리'는 손질하다, 다스리다. '황예'는 황폐하여 잡초만 무성한 것, 또는 우거진 잡초

道狹草木長하여
_{도 협 초 목 장}
길은 좁은데 초목이 길게 자라,

夕露沾我衣라
_{석 로 첨 아 의}
저녁 이슬이 내 옷을 적신다.

衣沾不足惜이나
_{의 첨 부 족 석}
옷 젖는 거야 아까울 게 없으니,

但使願無違¹⁴⁹라
_{단 사 원 무 위}
다만 농사나 잘되기를 바라네.

33. 심부름 온 이에게 묻다(問來使)[150]

도잠(陶潛)

爾¹⁵¹從山中來하니
_{이   종 산 중 래}
자네는 산중으로부터 왔으니,

早晩發天目¹⁵²이라
_{조 만 발 천 목}
얼마 전에 천목산을 떠났겠지?

---

148 대월하서귀(帶月荷鋤歸): '대월'은 달과 함께, 달빛을 몸에 받으며. '하'는 짊어지다, 메다. '서'는 호미. '하서귀'는 호미를 짊어지고 돌아오다.

149 원무위(願無違): '원'은 바람. '무위'는 어긋남이 없다. 밭에 심은 콩이 잘 자라 많은 수확을 얻기 바란다는 뜻

150 문래사(問來使): 도연명이 팽택현의 현령으로 있을 때 고향 마을로부터 심부름꾼이 오자, 그에게 고향 소식을 물으면서 은거하고 싶은 자신의 마음을 전하는 것이 이 시의 내용이다. 그런데 이 시에 나오는 천목산은 도연명의 고향 마을과는 전혀 관계가 없는 곳이어서, 이 시의 작자에 관해 설이 많다. 당나라 말기의 어떤 사람이 이백의 「감추(感秋)」에 나오는 "도연명이 팽택령을 그만두고 돌아오니, 고향집엔 마침 술이 익고 있었다(陶令歸去來, 田家酒應熟)"라는 구를 따다가 이 시를 지었을 것이라는 설이 가장 유력하다.

151 이(爾): 너. 고향 마을에서 온 심부름꾼. 제목의 '래사(來使)'를 말한다.

152 조만발천목(早晩發天目): '조만'은 얼마 전에. '발'은 떠나다, 출발하다. '천목'은 절강성(浙江省) 항주부(杭州府) 임안현(臨安縣)의 서쪽에 있는 산 이름. 도교(道敎)의 영산(靈山)으로 알려져 있으나, 도연명의 향리와는 관계가 없을 뿐만 아니라, 도연명이 가 본 적도 없는 산이다. 이로 인해 이 시가 위작(僞作)임이 의심된다.

我屋南山下에
아 옥 남 산 하
우리 집은 남산 아래에 있는데,

今生幾叢菊고
금 생 기 총 국
지금 몇 포기 국화가 피었던가?

薔薇葉已抽[153]요
장 미 엽 이 추
장미잎은 벌써 나왔을 터이고,

秋蘭氣當馥[154]이라
추 란 기 당 복
가을 난초 향기는 그윽하겠지.

歸去來[155]山中하면
귀 거 래   산 중
돌아가 산중으로 들어가면,

山中酒應熟[156]이리
산 중 주 응 숙
산중에는 술이 잘 익었을 테지.

34. 왕우군(王右軍)[157]

이백(李白)

右軍本淸眞[158]하여
우 군 본 청 진
왕우군은 본시 맑고 진실하여,

---

153 추(抽): 새싹이나 새 잎이 뾰족하게 삐져나오다.

154 당복(當馥): 당연히 향기로울 것이라는 의미

155 귀거래(歸去來): 돌아가다. '래'는 어조사로 의미가 없음

156 응숙(應熟): 마땅히 잘 익다.

157 왕우군(王右軍): 동진(東晋)의 명필가 왕희지(王羲之)를 가리킨다. 자는 일소(逸少). 벼슬이 우군장군(右軍將軍)이었기에 왕우군이라고 칭한다. 회계군(會稽郡)의 내사(內史: 장관)를 지내다가 59세에 죽었다. 13세 때 이미 훌륭한 재예를 지녔음을 인정받았고, 장성해서는 변설과 의론에 능했을 뿐만 아니라 특히 예서(隸書)를 잘 썼다. 그의 글씨는 고금 제일이란 평을 받는데, 필세가 "노는 구름에 놀란 용(遊雲驚龍)" 같다고 한다. 북제(北齊) 안지추(顏之推)의 『안씨가훈(顏氏家訓)』에는 왕희지를 "풍류 재사이며 소쇄한 명인"으로 평하고 있는데, 「난정집서(蘭亭集序)」(본서 후집에는 「난정에서 지은 글의 서문(蘭亭記)」로 되어 있음)의 글과 글씨로 개성 넘치는 풍류를 후세에 남겼다. 특히 서수필(鼠鬚筆: 쥐의 수염으로 만든 붓)로 잠견지(蠶絹紙)에 썼다는 글씨는 고금에 다시없는 명필로, 그의 글씨 중에서도 가장 뛰어난 것이라

瀟洒在風塵¹⁵⁹이라
소 쇄 재 풍 진

때 묻지 않고도 속세에 살고 있네.

山陰¹⁶⁰遇羽客¹⁶¹한데
산 음   우 우 객

산음 땅에서 한 도사를 만났는데,

要此好鵝賓¹⁶²이라
요 차 호 아 빈

이 거위 좋아하는 손님을 좋아하였네.

掃素寫道經¹⁶³하니
소 소 사 도 경

흰 비단을 펴 『도덕경』을 베껴 쓰니,

筆精妙入神¹⁶⁴이라
필 정 묘 입 신

필법이 정교하여 입신의 경지로다.

書罷籠¹⁶⁵鵝去한데
서 파 농   아 거

글씨 마치고 바구니에 거위 담아
가는데,

한다. 당 태종(太宗)은 그의 필적에 반하여, 자신이 죽거든 무덤에 왕희지의 글씨도 함께 묻으라고 했을 정도였다.

158 청진(淸眞): 청정하고 진실한 본성. 도가(道家)의 상용어로 속세의 예법이나 형식 따위에 구속받지 않는 천진하고 맑은 성격

159 소쇄재풍진(瀟洒在風塵): '소쇄'는 맑고 깨끗하다, 즉 인품이 맑아 속기가 없음. '쇄'는 쇄(灑)로도 쓴다. '풍진'은 속세, 진세를 가리킨다. '진'은 티끌, 먼지

160 산음(山陰): 회계군에 있는 현 이름. 지금의 절강성 소흥부(紹興府) 땅으로, 회계산의 북쪽에 있다 하여 산음이라 불렀다. 왕희지는 그 지방의 장관인 내사를 지냈으며, 영화(永和) 9년 (353) 3월 3일에 그곳에 있는 난정(蘭亭)에서 곡수류상(曲水流觴)의 잔치를 베풀고, 그 유명한 「난정집서」(본서 후집에 수록)를 지었다.

161 우객(羽客): 도사. 도사들은 새 깃으로 만든 우의(羽衣)를 입었기 때문에, 우인(羽人) 또는 우객이라 불렀다. 이는 도사들이 우화등선(羽化登仙)한다는 데서 취한 것이다.

162 요차호아빈(要此好鵝賓): '요차'는 이를 좋아하다. 어떤 판본에는 애차(愛此)로 되어 있다. '호아빈'은 거위를 좋아하는 손님으로 왕희지를 가리킨다. 『진서(晉書)』「왕희지전」에 "산음에 한 도사가 있었는데 좋은 거위를 기르고 있었다. 왕희지가 가서 그 거위를 보고 매우 좋아하여 그것을 팔라고 졸랐다. 도사는 『도덕경(道德經)』을 써 주면 거위 떼를 모두 주겠다고 했다. 왕희지는 기꺼이 『도덕경』을 베껴 주고 거위를 채롱에 담아 와서는 매우 즐거워하였다"는 일화가 있다.

163 소소사도경(掃素寫道經): '소소'는 '흰 명주를 쓸다'의 뜻으로, 글씨를 쓰기 전에 글씨 쓸 비단을 잘 펴는 것. '사'는 베껴 쓰다. '도경'은 노자(老子)의 『도덕경』을 말한다.

164 필정묘입신(筆精妙入神): '필정'은 필법이나 필력이 정교하다. '묘입신'은 묘하기가 신의 경지에 든 것 같아 사람의 솜씨 같지 않다.

何曾別主人¹⁶⁶이리오
하 증 별 주 인

어찌 주인에게 작별을 고하였으리?

35~36. 술을 마시며 하지장을 그리워함 두 수
(對酒憶賀監二首)¹⁶⁷

이백(李白)

四明¹⁶⁸有狂客¹⁶⁹하니
사 명   유 광 객

사명산에 광객이 있었으니,

風流賀季眞¹⁷⁰이라
풍 류 하 계 진

풍류남아 하지장이라네.

長安一相見¹⁷¹하고
장 안 일 상 견

장안에서 한 번 만나 보고,

呼我謫仙人¹⁷²이라
호 아 적 선 * 인

나를 귀양 온 신선이라 불렀지.

---

165 서파롱(書罷籠): '서파'는 글씨 쓰기를 마치다. '롱'은 새장

166 하증별주인(何曾別主人): '하증'은 '어찌 일찍이 ~했겠는가?'. 주인에게 작별 인사도 없이 미련 없이 떠났다는 의미. 왕희지의 청진하고 소쇄한 성격을 표현한 말

167 대주억하감이수(對酒憶賀監二首): 하지장(賀知章: 677~744)은 자는 계진(季眞), 월주(越州) 영흥(永興) 사람이다. 성격이 광달(曠達)하고 평이하였으며 이야기하기를 좋아하였다. 스스로 사명광객(四明狂客)·비서외감(秘書外監)이라 불렀다. 하감(賀監)이란 궁중 도서를 관장하는 비서감(秘書監)을 역임하였기에 붙여진 이름이다. 증성(證聖) 초에 진사가 되어 관직이 태상박사(太常博士)에 이르렀다. 만년에 더욱 마음 내키는 대로 행동하여 마을의 거리에서 오유(敖遊)하였다. 천보 초에 도사가 되고자 향리에 돌아가 수도하다가 죽었다. 천자가 경호(鏡湖)의 한 구비를 하사하여, 경호를 하감호(賀監湖)라 부르기도 한다.

168 사명(四明): 절강성에 있는 산 이름. 하지장은 만년에 이 산속에 숨어 살면서 스스로 사명광객이라 불렀다.

169 광객(狂客): 세속에 구애받지 않고 자유분방하게 행동하는 사람

170 계진(季眞): 하지장의 자(字)

171 장안일상견(長安一相見): 이백이 장안에서 처음 하지장을 만난 것을 말한다. 하지장은 이백을 보자 적선인(謫仙人)이라고 하였다.

昔好盃中物[173]터니
석 호 배 중 물

예전엔 그리 술을 좋아하더니,

今爲松下塵[174]이라
금 위 송 하 진

지금은 솔 아래 진토가 되었네.

金龜[175]換酒處에
금 귀 　 환 주 처

금거북 끌러 술과 바꾸던 곳에서,

却憶[176]淚沾巾이라
각 억 　 루 첨 건

추억에 눈물이 두건을 적시네.

狂客歸四明하니
광 객 귀 사 명

광객 하지장이 사명산으로 돌아가니,

山陰[177]道士迎이라
산 음 　 도 사 영

산음의 도사들이 그를 맞았다네.

敕賜鏡湖[178]水하니
칙 사 경 호 　 수

칙명으로 경호의 물을 하사하시니,

爲君臺沼榮[179]이라
위 군 대 소 영

그대의 누대와 못을 위한 영예였네.

人亡餘故宅[180]한데
인 망 여 고 택

사람은 죽고 옛집만 남았는데,

---

172 적선인(謫仙人): 귀양 온 신선. 하늘나라에서 죄를 지어 이 세상으로 내려온 신선.

173 배중물(盃中物): 잔 속의 물건으로, 곧 술을 말한다.

174 송하진(松下塵): 소나무 아래의 먼지. 지금은 죽어 산에 묻혀서 소나무 아래 흙먼지가 되어 버렸다는 뜻

175 금귀(金龜): 관리들이 예복의 띠에 매는 주머니. 본래는 물고기 모양으로 된 금·은의 어대(魚袋)였는데, 측천무후(則天武后)가 거북으로 바꿨다. 금귀는 3품 이상의 고관이, 은귀는 5품 이상의 관리들이 지녔다.

176 각억(却憶): 추억, 회상, 돌이켜 생각함

177 산음(山陰): 시 번호 34 이백의 「왕우군(王右軍)」의 주 160을 참조할 것

178 칙사경호(敕賜鏡湖): '경호'는 절강성 소흥현에 있는 호수. 하지장이 경호를 좋아하여 현종(玄宗)이 경호의 한 구비를 하사하였음을 말한다.

179 대소영(臺沼榮): 하지장의 저택에 있었던 넓은 누대와 못을 말한다. 하지장이 은거하였던 집을 천추관(千秋觀)이라 하였는데, 현종으로부터 천추관이란 이름과 그 근처의 경호 및 섬천(剡川) 일부를 하사받았다.

空有¹⁸¹荷花生이라
　공　유　　　하　화　생
공연히 연꽃만이 피어 있네.

念此杳¹⁸²如夢하니
　염　차　묘　　　여　몽
이를 생각하면 아득하기 꿈만 같아,

凄然¹⁸³傷我情이라
　처　연　　　상　아　정
쓸쓸한 기분에 내 마음 슬퍼지네.

37. 강동으로 가는 장사인을 전송하며(送張舍人之江東)¹⁸⁴

이백(李白)

張翰¹⁸⁵江東去하니
　장　한　　강　동　거
장한이 멀리 강동으로 떠나가니,

正値¹⁸⁶秋風時라
　정　치　　　추　풍　시
마침 가을바람 불어올 때라네.

180　고택(故宅): 옛집. 천추관을 가리킨다.

181　공유(空有): '공'은 공연히, 헛되이. 보는 사람이 아무도 없다는 의미

182　묘(杳): 아득하다.

183　처연(凄然): 쓸쓸하고 허전하다, 깊이 사무쳐 슬프다. 처연(悽然)과 뜻이 통한다.

184　송장사인지강동(送張舍人之江東): 양자강 동쪽인 강소성(江蘇省)으로 떠나는 장사인을 전송하며 지은 시이다. '사인'은 중서사인(中書舍人)이라는 벼슬 이름인데, 장사인이 누구인지는 확실하지 않다. 일설에 의하면 장열(張說)이라고 하는데, 분명하지 않다. 이백 자신이 진나라 장한의 풍류를 사모했기 때문에, 같은 성(姓)을 가진 장사인을 그에게 비긴 것이다. 자신이 존경하는 사람에게 상대방을 견줌으로써 경의를 나타내고 있다.

185　장한(張翰): 자는 계응(季鷹), 오(吳)나라 사람이다. 글을 잘 지었으며, 성격이 분방하여, 사람들이 강동(江東)의 보병(步兵: 죽림칠현 중의 한 사람으로, 보병교위를 지낸 완적(阮籍)을 가리킴)이라 불렀다. 낙(洛) 땅에 들어가 제왕(齊王) 밑에서 대사마동조연(大司馬東曹掾)이란 벼슬을 하고 있던 중, 가을바람이 이는 것을 보고 고향인 오나라 땅의 음식이 생각나, 모든 것을 내던지고 수레를 돌려 고향으로 돌아갔다고 한다. 여기서 이백은 친구인 장사인을 풍류남아였던 장한에 비기고 있다.

186　정치(正値): 마침 ~할 때이다, 마침 ~한 철을 만나다.

天淸一雁[187]遠하고
천청일안 원

맑은 하늘에 외기러기 멀리 날고,

海闊[188]孤帆遲라
해활 고범지

넓은 바다에 외로운 배 천천히 가네.

白日行欲暮하고
백일행욕모

밝은 해는 뉘엿뉘엿 저물려 하고,

滄波杳難期[189]라
창파묘난기

푸른 물결 아득히 재회는 기약 없네.

吳洲如[190]見月커든
오주여 견월

오 땅의 물가에서 달을 보거든,

千里幸相思[191]하라
천리행상사

천 리 밖 이 몸을 생각해 주게나.

38. 장난삼아 정율양에게 드림(戲贈鄭溧陽)[192]

이백(李白)

陶令[193]日日醉하여
도령 일일취

팽택 현령 도연명은 날마다 취하여,

---

187 천청일안(天淸一雁): 어떤 판본에는 천청(天晴)으로 되어 있다. '일안'은 외기러기로, 장사인의 여로(旅路)에 비유한 것

188 해활(海闊): 바다가 넓다. 양자강 하류는 바다에 연해 있으므로 이렇게 표현하였다.

189 난기(難期): 여행이 끝나 돌아올 날을 기약하기 어렵다는 뜻

190 오주여(吳洲如): '오'는 나라 이름. 지금의 강소성(江蘇省) 지방. '주'는 섬 또는 물가. '여'는 만약에

191 천리행상사(千里幸相思): 천 리 밖 멀리 떨어져 있지만 서로 잊지 말고 생각했으면 좋겠다는 뜻.

192 희증정율양(戲贈鄭溧陽): 율양현 현령으로 있는 친구 정 아무개를 팽택령(彭澤令)이었던 도연명에 비유하면서 장난삼아 지어 보낸 시이다. 율양은 현재의 강소성(江蘇省) 진강부(鎭江府)의 고을 이름이며, 정율양이 누구인지는 확실하지 않다.

193 도령(陶令): 도연명이 일찍이 팽택령을 지냈으므로 이렇게 불렀다.

不知五柳[194]春이라
부 지 오 류 춘

알지 못했네, 다섯 그루의 버드나무에
봄이 왔음을.

素琴[195]本無絃하고
소 금 본 무 현

소박한 거문고엔 본디 줄이 없었고,

漉酒用葛巾[196]이라
녹 주 용 갈 건

술을 거름에도 칡베 두건을 썼다네.

淸風北窓下에
청 풍 북 창 하

맑은 바람 불어오는 북창 아래에서,

自謂羲皇人[197]이라
자 위 희 황 인

스스로 말하였지, 복희씨 적
사람이라고.

何時到栗里[198]하여
하 시 도 율 리

어느 때라야 내가 율리로 가서,

---

194 오류(五柳): 다섯 그루의 버드나무. 도연명은 집 주위에 다섯 그루의 버드나무를 심고, 자신을
오류 선생이라 불렀다. 본서 후집에 「오류선생 자전(五柳先生傳)」이 있다.

195 소금(素琴): 아무런 장식도 없는 질박한 거문고. 도연명은 소금을 한 벌 지니고 있었는데, 그 거
문고에는 현이 없었다. 언제나 거문고를 어루만질 때면, "거문고의 흥취를 알면 되었지, 줄을 만
져 소리 낼 필요가 있겠는가"라고 하였다.

196 녹주용갈건(漉酒用葛巾): '녹'은 액체를 거르다. 전하여 '맑다'는 뜻도 가지고 있다. '녹주'는 술
을 거르다. '갈건'은 칡베로 만든 두건. 도연명의 「술 마시며(飮酒)」 제20수 "만약 다시 유쾌히 술
마시지 않는다면, 공연히 머리 위 두건을 저버리는 일(若復不快飮, 空負頭上巾)"이라는 구가
있고, 『남사(南史)』 「도잠전(陶潛傳)」에 "군수가 도잠을 방문하려고 할 즈음 술이 다 익었는데
머리에 쓰고 있던 칡올로 짠 두건으로 술을 거르더니 다 마치고는 다시 썼다(郡將候潛, 逢其
酒熟, 取頭上葛漉酒 畢, 還復著之)"고 하였다.

197 희황인(羲皇人): 희황은 삼황(三皇)의 한 사람이자 상고 시대의 제왕인 복희씨(伏羲氏)를 말
한다. 희황인은 복희씨 때의 사람이라고 하는 설과 복희씨 이전 시대의 사람이라고 하는 설이
있으나, 여기서는 소박하고 꾸밈없는 태평 시대의 사람을 가리킨다. 도연명의 「아들인 엄 등에
게 주는 글(與子儼等疏)」에서는 "오뉴월에 북쪽 창 아래 누워 있는데 때마침 시원한 바람이 한
차례 불어오면 스스로를 복희씨라 이르곤 했다(五六月中, 北窗下臥 遇涼風暫至 自謂是羲
皇上人)"고 하였는데, 중국인들은 복희씨가 살던 상고 시대야말로 이상적인 정치가 행해지던
때라 믿어서 이런 표현을 쓴 것이다.

198 율리(栗里): 심양군(潯陽郡)에 있는 도연명의 고거(故居). 이백의 친구 정 아무개가 현령으로
있는 율양(溧陽)에 비긴 것

一見平生親[199]고
일 견 평 생 친

평생의 친구를 한 번 보게 될까.

39. 술 마시려 하지 않는 왕역양을 조롱하며
(嘲王歷陽不肯飮酒)[200]

이백(李白)

地白風色[201]寒한데
지 백 풍 색 　 한

눈 덮인 천지 풍경마저 차가운데,

雪花[202]大如手라
설 화 　 대 여 수

날리는 눈송이 크기가 주먹만 하네.

笑殺陶淵明[203]이여
소 살 도 연 명

우습도다, 팽택령 도연명이여!

不飮盃中酒라
불 음 배 중 주

잔 속의 술을 마시지 않겠다니.

浪撫一張琴[204]하고
낭 무 일 장 금

쓸데없이 거문고만 어루만지고,

虛栽五株柳라
허 재 오 주 류

하릴없이 다섯 그루 버들만 심었구나.

---

199 평생친(平生親): 평생의 친구. 정율양을 가리킨다.

200 조왕역양불긍음주(嘲王歷陽不肯飮酒): 이 시는 역양 현령인 왕 아무개가 금주를 선언하자,
　　　그것을 조롱하여 지은 시이다. 역양은 안휘성(安徽省) 화현(和縣)에 있는 지명이며, 이곳의 현
　　　령인 왕 아무개가 누구인지는 분명하지 않다.

201 지백풍색(地白風色): '지백'은 눈에 덮여 땅이 하얗게 보이다. '풍색'은 풍광·풍경

202 설화(雪花): 눈꽃송이. 어떤 판본에는 설편(雪片)이라고도 되어 있다.

203 소살도연명(笑殺陶淵明): '소살'은 참으로 우습다. '살'은 강조의 뜻을 나타내는 어조사. '도연
　　　명'은 이백이 왕역양을 도연명에 비유한 것이다.

204 낭무일장금(浪撫一張琴): '낭무'는 헛되이 어루만지다. '일장'은 한 벌. '장'은 활·거문고 등을 세
　　　는 단위

空負頭上巾[205]하니
공 부 두 상 건

　　머리에 두건 쓴 뜻 공연히 저버렸으니,

吾於爾何有[206]오
오 어 이 하 유

　　내가 자네에게 무엇을 할 수 있으리.

40. 자류마(紫騮馬)[207]

이백(李白)

紫騮行且嘶[208]한데
자 류 행 차 시

　　자색 띤 붉은 말이 나아가며 우는데,

雙翻碧玉蹄[209]라
쌍 번 벽 옥 제

　　벽옥 같은 말발굽을 번갈아 뒤집네.

臨流不肯[210]渡하니
임 류 불 긍 　 도

　　물가에 이르러 건너려 하지 않으니,

205　공부두상건(空負頭上巾): 머리에 두건을 쓴 뜻에 어긋남. '부'는 배반하다, 어긋나다. 도연명
　　은 술을 걸러 마시기 위해 두건을 썼는데, 왕역양은 술을 마시지 않으려 하면서 두건을 쓰고 있
　　으니, 두건을 쓴 뜻에 어긋난다 한 것이다. 이 구절은 도연명의 「술 마시며(飮酒)」제20수 "만약
　　다시 유쾌히 술 마시지 않는다면, 공연히 머리 위 두건을 저버리는 일(若復不快飮, 空負頭上
　　巾)"에서 취한 것이다. 뒤에 나오는 시 번호 90「술 마시며(飮酒)」주 194를 참조할 것
206　오어이하유(吾於爾何有): 내가 너에게 무엇을 하리? '너의 가치를 인정할 수 없다'는 의미로,
　　너와는 상종하지 않겠다는 뜻
207　자류마(紫騮馬): 털이 붉은빛이고 검은 갈기를 가진 준마. 옛날 악부(樂府)의 가곡명으로 『악
　　부시집』「횡취곡(橫吹曲)」에 15수가 실려 있다. 자류마를 노래한 작품들은 대개가 돌아갈 것
　　을 그리워하는 원정 나간 병사들의 마음을 읊은 것이다.
　　이 시는 전반 네 구에선 진(晉)나라 왕제(王濟)와 그의 명마에 얽힌 고사를 읊고, 후반 네 구에
　　선 수자리 나간 장부가 돌아갈 것을 그리워하는 마음을 읊고 있는데, 이것이 악부가 지니는 본
　　의이다. 출정 나간 장부는 전공(戰功)만을 생각할 뿐 집안의 아녀자는 안중에 없다고 이야기하
　　는 듯하나, 실은 아내를 그리워하는 절실한 마음을 그렇게 표현한 것일 뿐이다.
208　행차시(行且嘶): 말이 걸어가며 운다.
209　쌍번벽옥제(雙翻碧玉蹄): '쌍번'은 말이 걸어갈 때 두 발이 번갈아 굽을 뒤집다. '벽옥제'는 푸
　　른 옥같이 아름다운 말발굽

似惜錦障泥²¹¹라
사 석 금 장 니

似惜錦障泥²¹¹라
사 석 금 장 니

白雪關山²¹²遠하고
백 설 관 산　원

黃雲海戍迷²¹³라
황 운 해 수 미

揮鞭²¹⁴萬里去한데
휘 편　만 리 거

安得念香閨²¹⁵리오
안 득 념 향 규

비단 말다래를 아까워하는 듯하네.

흰 눈 덮인 관산은 까마득히 멀고,

구름 낀 바닷가 수자리는 아득하네.

채찍 휘두르며 만 리 길을 달려가는데,

어찌 처 있는 규방을 생각할 수 있으리.

41. 술 사오기를 지루하게 기다리며(待酒不至)²¹⁶

이백(李白)

玉壺繫靑絲²¹⁷러니
옥 호 계 청 사

옥술병에 푸른 실 매어 갔거늘,

---

210 불긍(不肯): 잘하려고 하지 않다. 기꺼이 하려 하지 않다.

211 사석금장니(似惜錦障泥): '사석'은 아까워하는 것 같다. '사'는 '~하는 것처럼 보이다'. '금장니'는 말의 안장 밑에 다는 비단으로 만든 말다래(말의 배 양쪽에 달아 늘어뜨려 진땅의 흙이 튀는 것을 막는 물건). 『이태백집』에 "진(晉)나라의 왕제(王濟)는 말의 성질을 잘 알았다. 일찍이 비단을 이어 만든 말다래를 단 말을 타고 가는데, 물이 있는 곳에 이르자 말이 나아가려 하지 않았다. 왕제는 말이 말다래가 더럽혀질까 봐 물을 건너려 하지 않는 것으로 생각하여, 사람을 시켜 말다래를 풀어내자 말은 곧 물을 건넜다"는 주가 달려 있다.

212 관산(關山): 나라를 지키는 관문이나 요충지가 있는 산

213 해수미(海戍迷): '해수'는 바닷가 수자리. 수자리는 국경을 지키는 일, 또는 국경을 지키는 병사. '미'는 아득하여 잘 분간할 수 없다.

214 휘편(揮鞭): 채찍을 휘두르다. 말을 타고 달린다는 뜻

215 안득념향규(安得念香閨): 어찌 처가 있는 규방을 생각하랴? '안'은 '어찌'라는 뜻을 가진 의문부사. '향규'는 처가 있는 규방으로, 『이태백집』에는 춘규(春閨)로 되어 있다.

216 대주부지(待酒不至): 봄날 술을 사서 손님을 대접하려고 하는데 오래 기다려도 술이 오지 않아 쓴 시이다.

沽酒²¹⁸來何遲오
고 주 내 하 지

술 사오는 게 어찌 이리 더딜까.

山花向我笑하니
산 화 향 아 소

산의 꽃들이 나를 향해 웃으니,

正好銜盃²¹⁹時라
정 호 함 배 시

마침 술 마시기에 좋은 때일세.

晚酌東山²²⁰下하니
만 작 동 산 하

저녁 무렵 동산 아래서 술 따르니,

流鸎²²¹復在玆라
유 앵 부 재 자

노니는 꾀꼬리 다시 이리 날아오네.

春風與醉客이
춘 풍 여 취 객

봄날 산들바람과 취한 사람이,

今日乃相宜²²²라
금 일 내 상 의

오늘 따라 더욱더 잘 어울리리라.

42. 용문의 봉선사에서 노닐며(遊龍門奉先寺)²²³

두보(杜甫)²²⁴

已從招提²²⁵遊하여
이 종 초 제 유

이미 스님 따라 절에서 노닐다가,

---

217 옥호계청사(玉壺繫靑絲): '옥호'는 백옥으로 만든 술병. '계청사'는 술병을 들기 좋게 병목에 푸른 실을 맨 것을 가리킨다.

218 고주(沽酒): 술을 사다. '고'에는 '사다·팔다'의 뜻이 모두 있다.

219 함배(銜盃): 술잔을 입에 문다는 뜻으로, 술을 마신다는 의미.

220 만작동산(晚酌東山): '만'은 저녁 무렵. '작'은 술을 따른다는 말로, 술을 마신다는 뜻. '동산'은 『이태백집』에 동창(東窓)으로 되어 있다.

221 유앵(流鸎): 여기저기로 날아다니며 우는 꾀꼬리

222 상의(相宜): 서로 잘 어울리다. 조화가 잘되다.

223 유용문봉선사(遊龍門奉先寺): '용문'은 하남성(河南省) 하남부(河南府) 이궐현(伊闕縣) 북쪽 45리에 있는 산 이름. 이궐산 또는 궐구(闕口)산이라고도 한다. '봉선사'는 이 산 위에 있는 절의 이름. 지금 낙양시 북쪽의 유명한 용문 석굴이 있는 곳이 바로 이 일대이다.

更宿²²⁶招提境²²⁷이라
갱 숙　　초 제 경

다시 잠을 자네, 절의 경내에서.

陰壑生靈籟²²⁸하고
음 학 생 령 뢰

북쪽 골짜기에 영묘한 바람 일고,

月林散淸影²²⁹이라
월 림 산 청 영

달빛 숲속에 맑은 나무 그림자들.

天闕象緯逼²³⁰하고
천 궐 상 위 핍

하늘을 찌르는 산봉우리 별에 닿고,

이 시는 용문의 봉선사에 놀러 가 지은 것으로, 3구부터 7구까지의 네 구에서는 봉선사의 밤 풍경을 읊었고, 마지막 두 구에서는 절에서 하룻밤을 묵으면서 느낀 정을 읊었다.

224　두보(杜甫: 712~770): 자는 자미(子美). 호북성(湖北省) 양양(襄陽) 사람이나 장안 근처의 두릉(杜陵)에 살았으므로 두릉포의(杜陵布衣) 또는 소릉야로(少陵野老)라고 불렸다. 안사(安史)의 난이 일어나자 사천(四川)의 성도(成都)로 피난 가 절도사인 엄무(嚴武) 밑에서 막료로 근무하면서 검교공부원외랑(檢校工部員外郎)이란 중앙 정부의 관직을 명예로 받았기 때문에 후세에는 두공부라고도 부른다. 이백과 이름을 나란히 하는 중국 최고의 시인으로 인정받아 이백은 시선(詩仙), 두보는 시성(詩聖)이라 칭해지고 있다. 안사의 난을 거치면서 우국충정이 넘치고 사회의 부조리를 파헤친 사회시를 많이 남겨 그의 시를 시사(詩史: 시로 쓴 역사)라고도 한다. 특히 율시를 잘 지어 율성(律聖) 또는 두율(杜律)이라 부르기도 한다. 저서로 『두공부집(杜工部集)』 25권이 전한다.

225　초제(招提): 범어(梵語)로 절, 사찰을 말한다. 본래 척투제사(拓鬪提奢)로 사방(四方)이라는 의미였다. 번역하는 사람의 전필(傳筆)이 잘못되어, '척'이 '초'로 되었고, '투' 자와 '사' 자가 빠지게 되었다. 초제는 원래 사방이라는 뜻이었기 때문에, 사방의 승(僧)들을 초제승이라 하였고, 사방의 승이 있는 곳을 초제승방(僧坊)이라 불렀는데, 후위(後魏)의 태무(太武)가 절을 짓고 초제라는 이름을 붙인 이후로 절을 칭하는 다른 이름이 되었다.

226　갱숙(更宿): 다시 묵다.

227　경(境): 경내(境內)를 말한다.

228　음학생영뢰(陰壑生靈籟): '음학'은 산의 북쪽 골짜기. '음'은 방위에 있어서 북쪽을 가리키고, '양'은 남쪽을 가리킨다. '영뢰'는 영묘한 바람 소리. 바람의 형체는 보이지 않고 소리만 들리기 때문에 이렇게 표현한 것이다. 영(靈) 자가 허(虛) 자로 되어 있는 판본도 있다. 『장자(莊子)』 「제물론(齊物論)」에서 자연의 음향을 천뢰(天籟), 바람 소리를 지뢰(地籟), 사람의 소리를 인뢰(人籟)라 하였다.

229　월림산청영(月林散淸影): '월림'은 달빛 쏟아지는 숲. '청영'은 나무의 또렷한 그림자

230　천궐상위핍(天闕象緯逼): '천궐'은 하늘로 들어가는 문. '궐'은 궁문 앞 좌우에 있는 높은 누각. 용문산이 매우 높고, 협곡으로 단절된 모양이 마치 궐문 같다 하여 이렇게 표현한 것. 용문산을 이궐산(伊闕山)이라고도 하는데, 이 명칭은 산의 형상에서 비롯된 것이다. '상위'는 일월성신의

雲臥²³¹衣裳冷이라
운와 의상랭

구름 속에 누우니 옷이 차가워라.

欲覺²³²聞晨鐘하니
욕교 문신종

잠깰 무렵 들려오는 새벽 종소리,

令人發深省²³³이라
영인발심성

나로 하여금 깊은 성찰하게 하네.

43. 장난삼아 정광문에게 편지를 올리고 아울러 소사업에게도 드리다(戱簡鄭廣文兼呈蘇司業)²³⁴

두보(杜甫)

廣文到官舍²³⁵하여
광문도관사

광문 박사 정건이 광문관에 이르러,

경(經)의 형상과 하늘을 수놓은 위(緯)의 성좌. 하늘에서는 28수를 경으로 하고 오성(五星)을 위로 한다. '핍'은 가깝다는 의미. 용문산이 높아서 하늘의 별자리가 마치 바로 앞에 다가들 듯이 가깝게 보인다는 의미

231 운와(雲臥): 구름 속에 눕다. 봉선사가 용문산 높은 곳에 있어, 방에 누우면 구름이 날아 들어오므로, 이렇게 표현한 것이다.

232 욕교(欲覺): 새벽녘에 잠이 깨려고 하다. '覺' 자는 '잠에서 깨다'라는 뜻일 때 '교'로 읽는다.

233 발심성(發深省): 깊은 성찰을 하게 하다. 새벽에 절의 종소리를 들으면 세속의 온갖 고민을 다 잊고, 인생과 우주에 대해 깊이 생각하게 된다는 뜻

234 희간정광문겸정소사업(戱簡鄭廣文兼呈蘇司業): 정광문은 광문관 박사(廣文館博士)를 지낸 정건(鄭虔)을 가리킨다. 형양(滎陽) 사람으로, 당 현종(玄宗)이 그의 재주를 아껴 개원(開元) 25년(737) 광문관을 설치하고 그를 박사로 임명했다. 그러나 술을 좋아하고 사무에 신경을 쓰지 않아 상관으로부터 늘 꾸지람을 들었다. 안녹산의 난으로 장안이 함락되자 몸을 숨겼는데, 이 일로 인해 면직되어 늘 곤궁하게 지냈다.

소사업(蘇司業)은 이름은 원명(源明)이며 경조(京兆: 장안) 무공(武功) 사람이다. 어릴 때 이름은 예(預), 자는 약부(弱夫). 어려서 고아가 되었으나, 글을 잘 지어 문명이 있었다. 천보(天寶) 연간에 진사에 급제하여 국자사업(國子司業)이 되었으므로, 소사업이라 불렸다. 정건의 재주를 중히 여겨 때때로 술과 돈을 보내 주면서 그를 도와주었다.

이 시는 안녹산의 난이 일어나기 전인 천보 14년에, 두보가 벗인 광문관 박사 정건에게 장난삼

繫馬堂階²³⁶下라
계 마 당 계   하

醉卽騎馬歸²³⁷하니
취 즉 기 마 귀

頗遭官長罵²³⁸라
파 조 관 장 매

才名三十年이나
재 명 삼 십 년

坐客寒無氈²³⁹이라
좌 객 한 무 전

近²⁴⁰有蘇司業하여
근   유 소 사 업

時時與²⁴¹酒錢이라
시 시 여   주 전

대청 섬돌 아래에 말을 매어 두네.

취하면 말을 타고 곧장 돌아가니,

광문관 상관에게 꾸지람 많이 들었네.

재주 있는 이름 삼십 년이나 날렸으나,

찾아온 손님은 추워도 방석 한 장
없다네.

근자엔 국자사업 소명원이 있어서,

때때로 술과 돈을 보내 준다 하네.

아 편지를 보내면서 아울러 국자사업 소원명에게도 보여 주도록 한 시이다.

235 관사(官舍): 관청으로, 여기서는 광문관을 말한다.

236 당계(堂階): 관사의 계단. 광문관의 계단

237 기마귀(騎馬歸): 말을 타고 돌아가다. 집으로 돌아간다는 뜻

238 파조관장매(頗遭官長罵): '파'는 매우, 자못, 많이. '조'는 만나다, 일을 당하다. '파조'는 '자주
      ~한 일을 당하다'. '관장'은 광문관의 장관. '매'는 질책, 비난, 꾸지람

239 좌객한무전(坐客寒無氈): '좌객'은 정건의 집을 방문하여 앉아 있는 손님. '전'은 솜털로 짜서
      만든 담요나 방석. 정건이 아주 가난한 생활을 하였음을 말한다.

240 근(近): 뢰(賴)로 된 판본도 있다.

241 여(與): 기(乞)로 된 판본도 있다. 기(乞) 역시 준다는 뜻

44. 전초산의 도사에게 보냄(寄全椒山中道士)[242]

위응물(韋應物)[243]

今朝郡齋[244]冷하여
금 조 군 재   랭

오늘 아침 군청의 서재가 쌀쌀하여,

忽念山中客[245]이라
홀 념 산 중 객

갑자기 산속의 자네가 생각나네.

澗底束荊薪[246]하고
간 저 속 형 신

산골짝 시냇가에서 땔나무를 하고,

歸來煮白石[247]이라
귀 래 자 백 석

돌아와서는 흰 돌을 찌고 있겠지.

遙持一盃酒하여
요 지 일 배 주

멀리서나마 한 잔의 술을 들고서,

遠慰風雨夕[248]이라
원 위 풍 우 석

비바람치는 밤을 보낸 그대 위로하네.

落葉滿空山하니
낙 엽 만 공 산

낙엽만이 텅 빈 산에 가득할 테니,

---

242 기전초산중도사(寄全椒山中道士): 전초산은 섬서성(陝西省) 봉상현(鳳翔縣)에 있는 산 이름.

243 위응물(韋應物: 736~790?): 이름은 응물, 자는 자세히 알 수 없다. 장안(長安) 사람으로, 소주
     자사(蘇州刺史)를 지냈으므로 사람들은 그를 위소주라고도 불렀다. 당대의 왕유·유종원·맹호
     연과 더불어 자연시파 시인 중의 한 사람으로, 전원의 풍물을 읊은 도연명의 시풍을 본받았다.
     저서로『위소주집(韋蘇州集)』10권이 있다.

244 군재(郡齋): 군청 안에 있는, 자사(刺史)가 일을 보는 서재

245 홀념산중객(忽念山中客): '홀념'은 문득 생각나다, 갑자기 생각나다. '산중객'은 전초산 속에서
     수도하는 친구

246 간저속형신(澗底束荊薪): '간저'는 산골짜기의 시냇물이 흐르는 낮은 바닥. '속'은 묶다. '형'은
     가시나무. '신'은 땔나무. '형신'은 땔나무, 또는 땔나무나 풀을 베는 것

247 자백석(煮白石): 흰 돌을 삶다. '백석'은 신선이 먹는다는 흰 돌.『포박자(抱朴子)』내편(內篇)
     에 인석산(引石散)을 한 치 넓이의 숟가락으로 떠서 한 말의 흰 돌에 넣어 물을 붓고 삶으면, 고
     구마처럼 익게 되어 곡식처럼 먹을 수 있다고 하였다.

248 요지일배주, 원위풍우석(遙持一盃酒, 遠慰風雨夕): 먼 산중에서 비바람 치는 밤을 쓸쓸히 보
     낼 친구를, 멀리서나마 한 잔 술을 들어 위로한다는 뜻

何處尋行迹고
하 처 심 행 적

어디서 자네 행적 찾을 수 있으랴.

45. 위소주 시의 운에 맞추어 등도사에게 부치다
(和韋蘇州詩寄鄧道士)[249]

소식(蘇軾)[250]

一盃羅浮春[251]을
일 배 나 부 춘

한 잔의 좋은 술 나부춘을,

遠餉採薇客[252]이라
원 향 채 미 객

멀리 산속의 도사에게 보내노라.

---

249 화위소주시기등도사(和韋蘇州詩寄鄧道士): 위소주는 앞에 나온 시 번호 44 「전초산의 도사
   에게 보냄(寄全椒山中道士)」을 지은 위응물을 말한다. 시 번호 44의 주 243을 참조할 것.
   등도사(鄧道士)는 작가 소식의 친구. 자는 수안(守安). 제목에 '화위소주시'의 다섯 자가 빠진
   판본도 있다. 『동파집』 권 4에는 다음과 같은 소식의 서문이 붙어 있다. "나부산에 야인이 있는
   데, 갈치천[(葛稚川: 진나라 사람 갈홍(葛洪)으로, 치천은 그의 자. 신선술에 통하고 『포박자』
   를 지었음]의 종이라고 전한다. 등도사 수안은 그 산속에서 도를 닦는 사람이다. 일찍이 암자 앞
   에서 야인의 두 자가 넘는 발자국을 보았다고 한다. 소성 2년(1095) 정월 10일, 나는 우연히 위
   응물이 지은 시 「전초산의 도사에게 보냄」을 읽게 되었다. (…) 이에 술 한 병과 위응물의 시의
   운을 따 시 한 수를 지어 등도사에게 보냈다(羅浮山有野人, 相傳葛稚川之隷也. 鄧道士守安
   山中有道者也. 嘗於庵前見其足迹二尺許. 紹聖二年正月十日, 予偶讀韋蘇州寄全椒山中
   道士詩. 云云. 乃以酒一壺依蘇州韻作詩寄之)."

250 소식(蘇軾: 1036~1101): 자는 자첨(子瞻), 호는 동파(東坡). 시호는 문충(文忠). 당송 팔대가
   의 한 사람. 사천성(四川省) 미주(眉州) 미산(眉山) 사람. 가우(嘉祐) 2년(1057)에 진사에 급
   제하여 여러 관직을 역임하였고, 왕안석(王安石)의 신법을 반대하다 지방관으로 좌천되어 여
   러 지방을 두루 돌아다녔다. 시문뿐만 아니라, 사(詞)와 글씨와 그림, 음악에도 정통하여, 중국
   최고의 예술가, 대문호라는 평을 받기도 하였다.

251 나부춘(羅浮春): 소식이 만든 술의 이름. 혜주(惠州)에서 나부산(羅浮山)이 보이므로 이렇
   게 이름 지었다. 혜주는 이 당시 소식의 유배지였고, 나부산은 혜주의 박라현(博羅縣) 서북
   쪽 30리 되는 곳에 있는 명산이었다. 나부산에 춘(春) 자를 붙여 술 이름을 지은 것은 기분
   좋게 봄날처럼 취한다는 뜻을 지니고 있다.

遙知²⁵³獨酌罷하고
요지 독작 파

멀리서도 알겠네, 홀로 술 다 마시고,

醉臥松下石이라
취 와 송 하 석

솔 아래 돌 위에 취해 누워 있음을.

幽人²⁵⁴不可見이로되
유인 불 가 견

그윽이 사는 야인은 볼 수 없지만,

淸嘯²⁵⁵聞月夕이라
청소 문월석

맑은 휘파람 소리 달밤이면 들려오네.

聊戲庵中人²⁵⁶하니
요 희 암중 인

장난삼아 암자에 있는 그대에게
묻노니,

空飛本無迹²⁵⁷이라
공 비 본 무 적

하늘 나는 신선은 본디
발자국 없지 않은가?

---

252 향채미객(餉採薇客): '향'은 밥 또는 음식을 보내다. '채미객'은 고사리를 캐는 사람으로, 산속
에서 은거하는 도인을 가리킨다. 은(殷)나라 말에 백이와 숙제가 수양산에 들어가 고사리를 캐
어 먹고 살다가 죽었다는 고사에서 취한 것이다.

253 요지(遙知): 멀리서나마 알겠다는 뜻. 추측의 의미를 지닌다.

254 유인(幽人): 깊은 산에 은거하여 사는 사람. 여기서는 등도사를 가리킨다.

255 청소(淸嘯): 맑은 휘파람 소리. 도사들이 행하던 수행의 하나로, 길게 호흡하는 법

256 요희암중인(聊戲庵中人): '요'는 잠깐, 애오라지. 어조사로 별 뜻이 없다고도 한다. '희'는 장난
삼아 묻다. '암중인'은 암자 속에 있는 사람으로, 여기서는 등도사를 가리킨다.

257 공비본무적(空飛本無迹): '공비'는 하늘을 날다. '공'은 허공, 하늘. '본무적'은 '본디 발자국 없
지 않은가?' 나부산에 야인(野人)이 있는데, 등도사가 그 산속에서 도를 닦고 있다가 일찍이
암자 앞에서 두 자가 넘는 야인의 발자국을 보았다고 하였다. 소식은 이 이야기를 듣고 신선
술을 닦는 등도사에게, 암자 앞에 신선의 큰 발자국이 있다니 우습지 않느냐고 장난삼아 말
한 것이다.

46. 유공권의 연구를 채움(足柳公權聯句)[258]

소식(蘇軾)

人皆苦炎熱[259]하되
인 개 고 염 열

사람들은 모두 더위를 싫어하지만,

我愛夏日長이라
아 애 하 일 장

나는 긴긴 여름날을 좋아하노라.

薫風[260]自南來하니
훈 풍　　자 남 래

훈훈한 바람이 남쪽에서 불어오니,

殿閣生微凉[261]이라
전 각 생 미 량

전각에는 시원한 기운이 생겨나네.

---

258 주유공권련구(足柳公權聯句): 유공권(柳公權: 778~865)은 자는 성현(誠懸), 경조(京兆) 화
원(華原) 사람으로, 공작(公綽)의 아우. 12세 때부터 사부(辭賦)를 지어 문명(文名)이 있었다.
경학에 밝았으며 원화(元和) 초에 진사가 되어 태자태보(太子太保)라는 벼슬에까지 올랐다.
여러 임금을 섬겨 명망이 높았고, 목종이 필법에 관하여 묻자 "마음이 바르면 글씨도 바르다
(心正則筆正)"고 거침없이 대답하여, 목종은 그것을 필간(筆諫: 필법에 빗대어 간하는 것)으
로 생각하였다. 또 문종 때에는 간의대부(諫議大夫)가 되어 문종으로부터 쟁신(爭臣: 임금의
뜻에 반대하여 간하는 신하)의 풍도가 있다는 말을 들을 정도로 강직한 인물이었다. 특히 글씨
를 잘 써서 스스로 일가를 이루었다.
　연구(聯句)는 여러 사람이 각각 한 구씩 지어 한 편의 시를 만드는 것. 한 무제(武帝) 때 백량대
(柏梁臺)에서 지은 백량체(柏梁體) 시가 최초의 것이라 한다.
　제목의 '足' 자는 이 경우에 '주'로 발음한다. 『동파선생시(東坡先生詩)』에는 이 시에 다음과 같
은 서문이 있다. "송옥이 초왕을 마주보고 '이 시원한 바람은 오직 대왕의 웅풍[雄風: 시원한 바
람]입니다. 서민들이 어찌 함께할 수 있겠습니까?'라고 말했다. 이것은 자기만 알고 다른 사람은
모르는 초왕을 송옥이 은근히 책망한 것이다. 유공권은 소인이다. 문종과 함께 지은 연구는 아
름답기는 하나 간(諫)하는 뜻이 전혀 없다. 그래서 뜻을 보충하는 시구를 지어 한 편으로 완성
했다(宋玉對楚王, 此獨大王雄風也, 庶人安得而共之, 譏楚王知己而不知人也. 柳公權小
子, 與文宗聯句, 有美而無箴, 故爲足成其篇)." 예로부터 중국의 시인들은 천자와 연구를 지
을 때 훈계의 뜻을 넣어 임금을 풍자하는 것을 사명으로 생각해 왔다. 이 시는 소식이 그러한 정
신에 입각하여 아름답기만 하고 교훈의 뜻이 없는 당나라의 제10대 천자(재위 827~840)인 문
종과 유공권의 연구에 풍간(諷諫)의 뜻을 담은 구를 더하여 한 편의 시로 완성한 것이다.

259 고염열(苦炎熱): '고'는 괴로워하다, 고통스러워하다. '염열'은 여름날의 뜨거운 더위

260 훈풍(薫風): 남쪽에서 불어오는 따스한 바람

261 미량(微凉): 시원한 기운

一爲居所移²⁶²하여
일 위 거 소 이

한 번 이런 곳으로 거소를 옮기면,

苦樂²⁶³永相忘이라
고 락　　영 상 망

백성들의 고락은 영영 잊게 되지.

願言均此施²⁶⁴하여
원 언 균 차 시

바라노니, 이 시원함 고루 베푸시어,

淸陰分四方²⁶⁵하라
청 음 분 사 방

맑은 그늘을 백성들과 함께 나누소서.

47. 자첨이 해남으로 귀양 감에 부쳐(子瞻謫海南)²⁶⁶

황정견(黃庭堅)²⁶⁷

子瞻謫²⁶⁸海南하니
자 첨 적　　해 남

자첨께서 해남으로 귀양을 가셨으니,

262　거소이(居所移): 거처를 옮기다. 『맹자』 「진심 상(盡心上)」에 "거처하는 환경이 기상을 변화시
　　키고, 음식의 봉양이 몸을 변화시킨다. 크기도 하여라, 환경의 힘이여! 모두 사람의 자식이 아닌
　　가?(居移氣, 養移體. 大哉, 居乎. 夫非盡人之子與)"라고 하였다. 인간은 환경의 지배를 크게
　　받는다는 뜻. 시원한 바람이 이는 화려한 전각에서 생활하는 신분이 되면, 염열을 싫어하는 서
　　민들과는 그 생각이 달라진다는 것을 가리킨다.

263　고락(苦樂): 백성들의 고통과 즐거움

264　원언균차시(願言均此施): '원언'은 바라노니. '언'은 의미 없는 어조사. '균차시'는 군주가 전각
　　에서 누리는 시원함을 백성들에게 고루 나누어 주는 것을 말한다.

265　청음분사방(淸陰分四方): '청음'은 군주가 궁궐의 고각에 앉아 즐기는 맑고 시원한 그늘. '사방'
　　은 네 방향이나, 여기서는 사방의 백성들을 가리킨다.

266　자첨적해남(子瞻謫海南): 자첨은 앞 시 번호 46 「유공권의 연구를 채움(足柳公權聯句)」의
　　작가 소식의 자이다.
　　해남(海南)은 황정견의 『예장황선생문집(豫章黃先生文集)』 권 7에는 영남(嶺南)으로 되어
　　있다. 영남은 오령(五嶺)의 남쪽이란 뜻으로, 지금의 광동(廣東)·광서(廣西)·안남(安南) 일부
　　를 가리킨다. 소식은 소성(紹聖) 원년(1094)에 광동의 혜주(惠州)로 귀양 갔다가 3년 후에 다
　　시 경주(瓊州: 지금의 해남도(海南島))로 옮겼다.
　　『예장황선생문집』 권 7에는 「발자첨화도시(跋子瞻和陶詩)」라는 제목으로 실려 있는데, '발'

時宰²⁶⁹欲殺之라
시 재　욕 살 지

당시 재상들이 그분을 죽이려
함이었지.

飽喫²⁷⁰惠州飯하고
포 끽　혜 주 반

혜주 땅의 음식을 배불리 자시고,

細和²⁷¹淵明詩라
세 화　연 명 시

도연명의 시를 읊조려 화답하셨지.

彭澤千載人²⁷²이요
팽 택 천 재 인

연명은 천 년에 한 번 날 인물이셨고,

이란 '서(序)'와는 반대로 책 또는 작품 끝에 쓰는 글을 가리킨다. 여기서는 이 시의 첫 구를 제목으로 했다. 그의 문집에 실린 이 시에는 다음과 같은 주가 있다. "동파는 '옛 시인의 작품을 본떠 지은 자는 있어도, 아직 옛사람의 작품에 추화[追和: 뒤를 좇아 화답함]한 자는 없다. 고인의 작품에 추화한 것은 내가 처음이다. 시인 중에 특별히 좋아하는 사람이 없으면서도 유독 연명을 좋아하는 것은, 그의 시가 질박한 듯하나 실은 아름답고 무미건조한 듯하나 사실은 깊은 뜻을 담고 있어, 위나라의 조식(曹植)과 유정(劉楨), 남북조 시대 송나라의 포조(鮑照)와 사령운(謝靈運), 당나라의 이백과 두보 등도 그에 미치지 못하기 때문이다. 내가 연명의 시에 화답한 게 무릇 109편에 이른다. 연명의 참뜻을 이해하고 표현하는 데에 나름대로 자부심을 가지고 있다. 내가 연명을 좋아하는 것은 그의 시를 좋아하기 때문이기도 하지만, 그의 사람됨을 좋아하기 때문이다. 연명이 임종할 때에 맏아들 엄(嚴) 등에게, 자신은 성품이 곧기만 할 뿐 재주가 없어 세상에 잘 적응하지 못하여 자식들을 가난에 시달리게 했다고 사과했는데, 그 말은 그의 진심일 것이다. 내게도 그러한 병폐가 있어, 벼슬길에 나아가 반생을 지내는 동안 세상에 환난만 저질러 놓았다. 만년의 한때나마 연명을 본받아 지낼까 한다'라고 말하였다." 죄를 입어 해남에 유배되었던 소식은 연명의 출처(出處)·진퇴(進退)를 사모하여 그를 본받으려 했다. 이 시는 동파의 이러한 마음을 헤아린 황정견이 산문적으로 솔직히 읊은 것이다.

267 황정견(黃庭堅: 1045~1105): 자는 노직(魯直), 호를 산곡도인(山谷道人)이라 하였다. 치평(治平) 4년(1067)에 진사에 급제하여 국자감 교수(國子監敎授) 등 여러 관직을 두루 역임하였다. 송대를 대표하는 시인 중의 하나로, 소식과 더불어 소황(蘇黃)이라 병칭되었다. 두보의 시법을 전범으로 삼아 강서시파(江西詩派)의 조사(祖師)라고 일컬어지며, 글씨에도 뛰어났다. 저서로『예장황선생문집』이 전한다.

268 적(謫): 귀양 가다. 유배되다.

269 시재(時宰): 왕안석의 신법당에 속했던 왕규(王珪)·채확(蔡確) 등 그 당시의 재상들

270 포끽(飽喫): 배부르게 먹다. '끽'은 먹다, 마시다. 여기서는 귀양살이를 지겹게 한다는 뜻

271 세화(細和): 상세하게, 꼼꼼하게 읊조려 화답하다. 소식은 도연명의 시를 무척 좋아하여, 그의 시에 화답한 화도시(和陶詩)가 109나 된다.

272 팽택천재인(彭澤千載人): '팽택'은 팽택령을 지낸 도연명을 말한다. '천재인'은 천 년에 한 번

東坡百世師²⁷³라
동파백세사

동파는 백 세에 한 번 날 스승이시지.

出處²⁷⁴雖不同이나
출처　　　수부동

나아가고 머무름이 비록
같지 않았지만,

氣味²⁷⁵乃相似라
기미　　　내상사

기품과 풍취는 서로 비슷하시다네.

48. 젊은이(少年子)²⁷⁶

이백(李白)

靑春²⁷⁷少年子가
청춘　　소년자

푸른 봄같이 싱싱한 젊은이들이,

挾彈章臺左²⁷⁸라
협탄장대좌

탄궁 끼고 장안의 누대 옆에서 노네.

나올까 말까 한 훌륭한 인물

273 백세사(百世師): 백대 후까지 스승으로 삼을 만한 사람. 어떤 판본에는 사(師) 자가 사(士)로도 되어 있다. 즉 백 세에 한 번 나올 만한 뛰어난 사람. 일 세는 30년

274 출처(出處): '출'은 조정에 나아가 벼슬하다. '처'는 벼슬하지 않고 재야에 머물다. 즉 세상 살아가는 방법을 말한다.

275 기미(氣味): 인물의 기풍, 풍취(風趣). 기상과 풍채. 기질

276 소년자(少年子): 악부의 가곡명(歌曲名)으로, 『악부시집』 권 66의 「잡곡가사(雜曲歌辭)」에 들어 있다. 젊은이라는 뜻으로, 의미는 소년보다 청년에 가깝다. 이 시는 경박한 젊은이들이 도시에서 놀이로 세월을 보내고 있음을 풍자한 것이라고도 하지만, 한편으로는 젊어서 실컷 즐겨야지 지조를 지키다 굶어 죽은들 무슨 소용이 있느냐는 뜻으로 해석할 수도 있다.

277 청춘(靑春): 음양오행설(陰陽五行說)에서는 만물의 생성 발전을 음양 두 기운의 교합과 전이에 의한 것으로 생각하여, 만물은 목(木)·토(土)·수(水)·화(火)·금(金) 다섯 가지 요소로 이루어졌다고 본다. 봄은 오행으로는 목에 속하며, 빛깔에 있어서는 파란색이다. 따라서 청춘은 파란 봄이란 의미로, 인생의 봄을 말한다.

278 협탄장대좌(挾彈章臺左): '협탄'은 탄궁을 겨드랑이 사이에 끼다. '탄'은 새를 쏘아 잡도록 만든 옥으로 된 둥근 실탄. '장대'는 원래 초(楚)나라 영왕(靈王)이 화용현(華容縣)에 지었던 장

鞍馬四邊開²⁷⁹하니
안 마 사 변 개

안장한 말 타니 사방이 확 트여,

突²⁸⁰如流星過라
돌   여 유 성 과

돌연히 유성처럼 나는 듯 지나가네.

金丸²⁸¹落飛鳥하고
금 환   락 비 조

금탄환을 쏘아 나는 새를 떨구고,

夜入瓊樓²⁸²臥라
야 입 경 루   와

밤이면 경루에 들어가 잠을 자네.

夷齊²⁸³是何人으로
이 제   시 하 인

백이숙제는 어떤 사람들이었기에,

獨守西山餓²⁸⁴오
독 수 서 산 아

홀로 지조 지켜 서산에서 굶주렸던가.

화대(華華臺)란 화려한 누대를 말하지만, 여기서는 장안의 화려한 누대를 가리킨다. '좌'는 좌우, 근처라는 말로, 누대 왼편의 들판이나 숲을 뜻한다.

279 사변개(四邊開): 사방이 활짝 열리다.

280 돌(突): 급히, 갑자기

281 금환(金丸): 금으로 만든 탄환. 『서경잡기(西京雜記)』권 4에 한언(韓嫣)이란 사람이 탄궁(彈弓)으로 사냥하기를 좋아하여 항상 금을 깎아 탄환을 만들었는데, 한언이 탄궁을 메고 나오면 아이들이 그를 따라다니다 금환이 떨어지는 곳으로 달려가 그것을 주웠다는 이야기가 있다. 금환으로 새를 쏜다고 함은 호사스러움의 극치라 할 수 있다.

282 경루(瓊樓): 구슬로 장식된 화려한 누각. 원래는 궁전의 미칭이었으나, 여기서는 주색잡기가 벌어지는 화려한 기생집을 말한다.

283 이제(夷齊): 백이와 숙제를 말한다. 지조를 지키기 위해 수양산에 들어가 고사리를 캐 먹다 죽은 사람들. 절의(節義)의 대명사로 칭송된다.

284 독수서산아(獨守西山餓): '독수'는 홀로 지키다. 백이와 숙제가 절조를 지킨 것을 가리킨다. '서산'은 수양산의 별명. '아'는 '굶다'의 뜻으로, 여기서는 굶어 죽는 것을 말한다.

49. 금릉의 신정(金陵新亭)[285]

작자 미상

金陵風景好하여
금릉풍경호

금릉 땅은 풍경이 아름다워,

豪士[286]集新亭이라
호사   집신정

천하 호걸들 신정에 모였었네.

擧目山河異[287]하니
거목산하이

눈 들어 봄에 산천이 달랐으니,

偏傷周顗[288]情이라
편상주의   정

주의의 마음을 슬프게만 하였네.

---

285 금릉신정(金陵新亭): '금릉'은 남경(南京)의 옛 이름이다. 한나라 때는 말릉(秣陵), 오(吳)나라 때는 건업(建業), 동진(東晋) 때는 건강(建康), 수(隋)나라 때는 승주(昇州) 등 여러 이름으로 불렸다. 어사대(御史臺)가 있어서 민간에서는 남대(南臺)라고도 불렸다. 동진 때 북호(北胡)에게 쫓겨 이곳에 도읍을 정한 이후로 여러 왕조의 도읍이 되기도 하였다.
신정(新亭)은 지금의 강소성(江蘇省) 강녕현(江寧縣) 남쪽의 노로산(勞勞山) 위에 자리하고 있어, 노로정 또는 임창관(臨滄觀)이라고도 불렀다. 동진의 명사들이 자주 이 정자에 모여 놀았다고 한다.
본서의 원주에는 "동진이 양자강을 건너온 다음부터, 동진의 명사들은 한가한 날이면 서로 신정에 모여 주연을 벌였다. 주의(周顗)가 좌중에서 '풍경은 다르지 않은데도, 눈을 들어 보면 산하가 다르다'고 탄식하자 그 말을 듣고 모두들 눈물을 흘렸다. 오직 왕도(王導)만이 안색을 바로 잡고 '우리 모두 힘을 합해 신주[神州: 중국]를 되찾아야 한다. 어찌 초수[楚囚: 초나라 출신의 포로]처럼 되어 서로 마주보며 울어서야 되겠는가?'라고 말하였다. 이에 모두 눈물을 거두고 그에게 사과하였다"고 하였다.

286 호사(豪士): 걸출한 인물. 호걸지사

287 거목산하이(擧目山河異): '거목'은 눈을 들어 바라보다. '산하이'는 산하가 다르다는 말로, 옛 영토인 북쪽 땅을 오랑캐한테 빼앗기고 남쪽에 쫓겨 와 있음을 가리킨다. '산하'는 강하(江河)라고 되어 있는 판본도 있다.

288 편상주의(偏傷周顗): '편'은 한쪽으로 기울다, 즉 '오로지 ~하게만 한다'. '상'은 아프게 하다, 애달프게 하다. 주의는 진(晋)나라 안성(安成) 사람으로, 자는 백인(伯仁)이며 왕도(王導)와 친분이 두터웠던 당시의 유수한 명사

四坐楚囚²⁸⁹悲하나
사 좌 초 수   비

모든 이들 초나라 포로처럼
슬퍼했지만,

不憂社稷²⁹⁰傾이라
불 우 사 직   경

사직이 기울었음 걱정하지 않았네.

王公何慷慨²⁹¹오
왕 공 하 강 개

왕공이 얼마나 비분강개하였던가,

千載仰雄名²⁹²이라
천 재 앙 웅 명

천 년토록 영웅다운 이름 추앙받네.

50. 장가행(長歌行)²⁹³

심약(沈約)²⁹⁴

靑靑園中葵²⁹⁵는
청 청 원 중 규

파릇파릇한 채소밭의 해바라기는,

---

289 사좌초수(四坐楚囚): '사좌'는 사방에 앉아 있는 여러 사람들. '초수'는 초나라 포로라는 의미
로, 여기서는 남쪽으로 쫓겨온 처지여서 남쪽에 있던 초나라를 생각하고 단순히 초수라 한 것
이다. 초수라는 고사는 『좌전(左傳)』「성공(成公) 9년」에 나오는데, 다른 나라에 포로로 잡혀
갔으면서도 고향 초나라를 잊지 못해 고국의 관(冠)을 쓰고 있었던 종의(鍾儀)에 관한 이야기
이다. 잡혀가 타국에 있는 사람, 패전자라는 뜻

290 사직(社稷): '사'는 토지의 신, '직'은 곡식의 신. 옛날 중국에서 나라를 새로이 세웠을 때에 천자
나 제후가 단을 세워 제사를 지냈던 토신과 곡신을 말하였으나, 뒤에는 나라를 대표하는 말로
쓰이게 되었다.

291 왕공하강개(王公何慷慨): 왕공은 왕도(王導)를 가리키는데, 자는 무홍(茂弘)이며, 당시 동진
의 재상으로 황제의 신임이 두터웠다. '강개'는 의롭지 못한 것을 보고 의분을 느껴 슬퍼하고 한
탄하는 것

292 웅명(雄名): 영웅다운 이름. 대장부라는 평판

293 장가행(長歌行): 단가행(短歌行)의 반대말로, 각각 가락을 길게 뽑아서 부르는 노래와 짧게
뽑아서 부르는 노래의 가사라는 뜻이다. '행'은 가(歌)·음(吟)·인(引)·곡(曲) 같은 말처럼 노래
의 가사라는 뜻이다. 『악부시집』권 30의 「상화가사(相和歌辭)」에 「장가행」 11수가 실려 있는
데, 이 시는 그 가운데 하나이며, 『문선(文選)』 이선(李善) 주에도 작자 미상이라 하였다. 심약

朝露待日晞²⁹⁶라
조 로 대 일 희

아침 이슬 해 나와 말려 주길 기다리네.

陽春布德澤²⁹⁷하니
양 춘 포 덕 택

따스한 봄은 은택을 널리 펴니,

萬物生光輝²⁹⁸라
만 물 생 광 휘

온 세상 만물에는 생기가 돈다네.

常恐秋節至하니
상 공 추 절 지

언제나 두려운 건 가을이 이르러,

焜黃²⁹⁹華葉衰라
혼 황　　화 엽 쇠

누렇게 꽃과 잎이 시드는 것이라네.

百川東到海³⁰⁰하니
백 천 동 도 해

모든 강물 동으로 흘러 바다에 이르니,

何時復西歸리오
하 시 부 서 귀

언제 다시 서쪽으로 돌아오리오.

少壯不努力이면
소 장 불 노 력

젊고 장성할 때 힘쓰지 않으면,

老大徒³⁰¹傷悲라
노 대 도　　상 비

늙어 공연히 서럽게 될 뿐이네.

　　이 지은 「장가행」 2수가 따로 있고 내용이 이와는 다르므로, 이 시의 작자를 심약이라 한 것은 잘못인 듯하다.

294　심약(沈約): 자는 휴문(休文), 시호는 은후(隱侯). 처음에는 남조(南朝)의 송(宋)나라와 제(齊)나라를 섬겼으나, 뒤에는 양(梁)나라의 무제를 도와 벼슬이 상서령(尚書令)에까지 올랐다. 시문에 뛰어났으며, 특히 음운(音韻)에 정통하였다. 시작에 있어서 지켜야 할 준칙과 기피해야 할 병폐에 대한 사성팔병설(四聲八病說)을 제창하여 율시(律詩)와 절구(絶句)의 형식적 기초를 마련하였다.

295　규(葵): 아욱과에 속하는 일년초

296　조로대일희(朝露待日晞): 아침 이슬에 젖어 해가 나와 말려 주기를 기다리다. '희'는 마르다, 건조하다. 밭의 초목이 기운차게 자라는 것을 형용한 것

297　포덕택(布德澤): '포'는 베풀다, 보시하다. '덕택'은 은택, 은덕

298　생광휘(生光輝): 광휘가 생겨난다는 뜻으로, 생기가 난다는 의미

299　혼황(焜黃): 나뭇잎이 누렇게 되다. '혼'은 빛을 발하는 것으로, 나뭇잎이 붉고 노란빛을 낸다는 의미. 초목이 시드는 것을 형용한 말

300　동도해(東到海): 강물이 동쪽으로 흘러 바다에 이르다. 중국의 지형은 서고동저(西高東底)이기 때문에 모든 강물이 서쪽에서 동쪽으로 흐른다.

51. 이것저것 읊음(雜詩)[302]

도잠(陶潛)

結廬在人境[303]이나
결 려 재 인 경

사람 사는 경계에 움막을 엮었으나,

而無車馬喧[304]이라
이 무 거 마 훤

수레나 말의 시끄러운 소리 없네.

問君何能爾[305]오
문 군 하 능 이

그대에게 묻노니, 어찌 그럴 수 있소,

心遠地自偏[306]이라
심 원 지 자 편

마음 멀어지면 땅도 절로 편벽된다네.

採菊東籬下[307]라가
채 국 동 리 하

동쪽 울타리 밑에서 국화를 따다,

悠然見南山[308]이라
유 연 견 남 산

마음 한가로이 남산 보이네.

---

301 도(徒): 단지. 공연히

302 잡시(雜詩): 『도연명집』권 3에 「술 마시며(飮酒)」라는 제목으로 20수가 실려 있는데, 이 시는 그중 다섯 번째 시이다. 『문선』에는 이 책에서와 같이 「잡시」라는 제목으로 실려 있다. 「잡시」란 여기서 옮긴 바와 같이 '이것저것 읊는다'는 뜻인데 일정한 주제 없이 생각나는 대로 적어 둔다는 뜻이다.

303 결려재인경(結廬在人境): '결려'는 오두막집을 짓다, 또는 농부가 논밭 가운데 간단히 지은 농막 같은 것. '인경'은 사람들이 사는 고장. 이것은 깊은 산속에 오두막집을 짓고 사는 것이 아니라, 사람들 틈에 끼어 살면서도 고고하게 탈속하였음을 뜻한다.

304 이무거마훤(而無車馬喧): '이'는 그러하면서도. '무거마훤'은 수레나 마차가 시끄러운 소리가 없음. 정치에서 은퇴하였으므로 관리나 벼슬아치들이 마차를 몰고 시끄럽게 찾아오는 일이 없다는 뜻

305 문군하능이(問君何能爾): '문군'은 '그대에게 묻는다'는 뜻이나, 여기서는 자문자답의 뜻으로 볼 수 있다. '하능이'는 '어떻게 그렇게 할 수 있는가?'라는 뜻

306 심원지자편(心遠地自偏): 마음이 먼 곳에 있으니, 사는 곳이 편벽된 구석같이 조용하게 느껴지다. 마음이 속세의 이욕으로부터 멀리 떨어져 한가하므로, 사는 곳이 비록 거리 한복판일지라도 정신적으로는 편벽된 구석에서 사는 것처럼 조용하다는 뜻

307 동리하(東籬下): 동쪽 울타리 아래. 또는 부근

308 유연견남산(悠然見南山): '유연'은 마음에 여유가 있는 모양, 유유한 모양. '견남산'은 한가한 마

山氣日夕佳[309]하고
산기일석가

飛鳥相與還[310]이라
비조상여환

此間有眞意하니
차간유진의

欲辯已忘言[311]이라
욕변이망언

산기운은 날 저물자 더욱 좋은데,

나는 새들도 서로 어울려 돌아오네.

이런 가운데 참된 뜻이 있어,

말을 하려다 어느덧 말을 잊었네.

52. 이것저것 읊음(雜詩)[312]

도잠(陶潛)

秋菊有佳色[313]하니
추국유가색

裛露掇其英[314]이라
읍로철기영

汎此忘憂物[315]하여
범차망우물

가을 국화는 빛깔도 아름다우니,

이슬 머금은 그 꽃잎을 따서,

시름 잊게 하는 이 술에 띄워,

음에 고개를 들어 보니 남산이 절로 눈에 들어온다는 의미. '견'은 의식적으로 애를 쓰지 않아도 저절로 보인다는 뜻

309 산기일석가(山氣日夕佳): '산기'는 산색, 또는 산을 둘러싼 남기(嵐氣)나 기색. '일석가'는 날이 저무니 더욱 아름다움

310 상여환(相與還): 서로 짝을 지어 돌아오다.

311 욕변이망언(欲辯已忘言): 말로 표현하려고 해도 표현할 수 없다. '욕'은 '~을 하려고 하다'. '이망언'은 이미 말을 잃다, 즉 표현할 수 없다는 뜻

312 잡시(雜詩): 이 시는 시 번호 51과 같이 『도연명집』 권 3에 「술 마시며」라는 제목으로 실려 있는데, 그중 일곱 번째 작품이며, 『문선』에는 「잡시」라는 제목으로 실려 있다.

313 가색(佳色): 아름다운 빛깔

314 읍로철기영(裛露掇其英): '읍로'는 이슬에 흠뻑 젖다. '읍'은 읍(浥)과 같은 뜻. '철'은 따다, 줍다. '영'은 꽃 또는 꽃잎. '철기영'은 그 꽃잎을 따다.

遠我遺世情³¹⁶이라
원 아 유 세 정

속세 버린 내 마음 더욱 깊게 하네.

一觴雖獨進³¹⁷이나
일 상 수 독 진

한 잔의 술을 홀로 따르고 있지만,

盃盡壺自傾³¹⁸이라
배 진 호 자 경

잔 다하면 술병 절로 기울어지네.

日入羣動息³¹⁹하니
일 입 군 동 식

날 저물어 만물이 다 쉴 무렵,

歸鳥趨林鳴³²⁰이라
귀 조 추 림 명

깃드는 새는 숲으로 날며 우네.

嘯傲東軒³²¹下하니
소 오 동 헌   하

동헌 아래에서 후련히 휘파람 부니,

聊復得此生³²²이라
요 부 득 차 생

다시금 참삶을 얻은 듯하네.

---

315 범차망우물(汎此忘憂物): '범'은 띄우다. '망우물'은 근심을 잊게 하는 물건이라는 뜻으로, 술의 다른 이름

316 원아유세정(遠我遺世情): '유세정'은 세상을 떠난 정, 속세를 잊은 정을 말한다. 속세를 떠난 나의 마음을 더욱 확고하게 해 준다는 의미

317 일상수독진(一觴雖獨進): '일상'은 하나의 술잔. '독진'은 혼자서 술을 따르다, 마시다. 술잔 하나를 가지고 혼자서 술을 부어 거듭 마신다는 말

318 호자경(壺自傾): 술 항아리가 저절로 기울어진다. 물아일체(物我一體)의 경지를 말한다.

319 군동식(羣動息): 여러 움직임이 쉬다, 세상 만물이 고요해진다.

320 귀조추림명(歸鳥趨林鳴): 둥지로 돌아오는 새가 숲으로 날아가며 운다. 허구에 찬 인간 세계로부터 본연의 세계, 즉 허정으로 돌아가 쉬기를 갈망하고 있음을 비유한다.

321 소오동헌(嘯傲東軒): '소오'는 자유롭고 홀가분한 마음으로 휘파람을 불다. '오'는 거침없이, 마음 내키는 대로. '헌'은 지붕의 도리 밖으로 내민 부분인 처마를 가리키며, 전하여 집을 말한다. 여기서는 툇마루 또는 창문. 동헌은 동쪽 툇마루

322 요부득차생(聊復得此生): '요'는 애오라지, 잠시나마, 홀연히, 그러는 동안. '부득차생'은 다시 참다운 삶을 얻다. 진실한 삶의 기쁨을 깨달았다는 뜻

53. 고시를 본받아(擬古)[323]

도잠(陶潛)

日暮天無雲하니
<small>일 모 천 무 운</small>

해 질 녘의 하늘에 구름 한 점 없는데,

春風扇微和[324]라
<small>춘 풍 선 미 화</small>

봄바람이 희미한 화기를 부채질하네.

佳人[325]美淸夜하여
<small>가 인 미 청 야</small>

고운 임은 맑은 밤을 아름답게 여겨,

達曙酣且歌[326]라
<small>달 서 감 차 가</small>

새벽이 되도록 술 마시며 노래하네.

歌竟長歎息한데
<small>가 경 장 탄 식</small>

노래 마치고 길게 탄식을 하는데,

持此感人多라
<small>지 차 감 인 다</small>

그 모습 너무나 사람을 감동시키네.

皎皎[327]雲間月이요
<small>교 교 운 간 월</small>

밝고 밝은 구름 사이의 달이요,

灼灼[328]葉中華[329]라
<small>작 작 엽 중 화</small>

곱고 고운 잎 가운데 꽃이라네.

豈無一時好[330]리오
<small>기 무 일 시 호</small>

어찌 없으리오, 한때의 아름다움이,

---

323 의고(擬古): 옛날 시를 본뜬다는 뜻. 이 시는 도연명의 「의고」 9수 가운데 일곱 번째 작품에 해당한다. 제목은 비록 고시를 본떴다고 하지만, 도연명 자신의 독자적인 개성이 잘 드러난 작품으로, 인간 세상에서의 영화와 즐거움은 오래 유지되지 못함을 말하고 있다.

324 춘풍선미화(春風扇微和): 봄바람이 부채질하듯 부드럽게 불어오다. '선'은 부채. 따뜻한 봄날의 고요한 저녁을 형용

325 가인(佳人): 사모하는 사람. 그리운 사람. 애인이나 벗을 가리킨다.

326 달서감차가(達曙酣且歌): '달서'는 새벽이 되도록. '감차가'는 술 마시며 노래 부르다. '감'은 술을 마시며 즐기다.

327 교교(皎皎): 달이 밝은 모양을 형용한 말

328 작작(灼灼): 꽃이 만발한 모양을 형용한 말

329 화(華): 꽃. 화(花)와 같은 글자

不久當如何오
불 구 당 여 하

오래가지 못하니 어찌해야 좋은가?

54. 고취곡(鼓吹曲)³³¹

사조(謝脁)³³²

江南³³³佳麗地요
강 남　　가 려 지

강남은 아름답고도 고운 땅인데,

金陵帝王州³³⁴라
금 릉 제 왕 주

그중 금릉은 제왕의 도읍터로다.

逶迤帶綠³³⁵水하고
위 이 대 록　　수

구불구불 푸른 강물 흐르고 있고,

迢遞起朱樓³³⁶라
초 체 기 주 루

하늘 높이 붉은 누각 치솟아 있네.

---

330 기무일시호(豈無一時好): 어찌 한때의 아름다움이 없겠는가. 사람이건 꽃이건 한때 아름다울
　　때가 있지만, 그것이 지속되지 않는다는 뜻

331 고취곡(鼓吹曲): 북과 징 같은 것을 치고 피리 같은 것을 부는 군악(軍樂)으로 단소요가(短簫
　　鐃歌)라고도 부른다.『악부시집(樂府詩集)』권 16에「고취곡사」가 실려 있다.
　　　이 시에서 앞의 6구는 수도의 융성한 모습을 적었고, 뒤의 4구는 제후들이 입조하는 화려한 모
　　습을 읊은 것이다.

332 사조(謝脁: 464~499): 자는 현휘(玄暉). 남조 시대 제(齊)나라 진군(陳郡) 양하(陽夏) 사람.
　　귀족 출신으로 출사하여 선성 태수(宣城太守)가 되었으므로, 후세에 사선성이라고도 부른다.
　　청신(淸新)한 시풍으로 후인들의 사랑을 많이 받았는데, 특히 이백이 사조의 풍격을 그리워하
　　여 그를 기리는 시를 많이 지었다. 시에 뛰어나 당시의 풍격 형성에 많은 영향을 주었으며, 오언
　　시(五言詩)의 율체화(律體化)에 많은 영향을 주었다.

333 강남(江南): 양자강의 남쪽.『문선』주에는 "강남은 양주(楊州)이다"라고 하였다.

334 금릉제왕주(金陵帝王州): '금릉'은 앞에 나온 시 번호 49「금릉의 신정(金陵新亭)」을 참조할
　　것. '제왕주'는 제왕이 있는 고장. 왕도(王都)라는 뜻

335 위이대록(逶迤帶綠): '위이'는 구불구불 길게 이어진 모양. '대록'은 녹색빛을 띠다.

336 초체기주루(迢遞起朱樓): '초체'는 멀고 아득한 모양, 또는 높은 모양. '주루'는 붉은 칠을 한 화
　　려한 누각. 녹수의 푸른 빛깔과 좋은 대조를 이룬다.

飛甍夾馳道³³⁷하고
비 맹 협 치 도

늘어진 버들은 궁전 도랑 덮고 있네.

> 나는 듯한 용마루 한길을 끼고 있고,

垂楊蔭御溝³³⁸라
수 양 음 어 구

늘어진 버들은 궁전 도랑 덮고 있네.

凝茄翼高蓋³³⁹하고
응 가 익 고 개

엉기는 피리 소리 높은 수레 덮개
날개 편 듯,

疊鼓送華輈³⁴⁰라
첩 고 송 화 주

웅장한 북소리 아름다운 수레
밀고 오는 듯.

獻納雲臺表³⁴¹하니
헌 납 운 대 표

운대 밖에서 드리며 받으니,

功名良可收³⁴²라
공 명 량 가 수

공명이란 진실로 세울 만한 것이라네.

---

337 비맹협치도(飛甍夾馳道): '비맹'은 높은 용마루. '비'는 용마루가 높은 것을 형용한 것. '맹'은 대마루에 얹는 수키와 또는 용마루. '치도'는 천자의 길, 궁성 앞의 큰길

338 음어구(蔭御溝): '음'은 그늘지다, 덮다. '어구'는 궁전가의 도랑. 장안(長安)의 어구를 양구(楊溝)라고 하는데, 버드나무를 그 위에 심었기 때문이다. 금릉엔 어구가 없었으나, 장안 치도(馳道)의 어구를 빌려 금릉의 화려함을 형용한 것이다.

339 응가익고개(凝茄翼高蓋): '응가'는 많은 피리 소리가 엉기듯이 합주되다. '익고개'는 수레의 높은 덮개를 날개같이 펴다. 내조(來朝)하는 제후의 행차에 군악대가 부는 피리 소리가 제후가 탄 수레의 높은 덮개를 양편에서 떠받치고 들어오는 것 같다는 뜻

340 첩고송화주(疊鼓送華輈): '첩고'는 첩첩이 쌓인 여러 개의 북. '화주'는 조각을 한 아름다운 수레. '송화주'는 화려한 수레를 밀고 오다. 제후의 행차에 악기를 연주하며 오기 때문에, 그 북소리가 화려한 수레를 밀며 오는 것 같다는 뜻

341 헌납운대표(獻納雲臺表): '헌납'은 충성스런 말 또는 물건 등을 바치는 것으로, 여기서는 공(功)을 세운 것을 가리킨다. '표'는 '올리다', '공을 아뢰어 운대에 표창되다'의 뜻. 한나라 명제(明帝) 영평(永平) 3년(60)에 중흥의 공신 28명의 초상을 남궁(南宮)의 운대(雲臺)에 그리게 하였다는 고사를 빌려 표현한 것

342 양가수(良可收): '양'은 참으로, 정말로. '가수'는 거둘 만하다. 공명(功名)이란 한 번 날려 볼 만한 것이라는 뜻

55. 서도조의 시에 화답하여(和徐都曹)³⁴³

사조(謝朓)

宛洛佳遨遊³⁴⁴나 <small>완 락 가 오 유</small>	완 땅과 낙양이 놀기 좋은 곳이라지만,
春色滿皇州³⁴⁵라 <small>춘 색 만 황 주</small>	이곳 왕도는 봄빛 가득해 더욱 좋다.
結軫靑郊路³⁴⁶하고 <small>결 진 청 교 로</small>	성 밖의 푸른 봄길 수레 몰아 달리고,
迥瞰蒼江³⁴⁷流라 <small>형 감 창 강 류</small>	흘러가는 파란 장강 멀리서 바라본다.
日華川上動³⁴⁸하고 <small>일 화 천 상 동</small>	출렁이는 강물 위에 햇살이 반짝이고,

343 화서도조(和徐都曹): 서도조는 서면(徐勉)을 말한다. 자는 수인(修仁). 중도조(中都曹: 관리의 불법을 단속하던 벼슬)를 지냈기 때문에 이렇게 불렀다. 일찍이 고아가 되어 가난하게 살았으나 청절(淸節)을 잃지 않았다. 서효사(徐孝嗣)는 그를 사람 가운데 천리마라 하였다.

이 시는 서면의 시 「이른 새벽에 신정의 물가를 나서며(昧旦出新亭渚)」에 화답한 것으로, 금릉의 아름다운 봄 풍경을 읊은 시이다. 신정은 강소성(江蘇省) 강녕현(江寧縣)에 있는 지명으로, 앞의 시 번호 49「금릉의 신정」이 바로 그것이다. 사조는 매우 섬세하고 감각적인 묘사에 뛰어나 청신(淸新)한 시를 많이 남겨, 당나라 때의 이백은 그를 매우 좋아하였다. 이 시의 "日華川上動, 風光草際浮"와 같은 구는 그 대표적인 예라 할 수 있다. 이 시는 짧은 시이지만『시경(詩經)』・『한서(漢書)』・「고시」 19수 등에 나오는 고전적 성어를 많이 사용하고 있어, 그 구상이 의고적이다. 그러면서도 청신하며 독창적인 표현이 매우 효과적으로 쓰이고 있어, 한층 생기가 넘치고 있다.

344 완락가오유(宛洛佳遨遊): '완락'은 하남(河南)의 고도(古都)였던 두 현(縣)으로, '완'은 남양(南陽), '락'은 낙양(洛陽). 남양은 한 무제(武帝)가 태어난 곳으로, 한나라의 중흥 공신(中興功臣)이 많이 배출되어 크게 번성하였다. 낙양은 한대의 동도(東都)였다. 작자는 한대의 동도를 금릉(金陵)에 비유하였다. '오유'는 즐겁게 놀다.

345 황주(皇州): 황제가 있는 곳. 여기서는 제(齊)나라의 도성(都城) 금릉(金陵)을 말한다.

346 결진청교로(結軫靑郊路): '결진'은 수레를 달려 돌아다닌다. '진'은 수레의 횡목(橫木). '청교로'는 초목이 파릇파릇한 봄날의 교외, 성 밖. 오행설(五行說)에 의하면, 봄은 동쪽을 뜻하며 그 빛은 푸른색이기 때문에, 봄날의 동쪽 성 밖의 길로 볼 수 있다.

347 형감창강(迥瞰蒼江): '형'은 멀리. '감'은 내려다보다, 조망하다. '창강'은 푸른 장강(長江)

風光³⁴⁹草際浮라
풍 광　초 제 부

일렁이는 풀잎 끝에 바람이 스치운다.

桃李成蹊徑³⁵⁰하고
도 리 성 혜 경

도리화 만발하여 상춘객 줄을 잇고,

桑榆蔭道周³⁵¹라
상 유 음 도 주

뽕나무 느릅나무 길 모퉁이
그늘 짓는다.

東都已俶載³⁵²하니
동 도 이 숙 재

이곳 동도에 이미 농사일
시작되었으니,

言歸望綠疇³⁵³라
언 귀 망 록 주

이제는 돌아가 푸른 밭을 보아야지.

---

348 일화천상동(日華川上動): 햇빛이 강물 위에서 약동하다. '일화'는 태양의 광채(光彩)

349 풍광(風光): 바람의 빛. 바람에는 빛깔이 없으나, 풀잎이 바람에 움직이며 반짝반짝 빛나는 것
　　을 풀잎에 바람의 빛이 떠 있다고 표현하였다.

350 도리성혜경(桃李成蹊徑): '혜경'은 좁은 길, 오솔길. 복숭아나무와 오얏나무 밑에는 자연히 오
　　솔길이 만들어짐. 도리는 말이 없지만 그 꽃이 아름다워 사람들이 그것을 보기 위해 모여들어,
　　나무 밑에는 자연히 길이 나게 된다는 뜻. 이 말은 『한서』「이광전(李廣傳)」의 속담을 인용한 구
　　절에 나온다.

351 상유음도주(桑榆蔭道周): '상유'는 뽕나무와 느릅나무. '음'은 가려 그늘을 이루다. '도주'는 길
　　이 굽은 곳. '주'는 굽다.

352 동도이숙재(東都已俶載): '동도'는 금릉을 가리킨다. '숙재'는 봄이 되어 농사를 시작하다. '숙'
　　은 처음, 비로소. '재'는 일

353 언귀망록주(言歸望綠疇): '언'은 어기(語氣)를 강하게 하는 어조사. '귀망'은 돌아가 바라보다.
　　'녹주'는 푸른 밭. '주'는 밭두둑

56. 동원에서 노닐며(遊東園)[354]

사조(謝朓)

戚戚苦無悰[355]하니
척 척 고 무 종
시름 많고 괴롭게도 즐거움 없어,

携手共行樂[356]이라
휴 수 공 행 락
손잡고 함께 나가 즐겁게 노네.

尋雲陟累榭[357]하고
심 운 척 루 사
구름 속으로 높은 누대를 오르고,

隨山望菌閣[358]이라
수 산 망 균 각
산길 오르며 아름다운 누각 바라보네.

遠樹曖芊芊[359]하고
원 수 애 천 천
저 멀리 나무들은 짙푸르게 우거지고,

生烟紛漠漠[360]이라
생 연 분 막 막
피어나는 산안개 어지럽게 흩어지네.

魚戲新荷[361]動이요
어 희 신 하   동
물고기 노닐어 새 연잎이 흔들리고,

---

354 유동원(遊東園): '동원'은 동전(東田)이라고도 하며, 남경의 종산(鍾山) 아래에 있는 사조의
     별장이다. 사조는 이곳에서 놀다 돌아와 이 시를 지었다. 여관영(余冠英)의 『한위육조시선(漢
     魏六朝詩選)』에서는 남조(南朝) 제(齊)나라 혜문 태자(惠文太子)가 종산 아래에 지은 별장
     이라 하였다.
355 척척고무종(戚戚苦無悰): '척척'은 근심이 깊은 모양, 시름이 많은 모양. '종'은 즐거워하다.
356 휴수공행락(携手共行樂): '휴수'는 손을 잡다. '행락'은 즐겁게 놀다.
357 척루사(陟累榭): 여러 층으로 된 높은 누각(樓閣)에 오르다. '사'는 정자
358 수산망균각(隨山望菌閣): '수산'은 산길을 따라 오르다. '균'은 버섯의 일종으로 향초(香草).
     '균각'은 층층이 쌓인 누각의 모양이 버섯이 여러 겹 겹쳐 있는 것 같다는 뜻. 굴원(屈原)의 『초
     사(楚辭)』「구회(九懷)」에 '균각혜루(菌閣蕙樓)'라는 말이 나오는데, 누각의 아름다움을 형용
     한 말
359 애천천(曖芊芊): '애'는 희미하다, 어두침침하다. '천천'은 초목이 무성한 모양
360 생연분막막(生烟紛漠漠): '생연'은 피어오르는 연기·안개·노을 등. '분막막'은 어지럽게 널리
     퍼지다. '분'은 흩어져 어지럽다. '막막'은 흩어져 퍼지다, 넓어 끝이 없다.
361 신하(新荷): 연꽃의 새로 난 잎

鳥散餘花[362]落이라
<small>조 산 여 화　락</small>

산새 흩어지니 늦봄의 꽃잎 떨어지네.

不對芳[363]春酒하고
<small>부 대 방　춘 주</small>

향기로운 봄술은 거들떠보지도 않고,

還望青山郭[364]이라
<small>환 망 청 산 곽</small>

푸른 산의 성곽을 넋 놓고 바라보네.

57. 원망의 노래(怨歌行)[365]

반첩여(班婕妤)[366]

新裂齊紈素[367]하니
<small>신 렬 제 환 소</small>

제의 명물 흰 비단을 새로 자르니,

皎潔[368]如霜雪이라
<small>교 결　여 상 설</small>

희고 맑기가 마치 서리나 눈과 같네.

裁爲合歡扇[369]하니
<small>재 위 합 환 선</small>

이를 마름질하여 합환선을 만드니,

362　여화(餘花): 남은 꽃. 봄이 지나갔음을 뜻한다.

363　방(芳): 향기 또는 향기로운 것

364　환망청산곽(還望青山郭): '환망'은 심취하여 둘러보다. 초목이 파릇파릇한 초하(初夏)의 산의 성곽을 멀리서 둘러본다는 뜻

365　원가행(怨歌行): 『한서』에는 「흰 비단 부채에 쓴 시(紈扇詩)」로 되어 있다. 자신을 부채에 견주어, 가을이 되어 버려지게 되는 슬픔을 읊고 있다.

366　반첩여(班婕妤): '첩여'는 여자의 관직 이름. 반황(班況)의 딸로 어려서부터 재색을 겸비하였다. 한(漢)나라 성제(成帝) 때 첩여가 되어 황제의 총애를 받았으나, 조비연(趙飛燕)에게 황제의 사랑을 빼앗기고 버림받게 되자, 태후(太后)가 기거하는 장신궁(長信宮)에서 일할 수 있기를 청하여 이곳에서 여생을 마쳤다. 총애를 잃어 버림받은 자신의 신세를 애처로워하며 지은 시가 바로 이 「원망의 노래」이다.

367　신렬제환소(新裂齊紈素): '신렬'은 새로 잘라내다. '렬'은 재단하다. '제환소'는 제나라에서 나는 희고 고운 비단

368　교결(皎潔): 희고 깨끗하다.

369　합환선(合歡扇): 앞뒤로 천을 붙여 만든 부채로, 부부의 사랑을 상징한다.

團圓[370]似明月이라
단원　사명월

둥글기가 흡사 밝은 보름달이라네.

出入君懷袖하여
출입군회수

그대의 가슴속을 들랑날랑하면서,

動搖微風發이라
동요미풍발

가볍게 흔들리며 산들바람 일으켰네.

常恐秋節至하여
상공추절지

가을날 이르기를 언제나 걱정했네,

涼飇[371]奪炎熱이라
양표　탈염열

서늘한 바람 일어 더운 열기 몰아낼까.

棄捐篋笥中[372]하니
기연협사중

상자 속에 급기야 내던져졌으니,

恩情中道[373]絶이라
은정중도　절

따뜻한 사랑이 중간에서 끊어졌네.

58. 「원망의 노래」를 본받아(擬怨歌行)[374]

강엄(江淹)[375]

紈扇[376]如圓月하니
환선　여원월

흰 비단 부채는 둥근 달 같은데,

---

370 단원(團圓): 둥근 것. 단단(團團)으로 되어 있는 판본도 있다.

371 양표(涼飇): 서늘한 바람. '표'는 본래 회오리바람. 양풍(涼風)으로 된 판본도 있다.

372 기연협사중(棄捐篋笥中): '기연'은 버리다. '협사'는 대나무를 엮어 만든 상자로, 장방형의 것을 '협', 정방형의 것을 '사'라 한다.

373 중도(中道): 도중(途中). 길 한가운데라는 뜻도 있다.

374 의원가행(擬怨歌行): 『문선』 권 31에 실려 있는 강엄의 잡체시(雜體詩) 30수 가운데 세 번째 시이다. 시 번호 57 반첩여의 「원망의 노래(怨歌行)」를 모방하여 지은 것으로, 대의는 그 시와 다를 바 없다.

375 강엄(江淹: 444~505): 자는 문통(文通). 제양(濟陽) 고성(考城) 사람. 남조 시대 송(宋)·제(齊)·양(梁) 삼대에 걸쳐 살면서 벼슬하였다. 어릴 때 고아로 가난하게 살았으나 학문을 좋아하여 일찍이 명성이 있었다. 시호는 헌(憲)이며, 세상에서는 강랑(江郎)이라고 불렸다. 그가 남긴

出自機中素³⁷⁷라
출 자 기 중 소

베틀의 흰 비단 잘라 만든 것이라네.

畵作秦王女³⁷⁸하여
화 작 진 왕 녀

진나라 목공의 딸 농옥을 그렸는데,

乘鸞向煙霧³⁷⁹라
승 란 향 연 무

난새 타고서 안개 속을 날고 있네.

采色世所重이나
채 색 세 소 중

채색을 세상에서 중히 여긴다지만,

雖新不代故³⁸⁰라
수 신 부 대 고

새것일지라도 옛것 대신 못하리라.

竊愁³⁸¹凉風至하여
절 수   량 풍 지

남몰래 근심했네, 서늘한 바람 불어,

吹我玉階樹라
취 아 옥 계 수

내 구슬 섬돌 앞 나뭇잎 떨어뜨릴까.

君子恩未畢하여
군 자 은 미 필

그대의 사랑 채 다하기도 전에,

零落在中路³⁸²라
영 락 재 중 로

이 몸은 길 가운데 떨어지고 말았네.

시문은 백여 편이 있다.

376 환선(紈扇): 흰 깁 부채. 깁은 명주실로 바탕을 좀 거칠게 짠 비단
377 출자기중소(出自機中素): 베틀 가운데 있는 비단으로부터 나오다. '기'는 베틀, '소'는 흰 비단. 베틀의 비단을 잘라 만들었다는 뜻
378 진왕녀(秦王女): 진나라 목공(穆公)의 딸 농옥(弄玉). 『열선전(列仙傳)』에 "소사(蕭史)는 진나라 목공 때의 사람으로, 통소를 잘 불었다. 목공에게 딸이 있었는데, 자를 농옥이라 했으며 소사를 좋아했다. 목공은 마침내 그녀를 소사의 아내로 시집보냈는데, 어느 날 아침 둘 다 봉황을 타고 날아가 버렸다"는 이야기가 있다.
379 승란향연무(乘鸞向煙霧): 난을 타고 구름과 안개 속으로 향하다. 앞의 고사를 묘사한 것. '난'은 봉황의 한 종류로 신조. '연무'는 구름과 안개
380 수신부대고(雖新不代故): 비록 새것이라 하더라도 옛것을 대신할 수는 없음. 반첩여를 아름다운 부채에 비유하여, 그녀는 어떠한 여자에도 뒤지지 않는 아름다움을 지니고 있음을 강조한 말
381 절수(竊愁): 남몰래 근심하다. '절'은 '남몰래', '마음속으로'라는 뜻의 부사
382 영락재중로(零落在中路): '영락'은 잎이 시들고 말라서 떨어지다. 총애를 잃고 버림받았다는 뜻. '중로'는 중도, 도중에. 또는 길 한가운데

59. 고시(古詩)[383]

작자 미상

迢迢牽牛星[384]이요
초 초 견 우 성

아득히 멀리 견우성이 있고,

皎皎河漢女[385]라
교 교 하 한 녀

희고 밝은 은하수 옆에 직녀성.

纖纖擢素手[386]하여
섬 섬 탁 소 수

가냘프고 가냘픈 흰 손을 들어,

札札弄機杼[387]라
찰 찰 농 기 저

찰칵찰칵 베틀 위의 북을 놀리네.

終日不成章[388]하고
종 일 불 성 장

종일토록 무늬를 이루지 못하고,

泣涕零[389]如雨라
읍 체 령   여 우

흐느끼며 눈물을 비 오듯 흘리네.

---

383 고시(古詩): 『문선』 권 29에 실린 「고시」 19수 가운데 제10수로, 작자가 누구인지 알 수 없다. 『옥
    대신영(玉臺新詠)』에는 한(漢)나라의 매승(枚乘)이 지은 것으로 되어 있는데, 믿을 수 없다. 이
    시의 내용은 칠석(七夕)의 전설과 견우·직녀 두 별의 이야기를 빌려, 멀리 떨어져 있는 부부의 애
    절한 슬픔을 읊은 것이다. 그것도 여성의 입장에서 여성을 동정하는 마음으로 읊고 있다.
384 초초견우성(迢迢牽牛星): '초초'는 멀고 높은 것을 형용한 말. '견우성'은 은하수 동쪽 가에 있
    는 독수리자리의 수성 알타이르(Altair)의 속칭. 칠석(七夕)에 은하수를 건너 직녀성을 만나러
    간다는 전설이 있음. 28수(宿: 별자리) 가운데 우수(牛宿)에 해당함
385 교교하한녀(皎皎河漢女): '교교'는 희게 빛나는 모양. '하한'은 은하수. '하한녀'는 은하수 옆의
    여자로 직녀성을 말한다. 칠석에 견우성과 일 년에 한 번 만난다는 전설이 있다.
386 섬섬탁소수(纖纖擢素手): '섬섬'은 연약하고 가냘픈 모양. '탁'은 들다. '소수'는 하얀 손
387 찰찰농기저(札札弄機杼): '찰찰'은 베 짜는 베틀 소리를 형용한 것. '농기저'는 베틀의 북을 희
    롱한다는 말로, 베를 짠다는 뜻. '기'는 베틀, '저'는 씨를 푸는 기구인 북
388 종일불성장(終日不成章): 종일토록 무늬를 이루지 못함. 직녀가 종일 베를 짜면서도 헤어진
    견우를 그리워하느라 제대로 일을 할 수 없다는 뜻. 『시경』 「소아(小雅)·대동(大東)」에 "저 직녀
    를 바라보니, 종일 일곱 번 베틀에 오르네. 일곱 번 베틀에 오르면서, 비단 무늬 이루지 못하네
    (跂彼織女 終日七襄. 雖則七襄, 不成報章)"라고 하였다.
389 읍체령(泣涕零): '읍체'는 눈물 흘리다. 체읍(涕泣)으로 된 판본도 있다. '령'은 눈물이나 물방울
    등이 떨어지다.

河漢清且淺하니
하 한 청 차 천

은하수는 맑고도 또한 얕은데,

相去復幾許³⁹⁰오
상 거 부 기 허

서로 떨어짐이 또 얼마이던가?

盈盈³⁹¹一水間에
영 영 일 수 간

넘실넘실하는 은하수를 사이에 두고서,

脉脉³⁹²不得語라
맥 맥 부 득 어

잠잠하니 말도 못한다네.

60. 고시(古詩)³⁹³

작자 미상

生年³⁹⁴不滿百이어늘
생 년 불 만 백

사는 햇수 백 년도 채 못 되거늘,

常懷千歲憂³⁹⁵라
상 회 천 세 우

천 년의 시름을 항상 품고 있네.

晝短苦夜長하니
주 단 고 야 장

낮이 짧고 밤이 길어 괴로우니,

何不秉燭³⁹⁶遊오
하 불 병 촉 유

어찌 촛불 밝혀 놀지 않으리오.

---

390 기허(幾許): 얼마나
391 영영(盈盈): 물이 맑고 찰랑찰랑하는 모양. 물이 가득 찬 모양
392 맥맥(脉脉): 서로 마주보는 모양, 바라보는 모양. 묵묵(默默)으로 표기된 판본도 있다.
393 고시(古詩): 「고시」 19수 가운데 제15수이다. 인생은 덧없는 것이므로 즐거움을 누릴 수 있는
     좋은 때를 놓치지 말고 후회 없이 즐기라는 것이 이 시의 내용이다.
394 생년(生年): 사람이 사는 햇수
395 천세우(千歲憂): 천 년 후까지도 살려는 걱정. 영원히 해결할 수 없는 인생의 본질적인 걱정
396 병촉(秉燭): 촛불을 손에 들다.

爲樂當及時³⁹⁷어늘
위 락 당 급 시

즐거움은 마땅히 제때에 누리는 것,

何能待來玆³⁹⁸오
하 능 대 래 자

어찌 내일을 기다릴 수 있겠는가.

愚者愛惜³⁹⁹費하여
우 자 애 석   비

어리석은 자 노는 비용 아까워하니,

俱爲塵世嗤⁴⁰⁰라
구 위 진 세 치

모두 세상의 웃음거리 될 뿐이네.

仙人王子喬⁴⁰¹는
선 인 왕 자 교

신선인 왕자 교 같은 이가 있지만,

難可以等期⁴⁰²로다
난 가 이 등 기

그처럼 산다는 것 기대하기 어렵네.

61. 녹균헌(綠筠軒)⁴⁰³

소식(蘇軾)

可使食無肉이나
가 사 식 무 육

식사에 고기가 없는 건 괜찮아도,

---

397 당급시(當及時): 마땅히 때에 미쳐야 한다. 때를 잃지 않도록 해야 한다는 뜻

398 내자(來玆): 장래. 앞으로 올 날

399 애석(愛惜): 아깝게 여기다, 아끼다.

400 진세치(塵世嗤): '진세'는 속세, 세상. '치'는 비웃다.

401 왕자교(王子喬): 주(周)나라 영왕(靈王)의 태자인 진(晉)을 가리킨다. 생(笙)을 잘 불어 봉황
      의 울음소리를 냈으며, 낙수(洛水) 주변에서 도사 부구공(浮丘公)을 만나 숭고산(嵩高山)에
      들어가, 후에 신선이 되었다고 한다.

402 난가이등기(難可以等期): 그러한 것을 기대하기는 어렵다. 왕자 교처럼 장생불사할 수는 없다
      는 뜻

403 녹균헌(綠筠軒): 절강(浙江)성 항주부(杭州府) 오잠(於潛)현에 있던 어떤 스님의 작은 방을
      '푸른 대나무가 있는 방'이라는 의미로 녹균헌이라 하였다. 소식은 이 녹균헌에 느낀 바가 있어
      이 시를 지었는데, 원래 제목은 「오잠승녹균헌(於潛僧綠筠軒)」이었다. 해학이 있는 문답체의
      시이다.

不可居無竹[404]이라
불가거무죽

사는 곳에 대나무 없을 수 없네.

無肉令人瘦[405]나
무육영인수

고기 없으면 사람 야위게 하지만,

無竹令人俗이라
무죽영인속

대나무 없으면 사람 속되게 한다네.

人瘦尙可肥나
인수상가비

사람이 야위면 살찌울 수 있으나,

俗士不可醫라
속사불가의

선비가 속되면 고칠 수가 없다네.

傍人[406]笑此言하되
방인　소차언

주위의 사람들은 내 말을 비웃어,

似高還似癡[407]라
사고환사치

고상한 듯하나 실은 어리석다 하네.

若對此君仍大嚼[408]이면
약대차군잉대작

만약 이 군자 즐기며 고기 많이
먹는다면,

世間那有揚州鶴[409]고
세간나유양주학

세상에 어찌 양주학이란
말이 있겠는가.

---

404 불가거무죽(不可居無竹): 주거에 대나무가 없어서는 안 된다. 『진서(晉書)』 「왕휘지전(王徽之傳)」에 "자는 자유이고 희지의 아들이다. 일찍이 조용한 집에 살면서 두루 대나무를 심었다. 어떤 사람이 그 까닭을 물으니, 휘지는 소리 내어 웃더니 대를 가리키며 말했다. '내 어찌 하루인들 이 군자 없이 지낼 수 있겠는가'"라고 하였다. 소식의 문집에는 "불가사거무죽(不可使居無竹)"으로 되어 있어 사(使) 자가 한 자 더 들어 있다.

405 수(瘦): 몸이 야위다.

406 방인(傍人): 곁에 있는 사람. 동파의 말을 들은 일반 사람을 가리킨다.

407 사고환사치(似高還似癡): 고상한 것 같으면서도 어리석다. 말은 고상하게 들리지만 사실은 대나무를 보는 것보다 고기를 실컷 먹는 것이 낫다는 뜻

408 차군잉대작(此君仍大嚼): '차군'은 대나무를 가리킨다. '잉'은 거푸, '계속해서 ~하다'. '작'은 씹다. '대작'은 크게 소리를 내며 고기를 씹어 먹다.

409 양주학(揚州鶴): 『사문류취(事文類聚)』 후집(後集) 권 42 「학조(鶴條)」에 "옛날에 객들이 모여 서로 생각하는 바를 말했다. 어떤 이는 양주의 자사가 되기를 원하고, 어떤 이는 재화를 많이

62. 달 아래에서 홀로 술 마시며(月下獨酌)[410]

이백(李白)

花下[411]一壺酒를
화 하 일 호 주

꽃 밑에서 한 병의 술을 놓고,

獨酌無相親이라
독 작 무 상 친

친한 이도 없이 홀로 마시네.

擧盃邀[412]明月하니
거 배 요 명 월

잔을 들어 밝은 달님 맞이하니,

對影成三人[413]이라
대 영 성 삼 인

그림자 대하여 세 사람 되었네.

月旣不解[414]飮하고
월 기 불 해 음

달은 본래 술 마실 줄 모르고,

影徒隨我身이라
영 도 수 아 신

그림자는 그저 내 몸을 따를 뿐.

暫伴月將[415]影하니
잠 반 월 장 영

잠시 달과 그림자를 벗하노니,

얻기를 원하고, 또 어떤 이는 학을 타고 하늘에 오르기를 원했다. 이때 남은 한 사람이 앞의 세 사람의 욕망을 겸하여 '나는 허리에 십만 관의 돈을 차고 학을 타고 양주로부터 하늘로 올라가고 싶다'고 하였다"는 이야기가 실려 있다. 여기에 나온 '양주학'이란 말은 부귀영화와 함께 신선이 되는 즐거움까지 누리겠다는 뜻으로, 실현 불가능한 것을 욕심내는 것을 가리킨다. 대나무를 바라보는 생활과 고기를 배불리 먹는 생활을 겸하겠다는 것은 양주학을 바라는 것과 마찬가지라는 뜻

410 월하독작(月下獨酌): 달빛 아래에서 홀로 술잔을 기울이며 달과 그림자를 벗으로 한 '무정유(無情遊)'의 즐거움을 적은 시이다. 이백의 문집 권 23에 실려 있는 같은 제목의 4수 가운데 첫째 시이다.

411 화하(花下): 꽃 밑. 화간(花間)으로 되어 있는 판본도 있다.

412 요(邀): 맞이하다.

413 삼인(三人): 세 사람으로, 달과 그림자와 자기 자신을 말한다.

414 해(解): 능(能)과 같은 의미로 쓰여 '~할 수 있다'는 뜻

415 장(將): 여(與)와 같은 의미로 쓰여 '~와 함께'라는 뜻

行樂須及春[416]이라
행 락 수 급 춘

봄날을 당하여 마음껏 즐기네.

我歌月徘徊[417]하고
아 가 월 배 회

내가 노래하면 달이 배회하고,

我舞影凌亂[418]이라
아 무 영 릉 란

내가 춤추면 그림자가 어지럽네.

醒時同交歡[419]이나
성 시 동 교 환

깨어 있을 때 함께 서로 즐기지만,

醉後各分散[420]이라
취 후 각 분 산

취한 후에는 각기 서로 흩어지네.

永結無情遊[421]하여
영 결 무 정 유

속세 떠난 맑은 사귐 길이 맺고자,

相期邈雲漢[422]이라
상 기 막 운 한

멀리 은하에서 만날 날을 기약하네.

63. 봄날 취한 후 일어나 뜻을 말하다(春日醉起言志)[423]

이백(李白)

處世若大夢[424]하니
처 세 약 대 몽

이 세상 사는 것 큰 꿈과 같으니,

---

416 행락수급춘(行樂須及春): '행락'은 밖에 나가 즐겁게 놀다. '수급춘'은 모름지기 봄날에 이르러
   야 함. 봄철 같은 좋은 때를 놓치지 말고 재미있게 놀아야 한다는 뜻

417 배회(徘徊): 서성거리다, 배회하다.

418 능란(凌亂): 어지러이 흩어져 움직이다.

419 성시동교환(醒時同交歡): '성'은 술 취하지 않고 깨어 있다. '교환'은 서로 어울려 즐거움을 나
   누다.

420 취후각분산(醉後各分散): 취하면 각기 흩어진다. 취하여 잠들면 달과 그림자의 존재를 잊게
   되고 서로 어울리지 못하기 때문에 이렇게 말한 것이다.

421 무정유(無情遊): 이해나 감정이 얽히지 않은 담담한 교유(交遊)

422 상기막운한(相期邈雲漢): '상기'는 서로 만날 것을 약속하다. '막운한'은 아득히 먼 은하수로,
   달이 있는 곳. '운한'은 은하수. 은하수 옆에 있는 달과 서로 만날 약속을 하다.

胡爲勞其生[425]고
호 위 로 기 생

어찌 삶을 수고롭게 할 것인가.

所以終日醉하여
소 이 종 일 취

이 때문에 하루 종일 취하여서,

頹然臥前楹[426]이라
퇴 연 와 전 영

대청 기둥 앞에 취하여 누웠네.

覺來眄[427]庭前하니
교 래 면 정 전

술에서 깨어나 뜰 앞을 바라보니,

一鳥花間鳴이라
일 조 화 간 명

한 마리 새가 꽃 사이에서 지저귄다.

借問如何時[428]오
차 문 여 하 시

묻노니, 지금이 어떠한 때인가?

春風語流鶯[429]이라
춘 풍 어 류 앵

봄바람에 꾀꼬리 소리 실려 오네.

感之[430]欲歎息하고
감 지 욕 탄 식

봄을 느껴 크게 탄식 나오고,

對酒還自傾[431]이라
대 주 환 자 경

술을 대하자 술독 절로 기울어지네.

---

423 춘일취기언지(春日醉起言志): 인생을 꿈으로 보고 대취했다가 깨어 보니, 꾀꼬리 소리 자자하게 들려온다. 봄날의 화창한 자연에 저절로 융화·몰입하여 모든 것을 잊고자 한다는 것이 이백의 '언지(言志)', 즉 말하고자 하는 뜻이다.

424 처세약대몽(處世若大夢): '처세'는 세상을 살아가다. '대몽'은 큰 꿈. 『장자』 「제물론(齊物論)」에 "깨어난 후에야 그것이 꿈임을 안다. 또 크게 깨우친 후에야 이 세상의 일이 큰 꿈임을 안다(覺而後知其夢也. 且有大覺而後知此其大夢也)"고 하였다.

425 호위로기생(胡爲勞其生): '호위'는 하위(何爲)와 같은 뜻으로, 어째서. '로기생'은 그 삶을 수고롭게 한다는 뜻으로, 사는 동안 이해관계 때문에 고생하는 것. 『장자』 「대종사(大宗師)」에 "대저 천지는 우리에게 형체를 주었다. 또 우리에게 삶을 주어 수고롭게 하고, 늙음을 주어 편안케 하며, 죽음을 주어 우리를 쉬게 한다(夫大塊載我以形, 勞我以生, 佚我以老, 息我以死)"고 하였다.

426 퇴연와전영(頹然臥前楹): '퇴연'은 취하여 쓰러지는 모양. '전영'은 마루 앞에 있는 기둥

427 교래면(覺來眄): '교래'는 술에서 깨어나다. '래'는 어조사. '면'은 흘긋 바라보다.

428 여하시(如何時): 어떠한 때인가? 『이태백시집』에는 차하시(此何時)로 되어 있다.

429 어류앵(語流鶯): '어'는 지저귀다. '류앵'은 이리저리 날아다니는 꾀꼬리

430 감지(感之): '감'은 감동하는 것. '지'는 '그것'이란 대명사로, 봄의 아름다움을 말한다.

浩歌[432]待明月 하니
<small>호 가　대 명 월</small>

크게 노래 부르며 밝은 달 기다리니,

曲盡已忘情[433]이라
<small>곡 진 이 망 정</small>

노래 끝나자 모든 감정 사라진다.

64. 소무(蘇武)[434]

이백(李白)

蘇武在匈奴[435]하여
<small>소 무 재 흉 노</small>

소무는 흉노 땅에 잡혀 있으면서도,

十年持漢節[436]이라
<small>십 년 지 한 절</small>

십 년이나 한나라의 부절을 지녔다네.

白雁飛上林[437]하니
<small>백 안 비 상 림</small>

흰 기러기 상림원에 날아와서는,

431　자경(自傾): 술병이 저절로 기울다. 술을 따라 마신다는 뜻

432　호가(浩歌): 큰 소리로 노래하다.

433　곡진이망정(曲盡已忘情): '곡진'은 노래가 끝나다. '망정'은 인간 세상의 모든 감정을 잊게 되다. 술에 취하여 무아지경(無我之境)에 들어가는 것을 가리킨다.

434　소무(蘇武): 자는 자경(子卿), 한 무제 때 아버지의 벼슬을 물려받아 랑(郎)이 되었다. 천한(天漢) 원년(기원전 100년)에 사신으로 흉노 땅에 갔다가 포로가 되었다. 흉노는 그를 북해(北海: 지금의 바이칼호) 부근의 사람 없는 곳에 보내어 숫양을 치게 하고, 새끼를 낳으면 보내 주겠다고 하였다. 19년 동안이나 지조를 지켜 항복하지 않고 모진 고난을 감수하였다. 뒤에 그의 생존을 알리는 글을 발에 맨 기러기가 장안의 상림원(上林苑)에서 잡힘으로써 다시 돌아오게 되었다고 전해진다. 젊었을 때 잡혀 가 백발이 되어 돌아왔으니, 파란만장한 일생이었다. 『한서』 열전 24에 그의 전기가 실려 있다.

435　흉노(匈奴): 하(夏)나라 때는 훈육(獯鬻), 은(殷)나라 때는 귀방(鬼方), 주(周)나라 때는 험윤(玁狁), 진·한(秦漢) 때는 흉노, 당(唐)나라 때는 돌궐(突厥), 송(宋)나라 때는 거란(契丹)이라고 하였던, 북방의 이민족을 가리키는 말

436　한절(漢節): 한나라 사신의 부절(符節). 옛날부터 왕명으로 왕래할 때는 반드시 부절을 가지고 감으로써 왕명의 증거로 삼았다. 대나무로 만드는데, 자루의 길이는 8척이며, 쇠꼬리로 만든 세 겹의 장식이 달려 있다고 한다.

空傳一書札⁴³⁸이라
공 전 일 서 찰

헛되이 편지 하나 전하였다네.

牧羊邊地苦하니
목 양 변 지 고

양 치느라 변방에서 고생하였으니,

落日歸心絶⁴³⁹이라
낙 일 귀 심 절

해가 질 때마다 고향 생각 간절했다네.

渴飮月窟⁴⁴⁰水하고
갈 음 월 굴   수

목마르면 흉노 땅의 물을 마시고,

飢餐天上雪이라
기 찬 천 상 설

배고프면 내리는 눈을 삼켰다네.

東還沙塞遠⁴⁴¹하고
동 환 사 새 원

동쪽으로 돌아가려니 사막 변방
아득하고,

北愴河梁別⁴⁴²이라
북 창 하 량 별

북쪽에선 하수 다리 위의 이별을
슬퍼했다네.

泣把李陵衣하고
읍 파 이 릉 의

울면서 이릉의 옷자락을 잡고는,

相看淚成血⁴⁴³이라
상 간 루 성 혈

서로 마주보며 피눈물을 흘렸다네.

---

437 백안비상림(白雁飛上林): '백안'은 흰 기러기. '상림'은 상림원으로, 진나라 때부터 있었던 옛날
    정원이었으나, 무제 건원(建元) 3년에 열었다. 둘레 3백 리, 이궁(離宮) 70개, 천 대의 전차와
    만 명의 기병을 수용하였는데, 동산에 여러 짐승을 길러 가을과 겨울에 천자가 이를 사냥했다
    고 한다. 실제로 소무가 기러기 발에 편지를 매어 보낸 것이 아니지만, 마치 이것이 사실인 것처
    럼 읊고 있다.

438 공전일서찰(空傳一書札): '공'은 헛것이 되다, 쓸모없이 되다. '서찰'은 편지

439 귀심절(歸心絶): '귀심'은 고향으로 돌아가고 싶은 마음. '절'은 절실하다, 간절하다.

440 월굴(月窟): 서역에 있으며, 달이 나온다는 굴. 여기서는 흉노 땅을 가리킨다.

441 동환사새원(東還沙塞遠): '동환'은 동쪽 한나라로 돌아가다. '사'는 사막. '새'는 변방, 국경

442 북창하량별(北愴河梁別): 소무가 북쪽 하수(河水)의 다리에서 이릉(李陵)과의 이별을 슬퍼
    하였다는 뜻. 이릉은 무제 때 흉노와 싸우다가 중과부적으로 투항한 장수의 이름

443 누성혈(淚成血): 눈물이 피가 되다. 피눈물을 흘리다. 이릉이 항복하였다는 소식을 듣고 한나
    라에서 이릉의 가족을 모두 죽였기 때문에, 이릉은 돌아오지 않았다. 이때 두 사람이 서로 작별

65. 이것저것 읊음(雜詩)⁴⁴⁴

도잠(陶潛)

人生無根蒂⁴⁴⁵하여
인 생 무 근 체

인생이란 뿌리도 꼭지도 없어서,

飄如陌⁴⁴⁶上塵이라
표 여 맥 상 진

길가의 먼지처럼 날려 다니는 것.

分散逐風轉⁴⁴⁷하니
분 산 축 풍 전

이리저리 흩어져 바람 따라 날리니,

此已非常身⁴⁴⁸이라
차 이 비 상 신

이는 이미 영원불변의 몸이 아니라네.

落地爲兄弟⁴⁴⁹니
낙 지 위 형 제

땅 위에 태어나면 모두가 형제이니,

何必骨肉親⁴⁵⁰고
하 필 골 육 친

어찌 반드시 혈육만을 사랑하리.

得歡當作樂이니
득 환 당 작 락

기쁜 일 있으면 마땅히 즐길지니,

斗酒聚比鄰⁴⁵¹이라
두 주 취 비 린

말술이 생기면 이웃들을 모은다네.

을 고하며 썼다는 시가 후세에 전하고 있다.

444 잡시(雜詩): 『도연명집』 권 4에 실린 「잡시」 12수 가운데 첫 번째 작품이다. 앞서 본 바와 같이 연명은 어지러운 세상에 살면서 드러낼 수 없는 마음속의 번민을 「술 마시며(飲酒)」・「고시를 본받아(擬古)」・「잡시」와 같은 연작시(聯作詩)를 통해 토로했다.

445 근체(根蒂): 뿌리와 꼭지. 근체가 없다는 것은 미래가 어떻게 될지 알 수 없다는 뜻

446 표여맥(飄如陌): '표'는 바람에 날리다. '맥'은 길. 원래는 동서로 통하는 밭두둑길. 남북으로 통하는 밭두둑길은 천(阡)이라 한다.

447 축풍전(逐風轉): 바람 부는 대로 움직이다. 소재가 일정하지 않음을 형용한 말

448 비상신(非常身): '상신'은 영원히 고정된 몸. '비상신'은 인생은 무상하다는 뜻

449 낙지위형제(落地爲兄弟): 땅 위에 떨어지다, 이 땅에 인간으로 태어나다. 『논어(論語)』 「안연(顏淵)」에 "온 세상 사람들은 다 형제니, 군자는 어찌 친형제가 없는 것을 근심하리오?(四海之內, 皆兄弟也, 君子何患乎無兄弟也)"라는 말이 있다.

450 골육친(骨肉親): 피를 나눈 골육만을 사랑하다. 같은 혈육만을 형제로 안다는 뜻

盛年[452]不重來요
성 년   부 중 래

왕성한 젊은 시절 거듭 오지 않으며,

一日難再晨[453]이라
일 일 난 재 신

하루에 새벽은 다시 오기 어렵다네.

及時當勉勵[454]어다
급 시 당 면 려

제때에 미쳐서 마땅히 힘쓸진저,

歲月不待人이라
세 월 부 대 인

세월은 사람을 기다리지 않는다네.

66. 전원으로 돌아와 살며(歸田園居)[455]

도잠(陶潛)

野外罕人事[456]하고
야 외 한 인 사

교외의 들이라 잡다한 세상일 드물고,

深巷寡輪鞅[457]이라
심 항 과 륜 앙

깊숙한 골목엔 수레의 왕래 뜸하네.

---

451 두주취비린(斗酒聚比鄰): '두주'는 말술. '취'는 모으다. '비린'은 이웃 사람들

452 성년(盛年): 한창인 나이. 원기 왕성한 때. 청년기

453 난재신(難再晨): 하루에 새벽이 두 번 있기 어렵다. 하루는 한번 지나가면 그만이다.

454 급시당면려(及時當勉勵): '급시'는 때를 놓치지 않다. '면려'는 부지런히 힘쓰다. 뜻있게 시간을
     보내도록 힘써야 한다는 뜻

455 귀전원거(歸田園居): 『도연명집』 권 2에는 「전원으로 돌아와 살며(歸園田居)」라는 제목으로
     된 연작시가 다섯 편 있는데, 이 시는 두 번째 것이다. 전원에서의 소박한 생활을 읊은 것으로,
     어지러운 세상을 피하되, 세상으로부터 도망쳐 은거하는 것이 아니라, 땀 흘려 일하며 분수를
     알고 자급자족하겠다는 연명의 마음이 잘 나타나 있다. 이 시의 마지막 두 구를 당시의 어지러
     운 정치를 걱정하는 내용으로 보는 해석도 있다. 시 번호 32, 74, 91을 참조할 것

456 야외한인사(野外罕人事): '야외'는 성 밖의 들, 교외의 들. '한'은 드물다. '인사'는 사람의 일이
     라는 뜻으로, 사람과의 교제 등 번거로운 세상의 잡다한 일들을 말한다.

457 심항과륜앙(深巷寡輪鞅): '심항'은 으슥한 골목. 가난한 사람들이 사는 골목. '과'는 적다. '륜'은
     수레바퀴라는 뜻으로, 수레를 가리킨다. '앙'은 마소의 가슴에 걸어 매는 배대끈. 여기서는 수
     레를 끄는 말을 가리킨다. '륜앙'은 외부인이 수레를 타고 방문한다는 뜻

白日掩柴扉458하니
백 일 엄 시 비

대낮에도 사립문 굳게 닫고 있으니,

虛室絶塵想459이라
허 실 절 진 상

빈 방에 앉으면 잡된 생각 사라지네.

時復墟曲460中에
시 부 허 곡 　 중

이따금 다시 마을 모퉁이로 발길 옮겨,

披草461共來往이라
피 초 　 공 래 왕

우거진 풀 헤치며 사람들과 내왕하네.

相見無雜言하고
상 견 무 잡 언

서로 보더라도 잡된 말 나누지 않고,

但道桑麻長462이라
단 도 상 마 장

오직 농사일이 잘되는지 물을 뿐이네.

桑麻日已長하고
상 마 일 이 장

뽕과 삼은 날로날로 몰라보게 자라고,

我土日已廣463이라
아 토 일 이 광

내 땅은 개간되어 하루하루 넓어지네.

常恐雪霰464至에
상 공 설 선 　 지

언제나 걱정되네, 눈이나 싸락눈 내려

零落同草莽465이라
영 락 동 초 망

우거진 풀과 함께 뽕과 삼이 시드는 것.

---

458 엄시비(掩柴扉): '엄'은 가리다, 닫다. '시비'는 사립문

459 허실절진상(虛室絶塵想): '허실'은 실내에 살림살이가 거의 없는 텅 빈 조용한 방. '절'은 끊다, 없애다. '진상'은 공명심 같은 인간 세상의 속된 생각

460 시부허곡(時復墟曲): '시'는 때때로, 이따금. '허곡'은 마을의 궁벽한 곳

461 피초(披草): 사람들의 왕래가 드물어 길가에 우거진 잡초를 헤치다.

462 도상마장(道桑麻長): '도'는 말하다, 이야기하다. '상마'는 뽕과 삼을 말하나, 여기서는 농사일을 가리킨다. '장'은 '자라다'의 뜻으로, '농사일이 얼마나 잘되었는가'라는 의미

463 광(廣): 땅이 개간되어 경작지가 넓어지다.

464 선(霰): 싸라기눈

465 영락동초망(零落同草莽): '영락'은 나뭇잎이나 풀잎이 시들어 떨어지다. '망'은 풀이 무성하게 우거져 있다.

67. 쥐의 수염으로 만든 붓(鼠鬚筆)[466]

소과(蘇過)[467]

大倉失陳紅[468]하고
대 창 실 진 홍

나라의 창고에선 붉게 썩은
쌀을 잃으니,

狡穴得餘腐[469]라
교 혈 득 여 부

교활한 쥐구멍에선 썩은 것을 얻었네.

旣興丞相歎[470]이요
기 흥 승 상 탄

일찍이 승상 이사에게 탄식을
하게 했고,

又發廷尉怒[471]라
우 발 정 위 노

또 정위 장탕으로 하여금 분노하게 했네.

---

466 서수필(鼠鬚筆): 쥐의 수염을 모아 만든 붓으로, 예로부터 서예가들이 귀중하게 여겼다. 중국 최고의 명필 왕희지가 남긴 만고의 명필 「난정집서(蘭亭集序)」는 바로 이 서수필로 썼다고 한다. 쥐는 별 소용이 없는 미물이지만 그 수염만은 용도가 있듯이, 사람의 재능도 그것을 발휘할 수 있는 상황을 만드는 것이 중요하다고 읊고 있다.

467 소과(蘇過: 1100년 전후?): 자는 숙당(叔黨), 자호는 사천거사(斜川居士). 송나라의 대문호 소동파의 아들로, 시문을 잘 지었으며 글씨와 그림에도 조예가 깊었다. 중산부(中山府)의 통판(通判)을 지낸 적도 있으며, 소동파가 유배지를 바꿀 때마다 따라다니며 아버지를 모셨다. 저서로 『사천집(斜川集)』 20권이 있다.

468 대창실진홍(大倉失陳紅): '대창'은 태창(太倉)과 같은 말로, 수도에 있던 나라의 곡물 창고. 곡물과 세미(稅米)를 저장하는 창고. '진'은 묵다. '진홍'은 오래되고 썩어 붉은색을 띤 쌀. '실진홍'은 묵어 붉게 썩은 쌀을 쥐에게 잃는다는 뜻

469 교혈득여부(狡穴得餘腐): '교혈'은 교활한 쥐가 드나드는 구멍. '득'은 얻다, 찾다. '여부'는 먹다 남은 썩은 쌀

470 기흥승상탄(旣興丞相歎): 이미 승상의 탄식을 일으켰다. 『사기』「이사열전」에 "이사는 젊었을 때에 군의 아전이 되었다. 그는 아전의 숙사 변소에 있는 쥐가 더러운 것을 먹다가 사람이나 개가 가까이 가면 자주 놀라는 것을 보았다. 뒤에 이사는 창고에 들어갔다가 창고의 쥐들이 사람이나 개에게 들킬 염려 없이 가득 쌓여 있는 곡식을 먹으며 편히 지내는 것을 보았다. 이에 이사는 탄식하여 '사람의 현명하고 못남도 저 쥐의 경우와 같다. 자신이 처해 있는 곳에 따라 결정된다'고 말하였다. 이사는 곧 순자(荀子)를 찾아가 제왕의 술을 배웠다"고 한 이야기가 있다. 이사는 뒤에 진시황의 승상이 되어 천하에 법가의 정치를 행하였다.

礫肉餧餓猫⁴⁷²하고
책 육 위 아 묘

살점은 찢겨 굶주린 고양이에게 먹이고,

分髥雜霜兎⁴⁷³라
분 염 잡 상 토

수염만 골라 흰 토끼털 섞어 붓이
되었네.

揷架刀槊健⁴⁷⁴이요
삽 가 도 삭 건

필통에 꽂아 두니 창검처럼
억세 보이고,

落紙龍蛇騖⁴⁷⁵라
낙 지 용 사 무

글씨 쓰면 용과 뱀 꿈틀거리듯 웅장하네.

物理未易詰⁴⁷⁶이니
물 리 미 이 힐

사물의 이치는 헤아리기가 쉽지 않으니,

時來卽所遇⁴⁷⁷라
시 래 즉 소 우

제때를 만나면 적절히 쓰이게 마련이네.

---

471 우발정위노(又發廷尉怒): 또 정위인 장탕(張湯)을 분노케 하다. 『사기』 권 122 「혹리열전(酷吏列傳)」에 "장탕이 집을 보고 있을 때, 쥐가 고기를 물어다 버렸다. 그 일로 인해 화가 난 아버지는 장탕을 때렸다. 죄도 없이 맞은 장탕은 화가 나 쥐 굴을 파헤치고 불을 지펴 연기를 낸 끝에 쥐와 쥐가 먹다 남긴 고기를 찾아냈다. 그런 후에 쥐의 죄를 따지는 판결문을 작성하고, 그 판결문에 의거하여 쥐를 처형하였는데, 아버지가 그 글을 보니 마치 노련한 법관들이 쓴 것과 같아서 크게 놀랐다"는 기록이 남아 있다. 장탕은 후에 국가의 최고 법관인 정위가 되었다.

472 책육위아묘(礫肉餧餓猫): '책육'은 고기를 찢다. '위아묘'는 굶주린 고양이에게 먹이다.

473 분염잡상토(分髥雜霜兎): '분염'은 쥐의 수염을 분리하여 가려내다. '염'은 수염. '상토'는 서리처럼 하얀 토끼의 털. 쥐의 수염과 토끼털을 섞어 붓을 만든다.

474 삽가도삭건(揷架刀槊健): '삽가'는 필가에 꽂아 놓다. 필가는 붓을 꽂아 두는 도구로 필통을 말한다. '도삭건'은 칼이나 창처럼 억세다. 쥐의 수염으로 붓을 만들어 필가에 꽂아 놓으면, 창이나 칼을 세워 놓은 것처럼 날카롭고 억세 보인다는 뜻

475 낙지용사무(落紙龍蛇騖): '낙지'는 붓을 종이에 대어 글자를 쓰다. '용사무'는 용과 뱀이 질주하는 것 같다는 뜻으로, 필세의 웅장함을 형용한 말

476 물리미이힐(物理未易詰): 사물의 이치는 쉽게 따질 수 없다. '힐'은 의문 나는 이치를 따져 알아내다, 잘못을 캐물으며 책망하다, 물어 대답을 구하다.

477 시래즉소우(時來卽所遇): 때가 오면 만나는 바가 있다는 말로, 때가 오면 만나는 그 상황에 적합하게 제 구실을 하게 된다는 뜻

穿墉何卑微⁴⁷⁸오
천 용 하 비 미

담을 뚫을 때엔 얼마나 비천한
것이었나?

託此得佳譽⁴⁷⁹라
탁 차 득 가 예

어떤 이는 이 붓 빌려 명성을 얻었다네.

68~69. 첩의 운명이 기박하여 두 수(妾薄命二首)⁴⁸⁰

진사도(陳師道)⁴⁸¹

主家十二樓⁴⁸²에
주 가 십 이 루

주인 집안의 열두 누각에서는,

一身當三千⁴⁸³이라
일 신 당 삼 천

한 몸에 삼천 명의 총애를 받았네.

---

478 천용하비미(穿墉何卑微): '천용'은 담에 구멍을 내다. '용'은 흙으로 쌓은 높은 담. '비미'는 낮고
천하다, 비천하다.

479 탁차득가예(託此得佳譽): '탁차'는 '이것에 의지하여'라는 말로, '서수필로써'라는 뜻. '득가예'
는 훌륭한 명성을 얻다. 왕희지처럼 명필로서의 훌륭한 이름을 얻는다는 뜻

480 첩박명이수(妾薄命二首): 스승 증공(曾鞏: 당송 팔대가의 한 사람)의 죽음을 추모하여, 남편
을 잃은 여인의 마음을 노래하는 형식을 빌려 지었다고도 한다. 예로부터 남편의 사랑을 잃은
여인이 자신의 비운을 슬퍼하는 내용을 주로 하는 「첩박명」이 많이 지어졌는데, 여기서 '첩'은
'본처'에 상대되는 말이 아니라 부인들이 자기 스스로를 남에게 겸손하게 이야기할 때 사용하
는 겸칭(謙稱)이다.

481 진사도(陳師道: 1053~1101): 자는 무기(無己) 또는 이상(履常). 증공(曾鞏)에게서 문장을 배
웠고, 황정견(黃庭堅)의 시를 으뜸으로 삼았다. 소식 문하의 글 잘하는 여섯 사람으로 불리는
소문육군자(蘇門六君子) 중의 한 사람이다. 문집에 『후산집(後山集)』 30권이 있다.

482 주가십이루(主家十二樓): '주가'는 남편의 집. '십이루'는 화려하고 많은 누각을 가리킨다.

483 신당삼천(身當三千): 시 번호 205 백거이(白居易)의 「긴 한탄(長恨歌)」에 "후궁에 아리땁고
고운 미녀 삼천 명이나 있었지만, 삼천 명에게 쏟을 총애가 이 한 몸에 쏠렸네(後宮佳麗三千
人, 三千寵愛在一身)"라고 한 표현이 있다. 이 말은 자기 혼자 많은 사랑을 받았다는 뜻

古來妾薄命484하여
고 래 첩 박 명

예로부터 여자 팔자 기박하다더니,

事主不盡年485이라
사 주 부 진 년

주인 섬김에 이 삶 다하지 못했네.

起舞爲主壽486러니
기 무 위 주 수

일어나 춤추며 주인의 장수 빌었건만,

相送南陽阡487이라
상 송 남 양 천

끝내 무덤길로 보내고 말았네.

忍著主衣裳488하고
인 착 주 의 상

어찌 주인께서 주신 옷을 걸치고,

爲人作春姸489가
위 인 작 춘 연

남 위해 봄화장 할 수 있으리오.

有聲當徹天490이요
유 성 당 철 천

울음소리는 하늘가에 사무치고,

有淚當徹泉이라
유 루 당 철 천

나의 눈물은 황천까지 미치리.

死者恐491無知니
사 자 공 무 지

돌아가신 분 아무것도 모르실 테니,

---

484 고래첩박명(古來妾薄命): 예로부터 「첩박명」을 노래해 왔다는 뜻으로, 아름다운 여인 중에는
   박명한 이가 많았다는 의미. 박명은 운명이 기박한 것. 이 시의 제목인 「첩박명」은 악부(樂府)
   의 곡명으로, 원래는 인생의 즐거움이 오래가지 못함을 한스러워하는 노래였다.
485 사주부진년(事主不盡年): '사주'는 주인을 섬기다. '부진년'은 하늘이 준 수명을 다하지 못하다.
   남편 섬기는 것을 자기가 죽을 때까지 하지 못하였다는 뜻
486 위주수(爲主壽): 남편의 장수를 기원하다. '수'는 오래 살다, 장수하다.
487 상송남양천(相送南陽阡): 무덤으로 보낸 것을 가리킨다. 남양천은 『한서』 「유협전(游俠傳)」
   의 원섭(原涉)에 관한 고사에 나온다. 그의 아버지는 애제(哀帝) 때 남양 태수(南陽太守)로 천
   하의 갑부였는데, 아버지가 돌아가시자 묘소 옆에 움막을 짓고 삼년상을 치렀으며, 땅을 사서
   길을 닦은 다음 표를 세워 남양천이라 하였다. 사람들은 이를 원씨천(原氏阡)이라고도 불렀다.
488 인착주의상(忍著主衣裳): 어찌 주인이 주신 옷을 입겠는가. '인'은 '어찌 차마 ~하겠는가'. '착'
   은 입다.
489 위인작춘연(爲人作春姸): 남을 위해 봄화장을 할 수 있겠는가. '인'은 주인이 아닌 다른 사람.
   '작춘연'은 봄의 아름다운 모습을 하다, 곱게 치장하다.
490 철천(徹天): 하늘에 통하다, 하늘에까지 미치다. 하늘에까지 사무친다는 뜻

妾身長自憐[492]이라
첩 신 장 자 련

첩의 몸만 영영 가련하게 되었네.

落葉風不起하고
낙 엽 풍 불 기

낙엽이 지는데 바람은 잔잔하고,

山空花自紅이라
산 공 화 자 홍

산은 고요한데 꽃만이 절로 붉네.

捐世不待老[493]하니
연 세 부 대 로

세상을 버림이 늙기도 전이시니,

惠妾無其終[494]이라
혜 첩 무 기 종

우리의 사랑 끝을 맺지 못했네.

一死尚可忍[495]이나
일 사 상 가 인

한 번 따라 죽는 것 참을 만하나,

百歲何當窮[496]고
백 세 하 당 궁

임 없이 남은 생 어떻게 살아가리?

天地豈不寬[497]이리오
천 지 기 불 관

하늘과 땅이 어찌 넓지 않으리오,

妾身自不容[498]이라
첩 신 자 불 용

허나 이 몸 하나 의지할 곳 없다네.

---

491 공(恐): '아마도', '필시'라는 뜻의 부사
492 장자련(長自憐): 영영 불쌍한 신세가 되었다.
493 연세부대로(捐世不待老): '연세'는 세상을 버리다, 죽다. '부대로'는 늙음을 기다리지 않았다는
     말로, 늙기 전에 죽었다는 뜻
494 혜첩무기종(惠妾無其終): '혜'는 사랑. '혜첩'은 첩을 사랑해 주다. '무기종'은 끝까지 사랑해 주
     지 못하였다는 말로, 젊어서 죽어 버렸다는 뜻
495 일사상가인(一死尚可忍): '상'은 오히려. '인'은 참을 수 있다. 한 번 죽는 것은 참을 수 있다는 말
     로, 차라리 죽어 버릴 수도 있다는 뜻
496 백세하당궁(百歲何當窮): '백세'는 평생. 여생을 가리킨다. '하당궁'은 '어떻게 이 어려움을 감
     당하겠는가'라는 말로, 임 없이 살기에는 너무나도 고통스럽다는 뜻
497 기불관(豈不寬): 어찌 넓지 않으리. '관'은 넓다.
498 첩신자불용(妾身自不容): 남편이 죽으니 자신은 의지할 곳조차 없게 되었다.

死者如有知면
사 자 여 유 지

돌아가신 분 알아주시기만 한다면,

殺身以相從이라
살 신 이 상 종

이 몸 죽어서라도 가신 임 따르리.

向來⁴⁹⁹歌舞地에
향 래   가 무 지

옛날에 같이 춤추고 노래하던 곳에는,

夜雨鳴寒蛩⁵⁰⁰이라
야 우 명 한 공

밤비 속에 귀뚜라미 소리만 쓸쓸하네.

70. 파릇파릇한 물속의 부들(靑靑水中蒲)⁵⁰¹

한유(韓愈)

靑靑水中蒲⁵⁰²여
청 청 수 중 포

파릇파릇한 물속의 부들이여,

下有一雙魚로다
하 유 일 쌍 어

밑에는 한 쌍의 고기가 놀고 있네.

君今上隴去⁵⁰³하니
군 금 상 롱 거

우리 임이 지금 농산으로 떠나니,

我在與誰居오
아 재 여 수 거

나는 누구와 함께 산단 말이냐?

---

499 향래(向來): 전에. 옛날에. 지난번. 향래(嚮來)와 같은 뜻

500 한공(寒蛩): 쓸쓸한 귀뚜라미. 겨울의 귀뚜라미. '공'은 귀뚜라미

501 청청수중포(靑靑水中蒲): 떠나간 임을 그리워하는 여인의 애절한 마음을 읊은 작품이다. 본서
      에서는 이 작품을 한 작품으로 취급하였으나, 한유의 『문집』 권 4에서는 세 편으로 나누어 싣고
      있다. 4구 한 편으로 된 작품인 것이다.

502 청청수중포(靑靑水中蒲): '청청'은 부들의 잎이 푸르고 무성함을 형용한 말로 아내 자신을 비
      유한다. '포'는 못이나 늪 같은 데에 자생하는 수초의 일종으로, 부들이라고 한다.

503 상롱거(上隴去): '롱'은 섬서성(陝西省)에 있는 농산(隴山)으로, 서역으로 수자리 갈 때에 지
      나는 곳. '상롱거'는 농산으로 갔다는 말로, 서쪽으로 수자리하러 떠났다는 뜻

靑靑水中蒲여
청 청 수 중 포

파릇파릇한 물속의 부들이여,

長在水中居로다
장 재 수 중 거

언제나 물속에서 자라고 있네.

寄語浮萍草[504]하노니
기 어 부 평 초

떠도는 부평초에게 말 전하노니,

相隨我不如[505]라
상 수 아 불 여

따라가는 너희보다 내가 못하다네.

靑靑水中蒲여
청 청 수 중 포

파릇파릇한 물속의 부들이여,

葉短不出水로다
엽 단 불 출 수

잎이 짧아 물 밖에 나오지 못하네.

婦人不下堂[506]이어늘
부 인 불 하 당

여자는 당 아래 내려서지 못하는데,

行子[507]在萬里로다
행 자 재 만 리

길 떠난 임은 만 리 밖에 계신다네.

71. 그윽한 정회(幽懷)[508]

한유(韓愈)

幽懷不可寫[509]하여
유 회 불 가 사

가슴속의 시름을 씻을 길 없어,

---

504 기어부평초(寄語浮萍草): '기어'는 말을 전하다. '부평초'는 물에 떠다니는 수초, 개구리밥
505 상수아불여(相隨我不如): '상수'는 부평초와 부들이 서로 따른다는 말. '아불여'는 '나는 같지
　　않다'는 말로, 임과 헤어진 자신은 물 위에서 부들을 따라다니는 부평초보다 못하다는 뜻
506 부인불하당(婦人不下堂): '당'은 대청. 부인은 당 아래로 내려가지 않는다는 말로, 여자는 규방
　　을 벗어나면 안 되기 때문에 임을 찾아 나설 수도 없다는 뜻
507 행자(行子): 수자리 떠난 임. 멀리 타향에 가 있는 임
508 유회(幽懷): 가슴속에 품고 있는 그윽한 느낌으로, 인생무상의 우수를 말한다. '유'는 깊고 고
　　요함

行此春江潯⁵¹⁰이라
행 차 춘 강 심

이렇게 봄날의 강가를 걷고 있구나.

適與佳節會⁵¹¹하여
적 여 가 절 회

때마침 경치 좋은 철을 만났으니,

士女競光陰⁵¹²이라
사 녀 경 광 음

남녀들 때를 다투어 봄을 즐기는구나.

凝妝耀洲渚⁵¹³하고
응 장 요 주 저

곱게 화장한 얼굴 물가에 아롱거리고,

繁吹蕩人心⁵¹⁴이라
번 취 탕 인 심

요란한 피리 소리 마음 들뜨게
하는구나.

間關⁵¹⁵林中鳥는
간 관   림 중 조

짹짹 숲속에선 새들이 입을 모아,

知時爲和音⁵¹⁶이라
지 시 위 화 음

봄이 왔음을 알고 곱게도 지저귀는구나.

豈無一樽⁵¹⁷酒리오
기 무 일 준   주

어찌 한 통의 술이 없을 수 있으랴?

自酌還自吟이라
자 작 환 자 음

홀로 마시며 혼자서 읊조리는구나.

但悲時易失⁵¹⁸이니
단 비 시 이 실

다만 때 놓치는 게 서러울 뿐이니,

---

509 사(寫): '쓰다'의 의미이나, 여기서는 '덜어 없앤다'는 뜻
510 심(潯): 물가
511 적여가절회(適與佳節會): '적'은 때마침. '가절'은 기후나 풍경이 좋은 절기
512 경광음(競光陰): '광음'은 시간. 때를 다투다. 좋은 철을 만나 다투어 즐긴다는 뜻
513 응장요주저(凝妝耀洲渚): '응장'은 짙은 화장을 하다, 곱게 단장하다. '주'는 섬, 물가. '저'는 물
     가 모래톱. '요주저'는 물가에 비치다, 물가에 반사되어 어른거리다.
514 번취탕인심(繁吹蕩人心): '번취'는 번다한 피리 소리, 요란한 피리 소리. '탕'은 동요시키다. '탕
     인심'은 사람의 마음을 들뜨게 하다.
515 간관(間關): 새가 우는 소리. 의성어
516 지시위화음(知時爲和音): 때를 알고 부드러운 소리를 낸다는 말로, 아름다운 봄철이 되어 새
     들이 곱게 운다는 뜻
517 준(樽): 술통. 술두루미

144

四序迭相侵[519]이라
사 서 질 상 침
사시사철 속절없이 연이어 바뀌는구나.

我歌君子行[520]하니
아 가 군 자 행
이 몸 「군자행」이란 옛 노래를 부르니,

視古猶視今[521]이라
시 고 유 시 금
옛날도 지금처럼 세월 감을 슬퍼했구나.

72. 공자의 연회(公讌)[522]

조식(曹植)

公子愛敬[523]客하여
공 자 애 경 객
공자께선 객을 좋아하고 공경하여,

終宴不知疲라
종 연 부 지 피
잔치 끝나도록 피로한 줄 모르시네.

---

518 시이실(時易失): 시간을 잃기 쉽다는 말로, 때를 만나기 어려운 것을 가리킨다.

519 사서질상침(四序迭相侵): '사서'는 춘하추동. 사시의 질서. '질상침'은 번갈아 가며 서로 자리를 빼앗는다는 말로, 번갈아 돌아간다는 뜻

520 군자행(君子行): 옛 악부(樂府)의 곡명. 군자는 힘써 도를 지켜 미움을 받을 만한 의심을 피하고, 시간을 아끼며, 현명한 선비를 구해야 한다는 것을 그 내용으로 하고 있다. 작가가 「군자행」을 노래하며 고대 군자의 마음을 그리워한다는 뜻

521 시고유시금(視古猶視今): 지금 작자가 시간이 흘러가는 것을 슬퍼하듯 옛사람들도 시간이 흘러감을 슬퍼했을 것. 왕희지의 「난정집서」에 "후세 사람들이 지금 이 글을 읽고 감회를 일으킬 것이 지금 우리가 옛사람의 글을 읽고 감회를 일으키는 것과 다를 것 없으리라. 아 슬프도다(後之視今亦猶今之視昔. 悲夫)"라고 한 구절이 있다.

522 공연(公讌): '연'은 연(宴)·연(燕)·연(掾)과 통하는 글자로 연회·잔치라는 뜻. '공연'이란 신하들이 공자(公子: 임금의 아들들)의 집 연회에 참석하여 임금을 모시는 것을 말한다. 이 시의 배경이 된 연회는 하남성(河南省) 창덕부(彰德府) 업궁(鄴宮)에서 벌어졌으며, 당시 연회의 주인은 세자인 조비(曹丕)였다.

523 공자애경(公子愛敬): 여기서는 특별히 조조의 아들 조비를 가리킨다. 그 당시 조비는 세자로 오관중랑장(五官中郎將)이란 벼슬에 있었다. '애경'은 좋아하고 공경한다는 뜻으로 경애(敬愛)로 되어 있는 판본도 있다.

淸夜遊西園하니
청 야 유 서 원

맑은 밤 서원에서 흥겨이 노니시니,

飛蓋[524]相追隨라
비 개   상 추 수

수레들 포장 날리며 줄지어 달리네.

明月澄淸影[525]하고
명 월 징 청 영

밝은 달은 맑고 깨끗한 빛을 뿌리고,

列宿正參差[526]라
열 수 정 참 치

펼쳐진 뭇별들은 올망졸망 반짝이네.

秋蘭被長坂[527]하고
추 란 피 장 판

가을 난초는 긴 언덕을 뒤덮었고,

朱華冒[528]綠池라
주 화 모   록 지

붉은 연꽃은 푸른 못에 가득 피었네.

潛魚躍[529]淸波하고
잠 어 약   청 파

물속 고기는 물결 위로 뛰어오르고,

好鳥[530]鳴高枝라
호 조   명 고 지

예쁜 새는 높은 가지에서 지저귀네.

神飆接丹轂[531]하고
신 표 접 단 곡

신묘한 회오리바람 붉은 수레를 밀고,

輕輦隨風移라
경 련 수 풍 이

가벼운 수레는 바람 따라 옮아가네.

---

524 비개(飛蓋): 수레가 빨리 달려 수레 위에 걸친 비단으로 된 덮개가 마치 나는 것처럼 보인다는
     뜻으로, 수레가 빨리 달리는 것을 형용한 말

525 징청영(澄淸影): '징'은 맑다. '청영'은 맑은 그림자 또는 맑은 빛으로, 청경(淸景)으로 되어 있
     는 판본도 있다.

526 열수정참치(列宿正參差): '열수'는 하늘에 펼쳐진 성좌, 별자리. '참치'는 가지런하지 않고 어지
     러이 흩어져 있는 모양

527 피장판(被長坂): '피'는 덮다. '판'은 언덕, 산비탈. '장판'은 긴 언덕을 말한다.

528 주화모(朱華冒): '주화'는 붉은 연꽃. '모'는 '덮다'의 뜻으로, 복(覆)과 같다.

529 잠어약(潛魚躍): '잠어'는 물속에 잠겨 있는 고기. '약'은 뛰어놀다.

530 호조(好鳥): 아름다운 새. 앞 구의 잠어와 호조는 자신을 비유한 것이고, 청파와 고지는 공자를
     비유한 것이다. 공자 곁에서 뛰고 놂을 말한 것이다.

531 신표접단곡(神飆接丹轂): '신표'는 불가사의하게 빨리 부는 바람. '표'는 아래에서 위로 부는 회
     오리바람. '곡'은 본래 바퀴통. '단곡'은 붉은 바퀴통이란 말로, 여기서는 화려한 수레라는 뜻

飄颻放志意532하니
표 요 방 지 의

바람에 휘날리듯 마음 풀어 놓으니,

千秋長若斯라
천 추 장 약 사

천 년토록 언제나 이와 같이 하고 싶네.

73. 홀로 술 마시며(獨酌)533

이백(李白)

天若不愛酒면
천 약 불 애 주

하늘이 만약 술을 좋아하지 않았다면,

酒星534不在天이요
주 성 부 재 천

주성이란 술 별이 하늘에 있지 않고.

地若不愛酒면
지 약 불 애 주

땅이 만약 술을 좋아하지 않았다면,

地應無酒泉535라
지 응 무 주 천

땅에는 마땅히 술 샘이 없었으리라.

天地旣愛酒하니
천 지 기 애 주

하늘과 땅이 모두 술을 좋아하니,

愛酒不愧536天이라
애 주 불 괴 천

애주는 하늘에 부끄러울 것 없도다.

---

532 표요방지의(飄颻放志意): '표요'는 가볍게 바람에 날리듯 움직이다. '방지의'는 마음을 자유롭게 풀어 놓다.

533 독작(獨酌): 앞에 나온 시 번호 62와 같은 제목의 시 4수 중 둘째 시이다. 이 시의 내용에는 달에 관한 이야기가 없어 '월하(月下)' 두 자를 뺀 것 같다.

534 주성(酒星): 술 별. 『진서(晉書)』「천문지(天文志)」에 "헌원(軒轅)이란 별의 오른쪽 모퉁이 남쪽의 세 별을 주기(酒旗)라 하는데, 향연 음식을 주관한다. 오성(五星)이 주기를 지키면, 천하가 술을 마시며 즐기게 된다"고 하였다.

535 주천(酒泉): 술 샘. 군의 이름으로, 지금의 감숙성(甘肅省) 주천현(酒泉縣). 주천군에서 나는 물은 맛이 술과 같기 때문에 주천이라 한다고 하였으며, 예로부터 전하는 말에 의하면 성 밑에 금천(金泉)이 있는데 맛이 술과 같다고 한다.

536 괴(愧): 수치스럽다, 부끄럽다.

已聞清比聖[537]이요
이 문 청 비 성

예로부터 청주는 성인에 비하였고,

復道濁如賢이라
부 도 탁 여 현

또 탁주는 현인과 같다 말하였다네.

賢聖旣已飮하니
현 성 기 이 음

청주와 탁주를 이미 다 마셨으니,

何必求神仙고
하 필 구 신 선

어찌 반드시 신선 되길 바랄 것인가.

三盃通大道[538]요
삼 배 통 대 도

석 잔 술 마시면 대도에 통하고,

一斗合自然[539]이라
일 두 합 자 연

한 말 술 마시면 자연과 합치되네.

但得醉中趣[540]니
단 득 취 중 취

오직 술 먹는 자만 취흥을 알 터이니,

勿爲醒者[541]傳하라
물 위 성 자 전

깨어 있는 자에게는 전하지 말지어다.

74. 전원으로 돌아와(歸田園)[542]

강엄(江淹)

種苗在東皐[543]하니
종 묘 재 동 고

동쪽 언덕에 씨를 뿌렸더니,

---

537 청비성(淸比聖): 청주를 성인에 비하다. 『삼국지(三國志)』「위지(魏志)」의 서막(徐邈)의 전기에 "술이 맑은 것을 성인이라 하고, 탁한 것을 현인이라 한다"는 말이 나온다.
538 통대도(通大道): 도가에서 말하는 대도의 경지에 도달하다. 석 잔의 술을 마시면 대범해져, 의식을 초월하여 허무와 혼돈의 본체인 대도를 잘 알 수 있다는 뜻
539 합자연(合自然): 속세의 모든 욕망이나 감정을 잊고 본연의 순박한 상태로 되돌아가다.
540 취중취(醉中趣): 취흥. 주중취(酒中醉)로 되어 있는 판본도 있다.
541 성자(醒者): 취하지 않고 정신이 온전히 깨어 있는 사람. 술을 마시지 않는 사람
542 귀전원(歸田園): 여기서는 「전원으로 돌아와」란 제목으로 되어 있지만, 도연명의 문집 권 2에

苗生滿阡陌[544]이라
묘 생 만 천 맥

싹이 자라 두렁까지 가득 찼네.

雖有荷鋤倦[545]이나
수 유 하 서 권

때로 호미 메는 것 싫증도 나지만,

濁酒聊自適이라
탁 주 료 자 적

탁주 마시며 잠시 즐거워도 하네.

日暮巾柴車[546]하면
일 모 건 시 거

해 질 무렵 땔나무 수레를 챙기면,

路暗光已夕이라
노 암 광 이 석

길 어두워져 빛도 이미 저녁이네.

歸人望煙火[547]하고
귀 인 망 연 화

집에 돌아가며 저녁연기 바라보고,

稚子候簷隙[548]이라
치 자 후 첨 극

어린 자식 처마 밑에서 나를 기다리네.

問君亦何爲[549]오
문 군 역 하 위

무엇 할 수 있느냐고 나에게 물으면,

는 「전원으로 돌아와 살며(歸園田居)」라는 제목의 6수 가운데 마지막 여섯째 시로 수록되어 있는 경우도 있다. 그런데 「전원으로 돌아와 살며」 6수 가운데 앞의 5수는 분명히 도연명이 지었으나, 이 시는 『문선』 권 31에 실려 있는 강엄의 잡체(雜體) 30수 가운데 하나인 「도연명의 전원으로 돌아와 살며라는 시를 모방하여(擬陶徵君田居)」이다. 강엄은 양나라 시인으로 옛날 시를 모방해서 짓는 데 너무나 뛰어나, 원작과 구별하기가 어려울 만큼 비슷한 작품을 지었다.

543 고(皐): 언덕

544 천맥(阡陌): 밭 사이의 둔덕길. 남북으로 뻗은 둔덕을 '천'이라 하고, 동서로 뻗은 둔덕을 '맥'이라 한다. 때로는 이와 상반되게 말하는 경우도 있다.

545 하서권(荷鋤倦): 호미를 지는 것이 권태롭다. 밭 갈기가 싫증난다. '서'는 호미

546 건시거(巾柴車): 수레에 짐을 싣고 포장을 덮어 싸다. '건'은 옷을 입히다. '시거'는 땔나무를 실은 수레. '시'는 땔나무 또는 잡목

547 귀인망연화(歸人望煙火): '귀인'은 집으로 돌아오는 사람으로, 작자 자신을 가리킨다. '연화'는 밥을 지을 때 촌가의 굴뚝에서 나오는 연기

548 치자후첨극(稚子候簷隙): '치자'는 어린 자식들. '후첨극'은 처마 밑에서 아버지가 돌아오기를 기다린다는 뜻. '후'는 기다리다. '첨'은 처마. '극'은 틈

549 하위(何爲): 어째서 그러는가? 왜 그토록 수고를 하느냐.

百年會有役⁵⁵⁰이라
백 년 회 유 역

평생 동안 반드시 할 일 있다 말하네.

但願桑麻成⁵⁵¹하고
단 원 상 마 성

다만 바라는 것, 뽕과 삼이 잘 자라고,

蠶月得紡績⁵⁵²이라
잠 월 득 방 적

누에 칠 달에 길쌈하는 것뿐이라네.

素心⁵⁵³正如此니
소 심   정 여 차

평소의 마음이 바로 이와 같으니,

開徑望三益⁵⁵⁴이라
개 경 망 삼 익

오솔길 닦아 좋은 벗 오는지 바라보네.

75. 도연명의 옛날 작품을 모방해서 지은 시의 각운자에 맞추어(和陶淵明擬古)⁵⁵⁵

소식(蘇軾)

有客扣⁵⁵⁶我門하여
유 객 구   아 문

어떤 객이 우리 집 문을 두드리더니,

---

550 백년회유역(百年會有役): '백년'은 사람의 평생. '회'는 반드시, 꼭. '유역'은 할 일이 있음.

551 상마성(桑麻成): 뽕이나 삼 등이 잘 자라다. 농사가 잘되다.

552 잠월득방적(蠶月得紡績): '잠월'은 누에를 치는 달. 오흥(吳興) 지방에서는 누에를 치는 사월을 잠월이라고 한다. '방적'은 누에고치에서 실을 빼어 길쌈하다.

553 소심(素心): 평소의 마음. 본래부터 지니던 마음

554 개경망삼익(開徑望三益): 길을 열고 세 가지 이로움을 바란다. 전한 말기에 왕망(王莽)이 집권을 하자 연주(兗州) 자사인 장후(蔣詡)는 벼슬을 사직하고 고향으로 돌아가 집 가운데에 대나무를 심고 그 아래에 세 길을 열고 오직 청렴한 선비인 구중(求仲)과 양중(羊仲)하고만 어울려 놀았다고 한다. 도연명의 「돌아가리(歸去來辭)」에서도 "뜰 안의 삼경에는 잡초가 무성하지만 소나무와 국화는 아직도 꿋꿋하다(三徑就荒, 松菊猶存)"고 읊었다. 후세의 사람들은 이를 근거로 삼경을 은사의 거처를 가리키는 말로 쓰게 되었다. '삼익'은 『논어』 「계씨(季氏)」에 나오는 "유익한 벗이 셋 있고, 해로운 벗이 셋 있다(益者三友, 損者三友)"에 근거한 말로, 뜻이 맞는 좋은 벗을 가리킨다.

555 화도연명의고(和陶淵明擬古): 『동파시집(東坡詩集)』 권 31에 실려 있다. 이 시는 도연명을 흠

繫馬557門前柳라
계마　문전류

문 앞의 버드나무에 말을 매어 두었네.

庭空鳥雀噪558요
정공조작조

텅 빈 뜰에서는 참새들만 지저귀고,

門閉客立久라
문폐객립구

문이 닫혀 객은 오랫동안 서 있었네.

主人枕書臥하여
주인침서와

주인은 책을 베고 편안히 누워서는,

夢我平生友559라
몽아평생우

평소의 벗을 꿈에서 만나고 있었네.

忽聞剝啄聲560하고
홀문박탁성

문 두드리는 소리를 갑자기 듣고서는,

驚散一盃酒561라
경산일배주

한 잔 술의 취기가 놀라 흩어져 버렸네.

倒裳起謝客562하니
도상기사객

거꾸로 옷 입고 일어나 객에게
인사하니,

夢覺兩愧負563라
몽각량괴부

꿈속이나 깨어서나
우정 저버려 부끄러웠네.

　　모한 소동파가 『도연명집』 권 4에 실려 있는 「의고(擬古)」 9수 가운데 그 첫 번째 시에 각운자를
맞추어 지은 것이다.

556　구(扣): 두드리다, 치다.

557　계마(繫馬): 말을 매다. 타고 온 말의 고삐를 나무에 묶어 두다.

558　작조(雀噪): '작'은 참새. '조'는 떠들다. 여기서는 많은 새가 지저귀는 것을 가리킨다.

559　평생우(平生友): 평소의 친구. '평생'은 평일(平日)과 같은 뜻

560　박탁성(剝啄聲): '탕탕', '똑똑' 따위의 문 두드리는 소리

561　경산일배주(驚散一盃酒): '경산'은 놀라서 술기운이 달아나다. '일배주'는 한 잔 술로 얻은 취
　　기. 한 잔 술로 얻은 취기가 놀라서 흩어져 버린다는 뜻

562　도상기사객(倒裳起謝客): '도상'은 치마나 바지를 거꾸로 입다. 당황한 모양을 나타내는 말. '사
　　객'은 손님에게 인사를 하다.

563　몽각량괴부(夢覺兩愧負): '몽'은 꿈을 꿀 때. '각'은 깨었을 때. '량'은 꿈을 꿀 때와 깨었을 때의
　　둘 다 뜻함. '괴'는 부끄러워하다. '부'는 버리다. 꿈에서나 깨어서나 모두 손님이 온 것을 몰랐

坐談雜今古⁵⁶⁴하니
좌 담 잡 금 고

앉아 하는 이야기에 고금이 뒤섞여,

不答顔愈厚⁵⁶⁵라
부 답 안 유 후

대꾸도 못하고 얼굴만 자꾸 붉어졌네.

問我何處來오
문 아 하 처 래

어느 곳에서 왔느냐고 나에게 묻기에,

我來無何有⁵⁶⁶라
아 래 무 하 유

무하유의 세계에서 왔노라
대답하였네.

76. 자식을 꾸짖다(責子)⁵⁶⁷

도잠(陶潛)

白髮被兩鬢⁵⁶⁸하니
백 발 피 량 빈

백발이 양쪽 귀밑머리를 뒤덮고,

肌膚不復實⁵⁶⁹이라
기 부 불 부 실

살결도 이제는 실하지가 못하네.

雖有五男兒⁵⁷⁰나
수 유 오 남 아

비록 아들놈이 다섯이나 되지만,

던 사실을 부끄러이 여긴다는 뜻
564 좌담잡금고(坐談雜今古): 앉아서 하는 이야기에 고금의 일이 뒤섞여 있다는 뜻으로, 찾아온 손님이 고금에 통달한 사람임을 나타낸다.
565 안유후(顔愈厚): 얼굴이 자꾸만 두터워지다. 부끄러워 얼굴이 뜨거워진다는 뜻
566 아래무하유(我來無何有): 나는 무하유의 세계에서 왔다. 무하유는 『장자』「소요유(逍遙遊)」 에 나오는 말로, 모든 의식과 욕망을 잊은 아무것도 없는 세계를 뜻한다.
567 책자(責子): 아들들이 보잘것없음을 책망한 시다.
568 빈(鬢): 귀 앞에 난 머리털. 귀밑머리
569 기부불부실(肌膚不復實): '기부'는 살갗, 피부. '불부실'은 옛날과 달리 충실치 못하다는 말로, 이제는 많이 늙었다는 뜻
570 오남아(五男兒): 도연명에게는 엄(儼)·사(俟)·빈(份)·일(佚)·동(佟)의 다섯 아들이 있었는데, 어

總不好紙筆이라
총 불 호 지 필
모두 종이와 붓 좋아하지 아니하네.

阿⁵⁷¹舒已二八이나
아 서 이 이 팔
큰놈 서는 벌써 열여섯 살이건만,

懶惰故無匹이요
나 타 고 무 필
게으르기 예로부터 짝할 이가 없고,

阿宣行志學⁵⁷²이나
아 선 행 지 학
선이란 놈은 곧 열다섯이 되는데,

而不愛文術⁵⁷³하고
이 불 애 문 술
그런데도 공부를 좋아하지 않네.

雍端年十三이나
옹 단 년 십 삼
옹과 단은 다 같이 열세 살인데,

不識六與七이오
불 식 육 여 칠
여섯과 일곱도 분간하지 못하네.

通子垂⁵⁷⁴九齡이나
통 자 수 구 령
통이란 자식 아홉 살이 가까웠건만,

但覓⁵⁷⁵梨與栗이라
단 멱 리 여 율
그저 배와 밤만 찾고 있을 뿐이네.

天運苟⁵⁷⁶如此하니
천 운 구 여 차
하늘이 주신 자식운 진실로 이러하니,

且進盃中物⁵⁷⁷하라
차 진 배 중 물
또한 술잔이나 기울일 수밖에.

릴 때의 이름을 서(舒)·선(宣)·옹(雍)·단(端)·통(通)이라 하였다.

571 아(阿): 가까운 이를 부를 때 친근한 뜻을 나타내기 위하여 붙이는 말

572 행지학(行志學): 열다섯 살이 되어 간다는 뜻. 『논어』 「위정(爲政)」에 "나는 열다섯에 학문에 뜻을 두었다(吾十有五而志千學)"는 말이 있다.

573 문술(文術): 학문, 공부

574 수(垂): 거의 ~이 되어 가다.

575 멱(覓): 찾다. 념(念)이라 되어 있는 판본도 있다.

576 구(苟): 진실로, 참으로

577 배중물(盃中物): 잔 속의 물건으로, 술을 가리킨다.

77. 농가(田家)⁵⁷⁸

유종원(柳宗元)

古道饒蒺藜⁵⁷⁹하여
고 도 요 질 려

오래된 길 옆에 남가새가 우거져,

榮廻古城曲⁵⁸⁰이라
영 회 고 성 곡

옛 성 모퉁이를 얼기설기 휘감았네.

蓼花被隄岸⁵⁸¹하니
요 화 피 제 안

여뀌꽃은 제방 언덕을 뒤덮었고,

陂水寒更綠⁵⁸²이라
파 수 한 갱 록

못물은 차갑고도 푸르기만 하네.

是時收穫竟⁵⁸³하니
시 시 수 확 경

이제는 때가 수확 끝난 가을이라,

落日多樵牧⁵⁸⁴이라
낙 일 다 초 목

해 질 녘 들에는 초동과 목동도 많다네.

風高榆柳疎⁵⁸⁵하고
풍 고 유 류 소

높은 바람에 느릅과 버들가지 성기고,

霜重梨棗熟⁵⁸⁶이라
상 중 이 조 숙

짙은 서리에 배와 대추가 익어 가네.

---

578 전가(田家):『유하동집』권 43에「전가」3수가 실려 있는데, 이 시는 세 번째 것이다. 전원의 농
　　가에서 볼 수 있는 가을 풍경과 따뜻한 인정을 읊은 자연시이다. 앞의 8구에서는 전원의 풍경
　　을 그렸고, 뒤의 6구에서는 농가의 훈훈한 인정을 그렸다.
579 요질려(饒蒺藜): '요'는 넉넉하다, 많다. '질려'는 남가샛과에 속하는 일년초로 남가새
580 영회고성곡(榮廻古城曲): '영회'는 얼기설기 감겨 둘러싸다. '고성곡'은 낡은 성벽의 일
581 요화피제안(蓼花被隄岸): '요화'는 여뀌의 꽃. 여뀌는 마디풀과에 속하는 일년초로 습지에 나
　　며 흰 꽃이 핀다. '제'는 방죽, 제방. '안'은 바다나 강가의 높이 언덕진 곳. 물가 언덕
582 파수한갱록(陂水寒更綠): '파수'는 못 속의 물. '한갱록'은 차갑고도 푸르다.
583 경(竟): 끝나다, 마치다.
584 초목(樵牧): 나무꾼과 목동. '초'는 땔나무 또는 나무꾼. '목'은 목장 또는 목동
585 유류소(榆柳疎): '유'는 느릅나무. '소'는 드물다. 낙엽이 져 가지들이 성글게 보이는 것
586 이조숙(梨棗熟): 배와 대추가 익다.

行人迷去徑⁵⁸⁷이요
행 인 미 거 경

행인은 어두워져 갈 길 분간 못하고,

野鳥競棲宿⁵⁸⁸이라
야 조 경 서 숙

들새들은 다투어 둥지로 찾아드네.

田翁笑相念⁵⁸⁹하니
전 옹 소 상 념

늙은 농부 웃으며 행인을 걱정하여,

昏黑愼原陸⁵⁹⁰이라
혼 흑 신 원 륙

어두운 밤이니 들길 조심하라 하네.

今年幸少豊하니
금 년 행 소 풍

올해엔 다행히 조금 풍년 들었으니,

無惡饘與粥⁵⁹¹이라
무 오 전 여 죽

죽일망정 싫다 말고 들고 가라 하네.

---

587 행인미거경(行人迷去徑): '행인'은 길 가는 사람. 작자 자신을 가리킨다. '미거경'은 날이 어두
워져 갈 길을 잘 분간할 수 없다는 뜻

588 서숙(棲宿): 새가 저녁이 되어 자려고 보금자리에 깃든다.

589 전옹소상념(田翁笑相念): '전옹'은 농가의 노인. '소상념'은 노인이 웃으며 나그네의 갈 길과 머
물 곳을 걱정해 준다는 뜻

590 혼흑신원륙(昏黑愼原陸): '혼흑'은 밤의 어두움. '신'은 삼가다, 조심하다. '원륙'은 들길

591 전여죽(饘與粥): 둘 다 죽을 가리키지만, '전'은 된 것을, '죽'은 묽은 것을 말한다.

오언고풍 장편
五言古風長篇

오언고풍 단편에는 14구가 넘지 않는 작품들이 실려 있고,
여기에는 16구 이상의 작품들이 실려 있다.
뒤에 나오는 칠언시의 경우에 24구 이하의 것들은 단편,
그 밖의 것들은 장편으로 다루었다.

78. 중서성에서 숙직하며(直中書省)[1]

사령운(謝靈運)[2]

紫殿肅陰陰[3]하고
자 전 숙 음 음

천자의 궁전은 엄숙하고 고요한데,

彤庭赫弘敞[4]이라
동 정 혁 홍 창

궁전 뜰은 밝고도 넓게 트였네.

風動萬年枝[5]요
풍 동 만 년 지

바람은 감탕나무 가지를 흔들고,

日華承露掌[6]이라
일 화 승 로 장

햇빛은 승로장을 환히 비추네.

玲瓏結綺錢[7]이요
영 롱 결 기 전

돈 모양 장식한 비단 창 영롱하고,

---

1 직중서성(直中書省): 중서성은 천자의 조칙(詔勅)과 문서·기밀 등을 처리하는 곳으로 궁중의 오른쪽에 있어 우조(右曹)라고도 했다. 이 시는 『문선(文選)』권 30에도 실려 있는데, 작자가 제(齊)나라의 사조(謝朓)로 되어 있다. 사조가 중서성의 관리인 중서랑(中書郞) 벼슬을 하였던 것으로 보아, 이 시는 사조의 작품이 틀림없다. 또한 사령운의 시집에 이 작품이 없으므로, 사령운의 작이라 한 것은 잘못인 듯하다.

2 사령운(謝靈運: 385~433): 남조 시대 송(宋)나라 양하(陽夏) 사람. 귀족 집안에서 태어나 선친의 작위인 강락공(康樂公)을 세습받았으므로, 사강락이라고도 한다. 사치스런 생활을 하며 산수 유람을 즐겼다. 후에 방탕한 생활이 심해져 다른 사람의 시기와 모함을 많이 받았으며, 결국 이로 인해 목숨까지 잃게 되었다. 산수 시인(山水詩人)으로 독자적인 풍격을 형성하여 전원시인(田園詩人)인 도연명과 함께 도사(陶謝)라고 일컬어졌다.

3 자전숙음음(紫殿肅陰陰): '자전'은 천자가 거처하는 궁전을 말한다. 궁전 북극의 성좌인 자미궁(紫微宮)에 비유하였다. '숙음음'은 엄숙하고 조용한 모양을 형용한 것

4 동정혁홍창(彤庭赫弘敞): '동정'은 궁중의 뜰. '동'은 붉은 칠을 한 것으로, 궁중엔 붉은 칠을 많이 하였으므로, 그 뜰을 동정이라 하였다. '홍창'은 넓게 탁 트이다.

5 만년지(萬年枝): 만년목(萬年木: 감탕나무)의 가지. 만년목은 억(檍)이라고도 한다.

6 일화승로장(日華承露掌): '일화'는 햇빛이 빛나다. '승로장'이란 선인장(仙人掌)을 가리키는데, 선인이 손바닥에 쟁반을 올려놓은 모습으로, 그 쟁반에 이슬을 모았다고 한다. 한 무제가 만든 것으로, 건장궁(建章宮)의 승로반(承露盤)은 높이가 20장, 둘레가 10위(圍)이며, 동(銅)으로 만들어졌는데 그 위에 선인장이 있어, 그곳에 이슬을 받아 옥설과 섞어 마셔 신선이 되고자 하였다고 한다.

深沈映朱網[8]이라
심 침 영 주 망

붉은 망사 창은 아련하게 비치네.

紅藥當階翻[9]이요
홍 약 당 계 번

붉은 작약은 섬돌 아래서 흔들리고,

蒼苔依砌上[10]이라
창 태 의 체 상

푸른 이끼는 섬돌 위에 깔려 있네.

玆言翔鳳池[11]하니
자 언 상 봉 지

이 몸 중서성에서 날고 있으니,

鳴珮多淸響[12]이라
명 패 다 청 향

패옥 울리는 맑은 소리 요란하네.

信美非吾室[13]이니
신 미 비 오 실

정말 아름답지만 내 집이 아니어서,

中園思偃仰[14]이라
중 원 사 언 앙

중원에서 유유히 뒹굴 생각만 하네.

朋情以鬱陶[15]하고
붕 정 이 울 도

벗 그리운 정에 가슴 답답해지는데,

---

7 영롱결기전(玲瓏結綺錢): '영롱'은 광채가 찬란하다. '결'은 연결하다, 잇다. '기전'은 둥근 무늬를 새기고 그 위에 비단을 바른 것이 마치 돈의 고리가 맞물려 있는 것처럼 보인다는 뜻

8 심침영주망(深沈映朱網): '심침'은 깊이 가라앉은 것처럼 아련히 보이다. '주망'은 처마로 들어오는 새를 막기 위해 쳐 둔 붉은 빛깔의 망처럼 얽은 창

9 홍약당계번(紅藥當階翻): '홍약'은 빨간 작약꽃. '당계번'은 섬돌 아래에서 바람에 흔들리고 있다.

10 창태의체상(蒼苔依砌上): '창태'는 푸른 이끼. '의체상'은 섬돌에 푸른 이끼가 자란 것을 가리킨다. '체'는 섬돌

11 언상봉지(言翔鳳池): '언'은 별 뜻 없는 어조사. '상'은 날다. '봉지'는 봉황지(鳳凰池)를 가리키는 말로 중서성을 뜻한다. 『진서(晉書)』권 39 「순욱열전(荀勗列傳)」에 "순욱은 오랫동안 중서성에 있었는데, 무제(武帝)가 그를 상서령(尙書令)에 임명하였다. 어떤 이가 이를 축하하니 욱은 '내가 봉황지를 빼앗겼는데, 그대는 어째서 축하하는가?'라고 말했다"고 하였다. '상봉지'는 봉황지를 난다는 말로, 작자도 중서성의 관리가 되었다는 뜻

12 명패다청향(鳴珮多淸響): '패'는 고인들이 허리에 차던 구슬. 패옥 울리는 맑은 소리가 요란함. 많은 군자들이 모여 있는 것을 형용한 것

13 신미비오실(信美非吾室): 참으로 아름답지만 나의 집은 아니다. 왕찬(王粲)의 「등루부(登樓賦)」에 나오는 "참으로 아름답기는 하지만 나의 땅이 아니다(信美非吾土)"를 본뜬 것

14 언앙(偃仰): 눕고 우러르고 하며 유유히 지내다.

春物方鮐蕩[16]이라
춘 물 방 태 탕

봄의 경치는 바야흐로 한창이라네.

安得凌風翰[17]하여
안 득 릉 풍 한

어찌하면 바람을 탈 날개를 얻어,

聊恣[18]山泉賞고
요 자　산 천 상

잠시라도 멋대로 산천을 구경하리오.

79. 고시(古詩)[19]

작자 미상

行行重行行[20]하니
행 행 중 행 행

가고 가고 또 가고 가셨으니,

與君生別離라
여 군 생 별 리

사랑하는 임과 생이별하였네.

相去萬餘里하여
상 거 만 여 리

서로 떨어진 게 만여 리나 되어,

各在天一涯[21]라
각 재 천 일 애

각기 하늘가에 있게 되었네.

道路阻且長[22]하니
도 로 조 차 장

가신 길이 험하고도 또 머니,

---

15 붕정이울도(朋情以鬱陶): '붕정'은 벗을 그리워하는 마음. '울도'는 가슴이 답답하다.
16 태탕(鮐蕩): 무르익다. 봄이 한창 화창한 것을 가리킨다.
17 안득릉풍한(安得凌風翰): '안'은 어찌하면. '릉풍한'은 바람을 타는 날개
18 요자(聊恣): '요'는 잠시. '자'는 멋대로
19 고시(古詩): 한대의 「고시」 19수 중 첫째 시이다. 시 번호 31의 주 137을 참조할 것
20 행행중행행(行行重行行): 가고 가고 또 가고 가다. '행'은 보(步)의 뜻. 길 나선 임이 계속하여 길을 가고 있음을 뜻한다.
21 천일애(天一涯): 하늘의 한쪽 가. 멀리 떨어져 있음을 형용한 말
22 조차장(阻且長): 험하고도 멀다.

會面安可期²³오
회 면 안 가 기

만날 날 어찌 기약할 수 있으리.

胡馬依北風²⁴이요
호 마 의 북 풍

오랑캐 말은 북풍에 몸을 맡기고,

越鳥巢南枝²⁵라
월 조 소 남 지

월나라 새는 남쪽 가지에 깃든다네.

相去日已遠²⁶하니
상 거 일 이 원

서로 헤어져 날로 멀어졌으니,

衣帶日已緩²⁷이라
의 대 일 이 완

허리띠는 날로 느슨해졌다네.

浮雲蔽白日²⁸하니
부 운 폐 백 일

뜬구름 밝은 해를 가리었으니,

遊子不復返²⁹이라
유 자 불 부 반

가신 임 다시 돌아올 생각 않네.

思君令人老하니
사 군 령 인 로

임 생각은 사람을 늙게 하는데,

歲月忽已晚이라
세 월 홀 이 만

세월은 어느덧 해가 저물어 가네.

棄捐勿復道³⁰하고
기 연 물 부 도

버림받음을 다시는 말하지 않으리,

---

23 안가기(安可期): 어찌 기약할 수 있겠는가? 기약할 수 없다는 뜻

24 호마의북풍(胡馬依北風): '호마'는 북방 이민족의 땅에서 나는 말. '의북풍'은 북풍에 몸을 의지하다. 북쪽에서 온 말은 자신의 고향을 그리워하여 북풍에 몸을 의지한다는 뜻

25 월조소남지(越鳥巢南枝): '월조'는 남방 월나라에서 날아온 새. '월'은 절강(浙江)·광동(廣東)·광서(廣西) 이남 지역을 가리킨다. '소남지'는 남쪽 가지에 깃들다. 금수도 이처럼 고향을 그리워하니, 집을 떠난 임이야 얼마나 고향을 그리워하겠느냐는 뜻

26 일이원(日已遠): 날이 갈수록 더욱 멀어지다.

27 의대일이완(衣帶日已緩): 옷의 띠는 날이 갈수록 느슨해지다. 임 생각에 날마다 몸이 여윔을 뜻한다.

28 부운폐백일(浮雲蔽白日): 뜬구름이 밝은 해를 가리다. 임의 행방을 알 수 없을 뿐만 아니라, 서로가 더욱 심하게 격리되어 가는 것 같은 느낌을 받는다는 뜻

29 유자불부반(遊子不復返): '유자'는 집 떠난 임. '불부반'은 돌아올 생각을 하지 않다.

30 기연물부도(棄捐勿復道): '기연'은 버리다. 작자 자신이 임으로부터 버림받는 것을 뜻한다. '물부도'는 더 이상 말하지 않겠다는 뜻. 혹자는 기연을 내버려 두라는 의미의 '아서라'라는 감탄사

努力加餐飯³¹하라
노 력 가 찬 반

식사 많이 하시고 몸조심하셨으면.

80. 고시를 본받아(擬古)³²

도잠(陶潛)

東方有一士하니
동 방 유 일 사

동방에 한 선비가 있었으니,

被服常不完³³하고
피 복 상 불 완

입은 옷은 항상 남루하였고,

三旬九遇食³⁴하며
삼 순 구 우 식

한 달에 아홉 끼니만 먹으며,

十年著一冠³⁵이라
십 년 착 일 관

십 년을 관 하나로 지냈다네.

辛苦無此比³⁶나
신 고 무 차 비

고생이 이에 비길 것 없으련만,

常有好容顔³⁷이라
상 유 호 용 안

언제나 웃는 얼굴 하고 있다네.

로 보기도 하여, 이 구를 "아서라 더 말하여 무엇하리"로 번역하기도 한다.

31 노력가찬반(努力加餐飯): 밥을 많이 들 수 있도록 노력하라는 말로, 임께서는 밥 많이 드시고 몸조심하라는 뜻. 혹자는 이 구 역시 자기 자신에게 하는 말로 보아, "애써서 밥이나 많이 먹도록 해야겠네"라고 풀이하기도 한다.

32 의고(擬古): 『도연명집(陶淵明集)』권 4에 실린 「의고」 9수 가운데 다섯 번째 시이다. 동방에 사는 한 훌륭한 은사를 찾아갔다가, 그의 고결한 풍도와 은거의 고아한 멋에 끌려 영원토록 그와 함께 살았으면 하는 마음을 읊고 있다.

33 상불완(常不完): 항상 완전치 못하다. '불완'은 의복이 해어지고 찢어짐을 뜻한다.

34 삼순구우식(三旬九遇食): 삼십 일에 아홉 끼니를 먹다. '순'은 열흘

35 착일관(著一冠): 하나의 관만을 써 오다. '착'은 옷을 입거나 신발을 신다.

36 신고무차비(辛苦無此比): '신고'는 매우 고생하다. '무차비'는 이에 비길 것이 없다.

37 호용안(好容顔): 좋은 얼굴. 기분 좋은 얼굴

我欲觀其人하여
아 욕 관 기 인

내 그분을 만나 보고자 하여,

晨去越河關[38]이라
신 거 월 하 관

새벽에 황하의 나루를 건넜네.

靑松夾路生이요
청 송 협 로 생

푸른 소나무 길 옆에 우거졌고,

白雲宿簷端[39]이라
백 운 숙 첨 단

흰 구름은 처마 끝에 걸려 있네.

知我故來意[40]하고
지 아 고 래 의

내 일부러 찾아온 뜻 알아채고,

取琴爲我彈이라
취 금 위 아 탄

거문고 잡아 날 위해 연주하네.

上絃驚別鶴[41]이요
상 현 경 별 학

윗줄에선 급한 「별학조」를 튕겨 내고,

下絃操孤鸞[42]이라
하 현 조 고 란

아랫줄에서는 「고란조」를 뜯어 내네.

願留就君住하여
원 류 취 군 주

바라건대, 머물러 그대와 함께 살며,

從今至歲寒[43]이라
종 금 지 세 한

지금부터 늙기까지 같이 있고 싶네.

---

38 하관(河關): 황하의 관소(關所), 나루터

39 숙첨단(宿簷端): 처마 끝에 머물러 있다. 구름이 낮게 떠 있는 것을 말한다.

40 지아고래의(知我故來意): 내가 일부러 찾아온 뜻을 알다.

41 상현경별학(上絃驚別鶴): '상현'은 윗줄로 고음을 내는 줄. '경'은 높은 음으로 거문고를 급히 연주하는 것. '별학'은 한(漢)나라 상릉(商陵)의 목자(牧子)가 지었다는 「별학조(別鶴操)」라는 금곡(琴曲)의 이름

42 하현조고란(下絃操孤鸞): '하현'은 밑줄로 저음을 내는 줄. '조'는 거문고를 연주하다. '고란'은 금곡(琴曲)의 이름. 고란은 배우자를 잃고 슬퍼하는 사람에 자주 비유된다.

43 세한(歲寒): 본디는 한 해가 다 감을 뜻하는 말인데, 여기서는 늙은 것을 뜻한다.

81. 『산해경』을 읽고(讀山海經)[44]

도잠(陶潛)

孟夏[45]草木長하니
맹 하 초 목 장

초여름 초목이 길게 자라나니,

繞[46]屋樹扶疏[47]라
요 옥 수 부 소

집을 둘러싸고 나뭇가지 무성하네.

衆鳥欣有托[48]이요
중 조 흔 유 탁

뭇 새들은 깃들 곳 있어 기뻐하고,

吾亦愛吾廬라
오 역 애 오 려

나 또한 내 움막을 사랑한다네.

旣耕亦已種하니
기 경 역 이 종

밭 갈고 또 이미 씨 뿌렸으니,

時還[49]讀我書라
시 환 독 아 서

때때로 보던 책을 다시 읽는다네.

窮巷隔深轍[50]하여
궁 항 격 심 철

궁벽한 곳이라 번잡한 한길과 떨어져,

頗回故人車[51]라
파 회 고 인 거

자못 옛 친구의 수레마저 돌려보내네.

---

44 독산해경(讀山海經): 『산해경』은 한(漢)나라의 유흠(劉歆)이 교정한 중국과 그 밖의 지역의 산
   천·인물·진귀한 이야기 등을 기술한 책이다. 하(夏)나라의 우왕(禹王)이 홍수를 다스리고 해내
   외(海內外)를 주유하며 보고 들은 것을, 백익(伯益)이 기술한 것이라고 한다. 진(晉)나라의 곽
   박(郭璞)이 주를 달고 도찬(圖讚: 그림에 대한 설명)을 추가시켰다고 한다.

45 맹하(孟夏): 초여름. 음력 4월

46 요(繞): 둘러싸다, 감기다, 얽히다.

47 부소(扶疏): 초목의 지엽이 무성한 모양

48 흔유탁(欣有托): '흔'은 기뻐하다. '유탁'은 의탁할 곳이 있다, 깃들 곳이 있다는 뜻

49 시환(時還): 때로는, 또

50 궁항격심철(窮巷隔深轍): '궁항'은 궁벽한 촌구석. '격'은 멀리 떨어져 있다. '심철'은 깊게 난 수
   레바퀴 자국. 번화한 한길을 뜻한다.

51 파회고인거(頗回故人車): 옛 친구의 수레를 여러 번 돌려보내다. '파'는 매우 많다. '고인'은 옛 친
   구. 친구의 방문마저도 거절했다는 뜻

欣然[52]酌春酒하며
흔 연 작 춘 주

기쁜 마음으로 봄술을 마시며,

摘[53]我園中蔬라
적 아 원 중 소

내 남새밭 나물 뜯어 술안주 삼네.

微雨從東來하니
미 우 종 동 래

보슬비 동쪽에서 오기 시작하니,

好風與之俱[54]라
호 풍 여 지 구

상쾌한 바람이 함께 불어오네.

汎覽周王傳[55]하고
범 람 주 왕 전

주나라 『목천자전』 두루 살펴보고,

流觀山海圖[56]라
유 관 산 해 도

『산해경』의 그림을 모두 구경하네.

俛仰終宇宙[57]하니
면 앙 종 우 주

잠깐 동안에 온 우주 다 보았으니,

不樂復何如[58]오
불 락 부 하 여

즐겁지 아니하고 또 어떠하리오.

---

52 흔연(欣然): 몹시 기뻐하다.

53 적(摘): 따다. 캐다.

54 여지구(與之俱): 그것과 함께하다. 곧 호풍이 미우를 따라 불어온다는 뜻

55 범람주왕전(汎覽周王傳): '범람'은 널리 보다. '주왕전'은 주나라 때 여행을 즐긴 임금 목왕(穆王)의 전기로 『목천자전(穆天子傳)』을 말한다. 진(晉)나라 태강(太康) 2년에 하남성 급현(汲縣) 사람 부준(不準)이 위(魏)나라 양왕(襄王)의 묘를 도굴하다 발견하였다. 그 내용은 주나라 목왕의 서유(西遊)에 관한 것으로, 『산해경』보다 사실에 가깝다. 진(晉)나라의 곽박(郭璞)이 주를 달았으며, 여섯 권으로 되어 있다.

56 유관산해도(流觀山海圖): '유관'은 두루 보다. '산해도'는 『산해경』을 말한다.

57 면앙종우주(俛仰終宇宙): '면앙'은 고개를 숙였다 다시 드는 짧은 시간. '면'은 부(俯)로 되어 있는 판본도 있다. '종우주'는 우주를 모두 구경하는 것을 끝마치다.

58 불락부하여(不樂復何如): 즐겁지 않고 어떠하겠는가? 매우 즐겁다는 뜻

82~83. 꿈에서 이백을 보고 두 수(夢李白二首)[59]

두보(杜甫)

死別已吞聲[60]이요
사 별 이 탄 성

사별은 울음조차 삼키게 하고,

生別常惻惻[61]이라
생 별 상 측 측

생이별은 언제나 서럽고 서럽네.

江南瘴癘地[62]에
강 남 장 려 지

강남은 열병이 많은 곳이라는데,

逐客[63]無消息이라
축 객 무 소 식

쫓겨 간 그대는 소식조차 없구나.

故人[64]入我夢하니
고 인 입 아 몽

그대가 내 꿈속에 보이는 것은,

明我長相憶[65]이라
명 아 장 상 억

분명 서로가 그리워하기 때문이리.

---

59 몽이백이수(夢李白二首): 천보(天寶) 3년(744), 두보는 처음으로 이백을 알게 되었다. 당시 이
백은 장안에서 쫓겨나 낙양에 머물고 있었다. 이들 두 사람은 적지 않은 나이 차이에도 불구하고
의기투합하여, 짧은 기간의 사귐이었으나 후세에 길이 남을 우정을 쌓았다. 이백은 지덕(至德)
2년(757)에 왕자인 영왕(永王) 이린(李璘)이 안녹산의 난 때 양자강 유역을 장악하고 있다가
황제가 죽은 것으로 알고 스스로 황제가 되려고 한 사건에 가담하였다. 영왕이 패배하자 이백 역
시 사형을 받게 되었으나, 장군 곽자의의 목숨을 건 구명 운동 덕분에 감형되어, 건원(乾元) 원
년(758)에 멀리 야랑(夜郎)으로 유배되었고, 이듬해 야랑으로 가던 도중에 사면되어 풀려나게
되었다. 그러나 두보는 이러한 사실을 모르고, 이백이 야랑에 유배되어 있는 줄만 알고 이 시를
지었다.
60 탄성(吞聲): 소리를 삼키다. 슬픔에 소리 죽여 울다.
61 측측(惻惻): 슬프고 슬프다, 서럽고 서럽다.
62 강남장려지(江南瘴癘地): '강남'은 장강(長江: 양자강) 남쪽의 땅. '장려'는 장기(瘴氣: 열병의
원인이 되는 풍토성의 나쁜 기운)로 인하여 걸리는 병으로, 일종의 열병, 풍토병. 강남은 열병이
많은 곳
63 축객(逐客): 쫓겨난 객. 귀양 간 사람이란 뜻으로, 이백을 가리킨다.
64 고인(故人): 옛사람, 옛 친구. 여기서도 이백을 가리킨다.
65 명아장상억(明我長相憶): '명아'는 우리의 일이 어떻다는 것을 밝게 해 준다. '장상억'은 오래 두
고 서로 생각하다, 또는 그리워하다.

恐非平生魂[66]이나
공 비 평 생 혼

평소의 그대 모습 아닌 것 같지만,

路遠不可測[67]이라
노 원 불 가 측

길 멀어 무슨 일인지 헤아릴 수 없네.

魂來楓林靑[68]이요
혼 래 풍 림 청

혼이 올 땐 단풍나무 숲 푸르렀는데,

魂返關塞黑[69]이라
혼 반 관 새 흑

혼이 갈 땐 국경의 관문 깜깜하였네.

今君在羅網[70]하니
금 군 재 라 망

지금 그대는 그물에 걸려 있는 몸,

何以有羽翼고
하 이 유 우 익

어떻게 날개 얻어 꿈속에 나타났나.

落月滿屋梁[71]하니
낙 월 만 옥 량

지는 달이 들보를 환히 비추니,

猶疑見顔色[72]이라
유 의 견 안 색

밝은 달빛 아마도 그대 얼굴 보는 듯.

水深波浪闊[73]하니
수 심 파 랑 활

물 깊고 물결 널리 일고 있으니,

無使蛟龍得[74]하라
무 사 교 룡 득

부디 이무기에게 잡혀 먹히지 마소서.

---

66 평생혼(平生魂): 평소 때의 혼

67 노원불가측(路遠不可測): 길이 멀어 무슨 일이 일어났는지 헤아릴 수 없다.

68 혼래풍림청(魂來楓林靑): 혼이 올 때는 단풍나무 숲이 푸른 봄이었을 것

69 관새흑(關塞黑): 국경 관문 밖의 어두운 곳

70 재라망(在羅網): 그물에 걸려 있다. 이백이 법망에 걸려 야랑에 유배된 것을 가리킨다.

71 만옥량(滿屋梁): 지붕 대마루에 달빛이 환히 비친다.

72 견안색(見顔色): 밝은 달을 바라보니 이백의 안색을 보는 듯하다는 뜻

73 수심파랑활(水深波浪闊): 세상이 험난함을 비유하는 말

74 무사교룡득(無使蛟龍得): 이무기에게 잡히지 않도록 하다. '교룡'은 용의 종류로, 이무기. 악인
    들에게 해를 당하지 말라는 뜻

浮雲⁷⁵終日行이나
부운 종일행

뜬구름은 종일토록 흘러 다니는데,

遊子久不至⁷⁶라
유자구부지

길 떠난 이 오래도록 돌아오지 않네.

三夜頻夢君하니
삼야빈몽군

사흘 밤이나 자주 그대 꿈을 꿈은,

情親見君意⁷⁷라
정친견군의

정 두터워 그대 마음 알기 때문이네.

告歸常局促⁷⁸이요
고귀상국촉

돌아갈 때면 언제나 불안한 낯으로,

苦道⁷⁹來不易라
고도 래불이

괴롭게 말하네, 오기가 쉽지 않다고.

江湖多風波하니
강호다풍파

강호에는 바람과 파도가 많아서,

舟楫⁸⁰恐失墜라
주즙 공실추

배의 노를 떨어뜨릴까 두렵다 했네.

出門搔白首⁸¹하니
출문소백수

문을 나서며 내 흰 머리 긁으니,

若負平生志⁸²라
약부평생지

마치 평생의 뜻을 저버린 듯하네.

冠蓋滿京華⁸³어늘
관개만경화

고관대작들이 서울에 가득하거늘,

---

75 부운(浮雲): 뜬구름

76 이 두 구는 앞에 나온 시 번호 79 「고시(古詩)」의 "뜬구름 밝은 해를 가리었으니, 가신 임 다시 돌아올 생각 않네(浮雲蔽白日, 遊子不復返)"라는 표현을 빌려다 쓴 것이다.

77 정친견군의(情親見君意): 정이 두터워 그대의 뜻이 어떠한지를 알다.

78 고귀상국촉(告歸常局促): '고귀'는 꿈에서 이백이 돌아가려고 알리는 것을 말한다. '국촉'은 두려워 몸을 움츠리는 모양

79 고도(苦道): 괴로운 듯 말하다, 하소연하다. 또는 거듭 말하다. '고'는 재삼

80 즙(楫): 배의 노. '집'으로도 읽는다.

81 소백수(搔白首): 백발의 머리를 긁다.

82 약부평생지(若負平生志): 평생의 뜻이 어그러진 듯하다, 실의한 듯하다. '약'이 고(苦) 자로 된 판본도 있다.

斯人獨顦顇[84]라
사 인 독 초 췌
이 사람만 홀로 초췌한 모습이구나.

孰云網恢恢[85]오
숙 운 망 회 회
누가 말했나, 하늘의 뜻 빈틈없다고,

將老身反累[86]라
장 로 신 반 루
늙음에 오히려 몸에 화를 입었는데.

千秋萬歲名[87]이라도
천 추 만 세 명
천만 년 후까지 그대 이름 남겠지만,

寂寞身後事[88]라
적 막 신 후 사
죽은 후의 일이야 허무하기만 하리.

84~85. 소동파에게 드림(贈東坡)[89]

황정견(黃庭堅)

江梅[90]有佳實하니
강 매 유 가 실
강가 매화나무 좋은 열매 맺더니,

---

83 관개만경화(冠蓋滿京華): '관개'는 머리에 쓰는 관과 수레를 덮는 비단 포장으로 모두 고관과 귀
  족의 화려한 생활을 상징한다. '경화'는 문물이 화려한 대도시

84 사인독초췌(斯人獨顦顇): '사인'은 이 사람이란 뜻으로, 이백을 가리킨다. '초췌'는 근심으로 몰
  골이 파리해진 것을 말한다.

85 망회회(網恢恢): 『노자(老子)』 73장에 "하늘의 그물은 넓고 넓어서, 성긴 듯하되 놓치는 일이 없
  다(天網恢恢, 疎而不漏)"고 하였다. 이는 하늘은 하늘 아래에 있는 모든 것을 하나도 빠뜨리지
  않고 살펴서, 선량한 사람에게는 복을 주고, 악한 자에게는 벌을 내린다는 뜻. 이백의 불우함을
  슬퍼하며 은근히 하늘을 원망한 것이다.

86 누(累): 연루되다, 화를 입다.

87 천추만세명(千秋萬歲名): 사후 천만 년까지 세상에 남는 명예

88 적막신후사(寂寞身後事): '적막'은 쓸쓸하다. '신후사'는 몸이 죽어 버린 뒤의 일

89 증동파(贈東坡): 동파는 송대의 문호 소식(蘇軾)의 호. 황정견이 스승인 소동파에게 보낸 두 편
  의 시로, 그의 문집에는 제목이 「상소자첨고시이수(上蘇子瞻古詩二首)」라 되어 있다.

90 강매(江梅): 강가나 냇가에 자란 야생의 매화나무. 동파를 강매에 비유한 것이다.

託根桃李場⁹¹이라
탁 근 도 리 장

뿌리를 복숭아 오얏 밭에 뻗었네.

桃李終不言⁹²이나
도 리 종 불 언

복숭아 오얏 끝내 말 안 해도,

朝露借恩光⁹³이라
조 로 차 은 광

아침 이슬은 은혜의 빛을 빌려 주었네.

孤芳忌皎潔⁹⁴이나
고 방 기 교 결

고고한 자태로 희고 깨끗함
시기당하나,

氷雪空自香⁹⁵이라
빙 설 공 자 향

얼음과 눈 속에서 공연히 향기
뿜고 있네.

古來和鼎實⁹⁶이
고 래 화 정 실

예로부터 솥 안의 음식 맛 내는
열매이니,

此物升廟廊⁹⁷이라
차 물 승 묘 랑

이 물건은 임금 계신 묘당에 올랐었네.

---

91 탁근도리장(託根桃李場): 뿌리를 복숭아나무와 오얏나무 밭에 의탁하다. 뿌리를 복숭아나무
    와 오얏나무 밭에 뻗고 있다는 뜻으로, 일반 대신들이 활약하는 어지러운 정계에서 동파가 일하
    였음을 말한다. '장'은 장포(場圃)의 뜻으로, 채마밭

92 도리종불언(桃李終不言): 복숭아와 오얏은 끝내 말을 안 한다. '도리'는 조정의 신하들. 조정의
    여러 신하들이 동파를 시기한 사실을 가리킨다.

93 조로차은광(朝露借恩光): 아침 이슬이 은혜로운 광채를 빌려 주다. '조로'는 천자의 은총을 뜻
    한다.

94 고방기교결(孤芳忌皎潔): '고방'은 외로이 향기를 내뿜는 매화를 가리킨다. '기'는 시기를 받다.
    '교결'은 희고 깨끗하다.

95 빙설공자향(氷雪空自香): '빙설'은 얼음과 눈으로, 겨울을 뜻한다. '공자향'은 공연히 향기를 내
    뿜다. 알아주는 사람도 없는데, 동파 혼자서 고매한 덕을 발휘한다는 뜻

96 고래화정실(古來和鼎實): 예부터 솥 안의 맛을 조화 있게 했다. 매실의 신맛은 소금과 함께 예
    로부터 음식 맛을 조화시키는 데 쓰였다.

97 승묘랑(升廟廊): 묘당(廟堂)의 복도에 오른다는 말로, 조정의 일에 참석함을 뜻한다. 묘당은 백
    관이 모이는 조정을 가리키는 말이다.

歲月坐⁹⁸成晚하니
세 월 좌 성 만

세월은 속절없어 한 해가 저물어 가니,

煙雨靑已黃이라
연 우 청 이 황

안개와 비 속에 파랗던 매실 누래졌네.

得升桃李盤하니
득 승 도 리 반

복숭아 오얏 담던 쟁반에 올라
진상되니,

以遠初見嘗⁹⁹하여
이 원 초 견 상

먼 데서 왔다고 처음으로 맛보셨는데,

終然不可口¹⁰⁰하니
종 연 불 가 구

마침내는 입에 맞지 않는다 하여,

擲¹⁰¹置官道傍이라
척 치 관 도 방

관청 길가에 던져져 버려지게 되었네.

但使本根在¹⁰²면
단 사 본 근 재

단지 뿌리만 온전히 그대로 있다면,

棄捐果何傷¹⁰³고
기 연 과 하 상

버려지는 게 결국 무엇이 슬프리오.

靑松出澗壑¹⁰⁴하니
청 송 출 간 학

푸른 솔이 산골짝 시냇가에 자라니,

十里聞風聲¹⁰⁵이라
십 리 문 풍 성

십 리 밖에서도 바람 소리 들리네.

---

98 좌(坐): 아무것도 하지 않고, 까닭 없이, 어느덧
99 이원초견상(以遠初見嘗): 먼 데서 왔다고 처음으로 맛보게 되다.
100 종연불가구(終然不可口): '종연'은 마침내. '불가구'는 입에 맞지 않다, 맛이 없다.
101 척(擲): 버리다. 동파가 조정에서 쫓겨난 것을 뜻한다.
102 사본근재(使本根在): 뿌리나 줄기가 있으면. '동파가 자신의 인격과 덕성만 그대로 지니고 있다면'이라는 의미
103 하상(何傷): 무엇을 슬퍼하겠는가?
104 청송출간학(靑松出澗壑): '청송'은 푸른 소나무로 동파를 여기에 비유하였다. '간학'은 산골짜기의 시내. '간'은 계곡의 물. '학'은 골짜기
105 문풍성(聞風聲): 소나무 가지를 스치고 지나가는 바람 소리가 들리다.

上有百尺絲¹⁰⁶요
_{상 유 백 척 사}

소나무 위에 백 척의 새삼이 감겼고,

下有千歲苓¹⁰⁷이라
_{하 유 천 세 령}

밑에는 천 년 묵은 복령이 자라네.

自性得久要¹⁰⁸하여
_{자 성 득 구 요}

복령은 본성이 변하지 않고 오래가,

爲人制頹齡¹⁰⁹이라
_{위 인 제 퇴 령}

사람들의 늙음을 막는 데 쓰이네.

小草有遠志¹¹⁰하니
_{소 초 유 원 지}

작은 풀도 원지란 이름이 있으니,

---

106 백척사(百尺絲): 긴 토사. 토사는 나무에 감겨 기생하는 새삼. 황정견 자신을 비유한다.

107 천세령(千歲苓): 천 년 묵은 복령(茯苓). 복령은 소나무 뿌리에 생기는 일종의 균. 『회남자(淮南子)』「설산훈(說山訓)」에 "천 년 묵은 소나무 아래에는 복령이 있다. 또 위에는 토사가 있다"고 하였다. 동파의 문하에는 소문사학사(蘇門四學士)라 하여 황정견·진관(秦觀)·장뢰(張耒)·조보지(晁補之) 등 시문에 능한 제자들이 많았는데, 작자는 겸손하게 다른 세 학사를 복령에, 자신을 토사에 비유하였다.

108 자성득구요(自性得久要): 오래 견딜 수 있는 것이 본성이다. '자성'은 자기 본래의 성. 본래는 불교 용어로, 제법(諸法)에는 각각 저마다 가지고 있는 불변 불멸의 성(性)이 있다고 한다. '구요'는 『논어(論語)』「헌문(憲問)」에 "오래된 약속에 평소에 한 말을 잊지 않고 실천한다면, 완성된 인간이라 할 수 있다(久要不忘平生之言, 亦可以爲成人矣)"는 문장에서 나온 말로, 이 시에서는 단순히 본성이 변하지 않고 오래감을 뜻한다.

109 제퇴령(制頹齡): 노쇠하여 퇴폐해지는 것을 막다. 노쇠를 방지하는 데 복령이 약으로 쓰인다는 뜻. 도연명의 「구일한거(九日閑居)」에 "국화는 기울어지는 나이를 억제한다(菊解制頹齡)"고 하였다.

110 소초유원지(小草有遠志): 보잘것없는 작은 풀도 산에 있을 때에는 원대한 뜻을 지니고 있다는 말. 『세설신어보(世說新語補)』권 18 「배조 하(排調下)」에 "사안(謝安)은 승진을 거듭하여 환온(桓溫)의 사마(司馬)가 되었다. 당시 사람들은 환공에게 약초를 보내곤 했는데, 그중에는 원지라는 것이 있었다. 환공은 원지를 사안에게 보여 주며 '이것은 소초라고도 하는데, 어째서 두 가지 이름으로 불리는가?' 하고 물었다. 사안이 대답을 못하자, 옆에 있던 학융(郝隆)이 대답했다. '산에 있을 때에는[은거하여 출사하지 않는 것을 가리킨다] 원지를 지니고 있으나, 세상에 나오면[출사하는 것을 가리킨다] 소초밖에 안 되기 때문입니다[산에서 나와 출사한 사안이 옛날과는 달리 대인답지 못함을 조롱한 것이다].' 사안은 몹시 부끄러워하며 낯을 붉혔다"고 한 내용이 있다. 원지는 식물 이름. 복용하면 지혜가 더해지고 뜻이 강해진다고 하여 원지라 부른다. 작자 자신에게도 큰 뜻이 있다는 뜻

相依在平生¹¹¹이라
상 의 재 평 생

서로 의지하며 평생을 살아가려네.

醫和不竝世¹¹²하니
의 화 불 병 세

의화 같은 명의가 이 세상에 없으니,

深根且固蔕¹¹³라
심 근 차 고 체

깊이 뿌리박고 꼭지 단단히 해야겠네.

人言可醫國¹¹⁴이니
인 언 가 의 국

사람들 말하길, 나라도 고칠 수 있다니

何用大早計¹¹⁵오
하 용 대 조 계

어찌 급히 서두를 필요가 있으리?

小大材則殊¹¹⁶나
소 대 재 즉 수

크고 작은 재능은 다르다고 하지만,

氣味¹¹⁷固相似라
기 미 고 상 사

생각과 기질은 본디부터 비슷하네.

---

111 상의재평생(相依在平生): 서로 의지하며 평생을 살려고 하다. 원지를 품고 토사가 소나무를 의지하듯 자기는 동파를 의지하겠다는 뜻

112 의화불병세(醫和不竝世): 의화가 세상에 같이하지 않다. '의화'는 진(晉)나라의 명의. 의화와 같은 때에 태어나지 못하여, 자기를 약으로 써 주는 명의를 만나지 못한다는 뜻

113 심근차고체(深根且固蔕): 뿌리를 깊이 박고 꼭지를 굳게 하다. 덕을 닦아 수신하여 몸이나 잘 보전하겠다는 뜻

114 인언가의국(人言可醫國): 사람들이 말하기를 나라의 병도 고칠 수 있다고 한다. 앞 의화(醫和)의 말을 인용한 것이다.

115 대조계(大早計): 너무 서두르는 것을 뜻한다. 『장자(莊子)』「제물론(齊物論)」에 "그대는 너무나 서두르고 있소. 그것은 달걀을 보고 새벽을 알리라 말하며, 튀어나간 화살을 보고 구운 비둘기 고기를 먹자고 하는 것과 같소(且汝亦大早計. 見卵而求時夜 見彈而求鴞炙)"라고 하였다.

116 소대재즉수(小大材則殊): 재능은 크고 작아 서로 다르다. 동파와 자기는 그 재능이 다르다는 뜻.

117 기미(氣味): 냄새와 맛. 곧 생각이나 취향

86. 효성스런 까마귀가 밤에 울다(慈烏夜啼)[118]

백거이(白居易)

慈烏失其母하여
자 오 실 기 모

효성스런 까마귀 제 어미를 잃어,

啞啞[119]吐哀音이라
아 아 　 토 애 음

까악까악 서럽게 울고 있네.

晝夜不飛去하고
주 야 불 비 거

밤이나 낮이나 날아가지도 않고,

經年守故林[120]이라
경 년 수 고 림

한 해가 넘도록 옛 숲을 지키네.

夜夜夜半啼[121]하니
야 야 야 반 제

밤이면 밤마다 한밤중에 울어서,

聞者爲沾襟[122]이라
문 자 위 첨 금

듣는 이의 옷깃을 눈물 젖게 하네.

聲中如告訴하여
성 중 여 고 소

우는 소리 마치 호소하는 듯하구나,

未盡反哺[123]心이라
미 진 반 포 　 심

반포의 은혜를 다 갚지 못했다고.

118　자오야제(慈烏夜啼): '자오'는 효성스런 까마귀, 곧 효조(孝鳥)라 불리는데, 다 자라면 어미에게 먹이를 물어다 주기 때문이다. 온몸이 검고 다 자라면 어미에게 먹이를 물어다 주기 때문에 반포조(反哺鳥)라고도 한다. 그러나 모든 까마귀가 다 어미에게 먹이를 물어다 주는 것은 아니라 한다. 만물의 영장인 사람이 까마귀만 못해서야 되겠느냐고 훈계한 시이다.

119　아아(啞啞): 까악까악. 까마귀의 울음소리를 형용한 말

120　고림(故林): 옛집이 있는 숲

121　야야야반제(夜夜夜半啼): '야야'는 밤마다. '야반제'는 밤중이면 울다.

122　문자위첨금(聞者爲沾襟): 듣는 이의 옷깃을 눈물로 젖게 하다.

123　미진반포(未盡反哺): '미진'은 다하지 못했다는 말로, 은혜를 다 갚지 못한 것을 뜻한다. '반포'는 새끼 까마귀가 자라 어미에게 먹이를 물어다 주다. 자오는 일명 효조로, 처음 태어났을 때에는 어미에게 60일 동안 먹이를 얻어먹고, 자라서는 반대로 어미에게 60일 동안 먹이를 물어다 주어, 자애롭고 효성스러운 새로 알려져 있다.

百鳥豈無母리오
백 조 기 무 모

뭇 새들이 어찌 어미가 없으리오만,

爾獨哀怨深이라
이 독 애 원 심

너만 유독 슬픔이 그리도 깊은가?

應是母慈重하여
응 시 모 자 중

틀림없이 어미의 사랑 두터웠기에,

使爾悲不任[124]이라
사 이 비 불 임

너에게 슬픔 이기지 못하게 하나 보다.

昔有吳起[125]者하니
석 유 오 기 자

옛날에 오기란 자가 있었는데,

母歿喪不臨이라
모 몰 상 불 림

어머니 죽었어도 장사 지내러
오지 않았지.

哀哉若此輩는
애 재 약 차 배

슬프도다, 이와 같은 무리들은

其心不如禽이라
기 심 불 여 금

그 마음이 새인 너보다도 못하구나.

慈烏復慈烏여
자 오 부 자 오

효성스런 까마귀여,
효성스런 까마귀여,

烏中之曾參[126]이로다
조 중 지 증 삼

너는 새 중의 증삼이로다.

---

124 사이비불임(使爾悲不任): 너로 하여금 슬픔을 이길 수 없게 하다. '불임'은 견딜 수 없다.

125 오기(吳起): 전국 시대 위(衛)나라의 병법가. 일찍이 증자(曾子)를 스승으로 삼았으나 공명심이 강하여 인륜을 저버리는 일을 행하기도 하였다. 한 예로 고향을 떠나 다른 나라에 가 있는 동안 모친이 죽었으나, 성공하지 않으면 고향으로 돌아가지 않겠다는 자신의 맹세로 인해, 고향으로 돌아가지 않았다. 이로 인해 증자는 그를 박정한 자라 하여 의를 끊었다고 한다. 초(楚)나라 도왕(悼王)의 정승이 되어 여러 나라를 정벌하여 초나라의 위력을 떨쳤다. 그의 병법서를 『오자(吳子)』라 하는데, 『손자(孫子)』와 더불어 유명하다. 『사기(史記)』에 그의 전기가 있다.

126 증삼(曾參): 남무성(南武城) 사람이며, 자는 자여(子輿). 공자의 제자로 공자보다 마흔여섯 살이 젊었다. 효성이 지극하였으며, 『효경(孝經)』을 지었다.

87. 농가(田家)[127]

유종원(柳宗元)

籬落隔煙火[128]하고
이 락 격 연 화

울타리 사이로 밥 짓는 연기 보이고,

農談四鄰夕[129]이라
농 담 사 린 석

농사 얘기로 사방 이웃에 어둠이
내리네.

庭際秋蛩[130]鳴하고
정 제 추 공 명

마당가에서는 가을 귀뚜라미 울고,

疎麻方寂歷[131]이라
소 마 방 적 력

성긴 삼대는 마침 축 처져 있네.

蠶絲盡輸稅[132]하니
잠 사 진 수 세

명주실을 모두 세금으로 바쳐 버려,

機杼空倚壁[133]이라
기 저 공 의 벽

베틀은 공연히 벽에 기대어 놓았다네.

里胥夜經過[134]하니
이 서 야 경 과

이장은 밤에도 집집을 돌아다녀,

---

127 전가(田家): 『유하동집(柳河東集)』 권 43에 실려 있는 같은 제목의 시 세 편 가운데 두 번째 것
이다. 그 세 번째 시는 앞 오언고풍 단편의 시 번호 77에 수록되어 있다.

128 이락격연화(籬落隔煙火): '이락'은 섶이나 대나무를 얼기설기 엮어 친 울타리. '락'은 울타리.
'격연화'는 밥을 짓는 연기와 불이 울타리 사이로 보이다.

129 농담사린석(農談四鄰夕): '농담'은 농사에 관한 이야기. '사린'은 사방의 이웃

130 정제추공(庭際秋蛩): '정제'는 뜰의 모퉁이. '제'는 모퉁이, 변두리, 끝, 가. '공'은 귀뚜라미

131 소마방적력(疎麻方寂歷): '소마'는 성긴 삼대라는 뜻으로, 밭에 남은 삼대들을 가리킨다. '적력'
은 적막하면서도 길게 늘어진 모양, 쓸쓸하게 보이는 것

132 잠사진수세(蠶絲盡輸稅): 누에를 쳐 생산해 낸 명주실은 모두 다 조세로 바쳐 남아 있지 않다.
'수세'는 세금으로 바치다.

133 기저공의벽(機杼空倚壁): 베틀은 공연히 벽에 세워져 있다. '기'는 베틀, '저'는 북

134 이서야경과(里胥夜經過): '이서'는 동리의 일을 맡아 보는 사람. '서'는 하급 관리로, 아전. '야경
과'는 밤에도 돌아다니다. 세금을 징수하기 위해 밤에도 관리들이 찾아오는 것을 말한다.

鷄黍事筵席¹³⁵이라
계 서 사 연 석

닭 잡고 밥 지어 술자리를 마련하네.

各言官長峻¹³⁶하고
각 언 관 장 준

모두 말하길, 관청 나리 엄하기만 하고,

文字多督責¹³⁷이라
문 자 다 독 책

문서는 하나같이 세금 독촉뿐이라네.

東鄕後租期¹³⁸하여
동 향 후 조 기

동쪽 마을에선 세금 기일을 놓쳐,

車轂陷泥澤¹³⁹이라
거 곡 함 니 택

수레가 진창에 빠진 듯 곤경에
처했다네.

公門少推恕¹⁴⁰하고
공 문 소 추 서

관청에선 백성 사정 헤아려 주지 않고,

鞭扑恣狼藉¹⁴¹라
편 복 자 랑 자

매질을 무턱대고 우리에게 해대네.

努力愼經營¹⁴²하여
노 력 신 경 영

힘써서 신중하게 일들을 처리하여,

---

135 계서사연석(鷄黍事筵席): 닭을 잡고 기장밥을 지어 술자리를 마련하다. '계서'는 닭을 잡아 국을 끓이고 기장을 안쳐 밥을 짓는다는 뜻으로, 남을 관대히 대접함을 뜻한다. '사연석'은 술자리를 마련하는 일을 하다. '연석'은 연석(宴席)과 같다.

136 관장준(官長峻): 관의 우두머리가 내리는 명령은 엄하기만 하다. '준'은 명령이 엄하다.

137 문자다독책(文字多督責): 명령 문구에는 독촉과 책망하는 말이 많다. '독책'은 몹시 책망하다.

138 동향후조기(東鄕後租期): '동향'은 동쪽의 마을. '후조기'는 조세를 내어야 하는 기일에 늦는다는 뜻으로, 기일에 맞추어 조세를 내지 못하는 것을 말한다.

139 거곡함니택(車轂陷泥澤): '거곡'은 수레바퀴. '함니택'은 진흙탕 속에 빠지다. 수레바퀴통이 진흙탕에 빠지는 것으로, 진퇴양난의 곤경에 빠진 것을 말한다.

140 공문소추서(公門少推恕): '공문'은 관청. '소'는 하지 않다. '추서'는 사정을 생각하여 너그럽게 보아주다. '서'는 동정하다.

141 편복자랑자(鞭扑恣狼藉): '편복'은 관리들이 백성들을 매질하다. '편'은 채찍질하다. '복'은 두드리거나 치다. 복은 박(扑)과 같은 글자로 쓰이기도 한다. '자'는 멋대로, 함부로. '랑자'는 이리가 풀을 깔고 누워 짓뭉개 놓듯이 멋대로 짓밟고 어지럽히다. 여기저기 흩어져서 어지럽다. 원문에는 자(藉)가 적(籍)으로 되어 있으나 잘못 쓰인 듯하다.

142 경영(經營): 도모하다, 꾀하다. 계획을 잘 세워 일을 하다.

肌膚眞可惜[143]이라
기 부 진 가 석

우리 살갗 정말로 아껴야 한다네.

迎新[144]在此歲하니
영 신 재 차 세

새로운 관리 이해에 온다 하니,

惟恐踵前跡[145]이라
유 공 종 전 적

오로지 두렵다네, 지난 자취 뒤쫓을까.

88. 악부 상(樂府 上)[146]

작자 미상

靑靑河畔[147]草여
청 청 하 반 초

푸릇푸릇한 강가의 풀이여,

---

143 기부진가석(肌膚眞可惜): '기부'는 피부와 살갗. 살갗은 참으로 아깝게 여겨야 할 것이다. 공연
히 관원들에게 매를 맞아 다치지 않도록 해야 한다는 뜻

144 영신(迎新): 새로 내임하는 관리들을 맞게 되다. 또는 올해의 새로운 추수를 하게 되었다는 뜻
으로 보기도 한다.

145 종전적(踵前跡): '종'은 발뒤꿈치. 앞 사람의 발뒤꿈치를 따라가다. 새로 부임한 관리들이 전의
관리들과 마찬가지로 심하게 세금을 거두어 가는 것을 말한다.

146 악부 상(樂府 上): '악부'는 앞 오언고풍 단편(五言古風短篇) 도입부에서 설명한 바와 같이 원
래 한 무제(武帝)가 설치한 음악을 관장했던 관청이었다. 이 관청에서 조정의 의식이나 제사에
사용되는 노래를 짓고, 각 지방에서 불렸던 민요를 수집하여 음조나 가사를 수정하고, 또 새로
운 노래를 짓기도 하였는데, 그곳에서 수집하거나 만들어진 가요 역시 악부라고 부르게 되었
다. 『문선』 권 27 「악부 상」의 첫머리에 고악부 3수가 있는데, 그 첫째 편 「음마장성굴행(飮馬長
城窟行)」이 바로 이 시이다. 『문선』 권 27의 「악부 상」에 13수, 권 28의 「악부 하」에 27수가 실려
있는데, 이 시가 「악부 상」에 실려 있기에 제목을 「악부 상」이라 한 듯하다.
이 시는 멀리 떠나가 있는 임을 그리는 정을 읊은 작품이다. 고악부(古樂府)에서는 문의가 바뀔
때 운도 바꾸는 방법을 자주 쓰고 있는데, 이 시에서도 이 방법이 쓰였다. 대개 한국 한자 발음
-o(오), -i(이), -ang(앙), -ən(언), -ə(어) 같은 발음으로 각운자가 바뀌었다. 이 시 후반의 구절
들은 「고시」 19수의 제17수에 있는 문구와 흡사하다. "나그네가 먼 곳에서 와, 내게 편지 한 장
주었네. 위에선 언제나 그립다 말하고, 아래선 이별이 너무 길다 했네(客從遠方來, 遺我一
書札. 上言長相思, 下言久離別)." 이는 옛날 멀리 떨어진 사랑하는 사람들이 주고받던 편지에
쓰인, 위무와 비탄을 표현하는 상투어였던 것 같다.

縣縣思遠道[148]라
면면사원도

먼 길 떠난 임 끊임없이 생각게 하네.

遠道不可思하여
원도불가사

먼 길 떠난 임 생각만 할 수 없어,

夙昔[149]夢見之라
숙석　몽견지

어젯밤 꿈에서는 당신을 뵈었소.

夢見在我傍더니
몽견재아방

꿈속에 보니 제 곁에 계시더니,

忽覺[150]在他鄉이라
홀각　재타향

홀연히 깨어 보니 타향에 계시구려.

他鄉各異縣하여
타향각이현

타향서도 서로 다른 고을에 계시니,

輾轉[151]不可見이라
전전　불가견

잠 못 이뤄 뒤척일 뿐 뵈올 수 없구려.

枯桑知天風[152]하고
고상지천풍

마른 뽕나무도 하늘에 부는 바람 알고,

海水知天寒[153]이라
해수지천한

얼지 않는 바닷물도 추운 날씨 안다네.

入門各自媚[154]하니
입문각자미

집 안에서는 임을 위해
아양 부린다는데,

147　하반(河畔): 강가, 강가의 언덕
148　면면사원도(縣縣思遠道): '면면'은 끊어지지 않고 끝없이 이어져 있다. '원도'는 먼 길이란 뜻이나, 여기서는 먼 길을 떠난 임을 가리킨다.
149　숙석(夙昔): 지난밤, 어젯밤. '석'은 저녁
150　홀각(忽覺): 홀연히 잠에서 깨다.
151　전전(輾轉): 잠을 못 이루고 이리저리 몸을 뒤척이다.
152　고상지천풍(枯桑知天風): 잎 떨어진 마른 뽕나무도 하늘에 바람 부는 것을 안다.
153　해수지천한(海水知天寒): 바닷물은 비록 얼지 않지만 날씨가 추워진 것을 안다. 이상의 두 구는 사랑하는 임이 비록 멀리 떨어져 있지만, 기다리는 사람의 고독함과 처연한 심정, 그리고 그리워하는 마음을 모르지 않을 것이라는 뜻
154　입문각자미(入門各自媚): 여자는 집 안에 들어서면, 모두 자기를 사랑하는 사람에게 잘 보이려고 교태를 부리거나 시중을 잘 들어 준다.

誰肯相爲言고
수 긍 상 위 언

누가 있어 저에게 말이라도 붙이리.

客從遠方來하여
객 종 원 방 래

나그네가 먼 고장에서 와서는,

遺我雙鯉魚한데
유 아 쌍 리 어

나에게 잉어 한 쌍 주고 가기에,

呼童烹¹⁵⁵鯉魚하니
호 동 팽   리 어

동자 불러 이 잉어를 삶게 했더니,

中有尺素¹⁵⁶書라
중 유 척 소   서

뱃속에 한 자 되는 비단 편지 있었네.

長跪¹⁵⁷讀素書하니
장 궤   독 소 서

단정히 무릎 꿇고 그 편지 읽었는데,

書中竟何如오
서 중 경 하 여

편지에 쓰인 글 필경 무엇이었던가.

上有加餐飯¹⁵⁸하고
상 유 가 찬 반

글머리에는 몸조심하라 하셨고,

下有長相憶¹⁵⁹이라
하 유 장 상 억

아래에는 언제나 그립다는 내용이었네.

---

155 팽(烹): 삶다.
156 척소(尺素): 한 자 길이 되는 흰 명주. 옛사람들은 여기에 편지를 썼다.
157 장궤(長跪): 무릎을 꿇고 앉다.
158 가찬반(加餐飯): 밥을 많이 들라는 뜻. 몸조심하라는 뜻으로 바뀜
159 억(憶): 앞에 나온 어(魚)·서(書)·여(如) 자의 발음과 같이 -ə(어)로 발음되는 모음이 들어 있기
     때문에 각운자로 서로 통용하였다.

89. 칠월 밤에 강릉으로 가는 도중에 지음
(七月夜行江陵途中作)[160]

도잠(陶潛)

閑居三十載[161]에 _{한 거 삼 십 재}	한가히 살아온 지 삼십 년에,
遂與塵事冥[162]이라 _{수 여 진 사 명}	마침내 세상일 어두워졌다네.
詩書敦宿好[163]하고 _{시 서 돈 숙 호}	시서 읽기는 정말 오랜 기호가 되었고,
林園無俗情[164]이라 _{임 원 무 속 정}	숲과 정원엔 속된 정이 없는데.
如何捨此去하여 _{여 하 사 차 거}	어찌하여 이를 버리고 떠나가,

---

160 칠월야행강릉도중작(七月夜行江陵途中作): 『도연명집』 권 3에 「신축년 칠월 틈이 나서 강릉으로 돌아왔다가 밤에 도구로 가며(辛丑歲七月赴假還江陵夜行塗口)」라는 제목으로 실려 있다. '도구'는 '도중'으로 된 판본이 많으나, 『문선』 이선(李善) 주에 "사양현(沙陽縣) 하류 110리에 적기(赤圻)가 있고, 적기에서 20리 더 가면 도구가 있다"고 하였으니, 지명인 도구와 도중은 다르므로 도구가 옳다. 강릉(江陵)은 지금의 호북성(湖北省) 형사시(荊沙市)로 양자강 가에 있던 부(府)의 이름.
이때 도연명은 당시에 세력을 형성해 가던 군벌로서 뒤에 진(晉)나라를 엎고 송나라를 세웠던 장군인 유유(劉裕)의 막하(幕下)에서 잠깐 동안 진군참군(鎭軍參軍)이란 벼슬을 하고 있다가, 볼일이 생겨 휴가에 강릉으로 가게 되었던 것이다. 참군이란 장군이나 지방 장관의 참모에 해당되는 벼슬 이름으로, 당시에는 일정한 직책과 보수가 없는 한직이었다. 이 무렵의 연명의 행적은 뚜렷하지 않아, 어떤 사정으로 참군이 되었는지 알 수 없지만, 이 시를 통해 볼 때 한거 자적하는 전원의 체취는 조금도 잃지 않았다.
161 한거삼십재(閑居三十載): 도연명이 이 시를 지은 것은 37세 때로, 관리로 있던 몇 년을 제하면 거의 30년 동안 기거한 셈이 된다.
162 진사명(塵事冥): '진사'는 세상의 속된 일. '명'은 어둡다.
163 시서돈숙호(詩書敦宿好): '시서'는 『시경(詩經)』과 『서경(書經)』. '숙호'는 오랫동안 지녀 온 기호
164 속정(俗情): 세속의 정, 속된 정. '속'이 세(世) 자로 되어 있는 판본도 있다.

遙遙至南荊[165]고
요요지남형
머나먼 남쪽 땅 형주로 가는고.

叩枻新秋月[166]하고
고예신추월
노를 두드리며 가을달을 즐기고,

臨流別友生이라
임류별우생
강물을 앞에 두고 벗과 이별하네.

凉風起將夕하니
양풍기장석
싸늘한 바람 해 질 녘에 일어나니,

夜景湛虛明[167]이라
야경담허명
공허하고 밝은 밤경치 즐기네.

昭昭[168]天宇闊이요
소소 천우활
밝고 밝은 하늘은 넓기도 하고,

晶晶[169]川上平이라
효효 천상평
맑고 맑은 강물은 길기도 하네.

懷役不遑[170]寐하여
회역불황 매
할 일 생각에 잠잘 겨를이 없어,

中宵尚孤征이라
중소상고정
밤중에도 여전히 홀로 길을 갔네.

商歌[171]非吾事라
상가 비오사
출세는 내가 원하는 일 아니기에,

---

165 남형(南荊): 남쪽의 형주(荊州). 서형(西荊)으로 된 판본도 있는데, 남형보다는 옳을 듯하다.
     이때 수도는 동쪽에 있었으므로 형주는 서쪽이 된다. 형주는 강릉 땅을 가리킨다.

166 고예신추월(叩枻新秋月): '고'는 두드리다. '예'는 배의 노. '고예'는 배의 노를 두드리다. '신'은
     친하다. '신추월'은 가을달과 친하여 함께 즐기다. 『문선』에는 '신추월'이 친월선(親月船)으로
     되어 있다.

167 담허명(湛虛明): '담'은 오래 즐기다. '허명'은 하늘의 공허함과 달의 밝음

168 소소(昭昭): 하늘이 밝고 밝은 모양

169 효효(晶晶): 강물이 달빛에 반사되어 흰한 모양

170 역불황(役不遑): '역'은 할 일. '황'은 겨를, 짬. '불황'은 겨를이 없다.

171 상가(商歌): 비통한 음조를 지닌 출세를 바라는 노래. 이 말은 『회남자』「도응훈(道應訓)」에 나
     오는 영척(甯戚)에 얽힌 고사임. 영척은 제나라 환공(桓公)의 신하가 되고 싶었으나 곤궁하고
     신분이 낮아 이를 실현할 수 없었다. 장사꾼이 된 영척은 제나라의 수도 근처에 머물다가 환공이
     교외로 나왔을 때 수레 밑에서 상가를 슬프게 불렀고, 이 노랫소리를 들은 환공은 그를 기이하
     게 여겨 수레에 태워 갔다고 한다. 상가를 부른다는 것은 벼슬하고자 하는 마음이 있음을 뜻함

依依在耦耕[172]이라
의 의 재 우 경
농사일에 여전히 마음이 끌린다네.

投冠旋舊墟[173]하니
투 관 선 구 허
관직 그만두고 옛 마을로 돌아오니,

不爲好爵縈[174]이라
불 위 호 작 영
생기지 않네, 벼슬로 인한 성가신 일.

養眞衡茅[175]下하니
양 진 형 모   하
참됨을 기르며 초가집에 살면서,

庶以善自名[176]이라
서 이 선 자 명
자신의 이름 잘 지니기 바라노라.

90. 술 마시며(飮酒)[177]

도잠(陶潛)

羲農[178]去我久하니
희 농   거 아 구
복희와 신농씨는 아주 옛날
분들이어서,

---

172 의의재우경(依依在耦耕): '의의'는 미련을 갖는 모양. '우경'은 쟁기로 밭을 가는 것을 말하는
   데, 일반적으로 농사지음을 뜻한다.
173 투관선구허(投冠旋舊墟): '투관'은 벼슬을 내던지다. '선'은 돌아오다. '허'는 마을을 가리킨다.
174 영(縈): 얽히다. 성가신 일이 신변에 생기다.
175 양진형모(養眞衡茅): '진'은 천진(天眞). 타고난 진실함. '양진'은 이 천진함을 기르다. '형모'는
   작대기를 걸쳐 문을 만든 초가집
176 서이선자명(庶以善自名): '서'는 바라다. 서기(庶幾)의 뜻. '선자명'은 자신의 이름을 잘 보전하
   다. 스스로 이름을 잘 보전하기를 바란다는 뜻
177 음주(飮酒):『도연명집』권 3에 실려 있는「술 마시며」20수 가운데 마지막 편이다. 앞에 나온 시
   번호 51과 52의「이것저것 읊음(雜詩)」두 편도「술 마시며」20수 가운데 들어 있으므로, 그것
   들도 제목을「술 마시며」라 해야 옳을 것이다.
178 희농(羲農): 복희(伏羲)와 신농(神農). 태고의 천자로 소박하고 자연스럽게 천하를 통치하였
   다는 전설상의 제왕. 수인씨(燧人氏)와 더불어 삼황(三皇)이라 불린다.

擧世少復眞[179]이라
거 세 소 복 진

온 세상에 참됨으로 돌아가려는
이가 적네.

汲汲魯中叟[180]가
급 급 노 중 수

급급하게 애를 쓰신 노나라 공자께서,

彌縫使其淳[181]이라
미 봉 사 기 순

그나마 세상 사람들 순박하게 하셨네.

鳳鳥雖不至[182]나
봉 조 수 부 지

봉황새는 비록 날아오지 않았지만,

禮樂暫得新[183]이라
예 악 잠 득 신

예악이 잠시나마 새로워질 수 있었네.

洙泗輟微響[184]하고
수 사 철 미 향

공자의 가르침은 울림이 미약해지고,

漂流逮狂秦[185]이라
표 류 체 광 진

흐르고 흘러 흉포한 진나라에
이르렀네.

---

179 소복진(少復眞): '소'는 적다, 없다. '복'은 돌아가다. '진'은 인간 본연의 참된 모습. 인간이 타고난
      본성의 참모습으로 돌아가는 일이 적다는 뜻
180 급급노중수(汲汲魯中叟): '급급'은 급급해하다, 쉬지 않고 애쓰는 모양. '노중수'는 노나라의 늙
      은이로, 공자를 가리킨다.
181 미봉사기순(彌縫使其淳): '미봉'은 해진 곳을 깁다. '사기순'은 사람의 마음을 순박하게 하다.
      '순'은 순(醇) 자와 같은 뜻으로, 순수하다, 두텁다.
182 봉조수부지(鳳鳥雖不至): 봉황이 비록 날아들지 않았지만. 『논어』「자한(子罕)」에 "봉황새도
      날아오지 않고 황하에 상서로운 그림도 나오지 않으니, 나는 이제 그만이구나(鳳鳥不至, 河不
      出圖, 吾已矣)"라고 한 말이 있다. 봉황은 태평성대에만 나타난다는 신령스런 전설의 새. 이 말
      은 성군이 다스리는 태평성대가 되지 못했다는 뜻
183 예악잠득신(禮樂暫得新): 예악이 잠시 새로워지다. 이 구절은 공자가 육경을 편수하여 사회의
      예의 제도와 음악을 새롭게 했음을 가리킨다.
184 수사철미향(洙泗輟微響): '수사'는 수수(洙水)와 사수(泗水)의 두 강물을 가리킨다. 공자는
      이 두 물가에서 가르침을 열고 유교를 폈다. '철'은 그치다. 여기서는 물소리가 그치다의 뜻. '미
      향'은 미약해진 공자의 사상. 공자의 후계자로 유력한 인물이 없었음을 뜻한다.
185 표류체광진(漂流逮狂秦): '표류'는 물에 떠서 흘러가다. 역사의 흐름을 뜻한다. '체'는 이르다.
      '광진'은 광포한 진시황제(始皇帝). 역사가 흘러 진나라에 이르렀음을 뜻한다.

詩書亦何罪[186]오
시 서 역 하 죄

『시경』과 『서경』은 또 무슨 죄 지었기에,

一朝成灰塵[187]고
일 조 성 회 진

하루아침에 재가 되고 말았는가?

區區諸老翁[188]이
구 구 제 로 옹

잔일까지 마음 쓰는 여러 노인네들께서,

爲事誠慇懃[189]이라
위 사 성 은 근

일하심이 참으로 정성스럽고 은근했다네.

如何絶世[190]下에
여 하 절 세 하

어찌하여 아주 먼 후세에 이르러는,

六籍無一親[191]고
육 적 무 일 친

육경 중 하나도 잘하는 이 없는가.

終日馳車走[192]나
종 일 치 거 주

하루 종일 마차 몰아 이익을 구하나,

不見所問津[193]이라
불 견 소 문 진

나루터 묻는 사람 보지 못하였네.

---

186 시서역하죄(詩書亦何罪): 『시경』과 『서경』이 무슨 죄가 있는가.

187 성회진(成灰塵): 재와 티끌이 되다. 시황제가 재상 이사(李斯)의 건의를 받아들여 백가(百家)의 서를 불사른 분서(焚書)를 가리킨다.

188 구구제로옹(區區諸老翁): 자그마한 일에까지도 꼼꼼하게 주의한 여러 늙은이. '구구'는 작은 일에까지 마음을 쓰는 것. '제로옹'은 『서경』을 전한 제남(濟南)의 복생(伏生), 『시경』을 전한 제(齊)나라의 원고생(轅固生)과 노(魯)나라의 신공(申公), 『예기(禮記)』를 전한 노나라의 고당생(高堂生), 『춘추(春秋)』를 전한 호모생(胡母生) 등을 가리킨다. 이들은 경서를 마음에 기억하거나 입으로 전하여 후세에 남겼다.

189 위사성은근(爲事誠慇懃): '위사'는 앞의 제로옹이 진시황의 분서로 말미암아 실전된 경서들을 다시 후세에 전한 일을 가리킨다. '은근'은 공을 많이 들이다.

190 절세(絶世): 오랜 세대가 떨어지다. 아주 먼 후세를 뜻한다.

191 육적무일친(六籍無一親): '육적'은 유가의 경전인 『시경』·『서경』·『역경(易經)』·『춘추』·『예기』·『악기(樂記)』 등의 육경(六經)을 가리킨다. '무일친'은 잘 아는 사람이 하나도 없다.

192 종일치거주(終日馳車走): 이익을 추구하기 위하여 하루 종일 마차를 타고 달리다.

若復不快飮이면
약 부 불 쾌 음
만약 다시 유쾌히 술 마시지 않는다면,

空負頭上巾[194]이라
공 부 두 상 건
공연히 머리 위 두건을 저버리는 일.

但恨多謬誤[195]하니
단 한 다 류 오
단지 내게 잘못 많을까 한스러우니,

君當恕醉人[196]하라
군 당 서 취 인
그대는 마땅히 취한 사람 용서해 주오.

91. 전원으로 돌아와 살며(歸田園居)[197]

도잠(陶潛)

少無適俗韻[198]하고
소 무 적 속 운
어려서부터 세속에 어울리지 못하고,

193　불견소문진(不見所問津): 나루터를 묻는 사람을 볼 수 없다. 『논어』「미자(微子)」에 "장저와 걸닉이 같이 밭을 갈고 있었다. 공자께서 그곳을 지나시다가 자로를 시켜 나루터가 어디에 있는지 물어보도록 하셨다(長沮桀溺耦而耕. 孔子過之, 使子路問津焉)"라고 한 데서 취한 것으로, 도연명은 자신을 두 사람의 은자에 견주고 있다. 나루터를 묻는다는 것은 성인의 도로 올바르게 나아가기 위하여 육경을 공부하는 것을 뜻한다.

194　공부두상건(空負頭上巾): 공연히 머리 위에 두건을 얹고 있다. 연명은 머리 위의 두건을 벗어 술을 걸러 마셨다. 따라서 술을 마시지 않을 경우 두건은 공연히 쓴 것이 된다. 시 번호 39 이백의 「술 마시려 하지 않는 왕역양을 조롱하며(嘲王歷陽不肯飮酒)」주 205를 참조할 것

195　유오(謬誤): 그릇되다, 잘못되다.

196　군당서취인(君當恕醉人): 그대들은 마땅히 술 취한 사람을 너그럽게 보아주어야 한다는 뜻. 술을 먹어야 본연의 참된 자아를 찾을 수 있고, 이처럼 어지러운 세상에 술을 안 먹을 수가 없으므로, 술을 먹고 실수를 하더라도 용서해 주어야 한다는 뜻

197　귀전원거(歸田園居): 『도연명집』 권 2에는 「전원으로 돌아와 살며(歸園田居)」라는 제목으로 된 연작시가 다섯 편 있다. 이 시는 그 첫 번째 것으로, 도연명의 작품 중에서도 걸작으로 친다. 앞에 나온 시 번호 32, 66, 74를 참조할 것

198　소무적속운(少無適俗韻): '소'는 젊었을 때를 가리킨다. '무적'은 적합하지 않다. '속운'은 세상의 속된 풍속. 어려서부터 세상의 속기에 어울리지 못했다는 뜻

性本愛丘山이라
성 본 애 구 산

천성이 본래부터 산림을 좋아하였네.

誤落塵網[199]中하여
오 락 진 망 중

티끌 많은 그물 속에 잘못 떨어져,

一去三十年[200]이라
일 거 삼 십 년

어느덧 삼십 년이 단번에 지났네.

羈鳥戀舊林[201]이요
기 조 련 구 림

새장에 갇힌 새는 옛 숲을 그리워하고,

池魚思故淵[202]이라
지 어 사 고 연

연못의 물고기는 놀던 못을 생각하네.

開荒[203]南野際하여
개 황 남 야 제

황폐한 남쪽 들 한쪽을 개간하여,

守拙[204]歸園田이라
수 졸 귀 원 전

순박함 지키려고 전원으로 돌아왔네.

方宅十餘畝[205]요
방 택 십 여 무

반듯한 텃밭은 십여 이랑이 되고,

草屋八九間이라
초 옥 팔 구 간

풀로 이은 초가집은 여덟아홉
칸이라네.

楡柳蔭後簷[206]하고
유 류 음 후 첨

느릅나무 버드나무 뒤뜰 처마를 가리고,

---

199 오락진망(誤落塵網): '오락'은 잘못하여 떨어지다. '진망'은 티끌투성이의 지저분한 인간 세상
의 그물. 세간의 명리, 특히 관리 생활로 인해 어쩔 수 없이 받아야 하는 구속

200 삼십년(三十年): 어느덧 삼십 년이 지나다. 관리 생활을 한 시간으로 보아, '삼십년'을 '십삼년
(十三年)' 또는 '이십년(已十年: 이미 십 년)'의 잘못이라고 이야기하는 사람도 있고, 기타 여러
가지 설이 구구하다. 삼십은 오랜 세월을 가리키는 말로 볼 수도 있다.

201 기조련구림(羈鳥戀舊林): '기조'는 새장 안에 갇힌 새. 관리 생활로 인해 얽매여 하고 싶은 일도
할 수 없는 자를 가리킨다. '련구림'은 옛 숲을 그리워하다.

202 고연(故淵): 연못의 고기가 본시 살던 강의 심연(深淵)

203 개황(開荒): 황무지를 개간하다.

204 수졸(守拙): 졸박함을 지키다. 세태에 휩쓸리지 않고 자신의 순박한 본성을 지키다.

205 방택십여무(方宅十餘畝): '방택'은 모가 난 네모꼴의 집터로 밭까지 딸려 있다. '무'는 밭이랑이
란 뜻으로, '묘'로도 읽는다. 지적의 단위에서는 육 척 사방을 일 보, 백 보를 일 무라 한다.

桃李羅堂前²⁰⁷이라 복숭아 오얏나무 대청 앞에
도 리 라 당 전   줄지어 있네.

曖曖²⁰⁸遠人村이요 어슴푸레 시골 마을 저 멀리 보이고,
애 애   원 인 촌

依依墟里²⁰⁹煙이라 모락모락 마을에서 저녁연기
의 의 허 리   연   피어오르네.

狗吠深巷²¹⁰中하고 개 짖는 소리 깊숙한 골목에서 울리고,
구 폐 심 항   중

鷄鳴桑樹顚²¹¹이라 닭 울음소리 뽕나무 위에서 들려오네.
계 명 상 수 전

戶庭無塵雜²¹²이요 집 안에는 잡된 세속 지저분한 일 없고,
호 정 무 진 잡

虛室²¹³有餘閑이라 조용하고 텅 빈 방은 한가로움 있다네.
허 실   유 여 한

久在樊籠²¹⁴裏라가 오랫동안 좁다란 새장 속에 갇혔다가,
구 재 번 롱   리

復得反自然²¹⁵이라 이제야 또다시 자연으로 돌아왔다네.
부 득 반 자 연

---

206 유류음후첨(楡柳蔭後簷): '유'는 느릅나무. '음'은 가리다, 그늘지다. '첨'은 처마
207 도리라당전(桃李羅堂前): '도리'는 복숭아나무와 오얏나무. '라'는 나열되다, 줄지어 늘어서 있
     다. '당전'은 대청마루 앞, 집 앞에
208 애애(曖曖): 흐린 모양. 밝지 않은 모양
209 의의허리(依依墟里): '의의'는 어렴풋이 보이는 모양. 연기 같은 것이 가늘게 피어오르는 모양.
     '허리'는 촌리, 촌락, 마을
210 심항(深巷): 깊숙한 골목
211 전(顚): 머리 또는 꼭대기
212 호정무진잡(戶庭無塵雜): '호정'은 대문에서 마당에 이르는 집 안. '진잡'은 지저분하고 잡된 속
     세의 일
213 허실(虛室): 잡다한 가재도구가 없는 텅 비고 조용한 방
214 번롱(樊籠): 새장. 궁하고 막힘이 많은 세속에서의 생활을 가리킨다.
215 자연(自然): 외부의 강요나 간섭이 없는 본래의 모습과 상태. 『노자』 25장에 "사람은 땅을 모범

92. 여름날 이공이 방문하여(夏日李公見訪)²¹⁶

두보(杜甫)

遠林²¹⁷暑氣薄하니
원 림　 서 기 박

멀리 떨어진 숲이라 더위가 엷어,

公子過我遊²¹⁸라
공 자 과 아 유

이공께서 나를 찾아 놀러 오셨네.

貧居類村塢²¹⁹하고
빈 거 류 촌 오

가난한 집이라 마을 가의 담과
비슷하고,

僻近城南樓²²⁰라
벽 근 성 남 루

외지기는 성 남쪽 망루 가까이 있네.

旁舍頗²²¹淳朴하여
방 사 파　 순 박

이웃 사람들 모두 순하고 소박하여,

所願²²²亦易求라
소 원　 역 이 구

아쉬운 것 또한 쉬이 구할 수 있네.

삼고, 땅은 하늘을 모범 삼고, 하늘은 도를 모범 삼고, 도는 자연을 모범 삼는다(人法地, 地法天, 天法道, 道法自然)"고 하였다. 무위자연은 도 본연의 상태

216　하일이공견방(夏日李公見訪): 이공은 당나라의 왕족인 채왕(蔡王) 이방(李房)의 아들이며, 숙종(肅宗)이 태자였을 때 태자가령(太子家令: 동궁의 살림살이를 총괄함)을 지냈던 이염(李炎)을 가리킨다. 이공을 이백으로 해석하는 이도 있으나 잘못된 것이다.
　　이 시는 천보(天寶) 14년(755) 두보가 44세 때에 지은 작품으로, 여름날 이공의 방문을 받고는 그와 함께 여름 한때를 즐기는 정경을 적은 것이다. 제목이 「이가령견방(李家令見訪)」으로 된 판본도 있다.

217　원림(遠林): 마을로부터 멀리 떨어진 숲. 장안성으로부터 멀리 떨어진 숲

218　공자과아유(公子過我遊): '공자'는 왕후나 귀족의 자제에 대한 경칭으로, 이공인 이염을 가리킨다. '과아유'는 내게로 놀러 오다. '과'는 지나는 길에 방문하다.

219　빈거류촌오(貧居類村塢): '빈거'는 빈한한 거처라는 말로, 두보 자신의 거처를 표현한 것이다. '류'는 흡사하다, 유사하다. '촌오'는 외적이나 도둑으로부터 마을을 보호하기 위해 마을 가에 흙으로 쌓아 놓은 담. '오'는 보루

220　벽근성남루(僻近城南樓): '벽'은 후미지다, 외지다. '성남루'는 장안 성벽 남쪽에 있는 망루

221　방사파(旁舍頗): '방사'는 사방의 이웃집들. '파'는 자못, 매우

222　소원(所願): 원하다. 필요로 하다. 소수(所須)로 된 판본도 있다.

隔屋問西家²²³하되   담 사이에 두고 서쪽 집에 묻기를,
격 옥 문 서 가

借問有酒不²²⁴아   술 가진 게 없느냐 하였더니,
차 문 유 주 부

牆頭過濁醪²²⁵하여   담 너머로 막걸리를 넘겨주어,
장 두 과 탁 료

展席俯長流²²⁶라   자리 펴고 멀리 긴 물줄기 굽어보네.
전 석 부 장 류

淸風左右至하니   맑은 바람이 좌우에서 불어오니,
청 풍 좌 우 지

客意已驚秋²²⁷라   객은 속으로 벌써 가을인가 놀라네.
객 의 이 경 추

巢多衆鳥鬪²²⁸요   둥지 많은 숲속에선 뭇 새들 다투고,
소 다 중 조 투

葉密鳴蟬稠²²⁹라   잎 무성한 나무엔 우는 매미 가득하네.
엽 밀 명 선 조

苦遭此物聒²³⁰하니   이들 소리 시끄러워 괴롭기만 한데,
고 조 차 물 괄

孰語吾廬幽²³¹오   누가 내 집을 조용하다 하였던가?
숙 어 오 려 유

---

223 격옥문서가(隔屋問西家): '격옥'은 '집 너머', '집을 사이에 두고'라는 뜻으로, 이웃집을 가리킨
     다. '서가'는 서쪽에 있는 이웃집

224 차문유주부(借問有酒不): '차문'은 남에게 질문할 때 사용하는 말로 '좀 물어보겠습니다'와 같
     은 뜻. '유주부'는 술이 있는지 없는지. '부'는 부(否)의 의미로 쓰였다.

225 장두과탁료(牆頭過濁醪): '장'은 담. '장두'는 담장 위. '탁료'는 막걸리. '과탁료'는 담 너머로 막
     걸리를 넘겨주다.

226 전석부장류(展席俯長流): 자리를 펴고 길게 흘러가는 물을 굽어보다. '장류'는 긴 흐름이란 말
     로, 여기서는 두보가 살고 있는 하두성(下杜城)을 흐르는 번천(樊川)을 가리킨다.

227 객의이경추(客意已驚秋): '객의'는 손님의 마음으로, 공자 이염의 마음을 말한다. '이경추'는 벌
     써 가을인가 하고 놀라다.

228 중조투(衆鳥鬪): 뭇 새들이 다투다. '투'를 훤(喧)으로 쓴 판본도 있다.

229 명선조(鳴蟬稠): '선'은 매미. '조'는 빽빽하다, 많다. 우는 매미가 빽빽하다는 뜻

230 고조차물괄(苦遭此物聒): '고'는 고생하다, 괴롭다, 시달리다. '조'는 만나다. '차물'은 요란하게
     울어대는 새와 매미를 가리킨다. '괄'은 시끄럽다.

水花晚色靜²³²하니
수 화 만 색 정

연꽃이 저녁노을에 고요히 피었으니,

庶足充淹留²³³라
서 족 충 엄 류

객 더 머물게 하기에 충분하리라.

預恐樽中²³⁴盡하여
예 공 준 중   진

술잔이 빌까 벌써부터 걱정되어,

更起爲君謀²³⁵라
갱 기 위 군 모

다시 일어나 그대 위해 마음 쓴다네.

93. 위팔 처사에게 드림(贈衛八處士)²³⁶

人生不相見은
인 생 불 상 견

살아가면서 서로 만나지 못함은,

---

231 숙어오려유(孰語吾廬幽): 누가 나의 오두막집이 조용하다 하는가? 반어적인 표현으로 집 주
위가 조용하기 때문에 새나 매미의 울음소리가 요란하게 들린다는 것을 암시한다. '숙어'는 숙
위(孰謂)로 된 판본도 있다.
232 수화만색정(水花晚色靜): '수화'는 연못의 연꽃. '만색정'은 저녁빛이 고요하다.
233 서족충엄류(庶足充淹留): '서족'은 거의 충분하다, 다분히 족하다. '엄류'는 오랫동안 머무르다.
'충엄류'는 오랫동안 머물 뜻을 채워 주다. 오래 머물 만하다는 뜻
234 예공준중(預恐樽中): '예'는 미리. '공'은 걱정하다, 두려워하다. '준중'은 술바리 속의 술
235 모(謀): 마음을 쓰다, 배려하다. 작자가 이염을 위하여 술을 더 마련하기 위하여 마음을 쓰는
것. 집에 돈이나 술이 없어, 술을 마련하기가 쉽지 않으므로 이렇게 표현한 것이다.
236 증위팔처사贈衛八處士): '위팔'이란 위씨(衛氏)집 여러 형제들 가운데 여덟 번째란 뜻으로,
당나라 때에는 이름 대신 같은 항렬 가운데 몇째인가를 숫자를 써서 그 사람을 지칭하는 경우
가 많았다. 이것을 항제(行第)라고 한다. 처사란 은자(隱者)를 가리키는 말로, 출사하지 않는
사람을 부르는 명칭이다. 어떤 이는 위 처사를 포주(蒲州)의 위대경(衛大經) 집안 사람이라고
하기도 하고, 어떤 이는 당시에 두보·이백·고적(高適)·위빈(衛賓)이 친하게 지냈으므로 바로 위
빈을 가리킨다고 하지만, 누구인지는 확실하지 않다.
이 시는 건원(乾元) 2년(759) 두보가 47세 때 화주(華州)에 있으면서 위 처사의 집에 머물다
지은 것으로 보인다.

動如參與商²³⁷이라
동 여 삼 여 상

자칫 삼성과 상성 같기 때문이네.

今夕復何夕²³⁸하야
금 석 부 하 석

오늘 밤은 또 어떤 밤이기에,

共此燈燭光²³⁹고
공 차 등 촉 광

함께 이렇게 촛불 아래 앉았나?

少壯能幾時²⁴⁰오
소 장 능 기 시

젊은 날은 그 얼마나 되리오,

鬢髮各已蒼²⁴¹이라
빈 발 각 이 창

귀밑머리 벌써 희끗해졌는데.

訪舊半爲鬼²⁴²하니
방 구 반 위 귀

옛 친구 찾아보면 이미 반은 귀신 되어,

驚呼熱中腸²⁴³이라
경 호 열 중 장

놀라 소리치니 뱃속이 뜨거워지네.

焉知²⁴⁴二十載에
언 지 이 십 재

어찌 알았으랴, 이십 년 만에

重上君子堂²⁴⁵고
중 상 군 자 당

다시 그대 집에 오르게 될 줄.

---

237 동여삼여상(動如參與商): '동'은 자칫하면, 걸핏하면. 자칫하면 삼성(參星)과 상성(商星)처럼
서로 하늘 한쪽 가에 떨어져 만나지 못한다는 뜻. 삼성은 동쪽에, 상성은 서쪽에 있는데, 삼성이
뜨면 상성이 지고 상성이 뜨면 삼성이 진다. 이 두 별은 영원히 함께 나타나지 않으므로, 사람들
이 이별하여 만나지 못하는 것에 흔히 비유된다.
238 금석부하석(今夕復何夕): 오늘 저녁은 또 어떤 저녁인가? 『시경』「당풍(唐風)·주무(綢繆)」에
"오늘 저녁이 어떤 저녁인가? 이렇게 좋은 임 만났네(今夕何夕, 見此良人)"라는 구절이 있다.
239 공차등촉광(共此燈燭光): 오늘 밤 그대와 함께 촛불 아래에 있게 됨
240 소장능기시(少壯能幾時): 젊은 날이 얼마나 되리. 한 무제의 「가을바람(秋風辭)」에 "젊음이
얼마이겠는가! 늙는 것을 어찌하리오!(少壯幾時兮奈老何)"라는 구절이 있다.
241 창(蒼): 검은 머리에 흰 머리가 섞이다.
242 방구반위귀(訪舊半爲鬼): 옛 친구를 찾아보면 반은 귀신이 되어 있다. '구'는 옛 친구
243 경호열중장(驚呼熱中腸): '경호'는 놀라 탄식의 소리를 내다. '열중장'은 뱃속의 창자가 슬픔으
로 뜨거워지다. 가슴이 슬픔 때문에 북받치는 것을 말한다.
244 언지(焉知): 어찌 알았으랴. 생각조차 할 수 없었다는 뜻
245 군자당(君子堂): 덕 있는 사람이 기거하는 곳을 가리킨다.

昔別君未婚터니
석 별 군 미 혼

옛날 헤어질 때 그대 홀몸이었는데,

兒女忽成行²⁴⁶이라
아 녀 홀 성 항

아이들이 어느덧 줄짓게 되었구려.

怡然敬父執²⁴⁷하고
이 연 경 부 집

기뻐하며 아비 친구에게 인사하고,

問我來何方고
문 아 래 하 방

어느 지방서 왔느냐고 나에게 묻네.

問答未及已에
문 답 미 급 이

미처 나의 대답 끝나기도 전에,

兒女羅酒漿²⁴⁸이라
아 녀 라 주 장

아이들이 술상을 벌여 놓았네.

夜雨剪春韭²⁴⁹하고
야 우 전 춘 구

밤비 맞으며 봄 부추 잘라 오고,

新炊間黃粱²⁵⁰이라
신 취 간 황 량

새로 지은 밥에는 노란 좁쌀 섞었네.

主稱會面難²⁵¹하여
주 칭 회 면 난

만나기 어려울 거라 주인이 말하여,

一擧累十觴²⁵²이라
일 거 루 십 상

단숨에 수십 잔을 거듭하였네.

---

246 성항(成行): 줄을 이루고 있다. 자녀들이 많음을 가리킨다.

247 이연경부집(怡然敬父執): '이연'은 기뻐하는 모양, 즐거워하는 모양. '부집'은 아버지와 같은 뜻을 가지고 있는 사람으로, 아버지의 친구를 말한다. 『예기』「곡례 상(曲禮上)」에서는 "아버지 또래의 어른을 뵈었을 때, 나아가라는 말이 없으면 나아가지 않고, 물러가라는 말이 없으면 물러가지 않으며, 묻지 않으면 대답할 수 없다. 이것이 효자의 행동이다(見父之執, 不謂之進不敢進, 不謂之退不敢退, 不問不敢對. 此孝子之行也)"라고 하였다.

248 나주장(羅酒漿): '나'는 벌여 놓다, 차리다. '주장'은 술과 음료. 술상을 차린다는 뜻

249 야우전춘구(夜雨剪春韭): '전'은 자르다. '구'는 부추. 밤비를 맞으며 봄 부추를 자르다.

250 신취간황량(新炊間黃粱): '취'는 불을 때어 밥을 짓다. '간'은 섞다. '황량'은 노란 좁쌀. 새로 밥을 지으며 노란 좁쌀을 섞다. 당시에는 이를 손님을 대접할 가장 좋은 주식으로 여겼다.

251 주칭회면난(主稱會面難): '주칭'은 주인이 말을 하다. '회면'은 만나다, 얼굴을 보다. '난'은 어렵다. 친구 중에 반은 이미 죽어 귀신이 되었고, 앞으로 어떻게 될지 누구도 모르므로, 서로 만나기 어려울 것 같지 않겠는가라고 주인이 말한다는 뜻

252 일거루십상(一擧累十觴): 한 번에 열 잔의 술을 마시다. '루'는 여러 번 거듭하다.

十觴亦不醉하니
십 상 역 불 취

십여 잔을 마셔도 취하지 않으니,

感子故意長²⁵³이라
감 자 고 의 장

그대 정 여전함에 감동했기 때문이네.

明日隔山岳이면
명 일 격 산 악

산을 사이에 두고 내일 헤어진다면,

世事兩茫茫²⁵⁴이라
세 사 량 망 망

세상일 어찌 될지 서로가 망망하네.

94. 석호촌의 관리(石壕吏)²⁵⁵

두보(杜甫)

暮投石壕村하니
모 투 석 호 촌

날 저물어 석호촌에 투숙하였더니,

有吏夜捉人이라
유 리 야 착 인

관리가 밤중에 사람 잡으러 왔네.

老翁踰墻²⁵⁶走하고
노 옹 유 장   주

늙은 영감님 담장 넘어 도망치고,

---

253 자고의장(子故意長): '자'는 그대. '고의'는 옛 우정. '장'은 오래도록 변하지 않다. 그대의 옛 우
정은 변하지 않았다는 뜻
254 세사량망망(世事兩茫茫): '망망'은 아득하다, 망망하다. 세상일 때문에 두 사람이 서로 멀리
떨어져, 서로의 소식도 모른 채 지내게 될 것이라는 뜻
255 석호리(石壕吏): '석호'는 지금의 하남성(河南省) 협현(陝縣)의 석호진(石壕鎭) 동북쪽 시골
마을이다.
   이 시는 『두소릉집(杜少陵集)』 권 2에 들어 있는 두보의 대표적인 사회시로 이른바 '삼리(三
吏: 세 관리)'·'삼별(三別: 세 이별)' 중의 하나이다. 천보 14년(755) 당나라가 태평에 젖어 있을
무렵에 안녹산이 난을 일으켰다. 시인 두보는 이 전쟁 통에 각지를 전전하며 백성들의 참상을
눈으로 보고, 여기에서 받은 감동과 정상(情狀)을 시로 썼다. 이 시는 그러한 전쟁의 참상을 읊
은 두보 사회시의 대표적인 작품 중 하나이다.
256 유장(踰墻): '유'는 넘다. '장'은 담장. 담장을 넘다.

老婦出門看이라
노 부 출 문 간

할머니가 문 밖에서 관리를 맞네.

吏呼一何257怒며
이 호 일 하   노

관리의 호통 소리 어찌 저리 거세며,

婦啼一何苦오
부 제 일 하 고

할머니 울음소리 어찌 저리 가련한가.

聽婦前致詞하니
청 부 전 치 사

할머니 앞에 나가 하는 말 들었더니,

三男鄴城戍258라
삼 남 업 성 수

"세 아들이 업성에서 수자리 살지요.

一男附書至259하니
일 남 부 서 지

한 자식이 인편에 편지를 보냈는데,

二男新戰死라
이 남 신 전 사

두 자식이 며칠 전 전사했다 하오.

存者且偸生260이나
존 자 차 투 생

산 사람은 또 어떻게 살아가겠지만,

死者長已矣261라
사 자 장 이 의

죽은 자는 이미 영영 그만이랍니다.

室中更無人하고
실 중 갱 무 인

집안에는 또 다른 사내란 없고,

所有乳下孫이라
소 유 유 하 손

있는 것이라곤 젖 먹는 손자뿐이오.

孫有母未去나
손 유 모 미 거

손자 있어 어미도 떠나지 못했으나,

---

257 일하(一何): '일'은 강조의 뜻을 지님. '일하'는 '얼마나 ~한가'

258 삼남업성수(三男鄴城戍): 삼남은 세 아들. 어떤 이는 셋째 아들이라고도 함. 아래 구의 일남
     (一男)과 이남(二男) 역시 한 아들과 두 아들로 볼 수도 있고, 첫째 아들과 둘째 아들로도 해석
     할 수 있다. '업성'은 지금의 하남성(河南省) 임장현(臨漳縣) 서쪽에 있는 업현(鄴縣)의 성. '수'
     는 수자리 살다. 수자리는 변방이나 국경에서 군인으로 복무하는 것

259 부서지(附書至): '부'는 부치다, 보내다. 부친 편지가 이르다. 편지를 보내 왔다는 뜻

260 투생(偸生): 구차하게 살아가다.

261 장이의(長已矣): 영원히 그만이라는 뜻

出入無完裙²⁶²이라
출 입 무 완 군

외출할 때 입을 치마 하나 없답니다.

老嫗²⁶³力雖衰나
노 구 력 수 쇠

늙은 할미 기운은 비록 쇠했습니다만,

請從吏夜歸라
청 종 리 야 귀

나으리 따라 이 밤에라도 가오리다.

急應河陽役²⁶⁴하여
급 응 하 양 역

급히 하양 땅의 싸움터에 이를 수 있다면,

猶得備晨炊²⁶⁵라
유 득 비 신 취

그래도 아침밥은 해 드릴 수 있겠지요."

夜久語聲絶하니
야 구 어 성 절

밤이 깊어 말소리도 끊어졌는데,

如聞泣幽咽²⁶⁶이라
여 문 읍 유 열

들리는 듯했었네, 흐느껴 우는 소리.

天明登前途한데
천 명 등 전 도

날이 새어 다시 앞길을 가려는데,

獨與老翁別이라
독 여 로 옹 별

홀로 할아버지하고만 작별하게 되었다네.

---

262 완군(完裙): 완전한 치마. 입을 만한 치마

263 구(嫗): 할머니. 노파

264 하양역(河陽役): '하양'은 지금의 하남성 맹현(孟縣) 남쪽에 있는 현 이름. '역'은 부역 또는 전역(戰役). 당나라의 장수 곽자의(郭子儀)의 군대가 사사명(史思明)에게 패하자 도우후(都虞侯) 장용제(張用濟)의 계책으로 다른 성들은 비우고 하양만 지켰다 한다.

265 비신취(備晨炊): '비'는 준비하다. '신취'는 아침밥을 짓다. 아침 식사 준비를 한다는 뜻

266 여문읍유열(如聞泣幽咽): '여문'은 들은 것 같다. 소리가 가늘어 잘 들리지 않았다는 뜻. '유열'은 나지막이 흐느끼다, 흐느껴 울다.

95. 미인(佳人)[267]

두보(杜甫)

絶代[268]有佳人하니
절 대 유 가 인

세상에 둘도 없는 절세미인이,

幽居在空谷[269]이라
유 거 재 공 곡

텅 빈 골짜기에 조용히 숨어 사네.

自云良家子[270]로
자 운 량 가 자

자기는 원래 양가집 딸이었는데,

零落依草木[271]이라
영 락 의 초 목

영락하여 의지할 곳 없다 하네.

關中昔喪敗[272]하여
관 중 석 상 패

장안 땅이 옛날 전란에 짓밟힐 때,

兄弟遭殺戮[273]이라
형 제 조 살 륙

형제들은 모두 죽임을 당했다네.

官高何足論고
관 고 하 족 론

벼슬이 높았음을 말해 무엇 하리?

---

267 가인(佳人): 아름다운 사람, 좋아하는 사람이란 말로, 일반적으로 부인을 가리키지만, 자신이 흠모하는 사람이라는 뜻에서, 군주·정인(情人)·친구 등 남자를 가리킬 때도 있다.

268 절대(絶代): 절세(絶世)와 같은 말로, 이 세상에 둘도 없다는 뜻. 한(漢)나라 이연년(李延年)의 「가인가(佳人歌)」에 "북방에 미인이 있으니, 세상에서 뛰어나 비길 바 없네(北方有佳人, 絶世而獨立)"라는 구절이 있다.

269 유거재공곡(幽居在空谷): '유거'는 속세를 떠나 깊은 산속에서 조용히 살다. '공곡'은 사람이 없는 텅 빈 골짜기

270 양가자(良家子): '양가'는 좋은 가문. '자'는 여기서 딸을 뜻한다. 좋은 집안의 딸이라는 뜻

271 영락의초목(零落依草木): '영락'은 몰락의 뜻. '의초목'은 초목에 몸을 의지하다. 몰락하여 의지할 데가 없다는 뜻

272 관중석상패(關中昔喪敗): '관중'은 섬서성(陝西省) 함곡관(函谷關)의 서쪽 지방으로 장안이 있는 곳. 천보(天寶) 14년 안녹산이 난을 일으켜 장안을 함락시킨 적이 있다. '상패'는 전란에 짓밟혀 형편없이 되는 것을 말한다. '상'은 잃다. '패'는 망하다.

273 조살륙(遭殺戮): '조'는 만나다. '살륙'은 사람을 마구 죽이다. 변고를 당하다의 뜻

不得收骨肉[274]이라
부 득 수 골 육

육친의 골육조차 거두지 못했는데.

世情惡衰歇[275]하니
세 정 오 쇠 헐

세상의 인정 몰락한 집안 싫어하니,

萬事隨轉燭[276]이라
만 사 수 전 촉

세상만사 촛불 옮기어 감과 같은 것.

夫壻輕薄兒[277]니
부 서 경 박 아

남편은 경솔하고 야박한 사람이라,

新人[278]美如玉이라
신 인 　 미 여 옥

새 사람 얻었는데 구슬같이 아름답네.

合昏[279]尙知時요
합 혼 　 상 지 시

합혼초도 오히려 때를 알고,

鴛鴦[280]不獨宿이라
원 앙 　 부 독 숙

원앙새도 홀로 자지 않거늘.

但見新人笑니
단 견 신 인 소

오직 새 사람 웃는 낯만 쳐다보니,

那聞舊人哭[281]가
나 문 구 인 곡

어찌 들으리오, 옛 아내의 울음소리.

在山泉水淸이요
재 산 천 수 청

산에 있어야만 샘물이 맑은 거지,

出山泉水濁이라
출 산 천 수 탁

산을 나오면 샘물이 탁해진다네.

---

274 골육(骨肉): 뼈와 살을 나눈 부모와 자식의 관계
275 쇠헐(衰歇): 집안이 쇠하고 재물이 탕진되다. '헐'은 흩어져 사라지다.
276 만사수전촉(萬事隨轉燭): 모든 것이 옮겨 가는 촛불을 따라가다. 만사가 옮겨 가는 촛불처럼
      명암이 바뀐다. 세상의 좋은 일과 나쁜 일은 걷잡을 수 없이 변하게 마련이라는 뜻
277 부서경박아(夫壻輕薄兒): '부서'는 아내가 남편을 칭할 때 쓰는 말로 남편을 가리킨다. '서'는
      서(婿)로도 쓴다. '경박아'는 경솔하고 박정한 사람
278 신인(新人): 남편이 새로 맞아들인 여자
279 합혼(合昏): 저녁이 되면 잎이 하나로 합쳐진다는 풀의 이름
280 원앙(鴛鴦): 언제나 암수가 함께 노닌다는 새로, 다정한 부부를 상징한다.
281 나문구인곡(那聞舊人哭): '나'는 어찌. '구인곡'은 옛사람의 울음소리. 새 여자에게 남편을 빼
      앗긴 옛 아내의 애통한 울음소리를 남편이 어찌 들을 수 있겠는가라는 뜻

侍婢賣珠廻[282]하여   하녀가 구슬을 팔고 돌아와서는,
시 비 매 주 회

牽蘿補茅屋[283]이라   덩굴 당겨 초가의 지붕을 고치네.
견 라 보 모 옥

摘花不揷髮[284]하고   꽃을 꺾어 머리에 꽂지 않으려고,
적 화 불 삽 발

采柏動盈掬[285]이라   측백잎 따다 보니 이내 손 가득 차네.
채 백 동 영 국

天寒翠袖薄[286]하니   날이 차져 비췻빛 옷 얇긴 하지만,
천 한 취 수 박

日暮倚脩竹[287]이라   해질 무렵 긴 대나무에 몸을 기대네.
일 모 의 수 죽

---

282 시비매주회(侍婢賣珠廻): '시비'는 하녀. '매주'는 구슬을 팔다. '회'는 돌아오다. 살기가 궁하여 시집올 때부터 지녀 왔던 보석을 하인을 시켜 팔았다는 뜻

283 견라보모옥(牽蘿補茅屋): 담쟁이의 덩굴을 끌어올려 띳집의 지붕을 보수하다. 담쟁이가 나무나 집에 의지하듯이 여자가 남자에게 굳게 의지하고 배반하지 않는다는 뜻을 나타내고 있다.

284 적화불삽발(摘花不揷髮): 『시경』「위풍(衛風)·백혜(伯兮)」의 "임께서 동으로 가시니, 내 머리 나부끼는 쑥대 같네. 어찌 기름 바르고 머리 감지 못하랴마는, 누구 위해 얼굴을 매만질꼬(自伯之東, 首如飛蓬. 豈無膏沐, 誰適爲容)"라는 구의 뜻을 표현한 것. 꽃을 꺾어도 예쁘게 보일 임이 없으니 머리에 꽃을 필요가 없다는 뜻

285 채백동영국(采柏動盈掬): '채백'은 측백나무의 잎을 따다. '측백나무'는 소나무와 함께 겨울에도 푸르름을 잃지 않아 지조를 상징한다. 버림받은 아내가 끝까지 절조를 지키는 것을 가리킨다. '동'은 바로, 어느새, 걸핏하면. '영국'은 손에 가득 차다. 한 줌이 가득 된다는 뜻

286 천한취수박(天寒翠袖薄): 날은 찬데 비췻빛 옷소매는 얇다. 겨울옷도 없이 고생한다.

287 의수죽(倚脩竹): 긴 대나무에 몸을 기대다. 대나무는 항상 푸르고 줄기가 곧아 변함없는 절조를 상징한다. 비록 남편으로부터 버림받았지만, 굳게 절조를 지키겠다는 뜻

96. 수주로 공부하러 가는 제갈각을 전송하며
(送諸葛覺往隨州讀書)²⁸⁸

한유(韓愈)

鄴侯²⁸⁹家多書하여
업 후   가 다 서

업현후 이필의 집에는 책이 많아,

架挿三萬軸²⁹⁰이라
가 삽 삼 만 축

두루마리 삼만 권 서가에 꽂혀 있네.

一一懸牙籤²⁹¹하고
일 일 현 아 첨

두루마리 하나마다 상아패 달려 있고,

新若手未觸이라
신 약 수 미 촉

새롭기가 마치 손대지 않은 듯하네.

爲人强記覽²⁹²하여
위 인 강 기 람

사람됨이 많이 읽고 잘 외워서,

過眼不再讀²⁹³이라
과 안 부 재 독

한 번 본 책은 다시 읽지 아니하네.

偉哉戈聖書를
위 재 군 성 서

위대하도다, 여러 성현의 글들이

---

288 송제갈각왕수주독서(送諸葛覺往隨州讀書): 제갈각은 평소 한유와 친분이 두터웠던 담사(澹
師)라는 이름의 중이었는데 나중에 환속하여 유교를 신봉했다. 당시에 업현후(鄴縣侯)인 이필
(李泌)의 아들 이번(李繁)이 수주자사(隨州刺史)로 있었는데, 제갈각은 업후에게는 장서가
많고 이번은 학식이 높다는 것을 알고 이들을 좇아 수주에 가 공부하였다. 수주는 지금의 호북
성(湖北省) 덕안부(德安府)에 있었던 고을 이름

289 업후(鄴侯): 재상을 지낸 이필을 가리킨다. 이필은 당나라의 공신으로, 업현이라는 고을을 영
지(領地)로 하사받고 후작(侯爵)에 봉하여졌기 때문에 업현후 또는 줄여서 업후라고 한다.

290 가삽삼만축(架挿三萬軸): '가'는 서가. '삽'은 꽂혀 있다. '삽삼만축'은 삼만 개의 두루마리가 꽂
혀 있다. 두루마리[軸]는 비단에 글을 써서 굴대에 만 것인데, 지금의 책과 같은 것이다.

291 일일현아첨(一一懸牙籤): '일일'은 두루마리 하나하나에. '현아첨'은 상아로 만든 패에 책 이름
을 적어 달아 두다. '아첨'은 상아로 만든 패

292 위인강기람(爲人强記覽): '위인'은 사람의 됨됨이. '강기람'은 오래도록 잘 기억하고 널리 책을
읽다. 박람강기(博覽强記)의 준말

293 부재독(不再讀): 다시 읽을 필요가 없다.

磊落載其腹²⁹⁴이라
뇌 락 재 기 복

수북하게 그의 뱃속에 쌓여 있네.

行年²⁹⁵逾五十에
행 년 　 유 오 십

지나온 해가 오십을 넘어섰는데,

出守數已六²⁹⁶이라
출 수 수 이 륙

지방 태수를 이미 여섯 번 지냈지.

京邑²⁹⁷有舊廬나
경 읍 　 유 구 려

장안에 옛 집이 없는 건 아니지만,

不容久食宿²⁹⁸이라
불 용 구 식 숙

오래 머물도록 허용치 않았다네.

臺閣²⁹⁹多官員하니
대 각 　 다 관 원

중앙 조정 대각에는 관원이 많아,

無地寄一足³⁰⁰이라
무 지 기 일 족

한 발 들여놓을 여지도 없었다네.

我雖官在朝나
아 수 관 재 조

나도 비록 조정에서 벼슬을 하지만,

氣勢日局縮³⁰¹하여
기 세 일 국 축

기운과 위세가 나날이 위축되었다네.

屢爲丞相言³⁰²이나
누 위 승 상 언

여러 차례 승상께 말씀드렸으나,

---

294 뇌락재기복(磊落載其腹): '뇌락'은 돌이 많이 쌓여 있는 모양. 여기서는 많은 것을 뜻한다. '재 기복'은 뱃속에 들어 있다는 말로, 암기하고 있다는 뜻
295 행년(行年): 지나온 해. 나이
296 출수수이륙(出守數已六): '출수'는 지방으로 가 고을 태수가 되다. '수이륙'은 그 수효가 이미 여 섯 번이라는 말로, 여섯 번이나 지방 태수 노릇을 했다는 뜻
297 경읍(京邑): 장안을 가리킨다.
298 불용구식숙(不容久食宿): 장안에 있는 집에서 오랫동안 사는 것이 허락되지 않다. 여러 차례 지방 태수로 일했던 것을 가리킨다.
299 대각(臺閣): 백관을 총괄하던 중앙 관청인 상서성(尙書省)을 가리킨다.
300 무지기일족(無地寄一足): 한 발도 들여놓을 여지가 없다. 중앙 관청에서 근무하지 못하고 계 속 지방으로 전전했음을 가리킨다.
301 국축(局縮): 줄어들다. 오그라들다.
302 누위승상언(屢爲丞相言): '누'는 여러 차례. '승상언'은 승상에게 말하다. 이번(李繁)을 조정에 임용해 달라고 말하는 것

雖懇不見錄303이라
수 간 불 견 록

비록 간절하나 받아들여지지 않았네.

送行過史滻水304하니
송 행 과 산 수

가는 그를 전송하러 산수를 지나서,

東望不轉目305이라
동 망 부 전 목

동쪽을 향하여 끝까지 보았다네.

今子從之遊306하니
금 자 종 지 유

그대 지금 그를 좇아 노닐고자 하니,

學問得所欲이라
학 문 득 소 욕

학문을 바라는 대로 닦을 수 있으리라.

入海觀龍魚307하고
입 해 관 룡 어

바닷속에 들어가 용과 물고기를 보고,

矯翮逐黃鵠308이라
교 핵 축 황 곡

날개 들어 황곡 좇듯 마음껏 공부하게.

勉爲新詩章309하여
면 위 신 시 장

청신한 시와 글을 열심히 지어다가,

月寄三四幅310하라
월 기 삼 사 폭

다달이 서너 폭씩 나에게 보내 주게.

---

303 수간불견록(雖懇不見錄): '수간'은 매우 간절하게 말씀드렸지만. '불견록'은 채용되지 않다.
'견'은 수동의 뜻을 나타내는 어조사

304 송행과산수(送行過滻水): 이번이 조정에 쓰이지 않고 지방관이 되어 수주로 가는 것을 전송
하다. '산수'는 장안의 남전곡(藍田谷) 북쪽으로부터 흘러나와 파릉(灞陵)에 이르러 파수(灞
水)와 합쳐지는 물 이름

305 동망부전목(東望不轉目): '동망'은 장안으로부터 동쪽으로 가는 것을 바라보다. '부전목'은 눈
을 깜박거리거나 눈동자를 굴리지 않고 한쪽만 응시하다.

306 종지유(從之遊): 그를 좇아 놀다.

307 입해관룡어(入海觀龍魚): 바닷속에 들어가 용과 물고기를 구경하다. 심오한 학문을 많이 배
우라는 뜻. 지식을 연마하고 닦는 것을 가리킨다.

308 교핵축황곡(矯翮逐黃鵠): '교핵'은 높이 날다. '황곡'은 황색의 큰 기러기. 나래를 들고 높이 날
아 황곡을 좇으라는 말로, 마음껏 훌륭한 행동을 하라는 뜻

309 신시장(新詩章): 청신한 시와 문장. 새로운 시문

310 월기삼사폭(月寄三四幅): 시를 매월 서너 폭씩 보내 달라는 뜻. 옛날에는 글을 권물(卷物) 따
위에 썼으므로 폭이라 하였다.

97. 사마온공의 독락원(司馬溫公獨樂園)[311]

소식(蘇軾)

靑山在屋上[312]하고
청 산 재 옥 상

푸른 산이 지붕 위에 있고,

流水在屋下[313]라
유 수 재 옥 하

흐르는 물이 집 아래를 맴도네.

中有五畝園하니
중 유 오 무 원

그 가운데 다섯 무의 동산이 있으니,

花竹秀而野[314]라
화 죽 수 이 야

꽃과 대 빼어나 들판같이 우거졌네.

花香襲杖屨[315]하고
화 향 습 장 구

꽃향기 지팡이와 신발에 배어 들고,

竹色侵盞斝[316]라
죽 색 침 잔 가

대의 푸르름 옥술잔에 젖어 드네.

---

311 사마온공독락원(司馬溫公獨樂園): 사마온공은 송나라의 정치가이며 학자인 사마광(司馬光). 자는 군실(君實).『자치통감(資治通鑑)』의 저자이며 왕안석(王安石)의 신법을 반대하는 구법당의 영수였다. 온국공에 봉해져 사마온공이라 한다.
　　독락원(獨樂園)은 만년인 희녕(熙寧) 4년(1071)에 사마광이 낙양(洛陽)에 밭 20무를 사서 독서당과 동산을 만들고 한거했는데 그때 붙인 정원의 이름이다. 그는 「독락원에 대한 기문」이라는 산문과 「독락원칠제(獨樂園七題)」라는 시를 짓기도 하였다.
　　이 시는 사마광의 동지인 소동파가 그의 「독락원에 대한 기문」을 읽고 그를 칭송하여 지은 시이다. 사마광의 「독락원에 대한 기문」은 본서 후집에 수록되어 있다.
312 청산재옥상(靑山在屋上): 푸른 산이 지붕 위에 솟아 있다.
313 유수재옥하(流水在屋下): 냇물이 집 아래를 맴돌다. 집 주위의 풍경이 아름답다는 것을 표현한 것
314 화죽수이야(花竹秀而野): 꽃과 대나무가 빼어나게 자라 무성하면서도 들과 같은 자연스러운 경치를 이루고 있다.
315 습장구(襲杖屨): 동산을 걷는 동안 꽃향기가 지팡이와 신발에 배다. '습'은 안으로 들어오다. '구'는 신발
316 죽색침잔가(竹色侵盞斝): 대나무의 푸른빛이 옥으로 만든 술잔에 젖어들다. '잔'은 술잔. '가'는 옥으로 만든 술잔. 소흥주(紹興酒)를 3년 동안 묵힌 죽엽청(竹葉靑)이란 술이 있는데, 옥술잔에 든 죽엽청의 빛깔이 마치 대나무의 푸르름이 스며든 듯하다는 뜻

樽酒樂餘春하고
준 주 락 여 춘

술동이째로 남은 봄을 즐기며,

棊局消長夏317라
기 국 소 장 하

바둑으로 긴 여름의 더위를 잊네.

洛陽古多士318하니
낙 양 고 다 사

낙양에는 예로부터 선비가 많아,

風俗猶爾雅319라
풍 속 유 이 아

풍속은 아직도 고아함을 지녔네.

先生臥不出320하니
선 생 와 불 출

선생께선 세상에 나서지 않았어도,

冠蓋傾洛社321라
관 개 경 락 사

낙양의 귀인들 선생에게 몰려드네.

雖云與衆樂322이나
수 운 여 중 락

비록 여러 사람과 함께 즐긴다 하나,

中有獨樂者323라
중 유 독 락 자

홀로 즐기는 것이 그 가운데 있다네.

---

317 기국소장하(棊局消長夏): '기국'은 바둑판. '국'은 판. '소장하'는 긴 여름의 더위를 잊다. '소하'
는 여름의 더위를 피하다.

318 낙양고다사(洛陽古多士): '낙양'은 주나라 이래의 동도(東都)로서, 예로부터 문화의 중심지였
다. 하남성(河南省) 언사현(偃師縣) 서쪽 낙수(洛水)의 북쪽 기슭에 있었으며, 사마광의 독락
원도 이곳에 있었다. '고'는 예로부터. '다사'는 인물이 많다.

319 이아(爾雅): 우아함에 가깝다, 매우 우아하다. '이'는 가깝다는 의미의 이(邇) 자와 같은 뜻

320 와불출(臥不出): 집에 있으면서 세상에 나아가지 않다. 사마광은 신법을 주장하는 왕안석에
반대하여 낙양에 돌아와 15년 동안 국사에 관여하지 않았다.

321 관개경락사(冠蓋傾洛社): '관개'는 관을 쓰고 수레에 포장을 달고 다니는 사람으로, 고관과 귀
족들을 가리킨다. '경락사'는 낙사로 기울어진다는 뜻. '낙사'란 낙양에 있는 문인·사대부들의 모
임. 당시 문언박(文彦博)은 은퇴한 뒤 낙양으로 가 부필(富弼)·사마광 등과 낙양기영회(洛陽
耆英會)를 결성하였는데, 그 회원은 공경대부로서 퇴관한 71세 이상의 원로 열두 사람이었다.
사마광은 당시 50세였으나 여러 원로들이 그의 인품을 흠모하여 모여들었다. 따라서 낙사란
이 기영회와 같은 모임을 말한다.

322 여중락(與衆樂): 여러 사람들, 백성들과 함께 즐기다. 『맹자(孟子)』「양혜왕 하(梁惠王下)」에
"맹자께서 '적은 사람과 음악을 즐기는 것과 여러 사람들과 함께 음악을 즐기는 것 중 어느 쪽이
더 즐겁습니까?'라고 물으니, 제나라 선왕은 '여러 사람들과 함께 즐기는 것이 더 즐겁습니다'라
고 말하였다(與少樂樂, 與衆樂樂, 孰樂. 曰, 不若與衆)"고 하였다.

才全德不形³²⁴하니
재 전 덕 불 형

재능 완전함에도 덕을 드러내지 않고,

所貴知我寡³²⁵라
소 귀 지 아 과

알아주는 이 적은 게 귀한 것이라 하네.

先生獨何事³²⁶오
선 생 독 하 사

선생께선 홀로 무슨 일을 하시는가?

四海望陶冶³²⁷라
사 해 망 도 야

천하는 나오셔서 일해 주길 바란다네.

兒童誦君實³²⁸하고
아 동 송 군 실

아이들도 선생의 자 군실을 읊고 있고,

走卒³²⁹知司馬라
주 졸   지 사 마

지위 낮은 하인들도 사마온공 안다네.

持此欲安歸³³⁰오
지 차 욕 안 귀

이 명성 가지고 어디로 숨으려 하는가?

造物不我捨³³¹라
조 물 불 아 사

조물주도 우리를 버리지 않으리라.

---

323 독락자(獨樂者): 자기 혼자 도를 즐기다. 『논어』 「술이(述而)」에 "거친 밥을 먹고 물을 마시고 팔을 베고 살지라도, 즐거움이 그 가운데 있는 법이다(飯疏食飮水, 曲肱而枕之, 樂亦在其中矣)"라고 하였는데, 이것이 독락이다.

324 재전덕불형(才全德不形): 재능이 완전한데도 덕을 나타내지 않다. 『장자』 「덕충부(德充符)」에 나오는 말로, 무슨 일이나 할 수 있는 능력은 가졌으나, 그 효용을 겉으로 나타내지 않는 훌륭한 사람을 가리킨다.

325 소귀지아과(所貴知我寡): 귀히 여기는 것은 나를 알아주는 사람이 적은 것이다. 『노자』 70장에 "나를 아는 사람이 드물면 내가 귀해지는 것이다. 그래서 성인은 베옷을 입고 구슬을 안에 품는다(知我者希則我貴矣. 是以聖人被褐懷玉)"고 하였다.

326 독하사(獨何事): 홀로 무슨 일을 하는가?

327 사해망도야(四海望陶冶): '사해'는 세계, 온 천하. '도'는 도자기를 굽는 것이고, '야'는 쇠를 부어 그릇을 만드는 것으로, 천하를 다스리는 것을 이 두 글자에 비유했다. '망도야'는 사마광이 재상이 되어 나라를 다스리기를 온 세상이 바란다는 뜻

328 군실(君實): 사마광의 자

329 주졸(走卒): 하인

330 지차욕안귀(持此欲安歸): 이것을 가지고 어찌 돌아가려 하는가? '차'는 사마광의 명성을 가리키는데, 훌륭한 덕을 지닌 인물이 세상을 피하여 숨을 수가 있겠느냐는 뜻

名聲逐我輩하니
명성축아배

명성이란 우리를 좇아 다니는 것이어서,

此病天所赭[332]라
차병천소자

하늘이 준 붉은 옷 입는 것과 같다네.

撫掌笑[333]先生하니
무장소   선생

손뼉을 치며 웃으니, 선생께선

年來效喑啞[334]라
연래효음아

근래에는 벙어리 흉내를 내신다지.

98. 위좌상에게 올리는 시 사십 구(上韋左相二十韻)[335]

두보(杜甫)

鳳曆軒轅紀[336]에
봉력헌원기

봉황의 달력과 황제의 역년에 의하면,

---

331 조물불아사(造物不我捨): 조물주가 우리를 버리지 않는다. 하늘이 우리를 위하여, 사마광의 은퇴를 그냥 보고만 있지는 않을 것이라는 뜻

332 차병천소자(此病天所赭): '차병'은 훌륭한 사람에게 명성이 붙어 다니는 병. '천소자'는 하늘이 붉은 옷을 입힌 것과 같다. '자'는 죄인이 입는 붉은 옷. 명성이 많은 사람은 하늘이 천형의 표시로 붉은 옷을 입혀 놓은 것과 같다는 뜻

333 무장소(撫掌笑): 손뼉을 치고 크게 웃다.

334 효음아(效喑啞): 벙어리 흉내를 내다. '음'과 '아'는 모두 말 못하는 벙어리. 어지러운 나라의 정치에 대하여 무관심한 듯 아무 말 없이 지내는 것을 가리킨다.

335 상위좌상이십운(上韋左相二十韻): 위좌상은 좌상을 역임했던 위현소(韋見素)를 말한다. 그는 천보 13년(754)에 무부상서동중서문하평장사집현원학사(武部尙書同中書門下平章事集賢院學士)에 제수되었고, 안녹산의 난이 일어나자 현종을 수행하여 촉(蜀)에 가 그곳에서 좌상을 겸하여 빈국후(豳國侯)에 봉해졌다. 자는 회미(會微), 시호는 충정(忠貞). 좌상의 상은 재상이란 뜻으로, 이전에는 복야(僕射)라 했던 것을 개원(開元) 원년 12월에 개칭한 관직명이다.
이 시는 두보가 좌상 위견소에게 추천을 바라면서 바친 간알시(干謁詩)이다. 20운이란 각운자를 20번 사용한 시라는 뜻인데 보통 두 구절 끝에 각운자를 한 번씩 사용하기 때문에 20운이면 40구가 된다.

龍飛四十春[337]이라
용 비 사 십 춘

현종께선 즉위하신 지 사십 년이라네.

八荒開壽域[338]하니
팔 황 개 수 역

이 세상 위에 장수하는 나라 여시고,

一氣轉洪鈞[339]이라
일 기 전 홍 균

한 기운으로 온 천하를 다스리셨네.

霖雨思賢佐[340]하고
임 우 사 현 좌

단비 같은 어진 신하 늘 생각하시어,

丹靑憶老臣[341]이라
단 청 억 로 신

선제가 공신 그려 놓듯 노신들
아끼시네.

---

336 봉력헌원기(鳳曆軒轅紀): '봉력'은 달력을 말한다. 소호씨(少皞氏) 때 봉조씨(鳳鳥氏)를 역정(曆正)으로 삼았으므로, 후세에는 달력을 봉력이라 하였다. '헌원'은 원래 황제가 살았던 곳을 가리키는 말이었으나, 후에 황제의 이름이나 호로 사용되었다. '헌원기'는 황제(黃帝)가 정한 역년. 황제 때부터 역법을 기록하기 시작하였다는 뜻

337 용비사십춘(龍飛四十春): '용비'는 용이 날게 되었다는 말로, 천자가 즉위한 것을 가리킨다. 당시의 임금인 현종은 개원(開元) 원년(713)에서부터 천보(天寶) 14년(755)까지 즉위한 지 43년이 되는 해이므로, 어림수로 사십춘이라 한 것이다.

338 팔황개수역(八荒開壽域): '팔황'은 팔방의 거칠고 먼 땅. 온 세상을 말한다. '수역'은 장수하는 지역, 평화로운 나라로, 여기서는 태평성세(太平盛世)를 가리킨다. 사방팔방으로 거칠고 먼 땅까지 태평성대를 누리게 되었다는 말

339 일기전홍균(一氣轉洪鈞): '일기'는 한 기운, 만물의 원기. 천지가 음양(陰陽)으로 분리되기 전의 혼연한 만상(萬象)의 근원이 되는, 천지간에 가득 차 있는 큰 기운. '전홍균'은 큰 녹로를 돌리다. '균'은 녹로로, 오지그릇을 만드는 데 쓰이는 바퀴 모양의 연장. 녹로를 회전시켜 갖가지 오지그릇을 자유로이 만들 수 있는 것과 같이, 조물주가 큰 녹로를 돌려 삼라만상을 만들고, 그 만물을 조화롭게 만드는 것의 비유. 여기서는 천자가 정도로 세상을 잘 다스려 태평성대를 누린다는 뜻

340 임우사현좌(霖雨思賢佐): 가뭄에 단비를 기다리듯, 현명한 신하를 생각하다. '임우'는 가뭄을 푸는 비, 사흘 이상 오는 비, 단비. '현좌'는 어질게 보좌하는 신하

341 단청억로신(丹靑憶老臣): '단청'은 과거의 훌륭한 신하를 그린 그림을 가리킨다. 한 선제(宣帝)가 공신들의 화상을 기린각(麒麟閣)에 단청으로 그려 걸어 놓았던 것처럼, 노신들을 사모한다는 뜻

應圖求駿馬³⁴²하니
응 도 구 준 마

그림 보고 준마 찾듯 어진 이를 구하시니,

驚代得麒麟³⁴³이라
경 대 득 기 린

세상 놀라게 할 기린 같은 분 얻으셨네.

沙汰江河濁³⁴⁴이요
사 태 강 하 탁

모래 일어 강물의 탁함을 정화하시고,

調和鼎鼐新³⁴⁵이라
조 화 정 내 신

솥 속 음식 양념하듯 정치를 쇄신하셨네.

韋賢³⁴⁶初相漢하고
위 현   초 상 한

한나라 위현이 재상되듯 재상이 되셨고,

范叔³⁴⁷已歸秦이라
범 숙   이 귀 진

진에서 범수가 공 세우듯 큰 일을 하셨네.

---

342 응도구준마(應圖求駿馬): 그림을 보고 그 그림에 맞는 준마를 구하다. 위(魏)나라 조식(曹植)의 『문제에게 말을 헌상하며 쓴 표(獻文帝馬表)』에 "신은 선제 때에 대원의 자성마 한 필을 얻었는데, 모양과 법도가 그림과 꼭 맞았고, 머리와 꼬리의 자태를 잘 지니고 있었습니다(臣千先武皇帝世, 得大宛紫騂馬一匹, 形法應圖, 善持頭尾)"라고 하였다. 여기서는 준마 같은 현신을 이렇게 열심히 찾는다는 뜻으로 쓰였다.

343 경대득기린(驚代得麒麟): '경대'는 세상을 놀라게 할 만하다. 경세(驚世)로 된 판본도 있다. '기린'은 기린처럼 뛰어난 현신을 가리킨다.

344 사태강하탁(沙汰江河濁): '사태'는 모래가 물에 씻기다. 관계를 정화하기 위한 좌상의 노고를 가리킨다.

345 조화정내신(調和鼎鼐新): '조화'는 양념을 잘하다. '정'은 발이 셋 달린 솥. '내'는 큰 솥. 솥의 음식 맛을 새롭게 조화시킨다는 것은 좌상이 정치를 쇄신시킨 것을 가리킨다.

346 위현(韋賢): 한나라 선제 때의 어진 재상. 자는 장유(長孺), 노나라 추(鄒) 지방 사람으로 박학하였다. 재상 위현소를 같은 성의 명재상 위현에게 빗대었다.

347 범숙(范叔): 위(魏)나라 사람 범수(范雎)를 가리킨다. 숙은 그의 자. 위나라에서 뜻을 펴지 못하자 진(秦)나라에 가서 재상이 되었다. 위견소가 범수와 같은 명상(名相)이라는 뜻

盛業³⁴⁸今如此하고
성 업　　금 여 차

이루신 성대한 위업이 지금 이와 같고,

傳經固絕倫³⁴⁹이라
전 경 고 절 륜

경학 전하심도 비할 데 없이
뛰어나셨네.

豫樟深出地³⁵⁰요
예 장 심 출 지

인물됨이 예장나무 깊이
뿌리박은 듯하고,

滄海闊無津³⁵¹이라
창 해 활 무 진

도량은 바다가 넓어 나루터 없는
것 같네.

北斗司喉舌³⁵²하고
북 두 사 후 설

하늘에 북두성이듯 천자의 조칙
지으시고,

東方領搢紳³⁵³이라
동 방 령 진 신

필공이 동방 제후 거느리듯
신하들 거느리네.

---

348 성업(盛業): 훌륭한 사업
349 전경고절륜(傳經固絕倫): '전경'은 경학을 전한다는 말로, 학문을 세상에 전하는 것. '고절륜'은 옛날부터 비교할 것이 없다, 매우 뛰어나다는 뜻
350 예장심출지(豫樟深出地): '예장'은 거목의 이름으로, 위견소를 가리킨다. '심출지'는 땅속 깊은 곳에서 나오다. 위견소가 훌륭한 인재라는 뜻
351 창해활무진(滄海闊無津): 푸른 바다가 넓어 나루터가 없다는 뜻으로, 위견소의 도량이 넓음을 가리킨다.
352 북두사후설(北斗司喉舌): 북두성은 하늘의 목구멍과 혀의 일을 맡다. 위견소가 상서(尙書)로서 천자의 명령을 출납한 사실을 가리킨다. 『후한서(後漢書)』「이고열전(李固列傳)」에 나오는 말이다. 양가(陽嘉) 2년에 나라에 큰 변고가 생겨 공경들이 대책을 세우도록 하자, 이고는 "지금 폐하께 상서가 있음은 마치 하늘에 북두성이 있는 것과 같습니다. 북두성이 하늘의 후설이듯, 상서는 왕명을 출납하여 정사를 사해에 폅니다"라고 하였다.
353 동방령진신(東方領搢紳): '진신'은 홀(笏)을 꽂고 조복에 띠를 두른 사대부로, 귀하고 높은 신하를 뜻한다. 『서경』「강왕지고(康王之誥)」에 "필공(畢公)은 동쪽 제후들을 거느리고 응문의 오른쪽으로 들어왔다(畢公率東方諸侯, 入應門右)"고 하였는데, 필공이 동방의 여러 제후를

持衡留藻鑑³⁵⁴이요
지 형 류 조 감

저울처럼 공평하게 인물을 평가하셨고,

聽履上星辰³⁵⁵이라
청 리 상 성 신

발소리 들릴 만치 가까이
천자를 보좌하셨네.

獨步才超古하고
독 보 재 초 고

독보적인 재주는 옛사람을 능가하셨고,

餘波德照鄰³⁵⁶이라
여 파 덕 조 린

덕의 여파는 이웃 나라까지 비추셨네.

聰明過管輅³⁵⁷요
총 명 과 관 로

관로라는 사람보다 총명하기 더하셨고,

尺牘倒陳遵³⁵⁸이라
척 독 도 진 준

편지글은 그 옛날의 진준을
압도하셨네.

豈是池中物³⁵⁹이리오
기 시 지 중 물

어찌 못 속의 시원찮은 이무기이리오,

거느리듯 위현소가 여러 신하를 거느린 것을 가리킨다.

354 지형류조감(持衡留藻鑑): '지형'은 저울대를 잡는다는 말로, 공평하게 인사를 처리한다는 뜻. '조'는 인물과 재능의 평가와 감정. '감'은 거울처럼 밝히다. '류조감'은 품조 감별(品藻鑑別)의 행적을 분명히 남기다.

355 청리상성신(聽履上星辰): '청리'는 신발 끄는 소리를 듣다. '성신'은 원래 별을 가리키는 말이나, 여기서는 천자가 계시는 곳을 뜻한다. 천자가 그의 걸어가는 발자국 소리를 들을 수 있을 정도로 천자를 가까이서 보좌한다는 뜻

356 여파덕조린(餘波德照鄰): '여파'는 재능과 학덕의 영향. '덕조린'은 덕이 이웃 나라들을 비춘다는 말로, 위현소의 덕이 이웃 나라들까지도 교화시킨다는 뜻

357 관로(管輅): 위(魏)나라 때의 사람으로 천문 지리에 달통했던 명인. 자는 공명(公明)

358 척독도진준(尺牘倒陳遵): '척독'은 짧은 문서 또는 편지. 옛날에는 글자를 나뭇조각에다 쓰고 이를 독이라 하였는데, 후에는 일반적으로 편지 또는 문서의 뜻으로 쓰였다. '도진준'은 진준을 압도하다. 진준은 한(漢)나라 사람으로, 자는 맹공(孟公). 글을 썩 잘 지어 사람들은 그의 편지를 받으면 모두 소중히 간직했다 한다.

359 지중물(池中物): 못 속의 시원찮은 물건, 용이 되지 못하고 못 속에 있는 이무기를 말하며, 여기서는 칩거하고 있는 사람을 가리킨다. 『삼국지(三國志)』「오지(吳志)·주유전(周瑜傳)」에 "유비(劉備)는 효웅(梟雄)으로서의 자질을 갖추고 있으며 관우(關羽)와 장비(張飛) 같은 맹장을 거

由來席上珍³⁶⁰이라
유 래 석 상 진

줄곧 학문 닦으며 천자 부르심
기다리셨네.

廟堂知至理³⁶¹하니
묘 당 지 지 리

조정서 지극한 도리로 정치를
아셨으니,

風俗盡還淳³⁶²이라
풍 속 진 환 순

세상의 모든 풍속 순박하게 변하였네.

才傑俱³⁶³登用하니
재 걸 구 등 용

재능이 뛰어난 인물 두루 등용하시니,

愚蒙但隱淪³⁶⁴이라
우 몽 단 은 륜

어리석은 자들만이 초야에 묻혔다네.

長卿多病久³⁶⁵라
장 경 다 병 구

사마상여처럼 이 몸 병든 지 오래이고,

느리고 있다. 필시 교룡이 비구름을 얻은 것처럼 될 자이지, 지중물로는 끝나지 않을 것이다"라
는 말이 있다.

360 석상진(席上珍): 군자로서의 예절과 학문 등 모든 성의와 진실을 갖추고 석상에 나아감을 가리
키는데, 위견소가 평소 덕을 닦으며 천자의 부름을 기다렸다는 뜻. 『예기』「유행(儒行)」에 "애공
이 자리에 앉으라 명하자, 공자는 서서 '선비는 석상의 보배를 가지고 초빙을 기다립니다'라고
말하였다(哀公命席, 孔子侍曰, 儒有席上之珍以待聘)"고 하였다.

361 묘당지지리(廟堂知至理): '묘당'은 종묘를 말한다. 옛날에는 국가의 대사를 종묘에서 논의하
였으므로, 여기서는 조정을 가리킨다. '지리'는 지극한 이치, 최상의 도리. 위견소가 좌상이 되
어 조정에 들어가서는 지극히 올바른 도리로 정치를 하였다는 뜻

362 환순(還淳): 태고의 순수한 마음으로 돌아가다. 시 번호 90 도연명의 「술 마시며(飮酒)」에 "급
급하게 애를 쓰신 노나라 공자께서, 그나마 세상 사람들 순박하게 하셨네(汲汲魯中叟, 彌縫
使其淳)"라고 한 것과 같은 뜻

363 재걸구(才傑俱): '재걸'은 재능이 뛰어난 인물. '구'는 모두. 뛰어난 인물은 모두

364 우몽단은륜(愚蒙但隱淪): '우몽'은 어리석고 몽매한 사람. 두보가 자신을 겸손하게 말한 것.
'은륜'은 세상을 피하여 숨다. 등용되지 못하고 초야에 묻혀 평민으로 사는 것을 말한다.

365 장경다병구(長卿多病久): 장경은 한대의 대표적인 부(賦) 작가인 사마상여(司馬相如)의 자.
다병구는 많은 병에 걸린 지 오래임. 사마상여는 소갈병(消渴病: 목이 말라서 물을 자꾸 먹는
증세로 요즘의 당뇨병)을 앓았는데, 탁문군(卓文君)을 가까이한 뒤로 병이 더 심해져 죽고 말
았다. 두보가 자신의 불우함을 사마상여에 비유하였다.

212

子夏索居貧³⁶⁶이라
자 하 삭 거 빈

자하처럼 쓸쓸하고 빈한하게 살아가네.

回首驅流俗³⁶⁷하니
회 수 구 류 속

회고해 보면 어지러운 세상일에 몰려,

生涯似衆人이라
생 애 사 중 인

살아온 나의 삶은 뭇사람들과
비슷하네.

巫咸³⁶⁸不可問이요
무 함   불 가 문

무함 같은 무당에게 물어볼 수도 없고,

鄒魯莫容身³⁶⁹이라
추 로 막 용 신

추 땅이나 노 땅에도 몸을 둘 수
없었다네.

感激時將晩³⁷⁰하니
감 격 시 장 만

크게 감격한 가운데 때는 저물어 가,

蒼茫興有神³⁷¹이라
창 망 흥 유 신

아득함 속에서 신묘한 시흥이 이네.

爲公歌此曲하니
위 공 가 차 곡

공을 위하여 이 곡을 노래하노라니,

涕淚³⁷²在衣巾이라
체 루   재 의 건

눈물이 흘러 옷과 건을 적시고 있네.

---

366 자하삭거빈(子夏索居貧): '자하'는 쓸쓸하고 빈한하게 살았다. '삭거'는 헤어져 살다, 또는 쓸쓸
히 살다. 『예기』 「단궁 상(檀弓上)」에 "내가 벗들을 떠나 떨어져 외로이 산 지가 이미 오래되었
다(吾離群而索居, 亦已久矣)"라는 말이 있다.

367 회수구류속(回首驅流俗): '회수'는 머리를 돌려 자신을 살펴보다, 반성하다. '구류속'은 세속의
어지러운 생활에 몰리다.

368 무함(巫咸): 황제(黃帝) 때의 신령스런 무당

369 추로막용신(鄒魯莫容身): 추와 노 땅에서 몸을 둘 곳이 없었다는 말로, 공자와 맹자 같은 성현
도 뜻을 얻지 못했음을 가리킨다. 맹자는 추나라 사람이고 공자는 노나라 사람이었으므로, 교
화의 중심지를 칭하는 말로 추로지향(鄒魯之鄕)이란 말을 사용하였다.

370 감격시장만(感激時將晩): '시장만'은 때가 저물어 가다. 자신이 뜻을 얻지 못한 것에 대한 탄식
의 말

371 창망흥유신(蒼茫興有神): '창망'은 넓고 먼 모양. '흥유신'은 시흥 속에 신묘함이 있다.

372 체루(涕淚): 눈물을 흘리다.

99. 이백에게 부침(寄李白)[373]

두보(杜甫)

昔年有狂客[374]하니
석 년 유 광 객

옛날에 어떤 광객이 하나 있었는데,

號爾謫仙人[375]이라
호 이 적 선 인

그대 부르길 하늘서 귀양 온
신선이라 하였지.

筆落驚風雨[376]요
필 락 경 풍 우

붓을 들면 비바람을 놀라게 하는
듯하고,

詩成泣鬼神[377]이라
시 성 읍 귀 신

시가 이루어지면 귀신을 울리는
듯하였네.

聲名從此大하니
성 명 종 차 대

명성이 이로부터 커지기 시작하였으니,

汨沒一朝伸[378]이라
골 몰 일 조 신

묻혀 살던 몸 하루아침에 뜻을 폈다네.

---

373 기이백(寄李白): 이백이 영왕(永王) 이린(李璘)의 난에 연관되었다는 혐의로 야랑(夜郎)에 귀양 갔다가 온 신세가 되었는데(시 번호 82~83을 참조), 두보는 이백에게 이 시를 보내 그의 문재(文才)를 찬양하고 그의 억울함을 위로하였다. 두보 나름의 침울하고 근심에 찬 가락이 전편에 흘러넘치며, 앞부분에서는 이백의 성격과 행적을 묘사하는 일화를 짜 넣어 이백의 면모가 잘 드러나 있다.

374 광객(狂客): 세속에 반하는 뜻을 지닌 사람으로, 여기서는 사명광객(四明狂客)이라 불리던 하지장(賀知章)을 가리킨다.

375 적선인(謫仙人): 죄를 지어 천상에서 하계로 귀양을 온 신선. 이백이 처음 장안에 나타났을 때, 하지장은 신선의 풍모를 지닌 이백을 보고 적선인이라 불렀다고 한다.

376 필락경풍우(筆落驚風雨): '필락'은 붓을 종이에 댄다는 뜻으로, 글씨를 쓰는 것을 가리킨다. '경풍우'는 풍우가 놀란 듯이 일어나는 것처럼 힘찬 문장을 짓는다는 뜻

377 읍귀신(泣鬼神): 귀신을 울리다. 시가 너무나 훌륭하여, 사람의 영혼과 천지의 신을 감동시켜 눈물을 흘리게 할 정도라는 뜻

文彩承殊渥³⁷⁹하니
문 채 승 수 악

아름다운 문장으로
천자의 두터운 은총 입고,

流傳必絶倫³⁸⁰이라
유 전 필 절 륜

세상에 퍼진 글들은
비길 데 없이 뛰어났네.

龍舟移棹晚³⁸¹이요
용 주 이 도 만

천자의 배는 그대 기다려
노를 저음이 늦었고,

獸錦奪袍新³⁸²이라
수 금 탈 포 신

짐승 새겨진 비단 도포
빼앗으니 새롭네.

白日來深殿³⁸³이오
백 일 래 심 전

대낮에도 깊은 궁전을
마음대로 드나들었고,

---

378 골몰일조신(汩沒一朝伸): '골'과 '몰'은 모두 깊다는 뜻. 초야에 묻혀 세상에 드러나지 않는 것을 가리킨다. '일조신'은 하루아침에 뜻을 펴게 되었다는 뜻

379 문채승수악(文彩承殊渥): '문채'는 문장의 아름다움 또는 시문의 아름다움을 가리킨다. '승수악'은 천자로부터 특별한 은총을 받다. '악'은 임금이 내리는 은혜

380 유전필절륜(流傳必絶倫): '유전'은 세상에 널리 전해지고 있는 이백의 시들을 가리킨다. '절륜'은 비길 데 없이 뛰어나다.

381 용주이도만(龍舟移棹晚): '용주'는 천자가 타는 용두가 달린 배. '이도만'은 '노를 옮기는 것을 늦추다'의 뜻으로, 천자의 배가 이백을 기다리느라 늦게 떠난 것을 가리킨다. 현종(玄宗)이 백련지(白蓮池)에 뱃놀이를 나가 즐거이 노닐다가 이백을 불러 글을 짓게 하였다. 그때 이백은 한림원(翰林院)에서 술에 취해 있었으므로, 현종은 고력사(高力士)에게 명하여 배를 늦추고 이백을 부축하여 배에 오르도록 한 일화가 있다.

382 수금탈포신(獸錦奪袍新): '수금'은 짐승 무늬를 수놓은 비단. '탈포신'은 아름답게 빛나는 곤룡포를 빼앗다. '포'는 긴 상의, 두루마기. '신'은 금포를 빼앗아 다시 주었다는 뜻. 이백이 글을 지어 현종으로부터 상을 받았다는 뜻. 옛날 측천무후(則天武后)가 종신들로 하여금 시를 짓게 하였는데, 동방규(東方虯)가 지어 올린 글이 훌륭하여 금포를 내렸다가, 송지문(宋之問)이 뒤이어 바친 글이 동방규의 것보다 더 뛰어나자, 동방규에게 내린 금포를 빼앗아 송지문에게 내렸다는 일화가 전해지고 있다.

靑雲滿後塵384이라
청 운 만 후 진

귀인 고관들이 그대 뒤를 가득히
따랐네.

乞歸優詔許385하고
걸 귀 우 조 허

초야로 돌아가길 원하자
조칙 내려 허락하셨고,

遇我宿心親386이라
우 아 숙 심 친

나를 만나자 오랜 친구처럼 대해
주었네.

未負幽棲志387하고
미 부 유 서 지

깊이 숨어 살려는 뜻을 어기지
아니하고,

兼全寵辱身388이라
겸 전 총 욕 신

총애 끝에 욕본 몸을 온전히 지켰네.

劇談憐野逸389이요
극 담 련 야 일

멋대로 이야기하며 초야의 생활
좋아하고,

---

383 내심전(來深殿): 천자가 계시는 깊은 궁전에 드나든다는 뜻. '심전'은 바로 현종이 거처하였던
금란전(金鑾殿)으로, 이백에 대한 현종의 총애가 지극했음을 가리킨다.

384 청운만후진(靑雲滿後塵): '청운'에는 덕이 높은 것, 지위가 높은 것, 뜻이 높은 것 등의 세 가지
뜻이 있는데, 여기서는 지위가 높은 관리들을 가리킨다. '만후진'은 이백의 뒤를 따르는 고관들
이 너무 많아 자욱이 일어나는 먼지 속에 가득하다는 뜻

385 걸귀우조허(乞歸優詔許): '걸귀'는 궁궐을 떠나 산야로 돌아가기를 구하다. '우'는 좋게 여기다.
초야로 돌아갈 것을 청하자, 분에 넘치게도 조칙을 내려 허락해 주다.

386 우아숙심친(遇我宿心親): '우아'는 나를 만나다. '아'는 두보 자신을 가리킨다. '숙심친'은 오래
전부터 친근했던 것 같은 느낌. '숙심'은 숙심(夙心)과 같으며, 일찍부터 품은 뜻

387 미부유서지(未負幽棲志): '미부'는 버리지 않다. '유서지'는 은퇴하여 살려는 뜻

388 총욕신(寵辱身): 총애를 받다가 욕을 본 몸이라는 뜻. 이백이 처음에 현종의 총애를 받았으나
고력사 등의 모함에 의해 욕을 본 것을 가리킨다.

389 극담련야일(劇談憐野逸): '극담'은 기세 좋게 이야기하다, 멋대로 이야기하다. '련야일'은 초야
에 묻혀 사는 안일함을 사랑하다. '련'은 그리워하다, 사랑하다, 동경하다.

嗜酒見天眞³⁹⁰이라
기 주 현 천 진

술을 즐겨 천성의 참됨 보여 주었네.

醉舞梁園³⁹¹夜하고
취 무 양 원 야

양원의 밤 잔치에서 취하여 춤을
추었고,

行歌泗水春³⁹²이라
행 가 사 수 춘

사수의 봄 경치 즐기며 함께
노래 불렀네.

才高心不展이요
재 고 심 부 전

재주가 높음에도 뜻을 펴지 못하였고,

道屈善無鄰³⁹³이라
도 굴 선 무 린

앞길이 막혀 착한데도 이웃이 없었네.

處士禰衡俊³⁹⁴이요
처 사 예 형 준

처사 예형은 뛰어난 인물이나
숨어 살았고,

諸生原憲貧³⁹⁵이라
제 생 원 헌 빈

공자 제자 원헌은 덕이 높았어도
빈한하게 살았다네.

---

390 현천진(見天眞): '현'은 나타내다. '천진'은 태어나면서 하늘로부터 타고난 참된 성품

391 양원(梁園): 하남(河南)성 변주(汴州)에 있는, 한나라 양 효왕(梁孝王)의 토원(兎園). 이백은
   천보 3~4년경 한림(翰林)에서 쫓겨나 양(梁)·송(宋)·제(齊)·노(魯) 지방을 떠돌아다녔는데,
   이때 두보는 여러 차례 이백과 어울렸다.

392 행가사수춘(行歌泗水春): '사수'는 산동성(山東省)에 있는 강 이름. 공자가 이 근처에서 가르
   침을 폈었고, 두보와 이백은 함께 여기에서 봄 경치를 즐기며 시를 지었다.

393 도굴선무린(道屈善無鄰): '도굴'은 도가 굽혀져 오그라들었다는 말로, 이백의 뜻이 제대로 이
   루어지지 않았음을 가리킨다. '선무린'은 선한데도 이웃이 없다는 뜻. 이 말은 『논어』「이인(里
   仁)」에 나오는 "덕은 외롭지 않으니, 반드시 이웃이 있게 마련이다(德不孤, 必有鄰)"라는 말을
   강하게 반박한 것이다.

394 처사예형준(處士禰衡俊): '처사'는 세파의 표면에 나서지 않고 조용히 초야에 묻혀 사는 선비.
   '예형준'은 예형처럼 뛰어나다. 예형은 후한(後漢) 사람으로, 자는 정평(正平). 어려서부터 영
   명하고 재변이 있었으며 문사에도 뛰어났으나, 성품이 강하고 굳세었다.

395 제생원헌빈(諸生原憲貧): 공자의 제자 원헌이 가난했던 것과 같다는 뜻. 원헌은 송(宋)나라

稻粱³⁹⁶求未足인데
도 량　구 미 족

벼와 조를 구하여도
넉넉히 얻지 못하는데,

薏苡謗何頻³⁹⁷고
의 이 방 하 빈

거짓 비방과 참언은 어찌 그리
잦았던고.

五嶺炎蒸地³⁹⁸요
오 령 염 증 지

오령은 덥고 습기 많은 땅인데,

三危放逐臣³⁹⁹이라
삼 위 방 축 신

머나먼 삼위로 쫓겨난 신세 되었네.

幾年遭鵩鳥⁴⁰⁰오
기 년 조 복 조

불길한 복조 만난 것이 그 몇 해인가,

사람으로, 자는 자사(子思). 가난하였지만 청정한 생활을 하였고, 절개를 지켜 안빈낙도(安貧
樂道)하였다. 두보는 이백을 예형과 원헌에 비겨, 이백도 재주가 비범하고 덕이 높았으나 가난
하게 살았음을 말한 것이다.

396　도량(稻粱): 벼와 조를 말하며. 여기서는 식량, 양식이라는 뜻

397　의이방하빈(薏苡謗何頻): '의이'는 율무. '방'은 비방. '빈'은 잦다. '율무의 비방은 어찌 그리도
　　　잦은가'라는 뜻. 이는 『후한서』 「마원열전(馬援列傳)」에 나오는 말. 마원은 남쪽 지방 교지(交
　　　趾)에 있으면서 몸을 가벼이 하고 욕망을 줄임으로써 장기(瘴氣)를 이겨내려고 율무를 상식
　　　(常食)하였다. 당시 남쪽에서 나는 율무의 종자가 굵었는데, 그는 남으로 원정을 갔다가 돌아
　　　오는 길에 그 씨를 수레에 싣고 왔다. 사람들은 그것을 남쪽 땅의 진기하고 기이한 물건이라 하
　　　였다. 권세가들은 모두 그것을 얻으려고 하였으나, 왕의 총애를 받던 마원은 이 말을 들어주지
　　　않았다. 마원이 죽자 그가 가지고 온 것이 율무가 아니라 남쪽의 금은보화라고 모함하는 자가
　　　있어 왕은 몹시 화를 내면서 마침내 마원을 미워하게 되었다. 여기서는 이백이 터무니없는 모함
　　　을 여러 차례 받은 것을 가리킨다.

398　오령염증지(五嶺炎蒸地): '오령'은 대유(大庾)·시안(始安)·임하(臨賀)·계양(桂陽)·게양(揭陽)
　　　의 다섯 고개. 오령의 남쪽은 영남도(嶺南道)라 하여 월(越)과 안남(安南) 지방을 말하는데,
　　　이백이 귀양 갔던 야랑(夜郎)은 이곳에 있었다. '염증지'는 덥고 습기가 많은 땅

399　삼위방축신(三危放逐臣): '삼위'는 서쪽에 있는 산 이름. 위치에 대해서는 여러 가지 설이 많다.
　　　이백이 귀양 갔던 야랑은 귀주(貴州) 서쪽 경계에 있었으므로, 이곳과는 가까운 곳이었다. '방
　　　축신'은 추방당한 신하로, 여기서는 이백을 가리킨다.

400　복조(鵩鳥): 올빼미의 일종으로 상서롭지 못한 불길한 새. 그 소리를 들은 자는 오래 살지 못한
　　　다고 한다. 한나라 때 가의(賈誼)가 호남성(湖南省) 장사(長沙)로 귀양 가 복조를 보고서는,
　　　습하고 열기가 많은 귀양살이에서 오래 살지 못하리라는 불길한 심정을 「복조부(鵩鳥賦)」로

218

獨泣向麒麟[401]이라
_{독 읍 향 기 린}

기린 나타나길 기다리며 홀로 울었네.

蘇武先還漢[402]이나
_{소 무 선 환 한}

한나라 소무보다는 먼저 돌아왔으나,

黃公豈事秦[403]가
_{황 공 기 사 진}

절개 곧은 황공이 어찌 진을
섬겼으리오.

楚筵辭醴[404]日이요
_{초 연 사 례 일}

초나라 잔치에 단술 없다고 떠나 버린
목생처럼 뜻에 맞지 않는 조정
미련 없이 버렸고,

읊었다. 여기서는 이백의 불안한 귀양살이를 말한다.

401 독읍향기린(獨泣向麒麟): 기린이 나오길 기다리며 홀로 운다는 말로, 이백이 때를 만나지 못하여 자신의 도가 행해지지 않음을 탄식한다는 뜻. 『춘추공양전(春秋公羊傳)』에 공자가 기린을 향하여 "누구를 위하여 왔는가, 누구를 위하여 왔는가? (…) 나의 도가 다하였노라"고 말하며 눈물을 흘렸다는 내용이 나온다.

402 소무선환한(蘇武先還漢): 소무보다 먼저 나라에 돌아오다. 소무는 흉노에 잡혀 있다가 19년 만에 한나라로 돌아왔는데, 이백은 그에 비하면 먼저 귀양에서 풀려났다는 뜻

403 황공기사진(黃公豈事秦): 황공이 어찌 진나라를 섬기겠는가. 황공은 전국 시대 말엽 진나라를 피하여 섬서성(陝西省) 상산(商山)에 숨어 살았던 사호(四皓) 중의 한 사람. 사호는 네 사람의 은사로, 동원공(東園公)·기리계(綺里季)·녹리 선생(甪里先生) 등을 말하며, 모두 눈썹과 수염이 흰 노인이었으므로 이렇게 불렸다. 여기서는 이백이 영왕(永王) 이린(李璘)을 따르지 않았다는 비유적인 뜻으로 쓰였다.

404 초연사례(楚筵辭醴): '초연'은 초나라의 연석. '례'는 단술. 초나라 잔치에 단술이 빠졌다는 뜻으로, 이 말은 『한서(漢書)』에 나온다. 초나라 원왕(元王) 교(交)는 책을 좋아하고 재주가 많았다. 어릴 적에 노(魯)의 목생(穆生)·신공(申公) 등과 함께 부구백(浮丘伯)에게서 시를 배웠다. 전쟁으로 인해 서로 헤어졌으나, 한나라가 선 지 6년 만에 교가 초왕이 되자, 목생과 신공 등을 불러 중대부(中大夫)로 삼았다. 이들을 공경한 원왕은 술을 싫어하는 목생을 위해 잔치에는 언제나 단술을 마련하였다. 원왕이 4년 뒤에 죽고 그의 아들 무(戊)가 왕위를 이었을 때, 무왕도 처음에는 언제나 잔치에 단술을 마련하였으나, 나중에는 잊고 준비하지 않았다. 목생은 왕이 단술을 준비하지 않자 왕의 마음이 게을러진 것이라 하여 초나라를 떠났다고 한다. 목생이 잔치에 단술이 없다고 초나라를 떠난 것처럼, 이백도 뜻이 맞지 않아 조정을 떠난 것을 말한다.

梁獄上書⁴⁰⁵辰이라
<small>양 옥 상 서　　신</small>

양나라 옥중에서 글을 올려
결백을 밝혔던 추양처럼
그대도 자신의 결백을 밝혔네.

已用當時法하니
<small>이 용 당 시 법</small>

다만 당시의 법이 이미 적용되었으니,

誰將此義陳⁴⁰⁶고
<small>수 장 차 의 진</small>

누가 장차 그대 사정을 호소해 주리오.

老吟⁴⁰⁷秋月下하고
<small>노 음　　추 월 하</small>

나는 늙어 가을 달 아래에서
시를 읊조리고,

病起⁴⁰⁸暮江濱이라
<small>병 기　　모 강 빈</small>

병든 몸 일으켜 저무는 강가에서
그대 생각하네.

莫怪恩波隔⁴⁰⁹하라
<small>막 괴 은 파 격</small>

천자의 은혜 멀리 있다 원망하지
말게나,

405　양옥상서(梁獄上書): 양나라 옥에서 글을 올린다는 뜻으로, 이 말은 『한서』에 나온다. 제나라
사람 추양(鄒陽)은 처음 오(吳)나라에 출사하였다. 그때 오왕은 음모를 꾸미고 있었는데, 추양
이 글을 올려 간했으나 듣지 않았다. 이로 인해 추양은 양 효왕(孝王)이 어질고 선비를 극진히
대접한다 하여, 오나라를 버리고 양나라로 가 효왕과 사귀었다. 그러나 추양을 미워하는 자들
이 효왕에게 참소하자, 효왕은 노하여 추양을 하옥시켜 죽이려 하였고, 이에 추양은 옥중에서
자신의 결백을 밝히는 글을 지어 상소하였다. 추양이 옥중에서 양나라 효왕에게 글을 올려 풀
려난 것은 이백이 영왕 이린의 반역 음모에 연루되어 심양(潯陽)의 옥에 갇혔다 풀려난 것과 같
다는 뜻
406　수장차의진(誰將此義陳): '누가 장차 이러한 사정을 말하겠는가'라는 말로, 형법이 이미 행해
져 이백에 대한 진술이나 변론 등이 소용없게 되었다는 뜻
407　노음(老吟): 늙어 시를 읊다.
408　병기(病起): 두보는 병을 자주 앓았는데, 몸이 좀 나아지면 강가에 나와 이백을 생각하였다고
한다. 병에서 일어났다는 것은 이를 가리킨다.
409　막괴은파격(莫怪恩波隔): '막괴'는 기이하게 생각하지 말라. '은파'는 천자의 은총. 은혜로운 파
도가 멀리 떨어져 있음을 이상하게 생각하지 말라는 뜻

乘槎與問津⁴¹⁰이라
승 사 여 문 진

뗏목 타고 은하수 올라
그대 운명 물어보리라.

100. 개부 가서한 장군께 드리는 시 사십 구
(投贈哥舒開府二十韻)⁴¹¹

두보(杜甫)

今代麒麟閣⁴¹²에
금 대 기 린 각

당대의 공신을 그려 놓은 기린각에서,

---

410 승사여문진(乘槎與問津): '사'는 뗏목. '승사'는 성사(星槎)와 같은 말. 바다는 은하수와 통한다
는 말을 듣고, 어떤 사람이 뗏목을 타고 한없이 가다 은하수에 도착해 견우와 직녀를 보았다는
전설이 있다. '여'는 '~와 함께'. '문진'은 나루터가 어디에 있는지를 물어보다. 『논어』「미자(微
子)」에 "장저와 걸닉이 같이 밭을 갈고 있었다. 공자께서 그곳을 지나시다가 자로를 시켜 나루
터가 어디에 있는지 물어보도록 하셨다(長沮桀溺耦而耕, 孔子過之, 使子路問津焉)"는 말이
있다. 뗏목을 타고 은하수로 올라가 나루터를 물어본다는 말로, 여기서는 두보가 뗏목을 타고
하늘에 올라가 이백의 운명을 물어보겠다는 뜻

411 투증가서개부이십운(投贈哥舒開府二十韻): '개부'는 독자적인 정부 조직 같은 관부(官府)를
여는 것을 말한다. 한나라의 제도에서는 삼공(三公)만이 개부할 수 있었으나, 한 말에는 장군도
개부할 수 있어서, 후세에는 도독(都督)도 개부라 부르게 되었다. 따라서 여기서는 장군을 칭하
는 말이다.
가서한(哥舒翰)은 원래는 돌궐(突厥)의 자손으로, 대대로 안서(安西)에 살면서 재물을 가벼
이 여기고 의기를 높이 여겼다. 처음에는 왕충사(王忠嗣)를 섬겨 그의 아장(衙將: 경호를 담당
하는 장수)이 되었는데, 전장에 나가면 공을 세워 크게 용맹을 떨쳤다. 여러 번 토번(吐蕃)을 격
파하여 농우절도부대사(隴右節度副大使)가 되었고 서평군왕(西平郡王)에 봉해졌다. 안녹
산의 난이 일어나자 병마원수(兵馬元帥)가 되어 군대를 이끌고 안녹산을 치러 갔는데, 마침 병
이 나 적진에서 죽었다. 시호는 무민(武愍).
이 시는 천보 13년(754) 두보가 장안에 있을 때에 가서한 장군에게 자신의 실력을 인정하여 발
탁해 주기를 바라면서 쓴 것이다. 이 시 제목에 나오는 '투증(投贈)'이란 말이 바로 높은 사람에
게 그러한 뜻으로 글을 보낸다는 뜻인데, 당나라 때 젊고 불우한 문인들이 출세를 위해서 흔히
이러한 글을 썼다.

何人第一功고
하 인 제 일 공

어느 누가 첫째가는 공을 세웠을까?

君王自神武413하니
군 왕 자 신 무

천자께서 본디 신묘한 무위
지니셨으니,

駕馭414必英雄이라
가 어 　 필 영 웅

부리시는 신하들은 모두가 영웅이리라.

開府當朝傑415이니
개 부 당 조 걸

개부 장군께서는 지금 조정에서
걸출하시니,

論兵邁古風416이라
논 병 매 고 풍

군사를 논함에 옛사람의 풍도를
앞서네.

先鋒百勝在417오
선 봉 백 승 재

선봉에 나서서는 백전백승을
거두시고,

略地兩隅空418이라
약 지 량 우 공

땅을 공략하여 서북 두 변방이 텅
비었네.

---

412 금대기린각(今代麒麟閣): '금대'는 지금의 시대, 당(唐)대. '기린각'은 한 선제(宣帝) 감로(甘
　　 露) 3년 당대 공신인 곽광(霍光) 등 열한 사람의 초상을 그려 모아 놓았던 누각

413 자신무(自神武): '자'는 본래부터. '신무'는 신묘한 무위를 지니고 있다.

414 가어(駕馭): 말을 길들여 마음대로 부린다는 말로, 여기서는 사람을 통솔함을 뜻한다.

415 당조걸(當朝傑): '당조'는 지금의 조정. 지금 조정에서 걸출한 인물을 말한다.

416 논병매고풍(論兵邁古風): '논병'은 군사에 관한 일을 논하다. '매고풍'은 옛사람의 풍도를 능가
　　 하다.

417 선봉백승재(先鋒百勝在): 군의 맨 앞에 나서서 적과 싸우다. '백승재'는 백전백승의 공을 세
　　 우다.

418 약지량우공(略地兩隅空): 땅을 공략하니 서쪽과 북쪽의 두 모퉁이가 텅 비었다는 말로, 서쪽
　　 과 북쪽의 변방 땅을 공격하여 오랑캐의 그림자조차 보이지 않게 했다는 뜻

222

青海無傳箭⁴¹⁹이요
청 해 무 전 전

청해 지방엔 적의 침입 알리는
화살 없어지고,

天山早掛弓⁴²⁰이라
천 산 조 괘 궁

천산 지방에선 활 걸어 둔 지
이미 오래이네.

廉頗仍走敵⁴²¹하고
염 파 잉 주 적

염파 장군처럼 거듭 오랑캐를
패주시키고,

魏絳已和戎⁴²²이라
위 강 이 화 융

위강처럼 오랑캐들
이미 강화를 청하게 했네.

每惜河湟棄⁴²³하여
매 석 하 황 기

하황이 버려져 있음
언제나 안타까워하더니,

新兼節制通⁴²⁴이라
신 겸 절 제 통

새로이 그곳 절도사를 겸하여
다스림이 통하였네.

---

419 청해무전전(靑海無傳箭): '전전'은 외적의 침입을 알리는 화살. '청해'는 지금의 청해성에 있는
호수 이름. 청해 지방엔 오랑캐의 침입을 알리는 화살이 없어졌다는 뜻

420 천산조괘궁(天山早掛弓): '천산'은 교하현(交河縣) 북쪽에 있는 산 이름으로, 기련산(祁連山)
또는 백산(白山)이라고도 하였다. '괘궁'은 활을 더 이상 사용하지 않고 벽에 걸어 둔다는 말로,
전쟁이 끝났음을 뜻한다.

421 염파잉주적(廉頗仍走敵): 염파는 전국 시대 조나라 혜문왕(惠文王) 때 제나라를 여러 번 쳐
서 큰 공을 세웠던 훌륭한 장군으로 『사기』에 그의 자세한 전기가 나온다. '잉주적'은 거듭 적을
달아나게 한다는 의미. '잉'은 거듭, 계속하여

422 위강이화융(魏絳已和戎): 위강은 서융(西戎: 서쪽 오랑캐)과 화친하면 다섯 가지 이로움이
있음을 들어 진나라의 제후를 설득시켰던, 지모가 뛰어났던 사람. '화융'은 오랑캐와 강화하다.
염파와 위강을 가서한에 견주어 가서한의 뛰어난 무용과 지모를 비유하였다.

423 하황기(河湟棄): '하황'은 황하와 황수가 합쳐지는 지점으로, 중국의 서북방을 가리킨다. '기'
는 버리고 돌아보지 아니하여 이민족의 손에 있다는 뜻

424 겸절제통(兼節制通): '겸'은 겸하다. '절제'는 절제의 관(官)으로, 절도사(節度使)를 말한다. 본

智謀垂睿想[425]하니
지 모 수 예 상

뛰어난 지모는 천자께서
생각하시게 하니,

出入冠諸公[426]이라
출 입 관 제 공

조정에 드나듦에 여러 고관들
위에 섰네.

日月低秦樹[427]오
일 월 저 진 수

해와 달로 하여금 장안의 나무보다
낮게 뜨도록 했고,

乾坤繞漢宮[428]이라
건 곤 요 한 궁

하늘과 땅도 당나라 궁전을
감싸안게 하였네.

胡人愁逐北[429]하고
호 인 수 축 북

오랑캐들 쫓길 게 두려워
북쪽으로 달아났고,

宛馬又從東[430]이라
완 마 우 종 동

대완국에서는 천마를 조공으로
보내 왔네.

래는 군대에서 쓸 양식을 헤아려 처리하는 것이 절도사의 사무였는데, 후에 군대의 지휘 통솔
까지 맡게 되었다. '통'은 그 지방을 평정하여 길을 통하게 하는 것

425 지모수예상(智謀垂睿想): '지모'는 지혜와 모략. '수'는 경어로 드리우다. '예'는 밝다, 슬기롭다.
수와 예는 모두 천자의 일을 표현할 때에 요식적으로 쓰는 높임말로, '수예상'은 천자의 생각
을 드리우게 하다.

426 출입관제공(出入冠諸公): '출입'은 조정에 드나들다. '관'은 첫째가다, 으뜸이다. '관제공'은 많
은 고관들 가운데 으뜸이라는 말로, 훈공이 제일 높다는 뜻

427 일월저진수(日月低秦樹): '진'은 장안을 가리키는데, 장안이 진나라 땅에 있었으므로 장안을
가리켜 진이라 표현하였다. 해와 달이 장안의 나무보다 낮다는 말로, 가서한의 공으로 당나라
왕조의 위덕이 크게 성하여졌음을 뜻한다.

428 건곤요한궁(乾坤繞漢宮): '건'은 하늘, '곤'은 땅으로 천지를 말한다. '요'는 둘러싸다, 감기다.
'한'은 당나라 왕조를 고풍스럽게 표현한 것. 하늘과 땅이 당나라 궁전을 감싼다는 뜻

429 호인수축북(胡人愁逐北): '호인'은 중국 북방의 이민족으로 오랑캐. '수'는 근심하다. '축'은 쫓
기다. '북'은 북녘, 북쪽. '수축북'은 쫓길 것을 근심하여 북쪽으로 달아나다.

受命邊沙遠⁴³¹터니
수 명 변 사 원

천자의 명을 받아 변경 사막으로
멀리 가더니,

歸來御席同⁴³²이라
귀 래 어 석 동

돌아와서는 천자와 자리를 나란히
하였네.

軒墀曾寵鶴⁴³³이요
헌 지 증 총 학

수레와 섬돌에 올랐던 학처럼
총애를 받고,

畋獵舊非熊⁴³⁴이라
전 렵 구 비 웅

문왕이 사냥 나가 얻은 태공처럼
보필했네.

茅土加名數⁴³⁵하고
모 토 가 명 수

봉지 하사받으니 백성 수 더 많아지고,

---

430 완마우종동(宛馬又從東): '완'은 서역에 있던 나라 이름으로, 흔히 대완국(大宛國)이라 불렀
다. 흉노의 서남쪽, 한의 정서(正西) 쪽에 위치하고 있었는데, 좋은 말이 많이 났다. '종동'은 동
쪽의 당나라에 바쳐 오는 것. 원나라에서 명마를 조공으로 보내온다는 뜻

431 변사원(邊沙遠): 변경 지방 사막으로 멀리 가 있었다는 뜻

432 귀래어석동(歸來御席同): '귀래'는 돌아오다. '래'는 어조사. '어석동'은 천자와 자리를 같이하
다. '어'는 천자에 관한 일을 언급할 때, 경칭으로 붙이는 글자

433 헌지증총학(軒墀曾寵鶴): '헌'은 대부가 타는 수레, '지'는 천자의 궁전 계단 위에 붉은 칠을 해
놓은 곳. 수레나 궁전 섬돌 위에 임금의 사랑을 받고 올랐던 학처럼, 가서한이 천자로부터 총애
를 받았다는 뜻. 춘추 시대 위(衛)나라 의공(懿公)은 학을 좋아하여, 어떤 학은 임금의 수레까
지 타는 일도 있었다고 한다.

434 전렵구비웅(畋獵舊非熊): 주나라 문왕인 서백(西伯)이 사냥을 나가면서 무엇이 잡힐까에 대
해 점을 치니, 용도 이무기도 범도 곰도 아닌 패왕의 보신(補臣)일 것이라는 점괘가 나왔는데,
위수(渭水) 북쪽 기슭에서 태공(太公)을 만났다. 서백은 그와 이야기해 보고 크게 기뻐하여 함
께 돌아와 스승으로 모셨다고 한다. 옛날 태공이 문왕을 훌륭히 보좌했던 것처럼, 가서한이 현
종을 잘 보좌하였음을 비유한 말

435 모토가명수(茅土加名數): '모토'는 옛날에 천자가 제후를 봉할 때 그 방향의 빛깔(동은 청, 서는
백, 남은 적, 북은 흑, 중앙은 황)의 흙을 백모에 싸서 하사한 것. 여기서는 제후에 봉해졌다는 뜻.
'명'은 작위의 명호. '수'는 작위에 따른 의복 등 예의 격식의 정수(定數). 흰 띠풀로 싼 흙을 하사
받고 또 명수를 받았다는 말로, 가서한이 서평군왕(西平郡王)에 봉해졌던 것을 가리킨다.

山河誓始終[436]이라
산 하 서 시 종

태산과 황하 두고
천자와 함께하길 맹세했네.

策行遺戰伐[437]하니
책 행 유 전 벌

공의 계책 행하여져 전쟁을
버리게 되고,

契合動昭融[438]이라
계 합 동 소 융

뜻이 맞아 그때마다 밝음이
흡족하였다.

勳業靑冥上[439]이요
훈 업 청 명 상

훈공과 업적은 푸른 하늘 위로 솟고,

交親氣槩中[440]이라
교 친 기 개 중

천자와의 사귐은 높은 기개로
이루어졌네.

未爲珠履客[441]하고
미 위 주 리 객

구슬신 신은 상객이 되기도 전에,

---

436 산하서시종(山河誓始終): 한 고조(高祖)는 왕위에 오른 뒤 공신을 봉하며 황하가 띠처럼 되
고 태산이 숫돌처럼 된다 하더라도, 나라는 영구히 존속되어 자손들에게 이어질 것이라고 맹
세하였다. 산하를 두고 처음부터 끝까지 운명을 함께할 것을 맹세한다는 말로, 한 고조가 태산
과 황하를 가리키며 공신들에게 맹세했던 것처럼, 당 현종과 가서한 사이에는 군신의 의가 굳
다는 뜻
437 책행유전벌(策行遺戰伐): '책행'은 가서한의 계책이 시행되다. '유전벌'은 싸움과 토벌을 버리
다. 가서한의 계책이 시행되어 전쟁과 토벌을 하지 않아도 되었다는 뜻
438 계합동소융(契合動昭融): '계합'은 부절(符節)이 꼭 맞듯이 현종과 가서한의 뜻이 잘 맞는다
는 뜻. '동소융'은 밝게 비추어 천자의 마음을 움직이다.
439 훈업청명상(勳業靑冥上): '훈업'은 공훈과 업적. '청명상'은 푸른 하늘 위로 솟다. 가서한의 공
훈과 업적이 푸른 하늘 위로 치솟을 만큼 높다는 뜻
440 교친기개중(交親氣槩中): '교친'은 현종과 가서한의 친밀한 사귐. '기개중'은 의기로써 사람이
결합하다.
441 미위주리객(未爲珠履客): 『사기』 「춘신군열전(春申君列傳)」에 "춘신군의 식객은 삼천 명인데,
그 상객은 모두 구슬로 꾸민 신을 신고 조나라의 사신을 맞이하였다."고 하였다. 구슬로 만든 신
발을 신은 상객이 되지 못하였다는 말로, 두보 자신이 뜻을 펴지 못하고 있음을 비유한 것

已見白頭翁이라
이 견 백 두 옹

이 몸은 벌써 머리 흰 노인이 되었네.

壯節初題柱442하고
장 절 초 제 주

장대한 기개가 옛날에는
대단하였는데,

生涯似轉蓬443이라
생 애 사 전 봉

생애는 마치 굴러다니는 쑥대와 같네.

幾年春草歇444고
기 년 춘 초 헐

몇 해나 보았던가, 봄풀 마르는 것을,

今日暮途窮445이라
금 일 모 도 궁

오늘은 날 저물어 갈 길마저 궁하네.

軍事留孫楚446요
군 사 류 손 초

군사에 손초 같은 이를 붙들어
두듯하고,

行間識呂蒙447이라
항 간 식 여 몽

대열에서 여몽을 알아보듯
알아주셨으면.

---

442 장절초제주(壯節初題柱): '장절'은 장한 절조. '초제주'는 처음엔 기둥에 썼다는 말로, 처음엔
    입신출세하겠다는 두보 자신의 결의가 대단하였다는 뜻. 한나라 사마상여는 처음 성도(成都)
    의 승선교(昇仙橋)를 지나면서 그 기둥에다 사마(駟馬: 네 마리 말이 끄는 수레)를 타지 않고
    다시 이 다리를 지나지 않겠다고 썼다 한다.

443 전봉(轉蓬): 마른 쑥대가 바람에 이리저리 굴러다니다.

444 춘초헐(春草歇): '헐'은 다 없어지다. 봄풀이 다 말라 죽었다는 말로, 객지에서 떠도는 나그네가
    고향을 애절하게 그리워한다는 뜻. 양(梁) 원제(元帝)의 「약명시(藥名詩)」에 "수자리의 나그네
    항산 아래에서, 언제나 금의환향 생각하네. 더욱이 봄풀 말라 죽는 것을 보고, 또 기러기 남쪽
    으로 날아가는 것을 봄에랴"라는 구절이 있다.

445 모도궁(暮途窮): 해가 저물어 갈 길이 궁하여졌다는 말로, 두보가 늙어 생활이 곤궁해졌다는 뜻.

446 군사류손초(軍事留孫楚): '군사'는 군대를 지휘하는 일. '류손초'는 손초를 머무르게 하다. 손
    초는 진(晉)나라 때의 사람으로, 자는 자형(子荊). 재주가 탁절하고 성품이 호쾌하여 향리에서
    존경을 받았다. 40여 세가 되어서야 진동(鎭東)의 군사에 참가하였으며, 뒤에 풍익(馮翊) 태
    수를 지냈다. 이때 두보의 나이 42~43세였으므로, 자신을 손초에 비유하여 가서한에게 채용
    되길 바란다는 뜻

447 항간식여몽(行間識呂蒙): 군대의 항오 사이에서 여몽을 알아보다. 여몽은 삼국 시대 오(吳)나

防身[448]一長劍으로
방 신　　　일 장 검

몸을 가릴 긴 칼 한 자루를 가지고,

將欲倚崆峒[449]이라
장 욕 의 공 동

공동산에 가서는 이 몸 의지하고 싶네.

101. 위좌승에게 드림(贈韋左丞)[450]

두보(杜甫)

紈袴[451]不餓死나
환 고　　　불 아 사

고관과 귀족들은 굶어 죽는 일 없으나,

儒冠多誤身[452]이라
유 관 다 오 신

선비들은 몸을 그르치는 일이 많다오.

丈人[453]試靜聽하라
장 인　　　시 정 청

좌승께서는 제 말씀 잘 들어 보소서,

　　라의 장수. 담당 관리가 자신을 가벼이 보자 여몽은 그 관리를 죽였다. 교위(校尉)인 원웅간(袁
雄間)이 이를 손책(孫策)에게 보고하자, 손책은 여몽이 뛰어난 인물임을 알아보고 좌우에서
자신을 보좌하게 하였다.

448　방신(防身): 몸을 가리다.

449　장욕의공동(將欲倚崆峒): '공동'은 지금의 감숙성(甘肅省) 평량현(平涼縣) 서쪽에 있던 산 이
　　름으로, 토번(吐蕃)이 출입하는 길목이었다. 장차 공동산에 의지하려고 한다는 말로, 두보가
　　가서한의 휘하에 들어가 토번을 막는 일에 참여하고 싶다는 뜻

450　증위좌승(贈韋左丞): 위좌승은 당시에 좌승 벼슬을 하고 있었던 위제(韋濟)를 가리키며, '좌
　　승'은 상서성(尙書省: 오늘날의 총리실에 해당함)의 차관보(次官補)로 요직이었다.
　　이 시는 두보가 자신의 포부를 밝히고 조정에서 자신을 써 주지 않아 물러가는 심정을 호소하
　　면서, 좌승에게 자신을 천거해 달라는 간곡한 부탁과 함께 일이 여의치 않을 때에는 멀리 떠나
　　겠다는 고별인사를 겸한 글이다. 이 시에서 두보는 자신의 학문과 시문에 대한 대단한 자신감
　　을 표명하고, 천하에 도를 펼 것을 피력하였다.

451　환고(紈袴): '환'은 하얀 비단. '고'는 바지. 하얀 비단 바지로, 귀족의 자제를 가리킨다.

452　유관다오신(儒冠多誤身): '유관'은 유자의 관을 쓴 사람으로 선비를 가리킨다. '오신'은 제 몸을
　　그릇되게 한다는 말로, 처신을 잘못하여 고통받음을 뜻한다.

453　장인(丈人): 자기보다 나이 많은 사람에 대한 존칭으로, 여기서는 위좌승을 가리킨다.

賤子請具陳⁴⁵⁴이라
천자청구진

천한 몸이 온갖 사정 다 말씀드리리다.

甫昔少年日⁴⁵⁵에
보석소년일

제가 옛날 젊은 시절에는,

早充觀國賓⁴⁵⁶이라
조충관국빈

일찍이 장안으로 과거 보러 갔었다오.

讀書破萬卷⁴⁵⁷하고
독서파만권

책을 읽은 것만도 만 권이 넘었으며,

下筆如有神⁴⁵⁸이라
하필여유신

붓을 들면 신들린 듯 명문을 지었다오.

賦料揚雄敵⁴⁵⁹이요
부료양웅적

지은 부로는 양웅에 필적할 만하고,

詩看子建親⁴⁶⁰이라
시간자건친

지은 시로는 조식과 견줄 만하다오.

李邕求識面⁴⁶¹하고
이옹구식면

이옹 같은 명사도 저와 사귀길 바랐고,

---

454 천자청구진(賤子請具陳): '천자'는 천한 사람이란 뜻으로, 두보가 자신을 낮추어 표현한 것. '구진'은 모두 진술하다, 낱낱이 말하다.

455 보석소년일(甫昔小年日): '보'는 두보의 이름. '석'은 옛날. '소년일'은 젊었을 때

456 관국빈(觀國賓): 『역경』 「풍지관괘(風地觀卦)」 육사(六四)의 효사(爻辭)에 "국가의 빛을 보고 그로써 왕의 손됨이 이롭다(觀國之光, 利用賓于王)"고 하였는데, '국가의 빛을 본다'는 것은 도성에 나가 문물의 아름다움을 구경하는 것이고, '왕의 손이 된다'는 것은 현명하고 덕 있는 사람이 임금으로부터 대우받는 것을 뜻한다. 여기서는 두보가 장안으로 가서 과거에 응시했던 것을 가리키는데, 그는 개원(開元) 23년(735) 나이 24세 때 과거에 응시하였으나 낙방하였다.

457 파만권(破萬卷): 만 권의 책을 읽다.

458 여유신(如有神): 신이 있는 듯하다. 신묘한 힘이 작용한 듯한 명문을 쓴다는 뜻

459 부료양웅적(賦料揚雄敵): '부'는 운문의 한 형식으로, 사부(辭賦)라고도 일컬어지며, 굴원(屈原)·양웅·반고(班固) 등 많은 작가가 부로 이름을 알렸다. '료'는 생각하다. 양웅(기원전 52~18)은 한대의 대표적인 부의 작가로, 자는 자운(子雲). '적'은 필적하다.

460 자건친(子建親): 자건은 위 무제(武帝) 조조(曹操)의 셋째 아들인 조식(曹植)의 자. 당시 건안(建安) 문학을 대표할 만한 뛰어난 시인이었다. '친'은 가깝다는 의미의 근(近)과 같다.

461 이옹구식면(李邕求識面): 이옹은 당대의 명사로, 자는 태화(泰和). 무후(武后)와 현종 때 여러 관직을 두루 지냈다. '구식면'은 알고 지내기를 원하다.

王翰願卜隣⁴⁶²이라
왕 한 원 복 린

왕한 같은 호협도 이웃하길 원했다오.

自謂頗挺出⁴⁶³하여
자 위 파 정 출

스스로 매우 뛰어난 인물이라 여겨서,

立登要路津⁴⁶⁴이라
입 등 요 로 진

당장 조정의 요직에 오르려 했다오.

致君堯舜上⁴⁶⁵하여
치 군 요 순 상

천자를 보필하여 요순 위에
서도록 하고,

再使風俗淳⁴⁶⁶이라
재 사 풍 속 순

다시 세상 풍속을 순박히 만들려
했다오.

此意竟蕭條⁴⁶⁷하나
차 의 경 소 조

이런 뜻이 끝내 쓸쓸하게 되어
버렸으나,

行歌非隱淪⁴⁶⁸이라
행 가 비 은 륜

길 가며 노래 부를망정
세상 등지지 않았다오.

騎驢三十載⁴⁶⁹에
기 려 삼 십 재

나귀 타고 가난하게 살아온 지
삼십 년에,

---

462 왕한원복린(王翰願卜隣): 왕한은 자가 자우(子羽). 호협한 선비로, 진사에 오른 후 도주사마
   (道州司馬)를 지냈다. '복린'은 이웃에 주거를 정하다. 옛날에 살 곳을 정할 때는 반드시 점을
   쳐서 정하였는데, 이를 복거(卜居)라 하였다.

463 파정출(頗挺出): '파'는 자못, 매우. '정출'은 걸출하다, 남보다 뛰어나다.

464 입등요로진(立登要路津): '입'은 바로, 즉시. '요로'는 가장 긴요한 길로, 당국의 권력을 쥔 지위
   또는 정치상 가장 중요한 지위를 말한다. '진'은 나루터로, 요지라는 뜻

465 치군요순상(致君堯舜上): 임금을 보필하여 요순보다 훌륭하게 만든다는 뜻

466 풍속순(風俗淳): 선정을 베풀어 백성의 기풍을 순수하게 하고 인심을 두텁게 하다.

467 소조(蕭條): 쓸쓸한 모양. 뜻을 이루지 못한 것을 형용

468 행가비은륜(行歌非隱淪): '행가'는 길을 걸으며 노래 부르다. '은륜'은 속세를 떠나 숨어 사는
   신선

旅食京華⁴⁷⁰春이라
여 식 경 화 춘

장안의 봄을 나그네 신세로
살아왔다오.

朝扣⁴⁷¹富兒門하고
조 구 부 아 문

아침이면 부잣집의 문을 두드리고,

暮隨肥馬塵⁴⁷²이라
모 수 비 마 진

저녁이면 귀인의 행차를 따라다녔소.

殘盃與冷炙⁴⁷³이
잔 배 여 랭 자

남은 술과 식은 안주를 먹으며,

到處潛悲辛⁴⁷⁴이라
도 처 잠 비 신

가는 곳마다 슬픔과 고통 맛보았다오.

主上頃見徵⁴⁷⁵하니
주 상 경 견 징

천자께서 마침 어진 선비
구하신다기에,

欻然欲求伸⁴⁷⁶이라
홀 연 욕 구 신

홀연히 품은 뜻을 펴 보고자 하였는데,

青冥却垂翅⁴⁷⁷요
청 명 각 수 시

푸른 하늘 날려다 오히려 날개 꺾였고,

469　기려삼십재(騎驢三十載): '기려'는 발이 느린 당나귀를 탄다는 말로, 말조차 살 수 없는 가난한
　　신세라는 뜻. '삼십재'는 30년. 30년을 가난하게 살았다는 뜻

470　경화(京華): 서울, 장안

471　구(扣): 두드리다.

472　비마진(肥馬塵): 귀인들을 태운 살찐 말이 달릴 때 뒤에 남는 먼지

473　잔배여랭자(殘盃與冷炙): '자'는 불에 구운 고기. 남은 술과 차갑게 식은 구운 고기

474　잠비신(潛悲辛): '잠'은 숨어 있는 것, 남이 모르는 것. '비신'은 슬픔과 고통

475　주상경견징(主上頃見徵): '주상'은 천자. '경'은 마침내, 필경. '견징'은 어진 선비가 천자의 부름
　　을 받다.

476　홀연욕구신(欻然欲求伸): '홀연'은 홀연, 갑자기, 급히. '신'은 자신의 뜻을 펴다.

477　청명각수시(青冥却垂翅): '청명'은 푸른 하늘이란 말이나, 조정을 뜻함. '각수시'는 날개를 늘어
　　뜨리고 물러나다. 천보 6년 현종은 천하의 현사들을 널리 구했는데, 재상 이임보(李林甫)가 상
　　서성(尙書省)에 명하여 이들을 모두 물리치게 하였다. 이때 두보도 천자의 조명에 응하여 나
　　아갔다가 뜻을 이루지 못하고 물러났었다.

蹭蹬無縱鱗[478]이라
층 등 무 종 린
맥빠져서 마음대로 노닐 수 없었다오.

甚愧丈人[479]厚요
심 괴 장 인   후
좌승의 두터운 뜻에 매우 부끄럽고,

甚知丈人眞이라
심 지 장 인 진
좌승의 진실됨을 심히 잘 알고 있다오.

每於百僚[480]上에
매 어 백 료   상
좌승께선 언제나 백관 위에 계시면서,

猥誦佳句新이라
외 송 가 구 신
외람되게도 제가 지은 시구를
외우셨지요.

竊效貢公喜[481]니
절 효 공 공 희
공우가 기뻐한 걸 저 역시
본받고 싶으니,

難甘原憲[482]貧이라
난 감 원 헌   빈
자사의 가난은 참으로 견디기 어렵다오.

焉能心怏怏[483]고
언 능 심 앙 앙
어찌 속으로 불평만 할 수 있으리오?

祗[484]是走踆踆[485]이라
지   시 주 준 준
다만 이곳저곳 바삐 돌아다닐
뿐이지요.

---

478 층등무종린(蹭蹬無縱鱗): '층등'은 헛디디는 모양, 실족하는 모양이란 말로, 세력을 잃은 것을
     뜻한다. '종린'은 마음대로 노니는 물고기의 비늘
479 장인(丈人): 위좌승을 가리킨다.
480 백료(百僚): 많은 관리. '료'는 료(寮)와 같은 뜻으로 쓰임
481 절효공공희(竊效貢公喜): '절효'는 남 몰래 본뜨다. '공공희'는 한나라 원제(元帝) 때에 공우
     (貢禹)가 왕길(王吉)의 천거로 벼슬을 하게 되어 기뻐하였다는 말. 공공이 기뻐한 것을 본뜨고
     싶다는 것은 공우가 왕길의 천거에 의해 벼슬한 것처럼 두보도 위좌승의 천거에 의해 등용되고
     싶다는 뜻
482 원헌(原憲): 공자의 제자로 자는 자사(子思) 또는 원사(原思). 공자로부터 가읍의 재(宰: 고을
     의 원)로 임명받았는데, 성품이 곧고 굳었으며, 아주 청빈하게 살면서 안빈낙도하였다.
483 앙앙(怏怏): 만족해하지 않는 모양. 우울한 모양

232

今欲東入海요
금 욕 동 입 해

금방 동쪽 바다로 들어가려 하다가도,

即將西去秦486이라
즉 장 서 거 진

곧 다시 서쪽 장안으로 가려고도
한다오.

尙憐終南山487하여
상 련 종 남 산

그러면서도 종남산을 항상 잊지
못하여,

回首淸渭濱488이라
회 수 청 위 빈

머리 돌려 맑은 위수 가를 바라본다오.

常擬報一飯489커든
상 의 보 일 반

항상 한 끼 밥의 은혜도 갚으려 하거늘,

況懷辭大臣490가
황 회 사 대 신

하물며 님 곁을 떠남에
어찌 감회 없으리오.

白鷗波浩蕩491하니
백 구 파 호 탕

갈매기처럼 바다 저쪽 아득히
날아가려 하니,

---

484 지(祗): 다만. 지(只)와 같은 뜻으로 쓰임
485 준준(踆踆): 뛰어다니는 모양
486 진(秦): 장안(長安)을 가리킨다. 장안은 진나라 땅에 있었기 때문에 이렇게 불렀다.
487 연종남산(憐終南山): '연'은 애착을 느끼다. '종남산'은 섬서성(陝西省) 서안부(西安府)에 있
     는 산 이름으로, 장안 남쪽에 있어 남산(南山)이라고도 하는데, 은거하는 사람들이 이 산속에
     많이 있었다. 세상을 벗어나 은거하고자 하는 마음을 가진다는 뜻
488 청위빈(淸渭濱): 푸르고 맑은 위수의 물가. 예로부터 위수는 맑기로 유명하여, "푸르기론 위수
     요, 흐리기론 경수(淸渭濁涇)"라는 말이 있었다. 경수는 감숙성(甘肅省)에서 발원하여 섬서
     성에 이르러 위수로 흘러 들어간다.
489 상의보일반(常擬報一飯): '상의'는 항상 헤아려 생각하다. '보일반'은 한 끼니 밥을 주었던 은혜
     도 갚는다는 말로, 조그만 은혜도 갚는다는 뜻. 『사기』「범수열전(范睢列傳)」에 "범수는 집의
     재물을 모두 내어 전에 자신이 곤궁하게 지낼 적에 은혜를 베풀어 준 사람들에게 보답했다. 한
     끼니의 밥을 먹여 준 은덕도 반드시 갚았다"고 하였다.
490 사대신(辭大臣): '사'는 이별을 고하다. '대신'은 위좌승을 말한다.

萬里誰能馴⁴⁹²고
만 리 수 능 순

만 리 밖 갈매기를 누가
길들일 수 있으리오.

102. 취하여 장비서에게 드림(醉贈張秘書)⁴⁹³

한유(韓愈)

人皆勸我酒나
인 개 권 아 주

사람들 모두 내게 술을 권했지만,

我若耳不聞이라
아 약 이 불 문

나는 마치 듣지 못하는 듯하였네.

今日到君家하여
금 일 도 군 가

하지만 오늘 그대 집에 와서는,

呼酒持勸君⁴⁹⁴이라
호 주 지 권 군

술을 청하여 그대에게 권하네.

爲⁴⁹⁵此座上客과
위   차 좌 상 객

이 좌상의 손님들은 물론이요,

---

491 백구파호탕(白鷗波浩蕩): '백구'는 갈매기로, 은거하는 사람을 비유하는 말. '파호탕'은 넓은
    바다 저쪽으로 사라져 보이지 않게 되다. '파'가 몰(沒)로 된 판본도 있다.

492 만리수능순(萬里誰能馴): 만 리 밖 물결 위의 갈매기를 누가 길들여 마음대로 할 수 있겠는가.
    갈매기는 두보를 가리킨다. 이번에 위좌승의 천거를 받지 못하여 떠나게 되면, 위공과는 다시
    만나기 어려울 것이라는 뜻

493 취증장비서(醉贈張秘書): '비서'는 비서성(秘書省: 현재의 국립 도서관 같은 곳)에 근무하는
    관리를 가리킨 것인데, 장비서를 원화(元和) 4년 진사에 오른 장철(張徹)이라고 보는 사람이
    많으나 정확한 것은 알 수가 없다. 한유가 장철과 함께 동도인 낙양에서 5~6년간 있었던 것만
    생각하여 장비서를 장철로 해석하는 듯하다.
    제목에 '취하여 드림(醉贈)'이란 말이 있는 것처럼, 취기에 고조된 흥취를 해학적으로 읊어 친
    한 벗에게 보낸 글이다. 해학 속에서 긍지와 자존심을 드러내고 있다.

494 호주지권군(呼酒持勸君): '호주'는 술을 불러, 술을 청하여. '지권군'은 그것을 가지고 그대에게
    권한다는 말로, 술을 권한다는 뜻

495 위(爲): ~하기 때문

及余各能文⁴⁹⁶이라
급여각능문

나도 글 지을 줄 알기 때문이라네.

君詩多態度⁴⁹⁷하여
군시다태도

그대의 시는 정연한 법도를 갖추어,

藹藹⁴⁹⁸春空雲이고
애애   춘공운

자욱이 걸린 봄 하늘의 꽃구름 같고,

東野動驚俗⁴⁹⁹하니
동야동경속

맹교의 시는 걸핏하면 세상 놀라게
하여,

天葩吐奇芬⁵⁰⁰이요
천파토기분

하늘 꽃이 기이한 향기 내뿜는 듯하며,

張籍學古淡⁵⁰¹하여
장적학고담

장적의 시는 고풍스럽고 담담함을 배워,

軒鶴避雞羣⁵⁰²이라
헌학피계군

높이 나는 학이 닭 무리 피하는
듯하네.

阿買不識字⁵⁰³나
아매불식자

내 조카 아매는 시문은 잘 모르지만,

---

496 급여각능문(及余各能文): '급여'는 나까지, 나도. '각능문'은 모두 글을 지을 줄 알다.

497 태도(態度): 정태(情態)와 법도라는 말로, 도에 벗어나지 않는 아름다운 표현

498 애애(藹藹): 구름이 가득히 모여 있는 모양. 많고 성한 모양

499 동야동경속(東野動驚俗): 동야는 맹교(孟郊)의 자. 한유와 같은 시대 대표적인 시인 중의 한 사람. 그의 시는 난삽하여 읽기 어려운 것이 특징이다. 문집으로 『맹동야집(孟東野集)』이 있다. '동'은 걸핏하면. '경속'은 세속을 놀라게 하다.

500 천파토기분(天葩吐奇芬): '파'는 꽃. '천파'는 천화(天花)와 같은 뜻으로, 하늘의 꽃. '토기분'은 천상의 기이한 향기를 내뿜는다는 뜻

501 장적학고담(張籍學古淡): 장적은 자가 문창(文昌). 한유와 같은 시대의 중요한 시인 중 한 사람으로, 특히 악부시(樂府詩)에 뛰어났고 한유의 추천으로 국자박사(國子博士) 등의 관직을 지냈다. '학고담'은 고풍스럽고 담담한 시를 배우다.

502 헌학피계군(軒鶴避雞羣): 하늘 높이 나는 학은 닭의 무리를 피한다는 뜻으로, 장적의 시풍이 고아하다는 것을 표현한 말

503 아매불식자(阿買不識字): 아매는 한유의 조카 이름. '불식자'는 글을 모르다. '자'는 글자를 뜻하는 게 아니라 시문을 가리킨다. 시문에 관해 잘 모른다는 뜻

頗知書八分[504]이라
파 지 서 팔 분

글씨 쓰는 법만은 제법 알고 있다네.

詩成使之寫[505]하니
시 성 사 지 사

시가 되면 그에게 베끼도록 할 만하니,

亦足張吾軍[506]이라
역 족 장 오 군

또한 우리가 시 읊기에 족하다 하겠네.

所以欲得酒는
소 이 욕 득 주

내가 술을 얻으려 하는 까닭은,

爲文俟其醺[507]이라
위 문 사 기 훈

얼큰하길 기다려 글 지으려는 걸세.

酒味旣冷冽[508]하고
주 미 기 냉 렬

술맛은 이미 차고도 시원하고,

酒氣又氤氳[509]이라
주 기 우 인 온

술기운이 또 은은하게 올라오네.

性情漸浩浩[510]하니
성 정 점 호 호

본성과 감정이 점점 넓고 커지니,

諧笑方云云[511]이라
해 소 방 운 운

이야기하고 웃는 소리 좌중에
가득하네.

此誠得酒意니
차 성 득 주 의

이것이 진정 술의 참뜻 얻은 것이니,

---

504 팔분(八分): 예서(隸書)와 전서(篆書)를 절충하여 만들었다고 하는 서체의 하나. 예서에서 이
     분, 전서에서 팔분을 땄기 때문에 이렇게 이름하였다고도 하며, 혹은 그 체가 팔(八) 자처럼 글
     자의 아래쪽이 좌우로 벌어졌기 때문에 이렇게 이름하였다고도 한다.
505 사지사(使之寫): 그로 하여금 베끼도록 하다.
506 장오군(張吾軍): 우리 군진을 펼치다. 군진은 필진(筆陣)의 비유로, 시를 읊어볼 만하다는 뜻
507 위문사기훈(爲文俟其醺): '위문'은 글을 짓다. '사'는 기다리다. '훈'은 술에 얼근히 취하다. 취하
     여 흥취가 높아지길 기다려 글을 짓는다는 뜻
508 냉렬(冷冽): 차고도 시원하다.
509 인온(氤氳): 천지의 기가 서로 합하여 어리는 모양. 여기서는 취기가 올라온다는 뜻
510 성정점호호(性情漸浩浩): '성정'은 본성과 밖으로 표출되는 감정. '호호'는 넓고 큰 모양
511 해소방운운(諧笑方云云): '해소'는 재미있게 이야기하며 시끄럽게 웃다. '운운'은 왁자지껄하
     다. 재미있게 이야기하여 웃는 소리가 바야흐로 시끄러워진다는 뜻

餘外徒繽紛512이라
여 외 도 빈 분

다른 것들 모두 잡다한 것일 뿐이네.

長安衆富兒는
장 안 중 부 아

장안의 수많은 부호의 자제들은,

盤饌羅羶葷513이라
반 찬 라 전 훈

쟁반에 고기와 야채로 성찬을
벌여 놓고,

不解文字飮514하고
불 해 문 자 음

글 지으며 술 마시는 즐거움 모르고,

惟能醉紅裙515이라
유 능 취 홍 군

오직 붉은 치마 여인들에 취할 뿐이네.

雖得一餉樂516이나
수 득 일 향 락

비록 잠깐의 즐거움은 얻을 수
있겠지만,

有如聚飛蚊517이라
유 여 취 비 문

모기떼가 모여 노는 것과 다름없다네.

今我及數子518는
금 아 급 수 자

지금 이 자리의 나와 여러 손님들은,

故無蕕與薰519이라
고 무 유 여 훈

본디 악초와 향초가 섞인 게 아니라네.

---

512 여외도빈분(餘外徒繽紛): '여외'는 그 밖의 다른 일. '도'는 다만, 헛되이. '빈분'은 난잡하다, 어지러이 섞이다.

513 반찬라전훈(盤饌羅羶葷): '반찬'은 큰 접시 위의 요리. '라'는 벌여 놓다. '전'은 본래 수육에서 나는 누린내라는 뜻이나, 여기서는 육류로 만든 술안주. '훈'은 생강·파 등과 같이 매운 채소. 여기서는 강한 향기가 나는 채소를 넣어 만든 고급 야채 요리

514 불해문자음(不解文字飮): 글을 지으며 즐기는 술자리를 이해하지 못하다.

515 취홍군(醉紅裙): '홍군'은 붉은 치마. 붉은 치마 두른 여자에게 취할 뿐이라는 뜻

516 일향락(一餉樂): 짧은 동안의 즐거움. '향'은 본래 식사 시간으로, 짧은 시간을 뜻한다.

517 유여취비문(有如聚飛蚊): '취'는 모이다. '문'은 모기. 모여 날아다니는 모기떼와 같음

518 수자(數子): 술자리에 모인 장적과 맹교 등 여러 사람을 가리킨다.

519 고무유여훈(故無蕕與薰): '고'는 고(固)와 같은 뜻. 본래 '유'는 누린내가 나는 풀이었으나, 전하여 악취 또는 악인 등의 비유로 쓰인다. '훈'은 향기로운 풀. '유여훈'은 성격이나 취미, 행동 등이 판이한 사람들의 모임에 비유된다.

險語破鬼膽520이요
험 어 파 귀 담

뛰어난 의론은 귀신의 쓸개를 깨뜨리고,

高詞媲皇墳521이라
고 사 비 황 분

고상한 글귀는 태곳적 글에 견줄
만하네.

至寶不雕琢522이요
지 보 부 조 탁

지극한 보배는 깎고 다듬을 필요 없고,

神功謝鋤耘523이라
신 공 사 서 운

신묘한 일은 인위적 손질을 사양한다네.

方今向泰平하니
방 금 향 태 평

바야흐로 지금은 태평 세월로 가고
있으니,

元凱承華勛524이라
원 개 승 화 훈

많은 어진 이들이 성군을 받들고 있네.

吾徒幸無事525하니
오 도 행 무 사

우리에겐 다행히 아무 일도 없으니,

---

520 험어파귀담(險語破鬼膽): '험어'는 매우 뛰어난 의론 또는 말. 사람을 놀라게 할 뛰어난 의론은
    귀신의 쓸개를 깨뜨린다는 뜻
521 고사비황분(高詞媲皇墳): '고사'는 고상한 글귀. '비'는 짝, 배필. '황분'은 태고의 삼황(三皇) 시
    대의 책. 복희(伏羲)·신농(神農)·황제(黃帝)의 책을 『삼분(三墳)』이라 하였다.
522 지보부조탁(至寶不雕琢): '지보'는 지극한 보배. '조탁'은 보석이나 옥 같은 것에 무늬를 새기거
    나 쪼는 일. 지극히 훌륭한 보배는 깎고 다듬을 필요가 없다는 뜻
523 신공사서운(神功謝鋤耘): '신공'은 신묘한 일의 결과. '서'는 호미로 김매다. '운'은 김매다. 신묘
    한 일은 김매는 것을 사양한다는 말로, 지보나 신공과 같은 훌륭한 문장은 인위적인 공을 필요
    로 하지 않고 자연스럽게 이루어진다는 뜻
524 원개승화훈(元凱承華勛): '원개'는 고대의 현신(賢臣)인 팔원(八元)과 팔개(八凱)를 말한다.
    옛날 고양씨(高陽氏)에게는 훌륭한 아들 여덟이 있었으니, 도리에 통하였고 도량이 넓어 세상
    사람들은 그들을 팔개라고 불렀다. 고신씨(高辛氏)에게도 훌륭한 아들 여덟이 있었으니, 공손
    하고도 훌륭하여 세상 사람들은 그들을 팔원이라 불렀다. 화훈은 요임금의 호인 방훈(放勛)
    과 순임금의 호인 중화(重華)를 뜻하여, 요순과 같은 성군을 말한다. 고대의 현신 팔원(八元)·
    팔개(八凱)에 견줄 만한 어진 신하들이 요순 같은 어진 천자를 보필하여 선정을 베풀고 있다는
    뜻. 이때 당나라의 천자는 헌종(憲宗)이었다.
525 오도행무사(吾徒幸無事): 우리 무리들에게는 다행스럽게도 아무 일이 없다.

庶以窮朝曛526이라
서 이 궁 조 훈

아침부터 저녁까지 이 즐거움
바랄 뿐이네.

103. 잗다랗고 잗다란(齪齪)527

한유(韓愈)

齪齪當世士는
착 착 당 세 사

잗다랗고 잗다란 지금 세상 선비들은,

所憂在飢寒이라
소 우 재 기 한

걱정은 굶주리고 헐벗는 데만 있네.

但見賤者悲요
단 견 천 자 비

다만 천한 사람들의 슬픔만을 보고,

不聞貴者歎이라
불 문 귀 자 탄

귀한 이들 탄식 소린 듣지 못하네.

大賢事業異528하여
대 현 사 업 이

크게 어진 사람은 하는 일이 달라서,

---

526 서이궁조훈(庶以窮朝曛): '서'는 바라다. '궁'은 있는 힘을 다하여 힘쓰다. '훈'은 해가 진 뒤의 어
   슴푸레한 때, 저녁. '궁조훈'은 아침부터 저녁까지 술을 마시고 시문을 지으면서 즐기는 이러한
   일을 계속하고 싶다는 뜻
527 착착(齪齪): 악착같은 모양. 잗다랗고 잗다란 모양. 작은 일에만 소심한 모양. 염치없이 자기만
   을 생각하는 것. 『한서』「신도가전(申屠嘉傳)」에는 신도가가 죽은 이후에 귀족의 아들들이 작
   위를 세습하여 재상의 자리를 대대로 계승한 것에 대해 "그들은 모두 잗다랗고 잗다랗게 조심
   이나 하였으니, 승상으로서는 고작 자리나 지키는 정도였을 뿐이었다(齪齪廉謹, 爲丞相備員
   而已)"고 하는 내용이 있다.
   이 시는 정원(貞元) 15년 32세인 한유가 서주(徐州)에 있을 때 지은 것으로, 처음에 나오는 글
   자 두 자를 따 제목으로 삼았다. 지금 조정에 있는 벼슬아치들은 다 위축되어 있고 잗다랗고 잗
   다란 무리들이라 다만 일신의 추위와 배고픔만 걱정하고 국가의 대사(大事)를 망각하고 있으
   니 내가 무슨 일을 할 수 있겠는가 하고 한탄한 내용이다.
528 사업이(事業異): 종사하는 일이 보통 사람들과는 다르다는 뜻

遠抱非俗觀[529]이라 　　　　속세를 비난하는 원대한 포부 있다네.
원 포 비 속 관

報國心皎潔이요 　　　　　나라를 위함에 마음은 희고 깨끗하며,
보 국 심 교 결

念時涕汍瀾[530]이라 　　　　때를 생각함에 눈물만 줄줄 흐르네.
염 시 체 환 란

妖[531]姬在左右하니 　　　　아름다운 여자들이 양편에 앉아서,
요　 희 재 좌 우

柔指發哀彈[532]이라 　　　　부드러운 손가락으로 맑은 노래
유 지 발 애 탄 　　　　　　타는데,

酒肴雖日陳이나 　　　　　술과 안주가 비록 나날이 진열되어도,
주 효 수 일 진

感激寧爲歡[533]가 　　　　　마음만 격동할 뿐
감 격 녕 위 환 　　　　　　어찌 즐거워질 수 있으리.

秋陰欺[534]白日하여 　　　　가을 구름이 환한 해를 속여서,
추 음 기　 백 일

---

529 비속관(非俗觀): 속된 일반적인 생각과는 다른 관점

530 환란(汍瀾): 눈물을 줄줄 흘리는 모양. 눈물이 흥건한 모양

531 요(妖): 곱다. 아리땁다.

532 애탄(哀彈): 여기서 '애'는 슬프다는 뜻이 아니라 맑다[淸亮]는 뜻이다. 맑은 거문고 소리를 퉁겨 낸다는 뜻

533 감격녕위환(感激寧爲歡): '감격'은 어떤 느낌을 강하게 받게 되어 마음이 갑자기 격동한다는 뜻으로, 한국어에서 사용하는 의미와는 조금 다르다. 여기서는 나라와 시국을 생각하는 격한 감정을 갖는 것. 진(晉)나라 완적(阮籍)의 「속마음을 읊음(詠懷詩)」에 "마음이 격동하니 근심스런 생각이 일어나네(感激生憂思)"라는 구가 있다. '녕'은 '어찌'라는 뜻의 의문사. '위환'은 즐기는 것. '녕위환'은 어찌 즐거워질 수 있으랴.

534 추음기(秋陰欺): '추음'은 가을에 나타난 음침한 구름. '기'는 속이다, 업신여기다. '가릴 폐(蔽)' 자로 된 판본도 있으나, 일반적으로 '속일 기(欺)' 자로 쓰는 것이 더 시적인 맛이 있다. 이 구절은 현실을 이야기하기도 하고, 또 풍자를 담기도 하였는데, 흔히 '구름이 해를 가린다'는 중국의 시구는 소인들이 임금의 총명을 속인다는 비유로 많이 사용되고 있다.

泥潦不少乾535이라
이 료 불 소 건
진흙과 빗물이 조금도 마르지 않네.

河堤決東郡536하니
하 제 결 동 군
황하의 제방이 동쪽 고을에서 터지니,

老弱隨驚湍537이라
노 약 수 경 단
노약자들은 모두 급한 여울에 휩쓸렸네.

天意固有屬538하니
천 의 고 유 촉
하늘의 뜻은 정말로 목적이 있나니,

誰能詰其端539고
수 능 힐 기 단
누가 그 일을 꾸짖을 수 있으리오.

願辱太守薦540하여
원 욕 태 수 천
바라건대 욕되게 태수님의
천거를 받아,

得充諫諍官541하여
득 충 간 쟁 관
임금에게 간언하는 관리가 되어서,

排雲叫閶闔542하고
배 운 규 창 합
구름 헤치고 궁문 앞에 나가 소리치고,

---

535 이료불소건(泥潦不少乾): '이'는 진흙. '료'는 빗물. '이료'는 비 온 뒤에 물이 땅에 질퍽하게 고인
    모양, 또는 길바닥에 고인 물. '소'는 여기서 '조금도'라는 뜻

536 하제결동군(河堤決東郡): '제'는 제방으로, 제(隄)로 되어 있는 판본도 있다. '동군'은 지금의
    하남성(河南省) 활현(滑縣) 일대인데, 수(隋)나라 때는 동군이라고도 불렀다.

537 노약수경단(老弱隨驚湍): '노약'은 노인과 약자. '단'은 여울. '경단'은 급한 여울. 이상 네 구는
    세상의 일이 올바로 잘되어 가지 못하고 있음을 비유한 말

538 천의고유촉(天意固有屬): '천의'는 하늘의 뜻, 하느님의 뜻이란 의미도 있고, 또 임금님의 뜻이
    란 의미도 갖고 있는 쌍관어(雙關語)이다. '촉'은 여기서 촉(囑) 자와 통하는 뜻으로 보아 주의
    하여 본다는 뜻이나, 목적이 있다는 뜻으로 해석할 수도 있다.

539 힐기단(詰其端): '힐'은 꾸짖다. '단'은 단서. '힐기단'은 하늘이 하는 일을 꾸짖다.

540 원욕태수천(願辱太守薦): '욕'은 상대방에게 자기 자신에 관계된 일을 낮추어 말할 때 사용하
    는 겸손한 말투에 들어가는 글자로 '외람되게 잘못 받들어'라는 뜻이다. '태수'는 군의 행정 책임
    자인데 수나라 초기부터 군을 없앴으므로, 이후에는 주(州)의 자사(刺史)가 군의 태수의 직책
    을 대신하였다.

541 간쟁관(諫諍官): 임금에게 간하고 쟁하는 일을 하는 관리. 간관. 아들이나 신하가 아버지나 임
    금에게 바른 일을 권고하는 것을 '간'이라 하고, 목숨을 걸어 놓고 자기의 의견을 주장하는 것을
    '쟁'이라 한다.

披腹呈琅玕[543]이라
피 복 정 랑 간

배를 갈라 그 속의 옥돌을 바치고 싶네.

致君[544]豈無術고
치 군   기 무 술

임금님 인도함에 어찌 방법이
없을 건가,

自進誠獨難이라
자 진 성 독 난

스스로 나아감이 정말 어려울
따름일세.

104. 양강공에게 마치 술에 취한 도사와 같은 모양을 한 돌이 있는데 이로 인해 이 시를 읊음
(楊康功有石狀如醉道士爲賦此詩)[545]

소식(蘇軾)

楚山[546]固多猿하니
초 산   고 다 원

초산엔 본디부터 원숭이가 많았으니,

---

542 배운규창합(排雲叫閶闔): '배운'은 구름을 밀치고 높이 올라간다는 뜻으로, 궁중으로 나아감을 비유한 말. '창합'은 전설에 나오는 하늘의 문, 즉 천문(天門)이라는 뜻이나, 여기서는 황제가 거주하는 궁궐의 문을 비유하는 말. 궁문에서 부르짖는다는 것은 임금에게 자기의 옳은 뜻을 마음껏 다 이야기한다는 뜻

543 피복정랑간(披腹呈琅玕): '피복'은 배를 열어 놓는다는 말로, 진심을 남에게 보인다는 뜻. '낭간'은 마치 옥과 같이 아름답게 생긴 돌의 일종. 충성스런 말의 비유. 배를 갈라 그 속의 옥돌을 바친다는 것은 자기가 품고 있던 훌륭한 경륜들을 다 아뢴다는 뜻

544 치군(致君): '치'는 바르게 인도하다. '치군'은 임금님을 바른 길로 인도하다.

545 양강공유석장여취도사위부차시(楊康功有石狀如醉道士爲賦此詩): 양강공은 이름은 경략(景略)이며 양주(揚州) 자사를 지냈다. 초산에 살던 푸른 원숭이가 까불다가 신선에게 붙들려 술 취한 도사 모양의 돌이 되었다는 꾸며낸 이야기를 적었다. 맨끝 구에서 사마상여의 '자허(子虛)'·'오유 선생(烏有先生)'·'무시공(亡是公)'과 같은 가상 인물인 '무시수(亡是叟)'를 인용한 것은 이 시가 단순히 묘하게 생긴 돌을 노래한 것이 아니라 시세를 풍자했음을 말해 준다.

546 초산(楚山): 초 땅의 산, 중국 남부의 산

靑者黠⁵⁴⁷而壽라
청 자 할　이 수

파란 놈이 약고도 오래 살았다네.

化爲狂道士하여
화 위 광 도 사

그놈이 미친 도사로 변해 가지고,

山谷恣騰蹂⁵⁴⁸라
산 곡 자 등 유

산골짜기를 멋대로 뛰어다녔다네.

誤入華陽洞⁵⁴⁹하여
오 입 화 양 동

잘못하여 화양동으로 들어가서는,

竊飮茅君⁵⁵⁰酒라
절 음 모 군　주

신선 모군의 술을 훔쳐 마셨다네.

君命囚巖間하니
군 명 수 암 간

모군이 그를 바위 사이에 가두니,

巖石爲械杻⁵⁵¹라
암 석 위 계 뉴

암석이 바로 형틀이 되고 말았네.

松根絡⁵⁵²其足하고
송 근 락　기 족

솔뿌리가 그의 발을 감아 버리고,

藤蔓縛其肘⁵⁵³라
등 만 박 기 주

등나무 덩굴이 그의 팔을 얽어 버렸네.

蒼苔眯⁵⁵⁴其目이요
창 태 미　기 목

푸른 이끼는 그의 눈을 덮어 버리고,

---

547 청자할(靑者黠): 양강공이 갖고 있던 돌 빛깔이 파랗기 때문에 이렇게 표현하였다. '할'은 약다,
　　똑똑하다.
548 자등유(恣騰蹂): '자'는 방자하게, 멋대로. '등'은 뛰다. '유'는 밟다, 유린하다.
549 화양동(華陽洞): 도가(道家)에서 말하는 삼십육통천(三十六洞天)의 제8통으로, 모군(茅君)
　　이 다스리는 신선들이 산다는 이상적인 고장
550 모군(茅君): 화양동을 다스리는 신선의 이름. 『신선전(神仙傳)』에 의하면 "대모군(大茅君)의
　　이름은 영(盈), 작은 아우는 이름이 고(固), 막내 아우는 이름이 충(衷)이어서 삼모군(三茅君)
　　이라 불렀다"고 하였다.
551 계뉴(械杻): '계'는 수갑, 형틀. '뉴'는 수갑. '계뉴'는 형구(刑具)라는 뜻. '杻' 자는 형구의 뜻으로
　　쓰일 때는 '축'으로 읽어야 하나 여기서는 압운자로 쓰였으므로 '뉴'로 읽어야 한다.
552 락(絡): 얽히다, 감기다.
553 박기주(縛其肘): '박'은 얽어매다. '주'는 팔꿈치
554 미(眯): 눈을 가리다. 눈을 어지럽히다.

叢棘哽555其口라
총 극 경   기 구

가시덤불이 그의 입을 막아 버렸네.

三年化爲石하니
삼 년 화 위 석

삼 년이 되자 완전히 돌이 되어서,

堅瘦敵瓊玖556라
견 수 적 경 구

단단하고 깡마르기 옥돌과 같았다네.

無復號雲聲557이요
무 부 호 운 성

다시는 높이 소리치지 못하게 되었고,

空餘舞杯手558라
공 여 무 배 수

헛되이 잔 들고 춤추는 손만 남았네.

樵夫見之笑하고
초 부 견 지 소

나무꾼이 그것을 보고 웃으면서,

抱賣559易升斗라
포 매   역 승 두

가져다 곡식 몇 되로 팔아 버렸다네.

楊公海中仙이니
양 공 해 중 선

양강공은 바닷속의 신선이었으니,

世俗焉得友오
세 속 언 득 우

속세에서 어찌 벗을 얻을 수 있었으리.

海邊逢姑射560하니
해 변 봉 고 야

우연히 바닷가에서 신선을 만났으니,

一笑微俛首561라
일 소 미 면 수

한 번 웃으며 고개를 약간 굽혔네.

胡不載之歸하고
호 부 재 지 귀

어찌 그분을 싣고 돌아오지 않으리,

---

555 총극경(叢棘哽): '총'은 떨기나무. '극'은 가시나무. '경'은 목이 막히다.
556 수적경구(瘦敵瓊玖): '수'는 여위다, 파리하다. '경'은 붉은 옥돌. '구'는 검은 옥돌
557 호운성(號雲聲): 구름 위로 높이 부르짖는 소리로, 원숭이의 부르짖음을 뜻한다.
558 무배수(舞杯手): 잔을 들고 춤추는 손. 취한 도사 모양의 돌로 화한 것을 형용한 말
559 포매(抱賣): 가져다 팔다.
560 고야(姑射): 『장자』「소요유(逍遙遊)」에 "먼 고야산(姑射山)에 신인(神人)이 살고 있었는데 살
      갗은 빙설과 같고 아름답기 처녀 같았다"고 하였다. 여기서는 고야산에 살던 신인 같은 신선(神
      仙)을 뜻하며, 이 취도사란 돌을 소유한 사람이 됨
561 미면수(微俛首): '미'는 약간. '면'은 몸을 굽히다. '면수'는 고개를 숙이다.

用此頑且醜⁵⁶²오
용 차 완 차 추

이런 일에 완고하고 추하게 행동하리.

求詩紀其異하니
구 시 기 기 이

시를 지어 그 기이함을 써 달라기에

本末得細剖라
본 말 득 세 부

일의 본말을 자세히 파헤쳐 보았네.

吾言豈妄云고
오 언 기 망 운

나의 말이 어찌 망령되었다 하리오?

得之亡是叟⁵⁶³라
득 지 무 시 수

이 세상에 없는 노인에게 들은 것인데.

---

562 용차완차추(用此頑且醜): '용차'는 이차(以此)와 같은 뜻으로, '이런 일을 가지고' 또는 '이런 일에'라는 뜻. '완차추'는 완고하고도 추하게 행동하다.

563 무시수(亡是叟): 글자 그대로는 '이런 것이 없는 늙은이'라는 뜻인데, 이 세상에 실제로 있지 않는 노인을 가상하여 설정한 것이다. 사마상여의 「자허부(子虛賦)」에서의 자허(子虛: 빈 사람, 즉 없는 사람)·오유 선생(烏有先生: '오유'는 '어찌 있는가'란 뜻으로 없다는 말)·「상림부(上林賦)」의 무시공(亡是公: 이런 사람은 없다는 뜻)과 같은 뜻으로 썼다. 여기서 '亡'자는 '무'로 읽는다.

칠언고풍 단편
七言古風短篇

칠언고시는 한 무제(武帝)가 백량대(柏梁臺)에서 신하들과 어울려
한 사람이 한 줄씩 적어 내려간 「백량대 연구(聯句)」에서
비롯된 것이라 하는데, 옛날 초사 계통의 가요에도 칠언구가 보인다.
소리가 길고 글자가 많아 자유롭게 시구를 수식할 수 있는 것이
이 시형의 특징이다. 육조의 제·양 이후부터 악부(樂府: 가요곡)에
칠언의 고시가 많이 쓰이게 되었고, 특히 당대에 많은 장편이 지어져
종래의 사부(辭賦)를 대신하는 지위에까지 이르렀다.
당의 율시나 절구 등 근체시가 평측을 중히 여긴 것과는 달리
법식이 자유로워, 서사시나 이야기를 서술하듯
자신의 감정을 읊는 서정시에는 자주 이 시형이 사용되었다.
이 칠언고풍 단편에는 4구·6구·8구 및 그 이상 20여 구에 이르는 시들이
수록되어 있는데, 그중에는 절구나 율시와 같은 근체시도 섞여 있다.

105. 아미산의 달 노래(峨眉山月歌)¹

峨眉山月半輪秋²에
아 미 산 월 반 륜 추

아미산의 반달이
가을 밤하늘에 떠 있는데,

影入平羌³江水流라
영 입 평 강 강 수 류

달그림자 평강강에 어리어
강물 따라 흘러가네.

夜發三溪向三峽⁴하니
야 발 삼 계 향 삼 협

밤에 삼계를 떠나
삼협으로 향하노니,

思君⁵不見下渝州⁶라
사 군 불 견 하 유 주

그대 그리면서도 보지 못하고
유주로 내려가노라.

---

1 아미산월가(峨眉山月歌): '아미산'은 아미산(峨嵋山)이라고도 하며, 사천성(四川省) 아미현에
있는 명산. 두 봉우리가 마주 보고 솟아 있는 것이 마치 나방의 촉수 같다 하여 이렇게 부른다. 아
미는 미인의 초승달 같은 눈썹, 또는 미인을 가리키는 말로도 쓰인다. 불가에서는 광명산(光明
山), 도가에서는 허령통천(虛靈洞天) 또는 영릉태묘천(靈陵太妙天)이라고 부른다.
   이 시는 인구에 회자되는 칠언절구의 명편이다. 아미산 반달과의 이별을 아쉬워하며 유주로 물
길 따라 내려가는 감회를 읊은 시이다. 불과 스물여덟 자밖에 안 되는 칠언절구에 '아미산'·'평강
강'·'삼계'·'삼협'·'유주'와 같은 다섯 개의 고유 명사가 열두 글자나 들어 있으면서도, 그것들을 하나하
나가 시운과 시의 이미지를 손상시키기는커녕 시를 더욱 아름답게 하고 있다.
2 반륜추(半輪秋): 반원형의 달이 맑은 가을 하늘에 떠 있다. '반륜'은 반원의 뜻
3 영입평강(影入平羌): '영'은 월영으로 달그림자. '평강'은 사천성(四川省) 아안현(雅安縣) 북쪽에
서부터 흘러 나와 대도하(大渡河)와 합쳐지는 강 이름으로, 제갈공명(諸葛孔明)이 여기서 강족
(羌族)을 무찔렀다고 하여 평강강이라 부르게 되었다고 한다.
4 야발삼계향삼협(夜發三溪向三峽): '야발'은 밤에 떠나다, 출발하다. '삼계'는 사천성 성도부(成
都府) 자주(資州)의 내강(內江)현 동북쪽 80리 되는 곳에 있는 마을. 삼(三) 자가 청(靑) 자로 되
어 있는 판본도 있다. '삼협'은 물살이 너무 거세어 주행이 어렵다는 양자강 상류와 중류 사이에 있
는 세 협곡으로, 구당협(瞿塘峽)·무협(巫峽)·서릉협(西陵峽) 등으로 칭하기도 하지만, 그 명칭에
관해서는 여러 가지 설이 있다.

106. 산속에서 속인들에게 답하다(山中答俗人)[7]

이백(李白)

問余何事栖[8]碧山고
_{문 여 하 사 서 벽 산}

나에게 묻기를 무슨 일로
푸른 산에 사느냐기에,

笑而不答心自閑[9]이라
_{소 이 부 답 심 자 한}

웃으며 대답하지 않았으나
마음 절로 한가롭네.

桃花流水杳然去[10]하니
_{도 화 류 수 묘 연 거}

복숭아꽃 흐르는 물 따라
아득하게 흘러가니,

別有天地非人間[11]이라
_{별 유 천 지 비 인 간}

이곳은 별천지이지
인간 세상 아니라네.

5　사군(思君): 그대를 생각하다. '군'은 어떤 이별한 사람을 가리킨다.

6　유주(渝州): 지금의 사천성 중경(重慶)

7　산중답속인(山中答俗人): 『이태백시집(李太白詩集)』에는 제목이 「산중문답(山中問答)」으로 되어 있다. 자문자답 형식을 빌려 산중에서 그윽하게 사는 즐거움을 읊고 있다.

8　서(栖): 살다, 머물다. 서(棲)와 같은 자

9　심자한(心自閑): 마음이 절로 한가로워지다.

10　도화류수묘연거(桃花流水杳然去): '도화류수'는 복숭아꽃이 물에 떨어져 물과 함께 흘러간다는 뜻으로, 도연명(陶淵明)의 「도화원기(桃花源記)」에 나오는 이상향을 암시한다. '묘연거'는 완연거(宛然去)로 되어 있는 판본도 있다. 묘연거는 아득히 흘러가는 모양을 형용한 말이며, 완연은 의연과 같은 의미로 전과 다름없다는 뜻

11　비인간(非人間): '인간'은 사람들이 사는 세상, 속세. 인간 세상이 아니라는 뜻

107. 산속에서 대작하다(山中對酌)[12]

이백(李白)

兩人對酌山花開하니
양 인 대 작 산 화 개

둘이 앉아 술 마시는데
산에 꽃들 활짝 피어,

一盃一盃復一盃라
일 배 일 배 부 일 배

한 잔 한 잔
또 한 잔 주고받네.

我醉欲眠君且去[13]하고
아 취 욕 면 군 차 거

나는 취해 자고 싶으니
그대 일단 돌아갔다가,

明朝有意[14]抱琴來하라
명 조 유 의 포 금 래

내일 아침 생각나거든
거문고 안고 다시 오게나.

---

12 산중대작(山中對酌): 앞의 시 번호 106과 비슷한 생각을 담은 시로, 산중에 사는 사람이 자신을 찾아온 친구를 맞아 술을 마시며 즐겁게 살아가는 것을 읊고 있다. 여기서 친구란 속세를 떠나 은거하는 사람을 가리킨다.

13 아취욕면군차거(我醉欲眠君且去): 나는 취하여 잠을 자고 싶으니 그대는 일단 돌아가라는 뜻. '차'는 잠시, 일단. '군'이 경(卿)으로 되어 있는 판본도 있다. 도연명의 「오류선생 자전(五柳先生傳)」에서 "혹시 술자리를 마련하여 그를 초대하면, 가서는 언제나 다 마셔 버려 반드시 취하기를 바라고, 이미 취해 물러가니 떠나고 머무름에 거리낌이 없었다(或置酒招之. 造飮輒盡 旣在必醉. 旣醉而退. 曾不吝情去留)"고 한 것과 같은 심경을 말한 것으로, 솔직 담박한 이백의 성품이 잘 나타나 있다.

14 유의(有意): 뜻이 있거든. 여기서 뜻이란 술 마시며 즐거이 노는 것을 가리킨다.

108. 봄날의 꿈(春夢)[15]

잠삼(岑參)[16]

洞房[17]昨夜春風起하니
동 방   작 야 춘 풍 기

지난밤 깊은 신혼방에
봄바람 불어오니,

遙憶美人[18]湘江[19]水라
요 억 미 인   상 강   수

그대 생각하는 마음
멀리 상강까지 미치네.

枕上片時[20]春夢中에
침 상 편 시   춘 몽 중

베개 베고 잠시 꾸는
봄날의 꿈속에서,

行盡江南[21]數千里라
행 진 강 남   수 천 리

강남의 수천 리 땅을
모두 다 돌아다녔네.

---

15 춘몽(春夢): 봄날 꿈속에서 남방 수천 리 밖에 있는 그리운 사람을 찾아간 것을 읊고 있다.

16 잠삼(岑參: 715~770): 성당 때의 시인으로, 두보와 같은 시대 인물. 남양(南陽) 사람으로 어릴 때는 빈한하게 자랐으나, 학문에 힘써 천보(天寶) 3년 진사에 급제한 후에는 여러 관직을 두루 역임하였다. 대종(代宗) 때 가주자사(嘉州刺史)를 지냈기에 잠가주라 칭하기도 한다. 고적(高適)과 함께 문장으로 유명하여 고잠이라 병칭되었다. 서역의 군중(軍中)에 십여 년 있으면서, 전쟁의 고통이나 이별의 쓰라림 등 비장한 분위기가 감도는 변새시(邊塞詩)를 많이 지었다. 문집에 『잠가주집(岑嘉州集)』 19권이 있다.

17 동방(洞房): 그윽하고 깊은 방. '동'은 심(深)과 같은 뜻. 후세엔 화촉동방(華燭洞房)이라 하여 주로 신혼의 방을 가리킨다.

18 미인(美人): 미인, 아름다운 사람. 임을 가리킨다. 여기서는 상수(湘水)의 신(神)인 상군(湘君)을 비유한 말인 듯하나, 누구를 가리키는지는 정확히 알 수 없다. 일반적으로 여성을 말하지만, 남성을 가리키는 경우도 적지 않다. 아름다운 덕을 지닌 사람이란 뜻으로, 현자를 가리키기도 한다.

19 상강(湘江): 상수. 광서성(廣西省) 계림(桂林) 부근에서 발원하여 북으로 흘러 호남성(湖南省)에 들어가 형주(衡州) 등지를 지나 동정호(洞庭湖)에 이르는 강 이름

20 편시(片時): 잠시

21 강남(江南): 임이 가는 장강 이남 지역. 여기서는 상강의 남쪽

109. 소년행(少年行)²²

왕유(王維)

新豐²³美酒斗十千²⁴이요
신 풍 미 주 두 십 천

신풍 땅의 좋은 술은
한 말에 만 전이나 하고,

咸陽遊俠²⁵多少年이라
함 양 유 협 다 소 년

함양의 유협 중에는
젊은이들이 많이 있네.

相逢意氣²⁶爲君飮이니
상 봉 의 기 위 군 음

서로 만나면 의기 높여
상대 위해 술을 마시느라,

---

22 소년행(少年行): 『악부시집(樂府詩集)』 권 66 잡곡가사(雜曲歌辭)에 들어 있는 악부시 제목의
하나로, 「결객소년장행(結客少年場行)」·「소년자(少年子)」·「소년락(少年樂)」 등과 함께 호협한
젊은이의 의기를 세상에 자랑하는 가곡. 당대에 들어 많이 지어졌는데, 이백·두보·왕유를 위시
한 많은 시인들이 같은 시제의 작품을 지었다.
이 시는 『왕우승집(王右丞集)』 권 1에 실려 있는 네 수의 「소년행」 가운데 첫 번째 것으로, 당시
장안 젊은이들의 생활의 일면을 아름답게 묘사한 작품이다. 예로부터 유협(遊俠)은 함양의 젊
은이들이 중히 여기던 것으로, 장안의 화려한 풍물 중의 하나라고 한다. 전시의 용사나 변경의
맹장들 가운데에는 이들 출신이 많았으며, 평상시에 이들은 강한 자를 꺾고 약한 자를 도와주며
절조와 의기를 지켰다. 따라서 왕유가 지은 다른 세 편은 국경의 전장에서 무위를 떨치는 용장을
읊은 것이다.
23 신풍(新豐): 섬서성(陝西省) 임동현(臨潼縣) 동쪽에 있었던 현 이름. 한나라 고조(高祖)가 도
읍을 장안(長安)으로 정했을 때 태상황(太上皇)인 그의 아버지가 고향인 강소성(江蘇省) 패현
(沛縣)의 풍읍(豐邑)으로 돌아가고 싶어 했으므로, 고조는 장안 근처에 새로이 풍읍과 비슷한
고을을 만들고 신풍이라 부르도록 했다. 이곳은 후에 미주(美酒)의 산지가 됐다.
24 두십천(斗十千): 술 한 말에 일만 전. '두'는 술 말. '천'은 돈을 꿴 꾸러미로, 천 문은 일 관. 문은
네모진 구멍이 있는 엽전, 또는 돈을 세는 수사
25 함양유협(咸陽遊俠): '함양'은 진나라 고도(古都)이나, 여기서는 당나라 장안을 가리킨다. '유
협'은 호협한 기상을 지니고 노는 것. 또는 직업 없이 놀면서 협 있는 사람
26 의기(意氣): 기개, 원기. 감정에 치우쳐 행동하는 것을 말하는 경우도 있다.

繫馬高樓垂柳邊²⁷이라
계 마 고 루 수 류 변

높은 누각 수양버들 옆에.
말고삐를 매어 두네

110. 은자를 찾아갔으나 만나지 못함(尋隱者不遇)²⁸

위야(魏野)²⁹

尋眞悞入蓬萊島³⁰하니
심 진 오 입 봉 래 도

신선 찾아 잘못하여
봉래도에 들어갔더니,

香風不動松花老³¹라
향 풍 부 동 송 화 로

바람 없는데 향기 그윽하고
소나무 꽃가루 날리네.

採芝³²何處未歸來오
채 지 하 처 미 귀 래

지초 캐러 어디 갔기에
아직 돌아오지 않는가?

---

27 계마고루수류변(繫馬高樓垂柳邊): '계마'는 말고삐를 매다. '고루'는 주연이 벌어지는 높은 누
    각. '수류변'은 수양버들 주위에

28 심은자불우(尋隱者不遇): 오언고풍 단편에 실린 시 번호 12 가도(賈島)의 「도사를 찾아갔으나
    만나지 못함(訪道者不遇)」과 거의 같은 취지의 시이다. 가도의 작품이 고담한 풍취를 지니고 있
    는 것에 비해, 이 시는 약간 기교적인 면에 치우친 감이 있다.

29 위야(魏野: 960~1019): 자는 중선(仲先), 호는 초당거사(草堂居士)라고 한다. 북송 때의 은일
    시인(隱逸詩人)으로 평생을 거문고와 벗하며 벼슬을 하지 않고 살았다. 그는 온갖 정성을 쏟아
    부어 시를 지었으며 속기(俗氣)가 없는 것이 특징이다.

30 심진오입봉래도(尋眞悞入蓬萊島): '심진'은 진인을 찾아가다. '진'은 진인, 선인. '오'는 오(誤)와
    같은 자. '봉래도'는 방장산(方丈山)·영주산(瀛州山)과 함께 발해에 있다고 하는 삼신산(三神
    山) 중의 하나. 진시황과 한 무제 등이 불로불사약을 구하려 했던 곳

31 향풍부동송화로(香風不動松花老): '향풍부동'은 바람도 없는데 향기가 은은하게 풍기다. '송화
    로'는 송홧가루가 날리다.

32 채지(採芝): '지'는 지초(芝草)로 모균류에 속하는 버섯의 한 가지. 도가에서는 불로장생의 영초

白雲滿地無人掃라
백 운 만 지 무 인 소

흰 구름 땅에 가득한데
아무도 쓰는 사람 없네.

111. 보허사(步虛詞)[33]

고변(高騈)[34]

靑溪道士[35]人不識하나
청 계 도 사   인 불 식

청계산의 도사를
세상에선 알지 못하나,

上天下天鶴一隻[36]이라
상 천 하 천 학 일 척

그는 하늘 위아래를
학을 타고 다닌다네.

라 하여 중히 여겼다. '채지'는 지초를 캐다.

33 보허사(步虛詞): 『악부시집』 잡곡가사에 속하는 시제의 하나로, 도가(道家)의 곡이라 할 수 있다. 『삼체시(三體詩)』에 실린 이 시의 제목 주에는 『이원(異苑)』을 인용하여 "진사왕[陳思王: 조식]이 어산(漁山)에서 노는데, 갑자기 하늘에서 경을 외는 소리가 들렸다. 음을 아는 사람으로 하여금 그것을 기록하게 하고, 신선의 소리라 하였다. 도사가 그것을 본떠 보허사를 지었는데, 보허사는 이에서 비롯되었다"고 하였다.
이 시에는 신선의 세계를 동경하는 작자의 마음이 잘 그려져 있다. 당대에는 고변뿐만 아니라 이백·하지장과 같은 일류 시인들이 신선이 되길 꿈꾸며 입산하여 도를 닦기도 하였다.

34 고변(高騈: 821~887): 자는 천리(千里). 당 희종(僖宗) 때의 장군으로 황소(黃巢)의 반란을 진압하는 등 이전부터 많은 공을 세웠으나, 후에 당나라가 쇠퇴해 감을 보고 나랏일에 힘쓸 뜻이 없어 인간사를 버리고 신선술에 빠졌다. 그러나 역모를 꾀하였다는 혐의를 받고 사형되었다. 신라의 최치원(崔致遠)이 그의 막료로 있으면서, 황소를 토벌하는 격문을 쓴 일은 유명하다.

35 청계도사(靑溪道士): '청계'는 신선이 사는 산 이름. 『형주기(荊州記)』에 "임저현(臨沮縣)에 청계산이 있고, 그 산 동쪽에 샘이 있으며, 샘 옆에 도사의 정사(精舍)가 있다"고 하였다. '도사'는 선도를 배우는 사람

36 학일척(鶴一隻): 학 한 마리. 도사가 학을 타고 다니므로 이렇게 표현하였다.

洞門深鎖碧窓寒[37]하니
동 문 심 쇄 벽 창 한

동굴 문은 굳게 닫혀
푸른 창에 찬바람 이는데,

滴露研朱點周易[38]이라
적 로 연 주 점 주 역

이슬로 붉은 먹을 갈아
『주역』에 방점을 찍고 있네.

112. 열 그루의 대나무(十竹)[39]

승 청순(僧淸順)[40]

城中寸土如寸金하니
성 중 촌 토 여 촌 금

성 안의 한 치 땅은
한 치 금과도 같으니,

幽軒種竹[41]只十箇라
유 헌 종 죽   지 십 개

깊고 그윽한 은사의 처소에
대나무 열 그루를 심었네.

---

37 동문심쇄벽창한(洞門深鎖碧窓寒): '동문'은 도사가 사는 동굴의 문. '쇄'는 자물쇠로 잠그다.
    '벽창'은 푸른 창. 동굴에서 밖을 보면 푸른 바위만 보이므로, 벽창이라 하였다.
38 적로연주점주역(滴露研朱點周易): '적로'는 방울져 떨어지는 이슬. '연주'는 붉은 먹을 갈다. '점
    주역'은 『주역』을 읽으며 중요한 곳에 둥근 점을 찍다.
39 십죽(十竹): 이 시는 북송의 스님 혜홍(惠洪)이 지은 『냉재야화(冷齋夜話)』에 실려 있다. 오언
    고풍 단편에 나온 시 번호 61 소식의 「녹균헌(綠筠軒)」에서도 보았듯, 대나무를 심어 즐기는 것
    은 절조를 중히 여긴 옛사람들의 풍류였다. 넓은 땅을 구하기 어려운 도시에서 대나무를 열 대나
    심고 살 수 있다는 것은 그런 대로 풍취 있는 생활이다. 그런데 대나무가 마구 번식하여 섬돌 앞
    푸른 이끼를 망가뜨릴까 걱정된다고 익살을 섞은 시이다.
40 승 청순(僧淸順: 1090년 전후): 자는 이연(怡然). 송나라 때 서호(西湖)에 살았던 중으로, 북송
    의 왕안석이 그의 시를 인정하였으며, 소동파도 만년에 그와 교유하였다.
41 유헌종죽(幽軒種竹): '유헌'은 깊고 그윽한 곳에 숨어 사는 은사의 집. '헌'은 집 또는 처마. '종죽'
    은 대나무를 심다. 군자의 거소에 풍류를 더하기 위해 대나무를 심는다는 뜻

春風愼勿長兒孫[42]하여
춘 풍 신 물 장 아 손

봄바람아 조심하여라
죽순을 자라게 하여,

穿我階前綠苔破[43]라
천 아 계 전 록 태 파

내 섬돌 앞 푸른 이끼
뚫어서 망치지 않도록.

113. 삼유동에 노닐며(遊三遊洞)[44]

소식(蘇軾)

凍雨霏霏[45]半成雪하니
동 우 비 비   반 성 설

진눈깨비 부슬부슬
반은 눈 되어 내리는데,

遊人屨冷蒼崖滑[46]이라
유 인 구 랭 창 애 활

노니는 사람의 신발은 차고
푸른 벼랑은 미끄럽네.

---

42 장아손(長兒孫): '장'은 기르다. '아손'은 죽순을 가리킨다.

43 천아계전록태파(穿我階前綠苔破): '천'은 뚫다. '계'는 섬돌, 계단. '록태'는 푸른 이끼

44 유삼유동(遊三遊洞): '삼유동'은 호북(湖北) 형주부(荊州府) 이릉주(夷陵州)의 서북 25리 되
는 곳에 있다. 당나라의 백낙천(白樂天)과 그의 아우 행간(行簡), 그리고 원진(元稹)이 그곳에
서 놀면서 『삼유동기(三遊洞記)』를 지어 석벽에 새겼다. 이로 인해 후세 사람들은 그곳을 삼유
동이라 불렀다. 송나라의 소식(蘇軾)과 그의 아우 철(轍), 아버지 소순(蘇洵) 세 사람도 그곳에
서 놀았다.
『동파시집(東坡詩集)』 권 1에는 이 시 다음에 "동(洞)에서 놀던 날 역참의 관리가 찾아와 시를
지어 달라고 졸랐다. 세 편의 절구를 이미 동의 석벽에 남긴 터였다. 다음 날 협주(峽州)에 도착
했다. 협주의 관리가 또 찾아왔는데, 흡족하게 생각하는 것 같지 않아, 다시 이 시를 지어 그에게
주었다"는 긴 제목의 시 한 수가 더 실려 있다.

45 동우비비(凍雨霏霏): '동우'는 눈이 녹아 비와 섞여서 내리는 눈, 진눈깨비. '비비'는 비나 눈이
부슬부슬 오는 모양

不辭携被⁴⁷巖底眠하니
불 사 휴 피 암 저 면

기꺼이 이불 안고 가서
바위 밑에서 자려고 하니,

洞口雲深夜無月이라
동 구 운 심 야 무 월

동굴 어귀에 구름 짙어
밤에 달을 볼 수 없다네.

114. 양양 길에서 한식을 만나다(襄陽路逢寒食)⁴⁸

장열(張說)⁴⁹

去年寒食洞庭波러니
거 년 한 식 동 정 파

지난해 한식날은
동정호 물 위에서 보냈는데,

今年寒食襄陽路라
금 년 한 식 양 양 로

올해는 한식날을
양양 길에서 보내는구나.

---

46 유인구랭창애활(遊人屨冷蒼崖滑): '유인'은 노니는 사람으로, 소동파 자신을 가리킨다. '구랭'
   은 신발이 차갑다. '구'는 지금의 슬리퍼처럼 뒷굽이 없는 신발. '창애'는 바위에 이끼가 끼어 푸른
   벼랑. '활'은 미끄럽다.

47 불사휴피(不辭携被): '불사'는 사양하지 않다, 기꺼이 하다. '휴'는 휴대하다, 가지고 가다. '피'는
   이불. '기꺼이 이불을 가지고 가 ~할 만하다'는 뜻

48 양양로봉한식(襄陽路逢寒食): '양양'은 호북(湖北)성 한수(漢水) 굽이에 있는 현 이름. '한식'
   은 동지 뒤 105일째 되는 날. 이날부터 사흘 동안 불을 사용하지 않고 찬 음식을 먹는 풍습이 있
   으므로 한식이라 한다.
   초봄의 절기를 객지에서 보내는 감상을 적은 시이다.

49 장열(張說: 667~730): 자는 도제(道濟) 혹은 열지(說之), 시호는 문정(文貞). 낙양(洛陽) 사람.
   개원(開元) 연간의 명재상으로, 조정의 중요한 글들은 모두 그의 손을 거쳤으므로 당시 사람들
   은 그를 대수필(大手筆)이라 칭하였다. 여러 번 귀양살이를 한 이후로 시가 더욱 처완(凄婉)하
   고 감동적이었다고 한다.

不辭著處⁵⁰尋山水하니
불 사 착 처 심 산 수

갈 곳은 아랑곳없이
산수만을 찾아다니니,

祗畏還家落春暮⁵¹라
지 외 환 가 락 춘 모

다만 돌아가는 날이
봄 다 가버린 뒤 될까 걱정되네.

115. 고기잡이 노인(漁翁)⁵²

유종원(柳宗元)

漁翁夜傍西巖宿⁵³하고
어 옹 야 방 서 암 숙

늙은 어부 밤이 되자
서쪽 바위에 배 대어 묵고,

曉汲淸湘燃楚竹⁵⁴이라
효 급 청 상 연 초 죽

새벽에 맑은 상수 길어
초 땅의 대나무로 밥을 짓네.

---

50 착처(著處): 도착할 곳, 갈 곳
51 낙춘모(落春暮): 늦봄에 떨어진다는 말로, 봄이 다 가 버린 뒤라는 뜻
52 어옹(漁翁): 이 시처럼 칠언고시이면서 여섯 구절로 된 것은 본서에 다섯 편 수록되어 있다. 칠언
   육구의 율시는 매우 드물어 대체로 고시로 보면 되지만, 압운과 평측을 지킨 삼운 육구격의 시는
   근체시로 보아야 한다. 참고로 삼운(三韻: 압운자를 세 번 닮) 육구로 된 것을 '삼운' 또는 '육구격
   (六句格)'이라고 부른다.
   이 시는 자연 묘사에 뛰어난 걸작이다. 상쾌한 여름날 아침 시시각각으로 변화하는 상수의 풍경
   을 묘사하고 있다. 한순간도 가만히 있지 않고 계속 변화하는 풍경을 묘사했는데도, 시의 전체
   적인 인상은 더없이 정적이다.
53 야방서암숙(夜傍西巖宿): '야방'은 밤이 가까워진 저녁때를 가리킨다. '서암숙'은 서쪽 바위에
   배를 대고 묵다.
54 효급청상연초죽(曉汲淸湘燃楚竹): '효'는 새벽. '급'은 물을 긷다. '청상'은 맑은 상수의 물. 상수
   는 호남성(湖南省)에 있는 강 이름으로, 광동성(廣東省) 계림(桂林) 부근에서 발원하여 북으로
   호남성에 흘러들어 형주(荊州) 등지를 지나 동정호(洞庭湖)에 이름. '연'은 사르다, 불을 때다.

煙消⁵⁵日出不見人하고
연소 일출불견인

연기 사라지고 해가 뜨자
사람은 보이지 않고,

欸乃⁵⁶一聲山水綠이라
애내 일성산수록

뱃노래 한 가락만
푸른 산과 물에 떠도네.

回看天際⁵⁷下中流하니
회간천제 하중류

하늘 끝 돌아보며
강 가운데로 내려가니,

巖上無心雲相逐⁵⁸이라
암상무심운상축

바위 위엔 무심한 구름만이
다투듯 흘러가네.

116. 금릉의 술집에서 남겨 두고 떠남(金陵酒肆留別)⁵⁹

이백(李白)

風吹⁶⁰柳花滿店香⁶¹하고
풍취 류화만점향

바람이 버들꽃에 불어
가게 안이 온통 향기롭고,

여기서는 밥을 짓는다는 뜻. '초죽'은 남쪽 초 땅의 대나무

55 연소(煙消): '연'은 연기, 또는 먼지·구름·안개 등이 자욱이 피어오르는 기운. 밥 짓는 연기로 볼
    수도 있음. '소'는 사라지다. '연소'는 연기 또는 안개가 사라지다.

56 애내(欸乃): 뱃노래. 일설에는 노 젓는 소리

57 천제(天際): 하늘가. 하늘의 끝

58 무심운상축(無心雲相逐): '무심'은 허무·무위·자연의 도를 상징하는 것으로, 도연명의 「돌아가
    리(歸去來辭)」에 나오는 "구름은 무심히 산봉우리에서 나온다(雲無心以出岫)"에 근거한 말이
    다. '운상축'은 구름이 연이어 흘러간다는 뜻

59 금릉주사유별(金陵酒肆留別): 이백이 남경의 주점에서 술자리를 마련하고, 자기를 송별하러
    온 사람들에게 이 시를 지어 주었다. 떠나는 사람이 남아 있는 사람에게 작별을 고하는 것을 '유

吳姬壓酒[62]喚客嘗이라
오 희 압 주   환 객 상

오나라 미희는 술을 걸러
손님 불러 맛보라 하네.

金陵子弟來相送하여
금 릉 자 제 래 상 송

금릉의 젊은이들
나를 전송하러 나와서는,

欲行不行各盡觴[63]이라
욕 행 불 행 각 진 상

가려다 차마 가지 못하고
모두들 술잔을 비우네.

請君試問東流水[64]하라
청 군 시 문 동 류 수

그대들이여 물어보게나
동으로 흐르는 강물에게,

別意與之[65]誰短長가
별 의 여 지   수 단 장

이별하는 마음과 강물 중에
어느 쪽이 더 긴지를.

별'이라 한다. '금릉'은 남경(南京)의 옛날 이름이고, '주사'는 술집이다.

60 풍취(風吹): 바람이 불다. 『이태백집(李太白集)』에는 백문(白門)으로 되어 있다.

61 만점향(滿店香): 가게 안이 향기로 가득하다.

62 오희압주(吳姬壓酒): 오 땅의 미인. 오·월(越) 지방은 예로부터 미인이 많기로 유명하다. '압주' 는 술을 눌러 짜서 거르다.

63 욕행불행각진상(欲行不行各盡觴): '욕행불행'은 가려고 하다 가지 못하다. '진상'은 술을 마셔 잔을 비우다.

64 동류수(東流水): 동쪽으로 흐르는 물. 장강을 가리킨다.

65 여지(與之): '여'는 비교하여. '지'는 동쪽으로 흐르는 강물을 가리키는 대명사

117. 변경을 생각함(思邊)⁶⁶

이백(李白)

去歲⁶⁷何時君別妾고
거 세   하 시 군 별 첩

지난해 어느 때에
당신께서 저와 이별하였나요?

南園綠草飛蝴蹀⁶⁸이라
남 원 록 초 비 호 접

남쪽 동산 푸른 풀 사이로
나비들이 날고 있었지요.

今歲何時妾憶君고
금 세 하 시 첩 억 군

올해 지금은 어느 때에
제가 당신을 그리워하는가요.

西山白雪暗秦雲⁶⁹이라
서 산 백 설 암 진 운

서산에는 흰 눈 내리고
진의 하늘은 어둡게 구름 덮였소.

玉關⁷⁰此去三千里니
옥 관   차 거 삼 천 리

임 계신 옥문관은 여기서
삼천 리 밖에 있으니,

欲寄音書那得聞⁷¹고
욕 기 음 서 나 득 문

편지를 부치고 싶어도
어찌 전해질 수 있으리오?

---

66 사변(思邊): 제목이 「춘원(春怨: 봄날을 원망함)」으로 된 판본도 있다. '사변'이란 변경을 생각한
    다는 뜻으로, 이 시는 집에 있는 아내가 변방에 있는 남편을 그리워하는 마음을 읊은 노래이다.
67 거세(去歲): 지난해. 남편이 변경으로 떠난 해를 말한다.
68 호접(蝴蹀): 나비
69 진운(秦雲): 진(秦)나라의 하늘을 가린 구름
70 옥관(玉關): 옥문관(玉門關)으로 감숙성(甘肅省) 돈황현(燉煌縣) 서쪽에 있는 서역으로 통하
    는 관문. 장안으로부터 3,600리 떨어진 곳으로, 남편이 가 있는 곳이다.
71 음서나득문(音書那得聞): '음서'는 음신(音信), 편지. '나득문'은 어찌 들릴 수 있겠는가? '문'은
    상대방에게 전해지다. 편지가 남편에게 전해지지 않을 것이라는 뜻

118. 오야제(烏夜啼)[72]

이백(李白)

黃雲[73]城邊烏欲棲하니
황 운 성 변 오 욕 서

누런 구름 낀 성 가에
까마귀들 깃들이려고,

歸飛啞啞[74]枝上啼라
귀 비 아 아 지 상 제

날아 돌아와 까악까악
가지 위에서 울고 있네.

機中織錦秦川女[75]는
기 중 직 금 진 천 녀

베틀에서 비단 짜는
임 생각에 잠긴 진천녀는,

碧紗如煙隔窓語라
벽 사 여 연 격 창 어

연기 같은 벽사창 너머로
정든 목소리 들리는 듯하네.

---

72 오야제(烏夜啼): 악부시 청상곡(淸商曲)에 속하는 제명으로, 까마귀가 밤에 운다는 뜻. 원래 까마귀는 길조(吉兆)를 뜻하였으나, 암수가 떨어져 살게 되면 밤마다 서로를 그리워하며 운다고 하여 임을 그리는 상사곡(相思曲)에 많이 등장하였다.
이 시는 멀리 전쟁터로 끌려 나간 남편을 그리는 아내의 애틋한 마음을 읊은 시이다. '오야제'라 제목하여 처음에 까마귀가 우는 것을 말하고는, 정말로 밤에 우는 것은 남편과 헤어진 여인이라고 한 것은 재미있는 구상이다.

73 황운(黃雲): 변방의 황사로 인해 누런빛을 띤 구름. 누렇게 곡식이 익은 들판을 가리키기도 한다.

74 아아(啞啞): 까악까악. 까마귀 우는 소리를 형용한 것

75 기중직금진천녀(機中織錦秦川女): '기'는 베틀. '직금'은 비단을 짜다. 『진서(晉書)』「열녀전(列女傳)」에 "두도(竇滔)의 처 소씨(蘇氏)는 이름이 혜(蕙), 자가 약란(若蘭)으로 문사에 능했다. 남편이 양양(襄陽)으로 출정하며 첩을 데리고 가서는 오랫동안 소식도 보내지 않았다. 소씨는 비단을 짰는데, 앞뒤 종횡 어느 쪽으로 읽어도 운이 있는 회문시(廻文詩)를 새겨 넣고, 그것을 선기도(璇璣圖)라 이름하여 하인을 시켜 양양으로 보냈다. 두도는 그 절묘함에 감탄하여 소씨에게 돌아왔다"고 하였다. 진천녀란 바로 이 소씨를 가리키는데, 진천녀처럼 비단을 짜며 남편을 애타게 그리워함을 뜻한다.

停梭⁷⁶悵然憶遠人하며
정 사 창 연 억 원 인

북 든 손 멈추고 슬프게
멀리 떠난 임을 그리며,

獨宿孤房淚如雨라
독 숙 고 방 루 여 우

빈 방에 홀로 누워 있으면
눈물이 비 오듯 흘러내리네.

119. 장난으로 새소리에 화답함(戲和答禽語)⁷⁷

황정견(黃庭堅)

南村北村雨一犂⁷⁸한데
남 촌 북 촌 우 일 려

남촌이나 북촌에는
비 오자 모두 밭을 가는데,

新婦餉姑⁷⁹翁哺兒⁸⁰라
신 부 향 고 옹 포 아

신부는 시어머니께 음식 올리고
할아버지는 아이에게 밥을 먹이네.

田中啼鳥自四時하니
전 중 제 조 자 사 시

밭 가운데 우는 새는
제철마다 모두 다른데,

催人脫袴着新衣⁸¹라
최 인 탈 고 착 신 의

지금은 뻐꾸기가 재촉하네
헌 바지 벗고 새 바지 입으라고.

---

76 사(梭): 베틀에 딸린 제구인 북
77 희화답금어(戲和答禽語): 뻐꾸기의 울음소리가 '탈각포고(脫卻布袴)'여서, 그것에 장난삼아
    답한 것인데, 가렴주구에 신음하는 농민의 생활을 읊어 위정자에게 간하고 있다.
78 일려(一犂): 일제히 논밭을 갈다. '려'는 쟁기, 또는 쟁기로 논밭을 가는 것
79 향고(餉姑): 시어머니에게 음식을 권하다. '향'은 밥이나 음식 따위를 보내다.
80 포아(哺兒): 어린아이에게 먹을 것을 주다. 아이에게 밥을 먹여 주다.

着新替舊亦不惡이나
착 신 체 구 역 불 악

헌 옷 벗고 새 옷 입는 것
또한 나쁠 게 없지만,

去年租⁸²重無袴著⁸³이라
거 년 조　중 무 고 착

지난해 세금 너무 무거워
갈아입을 바지가 없다네.

120. 우림랑 도 장군을 전송하며(送羽林陶將軍)⁸⁴

이백(李白)

將軍出使擁樓船⁸⁵하니
장 군 출 사 옹 루 선

장군께서 사신으로 나감에
많은 누선들 거느리니,

江上旌旗拂紫煙⁸⁶이라
강 상 정 기 불 자 연

강 위의 정기는
자줏빛 안개 속에 펄럭이네.

81　최인탈고착신의(催人脫袴着新衣): 낡은 바지를 벗고 새 옷을 입으라고 사람에게 재촉한다는
　　뜻. 옛날 중국에서는 뻐꾸기를 '포곡(布穀)'이라 하였고 이 뻐꾸기의 울음소리를 '탈각포고(脫卻
　　布袴)'라고 하였는데, 이 울음소리의 글자 뜻이 '천으로 만든 바지를 벗어라'였다. 황정견은 이 뻐
　　꾸기 소리를 듣고 이 울음소리의 의미에 맞추어 장난삼아 이 구절을 지었다.

82　조(租): 전지에 대하여 부과되는 세금

83　무고착(無袴著): 갈아입을 바지가 없다. 극도로 곤궁한 농민의 생활을 말한다.

84　송우림도장군(送羽林陶將軍): '우림'은 관명으로, 궁성을 친위하는 금장(禁將)을 가리킨다. 당
　　나라 때는 좌우우림군(左右羽林軍)이 있었고, 대장군(大將軍)·장군(將軍) 등의 벼슬이 있었
　　다. 도 장군이 누구인지는 확실하지 않다.
　　무인(武人)인 친구가 사신으로 나감을 전송하는 시이다. 잘 가라는 인사보다도 용기를 북돋아
　　주는 말로 시를 쓰고 있다.

85　옹루선(擁樓船): 많은 배를 거느리다. '루선'은 크고 높은 배

86　불자연(拂紫煙): '자연'은 자줏빛 안개. '불'은 스친다는 것이 본뜻이나, 여기서는 안개 속에 펄럭
　　인다는 뜻

萬里橫戈探虎穴하고
만 리 횡 과 탐 호 혈

만 리에 창 비껴들고
호랑이 굴을 뒤지고,

三盃拔劍舞龍泉[87]이라
삼 배 발 검 무 용 천

세 잔 술엔 칼 빼어 들고
검무를 추리.

莫道詞人無膽氣[88]하라
막 도 사 인 무 담 기

문인들이
용기가 없다고 말하지 마오.

臨行將贈繞朝鞭[89]이라
임 행 장 증 요 조 편

이별을 앞두고 격려하는 채찍을
드린다네.

121. 연 따는 노래(採蓮曲)[90]

이백(李白)

若耶溪[91]傍採蓮女가
약 야 계   방 채 련 녀

약야계의 물가에서
연을 따는 아가씨들,

---

87 용천(龍泉): 옛날 초(楚)나라에 있던 명검의 이름
88 담기(膽氣): 용기
89 요조편(繞朝鞭): 요조가 주는 채찍이라는 뜻으로, 『좌전(左傳)』「문공(文公) 13년」봄에 "진백(秦伯)은 위(魏)나라 땅을 접수하기 위해 군대를 내어 하서(河西)에 진을 치게 되었는데, 이때 위나라 사람들은 황하 건너인 동쪽에 진을 치고 있었다. 이에 수여(壽余)가 (…) 사회(士會)와 함께 위나라 진영으로 가니, 진나라의 요조(繞朝)가 그에게 말채찍을 선사하면서 '당신은 진나라에 인물이 없다고 말하지 마오. 나는 당신네 나라의 계책을 알고 있지만 나의 계책이 지금 쓰이지 않고 있을 따름이오'라고 말하였다"고 기록되어 있다. '요조편'은 격려하는 뜻에서 보내는 채찍을 말한다.
90 채련곡(採蓮曲): 이 시는 여덟 구로 되어 있으나, 네 구마다 운을 바꾼 전후 환운(換韻)의 고시

266

笑隔荷花⁹²共人語라
소 격 하 화　공 인 어

웃으며 연꽃을 사이에 두고
사람들과 이야기하네.

日照新粧水底明하고
일 조 신 장 수 저 명

해가 단장한 얼굴 비추니
물속까지 환해지고,

風飄⁹³香袖空中擧라
풍 표　향 수 공 중 거

바람에 향기로운 소맷자락
공중으로 휘날리네.

岸上誰家遊冶郞⁹⁴고
안 상 수 가 유 야 랑

기슭에 있는 이들은
뉘 집 풍류객인가,

三三五五映⁹⁵垂楊이라
삼 삼 오 오 영　수 양

삼삼오오 짝을 지어
수양버들 사이로 오가네.

紫騮嘶⁹⁶入落花去하니
자 류 시　입 락 화 거

자류마 길게 울며
낙화 속으로 사라지니,

이다. 시의 전반부에서는 연꽃을 따는 아가씨들의 아름다움과 맑은 정경을 읊었고, 후반부에서
는 그녀들을 유혹이라도 하려는 듯 물가에서 서성이다 사라지는 젊은이의 모습과 그에 애를 태
우는 연꽃 따는 아가씨들의 마음을 묘사했다. 짧은 시구에 늦봄의 풍물과 아가씨들의 설레는 마
음을 실로 교묘하게 표현하였다.

91　약야계(若耶溪): 강 이름으로, 절강성(浙江省) 회계현(會稽縣) 동남에 있으며, 야계라고 줄여
　　부르기도 한다. 춘추 시대 오왕(吳王) 부차(夫差)의 애희 서시(西施)가 이곳에서 연꽃을 땄다고
　　한다.
92　격하화(隔荷花): 연꽃을 사이에 두고. '하화'는 연꽃
93　표(飄): 바람에 날려 흔들리다.
94　유야랑(遊冶郞): 풍류를 즐기는 멋진 남자. 풍류남아. '야'는 요염하게 단장하다.
95　영(映): 비쳐 보이다.
96　자류시(紫騮嘶): '자류'는 밤빛 털이 난 좋은 말. '시'는 말이 울다.

見此躊躇⁹⁷空⁹⁸斷腸이라
견 차 주 저 공 단 장

이를 보며 머뭇거리는 연 따던
아가씨들 공연히 말 못하고
애간장만 태우네.

122. 맑은 강의 노래(淸江曲)⁹⁹

소상(蘇庠)¹⁰⁰

屬玉¹⁰¹雙飛水滿塘¹⁰²하니
촉 옥　쌍 비 수 만 당

촉옥새 쌍쌍이 날고
못에 물 가득하니,

菰蒲¹⁰³深處浴鴛鴦이라
고 포　심 처 욕 원 앙

물풀 우거진 곳에
원앙들 목욕하네.

---

97 주저(躊躇): 앞으로 나아가지 못하고 머뭇거리다.

98 공(空): 공연히, 헛되이

99 청강곡(淸江曲): 소동파는 이 시의 맨 마지막 구 "장점연파롱명월(長占煙波弄明月)"에 대해, "이백의 문집에 넣더라도 손색이 없을 것이다"라고 극찬하였는데, 작자가 젊었을 때 지었다고 알려져 있다. 『고문진보』원서에는 이 시를 이백(李白)의 작품이라고 하였으나 잘못된 것이다.

100 소상(蘇庠: 1131년 전후): 자는 양직(養直), 호는 생옹(眚翁)이며, 북송 말에서 남송에 걸쳐 활약하였던 사(詞: 노래로 부를 수 있는 운문의 일종) 작가. 평생토록 벼슬길에 나아가지 않았으나, 문재는 비범하였다.

101 촉옥(屬玉): 물새의 이름. 『사기(史記)』「사마상여열전(司馬相如列傳)」에 "촉옥은 오리처럼 생겼으며, 크고 목이 길고 눈이 붉으며, 자줏빛을 띤 감색을 지니고 있다"고 하였다. 또 본서의 원주에는 "촉옥은 백로의 무리"라고 하였다.

102 수만당(水滿塘): 연못에 물이 가득하다.

103 고포(菰蒲): 수초의 일종으로, 줄과 부들

白蘋滿棹[104]歸來晚한데
백 빈 만 도　　귀 래 만

흰 개구리밥 노에 가득 차며
돌아오는 길이 늦는데,

秋著蘆花[105]兩岸霜[106]이라
추 저 로 화　　양 안 상

가을이라 갈꽃 만발하여
양 못 둑은 서리 내린 듯.

扁舟[107]繫岸依林樾[108]하니
편 주　　계 안 의 림 월

조각배 언덕에 매어 두고
숲 그늘에 의지하니,

蕭蕭兩鬢吹華髮[109]이라
소 소 양 빈 취 화 발

하얗게 센 양쪽 귀밑머리가
바람에 휘날리네.

萬事不理醉復醒[110]하며
만 사 불 리 취 부 성

모든 일 다 제쳐 두고
취했다 깨었다 술 마시며,

長占[111]煙波弄明月[112]이라
장 점　　연 파 롱 명 월

오랫동안 안개와 물결을 벗해
밝은 달을 즐긴다네.

104　백빈만도(白蘋滿棹): '빈'은 다년생 수초인 마름풀 또는 개구리밥. '도'는 노. '만도'는 촘촘히 난 물풀이 노에 걸리다.

105　노화(蘆花): 갈대꽃

106　양안상(兩岸霜): 양쪽 기슭에 하얗게 핀 갈대꽃이 마치 서리가 내린 것 같다는 뜻

107　편주(扁舟): 조각배

108　임월(林樾): 나무의 그늘

109　소소양빈취화발(蕭蕭兩鬢吹華髮): '소소'는 바람 부는 소리를 형용한 것. '빈'은 귀밑머리, '양 빈'은 양쪽 귀밑머리. '화발'은 백발. '화'는 머리가 흰 것을 형용하는 말

110　만사불리취부성(萬事不理醉復醒): '만사불리'는 해야 할 일들을 처리하지 않고 방치해 두다. '취부성'은 취했다가 다시 깨다. 아무 일도 하지 않고 술 마시는 것을 가리킨다.

111　장점(長占): 오랫동안 차지하다.

112　농명월(弄明月): 밝은 달을 희롱하다. 유유자적하게 달을 즐기다.

123. 금릉의 봉황대에 올라(登金陵鳳凰臺)[113]

이백(李白)

鳳凰臺上鳳凰遊러니
봉황대상봉황유

그 옛날 봉황대 위에
봉황이 노닐더니,

鳳去臺空江自流라
봉거대공강자류

봉황 사라지고 빈 대 앞엔
강물만 무심히 흐르네.

吳宮[114]花草埋幽徑[115]이요
오궁   화초매유경

오나라 궁전의 화초는
그윽한 오솔길에 묻히고,

晋代衣冠成古丘[116]라
진대의관성고구

진나라 귀인들 무덤은
오래된 언덕을 이루었네.

---

113 등금릉봉황대(登金陵鳳凰臺): '금릉'은 지금의 강소성(江蘇省) 남경(南京)의 옛 이름이다. 육
조(六朝) 송(宋)나라 원가(元嘉: 424~453, 문제(文帝) 때의 연호) 연간에 왕의(王顗)가 산에
기이한 새가 모인 것을 보고 이를 봉황이라 불렀으며, 보녕사(保寧寺) 뒤에 누대를 지어 봉황대
라 하였다.
이백은 무창(武昌)의 황학루(黃鶴樓)에 올라 최호(崔顥)의 「황학루에 올라(登黃鶴樓)」(시 번
호 132)라는 시를 보고 감탄하여 시를 짓지 못하여 붓을 던지고, 후에 금릉의 봉황대에 올라
이 시를 짓고는 최호의 시에 비겼다고 한다.

114 오궁(吳宮): 삼국 시대 오나라의 손권(孫權)이 처음으로 금릉에 도읍을 정하고, 국호를 오라 하
였다. 오나라 때 지은 궁전. 화려하고 웅장했던 오나라의 궁전.

115 유경(幽徑): 사람의 발길이 닿지 않는 한적한 길. 풀로 뒤덮인 그윽한 길

116 진대의관성고구(晋代衣冠成古丘): '진'은 동진(東晉)으로, 사마의(司馬懿)의 증손인 사마예
(睿)가 강남에 세운 나라인데, 금릉(그 당시에는 건업(建業)이라 하였음)에 도읍을 정했다. '의
관'은 예복을 입고 관을 쓴다는 말로, 의관을 갖추었던 그 당시의 왕족과 고관들을 가리킨다. '성
고구'는 낡은 무덤으로 변하고 말았다.

三山半落靑天外[117]요
삼 산 반 락 청 천 외

삼산은 푸른 하늘 위로
반쯤 솟아 있고,

二水[118]中分白鷺洲[119]라
이 수   중 분 백 로 주

두 줄기 강물은
백로주를 두고 갈라지네.

總爲浮雲能蔽日[120]하니
총 위 부 운 능 폐 일

어떻든 뜬구름이
해를 가릴 수 있으니,

長安不見使人愁라
장 안 불 견 사 인 수

장안이 보이지 않아
시름에 잠기네.

124. 이른 봄에 왕한양에게 부치다(早春寄王漢陽)[121]

이백(李白)

聞道春還未相識[122]하여
문 도 춘 환 미 상 식

봄이 왔단 말 들었는데
아직 알지 못하여,

---

117 삼산반락청천외(三山半落靑天外): '삼산'은 강소성 강녕현(江寧縣) 서남쪽에 있는 세 개의 봉
    우리가 연이어 있는 산 이름. '반락'은 푸른 하늘 높이 산의 모습이 반쯤 나타나 보인다. 이는 산
    의 위쪽이 푸른 하늘 위에 솟아 있고 아래쪽은 구름에 가려 공중에 떠 있는 것 같아 보임을 형용
    하는 말이다.
118 이수(二水): 진회하(秦淮河)의 물줄기가 금릉에서 두 줄기로 갈려, 한 가닥은 성 안으로 흘러
    들어오고 한 가닥은 성을 돌아 흐른다.
119 백로주(白鷺洲): 이수가 나뉘는 곳에 있는 섬 이름
120 총위부운능폐일(總爲浮雲能蔽日): '총위'는 모두가, 어떻든. '부운'은 뜬구름으로, 간신을 비유
    한 것. '폐일'은 해를 가리다. '일'은 천자의 성은을 비유한 말. 즉 간신들이 천자의 주변에서 참소
    등을 일삼아 천자의 성은을 가린다는 것을 암시한다.

起傍寒梅訪消息[123]이라
기 방 한 매 방 소 식

일어나 찬 매화 옆에 가
봄소식을 찾아보네.

昨夜東風入武陽[124]하니
작 야 동 풍 입 무 양

지난밤에 동풍이
무창으로 불어오더니,

陌頭[125]楊柳黃金色이라
맥 두   양 류 황 금 색

길가의 버드나무는
황금빛을 띠었구나.

碧水渺渺[126]雲茫茫[127]한데
벽 수 묘 묘   운 망 망

푸른 강물 아득하고
구름은 망망한데,

美人[128]不來空[129]斷腸이라
미 인   불 래 공   단 장

그대는 오지 않아
공연히 애간장만 타네.

---

121 조춘기왕한양(早春寄王漢陽): 왕한양은 한양 현령인 왕씨 성을 가진 친구인데, 누구인지 정
     확히 알 수 없다.
     언제 올지 알 수 없는 친구를 기다리며, 그때를 위하여 미리 자리를 마련하는 술꾼의 초조한 마
     음을 적고 있다.
122 문도춘환미상식(聞道春還未相識): '문도'는 말하는 것을 듣다, 들은 바로는. '도'는 말하다의
     의미로, 여기서는 다른 사람들이 무엇이라 말하는 것을 가리킨다. '춘환'은 봄이 돌아온 것. '미
     상식'은 아직 알지 못하다.
123 한매방소식(寒梅訪消息): '한매'는 본래 겨울에 피는 매화인데, 여기서는 이른 봄에 핀 매화를
     가리킨다. '방소식'은 소식을 찾다. 봄이 왔는지를 확인한다는 뜻
124 무양(武陽): 장강(長江: 양자강)과 한수(漢水)가 합쳐지는 곳에 무창(武昌)·한구(漢口)·한양
     (漢陽)의 무한삼진(武漢三鎭)이 있다. 양은 햇빛이 잘 비치는 곳으로, 강의 북쪽 산의 남쪽을
     뜻하므로, 무양은 무창의 남쪽 지방이라는 뜻이다.
125 맥두(陌頭): 가두, 거리. '맥'은 밭 사이에 남북으로 난 길. 동서로 난 길은 천(阡)
126 묘묘(渺渺): 수면이 넓어 끝없는 모양. 『이태백집』에는 호호(浩浩)로 되어 있다.
127 망망(茫茫): 넓고 멀어 아득한 모양
128 미인(美人): 여기서는 왕한양을 가리킨다.
129 공(空): 헛되이, 공연히

預拂¹³⁰靑山一片石하고
예 불　　청 산 일 편 석

푸른 산 한 바위를
미리 깨끗이 쓸어 두고,

與君¹³¹連日醉壺觴¹³²이라
여 군　　련 일 취 호 상

그대와 더불어 매일
술 마시며 취하려 하네.

125. 금릉성 서쪽 누각 달 아래에서 읊음
(金陵城西樓月下吟)¹³³

이백(李白)

金陵夜寂凉風發한데
금 릉 야 적 량 풍 발

금릉의 밤 고요하고
서늘한 바람 이는데,

獨上高樓望吳越¹³⁴이라
독 상 고 루 망 오 월

홀로 높은 누각에 올라
오월 지방을 바라보네.

130　예불(預拂): 미리 먼지나 흙 등을 깨끗이 털어 내다.

131　군(君): 그대. 왕한양을 가리킨다.

132　호상(壺觴): 술병과 술잔

133　금릉성서루월하음(金陵城西樓月下吟): 높은 누대에 올라 조망하면서 옛날을 회고하며, 자신
　　이 경모하는 남제(南齊)의 시인 사조(謝朓)를 그리는 마음을 읊은 시이다. 다음의 시 번호 126
　　에도 사조의 이름이 나오는데, 이백은 사조를 좋아했을 뿐만 아니라 그의 시풍까지 본뜨려 하
　　였다.

134　오월(吳越): 춘추 시대 오나라와 월나라가 다스리던 땅으로, 지금의 강소성(江蘇省)·안휘성
　　(安徽省)·절강성(浙江省) 일대

白雲映水搖秋城[135]하고
백 운 영 수 요 추 성

흰 구름 물에 비쳐
가을 성 그림자와 함께 흔들리고,

白露垂珠滴[136]秋月이라
백 로 수 주 적　추 월

흰 이슬은 구슬 드리우듯
가을 달빛 속에 방울지네.

月下長吟久不歸[137]하니
월 하 장 음 구 불 귀

달빛 아래 길게 읊조리며
오래도록 돌아가지 않으니,

古今相接眼中稀[138]라
고 금 상 접 안 중 희

지금까지 계속된 많은 일들
기억에 남은 것 드무네.

解道澄江淨如練[139]하니
해 도 징 강 정 여 련

맑은 강물 곱기 비단 같다는
이 시 구절로 이해할 수 있으니,

令人却憶謝玄暉[140]라
영 인 각 억 사 현 휘

그 옛날의 시인 사조를
못내 그리워하게 하네.

---

135 영수요추성(映水搖秋城): '영수'는 물에 비치다. '추성'은 가을의 성이란 뜻으로, 여기서는 물에
비친 가을날의 성 그림자를 말한다. '요'는 물결 따라 흔들리다.

136 수주적(垂珠滴): '수주'는 구슬처럼 맺혀 떨어지다. '적'은 방울지다.

137 구불귀(久不歸): 오랫동안 돌아가지 않다.

138 고금상접안중희(古今相接眼中稀): '고금상접'은 오월(吳越)을 중심으로 전개되었던 옛날부
터 지금까지의 많은 일들이 잇따라 머리에 떠오른다는 뜻. 예로부터 금릉은 도읍으로 정치·문
화적으로 번성을 누린 곳이었음을 가리킨다. '안중희'는 안중에 남아 있는 것이 드물다는 뜻으
로, 기억해 두고 싶을 만큼 마음을 끌 만한 것이 없다는 뜻

139 해도징강정여련(解道澄江淨如練): '해도'는 저절로 이해할 수 있다는 말. '해'는 능(能)의 뜻이
며, '도'는 '말하다'의 뜻. 남이 말하는 것을 알 수 있겠다는 뜻. '징강정여련'은 달빛 아래 맑게 빛
나는 장강이 마치 누인 비단처럼 깨끗하다는 뜻으로, 이는 사조의 「저녁에 삼산에 올라 서울을
바라보다(晩登三山還望京邑)」라는 시에 나오는 한 구절이다. '정'은 정결하고 깨끗하다는 뜻
인데, 정(靜)으로 되어 있는 판본도 있다. '련'은 삶아서 표백한 깨끗한 비단을 가리킨다.

140 사현휘(謝玄暉: 464~499): 남조 시대 제(齊)나라의 시인 사조(謝朓)를 말하는데, 현휘는 그

126. 동계공의 유거에 제하다(題東溪公幽居)¹⁴¹

이백(李白)

杜陵賢人淸且廉¹⁴²하여
두 릉 현 인 청 차 렴

두릉의 어진 사람 맑고 욕심 없어,

東谿卜築歲將淹¹⁴³이라
동 계 복 축 세 장 엄

동계에 초막 짓고 오랫동안 살아왔네.

宅近靑山同謝朓¹⁴⁴요
택 근 청 산 동 사 조

집이 청산에 가까우니
그 옛날 사조와 같고,

門垂碧柳似陶潛¹⁴⁵이라
문 수 벽 류 사 도 잠

문 앞엔 수양버들 드리워
도연명과 흡사하네.

의 자. 귀족 출신으로 벼슬하여 선성 태수(宣城太守)가 되었으므로, 후세에 사선성이라고도 불렀다. 청신(淸新)한 시풍으로 후인들의 사랑을 많이 받았는데, 특히 이백이 사조의 풍격을 그리워하여 그를 기리는 시를 많이 지었다. 시에 뛰어나 당시의 풍격 형성에 영향을 주었으며, 오언시(五言詩)의 율체화(律體化)에도 많은 영향을 주었다.

141 제동계공유거(題東溪公幽居): 동계공이 누구인지 정확히 알 수는 없지만, 이백은 이 시에서 선주(宣州)의 동계에 은거하는 동계공을 자신이 경모하는 제나라의 사조와 진(晉)나라 도연명에 비겨, 그의 소탈한 생활을 칭찬하여 읊고 있다. 이 시는 칠언고시가 아니라 칠언율시이다.

142 두릉현인청차렴(杜陵賢人淸且廉): '두릉'은 장안(長安)에 있었던 한(漢)나라 선제(宣帝)의 능. '현인'은 덕이 있는 사람으로, 여기서는 동계공을 가리킨다. '청차렴'은 마음이 맑고 또 욕심이 없으며, 행동을 바르게 하다.

143 동계복축세장엄(東谿卜築歲將淹): '동계'는 선주 완계(宛谿)의 별칭. '복축'은 점을 쳐 살 만한 땅을 정하고 그곳에 집을 짓다. '세장엄'은 세월이 장차 오래되었다. '엄'은 오래 머물다·버리다·빠지다의 뜻이 있으나, 여기서는 오래 살았다는 의미

144 동사조(同謝朓): 사조의「동전에서 노닐다(遊東田)」에 "푸른 산의 성곽을 바라본다(還望靑山郭)"라는 구절이 있는데, 청산이 보이는 곳에 집을 정하였으니 사조와 같다는 의미. 사조가 읊은 청산은 안휘성(安徽省) 당도현(當塗縣) 남쪽 30리 되는 곳에 있었다.

145 사도잠(似陶潛):『진서(晉書)』「도연명전」에 "도잠의 집 문 앞에는 다섯 그루의 버드나무가 심어져 있었는데, 도잠은「오류선생 자전」을 지어 자신에 비겼다"고 하였다. 집 앞에 버드나무를 심었으니 그 풍류가 도연명과 흡사하다는 뜻

好鳥迎春歌後院이요
호 조 영 춘 가 후 원

예쁜 새봄을 맞아
뒤뜰에서 노래하고,

飛花送酒舞前簷[146]이라
비 화 송 주 무 전 첨

날리는 꽃잎은 술 권하듯
처마 앞에서 춤추네.

客到但知留一醉하나
객 도 단 지 류 일 취

객이 이르면 단지 알겠네,
머물러 흠뻑 취하지만,

盤中祇有水精鹽[147]이라
반 중 지 유 수 정 염

술상의 안주로는 다만
수정 같은 소금뿐인 걸.

127. 이옹에게 올림(上李邕)[148]

이백(李白)

大鵬[149]一日同風起[150]하여
대 붕   일 일 동 풍 기

대붕이 어느 날
바람과 함께 날아올라,

---

146 송주무전첨(送酒舞前簷): '송주'는 술을 권하다. '첨'은 처마
147 반중지유수정염(盤中祇有水精鹽): '반'은 쟁반 또는 소반. 여기서는 술안주를 담아 놓은 그릇을 말한다. '지'는 다만, 단지. '수정염'은 수정 같은 소금
148 상이옹(上李邕): 이옹은 자는 태화(泰和)이고, 양주(揚州) 강도(江都) 사람이다. 측천무후(則天武后) 때 이교(李嶠) 등의 천거에 의해 좌습유(左拾遺)가 되었는데, 현종(玄宗) 때 북해(北海) 태수를 지내어 이북해라고도 불렀다. 인물됨과 재능에 있어 당시에 그를 따를 만한 사람이 없었으므로, 당시 이옹으로부터 인정받는다는 것은 개인의 큰 명예였다. 이에 이백뿐만 아니라 두보나 고적(高適) 등도 그를 우러러보면서 시를 헌상하였다. 후에 그의 재능을 시기한 재상 이임보(李林甫)에게 모함을 받아 장살(杖殺)당했다.
이 시의 전반부에서는 이옹을 대붕에 비겨 노래하고, 후반부에서는 후배를 업신여기지 않았던

扶搖[151]直上九萬里라
부 요　직 상 구 만 리

회오리바람 타고 곧장
구만 리를 오른다네.

假令風歇[152]時下來면
가 령 풍 헐　시 하 래

가령 바람이 멎어
어느 때 내려온다면,

猶能簸却滄溟水[153]라
유 능 파 각 창 명 수

짙푸른 바닷물을
날개로 쳐 날릴 수 있네.

世人見我恒殊調하며
세 인 견 아 항 수 조

세상 사람들 날 보고
항상 세속과 다르다며,

聞余大言[154]皆冷笑라
문 여 대 언　개 랭 소

높고 큰 내 말 듣고도
모두가 비웃는다네.

宣父[155]猶能畏後生[156]하니
선 부　유 능 외 후 생

공자께서도 오히려
후생을 두려워하셨으니,

성인 공자의 이야기를 들어, 후배인 자신을 인정해 달라고 이옹에게 호소하고 있다.

149　대붕(大鵬): 『장자(莊子)』「소요유(逍遙遊)」에 나오는 전설 속의 큰 새. 여기서는 위대한 인물,
즉 이옹에 비유한 것이다.

150　동풍기(同風起): 바람과 함께 일어나다. 즉 바람을 타고 하늘 높이 날아오르다.

151　부요(扶搖): 『장자』「소요유」에 나오는 아래에서부터 위로 부는 바람. 회오리바람

152　가령풍헐(假令風歇): '가령'은 가령, 비록, 만일, 만약. '헐'은 쉬다, 멈추다.

153　파각창명수(簸却滄溟水): '파각'은 키로 까불러 티를 날려 버리듯 나쁜 부분을 내버리다. 붕새
가 날개를 쳐 바닷물을 날리는 것을 가리킨다. '창명수'는 검푸른 바다

154　대언(大言): 세상 사람들의 생각으로 미칠 수 없는 일이나 인물에 대해 이야기하다.

155　선부(宣父): 공자를 가리킨다. 『당서(唐書)』「예악지(禮樂志)」에 "정관[貞觀: 당 태종의 연호]
11년에 천자의 명령으로 공자를 높여 선부라 했다"고 되어 있다.

156　외후생(畏後生): 후생을 두렵게 여기다. 『논어』「자한(子罕)」에 "젊은 사람이 두렵다. 어찌 장래
의 그들이 오늘의 우리만 못하겠는가?(後生可畏. 焉知來者之不如今也)"라고 하였다. 후배들
중에는 앞으로 선배를 능가할 뛰어난 사람이 있을 수 있으므로, 후배들을 경외해야 한다는 뜻

丈夫未可輕年少[157]라
장 부 미 가 경 년 소

대장부는 젊은이를 가벼이 여겨서는
안 된다네

128. 뜰 앞의 감국화를 탄식하며(歎庭前甘菊花)[158]

두보(杜甫)

簷[159]前甘菊移時晚[160]하여
첨　　전 감 국 이 시 만

처마 앞의 감국은
옮겨 심는 때를 놓쳐,

靑蕊重陽不堪摘[161]이라
청 예 중 양 불 감 적

푸른 꽃술은 중양절에도
딸 수가 없구나.

明日蕭條盡醉醒[162]하면
명 일 소 조 진 취 성

내일 쓸쓸한 가운데
술이 다 깨고 나면,

---

157 장부미가경년소(丈夫未可輕年少): '장부'는 대장부. '미가경년소'는 젊은이를 가볍게 여겨서는
안 된다.
158 탄정전감국화(歎庭前甘菊花): '감국화'는 국화의 일종으로, 진국(眞菊)·가국(家菊)·다국(茶
菊) 등으로도 불린다. 꽃이 노랗고 작으며, 달고도 쌉쌀하며 향기가 짙고, 약으로도 쓰인다. 항
주(杭州)에서 나는 것을 최고의 것으로 치며, 이를 항국(杭菊)이라고 한다. 천보 13년(754), 두
보가 장안에 있을 때 정원에 핀 감국화를 보고서 느낀 감회를 읊은 시인데, '감국화'를 군자에,
'중방'을 소인에 비겨, 군자가 버림받고 소인들이 득세하는 세태를 개탄한 작품이다.
159 첨(簷): 처마. '뜰 정(庭)' 또는 '섬돌 계(階)'로 되어 있는 판본도 있다.
160 이시만(移時晚): 옮겨 심는 것이 늦다. 옮겨 심을 시기를 놓친 것을 말한다.
161 청예중양불감적(靑蕊重陽不堪摘): '청예'는 푸른 꽃술. 꽃이 아직 활짝 피지 않고 봉오리만 이
룬 꽃술. '중양'은 음력 9월 9일인 중양절. 중양이란 양의 수인 9가 겹쳐졌다는 뜻. 중국에서는
이날 높은 곳에 올라 국화를 따서 술에 띄워 마시며 병과 액을 막는 풍습이 있었다. '불감적'은
차마 따지(꺾지) 못하겠다는 뜻

殘花爛熳開何益[163]고
잔 화 난 만 개 하 익

남은 꽃들 만발한들
무슨 소용이 있으리?

籬邊野外多衆芳[164]하니
이 변 야 외 다 중 방

울타리 밖 들녘에는
다른 꽃들 많으니,

采擷細瑣升中堂[165]이라
채 힐 세 쇄 승 중 당

가늘고 잔 꽃을 따서
대청으로 올라가네.

念玆空長[166]大枝葉하여
염 자 공 장   대 지 엽

생각해 보니 국화는 공연히
가지와 잎새만 커서,

結根失所纏風霜[167]이라
결 근 실 소 전 풍 상

뿌리 내릴 곳을 잃고
풍상에 휘감기리라.

---

162 소조진취성(蕭條盡醉醒): '소조'는 쓸쓸한 모양, 한적한 모양. '진취성'은 술기운이 다하여 술
   이 깨다. 사람들이 모두 취하는데 나만 혼자 술에서 깬다는 뜻으로도 볼 수 있다. 취진성(醉盡
   醒)으로 된 판본도 있다.

163 잔화난만개하익(殘花爛熳開何益): '잔화'는 쇠잔한 꽃. 여기서는 때를 놓친 감국화를 말한다.
   '난만'은 꽃이 화려하게 만발한 모양. '개'는 꽃이 피다. '하익'은 '무슨 이익이 있겠는가?', 즉 소용
   없다는 뜻

164 중방(衆芳): 여러 종류의 잡다한 꽃. 국화를 제외한 다른 꽃들을 가리킨다.

165 채힐세쇄승중당(采擷細瑣升中堂): '채힐'은 따다, 꺾다, 채취하다. '채'는 캐다, '힐'은 손으로
   뽑다. '세쇄'는 가늘고 잔 것. 여기서는 중방을 말하며, 소인배들을 뜻한다. '쇄'는 옥의 가루. '중
   당'은 중앙에 위치한 집으로, 여기서는 중앙에 위치한 조정을 뜻한다.

166 염자공장(念玆空長): '염'은 생각하다. '자'는 이것, 즉 국화를 가리킨다. '공장'은 헛되이 크게
   자라기만 했을 뿐 꽃이 없다.

167 결근실소전풍상(結根失所纏風霜): '결근'은 땅을 파고들어 뿌리를 내리다. '실소'는 뿌리를 맺
   어야 하는데 그 장소를 잃어버렸다. '전풍상'은 바람과 서리에 휘감기다, 풍상에 시달리다. '전'
   은 얽다, 얽히다, 매이다, 감기다.

129. 가을비의 탄식(秋雨歎)[168]

두보(杜甫)

雨中百草秋爛死[169]한데
우 중 백 초 추 란 사

가을비에 모든 풀이
시들어 죽어 가는데,

階下決明顔色鮮[170]이라
계 하 결 명 안 색 선

섬돌 아래 결명초는
빛깔도 선명하구나.

著葉滿枝翠羽蓋[171]요
착 엽 만 지 취 우 개

가지 가득 매달린 잎새
비췻빛 수레 덮개 같고,

開花無數黃金錢[172]이라
개 화 무 수 황 금 전

무수히 핀 꽃들은
황금빛 엽전 같구나.

凉風蕭蕭吹汝急[173]하니
양 풍 소 소 취 여 급

쓸쓸히 불던 서늘한 바람
네게 급히 몰아치니,

---

168 추우탄(秋雨歎): 『두소릉집(杜少陵集)』권 3에 같은 제목의 시 3수가 실려 있는데, 이 시는 그 첫 번째 것이다. 천보 13년(754) 가을, 큰 장마가 들어 농작물에 극심한 피해를 주었다. 그 장마는 장장 60여 일 동안이나 계속되어, 천자인 현종(玄宗)이 무척이나 걱정하였다. 그런데 당시의 재상인 양국충(楊國忠)이 잘 자란 벼만 베어다 현종에게 보이고, 비가 많이 오긴 했으나 농사를 망칠 정도는 아니라고 거짓말을 하였다. 이 시는 가을비가 많이 내린 것을 근심하여 지은 것인데, 이러한 역사적 사실에 근거하여 참담한 세상을 걱정한 것이다.

169 난사(爛死): 썩어 문드러져 죽다. 비가 많이 내려 풀들이 다 문드러지는 것을 말한다.

170 결명안색선(決明顔色鮮): '결명'은 풀의 이름으로, 결명초를 말한다. 초여름에 싹이 나 7월에 황백색의 꽃이 피며, 눈병을 치료하는 약초라고 하여 결명이라 이름하였다. '안색선'은 결명초의 빛깔이 선명하다. 군자가 환난에 굴하지 않고, 절조를 지키는 것을 상징한다.

171 취우개(翠羽蓋): 물총새의 비취색 깃으로 장식한 수레의 덮개. 결명초의 잎을 말한다.

172 황금전(黃金錢): 황금으로 만든 돈. 여기서는 결명초의 꽃을 말한다.

173 소소취여급(蕭蕭吹汝急): '소소'는 바람이 쓸쓸하게 부는 모양. '취여급'은 바람이 너에게 급히

恐汝後時¹⁷⁴難獨立이라
공 여 후 시 　난 독 립

아마도 뒤늦게 남은 네가
견디기 어려울 것 같구나.

堂上書生¹⁷⁵空白頭하니
당 상 서 생 　공 백 두

당상의 서생인 나는
헛되이 머리만 희었으니,

臨風三嗅馨香¹⁷⁶泣이라
임 풍 삼 후 형 향 　읍

바람 따라 여러 번
네 향기 맡으며 눈물 흘린다.

130. 이월에 매화를 보고(二月見梅)¹⁷⁷

당경(唐庚)¹⁷⁸

桃花能紅李能白하니
도 화 능 홍 이 능 백

복숭아꽃 붉게 피고
오얏꽃 하얗게 피니,

몰아친다. '여'는 결명초를 가리킨다.

174 후시(後時): 때를 뒤로한다는 말로, 때늦게. 철에 뒤늦게

175 당상서생(堂上書生): 두보 자신을 가리킨다.

176 삼후형향(三嗅馨香): '후'는 냄새 맡다. '형향'은 좋은 향기. 『논어』 「향당(鄕黨)」에 "자로가 모이를 주며 꿩을 잡으려 하자, 꿩은 세 번 냄새를 맡더니 날아가 버렸다(子路共之, 三嗅而作)"고 한 데서 인용한 것으로, 여기서는 여러 번 냄새 맡는 것을 가리킨다.

177 이월견매(二月見梅): 이 시는 전반 4구와 후반 4구에서 운을 달리한 고시이다. 예로부터 군자를 매화에 자주 비유한 까닭은, 서리와 눈을 이기고 꽃을 피우는 매화의 모습이 세상의 간난을 이기고 지조를 지키는 군자와 닮았고, 매화의 뛰어난 향기는 어진 선비가 덕으로 세상을 교화시키는 것으로 여겨졌기 때문이다. 반대로 소인배들이 뜻을 얻어 날뛰는 것은 도리(桃李)가 중춘에 만개하여 아름다움을 뽐내는 것에 비유되었다. 봄까지 지지 않고 있는 매화를 소인들 사이에서 위태롭게 자신을 지키는 군자에 비긴 것이다.

178 당경(唐庚: 1071~1121): 자는 자서(子西), 호는 미산(眉山) 또는 노국 선생(魯國先生)이라고도 하였으며, 북송의 미주(眉州) 단릉(丹稜) 사람. 글을 잘 지어 정밀한 문장으로 이름이 났다.

春深何處無顏色¹⁷⁹고
춘 심 하 처 무 안 색

봄이 깊어 어디엔들
아름다운 꽃이 없겠는가?

不應尙有一枝梅하니
불 응 상 유 일 지 매

오히려 매화꽃 한 가지
남아 있지 않을 것 같은데,

可是東君苦留客¹⁸⁰가
가 시 동 군 고 류 객

어찌 봄의 신이 객을
몹시 붙잡아 두고자 함이 아니리.

向來開處¹⁸¹當嚴冬하여
향 래 개 처   당 엄 동

이전에 피었을 때는
엄동설한이어서

白者¹⁸²未白紅¹⁸³未紅이라
백 자   미 백 홍   미 홍

오얏꽃은 희지 못했고
복숭아꽃도 붉지 못했지.

只今已是丈人行¹⁸⁴이니
지 금 이 시 장 인 항

지금은 매화꽃이 이미
어른의 자리에 있으니,

肯與年少爭春風¹⁸⁵가
긍 여 년 소 쟁 춘 풍

어찌 어린 녀석들과
봄바람을 다투겠는가?

문집으로 『당미산집(唐眉山集)』 24권이 있다.

179 하처무안색(何處無顏色): 어디엔들 빛깔이 없겠는가? 여기서 '안색'은 아름다운 꽃의 빛깔을
     말한다. 봄이 되면 모든 꽃이 아름답게 핀다는 뜻

180 가시동군고류객(可是東君苦留客): '가시'는 어찌. 가(可) 자는 '어찌 기(豈)' 자의 의미로 흔히
     쓰였다. '동군'은 봄의 신. '동'은 음양오행설에 있어서 목(木)에 속하며, 봄에 해당한다. '고류객'
     은 손님을 머물러 있게 몹시 붙잡다. '객'은 매화를 가리킨다.

181 향래개처(向來開處): '향래'는 이전에. '개처'는 매화가 피었을 때를 가리킨다.

182 백자(白者): 오얏꽃을 가리킨다.

183 홍(紅): 복숭아꽃을 가리킨다.

184 장인항(丈人行): 어른의 자리. '항'은 서열. 매화에겐 중춘이 노년에 해당된다는 뜻

131. 수선화(水仙花)[186]

황정견(黃庭堅)

凌波仙子[187]生塵襪[188]하며

능 파 선 자 　 생 진 말

물결 타고 걷는 물의 선녀가

먼지 같은 물방울을 버선으로 튀기며,

水上盈盈步微月[189]이라

수 상 영 영 보 미 월

물 위를 가볍고 고요히

희미한 달빛 아래 걷는 것 같네.

是誰招此斷腸魂[190]고

시 수 초 차 단 장 혼

이 누구인가? 이토록 애끓는

영혼을 불러내어,

種作寒花寄愁絶[191]이라

종 작 한 화 기 수 절

차가운 꽃을 씨 뿌리고 만들어 내어

깊은 시름을 깃들게 한 것은?

185　긍여년소쟁춘풍(肯與年少爭春風): '긍'은 감히, 어찌. '년소'는 젊은이를 가리키며, 여기서는 복숭아꽃과 오얏꽃을 말한다. '쟁춘풍'은 천자의 은총을 받기 위해 다툰다.

186　수선화(水仙花): 수선화의 아름다움을 조식(曹植)의 「낙신부(洛神賦)」에 나오는 선녀의 더없이 아름다운 모습을 빌려 읊었다.

187　능파선자(凌波仙子): 물결을 타고 걷는 물의 여신. '선자'는 신선녀. 『문선(文選)』 권 19에 실린 조식의 「낙신부」에 "물결을 타고 가볍게 걸으면 비단 버선에서 먼지가 나는 듯하다"고 낙수(洛水)의 여신을 형용한 것에서 나온 말

188　생진말(生塵襪): '말'은 버선. 버선에서 나는 먼지처럼 물보라가 일어나는 것

189　영영보미월(盈盈步微月): '영영'은 넘쳐흐르는 모양, 또는 예쁘게 단장한 모양을 형용하는 말이지만, 여기서는 가벼이 천천히 걷는 모양을 형용한 것. '보미월'은 희미한 달빛 아래에서 걷다. 조식의 「낙신부」에서는 "물결을 타고 조용히 걷네(凌波微步)"라고 하여, 미녀가 걷는 모습을 형용한 말로 쓰였으나 여기서는 달을 형용하는 말로 쓰였다. 따라서 희미한 달빛을 받으며 물 위를 걷는 것을 묘사한 것으로 볼 수 있다.

190　단장혼(斷腸魂): 보는 이의 창자를 끊을 듯한 선녀의 영혼

191　한화기수절(寒花寄愁絶): '한화'는 겨울꽃으로, 수선화를 가리킨다. '수절'은 애절한 시름

含香體素欲傾城[192]하니
함 향 체 소 욕 경 성

향기 머금은 흰 살결은
성을 기울이는 절세미인 같으니,

山礬[193]是弟梅是兄이라
산 반   시 제 매 시 형

운향은 아우요
매화는 언니로다.

坐對眞成被花惱[194]하여
좌 대 진 성 피 화 뇌

앉아 보고 있노라니 정말 그 모습
너무 아름다워 미칠 지경이라,

出門一笑[195]大江橫이라
출 문 일 소   대 강 횡

문을 나서 크게 웃으니
큰 강이 가로 흐르고 있네.

---

192 함향체소욕경성(含香體素欲傾城): '함향체소'는 수선화가 향기롭고 몸이 흰 것을 가리킨다.
     '경성'은 성을 기울인다는 말로, 뛰어난 미인을 형용하는 말. 한 무제(漢武帝) 때 이연년(李延
     年)의 「미인가(美人歌)」에 "북방에 아름다운 이 있으니, 절세의 아름다움 견줄 데 없네. 한 번
     돌아보면 성이 기울고, 다시 돌아보면 나라가 기울어진다네. 어찌 성이 기울고 나라가 기울어짐
     을 모르리오? 그러나 아름다운 사람은 다시 얻기 어렵네(北方有佳人, 絶世而獨立. 一顧傾人
     城, 再顧傾人國. 寧不知傾城與傾國, 佳人難再得)"라고 하였는데, 이때부터 여색으로 나라
     를 망치게 된다는 뜻인 경성과 경국은 미인에 대한 경칭으로 사용되게 되었다.
193 산반(山礬): 중국 남부 지방에서 자라는 식물의 이름으로, 칠리향화(七里香花)·운향(芸香)·정
     화(掟花)·자화(柘花)·탕화(瑒花) 등으로도 불린다.
194 진성피화뇌(眞成被花惱): '진성'은 진실로. '성'은 어조사. '피화뇌'는 꽃 때문에 괴로움을 입다.
     꽃이 너무나 좋다는 뜻
195 출문일소(出門一笑): 문을 나와 크게 한 번 웃다. 괴로움을 풀고 기분을 돌이키기 위해 밖으로
     나오는 것을 가리킨다.

132. 황학루에 올라(登黃鶴樓)[196]

昔人已乘黃鶴去하여
석 인 이 승 황 학 거

옛사람 이미
황학 타고 가 버려,

此地空餘黃鶴樓라
차 지 공 여 황 학 루

이곳에는 공연히
황학루만 남았구나.

黃鶴一去不復返하니
황 학 일 거 불 부 반

황학은 한 번 가서
다시 돌아올 줄 모르니,

---

196 등황학루(登黃鶴樓): '황학루'는 무창(武昌)의 서남쪽에 있는 누각이다. 황학루에 관하여 「무창지(武昌志)」에는 "강하군(江夏郡)에 신(辛)씨가 술장사를 하고 있었는데, 어느 날 낡은 옷을 입은 몸집이 큰 선비 한 사람이 와 술을 주겠느냐고 물었다. 신씨는 거절하지 않았다. 그 선비는 그로부터 반년 동안이나 그곳에서 술값을 한 푼도 내지 않고, 그것도 큰 잔으로만 술을 마셨다. 그래도 신씨는 조금도 싫어하지 않았다. 그러던 어느 날 선비는 신씨에게 그동안 밀린 술값이 많은데 갚을 수가 없다며, 대신 그림을 하나 그려 주겠다고 했다. 선비가 귤껍질로 벽에 학을 그리니 황학이 되었다. 술집의 손님들이 손뼉을 치며 노래를 부르면, 학이 그에 맞추어 춤을 추었다. 많은 사람이 그것을 보려고 신씨의 술집에 모여들었다. 십 년 동안 신씨는 수만 금을 모았다. 그 뒤 선비가 다시 신씨를 찾아오니, 신씨는 무엇이든 바라는 대로 다 들어주겠다고 했다. 선비는 잠시 웃더니 피리를 꺼내어 몇 곡 불었다. 흰 구름이 하늘에서 내려오고 벽에 그려 놓았던 학이 선비에게 날아 내려왔다. 마침내 선비는 학을 타고 하늘로 올라갔다. 이에 신씨는 누대를 세우고, 황학루라 이름하였다"고 기록하고 있다.
이 시는 전반에서는 황학루의 유래를, 후반에서는 누대에 올라 주변 경관을 바라보며 회고에 젖는 감상을 읊고 있다. 이백이 이 시를 보고 탄복하여 직접 황학루에 관한 시를 짓지 않고, 후에 이 시에 필적할 만한 칠언율시를 남기기 위해 앞에 나온 시 번호 123 「금릉의 봉황대에 올라(登金陵鳳凰臺)」를 지었다는 것은 유명한 일화이다.

197 최호(崔顥: 704~754): 당나라 변주(汴州) 사람으로, 개원(開元) 11년에 진사에 올랐다. 그의 시는 젊어서는 부화하고 경박하였으나, 변새(邊塞)를 돌아본 후 지은 만년의 시들은 기풍 있다는 평을 받는다. 특히 무창의 황학루에 올라 지은 이 시가 유명하다.

白雲千載[198]空悠悠라
백 운 천 재 공 유 유

흰 구름만 천 년 두고
유유히 흘러왔네.

晴川歷歷漢陽樹[199]요
청 천 역 력 한 양 수

맑은 냇물 건너
한양의 나무들 뚜렷하고,

春草萋萋鸚鵡洲[200]라
춘 초 처 처 앵 무 주

봄풀 무성히 자람은
강 가운데 앵무주로다.

日暮鄕關[201]何處是오
일 모 향 관 하 처 시

해는 지는데 고향은
어디쯤일까?

煙波江上使人愁[202]라
연 파 강 상 사 인 수

안개 서린 강 물결은
사람을 시름 젖게 하네.

---

198 천재(千載): 천 년. '재'는 '해 년(年)'과 같은 뜻으로 쓰임
199 청천역력한양수(晴川歷歷漢陽樹): '청천'은 맑은 하늘 아래의 시냇물. '역력'은 하나하나 뚜렷이 잘 보이다. '한양'은 호북성(湖北省) 한양부(漢陽府)로 무창과 장강을 사이에 두고 서쪽 기슭에 있다. 지금 무창에 청천각(晴川閣)이 있는 것은 이 시 때문이다.
200 춘초처처앵무주(春草萋萋鸚鵡洲): '춘초'는 봄풀. 방초(芳草)로 되어 있는 판본도 있다. '처처'는 잎 등이 무성한 모양. '앵무주'는 무창의 남쪽, 강 가운데에 있는 모래섬
201 향관(鄕關): 고향. '관'은 어떤 곳에 드나들 때 검색이나 통제를 위하여 세워 둔 좁은 문, 즉 관소(關所)라는 뜻
202 사인수(使人愁): 사람으로 하여금 근심에 젖게 하다.

133. 당구에게 드림(贈唐衢)[203]

한유(韓愈)

虎有爪兮[204]牛有角하여
호 유 조 혜 　 우 유 각

범은 발톱이 있고
소는 뿔을 가지고 있어,

虎可搏[205]兮牛可觸[206]이라
호 가 박 　 혜 우 가 촉

범은 발로 칠 수 있고
소는 뿔로 받을 수 있네.

奈何[207]君獨抱奇才[208]하고
내 하 　 군 독 포 기 재

어찌하여 그대는 홀로
뛰어난 재능 품고 있으면서,

手把犁鋤餓空谷[209]고
수 파 려 서 아 공 곡

쟁기와 호미 손에 잡고
텅 빈 골짜기에서 굶주리는가?

當今天子急賢良[210]하여
당 금 천 자 급 현 량

지금의 천자께서는
어진 인재 급히 구하시려고,

---

203 증당구(贈唐衢): 당구는 한유와 교유했던 인물로 시문을 잘 지었을 뿐 아니라 남의 글이라도
　　훌륭한 것이면 읽고 감격하여 잘 울었다 한다. 백낙천도 당구를 칭송하여 시를 적어 보낸 적이
　　있다. 재능이 있는데도 출사하지 않는 당구에게 세상에 나와 백성을 잘 다스려 천하를 요순시
　　대처럼 만들라고 권하는 글이다.

204 조혜(爪兮): '조'는 손톱, 여기서는 발톱을 가리킨다. '혜'는 어조사로, 『초사(楚辭)』에 많이 쓰였
　　으며, 접속사 이(而)와 같은 역할도 한다.

205 박(搏): 손으로 치다, 때리다.

206 촉(觸): 뿔로 받다.

207 내하(奈何): '어찌하여 ~하는가?'라는 뜻으로, 유감의 뜻을 나타낸다.

208 포기재(抱奇才): 뛰어난 재주를 가지고 있다.

209 여서아공곡(犁鋤餓空谷): '여서'는 쟁기와 호미. '아'는 굶주리다. '공곡'은 사람이 없는 텅 빈 골
　　짜기. 산속에 은거하며 세상에 나아가지 않는 것을 가리킨다.

210 급현량(急賢良): 어질고 덕이 있는 사람과 선량한 사람을 구하려는 것이 급하다는 뜻. '급'은 맹

甌函朝出開明光[211]이라
구 함 조 출 개 명 광

민의함을 아침에 내어놓고
궁전 열어 인재들 초치하네.

胡不上書自薦達[212]하여
호 불 상 서 자 천 달

어찌하여 그대는 하지 않으시나,
글 올려 스스로를 천거해야,

坐令四海如虞唐[213]고
좌 령 사 해 여 우 당

온 세상으로 하여금
요순시대에 이르게 하는 것을.

134. 고인의 마음(古意)[214]

한유(韓愈)

太華[215]峰頭玉井[216]蓮이
태 화 봉 두 옥 정 련

태화산 산봉우리
옥정에서 나는 연은,

럴하게 열심히 구하다.

211 궤함조출개명광(甌函朝出開明光): '궤함'은 궤짝과 상자. 당나라 측천무후 수공(垂拱) 2년에 명을 내려 동(銅)으로 궤를 만들어 궁성(宮城) 밖에 설치하여 동쪽의 것을 연사(延思), 남을 초간(招諫), 서를 신원(伸寃), 북을 통원(通元)이라 불렀는데, 이는 부송(賦頌)을 지어 바쳐 벼슬하려거나, 조정에 간언하거나, 자신의 억울함을 호소하려는 사람을 위해 설치한 투서함이었다. '조출'은 아침에 내어놓다. '명광'은 한나라 무제(武帝)가 세운 명광전(明光殿)이란 궁궐. 한나라에는 세 개의 명광궁이 있었는데, 그중 하나가 상서(尙書)의 일을 올리는 곳이었다. 따라서 '개명광'은 궁전을 열어 누구나 자신의 뜻을 올릴 수 있도록 하였다는 뜻으로, 현종이 이렇게 하였다는 의미이다.

212 자천달(自薦達): 스스로 자신을 위에 천거하여 벼슬을 얻도록 하다.

213 좌령사해여우당(坐令四海如虞唐): '좌'는 '~로 하여금 ~에 이르게 하다[致]'. '령사해여우당'은 온 세상을 다스려 천하를 요순(堯舜)시대처럼 태평하게 만드는 것을 가리킨다. 우는 순임금 때의 나라 이름이고 당은 요임금 때의 나라 이름이나 여기서는 순임금과 요임금을 가리킨다. 당우라 해야 하나, 운을 맞추기 위해 '우당'이라 하였다.

開花十丈藕如船²¹⁷이라
개 화 십 장 우 여 선

꽃이 피면 너비가 십 장에
뿌리는 배만 하다네.

冷比雪霜甘比蜜하여
냉 비 설 상 감 비 밀

차기는 눈서리 같고
달기는 꿀과 같아서,

一片²¹⁸入口沈痾痊²¹⁹이라
일 편   입 구 침 아 전

한 조각 입에 넣어도
오래된 병 다 낫는다네.

---

214 고의(古意): '옛스러운 멋', '옛스러운 뜻' 등의 의미를 가진 말인데, 우아한 생각, 아담한 멋이란
    뜻으로 고(古) 자를 넣어 좋은 의미로 사용하는 관례가 있다. 당나라 초기의 시인 심전기(沈佺
    期) 같은 사람이 시의 제목으로 이 말을 사용한 적도 있다. 또 한편으로 '옛날 사람들이나 사적
    을 추모하는 생각'을 의미하기도 한다.
    이 시는 화산 꼭대기에 있다는 연꽃의 전설을 빌려, 그 연근을 얻어 병고에 시달리는 세상 사람
    들을 구제하겠다는 기원을 읊은 시로, 도저히 이룰 수 없는 것을 바라는 인정을 한탄한 작품이
    다. 얻기 어려운 연근은 현세의 부귀영화를 가리킨다. 따라서 한유는 이 시를 통하여 부귀를 탐
    내는 사람들을 은근히 야유한 것이다. 하지만 한유가 이 시를 정원(貞元) 18년 여름 화산(華
    山)에 오르는 날 지었다는 설도 있다. 그러나 제목을 보면 결코 기행시(紀行詩) 같아 보이지 않
    는다. 마지막 구절을 검토해 볼 때, 임금의 은혜가 백성들에게까지 두루 미칠 것을 바라는 뜻을
    담고 있기 때문에, 아마도 정원 19년 가뭄이 심하여 백성이 굶주리고 있음을 안타깝게 생각
    하여 지은 것으로 보인다.
215 태화(太華): 섬서성(陝西省) 화음현(華陰縣) 남쪽에 있는 높이 2,200미터의 태화산(太華山)
    을 말한다. 중국의 동서남북과 중앙을 대표하는 다섯 명산, 즉 오악(五岳) 중 서쪽을 대표하는
    산으로 치고 있으며, 그 가운데 봉우리를 연화봉(蓮花峯)이라 한다. 봉우리 위에 궁(宮)이 있
    고 궁 앞에 못이 있으며, 못 속에 꽃잎이 천 개인 연꽃이 있는데, 그것을 따서 먹으면 신선이 된
    다는 전설이 있다고 한다.
216 옥정(玉井): 못의 이름
217 우여선(藕如船): '우'는 연의 뿌리, 연근. '여선'은 크기가 배만 하다.
218 일편(一片): 연은 흔히 뿌리를 먹기 때문에, 그 뿌리의 한 조각으로 보아야 한다.
219 침아전(沈痾痊): 깊이 든 병이 낫다. '침아'는 오래되어 고치기 어려운 병, 고질병. '침'은 오래되
    다, 깊다. '아'는 병의 뜻으로, 아(痾)로도 쓴다. '전'은 병이 낫다.

我欲求之不憚遠[220]이나
아 욕 구 지 불 탄 원

나는 그것을 구하고자
먼 길도 마다하지 않겠으나,

靑壁[221]無路難夤緣[222]이라
청 벽 무 로 난 인 연

푸른 절벽엔 길도 없어
기어오르기 어렵다네.

安得長梯上摘實[223]하여
안 득 장 제 상 적 실

어떻게 긴 사다리 구해
위로 올라가 열매를 따서,

下種七澤根株連[224]가
하 종 칠 택 근 주 련

내려와 칠택에 심어
뿌리와 줄기 연잇게 할까?

135. 정병조에게 드림(贈鄭兵曹)[225]

한유(韓愈)

樽酒相逢[226]十載[227]前에
준 주 상 봉 십 재 전

서로 만나 통술 마시던
십 년 전에,

---

220 불탄원(不憚遠): 먼 것을 꺼리지 않다. '탄'은 꺼리다, 싫어하다.

221 청벽(靑壁): 높은 산의 푸른 석벽

222 인연(夤緣): 부여잡고 매달려 올라가다. 다른 어떤 것에 기대어 그것을 타고 위로 오름

223 안득장제상적실(安得長梯上摘實): '안'은 어찌, 어떻게. '제'는 사다리. '적'은 손으로 따다. '실'은 열매. '어떻게 하면 긴 사다리를 얻어 위에 올라가 열매를 딸 수 있을까'라는 뜻

224 칠택근주련(七澤根株連): '칠택'은 옛날 초(楚)나라에 있었다고 하는 못. 사마상여(司馬相如)의 「자허부(子虛賦)」에 "초나라에 못이 일곱(七澤)이 있다고 했습니다. 일찍이 그중 하나는 보았는데, 나머지 것들은 아직 보지 못했습니다. 신이 본 것은 아주 작은 것으로 이름을 운몽(雲夢)이라 하는데, 둘레가 구백 리입니다"라고 하였다. '근주'는 수목의 근본이 되는 뿌리 부분. '근주련'은 뿌리와 줄기가 연이어 많이 나다.

君爲壯夫²²⁸我少年이더니
군 위 장 부   아 소 년

그대는 장년이었고
나는 청년이었는데,

樽酒相逢十載後하니
준 주 상 봉 십 재 후

통술 마시며 서로 만난
십 년 뒤 오늘,

我爲壯夫君白首²²⁹라
아 위 장 부 군 백 수

나는 장년이 되고
그대는 백발이 되었네.

我才與世不相當²³⁰하여
아 재 여 세 불 상 당

나의 재주는 세상과
서로 어울리지 않아,

戢鱗委翅無復望²³¹이라
즙 린 위 시 무 부 망

비늘 움츠리고 날개 늘어뜨린 듯
더는 희망이 없지만,

當今賢俊皆周行²³²이어늘
당 금 현 준 개 주 항

지금은 어질고 뛰어난 이
모두 조정에서 벼슬하거늘,

---

225 증정병조(贈鄭兵曹): 정병조는 정통성(鄭通誠)을 가리킨다. 장건봉(張建封)이 지금의 산동성에 있는 서주(徐州)에 근거지를 둔 절도사였을 때, 정통성은 부사(副使)였고 한유는 그 군의 종사(從事)가 되어 술로써 서로 사귀었던 사이였다. 병조는 병사를 관장하는 부서라는 뜻인데, 이 부서에 근무하는 관리들을 이렇게 부르기도 한다.
이 시는 세대가 바뀌고, 세상일은 뜻대로 되지 않음을 한탄한 시이다.

226 준주상봉(樽酒相逢): 통술을 마시며 술자리에서 어울리다. '준'은 술그릇으로, 바리라고 한다.

227 재(載): 해

228 장부(壯夫): 원기 왕성한 남자

229 백수(白首): 백발. 노년이 되었음을 뜻한다.

230 여세불상당(與世不相當): 세상과 맞지 않다. 세상과 서로 잘 어울리지 않음

231 즙린위시무부망(戢鱗委翅無復望): '즙린'은 물고기가 비늘을 움츠리고 헤엄치지 못한다는 뜻. '즙'은 거두어 움츠리다. '린'은 비늘. '위시'는 새가 날개를 펴지 못한다는 뜻. '위'는 굽히다. '시'는 날개. '무부망'은 다시 바라볼 수 없다는 말로, 다시 세상에 나아가 벼슬하기를 바라지 않는다는 뜻

君何爲乎亦遑遑[233]고
군 하 위 호 역 황 황

그대는 어찌하여
또한 나처럼 허둥대고 있는가?

盃行[234]到君莫停手[235]하오
배 행　　도 군 막 정 수

잔 돌아 그대에게 가거든
그대 손을 멈추지 마오,

破除萬事無過酒[236]라
파 제 만 사 무 과 주

세상만사 잊는 데는
술보다 나은 것이 없다네.

136. 꿩이 화살을 맞음(雉帶箭)[237]

한유(韓愈)

原頭火燒淨兀兀[238]하니
원 두 화 소 정 올 올

들판 저쪽 풀숲을 태우니
사냥터는 고요하고 우뚝한데,

---

232 주항(周行): 조정의 벼슬자리에 오른다는 뜻. 『시경(詩經)』「주남(周南)·권이(卷耳)」에 "아아,
　　그리운 임 생각에, 바구니를 큰길 위에 내던지네(嗟我懷人, 寘彼周行)"라고 하여 본래는 대로
　　(大路)라는 뜻인데, 여기서는 『모전(毛傳)』과 정현(鄭玄)의 '조정의 벼슬자리에 놓이는 것'이란
　　해석과 '조정의 신하'라는 해석에 따라 이 뜻으로 풀이하였다.

233 황황(遑遑): 마음이 몹시 급하여 허둥지둥하는 모양. 갈팡질팡하는 모양

234 배행(盃行): 술잔이 순서대로 돌아가는 것을 가리킨다.

235 막정수(莫停手): 손을 멈추지 말라. 권하는 대로 술을 마음껏 마셔 취하라는 뜻

236 파제만사무과주(破除萬事無過酒): '파제'는 깨뜨려 없애 버리다. '무과주'는 술(마시는 것)보
　　다 더 좋은 것이 없다는 뜻. 마음을 괴롭히는 여러 가지 일을 없애는 데는 술에 취하는 것보다
　　나은 것이 없다는 뜻

237 치대전(雉帶箭): 정원(貞元) 15년(799) 한유가 32세 때, 서주(徐州)에 있으면서 그곳의 절도
　　사였던 장건봉(張建封)이 꿩 사냥하는 장면을 생동감 있게 그린 작품이다. 이 시는 불을 놓아
　　꿩을 모는 데서부터 날아오른 꿩이 화살을 맞고 떨어지기까지의 광경을 실로 생생하게 묘사하
　　였다.

野雉畏鷹[239]出復沒이라
야 치 외 응　출 부 몰
들꿩들은 매가 두려워
나왔다가 다시 숨네.

將軍欲以巧伏人[240]하여
장 군 욕 이 교 복 인
장군은 뛰어난 궁술로
사람들을 감복시키려,

盤馬彎弓[241]惜不發이라
반 마 만 궁　석 불 발
말 타고 돌면서 시위만 당긴 채
활 쏘는 것 아끼네.

地形漸窄[242]觀者多한데
지 형 점 착　관 자 다
지형은 점점 좁혀지고
구경꾼들 많아지는데,

雉驚弓滿勁箭加[243]라
치 경 궁 만 경 전 가
꿩이 놀라 날자 가득 당긴
힘찬 활이 날아가네.

衝人決起[244]百餘尺터니
충 인 결 기　백 여 척
꿩은 사람들 향해 갑자기 푸드덕
백여 자나 날아오르더니,

238　원두화소정올올(原頭火燒淨兀兀): '원두'는 들판 저쪽, 언덕 머리. '화소'는 사냥터에서 사냥
　　　할 짐승들을 한쪽으로 몰기 위하여 놓은 불. 두 글자가 합쳐져 하나의 명사가 되었는데, 타는
　　　불이란 뜻. '정'은 '고요할 정(靜)'으로 되어 있는 판본도 있다. '올올'은 우뚝하게 나타난 모양, 높
　　　고 평평한 모습을 형용한 말. '정올올'은 고요하며 우뚝하다.
239　외응(畏鷹): '외'는 두려워하다. '응'은 매. 매를 두려워한다는 뜻
240　이교복인(以巧伏人): 교묘한 궁술로 사람들을 감탄시키다. 여기서 '교'는 뛰어난 궁술을 가리
　　　킨다. '복인'은 사람들을 탄복하게 하다.
241　반마만궁(盤馬彎弓): '반마'는 말의 고삐를 꽉 잡고 정해진 장소에서 말을 타고 빙글빙글 돌면
　　　서 경솔하게 앞으로 나아가지 않는 것을 말한다. '만궁'은 활을 힘껏 잡아당기다.
242　지형점착(地形漸窄): 사냥터의 둘레가 점점 좁아지다. '착'은 좁다.
243　경전가(勁箭加): '경전'은 강한 화살. '가'는 화살이 날아가는 것을 가리킨다.
244　충인결기(衝人決起): '충인'은 꿩이 사람들에게 부딪쳐 오다. '결기'는 푸드덕 갑자기 날아오르
　　　는 것을 가리킨다. 사람들을 향하여 푸드덕 갑자기 날아오른다는 뜻

紅翎白鏃相傾斜[245]라
홍령백촉상경사

붉은 깃 흰 촉 달린 살이
꿩과 함께 비스듬히 기우네.

將軍仰笑軍吏賀[246]하니
장군앙소군리하

장군은 하늘 보며 웃고
장교들은 축하하는데,

五色離披[247]馬前墮라
오색리피 마전타

오색 깃 알록달록 흩뜨리며
말 앞에 떨어진다네.

137. 남릉에서의 이별을 서술함(南陵敍別)[248]

이백(李白)

白酒初熟山中歸[249]하니
백주초숙산중귀

막걸리 갓 익을 때
산중으로 돌아오니,

---

245 홍령백촉상경사(紅翎白鏃相傾斜): '홍령'은 화살대 뒷부분에 장식을 하기 위해 붙여 둔 붉은 색의 화살깃. '백촉'은 쇠로 만들어 은빛이 나는 화살촉. '홍령백촉'은 바로 장군이 쏘는 화살을 가리킨다. '상경사'는 날아오른 꿩을 관통한 화살이 꿩이 떨어질 때 비스듬히 기울어져 꿩과 함께 땅으로 떨어지는 것을 묘사한 것이다.

246 군리하(軍吏賀): 군의 장교들이 장군에게 축하의 말을 하다.

247 오색리피(五色離披): '오색'은 꿩의 오색 깃. '리피'는 꽃이 활짝 핀다는 뜻이나, 여기서는 꽃이 활짝 피듯 꿩의 오색 깃털이 알록달록하게 흩어지는 것을 가리킨다.

248 남릉서별(南陵敍別): '남릉'은 안휘성(安徽省) 무호현(蕪湖縣) 남쪽에 있는 지명 『이태백집』권 15에는 「남릉에서 아이들과 이별하고 서울에 들어감(南陵別兒童入京)」이란 제목으로 되어 있다. 이 시는 이백이 자식들과 이별하고 장안으로 향할 때의 이별의 정을 읊은 것이다. 이 시의 처음에서 이백은 자신을 소진(蘇秦)에 비겨 표현하였는데, 소진과는 달리 집에 돌아오자 이백은 식구들로부터 애정 어린 극진한 대접을 받는다. 예사 사람 같으면 안주하였을 것이나, 이백은 남아답게 천하에 도를 펴겠다며 다시 가출할 것을 선언하고 장안으로 향한다. 그뿐 아니라 주매신(朱買臣)의 고사를 들어 자신에게 채찍질까지 가한다. 모든 일에 적

黃雞啄黍秋正肥²⁵⁰라
황 계 탁 서 추 정 비

기장 쪼는 누런 닭은
가을 되어 막 살쪘네.

呼童烹雞²⁵¹酌白酒하니
호 동 팽 계   작 백 주

아이 불러 닭 삶게 하고
막걸리를 마시니,

兒女嬉²⁵²笑牽人衣²⁵³라
아 녀 희   소 견 인 의

아이들 즐겁게 웃으며
내 옷자락 잡아끄네.

高歌取醉欲自慰²⁵⁴니
고 가 취 취 욕 자 위

크게 노래하며 취기 빌려
스스로 위로하려니,

起舞落日爭光輝²⁵⁵라
기 무 락 일 쟁 광 휘

일어나 춤추며 지는 해와
취한 얼굴 붉은빛 다투네.

극적이었던 이백의 성품이 잘 드러난 작품이라고 할 수 있다.

249 백주초숙산중귀(白酒初熟山中歸): '백주'는 흰 술로, 탁주를 말한다. '초숙'은 신숙(新熟)으로
되어 있는 판본도 있다. '산중귀'는 산속의 집으로 돌아오다. 이백이 자신을 전국 시대 출세를 꿈
꾸고 집을 떠났다가 처음엔 뜻을 이루지 못하고 집으로 돌아온 소진에 비겨 표현한 것이다. 소
진이 거지가 되어 집에 돌아오자 그의 집안에서는 그를 업신여겨 아내는 베틀에서 내려오지 않
았고 형수는 밥도 주지 않았다. 이에 소진은 크게 자극받아 다시 집을 떠났고, 제후들에게 합종
설을 유세하여 끝내는 여러 나라의 재상을 겸하게 되었다. 이 시에서 이백은 소진의 경우와는
달리 집에 돌아오자 식구들로부터 애정 어린 극진한 대접을 받는다.

250 탁서추정비(啄黍秋正肥): '탁서'는 기장을 부리로 쪼아 먹다. '탁'은 쪼다. '서'는 오곡의 하나인
기장. '추정비'는 가을이어서 닭이 때마침 맛있게 살이 쪄 있는 것을 가리킨다.

251 팽계(烹雞): 닭을 삶다.

252 희(嬉): 희롱하다.

253 견인의(牽人衣): 사람의 옷을 끌어당기다. '인'은 작자인 이백을 가리킨다.

254 자위(自慰): 뜻을 얻지 못한 것을 스스로 위로하다.

255 쟁광휘(爭光輝): 붉게 취한 얼굴빛이 지는 해와 붉음을 다툰다.

游說萬乘苦不早256하여
유 세 만 승 고 부 조

천자께 유세하는 일
일찍 못한 게 한이 되어,

著鞭跨馬涉遠道257라
착 편 과 마 섭 원 도

채찍 치며 말에 올라
먼 길을 가려 하네.

會稽愚婦輕買臣258하니
회 계 우 부 경 매 신

회계 땅의 어리석은 아녀자가
주매신을 업신여겼다 하니,

余亦辭家西入秦259이라
여 역 사 가 서 입 진

나 역시 집을 떠나
서쪽 장안으로 가려네.

---

256 유세만승고부조(游說萬乘苦不早): '유세'는 각처로 돌아다니며 자신의 포부나 주장을 펴 임
금을 설득시키다. '만승'은 천자를 가리킨다. 고대에 천자가 수레 만 대를 거느렸다는 데서 나온
말이다. '고부조'는 일찍이 천자에게 유세하지 못한 게 괴롭다는 뜻

257 착편과마섭원도(著鞭跨馬涉遠道): '착편'은 채찍질하다. '과마'는 말에 올라타다. '섭원도'는
먼 길을 가다. 말을 타고 채찍을 치며 먼 길을 가려 한다는 뜻

258 회계우부경매신(會稽愚婦輕買臣): '회계'는 절강성에 있는 지명. 매신은 한나라 때의 주매신
을 말하며, '회계의 우부'는 주매신의 처를 가리킨다. 회계의 어리석은 여자는 주매신을 업신여
겼다는 뜻. 주매신은 뜻을 펴 높은 관직에 오르기 전 몹시 가난하여 땔나무를 해다 팔아서 연
명하였는데, 나무를 지고 가는 동안에도 손에는 항상 책이 들려 있었다. 그의 처는 이를 부끄럽
게 여겨 그를 버리고 떠났다. 후에 회계의 태수가 되어 고향으로 돌아오던 매신은 자신을 버리
고 떠났던 옛 아내가 새 남편과 함께 동원되어 새로 부임해 오는 태수를 맞이하기 위해 길을 닦
는 것을 보았다. 매신은 그들 부부를 뒤따르던 마차에 태워 태수의 관사로 데리고 가, 그들에게
녹을 주어 편히 먹고 살도록 했다. 매신의 옛 아내는 몹시 부끄러워 목매어 죽고 말았다고 한다.
이 이야기는 『한서(漢書)』 「주매신전(朱買臣傳)」에 나온다. 지금 이백 자신이 예전에 주매신이
그러했던 것처럼 후에 출세할지 모른다는 뜻

259 사가서입진(辭家西入秦): '사가'는 집을 떠나다. '서입진'은 서쪽 진 지방에 들어간다는 말로, 장
안(長安)이 옛날 진(秦)나라의 수도인 함양(咸陽) 근처에 있었으므로 장안으로 들어가는 것을
가리킨다.

仰天大笑²⁶⁰出門去하니
앙 천 대 소　　출 문 거

하늘 우러러 크게 웃으며
문 나서서 가려 하니,

我輩豈是蓬蒿人²⁶¹가
아 배 기 시 봉 호 인

내 어찌 초야에 묻혀
살다 죽을 사람이리?

138. 달밤에 손님과 함께 살구꽃 아래에서 술 마시며
(月夜與客飮酒杏花下)²⁶²

소식(蘇軾)

杏花飛簾散餘春²⁶³한데
행 화 비 렴 산 여 춘

살구꽃이 발로 날아들어
남은 봄마저 흩뜨리는 듯한데,

明月入戶尋幽人²⁶⁴이라
명 월 입 호 심 유 인

밝은 달이 문으로 들어와
고요히 사는 사람 찾아온다.

---

260 앙천대소(仰天大笑): 이별의 슬픔을 감추고 남자답게 하늘을 우러러보며 크게 웃다.
261 아배기시봉호인(我輩豈是蓬蒿人): '아배'는 나 같은 무리. 여기서는 이백 자신을 가리킨다.
'봉'과 '호'는 모두 쑥을 말하며, '봉호인'은 쑥대밭에 묻혀 사는 사람, 초야에 묻혀 사는 사람. '기
시봉호인'은 '어찌 초야에 묻혀 일생을 마칠 사람이겠는가'라는 뜻
262 월야여객음주행화하(月夜與客飮酒杏花下): 달빛 밝은 봄밤, 살구꽃 아래에서 술을 마신 것
을 읊은 시이다. 고사(故事)를 전혀 인용하지 않았다는 것과 시구가 더없이 청신(淸新)하다
는 것이 특징이다. 소동파는 외경(外景) 묘사에 뛰어났는데, 의인법과 비유법을 자유자재로
구사하여, 달빛 밝은 봄밤의 아름다움을 감각적으로 그려 냈다. 동파의 시 중에서도 명작으
로 꼽힌다.
263 산여춘(散餘春): 남은 봄을 흩뜨리다. 흩어지는 살구꽃잎과 함께 봄이 흩어진다는 뜻
264 심유인(尋幽人): '유인'은 그윽한 곳에 조용히 살아가는 사람, 즉 작자를 가리킨다. 달빛을 의인
화하여 달빛이 그윽이 살아가는 작자를 방문했다는 뜻

褰衣步月踏花影²⁶⁵하니
건 의 보 월 답 화 영

옷자락 걷고 달 아래 거닐며
꽃 그림자 밟노라니,

炯如流水涵靑蘋²⁶⁶이라
형 여 류 수 함 청 빈

환하기가 마치 흐르는 물에
푸른 개구리밥 적시는 듯하다.

花間置酒淸香²⁶⁷發하고
화 간 치 주 청 향   발

꽃 사이에 술자리 펴니
맑은 향기 피어나고,

爭挽長條落香雪²⁶⁸이라
쟁 만 장 조 락 향 설

다투어 긴 가지 끌어당기니
향기로운 꽃잎 눈처럼 떨어진다.

山城薄酒²⁶⁹不堪飮하니
산 성 박 주   불 감 음

이 산성의 묽은 술은
마실 만한 것이 못 되나,

勸君且吸杯中月²⁷⁰이라
권 군 차 흡 배 중 월

그대에게 권하노니
술잔 속의 달이라도 마시게나.

---

265 건의보월답화영(褰衣步月踏花影): '건의'는 옷자락을 걷어 올리다. '건'은 소매나 치맛자락을
    걷어 올리다. '보월답화영'은 꽃 그림자를 밟으며 달빛 아래에서 걷다.
266 형여류수함청빈(炯如流水涵靑蘋): '형'은 밝다, 환하다. '함'은 젖다, 적시다, 잠기다. '빈'은 개
    구리밥, 부평초. 밝기가 흐르는 물이 푸른 개구리밥을 적시는 듯하다는 뜻
267 청향(淸香): 맑은 향기. 술 향기를 가리킨다.
268 쟁만장조락향설(爭挽長條落香雪): '만'은 잡아당기다, 끌다. '쟁만'은 다투어 끌어당기다. '장
    조'는 긴 나뭇가지. '락향설'은 향기로운 눈 조각이 떨어지다. 꽃이 떨어지는 것을 눈이 떨어지는
    것에 비유한 것
269 산성박주(山城薄酒): 이 시는 소식이 서주(徐州)에 있을 때 손님들과 술을 마시며 지은 시이므
    로, '산성'은 서주의 성을 가리킨다. '박주'는 맛없는 술, 묽은 술
270 흡배중월(吸杯中月): '흡'은 단숨에 마시다. '배중월'은 술잔 속의 술에 비친 달

洞簫²⁷¹聲斷月明中에
통 소   성 단 월 명 중

통소 소리 끊어지고
달빛만 밝은데,

惟憂月落酒盃空²⁷²이라
유 우 월 락 주 배 공

달도 지고 술잔 빌까
오직 그것이 걱정이네.

明朝卷地²⁷³春風惡이면
명 조 권 지   춘 풍 악

내일 아침 땅을 말 듯
봄바람이 거세게 불면,

但見綠葉棲殘紅²⁷⁴이라
단 견 록 엽 서 잔 홍

다만 푸른 잎 사이에
지다 남은 붉은 꽃만 보이리.

139. 인일에 두씨 댁 둘째 습유에게 부침(人日寄杜二拾遺)²⁷⁵

고적(高適)²⁷⁶

人日題詩寄草堂²⁷⁷하니
인 일 제 시 기 초 당

인일에 시를 지어 초당에 부치니,

---

271 통소(洞簫): 퉁소. 취주 악기의 한 가지
272 주배공(酒盃空): 술잔이 비다. 즉 술이 떨어지는 것을 말한다.
273 권지(卷地): 땅을 말아 올리다. 바람이 세차게 부는 것을 가리킨다.
274 서잔홍(棲殘紅): '서'는 깃들다, 나무 위에 있다는 뜻. '잔홍'은 거센 바람에도 떨어지지 않고 남아 있는 꽃. 지다 남은 붉은 꽃 사이에 남아 있는 것을 가리킨다.
275 인일기두이습유(人日寄杜二拾遺): '인일'은 정월 7일. 옛날에는 연초의 8일간을 초하루부터 닭[鷄]·개[犬]·돼지[豕]·양[羊]·소[牛]·말[馬]·사람[人]·곡식[穀]의 날로 정하고, 그날의 날씨가 맑고 흐림에 따라 그해 각 생물의 길흉을 예측하였다. 인일에 날이 개면 풍년이 든다고 한다. '두이습유'는 두보를 말한다. 두씨 집안의 같은 항렬(行列) 중에서 두 번째로 나이가 많았기 때문에 '두이'라고 함. 또 숙종 때 좌습유(左拾遺)라는 임금의 실책을 지적하는 벼슬을 명예직으로 받은 적이 있기 때문에 이렇게 부르기도 한다.

遙憐故人²⁷⁸思故鄕이라
요 련 고 인　　사 고 향

고향 생각하고 있을 옛 친구가

멀리서도 애닯구나.

柳條弄色不忍見²⁷⁹이요
유 조 롱 색 불 인 견

파릇파릇한 버들가지

친구 생각에 차마 볼 수 없고,

梅花滿枝空斷腸²⁸⁰이라
매 화 만 지 공 단 장

가지마다 만발한 매화

공연히 애간장을 끊게 하는구나.

身在南蕃無所預²⁸¹하니
신 재 남 번 무 소 예

몸이 남쪽 변방에 있어

조정일 관여하지 못하니,

고적은 이른바 이천 석, 즉 태수였는데 그의 오랜 친구인 두보는 천하를 방랑하는 신세로 성도 (成都)의 완화초당(浣花草堂)에서 임시로 살고 있었다. 해가 바뀌어 인일이 되면 머지않아 봄 빛이 찾아들어 또 한 해가 지났음을 알리고, 고향을 떠난 사람의 가슴에는 깊은 향수가 어리게 된다. 이 시는 고향을 그리는 마음과 친구를 걱정하는 마음이 잘 표현된 뛰어난 작품인데, 벽지 태수로서의 강한 불평이 짙게 깔려 있다. 두보는 이 시를 받은 후 십여 년이 지난 다음, 모아 놓 은 시와 편지를 정리하다 이 시를 발견하고는, 대력(大曆) 5년(770) 정월 21일에 고적에게 답 시를 지었다. 그러나 고적은 이미 5년 전에 죽고 없었다.

276　고적(高適: 700?~765): 당나라 때의 시인. 자는 달부(達夫) 또는 중무(仲武). 하북성(河北省) 창주(滄州) 사람. 젊었을 때는 세상에 그다지 알려지지 않았으나, 50세가 넘으면서 관운이 트 여 여러 요직을 두루 섭렵하였고, 발해현후(渤海縣侯)라는 후작에 봉해지기도 하였다. 군사 관계로 변경에 오래 머물렀으므로 그의 시는 변새(邊塞)를 소재로 한 것이 많았으며, 웅장하고 호방한 시풍을 지니고 있었다. 잠삼(岑參)과 함께 고잠이라 병칭된다.

277　초당(草堂): 두보가 있는 곳을 가리킨다. 두보는 건원(乾元) 2년(759)에 촉나라의 성도(成都) 에 들어가, 그 이듬해 완화계(浣花溪)에 초당을 짓고 그곳에서 여생을 보내고 있었다.

278　요련고인(遙憐故人): '요련'은 멀리서 불쌍히 여기다. '고인'은 옛 친구로, 두보를 가리킨다.

279　유조롱색불인견(柳條弄色不忍見): '유조'는 버들가지. '롱색'은 빛깔을 농락하듯, 봄이 되어 버 들가지가 하루하루 다르게 파릇파릇 푸른빛을 띠는 것을 가리킨다. '불인견'은 차마 볼 수 없다. 옛날 중국에서는 멀리 떠나는 사람을 송별할 때 버들가지를 꺾어 주었는데, 봄이 되어 파릇파 릇해지는 버들을 볼 때마다 이별한 사람이 생각나 차마 볼 수 없다고 표현한 것이다.

280　공단장(空斷腸): 공연히 애끓게 하다. 감단장(堪斷腸)으로 되어 있는 판본도 있다.

281　남번무소예(南蕃無所預): '남번'은 남방의 변경을 말하는데, 이때 고적은 남쪽 땅 촉주자사

心懷百憂復千慮라
심 회 백 우 부 천 려

가슴속은 백 가지 근심
천 가지 시름이 서려 있다.

今年人日空相憶하나
금 년 인 일 공 상 억

올해 초이렛날엔
부질없이 그대 그리지만,

明年人日知何處오
명 년 인 일 지 하 처

내년 초이렛날엔
어디 있을지 알겠는가?

一臥東山三十春²⁸²한데
일 와 동 산 삼 십 춘

고향 동산 숨어산 지
어느덧 삼십 년 지났는데,

豈知書劍老風塵²⁸³고
기 지 서 검 로 풍 진

선비의 몸으로 풍진 속에서
늙을 줄을 어찌 알았으리.

龍鍾還忝二千石²⁸⁴하니
용 종 환 첨 이 천 석

노쇠한 늙은 몸이 도리어
이천 석의 녹을 받으니,

(蜀州刺史)를 지내고 있었다. '무소예'는 조정의 정사에 관여하는 바가 없었다. 당시 지방관은
중앙 정치에 관여할 수 없었다. '예'는 참여하다, 관계하다.

282 일와동산삼십춘(一臥東山三十春): '일와'는 '한 번 은거하다'의 뜻. '삼십춘'은 30년. 동산은 절
강성에 있는 산의 이름. 한 번 동산에 눕더니 30년을 지냈다는 뜻. 진(晉)나라 사안(謝安)은 처
음엔 고향인 절강성(浙江省)의 동산에 은거하며 세상에 나오지 않았는데, 작자도 사안처럼 처
음에는 세상에 나오지 않으려 했다는 뜻

283 서검로풍진(書劍老風塵): '서검'은 책과 칼. 선비는 책과 칼을 의지하고 산다는 의미로, 학문을
닦으며 의기로 사는 선비와 군자를 가리킨다. '로풍진'은 혼탁한 세상일에 휩쓸리며 늙다. '풍진'
은 세상의 속된 일, 또는 혼탁한 세상을 말한다.

284 용종환첨이천석(龍鍾還忝二千石): '용종'은 노쇠한 모양. 늙어서 앓는 모양. 실의하여 기력을
잃고 몰골이 형편없는 모양. 용종 두 자의 중국음이 융(癃: 연로하여 몸이 나른함)과 비슷하여
이런 뜻을 갖게 되었음. '환'은 오히려, 도리어. '첨'은 욕되다, 더럽히다. '이천석'은 군 태수의 녹
봉을 말한다. 욕되게도 이천 석의 녹봉을 받는 몸이 되었다는 뜻으로, 녹을 받는 것이 분에 넘치
는 일이라는 겸양의 말

愧爾東西南北人²⁸⁵이라
괴 이 동 서 남 북 인

그대 동서남북을 떠돌아다니는
이에게 부끄럽기만 하네.

140. 야랑으로 유배 가며 신판관에게 드림
(流夜郞贈辛判官)²⁸⁶

이백(李白)

昔在長安醉花柳²⁸⁷하여
석 재 장 안 취 화 류

옛날 장안에서
꽃과 버들에 취해 놀며,

五侯七貴²⁸⁸同盃酒라
오 후 칠 귀　　동 배 주

고관 귀족들과
술잔을 같이하였지.

285　괴이동서남북인(愧爾東西南北人): '괴'는 부끄럽다. '이'는 2인칭 대명사 '너희'. '동서남북인'은
　　　동서남북을 떠돌아다니는 사람. 『논어』에서는 사방을 돌아다닌 공자를 가리키나, 여기서는 두
　　　보를 말한다.
286　유야랑증신판관(流夜郞贈辛判官): '야랑'은 강남도(江南道) 원주(沅州, 지금의 귀주성 서쪽
　　　변두리)에 있었던 현 이름.
　　　신판관이 누구인지는 알 수 없다. '판관'은 절도사(節度使)나 관찰사(觀察使)의 속관이었다.
　　　안녹산의 난이 일어났을 때, 양자강 일대의 수군(水軍)을 지휘하고 있던 현종의 열여섯째 왕자
　　　영왕(永王) 인(璘)은 그의 형인 숙종 황제에게 스스로 황제가 되려 한다는 의심을 받고 있었다.
　　　이백은 영왕에게 동조하였다가, 영왕이 반역죄로 처형되자 사형에 처해지게 되었다. 그러나 뒤
　　　에 이백은 감형되어 멀리 야랑으로 귀양 가게 되었다. 이 시는 유형에 처해진 이백이 귀양길에
　　　오르며, 즐거웠던 옛일을 회고하여 신판관에게 지어 준 글이다.
287　화류(花柳): 경치가 빼어나 놀고 즐기기 좋은 곳을 가리킨다. 유흥가
288　오후칠귀(五侯七貴): 한(漢)나라의 하평(河平) 2년(27) 성제(成帝)가 외척인 왕씨 성을 가진
　　　다섯 사람을 제후로 봉하였는데, 담(譚)은 평아후(平阿侯), 상(商)은 성도후(成都侯), 입(立)
　　　은 홍양후(紅陽侯), 근(根)은 곡양후(曲陽侯), 봉(逢)은 고평후(高平侯)가 되었다. 다섯 사람
　　　이 같은 날 제후가 되었으므로 세상에선 이들을 '오후'라 불렀다. '칠귀' 역시 한대 서경(西京:

氣岸遙凌豪士前[289]하니
기 안 요 릉 호 사 전

의기는 높아서
호걸들을 능가했으니,

風流[290]肯落他人後[291]아
풍 류   긍 락 타 인 후

풍류가 어찌 다른 이에게 뒤졌으리!

夫子紅顏[292]我少年하니
부 자 홍 안   아 소 년

그대는 홍안의 청년
나는 젊은이여서,

章臺[293]走馬著金鞭[294]이라
장 대   주 마 착 금 편

궁전 앞 달리며
금채찍을 휘둘렀었지.

文章獻納麒麟殿[295]이요
문 장 헌 납 기 린 전

글 지어 기린각의
천자께 헌상하고,

歌舞淹留玳瑁筵[296]이라
가 무 엄 류 대 모 연

노래하고 춤추며
호화로운 잔치에 오래 머물렀네.

장안)의 귀족들로 여(呂)·곽(霍)·상관(上官)·조(趙)·정(丁)·부(傅)·왕(王)의 일곱 호족을 가리킨다. 오후와 칠귀는 한대의 호족과 귀족들을 빌려 당대 장안의 귀족들을 가리킨 것이다.

289 기안요릉호사전(氣岸遙凌豪士前): '기안'은 기상이 언덕처럼 높다. '안'은 언덕으로, 언덕처럼 높은 뛰어난 인물을 말한다. '요릉'은 훨씬 능가하다. '요릉호사전'은 호걸들을 훨씬 능가하여 그들의 앞에 서다.

290 풍류(風流): 인물과 행동. '풍'은 그 사람의 모습이나 위엄. '류'는 그 사람의 행동. 속된 일을 떠나 풍치가 있고 멋지게 노는 일 또는 운치로운 일 등의 뜻으로 많이 쓰인다.

291 낙타인후(落他人後): 다른 사람에게 뒤떨어져 그의 뒤를 따르다.

292 부자홍안(夫子紅顏): '부자'는 선생, 당신 등의 뜻으로 상대방에 대한 존칭으로 쓰인다. '홍안'은 붉은 얼굴. 원기 왕성한 젊은이를 가리킨다.

293 장대(章臺): 장안 서남쪽에 있던 전국 시대 진(秦)나라 궁전의 대를 가리켰으나, 이 이름을 따 여기서는 궁전 앞의 호화로운 거리를 장대가(章臺街)라고 불렀다.

294 착금편(著金鞭): 금채찍을 치다. '착'은 치다. '편'은 말채찍

295 기린전(麒麟殿): 당 현종이 기거하던 궁전

296 엄류대모연(淹留玳瑁筵): '엄류'는 오래 머무르다. '엄'은 오래 체류하다. '대모연'은 대모로 장

與君相謂長如此러니
여 군 상 위 장 여 차

그대와 더불어 오래도록
그러리라 여겼었더니,

寧知草動風塵起²⁹⁷오
영 지 초 동 풍 진 기

난리와 전쟁에 휩싸일 줄
어찌 알았으리!

函谷²⁹⁸忽驚胡馬來²⁹⁹하니
함 곡   홀 경 호 마 래

함곡관에서 놀랍게도
안녹산이 들이닥쳤으니,

秦宮桃李向誰開³⁰⁰오
진 궁 도 리 향 수 개

궁전의 복숭아꽃 오얏꽃은
누굴 향해 피겠는가?

我愁遠謫夜郎³⁰¹去하니
아 수 원 적 야 랑   거

내 근심은 멀리
야랑으로 귀양 가는 것이니,

何日金鷄放赦回³⁰²오
하 일 금 계 방 사 회

어느 날 금닭 아래서
사면되어 돌아오리오?

식한 호화로운 잔치 자리. 대모는 거북의 일종으로서 귀한 장식 재료로 비녀 등의 공예품이나
장식품을 만드는 데 긴요하게 쓰인다.

297 초동풍진기(草動風塵起): '초동'은 풀이 움직인다는 뜻으로 반란이 일어난다는 의미. '풍진기'
는 바람과 먼지가 일어난다는 말로 전란이 일어난 것을 가리킨다.

298 함곡(函谷): 함곡관을 말한다. 하남성(河南省) 영보현(靈寶縣)의 서남쪽에 있던 요새로, 장안
을 지키는 데 꼭 필요한 요충지였다.

299 호마래(胡馬來): 오랑캐 출신 안녹산이 난을 일으켜 장안으로 쳐들어온 것을 가리킨다.

300 진궁도리향수개(秦宮桃李向誰開): '진궁'은 장안의 궁전을 가리킨다. '도리'는 복숭아꽃과 오
얏꽃으로, 궁궐에 살던 궁녀들을 비유하는 말. '향수개'는 '누구를 향하여 피겠는가'라는 뜻으
로, 궁궐에 살던 궁인들이 모두 난을 피하여 도망간 것을 가리킨다.

301 원적야랑(遠謫夜郎): '원적'은 멀리 귀양 가다. '야랑'은 이백의 유배지

302 금계방사회(金鷄放赦回): '금계'는 금으로 된 닭으로, 당나라 때는 중서령(中書令)이 죄인을
사면하는 날에는 금빛 닭을 만들어 긴 장대에 걸어 세워 놓았다고 한다. '방사회'는 죄를 용서받
고 사면되어 돌아오는 것을 가리킨다.

141. 취한 뒤에 정씨 댁 열여덟째가 내가 황학루를 쳐부순다는 것을 시로써 나무라기에 이에 답하다
(醉後答丁十八以詩譏予搥碎黃鶴樓)[303]

이백(李白)

黃鶴高樓已搥碎[304]하니
황학고루이추쇄

황학루 높은 누대를
이미 쳐부수었으니,

黃鶴仙人[305]無所依라
황학선인　무소의

황학 탄 선인은
의지할 곳이 없어지겠지.

黃鶴上天訴上帝[306]하니
황학상천소상제

황학이 하늘에 올라
상제께 호소한다면,

---

303 취후답정십팔이시기여추쇄황학루(醉後答丁十八以詩譏予搥碎黃鶴樓): '정십팔'은 정씨 집
안에서 남자의 서열 열여덟 번째라는 뜻. 누구인지는 알 수 없다.
'황학루'는 무창(武昌)에 있는 누각 이름으로, 앞에 나온 시 번호 132 최호(崔顥)의 「황학루에
올라(登黃鶴樓)」를 참조할 것.
이백이 야랑에 유배되어 가다가 풀려나서 돌아오면서 지은 「강하에서 남릉 현령 위빙에게 보냄
(江夏贈韋南陵氷)」이라는 시 가운데 "나는 그대를 위해 황학루를 부술 테니, 자네는 나를 위
해 앵무주를 엎어 버려라(我且爲君搥碎黃鶴樓 君亦爲吾倒却鸚鵡洲)"라는 구가 있었다. 이
에 정십팔이 이백의 이러한 미친 듯한 표현을 시로 나무라자, 이백이 자신의 허물을 변명하기
위해 이 시를 지었다. 이백이 위빙에게 주는 시에서 이렇게 표현한 것은 취흥이 고조된 호방한
의기를 드러낸 것으로, 황학루나 앵무주의 옛 전설과 삼국의 고사 등이 자신으로 하여금 통절
한 회고의 비애를 불러일으키게 하므로, 그것들을 없애 버림으로써 가슴속의 근심을 씻어 버리
자는 뜻에서였다.
304 추쇄(搥碎): 망치 따위로 쳐서 여러 조각으로 깨뜨리다. '추'는 망치, 또는 망치 따위로 치는 것.
'쇄'는 잘게 여러 조각으로 깨뜨리다.
305 황학선인(黃鶴仙人): 황학루에서 학을 타고 하늘로 올라갔다는 선인
306 소상제(訴上帝): 상제께 호소하다. 상제는 천상 최고의 신으로 옥황상제(玉皇上帝)를 말한다.
옥제(玉帝)로 되어 있는 판본도 있다. 천제(天帝) 또는 옥황(玉皇)이라고도 한다.

却放³⁰⁷黃鶴江南歸라
각 방   황 학 강 남 귀

도리어 황학을 쫓아
강남으로 돌려보내겠지.

神明³⁰⁸太守再雕飾³⁰⁹하여
신 명   태 수 재 조 식

신명한 태수가
다시 조각하고 장식하여,

新圖粉壁還芳菲³¹⁰리라
신 도 분 벽 환 방 비

새로 그려진 흰 벽의 황학이
다시 향기를 내뿜겠지.

一州³¹¹笑我爲狂客³¹²하고
일 주   소 아 위 광 객

온 고을에서 나를 비웃어
미치광이라 하고,

少年往往來相譏라
소 년 왕 왕 래 상 기

젊은이들 때때로 몰려와
나를 나무라네.

君平簾下³¹³誰家子오
군 평 렴 하   수 가 자

엄군평의 발아래에서
신선술 배운 이 뉘 집 자손인가?

---

307 각방(却放): 오히려 쫓아내다. 도로 놓아 보낸다는 뜻
308 신명(神明): 신과 같이 밝은 덕을 지닌 것을 가리킨다.
309 조식(雕飾): 조각하여 장식하다. 수리하는 것을 가리킨다. '조'는 새기다.
310 신도분벽환방비(新圖粉壁還芳菲): '신도'는 새로 그린 황학을 가리킨다. '분벽'은 흰 벽. '환'은
   다시. '방비'는 화초처럼 향기가 난다. 새로 그린 황학의 그림이 훌륭하다는 뜻
311 일주(一州): 한 고을 전체. 여기서 고을은 무창을 가리킨다.
312 광객(狂客): 마음이 넓고 크며, 상식을 뛰어넘은 사람. 이백은 "나는 본디 초나라의 미치광이,
   미친 듯 노래하며 공자를 비웃노라(我本楚狂人, 狂歌笑孔丘)"고도 하였다.
313 군평렴하(君平簾下): 군평은 한(漢)나라 엄준(嚴遵)의 자. 엄군평은 성도(成都)의 시장에서
   점치는 것을 업으로 삼아 연명하였는데, 사람들에게 점을 쳐 주고 백 전을 벌어 자신이 먹고 사
   는 데 별 지장이 없으면, 즉시 가게 문을 닫고 발을 내린 다음 사람들에게 『노자(老子)』를 가르
   쳤다는 선인에 가까운 사람. '렴하'는 발아래. 군평의 발아래에서 『노자』를 배웠다는 말로, 도가
   의 신선술을 공부한 사람을 가리킨다.

云是遼東丁令威³¹⁴라
운 시 요 동 정 령 위

사람들이 말하기를
요동의 정령위라네.

作詩掉我驚逸興³¹⁵하니
작 시 도 아 경 일 흥

시 지어 나를 뒤흔들고
뛰어난 흥취로 놀라게 하니,

白雲遶筆³¹⁶窓前飛라
백 운 요 필   창 전 비

흰 구름 붓 주위를 맴돌며
창 앞을 날았을 테지.

待取³¹⁷明朝酒醒罷하면
대 취   명 조 주 성 파

내일 아침을 기다려
술이 다 깨거든,

與君爛熳³¹⁸尋春輝하리라
여 군 란 만   심 춘 휘

그대와 함께 난만한
봄빛을 찾아보리라.

---

314 요동정령위(遼東丁令威): 요동 땅의 정령위. 정십팔이 정령위와 동성이므로, 정십팔은 신선이
     되었다는 정령위가 다시 나타난 것이라고 슬쩍 비꼰 것이다. 요동 사람 정령위는 영허산(靈虛
     山)에 들어가 도를 닦은 후 학이 되어 하늘로 날아갔다고 한다.
315 도아경일흥(掉我驚逸興): '도아'는 나를 뒤흔들다. '도'는 흔들다, 요동시키다. '경일흥'은 매우
     뛰어난 재치로 사람을 놀라게 한다는 뜻
316 백운요필(白雲遶筆): 흰 구름이 붓 주위를 맴돌다. '백운'은 신선이 사는 곳에 항상 떠돌다. 정
     십팔의 시가 선풍을 띠고 있음을 가리킨다.
317 대취(待取): 기다리다. '취'는 의미가 없는 어조사로 동작의 진행을 나타낸다.
318 난만(爛熳): 광채가 발산하는 모양 또는 흩어져 사라지는 모양. 여기서는 꽃이 만발한 모양을
     형용한 말

142. 채석산의 달을 노래하여 곽공보에게 드림
(采石月贈郭功甫)[319]

매요신(梅堯臣)[320]

采石月下訪謫仙[321]하니
채 석 월 하 방 적 선

채석산 달빛 아래로
귀양 온 신선을 찾아갔더니,

夜被錦袍坐釣船[322]이라
야 피 금 포 좌 조 선

달밤에 금포 입고
고깃배에 앉아 있었네.

---

319 채석월증곽공보(采石月贈郭功甫): 채석산(采石山)은 안휘성(安徽省) 당도현(當塗縣) 북쪽
에 있는 산 이름으로, 사람들이 그곳에서 많은 돌을 채취하였기 때문에 그런 이름이 붙었다고
한다. 채석산 아래 채석기(采石磯)에서 이백이 술에 취해 뱃놀이를 하다가 물에 비친 달을 보
고 달을 잡으러 물속으로 들어가 빠져 죽었다는 전설이 있다.

곽공보의 이름은 상정(祥正), 자가 공보이다. 그의 어머니가 꿈속에서 이백을 보고 그를 낳았다
고 하는데, 어려서부터 시를 잘 지어 이름이 높았다. 매요신은 그를 천재라고 하였고, 진실로 이
태백의 후신이라며 탄복하였다 한다.

이 시는 채석산의 달을 보고 이백을 생각한 매요신이 이백과 흡사한 시인 곽상정을 찬양하여
지어 보낸 것이다. 이백이 채석에서 달을 보고 달을 잡으러 물속으로 들어가 죽었다는 전설과
이백과 곽자의(郭子儀)의 고사, 또 진나라의 양호의 출생에 관한 고사 등을 인용하여, 이백과
곽자의의 관계를 이백과 곽공보에까지 발전시켰다.

320 매요신(梅堯臣: 1002~1060): 북송 초기의 시인으로 자는 성유(聖兪). 선주(宣州) 선성(宣城:
지금의 안휘성) 사람. 둔전도관원외랑(屯田都官員外郎)의 벼슬을 지냈기 때문에 사람들은 그
를 매도관이라고도 불렀다. 구양수(歐陽脩)와는 시로써 절친한 벗이 되어 함께 송초 시문 혁신
운동을 주도하였는데, 평담(平淡)한 시를 많이 지어 송시 개척에 큰 역할을 하였다. 문집으로
『완릉선생집(宛陵先生集)』 60권이 있다.

321 방적선(訪謫仙): 이백의 유적지를 찾아왔다는 뜻. '방'은 찾다, 방문하다. 적선은 귀양 온 신선
으로, 이백을 가리키는 말. 앞에 나온 시 번호 35~36 「술을 마시며 하지장을 그리워함 두 수(對
酒憶賀監二首)」를 참조할 것

322 야피금포좌조선(夜被錦袍坐釣船): '피금포'는 비단 웃옷을 걸치다. '피'는 옷을 걸치다. '금포'
는 비단 두루마기. '조선'은 고깃배. '조'는 낚시. 이백은 채석기에서 밤에 비단 장포를 걸치고 낚
싯배에 앉아 뱃놀이를 하다가 물에 빠졌다고 전한다.

醉中愛月江底懸³²³하여
취 중 애 월 강 저 현

술 취해 강물 속에
비친 달을 사랑하여,

以手弄月身翻然³²⁴이라
이 수 롱 월 신 번 연

손으로 달 따려다
몸이 물속에 빠졌다네.

不應暴落飢蛟涎³²⁵이요
불 응 폭 락 기 교 연

물속 깊이 떨어졌으나
굶주린 이무기 침만 흘리고,

便當騎鯨上靑天³²⁶이라
변 당 기 경 상 청 천

곧바로 고래 타고
푸른 하늘에 올라갔다네.

靑山有冢人謾傳³²⁷하니
청 산 유 총 인 만 전

청산에 무덤이 있다고
사람들이 그릇 전하니,

却來人間³²⁸知幾年고
각 래 인 간   지 기 년

인간 세상에 다시 온 지
얼마인지 아는가?

---

323 애월강저현(愛月江底懸): 강 밑바닥에 걸려 있는 달을 사랑하다. 달밤에 강물 위에 비친 달을
사랑했다는 뜻. '현'은 매달리다.

324 농월신번연(弄月身翻然): '농월'은 달을 희롱하다. 손으로 강물에 비친 달을 만지는 것을 가리
킨다. '신번연'은 몸이 물에 빠지다. '번연'은 뒤집히는 것, 물에 빠지는 모양

325 폭락기교연(暴落飢蛟涎): '폭락'은 마구 떨어지다. '기교'는 굶주린 이무기. '교'는 뿔이 없는 용
으로, 물속에서 아직 승천하지 못한 놈. '연'은 침, 또는 물이 졸졸 흐르는 모양. 물속 깊이 떨어
지지는 않아 굶주린 이무기의 밥은 되지 않았다는 뜻

326 기경상청천(騎鯨上靑天): 이백은 물에 빠진 후 고래를 타고 푸른 하늘에 올랐다고 한다.

327 청산유총인만전(靑山有冢人謾傳): 청산에 이백의 무덤이 있다고 사람들이 잘못 전하다. '만
전'은 그릇되게 전하다. 제(齊)나라의 사조(謝脁)가 좋아했던 청산을 이백 역시 좋아하여 이백
의 무덤이 그곳에 있을 것이라고 전해지지만, 이백은 신선이어서 무덤이 있을 리 없으니, 세상
사람들이 청산에 무덤이 있다고 말하는 것은 잘못이라는 의미

328 각래인간(却來人間): '각래'는 오히려 왔다. 인간 세상으로 이백의 혼이 되돌아온 것을 가리킨
다. 이백의 혼이 곽공보로 화하여 다시 인간 세상에 나타났다는 뜻

在昔孰識汾陽王[329]고
재 석 숙 식 분 양 왕

옛날 누가 알아보았나,
대오에 있던 곽자의를.

納官貰死義難忘[330]이라
납 관 세 사 의 난 망

관작 바쳐 이백 죄 사려 함은
의리를 잊지 못해서라네.

今觀郭裔奇俊郎[331]하니
금 관 곽 예 기 준 랑

지금 곽자의의 후예로
뛰어난 그대를 보니,

眉目眞似攻文章[332]이라
미 목 진 사 공 문 장

이목구비가 참으로
글을 잘 지을 것 같네.

死生往復猶康莊[333]하니
사 생 왕 복 유 강 장

죽고 살고 오고 감이
큰길 왕래하는 것 같으니,

---

329 재석숙식분양왕(在昔孰識汾陽王): '재석'은 옛날. '숙식분양왕'은 누가 분양왕을 알아보았던
가. 분양왕은 곽자의로 이백이 곽자의를 알아보았다는 뜻. 옛날 곽자의가 장군이 되기 전에 졸
병으로 대열에 있었는데, 이백은 그가 범용한 병사가 아님을 알아보고 천거하였다. 이후 곽자
의는 안사의 난을 평정하여 당대 제일 공신이 되었으며, 나중에 분양왕에 봉해졌다. 이백이 영
왕(永王) 이린(李璘)의 역모 사건에 연루되었을 때, 곽자의는 자신의 관작을 내놓고 이백의 죄
를 용서해 줄 것을 청하였다.

330 납관세사의난망(納官貰死義難忘): '납관세사'는 관작을 내놓고 죽음을 사다. 영왕의 사건에
연루되었던 이백을 살리기 위해, 곽자의가 자신의 관작을 내놓았던 것을 가리킨다. 그 결과 이
백은 사형을 면하고 야랑으로 귀양 가게 되었다. '의난망'은 의리를 잊기 어렵다. 곽자의가 자신
을 천거해 준 이백의 의리를 잊지 못한 것을 가리킨다.

331 곽예기준랑(郭裔奇俊郎): '곽예'는 곽자의의 후예. '예'는 자손으로, 곽자의와 성이 같은 곽공
보를 가리킨다. '기준랑'은 뛰어난 사람으로, 곽공보를 말한다. '랑'은 남자에 대한 존칭

332 미목진사공문장(眉目眞似攻文章): '미목'은 눈썹과 눈으로, 이목구비. '공'은 교묘하다는 뜻으
로, 빼어난 것. '공문장'은 글을 잘 짓는다는 뜻. 눈썹과 눈을 보니 참으로 글을 잘 지을 것 같은
것이, 글을 잘 짓던 옛날의 이백과 비슷할 것 같다는 뜻

333 사생왕복유강장(死生往復猶康莊): 사람이 죽고 살고 오고 가는 것은 사통팔달의 큰 길과 같
다. 곽공보가 다시 태어난 이백의 화신임을 암시한다. '강장'은 오통사달(五通四達) 또는 사통

樹穴探環知姓羊[334]이라
수 혈 탐 환 지 성 양

양호 전생이 이씨의 아들이듯
그대는 다시 태어난 이백일세.

143. 술잔을 들고 달에게 묻다(把酒問月)[335]

이백(李白)

靑天有月來幾時오
청 천 유 월 래 기 시

푸른 하늘에 달이 있은 지
얼마나 되었는가?

我今停盃一問之라
아 금 정 배 일 문 지

나는 지금 술잔 놓고
한 번 물어보노라.

팔달되는 큰길을 뜻한다. 오달의 길을 강이라 하였고, 육달을 장이라 하였다.

334 수혈탐환지성양(樹穴探環知姓羊): '수혈탐환'은 나무 구멍에서 고리를 찾다. '지성양'은 이씨의 죽은 자식이 다시 양씨의 자식으로 태어났다는 것을 알게 되었다. 진(晉)나라 양호(羊祜)가 다섯 살 때 전에는 없었던 장난감 금환을 가지고 놀자 유모가 이것이 어디에서 났는지를 물었는데, 양호는 이웃집 이씨네 동쪽 담 가의 뽕나무 구멍 가운데에서 그것을 찾아냈다고 하였다. 이웃집 이씨가 놀라서 "이것은 우리의 죽은 아이가 잃어버렸던 것인데, 어떻게 네가 지니게 되었느냐?"고 묻자, 유모는 모든 일을 자세히 이야기하였다. 이씨는 매우 슬퍼하였고, 세상 사람들은 이를 이상하게 여기면서, 이씨의 아들이 양호의 전신이라고 생각하였다. 이 이야기는 『수신기(搜神記)』라는 소설책에 나오는 진나라 양호의 출생에 관한 고사로, 곽공보가 이백의 환생이라는 것을 주장하기 위하여 인용하였다.

335 파주문월(把酒問月): 술을 마시며 달에게 묻는 형식을 취한 작품으로, 영원한 존재인 달에 대해 유한한 인간의 삶을 한탄하고 있다. 이백의 술은 낭만적인 것이다. 영원한 달과 단명한 인생을 비교하여, 인간 세상에서 영원히 삭이지 못할 비애 때문에 마시는 술이다. 또 그러한 술을 마시기 위한 노래가 그의 '주가(酒歌)'이다. 이것들은 시 번호 162「술을 권하려 한다(將進酒)」나 시 번호 26「벗을 만나 함께 묵다(友人會宿)」 등에 나타난 낭만적 인생관에 의거한 것이다. 그런데 이것은 이백뿐만 아니라 당대 시인에게서 볼 수 있는 일반적인 경향이다.

人攀明月[336]不可得이나
인 반 명 월　　불 가 득

사람들은 달에 오르려 해도
오를 수가 없으나,

月行却與人相隨라
월 행 각 여 인 상 수

달은 오히려
사람들 가는 데로 따라가네.

皎[337]如飛鏡[338]臨丹闕[339]한데
교　여 비 경　림 단 궐

밝기가 하늘 나는 거울에
붉은 대문 비친 것 같은데,

綠煙[340]滅盡淸輝發이라
녹 연　멸 진 청 휘 발

밤안개 다 없애고
맑은 빛을 발하네.

但見宵[341]從海上來니
단 견 소　종 해 상 래

다만 밤이 되어 바다 위로
떠오르는 걸 볼 뿐이니,

寧知曉向雲間沒고
영 지 효 향 운 간 몰

어찌 알리오, 새벽녘
구름 사이로 사라지는 걸.

玉兎搗藥[342]秋復春하니
옥 토 도 약　추 부 춘

옥토끼는 불사약을
봄가을로 찧고 있으니,

---

336 반명월(攀明月): 밝은 달을 잡고 기어오르다. '반'은 나무나 산을 기어오르다.
337 교(皎): 달빛 같은 것이 희게 빛나 밝다.
338 비경(飛鏡): 높은 하늘을 나는 거울이라는 뜻으로, 둥근 달을 형용하는 말
339 단궐(丹闕): 붉은색을 칠한 문. 궁궐이나 호화로운 집의 문
340 녹연(綠煙): 푸른 밤안개
341 소(宵): 밤
342 옥토도약(玉兎搗藥): 옥토끼가 불사약을 찧다. '옥토'는 백토(白兎)로 되어 있는 판본도 있다.
　　달에서 옥토끼가 불사약을 찧고 있다는 중국 고대의 전설이 있다.

姮娥孤栖³⁴³與誰隣가
항 아 고 서   여 수 린

항아는 홀로 살며
누구와 이웃할까?

今人不見古時月이나
금 인 불 견 고 시 월

지금 사람은 옛 달을
보지 못하였으나,

今月曾經照古人이라
금 월 증 경 조 고 인

지금 달은 일찍이
옛사람을 비추었으리.

古人今人若流水하니
고 인 금 인 약 류 수

옛사람이나 지금 사람이나
모두 흐르는 물과 같으니,

共看明月皆如此라
공 간 명 월 개 여 차

달을 보는 그 마음
다들 이와 같으리라.

惟願當歌對酒³⁴⁴時에
유 원 당 가 대 주   시

오직 바라노니,
술 마시고 노래할 때에는

月光長照金樽裏라
월 광 장 조 금 준 리

달빛이 언제까지나
금술통에 비추고 있기를.

---

343 항아고서(姮娥孤栖): '항아'는 항아(嫦娥)라고도 쓰며, 달에 있다는 중국 고대 전설상의 신녀.
서왕모(西王母)에게서 불사약을 훔쳐 달로 달아났다고 한다. '고서'는 외로이 살다.

344 당가대주(當歌對酒): 술을 마실 때는 당연히 노래를 불러야 한다. 짧은 인생에 있어 즐거운 때
는 거의 없다는 뜻. 조조(曹操)는 「단가행(短歌行)」에서 "술을 대하면 당연히 노래를 불러야
하네(對酒當歌)"라고 읊었는데, 이백은 이를 도치하여 사용하였다.

144. 남나무가 비바람에 뽑힌 것을 탄식함
(柟木爲風雨所拔歎)[345]

두보(杜甫)

倚江[346]柟樹草堂前한데
의 강　　 남 수 초 당 전

초당 앞 강가에
남나무가 서 있는데,

故老[347]相傳二百年이라
고 로　　 상 전 이 백 년

마을 노인들 전하길
이백 년은 묵었다네.

誅茅卜居總爲此[348]하니
주 모 복 거 총 위 차

띠를 베고 거처 정함은
모두 이 나무 때문이니,

五月髣髴聞寒蟬[349]이라
오 월 방 불 문 한 선

오월에도 가을 매미 소리
들릴 때처럼 시원했네.

345　남목위풍우소발탄(柟木爲風雨所拔歎): '남목'은 남나무. 열매는 살구 같으나 시고, 강남에 많
　　이 자라는 상록 교목. '남'은 남(楠)으로도 쓰며, 매남자(梅柟子) 또는 남재(柟梓)라고도 한다.
　　성도에 머무르던 두보의 완화초당 앞에 있던 남나무가 비바람에 넘어지자, 두보가 그것을 슬퍼
　　하여 지은 작품이다. 본서를 비롯하여 여러 책은 두보가 의탁하던 엄무(嚴武)의 죽음을 집 앞
　　남나무가 쓰러진 것에 비겨 탄식한 것이라고 주를 달고 있다. 즉 영태(永泰) 원년(765) 3월에
　　폭풍우가 있었던 사실과 그해 4월에 엄무가 죽은 사실을 결부시켜 해석한 것이다. 그러나 문면
　　에 나타난 대로, 이 시는 사랑하던 남나무가 바람에 뽑혀 처참한 모습이 된 것을 슬퍼하여 지은
　　것이며, 지어진 시기는 상원(上元) 2년(761)경이다.
346　의강(倚江): 강에 의지한다는 말로, 강가에 있다는 뜻
347　고로(故老): 그 고장의 노인. 고로(古老)로 되어 있는 판본도 있다.
348　주모복거총위차(誅茅卜居總爲此): '주모'는 띠 풀을 베어 터를 닦다 또는 땅을 개간하다. '복거'
　　는 점을 쳐 주거를 정하다. '복'은 거북의 등딱지를 구워 길흉을 판단하다. '총위차'는 모두가 이
　　남나무 때문이었다는 뜻. '차'는 남나무
349　방불문한선(髣髴聞寒蟬): '방불'은 아주 비슷하다, '흡사 ~와 같다'는 뜻. '한선'은 쓸쓸한 가을
　　철 매미. '문한선'은 가을철 매미 소리를 들을 때처럼 나무 아래가 시원하다.

東南飄風³⁵⁰動地至하니
동 남 표 풍　　　동 지 지

동남쪽에서 회오리바람이
땅을 흔들며 불어오더니,

江翻石走流雲氣³⁵¹라
강 번 석 주 류 운 기

강물 뒤집고 돌이 날고
구름 마구 흩어졌네.

幹排雷雨猶力爭³⁵²이나
간 배 뢰 우 유 력 쟁

남목 줄기 우레와 비 피하며
힘껏 맞서는 듯하였지만,

根斷泉源豈天意³⁵³아
근 단 천 원 기 천 의

뿌리가 샘물 솟는 땅속에서
꺾였으니 이 어찌 하늘의 뜻이리오?

滄波老樹性所愛³⁵⁴니
창 파 로 수 성 소 애

푸른 물결과 늙은 나무는
천성적으로 좋아하는 바이니,

浦上童童³⁵⁵一靑盖³⁵⁶라
포 상 동 동　　　일 청 개

물가에서 잎 무성한 채
푸른 수레 덮개처럼 서 있었네.

350　표풍(飄風): 회오리바람

351　강번석주류운기(江翻石走流雲氣): '강번'은 강물이 뒤집히다. '석주'는 모래와 돌이 바람에 날리다. '류운기'는 구름과 공기가 마구 흘러가다.

352　간배뢰우유력쟁(幹排雷雨猶力爭): '간배뢰우'는 남나무의 줄기가 우레와 비를 밀어내다. 모진 우레와 비에 고통을 받는 남나무의 모습을 형용한 것. '역쟁'은 힘을 다하여 항거하다.

353　근단천원기천의(根斷泉源豈天意): '근단천원'은 뿌리가 샘의 원천이 있는 땅속 깊은 곳에서 끊어지다. '기천의'는 '어찌 하늘의 뜻이겠는가?'라는 말로, 우연한 불행이라는 뜻

354　성소애(性所愛): 태어나면서부터 사랑하다. '본성이 서로 좋아하는 바이다'라는 뜻

355　동동(童童): 잎이 무성한 가지가 퍼져서 가리고 있는 모양을 형용한 말

356　일청개(一靑盖): 수레에 장식용으로 받치는 일산이 하나 서 있는 것 같다는 뜻. '청개'는 수레의 푸른 포장. 잎이 무성한 남목의 모양이 마치 수레의 푸른 덮개 같다는 뜻

野客頻留懼雪霜[357]이요
야 객 빈 류 구 설 상

시골 사람들 눈서리 피해
자주 그 아래 머물렀고,

行人不過聽竽籟[358]라
행 인 불 과 청 우 뢰

나그네는 발걸음 멈추고
스치는 바람 소리 들었다네.

虎倒龍顚委榛棘[359]하니
호 도 용 전 위 진 극

지금은 넘어진 호랑이 엎어진 용처럼
가시나무 잡목 사이에 누웠으니,

淚痕血點垂胸臆[360]이라
누 흔 혈 점 수 흉 억

피눈물을 흘리며
가슴을 적시고 있네.

我有新詩何處吟고
아 유 신 시 하 처 음

내가 시를 새로 짓더라도
어디에서 읊어야 하나?

草堂自此無顔色[361]이라
초 당 자 차 무 안 색

초당은 이로부터
볼품없게 되었구나.

---

357 야객빈류구설상(野客頻留懼雪霜): '야객'은 들녘에서 일하는 사람. 시골 사람. '빈류구설상'은 눈과 서리를 피하여 남나무 밑에 머무는 것을 말한다. '빈'은 자주. '구'는 두려워하다.
358 불과청우뢰(不過聽竽籟): 피리 소리를 듣느라고 지나가지 못하다. 여기서 '우뢰'는 남나무를 스치고 지나가는 바람 소리를 가리킨다.
359 호도용전위진극(虎倒龍顚委榛棘): '호도용전'은 호랑이가 넘어지고 용이 엎어지다. 큰 나무가 쓰러져 있는 모양을 형용한 것. '위진극'은 남나무가 잡목 떨기와 가시덤불 사이에 쓰러져 있다는 것을 가리킨다. '위'는 맡기다, 내버려 두다. '진'과 '극'은 모두 가시나무
360 누흔혈점수흉억(淚痕血點垂胸臆): '누흔'은 눈물 자국. '혈점'은 핏자국. '흉억'은 가슴을 뜻한다. '흉'과 '억'은 모두 가슴이라는 뜻. '수흉억'은 가슴에 떨어지다.
361 무안색(無顔色): 볼 만한 것이 없다. 볼품없이 되었다는 뜻

145. 태을진인의 연엽도에 적음(題太乙眞人蓮葉圖)[362]

한구(韓駒)[363]

太乙眞人蓮葉舟로
태을진인련엽주

태을진인이 연잎 배를 타고,

脫巾露髮寒颼颼[364]라
탈건로발한수수

두건 벗어 머리 드러내니
찬바람에 날리네.

輕風爲帆浪爲檝[365]하여
경풍위범랑위즙

가벼운 바람 돛을 삼고
물결을 노로 삼아,

臥看玉字[366]浮中流라
와간옥자 부중류

누운 채 옥 글씨 읽으며
물결 위를 흘러가네.

---

362 제태을진인연엽도(題太乙眞人蓮葉圖): '태을'은 태일(太一)이라고도 하며, 원래는 별의 이름
이었다. 자미궁(紫微宮: 북극성의 성좌) 밖에 있는 천제신(天帝神)으로 16신을 장악했다고
한다. '진인'은 도가에서 진리를 닦아 도를 터득한 사람. 선인(仙人)이 형체를 변화시켜 하늘에
오른 것을 진인이라 하는데, '태을진인'은 하늘 최고신의 이름을 가진 남자 선인.
'연엽도'는 북송 때 이공린(李公麟: 1049~1106)이라는 화가가 그린, 태을진인이 큰 연잎 속에
누워 손에 책을 들고 읽고 있는 모습을 그린 그림이다. 속세를 벗어나서 자연에서 노니는 생각
을 갖게 하는 그림이라고 한다. 이공린은 자가 백시(伯時)인데, 송나라 철종(哲宗) 때에 급제하
여 몇 년간 벼슬하다가 곧 은퇴하여 자연에 뜻을 두고 유유자적하였는데, 용면산장(龍眠山莊)
을 그리고 스스로 용면거사라 불렀다고 한다. 그림과 초서, 고고학자로 유명하였다.
이 시는 태을진인이 연잎에 누워 책을 읽는 모습을 그린 그림을 보고 읊은 시이다. 마치 한 폭의
그림을 눈앞에 보는 듯한 느낌을 주는 작품이다.

363 한구(韓駒: ?~1135): 북송의 시인으로, 자는 자창(子蒼). 소동파에게서 배웠으며, 시로 명성이
있었다. 그는 시를 끊임없이 다듬었으므로, 남긴 작품은 많지 않았으나 작품 하나하나가 주옥
과 같이 훌륭하였다.

364 탈건로발한수수(脫巾露髮寒颼颼): '건'은 두건. '탈건'은 두건을 벗다. '로발'은 머리를 드러내
다. '수수'는 바람이 부는 모양. '한수수'는 찬바람이 쏴 부는 소리를 형용한 것

365 경풍위범랑위즙(輕風爲帆浪爲檝): 가벼운 바람으로 돛을 삼고, 물결로 노를 삼다. '범'은 돛.
'즙'은 노. '즙'은 '집'으로도 읽는다.

中流蕩漾翠綃舞367하고
중 류 탕 양 취 초 무

물결 위를 떠가는 모습
비췻빛 비단이 춤추는 듯,

穩如龍驤萬斛舉368라
온 여 용 양 만 곡 거

안온하기 용양장군의
큰 배가 떠 있는 듯.

不是峯頭十丈花369면
불 시 봉 두 십 장 화

연화봉 옥정 십 장 너비
연잎이 아니라면,

世間那得葉如許370오
세 간 나 득 엽 여 허

세상에서 어떻게
이런 연잎을 얻었으리.

龍眠畫手老入神371하니
용 면 화 수 로 입 신

용면거사 그림 솜씨
늙을수록 신묘해져,

---

366 옥자(玉字): 태을진인이 보고 있는 옥 같은 글씨로 쓰인 책. 옥우(玉宇)로 잘못 표기한 판본도
있다.

367 탕양취초무(蕩漾翠綃舞): '탕양'은 물이 흐르는 모양 또는 물결이 움직이는 모양. '취초무'는
비췻빛 비단이 춤을 추다. 부드러운 연잎이 물 위에 떠 있는 모양을 형용한 말. '초'는 삶아서 익
히지 않은 명주실

368 온여용양만곡거(穩如龍驤萬斛舉): '온'은 안온하다, 안정되다. '용양'은 용양장군 왕준(王濬)
을 말하는데, 진(晉)나라 무제(武帝) 때 왕준은 용양장군이 되자 큰 배를 만들어 오(吳)나라를
쳤다고 한다. '만곡'은 용량이 큰 배를 뜻한다. '곡'은 도량형의 단위로, 열 말이 일 곡. '거'는 파도
를 타고 앞으로 나아가다.

369 봉두십장화(峯頭十丈花): 시 번호 134 한유의 「고인의 마음(古意)」에서 "태화산 산봉우리 옥
정에서 나는 연은, 꽃이 피면 너비가 십 장에 뿌리가 배만 하다네(太華峯頭玉井蓮, 開花十丈
藕如船)"라고 한 것과 같은 말

370 여허(如許): 이와 같다.

371 용면화수로입신(龍眠畫手老入神): 용면은 '태을진인연엽도'를 그린 이공린을 가리킨다. '화
수'는 그림 그리는 솜씨. '로입신'은 늙을수록 신의 경지에 들다. '입신'은 기술이 숙달되어 영묘
한 경지에 이르다.

尺素幻出³⁷²眞天人이라
척 소 환 출　　　진 천 인
한 자 폭의 흰 비단에
진짜 천인 그려 놓았네.

恍然³⁷³坐我水仙府³⁷⁴하니
황 연　　　좌 아 수 선 부
황홀하게도 나를
물속 신선 궁전에 앉은 듯 만드니,

蒼烟萬頃波潾潾³⁷⁵이라
창 연 만 경 파 린 린
푸른 안개 피어오르는
넓은 수면엔 물결 반짝이네.

玉堂學士今劉向³⁷⁶하여
옥 당 학 사 금 유 향
한림원의 학사들은
지금 세상의 유향과 같아서,

禁直岧嶢九天上³⁷⁷이라
금 직 초 요 구 천 상
하늘 위로 높이 솟은
궁전에 앉아들 있네.

372　척소환출(尺素幻出): '척소'는 한 자 넓이의 흰 비단. '환출'은 요술을 부린 듯 천인(天人)의 모
　　　습을 멋지게 그려 놓은 것을 가리킨다.

373　황연(恍然): 황홀하여 정신이 멍한 모양

374　수선부(水仙府): 물속 신선들의 궁전

375　창연만경파린린(蒼烟萬頃波潾潾): '창연'은 검푸르게 보이는 물안개. '만경'은 넓은 것을 형용
　　　한 말. '경'은 넓이의 단위로 백 무(畝). '린린'은 하얀 돌이 물속에서 반짝이는 모양. 잔물결이 반
　　　짝이는 모양 또는 달빛이 맑은 모양

376　옥당학사금유향(玉堂學士今劉向): '옥당학사'는 한림원(翰林院)의 한림학사를 가리킨다. '옥
　　　당'은 관청의 명칭으로 한대에는 옥당서(玉堂署)라 불렀으나, 후에 한림원으로 고쳐 부르게 되
　　　었다. 유향은 한나라 선제(宣帝)·원제(元帝)·성제(成帝) 때에 벼슬하여 광록대부(光祿大夫)
　　　가 되었고, 칙명을 받아 궁중의 장서를 교정하고 정리하였던 한대의 대표적 학자 중의 하나. 자
　　　는 자정(子政), 본명은 갱생(更生)

377　금직초요구천상(禁直岧嶢九天上): '금직'은 궁중에서 숙직하다. '금'은 금중(禁中)·궁중. '직'
　　　은 당직·숙직. 한림원의 학사들은 황제의 명의로 발표되는 모든 글을 초안하고 심의해야 하기
　　　때문에 돌아가면서 궁중에서 숙직을 해야 했다. '초요'는 산이 높은 모양. '초'와 '요' 모두 산이
　　　높다는 뜻. '구천'은 가장 높은 하늘을 가리킨다. 구천은 하늘을 아홉 방위로 나누어 일컫는 것
　　　인데, 중앙을 균천(鈞天), 동방을 창천(蒼天), 서방을 호천(昊天), 남방을 염천(炎天), 북방을

不須對此融心神[378]이니
불 수 대 차 융 심 신

반드시 이 그림을 대하고 몸과
마음 하나로 하지 않아도 되리니,

會植青藜夜相訪[379]이라
회 식 청 려 야 상 방

밤이면 푸른 명아주 지팡이 짚고
태을진인이 찾아와 줄 것이네.

146. 강가에서 슬퍼함(哀江頭)[380]

두보(杜甫)

少陵野老吞聲哭[381]하며
소 릉 야 로 탄 성 곡

소릉의 늙은이
소리 죽여 울면서,

현천(玄天), 동북방을 변천(變天), 서북방을 유천(幽天), 서남방을 주천(朱天), 동남방을 양천(陽天)이라 한다.

378 융심신(融心神): 마음과 정신을 융합해 이해하다.

379 회식청려야상방(會植青藜夜相訪): '회'는 반드시, 꼭. '식청려'는 푸른 명아주 지팡이를 세우다. '식'은 세우다, 심다. '려'는 명아주로, 잎은 먹으며 줄기로는 지팡이를 만드는 일년초. '야상방'은 밤중에 학사를 방문하다. 옛날 전설에 태을진인이 명아주 지팡이를 짚고 유향을 찾아와 「오행홍범(五行洪範)」을 가르쳐 주었다고 한다. 성제 말에 유향이 천록각(天祿閣)에서 책을 교정하고 있었다. 온 정성을 다 쏟아 연구하고 있는데, 한밤중에 누런 옷을 걸친 한 노인이 푸른 명아주 지팡이를 짚고 계단을 두드리며 올라왔다. 유향이 어둠 속에서 홀로 책을 읽는 것을 본 노인은 지팡이 끝을 불어 연기를 만들더니, 유향에게 「오행홍범」의 글을 전했다. 유향은 한 자라도 잊을까 두려워 바지와 띠를 찢어 노인의 말을 모두 적었다. 새벽이 되어 노인이 떠나려 함에 노인의 성명을 물으니, 노인은 태을의 정(精)이라고 대답하였다. 유향의 아들 유흠(劉歆)까지도 노인의 학술을 이어받아, 학문으로 일세에 이름을 떨쳤다고 한다.

380 애강두(哀江頭): 북주(北周)의 시인 유신(庾信)이 망국의 한을 품고 고향을 그리는 슬픈 마음을 노래한 「강남을 슬퍼함(哀江南賦)」에서 본뜬 것이다.

381 소릉야로탄성곡(少陵野老吞聲哭): '소릉'은 지금의 섬서성(陝西省) 장안현(長安縣) 두릉(杜陵)의 동남쪽에 있던 옛 지명. 두릉은 한나라 선제(宣帝)의 능이며, 허후(許后)가 묻힌 소릉은

春日潛行曲江曲[382]이라
춘 일 잠 행 곡 강 곡

봄날 곡강의 물굽이를
남몰래 걷고 있다네.

江頭宮殿鎖千門[383]한데
강 두 궁 전 쇄 천 문

강 머리 궁전에는
모든 문들 잠겨 있는데,

細柳新蒲爲誰綠[384]고
세 류 신 포 위 수 록

가는 버들 새 부들은
누굴 위해 푸르른고?

憶昔霓旌下南苑[385]엔
억 석 예 정 하 남 원

옛날 천자의 깃발
남원에 납시었을 적엔,

苑中萬物生顔色[386]이라
원 중 만 물 생 안 색

남원의 만물들이
생기를 내었었지.

두릉에 비교하여 규모가 훨씬 작다. 두보는 자신의 집이 소릉의 서쪽에 있어 스스로 두릉포의
(杜陵布衣) 또는 소릉야로라 불렀고, 세상 사람들도 두보를 두소릉이라 불렀다. '야로'는 초야
에 묻혀 사는 노인. 두보 자신을 가리킨다. '탄성곡'은 소리를 내지 않고 울다. '탄'은 삼키다. '곡'
은 슬퍼서 큰 소리를 내어 울다.

382 잠행곡강곡(潛行曲江曲): '잠행'은 숨어서 가다, 남몰래 가다. '곡강곡'은 곡강의 구비진 곳, 으
      슥한 곳. 곡강은 장안 주작가(朱雀街) 동쪽에 있는 강물 이름으로, 물굽이가 휘어져 흘러 이렇
      게 이름하였다. 진(秦)대에는 의춘원(宜春苑), 한(漢)대에는 낙유원(樂遊苑)이라 했는데, 당
      현종 개원(開元) 연간에 땅을 뚫어 막힌 물을 통하게 하여 경관이 뛰어난 명소로 하였다. 남쪽
      에는 자운루(紫雲樓)와 부용원(芙蓉苑)이, 서쪽에는 행원(杏園)과 자은사(慈恩寺) 등이 있
      다. 두보는 이 곡강의 강가에서 적들에게 연금되어 있으면서, 죽음을 당한 양귀비를 가엾게 생
      각하고 멀리 촉으로 피난 간 현종을 동정하여 이 시를 지었다.

383 쇄천문(鎖千門): 모든 문이 꼭 잠겨 있다. '쇄'는 자물쇠, 또는 자물쇠로 잠그다. '천문'은 모든
      문, 많은 문

384 위수록(爲誰綠): 누구에게 보여 주기 위하여 푸르른가?

385 예정하남원(霓旌下南苑): '예정'은 무지개같이 아름다운 기. 새의 깃으로 만든 오색기로, 천자
      의 기를 가리키며, 여기서는 천자의 거둥을 말한다. '하'는 내려오다, 납시다. '남원'은 곡강의 제
      방 남쪽에 있던 동산의 이름

昭陽殿裏第一人³⁸⁷이
소 양 전 리 제 일 인

소양전의 조비연 같은
천하절색 양귀비가,

同輦³⁸⁸隨君侍君側이라
동 련 수 군 시 군 측

천자 수레 함께 타고 와
천자를 곁에서 모셨었다네.

輦前才人³⁸⁹帶弓箭하고
연 전 재 인 대 궁 전

수레 앞 재인들은
활과 화살을 들었고,

白馬嚼齧黃金勒³⁹⁰이라
백 마 작 설 황 금 륵

흰 말은 황금 재갈을
입에 물고 있었다네.

翻身向天仰射雲³⁹¹하면
번 신 향 천 앙 사 운

몸을 젖혀 하늘 향해
구름 높이 활을 쏘면,

一箭正墜雙飛翼³⁹²이라
일 전 정 추 쌍 비 익

한 대에 두 마리 새를
바로 맞추어 떨구었다네.

---

386 생안색(生顔色): 생기 있게 아름다운 빛깔을 띠다. 본래는 얼굴빛을 가리키는 말이나, 일반적으로 사물의 상태를 나타내는 말로도 쓰인다.

387 소양전리제일인(昭陽殿裏第一人): 양귀비를 말한다. '소양전'은 한나라의 미앙궁(未央宮)에 있던 궁전 이름으로, 성제의 황후 조비연(趙飛燕)의 처소였다고 전해진다. '제일인'은 첫째가는 미인이란 뜻으로, 당대 제일의 미인 양귀비를 한대의 조비연에 비긴 것

388 동련(同輦): 천자의 수레에 함께 타다. '련'은 손으로 끄는 천자가 타는 수레

389 재인(才人): 당대의 황후 밑에 있었던 여자 관리의 이름

390 작설황금륵(嚼齧黃金勒): '작'과 '설', 두 글자는 모두 씹는다는 뜻. 여기서는 말이 입에 재갈을 물고 있는 것을 가리킨다. '황금륵'은 황금으로 만든 재갈. '륵'은 말을 제어하기 위하여 입에 물리는 재갈

391 번신향천앙사운(翻身向天仰射雲): '번신'은 몸을 뒤로 젖히다. '향천'은 하늘을 향하여. 향공(向空)으로 된 판본도 있다. '앙사운'은 구름을 향해 높이 활을 쏘다.

392 정추쌍비익(正墜雙飛翼): 정확히 두 마리의 새가 맞아 떨어지다. '추'는 떨어지다.

明眸皓齒393今何在오
명모호치 금하재

밝은 눈동자 뽀얀 이의
그대는 지금 어디 있는가?

血汚遊魂歸不得394이라
혈오유혼귀부득

피가 떠도는 혼을 더럽혀
돌아갈 수도 없구나.

淸渭395東流劍閣深396하니
청위 동류검각심

맑은 위수 동으로 흐르고
검각의 계곡 깊으니,

去住彼此397無消息이라
거주피차 무소식

떠난 사람 남은 사람
모두 다 소식 없다네.

人生有情淚沾臆398한데
인생유정루점억

인간은 본디 정이 있어
눈물이 가슴을 적시는데,

393 명모호치(明眸皓齒): '명모'는 눈의 흰자위와 검은자위가 분명한 것을 말하며, '호치'는 이가 하얀 것을 말한다. 미인의 아름다움을 형용한 말로, 양귀비의 아름다움을 가리킨다.

394 혈오유혼귀부득(血汚遊魂歸不得): '혈오'는 피로 얼룩지다, 피로 더럽혀지다. '유혼'은 정착하지 못하고 떠다니는 영혼이란 말로, 죽은 양귀비의 혼을 가리킨다. 양귀비는 안녹산의 난을 피하여 촉(蜀) 땅으로 가는 도중 마외파(馬嵬坡)에 이르러서 노한 군사들에게 일족 모두와 함께 죽음을 당하였다. '귀부득'은 혼이 정착할 곳으로 돌아가지 못한다. 갈 곳으로 가지 못한다는 뜻

395 청위(淸渭): 물 맑은 위수를 가리킨다. 위수는 감숙성(甘肅省)에서 발원하여, 섬서성(陝西省)을 관류하면서 경수(涇水)와 합류하여 황하로 흘러 들어가는 강 이름

396 검각심(劍閣深): 산이 높고 골이 깊다는 뜻. '검각'은 검문관(劍門關)이라고도 하는 관문의 이름. 지금의 사천성(四川省) 검각현 북쪽의 크고 작은 검산(劍山) 사이에 있다. 한중(漢中)에서 촉(蜀)으로 들어가는 중요한 관문이며, 바위를 깎고 나무로 다리를 만든 곳으로 사람이 겨우 다니는 험한 요충지이다.

397 거주피차(去住彼此): 간 사람과 머문 사람 피차간에. '피'는 떠난 사람으로 현종을 가리키며, '차'는 머물러 있는 사람, 즉 혼이 남아 있는 양귀비를 가리킨다.

398 인생유정루점억(人生有情淚沾臆): '인생유정'은 인간으로 태어나면 누구나 정을 가지고 있다. '유정'은 유억(有憶)으로 되어 있는 판본도 있다. '점'은 적시다. '억'은 가슴

江水江花豈終極³⁹⁹고
강 수 강 화 기 종 극

강물과 강 꽃이야
어찌 다하는 날 있으리!

黃昏胡騎塵滿城⁴⁰⁰하니
황 혼 호 기 진 만 성

황혼녘에 오랑캐 기마병으로
온 성에 흙먼지 가득하니,

欲往城南忘南北⁴⁰¹이라
욕 왕 성 남 망 남 북

성남으로 가려 하나
남북조차 모르겠다네.

147. 사정에서 잔치하며(燕思亭)⁴⁰²

마존(馬存)⁴⁰³

李白騎鯨飛上天⁴⁰⁴하니
이 백 기 경 비 상 천

이백이 고래 타고
하늘로 날아가니,

---

399 강수강화기종극(江水江花豈終極): 강물과 강 꽃이야 어찌 다함이 있겠는가. 강초강화(江草江花)로 되어 있는 판본도 있다. 강물과 강 꽃이 다하지 않는 것처럼 세상에서는 현종과 양귀비에 대한 동정이 마르지 않을 것이라는 뜻

400 호기진만성(胡騎塵滿城): '호기'는 오랑캐의 기병으로 안녹산의 기마병을 뜻한다. '진만성'은 흙먼지가 성 안에 가득하다. 안녹산의 난에 장안이 함락된 것을 가리킨다.

401 욕왕성남망남북(欲往城南忘南北): 성남으로 가려 하나 남북을 알 수 없다. '성남'은 장안의 남쪽으로, 두보의 집이 이곳에 있었다. 양귀비의 죽음을 회고하는 슬픔 때문에 마음이 어지러워져 방향을 제대로 분간할 수 없다는 뜻

402 연사정(燕思亭): 사정이 어디에 있는지는 알 수 없다. 진사도(陳師道)의 「부모를 생각하는 정자(思亭記)」가 있으나, 그것은 서주(徐州)의 견씨(甄氏)의 자손이 부모를 추모하기 위해 세운 것이어서, 연회를 베풀 수 있는 곳이 아니므로 이 시에서 말하는 사정이 아닌 듯하다. 어떤 이는 '연사정'을 정자의 이름으로 해석하기도 한다.
이 시는 이백이 죽은 후, 그의 문장을 이을 사람이 없음을 한탄한 시이다. 연회의 주인은 이백의 지기 하지장 같은 풍류객이나, 초대받은 자신은 술 먹고 대취하여 길가에서 조롱받는 일에서

江南風月閑多年⁴⁰⁵이라
강남풍월한다년

강남의 풍월은
한가하게 여러 해 보냈다네.

縱⁴⁰⁶有高亭⁴⁰⁷與美酒나
종 유고정 여미주

설령 높은 정자와
좋은 술은 있다 하나,

何人一斗詩百篇⁴⁰⁸고
하인일두시백편

어느 누가 술 한 말에
시 백 편을 지어 내랴?

主人定是金龜老⁴⁰⁹니
주인정시금구로

주인은 필시 하지장같이
금거북 팔아 술 사온 노인이리니,

만 이백의 재주를 따를 수 있을 뿐, 시재에 있어서는 도저히 이백을 따를 수 없다는 내용. 이백에 관한 전설·일화 등을 자유자재로 구사하여 이백의 풍류와 재주를 칭찬한 작품이다.

403 마존(馬存: ?~1096): 북송의 문인으로, 자는 자재(子才). 진사에 급제하여, 관찰추관(觀察推官)이란 지방 정부의 하급 벼슬에 머물렀으나, 그의 시는 웅혼하고 호방한 기상을 담고 있다.

404 이백기경비상천(李白騎鯨飛上天): 이백이 고래를 타고 하늘에 날아 올라가다. 시 번호 142 매요신의 「채석산의 달을 노래하여 곽공보에게 드림(采石月贈郭功甫)」의 주 319와 326을 참조할 것

405 강남풍월한다년(江南風月閑多年): 강남의 바람과 달이 여러 해 동안 한가하다. 강남의 풍물을 시로 읊는 이가 여러 해 동안 없어 바람과 달이 쓸쓸했다는 뜻

406 종(縱): 설사, 비록

407 고정(高亭): 높은 정자로, 사정을 가리킨다.

408 하인일두시백편(何人一斗詩百篇): 누가 술 한 말에 시 백 편을 지으랴? 두보(杜甫)는 시 번호 184 「음중팔선가(飮中八仙歌)」에서 "이백은 술 한 말에 시 백 편을 짓는다(李白一斗詩百篇)"고 읊었다.

409 주인정시금구로(主人定是金龜老): '주인'은 사정의 주인. '정시'는 필시. '금귀로'는 금거북을 가진 노인으로, 하지장(賀知章)을 가리킨다. 이백이 하지장을 만났을 때, 하지장은 이백을 적선(謫仙: 귀양 온 신선)이라 하였고, 금거북을 술과 바꾸어 즐거움을 다하였다고 한다. 앞에 나온 시 번호 35~36의 「술을 마시며 하지장을 그리워함 두 수」라는 이백의 시를 참조할 것

未到亭中名已好[410]라
미 도 정 중 명 이 호

정자에 닿기도 전에
훌륭한 명성 이미 알았다네.

紫蟹[411]肥時晩稻香이요
자 해 비 시 만 도 향

자줏빛 게는 살이 차고
늦벼 향기롭게 익어 가며,

黃雞啄[412]處秋風早라
황 계 탁 처 추 풍 조

누런 닭 모이 쪼는 곳에
가을바람 벌써 인다네.

我憶金鑾殿上人[413]이
아 억 금 란 전 상 인

내 돌이켜 보니, 금란전 위의 이백은

醉著宮錦烏角巾[414]이라
취 착 궁 금 오 각 건

취하면 비단 장포 입고
검은 두건 썼으리라.

巨靈擘山洪河竭[415]하며
거 령 벽 산 홍 하 갈

큰 신령이 산을 쪼개고
큰 강을 말리며,

---

410 명이호(名已好): 평판이 이미 좋다. 사정의 주인에 대한 평판이 썩 훌륭하다는 뜻
411 자해(紫蟹): 자줏빛을 띤 게
412 황계탁(黃雞啄): 누런 닭이 모이를 쪼다. 시 번호 137 「남릉에서의 이별을 서술함(南陵敍別)」
     이라는 이백의 시에 "기장 쪼는 누런 닭은 가을 되어 막 살쪘네(黃雞啄黍秋正肥)"라는 시구가
     있는데, 이 시가 이백을 주제로 한 것이므로 이 시구를 본떠서 지은 것이다.
413 금란전상인(金鑾殿上人): 금란전 위의 사람이란 뜻으로, 이백을 가리킨다. 금란전은 당나라
     때에 있던 궁전 이름. 천보(天寶) 연간에 금란전에서 현종이 이백을 불러 보고는, 이백으로 하
     여금 한림원(翰林院)에서 일하도록 하였다.
414 취착궁금오각건(醉著宮錦烏角巾): 취하면 궁금을 입고 오각건을 쓰다. '궁금'은 궁중에서 입
     는 비단 장포. '오각건'은 검은색 각건으로, 각건은 은거하는 야인이 쓰는 두건. 취하여 방약무인
     (傍若無人)하는 이백을 표현한 것
415 거령벽산홍하갈(巨靈擘山洪河竭): '거령'은 큰 신. '거령벽산'은 큰 신이 산을 쪼개다. '벽'은 쪼
     개다. '홍하갈'은 큰 강을 말려 버리다. 이백의 기세를 읊은 것

長鯨吸海萬壑貧416이라
장 경 흡 해 만 학 빈

큰 고래 바닷물 들이켜
계곡물까지 말리는 듯하였다네.

如傾元氣417入胸腹하니
여 경 원 기   입 흉 복

천지의 원기를 기울여
가슴속에 품어 넣은 듯,

須臾百媚418生陽春이라
수 유 백 미   생 양 춘

순식간에 아름다운 글들이
따뜻한 봄날처럼 소생하였다네.

讀書不必破萬卷419이니
독 서 불 필 파 만 권

책을 읽어도 반드시
만 권 읽을 필요 없었으니,

筆下自有鬼與神이라
필 하 자 유 귀 여 신

붓만 들면 저절로
귀신 들린 듯 글 지어졌다네.

我曹420本是狂吟客이나
아 조   본 시 광 음 객

나 같은 무리는 본디
미친 듯 시나 읊는 사람,

寄語溪山莫相憶421가
기 어 계 산 막 상 억

개울물과 산에게 말하노니,
어찌 그대들 생각이 없겠는가?

---

416 장경흡해만학빈(長鯨吸海萬壑貧): '흡'은 들이마시다. '만학빈'은 온 골짜기의 냇물이 빈약해
지다. 큰 고래가 바닷물을 들이켜 계곡의 물까지 말려 버린다는 말로, 이백의 역량이 크다는 것
을 비유적으로 말하는 것이다.

417 원기(元氣): 만물 생성의 근원이 되는 기운

418 백미(百媚): 온갖 아름다움. 온갖 아름다운 글을 가리킨다.

419 독서불필파만권(讀書不必破萬卷): 시 번호 101 「위 좌승에게 드림(贈韋左丞)」이라는 두보
의 시에 "책을 읽는 것만도 만 권이 넘었으며, 붓을 들면 신들린 듯 명문을 지었다오(讀書破萬
卷, 下筆如有神)"란 구절이 있는데, 이를 뒤집어 표현한 것. 이백의 경우에는 만 권의 책을 읽지
않았는데도 신들린 듯한 글을 지었다는 뜻

420 아조(我曹): 오배(吾輩)와 같은 뜻으로, 우리들. '조'는 무리

他年須使襄陽兒[422]로
타 년 수 사 양 양 아

再唱銅鞮[423]滿街陌이라
재 창 동 제 만 가 맥

언젠가는 반드시 양양의 아이들이,

「동제가」를 다시 불러
온 거리에 들리게 하리라.

148. 우미인초(虞美人草)[424]

증공(曾鞏)[425]

鴻門玉斗紛如雪[426]하니
홍 문 옥 두 분 여 설

홍문에선 옥두가 깨져
눈처럼 흩어지더니,

---

421 기어계산막상억(寄語溪山莫相憶): '기어'는 전어(傳語)와 같은 뜻으로, 말을 전하다. '계산'은
   시내와 산으로, 자연을 뜻한다. '막상억'은 반어(反語)로 '생각하지 않겠는가?'라는 의미. 산천
   을 그리워하여 은거하겠다는 생각을 한다는 뜻

422 양양아(襄陽兒): 양양의 아이들. 양양은 호북성(湖北省)에 있는 고을 이름. 이백의 시에 「양양
   가(襄陽歌)」(시 번호 183)가 있는데, "양양의 꼬마 녀석들 일제히 박수 치며, 길 가로막고 다투
   어 「백동제」라는 동요 부르네(襄陽小兒齊拍手, 攔爭唱白銅鞮)"라는 구절이 있다.

423 동제(銅鞮): 「백동제가(白銅鞮歌)」를 가리킨다. 「백동제(白銅蹄)」라고도 쓰며, 양양 지방의 민
   요. 이백의 「양양가」에 양양의 아이들이 「백동제」를 노래한다는 구절이 있다.

424 우미인초(虞美人草): 초왕(楚王) 항우(項羽)의 애희(愛姬) 이름이 우미인이었다. 항우가 한
   고조(漢高祖) 유방(劉邦)의 장군인 한신(韓信)의 군대에 쫓겨 오강(烏江)에 몸을 던질 때, 그
   의 애희 우미인 역시 그 전날 밤 스스로 자결하였다. 그 후 그녀의 무덤에 예쁜 꽃이 피는 풀이
   자랐는데, 세상 사람들은 그것을 우미인초라 불렀다.
   이 시는 우미인을 주제로 하여 항우의 역사적인 허물을 논하고, 천하의 패권을 다투었던 두 영
   웅도 세월의 흐름에는 무력하다고 한탄한 이른바 '영사시(詠史詩)'이다. 그런데 증공의 문집
   『원풍류고(元豊類稿)』에는 이 시가 수록되어 있지 않아, 증공의 아우 포(布)의 부인인 위씨(魏
   氏)가 지었다는 설도 있으며, 또 송(宋)나라의 허언국(許彦國)이 지었다는 설도 있다.

425 증공(曾鞏: 1019~1083): 자는 자고(子固)이며, 스스로 남풍 선생(南豊先生)이라 일컬었다.
   당송 팔대가 중의 한 사람으로, 구양수(歐陽脩)에게서 문재를 인정받아 진사에 급제하였다.
   시보다는 문장을 더 잘 지어, 명작을 많이 남겼다.

十萬降兵夜流血⁴²⁷이라
십 만 항 병 야 류 혈

진나라 십만 항병
밤에 살육되어 피를 흘렸네.

咸陽宮殿三月紅⁴²⁸하니
함 양 궁 전 삼 월 홍

함양의 궁전
석 달을 붉게 타올랐으니,

覇業已隨煙燼滅⁴²⁹이라
패 업 이 수 연 신 멸

패업의 꿈은 이미
연기 따라 다 사라졌다네.

---

426 홍문옥두분여설(鴻門玉斗紛如雪): '홍문'은 섬서성(陝西省) 동현(潼縣) 동쪽의 지명. '옥두'
   는 술을 뜨는 데 쓰는 자루가 긴 백옥으로 만든 기구. 한 고조 유방과 초 패왕인 항우가 천하를
   두고 다투기 시작할 때, 유방이 항우를 만나러 홍문으로 오자, 항우는 유방을 위하여 주연을 베
   풀었다. 평소 유방을 죽여야 한다고 주장하던 항우의 참모 범증(范增)은 유방을 죽일 수 있는
   기회가 왔다며 항우에게 계속 유방을 죽이라는 눈짓을 하였으나, 항우는 이 말을 듣지 않았다.
   초조해진 범증은 항장(項莊)에게 칼춤을 추다가 앉아 있는 유방을 찔러 죽이라고 명령했다. 항
   장이 칼을 뽑아 춤을 추기 시작하자, 그 자리에 있던 항백(項伯)이 칼춤을 방해하며 유방을 보
   호하였으므로 뜻을 이루지 못하였다. 이런 와중에 번쾌(樊噲)가 군문 안으로 들어가 소란을
   일으킴으로써, 유방은 도망칠 수 있었다. 빠져나온 유방은 항우에게 백벽(白璧) 한 쌍, 범증에
   게는 옥두 한 쌍을 선사했는데, 범증은 유방을 놓친 것에 화가 나서 옥두를 칼로 깨뜨려 버렸다.
   '분'은 어지러이 흩어지다. '분여설'은 옥두가 부서져 눈처럼 흩어지는 것을 형용한 말
427 십만항병야류혈(十萬降兵夜流血): 10만 명의 항복한 병사들이 밤에 피를 흘리다. 항우의 초
   나라 군사들은 밤에 습격하여 항복한 진나라 병사 20여 만 명을 신안성(新安城) 남쪽에 파묻
   어 죽여 버린 적이 있다. 이런 잔인한 행동 때문에 결국 항우가 덕이 있는 한 고조 유방에게 망
   하게 되었다는 것을 암시한다.
428 함양궁전삼월홍(咸陽宮殿三月紅): 함양의 궁전이 석 달 동안이나 붉다. 함양은 진나라의 수
   도로 섬서성 장안현(長安縣). 항우는 유방과 홍문에서 회합한 다음, 군대를 이끌고 함양에 들
   어가 시황제의 손자 자영(子嬰)을 죽이고 아방궁을 불살라 버렸는데, 그 불이 석 달을 두고 탔
   다고 한다.
429 패업이수연신멸(覇業已隨煙燼滅): '패업'은 제후의 우두머리가 되는 사업이란 말로, 천하 통
   일을 이룩하는 일을 가리킨다. '수연신멸'은 연기 따라 타서 없어져 버리다. '신'은 타고 남은 재.
   천하를 통일시키고자 하는 항우의 꿈이 사라진 것을 뜻한다.

剛强必死仁義王[430]이니
강 강 필 사 인 의 왕

모질고 강한 자는 반드시 죽고
어질고 의로운 이 왕이 되니,

陰陵失道非天亡[431]이라
음 릉 실 도 비 천 망

음릉에서 길 잃은 건
하늘의 뜻 아니었다네.

英雄本學萬人敵[432]한데
영 웅 본 학 만 인 적

영웅은 본래
만인을 대적하는 법 배운다는데,

何用屑屑悲紅粧[433]고
하 용 설 설 비 홍 장

어찌 그리 슬퍼하였나
미인 하나 잃는다고.

---

430 강강필사인의왕(剛强必死仁義王): 인정 없는 사람은 반드시 죽고, 인정이 깊고 의리를 지키는 사람은 왕이 된다. '강강'은 인정이 없고 모질기만 하다. 항우는 항복한 진나라의 병사들을 묻어 죽이고 아방궁에 불을 지르는 등 포악한 일을 많이 하여 민심을 잃었으며 결국은 전쟁에서 져 자결하고, 유방이 천하를 통일하여 한나라를 세운 것을 가리킨다.

431 음릉실도비천망(陰陵失道非天亡): 음릉실도는 음릉에서 길을 잃다. 음릉은 안휘성(安徽省) 봉양부(鳳陽府) 정원현(定遠縣) 서북쪽에 있는 지명. 항우가 8백여 명의 병사를 이끌고 해하의 포위망을 뚫고 도망가자, 새벽에 한군(漢軍)에서 그것을 알고 기장(騎將) 관영(灌嬰)으로 하여금 기병 5천 명을 이끌고 추격하게 하였는데, 항우는 회수(淮水)를 건너, 음릉에 이르러 길을 잃고 말았다. 한 농부에게 길을 물으니, 농부는 일부러 왼쪽으로 가라고 그릇되게 가르쳐 주었다. 왼쪽으로 가자 큰 못 가운데 이르렀는데 항우는 더 이상 도망갈 수 없음을 알고, 마침내 오강에서 최후를 맞게 되었다. '비천망'은 하늘이 망하게 한 것이 아니라는 뜻으로, 하늘의 뜻이 아니라 스스로 망하게 한 것이라는 뜻

432 학만인적(學萬人敵): 만인과 대적할 수 있는 법을 배우다. 병법을 배우는 것을 가리킨다. 항우가 어렸을 적 글을 배웠는데 높은 수준에 이르지 못하자, 항량(項梁: 항우의 숙부)이 항우에게 화를 냈다. 그러자 항우는 "글은 이름을 쓸 수 있을 정도만 배우면 충분합니다. 검술은 한 사람과 싸울 때 필요한 것으로, 배울 만한 것이 못 됩니다. 만인을 적으로 싸울 수 있는 것을 배우고 싶습니다"라고 하였다. 항량이 항우에게 병법을 가르치니 항우는 크게 기뻐하였으나, 병법의 개략만 알고 그 이상은 배우려 하지 않았다고 한다.

433 설설비홍장(屑屑悲紅粧): '설설'은 근심하는 모양, 편안하지 않은 모양. '홍장'은 붉게 화장한 여자로, 우미인을 가리킨다. '비홍장'은 여자를 잃어버린 것을 슬퍼하다.

三軍[434]散盡旌旗[435]倒하니
삼 군　산 진 정 기　도

삼군은 다 흩어지고
군기도 넘어지니,

玉帳佳人坐中老[436]라
옥 장 가 인 좌 중 로

옥장막 속의 가인은
앉은 채 수심으로 늙었다네.

香魂夜逐劍光飛[437]하니
향 혼 야 축 검 광 비

향기로운 혼 밤중에
칼빛을 좇아 날아가니,

靑血[438]化爲原上草[439]라
청 혈　화 위 원 상 초

흘린 선혈 변하여
들녘의 풀이 되었다네.

芳心寂寞寄寒枝[440]하니
방 심 적 막 기 한 지

꽃다운 마음 쓸쓸히
싸늘한 가지에 붙였으니,

舊曲[441]聞來似斂眉[442]라
구 곡　문 래 사 렴 미

옛 노래 들려와
마치 눈썹 찡그리는 듯.

---

434 삼군(三軍): 대군을 뜻한다. 주나라의 제도에 천자는 6군을, 제후의 경우 대국은 3군을, 소국
　　은 2군을 거느릴 수 있었다고 한다. 일군(一軍)은 1만 2,500명

435 정기(旌旗): 군기

436 옥장가인좌중로(玉帳佳人坐中老): '옥장'은 구슬 장막으로, 여기서는 항우가 있던 장군의 장
　　막을 가리킨다. '가인'은 아름다운 사람이란 뜻으로, 항우와 함께 있던 우미인을 가리킨다. '좌
　　중로'는 앉은 채로 늙는다는 뜻으로, 몹시 근심하는 것을 가리킨다.

437 향혼야축검광비(香魂夜逐劍光飛): '향혼'은 우미인의 혼을 가리킨다. '야축검광비'는 밤에 칼
　　빛을 좇아 날아갔다는 말로, 우미인이 자신의 가슴을 찔러 자결하였다는 뜻

438 청혈(靑血): 푸른 피라는 말로, 선혈, 선명한 피를 말한다.

439 원상초(原上草): 들판의 풀이란 말로, 우미인초를 가리킨다.

440 방심적막기한지(芳心寂寞寄寒枝): '방심'은 우미인의 꽃다운 마음. '적막'은 매우 쓸쓸한 모양
　　또는 조용한 모양. '한지'는 차가운 가지, 연약한 가지라는 뜻

441 구곡(舊曲): 항우가 사면초가(四面楚歌)를 당하여 불렀던 「해하가(垓下歌)」를 말한다. 그 내
　　용은 다음과 같다. "힘은 산을 뽑고 기세는 세상을 덮는데, 때가 불리하여 오추마가 앞으로 나아

哀怨徘徊愁不語[443]하니
애 원 배 회 수 불 어

슬픔과 원망 속에 배회하여
말없이 근심하는 듯하니,

恰如初聽楚歌時[444]라
흡 여 초 청 초 가 시

흡사 초나라의 노래를
처음 듣던 그때 모습 같네.

滔滔[445]逝水流今古[446]한데
도 도   서 수 류 금 고

도도히 흐르는 물은
예나 지금이나 똑같이 흐르는데,

漢楚興亡兩丘土[447]라
한 초 흥 망 양 구 토

유방은 흥하고 항우는 망했지만
지금은 둘 다 흙둔덕이 되었네.

當年遺事久成空[448]한데
당 년 유 사 구 성 공

그 당시 옛일들은
허망하게 된 지 오래인데,

慷慨樽前爲誰舞[449]오
강 개 준 전 위 수 무

비분에 잠겨 술바리 앞에서
누굴 위해 춤추는가?

가지 않는구나. 오추마가 나아가지 않으니 어찌할 수 있겠는가. 우미인이여, 우미인이여! 너를
어이 한단 말이냐(力拔山兮氣蓋世, 時不利兮雖不逝. 雖不逝兮可奈何, 虞兮虞兮奈若何)."
442 사렴미(似斂眉): 슬퍼 눈썹을 찡그리는 것 같다는 뜻. 슬퍼하는 모습을 형용하는 말
443 배회수불어(徘徊愁不語): '배회'는 바람에 흔들리는 우미인초를 보고, 우미인이 슬픔에 젖어
    방황하는 것을 상상한 것. '수불어'는 말없이 근심에 잠겨 있다.
444 흡여초청초가시(恰如初聽楚歌時): '흡여'는 아주 비슷하다. '초'는 옛날. '초가'는 사면에서 들
    려오는 초나라의 노래. 한군이 해하(垓下)에서 초군을 겹겹이 포위하고, 초나라 군사들의 심리
    적 동요를 노려 불렀던 초나라 노래
445 도도(滔滔): 물이 그득 퍼져 흐르는 모양. 성하게 흐르는 모양
446 유금고(流今古): 예나 지금이나 변함없이 흐르다.
447 양구토(兩丘土): 전쟁에 이겨 천하통일을 이룩한 유방이나 패했던 항우나 지금은 모두 죽어 무
    덤 속의 흙이 되었다는 뜻
448 당년유사구성공(當年遺事久成空): '당년유사'는 지난날의 일들. '당년'은 그 당시를 말한다.
    '구성공'은 허망하게 된 지 오래다.

149. 젊은이를 풍자함(刺年少)⁴⁵⁰

이하(李賀)⁴⁵¹

靑驄⁴⁵²馬肥金鞍光한데
청 총　　마 비 금 안 광

청총마는 살찌고
금안장은 빛나는데,

龍腦入縷羅衣香⁴⁵³이라
용 뇌 입 루 라 의 향

용뇌향 먹인 실로 짠
비단 적삼 향기롭네.

美人狎坐飛瓊觴⁴⁵⁴하니
미 인 압 좌 비 경 상

미인들 가까이 앉아
구슬잔을 날리듯 돌리니,

---

449 강개준전위수무(慷慨樽前爲誰舞): 슬픈 모습으로 술통 앞에서 누구를 위하여 춤추는가? 그 옛날 술통 앞에서 춤추던 우미인의 모습을 바람에 흔들리고 있는 우미인초의 모습에 비유하여 우미인초가 마치 춤추는 것 같다는 뜻. '강개'는 비분하여 개탄하다.

450 자년소(刺年少): 이 시는 한편으로는 장안 젊은이들의 풍속을 아름답고 화려하게 묘사하고, 다른 한편으로는 그들의 경박함을 훈계하고 있다. 끝 부분 몇 구절은 공포감마저 갖게 만드는데, 이것은 풍자의 뜻이 약간 지나친 것으로, 한유·백거이 같은 동시대 시인들의 시의 특색이자, 이 시의 특색이라 할 수 있다.

451 이하(李賀: 790~816): 중당의 시인으로 자는 장길(長吉). 흔히 이장길로 더 잘 알려져 있다. 복창(福昌: 지금의 하남성 선양) 사람. 당나라 왕실의 먼 후손으로 어려서부터 글을 잘 지어 한유·황보식(皇甫湜) 등에게 인정을 받았다고 하나 진사 시험에도 급제하지 못하고 최하급 관직인 종9품 봉예랑(奉禮郎)을 지냈을 뿐이다. 심아지(沈亞之)와 교유하여 친하게 지냈으며, 27세에 죽었다. 그의 시는 예리한 감각을 바탕으로 하여 새로운 표현과 상상을 융합시켜 아름답고 신기한 경지를 이루고 있어, 흔히 귀재(鬼才)라 일컬어진다. 특히 악부시에 뛰어났고, 통치 집단의 부패와 환관의 전횡 등 현실을 폭로·풍자한 작품들이 많다. 전체적으로 정조가 음울한 분위기를 자아내며, 자기의 온 심혈을 기울여 시를 쓴 듯하나 언어를 지나치게 조탁한 면이 보인다. 『이장길가시(李長吉歌詩)』 4권이 전한다.

452 청총(靑驄): 말의 한 종류로 희고 푸른빛을 띤 명마

453 용뇌입루라의향(龍腦入縷羅衣香): '용뇌'는 동인도에서 나는 용뇌수의 줄기에서 취한 방향의 무색투명한 결정체로, 방충제·향 등으로 쓰인다. '입루'는 향을 실에 먹이다. '라의'는 얇은 비단으로 만든 적삼

貧人喚云天上郎[455]이라
빈 인 환 운 천 상 랑

가난한 사람들 그를 불러
하늘 위의 젊은이라 하네.

別起高樓連碧篠[456]하고
별 기 고 루 련 벽 소

다른 곳엔 높은 누각들
푸른 대밭 옆에 연해 있고,

絲曳紅鱗[457]出深沼라
사 예 홍 린   출 심 소

낚싯줄에 달린 붉은 고기
깊은 못에서 끌려 나온다네.

有時半醉百花前하고
유 시 반 취 백 화 전

때로는 얼큰하게
꽃 앞에서 반쯤 취하고,

背把金丸[458]落飛鳥라
배 파 금 환   락 비 조

등에 금탄환 지고
나는 새를 떨어뜨린다네.

自說生來未爲客[459]이요
자 설 생 래 미 위 객

스스로 말하기를 태어나
나그네 되어 본 적 없고,

一身美妾過三百이라
일 신 미 첩 과 삼 백

이 한 몸에 예쁜 첩
삼백 명이 넘는다네.

---

454 압좌비경상(押坐飛瓊觴): '압좌'는 아주 가깝게 앉다. '압'은 친밀하다. '비경상'은 구슬 술잔을
    날리다. 날렵하게 술을 부어 권하는 모양을 형용한 말
455 천상랑(天上郎): 하늘 위의 젊은이
456 벽소(碧篠): 푸른 조릿대. '소'는 작은 대나무의 총칭
457 사예홍린(絲曳紅鱗): 실에 붉은 비늘의 물고기가 걸려 나온다는 말. '사'는 낚싯줄. '예'는 끌다,
    끌리다. '홍린'은 붉은 비늘로, 붉은 물고기를 말한다.
458 금환(金丸): 금으로 만든 탄환. 탄환은 새를 잡는 데 쓰는 탄궁(彈弓)의 알. 탄환을 금으로 만들
    었다는 것은 호사스러움이 극도에 이른 사냥놀이를 뜻한다.
459 미위객(未爲客): 아직 객이 되어 보지 않았다는 말로, 아직 고통스러운 생활을 해 본 적이 없다
    는 뜻

豈知斸地種田家[460]에
기 지 촉 지 종 전 가

어찌 알리오, 밭 일구어
씨 뿌려 사는 농가에

官稅頻催沒人織[461]고
관 세 빈 최 몰 인 직

관가에서 세금 늘 재촉하고
애써 짠 천 빼앗아 가는 것을.

長金積玉誇豪毅[462]하며
장 금 적 옥 과 호 의

금을 늘리고 옥을 쌓아 놓고
호기 있고 굳세다고 자랑하며,

每揖閑人[463]多意氣라
매 읍 한 인   다 의 기

한가한 자들과 사귀며
언제나 의기만 높다네.

生來不讀半行書[464]하고
생 래 부 독 반 항 서

태어나서부터 평생토록
반 줄 글도 읽지 않고,

只把黃金買身貴[465]라
지 파 황 금 매 신 귀

오직 황금만을 쥐고
자신의 귀함을 샀다네.

少年安得長少年[466]고
소 년 안 득 장 소 년

젊은이가 어찌 언제까지
젊은이일 수 있으리오!

---

460 촉지종전가(斸地種田家): '촉지'는 땅을 파다, 밭을 일구다. 착지(斲地)로 되어 있는 판본도 있
   다. '촉'은 원래 도끼로 찍는다는 뜻. '종전가'는 농가

461 몰인직(沒人織): 사람들이 짠 천을 몰수하다. '몰'은 빼앗다.

462 장금적옥과호의(長金積玉誇豪毅): '장금'은 금을 늘리는 것이고, '적옥'은 옥을 쌓아 둔다는
   뜻으로, 재산 모으는 것을 가리킨다. '과호의'는 호기 있고 굳세다는 것을 과시함, 부호임을 뽐낸
   다는 뜻. '호'는 기개 있고 의협심이 있다. '의'는 의연하다.

463 읍한인(揖閑人): '읍'은 인사로 두 손을 가슴에 올려 예를 표하는 것. 서로 인사하며 사귀는 것
   을 뜻한다. '한인'은 일정한 생업 없이 빈둥거리며 노는 사람

464 반항서(半行書): 반 줄의 글. 얼마 안 되는 글

465 매신귀(買身貴): 귀한 신분을 황금으로 사는 것을 가리킨다.

海波尙變爲桑田467인데
해 파 상 변 위 상 전

바다조차 일찍이 변하여
뽕나무 밭이 되는 것을.

枯榮遞傳急如箭468하니
고 영 체 전 급 여 전

영고성쇠 바뀌어 돌아감이
시위 떠난 화살같이 빠르니,

天公豈肯爲君偏469고
천 공 기 긍 위 군 편

하늘이 어찌하여
그대 편만 들어 주리오.

莫道韶華鎭長在470하라
막 도 소 화 진 장 재

화창한 봄 경치 오래간다 말하지 말라,

白頭面皺專相待471라
백 두 면 추 전 상 대

흰머리와 얼굴의 주름
기다리고 있을 뿐이니.

---

466 안득장소년(安得長少年): 어찌 영원토록 젊은이일 수 있겠는가? '안'은 어찌

467 해파상변위상전(海波尙變爲桑田): 바다의 물결조차도 변하여 뽕밭이 된다. 상전벽해(桑田碧海)와 같은 뜻. 세상의 무상한 변화를 비유하는 말

468 고영체전급여전(枯榮遞傳急如箭): '고영'은 꽃이 시들고 또다시 피고 하는 것. '체전'은 차례차례 여러 곳을 거쳐서 전하여 보낸다는 뜻이나, 여기서는 서로 바뀌며 연속된다는 뜻. 세월의 흐름을 비유적으로 표현한 것. '급여전'은 빠르기가 화살 같다.

469 천공기긍위군편(天公豈肯爲君偏): '천공'은 천신, 운명. '기긍위군편'은 어찌 그대에게만 치우치겠는가. 하늘이 어찌 그대만 잘 보아주겠느냐는 뜻

470 막도소화진장재(莫道韶華鎭長在): '도'는 말하다. '막도'는 말하지 말라. '소'는 아름답다는 뜻이며, '소화'는 화창한 봄 경치. 인생의 젊은 때, 청춘을 가리킨다. '진장'은 두 자 모두 '오래 구(久)' 자의 뜻으로 쓰임. 시에서 '진'은 구(久)의 뜻으로 쓰일 때가 많다.

471 백두면추전상대(白頭面皺專相待): '백두'는 백발과 같은 흰머리. '면추'는 얼굴의 주름. '추'는 주름 또는 주름 잡히는 것. 백발과 주름 잡힌 얼굴이 기다리고 있을 뿐이라는 뜻

150. 여산(驪山)⁴⁷²

소식(蘇軾)

君門如天深幾重⁴⁷³고
군 문 여 천 심 기 중

임금의 궁궐문 하늘로 통하는 문과
같으니 그 깊이 몇 겹인가?

君王如帝⁴⁷⁴坐法宮⁴⁷⁵이라
군 왕 여 제　　좌 법 궁

임금님께선 천제처럼
법궁에 앉아 계시네.

472　여산(驪山): 섬서성(陝西省) 장안(지금의 서안) 부근에 있는 산 이름으로, 온천이 나며, 왼쪽에
　　솟은 봉우리를 동수령(東繡嶺), 오른쪽 봉우리를 서수령(西繡嶺)이라고 한다. 진시황이 이곳
　　으로 이르는 각도(閣道: 복도로 이어진 길)를 세웠으며, 당 현종이 이곳으로 자주 행차하였다.
　　특히 현종은 이곳에 화청궁이라는 온천 별궁을 세워 매년 10월이 되면 행차하였다고 하는데,
　　『신당서(新唐書)』 「후비전(后妃傳)·양귀비(楊貴妃)」에 의하면, 양귀비의 사촌오빠인 양국충
　　(楊國忠)과 그녀의 세 여동생까지 함께 갔으며 가는 길에는 금비녀, 나무덧신, 진귀한 구슬 등
　　금은보화가 길에 가득 떨어져 있었고 향기로운 냄새가 수십 리나 퍼져 나갔다고 한다. 또한 주
　　유왕(幽王)이 이곳에 행차하였다가 견융(犬戎)에게 피살되었으며, 진시황을 이곳에 장사를
　　지낸 후 나라가 망하였다. 당 현종 또한 이 일을 계기로 일어난 안녹산의 난에 의해 국운이 기울
　　기 시작하는 등 이곳에서 일신의 쾌락을 추구하다가 나라가 많이 망하였으므로 이곳을 화의
　　근원[禍胎]이라고도 부른다. 이 시는 군주의 사치를 경계한 것이다.
473　군문여천심기중(君門如天深幾重): '군문'은 천자가 있는 궁성의 문. '천문'은 전설상의 하늘
　　로 통하는 문을 가리키는데, 창합(閶闔)·각(角) 등이 있다. '기'는 남송 여조겸이 찬한 『송문감
　　(宋文鑑)』에는 구(九)로 되어 있다. 굴원(屈原)의 제자인 송옥(宋玉)의 「구변(九辯)」에는 "어
　　찌 답답하게 임금님 생각 않으리오? 임금님의 궁궐 아홉 겹이라네(豈不鬱陶而思君兮, 君之
　　門以九重)"라고 했다. 천자의 구중문은 관문(關門)·원교문(遠郊門)·근교문(近郊門)·성문(城
　　門)·고문(皐門)·고문(庫門)·치문(雉門)·응문(應門)·노문(路門)을 말한다.
474　제(帝): 천제(天帝)를 말한다.
475　법궁(法宮): 법령을 내리는 궁전, 곧 정전(正殿)을 말한다. 『진서(晉書)』 「천문지(天文志)」에
　　의하면 심성(心星)의 삼성(三星)은 천왕의 정위이고, 중성(中星)은 명당(明堂)이라고 하며 천
　　자의 자리는 대진(大振)인데 천하의 상벌을 주관하기 때문에 천자가 거처하는 곳을 법궁이라
　　한다고 하였다.

人生難處是安穩이니
인 생 난 처 시 안 온

인생살이 어려움에 처함이
오히려 안온하거늘,

何爲來此驪山中[476]고
하 위 래 차 여 산 중

어이하여 이곳
여산 속으로 왔던가?

複道[477]凌雲接金闕[478]하고
복 도   릉 운 접 금 궐

복도는 구름을 뚫고
금빛 궁궐에 닿아 있고,

樓觀隱烟橫翠空이라
누 관 은 연 횡 취 공

누대와 망루는 안개에 숨은 채
비췻빛 하늘에 비껴 있다네.

林深霧暗迷八駿[479]하고
임 심 무 암 미 팔 준

숲 깊고 안개 자욱하여
여덟 준마 헤매고,

朝東暮西勞六龍[480]이라
조 동 모 서 로 육 룡

아침엔 동쪽 저녁엔 서쪽으로
여섯 필 용마 힘들게 했다네.

---

476 하위래차여산중(何爲來此驪山中): 역대 제왕들이 여산 속으로 와서 안온함만 추구하다가 나라를 많이 망친 것을 말한다.

477 복도(複道): 복도(復道)라고도 하며, 궁중의 누각과 누각을 통하는 길이라는 뜻으로 각도(閣道)라고도 한다. 각도는 통상 아래위로 평행하게 두 통로를 만들어 놓는데, 위로 난 길은 임금이 다니는 연로(輦路)이며, 아래로 난 길로는 신하들이 다닌다. 진시황은 아방궁에서 여산의 누대에 이르는 2층으로 된 복도를 만들었다.

478 금궐(金闕): 여기서는 천자의 궁문을 가리킨다. '궐'은 원래 관문의 좌우에 높이 세워진 누관(樓觀)으로 이곳에다 포고령을 걸어 놓아 백성들에게 보이던 곳이다. 나중에는 높다는 뜻으로도 더러 쓰였다.

479 팔준(八駿): 원래는 주 목왕(周穆王)의 준마 여덟 필로, 서쪽을 주유할 때 수레를 끌었다고 한다. 『목천자전(穆天子傳)』에 나오는데 그 이름은 적기(赤驥)·도려(盜驪)·백의(白義)·유륜(踰輪)·산자(山子)·거황(渠黃)·화류(華騮)·녹이(綠耳)로, 모두 말의 털 빛깔을 가지고 이름을 지었다고 한다. 『열자(列子)』와 『습유기(拾遺記)』에도 여덟 준마가 보이는데 이름이 조금씩 다르다. 나중에는 일반적으로 천자의 수레를 끄는 말을 지칭하게 되었다.

六龍西幸峨眉棧⁴⁸¹하니
육 룡 서 행 아 미 잔

여섯 필 용마 서쪽으로
아미산의 잔도에 행차하니,

悲風便入華淸院⁴⁸²이라
비 풍 변 입 화 청 원

슬픈 바람 곧장
화청궁의 뜰에 불어 들었다네.

霓裳蕭散羽衣空⁴⁸³하니
예 상 소 산 우 의 공

「예상우의곡」 쓸쓸히
공중으로 사라지니,

---

480 육룡(六龍): 천자의 수레를 끄는 여섯 필의 준마. '용'은 주나라의 관직 제도를 설명한 『주례(周
     禮)』「하관(夏官)·수인(廋人)」에 의하면 '8자 이상 되는 말'을 가리킨다. 옛날 중국의 법제에 천
     자의 수레는 말 여섯 필이 끌도록 되어 있었다.

481 육룡서행아미잔(六龍西幸峨眉棧): 아미산은 곧 촉산(蜀山)으로, 촉군 가주(嘉州) 아미현(峨
     嵋縣) 나목진(羅目鎭)에 있다. '잔'은 곧 잔도로 길이 없는 험한 바위 벼랑에 구멍을 뚫어 나무
     로 선반처럼 내매어 만든 통로를 말한다. 한 고조 유방이 초 패왕 항우를 피해 촉 지방으로 들어
     온 뒤 유일한 통로인 잔도를 불살라 버린 일은 유명한 일화이다. 여기서는 당 현종이 안녹산의
     난 때 서쪽 촉 땅으로 피난 간 것을 말한다. 이때 촉군을 남경으로 개칭하고, 영무(靈武)에서 숙
     종이 즉위하고 현종은 상황(上皇)이라는 존호로 불렸다. 이백(李白)의 「상황께서 서쪽으로 남
     경을 순행하시다(上皇西巡南京歌)」에서 "누가 임금님 가시는 길 험난하다 하는가? 여섯 필 용
     마 서쪽으로 납시니 모든 사람 기뻐하네(誰道君王行路難, 六龍西行萬人歡)"라고 했다.

482 화청원(華淸院): 여산에 지어 놓은 궁전으로 황제 및 후비들의 전용 목욕탕인 화청궁을 말한다.
     여산에 온천이 나자 정관 18년 궁전을 짓고 함형(咸亨) 2년 온천궁이라는 이름을 붙였다. 현종
     천보(天寶) 6년 궁전을 크게 개축한 후 화청궁으로 이름을 바꾸고 산 둘레에 돌아가며 궁전을
     지었다. 부속 건물로 요광전(瑤光殿)·조원각(朝元閣)·장생전(長生殿)·갈고루(羯鼓樓) 등 전
     각 18개가 있었다. 현종은 해마다 양귀비와 화청궁에 행차하였는데, 안녹산의 난 때 파괴가 심
     하여 원화(元和) 연간에 개수하였으나 그 뒤로는 왕들의 행차가 뜸해 점차 황폐해졌다. 『당회요
     (唐會要)』·『명황잡록(明皇雜錄)』·『신·구당서』의 「지리지(地理志)」등에 기록이 보인다.

483 예상소산우의공(霓裳蕭散羽衣空): 악곡의 이름으로 원조는 서량(西涼)에서 전해진 바라문
     곡(婆羅門曲)이었다. 개원 연간에 서량 절도사(西涼節度使)로 있던 양경술(楊敬述)이 바친
     것을 현종이 윤색하여 천보 13년 「예상우의곡」이란 명칭으로 고쳤다. 당대의 악곡은 보통 마칠
     때 촉급하였으나 이 음악만은 끝날 때가 되면 더욱 느려졌다고 하며, 양귀비가 이 곡에 맞추어
     만들어진 예상우의무(霓裳羽衣舞)에 능했다고 한다. 안사의 난 이후 악보가 온전치 못하게 되
     었다.

麋鹿來遊猿鶴怨이라
미 록 래 유 원 학 원

고라니 와서 놀고
원숭이며 학 슬피 울었다네.

我上朝元[484]春半老하고
아 상 조 원   춘 반 로

내 조원각에 오르니
봄이 반이나 지나갔고,

滿地落花無人掃[485]라
만 지 락 화 무 인 소

온 땅 가득 꽃잎 떨어져 있어도
쓸어내는 이 없네.

羯鼓樓[486]高掛夕陽하고
갈 고 루   고 괘 석 양

갈고루 높이 솟아
저녁 해 걸려 있고,

長生殿[487]古生靑草라
장 생 전   고 생 청 초

장생전은 오래되어
푸른 풀 돋아났네.

可憐吳楚兩醯鷄[488]는
가 련 오 초 량 혜 계

불쌍토다, 오나라 초나라의
두 초파리,

---

484 조원(朝元): 화청궁 안에 있던 조원각을 가리키는데, 『당회요』에 의하면 이곳에 현원황제(玄
     元皇帝, 곧 노자(老子))가 강림하였다 하여 강성각(降聖閣)으로 고쳤다고 하였다.
485 무인소(無人掃): 아무도 쓸지 않다.
486 갈고루(羯鼓樓): 『옹록(雍錄)』에 의하면 조원각 동쪽 남료장(南繚牆) 바깥 가까이에 있었다
     고 한다. 갈고는 본래 흉노족의 일파인 갈족이 쓰던 큰 북을 말한다.
487 장생전(長生殿): 『장안지(長安志)』에 의하면 장생전은 두 곳에 있었다. 하나는 도성의 영선궁
     (迎仙宮)에 있었는데 침전(寢殿)이며, 하나는 여산의 화청궁에 있었는데 재전(齋殿)이었다.
     여기서는 화청궁의 것을 말하며, 『당회요』에 의하면 천보 원년 10월에 축조되었다. 천자가 조
     원각에 일이 있을 때 목욕재계하는 곳으로, 집령대(集靈臺)라 불렀다. 시 번호 205 백거이의
     「긴 한탄(長恨歌)」을 참조할 것
488 오초량혜계(吳楚兩醯鷄): '혜계'는 술항아리나 촛병 안에 사는 초파리로 멸몽(蠛蠓), 곧 눈에
     놀이라고도 함. 『열자』「천서(天瑞)」에 "초파리는 술에서 생겨난다"는 말이 있다. 나중에는 주
     로 무지몽매하다는 뜻의 비유로 많이 쓰임. 『장자』「전자방(田子方)」에 공자가 노자를 만나 보
     고 난 뒤에 "나는 도에 대해서 초파리와 같았다(丘之於道也, 其猶醯鷄與)"고 한 말이 있다. 여

築臺未就⁴⁸⁹已堪悲라   단도 다 쌓기 전에
축 대 미 취   이 감 비

                                이미 슬픈 일 당했다네.

長楊五柞⁴⁹⁰漢幸免이요   장양궁과 오작궁을 짓고도
장 양 오 작   한 행 면

                                한나라는 요행히 화 면했으나,

江都樓成隋自迷⁴⁹¹라   강도궁에 누대 이루어지니
강 도 루 성 수 자 미

                                수나라 절로 어지러워졌다네.

由來⁴⁹²流連⁴⁹³多喪德하고   예로부터 놀이에 빠지면
유 래   류 련   다 상 덕

                                거의 나라 잃었고,

기서는 초 영왕(楚靈王)이 장화대(章華臺)를 짓고, 오왕 부차(夫差)가 고소대(姑蘇臺)를 지
은 것을 말한다. 『오지기(吳地記)』라는 책에 의하면 합려(闔閭)가 고소산에 고소대를 세운 후
산의 이름을 따서 이름을 붙였으며, 나중에 부차가 대를 더 높이 올리고 장식을 하였다고 하였
다. 『오월춘추(吳越春秋)』에서는 고서대로 되어 있으며 5년 만에 다 쌓았다고 하였다. 초 영왕
과 부차의 이런 행위가 초파리 같은 어리석은 짓이었음을 말한다.

489 축대미취(築臺未就): 고소대와 장화대가 다 이루어지기도 전에 두 나라가 모두 망하였음을
    말한다.

490 장양오작(長楊五柞): 모두 한 무제가 지은 궁전의 이름으로 천문만호(千門萬戶)의 사치를 자
    랑하였다고 한다. 『삼보황도(三輔黃圖)』라는 책에 의하면 모두 주질(盩厔)에 있으며, 오작궁
    은 떡갈나무, 곧 자작나무 다섯 그루가 있어서 수 무(畝)에 이르는 그늘을 드리웠기 때문에 붙
    여진 이름이고, 장양궁은 본래 진나라의 옛 궁전으로 천자가 궁 밖으로 거동할 때를 대비하여
    수리해 놓았으며 수양버들이 수 무에 걸쳐 있었으므로 지어진 이름이라고 한다. 한 무제 말년
    에는 도적이 천하에 횡행하고 거의 대란의 지경에 이르렀으나 다행히 나라가 망하는 지경에까
    지는 이르지 않은 것을 말한다.

491 강도루성수자미(江都樓成隋自迷): 수 양제(隋煬帝)가 변하(抃河)라는 운하를 뚫고 강도에
    유람을 하였는데, 이때 절강의 항승(項昇)이 새 궁전의 설계도를 올리니 양제가 좋아하여 도면
    대로 궁전을 축조했다. 궁전이 완성되어 행차해 보고는 "진짜 신선에게 이곳에서 놀게 하더라
    도 절로 헤맬 것이니 미루라고 부르는 것이 좋겠다(使眞仙遊此, 亦當自迷, 可目之曰迷樓)"고
    했다. '미'는 강도궁에 지은 누대의 이름이면서 수나라가 결국은 이 때문에 나라를 망쳤다는 뜻
    의 동사로 쓰였다.

492 유래(由來): '유래'는 시어로 쓰이면 '예로부터'라는 뜻

宴安鴆毒[494]因奢惑이라
연 안 짐 독　　　인 사 혹

아무 일 않고 편히 지냄은 짐새의 독과
같으니 사치에 미혹된 데서 기인한다네.

三風十愆[495]古所戒니
삼 풍 십 건　　　고 소 계

세 바람과 열 허물
예로부터 경계한 바이니,

不必驪山可亡國[496]이라
불 필 여 산 가 망 국

반드시 여산 때문에
나라 망하는 것은 아니라네.

---

493 유련(流連): 유련황망(流連荒亡)을 말한다. 『맹자(孟子)』「양혜왕 하(梁惠王下)」에 다음과
같은 구절이 있다. "유련황망해서 제후들의 걱정거리가 되고 있습니다. 물길을 따라 내려가 돌
아올 것을 잊어버리는 것을 유라 하고, 물길을 따라 올라가 돌아올 것을 잊는 것을 연이라 하며,
[사냥에 빠져] 짐승들을 쫓기를 싫증내지 않는 것을 황이라 하고, 술을 즐겨 물림이 없는 것을
망이라 합니다. 선왕들께서는 유련황망의 행실이 없으셨으니 오직 군주께서 행하실 바입니다
(流連荒亡, 爲諸侯憂. 從流下而忘反謂之流, 從流上而忘反謂之連, 從獸無厭謂之荒, 樂
酒無厭謂之亡. 先王無流連之樂, 荒亡之行. 惟君所行也)." 즉 놀이에 빠져 절도가 없는 것을
말한다.

494 연안짐독(宴安鴆毒): '연안'은 아무 일도 하지 않고 안일하게 보내다. '짐'은 광동성에 사는 독
조(毒鳥)의 이름으로, 몸이 검고 눈은 붉으며 살무사를 잡아먹고 산다. 그 깃털이 닿은 음식을
먹으면 사람이 죽는다고 한다. 짐새의 깃털에 닿으면 독을 마시는 것과 같다. '짐독'은 짐새의 깃
털을 술에 넣어 만든 독. 『좌전』「민공(閔公) 원년」에 다음과 같은 구절이 있다. "아무 일도 않고
안일함만 추구하는 것은 짐새의 독과 같사오니 그런 것을 속에 품어서는 안 됩니다(宴安鴆毒,
不可懷也)."

495 삼풍십건(三風十愆): 이윤이 탕임금의 손자인 태갑에게 훈계한 말. 『서경(書經)』「이훈(伊訓)」
에 다음과 같은 구절이 있다. "감히 궁전에서 항상 춤추고 방에서 즐겁게 노래하는 이가 있으면
이는 무당 바람이라고 합니다. 감히 재물과 여색을 추구하고 언제나 놀이와 사냥을 일삼는 사
람이 있으면 이는 방탕 바람이라고 합니다. 감히 성인의 말씀을 모욕하고 충성되고 곧음을 거
스르며 늙은이와 덕 있는 이를 멀리하며 미련하고 유치한 사람들과 벗하는 이가 있다면 이는
어지러운 바람이라 부르는 것입니다. 이 세 가지 바람과 열 가지 허물은 벼슬하는 이들이 몸에
한 가지만 지니고 있어도 그 집안이 망할 것이며, 나라의 임금이 몸에 하나라도 지니고 있으면
나라는 반드시 망할 것입니다(敢有恒舞千宮, 酣歌千室, 時爲巫風; 敢有殉千貨色, 恒千遊
畋, 是爲淫風; 敢有侮聖言, 逆忠直, 遠耆德. 比頑童, 時爲亂風. 惟玆三風十愆, 卿士有一
千身, 家必喪; 邦君有一千身, 國必亡)."

151. 은하수(明河篇)[497]

송지문(宋之問)[498]

八月凉風天氣晶[499]한데
팔 월 량 풍 천 기 정

팔월이라 서늘한 바람 불고
하늘 기운 맑은데,

萬里無雲河漢明이라
만 리 무 운 하 한 명

만 리에 구름 한 점 없고
은하수는 밝기만 하네.

---

496 불필여산가망국(不必驪山可亡國): 결국은 여산 때문에 나라가 망한 것이 아니라, 임금들이 방탕해서 나라가 망했음을 말한다. 송나라 사마광(司馬光)의 『자치통감(資治通鑑)』에 보면 "당나라 보력(寶曆) 연간에 경종(敬宗)이 여산으로 행차하려 하였다. 습유(拾遺) 장권여(張權輿)가 자신전 아래 엎드려 간언하여 말했다. '옛날, 주 유왕은 여산에 행차했다가 견융에게 죽었으며, 진시황을 여산에 장사 지내어 나라가 망했고, 현종께서는 여산에 궁전을 지은 후 안록산이 난을 일으켰습니다. 선제[先帝: 곧 목종(穆宗)]께서는 여산에 행차하시고 수명이 짧아지셨습니다.' 임금이 말하기를 '여산이 이다지도 흉악하단 말인가? 내 한 번 가서 그 말을 시험해 보리라'" 한 기록이 있다.

497 명하편(明河篇): 이 시는 송나라 계유공(計有功)이 편찬한 『당시기사(唐詩紀事)』 권 11에도 수록되어 있는데, 시의 말미에서 이렇게 말하고 있다. "대체로 송지문이 북문학사가 되기를 바랐는데, 측천무후가 허락하지 않아서 이 시에 '뗏목을 타다', '찾아가서 점을 보다' 따위의 말이 쓰이게 되었다. 무후가 그가 지은 시를 보고 최융에게 말했다. '내 그의 재주를 알지 못하는 것은 아니나 그의 입에서 치주염 때문에 냄새가 나서 그랬을 따름이다.' 이에 송지문은 죽을 때까지 그것을 부끄럽게 여겼다 한다(蓋之文求爲北門學士, 武后不許, 故此篇有乘槎訪卜之語. 后見其詩, 謂崔融曰: 吾非不知其才, 但以其有口過爾. 之問終身恥之)." 이 일화는 이 시의 저작 동기를 어느 정도는 설명해 주고 있으나 전적으로 믿을 만하다고는 생각되지 않는다. 전편에 은하수의 아름다움이 잘 묘사되어 있다.

498 송지문(宋之問: 656~712): 자는 연청(延淸). 당나라 초기의 문인으로, 산서성(山西省) 분주(汾州) 사람. 사람됨은 비속하였으나 문재(文才)가 있었으며, 특히 오언시(五言詩)를 잘 썼다. 심전기(沈佺期)와 함께 문명을 날려 세상에서는 이 두 사람을 심송(沈宋)이라 불렀으며, 근체시(近體詩)의 완성에 특히 큰 공헌을 하였다.

499 천기정(天氣晶): '천기'는 날씨. 곧 날씨가 투명하게 맑은 것을 가리킨다.

칠언고풍 단편(七言古風短篇) 343

昏⁵⁰⁰見⁵⁰¹南樓淸且淺⁵⁰²하니
혼 현 남 루 청 차 천

초저녁 남쪽 누각 위에 나타날 때는
맑고 얕아 보이더니,

曉落西山縱復橫⁵⁰³이라
효 락 서 산 종 부 횡

새벽에 서산으로 질 때는
길게 늘어졌던 것 다시 가로눕네.

洛陽城闕天中起하여
낙 양 성 궐 천 중 기

낙양의 성과 궁궐
하늘로 솟아 있어,

長河夜夜千門裏⁵⁰⁴라
장 하 야 야 천 문 리

은하수 밤마다
모든 문 안에 드네.

複道⁵⁰⁵連甍⁵⁰⁶共蔽虧⁵⁰⁷하나
복 도 련 맹 공 폐 휴

복도와 이어진 기와지붕에
함께 가리고 이지러지지만,

---

500 혼(昏): 날이 막 어두워지기 시작하는 초저녁을 말한다.

501 현(見): '현'으로 읽을 때는 '나타나다, 드러나다'의 뜻으로 쓰임

502 청차천(淸且淺): 맑고 얕다. 은하수가 밝게 빛나는 것이 물이 맑고 얕게 비치는 것과 같음을 형용한 것

503 종부횡(縱復橫): 밤에는 하늘 한가운데를 가로질러 있던 은하수가 새벽녘에는 서산 위에 평행하게 가로로 놓여 있는 것을 가리킨다.

504 천문리(千門裏): 장안에 있는 모든 집의 문으로 은하수를 볼 수 있음을 말한다.

505 복도(複道): 시 번호 150 「여산(驪山)」의 주 477을 참조할 것

506 연맹(連甍): 계속적으로 줄지어 있는 기와지붕. '맹'은 기와

507 폐휴(蔽虧): 일부가 가리어져 이지러지다. 낙양의 다른 집은 높지 않아 모두 은하수가 잘 보이는데 궁궐만은 잇달아 줄지어 있는 복도와 지붕 때문에 은하수의 일부가 가리어져 보이지 않음을 말한다.

畫堂[508]瓊戸[509]特相宜라
화 당 경 호 특 상 의

채색한 집과 구슬 장식한 문에
특히 잘 어울리네.

雲母帳[510]前初汎濫[511]이요
운 모 장 전 초 범 람

운모 장식한 휘장 처음에
강물 흘러넘치듯 하고,

水精簾外轉逶迤[512]라
수 정 렴 외 전 위 이

수정 장식한 발 너머로
구불구불 뻗어 나가네.

倬彼昭回[513]如練白[514]한데
탁 피 소 회 여 련 백

훤히 저 밝게 하늘 두르니
흰 깁 같은데,

復出東城接南陌[515]이라
부 출 동 성 접 남 맥

다시 동쪽 성 위로 올라
남쪽 길까지 이어져 있네.

---

508 화당(畫堂): 단청으로 채색을 한 전당(殿堂)
509 경호(瓊戸): '경'은 붉은색이 나는 옥의 일종으로 아름다운 사물을 비유할 때 주로 쓰인다. '경호'는 옥장식을 한 문으로 거실의 아름다움을 형용하는 데 쓰인다.
510 운모장(雲母帳): 운모로 장식한 휘장. 운모는 광석 이름인데 옛날 사람들은 이 돌이 구름의 뿌리가 된다고 생각하여 이런 이름을 붙였다. 쪼개면 얇은 막 모양이 되어 우리말로는 돌비늘이라고도 하며, 투명하고 빛이 나 장식용으로도 많이 쓰이고 또 약재(藥材)로도 쓰인다.
511 범람(汎濫): 물이 넘쳐흐르듯이 은하수가 온 하늘에 널리 깔려 있는 것을 말한다.
512 위이(逶迤): 구불구불 긴 모양을 나타내는 의태어. 은하수가 끊이지 않고 구불구불 길게 뻗어 있는 것을 말한다.
513 탁피소회(倬彼昭回): 『시경』「대아(大雅)·은하수(雲漢)」에 "훤한 저 은하수, 하늘에 밝게 둘러 있네(倬彼雲漢, 昭回千天)"라는 구절이 있다.
514 여련백(如練白): '련'은 무늬를 넣지 않은 흰 비단으로, 비단 가운데서도 가장 고급인 것을 가리킨다. 강이나 내 따위를 멀리서 보면 마치 비단을 길게 펼쳐 놓은 듯 희게 보이기 때문에 이런 표현을 많이 쓴다. 남조 송나라 사조(謝朓)의 「저녁에 삼산에 올라 서울을 바라보다(晚登三山還望京邑)」에 "남은 놀은 흩어져 비단이 되고, 맑은 강은 비단같이 고요하네(餘霞散成綺, 澄江靜如練)"라는 구절이 있다.
515 남맥(南陌): 동서로 난 길을 천(阡)이라 하고, 남북으로 난 길을 맥(陌)이라고 한다. 나중에는

南北征人⁵¹⁶去不歸하니
남 북 정 인　거 불 귀

남쪽 북쪽으로 간 사람들
떠나고 돌아오지 않으니,

誰家今夜搗寒衣⁵¹⁷오
수 가 금 야 도 한 의

누구의 집에서 오늘 밤엔
겨울옷 다듬이질하는가?

鴛鴦機⁵¹⁸上踈螢度⁵¹⁹하고
원 앙 기　상 소 형 도

원앙 무늬 베틀 위로
가끔 반딧불 가로지르고,

烏鵲橋⁵²⁰邊一雁飛라
오 작 교　변 일 안 비

오작교 옆에는
외기러기 나네.

雁飛螢度愁難歇⁵²¹하여
안 비 형 도 수 난 헐

기러기 날고 반딧불 지나가니
시름 그치기 어려워,

밭 사이로 난 두둑길을 보통 천맥(阡陌)이라 하였고, 더 확장되어 그냥 소로(小路)라는 뜻으로 쓰이게 되었다.

516　정인(征人): 길 떠나는 사람. 나그네, 여인(旅人). 여기서는 전쟁에 징발되어 나간 사람을 가리킨다.

517　도한의(搗寒衣): 옷을 다듬이질하다. 보통 타지에 있는 사람들의 옷가지를 준비한다는 뜻으로 많이 쓰인다. '한의'는 겨울옷인데, 아직 가을이지만 겨울이 되어도 돌아온다는 장담이 없는 남편이나 자식을 위해 밤늦게까지 다듬이질을 해 가며 옷을 준비하는 것을 말한다.

518　원앙기(鴛鴦機): 원앙새를 새겨 놓은 베틀. 원앙은 암수의 사이가 좋은 새로 금실이 좋은 부부를 비유할 때 많이 쓰이나, 여기서는 혼자 남아 베 짜는 여인의 외로움을 역설적으로 강조하고 있다.

519　도(度): 도(渡)와 같은 뜻으로 가로지른다는 뜻

520　오작교(烏鵲橋): 견우성과 직녀성이 부부가 되었는데 각기 은하를 사이에 두고 있었으며, 1년 중 칠월 칠석 하루만 만나는 것이 허용되었다. 이때 까치에게 은하수를 메워 직녀를 건네주도록 하였다고 한다. 지금은 후한 응소(應劭)의 『풍속통의(風俗通義)』에 그 내용이 전하고 있다.

521　헐(歇): 다하다, 그치다.

坐見⁵²²明河漸微沒이라
좌 견　명 하 점 미 몰

문득 바라보네, 은하수
점점 희미해져 감을.

已能舒卷任浮雲⁵²³하니
이 능 서 권 임 부 운

이미 펴고 마는 것
뜬구름 하는 대로 내버려 두었으니,

不惜光輝讓流月이라
불 석 광 휘 양 류 월

아쉽지 않네, 밝은 빛
흐르는 달빛에 내어 주는 것.

明河可望不可親하니
명 하 가 망 불 가 친

은하수 볼 수 있으나
가까이할 수 없으니,

願得乘槎一問津⁵²⁴이라
원 득 승 사 일 문 진

원컨대 뗏목 타고
나루터 한번 물어보았으면.

522　좌견(坐見): '좌'는 시에서 쓰이면 절로[自], 마침[正, 適], 갑자기[頓, 遽], 잠깐[聊, 且], 특히
　　　[深, 殊], 공연히[徒, 空] 등의 뜻으로 쓰이는데, 여기서는 맨 뒤의 뜻인 헛되이, 부질없이, 괜히
　　　등의 뜻으로 쓰였다.

523　서권임부운(舒卷任浮雲): 구름 때문에 은하수가 보였다 안 보였다 하는 것을 말한다. 베를 짜는
　　　아낙이 멀리 떨어져 있는 남편과 공유할 수 있는 것은 은하수뿐인데, 그나마 마음대로 되지 않는
　　　다는 완곡한 표현이다. 나아가 벼슬하기를 원하나 쓰이지 않는 시인의 심경이 잘 드러나 있다.

524　승사일문진(乘槎一問津): 진나라 장화(張華)의 『박물지(博物志)』 권 10에 다음과 같은 구절
　　　이 있다. "옛날이야기에 은하수는 바다와 통한다고 하였다. 근래에 바닷가에 사는 어떤 사람이
　　　해마다 8월만 되면 뗏목을 띄우고서 그곳을 왕래하는데, 그때를 놓치지 않았다. 그 사람은 각
　　　별한 뜻을 세워, 뗏목 위에 비각(飛閣)을 세우고 식량을 많이 싣고 뗏목을 타고 떠났다. 십여 일
　　　까지는 그래도 별·달·해 등이 보였으나, 그 후로는 망망하여 밤낮조차 구별할 수 없었다. 다시
　　　십여 일이 지나 문득 한 곳에 이르렀는데, 성곽의 형상이 보이고 집들이 매우 가지런하였다. 아
　　　득히 궁중을 바라보니 베 짜는 아낙들이 많았으며, 한 사나이를 만났는데 물가로 소를 끌고 와
　　　물을 먹였다. 소를 끄는 사람이 깜짝 놀라 '어떻게 해서 여기까지 오게 되었습니까?' 하고 물었
　　　다. 그는 오게 된 연유를 다 이야기하고 아울러 이곳이 어디냐고 물었다. 이에 대답하기를 '그대
　　　는 돌아가 촉군의 엄군평을 찾아 물어보면 알 수 있을 것이오'라고 하였다. 마침내 그는 상륙도
　　　하지 않고 기일대로 돌아왔다. 나중에 촉나라에 가 엄군평에게 물어보았더니, 엄군평이 '모년

更將織女支機石[525]하여
갱 장 직 녀 지 기 석

더욱이 직녀의
베틀 받치는 돌 가져다가,

還訪成都賣卜人[526]이라
환 방 성 도 매 복 인

다시 찾네, 성도의 점치는 사람.

152. 마애비를 제목으로 삼아(題磨崖碑)[527]

황정견(黃庭堅)

春風吹船著[528]浯溪[529]하여
춘 풍 취 선 착   오 계

봄바람이 배를 불어
오계에 다다라,

모월 모일에 객성이 견우성을 침범한 적이 있다'고 해서, 연월을 따져 보니 바로 그 사람이 은하
수에 도착했던 때였다." 남조 진(晉)나라 왕가(王嘉)의 『습유기』 「당요(唐堯)」에도 이와 관련된
글이 보이는데, 나중에는 조칙을 받아 사신으로 나가는 사람을 사객(槎客)이라 하였으며, 여기
서는 그냥 벼슬을 바란다는 뜻으로 쓰였다.

525 지기석(支機石): 베틀을 받치는 돌. 『태평어람(太平御覽)』 제8에 인용된 『집림(集林)』에 다
음과 같은 구절이 있다. "옛날 어떤 사람이 은하수의 근원을 찾았는데 어떤 아낙이 비단을 빠는
것을 보고 물었더니 '여기는 은하수입니다'라고 하고는 돌을 하나 주었다. 그래서 돌아와 엄군
평에게 물어보았더니 '이것은 직녀의 베틀을 받치는 돌이다'라고 하였다." 『형초세시기(荊楚歲
時記)』에도 보이는데, 장건(張騫)이 얻어 와서 동방삭(東方朔)에게 물어본 것으로 되어 있다.
주로 은하나 칠석 또는 돌을 형용하는 전고로 많이 사용된다.

526 성도매복인(成都賣卜人): 성도에서 몸을 숨기고 점을 쳐서 생계를 이은 전한(前漢)의 엄준(嚴
遵)을 말한다. 진나라 황보밀(皇甫謐)의 『고사전(高士傳)』 「엄준(嚴遵)」에 다음과 같은 구절
이 있다. "엄준은 자가 군평이며 촉 땅 사람이다. 숨어 살면서 벼슬을 하지 않고 늘 성도의 저잣
거리에서 점을 쳐 주며 먹고 살았는데, 하루에 백 전만 벌면 점치는 것을 그만두고 가게의 문을
닫고 발을 내리고서는 책을 짓는 것을 일삼았다. (…) 군평은 점을 팔았는데, 양웅(揚雄)이 스승
으로 삼았다[嚴遵字君平, 蜀人也. 隱居不仕, 常賣卜千成都市. 日得百錢以自給, 卜訖則閉
肆下簾以著書爲事 (…) 君平賣卜, 子雲所師]."

527 제마애비(題磨崖碑): 『황산곡문집(黃山谷文集)』 권 8에는 「마애비 뒤에 쓰다(書磨崖碑後)」
라는 제목으로 실려 있다. 당나라 천보 14년(775), 안녹산이 난을 일으켜 낙양을 함락시키더

扶藜⁵³⁰上讀中興碑⁵³¹라
부 려　　상 독 중 흥 비

명아주 지팡이 부지하고 올라
「중흥비」 읽네.

平生半世看墨本⁵³²타가
평 생 반 세 간 묵 본

평소에 반평생 동안
탁본으로 보아 오다가,

摩挲⁵³³石刻鬢如絲⁵³⁴라
마 사　　석 각 빈 여 사

비석 어루만지는 지금에 이르러선
귀밑머리 실처럼 되었네.

니, 이듬해엔 장안마저 함락시켰다. 현종은 촉으로 피했고, 태자가 영무(靈武)에서 즉위하여
반군 진압에 나섰다. 이 역사적인 사실을 찬양하여 원결(元結)이 지은 글이 바로 본서 후집에
실려 있는 「당나라를 중흥시킨 공적을 찬양함(大唐中興頌)」이며, 그 글은 오계(浯溪)의 마애
에 새겨졌다. 이 시는 송나라 숭녕(崇寧) 3년(1104) 3월, 황정견의 나이 60세 때 「마애비」를 직
접 보고 그 감개를 읊은 것이다.

528　착(著): '착'으로 읽으면 '~에 닿다'라는 뜻이 되어 착(着)과 같은 뜻이 된다.

529　오계(浯溪): 호남성(湖南省) 영주(永州) 기양현(祈陽縣)에 있는 작은 강으로 상강(湘江)과 합
류한다.

530　부려(扶藜): '려'는 명아주로, 옛날 지팡이를 만드는 데 많이 썼다. '부'는 지팡이를 짚을 때 주로
쓰는 동사

531　중흥비(中興碑): 당나라의 문인인 원결(자는 차산(次山))이 지은 「당나라를 중흥시킨 공적을
찬양함」을 말한다. 대체로 숙종(肅宗)이 안녹산의 난을 평정하고 양경(兩京: 낙양과 장안)을
수복한 일을 칭송하고 있는 글인데, "상강의 동쪽과 서쪽 사이에 합쳐지는 곳이 오계인데, 깎아
세운 듯한 돌벼랑이 하늘에 솟아 있다. 갈고 다듬어 새길 만하여 이제 이 찬양의 노래를 새기
니, 어찌 천만년만 전하겠는가?"라는 글로 맺고 있다.

532　묵본(墨本): 금석에 새긴 글씨나 그림을 그대로 박아 낸 것. 곧 탁본 또는 탑본(搨本)을 말한다.
이 「중흥송」 비문은 당나라 때 장군이며 명필인 안진경(顏眞卿)이 썼다.

533　마사(摩挲): 손으로 쓰다듬고 어루만지다. 시 번호 196 한유의 「돌북을 노래함(石鼓歌)」에 다
음의 구절이 있다. "목동들 불 쳐서 일으키고 소떼들 뿔을 가니, 누가 다시 손 얹고서 어루만져
줄까?(牧童敲火牛礪角, 誰復著手爲摩挲)" 여태까지 탁본으로 된 「중흥송」을 보아 오다가 지
금 이렇게 늙어서야 비로소 직접 눈으로 보게 된 것을 말한다.

534　빈여사(鬢如絲): 귀밑머리가 흰 실같이 세다. 임연(任淵)이 주석을 단 『산곡집주(山谷集注)』
에는 빈성사(鬢成絲)로 되어 있다. 두보의 「정씨네 열여덟째 건이 태주사호로 좌천되어 감에
송별하다……(送鄭十八虔貶台州司戶……)」에 다음과 같은 구절이 있다. "정공 가죽나무처럼
쓸모없이 귀밑머리 실처럼 되었다고, 술 취하면 항상 늙은 화가라 일컫네(鄭公樗散鬢成絲, 酒

明皇⁵³⁵不作苞桑計⁵³⁶하여
명 황　　부 작 포 상 계

명황 백성들 편히 살 계책
세우지 못해,

顚倒四海⁵³⁷由祿兒⁵³⁸라
전 도 사 해　　유 록 아

온 천하 거꾸로 뒤집어지니
안녹산 녀석 때문이라네.

九廟⁵³⁹不守乘輿西⁵⁴⁰하니
구 묘　　불 수 승 여 서

종묘 지키지 못하고
천자의 수레 서쪽으로 가니,

後常稱老畫師)." 늙었음을 말한다.

535　명황(明皇): 당 현종(玄宗) 이융기(李隆基)의 시호는 '지도대성대명효황제(至道大聖大明孝
　　皇帝)'인데 시문에서는 흔히 이렇게 간략하게 줄여서 부른다.

536　포상계(苞桑計): '포상'은 포상(包桑)이라고도 하며, 원래 뽕나무의 근간이 되는 줄기라는 뜻
　　이다. 『주역』「비(否)」 괘(☶)의 밑에서 다섯째 양효(九五)의 설명에 "망할 것이다, 망할 것이다
　　하여 뽕나무의 줄기에 매단다(其亡其亡, 繫于苞桑)"라고 하였다. 그 주석에 "포는 뿌리이다.
　　무릇 사물은 뽕나무의 밑뿌리에 매어 두면 견고하다. 뽕나무라는 것은 뿌리가 많은데 뿌리가
　　많으면 견고하다는 뜻이다"라고 하였다. 이로부터 기초가 든든함의 상징으로 쓰이게 되었다.
　　여기서는 국가의 근본이 되는 뽕나무 뿌리처럼 많은 백성들을 편히 살게 할 든든한 계책이란
　　뜻으로 쓰였다.

537　전도사해(顚倒四海): 온 세상이 뒤집히다. 옛날 중국 사람들은 중국이 사방 바다로 둘러싸여
　　있다고 생각해서 중국을 '사해'라 하였고, 상대적으로 중국 이외의 나라를 '해외'라고 불렀다.
　　곧 천하를 가리킨다. 여기서는 안녹산의 난으로 온 천하가 혼란에 빠진 것을 말한다. 당나라 원
　　진(元稹) 역시 안녹산의 난을 읊은 악부시인 시 번호 242 「연창궁의 노래(連昌宮詞)」에서 다
　　음과 같이 읊었다. "조정의 계책 엎어지고 사해가 요동치니, 오십 년 동안 만신창이 되었다네
　　(廟謨顚倒四海搖, 五十年來作瘡痏)."

538　녹아(祿兒): 안녹산을 경멸하여 '안녹산 녀석'이라고 한 것임. 『신당서』「안녹산의 전기」에 다음
　　과 같은 구절이 있다. "배관을 대신하여 범양 절도사가 되었는데 (…) 당시 양귀비가 총애를 받
　　아, 안녹산이 양귀비의 양자가 될 것을 청하니, 황제가 허락하였다(代裴寬爲范陽節度 (…) 時
　　楊貴妃有寵, 祿山請爲妃養兒, 帝許之)."

539　구묘(九廟): 종묘사직을 말한다. 고대의 제왕들은 7묘(2·4·6세조의 사당인 삼소(三昭)와 3·5·7
　　세조의 사당인 삼목(三穆), 그리고 태조(太祖)의 사당을 말한다)를 세워 조상을 제사 지냈는데,
　　왕망(王莽)이 황제(黃帝)의 태초조묘(太初祖廟)와 제우(帝虞)의 시조소묘(始祖昭廟)를 세
　　워 모두 9묘로 하였다. 이후의 역대 왕조들은 모두 9묘를 계속하여 사용하였다. 『당서』「예악지
　　(禮樂志)」의 기록에 의하면 당나라는 개원 16년 태묘(太廟)를 구실(九室)로 하였다고 한다.

萬官奔竄鳥擇栖⁵⁴¹라
만 관 분 찬 조 택 서

모든 관리 도망가 숨었네,
새가 깃들 곳 찾듯.

撫軍監國⁵⁴²太子事니
무 군 감 국　　태 자 사

군사를 위무하고 나라 지키는 것이
태자의 일이거늘,

何乃趣⁵⁴³取大物⁵⁴⁴爲오
하 내 촉　취 대 물　　위

어이하여 서둘러
제위에 올랐단 말인가?

540　승여서(乘輿西): 당 현종이 안녹산의 난 때 서촉으로 피신한 것을 말한다. 『당서』「현종본기(玄宗本紀)」에 의하면 천보 14년 11월 안녹산이 반란을 일으키자 15년 6월 행재소를 망현궁으로 옮겼고, 7월에 다시 촉군(蜀郡)으로 행차하였다는 기록이 보인다. '승여'는 천자의 수레라는 뜻과 천자의 기물(器物)이라는 두 가지 뜻이 있다. 한나라 채옹(蔡邕)의 「독단(獨斷)」이라는 글에 보면 "거마며 의복, 기계와 온갖 사물을 승여라고 한다"고 했고 또 "천자는 지존(至尊)이기 때문에 함부로 말하지 못하고 승여에 기탁해서 말한다. 또는 거가(車駕)라고도 한다"고 했다. 이 때문에 나중에는 천자의 대칭(代稱)으로도 쓰이게 되었는데, 여기서는 복합적인 의미로 쓰였다.

541　분찬조택서(奔竄鳥擇栖): 『산곡집주』에는 '已作鳥擇栖'로 되어 있고, "'까마귀 오' 자는 '새 조' 자로 된 것도 있는데 틀렸다(烏字或作鳥非)"라고 주석을 달고 있다. 『좌전』「애공(哀公) 11년」에 "새는 자기가 깃들 나무를 택하지만 나무야 어찌 새를 택할 수 있겠는가?(鳥則擇木, 木豈能擇鳥)"라는 말이 나온다. 안녹산의 난 후에 재상 진희열(陳希烈) 등이 모두 역적 안녹산의 신하가 된 것을 말한다.

542　무군감국(撫軍監國): 군주를 따라 출정할 때는 군사를 위무해야 하고, 남아서 나라를 지킬 때는 감독하는 것을 말한다. 『좌전』「민공(閔公) 2년」에 "태자는 군주께서 싸우러 나가시면 도읍에 머물러 지키고, 군주를 대신하여 지킬 사람이 따로 있을 때는 군주님을 따라가는 것이옵니다. 태자가 군주를 따라가는 것을 '무군'이라 하옵고, 도읍에 남아 지키는 것을 '감국'이라 하는데, 이는 옛날에 정해진 법이옵니다"라고 하였다.

543　촉(趣): '촉'으로 읽으면, 촉(促)과 같은 뜻이다. 갑자기, 촉박하게, 서둘러

544　취대물(取大物): '대물'은 천하, 즉 제위(帝位)를 말한다. 『신당서』「숙종본기(肅宗本紀)」에 의하면 "천보 15년 현종이 적란을 피해 마외(馬嵬)에 이르렀는데 늙은이들이 길을 막고 태자를 남겨 두어 적을 토벌하기를 청하니 현종이 이를 허락했다. (…) 하서행군사마(河西行軍司馬) 배면(裴冕) 등이 태자를 맞아 삭방(朔方)에서 군사를 다스렸다. (…) 7월 신유일에 영무(靈武)에 도착하고, 임술일에 배면 등이 태자에게 황제에 즉위할 것을 청하여 갑자일에 영무에서 즉위하고 황제를 상황천제(上皇天帝)로 높였다"고 하였는데, 이를 말한다.

事有至難天幸耳[545]하여　　일 지극히 어려웠으나
사 유 지 난 천 행 이　　　　　천행일 따름이라,

上皇[546]跼蹐[547]還京師[548]라　상황께서 몸을 굽혀
상 황　　국 척　　환 경 사　　서울로 돌아오셨다네.

內間張后色可否[549]하고　안에서는 장후가 이간질하니
내 간 장 후 색 가 부　　　　낯빛으로 가부를 결정하고,

外間李父頤指揮[550]라　　밖에서는 이보국이 이간질하니
외 간 이 부 이 지 휘　　　　턱으로 가리키며 뜻대로 하네.

545　사유지난천행이(事有至難天幸耳): 원결의 「당나라를 중흥시킨 공적을 찬양함」에 "일에 지극
　　한 어려움이 있었으나, 종묘사직 다시 편안케 되니, 두 성왕께서는 재회의 기쁨을 누리게 되셨
　　다(事有至難, 宗廟再安, 二聖再歡)"라는 말이 있다. '천행이'는 본집에 '天幸爾'로 되어 있다.
　　하늘이 돌보시어 국란이 평정되었다는 것을 말한다.

546　상황(上皇): 천제(天帝), 상고 시대의 제왕 등의 뜻도 있으나, 황제의 부친을 높여서 부르는 말.
　　태상황(太上皇)이라고도 한다. 위의 주 544를 참조할 것

547　국척(跼蹐): 두려워하는 모습을 나타내는 의태어. 『시경』「소아(小雅)·정월(正月)」에 다음과 같
　　은 구절이 있다. "하늘이 높다지만 몸 굽히지 않을 수 없고, 땅이 두텁다지만 조심조심 걷지 않
　　을 수 없네(謂天蓋高, 不敢不局; 謂地蓋厚, 不敢不蹐)." 국(局)은 국(跼)과 같으며, 몸을 굽힌
　　다, 허리를 구부린다는 뜻. '척'은 잔걸음으로 걷다.

548　환경사(還京師): 서경(西京)인 장안(長安)으로 돌아오다.

549　내간장후색가부(內間張后色可否): 장후는 숙종의 왕후. '간'은 사이를 떼어 놓다, 곧 이간질한
　　다는 뜻. 『신당서』「숙종폐후장씨전(肅宗廢后張氏傳)」의 요약에 "장후는 이보국(李輔國)과
　　공모하여 상황을 서내(西內)로 옮겼다. 숙종은 안으로 장후의 제재를 받아 감히 서궁으로 상
　　황을 뵈러 갈 수가 없었다"고 하였다. 보응(寶應) 9년 장후는 숙종이 죽자 월왕(越王) 계(係)를
　　옹립하려다가 발각되어 별전에 유폐되었다. 대종이 즉위하자 장씨를 폐위하고, 얼마 후 그녀를
　　죽였다.

550　외간이부이지휘(外間李父頤指揮): '이지휘'는 턱으로 가리키기만 해도 모든 일이 뜻대로 이
　　루어지는 것을 말한다. 『한서』「가의전(賈誼傳)」에서 나온 말. "지금 폐하께옵서는 힘으로 천하
　　를 다스리시어 턱으로 지시하여 뜻대로 하십니다." 이보국이 정사를 마음대로 하며 현종과 숙
　　종을 이간시킨 것을 가리킨다. 이보국은 환관 출신으로 안녹산의 난 때 숙종을 수행하여 신임

南內⁵⁵¹凄凉幾苟活⁵⁵²이요
남 내　처 량 기 구 활

남내의 궁전 처량하니
구차스러울 정도로 살아갔고,

高將軍⁵⁵³去事尤危⁵⁵⁴라
고 장 군　거 사 우 위

장군인 고력사 떠나니
일 더욱 위태로워졌다네.

臣結春陵⁵⁵⁵二三策⁵⁵⁶이요
신 결 용 릉　이 삼 책

신하 원결은 「용릉의 노래」 같은
두세 편을 지어 바쳤고,

을 얻고, 숙종이 즉위하자 권세를 부렸다. 후에 그는 한때 공모자였던 황후 장씨가 자신을 제거
하려는 음모를 알아채고 대종을 옹립한 후, 그 공로를 믿고 전횡을 일삼다가 결국 대종이 보낸
자객에게 죽음을 당했다.

551 남내(南內): 흥경궁(興慶宮)을 말한다. 황제가 거처하는 곳을 대내(大內)라 하였는데, 당대의
대내는 서내인 태극궁(太極宮)과 동내인 대명궁(大明宮), 그리고 남내인 흥경궁이 있었다. 이
들 명칭은 모두 황성을 중심으로 한 방위를 가지고 부른 것이며, 삼내라 합칭하였다. 현종은 흥
경궁을 가장 좋아하였으므로, 촉에서 돌아온 후 그곳에 머물렀다.

552 구활(苟活): 구차하게 살아가다. 장안으로 돌아온 현종은 정치 일선에서 물러났을 뿐만 아니
라, 이보국과 장후의 농간으로 서궁에 연금당한 일도 있었다.

553 고장군(高將軍): 표기대장군(驃騎大將軍) 고력사(高力士)를 가리킨다. 환관으로서 선천(先
天) 초년에 감문위장군(監門衛將軍)이 되었으며, 현종의 지극한 총애로 누차 진급하여 표기
대장군에 올랐으나, 현종을 따라 촉군에 갔다 온 뒤에 이보국의 계략에 걸려 오랫동안 무주(巫
州)로 유배되었다.

554 사우위(事尤危): 『신당서』 「환자전(宦者傳)·이보국(李輔國)」에 다음과 같은 구절이 있다. "이
보국은 황제의 명령을 사칭하여 태상황을 궁중으로 데려가려고 하였다. 예무문(睿武門)에 이
르자 사생관(射生官) 5백 명이 길을 막아 태상황은 놀라 말에서 떨어질 뻔하였다. (…) 고력사
가 버럭 고함을 질렀다. '50년이나 태평하게 지낸 천자께 보국이 뭘 하려는 거요?' 꾸짖어서 이
보국을 말에서 내리게 했다. (…) 태상황이 고력사의 손을 잡고 말했다. '자칫하면 병사의 귀신
이 될 뻔했네.'"

555 신결용릉(臣結春陵): 원결(元結: 719~772)은 대종(代宗) 광덕(廣德) 원년(763) 옛 용릉 땅
이 있는 도주(道州)자사가 되었는데, 이때 「용릉행」을 썼다. 그 서문에서 이렇게 말하고 있다.
"도주는 옛날에는 4만여 호였으나 난리를 겪은 후에는 4천 호도 되지 않는다. 관직에 임한 지
50일도 되지 않아 제사[諸使: 모종의 임무를 띠고 조정에서 특파된 관원]를 도와 각종 증거가
되는 서류 2백여 통을 수집했다. (…) 내 장차 관직을 지키며 조용히 사람들을 안정시키고 죄를
기다릴 뿐이다. 이곳이 용릉의 옛 땅이기 때문에 「용릉행」을 지어서 마음을 드러낸다." 용릉은

臣甫杜鵑再拜詩557라
신 보 두 견 재 배 시

신하 두보는 「두견」이란
두 번 절하는 시 지었다네.

安知忠臣558痛至骨고
안 지 충 신　　통 지 골

어찌 알리오? 충신들 고통
뼈에 사무쳤음을,

後世但賞瓊琚詞559라
후 세 단 상 경 거 사

후세에는 다만 감상할 뿐이라네,
구슬같이 아름다운 문사만.

同來野僧560六七輩요
동 래 야 승　　육 칠 배

함께 온 시골 중이
육칠 명이요,

호북성(湖北省) 조양현(棗陽縣)의 동쪽 땅

556 이삼책(二三策): '책'은 죽간(竹簡)을 말한다. 『맹자』 「진심 하(盡心下)」에 다음과 같은 구절이
　　있다. "나는 [『주서』의] 「무성편」에서 두세 쪽을 취할 뿐이다(吾於武成, 取二三策而已)." 주자
　　는 주석에서 책은 죽간이라 하였으며, 여기서는 원결이 시국을 읊은 「용릉행」 등 2~3편의 시
　　를 가리킨다.

557 두견재배시(杜鵑再拜詩): 두보(杜甫)의 시 「두견(杜鵑)」을 가리킨다. 촉(蜀) 망제(望帝)의 넋
　　이 화해서 된 새를 읊은 시로 "나는 보고서 항상 두 번 절하는데, 거듭 옛 망제의 혼이라네(我
　　見常再拜, 重是古帝魂)"라는 구절이 있다. 어쩔 수 없이 제위를 물려 준 현종을 망제에 비겨서
　　읊은 시이다.

558 충신(忠臣): 바로 위의 구절에서 언급한 두보와 원결을 말한다. 『사기』 「자객열전(刺客列傳)」
　　에 보면 자객 형가(荊軻)가 진시황을 저격하러 가면서 그의 의심을 사지 않게 진나라에서 연
　　(燕)나라로 망명한 장수 번오기(樊於期)를 찾아가서 그의 목을 구하자, 번오기가 "나는 그 놈
　　[진시황]을 생각할 때마다 아픔이 골수에 사무칩니다(於期每念之, 常痛於骨髓)"라고 말하
　　고서, 스스로 자결하여 목을 내놓았다.

559 경거사(瓊琚詞): '경'은 아름다운 구슬이며, '거'는 패옥의 이름이다. 나중에는 매우 값지고 아
　　름다운 사물을 비유하는 말로 쓰이게 되었다. 값진 구슬과 같은 문사는 곧 원결의 「중흥송」을
　　말한다.

560 야승(野僧): 산야(山野)를 떠돌아다니는 시골 중 또는 스님의 겸칭(謙稱). 주석에 의하면 옛날
　　에는 보잘것없는 중이라는 뜻인 잔승(殘僧)으로 되어 있었다고 한다.

亦有文士相追隨[561]라
역유문사상추수

또한 글 짓는 선비들도
서로 쫓아 따라왔네.

斷崖蒼蘚[562]對立久하니
단애창선　대립구

깎아지른 벼랑의 푸른 이끼
오래 마주하고 있자니,

凍雨[563]爲洗前朝[564]悲라
동우　위세전조　비

소나기 씻어 내리네,
앞 왕조의 슬픔을.

153. 괵국부인야유도(虢國夫人夜遊圖)[565]

소식(蘇軾)

佳人自輕玉花驄[566]하니
가인자공옥화총

미인이 손수
옥화총의 고삐 잡으니,

561　문사상추수(文士相追隨): 문필에 종사하여 시문을 썩 잘 짓는 선비. 삼국 위(魏)나라 진사왕 (陳思王) 조식(曹植)의 시 번호 72 「공자의 연회(公讌)」에 다음과 같은 구절이 있다. "맑은 밤 서원에서 흥겨이 노니시니, 수레들 포장 날리며 줄지어 달리네(淸夜遊西園, 飛蓋相追隨)."

562　단애창선(斷崖蒼蘚): 「중흥비」가 세워져 있는 벼랑에 낀 푸른 이끼

563　동우(凍雨): 여름철에 갑자기 쏟아지는 소나기를 말한다. 중국 최초의 분류 사전인 『이아(爾雅)』의 주석에서는 "지금 강동(江東)에서는 여름의 폭우(暴雨)를 동우라 한다"고 하였다. 『초사』「구가(九歌)」에 "빠른 바람으로 먼저 달려 나가게 하고, 소낙비로 먼지 씻게 하네(令飄風兮 先驅, 使凍雨兮灑塵)"라고 하였다.

564　전조(前朝): 황정견이 살던 송대의 바로 앞 조대인 당나라를 말한다. 본조(本朝)의 반대

565　괵국부인야유도(虢國夫人夜遊圖): 소식과 같은 시대의 내시(內侍) 유유방(劉有方)이 당나라 때 장훤(張萱)이 그린 「괵국부인이 밤놀이를 하는 그림」이라는 명화를 하나 가지고 있었는데, 소식이 그의 요청에 의하여 이 시를 지어 주었다고 한다. 괵국부인은 양귀비의 언니 중 하나. 자세한 것은 아래 주 573을 참조할 것

566　옥화총(玉花驄): 당 현종의 명마 이름. 『명황잡록』에 "괵국부인은 궁궐에 들 때마다 항상 총마

翩如驚燕踏飛龍[567]이라
편 여 경 연 답 비 룡

날래기는 놀란 제비가
나는 용을 탄 듯하네.

金鞭爭道寶釵落[568]하니
금 편 쟁 도 보 차 락

금채찍으로 길 다투어
보물 비녀 떨어지니,

何人先入明光宮[569]고
하 인 선 입 명 광 궁

어떤 사람이 먼저
명광궁에 들어갈까?

宮中羯鼓[570]催花柳하니
궁 중 갈 고   최 화 류

궁중에서는 갈고가
꽃과 버들 재촉하니,

玉奴絃索[571]花奴手[572]라
옥 노 현 삭   화 노 수

옥노 현악기 타고
화노 갈고 치는 소리라네.

(驄馬)를 타고 소황문(小黃門)에게 끌게 하였다"고 하였다. 시 번호 233 두보의 「채색 그림을 노래함(丹靑引)」에 "선제의 천마는 옥화총인데, 화공이 산처럼 많아 각기 그려 놓은 모습 같지 않네(先帝天馬玉花驄, 畫工如山貌不同)"라고 하였다.

567 편여경답비룡(翩如驚燕踏飛龍): 삼국 위(魏)나라 조식(曹植)의 「낙신부(駱神賦)」에 "날래기는 가벼운 기러기 같고, 순하기는 헤엄치는 용 같네(翩若輕鴻, 宛若游龍)"라고 하였다.

568 금편쟁도보차락(金鞭爭道寶釵落):『구당서』 권 51 「후비(后妃)·양귀비(楊貴妃)」에 "천보 10년 정월 보름날 밤에 양씨네 다섯 집이 밤나들이를 나갔는데 광평 공주(廣平公主)와 서시문(西市門)을 놓고 다투었다. 양씨 집의 종이 휘두른 채찍이 공주의 옷에 닿자 공주는 말에서 떨어졌다"고 하였다.『신당서』에는 광녕(廣寧) 공주로 되어 있다.

569 명광궁(明光宮): 한 무제가 축조한 궁전으로, 태초(太初) 4년 가을에 지었다. 하나는 북궁(北宮)에 있으며 남으로 장락궁(長樂宮)과 이어져 있고, 하나는 감천궁(甘泉宮)에 있는데, 모두 무제가 신선이 되기를 바라서 지은 것이다. 금과 옥 등으로 장식한 발[簾]을 달아 놓아 밤낮으로 환했다고 한다. 여기서는 현종이 있는 궁전을 가리켜 말한 것이다.

570 갈고(羯鼓): 흉노의 일족인 갈족에서 들어온 타악기로 장구와 비슷하게 생겼으며, 마구리를 말 가죽으로 채우고 받침대를 놓고 치는 북. 현종은 음률에 정통해서 이 갈고를 매우 좋아하였다고 한다.

571 옥노현삭(玉奴絃索): 양귀비를 말한다. 양귀비의 이름이 옥환(玉環)이어서 이렇게 부른 것이

坐中八姨⁵⁷³眞貴人이니
좌 중 팔 이   진 귀 인

자리 가운데 여덟째 이모가
정말로 귀하신 몸이라,

走馬來看不動塵⁵⁷⁴이라
주 마 래 간 부 동 진

말 달려 와서 뵙는데
먼지조차 날리지 않는다네.

明眸皓齒誰復見⁵⁷⁵고
명 모 호 치 수 부 견

밝은 눈동자며 새하얀 이
누가 다시 보리?

只有丹靑餘淚痕이라
지 유 단 청 여 루 흔

다만 단청한 그림에만
눈물 자국 남아 있다네.

다. 양귀비는 현악기인 비파를 잘 타서 『양비외전(楊妃外傳)』에 "여러 왕의 군주[郡主: 공주]
와 양귀비의 자매는 모두 양귀비를 스승으로 삼아 비파제자가 되었다. 한 곡조가 끝날 때마다
갖다 바치는 것이 매우 많았다"는 기록이 있다.

572 화노수(花奴手): 왕자인 여양왕(汝陽王) 진(璡)의 어릴 때 이름이 화노였는데, 갈고란 악기를
잘 연주하였다고 한다. 『갈고록(羯鼓錄)』에 다음과 같은 구절이 있다. "명황은 금(琴)을 매우
싫어하여 일찍이 금을 타는 것을 듣다가 미처 끝나지도 않았는데 금 타는 자를 꾸짖어 쫓아내
고 '화노에게 갈고를 가지고 오라 해서 나의 더러워진 기분을 풀어 달라'고 했다."

573 팔이(八姨): 양씨 집안의 많은 딸들 중에서 나이 서열이 여덟째란 뜻. 양귀비에게는 언니가 셋
있었는데, 모두 재주와 용모가 뛰어났다. 현종은 이들 모두를 국부인(國夫人: 제후 나라의 왕
비와 같은 지위)에 봉했는데, 맏이는 한국(韓國)부인에, 셋째는 진국(秦國)부인에, 중간인 팔
이(八姨)는 괵국(虢國)부인에 봉하였다. 이들 가운데 현종이 가장 총애한 사람은 괵국부인에
봉해진 팔이였다.

574 주마래간부동진(走馬來看不動塵): 시 번호 209 두보의 「고운 여인들을 노래함(麗人行)」에
"황문의 나는 듯한 말 먼지 하나 일으키지 않고, 어전의 주방에선 쉬지 않고 여덟 진미 보내오네
(黃門飛鞚不動塵, 御廚絡繹送八珍)"라고 하였다. 황문은 괵국부인이 옥화총을 소황문에게
끌게 한 것을 빗대어서 말한 것이다.

575 명모호치수부견(明眸皓齒誰復見): 시 번호 146 두보의 「강가에서 슬퍼함(哀江頭)」에 "밝은
눈동자 뽀얀 이의 그대는 지금 어디 있는가? 피가 떠도는 혼을 더럽혀 돌아갈 수도 없구나(明
眸皓齒今安在, 血汚遊魂歸不得)"라고 하였다.

人間俯仰成今古하니
인 간 부 앙 성 금 고

인간 세상 잠깐 사이에
지금이 옛날 되니,

吳公臺⁵⁷⁶下雷塘路라
오 공 대   하 뢰 당 로

오공대 아래가 지금은
뇌당로가 되었다네.

當時亦笑張麗華⁵⁷⁷더니
당 시 역 소 장 려 화

그 당시에는 또 웃었다네
장려화에 빠져,

不知門外韓擒虎⁵⁷⁸라
부 지 문 외 한 금 호

문 밖에 한금호 있는지
알지 못했다네.

---

576 오공대(吳公臺): 진(陳)나라 장군 오명철(吳明徹)이 북제(北齊)를 에워싸자 동광주(東廣州)
    자사 경자유(敬子猷)가 증축하였기 때문에 이런 이름이 붙었다. 노대(弩臺), 계대(雞臺)라고
    도 한다. 강도현(江都縣) 서쪽에 있으며, 현의 동북쪽 10리 지점에 뇌당(雷塘)이 있다. 처음에
    오공대 아래에 수 양제(隋煬帝)를 장사 지냈는데, 당나라가 강남(江南)을 평정하면서 수 양제
    의 무덤을 뇌당으로 이장시켜 버렸다.
577 장려화(張麗華: ?~589): 남조 진 후주(陳後主)의 비(妃)인데 미색으로 총애를 받았다. 후주
    의 실정으로 국력이 쇠퇴해져 수나라가 쳐들어오자 후주와 함께 궁중의 경양정(景陽井)이란
    우물에 숨어 있다가 색출되어 피살되었다.
578 한금호(韓擒虎: ?~592): 한금호는 수나라 장군으로 원래 이름은 표(豹)이며 지략과 담력으로
    알려졌다. 개황(開皇) 9년 경기병 5백 명을 데리고 선봉에 서서 금릉(金陵)을 함락하고 진 후
    주(陳後主)를 사로잡아, 진(陳)나라를 치는 데 앞장섰다. 당나라 두목(杜牧)의 「대성곡(臺城
    曲)」에 "문 밖에는 한금호 있고, 누대 모퉁이에는 장려화 있네(門外韓擒虎, 樓頭張麗華)"라
    하였다.

칠언고풍 장편
七言古風長篇

당나라 초기부터 서술적 장편이 출현하여,
칠언고시의 장편이 한·위의 부(賦)를 대신하는 위치를 차지하게 되었다.
후대로 오면서 성행하였는데, 특히 전기적인 이야기를
서술하는 시로 발전하였다.

154. 생각나는 바 있어(有所思)[1]

송지문(宋之問)

洛陽[2]城東桃李花는
낙 양 성 동 도 리 화

낙양성 동쪽의
복사꽃과 오얏꽃,

飛來飛去落誰家오
비 래 비 거 낙 수 가

이리저리 날리면서
누구의 집으로 떨어지는가?

幽閨[3]兒女[4]惜顏色[5]하여
유 규 아 녀 석 안 색

깊숙한 규방의 아가씨
낯빛을 아껴,

---

1 유소사(有所思): 그리운 사람이 멀리 있어 생각하며 쓴다는 뜻인데, 한나라 때의 악부시에도 나
   오는 제목이다. 『당시선(唐詩選)』·『당시유향(唐詩遺響)』 등에는 「대비백두옹(代悲白頭翁)」이
   란 제목으로 되어 있고, 유정지(劉廷芝)의 작으로 되어 있는데, 아무래도 이 시는 송지문의 작품
   은 아닌 듯하다. 또 제목도, 「백두음(白頭吟)」·「백두옹영(白頭翁詠)」 등 여러 가지인데, 시의 내용
   이 청춘을 회고하고 인생의 무상함을 한탄한 것이므로, 「대비백두옹」이란 제목이 가장 어울린다.
   특히 "年年歲歲花相似, 歲歲年年人不同"의 두 구절은 인구에 회자되는 명구이다. 본디 이 시는
   송지문의 사위인 유희이(劉希夷)가 지은 것인데, 지문이 위의 두 구절을 달라고 했으나 응하지 않
   자, 하인을 시켜 흙포대로 유희이를 눌러 죽이고 빼앗아 갔다는 이야기가 있다(『당재자전(唐才
   子傳)』「유희이전」). 그러나 송지문 같은 대시인이 시구 하나를 빼앗기 위해 사위를 죽였다는 것
   은 믿을 수 없는 이야기이다. 이는 "年年歲歲花相似, 歲歲年年人不同"의 두 구절이 너무나 훌
   륭하여 생겨난 일화일 것이다.
2 낙양(洛陽): 하남성(河南省) 하남부(河南府) 낙양현(洛陽縣)에 있다. 주나라 초기에 성주(成
   周)의 일부로 주공(周公)이 통치하던 곳이었는데 주나라는 호경(鎬京)을 서도(西都)로, 왕성(王
   城)을 동도로 삼았다. 왕성은 낙수의 북쪽[陽]에 있었으므로 전국 시대 때부터 낙양으로 불렸으
   며, 수·당·오대의 각 왕조와 북송대까지 배도(陪都: 부 수도)로 삼았다. 당대에는 수도인 장안이
   서도로 불린 데 대하여 동도라고 불렀다.
3 유규(幽閨): 그윽한, 깊숙한 규방(閨房). '규'는 내실(內室)이라는 뜻으로 부녀자들이 거처하는 방.
4 아녀(兒女): 여아(女兒)로 된 판본도 있다. 청춘 남녀라는 뜻인데 여기서는 여자 쪽에만 뜻이 실린
   편의복사(偏義復詞: 서로 상반되거나 유사한 두 개의 한자로 구성되었지만, 실제로는 한쪽 한자
   의 의미만을 사용하는 합성어)로 쓰였다.

坐見⁶落花長歎息이라
좌 견 낙 화 장 탄 식

흘끗 떨어지는 꽃 보이자
길게 탄식하네.

今年花落顔色改하니
금 년 화 락 안 색 개

올해에 꽃 지면
얼굴 바뀔 테니,

明年花開復誰在오
명 년 화 개 부 수 재

내년에 꽃 필 적엔
또 누가 잘 있을까?

已見松栢摧爲薪⁷하고
이 견 송 백 최 위 신

이미 소나무와 잣나무 잘려
땔나무 되는 것을 보았고,

更聞桑田變成海⁸라
갱 문 상 전 변 성 해

다시 뽕나무 밭
바다 되었다는 말 들었다네.

古人無復⁹洛城東이요
고 인 무 복 낙 성 동

옛사람 낙양성 동쪽으로
돌아오지 못하고,

---

5 석안색(惜顔色): '안색'은 여기서 용모(容貌)라는 뜻으로 쓰였다. 세월이 흘러 아름다운 용모가 사그라드는 것을 안타까워한다는 뜻

6 좌견(坐見): '좌'는 잠깐

7 송백최위신(松栢摧爲薪): 소나무와 잣나무가 베어져 땔나무가 되다. 소나무와 잣나무는 보통 지조가 굳은 사물의 상징으로 쓰이나, 여기서는 오래 지속될 수 있는 것을 표현하기 위해 쓰였다. 언제까지나 지속될 줄 알았던 것이 어느덧 사라지고 없다는 뜻으로, 인생무상을 가리킨다.

8 상전변성해(桑田變成海): 뽕나무 밭이 변하여 바다가 되다. 남조 진나라 갈홍(葛洪)의 『신선전(神仙傳)』에 다음과 같은 구절이 있다. "마고 선녀가 스스로 말하기를 '만나서 대접한 이래 이미 동해가 세 차례나 상전이 되는 것을 보았습니다. 저번에 봉래산에 이르러 보니 물이 또 지난번보다 얕아졌는데 만날 때의 대략 반인 것 같았습니다. 어찌 장차 또한 언덕이나 뭍으로 되돌아가지 않겠습니까?'(麻姑自說云, 接待以來已見東海三爲桑田, 向到蓬萊, 水又淺千往者, 會時略半也. 豈將復還爲陵陸乎)." 송나라 이방(李昉)의 『태평광기(太平廣記)』에서 재인용. 세상사의 덧없는 변천에 대한 비유

9 무복(無復): '復' 자는 동사나 명사형으로 쓰이면 '복'으로 읽고, 부사형으로 쓰이면 '부'로 읽는데,

362

今人還對落花風이라
금 인 환 대 락 화 풍

지금 사람만이 아직도
꽃 지게 하는 바람 맞고 있네.

年年歲歲花相似나
연 년 세 세 화 상 사

해 가고 또 가도
꽃은 비슷하지만,

歲歲年年人不同이라
세 세 연 년 인 부 동

해 가고 또 가면
사람들은 같지 않다네.

寄言¹⁰全盛紅顔子¹¹하나니
기 언 　 전 성 홍 안 자

한창때 얼굴 붉고 윤기 나는
젊은이들에게 말하노니,

須憐半死白頭翁¹²하라
수 련 반 사 백 두 옹

반쯤 죽은 것이나 다름없는
머리 흰 늙은이를 가엾게 생각하게.

此翁白頭眞可憐이나
차 옹 백 두 진 가 련

이 늙은이 흰 머리
참으로 불쌍해 보이지만,

伊¹³昔紅顔美少年이라
이 　 석 홍 안 미 소 년

그도 예전에는 얼굴 붉은
멋진 젊은이였다네.

여기서는 동사로 쓰였다. '무복'은 돌아오지 못하다.

10 기언(寄言): 어떤 사상이나 감정을 시문에 기탁하다.

11 홍안자(紅顔子): '홍안'은 나이가 어려 얼굴이 붉고 윤기가 흐르는 것을 말한다. 특히 여인의 아
리따운 용모를 가리키는 말로 많이 쓰인다. '자'는 보통 남자에 대한 존칭으로 쓰이나 여기서는
친애의 뜻을 나타내기 위해서 쓰였다.

12 반사백두옹(半死白頭翁): '백두옹'은 백발이 성성한 노인. 여기에다 '반은 죽은'이라는 말을 앞
에 덧붙였으니 늙어서 보잘것없음을 나타낸다.

13 이(伊): 지시 대명사로 쓰이면 차(此)와 마찬가지 뜻이 되어 '이것'을 가리키며, 인칭 대명사로 쓰
이면 제3인칭을 나타낸다. 여기서는 백두옹을 가리킨다.

公子王孫[14]芳樹下에
공 자 왕 손　방 수 하

공자와 왕손들
향기로운 나무 아래에서,

淸歌妙舞落花前이라
청 가 묘 무 락 화 전

맑은 노래 기묘한 춤추며
떨어지는 꽃 앞에 있다네.

光祿池臺文錦繡[15]요
광 록 지 대 문 금 수

광록경의 못가에 있던 누대는
수놓은 비단으로 장식되었고,

將軍臺閣畵神仙[16]이라
장 군 대 각 화 신 선

발호장군 높은 누각엔
신선 그려져 있었다네.

一朝臥病無相識[17]하니
일 조 와 병 무 상 식

하루아침에 몸져누우면
알아주는 이 하나 없을 테니,

---

14 공자왕손(公子王孫): '공자'는 원래 봉건 시대 제후왕의 적장자(嫡長子)를 제외한 아들을 가리
키는 말이었으나, 나중에는 권세 있는 집안의 귀족 자제를 가리키는 말로 많이 쓰였다. '공자왕
손'은 권문세가의 지체 높은 자제들을 통칭하는 말로 쓰였다.

15 광록지대문금수(光祿池臺文錦繡): '광록'은 광록경(光祿卿) 또는 광록대부(光祿大夫)를 말
한다. 광록경은 구경(九卿)의 하나로 왕실의 제수를 담당했던 관리이며, 광록대부는 금자(金
紫: 금빛 도장에 붉은 도장주머니 끈) 광록대부와 은청(銀靑: 은빛 도장에 푸른 도장주머니 끈)
광록대부가 있었는데, 당대에는 모두 종2품으로 특정직이 없는 왕실의 고문이었다. 여기서는
광록경을 말하며, 한나라 때 오후(五侯)의 한 사람이었던 곡양후(曲陽侯) 왕근(王根)을 가리
킨다. '지대'는 못이 딸린 정원에 있는 누대를 가리킨다. '문'은 문(紋)과 같은 뜻으로 쓰였는데 장
식한다는 뜻. '수'는 수(繡)와 같은 뜻

16 장군대각화신선(將軍臺閣畵神仙): 장군은 후한 순제(順帝)의 비인 양황후(梁皇后)의 오빠인
양기(梁冀)로, 자는 백거(伯車)이다. 충제(沖帝)가 죽은 후 질제(質帝)를 세웠는데, 그가 양기
의 교만과 전횡을 알고 '통발을 뛰어넘어 간[跋扈]' 장군이라고 질책하자 그를 죽여 버리는 등 전
횡을 일삼았다.

17 상식(相識): 『악부시집(樂府詩集)』에는 인식(人識)으로 되어 있다.

三春行樂¹⁸在誰邊고
삼 춘 행 락   재 수 변

석 달 봄 즐거운 놀이
누구 곁에 있겠는가?

婉轉¹⁹蛾眉²⁰能幾時오
완 전   아 미   능 기 시

아리따운 짙은 눈썹
그 언제까지 가리?

須臾²¹鶴髮²²亂如絲라
수 유   학 발   난 여 사

잠깐 만에 흰 머리
실처럼 날리게 된다네.

但看古來²³歌舞地에
단 간 고 래   가 무 지

다만 보이느니 예로부터
노래하고 춤추던 이곳,

惟有黃昏鳥雀飛²⁴라
유 유 황 혼 조 작 비

오로지 해 질 녘에
작은 새들만 날아다닌다네.

---

18 삼춘행락(三春行樂): 음력 맹춘(孟春: 1월)·중춘(仲春: 2월)·계춘(季春: 3월)의 봄 석 달이라
는 뜻과 세 봄, 즉 3년이라는 두 가지 뜻이 있는데 여기서는 전자의 뜻으로 쓰였다. '삼춘행락'은
1년 중 가장 좋은 철을 말한 것

19 완전(婉轉): 완전(宛轉)이라고도 하며, 곡진하면서도 아취가 있음을 말한다. 여기서는 미인을
형용한 것으로, 요조(窈窕)와 같은 뜻으로 쓰였다.

20 아미(蛾眉): 누에나방[蠶蛾]의 촉수(觸鬚)처럼 털이 짧고 초승달 모양으로 가늘고 길게 굽은
아름다운 눈썹. 곧 미인의 눈썹. 뜻이 변하여 미인의 대칭(代稱)으로 많이 쓰인다. 『시경(詩經)』
「위풍(衛風)·석인(碩人)」에 "이는 박씨 같고, 매미 이마에 나방 같은 눈썹. 방긋 웃으니 예쁘고,
아름다운 눈은 맑기만 하네(齒如瓠犀, 螓首蛾眉. 巧笑倩兮, 美目盼兮)"라는 구절이 있다.

21 수유(須臾): 사수(斯須)라고도 하며, 편각(片刻), 곧 매우 짧은 시간을 말한다. 잠깐 동안, 잠시.

22 학발(鶴髮): 백발(白髮), 백두(白頭). 학의 깃털이 희기 때문에 이렇게 부르며, 노인을 비유할 때
많이 쓴다. 옛날부터 민간 시가에는 학발장(鶴髮章)이라는 제목의 시가 많이 있었는데, 이는 곧
백두음(白頭吟)과 같은 의미

23 고래(古來): 예로부터. 『악부시집』에는 구래(舊來)로 되어 있다.

24 황혼조작비(黃昏鳥雀飛): '조작'은 작은 새를 통틀어 일컫는 말. 『좌전(左傳)』「문공(文公) 18년」
에 "매가 작은 새들을 쫓아버리듯이 벌주다(誅之如鷹鸇之逐鳥雀也)"라는 말이 있다.

155. 여지를 한탄하노라(荔枝歎)[25]

소식(蘇軾)

十里一置[26]飛塵灰[27]하고
십 리 일 치 비 진 회

십 리마다 역참 두어 흙먼지 날리고,

五里一堠[28]兵火催[29]라
오 리 일 후 병 화 최

오 리마다 보루 쌓고
봉화 올려 재촉했다네.

顚坑仆谷[30]相枕籍[31]하니
전 갱 부 곡 상 침 자

구덩이에 쓰러지고 골짜기에
뒤집어진 채 서로 겹쳐 베고
누워 있으니,

---

25 여지탄(荔枝歎): '여지'는 여지(荔支)라고도 한다. 『광주기(廣州記)』에 의하면 나무의 높이가
    5, 6장(丈)쯤 되고, 크기가 계수나무만 하고 열매는 계란만 한 것이 달고 즙이 많으며 석류와 비
    슷하다. 달고 시큼한 것도 있는데, 동짓날 사시(巳時)가 되면 모두 붉어져 먹을 수 있게 된다고
    한다.
    『분류동파선생시(分類東坡先生詩)』권 10에 실려 있는 9수의 '과실시' 가운데 하나이다. 이 시
    는 당대에 여지를 바쳤던 것을 읊고, 아울러 송대에 들어서는 차와 꽃을 헌상하여 군주의 사랑
    을 얻기 위해 백성들에게 말할 수 없는 고통을 주었던 것을 비난한 시이다. 한대부터 제왕들이
    먼 남쪽에서 역마를 달려 여지를 장안으로 운반하게 하였는데, 특히 양귀비가 여지를 좋아하였
    다. 그녀가 현종과 함께 촉으로 피난 가다 마외파에서 죽음을 당한 날도, 그녀에게 바칠 여지가
    그곳에 도착했다는 것은 유명한 이야기이다.
26 십리일치(十里一置): '치'는 말을 달려 문서를 번갈아 전하는[傳遞] 곳, 또는 문서를 전하기 위하
    여 말을 바꾸어[馬遞] 타는 곳. 곧 역참을 말한다. 십 리마다 역을 하나씩 두었다. 『후한서(後漢
    書)』「화제기(和帝紀)」에 "옛날에는 남해에서 용안과 여지를 바쳤다. 십 리마다 일치, 오 리마다
    일후를 두었다. 험한 길을 나는 듯 내달려 죽은 자가 길마다 잇달았다(舊南海獻龍眼荔支, 十
    里一置, 五里一候. 奔騰阻險, 死者繼路)"고 하였다.
27 비진회(飛塵灰): 말이 질풍같이 달리다.
28 후(堠): 후(候)라고도 하며, 길가에 일정 거리를 표시하기 위해 흙으로 쌓아 놓은 보루. 10리를
    쌍후(雙堠)라 하였으며, 5리는 척후(隻堠)라 하였다. 당대에는 정(亭)으로 행정 단위를 표시하
    였는데 10리를 장정(長亭), 5리를 단정(短亭)이라 하였다.
29 병화최(兵火催): '병화'는 봉화. 곧 전쟁이 나서 봉화를 올리는 것처럼 급박함을 나타낸다.

知是荔枝龍眼³²來라
지 시 려 지 용 안   래

이것 모두 여지와 용안
오기 때문임을 알겠다네.

飛車³³跨山鶻³⁴橫海하니
비 거 과 산 골 횡 해

나는 수레로 산 넘고
빠른 배로 바다 건너니,

風枝露葉如新採라
풍 지 노 엽 여 신 채

가지에 바람 날리고 잎에는 이슬
맺혀 이제 막 따 온 듯했다네.

宮中美人³⁵一破顏³⁶하니
궁 중 미 인 일 파 안

궁궐 속의 미인은
한 번 활짝 웃으면 그만이었지만,

驚塵³⁷濺血³⁸流千載³⁹라
경 진 천 혈 유 천 재

놀란 티끌에 피 철철 뿌리던 일
천 년을 두고 흘러오네.

---

30 전갱부곡(顚坑仆谷): 구덩이와 골짜기에 전부(顚仆)하다. 전부는 엎어진다는 뜻. '전'은 또 '채
    우다[塡]'를 뜻하기도 한다. 여지를 운반하다 죽은 사람이 구덩이마다 그득하고 온 골짜기에 엎
    드러져 있을 정도로 많다는 표현이다.

31 상침자(相枕籍): 죽은 시체가 어지럽게 포개져 있는 것이 마치 서로를 베고 있는 듯하다. '籍' 자
    는 '자'로 읽으며, 자(藉)의 뜻으로 쓰였다.

32 용안(龍眼): 『교주기(交州記)』에 의하면 용안나무의 높이는 5, 6장 남짓 되고 여지와 비슷하나
    둥글고 조금 작으며 7월에 익는다고 한다. 과육은 익지(益智)라고 하며, 복건성(福建省) 흥화
    (興化)에서 나는 것이 최상품이라고 한다.
    이상 4구는 후한 화제 때 교주(交州)에서 여지를 공납하는 광경을 묘사하였다.

33 비거(飛車): 원래는 전설상의 기굉(奇肱)족이 만든 바람을 따라 날아다닐 수 있다는 수레(『제
    왕세기(帝王世紀)』에 보임). 나중에는 주로 빠른 수레를 가리키는 데 쓰이게 되었다.

34 골(鶻): 해골(海鶻). 옛날에는 배의 앞에 해골을 조각해 놓았기 때문에 나중에는 배를 일컫는 말
    로 많이 쓰이게 되었다. 또 『병서(兵書)』에 의하면 해골(이라는 배)은 뱃머리(이물)는 낮고 배꼬
    리(고물)는 높으며, 앞은 크고 뒤는 작은 것이 깃발의 형상과 비슷하다고 했다. 여기서는 매우 빠
    른 배를 가리킨다.

35 궁중미인(宮中美人): 양귀비를 말한다. 양귀비는 여지를 매우 좋아하였다고 한다.

36 일파안(一破顏): 한 번 활짝 웃다.

永元⁴⁰荔枝來交州⁴¹하니
영 원　　려 지 내 교 주

영원 연간에 여지
교주에서부터 왔고,

天寶⁴²歲貢⁴³取之涪⁴⁴라
천 보　세 공　취 지 부

천보 연간에는 해마다 공물로
부주에서 가져왔다네.

至今欲食林甫肉⁴⁵이나
지 금 욕 식 임 보 육

지금 사람들 이임보의 고기
먹겠다 하면서도,

無人擧觴酹⁴⁶伯游⁴⁷라
무 인 거 상 뢰　백 유

술잔 들어 당강에게
술 따르는 이 없네.

37　경진(驚塵): 내닫는 말의 말발굽 아래에서 일어나는 흙먼지

38　천혈(濺血): 피를 뿌리다. 여지를 운반하던 인마(人馬)가 험한 길에서 넘어져 피를 흘리는 것을 말한다.

39　유천재(流千載): 천 년을 흐르다. '재'는 해, 곧 년(年)과 같은 뜻이다. 여지를 운반하는 과정에서 발생한 대량 살상이 천 년 뒤, 곧 영원히 전해지리라는 것을 말한다.
　　이상 4구는 당 명황〔明皇: 즉 현종(玄宗)〕 때 부주(涪州)에서 여지를 공납하는 광경을 묘사한 것이다.

40　영원(永元): 후한 화제 때의 연호로 89~104년까지 사용

41　교주(交州): 교지(交趾) 지방을 가리킨다. 지금 베트남 북부의 통킹·하노이 지방. 소식의 주석에 의하면 "한나라 영원 연간에 교지에서 용안과 여지를 바쳤다(漢永元中, 交州進荔支龍眼)"고 한다.

42　천보(天寶): 당나라 현종의 연호로 742~755년까지 사용

43　세공(歲貢): 매년 바치는 공물로, 여기서는 여지와 용안을 가리킨다.

44　부(涪): 지금의 사천성(四川省) 부릉(涪陵). 소식의 주석에 의하면 "당나라 천보 연간에는 대체로 부주에서 여지를 가져왔는데 자오곡(子午谷)의 길로 들어왔다"고 한다. 천보 연간에 여지를 바친 곳은 남해와 부릉이라는 두 가지 설이 있는데, 소식은 뒤의 설을 따랐다.

45　욕식임보육(欲食林甫肉): 이임보는 재상이 되어 아첨하는 말만 일삼을 뿐 폐단을 고치려는 말은 한마디도 하지 않았는데, 이를 증오하여 한 말이다. 『당서(唐書)』「이임보전(李林甫傳)」에 "양국충(楊國忠)이 어사대부(御史大夫)가 되자 이임보는 양국충이 재주가 없다고 가벼이 여겨 두려워하는 빛이라곤 없었으면서도 양귀비의 사촌오빠라는 사실 때문에 그를 잘 대해 주었다"는 기록이 있는데, 이를 두고 한 말이다.

我願天公⁴⁸憐赤子⁴⁹하여
아 원 천 공 련 적 자

바라옵건대 천제(天帝)께서는
백성들 가엾게 여기시어,

莫生尤物⁵⁰爲瘡痏⁵¹하라
막 생 우 물 위 창 유

특산물 지어 내어
부스럼 만들지 마소서.

雨順風調百穀登⁵²하여
우 순 풍 조 백 곡 등

비 잘 내리고 바람 고르게 불어
온갖 곡식 잘 여물어,

民不飢寒爲上瑞⁵³라
민 불 기 한 위 상 서

백성들 굶주리고 떨지 않는 것이
가장 좋은 길조라네.

---

46 뇌(酹): 술(곧 제주(祭酒))을 땅에 붓고 신에게 제사를 지내는 것

47 백유(伯游): 후한 당강(唐羌)을 말한다. 소식의 주석에는 "당강은 자가 유인데, 임무장(臨武長)이 되어 상소를 올려 [여지를 올리는 것을 그만두도록 하는] 말을 하니 화제가 그를 파면했다"고 하였다. 또 『후한서』에 그가 올린 상소문의 기록이 보이는데 "엎드려 보건대 교지의 일곱 고을에서 생용안 등을 바칩니다. 새가 놀라고 바람이 일며 남쪽 고을의 토지는 찌고 더우며, 악충과 맹수가 길에 끊이지 않고 있어 건드려 죽는 지경에까지 이릅니다. 죽은 자는 살아날 수 없고 오는 자는 구제할 수 없습니다. 이 두 가지가 궁전으로 올라온다 해도 반드시 생명을 연장하지는 못할 것입니다"라고 하였다. 이상 4구는 한나라와 당나라를 함께 논하면서 당시 관리들 가운데 이런 학정(虐政)을 반대한 사람이 아무도 없다는 것을 개탄한 것이다.

48 천공(天公): 천제(天帝), 하늘, 하느님

49 적자(赤子): 갓난아이. 여기서는 백성을 가리킨다.

50 우물(尤物): 특출한 사물. 여지나 용안 같은 특산물을 말한다. 『좌전』「소공(昭公) 28년」에 "대체로 특출한 사물은 사람의 마음을 움직이기에 충분하다. 정말로 덕이 있고 의리가 있는 사람이 아니라면 필시 화가 있기 마련이다(夫有尤物 足以移人. 苟非德義 則必有禍)"라고 하였다. 여기서는 아름다운 여인을 가지고 말했다.

51 창유(瘡痏): 부스럼, 종기 따위의 상처. 창이(瘡痍). 나중에는 백성의 질고를 가리키는 말로 많이 쓰이게 되었다.

52 등(登): 익다, 성숙(成熟)하다. 『맹자(孟子)』「등문공 상(滕文公上)」에 "오곡이 익지 않았다(五穀不登)"는 말이 나오는데, 주자는 "성숙하다(成熟也)"라고 주석을 달았다.

53 상서(上瑞): 가장 훌륭한 조짐, 가장 큰 길조(吉兆). 『당회요(唐會要)』「상서 하(祥瑞下)」에 "짐은 사람들이 화합되고 풍년이 드는 것을 가장 좋은 길조로 여긴다(朕以人和年豊爲上瑞)"라는

君不見
군 불 견

그대는 보지 못하였는가?

武夷[54]溪邊粟粒芽[55]아
무 이   계 변 속 립 아

무이산 시냇가의 좁쌀 같은 새싹을!

前丁後蔡相籠加[56]라
전 정 후 채 상 롱 가

앞에서는 정위가 뒤에서는 채양이
서로 다투어 더 바쳤다네.

爭新買寵[57]各出意하니
쟁 신 매 총   각 출 의

새로움을 다투어 총애 사고자
각기 마음들 쓰니,

今年[58]鬪品[59]充官茶[60]라
금 년   투 품   충 관 차

올해는 품질 다투어
관가에 바치는 차 충당하네.

말이 있다.
이상 4구는 사람은 믿을 수가 없어 결국에는 기이한 특산물이 생겨나지 말고 곡식이 잘 익기를
하늘에 요청하는 것이다.

54 무이(武夷): 무이산(武夷山)은 복건성(福建省)과 강서성(江西省) 중간에 위치한 산으로 복건
성 제일의 명산이다. 숭안현(崇安縣)의 남쪽에 있으며, 선하(仙霞) 산맥의 기점이다. 무이군(武
夷君)의 전설 때문에 무이산이라는 이름이 붙었고, 무이구곡이라는 아홉 물구비가 유명한데,
주자가 읊은 유명한 「무이구곡도가(武夷九曲櫂歌)」라는 연작시 때문에 우리나라 문인의 시문
에도 무이산이란 이름이 많이 등장한다. 이 산의 특산품은 차(茶)

55 속립아(粟粒芽): '속립'은 좁쌀 알. 추울 때 살갗에 돋는 좁쌀 같은 소름을 형용할 때도 한속(寒
粟)이라고 한다. '속립아'는 예로부터 무이산에서 생산된 차 가운데서도 상품에 속하는 명품. 차
의 싹이 작고 어려서 이런 이름이 붙었다. 차는 너무 크면 가치가 떨어진다. 당시 천하에서는 복
건의 차를 최고로 여겼으며, 그 가운데서도 속립아를 극품(極品)으로 쳤다 한다.

56 전정후채상롱가(前丁後蔡相籠加): '정'은 송 진종(眞宗) 때 재상을 지내고 진국공(晉國公)에
봉해진 정위(丁謂)를, '채'는 대서예가였던 채양(蔡襄: 자는 군모(君謨)]을 말한다. 둘 다 차 전
문가였다. 소식은 주석에서 다음과 같이 말했다. "대소룡차[大小龍茶: 황제가 음용하게끔 바치
는 용단차(龍團茶)를 말한다]는 정진공에게서 시작되어 채군모에게서 완성되었다. 구양수[歐
陽脩: 자는 영숙(永叔)]는 채군모가 소룡단(小龍團)을 바쳤다는 말을 듣고는 놀라 감탄하며
'군모는 선비인데 어찌 이런 일까지 한단 말인가?'라고 했다." 한·당대의 여지와 마찬가지로 차를
바치도록 하여 민폐가 심하게 만든 사실을 빗대어 말한 것이다.

57 쟁신매총(爭新買寵): 다투어 새로운 차를 만들어 바쳐 아부하여 총애를 구한 것을 말한다.

吾君所乏豈此物가
오 군 소 핍 기 차 물

우리 임금께 모자란 것이
어찌 이따위 것들이겠는가?

致養口體61何陋邪62오
치 양 구 체   하 루 야

입과 몸 봉양에만 힘쓰니
이 얼마나 비루한 일인가?

洛陽相君63忠孝家64나
낙 양 상 군   충 효 가

낙양의 재상
충효로 이름난 집인데도,

可憐65亦進姚黃66花라
가 련   역 진 요 황   화

안타깝구나! 또
요황이란 꽃 바치니.

---

58 금년(今年): 철종(哲宗) 소성(紹聖) 2년(1095)으로, 곧 이 시를 지은 해를 가리킨다.

59 투품(鬪品): 차의 품등을 다툰다. 소식은 주석에서 다음과 같이 말했다. "금년에 민중(閩中)의 감사(監司)가 차의 품등을 다툴 것을 진언하여 구하니 이를 허락했다."

60 관차(官茶): 공물로 관가에 바치는 차

61 치양구체(致養口體): 입과 육체를 즐겁게 하는 일에 치중하다. 여기나 차 따위를 즐기는 일을 가리킨다. 『맹자』「이루 상(離婁上)」에 다음과 같은 구절이 있다. "'남은 것이 있느냐?'고 물으시면 반드시 '없습니다'라고 대답하였으니, 이는 그 음식을 다시 올려드리고자 해서였다. 이것은 이른바 입과 몸만을 봉양하는 것이다. 증자와 같은 분은 '뜻을 봉양했다' 할 수 있다(問有餘, 曰 亡矣. 將以復進也. 此所謂養口體者也. 若曾子則可謂養志也)." 소식은 임금에게 차를 바치는 것을 부모의 입과 몸만 봉양하는 것과 동일하게 보았다.

62 하루야(何陋邪): '야'는 의문 조사로 야(耶)와 같은 뜻임. 요즈음 문장 부호로 말한다면 의문표, 곧 '?'임

63 낙양상군(洛陽相君): 전유연(錢惟演)을 말한다. 소식의 주석에 다음과 같은 구절이 있다. "낙양에서 꽃을 공물로 바치는 일은 전유연에게서 비롯되었다."

64 충효가(忠孝家): 오대 시대 말기의 오월왕(吳越王)이었던 전숙(錢俶)은 송나라와 맞서 싸우지 않고 항복하였는데, 이 때문에 송 태조는 그를 가리켜 "충성과 효도로 사직을 보전했다(以忠孝 而保社稷)"고 말했다. 그 아들인 전유연도 아버지를 따라 송에 투항하였으며, 만년에는 전유연을 서경인 낙양의 재상으로 삼아 그곳을 지키게 하였으므로 이렇게 불렀다.

65 가련(可憐): 가석(可惜), 곧 안타깝다. 다소 경멸의 뜻이 담겨 있다.

66 요황(姚黃): 모란 가운데 가장 유명하고 귀한 품종으로 알려졌다. 구양수의 『낙양의 모란 이야 기(洛陽牧丹記)』에 다음과 같은 구절이 있다. "요황이란 것은 꽃잎이 천 개이고 꽃은 노란데, 민

156. 정혜원의 해당화(定惠院海棠)[67]

소식(蘇軾)

江城[68]地瘴[69]蕃草木[70]하니
강 성　지 장　번 초 목

강성의 땅 덥고 후덥지근해
수풀과 나무 우거졌는데,

只有名花[71]苦[72]幽獨[73]이라
지 유 명 화　고　유 독

이름난 꽃만이
실로 그윽이 홀로 있네.

간의 요씨 집에서 나왔다." 송나라 육전(陸佃)의 『비아(埤雅)』에 다음과 같은 구절이 있다. "모
란의 이름 가운데 성씨로 이름난 것은 요황과 좌황(左黃), 그리고 우황(牛黃)·위화(魏華)가 있
다. 요황이라는 것은 요씨네 집에서 나왔다. 사마판(司馬坂)이라고 하며 하양(河陽)에 속해 있
다가 꽃이 낙양으로 전하여졌는데 일 년에 몇 송이밖에 피지 않는다. 전사공(錢思公)이 일찍이
말하기를 '사람들이 말하기를 모란이 꽃의 왕이라 하는데, 지금 요황은 진짜 왕이고 위화의 보
라색 꽃은 왕비이다.'"

67　정혜원해당(定惠院海棠): 『분류동파선생시』에 "임시로 거처하는 정혜원의 동쪽에 여러 잡된
　　꽃들이 만발한 산이 있고, 그곳엔 해당화가 한 그루 있다. 그런데 이곳 사람들은 그 꽃의 귀함을
　　모른다"는 서문이 적혀 있고, 이 책의 이 시 제목 아래 주석에는 이 말이 그대로 인용되어 있다.
　　소동파는 원풍 3년(1080) 2월 초에, 사형될 몸이었으나 감형되어 황주로 유배되어 불사(佛寺)
　　정혜원에 잠시 거처를 정하고 있었다. 이 시는 그때 지어진 것으로 구성이 치밀하고 해당화의 아
　　름다움을 더없이 훌륭하게 묘사하였으며 작자 자신의 숨은 뜻을 잘 반영하고 있어, 표현의 아름
　　다움과 사상의 훌륭함이 혼연일체를 이룬 걸작이다. 일반 꽃들과 다른 해당화의 청절한 풍모를
　　노래하고, 해당화가 누추한 곳에서 잡풀들 틈에 섞여 있음을 황주에 유배된 자신의 모습에 비김
　　으로써 자신을 은연중에 부각시키고 있다.

68　강성(江城): 호북성(湖北省)의 황주(黃州)를 말한다. 한때 소식이 귀양 갔던 곳으로 장강(양자
　　강) 연안의 성시(城市)였다.

69　장(瘴): 남쪽 지방의 열습(熱濕)한 기후 때문에 걸리는 풍토병. 여기서는 기후가 고온 다습한 것
　　을 말한다.

70　번초목(蕃草木): 『주역(周易)』「십익(十翼)·곤괘(坤卦)」의 문언(文言) 밑에서 네 번째 음효[6·4]
　　의 설명에 "천지가 변화하면 초목이 번성하고, 천지가 닫히면 현인이 숨는다(天地變化草木蕃,
　　天地閉賢人隱)"고 하였다.

71　명화(名花): 이름 있는 꽃. 해당화를 가리킨다.

72　고(苦): 여기서는 '실로', '매우', '대단히' 등과 같은 부사적 용법으로 쓰였다.

嫣然⁷⁴一笑竹籬間하니
언연 일소죽리간

상긋 한 번 웃으며
대나무 울타리 사이에 있으니,

桃李漫山⁷⁵總麤俗⁷⁶이라
도리만산 총추속

복사꽃 오얏꽃 산에 흐드러진 것
오로지 거칠고 속되기만 하네.

也知造物⁷⁷有深意하여
야지조물 유심의

또한 알겠노라, 조물주께서
깊은 뜻을 가지고 계셔,

故⁷⁸遣佳人在空谷⁷⁹이라
고 견가인재공곡

일부러 빼어난 미인 보내어
빈 골짜기에 있게 하심을.

自然富貴出天姿⁸⁰니
자연부귀출천자

절로 갖춰진 부귀한 모습
하늘이 내리신 자태이니,

---

73 유독(幽獨): 고요하고 외롭다. 또는 그런 곳에 거처하는 사람. 『초사(楚辭)』「구장(九章)·강을
건넘(涉江)」에 "내 삶에 즐거움 없음 슬퍼함이여, 그윽이 홀로 산속에 거처하네(哀吾生之無樂
兮, 幽獨處乎山中)"라고 하였다.

74 언연(嫣然): 상냥한 모습으로 소리 없이 한 번 가볍게 웃는 모양. 상긋

75 만산(漫山): 온 산에 질펀하게 퍼져 있다. 난만(爛漫)하다. 온 산에 꽃이 울긋불긋 흐드러지게
피어 있음을 말한다.

76 추속(麤俗): 거칠고 속되다. '추'는 조(粗)와 같은 뜻으로 쓰임. 왕처순(王處詢)의 시 「목란화
(木蘭花)」에 "복사꽃 오얏꽃 문 밀치는데 이들은 속세의 것들이네(桃李排門是俗材)"라는 말
이 있다.

77 조물(造物): 만물을 창조한 조물주. 조물자(造物者), 상제(上帝)

78 고(故): 고의(故意)로. 짐짓, 일부러

79 가인재공곡(佳人在空谷): '가인'은 해당화를 의인화하여 부른 말. '공곡'은 사람이 없는 골짜기.
속세에서 멀리 떨어진 맑고 깨끗한 땅을 가리킨다. 『시경』「소아(小雅)·흰 망아지(白駒)」에 다음
과 같은 구절이 있다. "하얗디 새하얀 흰 망아지, 저 빈 골짜기에 있네(皎皎白駒, 在彼空谷)." 시
번호 95 두보의 「미인(佳人)」에 다음과 같은 구절이 있다. "세상에 둘도 없는 절세미인이, 텅 빈
골짜기에 조용히 숨어 사네(絶代幽佳人, 幽居在空谷)."

80 출천자(出天姿): '천자'는 용모(容貌)를 말하는데, 특히 하늘로부터 부여받은 타고난 재능이나

不待金盤⁸¹薦華屋⁸²이라
부 대 금 반   천 화 옥

금쟁반에 담겨 화려한 궁전에
갖다 바침 기다리지 않네.

朱脣⁸³得酒暈生臉⁸⁴하고
주 순   득 주 훈 생 검

붉은 입술은 술 머금어
뺨에 햇무리 진 듯,

翠袖⁸⁵卷紗紅映肉⁸⁶이라
취 수   권 사 홍 영 육

푸른 옷소매 말아 올리니
붉은빛 살갗에 비치네.

林深霧暗⁸⁷曉光遲하니
임 심 무 암   효 광 지

숲 깊고 안개 자욱하여
새벽빛 더디지만,

日暖風輕春睡足⁸⁸이라
일 난 풍 경 춘 수 족

햇볕 따스하고 바람 가벼우니
봄잠 실컷 잔 듯하다네.

품질을 나타낸다. 곧 천자(天資), 천품(天稟)과 같은 뜻

81　금반(金盤): 황금으로 만든 큰 쟁반

82　천화옥(薦華屋): '천'은 드리다, 바치다. '화옥'은 아름답게 장식된 화려한 궁전

83　주순(朱脣): 붉은 입술로, 용모가 아름다움을 형용함. 해당화 꽃잎을 미인의 입술에 비유한 것. 본서의 주석에 "이 2구는 꽃의 색깔을 가장 절묘하게 형용하였다(此二句形容花之顔色最妙)" 고 하였다. 포조(鮑照)의 「흰 모시(白紵歌)」에 다음과 같은 구절이 있다. "붉은 입술 움직이고, 흰 소매 드니, 낙양의 소년이요 한단의 여인이라네(朱脣動, 素袖擧, 洛陽小童邯鄲女)." 다음 의 6구는 해당화를 미인으로 의인화하여 그 아름다움을 형용하고 있다.

84　훈생검(暈生臉): '훈'은 곧 훈륜(暈輪)과 같다. 햇무리나 달무리, 또는 등불이나 촛불의 둘레에 보이는 그리 밝지 않은 빛. 검은 얼굴 가운데서도 눈 아래의 뺨 윗부분. 곧 뺨을 말한다. 뺨에 햇 무리가 생긴다는 것은 뺨이 볼그스레하게 상기되는 것을 말한다.

85　취수(翠袖): '취'는 원래 물총새인데, 여기서는 물총새의 등 빛과 같은 연둣빛을 말한다. 곧 비 취색

86　홍영육(紅映肉): 두보의 「소환 시어님께 부쳐 드림(寄呈蘇渙侍御)」에 다음과 같은 구절이 있 다. "생각건대 그대 처음 영가현위 되었을 때, 붉은 얼굴 흰 뺨에 꽃 살갗에 비쳤었네(憶子初尉 永嘉時, 紅顔白面花映肉)."

87　무암(霧暗): 안개가 자욱하여 어둑하다.

374

雨中有淚亦悽慘이요
우 중 유 루 역 처 참

빗속에서 눈물 흘리니
또한 처참하고,

月下無人更淸淑이라
월 하 무 인 갱 청 숙

달 아래 사람 없으니
더욱 맑고 깨끗하네.

先生⁸⁹食飽無一事⁹⁰하여
선 생 식 포 무 일 사

선생 배불리 먹으면
할 일 아무것도 없어,

散步⁹¹逍遙⁹²自捫腹⁹³이라
산 보 소 요 자 문 복

한가로이 마음 내키는 대로 거닐며
자기 배를 문지른다네.

不問人家與僧舍하고
불 문 인 가 여 승 사

민가이든 절간이든
묻지 않고,

拄杖鼓門⁹⁴看脩竹⁹⁵이라
주 장 고 문 간 수 죽

지팡이로 문 두드리고 들어가
긴 대나무 구경한다네.

---

88 춘수족(春睡足): 봄잠을 실컷 자다. 해당화의 모습을 봄잠을 실컷 자고 난 미인의 모습에 비긴
    것이다. 『명황잡록(明皇雜錄)』에 다음과 같은 구절이 있다. "상황(上皇)이 일찍이 침향정(沈香
    亭)에 올라 양귀비를 불렀는데 양귀비는 그때 아직 해장술이 깨지 않았다. 고력사가 시종을 불
    러 겨드랑이를 부축하여 이르렀다. 이에 상황이 웃으면서 말하기를 '이 어찌 귀비가 취한 것이겠
    는가? 해당화가 잠이 충분치 못한 것일 따름이로다'라고 하였다."
89 선생(先生): 소식이 자신을 객관적으로 표현한 것. 「적벽부(赤壁賦)」에서는 자신을 소자(蘇子)
    라고 하였다.
90 식포무일사(食飽無一事): 할 만한 일이라고는 아무것도 없다. 구양수의 시에 "배불리 먹고 문
    닫으니 하는 일 없네(飽食杜門無所事)"라는 구절이 있다.
91 산보(散步): 한가히 거닐다. 산책(散策)
92 소요(逍遙): 마음 내키는 대로 자유로이 노닐다.
93 자문복(自捫腹): 자신의 배를 문지르다. 손진인(孫眞人)의 『양생의 비결(養生訣)』에 "밥을 먹
    고 백 걸음을 걸으며 자주 손으로 배를 문지른다"는 말이 있다.
94 주장고문(拄杖敲問): '주장'은 지팡이를 짚다, 또는 짚고 다니는 지팡이

忽⁹⁶逢絶艶⁹⁷照衰朽⁹⁸하고
홀 봉 절 염 조 쇠 후

별안간 빼어나게 예쁜 꽃이
늙고 병든 이 비추니,

歎息無言揩病目⁹⁹이라
탄 식 무 언 개 병 목

한숨 쉬며 말없이 병든 눈 비빈다네.

陋邦¹⁰⁰何處得此花오
누 방 하 처 득 차 화

누추한 땅 어느 곳에서
이 꽃을 얻었을까?

無乃¹⁰¹好事¹⁰²移西蜀¹⁰³가
무 내 호 사 이 서 촉

일 벌이기 좋아하는 이
서촉 땅에서 옮겨 놓은 것 아닌지?

---

95 간수죽(看脩竹): '수죽'은 키가 큰 대나무. 『진서(晉書)』「왕휘지의 전기(王徽之傳)」에 다음과
    같은 구절이 있다. "당시 오중 땅의 한 사대부 집에 좋은 대나무가 있었는데, 보고 싶어서 즉시
    나가 수레를 타고 대나무 아래로 가서 읊조리고 휘파람 불기를 오랫동안 했다. 주인이 물을 뿌리
    고 청소를 하여 앉기를 청했는데 왕휘지는 돌아보지도 않았다. 나가려고 하자 주인이 안에서 문
    을 잠가 휘지는 이에 그 대나무를 감상하다가 즐거움이 다해서야 갔다(時吳中一士大夫家有
    好竹, 欲觀之, 便出坐輿造竹下, 諷嘯良久. 主人洒掃請坐, 徽之不顧. 將出, 主人內閉門, 徽
    之便以此賞之, 盡歡而去)."

96 홀(忽): 갑자기, 별안간

97 절염(絶艶): 빼어나게 예쁘다. 해당화를 가리킨다.

98 쇠후(衰朽): 노쇠하여 쓸모없게 되다. 여기서는 자기 자신이 늙어서 쓸모가 없다는 겸양의 표현.
    남조 진(陳)나라 강총(江總)의 「강령군이 낙수당에서 연회를 열어 명령을 받고(江令君集宴樂
    修堂應令)」에 다음과 같은 구절이 있다. "용렬하고 거칠어 외람되이 완함의 곡조에 맞추고, 늙
    고 쓸모없으니 문장 이어 나가기에 부끄럽네(庸疎濫應阮, 衰朽恋連章)."

99 개병목(揩病目): '개'는 닦다, 씻다. 늙고 병들어 잘 보이지 않는 눈이나마 좀 더 자세히 보려고
    눈을 비비는 것을 말한다. 뜻밖에 해당화가 아름답게 피어 있는 것을 보고 눈을 비비고 다시 쳐
    다본다는 뜻

100 누방(陋邦): 구석지고 꽉 막힌 고장을 말한다. 여기서는 해당화가 피기에는 적합하지 못한 누
    추한 곳, 자신처럼 유배당한 사람이나 오는 황주를 가리켜 말하였다.

101 무내(無乃): '~하지 않음이 없다', '어찌 ~이 아니겠는가?' 긍정의 완곡한 표현

102 호사(好事): 호사자. 일 벌이기 좋아하는 사람. 『맹자』「만장 상(萬章上)」에 "아니다, 그렇지
    않다. 호사자들이 지어낸 말이다(否, 不然也. 好事者爲之也)"라고 하였다. 주자는 이에 대해
    "말을 지어 일 만들어 내기를 좋아하는 사람(喜造言生事之人)"이라 하였다.

103 이서촉(移西蜀): 서쪽 촉 땅에서 옮겨 오다. 촉 땅에는 해당화가 많았다. 일반적으로 해당화는

寸根千里不易到니
촌 근 천 리 불 이 도

한 치의 뿌리지만 천 리
쉬 이르기 힘들 테니,

銜子[104]飛來定[105]鴻鵠[106]이라
함 자 비 래 정 홍 곡

씨 물고 날아온 것
정녕코 큰 기러기와 고니이리.

天涯流落[107]俱可念[108]이니
천 애 유 락 구 가 념

하늘 끝 유랑하는 처지
모두 동정할 만하여,

爲飮一樽歌此曲이라
위 음 일 준 가 차 곡

한 바리 술 마시면서 이 곡조 노래하네.

明朝酒醒還獨來면
명 조 주 성 환 독 래

내일 아침 술 깨어 다시 혼자 올 때면,

雪落紛紛[109]那忍觸[110]고
설 락 분 분 나 인 촉

눈 내리듯 펄펄 날릴 터이니
어찌 차마 건드리리.

빛깔은 곱지만 향기가 없다. 그런데 촉 땅의 창주(昌州)에서 나는 해당화만은 유독 향기로울 뿐 아니라, 그 크기 또한 한 아름이나 된다고 한다.

104 함자(銜子): '함'은 입에 무는 것을 말하고, '자'는 여기서 씨앗, 곧 해당화의 씨앗을 말한다. 해당화는 더러운 땅을 좋아한다고 한다. 촉의 탁금강(濯錦江)에 해당화가 많은 이유는 참새 따위의 작은 새들이 해당화의 씨앗을 쪼아 삼켜서 변으로 떨어뜨려 무더기로 나기 때문이라고 한다.

105 정(定): 부사로 쓰이면 꼭, 반드시, 틀림없이 등의 뜻

106 홍곡(鴻鵠): 큰 기러기와 고니. '홍'은 기러기와 비슷하나 더 큰 새이고, 고니는 백조를 말한다.

107 천애유락(天涯流落): '유락'은 쓸쓸히 유랑하다. '천애'는 하늘의 가장자리를 말하는데, 여기서는 촉이 중국에서는 가장자리에 있음을 말한 것이다. 해당화는 촉 땅에서 나며, 소식 또한 촉 출신이어서 이런 표현을 썼다.

108 구가념(俱可念): '념'은 서로를 염려하다. 해당화와 소동파가 서로 동정하는 것을 가리킨다. 해당화와 소식 자신의 상호 교감 의식을 잘 표현한 구절이다.

109 설락분분(雪落紛紛): '분분'은 사물이 이리저리 날리며 떨어짐을 나타내는 의태어. 훨훨 또는 펄펄 정도의 뜻. 해당화의 꽃잎이 눈이 펄펄 날리듯이 떨어지는 것을 형용한 것

157. 도연명 사진도(陶淵明寫眞圖)[111]

사과(謝邁)[112]

淵明歸去[113]潯陽曲[114]하니
연 명 귀 거　심 양 곡

도연명 심양의
고향 마을로 돌아가,

杖藜蒲鞋[115]巾一幅[116]이라
장 려 포 혜　건 일 폭

명아주 지팡이에 부들 신 신고
한 폭의 두건 썼다네.

110　나인촉(那忍觸): 어찌 차마 손을 댈 수 있을까? '촉'은 손 따위로 건드리다.

111　도연명사진도(陶淵明寫眞圖): 진(晉)나라의 도연명의 초상을 그린 그림에, 송대 강서시파의 한 사람인 사과(謝邁)가 도연명의 인물됨을 글로 지어 적어 넣은 시이다. '사진'이란, 그 사람의 모습을 그려 그의 정신까지도 엿보이도록 하는 것을 말한다. 이 시는 연명의 작품에 나오는 유명한 구절들을 모아 한 편으로 만든 것이다.

112　사과(謝邁: ?~1133): 자는 유반(幼槃)이며 호는 죽우(竹友), 북송 임천(臨川) 사람이다. 사일(謝逸)의 동생으로 여희철(呂希哲)에게 배웠으며, 시문에 뛰어나 나란히 명성을 날려 당시 이사(二謝)로 불렸다. 수행(修行)에 뛰어났으나 과거에는 급제하지 못하였다. 같은 시대의 여본중은 이들 형제를 강서시파에 넣고, 사일의 시는 사령운(謝靈運)과 닮았고, 사과의 시는 사조(謝朓)와 닮았다고 하였다. 강서시파의 영수인 황정견의 시와는 달리 원취(遠趣)가 있다. 『죽우집(竹友集)』 10권과『죽우사(竹友詞)』 1권이 있다.

113　연명귀거(淵明歸去): 도연명은 동진(東晉) 안제(安帝) 의희(義熙) 2년(405) 8월에 팽택(彭澤) 현령이 되었지만, 군에서 현에 감찰관[督郵]을 파견하자 현리들이 의관을 정제하고 뵈어야 한다는 말을 듣고 탄식하며, "나는 쌀 다섯 말에 향리의 소인배에게 허리를 구부릴 수 없다(我不能爲五斗米折腰向鄕里小人)"고 하고는 그날로 관인 주머니를 끌러 놓고 관직에서 떠나 다시는 벼슬길에 나서지 않았다. 이때 돌아가며 「돌아가리(歸去來辭)」를 짓고 이듬해에 또 「전원으로 돌아와 살며(歸園田居)」를 지었는데, 모두 지금까지도 인구에 회자하는 불후의 명작으로 남아 있다.

114　심양곡(潯陽曲): 심양의 외딴 마을. 도연명은 심양(潯陽) 시상 사람이다. 심양 시상은 지금의 강서성(江西省) 구강시(九江市)의 서남쪽 지점에 있다.

115　장려포혜(杖藜蒲鞋): 명아주 지팡이를 짚고, 부들의 잎으로 삼은 신을 신다. '려'는 명아주. 일년초로 잎은 먹으며, 줄기는 마디가 굵은데 지팡이를 만든다. '포'는 부들. 부들과에 속하는 다년초로 못·늪 같은 데에 자생하는데, 줄기와 잎은 자리를 만드는 데에 쓰인다. '혜'는 혜(鞋)와 같은 자로 신발

陰陰¹¹⁷老樹囀¹¹⁸黃鸝요
음음　노 수 전　황 리

짙고 짙은 그늘 고목에선
꾀꼬리 울고,

艶艶¹¹⁹東籬¹²⁰粲¹²¹霜菊¹²²이라
염 염　동 리　찬　상 국

아리땁고 아리따운 동쪽 울엔
서리 국화 찬연하다네.

世紛¹²³無盡過眼空¹²⁴하니
세 분　무 진 과 안 공

세상 어지러워 끝이 없었지만
마음 쓰지 않고,

生事¹²⁵不豐隨意足¹²⁶이라
생 사　불 풍 수 의 족

살아가는 일 풍족치 못했어도
뜻 좇아 만족해했다네.

廟堂¹²⁷之姿老蓬蓽¹²⁸하니
묘 당　지 자 노 봉 필

종묘와 명당에서 일한 자태로
쑥대 엮은 집에서 늙었는데,

116　건일폭(巾一幅): 도연명은 평소 머리에 갓을 쓰지 않고, 대신 한 폭 남짓 되는 두건을 쓰고 다녔
　　　는데 이를 가리켜 말한 것이다.
117　음음(陰陰): 나무에 그늘이 우거져 어둑한 것을 나타내는 의태어
118　전(囀): 새가 지저귀다.
119　염염(艶艶): 의태어로 아리따운 모양
120　동리(東籬): 동쪽 울타리. 도연명의 시「술 마시며(飮酒)」제5수에 "동쪽 울타리 밑에서 국화를
　　　따다, 마음 한가로이 남산 보이네(採菊東籬下 悠然見南山)"라고 하였다. 남산은 곧 여산(廬
　　　山). 시 번호 51「이것저것 읊음(雜詩)」의 주 307과 308을 참조할 것
121　찬(粲): 찬(燦)과도 통하여 씀. 찬연(粲然)하다. 선명하다·밝다·환하다.
122　상국(霜菊): 서리 맞은 국화. 서리 맞은 국화는 빛깔이 훨씬 또렷하다.
123　세분(世紛): 세상이 혼잡하고 어지럽다. '분'은 난(亂)의 뜻
124　과안공(過眼空): 눈앞을 스쳐 지나가 공허한 것이 되다. 과안운연(過眼雲煙)과 같은 뜻. 괘념
　　　(掛念), 즉 마음에 두고 염려할 것이 아무것도 없음을 말한다.
125　생사(生事): 살아가는 일
126　수의족(隨意足): 자신의 뜻대로 행동하며 만족하게 생각하다.
127　묘당(廟堂): 종묘(宗廟)의 명당(明堂). 옛날에는 국가에 대사가 있으면 종묘에 고하고 명당에

環堵蕭條[129]僅容膝[130]이라
환 도 소 조   근 용 슬
좁은 집은 쓸쓸히
겨우 무릎 하나 들일 만했다네.

大兒頑鈍[131]懶詩書[132]하고
대 아 완 둔   나 시 서
큰아들은 우둔해서
글공부 게을리했고,

小兒嬌癡[133]愛梨栗이라
소 아 교 치   애 리 율
막내 놈은 어리고 철없어
배와 밤만 좋아했다네.

서 이야기를 했으므로 나중에는 곧 조정을 가리키게 되었다.

128 봉필(蓬蓽): 쑥대를 엮어 만든 문과 대나무를 쪼개어 만든 문이란 뜻의 봉호필문(蓬戶蓽門)의 준말로, 가난한 사람의 집이란 뜻으로 쓰이며 보통 선비의 집을 형용할 때 쓰인다. 『예기(禮記)』 「선비의 행실(儒行)」에 "선비는 1묘의 담장과 사방 1도가 되는 방이 있는데, 대를 쪼개어 만든 문을 달고 문 옆에는 작은 문을 내었으며, 쑥대로 엮은 지게문에 옹기 구멍으로 낸 들창을 낸다(儒有一畝之宮, 環堵之室, 蓽門圭牖 蓬戶甕牖)"라고 한 데서 나왔다.

129 환도소조(環堵蕭條): '도'는 면적의 단위. 한 길[仞]을 판(板)이라 하고, 오 판을 일 도(堵)라 한다. 환도는 사방의 담이 모두 일 도인 방을 말한다. 뜻이 약간 변하여 작고 누추한 집. '소조'는 쓸쓸한 모양. 도연명의 「오류선생 자전(五柳先生傳)」에 "가난한 집은 적막하고 조용하여 바람과 해를 가리지 못했다(環堵蕭然 不蔽風日)"고 하였다.

130 근용슬(僅容膝): 겨우 무릎 하나 정도 들일 만하다는 뜻으로 방이 매우 좁은 것을 말한다. 「돌아가리」에 "남녘 창에 기대어 기지개를 펴니 무릎이나 들일 만한 곳의 쉽고 편안함을 알겠네(倚南牕以寄傲, 審容膝之易安)"라는 구절이 있다. 또 「거처를 옮기며(移居)」에서는 "보잘것없는 집 어찌 반드시 넓어야 하리? 침상과 자리만 가리면 충분하다네(弊廬何必廣, 取足蔽牀席)"라고 읊기도 하였다.

131 대아완둔(大兒頑鈍): 큰아들은 엄(儼)으로 자는 구사(求思)이다. 도연명에게는 아들이 모두 다섯이 있었는데, 엄(儼)·사(俟)·빈(份)·일(佚)·동(佟)이었다. 맏이인 엄에게는 기대가 커서 「아들에게 당부함(命子)」이란 시에 그 기대를 잘 표현하였는데, 나중에는 평범하게 되어 실망한 나머지 「자식을 꾸짖다(責子)」라는 시에서 "큰놈 서는 벌써 열여섯 살이건만, 게으르기 예로부터 짝할 이가 없네(阿舒已二八 懶惰故無匹)"라고 읊었다. 아서는 도엄의 아명. 시 번호 76의 주 571을 참조할 것

132 시서(詩書): 여기서는 공부를 가리켜 말한다.

133 소아교치(小兒嬌癡): '교치'는 너무 어리고 천진해서 사리에 대한 분별력이 없는 것을 말한다. '소아'는 도연명의 막내아들 동(佟)인데, 아명은 통(通)이었다. 「자식을 꾸짖다」에 "통이란 자식 아홉 살이 가까웠건만, 그저 배와 밤만 찾고 있을 뿐이네(通子垂九齡, 但覓梨與栗)"라고 하

老妻[134]日暮荷鋤歸[135]하고
노 처　　일 모 하 서 귀

늙은 아내 해 저물어
호미 메고 돌아오면,

欣然一笑共蝸室[136]이라
흔 연 일 소 공 와 실

함께 달팽이 집에서
흐뭇하게 한 차례 웃었다네.

哦詩[137]未遣愁肝腎[138]하여
아 시　　미 견 수 간 신

시 읊조리려도 가슴속 시름
다 풀지 못했으니,

醉裏呼兒供紙筆[139]이라
취 리 호 아 공 지 필

취한 채 아이 불러
종이와 붓을 바치게 했다네.

였다. 시 번호 76의 주 574와 575를 참조할 것

134　노처(老妻): 도연명은 두 번 결혼했는데 전처는 "삼십 세에 상처를 하였다(始室喪其偏)"고만
　　알려졌을 뿐 성씨를 모르며, 후취는 적씨인데 곧 여기서 말한 노처이다. 『남사(南史)』 권 75
　　「은일전(隱逸傳)·도잠전(陶潛傳)」에 의하면 "그의 처 적씨의 생각과 취향이 또한 같아 고생과
　　절개를 편히 여겼으며 남편이 앞에서 밭을 갈면 아내는 뒤에서 호미질을 했다고 한다(其妻翟
　　氏, 志趣亦同, 能安苦節, 夫耕於前, 妻鋤於後云)"고 했다.

135　하서귀(荷鋤歸): 시 번호 32 도연명의 「전원으로 돌아와 살며(歸園田居)」제3수에 "새벽부터
　　잡초 우거진 밭을 매고, 달빛 받으며 호미 메고 돌아온다(晨興理荒穢, 帶月荷鋤歸)"라고 하
　　였다.

136　와실(蝸室): 달팽이처럼 자그마하고 둥그스름하게 생긴, 간편하게 지은 집을 말한다. 일반적
　　으로 보잘것없는 누추한 집을 가리키는 말이며, 주로 자신의 거처를 겸손하게 표현하는 데 많
　　이 쓰인다.

137　아시(哦詩): 시 따위를 읊조리다. 음(吟)과 같음

138　미견수간신(未遣愁肝腎): 간과 신장, 곧 온 마음을 다 짜내어 시를 읊어도 근심을 풀지 못하는
　　것을 말한다. 한유의 「대리평사이신 최사립(崔斯立)에게 드림(贈崔立之評事)」에 "그대에게
　　권하노니 숨어서 수양하여 임금께서 부르심 기다리고, 글 다듬느라 간과 신장 근심스레 할 필
　　요는 없다네(勸君韜養持徵招, 不用雕琢愁肝腎)"라고 하였다.

139　공지필(供紙筆): 종이와 붓 같은 필기구를 준비하게 하다. 도연명의 「술 마시며」시 서문에 다
　　음과 같은 구절이 있다. "내 한가로이 지내다 보니 즐거운 일이 적었다. 게다가 또 근래에는 밤
　　까지 이미 길게 되었다. 마침 이름난 술이 있어서 마시지 않은 밤이 없었다. 외로이 그림자를 돌
　　아보니 혼자서만 다 마셨는지라 홀연히 다시 마시고 또 취하였다. 이미 취한 뒤에는 문득 몇 구

時時得句輒¹⁴⁰寫之하니
시 시 득 구 첩　　사 지

이따금 좋은 글귀 얻기만 하면
그것 옮겨 적었는데,

五言平淡¹⁴¹用一律¹⁴²이라
오 언 평 담　　용 일 률

오언은 평이하고 담박하기가
한결같았다네.

田家酒熟¹⁴³夜打門하니
전 가 주 숙　　야 타 문

농가에 술 익으면
한밤중에도 문 두드렸고,

頭上自有漉酒巾¹⁴⁴이라
두 상 자 유 록 주 건

머리에는 스스로
술 거르는 두건 쓰고 있다네.

老農時問桑麻長¹⁴⁵하고
노 농 시 문 상 마 장

늙은 농부 때때로
뽕과 삼이 많이 자랐느냐고 묻고,

를 지어 스스로 즐기다 보니, 붓으로 쓴 것이 드디어 많아졌으나 말에는 차례가 없다. 그런대로 옛 친구들에게 이 시들을 청서하게 하여 독자 여러분들에게 웃음거리를 제공하고자 할 뿐이다 (余閑居寡歡. 兼比夜已長, 偶有名酒, 無夕不飲. 孤影獨盡, 忽焉復醉. 旣醉之後, 輒題數 句自娛, 紙墨遂多. 辭無詮次, 聊命故人書之, 以爲歡笑爾)."

140 첩(輒): 동첩(動輒). 일단 ~하기만 하면. 또는 매번, 곧, 즉시 등의 뜻으로 쓰인다.

141 오언평담(五言平淡): 도연명의 오언시가 평이하고 담담하다는 것을 말한다.

142 일률(一律): 한결같다.

143 전가주숙(田家酒熟): '전가'는 곧 농가(農家)를 말한다. 도연명의 「곽주부에게 화답하다(和郭 主簿)」에 "차조 찧어 맛있는 술 만들어, 술 익으면 내 스스로 마시네(舂秫作美酒, 酒熟吾自 斟)"라고 하였다.

144 녹주건(漉酒巾): '녹'은 거르다. 도연명의 「술 마시며」 제20수에 다음과 같은 구절이 있다. "만 약 다시 유쾌히 술 마시지 않는다면, 공연히 머리 위 두건을 저버리는 일(若復不快飲, 空負頭 上巾)." 시 번호 90의 주 194를 참조할 것

145 상마장(桑麻長): 시 번호 66 「전원으로 돌아와 살며」 제2수에 다음과 같은 구절이 있다. "이따 금 다시 마을 모퉁이로 발길 옮겨, 우거진 풀 헤치며 사람들과 내왕하네. 서로 보더라도 잡된 말 나누지 않고, 오직 농사일이 잘되는지 물을 뿐이네(時復墟曲中, 披草共來往. 相見無雜言, 但道桑麻長)."

提壺挈榼[146]來相親이라
제 호 설 합　　 내 상 친

술병 들고 와 잔을 나누며
서로 친하게 지냈다네.

一樽徑醉[147]北窓臥하여
일 준 경 취　　 북 창 와

한 바리 술에 곧장 취하면
북쪽 창 아래 누워,

蕭然[148]自謂羲皇人이라
소 연　　 자 위 희 황 인

한가롭고 느긋하게 스스로
복희 시대의 사람이라 했다네.

此公[149]聞道窮亦樂[150]하여
차 공　　 문 도 궁 역 락

이분 도를 아서
곤궁해도 또한 즐거워하셨으니,

容貌不枯[151]似丹渥[152]이라
용 모 불 고　　 사 단 악

얼굴 모습 시들지 않고
붉은 물 들인 듯했네.

---

146 제호설합(提壺挈榼): '제'와 '설'은 모두 끌어당기다. '호'와 '합'은 모두 술을 담아 잔에 따르는 용기. 유령(劉伶)의 「술의 덕을 칭송함(酒德頌)」에 다음과 같은 구절이 있다. "머물러 있을 때는 크고 작은 술잔을, 잡고 움직일 때는 술통과 술병을 들고, 오직 술에만 힘을 쓴다(止則操巵執觚 動則挈榼提壺 唯酒是務)."

147 경취(徑醉): 곧바로 취하다. '경'은 원래 소로(小路), 곧 지름길이라는 뜻인데, 빠르다, 직접의 뜻으로도 쓰이게 되었고, 더 나아가 곧, 즉시의 뜻으로도 쓰인다. 『사기』「골계열전(滑稽列傳)」에 순우곤(淳于髡)이 "법을 집행하는 관리가 곁에 있고 어사가 뒤에 있어서 신이 두려워하며 엎드려 마시게 되니 한 말도 못 마시고 곧장 취하게 됩니다(不過一斗徑醉矣)"라는 말을 한 것이 보인다.

148 소연(蕭然): 본래의 뜻은 주 129의 소조(蕭條)와 같으나, 여기서는 소쇄(瀟灑), 유한(悠閑)의 뜻으로 쓰임. 속세를 떠난 듯 마음이 가벼운 것을 말한다. 이백(李白)의 「장난삼아 정율양에게 드림(戲贈鄭慄溧陽)」에 "맑은 바람 불어오는 북창 아래에서, 스스로 말하였지, 복희씨 적 사람이라고(淸風北窓下, 自謂羲皇人)"라는 구절이 있다. 시 번호 38의 주 197을 참조할 것

149 차공(此公): 도연명을 가리킨다.

150 궁역락(窮亦樂): 곤궁한 가운데서도 즐거워하다. 도연명의 「가난한 선비를 노래함(詠貧士)」에 "아침에 인과 의 함께 더불어 살 수 있다면, 저녁에 죽는다 한들 다시 무엇을 구하리(朝與仁義生 夕死復何求)"라는 구절이 있다.

儒林紛紛隨溷濁하니
유 림 분 분 수 혼 탁

선비들 마구 이리저리
어지럽고 흐린 길을 따르니,

山林高義¹⁵³久寂寞¹⁵⁴이라
산 림 고 의   구 적 막

산림에 은거하는 높은 뜻
쓸쓸하게 된 지 오래되었네.

假令九原今可作¹⁵⁵이면
가 령 구 원 금 가 작

구천에 계신 도공
지금 일으켜 세울 수만 있다면,

擧公籃輿¹⁵⁶也不惡라
거 공 남 여   야 불 악

공의 대나무 수레
멘다 해도 싫지 않으리.

---

151 용모불고(容貌不枯): 용모가 시들지 않다. 도연명의 「고시를 본받아(擬古)」 제5수에 "괴로움
이에 비할 것 없지만, 항상 좋은 얼굴빛 하고 있네(辛苦無此比, 常有好容顏)"라고 하였다.

152 사단악(似丹渥): 붉은빛이 물든 듯하다. 『시경』「진풍(秦風)·종남(終南)」에 "우리 님 오셨는데,
비단옷에 여우 갖옷. 얼굴은 붉게 물들인 듯, 정말 우리 임금일세(君子至止, 錦衣狐裘. 顏如
渥丹, 其君也哉)"라는 구절이 있다.

153 산림고의(山林高義): 산림, 즉 자연에 은거하여 출사하지 않고 고결한 도의(道義)를 지키는
사람을 가리켜 말한다.

154 적막(寂寞): 쓸쓸하다.

155 구원금가작(九原今可作): '구원'은 지금의 산서성(山西省) 신강현(新絳縣) 북쪽에 있는 지명
으로 구경(九京)이라고도 하였으며, 춘추 시대 진나라의 경대부들의 무덤이 있던 곳이다. 『예
기』「단궁 하(檀弓下)」에 "조문자는 숙예와 더불어 구원의 무덤을 보았다(趙文子與叔譽觀乎
九原)"고 하였다. 나중에는 또한 구천(九泉)과 같이 일반 묘지를 통틀어 일컫는 말로도 쓰이게
되었다. 당나라 교연(晈然)의 「단가행(短歌行)」에 "쓸쓸한 안개와 비 구원의 언덕을 덮고 있으
니, 흰 버들이며 푸른 소나무 있는 곳에 묻힌 자 누구인가?(蕭蕭煙雨九原上, 白楊靑松葬者
誰)"라고 하였다.

156 거공남여(擧公籃輿): '남여'는 대를 짜서 만든 간단한 수레. 『남조 여러 나라의 역사(南史)』에
"도잠은 다리에 병이 있어서 문하생 하나와 두 아들에게 대로 엮은 가마를 메게 했다(潛有脚
疾, 使一門生二兒擧籃輿)"는 기록이 있다. 도연명같이 인품이 훌륭한 사람이 다시 살아나기
만 하면 궂은일도 마다하지 않겠다는 표현이다.

158. 도원도(桃源圖)¹⁵⁷

한유(韓愈)

神仙有無¹⁵⁸何渺茫¹⁵⁹고
신 선 유 무　　하 묘 망

신선 있는지 없는지
얼마나 아득한가?

桃源之說誠荒唐¹⁶⁰이라
도 원 지 설 성 황 당

도원의 이야기
실로 황당하네.

流水盤迴山百轉¹⁶¹하니
유 수 반 회 산 백 전

흐르는 물 빙 돌아
산 백 번이나 돌아드니,

生綃¹⁶²數幅垂中堂이라
생 초　　수 폭 수 중 당

생사 비단 여러 폭
대청에 걸어 놓은 듯.

---

157 도원도(桃源圖): 도연명의 「도화원기(桃花源記)」에 나오는 이상향 '도원'을 상상하여 두상(竇常)이 그린 그림에 노정(盧汀)이 시를 지어 넣은 것을 한유가 보고 그 감상을 읊은 것이다. 한유 외에 왕안석, 소식 등도 '도원'을 주제로 하여 시를 지었는데, 왕안석의 작품 「도원의 노래(桃源行)」는 시 번호 226에 나온다.

158 신선유무(神仙有無): '도원에 관하여, 그곳은 신선경이라는 말이 전해 오는데, 과연 신선이 있는지, 없는지?'의 뜻

159 묘망(渺茫): 한유의 문집에는 묘망(眇芒)으로 되어 있다. 세밀하기가 아주 심하다는 뜻으로, 아득하여 잘 알 수 없다는 뜻으로 쓰이면 다음 구에 나오는 '황당'이라는 뜻과 중복된다.

160 황당(荒唐): 근거가 없는 허황된 말. 『장자(莊子)』「천하(天下)」에 "장주는 이 가르침을 듣고 기뻐하며 종잡을 수 없는 큰 소리와 터무니없는 말(荒唐之言), 밑도 끝도 없는 언사로 이것을 말했다"고 하였다. 『장자 풀이(釋文)』에서는 "광대하여 끝이 없는 것(廣大無域畔)"이라 하였다.

161 반회산백전(盤迴山百轉): 『도연명집』에 주석을 단 이공환(李公煥)은 『도원경(桃源經)』이란 책을 인용하여 말했다. "도원산(桃源山)은 현 남쪽 10리 지점에 있는데, 서북쪽은 원수(沅水)로 굽이져 흘러 남으로 가며, 장산(障山)은 동으로 초라산(鈔鑼山)을 띠고 있는데 32리를 돌아 흐르며 이른바 도화원이다."

162 생초(生綃): '초'는 생사로 짠 비단 견직물을 통틀어 일컫는 말

武陵太守[163]好事[164]者니
무 릉 태 수　　호 사　　자
　　　무릉의 태수
　　　일 벌이기 좋아하는 사람이어서,

題封[165]遠寄南宮[166]下라
제 봉　　원 기 남 궁　　하
　　　제목 쓰고 봉하여 멀리
　　　남궁의 아래에 부쳤다네.

南宮先生[167]忻得之하니
남 궁 선 생　　흔 득 지
　　　남궁의 선생
　　　흔쾌히 그것 받아들여,

波濤入筆驅文辭[168]라
파 도 입 필 구 문 사
　　　물결 붓에 든 듯
　　　문사 내달았다네.

文工畫妙[169]各臻極[170]하니
문 공 화 묘　　각 진 극
　　　글솜씨 뛰어나고 그림 묘하여
　　　각기 극치에 이르렀으니,

---

163 무릉태수(武陵太守): '무릉'은 낭주(朗州)의 군명으로, 산남동도(山南東道)에 속한다. '무릉
　　　태수'는 두상(竇常)을 가리키는데, 두상 5형제는 모두 시로 이름을 떨쳤다. 원화 10년 두상은
　　　낭주자사가 되었다.

164 호사(好事): 진기한 것을 좋아하다. 시 번호 156 소식의 「정혜원의 해당화(定惠院海棠)」 주
　　　102를 참조할 것

165 제봉(題封): 그림에 제목을 넣어 봉한 다음, 받는 사람의 이름을 표기하다.

166 남궁(南宮): 당나라 때는 상서성(尙書省)에 속한 여러 부서[諸曹]를 모두 남궁이라 하였다.
　　　남궁은 본래 남방의 여러 별자리[列宿]였는데, 한나라의 상서성과 형상이 비슷하다 하여 상
　　　서성을 남궁이라 하였다. 당나라 때는 문하성(門下省)이 대명궁(大明宮)의 왼쪽에, 중서성
　　　(中書省)은 오른쪽에, 그리고 상서성은 남쪽에 있었기 때문에 이렇게 부르게 되었다.

167 남궁선생(南宮先生): 우부낭중(虞部郎中) 노정(盧汀)을 가리킨다. 원화(元和) 4년 노정은
　　　우부낭중이었는데, 우부는 공부의 속관이었기 때문에 이렇게 부른 것이다.

168 파도입필구문사(波濤入筆驅文辭): 남조 진(陳)나라 강총(江總)의 「하루에 부 세 편을 완성
　　　하라는 명령에 응해서 부를 짓고서 쓴 시(賦得一日成三賦應令詩)」에 "나르는 문필에는 비단
　　　빛나고, 종이에 떨어지니 파도 흐르네(飛文綺采, 落紙波濤流)"라고 하였다. 도원도 속에 있
　　　는 시내의 물결이 시를 쓰는 붓에 들어오는 듯하다는 표현이다.

169 문공화묘(文工畫妙): 글과 그림이 모두 뛰어나다. '공'은 교(巧)와 뜻이 통하며, 매우 정밀한 것

異境¹⁷¹恍惚移於斯¹⁷²라
이 경 　 황 홀 이 어 사

기이한 경계 황홀하게
이곳에 옮겨 놓았다네.

架巖¹⁷³鑿谷¹⁷⁴開宮室하니
가 암 　 착 곡 　 개 궁 실

바위에 시렁 얹고 골짜기 뚫어
궁궐 같은 집 열어,

接屋連墻¹⁷⁵千萬日¹⁷⁶이라
접 옥 연 장 　 천 만 일

잇닿은 집과 이어진 담들
수만 날을 지내 왔다네.

嬴顚劉蹶¹⁷⁷了¹⁷⁸不聞하고
영 전 유 궐 　 요 　 불 문

진나라 엎어지고 한나라 넘어진 것
도무지 듣지 못했고,

地拆天分¹⁷⁹非所恤이라
지 탁 천 분 　 비 소 휼

땅 터지고 하늘 갈라져도
근심할 것 없었다네.

을 말한다. 나중에는 매우 뛰어나다는 뜻으로 쓰였다.

170 진극(臻極): 극치에 이르다. '진'은 '이르다'의 뜻으로 지(至)와도 상통하여 쓴다.

171 이경(異境): 보통과 다른 색다른 경계. 도원을 가리켜 말하였다.

172 황홀이어사(恍惚移於斯): 황홀하게도 이곳으로 옮겨 오다. '황'은 황(怳)·황(慌)으로도 쓰며, 빛이 어른어른하여 눈이 부신다는 뜻이다.

173 가암(架巖): 바위 위에 나무를 가로대어 집 따위를 가설하다.

174 착곡(鑿谷): 골짜기를 뚫다.

175 접옥연장(接屋連墻): 집이 다닥다닥 붙어 있고 담이 이어져 있다.

176 천만일(千萬日): 오랜 세월을 지내 왔음을 말한다. 뒤의 육백 년과 통한다.

177 영전유궐(嬴顚劉蹶): 영(嬴)씨인 진(秦)나라와 유(劉)씨인 한(漢)나라가 멸망한 것을 가리킨다.

178 요(了): 여기서는 전부[全], 도무지[都]의 뜻으로 쓰였다. 시에 쓰이면 뒤에는 통상 부정어가 오는데, 도연명의 「계묘세십이월중작(癸卯歲十二月中作)」이란 시에 "了无一可悅"이란 구절이 있는데 "즐거워할 만한 것이 하나도 없다"는 뜻이다.

179 지탁천분(地拆天分): 진(晉)·위(魏)의 난을 말한다. 곧 위나라로 대표되는 삼국 시대부터 진(晉)나라에 이르기까지의 분열과 항쟁을 가리킨다.

種桃處處惟開花하니
종 도 처 처 유 개 화

복숭아 심어 놓은 곳마다
오로지 꽃 피어 있으니,

川原遠近¹⁸⁰蒸紅霞¹⁸¹라
천 원 원 근　　증 홍 하

내와 들 멀리 가까이서
붉은 놀 피어오른다네.

初來猶自念鄕邑¹⁸²터니
초 래 유 자 염 향 읍

처음 와선 그래도 절로
고향 생각했지만,

歲久此地還成家라
세 구 차 지 환 성 가

세월 오래되니 이곳
오히려 집 이루었다네.

漁舟之子¹⁸³來何所오
어 주 지 자　　내 하 소

"고깃배 타고 오신 분
어디서 오셨소?"

物色¹⁸⁴相猜更問語¹⁸⁵라
물 색　　상 시 갱 문 어

형색을 보고 서로 의심스러워하며
다시 물었다네.

180　원근(遠近): 멀리서 가까이서. 근원(近遠)으로 되어 있는 판본도 있다.

181　증홍하(蒸紅霞): '증'은 증(烝)으로 되어 있는 판본도 있다. 김같이 피어오르는 것을 말한다.
「하도(河圖)」라는 글에 "곤륜산(昆侖山)에는 다섯 빛깔의 물이 있는데, 붉은 물 기운은 위로
증발하여 놀이 되었다"라는 구절이 있다. 복숭아꽃이 붉게 피어 내와 들을 덮고 있는 것을 형
용한 것

182　유자염향읍(猶自念鄕邑): 아직도 전처럼 고향 생각을 한다.

183　어주지자(漁舟之子): 고깃배를 타고 도원을 찾아온 사람. '자'는 상대방을 높이는 말로 쓰였다.

184　물색(物色): 많은 뜻이 있는데 여기서는 형상이나 모습이라는 뜻으로 쓰였다. 『후한서』 「엄광
전(嚴光傳)」에 "황제는 그의 현명함을 생각하여 그의 형체와 모습으로 그를 찾게 했다(帝思
其賢, 乃令以物色訪之)"는 구절이 있다.

185　갱문어(更問語): 도연명의 「도화원기」에 "마을에 이 사람이 있다는 것을 듣고 모두 와서 물어
보았다(村中聞有此人, 咸來問訊)"는 구절이 있다.

大蛇中斷[186]喪前王[187]이요
대 사 중 단　　상 전 왕

"큰 뱀 가운데 잘리니
앞 왕조 망했고,

羣馬南渡[188]開新主라
군 마 남 도　　개 신 주

말떼가 남쪽으로 건너와
새 임금 열렸다오."

聽終辭絶共悽然[189]하니
청 종 사 절 공 처 연

끝까지 듣더니 말없이
모두 슬퍼하더니,

---

186 대사중단(大蛇中斷): 큰 뱀이 한 가운데가 두 토막으로 잘리다. 진(秦)나라를 누르고 한나라
　　가 일어날 것을 암시했던 상서로운 조짐을 가리킨다. 『사기(史記)』「고조본기(高祖本紀)」에 다
　　음과 같은 내용이 있다. "고조는 술을 마신 후 한밤중에 늪지의 작은 길을 지나면서 한 사람을
　　시켜서 앞길을 살펴보게 하였다. 앞서 가던 이가 돌아와서 '앞에 큰 뱀이 길을 막고 있으니 되
　　돌아가는 것이 좋겠습니다'라고 하였다. 술에 취한 고조가 말하기를 '장사(壯士) 가는 길에 무
　　엇이 두렵겠는가?'라고 하고 앞으로 가더니 칼을 뽑아 뱀을 쳐서 죽였다. 뱀은 죽고 길은 뚫렸
　　다. 다시 몇 리를 더 걸은 고조는 술에 취하여 더 이상 걷지 못하고 길에 누웠다. 뒤따라오던 사
　　람들이 뱀이 죽은 곳에 이르니 한 노파가 한밤중인데 곡을 하고 있었다. 사람들이 노파에게 왜
　　곡을 하느냐고 물었더니, 노파는 '어떤 사람이 내 아들을 죽여서 이렇게 곡을 하고 있다오'라
　　고 대답했다. 사람들이 '할멈의 아들은 무슨 일로 죽었소?'라고 물으니, 노파는 '내 아들은 백
　　제(白帝)의 아들인데, 뱀으로 변신하여 길을 막고 있었소. 그런데 지금 적제(赤帝)의 아들에게
　　참살되었으니 이 때문에 우는 것이라오'라고 대답했다. 사람들은 노파가 허황된 말을 한다고
　　생각하여 혼내 주려고 하였으나 노파는 갑자기 사라져 보이지 않았다. 사람들이 고조가 있는
　　곳에 이르자 고조는 깨어났다. 사람들이 고조에게 방금 있었던 일을 이야기하자, 고조는 내심
　　매우 기뻐하며 [뱀을 쳐 죽인 일을] 자랑스럽게 생각하였다." 진 문공(秦文公)은 꿈에 뱀을 보
　　고 전설상의 뱀신이면서 금덕(金德)을 지닌 백제를 제사 지냈다고 하는데, 한나라는 화덕(火
　　德)을 지닌 적제, 곧 요제(堯帝)의 자손이다. 오행설에 의하면 '불은 쇠를 이긴다(火克金)' 하
　　였으니, 곧 화덕을 지닌 한이 금덕을 지닌 진을 이긴다는 뜻이다.

187 전왕(前王): 앞의 왕조, 곧 진나라 왕조를 말한다.

188 군마남도(羣馬南渡): 말 떼들이 남쪽으로 건너오다. 서진이 천도한 것을 말한다. 『진서(晉書)』
　　「원제기(元帝紀)」에 다음과 같은 구절이 있다. "태안(太安) 연간에 동요가 나돌았는데 '다섯
　　마리 말 둥둥 떠서 장강을 건너, 한 마리는 용이 된다네'라고 하였다. 원제와 서양(西陽)·여남
　　(汝南)·남돈(南頓)·팽성(彭城)의 다섯 왕이 구제되었는데, 원제가 마침내 대위(大位)에 올랐
　　다." 진나라 왕조의 성씨가 사마씨이므로 이렇게 말하였다.

189 청종사절공처연(聽終辭絶共悽然): '처연'은 슬퍼하는 모양. 도연명의 「도화원기」에 다음과

自說[190]經今六百年[191]이라
자설　　경금육백년
스스로 말하네, 지금까지
육백 년을 살아왔다고.

當時萬事皆眼見하니
당시만사개안견
그 당시 모든 일
다 눈으로 보았는데,

不知幾許[192]猶流傳이라
부지기허　유류전
얼마나 전해 내려온 것인지도
알지 못했다네.

爭持牛酒來相饋[193]하니
쟁지우주래상궤
다투어 쇠고기와 술
가져와 서로 대접하는데,

禮數[194]不同樽俎異[195]라
예수　부동준조이
예법 같지 않고
제사상 차리는 법 달랐다네.

같은 구절이 있다. "이 사람이 들은 것을 낱낱이 모두 이야기하자 모두들 감탄했다(此人――爲具言所聞, 皆歎惋)."

190 자설(自說): 어부가 스스로 말한다.

191 경금육백년(經今六百年): 지금까지 6백 년이 경과되다. 이곳의 사람들이 진시황의 난리를 피해 숨은 지 약 6백 년이 지난 것을 가리킨다.

192 기허(幾許): '허'는 수량을 추정하는 데 쓰는 말. '기허'는 '얼마'라는 뜻의 다소(多少)와 같다.

193 쟁지우주내상궤(爭持牛酒來相饋): '궤'는 음식을 보내어 식사를 권하는 것 또는 그 음식이나 물건. 도연명의 「도화원기」에 "나머지 사람들은 각자 다시 [어부를] 그들의 집으로 데리고 가서 모두 술과 음식을 내주었다(餘人各復延至其家, 皆出酒食)"는 구절이 있다.

194 예수(禮數): 신분에 따라 각기 다른 예의 대우. 『좌전』「장공(莊公) 18년」에 "천자께서 제후를 삼으심에는 그 작위를 내리심이 같지 않으니, 하사하시는 예물의 수량 또한 같지 않다. 신분에 걸맞지 않게 사람들에게 예물을 내리는 것이 아니다(王命諸侯 名位不同 禮亦異數. 不以禮假人)"라고 하였다.

195 준조이(樽俎異): 술그릇과, 고기를 담아 놓는 그릇. 주연에 사용되는 기물들. '조'는 도마, 또는 제향이나 향연 때 음식을 담는 그릇. 도연명의 「도화원기」에 "제물을 담는 제기 옛 법과 같았고, 입는 옷은 새로 지은 것이 없었다네(俎豆猶古法, 衣裳無新製)"라는 구절이 있다.

月明伴宿玉堂¹⁹⁶空하니
월 명 반 숙 옥 당 　 공

달 밝은데 함께 잠자리에 드니
옥 장식한 집 텅 비어,

骨冷魂淸無夢寐¹⁹⁷라
골 랭 혼 청 무 몽 매

뼈까지 냉기 스미고 혼 맑아져
한잠도 이루지 못했다네.

夜半金鷄啁哳鳴¹⁹⁸하니
야 반 금 계 조 찰 명

한밤중에 금빛 닭
꼬끼오 하고 우니,

火輪飛出¹⁹⁹客心²⁰⁰驚이라
화 륜 비 출 　 객 심 　 경

불 바퀴 같은 해 날아올라
나그네 마음 놀라게 했다네.

人間有累²⁰¹不可住하니
인 간 유 루 　 불 가 주

세상에 두고 온 가족 때문에
오래 머물 수 없기에

依然²⁰²離別難爲情이라
의 연 　 이 별 난 위 정

연연해하며 떠나려 하니
마음 주체하기 어려웠다네.

---

196 옥당(玉堂): 옥으로 장식한 집. 신선이 거처하는 곳을 말한다.
197 골랭혼청무몽매(骨冷魂淸無夢寐): 이런 경지가 도원(桃源)에만 있는 줄 알았는데, 이런 경지
　　 를 얻은 자에게는 모든 곳이 도원과 같다는 뜻이다.
198 금계조찰명(金鷄啁哳鳴): 금닭은 천상(天上)에 산다는 닭. 『신이경(神異經)』에 "부상산에 옥
　　 계(玉鷄)가 있는데 옥계가 울면 금계가 울고, 금계가 울면 석계(石鷄)가 울며, 석계가 울면 온
　　 천하의 닭이 모두 운다"라고 하였다. '조찰'은 새가 우는 소리를 나타낸 의성어. 송옥(宋玉)의
　　 초사「구변(九辯)」에 "곤계 꼬꼬댁 하며 슬피 우네(鵾雞啁哳而悲鳴)"라고 하였다.
199 화륜비출(火輪飛出): 불 바퀴[火輪]는 곧 해를 가리킨다. 『열자(列子)』「탕문(湯問)」에 "해가
　　 처음 떠오를 때는 크기가 수레바퀴만 한데, 해가 중천에 오면 곧 대접 같아집니다(日初出大如
　　 車輪, 及日中則如盤盂)"라는 말이 있다.
200 객심(客心): '객'은 곧 어부를 말한다.
201 인간유루(人間有累): '루'는 가루(家累)로, 처자 등이 딸린 권속(眷屬)을 말한다. 어부가 들어
　　 온 세상 바깥에 딸린 가속(家屬)이 있음을 말한다.
202 의연(依然): 원래의 의미는 전과 다름이 없다는 뜻인데, 여기서는 의의(依依)와 같이 '차마 떨

船開[203]棹進[204]一回顧[205]하니
선 개   도 진   일 회 고

　　　배 띄우고 노 저으며
　　　한 번 뒤돌아보니,

萬里蒼茫[206]煙水暮라
만 리 창 망   연 수 모

　　　만 리 밖까지 아득하고
　　　안개 낀 물 위에 어둠 내리네.

世俗寧知僞與眞고
세 속 영 지 위 여 진

　　　세상에서야 어찌 알리,
　　　거짓인지 참말인지?

至今傳者武陵人[207]이라
지 금 전 자 무 릉 인

　　　지금까지 전한 사람 무릉 사람뿐이니.

159. 왕정국이 소장한 왕진경의 그림 연강첩장도를 보고 적다(書王定國所藏煙江疊嶂圖王晉卿畵)[208]

소식(蘇軾)

江上愁心[209]三疊山[210]이
강 상 수 심   삼 첩 산

　　　강가의 근심스런 마음
　　　세 겹 산과 같고,

　　어지기 어려워하는 모양'이란 뜻으로 쓰였다.

203　선개(船開): 배를 출발시키다.

204　도진(棹進): 노를 저어 앞으로 나아가다.

205　일회고(一回顧): 다시 한 번 뒤를 돌아다보다. '고'는 원래 뜻이 '뒤돌아보다'임

206　창망(蒼茫): 넓고 멀어서 아득하다. 『한창려집(韓昌黎集)』에는 창창(蒼蒼)으로 되어 있다.

207　세속~무릉인(世俗~武陵人): 이 시 첫 번째 구절에 대한 답이다. 이 이야기를 전한 무릉에 갔다 온 어부가 지금은 없으니 그 진위를 알 수 없다는 뜻. 대체로 무릉도원의 일을 황당한 말로 간주하는 듯한 어기(語氣)이다.

浮空積翠²¹¹如雲煙이라
부 공 적 취　　여 운 연

공중에 뜬 쌓인 푸르름은
구름 안개 같네.

山耶²¹²雲耶遠莫知러니
산 야　　운 야 원 막 지

산인지 구름인지
멀어서 알지 못하겠는데,

煙空雲散山依然²¹³이라
연 공 운 산 산 의 연

안개 걷히고 구름 흩어지니
산은 그대로이네.

---

208 서왕정국소장연강첩장도왕진경화(書王定國所藏煙江疊嶂圖王晉卿畵): 왕정국이 가지고 있는 왕진경의 산수화「연강첩장도」를 보고 적은 시이다. 왕정국은 동파와 친했던 인물로, 서로 주고받는 시를 많이 남겼다. 왕진경은 풍경화를 잘 그렸는데 동파의 시집에는 그의 그림을 보고 적은 시가 많다. 예로부터 그림을 보고 그 풍경의 아름다움과 자신의 현실을 결부시켜 감개를 서술한 시가 적지 않다. 동파는 이 시에서 그림 속의 풍경을 객관적으로 묘사함으로써 자신이 꿈꾸는 이상향 무릉도원을 그려 내고 있으며, 또 그곳을 동경하는 자신의 마음을 감동적으로 읊고 있다. 도연명의 정신세계에 심취한 동파의 심미안이 여실히 반영된 걸작이다. 동파는 의식적으로 이백, 두보, 장열, 도연명 등의 시구를 사용하여 그것들이 조금도 어색하지 않고 좋은 조화를 이루게 하고 있는데, 이는 문호다운 동파의 문재라고 할 수가 있다. 또 이 시에 동파 시 특유의 회화적 아름다움이 유감없이 표현되어 있는 것은, 동파 자신이 그림을 잘 그렸을 뿐 아니라 그림을 감상하는 식견이 뛰어났기 때문이다.

209 강상수심(江上愁心): 당나라 장열(張說)의「강상수심부(江上愁心賦)」에 이런 구절이 있다. "강가의 높은 산이여, 울창하고 높고 가파른 것이 끝이 없네. 구름 봉우리가 됨이여, 안개는 색이 되는데, 갑자기 모양 바꿈이여 마음으로 알지 못하네(江上之峻山兮, 鬱崎嶬而不極 雲爲峯兮煙爲色, 欻變態兮心不識)." 시 번호 132 당나라 최호(崔顥)의「황학루에 올라(登黃鶴樓)」에 이런 구절이 있다. "해는 지는데 고향은 어디쯤일까? 안개 서린 강 물결은 사람을 시름 젖게 하네(日暮鄕關何處是, 煙波江上使人愁)." 강가에서 험준한 산을 바라보니 근심이 생긴다는 뜻

210 삼첩산(三疊山): 산이 겹겹이 쳐져 있다.「동파집」에는 천첩산(千疊山)으로 되어 있다.

211 적취(積翠): 비취색이 겹쳐져 있다. 초목이 무성함을 형용하는 말로, 푸른 산과 봄의 막바지를 가리키는 뜻으로도 쓰이는데, 여기서는 전자의 뜻으로 쓰였다.

212 야(耶): 의문 조사로 중첩되어 쓰이면 '~인지, 아니면 ~인지?'의 뜻으로 여러 대상 가운데 선택의 여지가 있음을 뜻한다.

213 의연(依然): 전과 다름이 없다. 여고(如故), 의구(依舊)와 뜻이 같음. 운무에 가렸을 때는 도무지 분간이 안 되다가 운무가 걷히니 산이 전과 같이 또렷하게 보이는 것을 말한다.

但見兩崖蒼蒼²¹⁴暗絶谷²¹⁵이
단 견 양 애 창 창   암 절 곡

다만 눈에 들어오느니, 양쪽 낭떠러지
짙푸르고 어둡게 깎아지른 골짜기,

中有百道²¹⁶飛來泉²¹⁷이라
중 유 백 도   비 래 천

그 가운데 백 갈래
샘물 날아오네.

縈林²¹⁸絡石²¹⁹隱復見하니
영 림   락 석   은 부 현

숲에 얽히고 바위 휘감으며
사라졌다가 다시 보이다가,

下赴²²⁰谷口爲奔川²²¹이라
하 부   곡 구 위 분 천

아래로 골짜기 입구에 이르러
달리는 내 되었네.

川平山開林麓²²²斷하니
천 평 산 개 임 록   단

냇물 잔잔해지고 산 열리며
숲기슭 끊긴 곳에,

小橋野店²²³依山前이라
소 교 야 점   의 산 전

조그만 다리 옆의 주막 하나
산에 기대어 있네.

---

214 창창(蒼蒼): '창'은 색이 파랗다 못해 검은빛을 띤 모양. 사물이 많음을 나타낼 때도 쓰인다. 초
목이 무성하게 우거져 검푸른 빛을 띤 모양
215 절곡(絶谷): 깎아지른 듯한 가파른 골짜기. 또는 속세와는 떨어져 인적이 드문 골짜기
216 백도(百道): '도'는 여기서 빛이나 물줄기 등의 수량을 헤아리는 단위사로 쓰였다. 갈래, 줄기
217 비래천(飛來泉): '천'은 샘물인데, 바위의 갈라진 틈 같은 데서 떨어지는 물을 말한다. 정(井)은
이와는 반대로 땅 아래서 솟아나는 샘
218 영림(縈林): 숲을 둘러싸다. '영'은 얽다, 휘감다.
219 낙석(絡石): 바위를 둘러싸다. '낙'은 이리저리 감다.
220 부(赴): 이르다, 다다르다.
221 분천(奔川): 물살이 빠른 내, 여울
222 임록(林麓): 산림(山林)과 같은 뜻
223 야점(野店): 시골 여관 또는 주막

行人稍²²⁴度橋木²²⁵外하고
행 인 초　도 교 목　외

행인 이따금 지나가는
큰 나무 저쪽에,

漁舟一葉江呑天²²⁶이라
어 주 일 엽 강 탄 천

고깃배 한 척 떠 있고
강은 하늘 삼키고 있네.

使君²²⁷何從得此本²²⁸고
사 군　하 종 득 차 본

사또는 어디에서
이 그림을 얻었는지,

點檢毫末²²⁹分淸姸²³⁰이라
점 검 호 말　분 청 연

낱낱이 캐내어 붓끝으로 그려
맑고 아름다움 분명하다네.

不知人間何處有此境이나
부 지 인 간 하 처 유 차 경

인간 세상 어느 곳에
이런 경계 있을지 모르지만,

徑欲往置二頃²³¹田이라
경 욕 왕 치 이 경　전

당장 달려가
두 경의 밭 마련하고 싶다네.

---

224 초(稍): 작음 또는 적음의 뜻. 여기서는 부사로 쓰였다.
225 교목(橋木): 키가 큰 나무
226 강탄천(江呑天): 강이 하늘을 삼키다. 큰 강에 하늘빛이 고스란히 잠겨 있는 것을 형용한 것.
　　　이상은 그림 속에 있는 풍경을 시로 형용한 것이다.
227 사군(使君): 왕정국(王定國)을 가리킨다. 사군은 명령을 받들어 사신으로 외지에 나가는 사
　　　람을 높여 부르는 말. 『후한서』「구순전(寇恂傳)」에 "왕망이 패하고 경시[更始: 한(漢) 회양왕
　　　(淮陽王)의 연호]가 서자 사신으로 하여금 군국을 경영하게 했는데, (…) 사군(使君)은 부절을
　　　지니고 명을 받들어 사방으로 나갔다"고 하였다. 자사나 태수 등을 이를 때 쓰는 경칭
228 차본(此本): '본'은 그림이나 책 등을 헤아리는 단위로 쓰였다.
229 점검호말(點檢毫末): '점검'은 『동파집』에는 점철(點綴)로 되어 있다. 붓끝에 먹을 묻혀 점점
　　　이 찍어 나가는 그림. '호말'은 가느다란 붓의 끝. '말'은 선(線)의 뜻으로 쓰였다.
230 분청연(分淸姸): '청연'은 아름답다. '분'은 또렷하고 분명하다.
231 이경(二頃): '경'은 넓이의 단위로, 일 경은 백 묘. 뒤의 내용으로 보아 도연명처럼 두 경의 농지
　　　를 얻어 반은 양식으로 쓸 벼를 심고, 반은 술을 담을 차조를 심어 즐기겠다는 뜻으로 보인다.

君不見
군불견

그대는 보지 못하였는가?

武昌²³²樊口²³³幽絕處²³⁴아
무창 번구 유절처

무창 번구의
그윽하고 인적 끊긴 곳을!

東坡先生²³⁵留五年²³⁶이라
동파선생 유오년

동파 선생
오 년이나 머물렀다네.

春風搖江天漠漠²³⁷하고
춘풍요강천막막

봄바람 강물 흔드니
하늘 끝없이 막막하고,

暮雲捲雨²³⁸山娟娟²³⁹이라
모운권우 산연연

저녁 구름 비 말아 올리니
산빛 곱디 고왔다네.

丹楓翻鴉²⁴⁰伴水宿²⁴¹하니
단풍번아 반수숙

단풍잎 까마귀와 함께 날아
물가에서 잤고,

---

232 무창(武昌): 소식이 귀양 가 있던 황주(黃州) 부근의 지명. 호북성(湖北省) 무창부

233 번구(樊口): 지금의 호북성 수창현(壽昌縣) 서북쪽에 있으며, 과자호(果子湖)가 장강으로 흘러드는 곳. 동파의 작품 중에 「번산기(樊山記)」가 있다.

234 유절처(幽絕處): 세상에서 멀리 떨어진 조용한 곳

235 동파선생(東坡先生): 소식 자신을 가리켜 말한다. 소식은 황주에 유배되어 동파라는 곳에 거처를 마련하고, 자호를 동파라고 했다.

236 유오년(留五年): 소식은 원풍(元豐) 3년(1080) 2월 황주에 도착하였으며, 그 이듬해에 동파에 거처를 마련하고 설당(雪堂)을 만들었다. 원풍 7년 4월에 여주(汝州)로 옮겼다.

237 천막막(天漠漠): '막막'은 막막(莫莫)이라고도 하며, 흩어져 퍼지는 모양을 말한다. 옅은 안개 등이 하늘에 넓게 퍼져 있는 것을 말한다. 또 컴컴하고 넓은 모양. 이하 4구는 네 철의 경치를 묘사한 것이다.

238 모운권우(暮雲捲雨): 저녁에 구름이 걷혀 비가 그치다. 왕발(王勃)의 「등왕각(滕王閣)」에 "단청 기둥 아침엔 남포의 구름 날고, 주렴 저녁에 서산의 비 말아 올리네(畫棟朝飛南浦雲, 朱簾暮捲西山雨)"라고 하였다.

239 연연(娟娟): 아름다운 모양, 고운 모양

長松落雪²⁴²驚醉眠²⁴³이라
장 송 낙 설 　 경 취 면

큰 소나무 눈 떨어뜨려
술 취한 잠 깨웠다네.

桃花流水²⁴⁴在人世하니
도 화 유 수 　 재 인 세

복사꽃 흘러가는 물
인간 세상에도 있으니,

武陵²⁴⁵豈必皆神仙가
무 릉 　 기 필 개 신 선

무릉도원에 어찌 반드시
모두 신선들뿐이리?

江山淸空²⁴⁶我塵土²⁴⁷하니
강 산 청 공 　 아 진 토

강산 내 몸의 흙먼지를,
깨끗이 없애 주니,

---

240 단풍번아(丹楓翻鴉): 단풍잎이 떨어지며 날리는 것이 까마귀와 함께 나는 듯하다. '번'은 날다. 당나라 도현(陶峴)의 「서새산 아래서 배를 돌리며 짓다(西塞山下迴舟作)」에 "까마귀 단풍잎과 함께 나니 석양 움직이고, 해오라기 갈대꽃에 서 있으니 가을 강 밝네(鴉翻楓葉夕陽動, 鷺立蘆花秋水明)"라고 하였다.

241 수숙(水宿): 물가에서 묵다. 『금경(禽經)』이란 책에 "무릇 새들은 뭍에 사는 새를 서(棲)라 하고, 물에 사는 새를 숙(宿)이라 한다"고 하였다. 두보의 「지친 밤(倦夜)」에 "어두운 곳 나는 반딧불 절로 빛나고, 물가에서 자는 새 서로 부르네(暗飛螢自照, 水宿鳥相呼)"라고 하였다. 시인이 단풍잎 지고 까마귀 나는 물가의 배에서 자는 것을 말한다.

242 장송낙설(長松落雪): 높은 소나무 가지에 눈이 쌓였다가 무게를 이기지 못해 떨어지는 것을 말한다. 두보의 「진체사를 찾다(謁眞諦寺)」에 "얼어붙은 샘 작은 바위에 의지하고 있고, 눈은 개었는데 큰 소나무에서 떨어지네(凍泉依細石, 晴雪落長松)"라고 하였다.

243 경취면(驚醉眠): 술에 취하여 깜빡 잠이 들었는데 눈 떨어지는 소리에 잠이 깨다. 『동파집』에는 취면이 낮잠이란 뜻의 주면(晝眠)으로 되어 있다.

244 도화유수(桃花流水): 복사꽃이 물 위에 떨어져 흘러가다. 도원향을 가리킨다. 도연명의 「도화원기」에 나오는 고사. 시 번호 106 이백의 「산속에서 속인들에게 답하다(山中答俗人)」에 "복숭아꽃 흐르는 물 따라 아득하게 흘러가니, 이곳은 별천지이지 인간 세상 아니라네(桃花流水杳然去, 別有天地非人間)"라고 하였다.

245 무릉(武陵): 무릉도원을 말한다. 바로 앞에 나온 시 번호 158 한유의 시를 참조할 것

246 청공(淸空): 맑고 깨끗하게 씻어 주는 것을 말한다.

247 진토(塵土): 흙먼지, 티끌먼지를 말하는데, 주로 속세를 비유하는 말로 쓰인다.

雖有去路²⁴⁸尋無緣²⁴⁹이라
수 유 거 로   심 무 연

비록 가는 길은 있다 하나
찾을 인연 없을 뿐이라네.

還君此畫三嘆息하니
환 군 차 화 삼 탄 식

그대에게 이 그림 돌려보내며
세 번이나 한숨 쉬었다네,

山中故人²⁵⁰이
산 중 고 인

산속의 친구들,

應有招我歸來篇²⁵¹이라
응 유 초 아 귀 래 편

귀거래사 지어 나를 부르리.

160. 노동에게 띄움(寄盧仝)²⁵²

한유(韓愈)

玉川先生²⁵³洛城裏에
옥 천 선 생   락 성 리

옥천 선생 낙양성 안에,

---

248 거로(去路): 가는 길. 여기서는 무릉도원을 찾아가는 길을 말한다.

249 심무연(尋無緣): 아무리 찾아다녀도 인연이 없음을 말한다. 도연명의 「도화원기」에 이런 구절
이 있다. "이미 나와서는 다시 배를 얻어 지난번 갔던 길을 따라 곳곳에 표시를 해 두었다. 마을
에 이르러서는 태수를 찾아가 이러한 일을 말하였다. 태수는 즉시 사람을 보내 그가 가는 곳을
따라가게 하였지만 조금 전에 표시하여 둔 곳이 마침내 어지러워져 다시는 길을 찾지 못했다
(既出, 得其船, 便扶向路, 處處誌之. 及郡下, 詣太守說如此. 太守卽遣人隨其往, 尋向所
誌, 遂迷不復得路)." 여기까지는 그림을 보는 사람에 대해서 말하였다.

250 산중고인(山中故人): 산속의 친구들. 자신처럼 벼슬을 하지 않고 초야에 묻혀 지내는 친구들

251 응유초아귀래편(應有招我歸來篇): 나를 전원으로 돌아오라고 부르는 글, 예컨대 진(晉)나라
좌사(左思)의 「은자를 부름(招隱詩)」이나 도연명의 「돌아가리」 같은 내용의 시를 짓고 있으리
라는 것을 말한다. 「은자를 부름」에 이런 구절이 있다. "왕손이여 돌아오라, 산속에서는 오래
머무를 수 없다네(王孫兮歸來, 山中兮不可以久留)."

252 기노동(寄盧仝): 『당시기사(唐詩紀事)』에 "노동은 동도에 살았고, 한유는 하남령이었다. 한
유는 노동의 시를 매우 좋아하여, 그를 후하게 예우하였다. 노동은 스스로 호를 옥천자(玉川

破屋²⁵⁴數間而已矣라
파옥　수간이이의

허물어진 집에
방 몇 칸뿐이라네.

一奴²⁵⁵長鬚不裹頭²⁵⁶요
일노　장수불과두

한 종놈은 수염 기다란 데다
머리는 싸매지 않았고,

一婢赤脚²⁵⁷老無齒라
일비적각　노무치

한 계집종은 맨다리에
늙어 이빨도 없다네.

辛勤²⁵⁸奉養²⁵⁹十餘人하니
신근　봉양　십여인

애써 부지런히 봉양하는
사람 열 명이 넘는데,

上有慈親²⁶⁰下妻子라
상유자친　하처자

위로는 자애로운 어버이 계시고
아래로는 처자식 있다네.

子)라 하였으며, 일찍이 「월식」이라는 시를 지어 원화(元和) 연간의 붕당을 비난했다"고 했는데, 이 시를 보더라도, 한유가 노동을 얼마나 흠모했는지를 알 수 있다. 자신의 학문에 관해서 절대적인 자부심을 가졌을 뿐만 아니라 성격이 강직하여 원만한 인간관계를 가지지 못했던 한유가 노동과 같은 동시대 인물을 숭배했다는 것은 흥미 있는 일이다.

253 옥천선생(玉川先生): 노동을 가리킨다. 본서의 원주에 "노동은 동도에서 살며, 자호를 옥천자라고 했다(소居東都, 自號玉川子)"고 했다. 낙성은 서도(西都) 장안(長安)의 대가 되는 동도 낙양성을 말한다.

254 파옥(破屋): 다 허물어진 집

255 일노(一奴): '노'는 남자 하인. 다음 구의 비(婢)는 여자 하인을 말한다.

256 장수불과두(長鬚不裹頭): 옛날 중국에서는 성인이 되면 머리를 묶어 머리카락이 밖으로 드러나지 않게 하였다. 『북사(北史)』 「소찰전(蕭察傳)」에 "사람의 머리가 흰 것을 보길 싫어하여 수레를 메고 가는 자에게 겨울에는 반드시 머리를 싸게 했고 여름에는 연꽃잎 모자를 만들어 씌웠다"는 기록이 있다.

257 일비적각(一婢赤脚): 아무것도 신지 않아 맨다리를 드러낸 여종을 말한다.

258 신근(辛勤): 힘든 일을 맡아 부지런히 애쓰며 일하다.

259 봉양(奉養): 일반적으로 부모나 조부모 등 웃어른을 받들어 모시는 것을 뜻하나, 아래 구절로 보아 여기서는 처자까지 다 먹여 살리는 것을 말한다.

先生結髮[261]憎俗徒하여
선 생 결 발 　 증 속 도

선생께서 머리 올리자
속된 무리들 미워하시어,

閉門不出[262]動一紀[263]라
폐 문 불 출 　 동 일 기

문 닫고 세상에 나아가지 않은 지
어느덧 십이 년이라네.

至令鄰僧乞米送[264]하니
지 령 린 승 걸 미 송

이웃에 사는 중이
쌀 빌어 보내기에 이르니,

僕[265]忝[266]縣尹[267]能不恥[268]아
복 　 첨 　 현 윤 　 능 불 치

내 외람되이 현령 되었으니
부끄럽지 않을 수 있으리.

---

260 자친(慈親): 자애로운 어버이라는 뜻으로, 어머니를 부를 때 쓰는 말. 아버지는 이에 대칭되어 엄친(嚴親)이라고 한다.

261 결발(結髮): 옛날에 남자들은 어려서부터 머리를 묶었는데, 결혼하기 전까지는 두 갈래로 뿔처럼 묶었으므로 총각(總角)이라 하였다. 결혼을 하면 남자는 상투를 틀고 여자는 비녀를 찔렀는데 이를 결발이라 하였다. 보통 성인이 되었다는 표현으로 많이 쓰인다.

262 불출(不出): 세상에 나아가 벼슬을 하지 않고 은거하는 것을 가리킨다. '출'은 출사(出仕)의 뜻으로 쓰였다.

263 동일기(動一紀): 어느덧 12년이 흐르다. '동'은 부사어로, '깨닫지 못하는[不覺] 사이에'라는 뜻. '기'는 세성(歲星: 곧 목성)이 태양의 주변을 한 바퀴 도는 주기, 곧 공전 주기를 말한다. 1기는 12년인데, 보통 10여 년이란 뜻으로 많이 쓰인다. 1년이 열두 달로 되어 있으므로 한 해 역시 세(歲)라 한다.

264 걸미송(乞米送): 쌀을 구하여 보내 주다. 중이 시주받은 쌀의 일부를 보내 주는 것을 말한다.

265 복(僕): 1인칭 낮춤말로 쓰였으며, 시인인 한유 자신을 말한다.

266 첨(忝): '더럽히다'의 뜻인데, 분에 넘치는 일을 겸양하여 하는 말. 욕되게, 외람되이

267 현윤(縣尹): '윤'은 행정 구역을 나타내는 말이나 지명 뒤에 붙여서, 그곳의 으뜸가는 벼슬아치라는 뜻이다. 예를 들면 서울 시장은 경조윤이라 하였다. 여기서는 현의 우두머리를 말하는데, 이 시를 지을 당시 한유는 하남령으로 있었으며, 그보다 윗자리인 하남윤은 방식(房式)이라는 사람이 맡고 있었다.

268 능불치(能不恥): 부끄럽지 않을 수 있겠는가? 이웃에 사는 중은 시주받은 쌀을 보내 주면서까지 노동을 도와주는데, 자신은 한 고을의 수령직에 있으면서도 그러지 못함을 부끄럽게 생각

俸錢²⁶⁹供給公私餘²⁷⁰로 _{봉 전 공 급 공 사 여}	녹봉으로 받은 돈 이리저리 쓰고 약간 남겨,
時致薄少²⁷¹助祭祀²⁷²라 _{시 치 박 소 조 제 사}	이따금 조금씩 보내어 제사상 차리는 것 도울 뿐이라네.
勸參留守²⁷³謁大尹²⁷⁴하니 _{권 참 유 수 알 대 윤}	유수 만나 뵙고 대윤 찾아보라 권하면,
言語纔及²⁷⁵輒掩耳²⁷⁶라 _{언 어 재 급 첩 엄 이}	그 말 듣자마자 귀 가리신다네.
水北山人²⁷⁷得名聲하니 _{수 북 산 인 득 명 성}	낙수 북쪽 산에 은거하던 사람 명성 자자해지자,

한다는 뜻

269 봉전(俸錢): 봉급으로 받는 돈. 봉록(俸祿)

270 공사여(公私餘): 봉급을 공적인 일과 사적인 일에 쓰고 남기는 것을 말한다.

271 시치박소(時致博少): 조금이나마 때때로 재물을 보내 주다. '치'는 보내다. '박소'는 얼마 되지 않는 것, 약소(略少)와 거의 비슷한 뜻으로 쓰인다.

272 조제사(助祭祀): 제사 지내는 데에 드는 비용의 일부분을 대어 주다.

273 참유수(參留守): '참'은 찾아뵙는다는 뜻으로, 보통 알(謁) 자와 함께 어울려 참알(參謁)로 쓰인다. 군주 또는 장상 등 지위가 높은 고관대작을 찾아가 뵙는 것. '유수'는 천자가 출정 또는 행행(行幸)하여 서울을 비웠을 때 서울을 지키는 벼슬. 이때 동도 낙양의 유수는 정여경(鄭餘慶)이었다.

274 알대윤(謁大尹): 대윤을 뵙다. '알'은 높은 이를 만나다. 이때 이소(李素)가 소윤의 지위에 있으면서 대윤의 직책을 수행하고 있었다.

275 언어재급(言語纔及): 말이 들리자마자. '언어'는 노동에게 유수나 대윤을 한 번 만나 보라고 권하는 말들. '재'는 겨우, 가까스로. '급'은 ~에 미치다, 도달하다. 즉 귀에 들리자마자

276 첩엄이(輒掩耳): 그때마다 귀를 막다. '첩'은 문득, 번번이. '엄'은 원래 안 보이게 하기 위하여 가리는 것인데, 여기서는 귀를 막는다는 뜻으로 쓰였다.

277 수북산인(水北山人): '수'는 낙수(洛水)를 말한다. '산인'은 은자. '수북산인'은 곧 석홍(石洪)을

去年²⁷⁸去作幕下士라
거 년   거 작 막 하 사

작년에 그곳 떠나
장군 막하의 선비 되었으며,

水南山人²⁷⁹又繼往하니
수 남 산 인   우 계 왕

낙수의 남쪽 산에 은거하던 이
또 잇달아 갔는데,

鞍馬僕從塞閭里²⁸⁰라
안 마 복 종 색 여 리

안장 지운 말과 따르는 종
온 마을을 채울 정도였다네.

少室山人²⁸¹索價高²⁸²하여
소 실 산 인   색 가 고

소실산의 은자는
값 높은 것을 찾아,

말한다.

278 거년(去年): 지난해, 작년. 이 시가 원화(元和) 5년에 지어졌으므로, 작년은 곧 원화 4년(810)을 말한다. 한유는 「석홍묘지(石洪墓誌)」에서 "홍은 자가 준천(濬川)인데, 힘써 학문을 행할 수 있었으며 출사하지 않고 물러나 동도 낙양가에서 10여 년을 살았다. 하양 절도사 오중윤(烏重胤)이 폐백을 지니고 초려를 찾자 나아가 좌하양군(佐河陽軍)이 되었다"고 했다. 또한 「석 처사가 하양군의 막하로 부임해 감에 송별하다(送石處士赴河陽幕)」라는 시를 지어 주기도 했다.

279 수남산인(水南山人): 낙수의 남쪽 물가에서 은거하던 온조(溫造)를 말한다. 『신당서(新唐書)』에 의하면 "온조는 자가 간여(簡輿)로, 관리가 되는 것을 좋아하지 않아 동도에 은거하였는데 오중윤이 상소하여 막부에 두었다"고 하였다. 한유는 「온 처사가 하양군으로 부임함에 송별하는 글(送溫處士赴河陽軍序)」을 지어 "낙수 북쪽 물가에 있는 사람은 석 선생(석홍)이고, 그 남쪽 물가에 있는 사람은 온 선생이다. 대부 오공[烏公: 중윤]이 하양 절도사가 된 지 석 달 만에 석 선생이 재주 있다고 여겨 불러들여 막하에 초치했다. 몇 달 되지 않아 온 선생을 재주 있다고 여겨 또 불러들여 막하에 초치했다"고 하였다.

280 안마복종색여리(鞍馬僕從塞閭里): 행차가 거창함을 말한다.

281 소실산인(少室山人): 숭산(嵩山)의 서봉인 소실산에서 은거하던 이발(李渤)을 가리킨다. 『신당서』 「이발전」에 "이발의 자는 준지(濬之)로 중형인 이섭(李涉)과 함께 여산에서 은거하였는데, 오래 있다가 다시 소실산으로 옮겼다. 원화 초년에 호부시랑 이손(李巽)과 간의대부 위황(韋況)이 번갈아 글을 올려 추천하여 조칙을 내려 우습유로 불렀다. 이에 하남 소윤 두겸(杜兼)이 관리를 보내어 폐백을 지니고 산으로 가 힘닿는 대로 독촉하였다. 이발은 글을 올려 사양하고 받지 않았다. 낙양령[하남령이 되어야 한다] 한유가 글을 보내 운운하니 이발이 그 말

兩以諫官 283徵不起라
양 이 간 관   징 불 기

두 번이나 간관의 직책으로
불러도 나가지 않았다네.

彼 284皆刺口 285論世事하니
피   개 척 구   논 세 사

그들은 모두 많은 말로
세상일 논하고,

有力 286未免遭驅使 287라
유 력   미 면 조 구 사

힘은 있지만 면치 못하네,
부림당하는 처지.

先生 288事業不可量이니
선 생   사 업 불 가 량

선생께서 하시는 일
헤아릴 수 없으니,

惟用法律 289自繩 290己라
유 용 법 률   자 승   기

오직 성인을 모범 삼아
그 가르침으로 자신을 바로잡으시네.

을 마음속으로 좋게 여겨 비로소 동도에서 살았다"고 하였다.

282 색가고(索價高): 가치가 높은 것을 찾다. '색'은 구하다. 남조 송나라 포조(鮑照)의 「옥기를 파
는 사람(賣玉器者)」에 "기이한 명성 조야 뒤흔들고, 높은 값 온 마을을 복종시켰네(奇聲振朝
邑, 高價服鄕村)"라고 하였다.

283 간관(諫官): 『신당서』 「헌종기(憲宗紀)」에 따르면 원화 원년 좌습유로 불렀는데 응하지 않자
다시 우습유의 직책을 주어 불렀다. 습유는 천자의 잘못을 지적해서 아뢰는 언관(言官). 원래
습유는 보유(補遺)와 마찬가지의 뜻으로, 남은 것이나 떨어뜨린 것을 줍거나, 빠진 것을 보충
한다는 뜻인데, 임금이 빠뜨린 일을 챙긴다는 뜻에서 그런 관명이 붙었다.

284 피(彼): 석홍, 온조, 이발 같은 사람들.

285 척구(刺口): 잘 지껄이다. 다언(多言), 요설(饒舌) 또는 다변(多辯)과 같은 뜻

286 유력(有力): 힘이 있음. 또는 힘이 있는 사람

287 조구사(遭驅使): 사람을 부려 마구 내치다. '조'는 어떤 처지에 맞닥뜨리다. 예정되지 않은 일
이 일어났을 때 주로 쓰인다.

288 선생(先生): 옥천 선생 노동

289 법률(法律): 도를 행하는 계율. 성인을 모범 삼아 그 가르침을 따르는 것

290 승(繩): 먹줄, 곧 승묵(繩墨). 먹물을 먹인 실을 팽팽하게 당겨 곧은 줄을 치는 도구. 뜻이 바뀌
어 그릇된 것을 바로잡는다는 뜻으로 쓰인다.

春秋三傳²⁹¹束高閣²⁹²하고　『춘추』의 세 주석서
춘 추 삼 전　　속 고 각　　　　　묶어 다락 높이 두고,

獨抱遺經²⁹³究終始라　　　홀로 경서 안고서
독 포 유 경　　구 종 시　　　　한결같이 연구한다네.

往來弄筆嘲同異²⁹⁴하고　　오며 가며 붓 놀려
왕 래 농 필 조 동 이　　　　　같다 다르다 놀리고,

怪辭驚衆²⁹⁵謗不已라　　　괴이한 문사로 사람들 놀래키니
괴 사 경 중　　방 불 이　　　　비방 그치지 않는다네.

---

291 춘추삼전(春秋三傳): 공자가 노나라의 역사를 연대기로 정리한 『춘추』를 해설한 세 가지 책. 좌구명(左丘明)의 『좌씨전(左氏傳)』, 공양고(公羊高)의 『공양전(公羊傳)』, 곡량적(穀梁赤)의 『곡량전(穀梁傳)』을 말한다. 삼전(三傳)은 오전(五傳)으로 되어 있는 판본도 있는데, 추씨(鄒氏)와 협씨(夾氏)전을 더하여 말한 것이다. '전'은 성인이 지은 경(經)을 현인(賢人)이 알기 쉽게 풀이한 것을 말한다.

292 속고각(束高閣): '각'은 여기서 선반 시렁의 뜻으로 쓰였다. 책을 묶어 시렁 높이 올려 두다. 춘추 삼전을 참고할 것 없이 바로 『춘추』의 본문을 보아야 춘추 시대의 역사를 바로 이해할 수 있다고 여겼다. 『진서(晉書)』 「유익전(庾翼傳)」에 다음과 같은 구절이 있다. "경조(京兆)의 두예(杜乂)와 진군(陳郡)의 은호(殷浩)는 모두 재주로 이름남이 세상에 으뜸이었지만 유익은 그들을 중시하지 않고 매번 사람들에게 말하기를 '이들은 마땅히 묶어서 다락방 높이 두었다가(束之高閣) 천하가 태평해진 뒤에야 맡을 일을 의논해야 할 것이다'라고 했다."

293 유경(遺經): 고대부터 전해 내려온 경서

294 농필조동이(弄筆嘲同異): 장난삼아 글을 지어, 동이의 설을 세워 희롱함. 노동의 「마이와 사귐을 맺다(與馬異結交)」에 "지난날은 같은 것은 같지 않고 다른 것은 절로 달랐는데, 이는 거의 같고 조금 다른 것을 말한 것이라네. 지금 같은 것은 절로 같고 다른 것은 다르지 않으니 이는 같은 것은 가지 않고 다른 것은 이르지 않음을 말한 것이라네(昨日同不同, 異自異, 是謂大同而小異. 今日同自同, 異不異, 是謂同不往今異不至)"라고 하였다. '동이'는 노동이 마이와의 교유를 원하던 중 마이의 이름이 자신의 이름자 동(소: 同과 같은 뜻)과 반대되는 뜻을 가진 이(異) 자임을 알고 그것을 소재로 하여 시를 지어 보낸 것을 말한다.

295 괴사경중(怪辭驚衆): 괴이한 글로 사람을 놀라게 하다. 노동이 「월식(月蝕)」이라는 시를 지었는데, 그 시의 문구들이 괴이하여 많은 사람을 놀라게 했던 것을 가리킨다. 원(元)나라 신문방

近來自說尋坦途²⁹⁶하니
근 래 자 설 심 탄 도

요즘 들어 스스로 말하기를
평탄한 길 찾는다 하시더니,

猶上虛空跨²⁹⁷騄駬²⁹⁸라
유 상 허 공 고   록 이

오히려 넓은 하늘 위를
준마 녹이 타고 다니는 것과 같네.

去歲生兒名添丁²⁹⁹하니
거 세 생 아 명 첨 정

지난해에는 아들 낳아
첨정이라 이름 지으니,

意令與國充耘籽³⁰⁰라
의 령 여 국 충 운 자

그 뜻 나라에
농사에 일 보태려 함이었네.

(辛文房)의 『당재자전(唐才子傳)』에 "원화 연간에 월식이 있었는데, 노동이 이를 가지고 시를 지었다. 시의 뜻은 당시의 역도들을 없애야 한다는 것이었는데, 한유는 시가 매우 잘되었다고 칭찬하였지만 환관들은 점점 그를 원망했다"고 하였다.

296 탄도(坦道): 평탄한 길. 기이한 생활을 버리고 평안한 생활을 함으로써 위험을 피하는 것.

297 고(跨): 걸터앉다. 양다리를 벌리고 걸터앉는 것을 말한다. 또는 말을 타다. '넘다, 사타구니' 등의 뜻으로 쓰일 때는 '과'로 읽는다.

298 녹이(騄駬): 『목천자전(穆天子)』·『순자(荀子)』·『열자』·『사기』·『한서(漢書)』에는 모두 녹이(綠耳)로 되어 있다. 주나라 목왕이 천하를 주유할 때 수레를 끌었다는 여덟 마리의 준마 가운데 하나. 시 번호 150 「여산(驪山)」을 참조할 것

299 첨정(添丁): 『당재자전』에 다음과 같은 구절이 있다. "왕애(王涯)가 집정을 하는데 감로(甘露)의 변이 일어났다. 노동이 어쩌다가 여러 손과 함께 왕애의 서관(書館)에 모여서 식사를 하고 하룻밤을 머물러 자게 되었다. 이졸(吏卒)들이 몰래 그들을 잡아들이니 노동이 '나는 노산인(盧山人)이오. 사람들에게 아무런 원망도 사지 않았는데 무슨 죄가 있소?'라고 하였다. 이졸이 '산인이라 하고서는 [왕]재상댁에 왔으니 어찌 죄가 아니겠소?'라고 하였다. 창졸간에 당한 일이라 어찌해 볼 겨를도 없이 마침내 난관에 봉착했다. 노동은 늙어서 머리카락이 없었는데, 형졸들이 그의 뇌 뒤에다 못을 박았다. 이에 앞서 아들을 낳아 첨정이라 이름을 지었는데, 사람들은 이것이 불길한 예언(讖言)이 되었다고 하였다." 첨정은 나라에 남자 인구를 하나 보태었다는 뜻도 되지만 못을 박는다는 의미도 있다.

300 운자(耘籽): 『시경』 「소아·큰밭(甫田)」에 "이제 남쪽 밭으로 나가, 김도 매고 북돋우기도 하네(今適南畝, 或耘或籽)"라고 하였다.

國家丁口³⁰¹連四海하니
국 가 정 구　 연 사 해

나라의 백성
사해에까지 이어져 있으니,

豈無農夫親耒耜³⁰²오
기 무 농 부 친 뢰 사

어찌 친히 쟁기와 보습 잡을
농부 없겠는가?

先生抱才終大用이나
선 생 포 재 종 대 용

선생께서는 재주 지니셨으니
결국에는 크게 쓰일 것이나,

宰相未許終不仕라
재 상 미 허 종 불 사

재상 자리 주어지지 않으면
끝내 출사하지 않으시리.

假如不在陳力列³⁰³이나
가 여 부 재 진 력 렬

힘을 다하여 나랏일 하는
자리에는 계시지 않으나,

立言³⁰⁴垂範³⁰⁵亦足恃³⁰⁶라
입 언　 수 범　 역 족 시

훌륭한 말 남기고 모범 드리우시니
또한 믿을 만하다네.

---

301 정구(丁口): 곧 인구를 말한다. 남자를 정(丁)이라 하고, 여자를 구(口)라 한다. 나아가 백성을
가리킨다. 『신당서』 「식화지(食貨志)」에 다음과 같은 구절이 있다. "무릇 백성들은 처음 나면 황
(黃)이라 하였고, 4세를 소(小), 16세를 중(中), 21세를 정(丁)이라 하였으며, 60세를 노(老)라
하였다. 전지를 주는 제도에서는 정과 남자 18세 이상이 되는 자에게는 1경(頃)을 주었는데,
그 가운데 80무는 구분전(口分田)이었고 20무는 영업전(永業田)이었다."

302 뇌사(耒耜): 쟁기와 보습. 뜻이 변하여 농기구를 통틀어 말한다.

303 진력렬(陳力列): 힘을 다하여 나랏일을 하는 관위(官位)의 열. 『논어(論語)』 「계씨(季氏)」에
"자신의 힘을 다 바칠 수 있으면 다시 직무를 맡고, 그렇지 못하거든 물러나야 한다(陳力就列,
不能者止)"고 하였다. '진'은 자신이 가지고 있는 능력을 드러내는 것이며, '열'은 벼슬자리를
말한다.

304 입언(立言): 후세에까지 교훈이 될 만한 일을 하는 것. 『좌전』 「양공(襄公) 24년」에 "최상의 것
은 덕을 세움이 있음이고, 그다음은 공을 세움이 있음이며, 그다음으로는 훌륭한 말을 남겨 두
는 것이다. [이 세 가지가] 오래되어도 없어지지 않는다면 이를 일러 썩지 않는 것이라 한다(大
上有立德, 其次有立功, 其次有立言. 雖久不廢, 此之謂不朽)"고 하였다.

苗裔[307]當蒙[308]十世宥[309]니
묘 예 당 몽 십 세 유

후손들 열 세대 뒤까지
용서를 받을 것이니,

豈謂貽厥[310]無基址오
기 위 이 궐 무 기 지

후손들에게 터전 남기지
않았다고 어찌 말하리.

故知忠孝出天性하니
고 지 충 효 출 천 성

충과 효 날 때부터 타고난 것임을
옛날부터 알았다네,

潔身亂倫[311]安足擬아
결 신 난 륜 안 족 의

몸 깨끗이 하고자 인륜을 어지럽힘
어찌 비길 수 있으리?

昨夜長鬚[312]來下狀[313]하니
작 야 장 수 내 하 장

지난밤에 수염 긴 하인
보내 글월을 내려 주셨는데,

---

305 수범(垂範): 딴 사람들이 본받을 만한 행동을 하다. 솔선수범(率先垂範)

306 시(恃): 믿고 의지하다.

307 묘예(苗裔): 먼 자손. '묘'는 여기서 핏줄, 혈통의 뜻으로 쓰였다. 굴원(屈原)의 초사(楚辭) 「슬
     픔을 만나(離騷)」에 "고양 임금의 먼 자손이며, 나의 선친은 백용이라 하셨도다(帝高陽之苗
     裔兮, 朕皇考曰伯庸)"라고 하였다.

308 몽(蒙): 은혜를 입다. 주로 임금이 내려 주신 은혜를 입는 것을 말할 때 쓰인다.

309 십세유(十世宥): 열 세대 뒤의 자손이 죄를 짓더라도 선조가 이미 큰 덕을 쌓았으므로 죄를 용
     서해 줌. 『좌전』「양공 21년」에 "국가의 사직을 튼튼하게 한 공로자는, 십대 후까지도 용서하여
     그리할 수 있도록 권장해야 합니다(社稷之固也, 猶將十世宥之, 以勸能者)"라고 하였다.

310 이궐(貽厥): 『시경』「대아(大雅)·문왕유성(文王有聲)」에 "후손을 위해 일하시어, 자손들 편히
     보호하셨네(詒厥後孫, 以燕翼子)"라고 하였다. '이궐'은 자손을 위해 뭔가를 남기는 것. 또 손
     자의 뜻으로도 쓰임. '궐'은 원래 지시 대명사로 '그것' 정도의 뜻인데, 성어의 일부만을 취하여
     전체의 뜻을 나타내는 헐후어(歇後語)로 쓰였다.

311 결신난륜(潔身亂倫): 자기 한 몸을 깨끗이 하기 위하여 큰 인륜 도덕을 어지럽히다. 『논어』「미
     자(微子)」에 "벼슬을 하지 않는 것은 잘못된 것이다. 연장자와 연소자 간에 행해지는 예법도 저
     버릴 수 없거늘 임금과 신하 간의 예법을 어찌 내버려둘 수 있겠는가? [은사(隱士)들은] 자기의
     몸을 깨끗이 하고자 큰 인륜을 어지럽혔다(不仕無義. 長幼之節, 不可廢也. 君臣之義, 如之
     何其廢之? 欲潔其身, 而亂大倫)"고 하였다.

隔墻³¹⁴惡少³¹⁵惡難似라 이웃집 못된 놈
격 장   악 소   악 난 사   나쁜 짓 비길 수 없을 정도라네.

每騎屋山³¹⁶下窺瞰³¹⁷하니 걸핏하면 용마루 타고 올라
매 기 옥 산   하 규 감   아래로 내려다보니,

渾舍³¹⁸驚怕走折趾³¹⁹라 온 집안이 놀라고 두려워하여
혼 사   경 파 주 절 지   달아나다 발을 삐는가 하면,

憑依³²⁰婚媾³²¹欺官吏하니 인척 관계를 믿고 의지하여
빙 의   혼 구   기 관 리   관리들을 속이며,

---

312 장수(長鬚): 수염이 길게 난 하인

313 하장(下狀): 글을 내려 주다. 노동이 써 보냈다는 데 대한 한유 자신의 겸양적 표현. '狀'은 음이 '상'과 '장'의 두 가지로 나뉘는데, '모양·형용하다' 등의 뜻으로 쓰일 때는 '상'으로 읽으며, 여기서처럼 편지나 문서 등의 뜻으로 쓰일 때는 '장'으로 읽는다.

314 격장(隔墻): 담 너머라는 뜻으로, 이웃을 말한다.

315 악소(惡少): 고약한 젊은이. 『순자』「수신편(修身篇)」에 "게으른 데다 일하기를 꺼리고 염치가 없으며 먹고 마시는 일만 즐기는 자는 못된 젊은이라 할 만하다(偸儒憚事, 無廉恥而嗜乎飮食, 則可謂惡少者矣)"고 하였다.

316 옥산(屋山): 옥척(屋脊). 지붕 위의 가장 높은 수평 마루, 곧 용마루. 옥상(屋上)이라고 되어 있는 판본도 있으나 잘못된 것이다.

317 하규감(下窺瞰): '규'는 남 몰래 가만히 엿보다. '감'은 높은 데서 먼 곳을 내려다보다. 한나라 양웅(揚雄)의 「조소하는 말에 변명함(解嘲)」에 "제가 듣기로는 (…) 높고 부귀한 집은 귀신이 그 집을 내려다본다고 합니다(吾聞之 (…) 高明之家, 鬼瞰其室)"라고 하였다.

318 혼사(渾舍): 처가(妻家)라는 뜻도 있지만, 여기서는 온 집안. 곧 전가(全家)의 뜻으로 쓰였다.

319 절지(折趾): 발가락을 삐다. '지'는 곧 발가락을 이루는 열네 개의 뼈, 곧 지골(趾骨). 그냥 발가락뼈를 말한다.

320 빙의(憑依): 기대어 의지하다.

321 혼구(婚媾): 인척 관계를 가리킨다. 『좌전』「은공(隱公) 11년」에 "이전부터 혼인 관계가 있는 것처럼 하여 잘 순종하여 따라줄 수 있다(如舊婚媾, 其能降而相從也)"고 하였다.

不信令行能禁止라
불신영행능금지

법령의 시행조차 막아서
제지할 수 있다고 믿지 않네.

先生受屈未曾語³²²하니
선생수굴미증어

선생께서는 굴욕을 받아도
말씀을 하신 적이 없었으니,

忽此來告良有以³²³라
홀차내고양유이

별안간 이렇게 알려 오심에는
실로 까닭 있을 것이네.

嗟我身爲赤縣尹³²⁴하니
차아신위적현윤

아아, 이 몸
낙양현의 수령으로,

操權不用欲何俟오
조권불용욕하사

권력을 쥐고도 쓰지 않는다면
무엇을 기다리려는 것인가?

立召賊曹³²⁵呼五百³²⁶하여
입소적조 호오백

당장에 도적을 잡는 관청의
벼슬아치들을 불러들여

---

322 수굴미증어(受屈未曾語): 굴욕을 당하면서도 아무 말 하지 않다. '미증'은 과거에 있었던 경험
     의 부정

323 양유이(良有以): 실로 까닭이 있다. '양'은 부사로 쓰였다. 위 문제(魏文帝) 조비(曹丕)의「오질
     에게 보내는 편지(與吳質書)」에 "옛사람들이 밤에도 촛불을 들고 놀려고 생각한 것은 실로 이
     유가 있다(古人思秉燭夜遊, 良有以也)"고 하였다. 이백의「봄날 밤 도리원 연회에서 지은 시
     문의 서(春夜宴桃李園序)」에서도 그대로 인용하였다.

324 적현윤(赤縣尹): 당나라 때는 현을 적(赤)·기(畿)·망(望)·긴(緊)·상(上)·중(中)·하(下)의 7등급
     으로 나누었다. 수도[京都] 소재지는 적현이라 하였고, 서울의 방읍(傍邑)은 기(畿)라 하였는
     데, 하남은 적현에 속하였다.

325 적조(賊曹): 형법을 관장하는 벼슬아치. 한나라 때 각 지방 정부[郡國] 조직에 적조를 두어 도
     적을 잡도록 하였는데 이후 대대로 두었다. 당나라의 두우(杜佑)가 찬한 제도사(制度史)인
     『통전(通典)』「직관전(職官典)」에 의하면 적조에서 수화(水火)·도적(盜賊)·사송(詞訟)·죄법
     (罪法) 등을 관장한다고 하였다.

326 오백(五百): 옛날 관리가 행차할 때 타고 가는 수레[官輿] 앞에서 길을 인도하는 역졸(役卒)을

盡取鼠輩³²⁷尸諸³²⁸市라
진 취 서 배 시 저 시

쥐새끼 같은 놈들 모조리 잡아들여
저잣거리에서 죽여야 하네.

先生又遣長鬚來하여
선 생 우 견 장 수 래

선생께선 다시 수염 긴
하인 보내 주시어,

如此處置³²⁹非所喜라
여 차 처 치 비 소 희

이렇게 일을 처리하는 것은
기쁜 일이 아니라 하시네.

況又時當長養節³³⁰하니
황 우 시 당 장 양 절

하물며 또 때가
길게 길러 주는 철이니,

都邑未可猛政理³³¹라
도 읍 미 가 맹 정 리

고을을 사나운 법으로
다스려서는 안 된다 하네.

말하는데, 여기서는 그냥 적조(賊曹)에 속한 하급 관리라는 뜻으로 쓰였다. '오백'은 원래 오백
(伍伯)이었는데, '오'는 당(當)과 같고 '백'은 맥(陌), 즉 도(道)와 같다고 하였다.

327 서배(鼠輩): 『삼국지(三國志)』「위지(魏志)·화타의 전기(華佗傳)」에 이런 구절이 있다. "태조
[太祖, 곧 조조를 말한다]가 말했다. '걱정 마라, 천하에 이런 쥐새끼 같은 놈은 없애야 하지 않
겠는가?' 마침내 고문하여 화타를 심문했다."

328 저(諸): 지시 대명사와 장소를 나타내는 개사가 하나로 합쳐져서 쓰였다. 곧 지호(之乎), 지우
(之于)와 같으며 이때는 음도 '저'로 읽어야 한다.

329 처치(處置): 일을 처리하다. 한유가 쥐새끼 같은 무리를 벌한 사실을 말한다.

330 장양절(長養節): 만물을 자라게 하고 길러 주는 계절, 즉 봄을 말한다. 『예기』「월령(月令)」에
이런 구절이 있다. "(仲春) 식물의 싹을 보호하고, 동물의 어린것을 기르며, 백성들에게 좋은
날을 가려 땅의 신을 제사 지내게 한다. 유사에게 명하여 [죄인의 형을 덜어] 감옥에 있는 자들
을 적게 하고, [죄가 가벼운 자들은] 수갑 등 형구를 벗게 해 주며, 함부로 고문을 하지 말게 하
고 옥송을 그치게 한다."

331 맹정리(猛政理): 정치를 매우 엄하게 하다. '리'는 원래 옥돌을 가공하는 것을 말하는데, 결을
따라 잘 가공하듯이 잘 다스린다는 뜻. 치(治)와 같은 의미. 『좌전』「소공(昭公) 20년」에 이런
구절이 있다. "정자산(鄭子産)이 병들어 자대숙(子大叔)에게 말하기를 '내가 죽으면 그대가
반드시 집정하게 될 것이오. 덕이 있는 자만이 관대함으로 백성을 따르게 할 수 있을 것이고,

先生固是余所畏니
선 생 고 시 여 소 외

선생은 본디 내가
두렵게 생각하는 분,

度量不敢窺涯涘332라
도 량 불 감 규 애 사

도량 크시어 감히
강가 물에서 엿보지 못하네.

放縱333是誰之過歟334오
방 종　시 수 지 과 여

제멋대로 이렇게 하였으니
이 누구의 허물인가?

效尤335戮僕愧前史336라
효 우　육 복 괴 전 사

잘못을 본받아 종을 죽였으니
전대의 사관에 부끄럽다네.

그다음은 혹독하게 하는 것만 한 것이 없소(其次莫如猛).'"

332 규애사(窺涯涘): '애사'는 강가의 물. 『장자』「추수(秋水)」에 이런 구절이 있다. "지금 그대는
　　두 강가 사이에서 빠져 나와 큰 바다를 보고 비로소 스스로가 얼마나 꼴불견인지를 깨달은 셈
　　이오."

333 방종(放縱): 멋대로 행동하다. 여기서는 집정자, 곧 한유 자신이 마음대로 죄인을 처벌하는 것
　　을 가리킨다.

334 시수지과여(是誰之過歟): 『논어』「계씨(季氏)」에 이런 구절이 있다. "호랑이와 코뿔소가 우리
　　에서 도망쳐 나오고, 거북이 껍데기와 아름다운 옥이 궤짝 안에서 깨어진다면 이것은 누구의
　　책임이겠는가?(虎兕出於柙, 龜玉毁於櫝中, 是誰之過歟)" '여'는 여(歟)와 같은 뜻으로 쓰임

335 효우(效尤): 잘못을 그대로 본받다. 『좌전』「장공(莊公) 21년」에 "정백(鄭伯)이 지난날의 잘
　　못을 그대로 본받아 하고 있으니 그 또한 장차 화를 당하리로다"라는 말이 나온다. 이 효우(效
　　尤)는 『좌전』에 여러 차례 보인다.

336 괴전사(愧前史): 전대의 사관에게 부끄럽다. 전대의 사관은 『좌전』을 지은 좌구명을 가리킨다.
　　『좌전』「양공 3년」 진후(晉侯)와 위강(魏絳) 사이에 일어난 일을 요약해 보겠다. "진후의 아우
　　양간(楊干)이 곡량에서 어지러이 가니 위강이 그의 마부를 처형했다. 진후가 '내 아우 양간의
　　마부가 처형을 당했으니 이보다 더 큰 치욕이 있겠는가? 위강을 꼭 죽일 터이니 그를 놓치지 말
　　라'고 하였다. 위강이 들어와 진후의 시종에게 글을 주고는 칼날 위에 엎어져 죽으려 하니 주위
　　에서 위강을 만류하였다. 진후가 위강의 글을 읽어 보니 '신은 군대가 군법에 순종함이 무용의
　　근본이며 군대의 일에 있어서는 목숨을 걸고 군법을 범하지 않는 것이 군인으로서의 마음가짐
　　이라 들었사온데, 죽음을 두려워하여 주군의 아우님에게까지 누를 끼쳤으니 죄에서 벗어날 수
　　없게 되었습니다. 신이 평소 군대를 잘 다스리지 못하여 끝내는 사람을 처형하게까지 되었으

買羊沽酒³³⁷謝不敏하니
매 양 고 주 　 사 불 민

양고기 사고 술 팔아
똑똑치 못함 사과하고 싶은데,

偶逢明月耀桃李³³⁸라
우 봉 명 월 요 도 리

마침 밝은 달
복사꽃 오얏꽃 밝혀 주네.

先生有意許降臨³³⁹이면
선 생 유 의 허 강 림

선생께서 뜻 있으시어
왕림하고자 하시면,

更遣長鬚致雙鯉³⁴⁰하라
갱 견 장 수 치 쌍 리

다시 긴 수염 난 하인 보내시어
편지 보내 주십시오.

니, 실로 신의 죄가 큽니다'라고 하였다. 진후는 위강의 글을 다 읽고 '내가 아우를 잘 가르치지
못하여 오늘과 같은 일이 생겼으니, 이는 과인의 허물이다. 그러니 그대가 죽어 나의 허물을 더
크게 하는 일은 하지 말라' 하였다." 여기서는 한유 자신이 죄인들을 교화하지 못하고 처형하는
것이 부끄럽게 생각된다는 뜻으로 쓰였다.

337　매양고주(買羊沽酒): 양고기를 사고 술을 팔아오다. 술상을 마련하다.
338　명월요도리(明月耀桃李): 한유의 「오얏꽃(李花)」 제2수에 이런 구절이 있다. "햇빛 붉은색으
로 비치니 좋지 않은데, 밝은 달 잠깐만에 도성에 들어와 엇섞이네. 밤 되어 장철 이끌고 노동
의 집으로 가자니, 구름 타고 함께 옥황상제의 집에 이르는 것 같네(日光赤色照未好, 明月暫
入都交加. 夜領張徹投盧仝, 乘雲共至玉皇家)."
339　강림(降臨): 광림(光臨)과 같은 뜻. 높은 분이 직접 찾아옴을 말한다. 나중에는 주로 손님이 찾
아오는 것을 높여서 부르는 말로 쓰였다. 노동이 친히 한유를 찾아오는 것을 말한다.
340　치쌍리(致雙鯉): '쌍리'는 편지를 말한다. 『문선(文選)』 고악부(古樂府)에 수록되어 있는 채옹
(蔡邕)의 「장성의 굴 아래서 말에게 물을 먹이다(飮馬長城窟行)」에 이런 구절이 있다. "손 먼
곳에서 찾아왔는데, 내게 잉어 두 마리를 주네. 아이 불러서 잉어 삶으라 하니, 뱃속에 한 자나
되는 흰 비단 편지 있네(客從遠方來, 遺我雙鯉魚, 呼兒烹鯉魚, 中有尺素書)." 잉어가 실제
편지를 뱃속에 넣어 전달한다는 얘기는 아니고 한나라 때에는 서찰을 보낼 때 비단에 쓴 편지
를 잉어의 모양으로 접어서 주고받기도 하였다는데 이 말이 와전되어서 그렇게 전해진 것이라
고 한다.

412

161. 이공린이 그린 그림(李伯時畫圖)[341]

형거실(邢居實)[342]

長安城頭[343]烏欲樓하니
장 안 성 두　오 욕 서

장안성 어귀에
까마귀 깃들려 하니,

長安道上行人稀라
장 안 도 상 행 인 희

장안의 길에
나다니는 사람 드무네.

浮雲卷盡暮天碧하니
부 운 권 진 모 천 벽

뜬구름 모두 걷히니
해 질 녘 하늘 짙푸르고,

但有明月流淸輝라
단 유 명 월 류 청 휘

다만 밝은 달만이
맑은 광채 내며 흐르네.

341　이백시화도(李伯時畫圖): 『예장시화(豫章詩話)』에 의하면 황정견의 아우 황숙달〔黃叔達:
　　자는 지명(知命)]이 "일찍이 진사도[陳師道: 자는 이상(履常)와 함께 법운선사(法雲禪師)
　　를 뵙고 밤에 돌아오는데 흰 적삼에 나귀를 타고 길을 따라 머리를 흔들고 노래를 하며 가고 진
　　사도는 뒤에 처져 따라왔다. 온 저잣거리에서 이들을 보고 기이한 사람들이라 하여 크게 놀랐
　　다. 이튿날 이공린[李公麟: 자는 백시(伯時)]이 그림을 그리고 형거실은 장편의 시를 지었다"
　　하였다. 이공린은 서주(舒州) 사람으로 희령(熙寧) 연간에 진사가 되고 어사검법(御史檢法)
　　까지 올랐으나 중풍으로 용면산(龍眠山)으로 물러나 자호를 용면거사라 하였다. 「용면산장도
　　(龍眠山莊圖)」를 그렸는데 왕유의 「망천도(輞川圖)」에 비겼다. 시문에 뛰어났으며 그림을 잘
　　그려 송나라 화단의 일인자로 추대되었는데, 특히 말 그림을 잘 그려 「오마도(五馬圖)」 등이
　　유명하다.
342　형거실(邢居實: 1068~1087): 송나라 정주(鄭州) 양무(陽武) 사람으로, 자는 돈부(惇夫: 敦
　　夫라고도 한다). 송나라 초에 어사중승을 지냈고 정호(程顥)의 제자였던 형서(邢恕)의 아들.
　　8세 때 「명비인(明妃引)」을 지어 세상에 알려졌다. 사마광에게 배웠으며, 소식·황정견 등과 교
　　류하였다. 저서로 『신음집(呻吟集)』이 있다.
343　성두(城頭): '두'는 지형과 관련 있는 글자와 함께 쓰이면 꼭대기, 끝, 가, 곁이라는 의미가 된다.

君[344]獨騎驢向何處오
군 독 기 려 향 하 처

그대 홀로 나귀 타고
어디로 가는가?

頭上倒著白接䍦[345]라
두 상 도 착 백 접 리

머리에는 흰 모자
거꾸로 썼네.

長吟搔首望明月하니
장 음 소 수 망 명 월

길게 읊조리고 머리 긁으며
밝은 달 바라보며,

不學山翁[346]醉似泥[347]라
불 학 산 옹   취 사 니

산의 늙은이 배우지 않아도
취하면 곤죽 되다시피 했다네.

到得城中燈火鬧[348]하니
도 득 성 중 등 화 뇨

성 안에 이르니
등불 떠들썩하고,

小兒拍手攔[349]街笑라
소 아 박 수 란   가 소

아이들은 손뼉 치며
길 가로막고 웃어대네.

---

344 군(君): 황정견의 아우 황숙달을 말한다.

345 접리(接䍦): 첩리(睫攡)라고도 하며 모자를 말한다. 남조 송나라 유의경(劉義慶)의 『세설신어(世說新語)』「임탄(任誕)」에 "산간[山簡: 자는 계륜(季倫)]은 흰 모자를 거꾸로 썼다(倒箸白接䍦)"라는 말이 나오는데, 당시 사람들이 백로(白鷺)의 흰 깃털을 가지고 모자를 장식했기 때문에 이렇게 부른다.

346 산옹(山翁): 산간(山簡)을 말한다. 산간의 성씨가 산이고, 또 호를 용면산인이라 했기 때문에 이렇게 불렀다.

347 취사니(醉似泥): 몹시 취하여 몸을 가누지 못하다. '니'는 원래 땅이 질어서 곤죽처럼 된 모양이라는 뜻인데, 여기서는 남해(南海)에서 나는 뼈 없는 벌레라는 뜻으로 쓰였다.

348 뇨(鬧): 시끌벅적하다, 떠들썩하다. 소란

349 란(攔): '막아 가두다'라는 뜻의 란(闌) 자에 '손 수(手)' 자를 더하여 '가로막다'의 뜻. 차단하다, 막아서다.

道傍觀者那得知³⁵⁰오
도 방 관 자 나 득 지

길가에서 구경하는 자들
어찌 알 수 있으리오?

相逢疑是商山皓³⁵¹라
상 봉 의 시 상 산 호

만나 보니 상산의
머리 흰 노인인 듯하네.

龍眠居士³⁵²畫無比하니
용 면 거 사   화 무 비

용면거사
그림 견줄 데 없으니,

搖毫³⁵³弄筆長風起라
요 호   롱 필 장 풍 기

붓 휘두르고 붓 놀리면
긴 바람 인다네.

酒酣閉目望窮途³⁵⁴하니
주 감 폐 목 망 궁 도

술 취하여 눈 감고
끝 다한 길 바라보는 것이,

紙上軒昂³⁵⁵無乃似오
지 상 헌 앙   무 내 사

종이 위의 기운 성함
비슷하지 않은가?

---

350 이상은 시 번호 183 이백(李白)의 「양양가(襄陽歌)」에서 따다 썼다. 「양양가」에 다음과 같은
     구절이 있다. "지는 해 현산의 서쪽으로 떨어지려는데, 흰 모자 거꾸로 쓰고 꽃 아래 헤매네. 양
     양의 꼬마 녀석들 일제히 박수치며, 길 가로막고 다투어 「백동제」라는 동요 부르네. 곁에 있는
     사람 '무엇 때문에 웃소?' 물어보니, '산의 늙은이 취해서 곤드레만드레하여 사람 웃겨 죽인다'
     하네(落日欲沒峴山西, 倒着接䍦花下迷. 襄陽小兒齊拍手, 攔街爭唱白銅鞮. 傍人借問笑
     何事, 笑殺山翁醉似泥)."
351 상산호(商山皓): 곧 상산사호(商山四皓)를 말한다. 진나라 말에 난리를 피하여 상산에 은거하
     였던 동원공(東園公)·기리계(綺里季)·하황공(夏黃公)·녹리 선생(甪里先生)의 네 사람을 말
     한다. 한 고조(高祖) 유방(劉邦)이 태자를 폐하려고 하자 여태후(呂太后)가 유후(留侯) 장량
     (張良)의 계책을 받아들여 이들을 기용하여 태자를 보호한 일이 유명하다. 네 사람 모두 머리
     와 눈썹이 눈처럼 희었다 하여 사호라 부른다. 『사기』「유후세가(留侯世家)」에 보인다.
352 용면거사(龍眠居士): 황숙달과 진사도의 기행을 그림으로 그린 이공린의 호
353 호(毫): 원래 잔털이라는 뜻인데, 그것들을 이용하여 만든 붓, 곧 모필(毛筆)을 말한다.
354 궁도(窮途): 곤궁하게 된 경우. 가기 힘든 길

君不學
군 불 학

그대는 배우지 않는가?

長安遊俠[356]誇年少아
장 안 유 협   과 년 소

장안의 사교객들과
뽐내는 젊은이들처럼,

臂鷹挾彈[357]章臺道[358]라
비 응 협 탄   장 대 도

팔에 매 앉히고 탄환 끼고
장대의 번화한 거리 다니는 것.

君不能
군 불 능

그대는 할 수 없는가?

提携長劍取靈武[359]아
제 휴 장 검 취 령 무

긴 칼 차고 다니며
무공 세우며,

指揮猛士驅貔虎[360]라
지 휘 맹 사 구 비 호

용맹한 군사 지휘하며
날랜 장수 부리는 일.

胡爲脚踏梁宋[361]塵하고
호 위 각 답 량 송   진

어찌하여 양나라 송나라의
먼지 밟고 다니며,

---

355 헌앙(軒昻): 기운이 차다. 세력이 성하다.

356 유협(遊俠): 원래는 자신의 처지를 돌보지 않고 앞장서서 남을 돕는 유협지사, 곧 협객의 뜻이
     지만 여기서는 유곽(遊廓)을 출입하면서 사교를 즐기는 사람이란 뜻으로 쓰였다.

357 비응협탄(臂鷹挾彈): 팔뚝에 매를 앉히고 옆구리에는 탄환을 재워서 쏘는 탄궁을 차다. 곧 사
     냥 채비를 차리고 나서는 것을 말한다.

358 장대도(章臺道): '장대'는 전국 시대 진(秦)나라의 도읍 함양(咸陽)에 세운 궁전의 이름인데,
     당시에 이곳의 거리가 가장 번화하였으므로 번화가·유곽 등의 일반 명사처럼 쓰이게 되었다.

359 영무(靈武): 인간으로는 상상할 수 없는 뛰어난 무공

360 비호(貔虎): '비'는 범 비슷한 맹수로 암컷은 휴(貅)라 하며, 옛날에는 이것을 길들여 전쟁에 썼
     다 하여 용맹한 장수 또는 군대라는 뜻으로 쓰이게 되었다. 『상서(尚書)』「목서(牧誓)」에 이런
     구절이 있다. "바라건대 상나라 교외에서 용맹하기 범과 같고 비와 같고 곰과 같고 말곰과 같기
     를(尙桓桓如虎如貔如熊如羆)."

361 양송(梁宋): '양'은 주나라 때 제후국 이름으로, 성은 영(嬴)씨였으며 백작(伯爵)의 나라로 지

終日飄飄³⁶²無定所오
종 일 표 표　　무 정 소

온종일 이리저리
정처 없이 돌아다니는가?

武陵桃源³⁶³春欲暮하니
무 릉 도 원　　춘 욕 모

무릉의 도원 같은 곳
봄 저물려 하니,

白水³⁶⁴青山起烟霧라
백 수　　청 산 기 연 무

흰 물 푸른 산에
연기 같은 안개 인다네.

竹杖芒鞵³⁶⁵歸去來하니
죽 장 망 혜　　귀 거 래

대나무 지팡이에 짚신 신고
전원으로 돌아와,

頭巾好掛³⁶⁶三花樹³⁶⁷라
두 건 호 괘　　삼 화 수

두건 세 번 꽃 피우는 나무에
잘 걸어 놓았다네.

금의 섬서성(陝西省) 일대. '송'은 주나라가 상(商)을 멸망시키고 주(紂)임금의 아우 무경(武庚)을 책봉하였는데, 무경이 반란을 일으키자 그를 멸하고 다시 그의 서형 미자(微子)를 책봉한 나라. 미자가 송공(宋公)으로 봉해졌기 때문에 그렇게 부르며, 지금의 하남성(河南省)과 산동(山東)·강소(江蘇)·안휘(安徽) 세 성(省) 사이에 위치한다.

362　표표(飄飄): 바람에 깃발 같은 것이 나부끼는 모양을 나타낸 의태어. 여기서는 바람에 나부끼는 깃발처럼 정처 없이 떠돌아다닌다는 뜻으로 쓰였다.

363　무릉도원(武陵桃源): 시 번호 158 한유의 「도원도(桃源圖)」를 참조할 것

364　백수(白水): 여기서는 맑다는 뜻으로 쓰였다. 뒤의 청산(青山)과 색깔로 대(對)를 맞추기 위해 이렇게 썼다.

365　망혜(芒鞵): 망혜(芒鞋)라고도 하며 짚신을 말한다. 벼슬을 하지 않고 초야에 묻혀 지내는 인사나 은자를 가리켜 말한다.

366　두건호괘(頭巾好掛): 두건을 걸어 놓는다는 것은 곧 괘관(掛冠)과 같은 뜻인데, 벼슬을 버리고 떠나는 것을 말한다. 여기서는 이미 벼슬을 버리고 떠난 것을 말한다.

367　삼화수(三花樹): 반다(槃多)·패다(貝多)·사유수(思惟樹)라고도 하는데, 일 년에 꽃을 세 차례 피우기 때문에 이런 이름이 붙었다 한다.

장단구
長短句

한 편의 시 중에 장구와 단구를 섞어 사용하는 것을 가리킨다.
『시경』의 시편이나 『초사』에서도 장단구가 보이지만,
한·위·진의 악부류에 많이 사용되었으며,
육조(六朝) 시대와 당나라에 이르러서는 시의 단조로움을
피하기 위하여 의식적으로 장단구를 사용하게 되었다.
그러나 이 책에서는 3·5언 한 수와 3·5·7언 한 수 외에,
5·7언에 6언을 섞거나 7언을 기조로 하여
5언 혹은 7언 이상의 구를 섞어 지은 시를 모았다.

162. 술을 권하려 한다(將進酒)[1]

이백(李白)

君不見 <small>군 불 견</small>	그대는 보지 못하였는가,
黃河[2]之水天上來아 <small>황 하 지 수 천 상 래</small>	황하의 물이 하늘에서 내려와,
奔流[3]到海不復又라 <small>분 류 도 해 불 부 회</small>	세차게 흘러 바다에 이르러 다시는 돌아오지 못함을.
又不見[4] <small>우 불 견</small>	또 보지 못하였는가?
高堂[5]明鏡悲白髮가 <small>고 당 명 경 비 백 발</small>	높은 집의 맑은 거울 백발 슬퍼함에,
朝如靑絲[6]暮如雪[7]이라 <small>조 여 청 사 모 여 설</small>	아침에는 푸른 실 같더니 저녁에는 눈 같음을.

---

1 장진주(將進酒): 원래 한(漢)나라의 악부시(樂府詩) 고취요가(鼓吹鐃歌) 18곡 가운데 하나였다. 이 시는 시상의 번득임이 황하의 분류 같은 웅대한 시로 천마가 하늘을 나는 듯한 시풍을 보여준다. 이 자유분방하고 종횡으로 구사되는 화려한 시구 중에는 억제하기 어려운 인생의 비애가 넘치고 있다. 인생의 무상함을 슬퍼하여 그것을 잊기 위해 술을 마신다고 노래한 시는 「고시」 19수 이래 끊임없이 지어져 왔다.

2 황하(黃河): 하(河), 강(江)과 함께 중국의 대표적인 하천. 통상 중국의 하천은 모두 한 자로 되어 있는데, 하와 강만은 별도로 황하, 장강(長江: 양자강)이라 부르기도 한다. 중국의 북부를 가로질러 발해로 흘러드는데, 물에 황토가 섞여 항상 누런빛을 띠고 있기 때문에 그렇게 부른다.

3 분류(奔流): 물결이 세차고도 빠르게 흐르다.

4 우불견(又不見):『이태백집(李太白集)』에는 역시 군불견(君不見)으로 되어 있다.

5 고당(高堂): 높은 집, 훌륭한 집

6 청사(靑絲): 푸른 실. 검은 머리의 비유

7 여설(如雪):『이태백집』에는 성설(成雪)로 되어 있는데, '흰 눈처럼 되었다'는 뜻

人生得意⁸須盡歡⁹이니
인생 득 의 수 진 환

인간으로 태어나 뜻 얻으면
기쁨 다 누려야 할지니,

莫把金樽¹⁰空對月¹¹하라
막 파 금 준 공 대 월

금술잔 잡고 부질없이
달 마주하지 말게나.

天生我材¹²必有用이니
천 생 아 재 필 유 용

하늘이 나의 재주를 내심에는
반드시 쓰임 있을 것이고,

千金¹³散盡還復來라
천 금 산 진 환 부 래

천금의 재물 다 흩어져도
다시 돌아온다네.

烹羔¹⁴宰牛¹⁵且¹⁶爲樂이니
팽 고 재 우 차 위 락

양 삶고 소 잡아 잠시 즐기려 하노니,

會須¹⁷一飮三百杯¹⁸라
회 수 일 음 삼 백 배

만나면 모름지기 한 번에
삼백 잔은 마셔야 하네.

---

8 득의(得意): 바라던 일이 뜻대로 성취되어 매우 만족스럽다.
9 진환(盡歡): 즐거움을 다 누리다. '환'은 환(懽)으로 되어 있는 판본도 있는데, 같은 뜻의 모양이
   다른 자
10 금준(金樽): 금술잔. 미주(美酒)를 담기에 썩 잘 어울린다는 뜻
11 공대월(空對月): '공'은 부사로 '부질없이, 헛되이'의 뜻. 마시지도 않을 술잔을 들고 달을 마주보
    고 있다.
12 아재(我材): '재'는 여기서 재(才)의 뜻으로 쓰였다.
13 천금(千金): 많은 재물
14 팽고(烹羔): '팽'은 물에 삶다. '고'는 검은빛을 띤 새끼 양. 『이태백집』에는 팽양(烹羊)으로 되어
    있다.
15 재우(宰牛): 소를 잡다. '재'는 칼로 고기를 저며 요리하는 것을 말한다. 삼국 시대 위나라 진사왕
    (陳思王) 조식(曹植)의 「공후인(箜篌引)」에 "주방에 풍성한 음식 갖추고, 양 삶고 살찐 소 저미
    네(中廚辦豐膳, 烹羊宰肥牛)"라고 하였다.
16 차(且): 여기서는 고차(姑且)의 뜻으로 쓰였는데, '잠시'의 뜻
17 회수(會須): 응당(應當), 모름지기

岑夫子¹⁹, 丹丘生²⁰아
잠 부 자   단 구 생

잠 선생, 단구님!

進酒君莫停하라
진 주 군 막 정

술잔 올리나니 거절하지 마시기를.

與君歌一曲²¹하니
여 군 가 일 곡

그대들에게 노래 한 곡 바치리니,

請君爲我聽²²하라
청 군 위 아 청

청컨대 그대들 나를 위해
들어 주시기를.

鍾鼎玉帛²³不足貴요
종 정 옥 백   부 족 귀

부귀와 재물도 귀히 여길 만하지 않고,

---

18 일음삼백배(一飮三百杯): 한 번 앉아서 삼백 잔의 술을 마시다. 남조 송(宋)나라 임천왕(臨川
王) 유의경(劉義慶)이 지은 『세설신어(世說新語)』 「문학(文學)」에서 유효표(劉孝標)가 주석으
로 인용한 『정현별전(鄭玄別傳)』에는 다음과 같은 이야기가 나온다. "원소가 정현을 초청했다
가 정현이 떠날 때 성의 동쪽에서 전별하면서 그를 반드시 취하게 만들려고 하였다. 그때 모인 사
람이 삼백 명쯤 되었는데, 모두 자리에서 일어나 그에게 한 잔씩 권했다. 아침부터 저녁까지 정현
은 삼백 잔은 마셨음 직한데도 그 온화한 모습이 시종 조금도 흐트러짐이 없었다." 이백은 또 「양
양가(襄陽歌)」에서 "백 년 삼만 육천 일을, 하루에 삼백 잔씩은 기울여야지(百年三萬六千日,
一日須傾三百杯)"라고 읊기도 하였다.
19 잠부자(岑夫子): 『이태백집』에 보이는 잠징군(岑徵君)으로 이름은 훈(勛). 시인인 잠삼(岑參)
을 가리킨다는 설도 있다. '부자'는 선생이라는 뜻인데 여기서는 존칭어로 쓰였다.
20 단구생(丹丘生): 원단구(元丹丘)를 말한다. 잠훈과 함께 은자로 알려졌으며 이백과는 친한 친
구였다. '생' 역시 여기서는 경어로 쓰였다. 시 번호 164를 참조할 것
21 여군가일곡(與君歌一曲): 남조 송나라 포조(鮑照)의 「밝은 달 노래를 대신하여(代朗月行)」에
"그대에게 노래 한 곡 바치려 하니, 밝은 달 노래 지어 부르리(爲君歌一曲, 當作朗月篇)"라는
구절이 있다.
22 청(聽): 『이태백집』에는 경이청(傾耳聽)으로 되어 있다. 『예기(禮記)』에 "귀 기울여 듣는데 얻어
들을 수가 없었다(傾耳聽之, 不可得而聞也)"라는 말이 있다.
23 종정옥백(鍾鼎玉帛): 『이태백집』에는 종고찬옥(鐘鼓饌玉)으로 되어 있는데, '종과 북 같은 악
기를 벌여 놓고 음악을 연주하고, 옥에 비길 만한 훌륭한 진미를 차려 먹는다'는 뜻이다. '종정'은
고대 동기(銅器)의 총칭으로, 웬만큼 부귀한 집이 아니면 소유할 수 없었으므로 부귀를 뜻한다.
'옥백'은 옥과 비단 등의 재물. 『이태백집』의 뜻이 더 낫다.

但願長醉不願醒이라
단 원 장 취 불 원 성

다만 원컨대 길이 취하여
깨는 것 바라지 않는다네.

古來賢達²⁴皆寂寞²⁵하되
고 래 현 달   개 적 막

예로부터 현명하고 통달한 이들도
모두 쓸쓸히 사라졌지만,

惟有飲者留其名이라
유 유 음 자 유 기 명

오로지 술꾼들만은 그 이름 남겼다네.

陳王²⁶昔日宴平樂²⁷엔
진 왕   석 일 연 평 락

진사왕은 옛날에
평락관에서 연회 열고,

斗酒十千²⁸恣歡謔²⁹이라
두 주 십 천   자 환 학

말술에 만금 주고
마음껏 기쁘게 즐겼다네.

主人³⁰何爲言少錢고
주 인   하 위 언 소 전

주인 무엇 때문에 돈 적다 말하리,

且須³¹沽酒對君酌하리라
차 수   고 주 대 군 작

곧 술 팔아와 그대와 대작하리.

---

24 현달(賢達): 현명하고 덕이 있어 사물의 이치에 달통한 사람. 『이태백집』에는 성현(聖賢)으로 되어 있다.

25 적막(寂寞): 흔적도 없이 사라져 쓸쓸한 것을 말한다.

26 진왕(陳王): 삼국 시대 위(魏)나라의 진사왕(陳思王) 조식(曹植)을 가리킨다. 조조의 셋째 아들이자 위 문제(文帝) 조비(曹丕)의 동생. 자는 자건(子建)이며 태화(太和) 6년 진왕에 봉해졌다.

27 평락(平樂): 누관(樓觀: 올라가서 먼 곳을 살펴볼 수 있도록 높이 지은 집)의 이름. 지금의 하남성(河南省) 낙양현의 낙양성 서쪽에 있었다.

28 두주십천(斗酒十千): 한 말에 일만 금이 나가는 술. 십천은 곧 일만. 조식의 「명도편(名都篇)」에 "돌아와 평락관에서 연회 여는데, 좋은 술 한 말에 만금 하네(歸來宴平樂, 美酒斗十千)"라는 구절이 있다.

29 자환학(恣歡謔): 마음껏 지껄이고 즐기다. '학'은 희학(戱謔)질, 곧 농지거리하다.

30 주인(主人): 이백 자신을 말한다.

31 차수(且須): '차'는 여기서 '다만[只]'의 뜻으로 쓰였다. 『이태백집』에는 경수(徑須)로 되어 있는데, '경'은 '곧장, 즉시'의 의미이다.

五花馬[32], 千金裘[33]를
오 화 마　천 금 구

오화마와 천금짜리 갖옷,

呼兒將出換美酒하여
호 아 장 출 환 미 주

아이 불러 내보내 좋은 술 바꿔와,

與爾同銷[34]萬古愁[35]라
여 이 동 소　만 고 수

그대들과 함께 만고의 시름 삭이리라.

163. 또 같은 시(又)[36]

이하(李賀)[37]

琉璃鍾[38], 琥珀[39]濃하고
유 리 종　호 박　농

유리 술잔에 호박빛 술 진하고,

---

32 오화마(五花馬): 털에 오색의 꽃무늬가 있는 말. 또는 갈기를 다섯 갈래로 땋은 말이라고도 한
다. 시 번호 214 두보의 「부도호 고선지의 푸른 말(高都護驄馬行)」에 "오색의 꽃무늬 군데군데
나 있어 구름처럼 온몸에 흩어져 있네(五花散作雲滿身)"란 구절이 있는데, 전자의 뜻으로 쓰였
다. 당 대종(代宗)의 말 이름은 구화규(九花虬)라고 하였는데 역시 온몸의 털이 아홉 색의 무늬
로 뒤덮였다 해서 붙여진 이름이다. 백거이(白居易)의 「화춘심(和春深)」이란 시에 "봉황 모양의
편지 다섯 색으로 마르고, 말갈기 세 갈래로 잘라 묶네(鳳書裁五色, 馬鬣剪三花)"라는 구절이
있는데, 이는 후자의 뜻으로 쓰였음을 알 수 있다. 명마(名馬)라는 뜻으로 사용되었다.
33 천금구(千金裘): 천금의 값이 나가는 모피 옷. 『사기(史記)』 「맹상군열전(孟嘗君列傳)」에 "맹상
군은 여우의 흰털로 만든 모피 옷[狐白裘]을 한 벌 가지고 있었는데 값이 천금이나 되고 천하에
둘도 없는 것이었다"라는 기록이 있다.
34 소(銷): 녹이다. 삭이다. 소(消)와 같은 뜻
35 만고수(萬古愁): 영원히 없앨 수 없는 인생무상의 슬픔
36 우(又): 앞 시 번호 162 「술을 권하려 한다」와 동일한 제목의 시라는 뜻이다. '유리종(琉璃鍾), 호
박농(琥珀濃). 소조주적진주홍(小槽酒滴眞珠紅)' 같은 청신한 표현과 '옥지읍(玉脂泣)'·'위향
풍(圍香風)' 등의 표현이 귀재 이하의 예민한 감각을 잘 나타내고 있는 실로 주옥같은 명편이다.
37 이하(李賀: 790~816): 자는 장길(長吉). 당나라의 왕족으로 정왕(鄭王)의 후손이었으나, 생활
이나 관운은 그리 순탄하지 않았다. 7세 때부터 시를 지어, 젊었을 때는 시로써 이름을 날렸다.
몸이 약하여 항상 병을 지니고 있었으나, 시를 짓는 데 혼신의 힘을 기울여 몸을 더욱 상하게 하
여, 결국 27세의 젊은 나이로 요절하였다. 시적 재능이 남달랐고, 시 역시 특이하여 사람들은 그
를 귀재(鬼才)라고 하였다.

小槽[40]酒滴眞珠[41]紅이라 작은 주자의 술방울 진주처럼 붉다네.
소 조   주 적 진 주   홍

烹龍炮鳳[42]玉脂泣[43]하고 용 삶고 봉황 구우니
팽 룡 포 봉   옥 지 읍   구슬 같은 기름 흐느끼고,

羅幃綉幕圍香風[44]이라 비단 휘장 수놓은 장막에는
나 위 수 막 위 향 풍   향기로운 바람 둘러싸여 있다네.

吹龍笛[45], 擊鼉鼓[46]하니 용 피리 불고, 악어가죽 북 치며,
취 룡 적   격 타 고

---

38 유리종(琉璃鍾): '유리'는 유리(流離)라고도 함. 유리로 만든 술잔. 옛날에는 유리로 만든 기물을 매우 진귀하게 생각하였다.

39 호박(琥珀): 강주(江珠)라고도 하며, 송진 등 수지(樹脂)가 땅 속에 파묻혀 돌처럼 굳어진 광물로, 황색으로 투명하고 영롱하기 때문에 가공하여 장식물로 많이 쓴다. 여기서는 좋은 술의 색깔을 나타낸 것으로, 곧 좋은 술이라는 뜻으로 썼다.

40 소조(小槽): '조'는 술 짜는 기계[壓酒機]로, 우리말로는 주자라고 한다.

41 진주(眞珠): 곧 진주(珍珠)를 말하는데, 역시 좋은 술의 비유로 쓰였다. 일설에는 술의 이름이라고도 한다.

42 팽룡포봉(烹龍炮鳳): 삶은 용고기와 구운 봉황의 고기라는 뜻인데, 훌륭한 안주를 극진하게 표현한 말. 실제로는 네 발 달린 짐승과 날짐승의 고기로 만든 안주를 말한다.

43 옥지읍(玉脂泣): 음식을 삶을 때 끓는 물. '읍'은 음식 따위를 삶을 때 물이 끓으며 내는 소리를 말한다. 시 번호 18 조식의 「일곱 걸음에 지은 시(七步詩)」에서 "콩을 삶는데 콩대를 때니, 콩은 솥 속에서 울고 있네(煮豆燃豆萁, 豆在釜中泣)"라고 읊은 적이 있는데, 이때부터 솥 안에서 음식을 끓이는 소리의 비유로 많이 쓰이게 되었다.

44 위향풍(圍香風): 짙게 화장한 가기(歌妓)와 무희(舞姬)들에게 둘러싸여 있음을 말한다.

45 용적(龍笛): 피리를 말한다. 옛날에는 피리 소리를 용의 소리와 비슷하다고 생각하여 그렇게 불렀다. 한나라 마융(馬融)의 「장적부(長笛賦)」에 "용은 물속에서 우는데 몸을 드러내지 않아 대나무를 잘라 불었더니 거의 비슷하였네(龍鳴水中不見己, 截竹吹之正相似)"라는 구절이 있다.

46 타고(鼉鼓): 악어가죽을 씌워 만든 북. 『시경(詩經)』「대아(大雅)·영대(靈臺)」에 "악어북 둥둥 울리며, 장님 악공 음악 연주하네(鼉鼓逢逢, 矇瞍奏公)"라는 구절이 있는데, 주석에서 "악어가죽은 질기고 두꺼워 북에 덮어씌우기 알맞다"고 하였다. '타'는 양자강에 사는 악어

皓齒⁴⁷歌, 細腰⁴⁸舞라
호 치 가 세 요 무

흰 이빨 내보이며 노래하고,
가는 허리로 춤추네.

況是靑春⁴⁹日將暮⁵⁰에
황 시 청 춘 일 장 모

하물며 푸른 봄날 저물려 하는데,

桃花亂落如紅雨⁵¹라
도 화 란 락 여 홍 우

복사꽃 어지러이 지니
붉은 비 내리는 듯.

勸君終日酩酊⁵²醉하라
권 군 종 일 명 정 취

권하건대 그대 하루 종일
술에 얼큰히 취하게나,

酒不到劉伶墳上土⁵³니라
주 부 도 유 령 분 상 토

술 유령의 무덤 위 흙까지
이르는 것 아니니.

---

47 호치(皓齒): 희게 반짝반짝 빛나는 치아. 굴원의 제자인 경차(景差)가 지었다고 전해지는 『초사』 「대초(大招)」에 "붉은 입술 하얀 이빨 예쁘고 아리땁네(朱唇皓齒, 嫭以姱只)"라는 구절이 있다.

48 세요(細腰): 가늘고 고운 허리. 『묵자(墨子)』 「겸애(兼愛)」 중에 "옛날 초 영왕은 가는 허리를 좋아했다(昔者楚靈王好細要)"라는 구절이 있다. 요(要)는 요(腰)와 같은 뜻. 모두 미녀를 가리킨다.

49 청춘(靑春): 봄을 말한다. 오행(五行)에 의하면 봄은 방위로는 동방을 가리키며, 색으로는 청색이기 때문에 이렇게 말한다. 위에 인용했던 『초사』 「대초」에 "푸른 봄 [겨울] 가려는 것 받으니, 밝은 해 빛나도다(靑春受謝, 白日昭只)"라는 구절이 있다.

50 일장모(日將暮): 봄이 다 되어 감을 말한다.

51 홍우(紅雨): 지는 꽃 가운데서도 특히 복사꽃을 가리켜 말한다. 당나라 은요번(殷堯藩)의 「양구에서 바람에 막히다(襄口阻風)」에 이런 구절이 있다. "갈매기와 까치 흰 구름 먼 포구로 가라앉고, 꽃 날려 붉은 비 내리니 남은 봄 보내네(鷗鵲白雲沉遠浦, 花飛紅雨送殘春)."

52 명정(酩酊): 명정(茗艼)이라고도 하며 크게 취한 것을 말한다.

53 주부도유령분상토(酒不到劉伶墳上土): 유령(劉伶)은 자가 백륜(伯倫)으로, 진(晉)나라 패국(沛國) 사람. 죽림칠현(竹林七賢)의 하나로 술을 몹시 좋아하여, 외출을 할 때는 사슴이 끄는 수레에 술을 한 병 지니고 사람에게 삽을 들려 항상 따르게 하고 "죽으면 그대로 나를 묻으라(死便埋我)"고 말하곤 했다. 술을 찬양하는 글인 「술의 덕을 칭송함(酒德頌)」을 지어 "오직 술에만 힘을 쓰니 어찌 그 나머지를 알겠는가?(惟酒是務, 焉知其餘)"라고 하였다. 예법을 멸시하고 현실을 도피하는 인물의 전형으로 인식되었다. 『일통지(一統志)』에 의하면 유령의 무덤은 광주

164. 원단구 선생이 무산을 그린 병풍 앞에 앉아 있는 것을 보고(觀元丹丘坐巫山屛風)[54]

이백(李白)

昔遊三峽[55]見巫山[56]이러니
석 유 삼 협   견 무 산

옛날 삼협에 노닐며
무산을 보았었는데,

(光州: 지금의 하남 황천) 북쪽에 있다고 하며, 전하는 말에 따르면 위휘부(衛輝府: 지금의 하남 급현)에도 유령의 무덤이 있다고 한다.

54 관원단구좌무산병풍(觀元丹丘坐巫山屛風): 원단구는 시 번호 162 「술을 권하려 한다(將進酒)」에 나오는 단구 선생이다. 이백의 「원단구가」에 "원단구는 신선을 사랑한다. 아침에 영천의 맑은 물을 마시고 저녁에는 붉은 산기운에 젖어드는 숭산으로 돌아온다"라고 되어 있다. 이백은 이 신선 모습의 원단구가 선녀가 살았다는 무산을 그린 병풍 앞에 앉아 있는 것을 보고 이 시를 지었다.

당나라에 들어와서 그림을 주제로 한 시가 많이 지어졌다. 이 책에 실려 있는 작품으로는 시 번호 187 두보의 「장난삼아 왕재가 그린 산수화를 소재로 삼아(戲題王宰畵山水歌)」, 233 두보의 「채색 그림을 노래함(丹靑引)」, 235 두보의 「위풍 녹사 댁에서 조 장군이 말을 그린 그림을 노래함(韋諷錄事宅觀曹將軍畵馬圖引)」, 158 한유의 「도원도(桃源圖)」, 190 오융의 「산수를 그리다(畵山水歌)」 등을 들 수 있다. 이런 시들 중에는 그림의 아름다움을 시구로 재현함과 동시에, 그 그림으로부터 나오는 미적 상상과 전설상의 낭만적인 공상의 세계를 아름답게 노래한 것이 많다. 이 시는 그 대표적인 작품으로, 앞에 나온 소동파나 한자창 등의 작품은 이것을 본뜬 것이라 할 수 있다.

55 삼협(三峽): 양자강 물줄기가 사천성에서 호북성까지 흘러오는 사이에 거치게 되는 세 협곡. 그 명칭에 대해서는 여러 가지 설이 분분하나, 북위(北魏) 역도원(酈道元)의 『수경주(水經注)』에서 인용한 어가(漁歌)에서 "파동의 삼협 가운데서 무협이 가장 기네(巴東三峽巫峽長)"라고 읊은 데 근거하면 무협(巫峽), 광계협(廣溪峽), 서릉협(西陵峽)을 말함을 알 수 있다. 기주(夔州)에서 시작하여 귀주(歸州)의 이릉주(夷陵洲)의 서쪽에 이르기까지는 산이 이어지고 봉우리가 겹쳤으며 하늘을 숨기고 해를 가리며 무릇 6~7백 리에 걸쳐 물살이 험하고 빠르게 흐른다. 무협은 무산 아래에 있으며, 무협을 중심으로 위쪽이 광계협 아래쪽은 서릉협이다. 지금은 흔히 파릉협(巴陵峽), 무협, 서릉협을 삼협이라고 하며 유명한 관광 명소가 되었다. 그러나 호북성 어구에 댐을 쌓기 때문에 이 일대의 저지대는 상당한 부분이 수몰될 것이라고 한다.

見畵巫山宛⁵⁷相似라
견 화 무 산 완　　상 사

무산 그림 보니
정말로 실경(實景)과 비슷하네.

疑是天邊十二峯⁵⁸이
의 시 천 변 십 이 봉

하늘가에 솟아 있던 열두 봉우리가

飛入君家彩屛⁵⁹裏라
비 입 군 가 채 병　　리

그대 집 채색 병풍으로 날아든 듯하네.

寒松⁶⁰蕭瑟⁶¹如有聲하고
한 송　　소 슬　　여 유 성

추위 속의 소나무 바람 쓸쓸하니
소리 나는 듯하고,

陽臺⁶²微茫⁶³如有情이라
양 대　　미 망　　여 유 정

양대 흐릿하게 보이니 정 있는 듯하네.

56　무산(巫山): 사천성 기주(夔州) 무산현 동쪽 30리 지점에 있다. 형태가 무(巫) 자 모양이어서 무
　　산이라 불린다. 산의 골짜기 언덕에 신녀(神女)의 사당이 있다. 전설을 많이 지닌 산으로 예로부
　　터 시에 자주 등장했다. 이 일대가 삼협 중에서도 가장 중심에 있고 경치가 아름다운 곳이다.

57　완(宛): 완연하다.

58　십이봉(十二峯): 무산에 있는 열두 봉우리. 망하(望霞)·취병(翠屛)·조운(朝雲)·송만(松巒)·집
　　선(集仙)·취학(聚壑)·정단(淨壇)·상승(上昇)·기운(起雲)·서봉(棲鳳)·등룡(登龍)·망성(望聖)
　　의 열두 봉우리를 말한다. 이 봉우리들은 한쪽으로 모여 있지 않고 강을 두르고 돌기 때문에 무
　　산을 그리는 사람들은 어쩔 수 없이 한 그림에다 모아서 그릴 수밖에 없었다 한다. 양대산(陽臺
　　山)이 무산현 서북쪽에 있고, 고구산(高丘山)도 이 사이에 있다.

59　채병(彩屛): 채색한 병풍

60　한송(寒松): 겨울에도 시들어 푸르름을 잃지 않는 소나무. 『논어(論語)』 「자한(子罕)」의 "날씨가
　　추워진 다음에야 소나무와 잣나무가 가장 나중에 잎이 시들어진다는 것을 알 수 있다(歲寒然
　　後, 知松柏之後彫也)"라고 한 데서 나왔다.

61　소슬(蕭瑟): 쓸쓸히 바람이 부는 모양을 나타내는 의성어

62　양대(陽臺): 양대는 송옥(宋玉)의 「고당부(高唐賦)」 서문에 보이는 누대(樓臺: 높은 정자) 이름.
　　서문을 요약하면 다음과 같다. "옛날에 초나라의 양왕(襄王)이 송옥과 함께 운몽대(雲夢臺)에
　　서 놀면서 고당(高唐)의 누관(樓觀: 정자)을 바라보았다. 그 위에만 유독 구름이 있었는데, 하늘
　　높이 올라가는 듯하더니 느닷없이 모습을 바꾸는 등 변화가 무궁하였다. 왕이 송옥에게 물었다.
　　'이것이 무슨 기운인가?' 송옥이 대답하였다. '이른바 조운(朝雲)이라고 하는 것이옵니다.' 왕이
　　물었다. '어째서 조운이라고 이르는가?' 송옥이 대답하였다. '옛날 선왕께서 고당의 누대에서 노
　　시다가 노곤하셔서 낮잠을 주무신 적이 있사온데 꿈에 한 부인이 나타나 말하였습니다. 저는 무
　　산의 신녀이면서, 고당을 찾아온 객입니다. 임금님께서 고당에서 노신다는 소리를 듣고 잠자리

錦衾瑤席⁶⁴何寂寂고
금 금 요 석　　　하 적 적

비단 이불과 구슬 자리
얼마나 쓸쓸한가?

楚王神女徒⁶⁵盈盈⁶⁶이라
초 왕 신 녀 도　　　영 영

초왕과 신녀 헛되이 예쁘기만 하다네.

高咫尺⁶⁷如千里요
고 지 척　　여 천 리

한 자 남짓한 높이가
천 리는 되어 보이고,

翠屏丹崖⁶⁸粲⁶⁹如綺라
취 병 단 애　　찬　여 기

푸른 병풍의 붉은 벼랑
비단처럼 환하네.

蒼蒼遠樹圍荊門⁷⁰하고
창 창 원 수 위 형 문

푸릇푸릇한 먼 곳의 나무들
형문산 둘러싸고,

를 모시고자 해서 왔습니다. 그래서 선왕께서는 그곳에 행차하셨습니다. 그 부인은 떠나면서 '첩은 무산의 남쪽 기슭, 높은 언덕의 험한 곳에 있습니다. 새벽에는 아침 구름이 되고 저녁엔 지나가는 비가 됩니다. 아침이면 아침마다 저녁이면 저녁마다 양대 아래에 있습니다'라고 하였습니다. 아침이 되어 바라보았더니 그 말과 같았습니다. 그래서 사당을 세우시고는 조운이라 부르셨습니다.'" 여기서 운우지정(雲雨之情)과 양대몽(陽臺夢) 등의 전고가 나왔는데, 모두 남녀가 잠자리를 함께한다는 말의 비유로 많이 쓰이게 되었다. 전하는 바에 의하면 무산현 북쪽에 양운대의 옛터가 남아 있다고 한다.

63 미망(微茫): 어둡고 흐릿한 모양
64 금금요석(錦衾瑤席): 비단 이불과 구슬 장식한 자리. 『초사』「구가(九歌)·동황태일(東皇太一)」에 "옥 장식한 자리 옥을 가지고 누른다(瑤席兮玉瑱)"는 말이 있는데 『초사』의 주석가인 왕일(王逸)은 "옥으로 자리를 만든 것"이라 하였다.
65 도(徒): 공연히, 헛되이. 공(空)과 같은 뜻
66 영영(盈盈): 아름다운 모양
67 지척(咫尺): 원래는 둘 다 도량형 단위로, '지'는 여덟 치[8寸], '척'은 한 자이다. 나중에는 아주 가까운 거리 또는 근소함이라는 뜻으로 쓰이게 되었다. 무산의 높은 산이 그림 속에서는 한 자 남짓밖에 안 된다는 표현. 남조 양(梁)나라의 소분(蕭賁)은 그림을 잘 그렸는데, 부채에다 산수를 그리면 지척이 만 리처럼 멀리 느껴졌다고 한다.
68 단애(斷崖): 붉은 절벽. 수목이 없는 바위산을 말한다.
69 찬(粲): 곱다, 아름답다. 또는 선명하고 빛나다.

430

歷歷⁷¹行舟汎⁷²巴水⁷³라
역 력 행 주 범 파 수

또렷또렷하게 가는 배는
파수 위에 떠 있다네.

水石潺湲⁷⁴萬壑⁷⁵分하니
수 석 잔 원 만 학 분

물 바위 사이로 졸졸 흐르니
만 골짜기 갈리고,

煙光⁷⁶草色俱氳氛⁷⁷이라
연 광 초 색 구 온 분

안개 낀 풍경과 풀빛
함께 상서로운 기운 띠고 있다네.

溪花笑日何時發⁷⁸이며
계 화 소 일 하 시 발

시내의 꽃 해 보고 웃는데
언제부터 피었던가?

江閣聽猿幾歲聞고
강 각 청 원 기 세 문

강가 누각에 원숭이 우는 소리
몇 년이나 들었던가?

---

70 형문(荊門): 호광(湖廣) 형주(荊州) 의도현(宜都縣) 서북쪽에 있는 산 이름. 무산의 하류에 있
으며 호아산(虎牙山)과 마주보고 있는 형상이 마치 문과 같다 하여 그렇게 부른다.

71 역력(歷歷): 분명한 모양. 또렷하다.

72 범(汎): 물 위에 둥둥 떠 있다. 범(泛)과 같은 뜻의 이체자

73 파수(巴水): 무산의 상류에 있으며, 진창군(晉昌郡)의 파령산(巴嶺山)에서 발원하여 서남쪽으
로 흘러 파중(巴中)을 경유하여 장강(양자강)으로 들어간다. 낭수(閬水)와 백수(白水)가 합류
하여 물이 세 차례나 꺾여 파(巴) 자 모양을 이루므로 이런 이름이 붙었다. 그러나 여기서는 파주
를 거쳐 가는 하천이란 뜻으로 그렇게 쓴 것이지 실제 물줄기가 세 번 꺾여 흐른다는 뜻으로는 쓰
이지 않았다.

74 잔원(潺湲): 물이 졸졸 흐르는 모양, 또는 그 소리

75 만학(萬壑): 많은 골짜기. 그림의 물이 바위 사이를 따라 갈래갈래 흐르는 모양을 형용한 것

76 연광(煙光): 운무가 아스라이 피어 있는 풍경. '연'은 연(烟)과 같은 자

77 온분(氳氛): 상기(祥氣), 즉 상서로운 기운을 말한다.

78 하시발(何時發): 『이태백집』에는 하년발(何年發)로 되어 있다. 다음 구절의 세(歲) 자와 대를 맞
추기 위해서는 년(年) 자가 더 타당하다.

使人對此心緬邈[79]하니
사 인 대 차 심 면 막

사람들에게 이것 보게 하니
마음 방불케 하는데,

疑入高丘[80]夢綵雲[81]이라
의 입 고 구 몽 채 운

고구산으로 들어가
고운 구름 꿈 꾸는 것은 아닌지.

165. 세 자, 다섯 자, 일곱 자로 쓴 시(三五七言)[82]

이백(李白)

秋風淸하고
추 풍 청

가을바람 맑고,

秋月明한데
추 월 명

가을 달 밝은데,

落葉聚還散[83]이요
낙 엽 취 환 산

낙엽 모였다가 다시 흩어지고,

寒鴉[84]栖[85]復驚이라
한 아 서 부 경

주린 까마귀 깃들었다가
다시 놀라 퍼덕이네.

---

79 면막(緬邈): 방불(髣髴)의 뜻. 곧 서로 비슷하여 구별하기 어려운 모양, 또는 보아서 잘 알 수 없는 모양이라는 뜻. 그림을 보고 있노라니 마치 실제 무산 속에 들어와 있는 듯하다는 표현

80 고구(高丘): 『이태백집』에 주석을 단 청나라의 왕기(王琦)는 숭(嵩)으로 된 것은 잘못된 것이라 하였다. 무산현 서북쪽에 있는 산 이름이다.

81 채운(彩雲): 아름다운 빛깔을 띤 구름. 오색구름

82 삼오칠언(三五七言): 옛날에는 이런 시체가 없었는데, 이백에게서 비롯되었다고 한다. 본서 원주에 "바람 맑고 달 밝은데, 낙엽이 떨어지고 새가 난다. 이런 풍경을 바라보며 친구를 생각하면 친구가 더욱 그리워진다"고 했다.

83 낙엽취환산(落葉聚還散): 낙엽이 모였다가 다시 흩어지다. 모였던 것은 반드시 헤어지게 됨을 비유한 것

84 한아(寒鴉): 겨울 까마귀, 또는 굶주린 까마귀. 『본초강목(本草綱目)』에 의하면 "자오(慈烏)를

相思相見知何日[86]고

상 사 상 견 지 하 일

그리운 이 다시 만날 날 그 언제이리?

此時此夜難爲情[87]이라

차 시 차 야 난 위 정

이때 이날 밤 이별의 정 가누기 힘드네.

166. 양왕이 놀던 서하산의 맹씨의 도화원에서
(登梁王棲霞山孟氏桃園中)[88]

이백(李白)

碧草已滿地하고

벽 초 이 만 지

푸른 풀 이미 땅에 가득하고,

柳與梅爭春[89]이라

유 여 매 쟁 춘

버들은 매화와 봄을 다투네.

북방 사람들은 한아(寒鴉)라 하는데, 겨울철이 되면 더욱 성(盛)해진다"고 하였다.

85 서(栖): 서(棲)와 같은 자. 숲에 사는 새를 말한다.

86 지하일(知何日): 의문사 하(何) 자와 어울려 기약을 하지 못한다는 뜻으로 쓰였다.

87 난위정(難爲情): 마음이 애달파 견딜 수 없다. 이별의 정을 가눌 수 없음을 뜻한다.

88 등양왕서하산맹씨도원중(登梁王棲霞山孟氏桃園中): 『일통지(一統志)』에 "서하산은 연주(兗
州) 선현(單縣) 동쪽 4리 지점에 있으며, 한나라 문제의 둘째 아들인 양 효왕(梁孝王)이 이곳에
서 놀았다고 대대로 전해진다"고 하였다. 맹씨는 이백과 동시대 사람인 것 같으나 자세한 것은 알
수 없다.

이 시 외에도 이백은 「양원음(梁園吟)」에서 "양왕의 궁궐은 지금 어디에? 매승(枚乘)과 상여(相
如)는 이미 가고 없네. 춤 그림자 노랫소리 푸른 못에 흩어졌고, 남아 있는 변수(汴水)만 동쪽 바
다로 흘러갈 뿐이네"라고 읊어 양왕의 성시를 그리워했으며, 또 「동산음(東山吟)」에서는 "옛날
사안(謝安)이 기녀를 데리고 놀던 동산은 무덤과 잡초로 황폐해졌다"고 개탄했다. 모두 무상한
인생을 슬퍼한 내용의 시들이다.

89 유여매쟁춘(柳與梅爭春): 청나라 왕기(王琦)의 주석에 의하면 진(陳)나라 후주(後主) 진숙보
(陳叔寶)의 시에 "봄 석 달 복사꽃이 오얏꽃 비추이고, 2월에는 버들이 매화와 다투네(三春桃
照李, 二月柳爭梅)"라는 구절이 있다고 하였다.

謝公⁹⁰自有東山妓⁹¹하니
사 공   자 유 동 산 기

사안에겐 절로
동산의 기생들 있었는데,

金屛⁹²笑坐如花人이라
금 병   소 좌 여 화 인

금병풍에 웃음 머금고 앉아 있으면
꽃 사람 같았다네.

今日非昨日⁹³이요
금 일 비 작 일

오늘은 어제가 아니며,

明日還復來라
명 일 환 부 래

내일은 또다시 온다네.

白髮對綠酒⁹⁴하니
백 발 대 록 주

백발 되어 푸른 술 대하니,

强歌⁹⁵心已摧⁹⁶라
강 가   심 이 최

억지로 노래해도 마음 이미 꺾였다네.

---

90 사공(謝公): 진(晉)나라 사안(謝安)을 말한다. 자는 안석(安石). 어려서부터 명성을 날렸으나, 출사하지 않다가 40세에 이르러서야 비로소 관계에 뜻을 두었다. 간문제(簡文帝)가 죽었을 때 환온(桓溫)이 진나라를 찬탈하려고 사안을 협박하여 부르려 하였으나 꿈쩍도 하지 않았다. 환온은 끝내 뜻을 이루지 못했다. 상서복야(尙書僕射)로 있다가 부진(苻秦)이 진나라로 쳐들어왔을 때 정토대도독(征討大都督)으로 부견(苻堅)의 군사를 비수(肥水)에서 대파하여 태보(太保)에 제수되었다. 사후에 태부(太傅)가 추증되었으며, 시호는 문정(文靖)

91 동산기(東山妓): 남조 양나라 유의경의 『세설신어』「식감(識鑑)」에 "사안이 동산에서 기녀들과 함께 생활하자 간문제가 말하기를 '안석은 반드시 나올 것이다. 이미 사람들과 즐기고 있으니 또한 사람들과 함께 근심하지 않을 수 없을 것이다'라 하였다"라고 하였고, 유효표(劉孝標)는 『문장지(文章志)』라는 책을 인용하여 "사안은 세상일 밖에는 마음을 놓아두고 세간의 예절 따위에는 신경을 쓰지 않고 기녀들과 생활하면서 그들을 데리고 마음껏 유람했다"고 하였다. 동산은 지금의 절강성(浙江省) 상우현(上虞縣) 서남쪽에 있는 산으로, 당시 많은 은사들이 이곳에서 거처하였다고 한다. 이 외에 또 그와 관련 있는 동산이 더 있는데, 강소성(江蘇省) 강녕현(江寧縣)에 있는 동산진(鎭)의 북쪽 경계로, 토산(土山)이라고 하는 곳이다. 지금 이 산의 정상에는 사당이 있고, 그 안에는 사안의 화상이 있으며, '사안의 별장 옛터(謝墅遺址)'라는 현판이 걸려 있다. 이 시에서의 동산은 이곳을 가리키는 것 같다.

92 금병(金屛): 금박을 입히거나 누런 금빛 비단을 둘러 만든 병풍

93 금일비작일(今日非昨日): 세월이 빨리 흐름을 말한다.

94 녹주(綠酒): 좋은 술을 말한다. 잘 익어 푸르스름한 빛을 띠는 술

95 강가(强歌): 억지로 노래를 부르다. '강'은 여기서 '억지로'의 뜻

君不見 <small>군 불 견</small>	그대는 보지 못하였는가,
梁王池⁹⁷上月가 <small>양 왕 지 상 월</small>	양나라 왕의 연못 위로 뜬 달이,
昔照梁王樽酒中터니 <small>석 조 양 왕 준 주 중</small>	옛날 양나라 왕의 술잔 속의 술 비추어 주었음을.
梁王已去明月在하여 <small>양 왕 이 거 명 월 재</small>	양나라 왕 이미 가고 밝은 달 남아 있는데,
黃鸝⁹⁸愁醉啼春風이라 <small>황 리 수 취 제 춘 풍</small>	꾀꼬리 시름에 젖어 봄바람 속에서 울어대네.
分明感激眼前事⁹⁹하니 <small>분 명 감 격 안 전 사</small>	눈앞의 일 너무나 또렷하여 격한 감정 일어나니,
莫惜醉臥桃園東하라 <small>막 석 취 와 도 원 동</small>	취하여 도원의 동쪽에 누워 있는 것 안타까워하지 말게나.

---

96 심이최(心已摧): 세월이 덧없이 흘러 늙으니 좋은 술을 대하고도 새로운 의욕이 일어나지 않는
    다. '최'는 꺾이다.

97 양왕지(梁王池): 양왕의 성명은 유무(劉武). 양나라 지방의 제후로 봉해졌고 효왕(孝王)이란
    시호를 받았으므로 양 효왕이라 부른다. 사치가 극에 달해 그가 지은 동원(東苑)은 둘레가 3백
    여 리나 되었고, 사냥을 할 때는 그 위세가 천자와 같았다고 한다. 『사기』와 『한서(漢書)』에 전기
    가 있다.

98 황리(黃鸝): 황앵(黃鶯) 또는 황앵아(黃鶯兒)라고도 하며, 꾀꼬리를 말한다. 진(晉)나라 장화
    (張華)의 『금경(禽經)』이란 책에는 창경(倉庚)으로 되어 있으며, 농부들은 황속류(黃粟留)라
    불렀다 하는데 울음소리를 따서 부른 것이라 하였다. 또 새의 색이 검누런 빛을 띠고 있어서 이
    황(鸝黃)이라고도 한다. 『시경』에서는 황조(黃鳥)라 하였는데, 역시 그 색의 특징을 가지고 말한
    것이며, 중국 북방 사람들은 초작(楚雀)이라 하였다.

99 안전사(眼前事): 눈앞의 일. 맹씨도원에서 일어났던 일. 무상한 인생사를 가리킨다.

167. 훌륭한 분이 지나시는 길에 들르시다(高軒過)¹⁰⁰

이하(李賀)

華裾¹⁰¹織翠靑如葱¹⁰²하고
화 거   직 취 청 여 총

화려한 옷자락 비췻빛으로 짰는데
푸르기 파와 같고,

金環¹⁰³壓轡¹⁰⁴搖玲瓏이라
금 환   압 비   요 령 롱

금고리 고삐 누르며
영롱한 소리 내며 흔들리네.

馬蹄隱耳¹⁰⁵聲隆隆하고
마 제 은 이   성 륭 륭

말발굽 소리
꽈릉꽈릉 귀에 풍성하게 울리고,

入門下馬氣如虹¹⁰⁶하니
입 문 하 마 기 여 홍

문으로 들어와 말에서 내리시니
기상 무지개 같네.

---

100 고헌과(高軒過): 훌륭한 사람이 수레를 타고 내방했다는 뜻. 이 시는 한유와 황보식이 이하의
집에 들러 이하의 문재를 시험해 보고자 그에게 글을 짓게 했을 때 이하가 단숨에 지어 바쳤던
시로, 한유와 황보식을 경탄시킨 작품이다. 이하는 일곱 살 때 장단가를 지은 귀재이다. 이 일이
있은 후, 당시의 피휘법(避諱法)을 고려하여 이하의 아버지의 이름이 진사(進士)와 발음이 비
슷한 진숙(晉肅)이기 때문에 이하가 진사 시험에 응시하는 것을 꺼리자, 한유가 「기피할 글자
에 대하여(諱辯)」라는 글을 지어 응시할 것을 권한 일이 있다. 「기피할 글자에 대하여」는 본서
후집에 실려 있다.
101 화거(華裾): '거'는 옷자락인데, 여기서는 화려한 옷을 나타내는 말로 쓰였다. 말 위에 있는 사람
의 아름다운 의상을 가리킨다.
102 청여총(靑如葱): 푸르기가 파와 같다. '총'은 중첩해서 쓰면 초목이 무성하여 푸릇푸릇한 모양
이란 뜻이다.
103 금환(金環): 금으로 만든 고리. 재갈을 가리킨다. 재갈은 말을 마음먹은 대로 다루기 위하여 입
에 가로물리는 쇠토막. 굴레와 연결되어 있으며, 한쪽 끝에다 고삐를 매단다.
104 비(轡): 고삐
105 은이(隱耳): 곧 은이(殷耳)와 같은데, '은'은 번성·번창을 나타내는 은성(殷盛)과 같은 뜻이다.
귀에 크게 울려 들린다는 뜻
106 기여홍(氣如虹): 기상이 매우 커서 긴 무지개가 하늘을 꿰뚫는 듯하다는 뜻

云是東京才子[107]와
운 시 동 경 재 자

동쪽 서울의 재주 높은 이와,

文章鉅公[108]이라
문 장 거 공

문장의 대가라 하시네.

二十八宿[109]羅心胸하니
이 십 팔 수　　나 심 흉

스물여덟 별자리
가슴속에 늘어서 있고,

元精炯炯貫當中[110]이라
원 정 형 형 관 당 중

으뜸가는 정기 번쩍번쩍
한 중간을 꿰뚫고 있다네.

殿前作賦[111]聲摩空[112]하니
전 전 작 부　　성 마 공

궁궐 앞에서 글 지었으니
명성 하늘을 어루만지고,

---

107 동경재자(東京才子): 동도 낙양의 문재가 뛰어난 사람. 황보식을 가리켜 말한 것이다.
108 문장거공(文章鉅公): 문장공(文章公)이라 되어 있는 판본도 있다. '거공'은 한 방면에 조예가 깊은 사람을 말한다. 문장의 대가. 곧 당시 낙양령이었던 한유를 일컬은 것이다. '거'는 거(巨)와 통용
109 이십팔수(二十八宿): 고대 중국에서는 항성의 위치가 항구적으로 변치 않는다는 데 착안하여 해와 달, 목·화·토·금·수의 오성(五星)이 운행할 때 다다르는 위치를 설명하고자 황도와 적도 부근의 28개 별자리를 택하여 좌표로 삼았는데 이것을 말한다. 이 28수는 다시 방위별로 각기 7개의 별자리로 나누었는데, 동방은 창룡(蒼龍)으로 각(角)·항(亢)·저(氐)·방(房)·심(心)·미(尾)·기(箕)이며, 서방은 백호(白虎)로 규(奎)·루(婁)·위(胃)·묘(昴)·필(畢)·자(觜)·삼(參)이고, 남방은 주작(朱雀)으로 정(井)·귀(鬼)·유(柳)·성(星)·장(張)·익(翼)·진(軫)이며, 북방은 현무(玄武)로 두(斗)·우(牛)·여(女)·허(虛)·위(危)·실(室)·벽(壁)이다. 성수는 하늘의 문장을 뜻한다. 한유의 문장이 매우 훌륭하여, 비유컨대 하늘의 28수가 그의 가슴속에서 빛나는 것과 같다는 뜻
110 원정형형관당중(元精炯炯貫當中): '원정'은 천지간의 정기를 말한다. 한(漢)나라 왕충(王充)의 『논형』「천기」에 "하늘에서 원기를 부여하고 사람은 원정을 받았다(天稟元氣, 人受元精)"라는 구절이 나온다. 형형(炯炯)은 곧 경경(耿耿)과 같으며, 빛이 번쩍번쩍 나는 모양
　　이상의 두 구절은 한유와 황보식 두 사람은 심흉이 광활하고 지식이 넓어서 우주의 모든 것을 망라하고 광명정대하다는 것을 말하였다.
111 전전작부(殿前作賦): 천자의 면전에서 글을 짓다. 문인으로서 최고의 영예를 누렸다는 것을 말한다.

筆補造化[113]天無功이라
필 보 조 화 　 천 무 공

문필로 하늘의 조화 도우니
하늘엔 공 없는 듯하다네.

厖眉書客[114]感秋蓬[115]하니
방 미 서 객 　 감 추 봉

눈썹 짙은 서생 나그네 되어
가을 쑥대 느끼지만,

誰知死草生華風[116]고
수 지 사 초 생 화 풍

누가 알리요? 죽은 풀
봄바람에 다시 꽃을 피울지.

---

112 성마공(聲摩空): 성가(聲價)가 하늘 높이 구름 위까지 오르다. 명성이 높다는 뜻
113 필보조화(筆補造化): 문장으로 대자연이 만물을 창조하고 잘 자라는 것을 돕는다는 뜻. 한유의 문장이 훌륭하다는 것을 극찬한 것
114 방미서객(厖眉書客): '방미'는 방미(龐眉) 또는 통미(通眉)라고도 하며, 짙고 굵은 눈썹을 말한다. 동시대의 시인인 이상은(李商隱)이 지은 「이장길소전(李長吉小傳)」에 의하면 '장길(이하의 자)은 바짝 말랐고 눈썹이 짙었다'고 하였다. 눈썹이 크고 짙으며 흰머리를 가진 노인이라는 뜻의 '방미호발(龐眉皓髮)'과 뜻이 같으며, 여기서는 이하 자신을 가리켜 말했다. 한나라 반고(班固)가 지었다는 『한 무제 이야기(漢武故事)』에 다음과 같은 구절이 있다. "임금이 일찍이 연(輦)을 타고 낭(郎)의 관청에 이르렀는데 눈썹이 새하얗고 의복도 완전하게 갖추지 못한 늙은 낭을 보고 물었다. '그대는 언제 낭이 되었는데 어찌 그리 늙었는가?' 낭이 대답하길 '신의 성은 안(顔)이요 이름은 사(駟)로, 강도(江都) 사람이온데, 문제(文帝) 때 낭이 되었습니다'라고 하였다. 임금이 물었다. '어찌하여 때를 만나지 못하였는가?' 안사가 말했다. '문제께서는 문을 좋아하였사오나 저는 무를 좋아하였고, 경제(景帝)께서는 늙은 것을 좋아하였으나 저는 또한 젊었었고, 폐하께서 즉위하시어서는 젊은 것을 좋아하였는데 저는 이미 늙었습니다. 그런 까닭에 삼대나 때를 만나지 못하고 낭의 관청에서 늙게 되었던 것입니다.' 임금이 그 말에 느낀 바가 있어 회계도위(會稽都尉)의 관직을 내렸다." 이하는 이 고사를 인용하여 자신도 언젠가는 안사처럼 출세할 때가 있을 것임을 말하고 있다. '서객'은 서생작객(書生作客)의 준말로 쓰였다.
115 감추봉(感秋蓬): 굴러다니는 쑥대[轉蓬]는 집을 떠나 끝없는 유랑 길에 오른 나그네에 대한 일반적인 은유로 많이 쓰였다. 특히 가을이 되면 만물이 황량한 바람에 이리저리 굴러다니며 귀향에의 욕구를 더욱 갈망하는 이미지로 쓰여 왔다.
116 사초생화풍(死草生華風): '화풍'은 만물을 꽃 피우는 봄바람. 말라죽었던 풀이 꽃을 피우는 봄바람에 다시 살아나다. 불우했던 안사가 회계도위가 되는 영달을 누린 것에 비유한 것

我今垂翅[117]附冥鴻[118]하니
아 금 수 시 　 부 명 홍

내 지금 날개 늘어뜨리고 하늘 높이
나는 큰기러기 부러워하지만,

他日不羞蛇作龍[119]이라
타 일 불 수 사 작 룡

훗날 뱀이 용이 되었을 때도,
부끄럽게 여기지 않으리라.

168. 생각나는 바 있어(有所思)[120]

노동(盧仝)[121]

當時[122]我醉美人家하니
당 시 　 아 취 미 인 가

그때 나 취했었네, 미인의 집에서,

117　수시(垂翅): 새가 날개를 축 늘어뜨리고 높이 날 수 없다. 불리한 처지에 놓여 있거나 좌절을 겪고 있음을 비유하는 말. 『후한서(後漢書)』「풍이전(馮異傳)」에 "처음에는 비록 회계(回谿)에서 날개를 축 늘어뜨렸으나, 끝내 날개를 떨치며 민지(黽池)로 돌아올 수 있었다"라는 말이 있다. 여기서는 이하 자신의 처지를 가리킨다.

118　부명홍(附冥鴻): 검푸른 창공을 나는 큰기러기 아래에 있다. '명'은 여기서 하늘의 뜻으로 쓰임. 한나라 양웅(揚雄)의 『법언(法言)』「문명(問明)」에 "큰기러기 하늘 높이 까마득히 날아가면 주살을 쏘는 사람의 끈이 어떻게 미치겠는가?(鴻飛冥冥, 弋人何纂焉)"라고 한 데서 나온 말이다. 여기서는 한유와 황보식을 비유해서 말하였다.

119　불수사작룡(不羞蛇作龍): '사작룡'은 지위가 비천한 데서 지극히 높은 데로 상승하는 것을 비유한다. 뱀이 용이 되어 승천하듯 자신이 크게 출세하더라도, 그것을 부끄러운 일로 여기지 않을 만큼 자신에게 재능이 있음을 말한다.

120　유소사(有所思): 제목에 관해서는 시 번호 154를 참조할 것. 일반적으로 중국시에서는 현인이나 친한 벗을 미인, 가인 등에 비겨 표현하는 경우가 많다. 『시경』,『초사』,「고시(古詩)」 19수 등에서도 그러한 예를 많이 볼 수 있다. 그래서 이 편을 은둔한 현자를 그리워하는 내용의 시로 해석하는 경우가 많은데, 이것은 너무 도학적인 해석인 것 같다.

121　노동(盧仝: 775?~835): 당나라 범양(范陽: 지금의 하북 탁현 탁주진) 사람으로, 호는 옥천자(玉川子). 젊어서 하남의 소실산(少室山)에 은거하며, 어렵게 공부하였으나 벼슬에는 뜻을 두지 않았다. 당시의 부패한 조정과 민생의 질고를 읊은 시를 많이 지었으며, 풍격이 기괴하여 산문에 가까운 작품이 많다. 차의 전문가로 유명하였으며(시 번호 194「차를 노래함(茶歌)」을 참

美人顔色嬌[123]如花라
미인안색교　여화
미인의 얼굴
사랑스럽기가 꽃과 같았다네.

今日美人棄我去하니
금일미인기아거
오늘 미인이 날 버리고 떠나니,

青樓[124]珠箔[125]天之涯[126]라
청루　주박　천지애
푸른 누각의 구슬 발
저 하늘 끝에 있다네.

娟娟[127]姮娥[128]月이
연연　항아　월
곱디고운 항아의 달

조할 것), 한유도 그의 시를 높이 평가하였다(시 번호 160 「노동에게 띄움(寄盧仝)」을 참조할 것). 일찍이 「월식(月蝕)」을 지어 당시의 환관을 풍자한 적이 있었는데, 이 때문에 감로(甘露)의 변 때 재상인 왕애(王涯)의 집에 거처하다가 함께 피살되었다. 『옥천자집(玉川子集)』 2권, 외집 1권이 있다.

122 당시(當時): 지금이라는 뜻도 있고 그때라는 뜻도 있는데, 여기서는 후자의 뜻으로 쓰였다. 옛날, 예전

123 교(嬌): 어여쁘다, 아리땁다. 또 사랑스럽다는 뜻도 있다.

124 청루(青樓): 푸른 칠을 한 높은 누각. 지체가 높고 귀한 집의 규각(閨閣)이란 뜻과 기생들이 거처하는 기원(妓院)이란 뜻이 있다. 전자의 경우는 제왕의 거처로도 쓰이므로 여기서는 후자의 뜻으로 쓰인 것 같다.

125 주박(珠箔): 구슬을 꿰어 만든 발, 곧 주렴(珠簾)과 같은 뜻. '박'은 염박(簾箔)을 말하는데, 얇고 납작한 대나무 발

126 천지애(天之涯): 하늘 끝. 「고시」 19수에 "서로 떨어진 거리 만여 리나 되니, 각기 하늘가에 있네(相去萬餘里, 各在天一涯)"라는 구절이 있다.

127 연연(娟娟): 예쁜 모양

128 항아(姮娥): 전설의 명궁 후예(后羿)의 아내. 옛날에 해는 다리가 세 개 달린 금까마귀[三足鳥]였다고 한다. 모두 열 마리로 매일 하나씩 떠올랐는데, 어느 날 열 마리가 한꺼번에 떠올라 사람들이 살 수가 없자 천제는 후예를 보내 하나만 남기고 모두 쏘아 떨어뜨리게 하였다. 그러나 후예와 항아는 도리어 이 때문에 신의 자격을 박탈당하게 되어 인간 세상에 살게 되었다. 후예가 서왕모(西王母)에게서 하나를 복용하면 영생을 얻고 두 개를 복용하면 승천하는 환약을 두 개 얻어 오는데, 그의 아내인 항아가 혼자 승천하려고 두 개를 모두 훔쳐 먹었다. 그러나 이 죄로 두꺼비가 되어 달로 가게 되었다 한다. 이 때문에 달을 섬궁(蟾宮: 항아가 변한 두꺼비가 사는 궁전)이라고도 부른다. 원래는 항(恒)이라고 하였는데, 한(漢)나라 문제(文帝)의 이름을 피휘(避諱)하여 항(姮)이라 하였으며, 항(嫦)이라고도 하였다.

三五二八[129]盈又缺이라
삼 오 이 팔　　영 우 결

보름에는 찼다가
기망에는 또 이지러지기 시작하네.

翠眉[130]蟬鬢[131]生別離하니
취 미　　선 빈　　생 별 리

푸른 눈썹 아름다운 살쩍머리
생이별했으니,

一望不見心斷絶[132]이라
일 망 불 견 심 단 절

아무리 바라도 보이지 않으니
애간장만 끊어진다네.

心斷絶幾千里오
심 단 절 기 천 리

애간장 끊어짐 몇 천 리 밖이런가?

夢中醉臥巫山雲[133]하니
몽 중 취 와 무 산 운

꿈속에 취해 누우니
무산의 구름 되었다가,

覺來[134]淚滴湘江水[135]라
교 래　　누 적 상 강 수

깨어나선 눈물 뿌리네,
상수의 강물에.

129　삼오이팔(三五二八): '삼오'는 삼오야(三五夜)로 음력 보름날을, '이팔'은 달이 기울기 시작하
　　는 기망일(旣望日), 곧 음력 16일을 말한다.

130　취미(翠眉): 대라(黛螺), 곧 눈썹을 그리는 청흑색의 먹으로 짙게 화장한 눈썹

131　선빈(蟬鬢): 옛날 중국 부인들의 헤어스타일의 일종으로, 매미의 몸체처럼 검고 윤이 난다 해
　　서 붙여진 이름

132　심단절(心斷絶): 매우 비통함을 말한다.

133　무산운(巫山雲): '무산'은 사천성 무산현에 있다. 시 번호 164 이백의 「원단구 선생이 무산을 그
　　린 병풍 앞에 앉아 있는 것을 보고(觀元丹丘坐巫山屛風)」를 참조할 것

134　교래(覺來): '覺' 자는 '깨닫다'의 뜻으로 쓰일 때는 '각'으로 읽고, 꿈이나 잠 따위가 '깨다'의 뜻
　　으로 쓰일 때는 '교'로 읽는다. '래'는 어조사로, 어기를 강하게 하기 위하여 쓰임

135　누적상강수(淚滴湘江水): '상수'는 호남성을 흐르는 하천으로 광서(廣西) 흥안현(興安縣)의
　　양해산(陽海山)에서 발원하여 동정호로 들어간다. 전설에 따르면 순임금의 두 비인 아황(娥
　　皇)과 여영(女英)이 창오(蒼梧)에서 순임금이 죽었을 때 흘린 눈물이 대나무를 물들여 얼룩
　　무늬[斑點]가 생겼다 하며, 이를 상죽(湘竹)이라고 한다. 두 비는 죽어서 상군(湘君)과 상부인
　　(湘夫人)이라는 상수(湘水)의 신이 되었다 한다.

湘江兩岸花木深¹³⁶하니
상 강 양 안 화 목 심

상강의 양쪽 언덕에 꽃나무 무성해도,

美人不見愁人心이라
미 인 불 현 수 인 심

미인 보이지 않으니
사람 마음 슬프게 한다네.

含愁更奏綠綺琴¹³⁷하니
함 수 갱 주 녹 기 금

시름 머금고 다시 녹기금 뜯어 보지만,

調高絃絶無知音¹³⁸이라
조 고 현 절 무 지 음

가락 높아져 줄 끊어져도
알아주는 이 없다네.

美人兮美人이여
미 인 혜 미 인

미인이여, 미인이여!

---

136 화목심(花木深): 꽃이 만발하고 나무가 무성하게 우거지다.

137 녹기금(綠綺琴): 사마상여(司馬相如)가 「옥여의부(玉如意賦)」를 지어 바치자 양왕(梁王)이 기뻐하여 하사했다는 거문고. 진(晉)나라 부현(傅玄)의 「거문고를 읊은 글의 서문(琴賦序)」에 이런 내용이 나온다. "제나라 환공에게는 타는 거문고가 있었는데 호종이라 했으며, 초 장왕에게도 타는 거문고가 있었는데 요량이라 했고, 중세에는 사마상여에게 녹기가, 채옹에게는 초미가 있었는데 모두가 이름난 악기였다(齊桓公有鳴琴曰號鍾, 楚莊王有鳴琴曰繞梁, 中世司馬相如有綠綺, 蔡邕有焦尾, 皆名器也)." 그중에서도 녹기금이 가장 유명해서 나중에는 일반적인 거문고도 모두 '녹기'라 하게 되었다. 『사기』 「사마상여열전」에 의하면 사마상여는 자신의 뛰어난 거문고 솜씨로 탁왕손(卓王孫)의 딸 탁문군(卓文君)의 마음을 사로잡아, 과부인 그녀와 함께 밤에 도망쳤다고 한다. 상여가 탁문군에 대한 애모의 마음을 거문고에 부쳐 그녀의 마음을 사로잡았던 고사를 인용한 것이다.

138 현절무지음(絃絶無知音): 백아(伯牙)와 종자기(鍾子期)의 고사에서 나온 말. 『여씨춘추(呂氏春秋)』 「본미(本味)」에 이런 이야기가 있다. "백아가 거문고를 타면 종자기가 그것을 들었다. 바야흐로 거문고를 타서 뜻이 태산에 있으면 종자기가 말하였다. '훌륭하구나 거문고 타는 것이! 높고 높은 것이 태산과 같구나.' 조금 있다가 뜻이 흐르는 물에 있으면 종자기가 또 말하는 것이었다. '훌륭하구나 거문고 타는 것이! 콸콸하는 것이 흐르는 물과 같구나.' 종자기가 죽자 백아는 거문고를 부숴 줄을 끊어 버리고 종신토록 다시는 거문고를 타지 않았는데, 세상에 다시는 거문고를 탄다고 할 만한 이가 없다고 여겼다." 속마음을 알아주는 진정한 친구라는 뜻으로 쓰인다.

不知爲暮雨兮爲朝雲[139]이라
부 지 위 모 우 혜 위 조 운

저녁 비 되었다가 아침 구름 되었다가
하는 것은 아닌지?

相思一夜梅花發하니
상 사 일 야 매 화 발

그리움에 온밤 지새우자니 매화 피어,

忽到窓前疑是君[140]이라
홀 도 창 전 의 시 군

별안간 창 앞에 이르니
이것 그대인가 의심한다네.

169. 가는 길 험하구나(行路難)[141]

장곡(張穀)[142]

湘東[143]行人長歎息하니
상 동   행 인 장 탄 식

상수의 동쪽 길 가던 사람
길게 한숨 쉬는데,

---

139 위모우혜위조운(爲暮雨兮爲朝雲): 저녁엔 비가 되고 아침엔 떠돌아다니는 구름이 되다. 역시
    시 번호 164 이백의 「원단구 선생이 무산을 그린 병풍 앞에 앉아 있는 것을 보고」를 참조할 것
140 의시군(疑是君): '의시'는 '~은 아닌가?' 정도의 뜻. '군'은 그리워하는 님을 말한다. 창 앞에 핀
    매화의 아름다운 모습과 짙은 향기가 님 생각을 더욱 간절하게 한다는 뜻
141 행로난(行路難): '행로난'도 본디 한대의 가요 이름이다. 주로 세상살이의 험난함과 이별의 슬
    픔을 노래한 것들이 많다. 이 글의 작자에 관해서는 이견이 많다. 당나라 장적(張籍)의 문집인
    『장사업 시집(張司業詩集)』 권 1에 이 글이 수록되어 있는 점으로 보아 장적의 작품으로 봄이
    옳을 것이다.
142 장곡(張穀): 미상. 『고문대전(古文大全)』에는 장곡(張穀)으로 되어 있다. 제목의 주석에서도
    말했듯이 장적의 잘못인 것으로 보인다.
143 상동(湘東): 옛 현명으로 삼국 시대 오(吳)나라에서 설치하였다. 지금의 호남성 형양시(衡陽
    市) 지역이다. 남조 송(宋)나라 명제(明帝) 유욱(劉彧)과 양(梁)나라 원제(元帝) 소역(蕭繹)이
    황제가 되기 전에 상동왕을 지낸 적이 있다.

十年離家歸未得이라
십 년 이 가 귀 미 득

열 해나 집 떠나
아직 돌아가지 못하였네.

翠裘[144]羸馬[145]苦[146]難行이요
취 구 리 마 고 난 행

비취새 털옷에 여윈 말
길 가기 정말 어렵고,

僮僕[147]盡飢少筋力이라
동 복 진 기 소 근 력

어린 종놈들조차 모두 굶주려
거의 힘쓰지 못한다네.

君不見牀頭黃金盡[148]이면
군 불 견 상 두 황 금 진

그대는 모르는가?
머리맡의 황금 다 없어지면,

壯士無顏色[149]가
장 사 무 안 색

장사도 낯빛을 잃는다는 것을.

---

144 취구(翠裘): 취운구라고도 하며, 물총새의 깃털을 모아 만든 옷인데 구름무늬가 있다 하여 붙은 이름. 『장적집(張籍集)』에는 폐구(弊裘)로 되어 있는데, 다 해어진 모피 옷이라는 뜻이다.

145 이마(羸馬): 비쩍 말라 파리해진 말. '이'는 비쩍 말라 쇠약하다, 파리하다. 『예기(禮記)』「문상(問喪)」에 "몸이 병들고 메말라 지팡이로 병든 몸을 부축한다(身病體羸, 以杖扶病也)"는 구절이 있다.

146 고(苦): 매우. '고'가 시에서 부사로 쓰이면 최(最)와 같은 뜻이 된다.

147 동복(僮僕): 나이가 어린 종

148 상두황금진(牀頭黃金盡): 머리맡의 황금이 없어지다. '상두'는 침대 머리. 이상의 3구는 전국시대의 유세가로 합종책(合從策)을 주장하였던 소진(蘇秦)의 고사를 인용한 것이다. 소진이 연횡책을 써서 6국의 재상이 되기 전에 먼저 진나라 왕을 설득하려고 편지를 열 통이나 올렸으나 아무것도 채택되지 않았다. 검은색 담비 갖옷은 다 해어졌고, 가지고 간 황금 백 근은 모두 탕진하고 노자도 한 푼도 남지 않아 결국 진나라를 떠나 고향으로 돌아왔다. 발에는 짚신을 신고 등에는 봇짐을 지었는데, 몸은 마른 나무처럼 수척했고 얼굴에는 시커멓게 검버섯이 피었으며 부끄러운 기색이 역력했다. 『전국책(戰國策)』 권 3 「진책(秦策)」에 보인다.

149 무안색(無顏色): 행색이 초라한 것을 가리킨다. 굴원이 지었다고 하는 「어부와의 대화(漁父辭)」에 이런 구절이 있다. "굴원이 이미 추방되어 강가와 물가에 노닐고 호반을 거닐며 읊조리니, 얼굴빛이 핼쑥하고 몸은 마르고 생기가 없었다(屈原既放, 游於江潭, 行吟澤畔, 顏色憔悴, 形容枯槁)."

龍蟠泥中未有雲[150]이면   용 진흙 속에 서려 있어도
용 반 니 중 미 유 운   구름 생기지 않는다면,

不能生彼[151]昇天翼[152]이라   하늘 날아오를 날개 생겨날 수 없다네.
불 능 생 피   승 천 익

170. 요월정(邀月亭)[153]

마존(馬存)

亭上十分[154]綠醑酒[155]요   정자 위엔 푸르스름한 미주 가득하고,
정 상 십 분   녹 서 주

盤中一筯[156]黃金雞[157]라   쟁반에는 한 꿰미 황금 닭고기 있네.
반 중 일 저   황 금 계

---

150 용반니중미유운(龍蟠泥中未有雲): '반'은 서리다의 뜻으로, 반(盤)과 같다. 『주역(周易)』「건
괘(乾卦)」의 「문언전(文言傳)」에 이런 구절이 있다. "용이 날아오르면 구름이 따르고, 호랑이가
휘파람을 불면 바람이 따른다(雲從龍, 風從虎)." 용이 구름을 얻지 못한 것처럼, 재주 있는 사
람이 때를 만나지 못한 것을 가리킨다.

151 피(彼): 구름을 가리킨다.

152 승천익(昇天翼): 하늘로 날아오를 수 있게 하는 날개. 이상 2구는 사람이 어려운 곤경에 처하
였음을 비유하였다.

153 요월정(邀月亭): 어디에 있었는지는 확실하지 않으나, 달을 보기 위해 세운 정자였던 것 같다.
'요'는 맞다, 부르다의 뜻. 시 번호 62 이백의 「달 아래에서 홀로 술 마시며(月下獨酌)」에 나오는
"잔을 들어 밝은 달님 맞이하니, 그림자 대하여 세 사람 되었네(擧盃邀明月 對影成三人)"란
구에서 취하여 그런 이름을 지은 것이라 생각된다. 마존은 시 번호 147 「사정에서 잔치하며(燕
思亭)」에서도 알 수 있듯이 이백을 매우 흠모하였다. 이 시에서도 이백이 썼던 말들을 도처에
사용하고 있는데, 이는 그가 얼마나 이백에 경도되어 있었는지를 잘 말해 준다.

154 십분(十分): '분'은 도량형으로 쓰이면 푼이라 하여 백 분의 일, 또는 십 분의 일로 쓰인다. 십 분
은 요즘의 개념으로 말하자면 백 퍼센트라는 뜻. 완전함, 충분함 등의 뜻으로 쓰였다.

155 녹서주(綠醑酒): 푸르스름한 빛을 띤 좋은 술. 잘 익은 술을 말한다. '서' 자 자체로만도 미주라
는 뜻이 있으므로, 좋은 술의 극칭이다.

156 일저(一筯): '저'는 저(箸)와 같은 뜻의 이체자로, 젓가락이라는 뜻이다. 여기서는 단위사로 쓰

滄溟[158]東角邀姮娥[159]하니
창 명   동 각 요 항 아

푸른 바다 동쪽 모퉁이에서
항아 맞으니,

氷輪碾上靑琉璃[160]라
빙 륜 연 상 청 유 리

얼음 바퀴 굴러가며
파란 유리 위로 올라오네.

天風洒掃[161]浮雲沒하니
천 풍 쇄 소   부 운 몰

하늘에 바람 부니 물 뿌리고
비로 쓴 듯 뜬구름 사라지고,

千巖萬壑瓊瑤[162]窟이라
천 암 만 학 경 요   굴

천 개의 산 만 개의 골짜기
아름다운 옥 동굴 같네.

桂花[163]飛影[164]入盞來하여
계 화   비 영   입 잔 래

계수나무꽃 빛 날려
술잔 속으로 들어와,

였는데, 한 젓가락이라는 뜻과 한 꿰미[一串]라는 뜻이 있다. 앞 구절의 술이 그득하다는 말과 어울리려면 후자의 뜻으로 보아야 할 것이다.
157 황금계(黃金雞): 잘 구워져 노릇노릇하고 기름기가 번들거리는 닭을 가리킨다.
158 창명(滄溟): 푸르고 깊어서 차가워 보이는 바다
159 항아(姮娥): 달을 말한다. 시 번호 168 노동(盧仝)의 「생각나는 바 있어(有所思)」의 주 128을 참조할 것
160 빙륜연상청유리(氷輪碾上靑琉璃): '빙륜'은 달의 별칭인데, 특히 바퀴같이 둥근 밝은 보름달을 가리킨다. '연'은 맷돌이라는 뜻인데, 여기서는 뒤의 위라는 방향을 나타내는 보어와 함께 동사로 쓰였다. 맷돌이 도는 것처럼 굴러가며 올라오다. '청유리'는 푸른 유리같이 맑은 하늘을 말한다.
161 쇄소(洒掃): 물을 뿌리고 먼지를 쓸다.
162 경요(瓊瑤): 아름다운 옥. '경'은 아름다운 붉은 옥
163 계화(桂花): 달을 가리킨다. 달에는 계수나무가 있다는 전설이 있어, 달의 이칭에는 계(桂) 자가 들어가는 것이 많은데, 이를테면 계월(桂月)·계륜(桂輪)·계궁(桂宮) 같은 것이 있다.
164 비영(飛影): 빛을 날리다. 달빛이 쏟아지는 것을 가리킨다.

傾下胸中照淸骨¹⁶⁵이라
경 하 흉 중 조 청 골

아래로 잔 기울이니 가슴속
뼈까지 맑게 비추네.

玉兎擣藥¹⁶⁶與誰餐고
옥 토 도 약　여 수 찬

옥토끼는 약 찧어
누구에게 먹이려는지?

且¹⁶⁷與豪客¹⁶⁸留朱顔¹⁶⁹이라
차　여 호 객　유 주 안

호탕한 젊은이에게 준다면
붉은 얼굴 그대로 간직할 수 있고

朱顔如可留면
주 안 여 가 류

붉은 얼굴 간직할 수 있다면,

恩重如丘山이라
은 중 여 구 산

은혜 무겁기가 산 언덕 같겠지.

爲君殺却¹⁷⁰蝦蟆精¹⁷¹이니
위 군 살 각　하 마 정

그대 위해 월식 일으키는
달 속의 두꺼비 죽여 버릴까,

165　조청골(照淸骨): 맑고 차가운 달빛이 뼈까지 스며드는 것 같다는 표현

166　옥토도약(玉兎擣藥): 옥토끼가 약을 빻다. 진(晉)나라 부현(傅玄)의 「의천문(擬天問)」에 "달 속에 무엇이 있는가? 흰 토끼가 약을 빻는다네(月中何有, 白兎搗藥)"라는 구절이 있는데, 이로부터 달을 가리키는 전고로 많이 쓰이게 되었다.

167　차(且): 취(就)나 자(藉)의 의미로 쓰여, '만약 ~한다면' 정도의 뜻

168　호객(豪客): 호협(豪俠)을 말한다.

169　유주안(留朱顔): '주안'은 붉고 윤기 나는 얼굴. 한창때의 아름다운 얼굴을 가리키기도 한다. 한창때의 보기 좋은 얼굴을 그대로 유지한다는 뜻. 송옥(宋玉)의 『초사』 「혼을 부름(招魂)」에 "미인 이미 취하니 붉은 얼굴 볼그레하네(美人旣醉, 朱顔酡些)"라는 구절이 있다.

170　살각(殺却): 죽여 없애 버리다. '각'은 딴 동사 밑에 첨가하여 쓰이는 조사로, 완료의 뜻을 나타낸다.

171　하마정(蝦蟆精): '하마'는 원래 개구리와 두꺼비의 통칭. '하마정'은 달에 산다고 하는 전설상의 두꺼비인데 보통 달의 이칭으로 쓰인다. 옛날에는 달에 사는 두꺼비가 달을 먹기 때문에 월식이 일어난다고 믿었다.

腰間老劒光芒寒[172]이라
요 간 노 검 광 망 한

허리에 찬 낡은 검 빛도 싸늘하네.

擧酒勸明月[173]하니
거 주 권 명 월

술 들어 밝은 달에게 권하노니,

聽我歌聲發하라
청 아 가 성 발

내 노래 부르는 것 들어 주오.

照見古人多少愁[174]러니
조 견 고 인 다 소 수

옛사람들 하고많은 시름
비추어 보더니,

更與今人照離別이라
갱 여 금 인 조 리 별

다시 지금 사람들
헤어짐 비추고 있다네.

我曹[175]自是高陽徒[176]니
아 조   자 시 고 양 도

우리네 자처하네,
고양의 술꾼들이라,

---

172 광망한(光芒寒): 칼날에 반사되어 나온 달빛이 싸늘하다. '광망'은 광채(光彩), 광휘(光輝)와
    같은 뜻

173 거주권명월(擧酒勸明月): 제목의 주석에서 언급한 시 번호 62 이백의 「달 아래에서 홀로 마시
    다(月下獨酌)」에 있는 구절에서 따온 것이며, 이 시의 제목 '요월정'도 여기서 따온 것이다.

174 다소수(多少愁): 온갖 시름. '다소'는 원래 수량의 정도를 나타내는 말인데, 경우에 따라서 의문
    수사로 '얼마'의 뜻으로도 쓰이며, 편의복사로 많음을 나타내는 허다(許多)의 뜻으로도 쓰이
    고, 또 경우에 따라서는 적음을 나타내는 소허(少許)의 뜻으로도 쓰인다. 여기서는 두 번째 뜻
    으로 쓰여서 많다는 뜻을 나타낸다.

175 아조(我曹): 우리. '조'는 인칭 명사 뒤에 붙어서 복수를 나타내는 조사로 쓰였는데, 같은 용법
    으로 쓸 수 있는 글자들로는 등(等)·배(輩)·주(儔) 같은 것이 있다.

176 고양도(高陽徒): 고양의 무리. 곧 술꾼을 가리키는 고양주도(高陽酒徒)를 말한다. 고양은 옛
    성읍(城邑) 이름인데 지금의 하남성 기현(杞縣) 서쪽에 있다. 상고 시대 때 전욱(顓頊) 고양씨
    (高陽氏)가 소호씨(少昊氏)를 보좌하여 공을 세워 이곳에 봉해졌기 때문에 이렇게 불린다. 『사
    기』「역생육가열전(酈生陸賈列傳)」에 "처음에 패공[沛公: 곧 유방]이 군대를 이끌고 진류(陳
    留)를 지나가니 역생이 군문(軍門)에 이르러 뵙기를 청하였다. (…) 사자가 나가서 사절하여 말
    하기를 '패공께서는 삼가 선생에게 사죄드립니다. 바야흐로 천하를 평정하는 것을 일삼고 있어
    서 아직 유자(儒者)를 만나볼 여가가 없다고 합니다.' 이에 역생이 눈을 부릅뜨고 칼을 어루만
    지며 사자를 꾸짖었다. '빨리 들어가서 한 번 더 패공께 여쭈어라. 나는 고양의 술꾼(高陽酒徒)

肯學¹⁷⁷羣兒嘆圓缺¹⁷⁸가
긍 학   군 아 탄 원 결

어찌 흉내 내리오, 아이들처럼
차고 이지러짐 한탄함.

171. 장회요(長淮謠)¹⁷⁹

마존(馬存)

長淮之水靑如苔하니
장 회 지 수 청 여 태

기나긴 회수의 물 푸르기 이끼 같아,

行人但覺心眼開¹⁸⁰라
행 인 단 각 심 안 개

나그네 다만 깨닫는 것
마음과 눈이 열림이라네.

湘江¹⁸¹豈無水오
상 강   기 무 수

상강에 어찌 물 없었겠는가?

이지 유자가 아니다"라는 구절이 있다. 역생은 곧 역이기(酈食其)를 말하며, 진류의 고양 사람
이다.

177 긍학(肯學): 어찌 흉내를 내려 하겠는가? '학'은 효(效)와 같은 뜻으로 쓰였다.

178 원결(圓缺): 달이 찼다가 다시 이지러지는 것을 말한다. 소식(蘇軾)의 사(詞)「수조가두(水調
歌頭)」에 "사람에게는 슬픔과 기쁨 헤어짐과 만남이 있고, 달은 흐리고 맑음 차고 이지러짐이
있네(人有悲歡離合, 月有陰晴圓缺)"라는 구절이 있다.

179 장회요(長淮謠): 이 시는『송시기사(宋詩紀事)』에도 수록되어 있는데, 제목 아래에 "절효 선
생[節孝先生: 곧 서적(徐積)을 말한다]이「회지수(淮之水)」란 시를 지어 주자 마존이「장회
요」를 지어 답하였다"라는 주석이 달려 있다. 회수는 원래 하남성 동백산에서 발원하여 안휘,
강소 두 성의 북쪽을 지나 동해로 흘러들어갔는데, 현재는 강소성 회음현에서 시작하여 동쪽
바다로 흘러들고 있다. 예로부터 이 강을 따라 아름다운 궁전·누각·연못·화원 등이 많아 절경을
이루었다. 이 시는 회수의 아름다운 풍물과 그곳에서 맛보는 즐거움을 노래한 작품이다. 먼저
상수와 절강에서 있었던 굴원과 오자서 등의 역사적 일들을 들어 인생의 슬픔을 서술한 후 현
재는 그러한 슬픈 역사가 없고 오직 아름다운 풍경과 즐거움만이 있음을 찬미했는데, 실로 구
상이 치밀할 뿐 아니라 구절 하나하나가 광채를 뿜어내듯 아름답다.

180 심안개: 마음도 눈도 열리다.

181 상강(湘江): 시 번호 168 노동(盧仝)의「생각나는 바 있어(有所思)」를 참조할 것

魚腹忠魂埋[182]니
어 복 충 혼 매

고기 뱃속에 장사 지낸
충성스런 혼 가라앉고,

但見愁雲結雨猿聲哀라
단 견 수 운 결 우 원 성 애

다만 보이느니 시름에 잠긴 구름
비 되고 원숭이 소리 애절함뿐이네.

浙江[183]豈無水오
절 강 기 무 수

절강에 어찌 물 없었겠는가?

鴟革漂胥骸[184]니
치 혁 표 서 해

말가죽 부대 오자서의
시체 떠내려 보내고,

182　어복충혼매(魚腹忠魂埋): 어복(魚腹)은 물고기 뱃속에 장사 지낸다는 뜻의 장어복(葬魚腹)
　　을 말한다. 곧 물에 빠져 죽은 것을 말한다. 초(楚)나라의 충신 굴원이 지었다고 하는 「어부와의
　　대화」에 나오는 "차라리 상수에 몸을 던져 물고기 뱃속에 장사를 지낼망정, 어떻게 희고 흰 깨
　　끗한 몸으로 세속의 티끌과 먼지를 뒤집어쓸 수 있단 말이오?(寧赴湘流葬江魚之腹中, 安能
　　以皓皓之白而蒙世俗之塵埃乎)"란 구절에서 나왔다. 굴원은 영윤(令尹) 자란(子蘭)과 권신
　　(權臣) 근상(靳尙) 등의 모함을 받아 추방된 후 강남을 전전하다가, 끝내 망해 가는 조국을 차
　　마 지켜볼 수 없어 상수의 하류에 있는 멱수(汨水)와 나수(羅水)가 합류하는 지점에서 돌을 품
　　고 물에 빠져 죽었는데, 바로 이 사실을 가리켜 말한 것이다.
183　절강(浙江): 옛날에는 점강(漸江) 또는 지강(之江)이라고 했는데, 물줄기에 굽이가 많아 절강
　　(浙江)이라고 했다. 상류의 발원지는 두 갈래로 북쪽은 신안강(新安江)이며, 남쪽은 난계(蘭
　　溪)인데, 건덕현(建德縣) 동남쪽에서 합쳐지며, 동북쪽으로 흘러 동려현(桐廬縣)에 이르러서
　　는 동강(棟江)이 되며, 부양현(富陽縣)에 이르러서는 부춘강(富春江)이 된다. 옛 전당현(錢
　　塘縣)에 이르면 전당강(錢塘江)이 되며, 절강성(浙江省)이란 명칭은 경내를 흐르고 있는 전당
　　강을 옛날에는 절강이라 하였기 때문에 그렇게 부른다.
184　치혁표서해(鴟革漂胥骸): '치혁'은 원래 술을 담아 두는 데 쓰이는 말가죽 부대인 치이(鴟夷)
　　를 말한다. 『사기』 「오자서열전(伍子胥列傳)」에 나오는 고사. "오자서는 원래 초나라 사람으로
　　이름은 원(員)이다. 그의 아버지 오사(伍奢)는 초나라의 태자태부(太子太傅)였는데, 비무기
　　(費無忌)의 모함을 받아 죽고, 오자서는 오나라로 도망을 쳐서 합려(闔廬)를 도와 왕위에 올리
　　고, 합려가 월나라와의 싸움에서 얻은 병으로 죽자 그의 아들 부차(夫差)를 도와 원수를 갚게
　　하였다. 이때 오나라의 태재(太宰) 백비(伯嚭)는 일찍부터 오자서와 사이가 좋지 않아, 월왕 구
　　천(句踐)의 뇌물을 받고 그를 살려 주고 부차에게 오자서를 모함하였다. 이에 평소부터 오자서
　　의 강직한 성격을 그다지 좋지 않게 생각하였던 부차는 백비의 말을 받아들여 촉루검(屬鏤劍)
　　을 내려 자결하라는 명을 내렸다. 오자서가 죽으며 '반드시 나의 무덤 위에는 가래나루를 심어

但見潮頭怒氣如山來라
단 견 조 두 노 기 여 산 래

다만 보이느니 파도 꼭대기
성난 기운 산처럼 밀려옴 뿐이라네.

孤臣詞客[185]到江上하여
고 신 사 객　　　도 강 상

버림받은 신하와 시인들
이 강가에 이르러,

何以寬心懷리오
하 이 관 심 회

무엇으로 그들의 마음속 회포
누그러뜨렸을까?

長淮之水遶楚[186]流하고
장 회 지 수 요 초　 류

긴 회수의 물 초나라 두르고 흐르며,

先生[187]家住淮上頭[188]라
선 생　　 가 주 회 상 두

선생 사는 집 회수의 가에 있다네.

黃金萬斛[189]浴明月[190]하니
황 금 만 곡　　 욕 명 월

황금빛 만 휘 밝은 달에 목욕하고,

왕의 관으로 쓸 수 있게 하라. 그리고 나의 눈을 빼내어 오나라 동쪽 문 위에 걸어 놓아 월군이
쳐들어와 오를 멸망시키는 것을 똑똑히 보게 하라'고 하였다. 오왕 부차는 오자서가 남긴 말을
전해 듣고 크게 노하여, 오자서의 시체를 말가죽 부대에 넣어 강물에 띄워 버리니 오나라 사람
들이 이를 가엽게 여겨 강기슭에 사당을 세우고 서산(西山)이라 하였다."

185 고신사객(孤臣詞客): '고신'은 임금에게 버림을 받은 신하. '사객'은 시인과 같은 말. 고신은 오
자서를 가리키는 것 같고, 사객은 죽으면서 불후의 명작을 남긴 굴원을 지칭하여 말한 것 같다.
나아가서 그런 처지에 있던 억울한 신하들을 두루 가리킨다.

186 요초(遶楚): 물줄기가 전국 시대 말 초나라의 수도였던 영(郢) 땅을 감돌아 흐르는 것을 가리
킨다.

187 선생(先生): 절효처사(節孝處士)를 말한다.

188 회상두(淮上頭): 회수의 물가. '상'은 강과 함께 쓰이면 물가라는 뜻으로 쓰이며, '두'는 입구나
끄트머리라는 뜻으로 쓰인다.

189 황금만곡(黃金萬斛): 달빛에 반사되어 반짝반짝 빛나는 강물을 형용한 것. '곡'은 도량형 단위
로, 우리말로는 휘라 하며, 열 말의 용량, 또는 그 용량을 되는 용기

190 욕명월(浴明月): 맑은 강물에 비친 달이 마치 달이 강물에 들어가 목욕을 하고 있는 듯하다는
표현

碧玉一片¹⁹¹含清秋라
벽 옥 일 편   함 청 추

짙푸른 옥빛 한 조각
맑은 가을 머금었네.

酒光入面¹⁹²歌一聲하니
주 광 입 면   가 일 성

술기운 얼굴에 나타나
노래 한 곡 뽑으면,

淮上百物無閑愁¹⁹³라
회 상 백 물 무 한 수

회수 가의 온갖 것들
끝없는 시름 없애 준다네.

172. 초상화를 그려 준 하충 수재에게(贈寫眞何秀才)¹⁹⁴

소식(蘇軾)

君不見
군 불 견

그대는 보지 못하였는가,

---

191 벽옥일편(碧玉一片): 한 조각의 푸른 옥. 티 없이 파란 하늘을 가리킨다.

192 주광입면(酒光入面): 취기가 올라 얼굴이 볼그레하게 달아오르는 것을 말한다. 『송시기사』에
    는 '주화입면(酒花入面)'으로 되어 있다. '주광'은 술빛이며, '주화'는 술 위에 떠오른 거품을 말
    한다.

193 한수(閑愁): 끝없는 막연한 우수(憂愁). 쓸데없는 근심. 상강·절강에서 느끼는 헛된 슬픔. 무단
    (無端)의 뜻

194 증사진하수재(贈寫眞何秀才): 『소식시집(蘇軾詩集)』에는 「증사진하충수재(贈寫眞何充秀
    才)」로 되어 있다. 하수재는 하충(何充)을 말한다. 고소(姑蘇) 사람으로 자는 호연(浩然)인데,
    송(宋)나라 곽약허(郭若虛)의 『도화견문지(圖畫見聞志)』라는 책에 의하면 건흥(乾興)에서
    희령(熙寧) 연간까지 실물을 모방하여 그리는 데[傳寫]에 뛰어난 사람이 일곱 명 있었는데, 하
    충도 거기 끼어 있었다고 한다.
    이 시는 소식이 자신의 행적을 세상에 남기려고 별로 생각하지도 않았는데 고맙게도 하수재가
    초상화를 그려 준 사실에 답례로 써 준 것이다. 시 번호 233 두보의 「채색 그림을 노래함(丹青
    引)」에 나오는 표현을 인용함으로써 은연중에 하수재의 솜씨를 조패(曹覇)에 비겼고, 능연각
    에 역대 공신들의 화상을 그린 염입본(閻立本)에다가도 비김으로써 자신의 초상화를 그려 준

潞州別駕[195]眼如電[196]가	노주 별가 눈 번개와 같이,
노 주 별 가 　 안 여 전	
左手挂[197]弓橫捵箭[198]이라	왼손에 활 걸고
좌 수 괘 　 궁 횡 연 전	비스듬히 화살 잡고 있는 것을?
又不見	또 보지 못하였는가?
우 불 견	
雪中騎驢孟浩然[199]가	눈 속 나귀 탄 맹호연,
설 중 기 려 맹 호 연	

데에 대한 감사의 뜻을 나타내고 있다.

195　노주별가(潞州別駕): 당 현종(玄宗)을 말한다. 노주는 당나라 『지리지(地理志)』에 의하면 하동도(河東道)에 속하였다 하며, 지금의 산서성(山西省) 장치현(長治縣). 별가는 곧 별가종사(別駕從事)를 말하는데, 주자사의 부관으로 자사를 좇을 때 다른 수레를 탔기 때문에 이런 이름이 붙었다. 현종 이융기(李隆基)는 『신당서(新唐書)』「현종본기(玄宗本紀)」에 의하면 "성정이 영민하고 용맹스러워 기마와 활쏘기를 잘했으며 음률과 역상(曆象)의 학문에 통달했다. 처음에 초왕(楚王)에 봉해졌다가 나중에 임치군왕(臨淄郡王)이 되었으며, 다시 위위소경(衛尉少卿)·노주 별가의 자리로 옮겼다"고 하였다.

196　안여전(眼如電): 『진서(晉書)』「왕융전(王戎傳)」에 이런 구절이 있다. "[왕융은 총명하여] 해를 보아도 눈이 어지럽지 않았는데, 배해가 그것을 보고서는 놀랍게 여겨보며 말했다. '왕융의 눈은 번쩍번쩍하는 것이 바위 아래의 번개와 같다'(視日不眩, 裴楷見而目之曰, 戎眼爛爛, 如巖下電)."

197　괘(挂): 괘(掛)와 같은 글자로, 물건을 건다는 뜻

198　횡연전(橫捵箭): 『상서담록(尙書譚錄)』에서는 말했다. "노주의 계성궁(啓聖宮)에는 명황(明皇)이 베개를 비스듬히 베고 글씨를 비스듬히 쓰던 벽이 있으며, 요고(腰鼓)와 말구유도 함께 있다. 명황은 한쪽 눈이 약간 사시였기 때문에 화살을 비스듬히 잡은 형상을 그렸다." '연'은 여기서 집(執)의 뜻으로, 손가락으로 물건을 집는 것

199　설중기려맹호연(雪中騎驢孟浩然): 『북몽쇄언(北夢瑣言)』이란 책에 다음과 같은 이야기가 있다. "당나라 정계(鄭綮)는 시로 명성이 있었다. 누가 '상국[相國: 재상]께서는 요즈음 새로 지은 시가 있습니까?'라고 물으니, 대답했다. '시사(詩思)는 파교(灞橋)의 눈바람과 나귀 위에 있는데 이곳에서 어찌 얻겠는가?'" 육심(陸深)의 『옥당만필(玉堂漫筆)』에 의하면 "세상에는 「칠현과관도(七賢過關圖)」가 전해지는데, 개원(開元) 연간에 눈이 온 뒤 장열(張說)·장구령(張九齡)·이백(李白)·이화(李華)·왕유(王維)·정건(鄭虔)·맹호연이 남전관(藍田關)을 나서 용문사(龍門寺)에 가서 노니는 것으로, 정건이 그렸다"고 하였다. 또 맹호연의 시「부명도중봉설(赴命途中逢雪)」을 주제로 하여 그린 맹호연의 초상화가 있었던 것 같다.

皺眉^{200}吟詩肩聳山^{201}이라
추 미　　음 시 견 용 산

눈썹 찌푸리고 시 읊조리며
어깨 산처럼 솟아 있는 것을?

饑寒^{202}富貴^{203}兩安在^{204}오
기 한　　부 귀　량 안 재

주리고 헐벗은 이 부귀하던 이
모두 어디 있는가?

空有遺像留人間이라
공 유 유 상 유 인 간

공연히 초상화만
세상에 남겨 놓았다네.

此身常擬^{205}同外物^{206}하여
차 신 상 의　　동 외 물

이 몸 늘
바깥세상의 사물과 동등시하여,

浮雲變化無蹤跡^{207}이라
부 운 변 화 무 종 적

뜬구름 변화하여
자취 남기려 하지 않네.

問君何苦^{208}寫我眞^{209}고 하니
문 군 하 고　　사 아 진

그대에게 "무엇 때문에 굳이
내 초상화를 그리렵니까?" 물어보니,

200　추미(皺眉): 양미간을 찌푸리다. 즐겁지 않거나 우려가 있음을 나타낸다.
201　견용산(肩聳山): 두 어깨가 산처럼 불쑥 솟다. '용'은 높이 솟아 있는 모양인데, 바짝 여위었음
　　　을 표현한 것
202　기한(饑寒): 제3, 4구에서 읊은 굶주리고 헐벗었던 맹호연을 말한다.
203　부귀(富貴): 제1, 2구에서 읊은 부귀영화를 누렸던 당 현종을 말한다.
204　양안재(兩安在): 맹호연과 당 현종 두 사람은 어디에 있는가? '안'은 의문사로 쓰였다.
205　상의(常擬): 항상 ~하고자 하다. '의'는 『자휘(字彙)』에서 '헤아려 기다림(揣度而待)'이라 하
　　　였다.
206　동외물(同外物): 자신을 외물, 곧 자신 이외의 모든 사물과 일치시키려 하다.
207　무종적(無蹤跡): 자취를 남기지 않다.
208　고(苦): 여기서는 부사로 쓰여 '굳이', '애써'의 뜻
209　사아진(寫我眞): '진'은 사진(寫眞), 곧 초상화를 말한다.

君言好之聊自適²¹⁰이라
군 언 호 지 료 자 적

그대 말이 "그것을 좋아하여
잠깐 즐기는 것"이라 하네.

黃冠野服²¹¹山家容²¹²이니
황 관 야 복　산 가 용

누런 관에 농부의 복색이
산에 은거하는 사람의 모습이니,

意欲置我山巖中²¹³이라
의 욕 치 아 산 암 중

나를 산속 바위틈에
두게 하려는 뜻인 듯.

勳名將相²¹⁴今何限²¹⁵고
훈 명 장 상　금 하 한

큰 공명 이룬 장수와 재상
지금 어찌 한이 있겠는가?

往寫襃公與鄂公²¹⁶하라
왕 사 포 공 여 악 공

가서 포공과 악공
초상이나 그릴 것이지.

210　요자적(聊自適): 애오라지 자신의 뜻이 가는 대로 즐기다. 『장자(莊子)』「대종사(大宗師)」에 이런 구절이 있다. "이들은 남의 일에 쓰이고 남의 즐거움의 도구가 되어 스스로의 참된 즐거움을 즐기지 못한 자들이었다(是役人之役, 適人之適, 而不自適其適者也)."

211　황관야복(黃冠野服): 『예기』「교특생(郊特牲)」에 "농부는 누런 관을 쓰는데, 누런 관은 풀로 만든 의관이다(野夫黃冠. 黃冠, 草服也)"라고 했다. '황관'은 대립(臺笠)과 같으며 그 색이 누렇기 때문에 그렇게 부른다. '야복'은 전야에 묻혀 사는 농부의 복장. 같은 편에 "초립을 쓰고 지참하는 것은 초야에서 입는 의복을 존중하기 때문이다(草笠而至, 尊野服也)"라는 말이 있다.

212　산가용(山家容): 산에 거처하는 사람의 집, 곧 은거하여 사는 사람의 모습

213　치아산암중(置我山巖中): 남조 송나라 유의경(劉義慶)의 『세설신어』「인물들을 품평함(品藻)」에 다음과 같은 구절이 있다. "명제가 사곤에게 물었다. '그대 스스로 말한다면 유량과는 어떻다고 보는가?' 답하여 말했다. '종묘에서 예복을 단정히 입고 백관을 법도에 맞게 부리는 것은 신이 유량보다 못하나, 언덕이나 골짜기에서 마음먹은 대로 유유자적하게 사는 것은 제 스스로 낫다고 생각합니다(明帝問謝鯤, 君自謂何如庾良? 答曰, 端委廟堂, 使百僚準則, 臣不如良, 一丘一壑, 自謂過之).'"

214　훈명장상(勳名將相): '훈명'은 공명(功名)과 같은 말. 나라에 큰 공을 세워 이름을 날린 장수와 재상

215　금하한(今何限): 지금 세상에 어찌 한정이 있겠는가? 무수히 많다는 뜻

173. 묽고 묽은 술(薄薄酒)²¹⁷

소식(蘇軾)

薄薄酒²¹⁸勝茶湯²¹⁹이요
박박주　승다탕

묽디묽은 술이나마 차보다는 낫고,

粗粗布²²⁰勝無裳²²¹하며
추추포　승무상

거칠디거친 옷이나마
옷 없는 것보다는 나으며,

醜妻惡妾²²²勝空房²²³이라
추처악첩　승공방

못난 아내와 모진 첩이나마
빈 방으로 있는 것보다는 낫다네.

216　사포공여악공(寫褒公與鄂公): 당나라 태종(太宗)과 대종(代宗) 때 공신들을 표창하기 위하여 능연각(凌煙閣)이란 높은 누각[高閣]을 세워 놓고 공신들의 화상을 그려 놓았는데, 포공 단지현(段志玄)과 악공 울지경덕(尉遲敬德)도 그 안에 들어 있었다. 상세한 것은 시 번호 233 두보의 「채색 그림을 노래함(丹靑引)」 주 25~26을 참조할 것

217　박박주(薄薄酒): 『소식시집』 권 14에 같은 제목 아래 2수가 실려 있는데, 첫 번째 시이다. 그 서문[引]에 의하면 "교서 선생(膠西先生) 조고경[趙杲卿: 자는 명숙(明叔)]은 집은 가난하지만 술 마시는 것을 좋아하여 술을 가리지 않고 취한다. 항상 말하기를 '묽은 술일망정 차보다는 낫고, 못생긴 마누라일망정 없는 것보다는 낫다'라고 한다. 그 말은 비속한 듯하나 통달한 것 같으므로 이제 그 뜻을 미루고 넓혀 동주의 악부로 보충한다" 하였다.

이 시는 술을 노래한 것으로 『장자』나 『열자(列子)』에서 볼 수 있는 인생관이 담겨 있고, 시정(詩情)과 표현에서는 도연명을 계승하고 있어, 그가 얼마나 도연명을 추앙하였는가를 잘 보여 주고 있다.

218　박박주(薄薄酒): 묽은 술

219　다탕(茶湯): 차

220　추추포(粗粗布): 『동파집』에는 추추포(麤麤布)로 되어 있다. 추(粗)와 추(麤)는 같은 뜻. '포'는 일반 백성의 복장이다.

221　상(裳): 하체를 가리기 위해 입는 아랫도리를 말한다. 치마나 바지 따위. 의(衣)는 윗도리

222　추처악첩(醜妻惡妾): 외모가 못난 아내와 성질이 못된 첩. 응거(應璩)의 고악부 「길에서 세 늙은이를 만나다(道上逢三叟詞)」에 이런 구절이 있다. "길을 가다가 세 늙은이를 만났는데, '어찌하면 이렇게 장수하실 수 있으십니까?' 하였더니, 가운데 늙은이가 앞으로 나와 말하기를, '방 안의 아내와 첩이 못나서라오' 한다(道上逢三叟, 何以得此壽, 中叟前致詞, 室內妻妾醜)." '추처'는 자기 아내를 겸칭하는 말로도 쓰인다.

五更²²⁴待漏²²⁵靴滿霜²²⁶이
오경   대루   화만상

오경에 대루원에서
신발 가득 서리 맞는 것은,

不如三伏²²⁷日高睡足²²⁸北窓凉²²⁹이요
불여삼복   일고수족   북창량

삼복 해 높이 솟도록 늘어지게 자고
북쪽 창문 아래서
시원한 바람 쐼만 못하다네.

珠襦玉匣²³⁰萬人祖送²³¹歸北邙²³²이
주유옥갑   만인조송   귀북망

구슬 장식 수의에 옥으로 만든 관에
만인의 전송 받으며
북망산으로 돌아가는 것은,

---

223 공방(空房): 독수공방(獨守空房). 시중드는 여자가 없는 방
224 오경(五更): 하룻밤을 다섯으로 나눈 다섯째 마지막 시간. 인시(寅時)에 해당하며, 오전 3시에
    서 5시까지. 무야(戊夜) 또는 잔경(殘更)이라고도 한다.
225 대루(待漏): 대신들이 조회에 참석하기 위하여 새벽부터 대궐에 나와 기다리는 것을 말한다.
    당 헌종(憲宗) 원화(元和) 초년에 대루원(待漏院)을 설치하여 재상들이 조회에 참석하기 전
    에 기다리며 휴식을 취하도록 하였다. '루'는 옛날의 물시계였다. 송나라 때는 궁궐의 남문인 단
    봉문(丹鳳門) 오른쪽에 설치하였다. 이 대루원에 대하여 송나라 왕우칭(王禹偁)이 쓴「대루원
    에 대한 기문」이 본서 후집에 있다.
226 화만상(靴滿霜): 온 신발에 서리가 내리다. 백거이(白居易)의「늦게 일어나다(晏起)」에 이런
    구절이 있다. "아득히 장안의 나그네 생각하자니, 이른 아침 서리 옷에 가득하네(緬想長安客,
    早朝霜滿衣)."
227 삼복(三伏): 초복(初伏)·중복(中伏)·말복(末伏)을 통틀어 이르는 말로, 삼경(三庚)이라고도
    하며, 여름철의 가장 더운 기간을 말한다. 하지(夏至) 후 세 번째 경일(庚日: 일진 가운데 10간
    중의 경이 들어가는 날)이 초복, 네 번째 경일이 중복, 입추 후 첫 번째 경일을 말복이라고 한다.
228 일고수족(日高睡足): 백거이의「가는 길이 어찌 그리 더딘가 스스로 묻다(自問行何遲)」에 "술
    깨니 밤 깊은 뒤라, 실컷 자고 나니 해 하늘 높이 있을 때라네(酒醒夜深後, 睡足日高時)"라는
    구절이 있다.
229 북창량(北窓凉): 시 번호 157 사과(謝薖)의「도연명 사진도(陶淵明寫眞圖)」의 주 148과 시
    번호 38「장난삼아 정율양에게 드림(戲贈鄭溧陽)」의 주 197을 참조할 것

不如懸鶉百結²³³獨坐負朝陽²³⁴이라
불 여 현 순 백 결　　독 좌 부 조 양

누덕누덕 꿰맨 남루한 옷 입고 홀로
앉아 등에 아침 햇살 받음만 못하다네.

生前富貴死後文章이나
생 전 부 귀 사 후 문 장

살아서 부귀 누리고
죽으면 문장이 남겨지길 원하나

230　주유옥갑(珠襦玉匣): 구슬을 꿰어 만든 저고리와 옥으로 장식한 상자. 『한서』 「영행전(佞行傳)」에 "동원(東園)의 비기(秘器)며 구슬 저고리 옥상자를 즐겨 동현(董賢)에게 내렸는데, 갖추어지지 않은 것이 없었다"란 구절이 나오는데, 안사고(顏師古)는 "주유는 구슬로 만든 저고리로 갑옷 모양으로 연달아 꿰매었고, 황금으로 아로새겼으며 허리 아래로는 옥으로 상자를 만들었고, 다리까지도 또한 꿰매어 황금을 아로새겼다"고 했다. 여기서는 화려한 수의를 입혀 좋은 관에 넣는다는 뜻으로, 사람이 죽어 장사 지내는 것을 말한다.

231　조송(祖送): 먼 길을 떠남에 전송(餞送)하다. 여기서는 관을 묘지에 보냄

232　귀북망(歸北邙): 북망산으로 돌아가다. 죽는 것을 뜻한다. 북망산은 하남성 언사현(偃師縣) 동북쪽에 있는데, 왕공 귀족들을 많이 장사 지냈다. 지금의 낙양시 교외의 '북망산 고분(古墳) 공원'이 있는 곳이다. 장재(張載)의 「칠애시(七哀詩)」에서는 "북망산 얼마나 겹쳐졌는지, 높은 언덕 네댓 개는 되네(北邙何壘壘, 高陵有四五)"라고 하였고, 도연명은 「의고시(擬古詩)」에서 "하루아침 백 세대 뒤와 같아, 서로 더불어 북망산으로 돌아가네(一旦百歲後, 相與還北邙)" 라고 읊었다. 『속한서(續漢書)』 「오행지(五行志)」에 "영제(靈帝) 때 동요에 '제후라도 제후가 아니며, 왕이라도 왕이 아니니 천 승의 수레 만 기의 기마 북망산 오르네(侯非侯, 王非王, 千乘 萬騎上北邙)'라는 것이 있었다"는 기록이 있다. 나중에는 사람이 죽어서 가는 곳을 대표하게 되었다.

233　현순백결(懸鶉百結): 누더기를 말한다. '현순'은 메추라기를 달아맸다는 뜻인데, 메추라기의 모지라진 꽁지깃처럼 너덜너덜해진 옷을 말한다. 『순자』 「대략(大略)」에 "자하[공자의 제자]는 집이 가난하여 옷이 메추라기를 매달아 놓은 듯했다(子夏家貧, 衣若懸鶉)"고 하였다. '백결'은 옷을 백 번이나 기웠다는 뜻인데, 남루한 옷차림을 말한다. 왕은(王隱)의 『진서(晉書)』에 "동위련[董威輦: 동경(董京)]이 낙양을 한 번 흘긋 보고는 백사(白社)에 머물러 묵었는데, 다 떨어진 비단을 주워다가 기워 옷을 해 입으니 백결이라 불렀다"는 구절이 있다. 우리나라의 방아타령으로 유명한 백결 선생도 그런 옷을 입고 있었기 때문에 그렇게 불린다.

234　독좌부조양(獨坐負朝陽): 홀로 해를 등지고 앉아 아침 햇볕을 쬐다. 『열자』 「양주(楊朱)」에 "옛날 송(宋)나라에 농부가 있었는데 (…) 햇볕을 쬐면서 (…) 그 아내를 돌아보며 말했다. '햇볕을 쬐면서도 그 따사로움을 아는 사람이 없소. 이것을 임금님께 알려드리면 후한 상을 내리실 것이오'"라는 구절이 있다.

百年瞬息²³⁵萬世忙²³⁶이라　백 년 눈 깜짝할 순간이요
백 년 순 식　만 세 망

　　　　　　　　　　　만세도 황망히 지나가니,

夷齊盜跖俱亡羊²³⁷하니　백이 숙제 도척도 모두
이 제 도 척 구 망 양

　　　　　　　　　　　양 잃어버렸으니,

不如眼前一醉是非憂樂都兩忘²³⁸이라
불 여 안 전 일 취 시 비 우 락 도 양 망

　　　　　　　　　당장 흠뻑 취하여 옳고 그름

　　　　　　　　　근심과 즐거움 모두 잊음만 못하리.

235　순식(瞬息): '순'은 눈을 한 번 깜빡이는 사이이며, '식'은 숨을 한 번 쉴 사이. 극히 짧은 동안
236　망(忙): 여기서는 매우 빠름 또는 매우 급속함의 뜻으로 쓰였다.
237　이제도척구망양(夷齊盜跖俱亡羊): 이제는 백이(伯夷)와 숙제(叔齊). 은(殷)나라 때 고죽국 (孤竹國)이란 소국의 공자(公子)로, 서로 왕위를 잇지 않으려다 함께 주나라로 가서 은거하였 다. 이때 주 무왕(武王)이 포악한 은나라를 치려 한다는 소리를 듣고 말고삐를 잡으며 간하였 으나 받아들여지지 않자 주나라의 곡식 먹는 것을 부끄러이 여겨 수양산으로 들어가 고사리를 캐어 먹고 연명하다가 죽었다. 의를 상징하는 인물로 항상 도척과 대비되어 이야기된다. 도척 (盜跖: 또는 蹠)은 유하둔(柳下屯) 사람으로 춘추 말기의 유명한 도적. 『장자』「도척」에 의하면 현인 유하혜(柳下惠)의 아우라고 하는데, 이는 단지 우언(寓言)으로 인(仁)을 끊고 지(智)를 버린 것을 설명하기 위해 그렇게 말하였을 뿐이다.
　　『장자』「육손(駢拇)」에 이런 우언고사가 있다. "장[臧: 종의 아들]과 곡[穀: 어린 아들]이 함께 양을 쳤는데 둘 다 그만 치던 양을 잃고 말았다. 장에게 무슨 일로 그랬느냐고 묻자 책을 끼고 글을 읽고 있었노라 하였고, 곡에게 무슨 일로 그랬느냐고 물었더니 노름을 하면서 놀았다고 하였다. 두 사람이 한 일은 달랐지만 양을 잃어버리기는 매한가지였다. 백이는 명예를 위해 수 양산 아래서 죽었고, 도척은 이욕 때문에 동릉산 위에서 죽었다. 이 두 사람이 죽은 곳은 같지 않지만 목숨을 해치고 본성을 상하게 한 점에서는 같다. 어찌 반드시 백이가 옳다 하겠으며, 도 척이 그르다 하겠는가?"
238　시비우락도양망(是非憂樂都兩忘): 옳고 그름, 근심과 즐거움 따위를 깡그리 모두 잊었음을 말한다. 한유(韓愈)의 시 「홀홀(忽忽)」에 이런 구절이 있다. "죽음과 삶, 슬픔과 즐거움을 모두 벗어던져 버리고, 옳고 그름 이익과 손해 따위는 모두 부질없는 사람들에게 맡겨 버렸으면!(死 生哀樂兩相棄, 是非得失付閑人)"

174. 오잠 현령인 나와 과거시험 동기생 조숙이 지은 야옹정
(於潛令刁同年野翁亭)²³⁹

소식(蘇軾)

山翁不出山하고
산 옹 불 출 산

산의 영감 산 나오지 않았고

溪翁²⁴⁰長在溪라
계 옹　　장 재 계

시내의 영감은 언제나 시내에만
있었는데.

不如野翁來往溪山間²⁴¹하여
불 여 야 옹 래 왕 계 산 간

들의 영감 시내와 산 사이 오가며,

上友麋鹿²⁴²下鳧鷖²⁴³라
상 우 미 록　　하 부 예

위로는 고라니와 사슴 벗하고
아래로는 물오리와 갈매기
벗함만 못하네.

---

239 오잠령조동년야옹정(於潛令刁同年野翁亭): 오잠현은 항주(杭州) 서쪽 203리 지점에 있으
며, 현 서쪽에 잠산(簪山: 'ㆍ'가 더 붙은 것은 수대(隋代)에 와서임)이 있기 때문에 그렇게 부른
다. '동년'은 같은 해에 과거에 급제한 동기생을 말하며, 조숙(刁璹)은 희령(熙寧) 연간에 오잠
현령이 되었다.
　　이 시는 『소식시집』 권 9에 실려 있으며, 제목만 보면 야옹정을 읊은 시로 짐작이 가나 실제로는
정자를 지은 사람을 칭송하고 있는 작품이다. 동파는 39세 때 항주 통판으로 있다가 밀주자사
로 옮겨 가는 도중에 잠시 오잠에 들러 이 시를 지었으며 이때 다른 시도 몇 수 함께 지었다. 이
를 보면 동파는 오잠에 대단한 호의를 지녔던 것 같다. 오잠의 옛 풍속을 이 시의 배경으로 쓰고
있는데, 읽는 이로 하여금 그 유풍과 유속에 깊은 감명을 받게 한다.
240 산옹·계옹(山翁·溪翁): 오잠 현령 조숙(刁璹)의 전임 두 현령. 소식 자신이 주석을 달기를 "두
현령은 이옹정(二翁亭)을 지었다"고 하였다. 『함순임안지(咸淳臨安志)』에 의하면 "산옹정(山
翁亭)은 현의 포동산(圃東山) 백운암(白雲庵) 곁에 있고, 계옹정(溪翁亭)은 현 서북쪽 반주
(潘州)에 있다"고 한다.
241 야옹래왕계산간(野翁來往溪山間): 야옹은 지금 오잠의 현령 조숙을 말한다. 조숙이 전임 두
현령보다 훨씬 더 즐거움을 누릴 수 있다는 뜻. 『도경(圖經)』에 의하면 "작악산(岝崿山)은 현
서쪽 2리 지점에 있는데, 야옹정(野翁亭)이 산의 북쪽에 있다"고 하였다.
242 미록(麋鹿): 고라니와 사슴. 산짐승을 말한다.

問翁何所樂하여
문 옹 하 소 락

영감에게 묻기를 "무엇을 즐거워하여,

三年不去煩推擠²⁴⁴오
삼 년 불 거 번 퇴 제

삼 년이나 떠나지 않아
번거롭게 배제당하는가?" 하니,

翁言此間亦有樂하니
옹 언 차 간 역 유 락

영감이 말하기를 "이곳에도
또한 즐거움 있는데,

非絲非竹²⁴⁵非蛾眉²⁴⁶라
비 사 비 죽   비 아 미

현악기나 관악기 같은 음악도
아니고 예쁜 여자도 아니며,

山人醉後鐵冠落하고
산 인 취 후 철 관 락

산의 도사 취하여 쇠갓 떨어뜨리고,

溪女笑時銀櫛²⁴⁷低라
계 녀 소 시 은 즐   저

시냇가의 여인들 웃을 때면
은빗 떨어지는 것"이라 하네.

---

243 부예(鳧鷖): 물오리와 갈매기. 물새를 말한다.

244 번퇴제(煩推擠): '퇴제'는 배제(排擠)와 뜻이 같다.

245 사죽(絲竹): '사'와 '죽'은 비단실과 대나무를 재료로 삼아 만든 현악기와 관악기를 말하며, 나아가 팔음(八音: 재료가 다른 여덟 가지 악기)의 대표음으로 음악을 총칭한다. 진(晉)나라 좌사(左思)의 「은사를 부름(招隱)」에 이런 구절이 있다. "반드시 현악기와 관악기 같은 음악이 아니더라도, 산과 내에 맑은 음악 있네(非必絲與竹, 山水有淸音)."

246 아미(蛾眉): 누에나방의 촉수(觸鬚)처럼 털이 짧고 초승달 모양으로 길게 굽은 아름다운 눈썹. 곧 미인의 눈썹을 말하며, 나아가 미인을 가리키는 말로 쓰인다.

247 산인~은즐(山人銀櫛): 철관(鐵冠)은 법관(法冠), 곧 법을 집행하는 자가 쓰는 갓이라는 뜻도 있으나, 여기서는 은자가 쓰는 갓을 말한다. 『송사(宋史)』「뇌덕양전(雷德驤傳)」에 "뇌간부(雷簡夫)가 처음 은자가 되었을 때는 소를 타고 출입하고 쇠갓을 쓰고 다녔으며, 스스로 호를 산장(山長)이라 하였다"는 말이 있다. 소식 자신의 주석에 의하면 "천목산의 당도사는 항상 쇠갓을 쓰고 다녔다. 오잠의 부녀자들은 큰 은으로 만든 빗을 꽂았는데, 길이는 한 자 남짓 되었으며 봉묘라 하였다(天目山唐道士常冠鐵冠, 於潛婦女皆揷大銀櫛, 長尺許, 謂之蓬杳)"고 하였다.

我來觀政²⁴⁸問風謠²⁴⁹하니
아 래 관 정   문 풍 요

내 와서 정치 살피려고
민요에 물어보았더니,

皆云吠犬足生氂²⁵⁰라
개 운 폐 견 족 생 리

모두들 말하길 "짖는 개
발에 털 돋아났으니,

但恐此翁一旦捨此²⁵¹去하여
단 공 차 옹 일 단 사 차   거

다만 걱정되는 것 이 영감님
하루아침에 이곳 떠나,

長使山人索寞溪女啼²⁵²라
장 사 산 인 삭 막 계 녀 제

오래도록 산 도사 쓸쓸해지고
냇가의 여인들 슬피 우는 것"이라 하네.

---

248 관정(觀政): 정치의 치적을 살펴 조사하다. 『서경(書經)』「함유일덕(咸有一德)」에 이런 구절이
있다. "일곱 세대의 묘당을 통하여 가히 그 나라의 덕을 볼 수 있으며, 만 사람의 우두머리를 통
하여 가히 그 나라의 정치를 볼 수 있습니다(七世之廟, 可以觀德, 萬夫之長, 可以觀政)."

249 풍요(風謠): 한 지방의 민정을 반영한 노래. 『후한서』「양속전(羊續傳)」에 이런 구절이 있다.
"양속을 남양(南陽) 태수에 임명하였는데, 군의 경계에 들어서자 허름한 옷을 입고 몰래 다니
며 모시는 동자 한 사람에게 고을을 두루 살피게 하고 민요를 캐어물어(觀歷縣邑, 採問風謠)
그것을 바쳤다." 『시경』의 시들도 민정을 살피기 위하여 시를 채집하는 관리(採詩官)들을 파견
하여 채집한 것이며, 한대의 악부시도 그 전통을 이은 것이다. 아울러 우리나라의 패관(稗官)
들도 민정을 반영하는 민담이나 민요를 채집하는 것이 주된 임무였다.

250 폐견족생리(吠犬足生氂): 정치가 잘 행해져서 도둑을 잡으러 다닐 개의 발에 털이 길게 자랄
정도로 마을이 평화로운 것을 뜻한다. 『후한서』「잠팽전(岑彭傳)」에 이런 구절이 있다. "잠희
(岑熙)가 위군 태수(魏郡太守)가 되자 수레를 타고 가는 사람들이 노래 불러 말했다. '내게 가
시나무 있으면 잠 사또님께서 쳐 주시고, 내게 해충 있으면 잠 사또님께서 막아 주시니, 짖는 개
놀라지 않고 발아래에는 긴 털이 났네.'"

251 사차(捨此): '차'는 오잠. 오잠의 현령직에서 물러나는 것을 말한다.

252 장사산인삭막계녀제(長使山人索寞溪女啼): '索'은 쓸쓸하다의 뜻으로 쓰일 때는 '삭'으로 읽
음. 오잠을 대표하는 도사나 부녀자들이 슬퍼하여 운다. 곧 온 오잠의 주민이 오잠 현령 조숙이
떠나는 것을 몹시 슬퍼함을 말한다.

175. 태항산에 오르는 길(太行路)[253]

백거이(白居易)

太行之路能摧[254]車나
태 항 지 로 능 최 거

태항산에 오르는 길
수레 부술 만하다지만,

若比[255]君心是坦途[256]요
약 비 군 심 시 탄 도

그대의 마음에 비한다면
그래도 평탄한 길이며,

巫峽[257]之水能覆[258]舟나
무 협 지 수 능 복 주

무협의 물길
배를 뒤집을 만하다지만,

若比君心是安流[259]라
약 비 군 심 시 안 류

그대의 마음에 비한다면
그래도 고요히 흐르는 편이라오.

---

253 태항로(太行路): 태항산은 직예성(直隸省)과 산서성(山西省)의 경계인 회맹(懷孟) 하내현(河內縣)에 있으며, 정상에는 구절판(九折坂)이 있는데 가장 험난하다.
『백씨장경집(白氏長慶集)』 권 3의 「신악부(新樂部)」 50수 가운데 열 번째 작품인데, 서문에 의하면 "부부의 일을 빌려 군신 간의 관계가 좋게 끝나지 않음을 풍자하고 있다"고 했다. 「신악부」는 원화 4년(809)에 백거이가 좌습유라는 임금의 실수를 지적해서 시정을 요구하는 벼슬자리에 있으면서 천자에게 잘못을 암시적으로 일러 주기 위해 지은 것으로, 두보의 시에서 영향을 받아 사회를 풍자하고 있다. 백거이는 항시 정치와 도덕을 바로잡기 위한 문학 창작을 자신의 본령으로 삼았다. 그래서 그 누구보다도 사회의 비리를 지적하고 상위자의 부덕을 고발하는 시를 누구나 읽을 수 있게 평범한 서민적 언어로 남겼으며, 이 때문에 그는 '광대교화주(廣大敎化主)'로 불리는 것이다.
254 최(摧): 꺾다, 부러뜨리다. 여기서는 수레를 망가뜨려 부수다의 뜻
255 약비(若比): 비교한다면. 비교컨대
256 탄도(坦途): 평탄한 길
257 무협(巫峽): 사천성 기주부 무산현에 있으며 광계협(廣溪峽), 서릉협(西陵峽)과 함께 삼협의 하나. 장강의 수로 가운데서 물길이 매우 험난한 곳이다. 시 번호 164의 주 55를 참조할 것.
258 복(覆): 뒤집어엎다, 전복시키다.
259 안류(安流): 물의 흐름이 잔잔한 것

君心好惡²⁶⁰苦不常²⁶¹하여　　그대 마음 좋아함과 싫어함
군 심 호 오　　고 불 상　　　　실로 일정치 않아,

好生毛髮²⁶²惡生瘡이라　　좋아하면 깃털 나고
호 생 모 발　　오 생 창　　　　싫어하면 상처 생긴다네.

與君結髮²⁶³未五載에　　　그대와 결혼하여 머리 올린 지
여 군 결 발　　미 오 재　　　　오 년도 되지 않았는데,

豈期牛女²⁶⁴爲參商²⁶⁵고　어찌 기약하였으리, 견우와 직녀
기 기 우 녀　　위 삼 상　　　삼성과 상성처럼 될 줄을.

古稱色衰²⁶⁶相棄背²⁶⁷라도　옛말에 얼굴빛 시들면
고 칭 색 쇠　　상 기 배　　　서로 버리고 등진다 했는데도

260　호오(好惡): 좋아함과 싫어함. 애증(愛憎)

261　고불상(苦不常): 매우 일정하지 않다. 자주 변한다는 뜻

262　호생모발(好生毛髮): '모발'은 『백거이집』에는 모우(毛羽)로 되어 있다. 한(漢)나라 장형(張
　　衡)의 「서쪽 서울(西京賦)」에 "좋아하는 것은 깃털 나게 하고, 싫어하는 것은 부스럼 나게 하네
　　(所好生毛羽, 所惡成瘡痏)"라고 하였다. 『문선』에 주석을 단 장선(張銑)은 "이는 변사들이 좋
　　아하는 것은 기려 깃털이 나게 하고, 싫어하는 것은 헐뜯어 상처가 나게 함을 말한 것이다"라고
　　하였다. 사람을 평하여 말할 때 좋아하면 칭찬하여 아름다운 깃털이 돋아나게 하여 하늘을 날
　　듯이 해 주고, 싫어하면 마구 헐뜯어 생채기를 내듯 한다는 말이다.

263　여군결발(與君結髮): '결발'은 아내라는 뜻과 상투를 올리지 않은 미성년 남자라는 뜻이 있는
　　데, 여기서는 결혼을 뜻하는 말로 쓰였다. 옛날 풍습에 의하면 결혼할 때 남자는 왼쪽에 여자
　　는 오른쪽에 서서 비녀를 찌르고 머리를 묶었다. 삼국 위(魏)나라 조식(曹植)의 「칡을 심다(種
　　葛)」에 "그대와 갓 결혼했을 때, 머리 올린 은혜로운 뜻 깊었네(與君初婚時, 結髮恩義深)"라
　　고 하였다.

264　우녀(牛女): 견우성과 직녀성을 말하며, 사이좋은 부부라는 뜻의 비유어로 많이 쓰인다.

265　삼상(參商): 삼성(參星)과 상성(商星). 삼성은 서쪽 하늘에, 상성은 동쪽 하늘에 등지고 떠 있
　　어 동시에 이 두 별을 볼 수가 없으므로, 친한 사람과 이별하여 서로 만나지 못함을 비유하는 말
　　로 쓰인다.

當時美人猶怨悔어든
당 시 미 인 유 원 회

그때의 여인들 원망하고 후회했거늘,

何況如今²⁶⁸鸞鏡²⁶⁹中에
하 황 여 금　　난 경　중

하물며 지금 난새 거울 속의,

妾顔未改²⁷⁰君心改²⁷¹오
첩 안 미 개　군 심 개

제 얼굴 아직 변치 않았으나
그대 마음 변하였다네.

爲君熏衣裳²⁷²이나
위 군 훈 의 상

그대 위해 옷에 향내 배게 해도,

君聞蘭麝²⁷³不馨香²⁷⁴이요
군 문 난 사　불 형 향

그대 난초향과 사향도
향기롭다 하지 않고,

爲君盛容飾²⁷⁵이나
위 군 성 용 식

그대 위해 곱게 화장하고 꾸며도,

266　색쇠(色衰): 용모가 시들다. 늙어 아름다움을 잃는 것을 가리킨다.

267　상기배(相棄背): 서로 버리고 등지다.

268　여금(如今): 지금(至今)과 같은 뜻

269　난경(鸞鏡): 뒷면에 난새를 조각한 거울. 남조 송(宋)나라 범태(范泰)의「난조시서(鸞鳥詩序)」
　　에 이런 말이 있다. "옛날 계빈[罽賓: 서역에 있던 나라 이름] 왕이 준묘(峻卯)의 산에 그물을 쳐
　　서 난새 한 마리를 잡았는데, 왕이 매우 아껴 울게 하려 했으나 뜻을 이루지 못했다. 이에 금울
　　타리로 장식하고 값진 음식을 주었는데도 마주 보니 더욱 수척해졌으며 3년 동안 울지 않았다.
　　그 부인이 말하기를 '일찍이 듣건대 새는 그 무리를 보고 난 뒤에 운다고 하는데, 어째서 거울을
　　달아 놓아 비춰 주지 않습니까?'라고 하니 왕이 그 뜻을 좇았다. 난새가 자신의 모습을 보고 슬
　　퍼 우니 구슬픈 소리가 한밤중에 울려 퍼졌으며, 온몸을 한 번 떨친 후 죽었다." 이때부터 부녀
　　자가 짝을 잃고 상심하는 전고로 쓰이게 되었다.

270　안미개(顔未改): 얼굴 모습이 아직 조금도 변치 않았다.

271　심개(心改): 마음이 변하다.

272　훈의상(熏衣裳): 향내 나는 물건을 태워 그 연기를 쐬어 향기가 옷에 배게 하다.

273　난사(蘭麝): 난초와 사향(麝香). 모두 옛날 중국에서 향료(香料)로 쓰던 것들임

274　형향(馨香): 향기로운 냄새

275　용식(容飾): 곱게 화장하고 치장하다. 『전국책』「조책(趙策) 1」에 "선비는 자신을 알아주는 자
　　를 위해 죽고, 여자는 자신을 보고 즐거워하는 자를 위해 얼굴을 꾸민다(士爲知己者死, 女爲
　　悅己者容)"라고 하였다. 이 말은 『사기』「자객열전(刺客列傳)」에도 인용되어 있다.

君看珠翠276無顏色이라
군 간 주 취 　 무 안 색

그대 내 고운 모습 보고도
얼굴빛 한 번 움직이지 않네.

行路難277難重陳278하니
행 로 난 　 난 중 진

가는 길 어려움
거듭 이야기하기 어렵네.

人生莫作279婦人身하라
인 생 막 작 　 부 인 신

사람으로 태어나거든 부디
여자의 몸은 되지 마오.

百年280苦樂由他人281이라
백 년 　 고 락 유 타 인

백 년의 괴로움과 즐거움
남에게 매여 있다오.

行路難은
행 로 난

가는 길 어려움,

難於山282險於水하니
난 어 산 　 험 어 수

산보다 어렵고 물보다 험하네.

不獨人間夫與妻요
부 독 인 간 부 여 처

유독 인간 세상
지아비와 아내만 그런 게 아니라,

近代君臣亦如此라
근 대 군 신 역 여 차

근래엔 임금과 신하 또한 이와 같다네.

---

276 주취(珠翠): 진주(眞珠)와 비취(翡翠). 부녀자가 몸을 치장할 때 쓰는 장식물. 여기서는 그런 것들을 써서 치장한 모습을 말한다.

277 행로난(行路難): 가는 길이 험난하다. 세상살이의 어려움을 뜻한다.

278 난중진(難重陳): '중'은 중복(重複)의 뜻으로 쓰였다. 거듭. '진'은 진술하다.

279 막작(莫作): '막'은 금지형 부정 부사. '절대 ~이 되지 말라' 정도의 뜻

280 백년(百年): 일생, 한평생

281 유타인(由他人): 남에게 달려 있다. 여기서 '인'은 자기라는 뜻의 기(己)와 반대되는 의미로 남이라는 뜻

282 난어산(難於山): 산에 오르기보다 어렵다. '어'는 때와 장소를 나타내는 전치사로도 쓰이고, 비교의 뜻을 나타내는 전치사로도 쓰이는데, 여기서는 후자의 뜻으로 쓰였다.

君不見
군 불 견

그대는 보지 못하였는가?

左納言²⁸³右納史²⁸⁴아
좌 납 언   우 납 사

왼쪽의 납언이나 오른쪽의
내사 같은 벼슬아치들,

朝承恩²⁸⁵暮賜死²⁸⁶라
조 승 은   모 사 사

아침엔 은총 받다가
저녁엔 죽음 받는 것을.

行路難은
행 로 난

세상살이의 험난함은

不在水不在山하고
부 재 수 부 재 산

산 때문도 아니고 물 때문도 아니며,

祇²⁸⁷在人情反覆間이라
지   재 인 정 반 복 간

오직 사람의 마음
이리저리 뒤집히는 데 있네.

---

283 납언(納言): 곧 시중(侍中)을 말한다. 순(舜)임금 때 있던 벼슬로 임금의 명령을 받아들이고 내
    보내는 것을 관장했다 하며, 나중에는 시중의 별칭으로 쓰이게 되었다. 수(隋)나라 때 피휘하
    여 문하성장관(門下省長官)으로 고친 적이 있으나 당나라 때에는 다시 시중으로 고쳤으며 정
    3품관
284 납사(納史): 『백거이집』에는 내사(內史)로 되어 있다. 내사는 서주(西周)와 춘추 전국 시대에
    설치된 사관(史官). 장관은 내사윤(內史尹), 혹은 내사윤씨(內史尹氏)라 하였으며 왕명의 출
    납, 왕실 족보 자료의 수장(收藏), 제사 참여, 날씨[天像]와 인사(人事)의 예측, 자문 및 사신의
    파견 등을 관장했다.
285 승은(承恩): 임금의 은택을 입다.
286 사사(賜死): 군왕이 신하에게 자살을 명하다.
287 지(祇): 지(祇) 자와 같이 쓰이며, 지(只) 자와 같은 뜻. 다만, 오직

176. 칠덕무(七德舞)[288]

七德舞七德歌는
칠 덕 무 칠 덕 가

일곱 덕의 춤과 일곱 덕의 노래,

傳自武德[289]至元和[290]라
전 자 무 덕　　지 원 화

전하여진 것 무덕에서
원화에 이르렀네.

元和小臣[291]白居易는
원 화 소 신　　백 거 이

원화 연간의 미천한 신하 백거이,

觀舞聽歌知樂意[292]하여
관 무 청 가 지 악 의

춤 살피고 노래 들어
음악의 뜻 알게 되어,

---

288 칠덕무(七德舞): 『좌전(左傳)』 「선공(宣公) 12년」에 "무라는 것은 난폭한 자를 억누르고, 무기를 거두어 싸움을 중지하며, 큰 나라를 보유하고, 공을 세우고, 백성들을 편안하게 하며, 만민을 화락하게 하며, 물자를 풍부하게 해서 생활을 안정케 하는 것이다(夫武禁暴, 戢兵, 保大, 定功, 安民, 和衆, 豊財者也)"라는 말이 있는데, 이것을 무(武)의 칠덕이라고 한다. 당 태종이 진왕이었을 때, 유무주를 격파하고 군중에서 「진왕파진악(秦王破陣樂)」을 지어 연회 때마다 이를 연주하게 하였으며, 정관 7년(633) 정월에 신하들로 하여금 가사를 다시 짓게 하고는 이를 '칠덕무'라 불렀다.
　　이 시는 『백씨장경집』 권 3에 실린 「신악부」 50수의 첫째 시로 앞의 「태항산에 오르는 길」과 같은 시기에 지어졌다. 제목 바로 아래에 "난을 진압하고 왕업을 편 것을 찬미했다(美撥亂陳王業也)"는 말이 붙어 있다. 태종의 칠덕무에 감동한 백거이가 그 위업을 찬미하고 당나라의 무궁한 발전을 기리기 위해 지은 것이다. 「칠덕무」를 「신악부」의 첫째 시로 놓은 것은 선대의 위업을 찬양함으로써 당시의 천자가 경각심을 갖게 하려는 의도인 것으로 보인다.
289 무덕(武德): 당 고조(高祖) 이연(李淵)의 연호. 618~626년
290 원화(元和): 당 헌종(憲宗) 이순(李純)의 연호. 806~820년. 백거이는 772년에 태어나 846년에 죽었다.
291 소신(小臣): 임금에 대한 신하의 일인칭 낮춤말. 천자 태종의 일을 서술하는 글이므로 이렇게 부른 것이다.
292 악의(樂意): 무악(舞樂)을 지은 취지를 말한다.

曲終稽首²⁹³陳其事²⁹⁴라
곡 종 계 수　　진 기 사

곡 끝나자 머리 조아리고
그 일 진술합니다.

太宗十八擧義兵²⁹⁵하여
태 종 십 팔 거 의 병

태종 황제께서는 열여덟에
의로운 병사 일으키시어,

白旄黃鉞²⁹⁶定兩京²⁹⁷이라
백 모 황 월　　정 양 경

흰 깃발과 황금 도끼로
낙양과 장안 평정하셨네.

擒充²⁹⁸戮竇²⁹⁹四海³⁰⁰淸하니
금 충　　육 두　　사 해　　청

왕세충 사로잡고 두건덕 잡아 죽여
사해를 깨끗이 하셨으며,

---

293 계수(稽首): 머리가 땅에 닿도록 공손히 절하다. 돈수(頓首)와 같은 뜻

294 진기사(陳其事): 태종의 업적에 관하여 글을 짓는 것을 말한다.

295 십팔거의병(十八擧義兵): 당 고조 이연은 수(隋) 공제(恭帝) 의령(義寧) 원년(617) 5월에 칭제(稱帝)하고 군사를 일으켰는데, 이때 태종 이세민(李世民)은 18세였다.

296 백모황월(白旄黃鉞): 하얀 소의 꼬리로 장식한 깃발과 황금 도끼. 『서경』 「목서(牧誓)」에 다음과 같은 구절이 있다. "임금은 왼손에는 황금 도끼를 짚고, 오른손에는 흰 쇠꼬리 깃발을 들고 지휘하면서 '멀리 왔도다, 서쪽 땅의 사람들이여!'라고 했다." 주(周)나라 무왕(武王)이 은(殷)나라 주왕(紂王)을 친 것을 당 고조가 수나라를 친 것에 비겼다. '백모'는 지휘를 뜻하며, '황월'은 형구(形具)이다.

297 양경(兩京): 동경(東京)인 낙양(洛陽)과 서경(西京)인 장안(長安: 지금의 서안(西安)). 역대로 이 두 도시에 대한 우열론이 끊이지 않아 이 두 도읍에 대한 부(賦)가 많이 지어졌는데, 『문선』에 보면 앞 네 권이 모두 이 두 서울을 읊은 부이다.

298 금충(擒充): 왕세충(王世充)을 사로잡은 것을 가리킨다. 왕세충은 서역인으로 자는 행만(行滿). 원래 성은 지(支)인데 부친이 왕씨의 집에 양자로 들어가 왕씨가 되었다. 수 양제(煬帝)의 총애를 받아 강도 통수(江都通守)가 되었는데, 양제가 우문화급(宇文化及)에게 시해되자 낙양에서 월왕(越王) 동(侗)을 왕위에 세워 공제로 삼고 자신은 정국공(鄭國公)에 책봉되었다. 이듬해에는 결국 공제를 폐위시키고 칭제한 후 국호를 정(鄭)이라 하고, 연호를 개명(開明)이라 했다. 무덕(武德) 3년(620) 재위 3년여 만에 당 진왕(秦王: 태종 이세민)에게 패하여 항복하였는데, 결국 옛 원수인 독고수덕(獨孤修德)에게 피살되었다.

二十有四³⁰¹功業成이요 스물 하고도 넷에는 공업 이루셨고,
이 십 유 사   공 업 성

二十有九卽帝位³⁰²하고 스물아홉에는 제위에 오르셨으며,
이 십 유 구 즉 제 위

三十有五致太平³⁰³이라 서른 하고도 다섯에는
삼 십 유 오 치 태 평   태평성대 이루셨네.

功成理定³⁰⁴何神速³⁰⁵고 공업 이루어 정치가 안정됨이
공 성 이 정   하 신 속   얼마나 신기할 정도로 빨랐던가?

速在推心置人腹³⁰⁶이라 신속함은 자기 마음 미루어
속 재 추 심 치 인 복   남의 속에 둠에 있었네.

---

299 육두(戮竇): 두건덕(竇建德)을 잡아 죽이다. 두건덕은 농민 출신으로 처음에는 수나라의 모민
     대장(募民隊長)이었으나, 수나라를 반대하는 농민 의용군과 내통한다는 의심을 받고 온 가족
     이 살해되자 민중을 모아 하북(河北)의 여러 군에 본거지를 두고 하왕(夏王)이라 칭하고 오봉
     (五鳳)이란 연호를 썼다. 양제가 우문화급에게 시해되었을 때 서쪽으로 가던 우문화급을 죽였
     다. 왕세충이 칭제하는 것을 보고 자기도 하제(夏帝)라 하였다. 이세민이 왕세충을 치자 그를
     구하러 나섰다가 무덕 4년(621)에 패배하여 포로가 되었으며, 장안에서 참살당했다.
300 사해(四海): 옛날 사람들은 육지가 사방의 바다로 둘러싸여 있다고 믿었기 때문에, 온 천하를
     사해라 하였다.
301 이십유사(二十有四): 24세. 옛날에는 십 단위 수와 단 단위 수 사이에 습관적으로 유(有) 자를
     썼는데, 『논어』「위정(爲政)」의 '十有五而志千學' 같은 것이 좋은 예이며, 『서경』에는 하나의 예
     외도 없이 유(有) 자를 썼다.
302 당 태종은 626년 제위에 올랐으며, 이듬해 연호를 정관(貞觀)으로 고쳤다.
303 치태평(致太平): 태평성대를 이룩하다.
304 이정(理政): 정치가 안정되다. '이'는 치(治)의 뜻. 당 고종(高宗)의 이름이 치(治)였기 때문에
     피휘(避諱)하는 습관에 따라서 치(治) 자를 쓸 곳에 이(理) 자를 대신 썼음. 옛날에는 피휘의
     요구가 굉장히 엄격해 행정 소재지라는 뜻으로 쓰인 치(治) 자의 경우도 이(理) 자로 대치하는
     경우가 있었다.
305 신속(神速): 신기할 정도로 일이 빠르게 이루어지다. 매우 빠름을 형용하는 말
306 추심치인복(推心置人腹): '치'는 치(致)라고도 함. 자기의 마음을 미루어 헤아려 다른 사람의
     뱃속, 즉 마음에 옮겨다 놓다. 정성껏 사람들을 대함을 말한다. 『동관한기(東觀漢記)』「광무제

亡卒遺骸散帛收[307]하고
망 졸 유 해 산 백 수

죽은 병사들의 버려진 시체
비단 흩어 거두셨고,

飢人賣子分金贖[308]이라
기 인 매 자 분 금 속

굶주린 사람들 아이 팔자
금 나누어 갚게 하셨네.

魏徵夢見天子泣[309]하고
위 징 몽 견 천 자 읍

위징 꿈에서 보자
천자의 몸으로 우셨고,

張謹哀聞辰日哭[310]이라
장 근 애 문 진 일 곡

장공근 죽은 소식 듣자
진일임에도 통곡하셨네.

기(光武帝紀)」에 "소왕께서는 진심을 다른 사람의 뱃속으로 옮겨 놓으니 어찌 그를 위해 죽지
않겠는가?(蕭王推赤心置人腹中, 安得不投死)"라고 하였다.

307 망졸유해산백수(亡卒遺骸散帛收): 태종은 정관(貞觀) 초에 천하에 조칙을 내려 군진에서 죽
은 자들에게 제사를 지내고 매장해 주라고 하였으며, 얼마 있다가 다시 비단을 흩어 죽은 병사
들의 유해를 구했다.

308 기인매자분금속(飢人賣子分金贖): 정관 2년에 큰 기근이 들어 사람들 가운데 아이를 팔아먹
는 자들이 있었다. 이에 태종은 조칙으로 왕실 창고의 금과 비단으로 모두 속량케 하여 그들을
부모에게 되돌려 주었는데, 그 일을 말한다.

309 위징몽견천자읍(魏徵夢見天子泣): 위징은 당 태종 때의 명신으로 자는 현성(玄成). 수나라
말기에 이밀(李密)을 좇아 당나라에 귀항하여 관직이 간의대부(諫議大夫), 비서감(秘書監)
에 이르렀다. 뛰어난 문인이자 사가(史家)로 『수서(隋書)』의 편수를 주관하였으며 태종이 경외
하였다고 한다. 위징의 병이 위독해졌을 때 태종은 그와 이별하는 꿈을 꾸고 잠에서 깨어서는
눈물을 흘렸는데, 그날 저녁 위징이 죽었다. 그래서 직접 지은 「어제비(御製碑)」에서 "옛날 은
종은 꿈에서 훌륭한 보필자를 얻었는데, 지금 짐은 깬 뒤에 현명한 신하를 잃었다(昔殷宗得良
弼於夢中, 今朕失賢臣於覺後)"고 하였다.

310 장근애문진일곡(張謹哀聞辰日哭): 장근은 장공근(張公謹). 장공근의 자는 홍신(弘愼), 위주
(魏州) 번수(繁水) 양주 도독까지 올랐으며 49세에 죽었다. 태종이 애도하려 하자 유사(有司)
가 "진일에는 음양이 꺼려 곡을 할 수 없습니다"라고 하였다. 태종은 "임금과 신하는 의리가 중
하여 부자의 정과 같다. 정은 마음속에서 나오는 것이니 어찌 진일임을 알겠는가?"라고 하고는
마침내 곡했다(『신당서』 권 89 「장공근전」).

怨女三千放出宮[311]하고
원 녀 삼 천 방 출 궁

원망하는 여인 삼천 명
풀어 주어 궁전 밖으로 내보내시고,

死囚四百來歸獄[312]이라
사 수 사 백 내 귀 옥

사형수 사백 명은 형기가 되자
옥으로 돌아오게 하셨네.

剪鬚燒藥賜功臣하니
전 수 소 약 사 공 신

수염 자르고 약 달여
공로 세운 신하에 내리시니,

李勣嗚咽思殺身[313]이라
이 적 오 열 사 살 신

이적 울음 터뜨리며
몸 바칠 것 생각했네.

含血吮瘡撫戰士하니
함 혈 연 창 무 전 사

피 머금고 종기 빨아
싸우는 사졸 격려하니,

---

311 원녀삼천방출궁(怨女三千放出宮): '원녀'는 남편이 없는 여자인데, 여기서는 궁녀를 말한다.
『한비자(韓非子)』「외저설(外儲說) 우하」에 "궁중에 원망하는 여자가 많으면 백성들은 아내를
얻지 못합니다(宮中有怨女, 則民無妻)"라고 하였다. 태종은 항상 시신(侍臣)에게 "아내가 궁
중 깊숙이 유폐되어 있으면 정리상 실로 불쌍하니 지금 당장 내보내어 제 짝을 찾게 하라"고 말
하였다. 이에 좌승(左丞) 대주(戴冑) 및 급사중(給事中) 두정륜(杜正倫)이 액정궁(掖庭宮)의
서문에서 수천 명을 가려내도록 하여 모두 풀어 주어 돌려보냈다.
312 사수사백내귀옥(死囚四百來歸獄): 정관 6년(632) 친히 사형수 390명을 적어 풀어 준 뒤 집
으로 돌려보내고는 이듬해 가을에 와서 형을 집행받으라 하였다. 기한이 되자 모두 돌아오니
조칙으로 사면해 주었다. 이 사건을 두고 송나라 구양수(歐陽脩)는 「사형수의 가석방에 대해
논함(縱囚論)」이라는 글을 지었다.
313 전수~사살신(燒藥~思殺身): 이적은 항상 병에 시달렸는데, 의원이 말하기를 용의 수염을 태
운 재를 얻어야 치료할 수 있다고 하였다. 이에 태종이 스스로 수염을 잘라 태워 재를 내렸는데,
다 복용하고 나니 나았다. 이적은 이에 머리를 조아리고 눈물을 흘리며 감사해했다. 이적의 본
명은 서세적(徐世勣)인데, 태종을 도와 공을 세운 노고를 인정받아 이씨 성을 하사받고 태종
의 휘를 피해 세 자는 이름에서 뺐다. 고종 즉위 후 상서좌복야(尙書左僕射)를 거쳐 사공(司
空)까지 올랐다.

思摩奮呼乞效死[314]라
사 마 분 호 걸 효 사

이사마 크게 감동하여
목숨 바칠 것 간청했다네.

則知不獨善戰善乘時[315]요
즉 지 부 독 선 전 선 승 시

이로써 알 수 있네, 싸움만 잘한 것이
아니라 때를 잘 얻었으며,

以心感人人心歸라
이 심 감 인 인 심 귀

마음으로 사람들 감동시키니
사람들 마음으로 귀의했음을.

爾來一百九十載[316]에
이 래 일 백 구 십 재

그로부터 백구십 년을,

天下至今歌舞之라
천 하 지 금 가 무 지

천하에서는 지금까지도
그것 노래하고 춤추네.

歌七德舞七德은
가 칠 덕 무 칠 덕

일곱 덕 노래하고
일곱 덕 춤추는 것은,

聖人有作[317]垂無極[318]이라
성 인 유 작   수 무 극

성인께서 지으신 것
끝없이 드리우기 위함이네.

---

314 함혈~걸효사(含血~乞效死): 정관 19년(645) 태종이 고구려 정벌에 나섰을 때 대장군 이사마
   가 화살에 맞았다. 태종은 몸소 이사마의 상처에 입을 대고 피를 빨아내었다. 그에 감동한 사졸
   들은 크게 용기를 냈다고 한다. 전국 시대 때 오기가 졸병의 피고름을 입으로 뽑아 주어 이에 감
   동한 나머지 죽음으로 보답하였다는 연저지인(吮疽之仁)이란 고사가 있다. 이사마는 원래 돌
   궐 사람이었는데 무덕(武德) 초에 당나라로 귀순하여 고조로부터 화순군왕(和順君王)에 봉
   해졌으며, 태종 때 주의 도독(都督)이 되었다.

315 승시(乘時): 때를 놓치지 않고 잘 타다.

316 이래일백구십재(爾來一百九十載): '이래'는 '그로부터', '재'는 년(年)과 같은 뜻. 고조가 즉위한
   무덕 원년(618)에서 백거이가 이 시를 지을 때인 헌종 원화 2년(807)까지 190년 동안. 연수는
   어림하여 계산한 것

317 성인유작(聖人有作): 성인이 만든 것. 태종이 칠덕무를 지은 것을 가리킨다. 『중용(中庸)』 제

豈徒耀神武[319]며
기 도 요 신 무

어찌 한갓 귀신같은
무위만 빛날 것이며,

豈徒誇聖文[320]이리오
기 도 과 성 문

어찌 한갓 성스러운
문덕만 과시함이겠는가.

太宗意在陳王業[321]이니
태 종 의 재 진 왕 업

태종 황제의 뜻
왕도의 대업을 널리 펼쳐,

王業艱難示子孫이라
왕 업 간 난 시 자 손

왕도의 대업 어려움 자손들에게
보여 주시려는 데 있다네.

177. 바위를 파고 새긴 비문의 탁본을 읽은 뒤에(磨崖碑後)[322]

장뢰(張耒)[323]

玉環[324]妖血[325]無人掃[326]하고
옥 환 　 요 혈 　 무 인 소

양귀비의 요망한 피 쓰는 사람 없고,

28장에 "천자가 아니면 예를 논하지 못하며, 법도를 제정하지 못하고, 글자를 고정하지 못한다(非天子, 不議禮, 不制度, 不考文)"고 했다.

318 수무극(垂無極): 영원히 전해지게 하다.

319 신무(神武): 귀신같은 무위. 곧 뛰어난 무용을 말한다.

320 과성문(誇聖文): 성인 같은 문덕을 자랑하다.

321 진왕업(陳王業): 왕도(王道)로 천하를 다스리는 사업을 널리 사람들에게 알리다. '진'은 '펼치다[布]'의 뜻

322 마애비후(磨崖碑後): 『장뢰집』 권 8에는 「독중흥송비(讀中興頌碑)」라는 제목으로 실려 있다. 「마애비」에 관해서는 시 번호 152 황정견의 「마애비를 제목으로 삼아(題磨崖碑)」에서 자세히 언급했으며, 원결(元結: 자는 차산)의 「당나라를 중흥시킨 공적을 찬양함(大唐中興頌)」은

漁陽馬³²⁷⁾厭長安草라
어 양 마　　염 장 안 초

어양의 말들 장안의 풀을
물리도록 먹었네.

潼關³²⁸⁾戰骨高於山하고
동 관　　전 골 고 어 산

동관에는 싸우다 죽은 뼈
산보다 높고,

『후집』에 수록되어 있다.

이 시는 천보의 난과 중흥의 사업을 기록한 문장과 필적은 남아 있으나, 황폐해진 오계의 물가를 보면 가눌 수 없는 회고의 정이 일어남을 영탄한 시이다. 원결은 「당나라를 중흥시킨 공적을 찬양함」에서 "이제 이 찬양의 노래를 새기니, 어찌 천만년만 전하겠는가?"라고 하여, 마애비가 영원히 전해질 것으로 확신했다. 그러나 당대에 이르러서는 아무렇게나 방치된 채 풍상에 마모되어 원결의 명문과 안진경의 글씨도 시간의 흐름 앞에 어쩔 수 없이 되고 말았다. 전대의 성덕이 세월의 흐름과 함께 잊히고 바래는 것을 영탄하면서, 나라를 위해 힘썼던 충신들을 추모하는 정이 시 전편에 짙게 깔려 있다.

323 장뢰(張耒: 1054~1114): 북송 초주(楚州) 회음〔淮陰: 지금의 강소성(江蘇省) 청강(淸江)〕사람으로, 자는 문잠(文潛)이며 호는 가산(柯山) 또는 완구(宛丘) 선생이라 하였다. 희령(熙寧) 연간에 진사가 된 후 태상소경(太常少卿) 등의 관직을 역임하였다. '소문사학사' 중의 한 사람이며, 시는 백거이와 장적의 영향을 받아 평이하고 유창하며, 사회의 모순을 반영하는 데 힘썼다. 『완구집』 76권을 남겼다.

324 옥환(玉環): 양귀비의 어릴 적 이름. 처음에는 수왕(壽王)의 비가 되었는데, 나중에 도사가 되어 태진(太眞)이라 하였다.

325 요혈(妖血): 나라를 어지럽히고 임금을 미혹시킨 양귀비가 흘린 피이기 때문에 요망한 피라 한 것이다.

326 무인소(無人掃): 양귀비는 안녹산의 난 때에 마외(馬嵬)에 이르러 길가의 사당 아래서 목매달아 죽었는데, 시체를 보라색 수레 깔개에 싸서 길가에 아무렇게나 묻어 놓았다.

327 어양마(漁陽馬): '어양'은 당나라의 군명(郡名). 관할지는 지금의 북경 평곡현(平谷縣), 천진(天津) 계현(薊縣) 등지에 해당하며 치소(治所)는 계현. 안녹산은 평로(平盧), 범양(范陽), 하동(河東) 절도사를 겸하고 있었는데, 어양은 당시 범양군에 속했었다. '어양마'는 안녹산의 기마라는 뜻. 안녹산이 난을 일으켜 장안을 유린한 것을 이렇게 표현하였다.

328 동관(潼關): 요새 이름으로, 옛날에는 도림(桃林)의 요새라 하였다. 섬서성 화음현(華陰縣)에 있으며, 진(秦)나라 때 양화관(陽華關)을 설치하고 한나라 때 관새(關塞)를 지었는데, 동수(潼水)를 끼고 있기 때문에 동관이라 하였다. 서로는 화산(華山), 남으로는 상령(商嶺), 북으로는 황하(黃河), 동으로는 도림과 접해 있어 섬서·하남(河南)·산서(山西) 세 성(省)의 요충지가 되어 대대로 중시되었다. 안녹산의 난 때 가서한(哥舒翰)이 20만 대군으로 안녹산을 맞아 싸우다 대패했으며, 이때의 실정을 읊은 두보의 「동관의 관리(潼關吏)」라는 시가 유명하다.

萬里君王³²⁹蜀中老라
만 리 군 왕　촉 중 로

만 리 밖의 임금은 촉 땅에서 늙었네.

金戈鐵馬³³⁰從西來하니
금 과 철 마　종 서 래

황금 창 철갑 말 서쪽에서 왔으니,

郭公³³¹凜凜³³²英雄³³³才라
곽 공　늠 름　영 웅　재

곽공 늠름하고 영웅의 재주 지녔네.

擧旗爲風偃爲雨³³⁴하니
거 기 위 풍 언 위 우

깃발 들면 바람 일으키고
누이면 비 내려,

洒掃³³⁵九廟³³⁶無塵埃라
쇄 소　구 묘　무 진 애

종묘사직 물 뿌리고 쓸어
먼지와 티끌 없게 했네.

元功³³⁷高名誰與紀³³⁸오
원 공　고 명 수 여 기

큰 공적과 높은 이름
기록할 이 누구런가,

---

329 만리군왕(萬里君王): 안녹산의 난을 피하여 촉 땅으로 피난 간 천자 현종을 말한다.

330 금과철마(金戈鐵馬): 황금 창과 철갑을 두른 말. 전쟁, 병사(兵事)라는 뜻으로 쓰이기도 하고, 위용이 있는 군대와 병마를 가리키기도 하는데, 여기서는 후자의 뜻으로 쓰여 곽자의(郭子儀) 장군의 용맹스런 군대를 형용하는 말로 쓰였다.

331 곽공(郭公): 곽자의를 말한다. 곽자의는 화주(華州) 정(鄭) 사람으로, 현종 때 삭방(朔方) 절도 사로 있으면서 안녹산의 난을 평정했다. 이후에도 위구르[回紇]와 티베트[吐藩]의 침범을 막 아냈으며 태위(太尉)와 중서령(中書令)까지 올랐다. 분양군왕(汾陽郡王)에 봉해져서 곽분양 으로 불린다. 호는 상보(尙父)이며 곽영공(郭令公)으로도 불린다.

332 늠름(凜凜): 위풍이 있고 당당한 모양을 나타내는 의태어.

333 영웅(英雄): 훌륭한 인물. '영'은 원래 '지혜가 만인을 뛰어넘는[智過萬人] 사람을 말하며, '웅' 은 '남보다 뛰어난[桀於人] 사람이라는 뜻을 가지고 있다.

334 거기위풍언위우(擧旗爲風偃爲雨): 곽자의의 휘하에서 일사불란하게 움직이는 군의 모습을 형용한 것이다.

335 쇄소(洒掃): 물 뿌리고 깨끗이 쓸어내다. 바로 위의 풍(風)과 우(雨)를 염두에 두고 의도적으로 읊었다.

336 구묘(九廟): 종묘사직을 가리킨다. 시 번호 152 황정견의 「마애비를 제목으로 삼아」를 참조 할 것

337 원공(元功): 큰 공적(功績). '원'은 대(大)의 뜻. 황제의 대업을 도와 일으킨 것을 말한다. 여기서

476

風雅³³⁹不繼騷人³⁴⁰死라
풍아 불계소인 사

국풍과 대소아 이어지지 않았고
이소 지은 사람 죽어 버렸네.

水部³⁴¹胸中星斗文³⁴²이요
수부 흉중성두문

수부는 가슴속에
별 같은 글재주 있었고,

太師³⁴³筆下龍蛇字³⁴⁴라
태사 필하용사자

태사의 붓 아래에는
용과 뱀 같은 글씨 있었네.

天遣二子³⁴⁵傳將來하니
천견이자 전장래

하늘이 두 사람 보내어
전하도록 하셨으니,

는 곽자의의 공적을 가리켜 말한다.

338 수여기(誰與紀): 누가 기록하겠는가? '여'는 의문 조사로 여(歟)와 같은 뜻으로 쓰였다. '기'는
　　적는다는 뜻의 기(記)와 마찬가지이다.

339 풍아(風雅): 원래는 『시경』의 편명인 「국풍(國風)」과 「소아(小雅)」·「대아(大雅)」를 가리킨다.
　　'풍아'는 나중에 시를 나타내는 일반 명사의 용법으로 많이 쓰였는데, 이를테면 도학자들의 시
　　를 모아 놓은 총집 가운데 『염락풍아(濂洛風雅)』같은 예를 들 수 있다.

340 소인(騷人): 『초사』의 「슬픔을 만나(離騷)」를 지은 사람이라는 뜻. 소(騷) 자 역시 나중에는 시
　　를 나타내는 일반 명사로 많이 쓰여, 시단을 소단(騷壇)이라고도 하였다. 소인은 곧 시인이라
　　는 뜻으로 굴원 같은 우수적인 정서를 담고 있는 시를 많이 쓴 사람을 주로 지칭하였다.

341 수부(水部): 원결을 가리킨다. 수부는 행정부의 공부(工部)에 속한 부서 이름. 수도공정(水道
　　工程)과 주즙(舟楫: 선박), 교량(橋梁), 조운(漕運: 수로를 이용한 운송)에 관한 일을 관리하는
　　기구였다. 당나라 때는 낭중(郎中)과 원외랑(員外郎)을 두었다. 원결은 수부에 있을 때 「당나
　　라를 중흥시킨 공적을 찬양함」을 지었다.

342 흉중성두문(胸中星斗文): '성두'는 별자리를 통틀어 일컫는 말. 사물이 찬란함을 형용하는 말
　　로 쓰인다. 가슴속에 별자리와 같이 찬란한 문조가 있다.

343 태사(太師): 당나라 때의 명필 안진경(顔眞卿)을 말한다. 전하는 바에 따르면 오계(浯溪)에 새
　　겨진 원결의 「당나라를 중흥시킨 공적을 찬양함」은 안진경이 썼다고 하는데, 당시 그의 벼슬은
　　태자태사(太子太師)였다.

344 용사자(龍蛇字): 글씨에 생동감이 넘쳐 마치 살아 꿈틀거리는 용이나 뱀같이 보인다는 뜻

345 이자(二子): '자'는 이인칭 높임말. 여기서는 「당나라를 중흥시킨 공적을 찬양함」을 지은 원결과
　　그것을 석벽에다 쓴 안진경 두 사람을 말한다.

高山十丈磨蒼崖³⁴⁶라
고 산 십 장 마 창 애

높은 산 열 길의 푸른 벼랑 갈았네.

誰持此碑入我室고
수 지 차 비 입 아 실

누가 이 비석의 탁본 가지고
내 집으로 들어왔는가?

使我一見昏眸開라
사 아 일 견 혼 모 개

내 한 번 보고 어둡던 눈 열리게 하네.

百年廢興³⁴⁷增歎慨하니
백 년 폐 흥   증 탄 개

백 년의 흥하고 망함에
탄식과 감개 더하니,

當時數子³⁴⁸今安在오
당 시 수 자   금 안 재

그 당시 여러분들 지금 어디에 있는가?

君不見
군 불 견

그대는 보지 못하였는가,

荒凉浯水³⁴⁹棄不收아
황 량 오 수   기 불 수

황량한 오계의 물
버려져 거두어지지 않고,

時有遊人打碑³⁵⁰賣라
시 유 유 인 타 비   매

이따금씩 어떤 나그네
비문 탁본해서 파는구나.

---

346 마창애(磨蒼崖): 푸른 수풀에 뒤덮인 벼랑을 「당나라를 중흥시킨 공적을 찬양함」을 새기기 위해 평평하게 깎아낸 것을 말한다.

347 폐흥(廢興): 흥망(興亡)과 같은 말

348 수자(數子): 여러분. 안녹산의 난을 진압하여 「당나라를 중흥시킨 공적을 찬양함」을 쓸 수 있도록 한 원인 제공자인 곽자의와 「마애비」의 작자 원결, 그리고 그것을 필체로 남긴 안진경 등 여러 사람을 말한다.

349 오수(浯水): 오계(浯溪)의 물. 오계는 호남성의 영주(永州) 기양현(祁陽縣)의 남쪽 5리 되는 곳에 있는 강인데, 바로 이 강의 절벽에 「당나라를 중흥시킨 공적을 찬양함」이 새겨져 있다.

350 타비(打碑): 비문을 탁본하는 것[拓碑]을 말한다. '타'는 모종의 동작을 대칭(代稱)하는 용법으로 쓰였다.

178. 술을 권하며 이별을 슬퍼함(勸酒惜別)[351]

장영(張詠)[352]

春日遲遲[353]輾空碧[354]하고
춘 일 지 지   전 공 벽

봄 해 느릿느릿
짙푸른 하늘 굴러가고,

綠楊紅杏描春色[355]이라
녹 양 홍 행 묘 춘 색

파란 버들 붉은 살구
봄 경치 그려 내네.

人生年少不再來니
인 생 연 소 부 재 래

사람이 나서 젊은 때
다시는 오지 않으니,

莫把靑春枉抛擲[356]하라
막 파 청 춘 왕 포 척

푸르른 봄 잡고서
헛되이 내던지지 말라.

---

351 권주석별(勸酒惜別): 제목으로만 보면 이별과 관계가 있는 작품인 듯하나, 실제는 세상의 걱정 근심이나 입신 따위에 너무 마음을 쓰지 말고 젊음을 누리며 즐기라는 내용의 시이다. 『송시초(宋詩鈔)』「괴애시초(乖崖詩鈔)」에 실려 있다.

352 장영(張詠: 946~1015): 북송 복주(濮州) 인성(陸城: 산동성) 사람으로, 자는 복지(復之)이며 호는 괴애(乖崖). 태종 태평흥국 5년(988)에 진사가 되었으며, 대리평사(大理評事)를 시작으로 익주(益州) 지사·이부상서·진주(陳州) 지사를 역임하였고, 죽은 뒤에는 좌복야(左僕射)에 추증되었으며, 충정(忠定)이란 시호가 내려졌다. 성격이 강직하고 엄격하였으며 『괴애집』 12권이 있다.

353 춘일지지(春日遲遲): 봄날이 길어서 저무는 것이 더디다.

354 전공벽(輾空碧): 푸른 하늘 가운데를 바퀴가 굴러가듯 지나가다. '전'은 전(轉)과 같은 뜻. '공벽'은 맑고 투명하며 짙푸른 하늘이나 물빛

355 묘춘색(描春色): '묘'는 모양을 있는 대로 그려내다, 묘사하다의 뜻. 봄 풍경을 묘사한다는 것은 곧 봄의 경치를 만들어 낸다는 것

356 막파청춘왕포척(莫把靑春枉抛擲): 봄을 헛되이 버리지 말라. '청춘'은 봄을 가리킨다. '왕'은 헛되이. '포'와 '척'은 모두 내던진다는 뜻

思之³⁵⁷不可令人驚³⁵⁸이니
사 지 　 불 가 영 인 경

그것 생각하면 사람
놀래서는 안 되니,

中有萬恨千愁幷³⁵⁹이라
중 유 만 한 천 수 병

가슴속에 만 가지 한과
천 가지 시름 함께하네.

今日就花³⁶⁰始暢飮³⁶¹하니
금 일 취 화 　 시 창 음

오늘 꽃 찾아와
비로소 마음껏 마시는데,

坐中行客³⁶²酸離情³⁶³이라
좌 중 행 객 　 산 리 정

자리의 길 떠날 나그네
이별의 정 시큰해지네.

我欲爲君舞長劍이나
아 욕 위 군 무 장 검

내 그대 위해 긴 칼춤 추려 하나,

劍歌³⁶⁴苦³⁶⁵悲人苦厭이라
검 가 　 고 　 비 인 고 염

칼 노래 너무 슬퍼
사람들 몹시 싫어할 것이며,

---

357 사지(思之): '지'는 지시 대명사로 쓰임. 젊은 때가 다시 돌아오지 않고 시간이 쉬이 지나가는 것을 생각하는 것

358 불가영인경(不可令人驚): 사람을 놀라게 하는 것은 옳지 않다. 여기서 사람이란 작자 자신을 가리킨다.

359 중유만한천수병(中有萬恨千愁幷): 가슴속에 만 가지 한과 천 가지 시름이 함께 있다. 온갖 걱정과 시름이 한데 뒤엉겨 있음을 말한다.

360 취화(就花): 꽃 앞으로 나아가다. 곧 꽃을 찾아감을 말한다.

361 창음(暢飮): 흡족하게 술을 마시다. '창'은 마음이 유쾌하고 즐겁다.

362 좌중행객(坐中行客): 같이 앉아 있는 사람 가운데서 길을 떠나야 할 사람

363 산리정(酸離情): 이별의 정으로 말미암아 슬퍼지다. '산'은 마음이 아파 콧날이 시큰해진다.

364 검가(劍歌): 칼을 퉁겨 장단을 맞추며 부르는 노래. 전국 시대 제나라 맹상군(孟嘗君)의 식객인 풍환(馮驩)이 칼을 퉁기며 장단에 맞추어 "긴 칼아 돌아가자꾸나(長鋏歸來乎)"라고 노래했던 일이 유명하다.

365 고(苦): 부사로 정도가 심함을 나타낼 때 쓰는 말. 매우

我欲爲君彈瑤琴³⁶⁶하나,
아 욕 위 군 탄 요 금

내 그대 위해 옥 장식한 금 타려 하나,

淳風³⁶⁷死去無回心이라
순 풍 사 거 무 회 심

순박한 풍속 사라지고 없어져
마음 돌이키지 못하네.

不如轉海爲飮³⁶⁸花爲幄³⁶⁹이니
불 여 전 해 위 음 화 위 악

바다를 술 삼아 마시고
꽃을 장막 삼아,

嬴取³⁷⁰靑春片時³⁷¹樂이라
영 취 청 춘 편 시 락

푸르른 봄 가득 잡고
잠시 즐김만 못하리.

明朝疋馬³⁷²嘶春風³⁷³하면
명 조 필 마 시 춘 풍

내일 아침 한 필 말
봄바람에 울 때면,

洛陽花發臙脂³⁷⁴紅이라
낙 양 화 발 연 지 홍

낙양의 꽃 피어 연지처럼 붉을 것이며,

車馳馬走狂似沸³⁷⁵하고
거 치 마 주 광 사 비

수레 내닫고 말 달려 물 끓듯 들끓고,

---

366 요금(瑤琴): 아름다운 옥으로 장식한 금
367 순풍(淳風): 이 구의 뜻은 확실하지 않아, 순풍을 당나라 태종 때의 사람으로 보아 해석하는 설
     도 있지만, 여기서는 돈후(敦厚)하고 박실(朴實)한 풍속이라는 뜻으로 쓰인 것 같다.
368 전해위음(轉海爲飮): 바다가 바뀌어 마실 술이 되다. 술이 매우 많음을 말한다.
369 화위악(花爲幄): 꽃나무를 장막 삼다. 꽃이 만발한 나무가 주위를 둘러싸고 있음을 형용한 것.
370 영취(嬴取): 손에 넣다.
371 편시(片時): 아주 짧은 시간
372 필마(疋馬): 말 한 필. 필마(匹馬)와 같은 뜻
373 시춘풍(嘶春風): 봄바람에 울다. 봄에 말을 타고 길을 떠나는 것을 말한다.
374 연지(臙脂): 여자가 화장할 때 양쪽 뺨에 찍는 붉은색의 분[紅粉]. 낙양의 유명한 모란꽃을 가
     리키는 것 같다.
375 광사비(狂似沸): 물 끓듯 들끓고 소란스럽다.

家家帳幕臨晴空[376]이라
가 가 장 막 임 청 공

집집마다 장막 쳐 놓고
맑은 하늘 향해 있으리.

天子聖明[377]君正少[378]하니
천 자 성 명　군 정 소

천자께선 성인처럼 명철하시고
그대는 마침 젊으니,

勿恨功名苦不早하라
물 한 공 명 고 부 조

한하지 말게나, 공명
너무 빨리 이루지 못했다고.

富貴有時來[379]니
부 귀 유 시 래

부와 귀는 오는 때 있으니,

偸閑[380]强歡笑[381]하고
투 한　강 환 소

한가한 틈타 억지로 즐겁게 웃어,

莫與離憂[382]買生老[383]하라
막 여 이 우　매 생 로

이별의 시름 함께하여
사서 늙는 일 없도록 하게나.

---

376 청공(淸空): 맑게 갠 하늘. 청천(晴天)
377 성명(聖明): 천자의 고명한 덕을 말한다.
378 소(少): 상성(上聲)으로 쓰이면 적다는 뜻이 되는데, 여기서는 거성(去聲)으로 쓰여 젊다, 어리다의 뜻
379 부귀유시래(富歸有時來): 부유해지고 고귀하게 됨은 다 때가 있다는 것을 말한다. 『논어』「안연(顔淵)」에서 자하(子夏)가 사마우(司馬牛)에게 "죽고 삶은 명에 달려 있고, 부귀는 하늘의 뜻에 달려 있다(死生有命, 富貴在天)"고 한 것과 같은 맥락이다.
380 투한(偸閑): 바쁜 와중에도 틈을 내다. '투'는 '~을 틈타다'.
381 강환소(强歡笑): '강'은 억지로의 뜻으로 쓰임. 웃고 즐길 수 있도록 노력한다는 뜻
382 이우(離憂): 이별의 근심
383 매생로(買生老): 사서 늙는 일을 하다.

179. 옛사람을 생각함(古意)[384]

석 관휴(釋 貫休)[385]

常思[386]李太白이
<small>상 사 이 태 백</small>

늘 생각건대 이태백,

仙筆[387]驅造化[388]라
<small>선 필 구 조 화</small>

신선 같은 필치로 조화 부렸다네.

玄宗致之七寶牀[389]하니
<small>현 종 치 지 칠 보 상</small>

현종이 그를 부르기를
일곱 가지 보석 평상으로 하였으니,

---

384 고의(古意): 관휴의 『선월집』 권 2에는 「고의」 9수가 실려 있는데, 이 시는 그 가운데 제8수이다. 참고로 관휴의 「고의」 9수 가운데 제7수는 「상사사령운」으로, 이 시와 함께 관휴가 가장 존경하고 애모한 고대 시인을 읊은 작품이다. 이백은 시선이라 불리는 성당 제일의 시인이며, 사령운은 남조 진·송대에 첫째가는 최고의 산수 시인이다. 이백이 사령운을 흠모했음은 널리 알려진 사실이며, 관휴가 이 두 시인을 늘 사모한 것은 그들의 시풍을 잇고 싶었던 것으로 보인다. 이 시에서 가장 눈여겨봐야 할 부분은 "이백이 아직도 취해서 누워 있다"는 마지막 구절인데, 죽은 이백을 주선(酒仙)에 걸맞게 표현한 것이라 할 수 있으며, 또한 생사를 한결같이 여기는 중이 아니고서는 도저히 생각할 수 없는 표현으로 보인다.

385 석 관휴(釋 貫休: 832~913): 당 오대 난계(蘭谿) 사람으로 속성은 강(姜)이며, 7세 때 출가하여 승려가 되었다. 자는 덕은(德隱). 왕건(王建)의 예우를 받아 선월(禪月)대사란 호가 내려졌으며, 시 및 서화로 알려졌다. "수많은 강과 산을 마음껏 즐기며 사네(萬水千山得得來)"란 시구를 지어 당시 사람들에게 '득득래화상'이라고 불렸다. 『선월집』 25권이 있다.

386 상사(常思): 늘, 항상 생각하다.

387 선필(仙筆): 신선 같은 필치. 신선은 곧 '적선(謫仙)'으로 이백을 말하며, 이백의 친구인 하지장(賀知章)이 붙여준 별명이다. 시 번호 35, 36 이백의 「술을 마시며 하지장을 그리워함 두 수(對酒憶賀監二首)」의 첫째 시에서 "사명산에 광객이 있었으니, 풍류남아 하지장이라네. 장안에서 한 번 만나 보고, 나를 귀양 온 신선이라 불렀지(四明有狂客, 風流賀季眞. 長安一相見, 呼我謫仙人)"라고 하였다. 사명광객은 하지장의 호

388 구조화(驅造化): 조화를 부리다. 천제가 만물을 창조하고 변화시키는 것처럼 이백이 뛰어난 문장으로 아름다운 글을 많이 남긴 것을 말한다.

389 치지칠보상(致之七寶狀): '치'는 여기서 '부르다', '초치(招致)하다'의 뜻으로 쓰였다. 칠보로 장식한 긴 의자에 앉도록 권하다. 칠보란 일곱 가지 보배인데, 불교 용어로 불경에 따라 각기 종류가 다르다. 또 전륜성왕(轉輪聖王)이 가지고 있는 일곱 가지 보배라는 뜻도 있는데, 윤보(輪

虎殿龍樓³⁹⁰無不可³⁹¹라
호 전 용 루　무 불 가

백호전이든 용루문이든
어울리지 않는 곳 없었네.

一朝力士³⁹²脫靴後에
일 조 역 사　탈 화 후

하루아침에 고력사 신발 벗긴 뒤로,

玉上靑蠅³⁹³生一箇라
옥 상 청 승　생 일 개

구슬 위에 쉬파리 한 마리 생겼네.

紫皇³⁹⁴案前五色麟³⁹⁵이
자 황　안 전 오 색 린

보랏빛 황제의 책상 앞에 있던
오색의 기린,

寶)·상보(象寶)·마보(馬寶)·여의주보(如意珠寶)·여보(女寶)·장보(將寶)·주장신보(主藏臣
寶)를 말한다. 여기서는 각종 보배, 곧 전자의 뜻으로 쓰였다.

390 호전용루(虎殿龍樓): '호전'은 한나라 때 선비들에게 경학을 강학하던 곳인 미앙궁에 있던 백
호전을 말하는데, 이후로는 일반적으로 궁전 내의 강학하는 곳을 가리키게 되었다. '용루'는 한
나라 때 태자궁의 문 이름. 여기서는 궁중에 있는 여러 궁전을 가리킨다.

391 무불가(無不可): 백호전, 용루 어떤 자리에도 어울리지 못할 것이 없다는 뜻. 풍채도 좋았고 재
능도 뛰어났음을 가리킨다.

392 역사(力士): 고력사(高力士)를 말한다. 원래의 성은 풍(馮)인데, 환관 고연복(高延福)의 양자
가 되었으므로 성씨를 고쳤다. 현종의 총애를 받았으며 표기대장군(驃騎大將軍)에 올랐다.
『신당서』「이백전(李白傳)」에 보면 "일찍이 현종을 모시고 있을 때, 취하여 고력사로 하여금 신
발을 벗기게 하였다. 고력사는 원래 귀한 사람인지라 그것을 수치로 여겼으며, 이 때문에 이백
의 시를 가려 뽑아 양귀비를 격분시켰고, 현종이 이백에게 벼슬을 주려 하자 양귀비가 문득 이
를 저지하였다"는 기록이 나온다. 이때 가려 뽑은 이백의 시는 양귀비를 위해 지은 「청평조사
(淸平調詞)」3수 중 제2수인데, 그 시 가운데 "가련한 조비연이 새로 단장하면 되겠네(可憐飛
燕倚新粧)"란 구절을 들어 천한 출신으로 끝내는 다시 평민의 몸으로 쫓겨나 스스로 목숨을
끊었던 한나라 조비연을 양귀비에 빗댄 것이라 하여 모함했다.

393 옥상청승(玉上靑蠅): 구슬 위에 앉은 쉬파리. 참소하고 아첨하는 사람, 소인배를 뜻한다.

394 자황(紫皇): 도교의 전설에서 가장 높은 신선. 『태평어람(太平御覽)』에 인용 수록되어 있는
『비요경(秘要經)』이란 책에 "태청(太淸) 구궁(九宮)에는 모두 요속(僚屬)이 있는데, 그 가운
데 가장 높은 것은 천황(天皇)·자황(紫皇)·옥황(玉皇)이다"라고 하였다. 여기서는 천자(天子)
를 가리키는데, 당나라 때는 국교(國敎)가 도교였기 때문에 이렇게 말한 것 같다.

395 오색린(五色麟): 오색의 털을 지닌 기린(麒麟). 기린은 상상의 영수(靈獸)로 사슴의 모양에 이
마는 이리, 꼬리는 소, 발굽은 말과 같으며 이마에 하나의 뿔이 있다고 한다. 성군이 나서 왕도
가 행해지면 나타난다고 하며, '기'는 수컷을, '린'은 암컷을 말한다. 여기서는 이백을 가리킨다.

忽然掣斷³⁹⁶黃金鎖³⁹⁷라
홀 연 철 단　황 금 쇄

갑자기 끌어당겨 끊어 버렸네,
황금빛 쇠사슬.

五湖³⁹⁸大浪如銀山한데
오 호　대 랑 여 은 산

오호의 큰 물결 은빛 산과 같은데,

滿船載酒槌鼓過³⁹⁹라
만 선 재 주 추 고 과

온 배 가득 술 싣고
북 두드리며 지나갔다네.

賀老⁴⁰⁰成異物⁴⁰¹하니
하 로　성 이 물

하지장 늙은이 저세상 사람 되었으니,

顚狂⁴⁰²誰敢和⁴⁰³오
전 광　수 감 화

미치광이 짓 누가 감히 화답할까?

寧知江邊墳⁴⁰⁴이
영 지 강 변 분

어찌 알리요, 강가의 무덤,

---

396 철단(掣斷): 당겨 끊다.

397 쇄(鎖): 쇠사슬

398 오호(五湖): 태호(太湖) 또는 태호와 그 주변의 네 호수를 가리킨다는 설 등이 있다. '오호'는 하
　　나의 호수가 아니라 모두 한 곳에 있지도 않으며, 여기서는 남쪽에 있는 다섯 개의 큰 호수를 가
　　리킨다.

399 추고과(槌鼓過): 북을 치면서 지나가다. '추'는 북채를 들고 북을 치다.

400 하로(賀老): 하지장(賀知章)을 말한다. 하지장은 당시 이백 및 같은 시대의 여섯 사람과 함께
　　주팔선인(酒八仙人)이라 불렸다.

401 성이물(成異物): '이물'은 죽은 사람. 『사기』에 인용된 가의(賈誼)의 「복조부(鵩鳥賦)」에 "변하
　　여 이물 되었음이여, 또 무엇이 걱정될 만하리!(化爲異物兮, 又何足患)"란 말이 나오는데, 당
　　나라 사마정(司馬貞)은 『사기색은(史記索隱)』에서 "죽어서 형체가 귀신으로 변한것(死而形
　　化爲鬼)"이라 하였다.

402 전광(顚狂): 미치다. 언행이 일반 사람들과는 판이하다. 여기서는 하지장이 죽어 더 이상 이백
　　과 화답할 사람이 없음을 나타냈다. 하지장의 호가 "사명산의 미친 나그네"라는 뜻의 사명광객
　　(四明狂客)이기 때문에 이렇게 말한 것이다.

403 화(和): 서로 응하여 조화를 이루다.

404 강변분(江邊墳): 강가에 서 있는 무덤. 본서 원주에 "이백은 물에 빠져 죽어 채석강가에다 장사
　　지냈다(白溺水葬千采石江邊)"고 했다. 시 번호 142 매요신(梅堯臣)의 「채석산의 달을 노래
　　하여 곽공보에게 드림(采石月贈郭功甫)」을 참조할 것

不是猶醉臥를
불 시 유 취 와

아직까지 취하여
누워 있는 것이나 아닌지.

180. 촉으로 가는 길 험난하구나(蜀道難)[405]

이백(李白)

噫嘘嚱[406]
희 허 희

아이쿠나!

危乎[407]高哉[408]여
위 호　　고 재

아찔하고도 높구나.

蜀道之難은
촉 도 지 난

촉으로 가는 길 험난하여,

難於上靑天[409]이라
난 어 상 청 천

푸른 하늘 오르는 것보다 어렵네.

405　촉도난(蜀道難): 『이태백집』권 3 악부에 수록되어 있다. 이 시의 주제에 관해서는 예로부터 여러 가지 의견이 있어 왔다. 촉군 절도사 엄무가 횡포하여 이백이 그곳에 있는 방관·두보 등이 해를 입을까 두려워하여 지었다는 설(『신당서』), 천보의 난에 현종이 촉으로 피난 가는 것을 간하기 위해 지었다는 설(『당시해(唐詩解)』) 등이 있으나, 『태평광기(太平廣記)』의 천보 초에 처음으로 장안에 들어와 이 시를 하지장에게 보여 주었다는 설이 가장 믿을 만하다. 본서 제목에 딸린 주석에 "촉도의 험난함을 논하여, 세상살이의 어려움과 인심의 험함을 풍자했다"고 한 것처럼, 이백 특유의 웅장한 필치로 인생행로의 어려움을 읊은 작품으로 보는 게 옳을 것이다. 이 시는 이백의 낭만주의적 시풍이 유감없이 발휘된 작품으로, 이백으로 하여금 하지장으로부터 '적선'이란 영광스런 칭호를 받게 한 명편이다.

406　희허희(噫嘘嚱): 경이로움이나 개탄을 표시할 때 쓰는 감탄사. 탄성. 촉 지방 사람들이 관용적으로 쓰는 말. 『송경문공필기(宋景文公筆記)』에 "촉 지방 사람들은 경이로운 것을 보기만 하면 '아이쿠나(噫嘘嚱)'라고 하는데 이백이 「촉도난」을 지으며 그대로 썼다"고 하였다.

407　위호(危乎): '위'는 위태롭다는 뜻 이외에도 높다, 두렵다는 뜻도 가지고 있다. '호'는 감탄을 나타내는 어조사

408　고재(高哉): '재'도 여기서는 감탄의 어조사로 쓰였다.

409　난어상청천(難於上靑天): 푸른 하늘에 오르는 것보다 힘들다. '어'는 비교를 나타내는 개사(介

蠶叢及魚鳧⁴¹⁰는
잠총급어부

잠총과 어부,

開國何茫然⁴¹¹고
개국하망연

나라 연 것 얼마나 까마득한가?

爾來⁴¹²四萬八千歲에
이래 사만팔천세

그로부터 사만 팔천 년을,

不與秦塞⁴¹³通人烟⁴¹⁴이라
불여진새 통인연

진나라 변방 인가의 연기와
통하지 않았네.

西當太白⁴¹⁵有鳥道하니
서당태백 유조도

서로는 태백산 쪽으로
새나 다닐 만한 길 있어,

可以橫絶峨嵋⁴¹⁶巓⁴¹⁷이라
가 이 횡 절 아 미 전

아미산 꼭대기 가로지를 수 있네.

詞)로 '~보다'의 뜻을 가지고 있다.

410 잠총급어부(蠶叢及魚鳧): 촉나라를 개국했다고 하는 전설상의 두 임금. 한나라 양웅(揚雄)의 「촉왕본기(蜀王本紀)」에 이런 내용이 있다. "촉나라에 앞서 왕이라 일컫는 사람으로는 잠총과 백확(柏濩)·어부·개명(開明)이 있었다. 이때의 백성들은 머리를 묶어 상투를 틀었고 옷깃을 왼쪽으로 여몄으며, 문자를 알지 못했고 예악(禮樂)이 없었다. 개명에서 위로 잠총까지는 모두 삼만 사천 년이다."

411 하망연(何茫然): '하'는 감탄의 뜻으로 쓰였다. '망연'은 넓고 멀어 아득한 모양, 또는 오랜 세월이 지났음을 나타내는 의태어

412 이래(爾來): 그 후로. '이'는 이인칭 대명사로 많이 쓰이는데, 여기서는 지시 대명사로 쓰였다. 경우에 따라 그것[其], 또는 이것[此]의 뜻으로 모두 쓰인다.

413 진새(秦塞): '새'는 변새(邊塞), 변경(邊境). 곧 국경 지대를 말한다. '진새'는 지금의 섬서성 남쪽

414 인연(人烟): 사람의 집에서 밥을 하느라 불을 때어 피어오르는 연기. 인가를 두루 가리키는 말로 쓰인다.

415 태백(太白): 태백산. 촉[四川省]의 봉상부(鳳翔府) 미현(郿縣) 동남쪽 40리 되는 곳에 있다(『원화군현지(元和郡縣志)』에서는 50리라 하였음). 산꼭대기는 높고 추워 초목이 자라지 않으며 항상 흰 눈이 쌓여 녹지 않고 한여름에도 빛나 보이므로 '태백'이라 불리게 되었다.

416 아미(峨嵋): 사천성에 있는 아미산. 진(晉)나라 장화(張華)의 『박물지(博物志)』에는 아문산(牙門山)으로 되어 있는데, 모두 사람이 읍(揖)을 하듯, 아미(蛾眉)처럼 마주 보고 있는 모양을 하고 있어서 이렇게 불리게 되었다. 시 번호 105 이백의 「아미산의 달 노래(峨眉山月歌)」를 참

地崩山摧壯士死⁴¹⁸하니　　땅 무너지고 산 꺾여 장사들 죽으니,
지 붕 산 최 장 사 사

然後天梯石棧⁴¹⁹相勾連⁴²⁰이라
연 후 천 제 석 잔　　상 구 련

　　　　　　그 뒤로 구름사다리와

　　　　　　돌 잔도 고리처럼 이어 놓았다네.

上有六龍回日之高標⁴²¹하고　위로는 여섯 용
상 유 육 룡 회 일 지 고 표

　　　　　　해 돌리는 높다란 꼭대기 있고,

조할 것

417 전(巓): 산꼭대기. 산정. 이상 2구는 진·촉이 태백산에 가로막혀 새가 다니는 길로나 겨우 통과
　　할 수 있다는 것을 말한다.

418 지붕산최장사사(地崩山侍壯士死): 땅과 산이 무너지고 장사들이 죽다. 『화양국지(華陽國
　　志)』「촉지(蜀志)」에 나오는 다섯 장사가 진나라와 촉나라의 통하는 길을 열었다는 전설을 이
　　야기한 것. "진 혜왕(秦惠王)은 촉왕이 여색을 좋아한다는 것을 알고 다섯 여인을 촉나라에 시
　　집보내게 했다. 이에 촉나라에서는 장정 다섯을 보내어 그들을 맞게 했다. 돌아오는 길에 재동
　　(梓潼)에 이르러 큰 뱀이 굴속으로 들어가는 것을 보았다. 한 사람이 뱀의 꼬리를 잡고 당겼으
　　나 어쩔 수가 없었다. 다섯 사람이 힘을 모아 큰 소리를 내며 뱀을 끌어당겼다. 산이 무너질 때
　　다섯 장정과 진나라의 다섯 여인 및 수행자들이 모두 깔려 죽었는데, 산이 갈라지더니 다섯 재
　　가 되었다." 위에 인용했던 양웅의 「촉왕본기」에도 이와 관련된 고사가 나오는데 내용이 약간
　　다르다.

419 천제석잔(天梯石棧): '천제'는 하늘에 걸린 사다리라는 뜻인데, 구불구불한 산길을 말한다. '석
　　잔'은 산의 암석 절벽과 같은 험로에 나무를 얽어 만들어 놓은 잔도(棧道). 시 번호 150 소식의
　　「여산(驪山)」을 참조할 것

420 구련(勾連): '구'는 『이태백집』에는 구(鉤)로 되어 있는데, 같은 뜻으로 갈고리를 말한다. 갈고리
　　를 걸어서 연결해 놓은 것 같다는 말

421 상유육룡회일지고표(上有六龍回日之高標): "上有橫河斷海之浮雲"으로 되어 있는 판본도
　　있는데, "황하를 가로질러 동해에까지 길게 뻗어 있는 뜬구름"이라는 뜻. 『초학기(初學記)』에
　　인용된 『회남자(淮南子)』에 "이에 희화를 멈추게 하고 여섯 마리 이무기를 쉬게 하였는데, 이
　　를 멈추어 서서 걸려 있는 수레라 한다(爰止羲和, 爰息六螭, 是謂縣車)"고 하였으며, 주석에
　　서 "해를 태운 수레는 여섯 마리 용이 끄는데 희화가 몰며, 해가 이곳에 이르러 우천(虞泉) 가
　　까이 접근하면 희화는 여기서 여섯 이무기를 되돌린다"고 하였다. 이 글은 원래 『회남자』 「천문
　　훈(天文訓)」에 실려 있는데, 희화(羲和)는 여인[女]으로 육리(六螭)는 기마(騎馬)로 되어 있
　　다. 현거는 하늘에 달아 놓은 듯이 정지해 있는 수레로, 곧 해를 뜻한다. 육룡도 마찬가지임. 표

下有衝波逆折⁴²²之回川⁴²³이라
하 유 충 파 역 절　지 회 천

　　　　　아래에는 부딪히는 물결
　　　　　거꾸로 꺾여 내를 감돌고 있네.

黃鶴之飛尙不能過⁴²⁴요　　누런 학 날아도 오히려 지날 수 없고,
황 학 지 비 상 불 능 과

猿猱⁴²⁵欲度愁攀緣이라　　원숭이조차 건너려면
원 노　　욕 도 수 반 연

　　　　　기어올라 매달릴 것 걱정하네.

靑泥⁴²⁶何盤盤⁴²⁷고　　청니령 얼마나 구불구불한지,
청 니　　하 반 반

百步九折⁴²⁸縈巖巒⁴²⁹이라　백 걸음에 아홉 번은 꺾여
백 보 구 절　　영 암 만

　　　　　바위와 봉우리에 얽혀 있네.

(標)는 원래 나무의 끝을 말하는데, 여기서는 산꼭대기를 가리킨다. 일설에는 산 이름이라고도 하는데, 고망산(高望山)이라고도 하며 가정부(嘉定府)의 주산(主山)이다.

422　충파역절(衝波逆折): 바위나 절벽에 부딪힌 물결이 반대쪽으로 꺾여 흐르다. 물이 제대로 흐르지 않고 선회함을 말하는데, 험한 계곡의 물 흐름을 형용한 것이다.

423　회천(回川): 시내가 흘러나가지 않고 소용돌이치는 것을 말한다.

424　황학지비상불능과(黃鶴之飛尙不能過): '황학'은 황곡(黃鵠)으로 되어 있는 판본도 있다. 당나라 안사고(顏師古)의 『급취편주(急就篇注)』에 "황곡은 한 번 날았다 하면 천 리를 가는데 그 울음소리는 꾸룩꾸룩한다"고 하였다. 또 『합벽사류(合璧事類)』란 책에서는 "고니는 날짐승 가운데 큰 것으로, 흰색이며 또 누런 것도 있다. 매우 높이 날며 호해[湖海: 호남성]와 강한[江漢: 호북성] 사이에 있다"고 하였다.

425　원노(猿猱): 원숭이. '원'은 팔이 길고 휘파람을 잘 불며, 나무 따위를 잘 기어오르는 원숭이로 긴팔원숭이. '노'는 어미원숭이로 사람과 비슷하게 생겼다 한다.
　　이상 2구는 황학같이 매우 높이 나는 새와 원노같이 매우 민첩한 것들도 지나갈 수 없으니 매우 험난하다는 것을 알 수 있음을 말한다.

426　청니(靑泥): 청니령을 말한다. 『원화군현지』에 의하면 "청니령은 흥주(興州) 장거현[長擧縣: 지금의 섬서성(陝西省) 약양현(略陽縣)] 서북쪽 53리 지점에 있으며, 계산(溪山)의 동쪽에 면해 있는데 곧 지금의 통로이다. 하늘에 걸린 듯한 낭떠러지가 만 길이나 되며, 위에는 구름과 비가 많아 그곳을 가는 사람들은 몇 번씩이나 진창길을 만나므로 청니령이라 부른다"고 하였다.

427　반반(盤盤): 구부러진 모양을 나타내는 의태어. 구불구불

捫參歷井[430]仰脅息[431]하고
문 삼 역 정   앙 협 식

삼성 쓰다듬고 정성 거치니
우러러 숨죽이네.

以手拊膺[432]坐長歎이라
이 수 부 응   좌 장 탄

손으로 가슴 쓸어내리며
문득 길게 한숨 쉬네.

問君西遊何時還고
문 군 서 유 하 시 환

그대에게 묻노니, 서쪽 유람에서
어느 때나 돌아오려는가?

畏途[433]巉巖[434]不可攀이오
외 도   참 암   불 가 반

위태로운 길 깎아지른 듯하여
오를 수 없네.

但見悲鳥號[435]古木하고
단 견 비 조 호   고 목

다만 보이느니 슬픈 새들
고목에서 울고,

---

428 백보구절(百步九折): 백 발짝 떼는 동안 아홉 번이나 돌아야 한다.

429 암만(巖巒): 바위로 된 산봉우리

430 문삼역정(捫參歷井): 삼성을 어루만지고 정성을 스쳐 지나가다. 하늘의 별을 우러러보니 거리
가 멀지 않아 손으로 잡으면 미칠 수 있을 것 같다는 말인데, 청니령이 높음을 극언(極言)한 것
이다. '삼'과 '정'은 별자리[宿] 이름으로 서로의 거리가 가깝다. 삼성의 세 별은 서방 7별자리의
끝자리로 촉(蜀)나라의 분야(分野)에 속하며, 정의 여덟 별은 남방 7별자리로 진(秦)나라의 분
야에 속한다. 청니령이 진나라에서 촉나라로 들어가는 길이므로 이 두 별자리를 들어 서로 연
관시킨 것이다.

431 협식(脅息): '협'은 '거두다[斂]'의 뜻인데, 겁이 나서 숨을 죽이는 것. 호삼성(胡三省)은 『통감
주(通鑑註)』에서 "숨을 죽여 코로는 감히 숨을 쉬지 못하고 양쪽 갈빗대만이 은연중에 움직여
숨을 쉬고 있는 것이다"라고 하였다.

432 부응(拊膺): 가슴을 쓸어내리다. '부'는 『이태백집』에는 무(撫)로 되어 있는데, 같은 뜻이며 현
대 중국어는 발음이 둘 다 fǔ로 같다. '응'은 흉(胸)과 같은 뜻. 곧 놀란 마음을 진정시키려
는 것

433 외도(畏道): 겁나는 길, 험한 길

434 참암(巉巖): 산의 바위가 높고 험준한 모양을 나타내는 의태어

435 호(號): 새가 우짖다.

雄飛從雌436遠林間이라
웅 비 종 자　요 림 간

수컷 날아 암컷 따라
숲 사이를 맴도네.

又聞子規啼夜月437하여
우 문 자 규 제 야 월

또 두견새 달밤에 우는 소리 들려,

愁空山438이라
수 공 산

빈산에서 시름에 잠기네.

蜀道之難은
촉 도 지 난

촉으로 가는 길 험난하여,

難於上靑天하니
난 어 상 청 천

푸른 하늘 오르는 것보다 어려우니,

使人聽此凋朱顔439이라
사 인 청 차 조 주 안

사람들에게 이것 듣게 하면
붉은 얼굴 시들고 만다네.

連峯去天不盈尺440이요
연 봉 거 천 불 영 척

잇닿은 봉우리 하늘과
한 자도 안 되고,

436　종자(從雌): 암컷을 부른다는 뜻인 호자(呼雌)로 되어 있는 판본도 있으며, 『이태백집』에는 자종(雌從)으로 되어 있는데, 앞 글자의 배열을 감안해 보면 자종(雌從)이라 하는 것이 더 옳을 것 같다.

437　자규제야월(子規啼夜月): 진(晉)나라 장화(張華)의 『금경주(禽經注)』에 다음과 같은 구절이 있다. "망제(望帝)는 도를 닦으며 서산에 거처하여 은거하다가 두견(杜鵑)새로 변했다. 두우(杜宇)새라고도 하고 자규(子規)새라고도 하는데, 봄이 되면 울어 듣는 이를 슬프게 한다. 생각건대 자규가 곧 두견이며 촉 땅에 가장 많고 남방에도 있다. 모양은 새매[雀鷂]와 같은데 색이 침침한 흑색이며 붉은 부리에 작은 벼슬이 있다. 늦봄이면 우는데 밤에 시작하여 아침까지 울고 여름이면 더욱 심하여 밤낮으로 그치지 않는다. 울 때는 반드시 북쪽을 보고 우는데, '돌아감만 못하리(不如歸去)'라 하는 것 같으며 그 소리가 매우 애절하다."

438　수공산(愁空山): 험하고 외져 인적 없는 산을 슬퍼하다.

439　조주안(凋朱顔): 붉은 얼굴이 시들다. 자규의 애절한 소리와 피로한 여정에 젊은이도 늙은이가 된다는 뜻. 진(晉)나라 왕강거(王康琚)의 「반초은시(反招隱詩)」에 다음과 같은 구절이 있다. "차갑게 엉긴 서리 붉은 얼굴 시들게 하고, 차가운 샘은 옥 같은 발 상하게 하네(凝霜凋朱顔, 寒泉傷玉趾)."

440　거천불영척(去天不盈尺): 하늘과의 사이가 한 자도 못 되다. 『태평어람』에 인용된 「신씨삼진기

枯松倒掛倚絶壁441이라　　　비쩍 마른 소나무 거꾸로 매달려
고 송 도 괘 의 절 벽　　　　 깎아지른 벼랑에 기대어 있네.

飛湍442瀑流爭喧豗443요　　　나는 듯한 여울과 떨어지는 물결
비 단　　폭 류 쟁 훤 회　　　시끄러움 떠들썩하게 다투고,

砅崖轉石444萬壑雷445라　　　물결치는 벼랑과 구르는 돌
빙 애 전 석　　만 학 뢰　　 만 골짜기에 우레처럼 울리네.

其險也如此하니　　　　　　 그 험난함 이와 같거늘,
기 험 야 여 차

嗟爾446遠道之人447이여　　　아아, 그대! 먼 길 가는 사람이여!
차 이　　원 도 지 인

胡爲乎448來哉오　　　　　　 어찌하여 이곳에 왔는가?
호 위 호　　래 재

(辛氏三秦記)』에서는 "세속에서는 무공(武功)과 태백(太白)이 하늘과는 삼백 리가 떨어져 있다"고 했다.

441　도괘의절벽(倒掛倚絶壁): 절벽에 거꾸로 매달려 있다. 소나무가 절벽에서 밑으로 향하여 자람을 말한다.

442　비단(飛湍): '단'은 물살이 빠른 내, 곧 여울

443　훤회(喧豗): 시끄럽게 서로 부딪침 또는 그 소리. 『문선』에 수록되어 있는 목화(木華)의 「해부(海賦)」에 "시끄럽게 차곡차곡 포개어져 서로 부딪치네(磊䃂而相豗)"라는 구절이 나오는데, 이선(李善)은 "서로 부딪치는 것이다(相擊也)"라고 하였다. '회'는 『운회(韻會)』에 '시끄러운 소리(喧聲)'라고 하였다.

444　빙애전석(砅崖轉石): 세찬 계곡의 물이 절벽에 부딪쳐 돌을 굴리다. '빙'은 물이 바위에 부딪쳐 나는 소리. 『문선』 곽박(郭璞)의 「강부(江賦)」에 "물 바위에 부딪쳐 북소리 내네(砅巖鼓作)"라는 구절이 있는데, 이선은 "물이 바위에 부딪치는 소리다(水擊巖之聲也)"라고 하였다.

445　만학뢰(萬壑雷): 물 부딪치는 소리가 모든 계곡에 울려 퍼져 우레와 같은 소리를 내다.

446　차이(嗟爾): '이'는 이인칭 대명사와 감탄의 어기를 나타내는 복합적인 의미의 어조사로 볼 수 있다.

447　원도지인(遠道之人): 이백과 같이 소원한 신하라는 견해와 이백을 따르는 종자라는 견해가 있다.

448　호위호(胡爲乎): 하위(何爲) 또는 위하(爲何)와 같은 뜻. 어찌하여

劍閣⁴⁴⁹峥嵘⁴⁵⁰而崔嵬⁴⁵¹하여
검 각　쟁 영　이 최 외

검각 가파르고 우뚝하여,

一夫當關이면
일 부 당 관

한 사람이 관문 지키면,

萬夫莫開라
만 부 막 개

만 사람도 열지 못하리.

所守或匪親이면
소 수 혹 비 친

지키는 사람이 어쩌다 친한 이 아니면,

化爲狼與豺⁴⁵²라
화 위 낭 여 시

이리와 승냥이로 돌변한다네.

朝避猛虎요
조 피 맹 호

아침에 사나운 호랑이 피하고,

夕避長蛇⁴⁵³니
석 피 장 사

저녁에 긴 뱀 피해도,

磨牙吮血⁴⁵⁴하고
마 아 연 혈

송곳니 갈고 피 빨아,

449　검각(劍閣): 대검산(大劍山)과 소검산(小劍山) 사이에 있는 30리 길이의 기험(崎險)한 잔도로 검문관(劍門關)이라고도 한다. 지금의 사천성 검각현(劍閣縣) 북쪽에 있다. 『화양국지』에 의하면 촉한의 승상 제갈량이 만들었다 한다. '각'은 산의 급경사면에 나무를 엮어 만든 길

450　쟁영(峥嵘): 산이 높고 험준한 모양

451　최외(崔嵬): 산이 높고 험준하며 평탄하지 않아 울퉁불퉁 솟은 모양

452　일부~낭여시(一夫~狼與豺): 좌사(左思)의 「촉도부(蜀都賦)」에 "한 사람이 좁은 곳을 지키면, 만 명으로도 열 수 없다(一夫守隘, 萬夫莫開)"고 하였다. 장재(張載)는 「검각명(劍閣銘)」에서 "한 사람이 창을 들고 지키면 만 사람도 머뭇머뭇. 경치 빼어난 곳에 친척 아니면 살지 말라(一人荷戟, 萬夫趑趄. 形勝之地, 匪親勿居)"고 하였다.

453　석피장사(夕避長蛇): 『좌전』 「정공(定公) 4년」에 "신포서가 진나라로 가서 군사를 청하여 말했다. '오나라는 큰 돼지 큰 뱀이 되어 위 중원의 땅을 잠식합니다'(申包胥如秦, 乞師曰, 吳爲封豕長蛇, 以荐食上國)"라는 구절이 있다. 『회남자』 「본경훈(本經訓)」에 "요임금 때 (…) 착치(鑿齒)·구영(九嬰)·대풍(大風)·봉희(封豨)·수사(脩蛇) 같은 괴수(怪獸)들은 모두 백성에게 해를 끼쳤다"는 말이 나온다. 수(脩)는 길다의 뜻으로 장(長) 자와도 통하여 쓴다.

454　마아연혈(磨牙吮血): 송곳니를 갈고 피를 빨아먹다. 한나라 양웅(揚雄)의 「장양부(長楊賦)」에 "착치와 같은 괴수의 무리가 서로 다투어 이빨을 갈고 그것을 다툰다(鑿齒之徒相與摩牙而爭之)"는 구절이 있다. '마'는 마(摩)와 뜻이 통한다.

殺人如麻⁴⁵⁵라
살인여마

삼과 같이 사람 죽이네.

錦城⁴⁵⁶雖云樂이나
금성　　　수운락

금관성 비록 즐길 만하다 하나,

不如早還家⁴⁵⁷라
불여조환가

일찌감치 집에 돌아감만 못하리.

蜀道之難은
촉도지난

촉으로 가는 길 험난하여,

難於上靑天하니
난어상청천

푸른 하늘 오르는 것보다 어려워,

側身西望⁴⁵⁸長咨嗟⁴⁵⁹라
측신서망　　　장자차

몸 누이고 서쪽 바라보며
길게 한숨짓네.

455　살인여마(殺人如麻): 마구 사람을 죽이다. 『사기』 「천관서(天官書)」에 "죽은 사람이 어지러운
　　　삼과 같이 얽혀 [진섭이] 장초에서 여러 무리를 아울러 궐기하였다(死人如亂麻, 因以張楚並
　　　起)"는 구절이 있다. 당나라 진자앙(陳子昂)의 「형벌을 쓰는 것을 간하는 편지(諫用刑書)」에
　　　"죽은 사람이 삼과 같이 많으니 흐르는 피가 못을 이룹니다(殺人如麻, 流血成澤)"라는 구절
　　　이 있다.

456　금성(錦城): 사천성 성도(省都)인 성도(成都)의 옛 이름. 『화양국지』 「촉지」에 의하면 "촉군
　　　의 서쪽은 옛 금관(錦官)이다. 금강(錦江)은 비단을 짜서 그 물에 씻으면 선명해지는데, 다른
　　　강에서는 좋지 않으므로 금리(錦里)라 명명했다"고 하였다. 『원화군현지』에서는 "금성(錦城)
　　　은 검남도(劍南道) 성도부 성도현 남쪽 십 리 지점에 있는데, 옛 금관성(錦官城)이다"라고
　　　하였다.

457　금성~조환가(錦城~早還家): 「고시」 19수 「명월하교교(明月何皎皎)」에 "나그네 가는 길 비록
　　　즐겁다 하나, 일찍 다시 돌아감만 못하리(客行雖行樂, 不如早旋歸)"라는 구절이 있다.

458　측신서망(側身西望): 길이 험난하여 쉬면서도 몸을 누이고 목적지인 서쪽을 바라본다.

459　장자차(長咨嗟): 길게 한숨을 내쉬다. 한나라 장형(張衡)의 「네 가지 근심(四愁詩)」에 "따라서
　　　상수 깊숙한 곳으로 가고 싶어, 몸 누이고 서쪽 바라보니 눈물 바지까지 적시네(欲往從之湘水
　　　深, 側身西望涕沾裳)"라는 구절이 있다.

181. 여산고(盧山高)⁴⁶⁰

구양수(歐陽修)⁴⁶¹

盧山高哉幾千仞⁴⁶²兮여
여 산 고 재 기 천 인　혜

여산 높도다! 몇 천 길이나 되며,

根盤⁴⁶³幾百里오
근 반　기 백 리

산기슭 구불구불 몇 백 리나 되는가?

巉然⁴⁶⁴屹立⁴⁶⁵乎長江⁴⁶⁶하여
절 연　흘 립　호 장 강

깎아지른 듯 장강 가에 우뚝 솟아 있네.

---

460 여산고(盧山高): 『구양문충공집(歐陽文忠公集)』 권 5에는 「같은 해 진사가 된 사람 류중윤이
남강으로 돌아감에 여산은 높고라는 시를 지어 준다(盧山高贈同年劉中允歸南康)」란 제목으
로 수록되어 있다. 여산은 강서성 구강현 남쪽에 있으며, 옛날 광유(匡裕)라는 사람이 오두막
집[盧]을 짓고 살았다 하여 여산이란 이름을 얻게 되었다. 또 광산(匡山)·여부(盧阜), 이 두 이
름을 합친 광려(匡盧)라는 이름으로도 불린다. 유동년의 이름은 환(渙), 자는 응지이며, 고안
사람이다. 천성 중에 진사가 되었으나 벼슬을 버리고 여산에서 숨어 살았다.
　이 시는 황우 3년(1051), 구양수가 45세 때 지은 것으로 송대의 명시 가운데서도 걸작에 든다.
여산의 웅장함을 실감나게 표현하고, 벼슬을 그만두고 그곳에 숨어 사는 친구의 높은 절개를
여산에 비겼다. 구양수의 시우인 매요신은 "나로 하여금 앞으로 30년 동안 시를 짓게 하더라도
이 시의 단 한 구에라도 미칠 만한 글을 짓지 못할 것이다"라고까지 말했으며, 구양수 자신도 이
시에 대단한 자부심을 가져 "「여산고」는 당대에는 그 누구도 지을 수 없는 작품이다. 오직 이태
백만이 지을 수 있을 것이다"라고 했다.

461 구양수(歐陽修: 1007~1072): 북송 길수(吉水: 지금의 강서) 사람으로 자는 영숙(永叔)이며,
호는 취옹(醉翁) 또는 육일거사(六一居士). 천성(天聖) 연간에 진사가 되었으며, 추밀부사·참
지정사 등을 역임하였다. 시호는 문충(文忠). 범중엄의 정치 개혁을 지지하였으나 왕안석이 신
법을 추진할 때 청묘법(靑苗法)에 반대하였다. 북송 고문운동의 영수로 당송 팔대가의 한 사람
이며, 시풍 또한 산문과 근사하여 언어가 유창하고 자연스럽다. 『신당서』와 『신오대사(新五代
史)』를 지어 사학가로도 알려졌으며, 『구양문충공집』 153권이 있다.

462 인(仞): 길이의 단위로, 왕조에 따라서 차이가 있으나 통상 8척에 해당한다.

463 근반(根盤): '근'은 물체 아래 부분의 기단(基壇)을 말하는데, 여기서는 산기슭이라는 뜻으로
쓰임. '반'도 밑받침이라는 뜻으로 쓰였다.

464 절연(巉然): 산이 깎아 세운 듯이 높고 험준하다. '절'은 찰(巉)로도 쓰는데, 같은 뜻임

465 흘립(屹立): 산 같은 것이 우뚝 솟은 모양

長江西來走其下하고
장 강 서 래 주 기 하
장강 서쪽에서 흘러와 그 밑 지나니,

是爲揚瀾左里⁴⁶⁷兮여
시 위 양 란 좌 리   혜
이것 바로 양란과 좌리인데,

洪濤⁴⁶⁸巨浪日夕⁴⁶⁹相舂撞⁴⁷⁰이라
홍 도   거 랑 일 석   상 용 당
거친 파도와 큰 물결,
밤낮으로 서로 찧고 부딪치네.

雲消風止水鏡淨⁴⁷¹하여
운 소 풍 지 수 경 정
구름 걷히고 바람 멎으면
물거울처럼 고요해지는데,

泊舟⁴⁷²登岸而遠望兮하니
박 주   등 안 이 원 망 혜
배 대고 언덕에 올라 멀리 바라봄이여,

上摩靑蒼以晻靄⁴⁷³요
상 마 청 창 이 암 애
위로는 검푸른 하늘 어루만지니
어둠침침하고,

下壓后土⁴⁷⁴之鴻龐⁴⁷⁵이라
하 압 후 토   지 홍 방
아래로는 후토의 크고 두꺼운 땅
누르고 있네.

---

466 장강(長江): 양자강(揚子江)을 말하며, 옛날에는 그냥 강(江)이라고만 불렀다.

467 양란좌리(揚瀾左里): 파양호(鄱陽湖) 북쪽에 있는 두 심연의 이름. 좌리는 『구양문충공집』에는 좌려(左蠡)로 되어 있다. 파양호는 옛날에는 팽려택(彭蠡澤)이라 했는데, 팽려택의 왼쪽에 있었다 하여 이렇게 부른다.

468 홍도(洪濤): 대파랑(大波浪), 즉 큰 물결

469 일석(日夕): 낮과 밤으로. 즉 밤낮을 가리지 않고. 혹은 '날이 저물면'의 뜻으로 해석할 수도 있다.

470 용당(舂撞): 찧고 부딪치다. 파도가 계속적으로 바위를 치는 것을 말한다.

471 수경정(水鏡淨): 물이 거울과 같이 맑고 깨끗하다. 경청(鏡淸)과 같은 뜻

472 박주(泊舟): 배를 물가에 대어 정지시키다. 정박(停泊)하다.

473 상마청창이암애(上摩靑蒼以晻靄): '청창'은 운소(雲宵)로 되어 있는 판본도 있다. 푸른 하늘 아득한 곳을 어루만짐. 산이 하늘 높이까지 뻗어 있어 저 아래는 햇빛이 닿지 않아 어둠침침한 것을 말한다. '애'는 공중의 수증기에 해가 비쳐 붉게 보이는 기운, 곧 노을

474 후토(后土): 원래는 중국의 고대 신화에 나오는 공공씨(共工氏)의 아들인 구룡(句龍)이 맡은

試往造476乎其間477兮여
시 왕 조　　호 기 간　혜

그 사이로 한 번 가 봄이여,

攀緣478石磴479窺480空谾481하니
반 연　　석 등　규　공 홍

돌 비탈길 기어올라
텅 빈 골짜기 엿보네.

千巖萬壑響松檜482요
천 암 만 학 향 송 회

천 산 만 골짜기에
소나무 노송나무 소리 울리고,

懸崖483巨石飛流淙484이라
현 애　　거 석 비 류 상

매달린 낭떠러지 큰 바위에선
나는 듯한 물소리 들려오네.

水聲聒聒485亂人耳하니
수 성 괄 괄　　난 인 이

물소리 콸콸 사람 귀 어지럽히고,

토지를 관할하던 벼슬을 말한다. 『좌전』 「소공(昭公) 29년」에 이런 내용이 있다. "공공씨에게
는 아들이 있었는데 구룡이라 했으며 후토가 되었다. 그가 옛날 제사를 받던 다섯 신, 곧 오사신
(五祀神) 가운데 이사신이다. 후토는 사(社)가 되었고 직(稷)은 토지를 관장하는 전정(田正)
이 되었다." 나중에는 일반적으로 토지를 관장하는 벼슬을 지칭하는 말로 쓰이게 되었다.

475　홍방(鴻厖): 방대(厖大)하다, 크고 넓다. 여기서는 천지의 기운이 아직 나뉘지 않고 혼돈된 상
　　　태로 있는 것을 가리킨다.
476　조(造): 여기서는 '가다', '이르다'의 뜻으로 쓰였다.
477　기간(其間): 여산을 가리킨다.
478　반연(攀緣): 나무를 타거나 산 같은 것을 기어오르다. 반원(攀援)과 같은 뜻이다.
479　석등(石磴): 돌이 많은 비탈길
480　규(窺): 엿보다. 남이 모르게 가만히 보는 것을 말한다.
481　공홍(空谾): 텅 빈 골짜기. '홍'은 골짜기가 깊고 텅 비어 휑뎅그렁한 모양
482　향송회(響松檜): 소나무와 노송나무를 스쳐 지나가는 바람의 소리가 울리다.
483　현애(懸崖): 낭떠러지. 너무 깎아지른 듯 높이 솟아 마치 하늘에 걸려 있는 듯하다는 표현
484　상(淙): 물이 흐르는 소리, 또는 물이 흐르는 모양
485　괄괄(聒聒): 떠들썩한 모양. 시끄러운 모양. 여기서는 물소리를 나타냄

六月飛雪灑石矼486이라
육 월 비 설 쇄 석 강

유월에도 눈 날려
돌 징검다리에 흩뿌리네.

仙翁釋子487亦往往而逢兮여
선 옹 석 자 　 역 왕 왕 이 봉 혜

늙은 신선과 중들 또한 종종 만남이여,

吾嘗惡其學幻而言哤488이라
오 상 오 기 학 환 이 언 방

내 일찍이 싫어했네, 그들의 허깨비
같은 학설과 난잡한 말들.

但見丹霞翠壁489遠近映樓閣490이요
단 견 단 하 취 벽 　 원 근 영 누 각

다만 보이느니 붉은 노을과 푸른 절벽
멀리 가까이서 누각에 비치고,

晨鍾暮鼓杳靄491羅旛幢492이라
신 종 모 고 묘 애 　 나 번 당

새벽엔 종소리 저녁엔 북소리 울리고
아득한 안개 속에 깃발 늘어서 있네.

---

486 쇄석강(灑石矼): '강'은 돌다리 또는 돌 징검다리. 돌 징검다리 위에 뿌려지다. 여기서는 실제
눈이 날리는 것이 아니라 물보라가 마치 눈이 떨어지는 듯하다는 말

487 선옹석자(仙翁釋子): '선옹'은 신선이라는 뜻인데, 여기서는 도사라는 뜻으로 쓰였다. 여산에
는 도사와 중이 많아 도관(道觀: 도교 절)과 절이 있었다.

488 학환이언방(學幻而言哤): 학문이 현실을 떠나 허깨비 같은 환영이나 추구하고, 그 언설은 잡
되고 어지러워 순수하지 않다. '방'은 하는 말이 난잡하다.

489 단하취벽(丹霞翠壁): '단하'는 붉은 노을. '취벽'은 이끼가 파릇파릇하게 낀 절벽 또는 여름이
되어 수풀이 우거진 절벽

490 누각(樓閣): 원래는 누방(樓房), 곧 다락집을 두루 일컫는 말이나, 여기서는 사원의 당과 탑을
가리킨다.

491 묘애(杳靄): 엷은 안개가 끼어 희미하다.

492 번당(旛幢): '번'은 『구양문충공집』에는 번(幡)으로 되어 있는데, 모두 기(旗)의 뜻. 표지(標識)
가 있는 기, 곧 표기(標旗)를 말한다. '번당'은 불당을 장식하는 기를 말한다.

幽花⁴⁹³野草不知其名兮여
유 화　야 초 부 지 기 명 혜

그윽한 꽃 들의 풀들
그 이름 알지 못함이여,

風吹霧濕香澗谷⁴⁹⁴하고
풍 취 무 습 향 간 곡

바람에 불리고 안개에 젖어
산골짜기에 향기 풍기고,

時有白鶴飛來雙이라
시 유 백 학 비 래 쌍

때때로 흰 학 짝지어 날아오네.

幽尋遠去⁴⁹⁵不可極하니
유 심 원 거　불 가 극

그윽한 곳 찾아 멀리 가나
끝 다할 수 없어,

便⁴⁹⁶欲絶世⁴⁹⁷遺紛厖⁴⁹⁸이라
변　욕 절 세　유 분 방

곧 세상과 인연 끊어
잡다한 것을 잊고자 하네.

羨⁴⁹⁹君⁵⁰⁰買田築室老其下⁵⁰¹하니
선　군　매 전 축 실 노 기 하

부러우이 그대 밭 사고 집 지어
그 아래서 늙어 가고,

---

493 유화(幽花): 왠지 그윽하고 쓸쓸하게 보이는 꽃
494 간곡(澗谷): 산골짜기. '간'은 산골에 있는 시내
495 유심원거(幽尋遠去): 깊고 조용한 산속을 찾아, 속세를 떠나 멀리 떠나가다.
496 변(便): '便' 자는 음이 두 개인데, '편'으로 읽으면 편리하다는 뜻의 형용사로 쓰이고, '변'으로
　　　읽으면 곧, 즉시의 뜻으로 즉(卽) 자와 같은 뜻이 된다.
497 절세(絶世): 속세와 인연을 끊다.
498 유분방(遺紛厖): '방'은 『구양문충공집』에 망(痝)으로 되어 있다. 번거롭고 잡다한 것을 잊다.
　　　'유'는 잊다, 곧 망(忘)의 뜻으로 쓰였다.
499 선(羨): 부러워하다.
500 군(君): 유환(劉渙)을 가리킨다.
501 노기하(老其下): 여산의 산기슭에 물러나 은거하는 것을 가리킨다. 여기서 '노'는 조정에 자신
　　　이 늙었음을 알려 벼슬에서 물러나다(告老致仕)의 뜻으로 쓰였다.

揷秧盈疇⁵⁰²兮釀酒⁵⁰³盈缸⁵⁰⁴이라
삽 앙 영 주　　혜 양 주　　영 항

논 가득 벼 심어 놓음이여
항아리 가득 술 빚어 놓았네.

欲令浮嵐⁵⁰⁵曖翠⁵⁰⁶千萬狀으로
욕 령 부 람　　애 취　　천 만 상

떠다니는 이내 희미한 푸른빛
천만 가지 모양 짓게 하여,

坐臥⁵⁰⁷常對乎軒窓⁵⁰⁸이라　앉아서나 누워서나 항상
좌 와　　상 대 호 헌 창

헌함의 창으로 마주하려 하리.

君懷磊砢⁵⁰⁹有至寶⁵¹⁰하니　그대 어마어마한 뜻 품어
군 회 뢰 라　　유 지 보

지극한 보물 있는데,

世俗不辨珉與玒⁵¹¹이라　세상에서는 변별하지 못하네
세 속 불 변 민 여 강

옥돌과 공옥마저.

---

502 삽앙영주(揷秧盈疇): 심어진 벼가 논에 그득하다. '앙'은 벼의 모. '주'는 전지(田地)

503 양주(釀酒): 집에서 직접 술을 빚음을 말한다.

504 항(缸): 원래의 뜻은 열 되들이 항아리. 여기서는 술독의 뜻

505 부람(浮嵐): 떠다니는 산기운. '람'은 해질 무렵 멀리 보이는 푸르스름하고 흐릿한 기운을 말하는데, 우리말로는 이내라고 한다.

506 애취(曖翠): 희미한 푸른빛

507 좌와(坐臥): 앉거나 눕거나. 평소의 생활을 가리킨다.

508 헌창(軒窓): 복도의 창

509 뇌라(磊砢): 사물, 특히 돌이 많이 쌓여 있는 모양과 성정이 비범한 모양이라는 뜻이 있는데, 여기서는 후자의 뜻으로 쓰였다. 장대함, 높이 솟은 모양

510 지보(至寶): 그 이상의 것이 없을 정도로 가치가 지극히 큰 보물. 유환의 가슴속에 품고 있는 도덕과 사상을 가리킨다.

511 불변민여강(不辨珉與玒): 아름다운 돌과 옥을 구별하지 못하다. '민'은 옥 비슷한 일종의 아름다운 돌. '강'은 공옥(玒玉), 곧 가공한 옥을 말한다. '민강'은 참과 거짓, 아름다움과 추함을 비

策名⁵¹²爲吏二十載에
책 명   위 리 이 십 재

명부에 이름 올리고 관리 된 지
스무 해 되도록,

靑衫白首⁵¹³困一邦⁵¹⁴이라
청 삼 백 수   곤 일 방

푸른 관복에 머리 희도록
나라 한구석에서 곤궁히 지내네.

寵榮聲利⁵¹⁵不可以苟屈兮여
총 영 성 리   불 가 이 구 굴 혜

총애와 영예 명성과 이익도
실로 굽힐 수 없음이여,

自非靑雲白石⁵¹⁶有深趣면
자 비 청 운 백 석   유 심 취

푸른 구름과 흰 돌에
깊은 취미 없다면,

其意矹硉⁵¹⁷何由降고
기 의 올 률   하 유 항

그 뜻 우뚝 솟음
무슨 까닭으로 굽히겠는가?

유하는 말로 주로 쓰인다.

512 책명(策名): 벼슬에 나서는 것을 가리킨다. 『좌전』「희공(僖公) 23년」에 "명부에 이름을 올리고
    군주에게 예물을 바친 후 두 마음을 품는 것은 죄가 됩니다(策名委質, 貳乃辟也)"라는 말이
    나오는데, 그 주석에서 "옛날에 벼슬하는 자들은 신하 된 사람이 자기의 이름을 죽간[策]에 적
    어 매였다는 것을 밝혔다"고 하였다.

513 청삼백수(靑衫白首): 당나라 관제(官制)에 문관으로 8품과 9품은 관복의 색이 청색이었다. 관
    직이 낮고 보잘것없음을 비유하는 말로 쓰인다. 역시 구양수의 시「매요신과 만나 술을 마심(聖
    兪會飲)」에 "안타깝게 내 몸 미천하여 감히 추천 못하여, 나이 마흔에 흰 머리 되었건만 아직
    도 푸른 관복 입고 있네(嗟余身薦不敢薦, 四十白髮猶靑衫)"라고 읊은 구절이 있다.

514 곤일방(困一邦): '일방'은 원래 옛날 봉건 제후의 봉지(封地)를 가리키는 말이나, 여기서는 일
    방(一方)의 뜻으로 임지(任地)를 말한다.

515 총영성리(寵榮聲利): '총영'은 천자로부터 은총을 입어 영달하다. '성리'는 명성과 이득

516 청운백석(靑雲白石): 푸른 구름과 흰 돌. 여산의 아름다운 풍광 속에서 은거하며 사는 것을 말
    한다.

丈夫壯節似君少하니
장 부 장 절 사 군 소

사나이 씩씩한 절개.
그대 같은 사람 적으니,

嗟我欲說安得巨筆如長杠[518]고
차 아 욕 설 안 득 거 필 여 장 강

아아 내 말하고자 하나, 어찌
긴 장대만 한 큰 붓 얻을 수 있으리.

---

517 올률(矹砷): 『구양문충공집』에는 올률(兀砷)로 되어 있다. 산의 바위가 돌출되어 있는 모양.
    『광운(廣韻)』에서는 '위태로운 모양(不穩貌)'이라 하였다. 여기서는 '비범하다', '빼어나다'의
    뜻으로 쓰였다.
518 거필여장강(巨筆如長杠): 큰 깃대같이 큰 붓. 뛰어난 문필력을 말한다.

가류
歌類

「모시서(毛詩序)」에서 "가는 말을 길게 하는 것(歌, 永言)"이라고
한 것처럼, 가사에 나오는 말을 길게 늘여서 읊는 것을 말하나,
여기서는 노래의 가사처럼 된 시를 말한다.
노래하는 소재를 놓고 흥겹고 명랑하게 읊어 나가다 보니
길이가 길어지는 수가 많다.

182. 대풍가(大風歌)[1]

유방(劉邦)[2]

大風起兮雲飛揚[3]이러니
대 풍 기 혜 운 비 양

큰 바람 몰아침이여
구름 날아오르는도다.

威加海內[4]兮歸故鄉이로다
위 가 해 내 혜 귀 고 향

위엄 천하에 떨침이여
고향에 돌아왔도다!

安得猛士兮守四方[5]고
안 득 맹 사 혜 수 사 방

어찌하면 용사 얻어
천하 지킬 수 있을까?

---

1 대풍가(大風歌): 『사기(史記)』 「고조본기(高祖本紀)」에 다음과 같은 기록이 있다. "고조는 [경포 (黥布)를 치고] 도읍으로 돌아오는 길에 고향인 패현을 지나다가 그곳에 머물렀다. 패궁에서 술 자리를 벌이고 옛 친구들과 마을의 늙은이와 젊은이들을 모두 초청하여 마음껏 술을 마시며, 패 현의 아이 120명을 선발하여 그들에게 노래를 가르쳤다. 술이 거나해지자 고조는 축을 타며 직접 이 노래를 지어 불렀다(高祖還歸, 過沛, 留. 置酒沛宮, 悉召故人父老子弟縱酒, 發沛中兒得 百二十人, 敎之歌. 酒酣, 高祖擊筑, 自爲歌詩)." 영웅의 기개가 잘 표현되어 있다.
2 유방(劉邦: 기원전 247~195): 자는 계(季), 진나라 때 사상(泗上)의 정장(亭長: 역장)이었으나 고향인 패에서 반란을 시도하여, 스스로 패공(沛公)이 되었다. 진나라가 망한 뒤 한왕(漢王)이 되 고, 항우(項羽)와 대권을 다투다가 승리하여 황제가 되었다. 시호는 고조(高祖). 이 시 외에 「홍곡 가(鴻鵠歌)」란 시 한 수가 더 전해지고 있다.
3 대풍기혜운비양(大風起兮雲飛揚): 『문선(文選)』 이선(李善)의 주에서는 "흉포한 무리들이 다 투어 천하가 어지러운 것을 비유했다"고 하였다. 또 다른 주석가인 이주한(李周翰)은 "바람은 자 신을, 구름은 천하를 어지럽히는 사람들을 비유했다"고 하였다.
4 위가해내(威加海內): '해내'는 『문선』에는 사해(四海)로 되어 있다. 이선은 천하가 "이미 안정된 것을 말하였다"고 하였다.
5 안득맹사혜수사방(安得猛士兮守四方): 이선은 "대체로 안정되었지만 위급함을 잊지 않았기 때 문에 용사를 가지고 진압할 것을 생각한 것이다"라고 하였고, 이주한은 "이미 난리를 평정하고 고 향으로 돌아왔기 때문에 현명한 재사들과 함께 지켜 나갈 것을 생각한 것이다"라고 하였다.

183. 양양가(襄陽歌)[6]

이백(李白)

落日欲沒峴山[7]西에
낙 일 욕 몰 현 산 서

지는 해 현산의
서쪽으로 떨어지려는데,

倒著接䍦[8]花下迷하니
도 착 접 리 화 하 미

흰 모자 거꾸로 쓰고 꽃 아래 헤매네.

襄陽小兒齊拍手하고
양 양 소 아 제 박 수

양양의 꼬마 녀석들 일제히 박수 치며,

攔街[9]爭唱白銅鞮[10]라
난 가 쟁 창 백 동 제

길 가로막고 다투어
「백동제」라는 동요 부르네.

6　양양가(襄陽歌): 동요를 모체로 하고 민요조의 맛을 살린 술노래[酒歌]로, 이백의 낭만적 면과
　　삭일 수 없는 인생의 비애가 용솟음치듯 분출된 작품이다. 회고와 탄미 속에 생명이 꺼져 가는 것
　　을 안타깝게 생각하는 마음이 노래되어 있다. 이백에게는 또 오언으로 된 「양양곡」 4수도 있는데,
　　주제는 이 시와 같다.

7　현산(峴山): 현수산(峴首山)이라고도 하며, 호북성(湖北省) 양양현 동남쪽 9리 지점에 있다. 동
　　쪽으로 한수(漢水)를 내려다보고 있으며, 고금의 대로(大路)였다. 진(晉)나라 때 양호(羊祜)가
　　양양을 진압할 때 일찍이 이 산에 올라 주연을 벌이고 시를 읊조린 적이 있다.

8　도착접리(倒著接䍦): '접리'는 흰 모자. 시 번호 161 형거실(邢居實)의 「이공린이 그린 그림(李伯
　　時畫圖)」의 주 345를 참조할 것. 옛날 양양을 다스렸던 산간(山簡)의 일화를 빌려 작자 자신을
　　표현한 것

9　난가(攔街): 길을 가로막다.

10　백동제(白銅鞮): 양(梁)나라 때 가요 이름. 『수서(隋書)』 「음악지 상(音樂志上)」에 다음과 같은
　　기록이 있다. "양 무제(武帝, 蕭衍: 464~549)가 옹진(雍鎭)에 있을 때 '양양의 백동제(白銅蹄)
　　가 양주(揚州) 아이의 손을 뒤로 묶는다'는 동요가 있었다. 식자들은 동제는 말이고, 백(白)은 금
　　색이라 했다. 의군(義軍)이 흥기했을 때 실제로는 철기(鐵騎)였으며, 양주 군사의 손을 뒤로 합
　　쳐 묶는 것이 가사와 같았다. 그리하여 즉위한 뒤에 새로운 곡조를 만들었다. 황제가 친히 세 곡
　　의 가사를 짓고 또 심약(沈約)에게 세 곡을 짓게 해서 관현악을 입혔다. 후인들이 제(蹄)를 제
　　(鞮)로 고쳤는데, 그 뜻은 상세하지 않다."

傍人借問笑何事요
방 인 차 문 소 하 사

곁에 있는 사람
"무엇 때문에 웃소?" 물어보니,

笑殺[11]山翁[12]醉似泥[13]라
소 살 　 산 옹 　 취 사 니

"산의 늙은이 취해서
곤드레만드레하여 사람 웃겨
죽인다" 하네.

鸕鷀杓[14], 鸚鵡杯[15]로
노 자 작 　 　 앵 무 배

가마우지 구기, 앵무라 술잔!

百年三萬六千日에
백 년 삼 만 육 천 일

백 년 삼만 육천 일을,

一日須傾三百杯[16]라
일 일 수 경 삼 백 배

하루에 삼백 잔씩은 기울여야지.

---

11 소살(笑殺): 매우 우습다. 여기서 '살'은 어기를 강하게 하는 조사. '우스워 죽겠다' 정도의 뜻

12 산옹(山翁): 앞에 나온 서진(西晉) 사람 산간(山簡)을 가리킨다.

13 취사니(醉似泥): 취하여 몰골이 엉망이 된 것을 가리킨다. 송나라 오증(吳曾)의『능개재만록(能改齋漫錄)』「사실(事實)·취여니(醉如泥)」에 "남해에 벌레가 있는데 뼈가 없으며 니라고 한다. 물속에 있을 때에는 활발하다가 물이 없어지면 취하여 진흙더미 같아진다"고 한 데서 유래하였다. 『후한서(後漢書)』「주택전(周澤傳)」에 "일 년 365일 중 359일은 재계하였다(一年三百六十五日, 三百五十九日齋)"라는 말이 나오는데 당나라의 이현(李賢)이 주석을 달기를 "『한관의(漢官儀)』에서는 이 아래에서 말하기를 '하루라도 재계하지 않으면 곤죽이 되었다'(一日不齋醉如泥)"고 하였다.

14 노자작(鸕鷀杓): '노작'은 바다가마우지로 목이 길고 물고기를 잘 잡는다. 그 새 모양으로 만든 구기, 즉 술을 뜨는 국자

15 앵무배(鸚鵡杯): '앵무'는 조개 이름으로, 앵무라를 말한다. 나선형이며 뾰족한 끝은 굽어 있고 붉은색을 띠고 있어서, 앵무새의 입모양과 같기 때문에 이런 이름이 붙었다. 껍질에는 청록색 반점이 있고, 큰 것은 물 두 되를 담을 수 있으며 껍질 안은 운모 같은 빛이 나므로 술잔으로 많이 만들었다.
『낭현기(瑯嬛記)』라는 책에 "금모(金母)가 적수(赤水)에다 연회를 열고 여러 신선을 불렀는데, 좌중에 벽옥 앵무라 술잔과 백옥 노자작이 있었다. 술잔이 비면 구기로 직접 펐고, 마시고 싶으면 잔을 들었다"고 한 기록이 있는 것으로 보아, 이 시구의 노자작이나 앵무배도 실제 가마우지와 앵무라와는 상관이 없고 옥을 다듬어 만든 것임을 알 수 있다.

遙看漢水¹⁷鴨頭綠¹⁸하니
요 간 한 수 　 압 두 록

아득히 한수
오리 머리처럼 푸른 것 보니,

恰似¹⁹葡萄初釀醅²⁰라
흡 사 　 포 도 초 발 배

마치 포도주 막 걸러 낸 듯.

此江若變作春酒²¹면
차 강 약 변 작 춘 주

이 강 변하여 봄술 된다면,

壘麴²²便築糟丘臺²³라
누 국 　 변 축 조 구 대

쌓인 누룩으로 술지게미 언덕 쌓으리.

金鞍駿馬²⁴喚小妾²⁵하여
금 안 준 마 　 환 소 첩

금안장에 준마로 첩 불러,

---

16 일일삼백배(一日三百杯): 시번호 162 이백의「술을 권하려 한다(將進酒)」의 주 18을 참조할 것

17 한수(漢水): 한강(漢江)이라고도 하며 양자강의 가장 큰 지류. 섬서성 영강현(寧强縣) 반총산(蟠冢山)에서 발원하는데, 처음 산에서 나올 때는 양수(漾水)라 하며, 동남쪽으로 면현(沔縣)을 경유할 때는 면수(沔水)라 하고, 동으로 포성현(褒城縣)을 지나 포수(褒水)와 합류하여 비로소 한수가 된다. 섬서성 남부와 호북성 중부를 거쳐 무한시(武漢市) 한양(漢陽)에서 장강으로 흘러든다.

18 압두록(鴨頭綠): 오리의 머리처럼 푸르다. 당나라 안사고의『급취편주(急就篇註)』에 "춘초(春草)니 계교(雞翹)·부옹(鳧翁)이니 하는 것은 모두 염색 색채인데 색이 비슷해서 그런 것이다. 지금의 염색가들이라면 압두록이니 취모벽(翠毛碧)이니 할 것이다"라는 구절이 있다.

19 흡사(恰似): 마치. 아주 비슷하다.

20 포도발배(葡萄醱醅):『박물지(博物志)』에 "서역에는 포도주가 있는데, 해가 쌓여도 썩지 않으며, 10년은 간다고 한다. 마셔서 취하면 한 달이 넘어야 깬다"고 하였다. 북주(北周) 유신(庾信)의「춘부(春賦)」에 "석류 애오라지 넘치고, 포도 거르지 않은 술 거듭 거르네(石榴聊泛, 葡萄醱醅)"라고 하였다. '발배'는『광운(廣韻)』에서 "발배는 두 번 빚은 술이며, 배는 거르지 않은 술이다"라고 하였다.

21 춘주(春酒): 봄에 먹으려고 겨우내 추울 때 담가 놓은 술.『시경(詩經)』「빈풍·칠월(七月)」에 "이 것으로 봄술 담가, 노인들 수 빌며 잔 올린다네(爲此春酒, 以介眉壽)"라고 하였다.

22 누국(壘麴): 누룩을 쌓아 올리다.

23 조구대(糟丘臺): 술지게미를 언덕처럼 높고 평평하게 쌓아 올리다. 한나라 왕충(王充)의『논형(論衡)』「어증(語增)」에 "주(紂)는 술에 빠져 술찌끼가 산처럼 쌓이고, 술로 못을 만들었다"고 하였다. 또『한시외전(韓詩外傳)』에서는 "걸(桀)은 술로 못을 만들었는데, 배를 띄울 수 있었고, 지게미로 쌓은 언덕은 십 리를 바라볼 수 있었다"고 하였다.

24 금안준마(金鞍駿馬): 금안장을 얹은 준마.『이태백집』에는 천금준마(千金駿馬)로 되어 있다.

笑坐金鞍[26]歌落梅[27]라
소 좌 금 안　　 가 락 매

웃으며 금안장에 앉아
「떨어지는 매화」노래하려네.

車傍側掛一壺酒하고
거 방 측 괘 일 호 주

수레 곁에는 비스듬히
술 한 병 매달려 있고,

鳳笙龍管[28]行相催[29]라
봉 생 용 관　　 행 상 최

봉황 생황 용 피리 서로 재촉하겠네.

咸陽市上嘆黃犬[30]하니
함 양 시 상 탄 황 견

함양의 저자에서 누런 개 한탄하느니,

何如月下傾金罍[31]오
하 여 월 하 경 금 뢰

달 아래서 금빛 술잔 기울임이 어떨까?

25　환소첩(換小妾): '소'는 소(少)로 되어 있는 판본도 있다. 첩과 바꾸다. 『독이지(獨異志)』라는 책
　　에 "후위(後魏)의 조창(曹彰)은 사람됨이 뜻이 크고 기개가 있었다. 준마를 만났는데 몹시 사랑
　　하였지만 그 주인이 아끼는 말이었다. 조창이 말하기를 '내게 아름다운 첩이 있는데 그대의 말과
　　바꿀 만하니 골라 보시지요'라고 하였다. 주인이 한 기녀를 가리키자 조창은 마침내 바꾸었다"는
　　이야기가 나온다.

26　금안(金鞍): 『이태백집』에는 '조각 장식을 한 안장'이라는 뜻의 조안(雕鞍)으로 되어 있다.

27　낙매(落梅): 피리의 곡조명인 「낙매화(落梅花)」·「매화락(梅花落)」 등을 가리키는데, 이별을 슬
　　퍼하는 내용이 많았다.

28　봉생용관(鳳笙龍管): 봉황을 새겨 넣은 생황과 용을 새겨 넣은 피리라는 뜻인데, '봉생'은 곧 생
　　을 말하고 '용관'은 피리를 말한다. 『풍속통(風俗通)』에 "수(隨)가 생을 만들었는데 길이는 네 치
　　[寸]이며 황(簧)이 열세 개이고, 봉황의 모습을 본떴으며 정월의 소리이다"라고 하였다.

29　행상최(行相催): 길을 가면서 재촉하다. 생과 적을 불어 술 마실 것을 권하다. '최'는 재촉의 뜻

30　함양시상탄황견(咸陽市上嘆黃犬): '시상'은 『이태백집』에는 시중(市中)으로 되어 있다. 함양의
　　길거리에서 누런 개를 탄식하다. 진(秦)나라의 승상 이사(李斯)와 관련된 고사. 『사기』「이사열
　　전」에 다음과 같은 구절이 있다. "이세(二世: 胡亥) 2년 7월 이사를 오형(五刑)을 갖추어 논죄하
　　고 함양의 저자에서 요참형에 처하였다. 이사는 옥에서 나와 함께 잡혀가는 둘째 아들을 돌아보
　　며 말했다. '너와 다시 누런 개를 이끌고 [고향인] 상채(上蔡)의 동문을 나서 토끼를 사냥하고자
　　한들 어찌 될 수 있겠느냐?' 마침내 부자는 통곡하였으며, 삼족까지 멸망당하였다."

31　금뢰(金罍): 금술잔. 『시경』「주남(周南)·권이(卷耳)」에 "내 먼저 금잔에 술이나 따라 기나긴 회
　　포 잊어 볼까나?(我姑酌彼金罍, 雜以不永懷)"라는 구절이 나오는데, 당나라 공영달(孔穎達)
　　은 "『한시설(韓詩說)』에 '금뢰는 대부의 기물이다. 천자는 옥을 쓰고, 제후와 대부는 모두 금을
　　쓰며, 사(士)는 가래나무를 쓴다'고 하였다"고 하였다. 주자는 "뢰는 술그릇인데, 구름과 우레의

君不見
군 불 견

그대는 보지 못하였는가,

晉朝羊公一片石³²가
진 조 양 공 일 편 석

진나라 양공의 한 조각 비석을.

龜龍³³剝落生莓苔³⁴라
귀 룡   박 락 생 매 태

거북과 용 벗어지고 깨져
푸른 이끼 돋아났네.

淚亦不能爲之墮요
누 역 불 능 위 지 타

눈물조차 그것 보고 흘릴 수 없고,

心亦不能爲之哀라
심 역 불 능 위 지 애

마음 또한 그것 슬퍼할 수 없네.

淸風明月不用一錢買요
청 풍 명 월 불 용 일 전 매

맑은 바람 밝은 달은
한 푼도 들이지 않고도 살 수 있고,

玉山自倒³⁵非人推라
옥 산 자 도   비 인 퇴

옥산 절로 무너졌지
남들이 밀어뜨리지 않았다네.

형상을 새기고 황금으로 장식하였다"고 하였다.

32 진조양공일편석(晉朝羊公一片石): 진나라 양호(羊祜)의 한 조각 비석. 『세설신어(世說新語)』
「언어(言語)」에서 유효표(劉孝標)가 주석으로 인용한 『진제공찬(晉諸公贊)』에 이르기를 "양
호가 남하(南夏)에 있을 때 오나라 사람들은 기꺼이 복종하였으며 양공이라고 불러 감히 이
름을 부르는 사람이 없었다." 『진서(晉書)』 「양호전」에는 이런 구절이 있다. "양호는 산수를 즐
겨 매번 풍경이 바뀔 때마다 현산을 올랐는데, 술자리를 차려 놓고 읊조리기를 종일토록 싫어
하지 않았다. 죽었을 때 나이가 58세였다. 양양 백성들은 현산의 양호가 평소에 노닐며 쉬었던
곳에 비석을 세우고 사당을 지었으며 연중 때때로 제사를 지냈다. 그 비석을 바라보는 자들 가
운데 눈물을 흘리지 않는 사람이 없었다. 이에 두예(杜預)는 눈물을 흘리게 하는 비석(墮淚
碑)이라 하였다."

33 귀룡(龜龍): 『이태백집』에는 귀두(龜頭)로 되어 있다. 귀두는 거북 모양으로 조각한 비석 받침돌,
즉 귀부(龜趺)의 거북 머리. 귀룡은 귀두와 비신(碑身) 위에 놓여 있는 이수(螭首)를 가리킨다.

34 매태(莓苔): 이끼

35 옥산자도(玉山自倒): 『세설신어』 「용지(容止)」에 "혜강[嵇康: 죽림칠현의 한 사람으로 숙야는
그의 자]의 사람됨은 우뚝하기가 마치 외로운 소나무가 홀로 선 것과 같으나, 그가 만약 술이 취
했다 하면 뻣뻣하게 넘어짐이 마치 옥산(玉山)이 무너지는 것과 같다"는 말이 나오는데, 여기서

舒州杓[36], 力士鐺[37]이여　　서주의 구기와 역사 새겨진 술솥이여,
서 주 작　　역 사 당

李白[38]與爾同死生이라　　나 이백 너희들과 함께 죽고 살리라.
이 백　여 이 동 사 생

襄王雲雨[39]今安在오　　양왕 및 구름과 비 지금 어디 있는가?
양 왕 운 우　금 안 재

江水東流猿夜聲[40]이라　　강물 동으로 흐르고
강 수 동 류 원 야 성　　　　원숭이 밤에 소리 내어 우네.

184. 음중팔선가(飮中八僊歌)[41]

두보(杜甫)

知章[42]騎馬似乘船[43]하고　　하지장 말 탄 것 배 탄 것 같아,
지 장　기 마 사 승 선

부터 뒤에는 옥산이 스스로 넘어가다라는 뜻의 '옥산자도'라는 전고가 생겼으며, 술이 취한 것을
형용하는 말로 쓰인다.

36 서주작(舒州杓): 서주 동안군(同安郡)에서 나는 주기. 『신당서(新唐書)』「지리지(地理志)」에
의하면 "서주 동안군은 회남도(淮南道)에 예속되어 있으며, 토산품으로 바치는 공물로는 주기
(酒器)와 철기(鐵器)가 있다"고 한다.

37 역사당(力士鐺): 『신당서』「위견전(韋堅傳)」에 "예장의 역사를 조각한 도자 음용기, 차를 볶는
솥과 솥이 있었다(有豫章力士瓷飮器茗鐺釜)"는 말이 나온다. '당'은 세 발 달린 솥인데, 술을
거르는 주기이다. 이 구절은 "황금 술잔에 백옥 병(黃金爵, 白玉甁)"으로 되어 있는 판본도 있다.

38 이백(李白): 주선(酒仙)으로 되어 있는 판본도 있다.

39 양왕운우(襄王雲雨): 무산(巫山)의 신녀(神女)에 관한 고사. 시 번호 164 이백의 「원단구 선생
이 무산을 그린 병풍 앞에 앉아 있는 것을 보고(觀元丹丘坐巫山屛風)」의 주 62를 참조할 것

40 강수동류원야성(江水東流猿夜聲): 북위(北魏) 역도원(酈道元)의 『수경주(水經注)』「강수(江
水)」에 인용된 어가(漁歌)에 "파동 삼협 가운데 무협이 가장 긴데, 원숭이 우는 소리 세 번 나니
눈물 옷을 적시네(巴東三峽巫峽長, 猿鳴三聲淚沾裳)"라는 구절이 있다.

41 음중팔선가(飮中八僊歌): 『신당서』권 202 「문인들의 전기(文藝傳)」에서는 이백과 하지장(賀
知章)·이적지(李適之)·여양왕(汝陽王) 진(璡)·최종지(崔宗之)·소진(蘇晉)·장욱(張旭)·초수

眼花落井水底眠44이라
안 화 낙 정 수 저 면

눈 어른거려 우물에 떨어져서는
물 바닥에서 잔다네.

汝陽45三斗始朝天46하고
여 양   삼 두 시 조 천

여양왕은 술 서 말은 마셔야
비로소 천자 뵈러 가고,

(焦遂) 등 8인을 주중팔선(酒中八仙)이라고 하였는데, 이는 두보의 이 시에 의거한 것이다. 범전정(范傳正)의 「이백신묘비(李白新墓碑)」에서는 "장안에 있을 때 당시 사람들은 공(公) 및 하감(賀監)·여양왕·최종지·배주(裵周) 등 8인을 주중팔선이라 하였다"고 했다. 이로 보아 이백 및 하지장·왕진·최종지의 4인을 제외하면 나머지 4인은 확실치 않음을 알 수 있다.

주선 여덟 사람의 개성이 두 구나 세 구에 단적으로 서술되어 있는데, 유독 이백에 관해서는 네 구나 할애되어 있다. 술과 관계되는 일화가 이백에게 많은 탓도 있겠지만, 이백이 두보와 남다른 교유를 가졌기 때문일 것이다. 이 시에 서술된 여덟 사람의 기행은 모두 사실에 근거한 것이다. 상도에 얽매이지 않고 방약무인하게 행동한 이들은 명리를 초월한 개성미 넘치는 독특한 행동으로 자신의 절조를 지켰다. 위진 시대의 죽림칠현의 풍류를 고스란히 계승한 것이라 할 수 있다. 또 두보는 죽림칠현의 일화를 본뜬 표현으로 이들이 술을 마시는 행태를 해학미 넘치게 묘사해 냈다.

42 지장(知章): 하지장(賀知章: 659~744). 월주(越州) 영흥(永興) 사람으로, 자는 계진(季眞). 사명산에 은거하며 자호를 사명광객(四明狂客)이라고 하였으며, 비서감(秘書監)을 지낸 적이 있기 때문에 하감(賀監)이라고도 한다. 시 번호 35~36 이백의 「술을 마시며 하지장을 그리워함 두 수(對酒憶賀監 二首)」를 참조할 것

43 기마사승선(騎馬似乘船): 말을 타고 가는 모습이 배를 타고 가는 것 같다. 술에 취하여 말 등에서 흔들리는 모습을 묘사한 것이다. 『월절서(越絶書)』에 "월나라에서는 물길을 가다가 산이 있는 곳에 다다르면 배를 수레로 삼고 노를 말로 삼는다"는 말이 나온다. 절(浙) 지방 사람은 말은 잘 못 타고 배타기를 좋아하였는데, 하지장이 강남 사람이어서 놀림 삼아 이렇게 말했다.

44 안화낙정수저면(眼花落井水底眠): '안화'는 술이 취해 눈앞에 무엇이 어른어른해 보인다. 진(晉)나라 장화(張華)의 「경박편(輕薄篇)」에 "세 술잔 어찌 이리 더디 오는가? 귀에 열이 나고 눈에는 꽃이 핀 듯 어른거리네(三雅來何遲, 耳熱眼中花)"라는 구절이 있다. '낙정수저면'은 매우 취한 모습을 말하는데, 당시 하지장에게 실제 있었던 일이라고도 하며, 또한 하지장이 강남 사람이어서 물에 익숙했던 것을 표현한 것이라고도 한다. 갈홍(葛洪)의 『포박자(抱朴子)』에 "당시 갈선공(葛仙公)이라는 사람이 있었는데, 매번 술을 마셔 취하기만 하면 일찍이 인가의 문 앞에 있는 못물 속으로 들어가 누워 있다가 하루가 지나서야 나왔다"는 말이 있는데 이와 비슷하다고 하겠다.

45 여양(汝陽): 여양왕 이진(李璡). 현종(玄宗)의 형 양황제(讓皇帝) 이헌(李憲)의 아들로, 여양군왕(汝陽郡王)에 봉해졌으며, 하지장·저정회(褚庭誨) 등과 시와 술로 교제하였다.

道逢麴車⁴⁷口流涎⁴⁸하며
도 봉 국 차 　 구 류 연

길 가다 누룩 실은 수레 만나면
입에서 침 흘리며,

恨不移封向酒泉⁴⁹이라
한 불 이 봉 향 주 천

주천으로 봉지(封地) 옮겨지지
않음 한탄한다네.

左相⁵⁰日興費萬錢⁵¹하고
좌 상 　 일 흥 비 만 전

좌상은 날마다 주흥(酒興)에
만 전씩을 쓰는데,

---

46 삼두시조천(三斗始朝天): 술 서 말을 마셔야 조정에 천자를 뵈러 간다. '조천'은 천자를 뵈러 조
　정에 들어가다.

47 국차(麴車): 누룩을 실은 수레

48 구류연(口流涎): 입에서 침이 흐르다. 삼국 위(魏) 문제(文帝) 조비(曹丕)의 「여오감서(與吳監
　書)」에 "중국에는 진기한 과일이 많은데 다만 포도에 대해서만 잠깐 이야기하겠다. (…) 빚어서
　술을 만들면 누룩보다 달고 잘 취하며 쉽게 깬다. 그것에 대하여 말하기만 해도 침이 넘어가는
　데, 직접 그것을 먹는다면야!"라는 구절이 있다.

49 한불이봉향주천(恨不移封向酒泉): 주천의 왕으로 봉해지지 않음을 한탄하다. '주천'은 『삼진
　기(三秦記)』에 의하면 "주천군의 성 아래에 금천(金泉)이 있는데, 샘 맛이 술과 같아 주천이라
　하였다"고 한다. 현 감숙성 주천현. 『습유기(拾遺記)』에 다음과 같은 고사가 있다. "강(羌) 사람
　요복(妖馥)은 술을 좋아하여 모두들 갈강[渴羌: 술에 갈증을 느끼는 강 사람이라는 뜻]이라 불
　렀는데, 진(晉) 무제(武帝)가 조가 태수[朝歌宰]로 발탁했다. 요복은 사퇴하면서 '청컨대 조가
　현에서 물러나 오래도록 말 기르는 일에 뽑혀 이따금 좋은 술이나 하사받아 여생을 즐기고자 합
　니다'라고 하였다. 황제가 말하기를 '조가는 주(紂)왕의 옛 도읍으로 술못[酒池]이 있으니 그대
　로 하여금 다시 목마르다는 소리를 듣지 않게 할 것이로다'라고 하였다. 이에 대답하기를 '신은
　점차 임금님의 교화에 물들어 가고 있사온데, 주지의 일을 즐긴다면 다시 은나라 주왕의 백성이
　될 것이옵니다'라고 하니, 왕이 크게 기뻐하며 즉시 주천 태수로 옮겨 주었다."

50 좌상(左相): 좌승상(左丞相) 이적지(李適之). 『구당서(舊唐書)』에 의하면, 평소에 손님 접대
　를 좋아하였으며 말술을 마시고도 조금도 흐트러지지 않았고, 밤에는 연회를 열고 낮에는 공무
　를 결재하였다. 천보(天寶) 원년 우선객(牛仙客)을 대신하여 좌승상이 되었으나 이임보(李林
　甫)와 권력을 다투어 불화를 빚었다. 5년에 정사(政事)를 돌보는 관직에서 물러나, 명예직인 태
　자소보(太子少保)가 되었다. 친구, 친지들과 모이는 것을 좋아하여 "현인[좌승상 벼슬과 탁주
　를 함께 뜻한다] 피하여 승상직을 그만두었으니, 성인[청주를 뜻한다] 즐기며 술잔 입에 물리라.
　묻노니 문 앞의 손님, 오늘 아침 몇이나 왔는고?(避賢初罷相 樂聖且銜盃. 爲問門前客 今朝幾
　箇來)"라는 시를 지었다. 7월에 의춘 태수로 좌천되었다가 사약을 받고 죽었다. 바로 앞에 나온

飮如長鯨吸百川[52]하며
음 여 장 경 흡 백 천

마치 큰 고래 모든 강물
들이키듯 술 마시며,

銜盃樂聖稱世賢[53]이라
함 배 낙 성 칭 세 현

잔 머금고 성인 즐기며
세상의 현인이라 한다네.

宗之[54]瀟灑[55]美少年으로
종 지 소 쇄 미 소 년

최종지는 말쑥한 미남 청년인데,

　　시는 『전당시(全唐詩)』에 「좌승상직을 그만두고 짓다(罷相作)」라는 제목으로 수록되어 있다.

51　일흥비만전(日興費萬錢): 두보의 시에 주석을 단 사민첨(師民瞻)은 "당나라 때 술값은 한 말에 삼백 전이었으니, 만 전을 가지고 계산해 보면 세 섬 세 말을 마시고도 남는다"고 하였는데, 이는 손님을 접대하는 제반 비용을 모두 합쳐 그렇게 표현한 것이다.

52　장경흡백천(長鯨吸百川): 큰 고래가 많은 강물을 마시는 것 같다. '百'은 '박'으로도 읽을 수 있는데, '넓을 박(博)' 자와 같은 뜻이며, 박천은 넓은 강이라는 뜻이다.

53　함배낙성칭세현(銜杯樂聖稱世賢): 술잔을 물고 청주를 즐기며 세상의 현인이라 일컫다. 본서의 원주에서는 이렇게 말하고 있다. "좌승상 이적지의 시에 의거하면 '인간 세(世)' 자는 '피할 피(避)' 자가 되어야 한다. 이적지의 시에서는 '현인 피하여 승상직을 그만두었으니, 성인 즐기며 술잔 입에 물리라(避賢初罷相 樂聖且銜盃)'고 하였다." 성인은 청주를 말하고 현인은 탁주를 말하는데, 이는 『삼국지(三國志)』 「위지(魏志)·서막의 전기(徐邈傳)」에서 나온 고사이다. "위나라 건국 초기에 상서랑(尙書郎)이 되었는데, 당시에는 법령으로 금주령을 내리고 있었으나 서막은 밀주를 마시다가 많이 취하였다. 형리(刑吏)인 조달(曹達)이 법에 의거하여 심문하니, 막이 '성인을 마셨다'[임금을 쏘았다는 뜻도 있음]고 하였다. 조달이 이 말을 위 태조[曹操]에게 아뢰자 태조는 크게 노하였다. 그때 도료장군(度遼將軍) 선우보(鮮于輔)가 나아가서 말하기를 '평일에 취객은 맑은 술을 성인이라 말하고, 탁한 술을 현인이라 말합니다. 서막은 성격이 평소에 근신하는데, 우연히 취하여 그렇게 말했을 따름입니다'라고 하여 겨우 형을 면하게 되었다." 여기서 '낙성'은 청주를 즐긴다는 뜻뿐만 아니라 성인의 도를 즐긴다는 뜻도 가지고 있으며, '피현'이란 탁주를 마시지 않는다는 뜻도 되지만 이적지가 재상직에서 물러난 것도 뜻한다.

54　종지(宗之): 제국공(齊國公) 최일용(崔日用)의 아들로 시어사(侍御史)를 지냈으며, 부친의 작위(爵位)를 세습하였다. 이백·두보와 교유가 깊어 『구당서』 「이백전」에 "시어사 최종지는 금릉(金陵)으로 귀양 가 이백과 더불어 술을 마시며 시를 주고받았다"는 기록이 전한다.

55　소쇄(瀟灑): 맑고 깨끗하다. 인품이 맑아 속기가 없는 것

擧觴白眼⁵⁶望靑天⁵⁷하니
거 상 백 안 망 청 천

잔 들고 흰 눈으로 푸른 하늘 쳐다보면,

皎⁵⁸如玉樹臨風前⁵⁹이라
교 여 옥 수 임 풍 전

흰 모습 옥나무가
바람 앞에 선 듯 빛나네.

蘇晉⁶⁰長齋⁶¹繡佛⁶²前에
소 진 장 재 수 불 전

소진은 오래도록 재계하였네
수놓은 불상 앞에서,

醉中⁶³往往愛逃禪⁶⁴이라
취 중 왕 왕 애 도 선

취하기만 하면 종종
선에서 도피하기 좋아하였네.

---

56 백안(白眼): 하얀 눈. 검은 눈동자[靑眼]를 숨겨 흰자위만 드러낸 눈. 멸시의 뜻을 내포한다. 『진
   서』「완적전(阮籍傳)」에 "완적은 흰 눈과 검은 눈으로 사람을 볼 수 있었는데, 예속(禮俗)에 얽
   매인 사람들을 보면 흰 눈으로 대하였다"는 말이 있다.
57 망청천(望靑天): 세속을 백안시하고 푸른 하늘을 우러러보다. 『열자(列子)』에 "지극한 경지에
   이른 사람은 위로 푸른 하늘을 바라본다(至人者上闚靑天)"는 말이 있다.
58 교(皎): 달처럼 희고 밝게 빛나다.
59 옥수임풍전(玉樹臨風前): 백옥의 나무가 바람 앞에 서 있다. 『세설신어(世說新語)』「용지(容
   止)」에 "위 명제(魏明帝)는 황후의 동생인 모증(毛曾)을 하후현(夏侯玄)과 한자리에 앉혔는데,
   당시 사람들은 '갈대가 옥나무에 기대어 있다'고 했다." 예로부터 옥수는 고귀한 사람에 비유되
   었는데, 여기서는 술에 취하여 흔들리는 모습을 가지고 말한 것이다.
60 소진(蘇晉): 소향(蘇珦)의 아들로, 몇 살 되지도 않아서 글을 지을 줄 알았다. 진사가 되어 선천
   (先天) 연간에 중서사인(中書舍人)이 되었다. 현종이 태자로 국사를 감찰할 때 내려진 영 가운
   데 소진과 가증(賈曾)을 거쳐 나온 것이 많았다. 누차 직언을 올리니 천자가 미쁘게 여겼다. 호
   부·이부시랑을 거쳐 태자서자(太子庶子)로 죽었다. 불교를 믿어 수를 놓은 불도(佛圖)를 가지고
   있었다.
61 장재(長齋): 오랫동안 재계하다.
62 수불(繡佛): 수놓은 불상. 본서 주에 의하면, 소진은 서역의 승려 혜징(惠澄)에게서 수놓은 미륵
   불 하나를 얻어 그것을 보배로 여겼다. 그리고 "이 부처는 미즙[米汁: 술을 뜻한다]을 좋아하는
   게 나의 마음에 꼭 든다. 나는 이 부처를 섬기겠다. 다른 부처는 좋아할 수 없다"고 했다. 그가 다
   른 부처를 좋아하지 않은 이유는, 불교에서 술을 금했기 때문일 것이다.
63 취중(醉中): 소진은 불도에 정진하여 채식을 하고 재계하면서도 술을 즐겨 마셨는데, 이를 말
   한다.
64 애도선(愛逃禪): 선에서 벗어나기를 좋아하다. 소진이 재계하면서도 술을 마시는 것을 선에서

李白一斗詩百篇[65]하고
이 백 일 두 시 백 편

이백은 술 한 말에 시 백 편을 짓고,

長安市上酒家眠[66]이요
장 안 시 상 주 가 면

장안 저자의 술집에서 잠을 잤으며,

天子呼來不上船[67]하고
천 자 호 래 불 상 선

천자가 불러 오라 해도
배에 오르지 않고,

自稱臣是酒中仙이라
자 칭 신 시 주 중 선

스스로 일컫기를 나는
술의 신선이라 했다네.

도피하는 것으로 보았다. 『두억(杜臆)』에서는 "술에 취해 불교의 교리와 어그러졌으므로 선에서 도피하였다 한 것이다. 후인들은 불학을 배우는 것을 도선이라 하는데 틀렸다"고 하였다.

65 이백일두시백편(李白一斗詩百篇): 이백은 술 한 말을 마시면 시 백 편을 짓는다. 이백이 술을 좋아한 것과 그의 문재가 뛰어난 것을 아울러 이야기한 것이다. 『신당서』「이백전」의 요약. "이백은 흥성황제(興聖皇帝)의 구세손이다. 천보(天寶) 초에 장안에 와서 하지장을 가 뵈었는데, 하지장은 그의 문장을 보고 감탄하여 '그대는 귀양 온 신선인가!'라고 하였다. 하지장이 현종에게 말하여 금란전(金鑾殿)으로 불려가 송(頌) 한 편을 지어 바쳤는데, 현종이 도포를 하사하면서 친히 국의 간을 맞추어 주었고 한림학사에 임명하였다. 그러나 이백은 오히려 술꾼들과 함께 술에 취해 있을 뿐이었다. 현종이 침향자정(沉香子亭)에 앉아 있다가 마음으로 느끼는 바가 있어 이백을 데려와 노래의 가사로 쓸 시[樂章]를 짓고자 하였으나, 그를 데려왔을 때는 이미 크게 취해 있었다. 좌우의 시종들이 물로 세수를 시켜 조금 깨어난 후에 붓을 들어 문장을 지었는데, 문장이 고우면서도 정밀하게 노래에 꼭 들어맞았다. 현종은 그 재능을 좋아하여 자주 잔치를 열고 그를 만나 보았다."

66 장안시상주가면(長安市上酒家眠): 위의 주 침향전에서 글을 지을 때의 일을 말한다. 시종들이 이백을 데리러 갔을 때 이백은 장안의 술집에서 취하여 잠을 자고 있었다 한다. 이백의 진솔한 성품을 읊은 것이다.

67 천자호래불상선(天子呼來不上船): 천자가 불러도 배에 오르지 않다. 범전정(范傳正)의 「이백신묘비」에 "현종이 백련지에서 배를 띄웠는데, 공은 연회에 없었다. 황제가 기쁨에 젖어 공을 불러 서(序)를 짓게 했다. 이때 공은 이미 술에 취하여 한림원에 있는데, 고 장군[高將軍: 경호 책임자인 환관 고력사(高力士)]에게 명하여 이백을 부축하여 배에 오르도록 했다"고 하였다. 구주(舊注)에서는 배에 오르지 않았다(不上船)는 것을, 당시 장안의 방언으로 선(船)이 옷깃이라 하여 옷깃을 풀어헤치고 황제를 뵈었다고 하였는데, 이는 크게 잘못된 것이다.

張旭⁶⁸三盃草聖傳⁶⁹하니
장 욱　삼 배 초 성 전

장욱은 석 잔을 마시면
초서의 성인이라 전해지는데,

脫帽露頂⁷⁰王公前하고
탈 모 노 정　왕 공 전

모자 벗고 왕공 앞에서도
정수리 드러내 보였으며,

揮毫⁷¹落紙如雲烟⁷²이라
휘 호　낙 지 여 운 연

붓 휘둘러 종이에 닿으면
구름 연기 같았다네.

焦遂⁷³五斗方卓然⁷⁴하고
초 수　오 두 방 탁 연

초수는 닷 말은 마셔야
바야흐로 우뚝해지는데,

---

68 장욱(張旭): 소주(蘇州) 사람. 『신당서』에 의하면 "오군(吳郡)의 장욱은 초서를 잘 썼으며 술을 좋아하였는데, 취할 때마다 고함을 치며 미친 듯이 달리다가 붓을 찾아 시원하게 휘갈겼는데 변화가 무궁한 것이 신의 도움이 있는 듯했다"고 하였고, 또 『국사보(國史補)』에서는 "장욱은 술을 마셨다 하면 초서를 썼는데 붓을 휘두르며 크게 고함을 쳤으며 머리를 먹물에 적셔 글씨를 쓰기도 하였는데, 깨어나서는 스스로 보고 신기하고 기이하게 생각하였다"고 하였다. 그래서 당시에는 장욱의 글씨를 '장욱의 이마'라는 뜻으로 장전(張顚)이라고 불렀다.

69 초성전(草聖傳): 초서의 성인으로 전해지다. 장욱은 당대 초서의 명인으로 『신당서』「이백열전」에 "문종(文宗) 때 이백의 시와 배민(裴旻)의 칼춤, 장욱의 초서를 삼절(三絶)로 하라는 조서를 내렸다"고 하였다.

70 탈모노정(脫帽露頂): 모자를 벗어 이마를 드러내다. 술에 취했을 때의 호방한 모습을 말한다. 옛날에는 관리는 관(冠)을 썼고 평민은 모(帽)를 썼는데, 아무 데서나 관을 벗는 것은 예의에 어긋나는 일이었다. 이기(李頎)는 「증장욱(贈張旭)」이란 시에서 "정수리 드러내고 침상에 기대어, 길게 서너 마디 외치네(露頂據胡床 長叫三五聲)"라고 읊었다.

71 휘호(揮毫): '호'는 여기서 붓이라는 뜻으로 쓰임. 붓을 휘두른다는 말은 곧 글씨를 쓴다는 뜻

72 낙지여운연(落地如雲烟): 붓이 종이에 닿아 글씨가 쓰이면 구름과 연기가 뭉게뭉게 피어나는 것 같다. 득의만만하게 붓을 빨리 놀리는 것을 말한다.

73 초수(焦遂): 원교(袁郊)의 『감택요(甘澤謠)』에 "도현은 개원 연간에 곤산에서 살았으며 스스로 배 세 척을 만들었다. 손님 가운데는 전진사 맹언심과 포의지사 초수가 있었는데, 각 배에 종들을 배치하고 함께 산수를 유람하였다"고 하였다. 또 『당사습유(唐史拾遺)』에 의하면, 보통 때에는 말더듬이여서 손님과 한 마디도 나누지 않다가, 술에 취하면 거침없이 말이 흘러나왔다 한다.

高談75雄辯76驚四筵77이라   고상한 이야기 씩씩한 말솜씨로
고 담 웅 변 경 사 연   온 좌중을 놀라게 한다네.

185. 취했을 때 읊음(醉時歌)78

두보(杜甫)

諸公79袞袞80登臺省81이나   고관들 줄줄이 좋은 자리에 오르는데,
제 공 곤 곤 등 대 성

---

74 오두방탁연(五斗方卓然): 술을 다섯 말은 먹어야 바야흐로 말을 똑똑히 하게 된다. '탁연'은 탁
   월함, 곧 매우 뛰어난 모양을 가리키는데, 여기서는 말을 분명하게 하는 것을 뜻한다. '방'은 비로
   소, 곧 시(始)의 의미

75 고담(高談): 큰 소리로 하는 담론, 또는 고상한 의론

76 웅변(雄辯): 힘차고 거침없는 변설

77 경사연(驚四筵): '사연'은 만좌(滿座) 또는 일좌(一座)와 같음. 사방 자리에 앉은 손님들을 놀라
   게 하다. '연'은 술좌석. 연석

78 취시가(醉時歌): 이 시의 원주에서는 '광문관 박사 정건(鄭虔)에게 드림'이라 하였다. 이 시는 정
   건이 재주가 많음에도 불우하게 지내는 것을 동정하여 지은 것이다. 『구당서』 「현종본기」에 의하
   면 천보 9년 7월 국자감에 광문관을 설치하고 생도들을 옮겨 진사의 학업을 하도록 하였다. 『신
   당서』 「문예전(文藝傳)」에 의하면 "정건은 정주 형양 사람이다. 현종이 그의 재주를 아껴 곁에
   두고 싶었으나 섬기려 하지 않았기 때문에 다시 광문관을 설치하고 정건을 박사로 삼았다. 정건
   은 명을 들었으나 광문 조사(曹司)관이라는 관청이 어디 있는지를 몰라 재상에게 물었다. 재상
   이 말하였다. '임금께서 국자감을 확충하고 그 안에 광문관을 설치하고 그대를 배치하여, 후세에
   광문 박사는 그대에게서 비롯되었다 말하게 할 것이니 훌륭하지 않은가?' 정건이 이에 관직에 임
   하였는데, 오래 있다가 비가 청사의 지붕을 무너뜨리자 유사(有司)가 더 이상 수리를 하지 않아
   국자감에 더부살이를 하게 하니 광문관은 이로부터 마침내 없어졌다"고 하였다. 이에 대해 청나
   라 때의 학자 전겸익(錢謙益)은 광문관이 국자감 안에 설치되었기 때문에 정건이 그것이 어디
   있는지를 몰랐다는 점을 들어 『신당서』의 기사는 사실이 아니라고 하였다.

79 제공(諸公): 조정에 들어가서 벼슬하는 사람들을 가리킨다.

80 곤곤(袞袞): 이어져 끊이지 않는 모양. 현우(賢愚)의 구별이 없다는 뜻

81 등대성(登臺省): '대'는 어사대인데 대원(臺院)·전원(殿院)·찰원(察院)의 삼원이 이에 속하며,
   '성'은 상서성(尚書省)·중서성(中書省)·문하성(門下省) 등을 가리킨다. '대성'은 조정의 핵심 부

廣文先生[82]官獨冷[83]이오
광문선생 관독랭

광문 선생 벼슬자리 홀로 싸늘하다네.

甲第[84]紛紛[85]厭粱肉이나
갑제 분분 염량육

훌륭한 저택 즐비하고
쌀밥과 고기반찬 싫증 내지만,

廣文先生飯不足[86]이라
광문선생반부족

광문 선생은 끼니조차 못 잇는다네.

先生有道出羲皇[87]하고
선생유도출희황

선생 도 지녀 복희씨 때보다 뛰어나고,

先生有才過屈宋[88]이라
선생유재과굴송

선생 재주 지님은
굴원 송옥보다 낫다네.

德尊一代[89]常坎軻[90]하니
덕존일대 상감가

당대에 덕망 높아도 늘 쓰이지 못하니,

서[淸要職]를 가리킨다.

82 광문선생(廣文先生): 광문관 박사 정건을 가리킨다.

83 관독랭(官獨冷): 정건만이 한직의 벼슬에 있다는 뜻

84 갑제(甲第): 일급의 훌륭한 저택을 가리킨다. 『한서(漢書)』「고제기(高帝紀)」에 "큰 저택을 내렸다(賜大第室)"는 말이 있는데, 맹강(孟康)은 "갑과 을의 차서가 있기 때문에 제라 하였다(甲乙次第)"고 주석을 달았다.

85 분분(紛紛): 어지러울 정도로 많다.

86 염량육~반부족(厭粱肉~飯不足): 좋은 쌀과 기름진 고기로 만든 좋은 음식에 싫증이 나다. 『사기』「맹상군열전(孟嘗君列傳)」에 "지금 임금님의 하인과 첩들은 쌀밥과 고기를 남기지만 선비들은 술지게미도 실컷 먹지 못합니다(今君僕妾餘粱肉, 而士不厭糟糠)"라는 말이 있다.

87 선생유도출희황(先生有道出羲皇): 선생의 도덕은 상고 복희씨 때의 도를 이어받은 것이다. 희황은 복희씨를 말한다. 출(出) 자는 '나왔다'의 뜻과 '~보다 낫다'의 뜻이 있는데, 아래 구의 과(過) 자와 대(對)가 되므로 여기서는 후자의 뜻으로 쓰인 것으로 보는 것이 옳다.

88 굴송(屈宋): 초나라의 굴원(屈原)과 송옥(宋玉). 굴원은 「슬픔을 만나(離騷)」「구장(九章)」 등의 사부를 지었고, 송옥은 「구변(九辯)」「혼을 부름(招魂)」 등의 사부를 지었다. 남조 양(梁)나라 유협(劉勰)의 『문심조룡(文心雕龍)』「변소(辯騷)」에 "굴원·송옥의 빠른 발은 따라잡을 수 없다(屈宋逸步, 莫之能追)"라는 말이 있다. 두보는 항상 굴원이나 송옥에 필적할 수 있기를 원했다.

89 덕존일대(德尊一代): 당대(當代)에 가장 덕이 높다.

90 감가(坎軻): 감가(轗軻) 또는 감가(坎坷)라고도 하며, 때를 만나지 못함[不遇]이라는 뜻. 본래의 뜻은 '감'은 수레가 평형을 잃은 것이고, '가'는 수레의 축이 부서진 것으로, 수레의 이로움을

名垂萬古[91]知何用[92]고
명 수 만 고　　지 하 용

이름 만고에 드리운들
무슨 소용이 있으리오?

杜陵野老[93]人更嗤[94]하니
두 릉 야 로　　인 경 치

두릉의 촌늙은이
남들이 모두 비웃으니,

被褐短窄[95]鬢如絲[96]라
피 갈 단 착　　빈 여 사

입고 있는 베옷 짧고 죄며
귀밑머리 흰 실과 같네.

日糴太倉五升米[97]하고
일 적 태 창 오 승 미

날마다 태창의 쌀 다섯 되씩 사 먹으며,

잃은 것이라는 뜻이다. 가(軻)가 람(壤)으로 되어 있는 판본도 있다.

91 명수만고(名垂萬古): 이름을 만고에 드리우다. 『사기』「오자서전찬(伍子胥傳贊)」에 "이름을 후세에 드리우다(名垂後世)"라는 말이 있다.

92 지하용(知何用): '지'는 여기서 부지(不知)의 뜻으로 쓰였다. '무슨 소용이 있는지 모르겠다'의 뜻. 아무 소용이 없음
이상은 정건이 포부를 가지고 있으나 때를 만나지 못했음을 말하였다.

93 두릉야로(杜陵野老): 두릉의 촌늙은이. 두보 자신을 가리킨다. 두릉은 옛 지명. 『한서』「선제기(宣帝紀)」에 "원강(元康) 원년 두현(杜縣)의 동쪽 언덕에 처음으로 능을 만들고 두현을 두릉이라 고쳤다"고 하였다. 섬서성 장안현(지금의 서안) 동남쪽에 있으며, 그 남쪽에 허황후(許皇后)의 무덤인 소릉(少陵)이 있었다. 두보는 소릉 서쪽에 살며, 호를 '두릉포의(杜陵布衣)' 또는 '소릉야로(少陵野老)'라고 하였다. 그래서 세상에서는 그를 '두소릉'이라고 불렀다.

94 인경치(人更嗤): 사람들이 모두 비웃다. '경'은 번갈아 가며 또는 함께의 뜻. '치'는 조소, 비웃음. 경멸의 뜻이 있다.

95 피갈단착(被褐短窄): '피갈'은 거친 베로 짠 옷을 입고 있다는 뜻으로 신분이 천함을 말한다. '단착'은 옷이 짧고 품이 좁아 꽉 죄는 것을 말한다. 『노자(老子)』(제70장)에 "성인은 겉에는 남루한 갈포를 입고 속에는 아름다운 옥석을 품고 있다(聖人被褐懷玉)"는 말이 있다.

96 빈여사(鬢如絲): 귀밑머리가 명주실처럼 하얗게 세다. 당나라 초당사걸의 하나인 노조린(盧照鄰)의 「산길을 가다가 유·이 두 참군에게 부치다(山行寄劉李二參軍)」에서는 "어찌 알리요, 벼슬에 지친 나그네, 양쪽 귀밑머리 점차 흰 명주실처럼 되어 가는 것을(安知倦遊子, 兩鬢漸如絲)"이라 읊었다.

97 일적태창오승미(日糴太倉五升米): 나라의 쌀 창고에서 닷 되의 쌀을 사다. 적은 쌀 또는 곡식을 사들이는 것. 『구당서』「현종기(玄宗紀)」에 의하면 "천보(天寶) 12년 8월 서울에 큰 장마가 들어 쌀이 귀해지자 태창의 쌀 십만 석을 풀어, 값을 내려 빈민들에게 팔았다"고 하였다. 다섯 되는

時赴[98]鄭老[99]同襟期[100]라
시 부 정 로 동 금 기

이따금 정 노인 찾아

마음속 기약 함께하네.

得錢即相覓[101]하여
득 전 즉 상 멱

돈 생기면 이내 서로 찾아,

沽酒[102]不復疑[103]라
고 주 불 부 의

술 사는 것 주저하지 않네.

忘形[104]到爾汝[105]하니
망 형 도 이 여

형체일랑 잊고 너 나 하며,

痛飮[106]眞吾師[107]라
통 음 진 오 사

통렬히 마시니 참으로 내 스승일세.

한 사람이 하루에 살 수 있는 한도였다.

98 시부(時赴): 때때로 찾아가다. 두보가 정건을 찾아가는 것을 말한다.

99 정로(鄭老): 정건을 말한다.

100 동금기(同襟期): 마음속의 기약을 함께하다. 흉금을 털어놓는 것을 말한다.

101 멱(覓): 찾다, 구하다. 두보가 정건을 맞아들이는 것을 말한다.

102 득전~고주(得錢~沽酒): '고주'는 술을 사다. 『사기』 「골계열전(滑稽列傳)」에 "왕 선생(王先生)은 돈을 품속에 지니고 술을 사서 날마다 취한 채 태수를 만나 보려 하지 않았다"는 말이 있다.

103 불부의(不復疑): '의'는 결정하지 못하고 망설임이다. 도연명의 「술 마시며(飮酒)」 제1수에 "통달한 사람만이 이치를 이해할 수 있어, 맹세코 앞으로 더 이상 의심하여 망설임이 없네(達人解其會, 逝將不復疑)"라는 구절이 있다.

104 망형(忘形): 육신·외형적 생활·예의 등을 잊다. 마음으로 사귐을 뜻한다. 『장자(莊子)』 「양왕(讓王)」에 "뜻을 보양하는 사람은 외물의 형식을 잊고, 형체를 보양하는 사람은 이욕을 잊으며, 도를 터득한 사람은 온갖 마음의 지혜를 잊는다(養志者忘形, 養形者忘利, 致道者忘心矣)"라는 말이 있다.

105 도이여(到爾汝): 너·나 하는 사이가 되다. 허물없는 사이가 되는 것을 말한다. 『세설신어』 「언어(言語)」 주석에 인용된 『문사전(文士傳)』에 "예형(禰衡)은 젊어서부터 공융(孔融)과 너·나 하는 교유를 맺었다"는 말이 있다.

106 통음(痛飮): 술을 많이 마시다. 『세설신어』 「임탄(任誕)」에 "왕효백(王孝伯)이 말하길 '명사라고 해서 반드시 기이한 재주를 가져야 할 필요는 없고 다만 항상 별다른 일이 없게 하고 술을 통렬하게 마시고(痛飮酒) 「슬픔을 만나(離騷)」나 숙독하면 명사라 할 만하다'고 하였다"는 말이 나온다.

107 진오사(眞吾師): 참으로 나의 스승이다. 정건이 술을 통쾌하게 많이 마시는 것이 참으로 훌륭하다는 뜻

淸夜沈沈[108]動春酌[109]하니
청 야 침 침　　동 춘 작

맑은 밤 잠잠한데 봄 술잔을 기울이니,

燈前細雨簷花落[110]이라
등 전 세 우 첨 화 락

등불 앞에 가는 비 내리고
처마 끝엔 꽃 지네.

但覺高歌有鬼神[111]하니
단 각 고 가 유 귀 신

다만 뜻 높은 노래에
귀신 깃들인 것 깨닫는다면,

焉知[112]餓死塡溝壑[113]고
언 지　　아 사 전 구 학

굶어 죽어 도랑과 골짝
메움이야 어찌 알리오?

108　청야침침(淸夜沈沈): 맑은 봄밤이 조용히 깊어 가다.

109　동춘작(動春酌): 봄 술잔을 들다.

110　등전세우첨화락(燈前細雨簷花落): 등불 앞에 가는 비 내리고 처마 끝에서는 꽃잎이 떨어진다. '첨전세우등화락(簷前細雨燈花落)'으로 된 판본도 있다. 유막(劉邈)의 「사람이 베 짜는 것을 보다(見人織)」에 "처마 끝에 핀 꽃에 막 떠오른 달빛 비치네(簷花照初月)"라는 구절이 있다. 일설에는 처마의 낙숫물에 등불빛이 비쳐 마치 은빛 꽃이 떨어지는 듯하다고 보는 견해도 있다.

111　고가유귀신(高歌有鬼神): 높은 뜻을 담은 노래에 귀신이 깃들이다. 귀신이 깃들인다는 것은 귀신도 감동한다는 뜻. 『시경대서(詩經大序)』에 "천지를 움직이고 귀신을 감동시킨다(動天地, 感鬼神)"고 한 말에 근거한 구절인 듯하다. 두보는 「강가에서 물을 만나다(江上値水)」에서 "남들에게 본성이 좋은 글을 짓고자 했으며, 남을 감동시키는 글을 짓지 못하면 안심하고 죽을 수 없노라(爲人性僻耽佳句, 語不驚人死不體)"라고 했다. 대체로 노랫소리에 그윽한 원한[幽怨]이 깃들어 있는 것을 말한다.

112　언지(焉知): 어찌 알겠는가? 조금도 개의치 않겠다는 뜻

113　아사전구학(餓死塡溝壑): 굶어 죽어 그 시체가 도랑에 버려지다. '전'은 메우다. '구학'은 도랑과 골짜기. 『사기』「급암열전(汲黯列傳)」에 "급암은 임금을 보고 울면서 말했다. '신은 스스로 죽어 도랑과 골짜기를 메울 때까지 다시는 폐하를 뵙지 못하리라 생각했습니다'"라는 말이 있고, 『한서』「주매신전(朱買臣傳)」에는 "처가 화를 내며 말하기를 '공과 같은 분들은 끝내 도랑에서 굶어 죽을 것입니다!'"라는 말이 나온다. '전구학'은 이로부터 주로 자신이 목숨을 잃게 되는 것을 표현하는 말로 많이 쓰여 왔다.

相如逸才親滌器[114]요
상 여 일 재 친 척 기

사마상여는 뛰어난 재주에도
친히 그릇 닦았고,

子雲識字終投閣[115]이라
자 운 식 자 종 투 각

양웅은 글을 알아
끝내 천록각(天祿閣)에 몸 던졌네.

先生早賦歸去來[116]니
선 생 조 부 귀 거 래

선생도 일찌감치 「돌아가리」 짓기를,

石田茅屋[117]荒蒼苔[118]라
석 전 모 옥 황 창 태

돌밭과 띠집
황폐해지고 푸른 이끼 돋았다오.

儒術[119]於我何有哉[120]오
유 술   어 아 하 유 재

유학의 가르침 내게
무슨 소용이 있으리오?

---

114 상여일재친척기(相如逸才親滌器): '상여'는 한대의 유명한 사부가(辭賦家)인 사마상여. 『사기』 「사마상여열전」에 "사마상여는 임공(臨邛)으로 가서 술집을 사서 술을 팔았다. [아내인] 탁문군(卓文君)에게는 목로에서 술을 팔게 하였고, 자신은 짧은 잠방이 차림으로 일꾼들과 함께 잡일을 하고 시중에서 그릇을 씻었다"는 기록이 있다.

115 자운식자종투각(子雲識字終投閣): '자운'은 전한 말의 대유학자이며 대문장가인 양웅(揚雄)의 자(字)이며, '각'은 천록각(天祿閣)을 말한다. 『한서』 「양웅전」에 이런 구절이 있다. "양웅은 천록각에서 책을 교정하고 있었는데 옥리들이 그를 잡으러 오자 천록각에서 투신하여 죽을 뻔했다. 왕망(王莽)이 그 까닭을 물어보았더니 유분(劉棻)이 일찍이 기이한 글자를 만드는 방법을 배운 적이 있었는데, 양웅은 사정을 알지 못했으며, 묻지 말라는 조서가 내렸지만 서울에서는 거기에 대해 '적막하게 지낸다더니 천록각에서 투신했다'고들 말했다."

116 조부귀거래(早賦歸去來): 일찌감치 「돌아가리(歸去辭)」를 지으라는 뜻. 『송서(宋書)』 「은일전(隱逸傳)」에 "도잠은 팽택령(彭澤令)이 되었는데 관인끈을 풀고 관직을 떠나면서 「돌아가리」를 지었다"는 말이 나온다. 이로부터 「돌아가리」를 짓는다는 것은 관직에서 물러나는 것을 가리키게 되었다. 정건에게 하루빨리 관직을 버리고 향리로 돌아가라는 권유

117 석전모옥(石田茅屋): 돌밭과 띠풀로 이은 집. 『좌전(左傳)』 「애공(哀公) 11년」에 "오자서(伍子胥)가 말하기를 '제나라에 대한 뜻을 이룸은 돌밭을 얻는 것과 같아서 아무 소용이 없습니다'라고 하였다"는 말이 있다.

118 황창태(荒蒼苔): 황폐해져 푸른 이끼가 돋아나다. 도연명의 「돌아가리」에 "전원이 거칠어지려 하니 어찌 돌아가지 않겠는가?(田園將蕪胡不歸)"라는 말이 있다.

孔丘盜蹠[121]俱塵埃[122]라
공 구 도 척　　구 진 애

공자도 도척도 모두 흙먼지 되었다네.

不須[123]聞此[124]意慘慘[125]이니
불 수　　문 차　　의 참 참

이 소리 듣고 너무 슬퍼할 필요 없으니,

生前相遇且銜盃[126]하세
생 전 상 우 차 함 배

살아 있을 동안 만나거든
술잔이나 드십시다.

119　유술(儒術): 유교의 가르침. 유학. 곧 공자의 학문. 『한서』「소망지전(蕭望之傳)」에 "선제는 유교
의 가르침을 그다지 따르지 않았다(宣帝不甚從儒術)"는 말이 있다.

120　어아하유재(於我何有哉): 나에게 무슨 이익을 주겠는가?

121　공구도척(孔丘盜蹠): 『장자』「도척(盜跖)」에 "공자는 도척을 가서 만나 보았다(孔子往見盜
跖)"는 말이 있고, 또 『열자』「양주(楊朱)」에는 "살아서는 요임금과 순임금이라 해도 죽어서는
썩은 뼈가 되며, 살아서는 걸왕(桀王)과 주왕(紂王)이라 해도 죽어서는 썩은 뼈가 되니, 썩은
뼈이기는 한가지인데 누가 그 다름을 알겠는가?"라는 말이 나온다. 공자와 도척을 혼동하는 현
실의 부조리한 가치관에 대한 두보의 울분이 표현된 것이라 할 수 있다. 청(淸)나라 구조오(仇
兆鰲)의 『두시상주(杜詩詳註)』에서는 유문표(兪文豹)의 설을 인용하여 "공자는 만세의 스승
인데, 감히 이름을 불러 도척과 한 부류로 하였으니 명교[名敎: 명분]를 상하게 하였다. 이백·한
유의 시에서도 모두 성인의 휘자(諱字)를 그대로 썼으니 모두 실언한 것이다"고 하였다. 이로
써 당대(唐代)에는 공자에 대해서 피휘하지 않은 것이 관례였던 것 같다.

122　구진애(俱塵埃): 모두 죽어 티끌이 된다.

123　불수(不須): ~할 필요가 없다. 여기서 '수'는 요(要)의 의미로 쓰였다.

124　문차(聞此): 바로 앞의 구절 '孔丘盜蹠俱塵埃'의 구를 가리킨다.

125　의참참(意慘慘): 『두보집』에는 '의참창(意慘愴)'으로 되어 있다. 마음이 처참해지고 슬퍼진다.

126　생전상우차함배(生前相遇且銜盃): 술잔을 입에 머금다. 술을 마시는 것을 가리킨다. 『진서』
에 "장한(張翰)이 말했다. '내게 죽은 후 명예를 남기게 한다 해도 살아생전 한 잔 술만 못하다'"
는 말이 나온다. 유령(劉伶)의 「술의 덕을 칭송함(酒德頌)」에서는 "술잔을 대고 탁주를 마신다
(銜盃漱醪)"라는 말이 있다.

186. 서 사또 댁의 두 아들을 노래함(徐卿二子歌)[127]

두보(杜甫)

君不見
군 불 견

그대는 보지 못했는가,

徐卿二子生絶奇[128]아
서 경 이 자 생 절 기

서경의 두 아들
빼어나게 잘 태어난 것을.

感應吉夢相追隨[129]라
감 응 길 몽 상 추 수

길한 꿈에 감응하여 서로 좇아
뒤따랐네.

孔子釋氏親抱送[130]하니
공 자 석 씨 친 포 송

공자와 석가께서
몸소 안아 보내 주셨다니,

並是天上麒麟兒[131]라
병 시 천 상 기 린 아

모두가 천상의 기린아일세.

127　서경이자가(徐卿二子歌): 서경은 서천 병마사(西川兵馬使)로서 지도(知道: 도지사)를 겸한 서씨 성을 가진 어떤 지방 장관을 말한다고 하나 그의 이름은 미상이다. '경'은 높은 벼슬아치에 대한 존칭으로 쓰임. 두보가 서씨 집안의 두 아들의 자질이 훌륭함을 칭찬한 작품이다. 서씨 집안의 잔치에 초대받아 그곳에 가 지은 작품인 듯한데, 두보의 작품으로는 그리 빼어난 것이 못된다.
　　이 시는 내용에 있어서 네 구씩을 한 단으로 하여 세 부분으로 확연히 구분되어 있다. 그런데 두번째 단의 앞부분인 5·6구와 뒷부분인 7·8구는 대를 이루는 내용인데도 운을 달리하고 있다. 운이 바뀌면 내용도 따라서 바뀌는 것이 가(歌)나 행(行)의 일반적인 예이다. 내용은 물론 형식에 있어서도 완벽을 추구하는 두보에게 이런 작품이 있음은 특기할 만한 사실이다.
128　생절기(生絶奇): 태어나면서부터 매우 뛰어나다. 뛰어나게 잘났다는 뜻
129　상추수(相追隨): 길몽이 잇따른 것을 말하는데, 두 아이가 연이어 태어난 것을 가리킨다.
130　공자석씨친포송(孔子釋氏親抱送): 공자와 석가가 모두 몸소 그 아이를 안아 서씨(徐氏)에게 보내 주었다는 뜻. 석씨는 석가모니
131　기린아(麒麟兒): 용모와 재주가 썩 빼어난 아이. 『남사(南史)』「서릉전(徐凌傳)」에 이런 구절이 있다. "서릉의 자는 효목(孝穆)이다. 그의 어머니 장(臧)씨는 일찍이 오색구름이 봉으로 변하여 왼쪽 어깨 위에 모여드는 꿈을 꾸었는데, 얼마 되지 않아 서릉이 태어났다. 나이 겨우 몇

大兒[132]九齡色清澈[133]하고
대 아　구 령 색 청 철

큰아이는 아홉 살로
피부가 맑고 투명하여,

秋水爲神玉爲骨[134]이라
추 수 위 신 옥 위 골

가을 물이 정신이 되고 옥은 뼈 되었네.

小兒五歲氣食牛[135]하니
소 아 오 세 기 식 우

작은아이는 다섯 살이지만
소를 먹을 기개가 있어,

滿堂賓客皆回頭[136]라
만 당 빈 객 개 회 두

집안 가득한 손님들 모두 고개 돌리네.

吾知徐公百不憂[137]하니
오 지 서 공 백 불 우

내 서공 어떤 일에도
걱정하지 않음 잘 아노니,

살 되던 때 가인(家人)이 보지(寶誌)라는 중에게 보였더니 보지는 이마를 어루만지면서 '천상의 스님 중의 기린이다'고 했다." 서경의 성이 『옥대신영(玉臺新詠)』의 편자인 서릉과 동성이므로 이렇게 표현한 것이다. 그러나 구조오(仇兆鰲)의 주석에 의하면 서릉의 고사를 인용하여 주석을 단 것은 하나는 취하고 하나는 버린 것이라 하였다. 즉 공자와 석가 모두를 취한 것이 아니라는 것이다. 또 『습유기(拾遺記)』에는 "공자가 나기 전 기린이 궐리[闕里: 공자가 태어난 곡부현의 지명]에 옥척(玉尺)을 입으로 내놓았는데 '쇠한 주나라를 이어 소왕(素王)이 나리라'고 적혀 있었다. 어머니인 안징재(安徵在)가 이에 수놓은 인끈을 기린의 뿔에 매어 주었다"는 고사가 있는데, 이 구와 일맥상통하는 것이다.

132　대아(大兒): 큰아이, 장남

133　색청철(色淸澈): '색'은 여기서 피부색이란 뜻으로 쓰임. 피부가 매우 깨끗하고 고와 맑고 투명해 보인다는 뜻

134　추수위신옥위골(秋水爲神玉爲骨): 정신이 맑고 차가운 가을 물 같고, 뼈는 옥으로 만들어져 있다. 맑은 정신과 결백한 인품을 지녔다는 표현이다.

135　기식우(氣食牛): 소를 잡아먹을 기개. 기개가 높은 것을 가리킨다. 전국 시대 노(魯)나라 시교(尸佼)의 『시자(尸子)』권 하에 "호랑이나 표범의 새끼는 비록 아직 가죽에 무늬가 나지 않더라도 이미 소를 먹을 만한 기세가 있다"고 했다.

136　개회두(皆回頭): 모두 머리를 돌려 주목하다.

137　오지서공백불우(吾知徐公百不憂): 나는 서공이 좋은 자식을 두어 아무 걱정을 하지 않아도 된다는 것을 잘 안다. '백'은 백사(百事)로, 모든 일이라는 뜻

積善¹³⁸袞袞¹³⁹生公侯¹⁴⁰라
적 선　곤 곤　생 공 후

선행 쌓음 넘치고 넘쳐
공작이나 후작을 낳았네.

丈夫生兒有如此二雛¹⁴¹者면
장 부 생 아 유 여 차 이 추　자

대장부가 아이를 낳되
이 두 아이만 같다면야,

名位¹⁴²豈肯卑微休¹⁴³아
명 위　기 긍 비 미 휴

명성과 지위 어찌
낮고 천한 데서 그칠손가?

138　적선(積善): 많은 선행을 쌓다. 『역경(易經)』「곤괘(坤卦)」의「문언전(文言傳)」첫째 음효[初
六]의 괘풀이에 "선을 쌓는 집안에는 반드시 자손에게 경사가 넘치고, 불선을 쌓는 집안에는 반
드시 자손에게 재앙이 넘친다(積善之家, 必有餘慶, 積不善之家, 必有餘殃)"고 하였다. 북주
(北周) 유신(庾信)의 시「사도이신 왕포를 슬퍼하다(傷王司徒褒)」에 "그대 선행을 쌓았다고들
하니, 다시 전대의 어짊 이을 수 있겠네(謂言君積善, 還得嗣前賢)"라고 하였다.
139　곤곤(袞袞): 많은 모양. 계속 이어져 많다.
140　생공후(生公侯): 서씨의 집안에 공작·후작과 같은 제후가 생겨나다. 공후는 제후를 통틀어 일
컫는 말. 『좌전』「민공(閔公) 원년」에 "공작과 후작 같은 제후의 자손은 반드시 그 시조의 지위
로 복귀할 것이다(公侯之子孫, 必復其始)"라는 말이 있다.
141　추(雛): 병아리. 뜻이 바뀌어 어린아이
142　명위(名位): 명예와 지위
143　비미휴(卑微休): 낮고 천한 데서 끝나다. 출세하지 못하는 것을 가리킨다. 한나라 왕충(王充)
의『논형(論衡)』에 "지위가 비록 낮고 미천하더라도 행실이 실로 속된 것에서 멀다면 반드시 그
와 교유할 수 있다"는 말이 있다.

187. 장난삼아 왕재가 그린 산수화를 소재로 삼아
(戲題王宰畫山水歌)¹⁴⁴

두보(杜甫)

十日畫一水하고
십 일 화 일 수

열흘에 강물 하나 그리고,

五日畫一石이라
오 일 화 일 석

닷새에 바위 하나 그리네.

能事不受相促迫¹⁴⁵하니
능 사 불 수 상 촉 박

일에 능란한 사람
재촉 받아들이지 않으니,

王宰始肯留眞跡¹⁴⁶이라
왕 재 시 긍 류 진 적

왕재 비로소 참된 자취 남기려 하네.

壯哉¹⁴⁷崐崘¹⁴⁸方壺¹⁴⁹圖여
장 재   곤 륜   방 호   도

장엄하도다!
곤륜산과 방호 그린 그림이여!

---

144 희제왕재화산수가(戱題王宰畫山水歌): 왕재(王宰)가 그린 산수화「곤륜방호도(崐崘方壺
圖)」에 대한 시이다. 왕재는 당나라 장언원(張彦遠)의 『역대명화기(歷代名畫記)』에 의하면
촉나라 사람으로 촉 지방의 산을 많이 그렸다 한다. 두보의 작품 중에는 그림에 대한 시가 많다.
이 시도 그 가운데 하나이나 생동감을 느끼기에는 다소 미흡한 감이 없지 않다. 그러나 "적안의
물 은하수와 통할 것 같고(赤岸水與銀河通)", "병주의 잘 드는 가위 얻어서(幷州快剪刀)"와
같은 고사를 연상하게 했다는 점만으로도, 왕재의 그림의 우수성을 얼마나 잘 표현했는가를
알 수 있다.

145 능사불수상촉박(能事不受相促迫): 일에 능한 사람은 일을 하는 데 서두르지 않는다는 뜻. 왕
재의 품격이 조용함을 말한다.

146 긍류진적(肯留眞跡): 참된 필적을 세상에 남기는 것을 허락하다. '진적'은 훌륭한 작품을 가리
킨다.

147 장재(壯哉): '재'는 감탄사로 쓰임. 훌륭하도다, 또는 장하도다!

148 곤륜(崐崘): 중국 서쪽 변방에 있는 산 이름으로 황하가 발원하는 곳. 『습유기』에 의하면 곤릉
(崑陵) 땅에 있으며 산의 정상이 일월(日月) 위에 있다고 한다. 산은 아홉 층으로 되어 있으며,
각 층은 만 리씩이나 떨어져 있고 오색구름에 쌓여 있는데, 사면에서 바람이 불어오고, 많은 신
선들이 용과 학을 타고 노는 것을 항상 볼 수 있는 곳이라 한다.

挂君高堂之素壁이라
괘 군 고 당 지 소 벽

그대 집 높은 대청
흰 벽에 걸어 놓았네.

巴陵洞庭[150]日本東이요
파 릉 동 정　　 일 본 동

파릉이며 동정호
일본 동쪽까지 있는데,

赤岸水與銀河通[151]이라
적 안 수 여 은 하 통

적안의 물 은하수와 통할 것 같고,

中有雲氣隨飛龍[152]이라
중 유 운 기 수 비 룡

그 가운데 구름 기운 나르는 용 따르네.

舟人漁子[153]入浦漵[154]하고
주 인 어 자　　 입 포 서

뱃사람과 어부 포구 안에 들어 있고,

149　방호(方壺): 『습유기』에 의하면 "삼호(三壺)는 바다 가운데 있는 세 산이다. 첫째는 방호(方壺)
　　인데 곧 방장(方丈)이고, 둘째는 봉호(蓬壺)인데 곧 봉래(蓬萊)이며, 셋째는 영호(瀛壺)인데
　　곧 영주(瀛州)이다. 형태가 항아리와 같아 위는 넓고 가운데는 좁으며 아래는 방형(方形)이다"
　　라고 하였다.
　　이 구는 다만 서쪽 끝과 동쪽 끝을 들어 그림의 원경(遠景)을 형상화한 것이지 실제 이 두 산을
　　그려 놓은 것은 아니며, 아래 구에서 언급한 일본이나 은하 또한 이런 뜻으로 쓰였다.
150　파릉동정(巴陵洞庭): '파릉'은 현명(縣名)으로, 지금의 호남(湖南) 악양(岳陽)을 가리킨다. 전
　　설에 의하면 후예(后羿)가 동정호에서 파사(巴蛇)를 죽였는데, 뱀의 뼈가 언덕처럼 쌓였다 하
　　여 이런 이름이 붙었다. '동정'은 중국에서 가장 큰 호수. 호남성 북부, 양자강의 남안에 있으며,
　　악양 등 여섯 개 현에 걸쳐 있다. 호수 안에는 작은 산이 많은데, 그중에서도 군산(君山)이 가장
　　유명하다.
151　적안수여은하통(赤岸水與銀河通): 적안에 밀어닥친 파도는 은하수에까지 통할 것처럼 보이
　　다. '적안'은 산 이름으로, 광릉(廣陵) 흥현(興縣: 지금의 양주(揚州) 강도현(江都縣))에 있다. 물
　　과 하늘의 빛이 하나라는 것을 말한다. 이 적안에 밀어닥친 파도는 동해의 끝에서 하늘의 은하수
　　로 흘러간다는 전설이 있다. 시 번호 151 송지문의 「은하수(明河篇)」의 주 524를 참조할 것
152　운기수비룡(雲氣隨飛龍): 『장자』「소요유(逍遙遊)」에 "막고야산(邈姑射山)에 신인(神人)이
　　살고 있는데, 그 피부는 얼음과 눈처럼 희고 처녀같이 부드러우며, 오곡을 먹지 않고 바람과 이
　　슬을 마시며, 구름을 타고 용을 몰아(乘雲氣, 御飛龍) 사해의 바깥에서 노닌다"는 말이 있다.
153　주인어자(舟人漁子): 뱃사람과 어부
154　포서(浦漵): 포구. '포'와 '서'는 모두 개펄의 뜻. 『문선』 목화(木華)의 「해부(海賦)」에 "뱃사람과
　　어부들 남쪽으로 가고 동쪽 끝까지 가네(舟人漁子, 徂南極東)"라는 구절이 있고, 또 사령운
　　(謝靈運)의 「석실에 올라 중에게 밥을 주다(登石室飯僧)」에 "아침 해 맞으며 깎아지른 비탈길

山木盡亞洪濤風¹⁵⁵이라
산 목 진 아 홍 도 풍

산의 나무 모두 큰 물결 일으키는
바람 앞에 쓰러져 있네.

尤工¹⁵⁶遠勢¹⁵⁷古莫比¹⁵⁸하니
우 공   원 세   고 막 비

먼 곳의 형세 더욱 빼어나
예로부터 견줄 이 없었으니,

咫尺應須論萬里¹⁵⁹라
지 척 응 수 논 만 리

지척 간에도 응당 만 리를 논해야 하리.

焉得幷州快剪刀¹⁶⁰하여
언 득 병 주 쾌 전 도

어찌하면 병주의 잘 드는 가위 얻어서,

剪取吳松半江水¹⁶¹오
전 취 오 송 반 강 수

오 땅에 있는 송강의 강물
절반이라도 오려 내어 가질까?

오르니, 빛나는 이슬 포구로 돌아가네(迎旭凌絶巘, 映泫歸楠漵浦)"라는 구절이 있다.

155 산목진아홍도풍(山木盡亞洪濤風): 바람의 기세가 큰 파도를 만들어 산의 나뭇가지가 모두 그
    때문에 물의 표면까지 아래쪽으로 쓰러진 것을 말한다. '아'는 서로 의지한다는 뜻으로 두보의
    「집에 들어가다(入宅)」의 "꽃 쓰러지니 대 옮기려 하네(花亞欲移竹)"라고 한 것이나 「상사일에
    서서록의 임원의 연회에서 모이다(上巳日徐司錄林園宴集)」의 "꽃술 붉은 가지에 기대어 있
    네(花藥亞枝紅)"라고 한 것도 모두 같은 뜻으로 쓰였다.
156 우공(尤工): 더욱 훌륭하다. '공'은 공교(工巧), 곧 정밀하다는 뜻으로 쓰였다.
157 원세(遠勢): 원경(遠景). '세'는 곧 산수의 형세(形勢)
158 고막비(古莫比): 옛사람 중에서도 견줄 만한 사람이 없다.
159 지척응수논만리(咫尺應須論萬里): 얼마 되지 않은 좁은 화폭에 그려진 만 리 밖의 원경까지
    논해야 되는 것을 가리킨다. 시 번호 164 이백의 「원단구 선생이 무산을 그린 병풍 앞에 앉아 있
    는 것을 보고(觀元丹丘坐巫山屏風)」에 나오는 "한 자 남짓한 높이가 천 리는 되어 보인다(高
    咫尺如千里)"와 같은 표현
160 병주쾌전도(幷州快剪刀): 병주에서 나는 잘 드는 가위. 병주는 우(禹)임금이 치수를 마치고 역
    내(域內)를 구주(九州)로 나누었는데, 그중의 하나라고 한다. 지금의 하북(河北) 보정(保定)과
    정정(正定), 산서(山西)의 태원(太原)과 대동(大同) 등지를 포괄한다고 한다. 이 지방에서 나
    는 가위는 예로부터 예리하여 잘 들기로 소문이 났으며, 병주전(幷州剪) 또는 병도(幷刀)라고
    불린다.
161 전취오송반강수(剪取吳松半江水): 오송강을 그린 부분의 반쪽만이라도 오려 내어 가지고 싶

188. 초가집이 가을바람에 부서지다(茅屋爲秋風所破歌)[162]

두보(杜甫)

八月秋高[163]風怒號[164]하여
팔월추고 풍노호

팔월 가을 하늘 높은데
바람 성난 듯 울부짖더니,

卷我屋上[165]三重茅라
권아옥상 삼중모

우리 집 지붕 위의
세 겹 이엉 말아 올려 버렸네.

茅飛度江洒江郊[166]하니
모비도강쇄강교

띠집 지붕 날려 강 너머
강가 언덕에 흩어져,

다. '오송'은 오(吳)나라, 즉 지금의 강소성(江蘇省)에 있는 송강(松江). 『오군지(吳郡志)』라는 지리서에 의하면 송강은 군 남쪽 45리 지점에 있으며, 「우공(禹貢)」에 나오는 세 강 가운데 하나라고 하였다. 이 강에서 나는 농어[鱸魚]가 유명하며, 진(晉)나라 때 색정(索靖)이 남조 송(宋)나라 고개지(顧愷之)의 그림을 보고 좋아하여 "병주의 잘 드는 가위를 가지고 오지 않은 것이 한이로다. 송강을 그린 그림을 반쪽만이라도 오려 갔으면"이라고 한 고사를 인용한 것. 두보가 젊었을 때 오월(吳越) 지방을 유람한 적이 있어서 그림을 보고 송강을 떠올린 것이다.

162 모옥위추풍소파가(茅屋爲秋風所破歌): 두보는 건원 2년(759) 성도에 도착하여, 다음 해 봄 완화계(浣花溪) 부근에 초가집, 완화초당을 짓고 살았는데, 그리 편안한 생활은 아니었다. 시 번호 144 두보의 「남나무가 비바람에 뽑힌 것을 탄식함(柟木爲風雨所拔歎)」은 완화초당을 지은 이듬해 봄에 폭풍이 불어 남나무가 쓰러진 것을 애석히 여겨 지은 것이고, 이 시는 그해 가을 큰 바람이 불어 띠집 지붕이 날아가 버린 것을 읊은 것이다.

163 추고(秋高): 가을 하늘이 높다. 가을이 한창인 것을 가리킨다. 왕일(王逸)의 『초사(楚辭)』「구변(九辯)」에 "쓸쓸하구나, 가을 하늘은 높고 기운은 맑네(泬寥兮天高而氣淸)"라는 구절이 있다.

164 노호(怒號): 『장자』「제물론(齊物論)」에 "대체로 대지가 내쉬는 숨결을 바람이라고 하는데, 그 것이 일지 않으면 그뿐이지만 일단 일었다 하면 온갖 구멍이 다 요란하게 울린다(夫大塊噫氣, 其名爲風. 是唯無作, 作則萬竅怒呺)"는 구절이 있다.

165 권아옥상(卷我屋上): 『초사』「상군(湘君)」에 "새는 집 위에서 쉬고, 물은 마루 아래를 도네(鳥次兮屋上, 水周兮堂下)"라는 구절이 있다.

166 쇄강교(洒江郊): 강가의 들판에 뿌려지다. '쇄'는 '흩어지다[散]'의 뜻. '강교'는 두보가 초당을

高者掛罥¹⁶⁷長林梢¹⁶⁸하고
고 자 괘 견   장 림 초

높은 것은 큰 나무 숲의
가지 끝에 걸리고

下者飄轉沈塘坳¹⁶⁹라
하 자 표 전 침 당 요

낮은 것은 바람에 휘돌며
못가 웅덩이에 빠지네.

南村戈童欺¹⁷⁰我老無力하고
남 촌 군 동 기   아 노 무 력

남촌의 뭇 아이들
내 늙고 힘없음 업신여겨,

忍能¹⁷¹對面¹⁷²爲盜賊하여
인 능   대 면   위 도 적

뻔뻔스럽게도 내가 보는 데서
도둑질해대네.

公然抱茅入竹去나
공 연 포 모 입 죽 거

보란 듯이 띠 이엉 안고
대나무 숲 속으로 사라져 버려도,

脣燋口燥¹⁷³呼不得이라
순 초 구 조   호 부 득

입술 타고 입 안 말라
고함조차 지를 수 없고,

짓고 살았던 완화계 가의 들판
167 괘견(掛罥): 괘(掛)는 괘(挂)로도 쓰며, 견(罥)은 견(羂)으로도 쓴다. 두 자 모두 걸린다[結]는 뜻.
168 초(梢): 나무의 꼭대기. 막대기·작은 잡목 등을 가리킬 때에는 '소'로 읽는다.
169 당요(塘坳): 제방의 움푹 팬 땅. 진창을 가리킨다. 『장자』「소요유(逍遙遊)」에 "한 잔의 물을 마
     루의 움푹 패인 곳에 엎지르면 지푸라기는 배가 되지만, 거기에 잔을 놓으면 바닥에 딱 붙어 버
     린다(覆杯水於坳堂之上, 則芥爲之舟; 置杯焉則膠)"는 말이 있다.
     이상은 바람이 미친 듯이 불어 집이 부서졌음을 읊었다.
170 기(欺): 업신여기다, 깔보다라는 뜻의 속어로 쓰였다.
171 인능(忍能): 예삿일인 것처럼 뻔뻔스럽게 ~하다. 차마
172 대면(對面): 보는 앞에서, 면전에서
173 순초구조(脣燋口燥): 입술이 타고 입 안이 마른다. 이미 여러 차례 고함을 지른 것을 말한다.
     『회남자(淮南子)』「주술훈(主術訓)」에 "백성들은 입술이 마르고 간이 끓어도 오늘 먹을 것이

歸來倚杖174自歎息175하니
귀 래 의 장   자 탄 식

돌아와 지팡이에 기대니
한숨 절로 나네.

俄頃176風定雲黑色177이라
아 경   풍 정 운 흑 색

얼마 안 되어 바람 멎어
하늘의 구름 검게 변하더니,

秋天漠漠178向昏黑179하니
추 천 막 막   향 혼 흑

가을 하늘 컴컴하게
저녁에 어두워지네.

布衾180多年冷似鐵이요
포 금   다 년 냉 사 철

베로 만든 이불 오래되어
차갑기 쇠와 같은데,

嬌兒181惡臥182踏裏裂183이라
교 아   악 와   답 리 렬

장난꾸러기 녀석들 잠버릇 고약하여
걷어차 속은 다 찢어졌네.

있으면 내일을 위해 쌓아 놓지 않는다(民至於焦脣沸肝, 有今無儲)"라는 구절이 있으며, 고악부(古樂府)「훌륭하도다(善哉行)」에 "내일 큰 난리가 있으니, 입 안이 마르고 입술이 마른다(來日大難, 口燥脣乾)"는 구절이 있는데, 아마도 이들을 원용한 것 같다.

174 의장(倚杖): 지팡이에 의지하다. 지팡이를 짚는다는 뜻

175 이상은 시인이 모멸당하는 것을 탄식하였다.

176 아경(俄頃): 얼마 안 있어. 조금 있다가. '아는 잠시

177 운흑색(雲黑色): 구름이 어두운 색으로 변하다.

178 막막(漠漠): 구름이 잔뜩 모인 모양, 흐릿한 모양을 나타내는 의태어

179 향혼흑(向昏黑): 저녁 무렵에 하늘이 어두워지다. 앞의 구절로 볼 때 해가 져서라기보다는 먹구름이 몰려와서 그런 것 같다.

180 포금(布衾): 베로 만든 이불. 침구가 변변치 않음을 비유하였다.

181 교아(嬌兒): 원래의 뜻은 귀여운 아이이나 여기서는 장난꾸러기 아이, 곧 교아(驕兒)라는 의미로 쓰였다.

182 악와(惡臥): 잠버릇이 고약하다.

183 답리렬(踏裏裂): 발길질에 이불 안이 다 찢긴 것을 말한다.

床床¹⁸⁴屋漏¹⁸⁵無乾處¹⁸⁶하고
상 상　　옥 루　　무 건 처

　　　　잠자리마다 집이 새어
　　　　마른 곳이라곤 없는데,

雨脚如麻¹⁸⁷未斷絶이라
우 각 여 마　　미 단 절

　　　　빗발은 삼대같이 멎을 줄 모르네.

自經喪亂¹⁸⁸少睡眠¹⁸⁹하니
자 경 상 란　　소 수 면

　　　　난리를 겪은 뒤로는
　　　　잠마저 적어졌으니,

長夜沾濕¹⁹⁰何由徹¹⁹¹고
장 야 첨 습　　하 유 철

　　　　기나긴 밤을 비에 젖은 채
　　　　어이 지새운단 말인가?

安得¹⁹²廣廈千萬間¹⁹³하여
안 득　　광 하 천 만 간

　　　　어이하면, 천 칸 만 칸짜리
　　　　너른 집을 구하여,

184　상상(床床): 침상, 잠자리마다.

185　옥루(屋漏): 지붕이 허술하여 비가 새다.

186　무건처(無乾處): 방바닥에 마른 곳이라고는 없다.

187　우각여마(雨脚如麻): 빗발이 삼대 같다. 굵고 빽빽한 빗줄기가 곧장 쏟아져 내리는 것을 가리
　　　킨다. '우각'은 빗발

188　자경상란(自經喪亂): 난리를 겪은 다음부터는. '상란'은 사람이 죽은 것을 말하기도 하고, 도가
　　　상실되어 세상이 어지러운 것을 말하기도 한다. 여기서는 후자를 말하며, 안녹산(安祿山)의
　　　난을 가리킨다.

189　소수면(少睡眠): 잠이 적어지다.

190　첨습(沾濕): 비에 축축하게 젖은 것[淋濕]을 말한다.

191　하유철(何由徹): 어떻게 밤을 밝힐까? '철'은 통(通)의 뜻으로, 철효(徹曉), 곧 '새벽이 되도록'
　　　의 뜻.
　　　이상은 밤새도록 비가 스며듦을 괴로워한 것을 읊었다.

192　안득(安得): 어떻게 하면 ~할 수 있을까?

193　광하천만간(廣廈千萬間): '하'는 넓고 큰 건물을 가리킨다. '간'은 보통 방 하나를 말한다. '천만
　　　간'은 방의 수효가 많은 매우 큰 집을 말한다.

大庇¹⁹⁴天下寒士¹⁹⁵俱歡顏고
대 비   천 하 한 사   구 환 안

크게 천하의 궁핍한 선비들 덮어
함께 웃는 낯 지을까.

風雨不動安如山이라
풍 우 부 동 안 여 산

비바람에도 산처럼 끄떡없을 테니,

嗚呼
오 호

아아,

何時眼前突兀¹⁹⁶見此屋¹⁹⁷고
하 시 안 전 돌 올   현 차 옥

어느 때나 눈앞에
우뚝한 이 집 나타나리?

吾廬獨破受凍死亦足이라
오 려 독 파 수 동 사 역 족

내 움막 유독 부서지고
얼어 죽어도 그만이리.

---

194 대비(大庇): '비'는 '덮다', '가리다', 또는 '감싸다'의 뜻인데, 여기서는 '보살피다'의 뜻으로 쓰였다. 또는 '그 가리운 아래에서 살다'의 뜻도 있다. 『열자』「역명(力命)」에 "허름한 초가에 살아도 넓은 대궐 아래 사는 듯이 느꼈다(庇其蓬室, 若廣廈之蔭)"는 구절이 있다.

195 한사(寒士): 한미(寒微)한 신분의 선비. 곧 신분이 낮은 사람

196 돌올(突兀): 하늘 위로 우뚝 솟은 모양

197 차옥(此屋): 앞에서 언급한 천 칸 만 칸짜리 넓은 집을 말한다.

189. 성상께서 친히 향공들이 시험 치는 것을 살펴보심을 노래하다(觀聖上親試貢士歌)[198]

왕우칭(王禹偁)[199]

天王出震[200]寰宇[201]淸하니
천 왕 출 진　환 우　청

천자 동쪽 진의 방위에서 나오시니
온 천하 맑아지고,

奎星燦燦昭文明[202]이라
규 성 찬 찬 소 문 명

규성은 반짝반짝 문명을 밝히네.

---

198 관성상친시공사가(觀聖上親試貢士歌): 송 태종 단공(端拱) 2년(989)에 지어 바쳤다. 『예기(禮記)』「사의(射義)」에 "제후들은 해마다 천자에게 공사[뛰어난 인물을 뽑아 바치는 것]했다(諸侯歲獻貢士於天子)"고 했는데, 후세 과거에서도 그 뜻을 살려 공사라는 말을 그대로 썼으나, 형식은 뽑아 바치는 것이 아니라 시험을 치른 것이다. 이 시는 송나라의 황제가 몸소 공사들을 시험하면서 작자에게 명을 내려 짓게 한 시이다.

199 왕우칭(王禹偁: 954~1001): 북송 거야(巨野: 지금의 산동) 사람으로 자는 원지(元之). 태종 때 진사가 되었으며, 우습유로 있을 때 「어융십책(御戎十策)」을 올려 거란을 방비할 계책을 늘어놓았다. 경성에 가뭄이 들자 백관의 봉록을 줄이고 지출을 절약할 것과 형벌을 가볍게 할 것을 청하였다. 나중에는 일에 연좌되어 황주(黃州)지사로 폄적되었으며 기주(蘄州)로 옮겼다가 병으로 죽었다. 송초의 부화하고 유미한 문풍에 반대하였으며 평이하고 소박함을 제창하였다. 시에 있어서는 두보와 백거이를 추숭하였으며, 시문은 주로 당시의 정치적 현실을 폭로하였다. 『소축집(小畜集)』 30권과 외집 7권이 있다.

200 천왕출진(天王出震): 천자가 진의 방위, 즉 동쪽에서 나온다. 『주역』「십익(十翼)」의 설괘전(說卦傳)에 "천제가 진의 방위에서 나와 손의 방위에서 가지런히 한다. (…) 만물이 진의 방위에서 나오니 진은 동방이다[帝出乎震, 齊乎巽 (…) 萬物出乎震, 震東方也]"라는 말이 있는데 이를 원용한 것이다. 또한 진역(震域)은 계절로는 봄에 해당하므로 만물의 생성을 주관한다. 여기서는 송나라의 태조(太祖)가 동방에서 나와 천하를 통일한 것을 가리킨다.

　　송 태조 조광윤(趙匡胤)은 탁군(涿郡: 지금의 하북) 사람으로, 후주(後周) 세종(世宗) 때 귀덕(歸德: 지금의 하남) 절도사가 되었으며, 현덕(顯德) 7년(960) 거란의 침입을 막아 명성을 얻고 후주로부터 선양받아 천자가 되었다. 태종(太宗)은 태조의 아우로, 처음 이름은 광의(匡義)였으나 후에 광의(光義)라는 이름을 하사받았다. 태조의 창업을 이어받아, 태조 사후(976) 제위에 올라 천하를 통일하였다. 재위에 있은 지 22년 만인 지도(至道) 3년(997)에 죽었다.

201 환우(寰宇): 천하, 나라의 경역(境域)을 말한다. '환'은 본래 서울 부근의 천자 직할의 영지, 곧 경기(京畿) 지역을 가리키는 말이었는데, 나중에는 천하 또는 세계의 뜻으로 쓰이게 되었다.

詔令郡國貢多士²⁰³하고
조 령 군 국 공 다 사

그물 크게 쳐 놓고
군국에 조칙 내리시어
많은 재사 바치게 하고,

大張一網羅羣英²⁰⁴이라
대 장 일 망 나 군 영

그물 크게 쳐 놓고
여러 빼어난 인물들 거두어들이네.

聖情²⁰⁵孜孜²⁰⁶終不倦이요
성 정   자 자   종 불 권

성상께선 성정 부지런하시어
도무지 싫증 낼 줄 모르시고,

日斜猶御金鑾殿²⁰⁷이라
일 사 유 어 금 란 전

해 기울었는데 오히려
금란전에 납시네.

---

202 규성찬찬소문명(奎星燦燦昭文明): 규성이 찬란하게 문명을 밝혀 주다. '규'는 28성수(星宿)의 하나로, 백호(白虎) 7수의 으뜸 자리이며 모두 16개의 별이 있다. 문장을 주관하기 때문에 나중에는 문장이나 문운(文運)을 말할 때 많이 쓴다. 『송사』「두의전(竇儀傳)」에 "[두엄(竇儼)은] 천문 역법을 관찰하여 길흉을 미리 아는 데 뛰어났다. 노다손과 양휘지가 함께 간관으로 재직하고 있었는데 두엄이 일찍이 그들에게 일러 말하기를 '정묘년에 오성이 규성에 모이는데 이로부터 천하는 태평해질 것이며, 두 습유분께서는 보게 될 것이나 나는 함께하지 못할 것이오'라고 하였다(善推步星歷, 逆知吉凶. 盧多遜·楊徽之同任諫官, 儼嘗謂之曰, 丁卯歲五星聚奎, 自此天下太平, 二拾遺見之, 儼不與也)"는 기록이 있다. '찬찬'은 별이 빛을 발하는 모양을 나타내는 의태어. '소문명'은, 『주역』「십익」 건괘의 문언전에 나오는 말로 "나타난 용이 밭에 있다는 것은 천하가 문명화하였다는 것이다(見龍在田, 天下文明)"라고 하였다.

203 공다사(貢多士): 많은 재사(才士)를 조정에 바치다.

204 대장일망나군영(大張一網羅羣英): 그물을 크게 쳐 많은 훌륭한 인물을 휘몰아 들이다. 훌륭한 인물은 모두 등용하는 것을 가리킨다. '라'는 원래 참새 따위를 잡는 그물을 말하는데, 여기서는 동사로 쓰였다.

205 성정(聖情): 천자의 성정(性情), 곧 훌륭한 마음. '성'은 천자를 존칭하는 관형어로 주로 쓰인다.

206 자자(孜孜): 쉬지 않고 힘쓰는 모양

207 금란전(金鑾殿): 당나라 때 궁전 이름. 대명궁(大明宮) 자신전(紫宸殿)의 북쪽에는 봉래전(蓬萊殿)이 있었고, 그 서쪽에는 환주전(還周殿)이 있었으며, 환주전의 서북쪽에는 금란전이 있었는데, 전각 옆에 금란파(金鑾坡)라는 언덕이 있었기 때문에 이렇게 불렸다. 한림원과 서로 연접해 있었기 때문에 항상 학사들을 불러 접견하는 곳으로 쓰였으며, 현종이 이백을 불러 만난 곳도 바로 이곳이었다. 송대에도 북송의 수도인 변경(汴京)에 있었으며, 역시 한림학사들이

宮柳低垂三月烟[208]이요
궁 류 저 수 삼 월 연

궁전의 버들가지 낮게 드리우고
3월의 운무 서려 있고,

爐香飛入千人硯[209]이라
노 향 비 입 천 인 연

향로의 향기 날아드네,
천 명이나 되는 선비들의 벼루에.

麻衣皎皎光如雪[210]하니
마 의 교 교 광 여 설

베옷 희고 환하여 눈처럼 빛나는데,

——重瞳[211]親鑑別이라
일 일 중 동 친 감 별

일일이 겹 눈동자로
친히 살피시어 구별하시네.

孤寒得路[212]荷君恩[213]하니
고 한 득 로 하 군 은

외롭고 빈한한 선비들 길 찾아
임금의 은혜 입게 되니,

聚首皆言盡臣節[214]이라
취 수 개 언 진 신 절

머리 모아 모두 말하기를
신하의 절개를 다하겠다 하네.

일하는 곳이었다.

208 삼월연(三月烟): 춘삼월, 즉 봄 가운데서도 경치가 가장 좋은 철의 운무. '연'은 여기서는 운무의 뜻으로 쓰였는데, 평화 시에는 태평한 경치를 묘사하는 말로 주로 쓰인다.

209 천인연(千人硯): '천인'은 전시(殿試)를 보기 위하여 모인 많은 선비들. 금란전의 향로에서 나는 향기와 벼루의 묵향이 서로 섞이는 것을 묘사하였다.

210 마의여설(麻衣如雪): 『시경』「조풍(曹風)·하루살이(蜉蝣)」에 "하루살이 굴 파고 나올 때처럼, 눈 같은 베옷 입고 있네(蜉蝣掘閱, 麻衣如雪)"라는 구절이 있는데, 그 주석에서 "마의라는 것은 흰 베옷이며, 눈 같다는 것은 매우 산뜻하고 깨끗하다는 것이다(麻衣者, 白布衣, 如雪, 言甚鮮潔也)"라고 하였다.

211 중동(重瞳): 겹으로 된 눈동자로, 천자의 눈을 뜻한다. 옛날 순임금과 항우의 눈이 중동이었다 한다. 『사기』「항우본기」에 "내가 주생에게서 '순임금의 눈은 아마 동자가 둘일 것이다'라는 말을 들었는데, 항우 또한 눈동자가 둘이라는 말을 들었다(吾聞之周生曰, 舜目蓋重瞳子, 又聞項羽亦重瞳子)"라는 말이 있다. 여기서는 순임금처럼 감별력이 뛰어나다는 뜻으로 쓰였다.

212 고한득로(孤寒得路): 외롭고 빈한한 선비들이 제 갈 길을 얻다.

213 하군은(荷君恩): 천자의 은혜를 입다. '하'는 여기서 몽(蒙)과 같은 뜻으로 쓰였다.

小臣蹤迹²¹⁵本塵泥²¹⁶나
소 신 종 적　본 진 니

소신의 경력
본래는 티끌이나 진흙 같았는데,

登科曾賦御前題²¹⁷라
등 과 증 부 어 전 제

과거에 급제하여 일찍이
어전에서 글 지었네.

屈指方經五六載²¹⁸에
굴 지 방 경 오 륙 재

손꼽아 보니 이제 막 오륙 년 지났는데,

如今²¹⁹已上靑雲梯²²⁰라
여 금　이 상 청 운 제

지금은 이미 올랐네,
푸른 구름사다리에.

位列諫官無一語²²¹니
위 열 간 관 무 일 어

벼슬이 간관의 자리에 있으면서
한 마디도 못했으니

214　신절(臣節): 신하로서 갖추어야 할 절의, 절개
215　종적(蹤迹): 발자취. 경력
216　본진니(本塵泥): 본래는 티끌먼지나 진흙 같다. 신분이 미천하고 낮았음을 겸손하게 표현한 것이다.
217　부어전제(賦御前題): 천자의 어전에 나아가 과거시험 문제의 제목을 보고서 글을 짓다. 여기서 '부'는 동사로 '짓는다'는 뜻
218　굴지오륙재(屈指五六載): 『송사』에 실린 왕우칭의 열전(列傳)에 의하면 송 태종 태평흥국(太平興國) 8년(983)에 진사에 뽑혔다고 하였는데, 이 시를 지은 단공(端拱) 2년(989)과는 6년의 차이가 있다.
219　여금(如今): 지금(只今). 현재
220　상청운제(上靑雲梯): 푸른 구름으로 통하는 사다리를 오르다. '청운'은 높은 하늘이라는 뜻과 은일(隱逸)이라는 뜻도 있으나, 여기서는 궁중의 관직과 현달한 작위를 말한다.
221　위열간관무일어(位列諫官無一語): 천자를 간하는 벼슬에 있으면서도 한마디도 바른 말을 아뢰지 못하다. 위에 인용한 열전에 의하면 왕우칭은 우습유(右拾遺)·직사관(直史館)의 관직에 있었는데, 시를 지어 바치자 왕이 기뻐하며 좌사간(左司諫)·지제고(知制誥)의 관직을 내렸다고 하였다.

自愧將何報明主라
자괴장하보명주

스스로 부끄럽네, 장차 어떻게
밝으신 임금님께 보답해야 할지.

應制²²²非才但淚垂²²³하니
응제　　비재단루수

명 받았으나 재주 없어
다만 눈물만 떨구며,

强作狂歌歌舜禹라
강작광가가순우

억지로 미친 노래 지어
순임금과 우임금 노래하네.

190. 산수를 그리다(畫山水歌)²²⁴

오융(吳融)²²⁵

良工²²⁶善得丹靑理²²⁷하여　　훌륭한 화공 단청의 이치 잘 터득하여,
양공　　선득단청리

222　응제(應制): 천자의 명에 따라 시문을 짓는 것으로, 그 내용은 주로 천자의 공덕을 노래한 것이
　　많고 관례에 따라 습관적으로 말을 늘어놓는데, 이런 시문을 응제체라고 한다.

223　단루수(但淚垂): 단지 눈물만 흘러내리다.

224　화산수가(畫山水歌): 산수화를 보고 그림의 훌륭함을 노래한 시이다. 자연을 사랑하는 작가
　　의 마음이 잘 나타난 작품이라 할 수 있으나, 오융의 문집에는 실려 있지 않다.

225　오융(吳融: 805?~901?): 당나라 산음(山陰: 지금의 절강성(浙江省) 소흥현(紹興縣)) 사람으
　　로, 자는 자화(子華). 용기(龍紀) 원년(889) 진사가 되었으며, 위소(韋昭)가 촉(蜀)을 토벌할
　　때 장서기(掌書記)였으나, 죄를 짓고 형남(荊南)을 유랑하였다. 뒤에 다시 좌보궐이 되었으며
　　한림학사·중서사인 및 호부시랑을 역임하고 한림승지로 죽었다. 관휴와 친하여 『선월집(禪月
　　集)』의 서문을 짓기도 하였다. 시는 미려하나 전아하지 못하다는 평가를 받는다. 『당영가시(唐
　　英歌詩)』 3권을 지었다.

226　양공(良工): 기예(技藝)가 매우 뛰어난 장인(匠人), 여기서는 화공(畫工)을 말한다.

227　단청리(丹靑理): '단청'은 원래 안료를 만들 수 있는 광물인 단사(丹砂)와 청확(靑雘)을 말하
　　는데, 나중에는 그림을 그리는 색을 널리 칭하게 되었다. '단청리'는 그림을 그리는 묘리를 가리
　　킨다.

輒向[228]茅茨[229]畫山水라
첩 향 모 자 화 산 수

항상 초가지붕 밑에서 산수를 그리네.

地角移來方寸間[230]이요
지 각 이 래 방 촌 간

땅 끝 옮겨 와 사방 한 치 사이에 두고,

天涯[231]寫在筆鋒裏[232]라
천 애 사 재 필 봉 리

하늘 끝 그려져 붓끝에 놓여 있네.

日不落兮月長生[233]하고
일 불 락 혜 월 장 생

해 지지 않음이여 달 항상 떠오르고,

雲片片兮水泠泠[234]이라
운 편 편 혜 수 령 령

조각구름 둥실둥실
맑은 물은 졸졸 흐르네.

經年蝴蝶飛不去요
경 년 호 접 비 불 거

해 지나도 나비 날아가지 않고,

累歲桃花結不成[235]이라
누 세 도 화 결 불 성

여러 해 동안 복사꽃 열매 맺지 않네.

---

228 첩향(輒向): '첩'은 문득, 대수롭지 않게, 번번이 등의 뜻이 있는데, 여기서는 번번이, 항상의 뜻. 곧 그림을 그릴 만한 계기가 있을 때마다 그린다는 뜻. '향'은 여기서 임(臨)의 뜻으로 쓰였다.

229 모자(茅茨): 띠로 인 지붕, 또는 그런 지붕을 가진 집, 곧 모옥을 가리킨다. '모'는 벼과의 다년초로 뿌리와 줄기는 약용으로 쓰이고, 잎은 지붕을 이는 데 쓰인다. '자'는 풀 또는 띠로 지붕을 임, 또는 지붕을 이는 데 쓰이는 띠

230 이래방촌간(移來方寸間): 사방 한 치의 좁은 곳에 옮겨 놓다. '방촌'이란 좁은 화폭을 말한다.

231 지각·천애(地角·天涯): '지각'은 땅의 끝, '천애'는 하늘가라는 뜻. 곧 매우 넓고 큰 경계를 말한다. 한유의 「열두째 조카에게 바치는 제문(祭十二郎文)」에 "한 사람은 하늘가에 있고, 한 사람은 땅의 끝에 있다(一在天之涯, 一在地之角)"는 구절이 있다.

232 사재필봉리(寫在筆鋒裏): 그림이 붓끝 사이에 있다. '사'는 여기서 그리는 것을 말한다. 붓 가는 대로 그림이 이루어지는 것을 가리킨다.

233 일불락혜월장생(日不落兮月長生): '혜'는 고대 중국 남방, 특히 초나라 가사의 상용 어조사로, 어기(語氣)가 일단 그쳤다가 음조가 다시 올라가는 것을 나타낼 때 주로 쓰인다. '장'은 여기서는 늘, 곧 상(常)의 뜻으로 쓰였다.

234 영령(泠泠): 물소리를 나타내는 의성어. 진나라 유곤(劉琨)의 「부풍가(扶風歌)」에 "쏴쏴 슬픈 바람 일고, 졸졸 시냇물 흐르네(烈烈悲風起, 泠泠澗水流)"라는 구절이 있는데, 『문선』의 주석가인 여향(呂向)은 "영령은 물이 흐르는 소리(泠泠水聲)"라고 하였다.

235 결불성(結不成): 꽃만 피어 있고 열매를 맺지 않다.

一片石數株松이라
일 편 석 수 주 송

遠又淡近又濃236이라
원 우 담 근 우 농

不出門庭三五步하여
불 출 문 정 삼 오 보

觀盡237江山千萬重238이라
관 진　강 산 천 만 중

바위 한 덩이에 소나무 몇 그루가,

멀고도 엷고 가깝고도 짙네.

문 안의 뜰로 네댓 걸음 나가지 않아도,

강과 산 모두 살필 수 있네, 천만 겹이나.

191. 짧은 등잔걸이(短檠歌)239

한유(韓愈)

長檠240八尺空自長241이요
장 경　팔 척 공 자 장

短檠二尺便且光이라
단 경 이 척 편 차 광

黃簾綠幕朱戶閉242요
황 렴 녹 막 주 호 폐

긴 등잔걸이 여덟 자는
공연히 길기만 한데,

짧은 등잔걸이 두 자는 편하고 또 밝네.

노란 발이며 푸른 장막
붉은 지게문은 닫혀 있는데,

---

236 원우담근우농(遠又淡近又濃): 먼 풍경은 색채가 엷고, 가까운 풍경은 진하다. 풍경의 원근에
　　따라 색조의 농담이 다름을 묘사하였다.

237 관진(觀盡): 모두 구경하다. '진'은 결과 보어적인 용법으로 쓰였다.

238 강산천만중(江山千萬重): 그림에 산천이 여러 겹으로 겹쳐져 있는 것을 가리킨다.

239 단경가(短檠歌): 두 자 길이 짧은 등경걸이의 운명을 노래하여, 인심의 야속함을 읊은 작품
　　이다.

240 경(檠): 곧 등경(燈檠)을 말한다. 등경은 등잔을 적당한 높이에 얹도록 한 등대(燈臺)로서 흔
　　히 등경걸이 또는 등잔걸이라고 한다.

241 공자장(空自長): 쓸데없이 길기만 하다.

242 황렴녹막주호폐(黃簾綠幕朱戶閉): '황렴'·'녹막'·'주호'는 모두 여인의 방을 가리킨다. 여기서

風露氣入秋堂涼이라
풍 로 기 입 추 당 량

바람과 이슬 기운 들어와
가을 방안 싸늘하네.

裁衣寄遠[243]淚眼暗하니
재 의 기 원 　 　 누 안 암

옷 지어 멀리 부치려니
눈물에 눈 어두워지고,

搔頭[244]頻挑[245]移近床이라
소 두 　 　 빈 도 　 　 이 근 상

머리 긁으며 자주 심지 돋우고
침상 가까이 옮기네.

太學儒生東魯客[246]이
태 학 유 생 동 로 객

태학의 유생은 동쪽 노 땅의 나그네로,

二十辭家來射策[247]이라
이 십 사 가 래 석 책

스무 살에 집 떠나 과거 보러 왔다네.

는 남편을 멀리 보내고 홀로 집을 지키고 있는 아내의 거처를 말한다.

243 재의기원(裁衣寄遠): 멀리 나가 수자리를 서거나, 국가의 토목 공사 같은 데 동원되어 집을 나가 있는 남편에게 겨울이 가까워져 옷을 지어 부친다는 뜻

244 소두(搔頭): '머리를 긁적이다'라는 뜻의 소수(搔首)와 같은 말로, 근심이 있거나 애가 탈 때 취하는 동작을 말한다. 『시경』「패풍(邶風)·얌전한 아가씨(靜女)」에 "사랑하는데도 만날 수 없으니, 머리 긁적이며 머뭇거리네(愛而不見, 搔首踟躕)"라는 구절이 있다.

245 빈도(頻挑): 자꾸 심지를 돋우다. 등불을 더 밝게 하려는 것이다. '등불 심지를 돋운다'는 뜻의 도등(挑燈)으로 된 판본도 있다.
　　 이상의 네 구는 규원(閨怨)의 정을 읊은 것이다.

246 유생동로객(儒生東魯客): 동쪽 노나라에서 온 유생 나그네. 한유는 일찍이 사문박사가 되었는데, 동쪽 노 지방 출신의 사문박사도 있었기 때문에 이렇게 말하였다. 노(魯)는 유학의 성인인 공자의 출생지로 맹자의 출신지인 추(鄒)와 더불어 유학이 번성한 곳이라는 뜻을 나타낸다.

247 석책(射策): '책'은 시무책(時務策: 국가의 중요한 현안 문제를 해결할 대책)에 관한 문제를 적어 놓은 대나무쪽을 말한다. 옛날에는 과거를 보일 때 여러 가지 시무책을 적어 놓은 대쪽을 늘어놓고 응시자에게 하나씩 쏘아 맞히게 해서 해당 문제에 대한 답안을 쓰게 했는데 이를 말한다. 『한서』「소망지전(蕭望之傳)」에 "소망지가 사책으로 갑과에 급제하여 낭이 되었다(望之以射策甲科爲郎)"는 말이 나오는데, 『한서』의 주석가인 당나라의 안사고는 "사책이라는 것은 [국가의 시책을 시행하는 데] 의심나는 것을 따지고 묻는 문제를 대나무쪽에다 써 놓고 그 [문제 내용의] 크고 작음을 헤아려 갑·을로 나눈 것을 말한다(射策者, 謂爲難問疑義, 書之於策,

夜書細字²⁴⁸綴語言²⁴⁹하니
야 서 세 자　철 어 언

밤마다 잔 글자 쓰고
말 이어 붙이느라,

兩目眵昏²⁵⁰頭雪白이라
양 목 치 혼　두 설 백

두 눈은 눈곱 끼어 흐려지고
머리는 눈처럼 희어졌네.

此時提掣²⁵¹當案前하니
차 시 제 철　당 안 전

이 시간에도 책 끌어당겨
책상 앞에 있으니,

看書到曉那能眠고
간 서 도 효 나 능 면

책 보다 새벽 되면
어찌 잠잘 수 있으리?

一朝富貴還自恣하니
일 조 부 귀 환 자 자

하루아침에 부유하고 고귀해지면
또한 절로 내키는 대로 되어,

長檠高張²⁵²照珠翠²⁵³라
장 경 고 장　조 주 취

긴 등잔걸이 높이 펼쳐
진주와 비취 비추리라.

量其大小, 署爲甲乙之科)"고 하였다.

248 야서세자(夜書細字): 밤에도 잔 글자를 쓴다. 『안씨가훈(顔氏家訓)』「양생(養生)」에 "유견오는 나이가 70이 넘도록 눈으로 잔 글자를 보았다(庾肩吾年七十餘, 目看細字)"는 구절이 있다. 여기서는 시험 준비를 하기 위하여 모의 시험 문제에 답안을 작성하는 것을 가리킨다.

249 철어언(綴語言): 어휘를 연결시켜 글을 짓다. 『한서』「유향전(劉向傳)」에 "공자 이후로 문장을 이어 책을 짓는 선비가 많아졌다(自孔子後, 綴文之士衆矣)"는 구절이 있다.

250 치혼(眵昏): 눈곱이 끼어 눈이 흐려지다. 열심히 공부하여 눈이 피로해진 것을 가리킨다. '치'는 눈곱

251 제철(提掣): 손에 들고 당기다. 책을 끌어당겨 보는 것을 말한다. 한유의 문집에는 제휴(提攜)로 되어 있으며, 주자의 『한유문집고이(考異)』에는 설(挈)로 된 판본도 있다고 하였는데, 모두 같은 뜻이다.

252 고장(高張): 『고이』에 의하면 염고(焰高)로 된 판본도 있다고 하였는데, '불꽃을 높이다'라는 뜻으로, 의미가 보다 명확해진다.

吁嗟世事無不然하니

우 차 세 사 무 불 연

아아, 세상일 그렇지 않은 것 없으니,

墙角君看短檠棄²⁵⁴라

장 각 군 간 단 경 기

담 모퉁이에서 그대는 보리라

짧은 등잔걸이 버려진 것을.

192. 넓고 크게 노래함(浩浩歌)²⁵⁵

마존(馬存)

浩浩歌여

호 호 가

넓고 크게 노래하자,

天地萬物如吾何²⁵⁶오

천 지 만 물 여 오 하

천지만물이 나를 어찌할 수 있으리!

用之解帶²⁵⁷食太倉²⁵⁸이요

용 지 해 대   식 태 창

써 주면 띠 풀고

태창의 곡식 먹을 것이고,

---

253 주취(珠翠): '구슬 주(珠)' 자는 '붉을 주(朱)' 자로 된 판본도 있으며, '주'와 '취'는 모두 여인의 머리 장식이다. 여기서는 미인의 대칭(代稱)으로 쓰였다.

254 단경기(短檠棄): 어려울 때는 요긴하게 쓰였던 짧은 등잔걸이가 일단 부귀공명을 이루자 버려진 채 아무의 관심도 끌지 못함을 가리킨다.

255 호호가(浩浩歌): '호호'는 '호연지기'에서 취한 말로, 세상의 작은 이익에 구애받지 않는, 천도와 정의에 뿌리박은 공명정대한 기운을 말한다. 『맹자』 「공손추상」에 "호연지기란 몹시 크고 굳센 기운으로, 곧은 마음으로 잘 키워서 아무것에도 방해받지 않게 하면, 하늘과 땅 사이에 가득차게 된다"고 하였다.

256 여오하(如吾何): 나를 어찌하겠는가? 의문사 '여하(如何)'와 '내하(奈何)'는 목적어를 수반할 경우에 습관적으로 두 글자 사이에 두는 경향이 있다. 『논어』 「자한(子罕)」에 "하늘이 이 문을 없애려 하지 않으셨으니, 광 땅 사람들이 나를 어떻게 하겠는가?(天之未喪斯文也, 匡人其如予何)"라는 구절이 있다.

257 해대(解帶): 벼슬하러 나감[出仕]을 말한다. 『후한서』 「주경전(周磬傳)」에서 "가난하게 살면서 어머니를 봉양하였는데 살림살이가 넉넉지 못하였다. 일찍이 『시경』을 읽다가 「여분(女墳)」

不用拂枕歸山阿²⁵⁹라
불 용 불 침 귀 산 아

써 주지 않으면 베개 밀쳐 버리고
산모퉁이로 돌아가리.

君不見渭川漁父²⁶⁰一竿竹²⁶¹과
군 불 견 위 천 어 보   일 간 죽

그대는 보지 못하였는가, 위수의 어부
한 줄기 낚시 드리우고,

莘野耕叟²⁶²數畝禾²⁶³아
신 야 경 수   수 묘 화

유신의 들에서 밭 갈던 늙은이
몇 뙈기 논 매던 일을.

의 끝장(章)에 이르러 개연히 탄식을 하고는 곧 가죽띠를 벗어 버리고(解韋帶) 효렴의 천거에
나아갔다"고 한 데서 나왔다. 당나라 이현(李賢)은 주석을 달기를 "무두질한 가죽으로 허리띠
를 하는 것은 벼슬을 하지 않는 사람의 복장이다. 벼슬을 구하면 혁대(革帶)를 하므로 그것은
벗어 버린다"고 하였다.

258 식태창(食太倉): 역시 벼슬하러 나감[出仕]을 말한다. '태창'은 나라의 쌀 창고, 관부의 곳집으
로, 태창의 쌀을 먹는다는 것은 국가의 녹을 먹음을 뜻한다.

259 불침귀산아(拂枕歸山阿): 베개를 밀쳐 버리고 힘차게 일어나 고향의 산속으로 돌아가다. 은거
하겠다는 뜻. '아'는 구릉이나 산기슭, 또는 길의 모퉁이

260 위천어보(渭川漁父): 태공망(太公望) 여상(呂尙)을 가리킨다. 본래 성은 강(姜)씨인데 나중에
공로로 봉지(封地)로 하사받은 땅을 성씨로 삼아서 여상이라고 하며, 강태공이라고도 한다. 전
하는 바에 의하면 나중에 주 문왕(文王)이 되는 서백(西伯)이 사냥을 나갔다가 위수(渭水) 가
에서 낚시를 하는 그와 만나 얘기를 해 보고는 크게 기뻐하며 "우리 선대의 태공께서 그대를 바
란 지가 오래되었습니다"라고 하였다. 이로 인해 그를 '태공망'이라 하고 스승으로 세웠다. 무
왕(武王)이 즉위하자 사상보(師尙父: 스승이자 아버지 같은 분이란 뜻)로 높였으며, 은나라를
치는 데 보필하였다. 주나라가 천자의 나라가 되자 제나라의 제후로 봉해져 제나라의 시조가
되었다.

261 일간죽(一竿竹): 한 줄기 대나무 낚싯대. 여상이 위수에서 낚시질을 하며 때를 기다렸던 것을
가리킨다.

262 신야경수(莘野耕叟): 유신(有莘)의 들에서 김매던 늙은이, 곧 은(殷) 탕왕(湯王)의 재상 이윤
(伊尹)을 가리킨다. 『맹자』 「만장 상(萬章上)」에 의하면 이윤은 원래 탕왕의 처를 배행(陪行)
한 노예 출신이었으나 탕왕이 하나라의 걸을 칠 때 아형(阿衡: 곧 재상)으로 추대되었다. 탕왕
이 죽은 후 그 손자인 태갑(太甲)이 탕왕의 법제를 파괴하자 그를 3년 동안 동궁(桐宮)으로 추
방하였다가 다시 받아들였다. 일설에는 이윤이 태갑을 추방한 후 7년간 혼자 다스리다가 태갑

喜來起作商家霖264이요
희 래 기 작 상 가 림

怒後便把周王戈265라
노 후 변 파 주 왕 과

又不見
우 불 견

子陵橫足加帝腹266가
자 릉 횡 족 가 제 복

기쁘게 와서 일어나
상나라의 단비가 되었는가 하면,

분노한 후에 곧
주나라 왕의 창을 잡았다네.

또 보지 못하였는가,

엄자릉 발 가로 걸쳐
황제의 배 위에 얹었었는데도,

이 돌아와 그를 살해하였다고도 한다. 『상서(尙書)』에 그에 대해 언급한 부분이 많이 나온다.

263 수묘화(數畝禾): 그리 많지 않은 땅에서 농사짓는 것을 말한다. '묘'는 지적(地積)의 단위로 육척사방(六尺四方)을 일 보(步)라 하고, 백 보를 일 묘라 하였다. 진대(秦代) 이후에는 이백사십보를 일 묘라 하였다.

264 희래기작상가림(喜來起作商家霖): 이윤이 상, 곧 은나라의 재상이 된 것을 말한다. '림'은 오래 내리는 비라는 뜻이나 여기서는 은택(恩澤)이란 뜻으로 쓰였다. 『서경』「상서(商書)·열명 상(說命上)」의 "[무정이 부열에게] 명하기를 '조석으로 가르침을 올려 나의 덕을 보충하여 주오. 쇠라면 그대를 숫돌로 삼을 것이며, 큰 냇물을 건넌다면 그대를 배와 노로 삼을 것이고, 큰 가뭄이 든다면 그대를 단비로 삼겠소. 그대는 마음을 열어 나의 마음을 비옥하게 해 주오'라고 하였다(命之曰, 朝夕納誨, 以輔台德. 若金, 用汝作礪, 若濟巨川, 用汝作舟楫, 若歲大旱, 用汝作霖雨. 啓乃心, 沃朕心)"고 한 데서 따다 쓴 것이다.

265 노후변파주왕과(怒後便把周王戈): 여상(呂尙: 곧 태공망, 강태공)이 은나라 주왕(紂王)의 폭정에 분노하여 주나라 무왕(武王)을 도와 은나라를 친 일을 가리킨다.

266 자릉횡족가제복(子陵橫足加帝腹): 자릉은 후한 광무제(光武帝) 유수(劉秀)와 동문수학했던 엄광(嚴光)의 자. 『후한서』「엄광전」에 "엄광은 젊었을 때 광무제와 함께 유학했다. 광무제가 즉위하자 이름을 바꾸고 몸을 숨겨 나타나지 않았다. 황제는 그의 현명함을 생각하여 그를 물색하여 찾게 했다. (…) 이에 함께 비스듬히 누웠는데 엄광이 황제의 배 위에 발을 올려놓았다(光以足加帝腹上). 이튿날 태사[太史: 천문을 관장하는 관리]가 떠돌이별이 임금의 성좌를 범한 것이 매우 위급했다고 아뢰자 황제가 웃으면서 말하기를 '짐의 친구 엄자릉과 함께 누워 있었을 뿐이다'고 하였다"는 내용이 있다.

帝不敢動²⁶⁷豈敢訶²⁶⁸오
제 불 감 동   기 감 가

황제가 선뜻 꿈쩍도 않으니
어찌 감히 꾸짖으리오?

皇天爲忙逼²⁶⁹하여
황 천 위 망 핍

하느님 이 때문에 황망하고 촉박해져,

星宿相擊摩²⁷⁰라
성 수 상 격 마

별자리 서로 부딪쳐 스치게 했다네.

可憐相府癡²⁷¹니
가 련 상 부 치

가련토다, 재상의 공관에서는
어리석게도,

邀請先經過²⁷²라
요 청 선 경 과

먼저 찾아와 달라고 부탁했다네.

浩浩歌여
호 호 가

넓고 크게 노래하자,

天地萬物如吾何오
천 지 만 물 여 오 하

천지만물이 나를 어찌할 수 있으리!

---

267 제불감동(帝不敢動): 엄광이 자기의 발을 올려놓았는데도 광무제가 조금도 놀라지 않았음을
     말한다.
268 기감가(豈敢訶): '가'는 '꾸짖다'의 뜻으로, 가(呵)와 같은 뜻
269 황천위망핍(皇天爲忙逼): '황천'은 상제(上帝)와 같은 뜻. '망'과 '핍'은 모두 매우 황망하고 초
     조해진다는 뜻
270 성수상격마(星宿相擊摩): 별들이 서로 맞닿다. 객성(客星: 일정한 궤도를 따라 운행하지 않는
     별)이 제좌성(帝座星: 천자의 상징)의 자리를 범한 것을 가리킨다. 엄광이 광무제의 배 위에 발
     을 올려놓은 사실에 하늘까지 놀랐다는 표현이다.
271 상부치(相府癡): '상부'는 원래 재상의 관사를 가리키나 여기서는 재상을 가리킨다. 당시 재상
     은 후패(侯覇)
272 요청선경과(邀請先經過): 황보밀의 『고사전(高士傳)』에 의하면 사도 후패는 엄광과 평소부터
     아는 사이였는데 심부름꾼에게 편지를 받고 가게 했다. 이에 엄광은 "천자도 세 번이나 불러서
     나갔는데 신하가 이렇게 하니 어리석지 않은가?"라고 했다. 『후한서』 「엄광전」에는 나아가지 않
     고 말로 "인의(仁義)를 품고 천자를 보필하면 천하가 기뻐할 것이지만, 아첨으로 천자의 비위나
     맞추려 하면 허리와 목이 떨어지게 될 것이다"고 전하게 하였다. 후패가 전해들은 대로 광무황제
     에게 아뢰자 광무제는 웃으며 말하기를 "미친놈의 옛 버릇이로다"라고 하였다 한다.

屈原枉死汨羅水[273]요
굴 원 왕 사 멱 라 수

굴원은 억울하게도
멱라에 몸을 던졌고

夷齊空餓西山坡[274]라
이 제 공 아 서 산 파

백이숙제는 수양산에서
공연히 굶어 죽었네.

丈夫犖犖[275]不可羈[276]니
장 부 락 락　　불 가 기

대장부의 뜻 높고 빼어나
얽매여서는 안 되니,

---

273 굴원왕사멱라수(屈原枉死汨羅水): '왕사'는 억울한 죄로 죽는 것. 굴원은 초나라의 충신이었
　　으나 영윤 자란(子蘭)과 대부 근상(靳尙) 등의 참소를 받아 회왕(懷王)과 양왕(襄王)에게 잇
　　달아 배척을 받아 쫓겨난 후 「슬픔을 만나(離騷)」 등의 명작을 남기고 멱라수에 돌을 품고 투신
　　자살하였다.

274 이제공아서산파(夷齊空餓西山坡): 백이와 숙제는 고죽국(孤竹國) 왕의 아들이었다. 고죽군
　　은 숙제에게 왕위를 물려주려 하였으나 숙제는 형인 백이에게 왕위를 양보했다. 백이는 부왕
　　의 명에 따라야 한다며 거절하고 멀리 떠났고, 숙제도 왕위에 오르지 않고 함께 도망쳤다. 백이
　　와 숙제는 서백(西伯: 서방의 제후) 창(昌: 주(周)의 문왕(文王))이 노인을 공경한다는 말을 듣
　　고 주나라로 갔다. 그들이 주나라에 이르니 창은 이미 죽고 그의 아들 무왕이 동쪽에 있는 은나
　　라의 주(紂)왕을 정벌하려고 하였다. 백이와 숙제가 무왕의 말고삐를 잡고 간하니 무왕의 좌우
　　에 있던 자들이 그들을 죽이려 했다. 그때 태공망이 나서서 이들을 의로운 사람이라 하여 그 자
　　리를 피하게 했다. 그 후 무왕이 은나라를 평정하여 천하가 주나라를 섬기게 되었으나, 백이와
　　숙제는 이를 부끄럽게 여겨 주나라의 곡식을 먹지 않고 수양산에 숨어 고사리로 연명했다. 그
　　러다 결국에는 굶어 죽게 되었는데, 그때 다음과 같은 노래를 지어 불렀다. "서산에 올라 고사리
　　를 꺾노라. 포악함으로써 포악함을 다스리는 잘못을 알지 못하는 세상! 신농·순·우임금이 모두
　　사라졌으니, 나는 어디로 돌아가야 하리? 아아, 돌아갈지어다! 명이 다하려 하누나(登彼西山
　　兮, 采其薇矣, 以暴易暴兮, 不知其非矣, 神農虞夏忽焉沒兮, 我安適歸矣. 千嗟徂兮, 命之
　　衰矣)." 이것이 유명한 「채미가(采薇歌)」이다. 서산은 수양산(首陽山)으로 그 위치에 대해서는
　　이설이 많은데, 당나라 때 장수절(張守節)은 『사기』의 주석서인 『정의(正義)』에서 하남성의 청
　　원현(淸源縣)에 있는 수양산이라 하였다.

275 낙락(犖犖): 분명한 모양 또는 뛰어난 모양을 나타내는 의태어

276 불가기(不可羈): 구속을 받아 얽매여서는 안 된다. '기'는 굴레로, 고삐를 달아매어 마소의 머리
　　를 부리기 좋게 얽어매는 줄. 나중에는 주로 자유를 속박한다는 뜻으로 많이 원용되었다.

有身何用自滅磨277오
유신하용자멸마

자신의 몸을 어찌
자신을 망치는 데에 쓸까?

吾觀聖賢心하니
오관성현심

내 성현들의 마음 살펴보건대,

自樂豈有他278오
자락기유타

스스로 즐거워하였으니
어찌 다른 것 있었으리.

蒼生279如命窮280이면
창생   여명궁

창생들은 궁한 처지에 몰리게 되면,

吾道成蹉跎281라
오도성차타

나의 길도 어긋나게 된다네.

直須282爲弔天下人이니
직수   위조천하인

곧 오로지 그런 천하의 사람들
위로해야 할지니,

何必嫌恨283傷丘軻284오
하필혐한   상구가

어찌 반드시 싫어하고 원망하여
공자와 맹자 해치겠는가?

浩浩歌여
호호가

넓고 크게 노래하자,

---

277 자멸마(自滅磨): 스스로를 닳아 없게 하다. 나아가 자기 자신을 망치다.

278 자락기유타(自樂豈有他): 성인은 스스로 도를 수행하는 것을 즐거움으로 삼지 다른 것에는 관심이 없다는 것을 말한다.

279 창생(蒼生): 일반 백성. '창'은 원래 초목이 우거진 것을 형용한 말. 초목이 우거지듯 백성이 많다는 뜻에서, 백성을 '창생'이라 하게 되었다.

280 명궁(命窮): 운명이 궁지에 몰리다.

281 성차타(成蹉跎): 원래의 뜻은 발이 무엇에 걸려 헛디뎌 넘어지는 것을 말한다. 나중에는 주로 일이 어긋나거나, 때를 놓쳐 실패하는 것을 뜻하는 말로 많이 쓰이게 되었다.

282 직수(直須): '직'은 여기서 '그저', '다만' 정도의 뜻으로 쓰임

283 혐한(嫌恨): 미워하고 한탄하다. 세상에 도가 행해지지 않음을 가리킨다.

284 상구가(傷丘軻): 공자와 맹자를 욕하다. '상'은 해친다는 뜻으로, 욕하는 것을 말한다. '구'는 공자의 이름이며, '가'는 맹자의 이름

天地萬物如吾何오
천지만물여오하

천지만물이 나를 어찌할 수 있으리!

玉堂金馬²⁸⁵在何處²⁸⁶오
옥당금마 재하처

옥당과 금마문 어느 곳에 있는가?

雲山石室²⁸⁷高嵯峨²⁸⁸라
운산석실 고차아

구름 낀 산의 동굴
높고도 우뚝한 곳에 있네.

低頭欲耕地雖少나
저두욕경지수소

머리 숙여 밭 갈려 하니 땅 비록 적지만

仰面²⁸⁹長嘯²⁹⁰天何多²⁹¹오
앙면 장소 천하다

얼굴 들어 크게 소리치니
하늘 얼마나 많은가?

請君醉我一斗酒하라
청군취아일두주

그대에게 청하노니, 한 말 술로
나를 취하게 하라,

---

285 옥당금마(玉堂金馬): '옥당'은 한림원의 별칭으로 일찍이 송 태종이 한림원에 친히 행차하여
'옥당지서(玉堂之署)'라 쓴 비백체(飛白體)의 액자를 내린 데서 유래하였다. '금마'는 곧 금마
문을 말하는데 한나라 때 미앙궁(未央宮)에 있는 노반문(魯般門) 밖에 구리로 만든 말이 있었
기 때문에 이렇게 부른다. 한 무제가 공손홍(公孫弘) 같은 학자들을 이 문을 통하여 불러들였
기 때문에, 뒤에 문인으로서 벼슬하는 것을 '금마문에 들어간다'고 했다. '금규(金閨)'라고도 부
른다. 옥당·금마 모두 황제를 가까이서 모시는 요직이다.

286 재하처(在何處): 어디에 있든 자신과는 아무런 관계도 없다는 뜻

287 운산석실(雲山石室): '운산'은 구름과 산, 또는 하늘 높이 구름까지 솟은 산을 가리킨다. 진세
(塵世)에서 멀리 떨어진 은사가 사는 곳을 말한다. '석실'은 『사기』「태사공자서(太史公自序)」
에 "내가 태사령이 되어 역사책과 석실, 금궤의 책을 꺼내 보았다"는 말이 나오고 『사기』의 주석
서인 당나라 사마정(司馬貞)의 『색은(索隱)』에서 "석실과 금궤는 모두 국가의 도서를 수장하
는 곳이다"라고 하였다. 그러나 여기서는 운산과 마찬가지로 은사의 거처라는 뜻으로 쓰인 것
같다.

288 차아(嵯峨): 산이 우뚝 솟은 모양을 나타내는 의태어

289 앙면(仰面): 얼굴을 들다.

290 장소(長嘯): 길게 휘파람을 불다. 여기서는 가슴이 후련해질 정도로 크게 소리치는 것을 가리
킨다.

291 천하다(天下多): 하늘이 끝없이 넓은 것을 말한다.

紅光入面[292]春風和[293]라
홍 광 입 면　　　춘 풍 화

술기운 얼굴에 붉게 오르면
봄바람과 잘 어울리리.

193. 칠석날 밤의 노래(七夕歌)[294]

장뢰(張耒)

人間[295]一葉[296]梧桐飄[297]하니
인 간　　일 엽　　오 동 표

인간 세상에 오동잎 하나
나부끼며 떨어지니,

蓐收行秋[298]回斗杓[299]라
욕 수 행 추　　회 두 표

욕수 가을철 되니 북두칠성 되돌리네.

---

292 홍광입면(紅光入面): 술을 마셔 술기운이 붉게 얼굴에 오르는 것을 가리킨다.

293 춘풍화(春風和): 온화한 봄바람이 작자를 감싸는 것을 말한다.

294 칠석가(七夕歌): 예로부터 음력 7월 7일을 칠석이라 했는데, 전설에 의하면 이날 밤 견우와 직녀가 만난다고 한다. 직녀가 베 짜기에 능했으므로, 예로부터 세상의 부녀자들이 길쌈과 바느질 솜씨가 늘기를 바라 과일을 차려 놓고 이 두 별을 맞는 풍습이 있어 왔는데, 이 제사를 '걸교'라 한다. 이 시는 견우와 직녀의 사랑을 읊은 작품 중에서 수작으로 꼽힌다.

295 인간(人間): 인세(人世), 세간(世間)과 같은 말로 천상(天上)에 대가 되는 말. 두보의 「여기(女妓) 화경정(花敬定)에게 드림(贈花敬)」에 "이 곡조 천상에나 있음이 마땅한데, 인간 세상에서 몇 번이나 들을 수 있단 말인가?(此曲祗應天上有, 人間能得幾度聞)"란 구절이 있다.

296 일엽(一葉): 『회남자』 「설산훈(說山訓)」에 "잎이 하나 떨어지는 것을 보고 한 해가 곧 저물려 한다는 것을 알고, 병 속의 얼음을 보고 천하가 춥다는 것을 안다(見一葉落, 而知歲之將暮; 睹瓶中之冰, 而知天下之寒)"는 구절이 있다. 또 송나라 당경(唐庚)의 「문록(文錄)」에 "산의 중은 갑자를 셀 줄 모르지만, 잎이 하나 떨어지면 천하가 가을이 되었음을 안다(山僧不解數甲子, 一葉落知天下秋)"는 구절이 있다.

297 표(飄): 바람에 날리어 나부끼며 떨어지다.

298 욕수행추(蓐收行秋): 서방신의 이름으로 가을을 관장한다. 『예기』 「월령(月令)」에 "[7월] 그 제는 소호이며, 그를 보좌하는 신은 욕수이다([孟秋]其帝少暤, 其神蓐收)"라고 했으며, 한나

神官³⁰⁰召集役靈鵲³⁰¹하여　　　신선 관리 신령스런 까치들
신 관　　소 집 역 영 작　　　　　불러 모아 부려,

直渡銀河橫作橋³⁰²라　　　　곧장 은하수 지나
직 도 은 하 횡 작 교　　　　　　가로질러 다리 만든다네.

河東³⁰³美人天帝子³⁰⁴가　　　은하수 동쪽의 미인인 하느님의 딸,
하 동　　미 인 천 제 자

라 정현(鄭玄)의 주(注)에서 "소호는 금천씨(金天氏)이며, 욕수는 소호의 자식으로 해(該)라
고 하며, 금관(金官)이다"라고 했다. 또 당나라의 공영달(孔穎達)은 "욕수는 가을철에는 만물
이 꺾여 거둠을 말한다"고 하였다.

299　회두표(回斗杓): 북두칠성의 국자 모양으로 생긴 일곱 개의 별 가운데 몸체를 이루는 앞의 네
별을 괴(魁)라 이르고 뒤의 자루같이 생긴 세 별을 표(杓)라 하며, 괴와 표를 합하여 두(斗)라
한다. 사시의 운행에 따라 북두칠성은 북극성을 중심으로 하여 회전하는데, 고대인들은 두병
(斗柄)이 가리키는 방향에 근거하여 계절을 결정하였다. 곧 자루가 동쪽을 가리키면 봄, 남쪽
을 가리키면 여름, 서쪽을 가리키면 가을, 북쪽을 가리키면 겨울이 된다. 두표를 되돌린다는 말
은 가을이 되면 두병의 위치가 한 해의 시작인 봄과는 일직선상에 놓여 다시 원위치를 향하여
되돌아옴을 말한다.

300　신관(神官): 선관(仙官)을 말하는데, 도교에서는 작위가 있는 신선을 가리킨다. 여기서는 천제
(天帝)의 영을 수행하는 천상의 관리들이란 뜻으로 쓰였다.

301　역영작(役靈鵲): 신령스런 까치를 부리다.

302　횡작교(橫作橋): 본집(『장뢰집』 권 3)에는 운작교(雲作橋)로 되어 있다. "구름이 다리를 만든
다"는 뜻. 한나라 응소(應劭)의 일문(佚文) 『풍속통의(風俗通義)』(당 한악(韓鄂)의 『세화기려
(歲華紀麗)』 권 3에 인용)에 "직녀가 칠석날 은하수를 건널 때 까치로 하여금 다리를 만들게
한다(織女七夕當渡河, 使鵲爲橋)"고 하였다.

303　하동(河東): 은하수의 동쪽

304　미인천제자(美人天帝子): 아름다운 천제의 딸인 직녀. 여기서는 직녀성을 가리킨다.
하동~교변도(河東~橋邊渡): 남조 양나라 단운(段芸)의 『하찮은 이야기(小說)』에 나오는 "은
하수 동쪽에 직녀가 있는데 하느님의 딸이다. 해마다 베틀에 앉아 일을 하면서 구름무늬의 비
단을 짜내었는데 용모를 가다듬을 겨를도 없었다. 하느님이 혼자서 거처함을 가련히 여겨 은
하 서쪽의 견우랑에게 시집을 가도록 하였는데 시집을 간 후에는 마침내 베 짜는 일마저 팽개
쳐 버렸다. 하느님이 노하여 꾸짖고는 은하 동쪽으로 돌아오도록 명하고 일 년에 한 번만 서로
만나게 하였다(天河之東有織女, 天帝之子也. 年年機杼勞役, 織成雲錦天衣, 容貌不暇整.
帝憐其獨處, 許嫁河西牽牛郎, 嫁後遂廢織紝. 天帝怒, 責令歸河東, 但使一年一度相會)"

機杼305年年勞玉指306하여　　베틀과 북 해마다
기 저　연 년 노 옥 지　　　　옥 같은 손가락 힘들게 하여,

織成雲霧紫綃衣307하니　　구름과 안개 무늬
직 성 운 무 자 초 의　　　자줏빛 비단옷을 짜느라,

辛苦無歡容不理308라　　괴롭기만 하고 즐거움 없어
신 고 무 환 용 불 리　　　얼굴 꾸미지 않았네.

帝憐309獨居無與娛하여　　천제께서 홀로 지내며 함께
제 련　　독 거 무 여 오　　즐거워할 이 없음 가엾게 여기시어,

河西310嫁與311牽牛夫312라　　은하수 서쪽 소 끄는 남자에게
하 서　가 여　견 우 부　　시집보냈네.

自從嫁後廢織紝313하고　　시집간 후로 베 짜는 일 그만두고,
자 종 가 후 폐 직 임

는 설화를 시어로 꾸민 것이다.

305　기저(機杼): 베틀과 북. 북은 씨올의 실꾸리를 넣는 제구로, 날(옷감을 짤 때 베틀에다 세로로
　　미리 설치해 놓는 실) 틈으로 오가며 씨를 푸는 구실을 한다.

306　노옥지(勞玉指): 옥 같은 손가락을 수고롭게 하다. 베틀에 앉아 열심히 옷감을 짜는 것을 말
　　한다.

307　자초의(紫綃衣): 자줏빛 비단 옷감. '초'는 곧 생초(生綃)로, 삶아서 익히지 않은 명주실

308　용불리(容不理): '리'는 여기서 꾸미다, 가다듬다, 치장하다의 뜻으로 쓰였다. 후한 부의(傅毅)
　　의 「무부(舞賦)」에 "같은 재주 교묘함을 다투고, 아름다운 얼굴 곧 치장하네(埒材角妙, 夸容
　　乃理)"라는 구절이 있는데, 이선은 "리는 장식을 말한다(理, 謂裝飾也)"고 하였다. 즐거워할
　　만한 일이 없어 치장도 하지 않는다는 뜻

309　연(憐): '가엾게 여기다'와 '어여삐 여기다'의 뜻이 있는데, 여기서는 전자의 뜻으로 쓰였다.

310　하서(河西): 은하수의 서쪽

311　가여(嫁與): 시집을 보내다.

312　견우부(牽牛夫): 소를 끄는 남자, 농부. 견우성을 가리킨다.

313　폐직임(廢織紝): 베 짜는 것을 그만두다. '직임'은 직조(織造)와 같은 뜻

綠鬢雲鬟³¹⁴朝暮梳³¹⁵라
<small>녹 빈 운 환　조 모 소</small>

검은 귀밑머리 구름 같은 쪽 찐 머리
아침저녁으로 빗질하네.

貪歡不歸³¹⁶天帝怒하여
<small>탐 환 불 귀　천 제 노</small>

즐거움에 빠져 돌아오지 않으니
천제께서 노하시어,

責歸却踏來時路³¹⁷하고
<small>책 귀 각 답 내 시 로</small>

꾸짖어 돌려보내 다시
왔던 길 밟게 하셨네.

但令一歲一相見³¹⁸하여
<small>단 령 일 세 일 상 견</small>

다만 일 년에 한 번만
만나도록 하시어,

七月七日橋邊渡³¹⁹라
<small>칠 월 칠 일 교 변 도</small>

칠월 칠석에 다리 건너게 되었네.

別多³²⁰會少知奈何³²¹오
<small>별 다　회 소 지 내 하</small>

이별은 많고 만남은 적으니
어이하면 좋을까?

---

314 녹빈운환(綠鬢雲鬟): '빈'은 귀 앞쪽에 아래로 늘어뜨려진 머리털. '환'은 쪽진 머리. '녹빈'은 검은빛의 윤기가 도는 여인의 머리. '운환'은 미인의 머리숱이 많은 것을 푸른 구름에 비유하여 이른 말. 『시경』 「용풍(鄘風)·남편과 함께 늙어가리(君子偕老)」의 "검은 머리 구름 같으니, 가발 필요 없네(鬢髮如雲, 不屑髢也)"라고 한 데서 나왔다. 모두 미인을 형용하는 말로 쓰인다.

315 소(梳): 빗. 빗질하다.

316 탐환불귀(貪歡不歸): 환락에 빠져 돌아오지 않다. '귀'는 곧 귀녕(歸寧)으로, 시집간 여자가 친정 부모를 찾아뵙는 것을 말한다.

317 책귀각답내시로(責歸却踏來時路): 잘못을 꾸짖어 왔던 길을 따라 다시 돌아가게 하다. '각'은 부사로 다시, 오히려의 뜻으로 쓰였다. 직녀를 다시 은하수 동쪽으로 돌려보낸 것을 가리킨다.

318 단령일세일상견(但令一歲一相見): 일 년에 한 번만 만나도록 명을 내리다. '령'은 여기서 사역 동사로 쓰였다. ~하도록 하다.

319 교변도(橋邊渡): 은하수에 놓인 오작교를 건너는 것을 가리킨다. '교변'은 교두(橋頭)와 같은 뜻으로 다리의 강이나 시내의 기슭 쪽에 면한 곳을 말한다. 여기서 '변'은 별다른 의미 없이 쓰였다.

320 별다(別多): 『장뢰집』에는 '헤어져 있는 날이 길다(別長)'로 되어 있다.

却憶³²²從前歡愛多라
각 억   종 전 환 애 다

자꾸만 옛날의
즐거웠던 사랑 많이 생각나네.

勿勿³²³萬事說不盡이나
물 물   만 사 설 부 진

허둥지둥 만사에
말 다 나누지 못하는데,

玉龍³²⁴已駕隨義和³²⁵라
옥 룡   이 가 수 희 화

옥 같은 용 이미 멍에 지워 희화 따르네.

河邊靈官催曉發³²⁶하니
하 변 영 관 최 효 발

은하수 가의 신령스런 관원
새벽 되었다고 떠날 것 재촉하는데,

令嚴不肯輕離別이라
영 엄 불 긍 경 리 별

명령 지엄해도 가벼이
헤어지려 하지 않네.

便將淚作雨滂沱³²⁷하니
변 장 누 작 우 방 타

곧 눈물 흘릴 것 같더니
비 되어 펑펑 쏟아지네.

---

321 지내하(知奈何): 어떻게 하면 좋을지 알 수가 없다. '지'는 반어적인 의미로 쓰여, 알 수 없다는
     뜻을 강조한다.
322 각억(却憶): '각'은 도리어[倒, 反], 여전히[還, 仍], 다시[再], 때마침[正, 恰] 등의 뜻이 있다.
323 물물(勿勿): 『장뢰집』에는 총총(怱怱)으로 되어 있으며, 총총(匆匆)이라고도 한다. 마음이 바
     쁜 것. 『설문해자(說文解字)』에서는 "물은 마을에 세운 깃발이다. 형상은 자루에 세 개의 깃발
     이 있다. (…) 백성들을 모으는 데 쓰이기 때문에 '갑자기'를 '물물'이라 한다(勿, 州里所建旗, 象
     其柄, 有三游, 所以趍民, 故怱遽曰勿勿)"고 하였다.
324 옥룡(玉龍): 옥으로 조각한 용이라는 뜻과 눈, 폭포의 비유로 쓰이는 경우가 많은데 여기서는
     전설상의 신룡(神龍)이란 뜻으로 쓰였다.
325 희화(羲和): 해를 수레에 태우고 달린다는 전설상의 마부[日御]로, 곧 태양의 어머니다. 『산해
     경』 「대황남경(大荒南經)」에서 "동남해(東南海)의 바깥, 감수(甘水)의 사이에 희화라는 나라
     가 있다. 희화라는 여자가 있어 지금 감연(甘淵)에서 해를 목욕시키고 있다. 희화는 제준(帝俊)
     의 아내로 열 개의 해를 낳았다"고 하였다. 굴원의 초사 「슬픔을 만나(離騷)」에도 보인다. 곧 해
     를 말한다.
326 최효발(催曉發): 새벽이 되었다며 출발을 재촉하다. '최'는 재촉한다는 뜻

淚痕有盡愁無歇[328]이라
누 흔 유 진 수 무 헐

눈물 자국 다함 있어도
시름은 그치지 않으리.

我言織女君莫歎하라
아 언 직 녀 군 막 탄

내 직녀에게 말하노니
"그대는 한탄하지 마시오,

天地無窮會相見[329]이라
천 지 무 궁 회 상 견

하늘과 땅 다함 없으니
반드시 만나게 될 것이오.

猶勝嫦娥[330]不嫁人하고
유 승 항 아　　불 가 인

그래도 낫지 않소? 항아
시집도 가지 않고,

夜夜孤眠廣寒殿[331]이라
야 야 고 면 광 한 전

밤마다 외로이
광한전에서 잠드는 것보다는."

---

327 누작우방타(淚作雨滂沱): 원래는 큰비가 쏟아져 내리는 모양인데, 여기서는 눈물이 많이 흘러내리는 모양으로 쓰였다. 『시경』「진풍(陳風)·못둑(澤陂)」에 "자나 깨나 아무 일 못하고, 눈물만 비오듯 펑펑(寤寐無爲, 涕泗滂沱)"이라는 구절이 있다.

328 누흔유진수무헐(淚痕有盡愁無歇): 울음을 그치면 눈물은 곧 말라 자국이 없어지겠지만 마음속의 시름은 그치지 않을 것임을 말한다.

329 천지무궁회상견(天地無窮會相見): 하늘과 땅은 영원히 없어지지 않으니 살아 있으면 언젠가는 반드시 만나게 될 것이라는 뜻. '회'는 회수(會須), 회당(會當)과 같은 뜻으로, 장차 그렇게 되리라는 뜻을 내포하고 있다.

330 항아(嫦娥): 원래는 항아(姮娥)라고 하였는데, 한나라 때 문제(文帝)의 이름인 항(恒) 자와 음이 같다고 피휘(避諱)하여 항(嫦: 고대음은 상)이라고 하였다. 신궁(神弓) 후예(后羿)의 아내. 『회남자』「남명훈(覽冥訓)」에 "예(羿)라는 활을 잘 쏘는 사나이가 서왕모(西王母)에게 불사약을 청하였으나 그의 아내인 항아가 그것을 훔쳐 달로 도망을 갔다"는 고사가 나온다. 또 『후한서』「천문에 관한 기록 상(天文志上)」에 인용된 『영헌(靈憲)』이라는 책의 주석에 "예가 서왕모에게 죽지 않는 약을 청하였는데 항아가 그것을 훔쳐 달로 달아나려 하였다. 떠나려 할 때 유황(有黃)에게서 그것에 대하여 널리 점을 쳤는데, 유황이 '길하다 (…)' 하므로 마침내 항아는 달에다 몸을 맡겼는데 이것이 곧 '섬여(蟾蜍)'이다"라고 하였다. 섬여는 곧 두꺼비인데 항아가 불사약을 가지고 달로 도망간 벌로 두꺼비가 되었기 때문에, 달을 섬궁(蟾宮)이라고 한다.

194. 차를 노래함(茶歌)³³²

노동(盧仝)

日高丈五³³³睡正濃³³⁴이러니　해 한 자 반이나 높이 떴어도
일 고 장 오　　수 정 농　　　　　잠 마침 달콤한데,

軍將³³⁵扣門驚周公³³⁶이라　군의 장교 문 두드려 주공의 꿈 깨우네.
군 장　　구 문 경 주 공

口傳³³⁷諫議³³⁸送書信³³⁹이니
구 전　　간 의　　송 서 신

　　　　　　　입으로 전하기를 간의대부께서
　　　　　　　편지 보내셨다 하는데,

331　광한전(廣寒殿): 넓고 차가운 궁전이라는 뜻인데, 신화 속의 달에 있다고 하는 궁전 이름. 당 현
　　종이 팔월 대보름날 달 속을 노닐다가 한 큰 궁전을 봤는데 '광한청허지부(廣寒淸虛之府)'라
　　는 액자[榜牌]가 붙어 있더라는 전설이 있다. 당나라 유종원이 지었다고 전해지는 『용성록(龍
　　城錄)』에 수록되어 전하며, 이후로 달의 별칭으로 불리게 되었다.

332　다가(茶歌): 노동의 문집에는 「붓을 갈겨 간의대부 맹간이 새 차를 보내 준 데에 대해 감사함
　　(走筆謝孟諫議新茶)」이라는 제목으로 실려 있다. 이 시는 한 잔씩 차를 더해 감에 따라 느낄
　　수 있는 끽다의 즐거움이 잘 묘사되어 있는 명편이다.

333　일고장오(日高丈五): 아침 해가 하늘로 한 길 다섯 치 떠올라 있다. 아침이 되었음을 말한다.

334　수정농(睡正濃): 잠에 푹 빠져 있다. 노동은 산인(山人), 즉 은거하던 선비였으므로 늘 한가하
　　여 아침잠을 즐길 수 있었다.

335　군장(軍將): 간의대부(諫議大夫) 맹간(孟簡)이 보낸 군의 장교

336　경주공(驚周公): 군의 장교가 문을 두드려 노동의 꿈을 깨운 것을 말한다. '주공'은 꿈을 가리킨
　　다. 『논어』 「술이(述而)」에 "나의 노쇠함이 얼마나 심한가! 오래도록 꿈에 주공을 다시 보지 못
　　하였으니!(甚矣吾衰也. 久矣吾不復夢見周公)"라는 글이 있다. 주공 희단(姬旦)은 주 문왕
　　(文王)의 아들이며, 무왕(武王)의 동생이고, 성왕(成王)의 숙부. 노나라의 시조이며, 공자가
　　가장 존경했던 고대 성인 중의 하나.

337　구전(口傳): 노동의 『옥천자집(玉川子集)』에는 구문(口云)으로 되어 있는데, 둘 다 같은 뜻

338　간의(諫議): 간의대부. 임금과 신하들의 잘못된 점을 논의(論議)하던 벼슬로, 진(秦)나라 때 이
　　미 설치되었다. 이후 설치와 폐지를 거듭하다가 당대에는 고종(高宗) 용삭(龍朔) 2년(662) 정
　　5품 상(上)의 품급으로 다시 설치되었으며, 노동 당시의 간의대부는 맹간으로 품급도 정4품 하

白絹斜封三道印[340]이라
백 견 사 봉 삼 도 인

흰 비단 비스듬히 봉하고
도장 세 개 찍혀 있네.

開緘[341]宛見[342]諫議面하고
개 함 완 현 간 의 면

봉함 여니 간의대부의 얼굴
완연히 떠오르고,

首閱[343]月團[344]三百片이라
수 열 월 단 삼 백 편

가장 먼저 보이네, 달처럼 둥근
삼백 편의 차.

聞說[345]新年入山裏하여
문 설 신 년 입 산 리

듣자니 새해에 산속으로 들어간다니,

蟄蟲[346]驚動春風起[347]라
칩 충 경 동 춘 풍 기

겨울잠 자는 벌레들 놀라 깨고
봄바람 일어난다네.

로 승급되었다.

339 서신(書信): 옛날에는 봉함 편지는 서(書)라 하였고, 사람을 보내어 전한 전갈은 신(信)이라 하여 구별하였는데, 여기서는 곧 서찰을 가리키는 말로 쓰였다.

340 백견사봉삼도인(白絹斜封三道印): 하얀 비단으로 비스듬히 봉하고 세 개의 도장을 찍은 것. 서신 외에 별도로 포장하여 물건을 보내었음을 말한다.

341 개함(開緘): 곧 서찰을 뜯어보는 것을 말한다.

342 완현(宛見): '완'은 완연(宛然), 곧 흡사(恰似)라는 뜻으로 쓰임. '見'은 '보이다'의 뜻으로 쓰일 때는 '견'으로 읽으며, '나타나다'의 뜻으로 쓰일 때는 '현'으로 읽는다. 여기서는 두 가지 해석이 모두 가능한데, 후자의 뜻으로 보는 것이 더 좋을 것 같다.

343 수열(首閱): '수'는 맨 처음이란 뜻의 '처음 초(初)' 자와 같은 의미로 쓰였다.

344 월단(月團): 원형으로 만든 다병(茶餠)의 일종으로, 단차(團茶)라고도 한다. 구양수의 『귀전록(歸田錄)』에 의하면 여덟 개가 1근이라 하였다.

345 문설(聞說): 『옥천자집』에는 문도(聞道)로 되어 있는데 같은 뜻

346 칩충(蟄蟲): 개구리, 뱀 등과 같이 겨우내 칩복(蟄伏)하며 동면하는 벌레

347 이 두 구절은 차를 재배하는 농군이 새해가 되자마자 산으로 들어가 겨울잠 자는 벌레들이 깰 때인 봄 내내 바쁘다는 것을 말한다.

天子須嘗³⁴⁸陽羨茶³⁴⁹요
천 자 수 상　　양 선 차

천자께선 모름지기
양선의 차 맛보실 터이니,

百草不敢先開花³⁵⁰라
백 초 불 감 선 개 화

어떤 풀도 감히 차보다
먼저 꽃을 피우지는 못한다네.

仁風暗結³⁵¹珠蓓蕾³⁵²하니
인 풍 암 결　　주 배 뢰

어진 바람 몰래
구슬 같은 꽃봉오리 맺게 하니,

先春抽出黃金芽라
선 춘 추 출 황 금 아

봄보다 먼저 황금빛 싹 빼낸다네.

摘鮮焙芳³⁵³旋封裹³⁵⁴하니
적 선 배 방　　선 봉 과

싱싱한 잎 향기롭게 볶아
바로 봉하고 싸니,

至精至好³⁵⁵且不奢라
지 정 지 호　　차 불 사

지극히 순수하고 지극히 훌륭하나
그래도 사치스럽지는 않네.

---

348 수상(須嘗): '수'는 여기서 응당[應], 필시[必]의 뜻으로 쓰였다.

349 양선차(陽羨茶): '양선'은 상주(常州)에 있는데 명차의 산지로 유명하다. 송나라 심괄(沈括)의
『몽계필담(夢溪筆談)』에 의하면 "옛사람들은 차를 논할 때 오직 양선·고저(顧渚)·천주(天柱)·
몽정(蒙頂) 따위만 말했다"고 하였고, 또 장운수(張芸叟)의 『다사습유(茶事拾遺)』에 의하면
"당나라에서 차에 품등을 매길 때는 양선의 것을 상등으로 하였다"고 하였다.

350 백초불감선개화(百草不敢先開花): 천자가 햇차를 맛보려 하기 때문에 어떤 풀도 감히 차보
다는 먼저 꽃을 피우지 않는다는 말. 차꽃은 실제 겨울에 꽃을 피워서 개화가 가장 이름

351 인풍암결(仁風暗結): '인풍'은 옛날 제왕이나 지방 장관을 미화하여 부르던 말. 은택이 바람과
같이 온 천하에 미침을 말한다.

352 주배뢰(珠蓓蕾): 구슬 같은 꽃봉오리. '배뢰'는 배뢰(琲瓃)로 되어 있는 판본도 있는데, 주옥이
라는 뜻

353 적선배방(摘鮮焙芳): 싱싱한 잎을 따서 향기가 날 때까지 볶는 것을 말한다.

354 선봉과(旋封裹): 바로 싸서 봉하다. '선'은 '조금 있다가[已而]' 또는 즉시, 바로의 뜻. 전자의 경
우로 쓰일 때는 주로 한 연의 앞 구절 같은 위치에 선(先) 자를 쓰며, 이 자와 호응하여 선후의
순서를 나타내는 경우가 많다.

至尊之餘³⁵⁶合王公³⁵⁷이나　천자께서 남기신 것
지 존 지 여　　합 왕 공　　　　왕공들에게나 마땅할 것이나,

何事便到山人家³⁵⁸오　어인 일로 곧장
하 사 변 도 산 인 가　　　　　산사람의 집까지 이르렀는가?

柴門反關³⁵⁹無俗客하고　사립문 냈지만 오히려 잠겨
시 문 반 관　　무 속 객　　　속세의 손님들 발걸음을 않는 곳인데,

紗帽籠頭自煎喫³⁶⁰이라　깁 모자로 머리 감싸고
사 모 농 두 자 전 끽　　　　혼자서 차 끓여 마시네.

碧雲³⁶¹引風吹不斷하고　푸른 구름 바람 끌어다가
벽 운　　인 풍 취 부 단　　　끊임없이 불고,

---

355 지정지호(至精至好): 정량(精良), 정호(精好)함을 지극히 강조한 것. '정'은 차의 품질이 순일
하여 잡된 것이 조금도 섞이지 않은 것을 말한다.

356 지존지여(至尊之餘): 천자가 먹다가 남긴 차. '지존'은 지극히 존귀하다는 뜻으로, 주로 황제, 천
자를 가리키는 데 쓰임

357 합왕공(合王公): '합'은 마땅하다[當, 該]는 뜻. 천자가 마시는 차는 신분이 높은 사람에게 내려
지는 것이 타당하다는 뜻

358 산인가(山人家): 산속에서 은거하는 사람의 집. 산인은 속세를 떠나 은거하는 사람으로, 노동
자신을 가리켜 한 말

359 시문반관(柴門反關): 사립문은 내놓았지만 잠겨 있다는 뜻. 도연명의 「돌아가리(歸去來辭)」
에 "정원을 날마다 거닐어서 멋을 이루고 문이야 비록 만들어 놓았지만 항상 잠겨 있네(園日涉
以成趣, 門雖設而常關)"라는 구절이 있다.

360 사모농두자전끽(紗帽籠頭自煎喫): 차를 끓일 때의 예절인 것 같음. 이를테면 송나라 갈장경
(葛長庚)의 「다가(茶歌)」에는 "문정 범공 차 대하고 웃으며, 깁 모자로 머리 싸고 돌 냄비에 차
끓이네(文正范公對茶笑, 紗帽籠頭煎石銚)"라는 구절이 보이고, 또 명나라 문징명(文徵明)
의 「차를 끓임(煎茶)」에는 "산 사람 깁 모자로 머리 싸고 있는 곳에, 선탑의 바람에 날린 꽃 귀밑
머리 감돌며 날리네(山人紗帽籠頭處, 禪榻風花繞鬢飛)"라는 구절이 있다.

361 벽운(碧雲): 녹색의 찻잎이 끓는 물에서 움직이는 것이 쉬지 않고 부는 가벼운 바람이 구름을

白花浮光凝碗面362이라
백 화 부 광 응 완 면

흰 꽃 밝은 빛 띠우며
찻잔 가에 엉기네.

一碗喉吻潤이요
일 완 후 문 윤

첫 잔은 목구멍과 입술 적시고,

二碗破孤悶363이라
이 완 파 고 민

둘째 잔은 외로운 시름 깨치며,

三碗搜枯腸364하여
삼 완 수 고 장

셋째 잔은 메마른 창자 찾으니,

惟有文字五千卷365이라
유 유 문 자 오 천 권

오로지 문자 오천 권만 남았다네.

四碗發輕汗하여
사 완 발 경 한

넷째 잔은 가벼운 땀 나게 해,

平生366不平事를
평 생   불 평 사

평소에 불평하던 일,

盡向毛孔散이라
진 향 모 공 산

모두 땀구멍으로 흩어져 버린다네.

五碗肌骨淸이요
오 완 기 골 청

다섯째 잔은 살과 뼈를 맑게 하고,

六碗通仙靈367이라
육 완 통 선 령

여섯째 잔은 신선의 영감과
통하게 하네.

부는 것과 같음을 말한다.

362 백화부광응완면(白花浮光凝碗面): '백화'는 차의 거품을 하얀 꽃에 비유한 것. 흰색의 거품이 찻잔의 표면에 엉겨 밝은 빛을 내며 둥둥 떠다니는 것을 말한다.

363 파고민(破孤悶): 혼자서 외로이 지내는 고독한 근심을 풀어 준다는 말

364 수고장(搜枯腸): 메마른 창자를 더듬어 찾다. 차가 창자에까지 미치는 것을 가리킨다.

365 유유문자오천권(惟有文字五千卷): 노동 자신의 창자 속에 기름기라곤 하나도 없는 것을 비유해서 썼다.

366 평생(平生): 평소라는 뜻으로 쓰임. 시에서는 주로 평소의 뜻으로 많이 쓰인다.

367 통선령(通仙靈): 몸이 가벼워져 신선이 된 듯한 느낌이 든다는 것을 말한다.

七碗喫不得³⁶⁸하니
칠 완 끽 부 득
일곱째 잔은 마실 것도 없이,

也唯覺兩腋習習淸風生³⁶⁹이라
야 유 각 양 액 습 습 청 풍 생

또한 오로지 느껴진다네,

두 겨드랑이에

맑은 바람 솔솔 일어남이.

蓬萊山在何處³⁷⁰오
봉 래 산 재 하 처
봉래산은 어디에 있는고?

玉川子³⁷¹乘此淸風欲歸去³⁷²라
옥 천 자 　 승 차 청 풍 욕 귀 거

아 옥천자도 이 맑은 바람 타고

돌아가려 한다네.

山上羣仙司下土³⁷³나
산 상 군 선 사 하 토
산 위의 여러 신선들

땅 아래 맡아 다스리나,

地位淸高隔風雨³⁷⁴하니
지 위 청 고 격 풍 우
있는 곳 맑고 높아

비바람과는 떨어져 있으니,

---

368 끽부득(喫不得): 마시지 않아도 된다.
369 양액습습청풍생(兩腋習習淸風生): '습습'은 바람이 온화하고 부드럽게 부는 모양. 또 새가 날
   갯짓을 하여 자주 나는 모양이라는 뜻도 있다. 양쪽 겨드랑이에서 날개가 돋아 신선이 되어 하
   늘을 난다는 뜻
370 봉래산재하처(蓬萊山在何處): '봉래산'은 영주(瀛州)·방장산(方丈山)과 함께 삼신산으로 불
   리는데, 동해에 있으며 신선이 산다는 전설상의 산
371 옥천자(玉川子): 노동의 호
372 욕귀거(欲歸去): 신선이 사는 봉래산으로 돌아가려 하다. 자신을 인간 세상에 귀양 온 신선으
   로 생각하여 이렇게 말한 것이다.
373 산상군선사하토(山上羣仙司下土): '산'은 봉래산을 말하며, '하토'는 인간들이 사는 속세를 말
   한다.
374 지위청고격풍우(地位淸高隔風雨): 봉래산의 신선들이 하계(下界)를 관장하지만 그들은 아

安得知百萬億蒼生[375]이   어찌 알리오? 억조창생,
안 득 지 백 만 억 창 생

命墮顚崖[376]受辛苦오   운명이 낭떠러지에 거꾸로 떨어져
명 타 전 애   수 신 고   고생하고 있음을.

便從諫議問蒼生[377]이면   곧 간의대부께 백성들 물어보건대,
변 종 간 의 문 창 생

到頭[378]合得蘇息否[379]아   끝내 숨이나 제대로 쉴 수 있을는지?
도 두   합 득 소 식 부

195. 창포를 노래함(菖蒲歌)[380]

사방득(謝枋得)[381]

有石奇峭[382]天琢成[383]이요   돌 있는데 기이하고 가팔라
유 석 기 초   천 탁 성   하늘이 쪼아 이루었고,

주 높은 곳에 있어서 속세와는 떨어져 있음을 말한다.

375   백만억창생(百萬億蒼生): 억조창생과 같은 뜻. 많은 사람을 가리킨다.

376   전애(顚崖): 『옥천자집』에는 전애(巓崖)로 되어 있다. 전(顚)은 거꾸로라는 뜻이고, 전(巓)은 산꼭대기라는 뜻

377   변종간의문창생(便從諫議問蒼生): '변종'은 『옥천자집』에는 변위(便爲)로 되어 있다. 간의대부가 조정의 언관(言官)이므로 이렇게 말하였다.

378   도두(到頭): 마침내, 끝내

379   합득소식부(合得蘇息否): 소식은 여기서는 호흡(呼吸)의 의미로 쓰인 것 같다. '합'은 반드시. '부'는 의문사로 '~될지 어떨지?'의 뜻. 부가 의문문을 만들 때 주로 쓰이는데, 거의가 긍정의 강조적인 표현으로 쓰인다.

380   창포가(菖蒲歌): 석창포의 빼어난 모습과 공효를 기린 서정적 영물시이다.

381   사방득(謝枋得): 1226~1289: 남송 익양(弋陽: 지금의 강서성(江西省)) 사람. 자는 군직(君直)이며 호는 첩산(疊山). 보우(寶祐) 4년(1244)에 문천상과 함께 진사가 되었고, 덕우(德祐) 원년(1275)에 강동제형(江東提刑)·강서초유사(江西招諭使)가 되었으며 지신주(知信州)로

有草夭夭³⁸⁴冬夏靑이라
유 초 요 요 　 동 하 청

풀 있으니 싱싱하여
겨울 여름 푸르르네.

人言菖蒲非一種이니
인 언 창 포 비 일 종

사람들 말하길 창포
한 종류가 아니니,

上品九節通仙靈³⁸⁵이라
상 품 구 절 통 선 령

상품은 아홉 마디에
신선의 영기 통한다 하네.

원나라에 대항하여 싸웠다. 성이 함락되자 건양(建陽)으로 도망하여 점을 쳐 주고 책을 가르치며 보냈다. 원나라 세종이 벼슬을 강요하여 그를 대도(大都: 지금의 북경(北京))로 보내자 음식을 끊고 죽었다. 문인들이 문절(文節)이란 사시를 붙여 주었다. 그의 시는 현재를 슬퍼하고 옛날을 그리워하는 것들이 많으며, 침통하고 처량한 것이 특징이다. 『문장궤범(文章軌範)』을 편집하였고, 후인들이 편집한 『첩산집』 5권이 있다.

382 유석기초(有石奇峭): '초'는 원래 산이나 바위가 가파르게 솟아 있는 것을 말하는데, 여기서는 석창포가 자라고 있는 곳 옆에 있는 돌을 가리킨다.

383 천탁성(天琢成): 하늘이 쪼아서 이루다. '탁'은 원래 하나의 옥을 다듬는 한 과정, 즉 절차탁마(切磋琢磨)의 세 번째 과정을 가리키기도 하고, 일설에 따르면 주어진 재료에 따라 취하는 가공법을 가리키기도 하는데 옥을 다루는 방법이라고 한다.

384 요요(夭夭): '요'는 원래 한창의 나이에 일찍 죽는 것, 즉 요절하는 것을 말하나 두 글자를 겹쳐 쓰면 의태어로 젊고 아름다운 모습을 말한다. 『시경』「주남(周南)·도요(桃夭)에 "복숭아나무 싱싱한데, 그 꽃 화사하네(桃之夭夭 灼灼其華)"라는 구절이 있다.

385 구절통선령(九節通仙靈): '구절'은 한 치[寸]의 뿌리에 마디가 아홉인 것을 말한다. 진나라 갈홍(葛洪)의 『신선전(神仙傳)』 권 3 「왕흥(王興)」에 다음과 같은 이야기가 실려 있다. "한 무제가 숭산(嵩山)에 올랐는데 밤에 한 신선이 나타났다. 무제가 그에게 예를 갖추고 물었더니, 그 신선은 '나는 구의산(九嶷山)의 신이다. 중악(中嶽)의 돌 위에 있는 창포는 한 치에 마디가 아홉인데, 그것을 먹으면 장생할 수 있다고 하여 그것을 캐러 왔다'고 하고는 갑자기 신선의 모습이 사라졌다. 무제가 시신들을 돌아보면서 '중악의 신이 짐에게 가르쳐 주려는 것임에 틀림이 없다'고 하고는 이내 창포를 캐어 먹었는데, 2년 만에 불쾌한 것을 느껴 이를 중지했다. 그러나 왕흥만은 신선이 무제에게 창포를 먹으라고 가르쳤다는 소리를 듣고, 계속 캐어 먹어 마침내 장생할 수가 있었다." 이민수(李民樹)의 번역을 요약. 또 진나라 혜함(嵇含)의 『남방초목상(南方草木狀)』에 "창포는 번우(番禺: 광동성(廣東省)의 현명)의 동쪽 계곡 물이 있는 곳에서 난다. 모두 한 치에 아홉 개의 마디가 있다. 안기생(安期生)이 이를 복용하여 신선이 되어 가 버리고 옥신발만 남겼다 한다"는 기록이 있다.

異根[386]不帶塵埃氣하고
이 근　　 부 대 진 애 기

기이한 뿌리 띠지 않네,
티끌과 먼지 기운,

孤操[387]愛結泉石盟[388]이라
고 조　 애 결 천 석 맹

외로운 지조 맺기 좋아하네,
샘·돌과 맹세하기를.

明窓淨几[389]有宿契[390]라
명 창 정 궤　 유 숙 계

밝은 창 깨끗한 책상과는
오랜 약속 있었고,

花林草砌[391]無交情[392]이라
화 림 초 체　 무 교 정

꽃숲과 잡초 섬돌과는
사귈 마음 없다네.

夜深不嫌清露重하고
야 심 불 혐 청 로 중

밤 깊으면 싫어하지 않네,
맑은 이슬 된 것,

晨光疑有白雲生[393]이라
신 광 의 유 백 운 생

새벽빛 받으면 흰 구름 피어오르는 듯.

---

386 이근(異根): '이'는 기이(奇異), 특이(特異), 기특(奇特)의 뜻. 창포의 뿌리를 말한다.

387 고조(孤操): 외로이 지키는 절조, 고고(孤高)한 지조

388 애결천석맹(愛結泉石盟): 항상 샘과 돌 곁에 있을 것이란 맹세를 맺기 좋아하다. '천석'은 곧 자연과 같은 뜻. 석창포가 항상 돌이나 샘 곁에서 자람을 말한다.

389 명창정궤(明窓淨几): 밝은 창과 깨끗한 책상. 방이 밝고 집기가 깔끔하고 정돈되어 있음을 말한다. 송대 사람들이 즐겨 쓰던 표현으로 구양수의 『시필(試筆)』「학서유락(學書有樂)」에서 "밝은 창과 깨끗한 책상, 붓과 벼루, 종이와 묵이 모두 매우 뛰어나게 좋은 것 또한 절로 인생의 한 가지 즐거움이긴 하지만 이 즐거움을 누릴 수 있는 사람은 매우 드물다(明窓淨几, 筆硯紙墨皆極精良, 亦自是人生一樂事, 然能得此樂者甚稀)"고 한 데서 유래하였다.

390 숙계(宿契): 오래된 약속. 숙약(宿約)과 같은 말

391 초체(草砌): 잡풀이 우거진 섬돌, 계단

392 무교정(無交情): 사귈 마음이 없다.

393 의유백운생(疑有白雲生): 석창포 곁의 바위 물가에서 새벽에 안개가 피어오르는 것을 말한다. '백운'은 깊은 산속에서 피어오르는데, 앞의 표현과 마찬가지로 창포가 자라는 곳을 깊은 산속으로 보고 묘사한 것이다.

566

嫩[394]如秦時童女登蓬瀛[395]에
눈   여진시동녀등봉영

아리땁기는 진시황 때 동녀들
봉래·영주산에 올라,

手携綠玉杖[396]徐行이라
수휴녹옥장   서행

손에 녹옥장 짚고
천천히 걷는 것과 같네.

瘦[397]如天台山[398]上賢聖僧이
수   여천태산   상현성승

야위기는 천태산 위의
현명하고 성스런 스님,

---

394 눈(嫩): 연약하고 아름답다. 앞의 요요(夭夭)와 뜻이 통함

395 진시동녀등봉영(秦時童女登蓬瀛): '봉영'은 봉래산과 영주산을 말한다. 동해(중국에서 보면
    우리나라) 가운데 있다고 하며, 방장산과 함께 삼신산으로 불린다. 불로장생의 약과 신선이 있
    다고 전해진다. 『사기』「진시황본기(秦始皇本紀)」에 "[28년] 제나라 사람 서불[徐市: 일설에는
    서복(徐福)이라고도 함] 등이 상서하여 말하기를 '바다 가운데 세 개의 선산이 있사온데, 봉래·
    방장·영주산이라고 하며 거기에는 신선이 살고 있습니다. 청컨대 재계하고 나서 동남동녀(童
    男童女)를 데리고 신선을 찾아 나서게 하소서'라고 하니, 수천 명의 동남동녀를 선발하여 바다
    로 들어가서 신선을 찾도록 하였다"는 기록이 보인다.

396 녹옥장(綠玉杖): '녹옥'은 대나무 또는 파초의 별칭으로 쓰이기도 하나 여기서는 전설상에서
    신선이 짚고 다닌다는 지팡이를 말한다. 이백의 「여산요를 전중시어사(殿中侍御史)이신 노유
    진(盧幼眞)에게 부침(廬山謠寄盧侍御虛舟)」에 "나는 본래 초나라의 미치광이, 봉황의 노래
    공자를 비웃네. 손에 녹옥장 짚고, 아침에 황학루 이별하네(我本楚狂人, 鳳歌笑孔丘. 手持
    綠玉杖, 朝別黃鶴樓)"라는 구절이 있다.

397 수(瘦): 몸이 야윈 것. 마른 것, 수척한 것. 창포가 바싹 말라 보이는 것을 말한다.

398 천태산(天台山): 지금의 절강성(浙江省) 천태현(天台縣) 북쪽에 있으며, 선하령(仙霞嶺) 산
    맥의 동쪽 갈래. 『태평어람(太平御覽)』 권 41에 인용된 『유명기(幽明記)』의 신화에 의하면 한
    나라의 유신(劉晨)과 완조(阮肇)가 천태산에 들어가 약초를 캤다는 고사가 있는데, 바로 이 산
    이라 한다. 또 수나라 지자대사(智者大師) 지의(智顗)가 이 산에서 북제의 혜문선사(慧文禪
    師)가 남악(南岳)의 혜사(慧思)에게 전수한 종파를 전하였기 때문에 천태종이라고 한다.

休糧絶粒³⁹⁹孤鶴形이오
휴 량 절 립   고 학 형

양식 그만두고 낟알 끊어
외로운 학의 모습과 같네.

勁⁴⁰⁰如五百義士從田橫⁴⁰¹에
경   여 오 백 의 사 종 전 횡

굳세기는 오백의 의로운 선비
전횡을 따름에,

英氣凜凜⁴⁰²摩靑冥⁴⁰³이오
영 기 늠 름   마 청 명

영명한 기운 씩씩하게
푸른 하늘을 쓰다듬는 것 같네.

淸⁴⁰⁴如三千弟子⁴⁰⁵立孔庭⁴⁰⁶에
청   여 삼 천 제 자   입 공 정

맑기는 삼천 명의 제자가
공자의 뜰에 서 있을 때,

---

399 휴량절립(休糧絶粒): 곡물을 끊는 것을 말한다. 당나라 가도(賈島)의 시 「산중의 도사(山中
   道士)」에 "두발은 천 번이나 빗어 내렸고, 곡물 끊어 야윈 모습 띠었네(頭髮梳千下, 休糧帶瘦
   容)"라는 구절이 있다.

400 경(勁): 굳세다. 창포의 뿌리가 강인한 것을 말한다.

401 오백의사종전횡(五百義士從田橫): 전횡은 제(齊)나라 전씨의 후예. 진(秦)나라 말에 종형(從
   兄)인 전담(田儋)이 자립하여 제왕이 되었으나 오래지 않아 죽고, 그의 동생 전영(田榮)과 전
   영의 아들 전광(田廣)이 이어서 제왕이 되자 전횡은 재상이 되었다. 한나라의 한신(韓信)이 제
   나라를 깨뜨리자 전횡이 스스로 왕이 되어 부하 5백 명을 데리고 해도(海島)로 도망갔다. 유방
   이 황제가 되자 사자를 보내어 항복을 권유했다. 전횡은 이에 낙양으로 가다가 20리를 채 못 가
   서 한나라의 신하가 되는 것을 부끄러워하여 자살하고 말았다. 해도에 머무르고 있던 무리들이
   전횡이 자살했다는 소식을 듣고 또한 모두 자살했다. 『사기』와 『한서』의 「전담전」에 수록되어
   전한다.

402 늠름(凜凜): 추위가 살을 엘 듯한 모양. 또 위엄 있는 모양. 하늘에 대한 묘사이므로 복합적인
   의미로 쓰인 것 같다.

403 마청명(摩靑冥): '마'는 비비다, 어루만지다, 쓰다듬다. 나아가 닿는다는 뜻. 마천루(摩天樓)라
   할 때의 뜻과 용법이 같음. 푸른 하늘까지 닿음

404 청(淸): 창포의 청결(淸潔)함을 가리킨다.

405 삼천제자(三千弟子): 『사기』 「공자세가」에 "공자는 『시(詩)』·『서(書)』·『예(禮)』·『악(樂)』을 교재

回琴⁴⁰⁷點瑟⁴⁰⁸天機鳴이라
회 금　점 슬　천 기 명

안회의 금과 증점의 슬이
하늘의 비밀 울린 것과 같네.

堂前不入紅粉意⁴⁰⁹요
당 전 불 입 홍 분 의

대청 앞에는 들이지 않네,
연지와 분의 의도,

席上嘗聽詩書⁴¹⁰聲이라
석 상 상 청 시 서　성

자리 위에서 일찍이 들었네,
『시』와 『서』 읽는 소리.

로 삼아 가르쳤는데, 제자가 약 3천 명에 이르렀고, 그 가운데 육예(六藝)에 통달한 자만 해도 72명이나 되었다"는 기록이 있다.

406 입공정(立孔庭): 공자의 집 뜰에 서다. 공자의 문하에서 수업을 받는 것을 말한다.

407 회금(回琴): 공자의 제자인 안회가 타는 금. 『장자』 「양왕(讓王)」에 "공자가 안회에게 말했다. '회야, 이리 가까이 오너라. 너는 집이 가난하고 비천하게 살면서도 어찌하여 벼슬을 하지 않느냐?' 이에 안회가 대답하였다. '(…) 금을 타며 스스로 즐길 수가 있고(鼓琴足以自娛), 선생님께 배우는 도(道)로 즐길 수가 있기 때문입니다'"라는 말이 나온다.

408 점슬(點瑟): 공자의 제자인 증점(曾點: 또는 蒧, 자는 석(晳)의 슬. 『논어』 「선진(先進)」에 자로(子路), 증석(曾晳), 염유(冉有), 공서화(公西華)가 공자를 모시고 있을 때 공자가 각자의 포부를 묻는 대목이 있다. 세 사람에게 두루 묻고 난 다음에 "'증점아 너는 어떠냐?'라고 물었다. 그가 타는 슬이 마침 마지막 곡을 연주하고 있었는데, 뚱땅하는 소리를 내더니 슬을 내려놓고 일어서서 대답하였다. '(…) 늦은 봄 3월에 봄옷을 모두 입고, 어른 오륙 명, 동자 육칠 명과 함께 기수에서 목욕하고 무우대(舞雩臺)에서 바람을 쐬고 노래를 부르며 돌아오겠습니다(莫春者 春服旣成 冠者五六人 童子六七人 浴乎沂 風乎舞雩 詠而歸).' 이에 공자께서 길게 한숨을 내쉬고 말씀하셨다. '나는 증점의 주장에 동의하노라'"라는 구절이 나온다.

409 홍분의(紅粉意): '홍'은 붉은 연지(臙脂), '분'은 하얀 분가루. 예쁘게 치장하고 싶어 하는 여인네의 마음

410 시서(詩書): 『시경』과 『서경』. 『시경』과 『서경』은 옛날에는 다만 『시』와 『서』라고만 하였다. 『시』는 공자의 옛집 벽에서 나온 고문을 모형(毛亨), 모장(毛萇) 등 모씨들이 전하였으므로 『모시』라 부르게 되었으며, 『서』는 한나라 때 복생(伏生)이 "상고(上古: 上은 尙과 뜻이 통함) 시대의 문서"라 부른 데서 『상서』라 부르게 되었다. 나중에 함께 유가의 오경(五經)에 들게 되었으므로 『시경』과 『서경』이라 불리게 되었다.

怪石篠簜⁴¹¹皆充貢이니
괴 석 소 탕　　　개 충 공

괴이한 돌과 조릿대 왕대마저
모두 공물에 들었으니,

此物舜廊⁴¹²當共登⁴¹³이라
차 물 순 랑　　　당 공 등

이것 순임금의 낭묘에
의당 함께 올랐으리.

神農⁴¹⁴知己⁴¹⁵入本草⁴¹⁶나
신 농　　지 기　　입 본 초

신농씨도 알아보고 이미
『본초』에 넣었으나,

靈均⁴¹⁷蔽賢遺騷經⁴¹⁸이라
영 균　　폐 현 유 소 경

굴원은 현명함이 가리워
「이소경」에서 빠뜨리고 말았네.

411　괴석소탕(怪石篠簜): 본서 주석에 "청주에서는 괴석을 조공물로 바쳤고, 양주에서는 소와 탕을 조공물로 바쳤다(靑州貢怪石, 楊州貢篠簜)"고 하였다. 모두 『서경』 「우임금의 공물(禹貢)」에 기록되어 있는 여러 나라의 공물이다. '소'는 화살을 만들기에 적합한 작은 대나무로 우리나라에서는 조릿대라고 한다. '탕'은 탕죽(簜竹)이라고도 하며 대나무의 별칭인데, 『이아(爾雅)』 형병(邢昺)의 주석[疏]에서는 이순(李巡)의 말을 인용하여 대나무 마디 사이의 거리가 한 길[丈]이 되는 것을 말한다고 하였다.

412　순랑(舜廊): 성군인 순임금의 낭묘(廊廟). 낭묘는 정치를 하는 궁전, 정전(正殿)을 말한다.

413　등(登): 공물의 품목에 오르는 것. 공물로 바쳐지는 것을 말한다.

414　신농(神農): 고대 전설상의 삼황(三皇) 가운데 한 사람으로, 염제(炎帝) 또는 열산씨(烈山氏)라고도 하며, 농업·의약의 신이다. 전하는 바에 의하면 화덕(火德)의 왕으로, 사람의 몸에 소의 머리를 하였다고 한다. 사람들에게 처음으로 쟁기와 보습의 사용법을 가르쳐 농업을 일으켰다고 하며, 온갖 풀을 일일이 다 맛보아 약초와 독초를 구분하여 질병을 다스렸다고 한다.

415　지기(知己): 『송시기사(宋詩紀事)』에는 다지(多智)로 되어 있다.

416　입본초(入本草): 창포가 『신농본초경(神農本草經)』에 기록되어 있는 것을 가리킨다. 『본초』는 모두 3권으로 신농이 찬했다고 전해진다. 그러나 이 책은 실제 이르게는 후한에서 늦게는 남조 송·제 시대에 이루어진 것으로 보고 있다. 사방득도 이 사실을 몰랐을 리 없겠지만 이렇게 말한 것은 약재에 관한 가장 오래된 책으로 알려진 이 책에 이미 창포가 수록되어 있다는 것을 강조하기 위한 것이다.

417　영균(靈均): 전국 시대 초나라의 문인인 굴원의 자(字: 애칭). 굴원은 「슬픔을 만나(離騷)」에서 "선친은 내가 태어날 때를 보고 헤아리시어, 비로소 내게 아름다운 이름을 주셨도다. 이름하여 정칙이라 하고, 자를 영균이라 하셨도다(名余曰正則兮, 字余曰靈均)"라고 읊었다.

幽人[419]耽翫[420]發仙興[421]하고
유인 탐완 발선흥

그윽한 은자 즐겨 좋아하면

신선의 흥취를 일으키고,

方士[422]服餌[423]延脩齡[424]이라
방사 복이 연수령

방사가 이를 먹으면

수명 길게 늘인다네.

綵鸞紫鳳[425]琪花苑[426]이요
채란자봉 기화원

고운 난새 보랏빛 봉황은

옥꽃 핀 동산이고,

赤虯玉麟[427]芙蓉城[428]이라
적규옥린 부용성

붉은 규룡 옥 기린은 부용의 성이라네.

---

418 폐현유소경(蔽賢遺騷經): 현명함이 덮여 가려지다. 굴원이 「슬픔을 만나」에서 온갖 향초를 다 동원하여 성인·군자에 비유했는데, 유독 창포에 대해서는 언급하지 않았으므로 이렇게 말하였다. '소경'은 굴원이 초의 회왕에게서 추방당하였을 때, 임금을 사모하고 나라를 걱정하여 지은 초사(楚辭)체의 문학 작품 「슬픔을 만나」를 말한다. 후세에도 굴원의 「슬픔을 만나」처럼 우수에 깃든 시를 소(騷)라 하기도 하였으며, 그와 같은 시편을 주로 짓는 사람을 소인(騷人)이라 부르기도 하였다. 또 굴원이 지은 『초사』 25편을 높여서 「이소경」이라 부르기도 하였다.

419 유인(幽人): 고요하고 깊은 곳에 은거하는 사람, 곧 은자를 말한다. 『주역』 「이괘(履卦)」에 "도를 밟음이 탄탄하니 유인이 곧게 행동하면 길하다(履道坦坦, 幽人貞吉)"는 구절이 있다.

420 탐완(耽翫): '완'은 곧 완(玩) 자와 마찬가지이며, 마음을 오로지 갈고 익히며 완상하는 데 쓰는 것을 말한다.

421 발선흥(發仙興): 신선이 가진 감흥을 내다.

422 방사(方士): 신선의 술법을 닦는 사람

423 복이(服餌): 원래는 도가의 수양법을 나타내는 용어로 장생불사의 단약(丹藥)을 먹는 일을 말했으나, 나중에는 일반적으로 약을 복용한다는 뜻으로 널리 쓰이게 되었다.

424 수령(脩齡): '수'는 여기서는 '길다'의 뜻으로 쓰였다. 장수(長壽)와 마찬가지의 뜻

425 채란자봉(綵鸞紫鳳): '란'도 봉황의 일종. '채'는 채색하여 고운 모양. '채란'이나 '자봉'은 모두 창포꽃의 아름다움을 형용한 것이다.

426 기화원(琪花苑): '기'는 옥의 이름. 기화요초(琪花瑤草)가 가득한 선경의 화원

427 적규옥린(赤虯玉麟): '규'는 전설상의 뿔이 없는 용. 『설문해자』에서는 뿔이 난 용의 새끼라 하였다. '린'은 곧 기린인데 역시 전설상의 동물로, 성군(聖君)이 나오면 출현한다고 한다. 사슴과

上界眞人⁴²⁹好淸淨하니
상 계 진 인　　호 청 정

천상의 신선들
맑고 깨끗함을 좋아하니,

見此靈苗⁴³⁰當大驚이라
견 차 영 묘　　당 대 경

이 신령스런 싹 보면 크게 놀라리.

我欲携之朝太淸⁴³¹하니
아 욕 휴 지 조 태 청

내 그것 가지고
태청궁 찾아뵈려 하노니,

瑤草⁴³²不敢專芳馨이라
요 초　　불 감 전 방 형

아름다운 풀향기
감히 독차지할 수 없음이네.

玉皇⁴³³一笑留香案⁴³⁴하고
옥 황　　일 소 유 향 안

옥황상제께선 한 번 웃으시고
향을 올리는 책상에 두셨다가,

같이 생겼다고 하나 뿔이 하나 있고, 이마는 이리, 꼬리는 소, 발굽은 말과 같다고 한다. 수컷을 '기'라 하고, 암컷을 '린'이라 한다. '적규옥린'은 창포 뿌리와 줄기의 아름다움을 형용한 것이다.

428　부용성(芙蓉城): 전설에 의하면 석연년(石延年: 곧 석만경(石曼卿))과 정도(丁度), 왕형(王逈)은 죽어서 신선이 되어 부용성의 성주를 지냈다고 한다. 그래서 부용성은 나중에 신선의 거처라는 뜻으로 쓰이게 되었다. 소식의 「부용성(芙蓉城)」에 "부용성에는 꽃 은은한데, 그 주인 누구인가? 석만경과 정도라네(芙蓉城中花冥冥, 誰其主者石與丁)"라는 구절이 있다.

429　상계진인(上界眞人): '상계'는 하계(下界)의 반대말로, 상제(上帝)가 사는 곳. '진인'은 원래 도교 용어로 도교의 깊은 진리를 깨달은 사람. 곧 도사의 최고 칭호. 여기서는 신선으로 번역해 둠

430　영묘(靈苗): 신령스런 싹. 창포의 싹을 가리킨다.

431　조태청(朝太淸): 태청궁에 나아가다. '조'는 신하가 조정에 나아가 임금을 배알하는 것. '태청'은 도가에서 말하는 선경(仙境)인 옥청(玉淸)·태청(太淸)·상청(上淸)의 삼청(三淸) 가운데 하나. 원기(元氣) 가운데 맑은 것이라는 뜻을 가지고 있다. 『도서(道書)』에 의하면 성인은 옥청에 오르고, 진인은 상청에 오르며, 선인은 태청에 오른다고 한다.

432　요초(瑤草): 선초(仙草)를 말하며, 진귀하고 기이한 풀을 두루 가리킨다.

433　옥황(玉皇): 도교에서는 상제(上帝)를 옥황대제(玉皇大帝)라고 하는데, 줄여서 옥제(玉帝) 또는 옥황(玉皇)이라고도 부른다. 달리 황군(皇君)이라고도 부르는데, 도교 서적인 『운급칠첨(雲級七籤)』에 의하면 옥황은 하나가 아니고 매우 많다.

434　향안(香案): 향을 올리기 위해 향로를 놓아두는 궤안(几案). 당나라 원진(元稹)의 시 「주지사의 집으로 백낙천에게 자랑하다(以州宅誇於樂天)」에 "나는 옥황상제의 향로 궤안을 관리하는

錫⁴³⁵與有道者長生이라 도 닦는 이에게 내려 주시어
석 　여 유 도 자 장 생 오래도록 살게 할 것이네.

人間千花萬草儘榮艶⁴³⁶이나
인 간 천 화 만 초 진 영 염 인간 세상의 천 가지 꽃 만 가지
초목이 꽃을 피워 고운들,

未必敢與此草爭高名이라 감히 이 풀과는
미 필 감 여 차 초 쟁 고 명 반드시 고귀한 이름 다투지 못하리.

196. 돌북을 노래함(石鼓歌)⁴³⁷

한유(韓愈)

張生⁴³⁸手持石鼓文하고 장생이 손수 석고문을 들고 와서,
장 생 　수 지 석 고 문

벼슬아치로, 귀양 와 살면서 오히려 봉래산에 살게 되었네(我是玉皇香案吏, 謫居猶得住蓬萊)"라는 구절이 있다. 나중에는 사당의 향로와 촛대를 놓아두는 긴 궤안도 향안이라 하였다.

435 석(錫): 사(賜)와 같은 뜻으로, 윗사람이 아랫사람에게 주는 것

436 진영염(儘榮艶): '진'은 여기서 '내맡기다', '~하는 대로 내버려두다'. '영'은 꽃, 또는 꽃이 핀다는 뜻으로 쓰였다. 꽃이 피어 아름다움, 또는 곱게 꽃이 핀다는 뜻

437 석고가(石鼓歌): '석고'는 북 모양으로 다듬은 돌 열 개에다 고대 문자를 기록하여 둔 것이다. 한유는 이 시에서 이 석고들은 주 선왕(周宣王)이 기양(岐陽)에 사냥 나갔을 때 새긴 것으로 단정하고 있다. 이 시는 원화(元和) 6년 한유가 동도 낙양의 국자 박사(國子博士)로 있을 때 지은 것이다.

438 장생(張生): '생'은 성씨의 뒤에 놓이면 통상 선비의 통칭으로 쓰이기도 하고 제자나 문도, 곧 지금의 학생이란 뜻으로도 쓰이는데, 여기서는 후자의 뜻으로 쓰였다. 한유 문하생 장적(張籍)을 말한다는 설이 지배적이나 장적은 이때 동도에 있지 않았기 때문에 이 장생은 장철을 말할 것이다. 이해에 쓴 「이화시(李花詩)」에서 "밤에 장철을 데리고 노동의 집을 방문한다(夜領張徹投盧仝)"고 읊은 구절로 이를 증명할 수 있다.

勸我試作石鼓歌라
권 아 시 작 석 고 가

나에게 권하기를 석고가
지어 보라 하네.

少陵無人[439]謫仙死[440]하니
소 릉 무 인　　적 선 사

소릉에는 사람 없고
귀양 온 신선도 죽었으니,

才薄[441]將奈石鼓何오
재 박　　장 내 석 고 하

엷은 재주로 석고 어찌할 수 있을까?

周綱陵遲[442]四海沸[443]하니
주 강 능 지　　사 해 비

주나라의 기강이 무너지고
사해 들끓을 때,

宣王[444]憤起揮天戈[445]라
선 왕　　분 기 휘 천 과

선왕 떨쳐 일어나 하늘 창 휘둘렀네.

大開明堂[446]受朝賀하니
대 개 명 당　　수 조 하

크게 명당 활짝 열고 조하를 받으니,

---

439 소릉무인(少陵無人): '소릉'은 두보가 살던 곳. 곧 시성 두보가 죽고 없다는 뜻
440 적선사(謫仙死): '적선'은 귀양 온 신선이란 뜻으로, 하지장(賀知章)이 장안에서 이백을 처음 만나 보고 했던 말. 이백 역시 죽고 없다는 뜻. 작자 한유가 대시인인 두 사람이 죽고 없어서 부득이 자신이 「돌북을 노래함」을 짓는다는 뜻으로, 겸양 섞인 표현
441 재박(才薄): 박학비재(薄學菲才)함. 학문이 얕고 재주가 없다는 뜻으로, 역시 자신은 「돌북을 노래함」을 짓기에 적합하지 않다는 뜻의 겸양적인 표현
442 주강능지(周綱陵遲): '주강'은 주나라를 지탱하는 강기(綱紀)인 정치와 교화를 말한다. '능지'는 경사가 완만한 언덕이라는 뜻과 '쇠락하다'라는 두 가지의 뜻이 있는데, 여기서는 후자의 뜻으로 쓰였다. '지'는 이(夷)와 이음동의자(異音同義字). 한(漢)나라 정현(鄭玄)의 「시보서(詩譜序)」에 "뒤에 왕들이 다시 조금 어긋났으니 여왕과 유왕 같은 임금이 나왔고, 정치의 교화는 더욱 쇠미해졌으며, 주나라 왕실은 크게 무너졌다(後王稍更陵遲, 厲也幽也; 政敎尤衰, 周室大壞)"고 하였다.
443 사해비(四海沸): 천하가 난리 때문에 솥 안에서 물이 끓듯 소란스럽다. 주 여왕(厲王) 때의 난리를 말한다.
444 선왕(宣王): 주나라 때의 임금으로, 여왕(厲王)의 아들
445 휘천과(揮天戈): 하늘을 대신하여 창을 휘두르다. 주 선왕 때 진중(秦仲)이 서융(西戎)을, 윤길보(尹吉甫)가 험윤(玁狁)을, 방숙(方叔)이 형만(荊蠻)을, 소호(召虎)가 회이(淮夷)를 정벌하고, 왕이 몸소 서융을 쳐서 주 왕조를 중흥시켰던 것을 가리킨다.

諸侯劍珮[447]鳴相磨[448]라
제후검패 명상마

제후들 찬 칼과 구슬
서로 부딪쳐 울었네.

蒐[449]于岐陽[450]騁雄俊[451]하니
수 우기양 빙웅준

기산 남쪽으로 사냥 나가
씩씩하고 우뚝하게 달리니,

萬里[452]禽獸皆遮羅[453]라
만리 금수개차라

만 리의 금수 모두 그물에 걸렸네.

鐫功勒成[454]告萬世코자
전공늑성 고만세

공 새기고 성과 새겨 만세에 알리고자,

---

446 명당(明堂): 『예기』「명당위(明堂位)」의 정의(正義)에 "명당이란 것은 옛날부터 있었는데, 제후들의 조회를 받던 곳이다"라고 하였다.

447 검패(劍珮): '패'는 패(佩)로 된 판본도 있다. 허리에 찬 칼과 패옥

448 상마(相磨): 참하(參賀)한 제후들이 많아, 그들이 허리에 차고 있는 칼과 패옥이 서로 스칠 듯했던 것을 가리킨다.

449 수(蒐): 전렵(田獵), 수렵. 특히 봄에 나가는 사냥을 가리킨다. 여름 사냥은 묘(苗), 가을 사냥은 선(獮), 겨울 사냥은 수(狩)라 하였는데, 요즘처럼 단순히 짐승을 잡는 사냥이 아니라 군사 훈련을 겸하여 연례적으로 행하였다. 이때 사냥을 하러 간 왕에 대하여 『좌전』에서는 성왕(成王), 위응물(韋應物)의 「석고가」에서는 문왕(文王)이라고 하였다. 한유가 선왕이라고 단정 지은 것은 『시경』「소아(小雅)·거공(車攻)」의 서문에서 "선왕이 동도에 제후들을 모은 것을 계기로 사냥을 하고, 수레와 병졸들을 뽑았다(宣王會諸侯於東都, 因田獵而選車徒)"고 한 것과 첫 구절 "우리 말 견고하고, 우리 말 가지런하게 달린다(我車旣攻, 我馬旣同)"고 한 데서 근거하였다.

450 기양(岐陽): 기산의 남쪽. '양'은 산의 남쪽, 물의 북쪽을 가리키는 말. 섬서성(陝西省) 부풍현(扶風縣)에 있는데, 지금의 기산현을 옛날에는 기양이라 하였다.

451 빙웅준(騁雄俊): 영웅준걸로 하여금 마음껏 내달리며 사냥하게 하다.

452 만리(萬里): 백 리(百里)로 되어 있는 판본도 있으며, 수렵장을 가리킨다.

453 차라(遮羅): '차'는 『옥편(玉篇)』에서 "요직하는 것[要]이고, 가로막는 것[欄]이다"라고 하였다. '차라'는 짐승들이 다니는 길목을 막아 그물에 걸리게 하는 것

454 전공늑성(鐫功勒成): '성'은 성(盛)으로 된 판본도 있는데 틀렸음. 공을 돌에 새기고 성과를 기록하여 새기다. 반고(班固)의 「동도부(東都賦)」에 "태산을 봉하고 그 성과를 새겼다(封岱勒成)"는 말이 나오는데 거기서 취한 것이다.

鑿石作鼓[455]隳嵯峨[456]라
착 석 작 고　휴 차 아

돌 파내어 북 만드니
우뚝한 산 무너졌네.

從臣才藝[457]咸[458]第一이어늘
종 신 재 예　함　제 일

따르던 신하 재주와 학문
모두 천하제일이라,

揀選撰刻[459]留山阿[460]라
간 선 찬 각　유 산 아

가려 뽑아 글 짓고 돌 새기니
산 구석에 남아 있구나.

雨淋[461]日炙[462]野火燒[463]로되
우 림　일 자　야 화 소

비에 젖고 볕 비추며 들불 때더라도,

鬼物[464]守護煩搗訶[465]라
귀 물　수 호 번 휘 가

귀물이 수호하고
자주 손가락질하며 꾸짖었네.

---

455 착석작고(鑿石作鼓): 돌을 뚫어 깨내어 석고를 만들다.

456 휴차아(隳嵯峨): '차아'는 산이 높고 우뚝한 모양인데, 여기서는 그런 산을 가리켜 말하였다. '휴'는 깨뜨려 무너뜨리다. 전체적인 뜻은 석고를 만드느라 높은 돌산이 무너졌다는 뜻이다.

457 재예(才藝): 재주와 학문. '예'는 여기서 '육예(六藝)'라고 할 때의 뜻으로 쓰였다.

458 함(咸): 모두. 개(皆)와 같은 뜻

459 간선찬각(揀選撰刻): '간'은 간(簡)으로, '찬'은 선(譔)으로 되어 있는 판본도 있는데, 모두 같은 뜻으로 쓰였다.

460 유산아(留山阿): '산아'는 산언덕. 좌사(左思)의 「오도부(吳都賦)」에 "정령이 그 산 구석에 남아 있다(精靈留其山阿)"는 구절이 있다.

461 우림(雨淋): 비에 젖다.

462 일자(日炙): 햇볕에 그을리다.

463 야화소(野火燒): 들불에 타다. 『전국책(戰國策)』에 "들불이 일어남이 마치 무지개와 같다(野火之起也若雲霓)"는 말이 있고, 『좌전』에는 "마치 불이 평원을 태움과 같다(野火之燎千原)"고 하였다. 이상은 석고가 자연에 그대로 노출된 채 방치되어 있음을 읊었다.

464 귀물(鬼物): 영물, 신령

公⁴⁶⁶從何處得紙本⁴⁶⁷고
공　　종 하 처 득 지 본

그대는 어디에서 이 탁본 얻어 왔는가?

毫髮⁴⁶⁸盡備無差訛라
호 발　　진 비 무 차 와

털끝까지 다 갖추고 조금도 어김없네.

辭嚴義密讀難曉⁴⁶⁹요
사 엄 의 밀 독 난 효

표현은 엄숙하고 뜻은 간추려져
읽어도 알기 힘들며,

字體不類隸與蝌⁴⁷⁰라
자 체 불 류 예 여 과

글씨 같지 않네,
예서와도 과두 문자와도.

年深⁴⁷¹豈免有缺畫⁴⁷²고
연 심　　기 면 유 결 획

세월 깊어지니 어찌 면하리오?
자획 빠짐을,

---

465 번휘가(煩撝訶): '휘'는 손가락질[手指]하다, '가'는 노해서 꾸짖다. 석고를 해하려는 자가 있으
　　면 귀신이 손가락질하고 꾸짖어 쫓아 버렸다는 뜻
　　주강능지(周綱陵遲) 이하 여기까지는 주 선왕이 사냥을 나가서 공을 세우고 돌을 판 것을 서술
　　하였다.

466 공(公): 장철(張徹)을 가리킨다.

467 지본(紙本): 곧 탁본(拓本)

468 호발(毫髮): 석고에 새겨진 가는 털끝같이 미세한 자획을 말한다.

469 독난효(讀難曉): 읽어도 뜻을 알기 어렵다. '효'는 단순히 아는 것[知]을 넘어 이해한다는 것을
　　말한다.

470 예여과(隸與蝌): 예서와 과두(蝌蚪) 문자. 본집에는 과(蝌)가 과(科)로 되어 있는데, 같은 뜻
　　이다. 예서는 진나라 정막(程邈)이 전서(篆書)의 번잡함을 생략하여 만든 필기 문자. 진나라는
　　봉건 왕조인 주나라를 통일하여 군국제를 실시하였는데, 그 결과 일시에 많은 하급 관리들이
　　필요하게 되었다. 여기서 예는 죄질이 경미하거나 어느 정도 문자를 해독할 능력이 있었던 죄수
　　로 이때 하급 관리로 등용된 자들인데, 이들이 모두 알아볼 수 있는 문자라는 뜻이다. 과두 문
　　자는 황제(黃帝) 때에 창힐(蒼頡)이 새 발자국에서 암시를 얻어 만들었다고 하는 글자로, 글자
　　의 모양이 올챙이처럼 획 머리는 굵고 끝이 가늘다. 고대에는 칠(漆: 옻나무)로 글씨를 썼기 때
　　문에, 처음 붓끝이 닿는 부분은 굵고 글씨의 끝 부분은 칠이 말라 가늘어, 글씨의 모양이 마치
　　올챙이 같았다. 과두는 올챙이

471 연심(年深): 오랜 세월이 지난 것을 말한다.

472 결획(缺畫): 문자의 필획 가운데 일부가 없는 것을 말한다. 여기서는 마멸되어 글자의 일부가

快劍⁴⁷³斫斷生蛟鼉⁴⁷⁴라
쾌 검   작 단 생 교 타

날랜 칼로 쪼개고 끊으니
교룡과 악어 넘실거리는 듯하네.

鸞翔鳳翥⁴⁷⁵衆仙下하고
난 상 봉 저   중 선 하

난새 날고 봉황 뜨니
여러 신선 내려오고,

珊瑚碧樹⁴⁷⁶交枝柯며
산 호 벽 수   교 지 가

산호 짙푸른 가지 서로 엉킨 듯하네,

金繩鐵索⁴⁷⁷鎖紐壯⁴⁷⁸이요
금 승 철 삭   쇄 뉴 장

금테와 쇠줄 억세게 묶이고,

古鼎躍水龍騰梭⁴⁷⁹라
고 정 약 수 용 등 사

옛 솥은 물에 뛰어오르고
용은 북에서 나는 듯하네.

훼손된 것을 말한다.

473 쾌검(快劍): 예리한 칼, 날카로운 칼. 곧 잘 드는 칼

474 생교타(生蛟鼉): 살아 있는 교룡과 악어. '교'는 뿔 없는 용, 곧 이무기를 말한다. 규룡(虯龍)이라고도 한다. 마멸되고 남은 글자의 획이 용과 악어가 살아 꿈틀대는 것처럼 힘차고 생동감이 있다는 것을 말한다.

475 난상봉저(鸞翔鳳翥): 난조가 날고 봉황이 높이 날아오름. 난새도 영조(靈鳥)로 봉황의 일종. '저'는 높이 날아오르는 것. 신선이 곧 내려오려 하기 때문에 이에 앞서 난새가 날고 봉황이 떠서 미리 인도하는 것을 말한다. 한나라 장형(張衡)의 「서경부(西京賦)」에 "봉황이 댓마루 끝에 뛰어나가서 뜬다(鳳騫翥千蕘標)"는 구절이 있다.

476 산호벽수(珊瑚碧樹): 산호와 벽호수(碧瑚樹). 아름다운 가지들이 엉켜 있는 것 같은 글자의 모양을 말한 것. 반고(班固)의 「서경부(西京賦)」에 "산호 짙푸른 나무, 언덕을 둘러서 생겨났네(珊瑚碧樹, 周阿而生)"란 구절이 있다.

477 금승철삭(金繩鐵索): 금으로 된 줄과 쇠사슬. '索'은 노끈이나 새끼 따위의 뜻으로 쓰이면 '삭'으로 읽는다.

478 쇄뉴장(鎖紐壯): 갇혀 묶여 있는 것이 웅장하다. 글씨의 모양이 위엄 있고 훌륭하다는 뜻. '쇄'는 쇄(鎖)와 같은 뜻. '뉴'는 곁이라는 뜻

479 고정약수용등사(古鼎躍水龍騰梭): 옛날 솥(왕권이나 국가의 상징)이 물에 뛰어들고, 용이 북처럼 뜨다. 자획의 기세가 격렬함을 형용한 말. 『사기』 「봉선서(封禪書)」에 "송(宋)나라의 왼쪽 언덕 위에 있는 당나무[太邱社]가 망하니 솥이 사수(泗水)의 팽성(彭城) 아래로 빠졌다"는 기록이 보이고, 후위(後魏) 역도원(酈道元)의 『수경주(水經注)』에서는 "주 현왕(顯王) 42년에

578

陋儒⁴⁸⁰編詩⁴⁸¹不收入하니
누 유   편 시   불 수 입

식견 좁은 선비들『시경』엮을 때
주워 넣지 않아,

二雅⁴⁸²褊迫⁴⁸³無委蛇⁴⁸⁴라
이 아   편 박   무 위 타

「대아」와 「소아」 편협하여 여유가 없네.

孔子西行不到秦⁴⁸⁵하니
공 자 서 행 부 도 진

공자 서쪽으로 갔지만
진나라에 이르지 못하여,

掎摭⁴⁸⁶星宿⁴⁸⁷遺羲娥⁴⁸⁸라
기 척   성 수   유 희 아

뭇별들은 주웠으나
해와 달은 놓쳤네.

전 국토의 아홉 고을을 상징하는 아홉 개의 솥[九鼎]이 사연(泗淵)에 빠져 없어졌다. 진시황 때 솥이 여기서 나타났다. 시황은 스스로 자기의 덕이 삼대(三代)에 부합한다고 생각하여 크게 기뻐하며 수천 명을 시켜 물에 들어가 끈에 매달아 끌어올리게 하였으나, 미처 다 나오기 전에 용이 이빨로 그 끈을 씹어서 끊어 버렸다"고 하였다.

『진서』「도간전(陶侃傳)」에 "도간이 뇌택[雷澤: 산동성]에서 고기를 잡고 있는데 북[織梭] 하나가 그물에 걸려 들어내어 벽에다 걸어 놓았다. 조금 있다가 우레와 비가 내리더니 용으로 변하여 가 버렸다"는 구절이 있다. 북은 베틀에 딸린 제구로 실을 푸는 일을 한다.

480 누유(陋儒): 주나라 때에『시경』을 편집한 식견이 낮은 선비들. 석고문을『시경』에 넣지 않았기 때문에 식견이 좁은 유학자라고 한 것이다.

481 시(詩):『시경』을 가리킨다. 옛날에는 삼경(三經)을 모두 그냥『시(詩)』·『서(書)』·『역(易)』이라고만 했다.

482 이아(二雅):『시경』의「소아(小雅)」와「대아(大雅)」를 말한다. 궁중의 음악인 아악의 가사를 모은 부분으로, 석고문은 그것들과 성격이 달라 이아에 들어가지 못했다.

483 편박(褊迫): 마음이 좁아 옹색하다. 석고문이 들어 있지 않음에 대한 아쉬움의 표현

484 위타(委蛇):『시경』「소남(召南)·고양(羔羊)」에 '委蛇委蛇'란 구절이 나오는데 주석에서 '자취를 좇아서 갈 수 있도록 천천히 가는 것(行可從迹)'이라 하였다. 위타(委迤)라고도 한다.

485 공자서행부도진(孔子西行不到秦): 공자가 천하를 주유하면서 서쪽으로 갔으나, 진나라에까지는 이르지 못하여 기양에 있는 석고를 보지 못했다는 뜻

486 기척(掎摭): 끌어 모으다. '척'은 습(拾)으로 되어 있는 판본도 있다. '기'는 한쪽 편에 치우치도록 당기는 것[偏引]이며, '척'은 줍는 것

487 성수(星宿): 28수의 별. '宿' 자는 별자리라는 뜻으로 쓰일 때는 '수'로 읽는다. 『시경』의 평범한 시들을 가리키는 것으로, 하찮은 것에 대한 비유

488 희아(羲娥): 희화(羲和)와 항아(姮娥). 전설에 의하면 희화는 제준(帝俊)의 아내로 열 개의 해

嗟余好古[489]生苦晚[490]하여
차 여 호 고   생 고 만

아! 내 옛것 좋아하나
너무 늦게 태어나,

對此涕淚雙滂沱[491]라
대 차 체 루 쌍 방 타

이것 대하고 눈물지으니 두 줄기 줄줄.

憶昔初蒙博士徵[492]하니
억 석 초 몽 박 사 징

생각건대 옛날 처음으로
박사로 불려 왔을 때,

其年始改稱元和[493]라
기 년 시 개 칭 원 화

그해 비로소 원화라 고쳐 불렀지.

故人[494]從軍在右輔[495]하여
고 인   종 군 재 우 보

옛 그분 종군하여 우보에 계실 적에,

를 낳았다고 하는데, 매일 하나씩 해를 수레에 태우고 하늘을 달린다고 한다. 해의 비유. 항아
에 대해서는 시 번호 168 노동(盧仝)의 「생각나는 바 있어(有所思)」주 128을 참조할 것. 성수
에 대비되는 개념으로 석고문을 말한다.

489 호고(好古): 옛날의 순수한 도를 좋아하다.
490 생고만(生苦晚): 태어남이 매우 늦다. 『시경』을 만들 당시에 태어나지 못하여 석고문을 『시경』
     에 넣지 못했다는 뜻. '고'는 부사로 쓰여서 심하다[甚], 썩·아주[偏], 지극히[極]의 뜻도 있고,
     또 많이[多], 오래[久] 등의 뜻도 있다. 여기서는 전자의 뜻으로 쓰였다.
     '차여호고(嗟余好古)' 이하 20구는 석고를 태학에 옮겨 놓기를 의론으로 청한 것이다.
491 쌍방타(雙滂沱): '방타'는 비가 많이 내리는 모양. 비가 쏟아지듯 두 눈에서 눈물이 쏟아지다.
     시 번호 193 장뢰의 「칠석날 밤의 노래(七夕歌)」의 주 327을 참조할 것
492 박사징(博士徵): 박사로 부름을 받다. 한유는 원화 원년(806) 강릉(江陵)에서 국자박사로 불
     려 왔다. 국자학은 당대의 대학(大學)의 하나. 당나라 때에는 국자감에 국자학(國子學)·태학
     (太學)·사문학(四門學)·율학(律學)·산학(算學)·서학(書學)을 설치하고, 선생으로 박사를 두
     었다.
493 원화(元和): 당 헌종(憲宗)의 연호(806~820)
494 고인(故人): 지인 또는 친구
495 우보(右輔): 우부풍을 말한다. 『삼보황도(三輔黃圖)』에 의하면 "태초(太初) 원년 위성(渭城)
     서쪽은 우부풍(右扶風)에 소속시키고, 장안 동쪽은 경조윤에 소속시키고, 장릉(長陵) 이북은
     좌풍익(左馮翊)에 소속시켜 경사[京師: 서울]를 보좌하게 하였으므로 삼보(三輔)라고 한다"
     고 하였다. 우부풍은 곧 봉상부(鳳翔府)를 말한다. 한유와 알고 있던 어떤 사람(성명은 미상)이
     봉상 절도부의 종사관을 지냈기 때문에 이렇게 말하였다.

爲我量度[496]掘臼科[497]라
위 아 양 탁　　 굴 구 과

나를 위해 계획하셨지
구덩이 파 보기로.

濯冠沐浴告祭酒[498]하되
탁 관 목 욕 고 좨 주

갓 씻고 목욕하고 좨주에게 고하기를,

如此至寶存豈多오
여 차 지 보 존 기 다

"이같이 값진 보물
어찌 그리 많으리오?

氈包[499]席裹[500]可立致[501]니
전 포　　 석 과　　 가 립 치

담요 덮고 자리로 싸서 잘 가져오려면,

十鼓只載數駱駝[502]라
십 고 지 재 수 낙 타

열 개의 석고 다만
몇 마리 낙타에 싣겠지요.

薦諸太廟[503]比郜鼎[504]이면
천 저 태 묘　　 비 고 정

고정처럼 태묘에 천신한다면,

---

496 양탁(量度): 측량하다. 여기서는 헤아린다는 뜻으로 쓰였다.

497 굴구과(掘臼科): 절구 같은 구덩이를 파다. '과'는 구덩이, 곧 과감(科坎)의 뜻으로 쓰였다. 석고를 안치하기 위한 구덩이

498 좨주(祭酒): 대학의 장로. 『사문유취(事文類聚)』에 의하면 동한 때 박사(博士: 교수) 가운데 가장 총명하고 위엄이 있는 사람을 좨주로 삼아 그를 박사좨주라 하였으며, 당대에는 좨주를 대사성(大司成)이라 불렀다. 좨주는 본디 옛날에 회동향연(會同饗醼)에 존장자가 먼저 술로 땅에 제사 지내던 일을 가리키는데, 전하여 학정의 장관을 가리키게 되었다. 『구당서』 「헌종본기」와 「정여경전(鄭餘慶傳)」에 의하면 원화 원년 5월 정여경이 승상을 그만두고 태자빈객이 되었다가, 9월에 국자좨주가 되었다고 한다.

499 전포(氈包): 담요로 싸다. '전'은 솜털로 만든 모피 담요

500 석과(席裹): 자리로 싸다. '과'는 포장하다.

501 가립치(可立致): 즉시 가져올 수 있다. '립'은 곧 즉(卽) 자의 의미로 쓰였다.

502 수낙타(數駱駝): 낙타 몇 마리. 당시 중국 북방에서는 운송 수단으로 낙타를 이용했다.

503 천저태묘(薦諸太廟): 태묘에 바치다. '천'은 원래 제수(祭需) 따위를 신에게 바친다는 뜻. '태묘'는 천자의 조상을 모시고 있는 사당

504 고정(郜鼎): 고나라의 솥. 『춘추』 「환공(桓公) 2년」에 "여름 4월에 고나라의 큰 솥을 송나라에서 취했다. 무신일에 태묘에 바쳤다(夏四月, 取郜大鼎千宋, 戊申納大廟)"는 기록이 보인다.

光價⁵⁰⁵豈止百倍過⁵⁰⁶오
광 가　　기 지 백 배 과

빛나는 값 어찌 백 배에 그치리오?"

聖恩若許留大學이면
성 은 약 허 류 태 학

성군의 은혜로 허락하시어
태학에 남겨 둔다면,

諸生講解⁵⁰⁷得切磋⁵⁰⁸라
제 생 강 해　　득 절 차

여러 학생들 읽고 풀어서
갈고 닦을 수 있을 것입니다.

觀經鴻都⁵⁰⁹尙塡咽⁵¹⁰하니
관 경 홍 도　　상 전 열

석경 보려고 홍도문조차
오히려 메웠다는데,

坐見⁵¹¹擧國來奔波⁵¹²라
좌 견　　거 국 내 분 파

곧 온 나라 사람 몰려옴 볼 것이요,

505　광가(光價): 빛나는 가치

506　기지백배과(豈止百倍過): 어찌 백 배를 넘는 데 그치겠는가? 무한정의 가치를 지녔다는 뜻

507　강해(講解): 연구하여 해명하다.

508　득절차(得切磋): 『시경』 「위풍(衛風)·기욱(淇奧)」에 "깎고 다듬고 쪼고 간 듯하네(如切如磋, 如琢如磨)"라는 구절이 있다. 절차탁마는 뼈나 뿔, 돌과 옥 등 재료에 따른 가공 방법이라는 설도 있고, 거친 데서 곱게 가는 공정 과정이라는 설도 있는데, 나중에는 열심히 공부한다는 뜻의 비유로 쓰이게 되었다.

509　관경홍도(觀經鴻都): '홍도'는 후한 때의 태학의 문 이름. 『후한서』 「영제기(靈帝紀)」에 "광화(光和) 원년(178) 2월 비로소 홍도문학생을 두었다"고 하였고, 주석에서는 "홍도는 문 이름이다"라고 하였다. 또 『후한서』 「채옹전(蔡邕傳)」에는 "희평(熹平) 4년(175) 육경의 문자를 정정(正定)할 것을 상소하여 요청하자 영제가 허락하였다. 채옹이 이에 스스로 붉은 글자를 비석에 다 적어 놓고, 석공들에게 글자를 새기게 한 후 태학문 밖에 세우게 하니, 후유(後儒) 만학(晩學)들이 모두 그것을 취하여 바로잡았다. 비문을 처음 세웠을 때 그것을 구경하고 베끼려는 자들이 몰려들어 수레만도 매일 천여 대가 넘어 온 가두를 메웠다"는 기록이 있다.

510　상전열(尙塡咽): 감탄하여 숨이 막히고 목이 메다.

511　좌견(坐見): '좌'는 시구에서 동사 앞에 쓰이면 '장차 그렇게 되리라'는 뜻을 표현하는 말로 쓰임. '좌견'은 '보게 될 것이다'라는 뜻이다.

512　내분파(來奔波): 사람들이 물밀듯이 밀려오다.

剜苔剔513蘚露節角514하고
완 태 척　　선 노 절 각

이끼 깎고 이끼 후벼
마디와 모서리 드러내고서,

安置妥帖515平不頗516라
안 치 타 첩　　평 불 파

알맞게 놓아 편편하고
기울어지지 않게 하여,

大廈517深簷518與蓋覆519이면
대 하　　심 첨　　여 개 부

큰 집 같은 처마로 감싸 덮어 놓는다면,

經歷久遠期無他라
경 력 구 원 기 무 타

오랜 세월 지나고 먼 곳 가더라도
탈날 일 없으리다.

中朝大官520老於事어늘
중 조 대 관　　노 어 사

조정의 대관들
모든 일에 익숙할 터인데,

---

513 완(剜)·척(剔): '완'은 '깎아 냄[削]', '척'은 '뼈를 발라냄[解骨]'이란 뜻인데 모두 제거한다는 것
　　을 말한다.
514 절각(節角): 자획의 마디진 곳과 꺾여 모가 나 이물질이 잘 끼는 곳을 말한다.
515 타첩(妥帖): 안정되어 바르게 자리 잡고 있다. '첩'은 중첩해서 안온한 모양을 나타내는 의태어
　　로 많이 쓰인다.
516 불파(不頗): '파'는 평평하지 않다[不平]. '불파'는 기울어짐이 없다. 굴원의 『초사』「슬픔을 만
　　나(離騷)」에 "법도를 따르고 기울지 않았습니다(循繩墨而不頗)"라는 구절이 있다.
517 대하(大廈): '하'는 큰 건물. 요즘의 빌딩 같은 것을 말한다.
518 심첨(深簷): 깊은 처마. 역시 건물이 큼을 말한다.
519 여개부(與蓋覆): '개'는 덮는다는 뜻과 집을 짓는다는 뜻이 있음. 석고를 풍우로부터 보호하기
　　위해 덮개를 하는 것을 가리킨다.
520 중조대관(中朝大官): '대관'은 대부(大夫)로 되어 있는 판본도 있는데 틀렸다. 『한서』「공승전
　　(龔勝傳)」에 "장군 및 조정을 다스리는 자들에게 내려서 의논하게 하였다(下將軍中朝者議)"
　　는 기록이 보이고, 『후한서』「황경전(黃瓊傳)」에는 "환제가 조정을 다스리는 이천 석 이상의 고
　　관들로 하여금 그 처리를 회의하게 하였다(桓帝使中朝二千石以上會議其理)"고 하였다. 한
　　나라는 대사마(大司馬)·시중(侍中)·산기(散騎)에 속한 여러 관리들로 중조를 구성하였는데,
　　한나라의 제도와는 다르지만 그대로 썼다.

詎肯感激徒媕娿521오
거 긍 감 격 도 암 아

어찌 감격만 하고
우물쭈물하기만 하는가?

牧童敲火522牛礪角523하니
목 동 고 화   우 려 각

목동들 불 쳐서 일으키고
소떼들 뿔을 가니,

誰復著手爲摩挲524오
수 부 착 수 위 마 사

누가 다시 손 얹고서 어루만져 줄까?

日銷月鑠525就埋沒526하니
일 소 월 삭   취 매 몰

날로 삭고 달로 부서져
허물어져 갈 뿐이네.

六年527西顧空吟哦528라
육 년   서 고 공 음 아

육 년 동안 서쪽 바라보며
공연히 한숨만 지을 뿐……

羲之529俗書530趁姿媚531하여
희 지   속 서   진 자 미

왕희지의 속된 글씨
모양 예쁜 것만 추구하여,

---

521 암아(媕娿): 『광운(廣韻)』에서는 "머뭇거리고 결단을 내리지 못하는 것이다(不決也)"라고 하였다.

522 고화(敲火): 목동들이 불을 지피려고 석고에 돌 등을 쳐서 불똥을 일으키는 것을 말한다.

523 우려각(牛礪角): '려'는 원래 숫돌에 가는 것을 말하는데, 여기서는 소가 석고를 숫돌로 삼아 뿔을 비벼 대는 것을 말한다.

524 마사(摩挲): 손으로 어루만지는 것(捫摸)을 말한다. 『후한서』 「계자훈전(薊子訓傳)」에 "[계자훈이] 한 노인과 함께 [오백 년 이전에 만드는 것을 본 적이 있는] 구리로 만든 사람을 어루만졌다(與一老翁共摩挲銅人)"는 구절이 보인다.

525 일소월삭(日銷月鑠): 풍화 작용으로 인해 날이 갈수록 석고의 글자가 마모되어 사라져 감을 말한다.

526 취매몰(就埋沒): 점차 땅속으로 파묻혀 가다.

527 육년(六年): 한유가 좨주에게 석고에 관해 고한 이래 6년 동안

528 음아(吟哦): 크게 한숨을 쉬다. 석고가 그대로 방치되어 있는 것을 슬퍼하는 것

529 희지(羲之): 진나라의 왕희지(王羲之). 서예의 천재로 친구들과 난정(蘭亭)에 모여 연회를 벌

數紙尙可博白鵝532어늘
수 지 상 가 박 백 아

몇 장만 있으면 오히려
흰 거위 바꿀 수 있었다 하네.

繼周八代533爭戰罷534로되
계 주 팔 대　　쟁 전 파

주나라를 이은 여덟 왕조
전쟁 끝났으나,

無人收拾理則那535오
무 인 수 습 이 즉 나

거두어들인 이 없었으니
이 어이된 일인가?

方今太平日無事하니
방 금 태 평 일 무 사

이제 바야흐로 태평하고
나날이 일 없으니,

이며 지은 시문을 모은 문집의 서문을 손수 지어 쓴 「난정집서」의 필적은 천하제일의 글씨라 전해지는데, 당 태종이 몹시 좋아하여 죽을 때 함께 묻으라는 유언으로 진본은 세상에서 사라지고, 여러 사람의 모사본이 전한다.

530 속서(俗書): 고서(古書)와 반대되는 의미로 시속(時俗)의 뜻으로 쓰였지 이속(俚俗)의 뜻으로 쓰인 것이 아니다.

531 진자미(趁姿媚): 글자의 아름다운 모양을 좇다. 왕희지의 「십칠첩(十七帖)」에는 면(麪) 자를 면(麵)으로, 착(著) 자를 착(着)으로, 소(疏) 자를 소(疎)로, 채(采) 자를 채(採)로 썼으며, 또 「난정집서」에서는 모(莫) 자를 모(暮)로, 영(領) 자를 영(嶺)으로 써서 편방(偏旁)을 강구하지 않았는데, 이를 말하는 것 같다.

532 수지상가박백아(數紙尙可博白鵝): 『진서』「왕희지전」에 이런 구절이 있다. "왕희지는 성품이 거위를 사랑하였다. 산음(山陰)에 한 도사가 좋은 거위를 기르고 있었는데, 왕희지가 구경을 하러 갔다. 기분이 매우 즐거워져 팔기를 바랐는데, 도사가 '나에게 『도덕경』을 써 주신다면 몇 마리 선물로 드릴 수 있습니다'라고 하였다. 이에 왕희지는 흔쾌히 써 주고 거위를 둥우리에 넣어 돌아왔다."

533 계주팔대(繼周八代): 주나라 이후 8대만 거친 것이 아니니 그 정통 왕조를 논하는 것 또한 여러 가지 설이 있다. 석고가 놓여 있던 곳을 위주로 말하면 아마 진(秦)·한(漢)·위(魏)·진(晉)·원위(元魏)·제(齊)·주(周)·수(隋)를 가리키는 것 같다.

534 쟁전파(爭戰罷): 전쟁이 그쳐 평화로웠던 때를 말한다.

535 나(那): 하(何)와 같은 뜻

柄用儒術⁵³⁶崇丘軻⁵³⁷라
병 용 유 술　숭 구 가

정치는 유교로 하고
공자와 맹자 높이는데,

安能⁵³⁸以此上論列⁵³⁹고
안 능　이 차 상 논 렬

어찌 이를 조정에 올려
의논케 할 수 있겠는가?

願借辯口⁵⁴⁰如懸河⁵⁴¹라
원 차 변 구　여 현 하

원컨대 웅변 빌려 쏟아지는
폭포수처럼 늘어놓고자 하네.

石鼓之歌止於此하니
석 고 지 가 지 어 차

석고의 노래 여기서 그치리니,

嗚呼吾意其蹉跎⁵⁴²아
오 호 오 의 기 차 타

아아! 나의 뜻 그 얼마나 어긋났는가?

197. 나중에 돌북을 노래함(後石鼓歌)⁵⁴³

소식(蘇軾)

冬十二月歲辛丑⁵⁴⁴에
동 십 이 월 세 신 축

겨울 십이월 해는 신축년,

536　병용유술(柄用儒術): '용'은 『한창려집(韓昌黎集)』에는 임(任)으로 되어 있다. 공자가 집대성
한 유학을 중요하게 쓰다. '병용'은 매우 중요하게 쓰는 것
537　숭구가(崇丘軻): 공자와 맹자를 숭상하다. '구'는 공자의 이름이고, '가'는 맹자의 이름
538　안능(安能): 어떻게 하면 ~할 수 있을까?
539　상논렬(上論列): 조정에 올려 논의케 하다.
540　변구(辯口): 말을 잘하고 변설(辨說)에 뛰어나다.
541　현하(懸河): 낭떠러지에 물줄기가 걸려 있다. 곧 폭포를 말한다. 여기서는 쏟아지는 폭포수처
럼 논변이 끊이지 않거나, 문사가 유창하고 분방함을 비유하는 말로 쓰였다.
542　차타(蹉跎): 원래는 발을 헛디뎌 넘어지다, 실족하다의 뜻인데, 여기서는 뜻이 이루어지지 않
아 슬퍼한다는 뜻. '중조대관(中朝大官)'부터 끝구까지의 16구절은 석고를 옮기자는 논의가
곧 실행에 옮겨지지 못하여, 아마 그것을 수습하는 사람이 없을까를 한탄한 것이다.

我初從政[545]見魯叟[546]라　　　내 처음으로 나랏일에 종사하여
아 초 종 정　　　현 노 수　　　　　공자 뵈었네.

舊聞石鼓今見之하니　　　　예전에 석고 들었는데 이제 그것 보니,
구 문 석 고 금 견 지

文子鬱律[547]蛟蛇[548]走라　　　글자의 모양이 우르릉하며
문 자 울 률　　　교 사　 주　　　교룡과 뱀이 달리듯 하네.

細觀初以指畫肚[549]하고　　　자세히 살펴보며 처음에는
세 관 초 이 지 획 두　　　　　　손가락으로 배에 획 긋다가,

543　후석고가(後石鼓歌): 『소식시집』 권 2에 「봉상에서 본 여덟 가지(鳳翔八觀)」라는 제목으로 봉상 지방의 명물 여덟 가지를 읊은 것이 있는데, 그 첫 번째 시이다. 원래의 제목은 「돌북을 노래함(石鼓歌)」인데, 본서에서는 이 시 바로 앞에 한유의 「돌북을 노래함」이 실려 있기 때문에 제목에 '후' 자를 첨가하여 구별한 것 같다. 소식은 그의 나이 26세 때 처음으로 벼슬길에 올라 이 시를 지었다.

544　세신축(歲辛丑): 송나라 인종(仁宗) 가우(嘉祐) 6년(1061)을 말한다.

545　아초종정(我初從政): 소식은 22세인 가우 2년(1057)에 진사가 되었으나 모친상으로 3년 동안 거상을 한 후 25세에 일가족이 서울로 올라왔다. 그리고 이듬해인 26세 때 비로소 대리평사(代理評事) 겸 첨서봉상부판관(簽書鳳翔府判官)에 임명되어 그해 겨울 봉상현(鳳翔縣)에 부임했다.

546　현노수(見魯叟): 노수는 노나라의 노인, 곧 공자를 말한다. 이백의 「이른 가을 배씨네 열일곱째 중감에게 드리다(早秋贈裴十七仲堪)」에 "형나라 사람 아름다운 옥에 울었고, 노나라의 늙은 이는 박을 슬퍼했네(荊人泣美玉, 魯叟悲匏瓜)"란 구절이 있다. 공자의 사당을 참배한 것을 가리킨다. 석고는 주 선왕(周宣王) 때 만든 것으로 당시 봉상의 공자 사당에 있었다.

547　울률(鬱律): 연기가 올라가는 모양과 뇌성(雷聲), 곧 우렛소리라는 뜻이 있는데 여기서는 후자의 뜻으로 쓰였다. 한나라 양웅(揚雄)의 「감천부(甘泉賦)」에 "우레 그윽한 바위에서 우르르거리네(雷鬱律於巖窔)"라는 구절이 있는데 당나라의 안사고(顏師古)는 '우렛소리(雷聲)'라고 하였고 이선(李善)은 '작은 소리(小聲)'라고 하였다. 여기서는 전자의 뜻으로 쓰였다.

548　교사(蛟蛇): 교룡, 곧 뿔 없는 용과 뱀. 필세가 구불구불함을 말한다.

549　이지획두(以之畫肚): 손가락으로 배 위에 자획을 그으며 글씨를 쓰다. 당나라 장언원(張彦遠)의 『법서요록(法書要錄)』 권 9에 수록되어 있는 장회관(張懷瓘)의 『서단 하(書斷下)』에 "우세남(虞世南)은 잠잘 때 베 이불 속에서 항시 손가락으로 배 위에다 획을 그으며 글씨를 썼다고 들었다"는 말이 있다. 또 송나라 진사(陳思)의 『서원청화(書苑菁華)』에는 "종요(鍾繇)는

欲讀嗟如箝在口[550]라
욕 독 차 여 겸 재 구

읽으려 하니 아아!
입에 재갈 물린 것 같네.

韓公好古生已遲[551]어늘
한 공 호 고 생 이 지

한공 옛것 좋아하나
남 이미 늦었다 했거늘,

我今況又百年後아
아 금 황 우 백 년 후

내 지금 하물며 또
백 년이나 뒤졌음에랴!

强尋偏旁[552]推點畫[553]하니
강 심 편 방 　 추 점 획

억지로 변과 방 찾고
점과 획을 미루어 보니,

時得一二遺八九[554]라
시 득 일 이 유 팔 구

이따금 열에 한두 자 알까
여덟아홉 자는 모르겠네.

처음에 유덕승(劉德昇)을 사사하다가 나중에는 채옹(蔡邕)의 서법을 전하였다. 임종 시에 그의 아들 회(會)에게 이르기를 '내가 10여 년을 곰곰이 생각해 보니 갈 때나 앉았을 때나 잊은 적이 없으며 잠을 자거나 쉴 때는 이불에다 획을 그어 모두 그것 때문에 구멍이 났다'고 하였다"는 얘기도 전하고 있다.

550 겸재구(箝在口): 입에 재갈을 물리다. 읽기가 어려움을 말한다. 한유의 「추위를 괴로워함(苦寒)」에 "탁주 목구멍으로 부글거리며 들어가니, 입 언저리 마치 재갈을 물린 것 같네(濁醪沸人喉, 口角如銜箝)"라는 구절이 있다. 또 구양수의 시 「보랏빛 돌병풍의 노래(紫石屛歌)」에 "그렇지 않다면 이 돌 과연 어떤 물건인가? 입 있어도 말하려 하니 아 재갈을 물린 듯(不然此石竟何物, 有口欲說嗟如箝)"이란 구절이 있다.

551 한공호고생이지(韓公好古生已遲): 한유가 「돌북을 노래함」을 지어 "아! 내 옛것 좋아하나 너무 늦게 태어나, 이것 대하고 눈물지으니 두 줄기 줄줄(嗟余好古生苦晩, 對此涕淚雙滂沱)"이라 읊은 것을 말한다.

552 편방(偏旁): '편'은 한자의 왼쪽 획인 변. '방'은 한자의 오른쪽 획인 방. 모두 마멸되기 쉬운 글자의 바깥쪽 부분

553 점획(點畫): 왕희지(王羲之)의 「위 부인의 필진도 뒤에다 적다(題衛夫人筆陣圖後)」에 "앞뒤가 모두 평평해져 곧 글씨라 할 수 없었고, 다만 그 점과 획만 알아볼 수 있을 뿐이었다(但得其點畫爾)"는 구절이 있다.

我車既攻馬亦同하고
아 거 기 공 마 역 동

"내 수레 탄탄하고 말도 다 갖추어"와,

其魚維鱮貫之柳⁵⁵⁵라
기 어 유 서 관 지 류

"그 물고기는 연어인데
버들가지로 그것 꿴다네"라네.

古器縱橫⁵⁵⁶猶識鼎⁵⁵⁷하고
고 기 종 횡   유 식 정

옛 기물 어지러이 섞인 속에서
그래도 솥은 알아보고,

衆星錯落⁵⁵⁸僅名斗⁵⁵⁹라
중 성 착 락   근 명 두

뭇별 뒤섞여 있는 가운데
북두칠성만은 알아보는 것과 같네.

---

554 유팔구(遺八九): '유'는 잊다, 빠지다. 남조 양(梁)나라 간보(干寶)의 『진기(晉紀)』「총론(總論)」
에 "기밀스런 일 가운데 잃은 것이 열에 항상 여덟아홉이었다(機事之失, 十恒八九)"는 구절이
나온다. 구양수는 『집고록(集古錄)』에서 "석고는 열 개가 있으며 그중 하나는 글이 없고 아홉
개에는 글이 있는데, 알아볼 수 있는 것(可見者)이 417자이며 인식을 할 수 있는 것(可識者)이
272자이다"라고 하였다.

555 아거~관지류(我車~貫之柳): 『소동파집』에 있는 소식 자신의 주석에 따르면 "그 가사에서 말하
기를 '내 수레 탄탄하고, 말도 다 갖추었네'라고 하였다. 또 말하기를 '그 물고기 무엇인가? 연어
와 잉어라네. 무엇으로 꿰는가? 수양버들과 버들가지라네'라고 하였다. 오직 이 여섯 구만 읽을
만하고 나머지는 거의 통할 수 없었다(其詞云, 我車既攻 我馬亦同. 又云, 其魚維何, 維鱮維
鯉, 何以貫之. 維楊與柳. 惟此六句可讀, 餘多不可通)." 앞에 인용된 두 구절은 『시경』「소아·
탄탄한 수레(車攻)」로 주나라 선왕을 칭송한 것이다. 뒤의 네 구절도 『시경』의 구절 같은데, 역
시 「소아·녹두를 따다(采綠)」에 "어떤 것 낚았는가? 방어와 연어일세(其釣維何, 維魴及鱮)"
라는 구절은 나오나 나머지는 미상이다. 한유의 「돌북을 노래함」에서는 "표현은 엄숙하고 뜻은
간추려져 읽어도 알기 힘들며, 글씨 같지 않네, 예서와도 과두 문자와도(辭嚴義密讀難曉, 字
體不類隷與蝌)"라고 하였다.

556 종횡(縱橫): 원래 '종'은 남북을 말하고 '횡'은 동서를 말한다. 여기서는 서로 뒤섞여 어지러운
것[交錯]을 말한다.

557 정(鼎): 원래는 제사 때 희생을 바치는 예기(禮器)임. 보통 쇠로 만드는데 귀가 둘이며 발이 셋
임. 전하는 바에 따르면 우(禹)임금이 구주(九州)의 쇠를 모아 아홉 개의 정을 만들고 마침내
나라의 정통을 이어 전하는 기물이 되었다. 따라서 나중에는 국가의 상징이 되었다.

558 착락(錯落): 뒤섞여 있다. 위의 종횡과 같은 뜻이며, 역시 교착(交錯)의 뜻

559 이상 두 구절은 여러 글자들을 알아볼 수 없으니 유독 여섯 구절만 알아볼 수 있는 것이 옛 기
물 가운데 정과 같고 뭇별들 가운데 북두칠성과 같다는 것을 말하였다.

糢糊⁵⁶⁰半已似瘢胝⁵⁶¹하고
모 호   반 이 사 반 지

흐릿하여 반은 이미
마치 흉터나 딱지 같고,

詰曲猶能辨跟肘⁵⁶²라
힐 곡 유 능 변 근 주

휘고 구부러져 발꿈치와 팔꿈치는
그나마 구별할 수 있는 것 같네.

娟娟⁵⁶³缺月隱雲霧요
연 연   결 월 은 운 무

아리따운 이지러진 달
구름과 안개에 숨었고,

濯濯⁵⁶⁴嘉禾⁵⁶⁵秀稂莠⁵⁶⁶라
탁 탁   가 화   수 랑 유

싱싱한 아름다운 벼가
강아지풀 속에서 빼어남이네.

漂流百戰⁵⁶⁷偶然存하니
표 류 백 전   우 연 존

숱한 전란 속을 떠돌아다니면서도
어쩌다 남아 있으니,

---

560 모호(糢糊): 『소식시집』에는 모호(模糊)로 되어 있으며, 흐릿하여 분명하지 않은 모양을 나타
내는 의태어

561 반지(瘢胝): '반'은 상처가 아물고 난 뒤에 남는 흉터이며, '지'는 피부가 딴딴하게 굳은 것, 곧
못을 말한다.

562 근주(跟肘): 발뒤꿈치와 팔꿈치
이상 두 구절은 글자 가운데 마멸되고 결손된 것이 종기가 아문 흉터나 손에 박힌 못과 같이 형
체가 온전하지 못하여 다만 발꿈치와 팔꿈치만 남은 것과 같다는 말이다.

563 연연(娟娟): 예쁜 모양, 곱고 아리따운 모양

564 탁탁(濯濯): 여러 가지 뜻이 있는데 여기서는 번쩍번쩍 빛이 나는 모양이란 뜻으로 쓰였다. 『시
경』「대아·높다람(崧高)」에 "고리 달린 말 배 띠 번쩍번쩍(鉤膺濯濯)"이라는 구절이 있는데,
주석[傳]에서 "빛이 나는 모양(光明貌)"이라 하였다.

565 가화(嘉禾): 특출하게 잘 자란 벼. 옛날 사람들은 길서(吉瑞)의 상징으로 생각하였다.

566 수랑유(秀稂莠): 논밭에 난 강아지풀, 잡초. 가화와는 반대의 개념으로, 종종 성현이나 양민을
해치는 자로 비유된다.
이상 두 구는 지금 남아서 알아볼 수 있는 글자는 운무에 살짝 가려진 이지러진 달과 같고 강아
지풀 속에서 쑥쑥 자란 벼와 같다는 것을 말하였다.

567 백전(百戰): 온갖 무수한 전란. 석고가 만들어지고 지금까지 일어난 모든 전란

獨立千載[568]誰與友오
독 립 천 재   수 여 우

천 년 세월 홀로 서서 누구와 벗했을까.

上追軒頡[569]相唯諾[570]이요
상 추 헌 힐   상 유 락

위로 헌원씨와 창힐을 좇아
예 그렇소 하였을 것이니,

下挹冰斯[571]同彀彀[572]라
하 읍 빙 사   동 구 누

아래로 이사나 이양빙에게 읍하는
것은 젖먹이 병아리와 같다네.

憶昔周宣歌鴻雁[573]하니
억 석 주 선 가 홍 안

옛날 주나라 선왕 때
「홍안」 부른 것 생각하니,

---

568 독립천재(獨立千載): 천 년 세월을 지나면서 다른 것들은 모두 사라져 없어졌으나 석고만이 유
     일하게 남아 있다는 것을 말한다.
569 상추헌힐(上追軒頡): '헌'은 헌원(軒轅)씨를 말하며, '힐'은 창힐(蒼頡: 또는 倉頡). 헌원씨는
     곧 고대 전설상의 임금인 황제(黃帝)이다. 원래 성씨는 공손(公孫)이었으나 헌원(軒轅)의 언
     덕에 살았으므로 이렇게 부름. 중국에서는 민족의 시조라고 일컬어진다. 창힐은 황제의 사관
     (史官)으로 새의 발자국을 관찰하여 비로소 서계(書契)를 만들었다고 한다. 한자의 창제자로
     일컬어진다. 석고문의 문자가 고대의 문자임을 암시한다.
570 상유락(相唯諾): '유락'은 응대(應對)함을 말한다. 서로 대등한 입장에서 사귀다.
571 하읍빙사(下挹冰斯): '읍'은 『소식시집』에는 읍(揖)으로 되어 있다. 읍(挹)에는 액체를 떠낸다
     는 뜻도 있으나 여기서는 읍(揖)과 같은 뜻으로 쓰였다. 읍(揖)은 두 손을 맞잡아 들고 상대방에
     게 공경히 인사하는 것을 말한다. '빙'은 이양빙(李陽冰)이고 '사'는 이사(李斯)를 말한다. 이양
     빙은 당나라 때 사람으로 이백(李白)의 종숙(從叔). 전서(篆書)의 대가로 이사를 배워 하나의
     격조를 독창해 냈으며, 『설문해자』 30권을 교정하여 출판하였다고 하나 지금은 전하지 않는다.
     이사는 진시황 때의 재상으로, 주나라 선왕(宣王) 때에 태사 주(籒)가 만든 대전(大篆)을 간략
     하게 정리하여 소전(小篆)을 만들었으며 또한 『창힐편(蒼頡篇)』을 지었다.
572 동구누(同彀彀): '구'는 먹이를 물어다 먹여야 하는 새의 새끼. '누'는 『설문해자』에서는 젖먹이
     [乳]라 하였으며, 당나라 때 『설문』에 주석을 단 서개(徐鍇)는 "초나라 사람들은 젖먹이를 누라
     한다(楚人謂乳曰彀)"고 하였다. 석고에 새겨진 문자에 비하면 이사나 이양빙의 전서 따위는
     어린 새새끼같이 유치하게 보인다는 뜻
     여기까지가 전체적으로 첫째 단락이 되며 소식 자신이 본 석고문이 가장자리가 모두 마멸된 것
     임을 말하고 있다.

當時籒史變蝌蚪[574]라
당 시 주 사 변 과 두

그때 사관 주가
과두 문자 변모시켰다네.

厭亂人方思聖賢이러니
염 란 인 방 사 성 현

혼란 싫어하여 사람들 바야흐로
성인과 현인 생각할 때,

中興天爲生耆耇[575]라
중 흥 천 위 생 기 구

천하를 중흥시키고자 하늘이
늙은이들 내었네.

東征徐虜闞虓虎[576]요
동 정 서 로 함 효 호

동쪽으로 서나라 반역자 정벌하니
성난 범처럼 포효하고,

---

573 주선가홍안(周宣歌鴻雁): 「홍안」은 『시경』「소아」의 편명. 「시경의 소서(詩小序)」에 "홍안은 선
     왕을 찬미한 시이다(鴻雁, 美宣王也)"라고 하였고, 정현(鄭玄)의 주석에서는 "여왕(厲王)의
     쇠란한 폐단을 이어서 일어나 선왕(先王)의 도를 다시 일으켜 세워 백성들을 편안히 살도록 한
     것이다"라고 하였다.

574 주사변과두(籒史變蝌蚪): 주나라 선왕 때 사주(史籒)가 『대전(大篆)』 15편을 지었는데 옛날
     의 문자와 조금 달랐으며 주서(籒書)라 하였다. 진나라 때 승상 이사가 주문을 취하여 혹 자못
     줄이고 고쳐 소전(小篆)이라 하고는 선대의 전적들을 불태우니 고문은 없어지게 되었다. 한나
     라 때 노공왕(魯恭王)이 공자의 옛날 집을 허물어 『상서』와 『춘추』『논어』『효경』을 얻었는데,
     당시에는 이미 고문을 더 이상 알 수 없었으므로 과두서(蝌蚪書)라 하였다. 과두는 올챙이라는
     뜻인데, 글자의 모양이 올챙이처럼 생겼다 하여 붙여진 이름이다.

575 염란~생기구(厭亂~生耆耇): '염란'은 곧 이왕(夷王) 여왕(厲王)의 난을 말한다. '중흥'은 선왕
     (宣王) 때 석고를 만든 것을 말한다. 『시경』「대아·증민(烝民)」의 서문에 "윤길보가 선왕을 찬미
     한 시이니, 어진 사람에게 정사를 맡기고 능력이 있는 자를 부려 주나라 왕실이 중흥하였다(尹
     吉甫美宣王也. 任賢使能, 周室中興焉)"고 하였다. '기구'는 천자를 보필할 현신들을 가리킨
     다. 곧 사주(史籒) 및 방소(方召)·신보(申甫)·윤길보(尹吉甫) 등을 말한다.

576 서로함효호(徐虜闞虓虎): 『시경』「대아·상무(常武)」에 "저 회포를 따라, 이 서주의 땅을 살피
     어 정벌하시네. (…) 북을 쳐 범 같은 신하들 나아가게 하니, 포효함이 성난 범과 같도다(率彼淮
     浦, 省此徐土 (…) 進厥虎臣, 闞如虓虎)"라는 구절이 있다. 서(徐)라는 지역은 회수(淮水) 북
     쪽에 있으며, 백익(伯益)의 후손이 이곳에서 주나라 초기부터 스스로 왕이라고 칭하였고, 목
     왕(穆王) 때 멸망되었다가 다시 자국(子國)으로 봉해졌다. 지금의 강소성 서북부와 산동성
     서남부 및 안휘성 일부에 걸쳐 있던 땅. '함'은 범이 울다. '효'는 포효(咆哮)하다.

北伐犬戎⁵⁷⁷隨指嗾⁵⁷⁸라
북벌견융   수지주

북으로 견융 정벌하여
손가락 가리키는 대로 따르게 했네.

象胥⁵⁷⁹雜遝⁵⁸⁰貢狼鹿⁵⁸¹이요
상서   잡답   공랑록

상서에게 와글와글
이리와 사슴 바쳤고,

方召⁵⁸²聯翩⁵⁸³賜圭卣⁵⁸⁴라
방소   연편   사규유

방숙과 소호 날렵하니
홀과 술통 내리셨네.

---

577 북벌견융(北伐犬戎): 북으로 견융을 치다. 『국어(國語)』「주어(周語)」에 의하면 "목공이 견융을 정벌하려고 할 때 채공(祭公) 모보(謀父)가 간했으나 듣지 않고 마침내 정벌하였다"고 하였다. 『시경』「소아·채기(采芑)」에는 "북쪽 험윤을 정벌하니, 남쪽 만형이 와서 두려워 복종하도다 (征伐玁狁, 蠻荊來威)"라는 구절이 있다.

578 지주(指嗾): 손가락질하며 부추기다. '주'는 추(啾)라고도 하며 원래는 입으로 소리를 내어 개를 부리는 일을 말한다. 『좌전』「선공(宣公) 2년」에, "진(晉)나라 영공(靈公)이 조돈(趙盾)에게 술대접을 하고 무장한 병사를 숨겨 그를 죽이려 했다. (…) 공은 사나운 개를 시켜 덤벼들게 했다(公嗾夫獒焉)"는 말이 나온다. 『사기』「소상국세가(蕭相國世家)」에는 "고조는 '그대들은 사냥개를 아는가? 사냥에서 짐승이나 토끼를 쫓아가 죽이는 것은 사냥개지만, 개의 줄을 놓아 짐승이 있는 곳을 지시하는 것은 사람이다' 하였다"는 말이 나온다. 앞에 '개 견(犬)' 자를 쓴 견융(犬戎)이 있기 때문에 이렇게 말하였다.

579 상서(象胥): 고대 통역관의 관명. 주나라의 관직을 설명해 놓은 『주례』「추관·상서」에서 "만(蠻)·이(夷)·민(閩)·학(貉)·융(戎)·적(狄) 같은 바깥 나라에서 보낸 사신을 관장하며, [주나라] 왕의 말을 전달하고 그들을 가르쳐 깨우치는 일을 관장한다"고 하였다.

580 잡답(雜遝): 잡답(雜沓)이라고도 하며, 매우 많은[衆多] 모양을 나타내는 말

581 공랑록(貢狼鹿): 이리와 사슴을 바치다. 『국어』「주어」에 "주 목왕이 채공(祭公)이 간하는 것을 듣지 않고 마침내 그를 정벌하여 흰 이리 네 마리[四白狼]와 흰 사슴 네 마리[四白鹿]를 얻어가지고 돌아왔다"는 말이 있다.

582 방소(方召): 방숙(方叔)과 소호(召虎)이다. 방숙은 주나라 선왕 때의 경사(卿士)로 북의 험윤(玁狁)과 남의 형초(荊楚)를 정벌한 공로가 있다. 『시경』「소아·채기(采芑)」는 그의 공로를 읊은 것이다. 소호는 곧 소목공(召穆公)으로, 소공석(召公奭)의 후예. 주 선왕 때 회이(淮夷)가 복종해 오지 않자 선왕이 소호에게 군사를 이끌고 강수와 한수[江漢]를 따라 정벌케 하였다. 『시경』「대아·강한(江漢)」은 그의 공로를 찬양한 것이다.

遂因鼙鼓思將帥[585]하니
수 인 비 고 사 장 수

마침내 비와 고로
장수들 생각하였음이니,

豈爲考擊[586]煩矇瞍[587]아
기 위 고 격 번 몽 수

어찌 번거롭게 두드리고 치게 하여
악공들 번거롭게 하기 위함이겠는가?

何人作頌[588]比崧高[589]오
하 인 작 송 비 숭 고

어느 사람이 송사 지어
「숭고」에 비기게 하였는가?

---

583 연편(聯翩): 새가 나는 모양과 말이 빨리 달리[奔走]는 모양, 그리고 외롭고 쓸쓸한[伶傳] 모양이라는 뜻이 있는데 여기서는 두 번째 의미로 사용되었다.

584 규유(圭卣): 백옥과 술통. 『시경』「대아·숭고(崧高)」에 "임금님이 신백을 보내시어, 그대에게 큰 홀을 내리시네(王遣申伯, 錫爾介圭)"라는 구절이 있고, 또 「대아·강한」에 "왕께서 소호에게 명하시기를 (…) '그대에게 구슬잔과, 검은 기장 술 한 통을 내리노니, 선조께 고하오'(王命召虎 (…) 釐爾圭瓚, 秬鬯一卣, 告千文人)"라는 말이 나온다.

585 비고사장수(鼙鼓思將帥): 비고(鼙鼓)는 『소식시집』에는 고비(鼓鼙)로 되어 있다. '비'는 기병이 말 위에서 치는 북. 『예기』「악기(樂記)」에 "고비의 소리는 시끄러운데, 시끄러움으로 사람의 마음을 움직이고 움직여서 여러 사람을 나아가게 한다. 그래서 군자는 고비의 소리를 듣고 군대를 지휘하는 장수를 생각한다(君子聽鼓鼙之聲, 則思將帥之臣)"는 구절이 있다.

586 고격(考擊): 북을 쳐 울리다. '고'는 두드리다. 『시경』「당풍(唐風)·산에는 스무나무(山有樞)」에 "그대 종과 북 있지만, 치지도 두드리지도 않네(子有鐘鼓, 弗鼓弗考)"라는 구절이 있다. 고(鼓)도 동사로 쓰이면 친다는 뜻

587 번몽수(煩矇瞍): 눈동자가 있는 봉사, 곧 눈뜬장님을 '몽'이라 하고, 눈동자가 없는 봉사를 '수'라 한다. 나중에는 장님을 일컫는 일반 명사로 쓰였다. 옛날에는 일반 사람들보다 청력이 더 뛰어난 장님들이 주로 음악을 연주했기 때문에 악사라는 뜻도 가지고 있었다. 『시경』「대아·영대(靈臺)」에 "악어북 둥둥 울리며, 장님 악사 음악을 연주하네(鼉鼓逢逢, 矇瞍奏公)"라는 구절이 있다. 선왕이 만든 북, 즉 석고는 연주를 하기 위해서 만든 악기가 아님을 말한다.

588 송(頌): 송가(頌歌), 송사(頌辭). 곧 석고문을 가리킨다.

589 비숭고(比崧高): '숭'은 숭(嵩)과 같은 뜻이며, 숭고는 『시경』「대아」의 편명. 『시경』의 주석[傳]에서 "숭고는 윤길보(尹吉甫)가 선왕(宣王)을 찬미한 것이다"라고 하였다. 「숭고」에 "윤길보가 노래 지으니, 그 시 위대하기만 하네(吉甫作頌, 其詩孔碩)"라는 구절이 있다.

萬古斯文齊岣嶁⁵⁹⁰라
만 고 사 문 제 구 루

만고에 전해질 이 석고문
구루산과 나란하네.

勳勞⁵⁹¹至大不矜伐⁵⁹²하니
훈 로 　 지 대 불 긍 벌

공훈과 공로 지극히 큰데도
거만하게 뽐내지 않으니,

文武⁵⁹³未遠猶忠厚⁵⁹⁴라
문 무 　 미 원 유 충 후

문왕과 무왕에게서 멀지 않아
아직 충실하고 순후하기 때문이리.

欲尋年代無甲乙⁵⁹⁵하니
욕 심 연 대 무 갑 을

나이 얼마인지 찾고자 해도
간지의 표시 없으니,

豈有文字記誰某⁵⁹⁶오
기 유 문 자 기 수 모

어찌 있겠는가? 어느 누구인지
적어 놓은 문자임에야?

---

590 제구루(齊岣嶁): '구루'는 산 이름으로 호남성 형양시(衡陽市) 북쪽에 있다. 형산(衡山)을 일명 구루산이라고도 하고, 또 형산 남악(南嶽)의 별봉(別峯) 이름이라고도 한다. 한유(韓愈)의 시 「구루산(岣嶁山)」에 "구루산 꼭대기의 신우의 비석, 글자 푸르고 돌은 붉은데 형태 기이하게 베꼈네(岣嶁山尖神禹碑, 字青石赤形摹奇)"라는 구절이 있다. 그러나 형산에는 실제 신우비가 없고 한유가 당시 잘못 전하여 들은 것이라 한다.

591 훈로(勳勞): 업적과 공. 왕이 세운 공[王功]을 '훈'이라 하고, 일을 하여 세운 공로[事功]를 '로'라 한다.

592 긍벌(矜伐): '벌'에도 '자랑하다'의 뜻이 있다. 『논어』「공야장에게(公冶長)」에 안연이 말하기를 "자신의 장점을 내놓고 과시하며 자랑하지 않겠습니다(願無伐善)"라고 말하는 부분이 나온다. 긍대(矜大)와 마찬가지의 뜻으로 거만하게 뽐냄을 말한다.

593 문무(文武): 주나라 문왕(文王)과 무왕(武王)

594 충후(忠厚): 『시경』「대아·길가의 갈대(行葦)」 서문에 "「행위」는 충후함을 읊은 시이다. 주나라 왕실이 충후하여 인덕이 초목에까지 미쳤다(行葦, 忠厚也. 周家忠厚, 仁及草木)"고 하였다.

595 갑을(甲乙): 십간(十干)을 말한다. 역년(曆年)은 십간과 십이지(十二支)를 조합하여 기록한다.

596 문자기수모(文字記誰某): 선왕 때 시를 지은 사람이 윤길보와 잉숙(仍叔)이라는 것은 알지만 석고문을 지은 사람은 누구인지 모르겠다는 것. 여기까지가 두 번째 단락으로 석고가 주나라 선왕 때 나온 것임을 서술하였다.

自從⁵⁹⁷周衰更七國⁵⁹⁸하고　　주나라 쇠퇴하고서부터
　자종　주쇠경칠국　　　　　　　　전국 칠웅 거쳐서,

竟⁵⁹⁹使秦人⁶⁰⁰有九有⁶⁰¹라　　마침내 진나라 사람들로 하여금
　경　사진인　유구유　　　　　　　구주 차지하게 하였네.

掃除詩書⁶⁰²誦法律⁶⁰³이요　　『시』와 『서』 싹 쓸어버리고
　소제시서　송법률　　　　　　　　법률만 외게 했으며,

投棄俎豆⁶⁰⁴陳鞭杻⁶⁰⁵라　　제기는 내던져 버리고
　투기조두　진편추　　　　　　　　채찍과 수갑만 늘어놓았네.

當年何人佐祖龍⁶⁰⁶고　　　　그 당시 누가 첫 번째 용을 보좌했던가?
　당년하인좌조룡

597　자종(自從): 두 자 모두 '~로부터'의 뜻

598　경칠국(更七國): '칠국'은 전국(戰國) 시대의 칠웅(七雄)인 진(秦)·초(楚)·한(韓)·조(趙)·연(燕)·위(魏)·제(齊)를 말한다. '경'은 경(經), 력(歷)과 같은 뜻. 곧 경과(經過)하다.

599　경(竟): 결국, 마침내

600　진인(秦人): 진시황 영정(嬴政)을 가리킨다.

601　유구유(有九有): '구유'는 구주(九州), 곧 천하를 말한다. 『시경』「상송(商頌)·제비(玄鳥)」에 "널리 제후들에게 명하시어, 온 나라를 다스리시네(方命厥后, 奄有九有)"라는 구절이 있고, 『서경』「태갑 하(太甲下)·함유일덕(咸有一德)」에 "하늘의 밝은 명을 받아 아홉 주를 다스리게 되었습니다(受天明命, 以有九有之師)"라는 구절이 있다.

602　소제시서(掃除詩書): 『시경』『서경』 등을 쓸어 없애다. 진시황 34년(서기 전 213) 승상 이사가 상소를 올려 "모든 문학과 시서와 제자백가의 말을 실은 서적을 가진 자는 그것을 폐기하여 버리게 하고 (…) 폐기하지 않아도 되는 서적은 의약, 복서(卜筮)와 농사에 관한 서적만으로 하십시오"라고 건의하여 이른바 분서갱유를 행한 것을 말한다.

603　송법률(誦法律): 법가 이외의 설은 모두 폐기하였음을 말한다.

604　조두(俎豆): 제사를 지낼 때에 쓰는 기물, 곧 제기를 말한다. '조'는 희생을 담아 바치는 기물. 목제(木製)의 굽이 달린 제기. '조두'는 곧 예법을 중시하는 유가를 말한다.

605　진편추(陳鞭杻): '편추'는 채찍과 수갑으로 모두 형구(刑具). 형벌로 백성을 다스림을 말한다.

606　조룡(祖龍): 진시황을 가리킨다. '조'는 시(始) 자와 통하고, '용'은 임금의 상(象)으로 황(皇) 자와 뜻이 통하기 때문에 이렇게 말하였다. 『사기』「진시황본기」 36년에 "가을에 사자가 관동에

上蔡公子牽黃狗[607]라	상채의 공자로
상 채 공 자 견 황 구	누런 개 끌고 싶어 했다네.
登山刻石頌功烈[608]하니	산에 올라 바위 새겨
등 산 각 석 송 공 렬	큰 공업 기렸는데,
後者無繼[609]前無偶[610]라	나중에 이을 일 없을 것이고
후 자 무 계　　전 무 우	전에도 짝할 일 없다 하였네.

서 밤중에 화음(華陰), 평서(平舒)의 길을 지나는데 어떤 사람이 벽옥(碧玉)을 쥐고 사자의 앞
길을 막으며 '나를 대신하여 호지군(滈池君)에게 갖다 주시오'라고 하고는 또 '금년에 조룡이
죽을 것이오(今歲祖龍死)'라고 말하였다. 사자가 그 까닭을 묻자 그 벽옥을 놓고는 갑자기 사
라져 버렸다. 사자가 벽옥을 받들고 진시황에게 그 일을 보고하자 진시황은 오래도록 묵묵히
있다가 '산귀(山鬼)는 1년간의 일만을 알고 있을 뿐이다'라 하고, 또 퇴조하면서 '조룡이라는 것
은 사람들의 조상일 뿐이다'라고 하였다. 한편 어부(御府)로 하여금 벽옥을 조사하게 하였더
니 그것은 바로 28년에 순무하면서 장강을 건너다가 빠뜨린 그 벽옥이었다'라는 이야기가 실
려 있다.

607 상채공자견황구(上蔡公子牽黃狗): '상채공자'는 곧 이사(李斯)를 말한다. 『사기』「이사열전」
에 "이사는 초나라의 상채 사람이다. (…) 이세 2년 7월에 이사를 오형을 갖추어 논죄하고 함양
(咸陽)의 저자에서 요참형에 처하였다. 이사는 옥에서 나와 함께 잡혀가는 둘째 아들을 돌아
보며 말하였다. '너와 다시 누런 개를 이끌고 상채의 동문을 나서 토끼를 사냥하고자 한들 어찌
될 수 있겠느냐?'"라는 이야기가 나온다.

608 등산각석송공렬(登山刻石頌功烈): 『사기』「진시황본기」에 의하면 28년에 진시황은 동쪽으로
군현에 행차하여 추역산(鄒嶧山: 산동성(山東省) 추현 동남쪽)에 바위를 새겨 진나라의 덕을
찬송하였는데 모두 36구이며 세 구절마다 운자를 달았다. 또 남쪽으로 낭야산(琅琊山: 산동
성 제성현(諸城縣) 동남쪽 바닷가에 있음)에 올라 낭야대를 만들고 바위를 새겨 진나라의 덕
을 기렸는데, 모두 72구로 되어 있으며 두 구절마다 운을 달았다. 또 29년에는 지부산(之罘山)
에 올라 비석을 세웠는데, 모두 36구이며 세 구절마다 운을 달았다. '공렬'은 공로와 업적. '렬'은
업적[業]이라는 뜻. 곧 큰 공업을 말한다.

609 후자무계(後者無繼): 진나라의 세상이 무궁하게 계속되어 진나라를 대신할 왕조가 없을 것이
라는 뜻. 『논어』「위정(爲政)」에 "은나라는 하나라의 예의 제도를 답습하였으니, 그 폐지되고
첨가된 것을 알 수 있고, 주나라는 은나라의 예의 제도를 답습하였으니 그 역시 폐지되고 첨가
된 것을 알 수 있다. 그렇다면 가령 주나라를 계승해서 정치를 베풀 사람이 있다고 할 때, 그 이
후 백대라도 미리 알 수 있다(殷因於夏禮, 所損益, 可知也, 周因於殷禮, 所損益可知也. 其

皆云⁶¹¹皇帝巡四國⁶¹²하여   모두 말하기를 황제께서
개 운   황 제 순 사 국   사방 제후국을 순수하시어,

烹滅彊暴救黔首⁶¹³라   강포한 무리 삶아 죽이고
팽 멸 강 포 구 검 수   백성들은 구제한다고.

六經⁶¹⁴旣已委灰塵⁶¹⁵하니   육경 이미 재와
육 경   기 이 위 회 진   먼지 속에 버려진 바에야,

或繼周者, 雖百世, 可知也)"는 구절이 나오는데 이를 염두에 두고 한 말이다.

610 전무우(前無偶): '우'는 짝하다, 비견하다. 진나라 이전에는 일찍이 진시황만 한 공로를 세운 왕이 없다는 뜻

611 개운(皆云): 각처에 새겨져 있는 송문의 내용을 가리킨다.

612 황제순사국(皇帝巡四國): 진시황이 사방의 제후국, 곧 천하를 순수한 것을 말한다. 황제는 천자의 존호로 진시황 영정(嬴政)이 처음으로 사용하였다. 진시황이 천하를 통일하고 황제의 호칭을 논의하게 하자 왕관(王綰)·풍겁(馮劫)·이사 등이 "폐하께서 하신 일은 오제(五帝)라도 미치지 못하고, 고대의 천황(天皇)·지황(地皇)·태황(泰皇) 가운데 태황이 가장 존귀하였으니 태황의 존호를 올립니다"라고 하니, 진시황이 "[태황의] '태' 자를 없애고 '황' 자를 취할 것이며, 상고 시대의 '제'라는 호칭을 택하여 '황제'라고 칭할 것이다(去泰, 著皇, 采上古帝位號)"라고 한 데서 유래하였다.

613 팽멸강포구검수(烹滅彊暴救黔首): 진시황이 지부산에 새긴 비석의 글에 "황제께서 동쪽으로 행차하시어 지부산에 올라 (…) 강폭함을 소멸시키고 백성들을 구제하시어(烹滅强暴, 振救黔首) 천하를 두루 안정되게 하셨다"란 말이 나온다. 「진시황본기」에 비문의 전문이 수록되어 있다. 진나라에서는 백성을 검수라 하였다. 머리가 검기 때문에 그렇게 불렀으며, 여민(黎民)이라는 말과 같다.

614 육경(六經): 육예(六藝)라고도 하며(『사기』), 유가의 경서인 『역(易)』·『서(書)』·『시(詩)』·『춘추(春秋)』·『예(禮)』·『악(樂)』을 말한다. 『장자』「천운(天運)」에 "공자가 노담(老聃)에게 말했다. '저는 『시』·『서』·『예』·『악』·『역』·『춘추』의 여섯 가지 경전을 배워 스스로도 오랜 세월이 걸렸다고 생각합니다"라는 말이 나온다. 그중 『악경』은 현재 전해지지 않는데, 금문가들은 본래 없었으며 『시』에 첨부되어 있었을 것이라고 하였고, 고문가들은 진나라의 분서(焚書) 이후에 없어졌을 것이라고 하였다. 따라서 현재는 통상 '오경'이란 말을 많이 쓴다.

615 위회진(委灰塵): '위'는 여기서 '버리다[棄]'의 뜻으로 쓰였다. 재와 먼지 속에 버려졌다는 것은 진시황 때의 분서(焚書)의 재화를 말한다.

此鼓亦當隨擊掊[616]라
차 고 역 당 수 격 부

이 석고 또한 마땅히
따라서 쳐부수어야 했으리.

傳聞九鼎淪泗上하고
전 문 구 정 윤 사 상

아홉 개의 솥 사수에
빠졌다는 말 전해 듣고,

欲使萬夫沈水取[617]라
욕 사 만 부 침 수 취

일만 장정 시켜
물속에 들어가 가져오고자 하였네.

暴君[618]縱欲[619]窮人力이나
폭 군   종 욕   궁 인 력

폭군이 아무리
사람들의 힘 다 써 찾으려 했으나,

神物[620]義不汙秦垢[621]라
신 물   의 불 오 진 구

신물은 의로워서
진의 때에 더럽혀지지 않았다네.

---

616 수격부(隨擊掊): '부'는 쳐서 부순다는 뜻으로 '쪼갤 부(剖)' 자와 같은 뜻. 『소식시집』에는 조격
     부(遭擊剖)로 되어 있다. 『장자』「인간세(人間世)」에 "스스로 세속에서 부딪쳐 부서지는 것이
     다(自掊擊於世俗者也)"라는 구절이 나오고 「소요유(逍遙遊)」에도 "나는 그것이 쓸모없다고
     생각하여 쪼개어 버렸다(吾爲其無用而掊之)"는 구절이 나온다.
617 전문~침수취(傳聞~沈水取): '구정'은 왕위의 상징물로, 주가 망할 때 사수〔泗水: 산동성(山東
     省)에 있는 강 이름〕에 빠져 행방을 알 수 없게 되었다. 『한서』「교사지(郊祀志)」에 "우임금이 구
     목(九牧: 구주의 장관)의 쇠를 모아 구정을 만들어 구주(九州: 중국 천지)를 상징했다"고 했는
     데, 우임금은 형산(荊山) 아래에서 이를 만들어 국도〔산서성(山西省) 하현(夏縣)〕에 두었다.
     은나라 탕왕(湯王)은 상읍(商邑)에 두었고, 주나라 때는 낙읍에 두었다. 주나라 현왕(顯王) 때
     에 진(秦)나라가 주나라를 쳐서 구정을 빼앗아 이를 함양(咸陽)으로 옮기다가 하나를 사수에
     빠뜨렸으며, 얼마 후 나머지 여덟 개의 정도 행방이 묘연해졌다. 진시황이 구정을 찾는 이야기
     는 『사기』「진시황본기」에 나오는데 관련 부분을 잠깐 인용하면 다음과 같다. "[28년] 진시황이
     팽성(彭城)을 지날 때 재계하고 사당에 가서 기도한 후 사수에 빠진 주정(周鼎)을 꺼내기 위해
     서 천여 명을 보내어 물속에 들어가 찾도록 했으나 얻지 못하였다."
618 폭군(暴君): 진시황(秦始皇)을 말한다.
619 종욕(縱慾): '종'은 양보의 가정을 나타내며 보통 '비록 ~라고 해도'라고 번역된다.
620 신물(神物): 구정(九鼎)을 말한다.

是時石鼓何處避오
시 시 석 고 하 처 피

그때 석고는 어디에 피해 있었는가,

無乃[622]天工[623]令鬼守[624]여
무 내 천 공 영 귀 수

하느님이 조화를 부려 귀신으로
하여금 지키게 한 것은 아닐까?

興亡百變物自閑하니
흥 망 백 변 물 자 한

흥하고 망하며 백 번을 변해도
이 물건 절로 한적하니,

富貴一朝名不朽라
부 귀 일 조 명 불 후

부와 귀는 하루아침이나
명예는 썩지 않는다네.

細思物理坐歎息하니
세 사 물 리 좌 탄 식

만물의 이치 곰곰이 생각하며
앉아서 한숨지어 보니,

人生安得如[625]汝壽[626]오
인 생 안 득 여 여 수

사람으로 태어나 어찌하면
너처럼 천수 누릴 수 있을까?

---

621 의불오진구(義不汙秦垢): 구정이 진나라의 무도한 손에 더럽혀지지 않은 것을 말한다. '오'는 오(汙)의 이체자

622 무내(無乃): '~이지 않을까'로 풀이되는데, 반어적인 용법을 써서 강조하는 투이다.

623 천공(天工): 하늘, 곧 자연의 직능(職能)이라는 뜻과 조물자, 곧 천공(天公)이라는 뜻이 있으며, 인공(人工)의 반대 의미인 자연적으로 형성된 솜씨라는 뜻이 있다. 여기서는 첫 번째와 두 번째 뜻이 복합적으로 쓰였다. 시 번호 196 한유의「돌북을 노래함(石鼓歌)」에서는 "비에 젖고 볕 비추며 들불 때더라도, 귀물이 수호하고 자주 손가락질하며 꾸짖었네(雨淋日炙野火燒, 鬼物守護煩撝訶)"라고 읊었다.

624 여기까지가 세 번째 단락으로 석고가 지금까지도 남아 있음을 서술하였다.

625 여(汝): 석고를 인격화하여 부른 것이다.

626 이 마지막 네 구절에서 소식은 석고 때문에 일어난 감흥을 읊으면서 시 전체를 맺고 있다. 주 선왕이 즉위한 기원전 828년에서부터 이 시가 지어진 송 영종(英宗)이 즉위한 해인 1063년까지는 거의 2000년에 육박한다. 진(秦)·한(漢)·위(魏)·진(晉)·수(隋)·당(唐)의 여러 조대를 거쳐도 석고가 완연히 남아 있으니 어찌 천수(天壽)를 누린 것이 아니겠는가라는 뜻이다.

198. 장난삼아 화경정을 읊음(戲作花卿歌)[627]

두보(杜甫)

成都猛將有花卿하니
성 도 맹 장 유 화 경

성도에 용맹한 장수 화경정 있으니,

學語小兒[628]知姓名이라
학 어 소 아   지 성 명

말 배우는 작은 아이도
성씨와 이름 안다네.

勇如快鶻風火生[629]하니
용 여 쾌 골 풍 화 생

용맹하기는 빠른 송골매 같아
바람과 불 일으키니,

627　희작화경가(戲作花卿歌): 화경은 당시 서천(西川) 지방의 화경정[花驚定: 문집에는 경정(敬定)으로 되어 있음]을 말한다. 이 시는 상원(上元) 2년(761)에 지어졌으며, 본래 화경정에 대해 서술한 것인데, 제목에서 '장난삼아 짓다[戲作]'라고 한 것은 그를 타이르는 풍유(諷諭)의 뜻이 있어서였다고 한다. 『구당서』 「숙종(肅宗)본기」 상원 2년에 의하면 "4월에 재주(梓州) 자사 단자장(段子璋)이 반란을 일으켜 면주(綿州)에서 동천(東川) 절도사 이환(李奐)을 습격하고 자칭 양왕(梁王)이라 하고 연호를 황룡(黃龍)으로 고쳤으며, 면주를 황룡부라 하고는 백관(百官)을 두었다. 5월에 성도윤(成都尹)인 최광원(崔光遠)이 장수 화경정을 이끌고 면주를 공격하여 단자장을 참하였다"라고 하였다. 같은 책 「고적전(高適傳)」에는 또 "서천의 아장[牙將: 실세를 가진 장수] 화경정이 용맹을 믿고 이미 단자장을 죽이고 동촉(東蜀)을 크게 노략질하였다. 천자가 최광원이 군사를 거둘 수 없음에 노하여 곧 그를 파면하였다"는 기록이 있다.

628　소아(小兒): 『남사』 「환강전(桓康傳)」에 "[남제(南齊)의] 환강은 북난릉(北蘭陵) 승(承) 땅 사람이다. 용감하고 과단성이 있었으며 날래고 사나웠다. (…) 무제(武帝)를 따라 군사를 일으켜 견고한 적을 깨뜨리고 적진을 함락시켰으며, 완력이 남보다 월등했다. 지나가는 촌읍(村邑)마다 멋대로 행동하고 해를 끼치니, 강남의 사람들이 그를 두려워하여 그의 이름을 공포의 작은 아이[怖小兒]라 하였다"는 말이 있다. 아마 화경정이 단자장을 칠 때 했던 행동이 환강과 비슷했기 때문에 이를 염두에 둔 표현인 것 같다.

629　쾌골풍화생(快鶻風火生): 『남사』 「조경종전(曹景宗傳)」에 "양(梁)나라 조경종이 친한 친구에게 말하였다. '내가 옛날 고향에 있을 때 용같이 빠른 말을 타고(騎快馬如龍) 나이 어린 무리들 수십 기와 함께 달렸는데 (…) 귀 뒤에서 바람이 일고 코끝에서는 불이 나오는 것(耳後生風, 鼻頭出火)을 느꼈는데 이 즐거움은 사람으로 하여금 죽음을 잊게 한다"라는 말이 있다.

見賊唯多身始輕이라
견 적 유 다 신 시 경

보이는 적 많을수록
몸 비로소 가벼워진다네.

縣州副使630著柘黃631하니
면 주 부 사 　 착 자 황

면주 부사 뽕나무로
염색한 누런 옷 입으니,

我卿掃除632卽日平633이라
아 경 소 제 　 즉 일 평

우리 화경정 쓸어 없애어
그날로 평정하였네.

子璋髑髏634血糢糊635한데
자 장 촉 루 　 혈 모 호

단자장 해골 뼈에는 피 흐릿한데,

630　면주부사(縣州副使): 단자장을 말한다. 『신당서』에는 절도병마사로 되어 있고, 『구당서』와 『자
　　　치통감』에는 재주자사로 되어 있다. 여기서 면주 부사라 한 것은 대체로 재주자사로 부사를 이
　　　끌 때 면주에 근거를 두고 반란을 일으켰기 때문일 것이다. 면주는 파서군(巴西郡)으로 검남동
　　　도(劍南東道)에 속하며 본래는 금산군(金山郡)이라 하였는데 천보 원년(742)에 이름을 바꾸
　　　었다. 지금의 사천성(四川省) 면양현(縣陽縣)이다. 『당육전(唐六典)』에 의하면 제군(諸軍)에
　　　는 각기 절도사 한 명을 두며 5천 이상에는 부사 한 명을 둔다고 하였다.
631　착자황(著柘黃): 자황포(柘黃袍), 곧 곤룡포를 입는다. '자황'은 산뽕나무 즙으로 물들인 적황
　　　색을 말한다. 명나라 이시진(李時珍)의 『본초강목(本草綱目)』에 의하면 "그 나무는 황적색을
　　　물들일 수 있는데, 자황이라 하며 천자가 입는 것이다"라고 하였다. 자황포는 수 문제(隋文帝)
　　　가 처음으로 입었으며, 나중에는 황제의 곤룡포를 널리 일컫게 되었다. 여기서는 단자장이 반
　　　란을 일으킨 것을 말한다.
632　소제(掃除): 『후한서』 「진번전(陳蕃傳)」에 "진번이 15세 때 일찍이 한가로이 한 방에 거처하고
　　　있을 때 뜰에 잡초가 무성했다. 아버지의 친구인 설근(薛勤)이 와서 찾아뵙고 진번에게 말하기
　　　를 '너는 어째서 깨끗하게 청소를 하고 손님을 맞아들이지 않느냐?'라고 하니, 진번이 말하기를
　　　'대장부가 세상에 처함에 천하를 싹 쓸어야지 어찌 방 하나만 치우겠는가?(大丈夫處世, 當掃
　　　除天下, 安事一室乎)'라고 하였다"는 말이 나온다.
633　이상은 화경정이 용맹스러우며 표독하고 날래어 난을 평정하는 데 공을 세웠음을 말한다.
634　촉루(髑髏): '촉'과 '루'는 단독으로 쓰이기도 하는데, 원래는 모두 해골의 두개골을 가리키는
　　　말이었다. 일반적으로 죽은 사람의 해골과 뼈를 가리킨다.
635　모호(糢糊): 모호(模糊)라고도 하며, 또렷하지 않고 분명하지 않은 모양. 이미 난리를 모두 평
　　　정하였음을 말한다.

手提擲還崔大夫[636]라
수 제 척 환 최 대 부

손으로 들어 내던져
최대부에게 돌렸네.

李侯重有此節度[637]하니
이 후 중 유 차 절 도

이씨 제후님 이에 다시
절도사에 임명되니,

人道我卿絶世無[638]라
인 도 아 경 절 세 무

사람들 말하기를 우리 화경정
세상에 견줄 이 없다 하네.

既稱絶世無天子아
기 칭 절 세 무 천 자

이미 세상에 견줄 이 없다 했거늘
천자 계시지 않는가?

何不喚取守京都[639]오
하 불 환 취 수 경 도

어찌하여 불러다 써서
서울 지키게 하지 않는가?

---

636 수제척환최대부(手提擲還崔大夫): 최대부는 성도윤 최광원을 말한다. 이 구절은 자신이 세운 공로를 주장(主將)인 최광원에게 돌렸음을 뜻한다.
637 이후중유차절도(李侯重有此節度): 이후는 이환(李奐)을 말한다. 이 구절은 단자장의 난이 일어났을 때 이환이 처음에는 성도로 도망쳤으나 화경정이 난을 진압하자 나중에 다시 동천 절도사가 되었으므로 이렇게 말하였다.
『당시기사(唐詩紀事)』에 의하면 학질을 앓는 사람에게 두보가 이 두 구절을 외우게 했더니 낫더라는 이야기가 있다.
638 절세무(絶世無): 진(晉)나라 고악부(古樂府) 「백석랑곡(白石郎曲)」에 "백석랑 홀로 고와 세상에 견줄 이 없네(郎艶獨, 絶世無)"라는 구절이 있다. 화경정이 단자장을 참하고 최광원에게 공로를 돌렸으며 이환을 안정시키는 등 하나의 일로 세 가지 훌륭한 일을 갖추었으므로 이렇게 말하였다.
639 하불환취수경도(何不喚取守京都): 이때 사사명(史思明)이 바야흐로 동도인 낙양을 점거하고 있었으므로 이렇게 말하였다. 이상은 난리를 평정한 후에는 다시 촉 땅에 난리가 나게 해서는 안 된다는 것을 읊었다.

199. 이존사의 소나무 병풍에 적다(題李尊師松樹障子歌)[640]

두보(杜甫)

老夫[641]淸晨梳白頭러니
노 부　청 신 소 백 두

늙은이 맑은 새벽에 센 머리 빗자니,

玄都道士[642]來相訪이라
현 도 도 사　래 상 방

현도관의 도사 와서 찾아보네.

握髮[643]呼兒延入戶하니
악 발　호 아 연 입 호

머리 틀어쥐고 아이 불러
지게문으로 이끌어 들이니,

手提新畫靑松障[644]이라
수 제 신 화 청 송 장

손에 새로 그린
푸른 소나무 병풍 가져왔네.

---

640 제이존사송수장자가(題李尊師松樹障子歌): 지덕(至德) 원년(756)에서부터 상원(上元) 원
년(760)까지, 이 시의 작시 연도에 대해서는 설이 많은데, 시에 나오는 현도관의 도사가 장안
사람이고 현도단도 장안에 있는 점과 또 시의 말미에서 "시절 위태로워 참담히 슬픈 바람 불어
오네"라고 읊은 것으로 보아 아직 안녹산의 난이 끝나지 않은 건원(乾元) 원년(758) 장안에서
좌습유로 있을 때 이존사가 새로 그린 그림을 가지고 화제시를 부탁하여 지어 준 것임을 알 수
있다.

641 노부(老夫): 두보가 자신을 이른 말

642 현도도사(玄都道士): 이존사를 말한다. 원래 현도는 동방삭(東方朔)의 『해내십주기(海內十
洲記)』에 나오는 섬 이름으로 북해(北海)에 있다고 하며 선백(仙伯: 신선의 우두머리)인 진공
(眞公)이 다스린다는 곳. 여기서 현도는 단(壇) 이름으로 이존사가 있는 곳. 『장안지(長安志)』
에 의하면 숭업방(崇業坊)에 현도관[觀]이 있는데 수나라 개황(開皇) 2년(582) 장안의 옛 성
에서 이곳으로 통도관(通道觀)이 옮겨와 이름을 현도라고 고쳤다고 한다. 장안의 자오곡(子午
谷)에 현도단이 있으며, 또한 『당회요(唐會要)』에서는 경성(京城) 주작가(朱雀街)에 있다고
하였다.

643 악발(握髮): 『사기』「노주공세가(魯周公世家)」에 주공이 그의 아들 백금(伯禽)에게 훈계하면
서 "나는 한 번 머리를 감으면서도 세 번이나 움켜쥐었고, 한 번 식사하는데 세 번씩이나 뱉어내
면서(一沐三捉髮, 一飯三吐哺) 나아가 선비를 맞이하였으면서도 오히려 천하의 현인을 잃을
까 걱정하였다"는 말이 나온다. 시 번호 228 섭이중의 「군자의 노래(君子行)」를 참조할 것

644 이상은 이존사가 새로 그린 그림을 들고 두보에게 찾아와 화제시를 구함을 서술했다.

障子松林靜杳冥⁶⁴⁵하니
장 자 송 림 정 묘 명

병풍의 솔숲 고요하고 아득하여,

憑軒忽若無丹靑⁶⁴⁶이라
빙 헌 홀 약 무 단 청

헌함에 기대어 놓으니 홀연히
그림 없는 듯하네.

陰崖⁶⁴⁷却承⁶⁴⁸霜雪榦⁶⁴⁹하고
음 애   각 승   상 설 간

어둑한 벼랑 도리어
서리와 눈 가지 받들고,

偃盖反走虯龍形⁶⁵⁰이라
언 개 반 주 규 룡 형

기울어진 일산은 도리어
규룡의 형태 달리는 듯.

---

645 송림정묘명(松林靜杳冥): 소나무가 그림 속에 있어서 아무 소리도 나지 않음을 말한다. 『초사』
    에 "깊은 숲 아득해서 어둑어둑하네(深林杳以冥冥)"라는 구절이 있다.

646 무단청(無丹靑): 『속진양추(續晉陽秋)』에 "대규(戴逵)는 그림을 잘 그렸는데 단청의 솜씨가
    매우 뛰어났다"는 말이 있다. 그림 속의 소나무가 진짜 소나무와 다름이 없다는 것을 말한다.

647 음애(陰崖): 후한 마융(馬融)의 「긴 피리(長笛)」에 "종롱 대나무 기이하게 남이여, 종남산의 어
    둑한 벼랑에 있네(惟鍾籠之奇生兮, 千終南之陰崖)"라는 구절이 있다.

648 각승(却承): 벼랑이 소나무 아래에 있기 때문에 이렇게 말한 것이다.

649 간(榦): 『두보집』에는 간(幹)으로 되어 있는데 같은 뜻으로 쓰였다.

650 언개반주규룡형(偃盖反走虯龍形): '언개'는 원래 수레의 덮개나 일산(日傘)을 말하는데, 소
    나무의 가지와 잎이 아래로 늘어진 것이 일산을 편 형상과 같으므로 여기서는 소나무를 일컫는
    말로 쓰였다. 소나무는 다른 말로 언개산(偃蓋山)이라고도 한다. 진나라 갈홍(葛洪)의 『포박자
    (抱朴子)』 「대속(對俗)」에 "천 년 된 소나무는 사방으로 가지를 펼쳐 경계를 넘는데 위쪽의 끝
    은 자라지 않아 멀리서 그것을 바라다보면 기운 일산이 있는 것 같다(千歲松樹, 四邊披越, 上
    秒不長, 望而視之, 有如偃蓋)"는 말이 있다. 같은 책 「선약(仙藥)」에 또 "삼천 년 된 소나무는
    껍질 속에 송진이 모여 있어 모양이 용의 형태와 같은데, 비절지[나는 마디 있는 지초]라 한다
    (松樹枝三千歲者, 其皮中有聚脂, 狀如龍形, 名曰飛節芝)"는 말이 있다. 소나무의 기세가 거
    꾸로 똬리를 틀고 있는 모양이어서 거꾸로 달린다는 표현을 썼다.
    이상은 그림 속의 소나무가 매우 신묘함을 뜻한다.

老夫平生好奇古[651]하여
노 부 평 생 호 기 고

늙은이 평소에
기이하고 옛것 좋아하여,

對此興與精靈[652]聚라
대 차 흥 여 정 령 취

이것 마주하니 흥취
정령 더불어 모여드네.

已知仙客意相親[653]이오
이 지 선 객 의 상 친

이미 알았네, 신선 나그네
뜻 이미 서로 친함을,

更覺良工心獨苦[654]라
갱 각 양 공 심 독 고

더욱이 깨달았네, 훌륭한 화공
마음 홀로 고달픔을.

松下丈人巾屨同[655]하니
송 하 장 인 건 구 동

소나무 아래 어른
두건과 신발은 매한가지라,

偶坐[656]似是商山翁[657]이라
우 좌 사 시 상 산 옹

짝하고 앉으니
상산의 늙은이 같네.

---

651 기고(奇古): 위 구절의 상설(霜雪), 규룡(虯龍) 따위를 말한다.

652 정령(精靈): 소나무를 그린 그림을 말한다.

653 선객의상친(仙客意相親): '선객'은 이존사를 말한다.

654 양공심독고(良工心獨苦): 한굉(韓宏)이 말하기를 "훌륭한 공인이 마음을 씀이 어찌 이와 같이 수고롭게 깎는가?(良工用心何苦刻如斯)"라고 하였다.
이상은 이존사와 함께 그가 가져 온 그림을 감상함을 읊었다.

655 건구동(巾屨同): '구'가 리(履)로 되어 있는 판본도 있다. 『동관한기(東觀漢紀)』에 "강신이 어머니를 봉양하는데 두건을 신발로 신었다(江莘養母, 幅巾屐履)"라는 말이 있다.

656 우좌(偶坐): 함께 앉는 것을 말한다. 그림 속의 노인과 이존사가 마주보고 있는 것을 가리킨다.

657 상산옹(商山翁): 상산사호(商山四皓)를 말하는데, 시 번호 161 형거실의 「이공린이 그린 그림(李伯時畫圖)」의 주 351을 참조할 것. 소나무 아래의 노인을 보고 불현듯 상산사호가 생각이 난 것은 세상이 바야흐로 어지러워서 고상한 은자를 생각한 것이다.

恨望⁶⁵⁸聊歌紫芝曲⁶⁵⁹하니
　창 망　료 가 자 지 곡

슬피 바라며 애오라지
자지의 노래 부르니,

時危慘淡來悲風⁶⁶⁰이라
　시 위 참 담 래 비 풍

시절 위태로워 참담히
슬픈 바람 불어오네.

200. 위언이 한 쌍의 소나무 그림을 그림에 장난삼아 짓다
(戱韋偃爲雙松圖歌)⁶⁶¹

두보(杜甫)

天下幾人畫古松고
천 하 기 인 화 고 송

하늘 아래 몇 사람이나
늙은 솔 그렸던가?

畢宏⁶⁶²已老韋偃少라
필 굉　　이 로 위 언 소

필굉 이미 늙었고 위언은 아직 젊네.

658　창망(恨望): 추창(惆愴)으로 되어 있는 판본도 있다.

659　자지곡(紫芝曲): 상산사호가 지었다고 전해지는 「자지가(紫芝歌)」의 내용은 다음과 같다. "아
　　득하고도 아득한 높은 산이여! 깊은 골짜기도 구불구불하구나. 빛나고 빛나는 붉은 지초여! 그
　　것으로 요기를 할 수 있구나. 요임금 순임금의 시절 멀리 지나갔으니, 우리들은 장차 어디로 돌
　　아갈 것인가? 네 마리 끄는 높고 큰 수레 탄 사람들이여! 그 근심이 매우 크도다! 부귀와 영화 사
　　람을 붙들어 둠이여! 가난하고 천할지라도 제 뜻을 펴고 사는 것만 못하리!(邈邈高山, 深谷逶
　　迤. 曄曄紫芝, 可以療飢. 唐虞世遠, 吾將安歸. 駟馬高盖, 其憂甚大. 富貴之留人, 不如貧
　　賤而肆志)"

660　창망~래비풍(恨望~來悲風): 두보가 상심에 처해 있을 때 반도들이 소란을 피워 창망히 상산
　　사호의 고상한 행적을 생각하였다.
　　이상은 그림을 보고 느낀 감개를 서술한 것이다.

661　희위언위쌍송도가(戱韋偃爲雙松圖歌): 이 시는 상원(上元) 원년(760)에 지어졌으며, 시에
　　"내게 좋은 동견 한 필 있다네(我有一匹好東絹)"라는 구절이 있는데, 바로 동천(東川) 재주
　　(梓州) 아계견(鵝溪絹)을 가리켜 말한 것이므로 성도에 있을 때 지어진 것임을 알 수 있다.

絶筆663長風起纖末664하니
절 필 장 풍 기 섬 말

빼어난 붓 긴 바람 가는 끝에서 이니,

滿堂動色嗟神妙665라
만 당 동 색 차 신 묘

집 가득한 사람들 낯빛 움직이며
신기하고 절묘하다 감탄하네.

兩株慘裂苔蘚皮하고
양 주 참 열 태 선 피

두 그루 참혹하게 찢어져 있네,
이끼 덮인 껍질,

屈鐵交錯迴高枝라
굴 철 교 착 회 고 지

굽은 쇠 엇섞이어 있네,
높은 가지 휘돌아.

白摧朽骨龍虎死666요
백 최 후 골 용 호 사

썩은 뼈 허옇게 꺾이니
용과 범 죽은 듯하고,

---

662 필굉(畢宏): 당나라 장언원(張彦遠)의 『역대명화기(歷代名畫記)』에 "대력(大曆) 2년(767) 필굉은 급사중(給事中)이 되어서 문하성 관청의 벽에 소나무와 바위[松石]를 그렸는데 호사가들이 모두 그것을 시로 읊었다. 경조소윤에서 태자좌서자(太子左庶子)가 되었다. 수석(樹石)으로 당대에 이름을 떨치고 수목으로 인해 옛 지위를 옮기게 한 것은 필굉에게서 비롯되었다"고 하였다.
역시 『역대명화기』에서는 "위감자언(韋鑒子鷗)은 산수(山水)·고승(高僧)·기사(奇士)·노송(老松)·이석(異石)에 뛰어났으며, 필력에 강건하고 풍격이 높고 뛰어났다. 사람들은 위언이 말을 잘 그리는 것은 알았지만 소나무와 바위에 더욱 뛰어남은 알지 못하였다"고 하였다.

663 절필(絶筆): 진(晉)나라 두예(杜預)의 「춘추좌전서(春秋左傳序)」에 "기린이 잡히자 절필하였다. 절필은 그림이 이루어져서 붓을 버리는 것이다"라는 말이 나온다.

664 장풍기섬말(長風起纖末): 후한 마융의 「긴 피리(長笛賦)」에 "그 맑은 바람에 응함에는 가는 끝을 떨치어 움직이게 한다(其應淸風也, 纖末奮㷿)"는 말이 있다.

665 만당동색차신묘(滿堂動色嗟神妙): 남조 송나라 사장(謝莊)의 「달(月賦)」에 "온 집 가득 얼굴이 변하더니 방황하며 잃어버린 것 같았다(滿堂變容, 廻遑如失)"는 구절이 있다. '만당'은 집에 가득하다는 말로, 여기서는 집안에 가득 찬 구경꾼을 말한다. '동색'은 얼굴빛이 움직이다. 얼굴에 감동하는 표정이 나타남을 말한다.

666 백최후골용호사(白摧朽骨龍虎死): 소나무 껍질이 갈라져서 용과 범의 썩은 뼈와 같다는 말이다. 『한비자』 「충효(忠孝)」에 "썩은 뼈 문드러진 살이 땅에서 뿌려져 내와 계곡으로 흘러간다(朽骨爛肉, 施於土地, 流於川谷)"는 말이 있다.

黑入太陰雷雨垂[667]라
흑 입 태 음 뢰 우 수

검은빛 큰 어둠에 드니
천둥 비 드리운 듯.

松根胡僧憩寂寞[668]하니
송 근 호 승 게 적 막

소나무 뿌리에 호승이
쓸쓸하게 쉬고 있으니,

厖眉皓首[669]無住著[670]이라
방 미 호 수　　무 주 착

흰털 섞인 눈썹 흰 머리
집착함이 없다네.

偏袒右肩露雙脚[671]하고
편 단 우 견 로 쌍 각

오른 어깨 한쪽 벗고
두 발 드러내었는데,

葉裏松子僧前落이라
엽 리 송 자 승 전 락

잎 속의 솔방울 중 앞에 떨어졌네.

韋侯韋侯數相見이라
위 후 위 후 삭 상 견

위후여 위후여 자주 서로 만났다네.

我有一匹好東絹[672]하니
아 유 일 필 호 동 견

내게 좋은 동견 한 필 있으니,

---

667 흑입태음뢰우수(黑入太陰雷雨垂): 뒤틀린 소나무 가지의 빛깔이 검푸른 빛을 띠고 있음을 말한 것이다. '태음'은 극북(極北)을 의미하며 후한의 장환(張奐)이 말하기를 "태음의 땅은 얼음의 두께가 세 자이고 나무의 껍질이 세 치이다"라고 하였다.

668 게적막(憩寂寞): 잠잠히 쉬고 있다. 쓸쓸하게 쉬고 있다.

669 방미호수(厖眉皓首): 안사의 이야기로 시 번호 167 이하의 「훌륭한 분이 지나시는 길에 들르시다(高軒過)」의 주 114를 참조할 것

670 주착(住著): '착'은 착(着)과 같은 말. 불교 용어로 무엇에 집착(執着)함을 말한다. 『능엄경(楞嚴經)』에 "의사식주(依四食住: 단식(段食)·촉식(觸食)·사식(思食)·식식(識食) 등 네 가지 식사 방법에 의지하여 살아간다)"라는 말과 "무착행(無著行: 시방의 허공에 이르기까지 미진(微塵)에 만족하며, 하나하나의 티끌 속에서 시방의 세계가 나타나서 티끌을 나타내고 경계를 나타내어도 서로 머물거나 장애됨이 없음)"이라는 말이 나오는데, 이를 줄여서 한 말이다.

671 편단우견로쌍각(偏袒右肩露雙脚): 『금강경(金剛經)』에 "오른편 어깨를 드러내고 오른편 무릎을 땅에 댄다(偏袒右肩, 右膝着地)"는 말이 나오는데, 이는 어른을 공경하는 예식이다. 오른편 어깨를 드러낸다는 것은 가사(袈裟)를 입는 것을 말한다.

重之不減錦繡段⁶⁷³이라
중 지 불 감 금 수 단

중히 여겨 수놓은 채색
비단보다 못하지 않네.

已令拂拭光凌亂⁶⁷⁴하니
이 령 불 식 광 릉 란

이미 털고 닦게 하여
빛 섞여 어지러우니,

請公放筆⁶⁷⁵爲直榦⁶⁷⁶이라
청 공 방 필　　위 직 간

청컨대 그대 붓 놓아
곧은 줄기 그려 주오.

---

672 동견(東絹): 소견(素絹)으로 된 판본도 있다. 산동(山東)의 대련(大練)을 말하며 아계견(鵝溪
絹)을 말한다고도 한다. 아계는 재주(梓州) 염정현(鹽亭縣)에 있는데, 거기서 나는 생견(生
絹)이 매우 훌륭하기 때문에 아계견이라고 하며 곧 동견이라 한다.

673 금수단(錦繡段): '단'은 단(緞)과 같은 뜻으로 쓰였다. 한나라 장형(張衡)의 「네 가지 근심(四
愁詩)」에 "미인 나에게 수놓은 비단 주는데, 무엇으로 보답하나? 푸른 옥 장식한 책상이라네
(美人贈我錦繡段, 何以報之靑玉案)"라는 구절이 있다. 금(錦)과 수(繡)·단(緞)을 각각 값비
싼 귀한 비단으로 보기도 하고, 단을 위단(韋段)으로 보아 수놓은 신발로 보거나 자수를 놓은
비단으로 보는 등의 세 가지 견해가 있다.

674 능란(凌亂): 남조 제(齊)나라 사조(謝朓)의 「유중서가 비파협으로 들어가 적포기를 바라보며
그린 그림에 화답하다(和劉中書繪入琵琶峽望積布磯)」라는 시에 "붉은색과 자줏빛 함께 빛
나게 섞여 있고, 구름 같은 비단 서로 요란하게 빛나네(赭紫共彬駁, 雲錦相凌亂)"라는 구절
이 있다.

675 방필(放筆): 종필(縱筆), 곧 분방하고 굳세게 붓을 놀린다는 뜻

676 직간(直榦): 남조 양(梁)나라 구지(丘遲)의 「금박에 제하여 유오흥에게 받들어 부침(題琴朴
奉柳吳興)」에 "맑은 마음에는 흰 바탕 있고, 곧은 줄기에는 굽은 가지 없네(淸心有素體, 直榦
無曲枝)"라는 구절이 있다.
『두억(杜臆)』의 주석에 의하면 "위언이 소나무를 그림은 굽고 흰 것으로 기이함이 드러나는데
곧은 것은 잘 그리기가 어렵다. 한 폭 길이의 비단 한 필에 그대는 곧은 가지를 분방하게 그릴 수
있는가? 장난삼아 그런 것이다(韋之畫松, 以屈曲見奇, 直便難工. 匹絹幅長, 汝能放筆爲直
榦乎? 戲之也)"라고 하였다.

201. 유소부가 그린 산수 병풍을 노래함
(劉少府畫山水障歌)⁶⁷⁷

두보(杜甫)

堂上不合生楓樹⁶⁷⁸어늘
당 상 불 합 생 풍 수

대청에는 맞지 않네,
단풍나무 자라는 것,

怪底⁶⁷⁹江山起煙霧라
괴 저   강 산 기 연 무

어떤 것 괴이한가? 강과 산에
연기와 안개 피어오름이네.

聞君掃却⁶⁸⁰赤縣⁶⁸¹圖하고
문 군 소 각   적 현   도

듣자니 그대 적현의 그림
그렸다 하더니,

乘興遣畫滄洲趣⁶⁸²라
승 흥 견 화 창 주 취

흥겨움 타고 그리게 하네, 창주의 정취.

---

677 유소부화산수장가(劉少府畫山水障歌): 이 시는 두보가 서울에서 봉선(奉先)으로 온 후에 지은 것인데, 시 가운데 "포성풍우(蒲城風雨)"라는 말이 있는 것으로 알 수가 있다. 『문원영화(文苑英華)』의 주석에 의하면 "봉선 현위(縣尉) 유단(劉單)의 집에서 지은 것이다"라고 하였다.

678 당상불합생풍수(堂上不合生楓樹): 단풍나무가 그려진 병풍을 대청 위에 갖다 놓고 보는 것을 말한다. 초나라 송옥(宋玉)의 『초사』「혼을 부름(招魂)」에 "강물 질펀하게 흐름이여, 그 위에 단풍나무 있네(淡淡江水兮, 上有楓)"라는 구절이 있다.

679 괴저(怪底): '저'는 당나라 때 하(何)라는 뜻의 방언으로 쓰였다. 원래는 어떤 것[何等物]의 의미로 쓰였는데, 나중에는 하를 생략하고 그냥 등물(等物)이란 의미로 쓰이게 되었다.

680 소각(掃却): '소'는 여기서 붓을 휘둘러 그리는 것을 뜻한다. '각'은 동사 뒤에 쓰이는 어조사

681 적현(赤縣): 『사기』「맹자순경열전(孟子荀卿列傳)」에 "중국을 적현신주(赤縣神州)라 한다"는 말이 나온다. 경읍(京邑)의 속현에는 적(赤)과 기(畿)가 있는데, 인구가 많고 번화한 곳을 적이라 하였다. 봉선은 지금의 포성현인데, 『당서』「지리지」에 의하면 봉선이 두 번째로 번화하였기 때문에 개원 4년(716)에 적현으로 이름을 고치고 경조에 예속시켰다. 유단이 봉선 현위가되어 그 고을의 산수를 병풍에 담아 그렸으므로 이렇게 말한 것이다.

682 창주취(滄洲趣): '창주'는 곧 경성군(景城郡)으로 춘추 전국 시대 제나라와 조나라의 경계였다. 진(秦)나라 거록(鉅鹿)과 상곡(上谷) 두 군이 있던 자리로, 한나라 고조 때 이곳에 발해군(渤海郡)을 설치하였는데, 곧 당나라 때 창주이다. 창주도는 곧 창해(滄海)를 그린 그림이다.

畫師亦無數나
화 사 역 무 수

好手不可遇[683]라
호 수 불 가 우

對此融心神[684]하니
대 차 융 심 신

知君重毫素[685]라
지 군 중 호 소

豈但祁岳與鄭虔[686]고
기 단 기 악 여 정 건

화공 또한 수없을 것이나,

훌륭한 솜씨 만날 수 없으리라.

이것 대하고 마음과 정신 화락해지니,

그대 붓으로 비단에 그림 중시함
알겠네.

어찌 다만 기악과 정건뿐이겠는가?

유단은 그림을 잘 그렸는데, 그가 적현도를 그렸다는 것을 들은 두보가 흥이 나서 다시 창주의 그윽한 정취를 그리게 한 것을 말한다. 남조 제(齊)나라 사조(謝朓)의 시 「선성군으로 가며 신림포를 나서 판교로 향하다(之宣城郡出新林浦向板桥)」에 "녹봉을 품은 마음 즐거울 뿐 아니라, 게다가 창주의 정취까지 들어맞네(旣歡懷祿情, 復協滄洲趣)"라는 구절이 있다. 나중에는 주로 산수가 어우러지고 은자가 지내는 곳을 가리키게 되었다.

683 화사~불가우(畫師~不可遇): 진나라 대규(戴逵)가 말하기를 "세상에는 그림을 그린다는 사람이 도처에 널려 있으나 솜씨가 좋은 사람은 또한 만나기 어렵다(世之畫者, 比比皆是, 但好手, 亦難遇)"고 하였다. 또 『남사』 「유견오전(庾肩吾傳)」에는 "장사간의 부와 주승일의 변설은 또한 뛰어난 솜씨를 이루었지만 다시 만나기는 어렵다(張師簡之賦, 周升逸之辯, 亦成佳手, 難可復遇)"는 말이 있다.

684 융심신(融心神): 진(晉)나라 좌사(左思)의 「은사를 부름(招隱)」에 "앞에 차가운 샘과 우물 있으니, 애오라지 마음과 정신 밝게 할 만하네(前有寒泉井, 聊可瑩心神)"라는 구절이 있다.

685 호소(毫素): '호'는 붓을, '소'는 글을 쓰는 비단[書縑]을 말한다. 진(晉)나라 육기(陸機)의 「문부(文賦)」에 "이 세상에 펼쳐진 온갖 아름다운 것을 오직 붓과 비단에 의지하여 그려 낸다(紛威蕤以馺遝, 唯毫素之所擬)"는 구절이 있다. 또 남조 송나라 안연년(顔延年)의 「다섯 군자를 읊음·상수(五君詠·向常侍)」에 "상수 싱겁고 묽은 것 달게 여기고, 깊은 마음 붓끝과 비단에 맡기네(向秀甘淡薄, 深心託毫素)"라는 구절이 있다.

686 기악정건(祁岳鄭虔): 모두 당시에 그림을 잘 그리던 사람들이었다. 당나라 이사진(李嗣眞)의 『속화품록(續畫品錄)』에 "이름만 남아 있고 종적이 보이지 않는 사람이 스물다섯 명인데, 기악은 이국항(李國恒)의 아래에 있다"고 하였다. 정건은 『당서(唐書)』에 기사가 보이는데 "정건은 산수를 잘 그렸는데 일찍이 스스로 그가 지은 시와 그림을 갖다 바쳤더니 황제가 크게 기뻐하며 그 끝에다 쓰기를 '삼절'이라 하였다"는 구절이 나온다.

筆跡遠過楊契丹⁶⁸⁷이라   붓 자취 양거란보다 훨씬 뛰어나다네.
필 적 원 과 양 거 란

得非玄圃⁶⁸⁸裂이면   얻은 것 현포를 찢어온 것 아니라면,
득 비 현 포   열

無乃瀟湘翻⁶⁸⁹고   소수와 상수 물결 뒤집히는 것이
무 내 소 상 번   아니겠는가?

俏然⁶⁹⁰坐我天姥⁶⁹¹下하니   슬피 나를 천모산 아래에 앉히니,
초 연   좌 아 천 모   하

---

687 양거란(楊契丹): 유언의 필적이 양거란보다 뛰어나니 기악이나 정건은 말할 필요도 없다는 말
이다. 수나라 사람 양소(楊素)는 그림을 잘 그린다고 일컬어졌는데, 그가 그린 그림이 거란[契
丹]까지 전해져서 호로 삼았다. 정법사(鄭法士)가 일찍이 양소의 화본(畫本)을 구하였는데,
양소가 정법사를 이끌고 조정에 이르러 궁궐과 의관, 인물이며 거마를 가리키고는 말하기를
"이것이 옛사람들의 화본이오"라고 하였다. 이로 인하여 정법사는 깊이 탄복했다고 한다.

688 현포(玄圃): 현포는 곤륜산(崑崙山) 꼭대기에 있다고 하며, 금으로 만든 대(臺)가 다섯 곳, 옥
루(玉樓)가 열두 개 있는데, 신선의 거처라고 한다. 『수경주(水經注)』에 의하면 곤륜산의 두 번
째 등급으로, 일명 낭풍(閬風)이라고 한다 하였다. 『산해경』에는 「현포(縣圃)」로 되어 있다. 굴
원의 『초사』「슬픔을 만나(離騷)」에 "아침에 수레를 창오에서 출발시켜, 저녁에 나는 현포에 이
르렀네(朝發動於蒼梧, 夕余至乎玄圃)"라는 구절이 있다.

689 소상번(瀟湘翻): 소수와 강수는 모두 물 이름. 상수는 양해(陽海)에서 발원하여 영릉(英陵)의
북쪽에서 영수(營水)와 만나는데, 두 강이 합류하는 곳을 소상이라 하며 동정호(洞庭湖)로 흘
러 들어간다. '소'라는 것은 물이 맑고 깊음을 의미한다. 남조 양나라 강엄(江淹)의 시「잡체시·왕
미의 병을 요양함의 시체를 본따서(雜體詩·效王徵養疾)」에 "멀고 아득하게 소수와 상수 비어
있고, 푸른 시내는 고요하게 붇지 않네(窈諺瀟湘空, 翠碉澹無滋)"라는 구절이 있다.

690 초연(俏然): 슬픈 모양, 조용한 모양

691 천모(天姥): 곧 항주(杭州)의 천일산(天日山)을 말한다. 『오월군국지(吳越郡國志)』에 의하면
"천모산은 괄창산(括蒼山)과 연접해 있으며 석벽에 글자가 새겨져 있으나 높아서 알아볼 수가
없다. 봄에 달이 뜨면 나무꾼들의 귀에 통소와 북소리가 시끄럽게 들려온다"라고 하였다. 남조
송나라 사령운(謝靈運)의 시「해교에 올라 내려다보며 종제인 혜련에게 보냄(登臨海嶠與從
弟惠蓮)」에 "어둑해져 섬 중의 산에서 투숙하고, 이튿날 천모산의 봉우리에 오르네(暝投剡中
山, 明登天姥岑)"라는 구절이 있다. 두보의 시「웅대한 뜻을 품고 돌아다님(壯遊)」에 "돌아가
는 돛 천모산에 떨치네(歸帆拂天姥)"라는 구절이 있는 것으로 보아 예전에 유람했던 곳을 회
상하고 있는 것인 듯하다.

耳邊已似聞淸猿[692]이라
이 변 이 사 문 청 원

귓가에 이미 맑은
잔나비 소리 들리는 듯하네.

反思前夜風雨急하니
반 사 전 야 풍 우 급

어젯밤 바람과 비
빠름 돌이켜 생각하니,

乃是蒲城鬼神入[693]이라
내 시 포 성 귀 신 입

곧 포성에 귀신이 드네.

元氣[694]淋漓[695]障猶濕하니
원 기 림 리 장 유 습

원기 펄펄 넘쳐
병풍 오히려 젖은 듯하니,

眞宰[696]上訴天應泣[697]이라
진 재 상 소 천 응 읍

진재 상소하여
하늘이 흐느낀 것이리라.

---

692 이변문청원(耳邊聞淸猿): 사령운의 바로 위의 주석에서 인용했던 시에 "가을 샘 북쪽 시내에 울리고, 슬픈 잔나비 소리 남쪽 오랑캐 땅에 울려 퍼지네(秋泉鳴北澗, 哀猿響南蠻)"라는 구절이 있다.

693 포성귀신입(蒲城鬼神入): '입'이 '두려워할 공(恐)' 자로 된 판본도 있다. '포성'은 곧 봉선현(奉先縣)으로, 한나라 때에는 중천현(重泉縣)으로 불렸으나 당나라 개원 연간에 이렇게 고쳐 부르게 되었다.

694 원기(元氣): 한나라 동방삭(東方朔)의 「손님에게 어려운 것을 대답함(答客難)」에 "큰 것은 원기를 머금고 있고, 가는 것은 무리가 없는 것에 든다(大者含元氣, 纖者入無倫)"라는 구절이 있다.

695 임리(淋漓): 원기가 넘치는 모양. 또는 피나 땀 같은 것이 줄줄 흐르는 모양

696 진재(眞宰): 진군(眞君)이라고도 하며, 도교에서 말하는 우주의 주재자. 하늘이 만물의 주재자이기 때문에 이렇게 부른다. 조물주, 조화신. 『장자』「제물론(齊物論)」에 "참된 주재자가 있기는 하지만 그 모습은 볼 수 없다. (…) 실은 참된 주인이 있다(若有眞宰, 而特不得其眹 (…) 其有眞君存焉)"는 구절이 있다. 이 구절은 유단의 화필이 자연의 조화를 빼앗아 버려 진재가 이를 상소하였음을 말한다.

697 천응읍(天應泣): 당나라 전희백(錢希白)의 『동미지(洞微志)』에 구름이 없는데 비가 내리는 것을 "하늘이 흐느낀다(天泣)"고 하였다. 옛날에 창힐(蒼頡)이 글자를 만들자 "하늘이 곡식을 비처럼 내리고, 귀신이 밤에 울었다(天雨粟, 鬼夜泣)"는 데서 차용하였다.

野亭春還⁶⁹⁸雜花⁶⁹⁹遠⁷⁰⁰하고
야 정 춘 환　잡 화　원

　　　　들의 정자에 봄 돌아오니
　　　　잡풀의 꽃 오래 피어 있고,

漁翁暝踏⁷⁰¹孤舟立이라
어 옹 명 답　고 주 립

　　　　고기잡이 늙은이 어둑한데
　　　　외로운 배 밟고 섰네.

滄浪⁷⁰²水深靑溟⁷⁰³闊하고
창 랑　수 심 청 명　활

　　　　창랑의 물 깊고 푸른 바다 넓으며,

欹岸側島秋毫末⁷⁰⁴이라
의 안 측 도 추 호 말

　　　　기운 언덕과 비스듬한 섬
　　　　가을 털끝 같네.

不見⁷⁰⁵湘妃鼓瑟時나
불 견　상 비 고 슬 시

　　　　상수의 왕비 거문고 치던 때
　　　　어찌 보지 못하겠는가?

至今斑竹⁷⁰⁶臨江活이라
지 금 반 죽　임 강 활

　　　　지금도 얼룩진 대나무
　　　　강 굽어보며 살아 있네.

698　춘환(春還): 봄의 기운이 되돌아왔음을 말한다.

699　잡화(雜花): 남조 양나라 구지(丘遲)의 「진백지에게 보내는 편지(與陳伯之書)」에 "늦은 봄
　　　3월에는 강남의 풀이 길고 잡풀의 꽃이 피고 나무가 나며 앵무새떼들이 어지러이 나른다(暮
　　　春三月, 江南草長, 雜花生樹, 群鶯亂飛)"는 구절이 있다.

700　원(遠): 여기서는 구(久)의 뜻으로 쓰였다.

701　명답(暝踏): '명'은 해가 서산으로 들어가[日入] 어둑해지는 것을 말한다. 즉 어둠 속에 서 있다
　　　는 뜻이다.

702　창랑(滄浪): 초(楚)나라에 있는 물 이름

703　청명(靑溟): 바다를 가리킨다.

704　추호말(秋毫末): 『맹자』「양혜왕 상(梁惠王上)」에 "눈의 밝음은 가을[이 되어 가늘어진] 털의
　　　끝을 살피기에 충분하지만 수레에 실린 섶은 보지 못한다(明足以察秋毫之末, 而不見輿薪)"
　　　는 말이 있다. 또 『신자(愼子)』에도 "이주의 눈 밝기는 가을 털의 끝을 살필 수 있다(離朱之明,
　　　察秋毫之末)"는 말이 있다. 여기서는 붓끝을 말하며, 지극히 섬세함을 말한다.

705　불견(不見): 고시(古詩)에서는 불견이 거의 '어찌 보이지 않는가?(豈不見)'의 뜻으로 쓰인다.

劉侯天機精707하고
유 후 천 기 정

愛畫入骨髓708라
애 화 입 골 수

自有兩兒郎709하니
자 유 양 아 랑

揮灑亦莫比라
휘 쇄 역 막 비

大兒聰明到하고
대 아 총 명 도

能添老樹巔崖裏요
능 첨 노 수 전 애 리

유단의 천기 정미로우니,

그림 사랑하여 골수에 스며들었네.

자신은 두 아들 두었는데,

붓 휘두르고 먹물 뿌림
또한 견줄 데 없다네.

큰아들은 총명이 이르러,

산꼭대기 벼랑에다가,
늙은 나무 그려 넣을 수 있네.

---

706 상비~반죽(湘妃~斑竹): 진나라 장화(張華)의 『박물지(博物志)』권 8 「사보(史補)」에 "동정호
의 군산(君山)에는 요임금의 두 딸이자 순임금의 비인 두 왕비가 살고 있는데 상부인(湘夫人)
이라고 한다. 순임금이 죽었을 때 눈물을 대나무에 뿌려 대나무가 모두 얼룩무늬로 물들었다
(以淚揮竹, 竹盡斑)"는 고사가 나온다. 순임금의 두 왕비인 아황(娥皇)과 여영(女英)은 죽어
서 상수의 신이 되었으므로 상비(湘妃)라고 하며, 이 얼룩무늬 대나무를 상죽(湘竹)이라고 한
다. 『초사』「멀리 나가 놀다(遠遊)」에 "[요임금의 음악인] 함지를 펴서 승운을 연주하고, [요임금
의] 두 딸이 모시고 [순임금의 음악인] 구소를 노래하네. 상수의 신령으로 하여금 슬을 뜯게 하
고, 해약으로 하여금 빙이를 춤추게 하네(張咸池奏承雲兮, 二女御九韶歌. 使湘靈鼓瑟兮,
令海若舞馮夷)"라는 구절이 있다.

707 천기정(天機精): 『장자』「대종사(大宗師)」에 "욕망이 깊은 자는 그 마음의 작용이 얕다(其耆
欲深者, 其天機淺)"는 말이 있다.

708 애화입골수(愛畫入骨髓): 『한서』「추양전(鄒陽傳)」에 "덕이 골수에 스며들고 은혜를 끝없는
곳에 더한다(德淪於骨髓, 恩加於無窮)"는 말이 있다. 륜(淪)은 입(入) 자와 같은 뜻
송나라 왕십붕(王十朋)이 주석을 달기를 "서막(徐邈)이 말하기를 '내가 왕귀(王貴)의 그림을
보니 골수에 사무칠 정도로 사랑스러워(畫人骨髓愛) 나의 학문이 기묘한 곳에 이르지 못함이
한스럽다'고 했다"라고 하였다.

709 아랑(兒郎): 남조 진(陳)나라 서릉(徐凌)의 「오서곡(烏棲曲)」에 "풍류는 순욱(荀彧)의 아드님
이니, 분만 잘 바를 뿐 아니라 향기까지 난다네(風流荀令好兒郎, 偏能傳粉復薰香)"라는 구
절이 있다.

小兒心孔開하여
소 아 심 공 개

작은아들은 마음의 구멍 열리어,

貌得[710]山僧及童子라
막 득   산 승 급 동 자

산의 중과 동자
그대로 따라 그릴 수 있네.

若耶溪雲門寺[711]여
약 야 계 운 문 사

약야계와 운문사 있는데,

吾獨胡爲在泥滓[712]오
오 독 호 위 재 니 재

내 홀로 어찌 진흙 찌끼 속에 있으리오,

靑鞋[713]布襪從此始라
청 혜   포 말 종 차 시

푸른 신발과 베 버선 신고
여기에서 막 나서리라.

---

710 대아~막득(大兒~貌得): 『후한서』 「예형전(禰衡傳)」에 "예형은 노국(魯國)의 공융(孔融)과
     홍농(弘農)의 양수(楊脩)하고만 친하여 항상 말하기를 '큰아이는 공문거(孔文擧)요, 작은아
     이는 양덕조(楊德祖)다. 나머지 사람들은 변변치 못하여 헤아릴 것도 없다'"고 하였다는 말이
     있다.
     막(貌: 莫角切)은 모사(模寫)와 같은 뜻으로 인물 따위를 형체 그대로 따라 그림을 말한다.
711 약야계운문사(若耶溪雲門寺): '약야계'는 곧 월계(越溪)를 말하는 것으로 모두 회계 산음현
     (山陰縣)에 있다. 약야계는 길이가 수십 리에 달하며, 이 냇물을 따라 모두 여섯 개의 절이 있는
     데 운문사를 으뜸으로 친다고 한다. 『남사』 「하윤전(何胤傳)」에 "하윤의 자는 원래 자계(子季)
     인데, 숙부인 광의 양자가 되어 윤숙[胤叔: 숙부의 뒤를 잇는다는 뜻]이라고 고쳤다. (…) 하윤
     은 회계산이 신령스럽고 기괴함이 많다고 하여 그곳에 가서 놀았는데 약야산 운문사에서 거처
     하였다"고 하였다.
712 니재(泥滓): 진나라 반악(潘岳)의 「서쪽으로 가다(西征賦)」에 "어떤 사람은 머리를 풀어헤치
     고 소매를 왼쪽으로 늘어뜨리기도 하고 몸을 진흙탕에서 빼치기도 하네(或被髮左衽, 奮身泥
     滓)"라는 구절이 있다.
713 청혜(靑鞋): 망혜(芒鞋), 곧 짚신이다. 이는 속세를 벗어나 회계의 약야계와 운문사로 가서 놀
     고 싶은 두보의 마음을 나타낸다. 남조 제(齊)나라 사조(謝朓)의 글에 "어찌 시문을 짓는 과장
     (科場)을 위해 회계의 산수의 빼어남을 출몰하겠는가? 베 버선, 푸른 짚신, 갈새의 깃털로 장식
     한 모자, 대나무 지팡이, 나의 뜻은 여기에서 출발한다(胡爲翰墨場屋中, 出沒會稽山水奇秀,
     布襪靑鞋鶡冠竹杖, 吾志從此始矣)"는 말이 있다.

202. 이조의 팔분소전 글씨를 노래함(李潮八分小篆歌)[714]

두보(杜甫)

蒼頡鳥跡[715]旣茫昧하니
창힐 조 적   기 망 매

창힐의 새 발자국 이미 아득해졌으니,

字體變化如浮雲[716]이라
자 체 변 화 여 부 운

글자체의 변화 뜬구름 같네.

陳倉石鼓[717]又已訛나
진 창 석 고   우 이 와

진창의 석고문 또한 이미 와전되어,

大小二篆[718]生八分[719]이라
대 소 이 전   생 팔 분

크고 작은 두 전자에 팔분서 생겨났네.

---

714 이조팔분소전가(李潮八分小篆歌): 이 시는 대력(大曆) 초년(766) 기주(夔州)에서 지은 것이
다. 이조는 두보의 생질이다. 시에서는 "파동에서 이조를 만났다(巴東逢李潮)"라고 하였는데,
기주는 본래 파동군이었기 때문에 이렇게 말한 것이다.
　　이조에 대해서는 더러 언급이 보이는데, 주월(周越)의 『서원(書苑)』에서는 "이조는 소전에 뛰어
났으며 이사의 「역산비(嶧山碑)」를 배웠고 당시에 이미 소전으로 일컬어졌다"고 하는데, 조명
성(趙明誠)의 『금석록(金石錄)』에서는 다음과 같이 말하고 있다. "「당혜의사미륵상비(唐慧義
寺彌勒像碑)」는 이조의 팔분서이다. 이조의 서체는 그 당시 처음부터 중시되지 않았으며 두보
만이 시에서 그를 매우 칭송했다. 지금 석각에 남아 있는 것은 이 비문과 「팽원요묘비(彭元曜墓
碑)」뿐인데, 그 필법 또한 그리 뛰어나지 못하여 한택목, 채유린과는 비견될 수 없다."

715 창힐조적(蒼頡鳥跡): 창힐은 황제(黃帝)의 신하로 새 발자국을 살펴보고 글자를 만들었다. 위
항(衛恒)의 『서세(書勢)』에서는 "황제의 사관(史官)인 저송(沮誦)과 창힐이 새의 발자국을 보
고 비로소 서계(書契)를 만들었다"고 하였다.

716 자체변화여부운(字體變化如浮雲): 창힐 이후로는 자체의 변역(變易)이 뜬구름과 같아 정해
진 체가 없었음을 말한다.

717 진창석고(陳倉石鼓): 봉상부(鳳翔府) 진창현, 곧 보계현(寶雞縣) 남쪽에는 주나라 선왕 때의
석고가 있는데, 산의 바위 형태가 돌북을 닮아서 그렇게 부른다. 석고에는 열 쪽의 석고문(십기
(十紀))이 있는데, 주나라 선왕의 전렵(畋獵)에 관한 일이 새겨져 있다. 그 글자는 사주(史籒)
의 대전이다. 석고문에 관한 상세한 것은 시 번호 196, 197 한유와 소식의 「돌북을 노래함(石
鼓歌)」, 「나중에 돌북을 노래함(後石鼓歌)」을 참조할 것

718 대소이전(大小二篆): 사주의 대전(大篆)과 이사의 소전(小篆)을 말한다. 위항(衛恒)의 『서세
(書勢)』에서는 "[주나라] 선왕의 태사인 주는 대전 15편을 지었는데 고문과 다른 것도 더러 있
었으며, 당시 사람들은 곧 그것을 주서(籒書)라 하였다. 이사는 「창힐」편을 짓고 조고(趙高)는
「원력(爰歷)」편을 지었으며, 호무경(胡毋敬)은 「박학(博學)」편을 지었는데 모두 사주의 법식

秦有李斯漢蔡邕하고
진 유 이 사 한 채 옹

중간作者寂不聞⁷²⁰이라

진나라에는 이사가,
한나라에는 채옹이 있으며,

中間作者寂不聞⁷²⁰이라
중 간 작 자 적 불 문

중간에 일어난 사람들은
고요하게 듣지 못했다네.

嶧山之碑⁷²¹野火焚하니
역 산 지 비　야 화 분

역산의 비문 들의 불이 태우니,

棗木傳刻肥失眞⁷²²이라
조 목 전 각 비 실 진

대추나무에 옮겨 새긴 것
살쪄 참모습 잃었네.

을 취하였으며, 어떤 것은 획을 줄이고 고치기도 하였는데, 이른바 소전이라는 것이다"라고 하였다.

719　팔분(八分): 채옹(蔡邕)의 서체. 팔분이라는 명칭의 유래는 대체로 두 가지 설이 있다. 주월의 『서원』에 의하면 진시황 때 우인(羽人)으로 있던 상곡(上谷) 사람 왕차중(王次仲)이 예서를 꾸며서 만든 것으로 글자의 형태가 좌우로 나누어지는 것이 "점차 8자처럼 분산된다(漸若八字分散)"고 해서 붙여졌다고 한다. 한편『채문희별전(蔡文姬別傳)』에 의하면 "아버지 채옹이 말하기를 정막(程邈)의 예자(隸字)를 8로 나누어 그 가운데서 2를 취하고, 이사의 소전을 2로 나누어 그 가운데서 8분을 취하였으므로 8분이라고 한다"고 하였다.

720　적불문(寂不聞): '적'은 『두보집』에는 '끊을 절(絶)' 자로 되어 있다.

721　역산지비(嶧山之碑): 진시황이 추역산(鄒嶧山)에 올라 바위를 새겨 공덕을 칭송하였는데, 그 문자는 이사의 소전이다. 시 번호 197 소식의「나중에 돌북을 노래함(後石鼓歌)」의 주 608을 참조할 것

722　조목전각비실진(棗木傳刻肥失眞): 추역산의 비석이 들불에 타 버려 그것을 아까워하여 대추나무에 옮겨 새긴 것을 말한다. 당나라 봉연(封演)의 『봉씨문견기(封氏聞見記)』에 의하면 북위의 태무제(太武帝)가 그것을 밀어 넘어뜨렸다고 한다. 그런데도 역대로 그것을 모범으로 삼으니 그 고을의 사람들이 공명(供命)에 지쳐 그 아래에다 섶을 모아 불을 질러 버렸다. 이로 인해 잔결본을 더 이상 탁본을 뜰 수 없었으나 구하는 자가 그치지 않아 군수가 옛글을 취하여 비석에다 새겨 현의 관아에 세워 놓았다고 한다. 그 후에 역산의 비문으로 돌아다니는 것은 모두 이때 새긴 것이다. 이때 원래보다 자체가 조금 두꺼워져서 두보가 살쪘다고 말했으며, 여기서 말한 대추나무에 새긴 것은 또 다른 별본이 아닌가 한다.

苦縣光和[723]尙骨立[724]하니
고 현 광 화　상 골 립

고현의 광화 연간에 새긴 것
오히려 뼈대 섰으니,

書貴瘦硬[725]方通神이라
서 귀 수 경　방 통 신

서체는 여위고 굳셈 귀히 여겨야
바야흐로 신묘함과 통하네.

惜哉李蔡不復得[726]이나
석 재 이 채 불 부 득

안타깝게도 이사와 채옹
다시는 얻을 수 없으나,

吾甥李潮下筆親[727]이라
오 생 이 조 하 필 친

내 생질 이조 붓 대는 것이 가깝네.

尙書韓擇木[728]이오
상 서 한 택 목

상서 한택목과

騎曹蔡有隣[729]이라
기 조 채 유 린

기조 채유린이 있네.

723　고현광화(苦縣光和): 『속한서(續漢書)』에 의하면 후한 환제(桓帝) 연희(延熹) 연간
(158~166)에 조칙으로 고현(노자의 출신지로 지금의 하남성 진현(眞縣))에 노자의 사당을 세
우고 아울러 비문을 새기게 하였는데, 곧 채옹의 팔분서였다고 한다. 그런데 광화(178~183)는
영제(靈帝)의 연호이니 연희 연간과는 10여 년의 차이가 있다. 이로 보건대 노자의 사당은 연
희 연간에 세워졌고 비석의 글은 광화 연간에 새겨진 것으로 보인다.

724　상골립(尙骨立): 채옹의 서체이다. 역산의 비문에서는 대추나무로 참됨을 잃었지만 고현의 비
문은 뼈대가 선 것을 기뻐한다는 의미이다.

725　서귀수경(書貴瘦硬): 필체의 자획이 여윈 듯하면서도 굳세어 힘이 있다. 당나라 초기에는 진
(晉)·송(宋)의 기풍을 이어받아 경건(勁健)함을 숭상하였으나 개원·천보 연간 이후에 살찌고
두꺼운 것으로 변했다 한다.

726　이채불부득(李蔡不復得): '부'는 가(可)로 된 판본도 있다. '이채'는 이사와 채옹을 말한다.

727　하필친(下筆親): '친'은 가깝다[近]는 뜻. 이조의 서체가 이사와 채옹에 가깝다는 의미인데, 이
조는 소전을 잘 썼다.

728　상서한택목(尙書韓擇木): 한택목은 창려(昌黎) 사람으로 벼슬이 공부상서(工部尙書), 산기
상시(散騎常侍)까지 올랐다. 『구당서』 「숙종본기(肅宗本紀)」에 의하면 "상원 원년 4월(760)
우산기상시 한택목을 예부상서로 삼았다"고 하였다. 그는 팔분서에 뛰어났으며, 채옹의 서법을
배웠다. 당시에 글씨의 풍류가 여유 있고 예뻐서 채옹의 필법이 중흥했다고 한다.

729　기조채유린(騎曹蔡有隣): 채유린은 채옹의 18대손으로 제양(濟陽) 사람. 벼슬은 우위솔부병

開元已來數730八分하니   개원 연간 이래로
개 원 이 래 수   팔 분   팔분서 헤아리겠더니,

潮也奄有二子731成三人이라 이조에겐 문득 두 사람 더불어
조 야 엄 유 이 자   성 삼 인   세 사람 되었네.

況潮小篆逼秦相732하여   하물며 이조의 소전체
황 조 소 전 핍 진 상   진나라 승상에 매우 가까워,

快劍長戟森相向733이라   예리한 칼과 긴 갈래창
쾌 검 장 극 삼 상 향   삼엄하게 서로 향하네.

八分一字直百金734하니   팔분서 한 자에 백금의 가치 있으니,
팔 분 일 자 치 백 금

조참군(右衛率府兵曹參軍: 줄여서 騎曹라 함)까지 올랐으며 팔분서에 뛰어났다. 처음에는
필체가 졸박하고 약했으나 천보 연간에 마침내 정묘해졌다고 한다.

730 수(數): 계(計), 곧 헤아리다의 뜻으로 쓰였다.

731 엄유이자(奄有二子): '엄'은 마침내, 갑자기의 뜻. 『시경』「대아·황의(皇矣)」에 "마침내 온 세
상 다스리게 되었네(奄有四方)"라는 말이 나오는데, 주석에서 "엄은 마침내, 갑자기의 뜻이다
(奄, 遂也, 忽也)"라고 하였다.

732 진상(秦相): 진나라의 승상 이사를 말한다.

733 쾌검장극삼상향(快劍長戟森相向): 서체의 빠르기와 날카로움이 칼과 창같이 잘 정제되었다
는 뜻이다. 당나라 장언원(張彦遠)의 『서법요록(書法要錄)』에서는 "위중장(韋仲將)의 서체는
용을 길들인 것 같고 호랑이가 쭈그리고 앉은 것 같으며, 칼을 빼들고 쇠뇌를 당겨 놓은 것 같다
고 한다. 본조의 구양순(歐陽詢)의 서체는 행서에 더욱 뛰어나 삼엄하기가 무기고의 창과 갈래
창[矛戟] 같다"라고 하였다.

734 일자치백금(一字直百金): 백(百)이 천(千)으로 된 판본도 있다. 치(直)는 치(値)와 같은 뜻이
다. 『서경잡기(西京雜記)』에는 "회남왕 유안(劉安)이 『회남자』를 짓자 양웅(揚雄)은 매 글자
에 출입이 있다 하여 한 자에 백금의 가치가 있다고 생각하였다"는 말이 있고, 『사기』「여불위열
전(呂不韋列傳)」에 "여불위는 식객을 시켜 그 들은 바를 저술하여 논집을 내고 그것을 『여씨
춘추』라 불렀다. 이것을 함양의 시문(市門)에 진열하여 놓고 천금을 그 위에 달아 놓은 뒤에 제
후의 유사(游士)와 빈객들을 맞아들여 '단 한 글자라도 더 보태거나 빼 버리는 자가 있으면 천
금을 주겠다'고 하였다"는 말이 있다. 정막(程邈)이 이사의 글씨를 보고 "이는 한 자에 천금의

蛟龍盤拏[735]肉屈强이라
교룡반나 육굴강

교룡 서리어 끌어당기는 듯
근육 구불구불 굳세네.

吳郡張顚誇草書[736]나
오 군 장 전 과 초 서

오군의 장이마가 초서 자랑하나,

草書非古空雄壯이라
초 서 비 고 공 웅 장

초서는 옛것 아니어서
속절없이 굳세고 씩씩하네.

豈如吾甥不流宕[737]고
기 여 오 생 불 류 탕

어찌 내 생질 방탕치 않음만 같으리?

丞相中郎[738]丈人行[739]이라
승 상 중 랑 장 인 항

승상과 중랑장
어르신과 한 항렬이라네.

巴東[740]逢李潮하니
파 동 봉 이 조

파동에서 이조 만났는데,

逾月求我歌라
유 월 구 아 가

달이 넘도록 내 노래 구하네.

가치가 있다(此一字直千金)"고 했다 한다.

735 교룡반나(蛟龍盤拏): 필적이 기괴하고 굳세어 용이 서리어 끌어당기는 듯하다는 뜻이다.

736 오군장전과초서(吳郡張顚誇草書): 장욱(張旭)은 자가 백고(伯高)이며, 오군(吳郡) 사람으로 초서에 뛰어나 당대에 이백의 시, 배민(裵旻)의 칼춤과 함께 삼절(三絶)로 일컬어졌다. 술에 취하면 붓을 휘두르며 큰 소리를 질러댔다고 하며, 머리에 먹물을 묻혀 글씨를 썼으므로 천하에서는 그를 장이마[張顚]라 불렀다. 술에 취하여 글씨를 쓰고는 깬 뒤에 보고 신인(神人)이 쓴 것이라 하였다고 하며, 사람들은 그를 초서의 성인[草聖]이라 하였다.

737 웅장·류탕(雄壯·流宕): 모두 초서를 가리키는 것으로, 여위고 굳셈[瘦硬]과는 반대의 개념이다. 장욱이 당시에 웅장하고 방탕한 서체인 초서로 이름을 날렸지만, 이조의 필체는 옛날 이사나 채옹의 경지에 들어간 것을 칭찬하여 한 말이다.

738 승상중랑(丞相中郎): 승상은 진(秦)나라의 이사를 말하고, 중랑장은 한나라의 채옹을 말한다.

739 장인항(丈人行): '장인'은 늙은이를 높여서 부르는 호칭이고 '항'은 여기서 무리[輩]의 뜻으로 쓰임. 『사기』 「흉노열전(匈奴列傳)」에 "한나라의 천자는 우리 어르신네와 같은 항렬이다(漢天子我丈人行也)"라는 말이 나온다.

740 파동(巴東): 후한 때 파군(巴郡: 지금의 사천성 동부)을 셋으로 나누어 삼파(三巴)라 하였는데, 그중의 하나이다.

我今衰老才力薄하니
아 금 쇠 로 재 력 박

내 이제 여위고 늙어 재주와 힘 엷으니,

潮乎潮乎奈汝何[741]오
조 호 조 호 내 여 하

조야, 조야 너를 어찌할꼬?

203. 천육의 나는 듯이 달리는 말(天育驃騎歌)[742]

두보(杜甫)

吾聞天子之馬走千里[743]하니
오 문 천 자 지 마 주 천 리

내 듣건대 천자의 말
하루에 천 리를 달린다 하니,

今之畫圖無乃是[744]아
금 지 화 도 무 내 시

지금 이 그림 바로 그것이 아니겠는가?

---

741 아금~내여하(我今~奈汝何): 항우의 「해하가(垓下歌)」에 "[천리마인] 추가 나가지 않으니 어찌해야 할까? 우여, 우여, 너를 어찌할꼬?(雖不逝兮可奈何, 虞兮虞兮奈若何)"라는 말이 나온다. 여기서 若(약)은 汝(여)와 같은 뜻이다. 시 번호 196 한유의 「돌북을 노래함(石鼓歌)」의 구절 "소릉에는 사람 없고 귀양 온 신선도 죽었으니, 엷은 재주로 석고 어찌할 수 있을까?(少陵無人謫仙死, 才薄將奈石鼓何)"는 바로 이 구절을 모방하여 지은 것이라고 한다.

742 천육표기가(天育驃騎歌): 청나라의 구조오(仇兆鰲)는 "『신당서』 「병지(兵志)」에 의하면 문이 모두 열두 개가 있는 것이 2구(廐)였는데 하나는 상린(祥麟)이라 하였고 하나는 봉원(鳳苑)이라 하였다. 그 후에 8방(坊)과 8감(監)이 증설되었으나 역시 천육이란 명칭의 마구간은 없었다. 이는 마땅히 천자가 기르는 말이라는 것일 따름이다"라고 하였다.
원래 '표기'는 황백색을 띤 말을 가리킨다. '표'라고 한 것은 그린 말을 말하는데, 또 빠르다는 뜻도 있기 때문에 결국 표기는 비기(飛騎)와 같은 뜻이다. 근대인 고보영(高步瀛)은 "『설문』에서 표(嫖)는 가볍다[輕]는 뜻이라 하였으며, 표(驃)는 표(嫖) 자와 뜻이 통하여 가차할 수 있는 글자이다. 표기는 경기(輕騎)라는 말과 같다"라고 하였다. 이상의 주석을 종합하면 표기는 그림 속에 있는 황백색을 띤 나는 듯이 날래고 가벼운 말이라는 정도의 뜻이 될 듯하다.

743 오문천자지마주천리(吾聞天子之馬走千里): 『목천자전(穆天子傳)』 권 1에 "천자의 말은 [하루에] 천 리를 달린다(天子之馬走千里)"는 말이 있다. 아마 목천자의 여덟 준마[八駿]를 가지고 한 말인 것 같다.

744 금지화도무내시(今之畫圖無乃是): 장경순이 그린 그림이 아마 목천자의 준마일 것이라는 뜻

是何意態雄且傑고
시 하 의 태 웅 차 걸

이 얼마나 뜻과 태도
씩씩하고 또 빼어난가?

駿尾蕭梢朔風起[745]라
준 미 소 초 삭 풍 기

준마의 꼬리 마구 날리니
북쪽의 찬바람 이네.

毛爲綠縹[746]兩耳黃[747]이요
모 위 녹 표   양 이 황

털은 푸르스름하고 흰빛을 띠었는데
두 귀는 누르니,

眼有紫焰[748]雙瞳方[749]이라
안 유 자 염   쌍 동 방

눈에는 붉은 불꽃 있고
두 눈동자는 모났다네.

矯矯龍性[750]合變化하고
교 교 용 성   합 변 화

씩씩한 용의 성질 변화에 부합하고,

---

745 소초삭풍기(蕭梢朔風起): '소초'는 요동치는 모양을 나타내는 의태어. 여기서는 말이 달릴 때
꼬리가 흔들리는 모양을 말한다. 한나라 「천마곡(天馬曲)」에 "꼬리 나부낌이여 북풍 일어나네,
발 은빛 다듬잇돌 같음이여 겹진 얼음 깨뜨리네(尾蕭梢兮朔風起, 足銀砧兮破層冰)"라는 구
절이 있다. 말이 북풍을 두려워하지 않고 달리는 모습을 표현한 것이다.

746 표(縹): 청백색

747 양이황(兩耳黃): 『목천자전』 권 1에 녹이(綠耳)라는 준마의 이름이 나오는데, 그 아래에 진나
라의 곽박(郭璞)이 주석을 달고 "위(魏)나라 때 선비족(鮮卑族)들이 천리마를 바쳤는데, 흰색
이었으며 양쪽 귀가 누런색이어서 황이(黃耳)라 하였다"고 하였다. 한나라 가의(賈誼)의 「굴원
선생의 비운을 슬퍼하노라(弔屈原賦)」에 "천리마가 두 귀를 드리우고, 소금 수레를 끄네(冀垂
兩耳服鹽車兮)"라는 구절이 있다.

748 안유자염(眼有紫焰): 백낙(伯樂)이 지었다고 전해지는 「상마경(相馬經)」에 "눈은 높은 곳을
보고자 하고, 눈자위는 단정하고자 하며, 눈동자는 붉은 아름다운 빛을 내는 방울을 달아 놓은
듯하다"는 말이 있다(『태평어람(太平御覽)』「수부(獸部) 8」에서 인용).

749 쌍동방(雙瞳方): 안연지(顔延之)의 「붉은 털이 섞인 백마(赭白馬賦)」에 "두 눈동자는 거울을
끼고 있는 듯하고, 양쪽 광대뼈는 달과 같네(雙瞳夾鏡, 兩顴協月)"라는 구절이 있다.

750 교교용성(矯矯龍性): '교교'는 교연(矯然)으로 된 판본도 있으며, '교교용성'은 교룡성일(矯龍
性逸)로 된 판본도 있다. '교교'는 교교(蹻蹻)라고도 하며, 씩씩한 모양을 말한다. 『시경』「대아·
높고 높음(崧高)」에 "사마는 씩씩하고, 고리 배띠는 산뜻하네(四牡矯矯, 鉤膺濯濯)"라는 구
절이 있다.

卓立天骨⁷⁵¹森開張⁷⁵²이라
탁 립 천 골 삼 개 장

우뚝 선 하늘의 기골은
삼연히 펼쳐져 있네.

伊昔⁷⁵³太僕張景順⁷⁵⁴이
이 석 태 복 장 경 순

옛날에 태복 장경순이,

監⁷⁵⁵牧攻駒閱⁷⁵⁶淸峻이라
감 목 공 구 열 청 준

말 먹이는 것 감독하고 망아지
길들여 맑게 빼어난 것들 골라,

遂令太奴⁷⁵⁷守⁷⁵⁸天育하고
수 령 태 노 수 천 육

마침내 태노로 하여금
천육의 마구 지키게 하고,

'용'은 준마를 가리키는데, 『주례』「하관·수인(夏官·廋人)」에 "말 가운데 여덟 자 되는 것을 용이
라 하였다"는 말이 나온다. 『한서』「예악지(禮樂志)」의 교사가(郊祀歌)「천마(天馬)」에 "천마
오는데 용이 중매하였다네(天馬來, 龍之媒)"라는 말이 나온다. 응소(應劭)가 주석을 달기를
"천마라는 것이 신룡과 같은 종류임을 말한다"고 하였다. 안연지의「다섯 군자·혜강(五君詠·
嵆中散)」에 "난새의 깃촉 이따금씩 상하고, 용의 성질 누가 길들일 수 있을까?(鸞翮有時鎩,
龍性誰能馴)"라는 구절이 있다.

751 천골(天骨): 『삼국지』「위지·관로전(管輅傳)」에 주석으로 인용된「관로별전(管輅別傳)」에 "공
      요(孔曜)가 기주(冀州)에 이르러 배사군(裴使君)을 보고 말했다. 청하군(淸河郡)에 기기(騏
      驥)라는 천리마가 한 마리 있는 것을 보았는데, 뒷마구간에 묶인 지가 여러 해가 되었고 왕량
      (王良), 백낙(伯樂)과 8백 리나 떨어져 하늘의 기골을 달리어 흙먼지를 일으키지 못하고 있습
      니다(騁天骨, 起風塵)"라는 말이 나온다.

752 개장(開張): 장대(壯大)한 모양

753 이석(伊昔): 옛날에. '이'는 별 의미가 없는 어조사

754 태복장경순(太僕張景順): '태복'은 관명으로, 『신당서』「병지(兵志)」에 의하면 말 먹이는 것을
      감독하는 우두머리였다고 한다. 장경순은 개원(開元) 연간의 사람으로, 장열(張說)의「개원
      13년 농우의 감목을 송덕하는 비문(開元十三年隴右監牧頌德之碑)」에 언급이 되어 있는데,
      당시 진주도독·감목도부사(秦州都督監牧都副使)로 개원 원년 24만 필이던 말을 13년에는
      43만 필이 되도록 관리를 했다고 한다.

755 감(監): 고(考)와 노(老)로 되어 있는 판본도 있다.

756 열(閱): 고르다.

757 태노(太奴): 『한서』권 63에 무왕(武王)의 아들인「창읍 애왕의 전기(昌邑哀王傳)」에 "태노 선
      (善)으로 하여금 건거[巾車: 차양을 친 수레]에 여자들을 태우게 했다"는 기록이 있는데, 안사
      고는 "태노라는 것은 남자 종 가운데서 특히 장대한 자를 말한다"는 주석을 달았다. 조차공(趙

別養驥子759憐神俊760이라
별 양 기 자　련 신 준

천리마 새끼 따로 길러 신령스럽고
빼어남을 어여삐 여기네.

當時四十萬匹馬761나
당 시 사 십 만 필 마

그 당시 말이 사십만 필이었으나,

張公歎其材盡下762라
장 공 탄 기 재 진 하

장공 탄식하였네, 그 재주
모두 그 아래에 있다고.

故獨寫眞763傳世人하니
고 독 사 진　전 세 인

그래서 홀로 참모습 그려
세상 사람에게 전하여,

見之座右764久更新이라
견 지 좌 우　구 경 신

자리 오른쪽에서 보니
오랠수록 더 새롭네.

次公)은 『당서』 「병지(兵志)」를 인용하여 태노가 왕중모(王仲毛)를 가리킨다고 하였는데, 그
냥 여러 노비들의 우두머리, 즉 위의 장경순을 말한다.

758　수(守): 자(字) 자로 되어 있는 판본이 많다.

759　기자(驥子): 환담(桓譚)의 『신론(新論)』에 "말의 관상을 잘 보는 사람이 말을 얻었는데 겉모습
은 못생겼으나 똑바로 달려서 기자[驥子: 천리마의 새끼]라고 불렀다"는 말이 나온다.

760　신준(神俊): 신준(神駿)과 같은 말. 남조 송나라 유의경(劉義慶)의 『세설신어』 「언어(言語)」에
"지도림[支道林: 곧 지둔(支遁)]은 늘 몇 필의 말을 기르고 있었는데, 어떤 사람이 말하기를 '도
인이 말을 기른다는 것은 어쩐지 운치에 맞지 않는 것 같군요'라고 하자, 지도림이 말하기를 '소
승은 그 신묘스런 준일함을 중히 여기고 있습니다(貧道重其神駿)'라고 하였다"는 말이 있다.

761　앞에 나온 주 754를 참조할 것

762　재진하(材盡下): 『열자』 「설부(說符)」에 "백낙이 말했다. '(…) 신의 자식들은 모두 재주가 시원
찮습니다(臣之子皆下才也)'"라는 말이 있다.

763　사진(寫眞): 양(梁)나라 간문제(簡文帝)의 「미인이 그림을 구경하다(詠美人看畫」라는 시에
"어여쁘도다, 이 그림 함께하면, 누가 진짜처럼 그린 것을 가려낼 수 있겠는가?(可憐俱是畵,
誰能辨寫眞)"라는 구절이 있다.

764　좌우(座右): 옛날 사람들은 명문을 지어 자리의 오른쪽에 두고 경계하였기 때문에 좌우명(座
右銘)이라 하였다. 『문선』에 동한(東漢)의 최원(崔瑗)이 지은 「좌우명(座右銘)」이 수록되어
있다.

年多物化⁷⁶⁵空形影⁷⁶⁶하니
연 다 물 화   공 형 영

해 많이 지나고 사물 변하여
공연히 형태만 그림에 있으니,

嗚呼健步無由騁⁷⁶⁷이라
오 호 건 보 무 유 빙

아아! 씩씩한 걸음 달릴 길 없네.

如今豈無腰裹⁷⁶⁸與驊騮⁷⁶⁹리오
여 금 기 무 요 뇨   여 화 류

지금 세상에 어찌 요뇨와
화류 같은 천리마 없으리오만,

時無王良伯樂⁷⁷⁰死卽休라
시 무 왕 량 백 락   사 즉 휴

마침 왕량과 백낙 없으니
죽으면 그만이니라.

---

765 물화(物化): 『장자』 「천도(天道)」에 "하늘의 즐거움을 아는 자는 살아 있을 때는 자연 그대로 거동하고, 죽어서는 만물의 변화에 따른다(其死也物化)"는 말이 있다.

766 형영(形影): 형체와 그림자. 여기서는 말을 그려 놓은 그림을 뜻한다.

767 건보무유빙(健步無由騁): 장경순이 말의 형상을 그려 놓아 세상에 전하지만 말이 이미 죽고 없으니 그림에 건장한 발걸음이 있다 한들 어찌 세상에 쓰이겠느냐는 뜻. 이는 두보가 당시에 쓸 만한 인재가 없음을 빗대어 한 말이다.

768 요뇨(腰裹): 천리마의 이름으로 요뇨(要裹)라고도 한다. 『여씨춘추』 「이속(離俗)」에 "비토(飛菟)와 요뇨는 옛날의 준마이다"라는 말이 나온다. 『회남자』 「제속(齊俗)」에도 나온다.

769 화류(驊騮): 역시 옛날의 명마 이름. 『열자』 「주목왕(周穆王)」에 "여덟 마리 준마가 끄는 수레를 명하여 탔는데, 오른편의 복마[服馬: 여러 필의 말이 수레를 끌 때 가운데 편에 서는 말]는 화류(驊騮)였고 왼쪽의 복마는 녹이(綠耳)였다"는 말이 나온다. 『목천자전』 권 1에도 나오는데 화류(華騮)로 되어 있으며 곽박이 주석을 달기를 "화류마는 색이 꽃무늬에 붉은빛이며, 지금 명마 가운데 붉은빛을 띠는 것은 조류(棗騮)라 한다. 조류는 붉다"고 하였다. 『사기』 「조세가(趙世家)」에 "조보(造父)는 주 목왕(周繆王: 繆은 穆과 통함)의 총애를 받았다. 그는 도림(桃林)의 도려(盜驪)·화류·녹이(綠耳) 등 여덟 필의 준마를 얻어 목왕에게 바쳤다"는 기록이 있다.

770 왕량백락(王良伯樂): 왕량은 말을 잘 몬 사람이고, 백낙은 말의 관상을 잘 본 사람이다. 『여씨춘추』 「시표(視表)」에 "옛날에 말을 잘 알아본 사람으로는 조(趙)나라의 왕량, 진(秦)나라의 백낙과 구방인(九方埋) 같은 사람이 더욱 그 묘함을 다했다"는 말이 있고, 또 『회남자』 「주술(主術)」에는 "백낙은 말을 잘 알아보았고, 왕량은 말을 잘 몰았다"는 구절이 있다. 백낙은 성이 손(孫)이고 이름은 양(陽)이다. 『좌전』 「애공(哀公) 2년」에 "우무휼(郵無恤)이 조간자(趙簡子)의 전차를 몰았다"는 말이 나오는데, 두예(杜預)는 "우무휼은 왕량이다"라는 주석을 달았다.

204. 강남에서 천보 연간의 악공을 만나다
(江南遇天寶樂叟歌)[771]

백거이(白居易)

白頭病叟[772]泣且言[773]하되
백 두 병 수　　읍 차 언

흰 머리에 병든 늙은이가
울면서 또 말합니다.

祿山[774]未亂入梨園[775]이라
녹 산　　미 란 입 리 원

안녹산이 난리를 일으키기 전에
이원에 들어갔는데,

『국어』「진어(晉語)」에는 우무정(郵無正)으로 되어 있는데, 위소(韋昭)는 주석에서 "무정은 진나라의 대부 우량(郵良), 곧 백낙(伯樂)이다"라고 하였다. 왕량의 자도 손양(孫陽)과 마찬가지로 백낙인데, 각자 다른 사람이다.

771　강남우천보악수가(江南遇天寶樂叟歌): 현종 천보 연간에 황제의 악공과의 대화를 통하여 안녹산의 난 이후 영화로웠던 제국의 커다란 변화를 서술하고 있다. 표면적으로는 악공 개인의 몰락한 처지와 장안이라는 특정 지구의 번성과 황폐를 서술하고 있지만, 실제적으로는 당 왕조가 극성에서 쇠퇴해 가는 과정이 은연중에 잘 표현되어 있다. 백거이는 이처럼 나라와 개인의 영고성쇠를 써냄으로써 위정자들이 각성하기를 바랐을 것이다. 그 스스로 친구인 원진에게 편지를 써서 자신은 세상을 올바로 깨우치기 위해서 시를 쓴다고 선언한 바 있고, 또 그러한 뜻을 노골적으로 드러낸 시들을 수십 편이나 썼기 때문이다.

772　백두병수(白頭病叟): 현종 천보 연간에 악공을 지냈던 늙은이를 말한다.

773　읍차언(泣且言): 한편으로는 울고 한편으로는 말하다. '읍'은 소리는 내지 않고 눈물만 흘리며 우는 것이다.

774　녹산(祿山): 안녹산(安祿山: ?~757)이다. 당나라 영주(營州) 유성(柳城) 해족(奚族) 사람으로, 본성은 강(康)이었고 처음 이름은 알락산(軋犖山)이었다. 어머니가 돌궐(突厥)인인 안연언(安延偃)에게 다시 시집가서 성을 안으로 고치고 이름을 녹산으로 바꾸었다. 중앙아시아 여러 족속의 말에 능통했다 하며 현종 때 당나라 동북쪽 지금 북경 일대인 평로(平盧)·범양(范陽)·하동(河東) 삼진(三鎭)의 절도사가 되었다. 양귀비를 만나 양자로 자칭한 후 그녀를 못 잊는 데다가, 그녀의 사촌 오빠이자 그때 우상(右相)이었던 양국충과 뜻이 어긋나 천보 14년 겨울에 범양에서 반란을 일으키고 낙양과 장안을 차례로 함락시킨 후 웅무황제(雄武皇帝)라 일컬었으며, 국호를 연(燕)이라 하고 연호를 성무(聖武)라 했다. 지덕(至德) 2년 봄에 아들인 안경서(安慶緒)와 이저아(李猪兒)에게 피살되었으며, 『신·구당서』에 모두 전기가 실려 있다.

能彈琵琶和法曲[776]하여
능 탄 비 파 화 법 곡

비파를 잘 타고 법곡을 잘 연주하여,

多在華淸[777]隨至尊[778]이라
다 재 화 청　수 지 존

거의 화청궁에서 지존을 수행했었다오.

是時天下太平久하여
시 시 천 하 태 평 구

이때 천하는 태평이 오래 지속되어,

年年十月坐朝元[779]이라
연 년 십 월 좌 조 원

해마다 시월이면
조원각에서 편히 쉬었는데,

千官起居[780]環佩合[781]이요
천 관 기 거　환 패 합

모든 관원 일어나고 앉을 때마다
패옥들 마주쳤고,

---

775 이원(梨園): 이원은 현종이 악인을 양성하던 곳으로, 옛터는 지금 섬서성 장안현에 있다. 이곳에서 양성된 악인을 특히 이원제자라 하였는데, 자세한 것은 뒤에 나올 시 번호 205 백거이의 「긴 한탄(長恨歌)」의 주 912를 참조할 것

776 화법곡(和法曲): '화'는 거성(去聲)으로 읽으면 동사로 '섞다', '타다'의 뜻이 되며, 여기서는 '반주하다'의 뜻. '법곡'은 본래 도교의 절인 도관(道觀)에서 연주하는 악곡으로 수대(隋代)에 이미 있었다. 당나라 현종은 법곡을 특히 좋아하여 이원제자들로 법부(法部)를 구성하여 가르쳤다. 곡조는 맑고 우아했으며, 징[鐃]과 종(鐘) 등 여러 악기로 합주했다. 유명한 「예상우의곡(霓裳羽衣曲)」도 법곡의 하나이며, 백거이가 실제 가리키는 것도 바로 이것이다.

777 화청(華淸): 여산에 있던 온천궁의 이름. 시 번호 150 소식의 「여산(驪山)」을 참조할 것

778 지존(至尊): 옛날 임금을 높여 부르는 말

779 연년십월좌조원(年年十月坐朝元): '조원'은 누각의 이름으로 여산의 꼭대기에 있었다. 당나라는 도교를 신봉했던 나라였는데, 천보 7년(748) 현원황제(玄元皇帝: 곧 노자)가 조원각에 보였다는 설이 있어 성인이 강림한 누각이라는 뜻의 「강성각(降聖閣)」으로 이름을 고쳤다. 본서의 주석에 "현종은 매년 시월이면 어가를 타고 화청궁에 행차하여 조원각에서 편안히 쉬었다"고 하였다. '좌'는 연좌(宴坐)와 같은 뜻으로 편안하게 쉬며 거처하는 것을 말한다.

780 기거(起居): 신하가 황제에게 올리는 예. 옛날 신료들은 5일에 한 번씩 황제를 뵈었는데, 이를 기거라 하였다. 본래는 기거와 안부의 예를 청하는 것을 말했는데, 나중에는 황제에게 올리는 일반적인 예도 모두 기거라 하였다.

781 환패합(環佩合): 옥으로 만든 원형이나 기타 형태의 차는 패옥 장식품을 말한다. 옛날 통치 계급에 있는 사람들은 남자나 여자나 모두 허리띠에 옥을 찼는데, 움직일 때마다 소리를 내었다. '합'은 모이다[聚]의 뜻

萬國⁷⁸²會同⁷⁸³車馬奔이라
만 국   회 동   거 마 분

만국에서 한자리에 모이느라
수레와 말 분주했었다오.

金鈿⁷⁸⁴照耀石甕寺⁷⁸⁵하고
금 전   조 요 석 옹 사

금비녀 석옹사에서
반짝반짝 빛을 냈고,

蘭麝薰煮⁷⁸⁶溫湯⁷⁸⁷源이라
난 사 훈 자   온 탕   원

난초와 사향 향기
온천 증기에 섞여 퍼졌지요.

貴妃⁷⁸⁸宛轉⁷⁸⁹侍君側이러니
귀 비   완 전   시 군 측

양귀비 사뿐히 임금 곁에서 모셨는데,

---

782 만국(萬國): 주나라 때는 봉건 제후국들을 가리키는 말이었으나, 당나라 때에는 지방 절도사,
곧 번진(藩鎭)을 가리키는 말

783 회동(會同): 제후들이 모여 천자를 뵙는 일을 말한다. 『주례』「대종백(大宗伯)」에 "때때로 와서
뵙는 것을 회라 하고, 여럿이 와서 뵙는 것을 동이라 한다(時見曰會, 殷見曰同)"고 했다. 현종
은 매년 시월이면 화청궁에 가서 머무르다 이듬해 봄이 되어야 장안에 돌아왔는데 화청궁에도
백관을 설치하였다. 위 구절의 천관(千官)은 이런 관료와 서울과 각지에서 알현하러 온 관료와
사자 등을 포괄해서 하는 말이다. 또한 당시 귀족 부인들은 흔히 남자 제후들과 같은 존칭으로
○국부인(○國夫人)에 봉해졌는데 이른바 만국에는 이런 국부인들도 포함된다.

784 금전(金鈿): 금은보석으로 꾸민 귀족 부인들의 머리 장식. 이것으로 부인들의 품급(品級)을 정
하였다. 『당서』「수레와 의복 제도(輿服志)」에 의하면, 황후와 황태자비는 수식화(首飾花)를
꽂았고, 내외명부들은 화차(花釵)를, 품급이 있는 여관(女官)들은 화전(花鈿)을 꽂았다는 기
록이 보이는데, 수식화와 화차, 화전은 모두 금전의 일종이다.

785 석옹사(石甕寺): 여산의 산허리에 있는 석옹곡(石甕谷)에 있는 절 이름. 『남부신서(南部新
書)』라는 책에 의하면, 산허리에 흐름이 격한 샘이 있는데 모양이 옹기를 닮아서 골짜기 이름
으로 삼았으며, 골짜기 이름으로 절 이름을 삼았다 한다.

786 난사훈자(蘭麝薰煮): '난사'는 향료, '훈자'는 향료가 온천의 수증기와 함께 퍼지는 것이다.

787 온탕(溫湯): 화청궁의 온천을 말한다. 화청궁은 온천이 나는 지점에다 지었으며, 원래 온천궁
이라 하였다.

788 귀비(貴妃): 양귀비. 양귀비에 대해서는 시 번호 205 「긴 한탄(長恨歌)」에 상세히 나와 있으니
참조할 것

789 완전(宛轉): 날렵하게 움직이는 모양. 보통 여자의 동작을 형용할 때 쓰며, 주로 미인을 칭하는

體弱不勝珠翠繁이라
체 약 불 승 주 취 번

몸이 약해 진주와 비취의
무거움을 이기지 못했다오.

冬雪飄颻790錦袍791暖이요
동 설 표 요   금 포   난

겨울이라 눈 펄펄 날리면
비단옷 따뜻했고,

春風蕩漾792霓裳793翻이라
춘 풍 탕 양   예 상   번

봄바람 살랑대면
무지개 같은 치마 펄럭였지요.

歡娛未足燕寇794至하니
환 오 미 족 연 구   지

기쁨과 즐거움 다 차지 않았는데
연나라의 도적떼 이르니,

弓勁馬肥795胡語喧796이라
궁 경 마 비   호 어 훤

활 굳세고 말 살쪘으며
오랑캐들 시끄럽게 떠들어댔지요.

邠土797人遷避夷狄798하고
빈 토   인 천 피 이 적

빈 땅의 사람들 옮기어 오랑캐 피하고,

데 쓰인다.

790 표요(飄颻): 이리저리 흩날리는 모양
791 금포(錦袍): 비단옷. '포'는 두루마기처럼 긴 겉옷
792 탕양(蕩漾): 주로 물결이 출렁거리는 모양을 말하나, 여기서는 봄바람이 부는 모양을 형용하
     는 데 쓰였다.
793 예상(霓裳): 춤출 때 입는 옷의 일종. 「예상우의곡」과 연관 지어 표현했지만 직접적으로 곡조의
     이름은 쓰지 않았다. 양귀비는 예상우의무를 잘 추었다고 하는데, 현종이 양귀비와 즐긴 것을
     암시한다. 「예상우의곡」에 대해서는 역시 시 번호 205 「긴 한탄」을 참조할 것
794 연구(燕寇): 안녹산이 연나라 땅인 어양(漁陽)에서 난을 일으키고, 또 나라 이름을 연이라고
     했으므로 안녹산의 반군들을 가리킨다.
795 궁경마비(弓勁馬肥): 안녹산군의 무장이 대단하다는 뜻이다.
796 호어훤(胡語喧): 오랑캐 출신들로 구성된 안녹산의 반군이 장안을 점령한 후 의기양양하게 떠
     들어대는 것을 묘사한 것이다.
797 빈토(邠土): '빈'은 빈(豳)과 통함. 주나라 문왕의 조부는 이름이 고공단보[古公亶父: 나중에
     태왕(太王)으로 추존됨]로 처음에는 빈 땅에 거처를 정했으나 오랑캐인 융적(戎狄)의 침입을

鼎湖龍去⁷⁹⁹哭軒轅⁸⁰⁰이라
정 호 용 거　　곡 헌 원

정호의 솥 용 되어 가 버리니
헌원씨를 곡했던 것과 같았다오.

從此漂淪⁸⁰¹到南土하여
종 차 표 륜　　도 남 토

이로부터 떠돌아다니다
남쪽 땅에 이르니,

萬人死盡一身存이라
만 인 사 진 일 신 존

사람들 다 죽어 버리고
이 한 몸만 살아남았다오.

秋風江上浪無際한데
추 풍 강 상 랑 무 제

가을바람 강가에 부니 물결 끝이 없고,

暮雨舟中酒一罇이라
모 우 주 중 주 일 준

저녁 비 배에 내리니
술 한 바리 있었을 뿐이라오.

받아 기(岐)로 옮겨 갔으며 빈 땅의 사람들도 모두 그를 따라 옮겨 가고 비로소 주(周)라고 칭했다. 여기서는 안녹산이 장안과 낙양의 양경을 함락시키자 현종이 서촉으로 피난 간 것을 가리켜 한 말이다. 빈토는 현재의 섬서성 순읍(栒邑)과 빈현(邠縣) 일대에 있으며, 여기서는 당나라 때 서울을 둘러싸고 있는 섬서 지역을 두루 가리키는 말이다.

798 이적(夷狄): 고대 중국 중원의 사방에 흩어져 살고 있는 소수 민족을 각각 이(夷)·융(戎)·만(蠻)·적(狄)이라 했는데, 줄여서 간단히 이적(夷狄) 또는 융적(戎狄)이라 하였으며 다분히 경멸적인 뜻을 담고 있었다. 안녹산이 본래 영주 유성의 호인(胡人) 출신이기 때문에 이렇게 말한 것이다.

799 정호용거(鼎湖龍去): 정호는 하남성 문향현(閿鄕縣) 남쪽 형산(荊山) 아래의 지명. 황제(黃帝)가 만든 솥이 용이 되어 황제를 태우고 날아간 곳이라 하여 그렇게 불렀다. 시 번호 229 이교(李嶠)의 「분음의 노래(汾陰行)」의 주 765 정호용염(鼎湖龍髯) 조에 상세히 나와 있으니 참조할 것. 나중에는 임금이 죽은 것을 비유하는 전고로 쓰였는데, 여기서는 현종의 죽음을 말한다.

800 헌원(軒轅): 곧 황제(黃帝)를 말한다. 황제가 헌원의 언덕(지금의 하남 신정현(新鄭縣) 서북쪽)에 살았다고 하여 붙은 이름. 『사기』 「오제본기(五帝本紀)」에 "황제는 성은 공손(公孫)이고 이름은 헌원이다"라고 하였다. 일설에는 황제가 비로소 헌면(軒冕: 수레와 의복)의 제도를 만들었기 때문에 이렇게 부른다고도 한다.

801 표륜(漂淪): 떠돌아다니다. 곧 표류(漂流)와 같은 뜻

涸魚久失風波[802]勢요
학 어 구 실 풍 파　　세

마른 웅덩이의 물고기
바람과 물결 잃은 지 오래고,

枯草曾霑[803]雨露恩이라
고 초 증 점　　우 로 은

마른 풀 일찍이
비와 이슬의 은택 입었었다오.

我自秦[804]來君莫問하라
아 자 진　　래 군 막 문

내 진 땅에서 왔다고 그대 묻지 마오,

驪山[805]渭水[806]如荒村이라
여 산　위 수　　여 황 촌

여산과 위수는 황폐한 마을과 같다오.

新豐[807]樹老籠[808]明月하고
신 풍　수 로 롱　　명 월

신풍의 나무 늙어 밝은 달 싸고 있고,

---

802 학어실풍파(涸魚失風波): '학어'는 마른 웅덩이에 있는 물고기란 뜻으로, 매우 다급한 처지임
　　을 비유하는 말. 바로 다음 구의 '마른 풀[枯草]'과 함께 자신의 다급한 처지를 비유한 말. 『장
　　자』「외물(外物)」에 "제가 이리로 오는데 부르는 자가 있어 돌아보니 수레바퀴 자국에 붕어가
　　있더군요. 제가 붕어에게 묻기를 '붕어야 무슨 일로 그러느냐?'라고 하였더니, 대답하기를 '나
　　는 동해의 소신인데, 그대는 약간의 물만으로도 나를 살릴 수 있을 것이오'라고 하였습니다. 그
　　래서 제가 '좋다! 이제 내가 남쪽의 오월(吳越) 왕에게 가는데 촉강(蜀江)의 물을 밀어 보내 너
　　를 맞게 해 주지. 그럼 되겠나?'라고 했더니 붕어가 불끈 화를 내며 말했습니다. '나는 언제나 나
　　와 함께 있던 물을 잃어서 있을 곳이 없는 것이오. 나는 한 말이나 한 되의 물만 얻으면 살아날
　　수 있소. 그런데 당신이 그렇게 말하니 차라리 건어물포에나 가서 나를 찾는 게 나을 거요'라고
　　하였습니다"라는 고사가 나온다. 여기서 '풍파'는 물고기가 자유자재로 득의할 수 있는 안식처
　　를 말하며, 환란과 변고를 나타내는 풍파와는 다른 의미로 쓰였다.

803 점(霑): 비나 이슬 따위에 젖다. 은택을 입는 것을 비유하는 말로 쓰임

804 진(秦): 섬서(陝西) 지방. 섬서는 옛날 진(秦)나라 땅이었다.

805 여산(驪山): 당 현종의 온천궁이 있던 산 이름. 섬서성 임동현(臨潼縣) 동남쪽에 있다. 더 상세
　　한 것은 시 번호 150 소식의 「여산」을 참조할 것

806 위수(渭水): 섬서성의 큰 하천. 감숙성(甘肅省)에서 발원하여 섬서성 보계현(寶雞縣)과 함양
　　(咸陽), 장안, 임동 일대를 경유하여 고릉현(高陵縣)에서 경수(涇水)와 합류하고, 다시 조읍현
　　(朝邑縣)에서 낙수와 합쳐진 후 동쪽 황하로 유입된다. 장안을 출입하던 사람들이 당제국의
　　영화를 한눈에 볼 수 있던 곳이다.

807 신풍(新豐): 임동현 동북쪽에 있음. 한 고조가 장안에 도읍을 정한 후에 고향인 풍(豐)을 생각
　　하며 세운 것이다.

808 농(籠): 동사로 쓰이면 싼다는 뜻이다.

長生殿[809]暗鎖[810]黃昏이라
장 생 전　암 쇄　황 혼

장생전은 어둑하게
황혼에 잠겨 있다오.

紅葉紛紛盖欹瓦[811]요
홍 엽 분 분 개 의 와

붉은 잎 훨훨 기운 기와 뒤덮고,

綠苔重重封[812]壞垣이라
녹 태 중 중 봉　괴 원

푸른 이끼는 겹겹이
허물어진 담장 뒤덮었다오.

惟有中官[813]作宮使[814]하여
유 유 중 관　작 궁 사

오로지 내시만이 궁성지기가 되어,

每年寒食[815]一開門이라
매 년 한 식　일 개 문

매년 한식날만 되면 한 번 문을 연다오.

---

809 장생전(長生殿): 화청궁에 있던 궁전 이름. 뒤에 나올 시 번호 205 백거이의 「긴 한탄(長恨
歌)」의 주 990을 참조할 것

810 쇄(鎖): 잠그다. 황혼에 자욱이 잠겨 있음을 말한다.

811 의와(欹瓦): 기울어서 똑바로 서 있지 않은 기와. 곧 궁전이 황폐화하고 허물어진 정경을 묘사
하는 것이다.

812 봉(封): 봉하다. 꽉 덮여 있는 것을 말한다.

813 중관(中官): 태감(太監), 곧 환관, 내시를 말한다.

814 궁사(宮使): 화청궁에 파견되어 조제(弔祭)를 지내는 환관을 말한다.

815 한식(寒食): 동지 뒤 105일째 되는 날. 전설에 의하면 진(晋)나라 문공(文公)이 19년 동안 세력
을 잃고 천하를 떠돌 때 끝까지 수행하였으나, 귀국하여 대권을 잡고도 등용하지 않자, 공을 버
리고 면산에 숨은 개자추(介子推)라는 신하를 찾기 위해 불을 지른 후 그가 죽은 것을 애도하
는 날이라고 한다. 이런 연유로 나중에는 죽은 이를 추모하는 날이 되었는데, 여기서는 현종을
추모한다는 뜻을 은연중에 표현한 것이다. 황폐한 궁전이 한식날만 의례적인 제사 때문에 한
번 열린다는 말

205. 긴 한탄(長恨歌)[816]

백거이(白居易)

漢皇[817]重色思傾國[818]하되
<small>한 황 　 중 색 사 경 국</small>

한나라 황제 여색 중히 여겨
나라를 기울일 만한 미인 생각하며,

御宇[819]多年求不得이라
<small>어 우 　 다 년 구 부 득</small>

천하 다스리며 오래도록
구하여도 얻을 수가 없었네.

楊家有女[820]初長成하니
<small>양 가 유 녀 　 초 장 성</small>

양씨 집안에 딸 있는데
이제 막 자랐는데,

---

816 장한가(長恨歌): 당 현종과 양귀비의 사랑과 사별(死別)을 주제로 읊은 장편 담화시(譚話詩).
　 이 노래 끝에 "하늘 오래고 땅 영원하대도 다할 때 있을 것이나, 이 한만은 끊이지 않고 다할 기
　 약 없으리라(天長地久有時盡, 此恨綿綿無絶期)"라는 구절에 의거하여 「긴 한탄」이라는 이
　 름이 붙었다. 이 노래는 이미 당시에 크게 유행하였다.

817 한황(漢皇): 한 무제를 가리키나, 여기서는 당 현종을 가리키는 말로 빌려 썼다. 바로 다음에 나
　 오는 경국지색과 연관 지어 이렇게 쓴 것이다.

818 경국(傾國): 절세의 미인을 가리킨다. 『한서』 「외척전(外戚傳)」에 "이연년(李延年)이 [한 무제
　 를] 모신 자리에서 춤을 추며 노래하기를 '북쪽에 아름다운 사람 있는데, 세상에 견줄 이 없이
　 홀로 우뚝 섰네. 한 번 돌아보면 사람 사는 성을 기울일 만하고, 두 번 돌아보면 사람 사는 나라
　 를 기울일 만하다네. 어찌 성 기울이고 나라 기울일 줄 모르는가? 아름다운 사람은 다시 얻기
　 힘들다네(北方有佳人, 絶世而獨立. 一顧傾人城, 再顧傾人國. 寧不知傾城與傾國, 佳人難
　 再得)'"라고 하였다. 이때 바친 미인이 곧 자기의 누이였는데, 한 무제의 후궁이 되어 이부인(李
　 夫人)이라고 불렸으며, 이후로 경국지색은 여인의 미모를 형용하는 말로 쓰였다.

819 어우(御宇): 황제가 되어 천하를 통치하다. '어'는 다스린다는 뜻이며, '우'는 우(寓: 宇의 주문
　 (籀文))라고도 하며 곧 천하를 말한다.

820 양가유녀(楊家有女): 양귀비를 가리킨다. 양귀비는 포주(蒲州: 지금의 산서성(山西省) 예성현
　 (芮城縣) 경계) 영락(永樂) 사람으로 촉주(蜀州) 사호(司戶) 양현염(楊玄琰)의 딸이다. 어렸
　 을 적 이름은 옥환(玉環)이었고 숙부인 양현규(楊玄珪)의 집에서 자랐다. 개원 23년(735) 수
　 왕(壽王: 현종의 열여덟째 아들 이모(李瑁))의 비가 되었으나, 28년에 현종이 궁중으로 불러
　 들여 자기의 후궁으로 만들기 위하여 도교 사원으로 보내어 여도사를 만들어 호를 태진(太眞)

養在深閨人未識[821]이라
양 재 심 규 인 미 식

깊은 규방에서 자라
남들은 아무도 몰랐다네.

天生麗質[822]難自棄니
천 생 여 질 　 난 자 기

하늘이 낸 아름다운 바탕
그냥 버리기 어려운 법이니,

一朝選在君王側[823]이라
일 조 선 재 군 왕 측

하루아침에 뽑혀
임금의 곁에 있게 되었네.

回頭一笑[824]百媚生[825]하니
회 두 일 소 　 백 미 생

머리 돌려 한 번 웃으면
백 가지 아름다움 생겨나,

六宮[826]粉黛[827]無顔色[828]이라
육 궁 　 분 대 　 무 안 색

육궁의 화장한 미녀들
낯빛 잃고 말았다네.

이라 하였다. 천보 4년(745)에 귀비(貴妃)로 책봉하였다.

821　양재심규인미식(養在深閨人未識): 현종이 며느리인 양귀비를 비로 삼은 사실을 백거이가 기
　　피하여 자세한 사실은 언급하지 않고 이렇게만 말한 것이다.

822　천생여질(天生麗質): 타고난 아름다움

823　일조선재군왕측(一朝選在君王側): 『신당서』「후비전(后妃傳)」에 의하면 개원 24년(736) 현
　　종의 비인 무혜비(武惠妃)가 죽자 후궁에 현종의 마음에 드는 사람이 없었는데, 누가 수왕의
　　비가 타고난 미인이라고 이르자 양귀비를 여관(女官), 즉 도사(道士)의 적(籍)으로 바꾸게 하
　　였다가 불러들이고, 수왕에게는 다시 위소훈(韋昭訓)의 딸을 주었다 한다. 천보 4년에 귀비로
　　삼았는데, 그때 양귀비의 나이가 27세였다.

824　회두일소(回頭一笑): 고개를 돌리고 한 번 웃다. 『백거이집』에는 동모(洞眸)로 되어 있는데,
　　'눈동자를 움직인다'는 뜻이다.

825　백미생(百媚生): 온갖 아리따움, 여러 가지 아름다운 모양이 생겨나다.

826　육궁(六宮): 옛날 천자들은 여섯 궁전이 있었다고 한다. 『주례』「천관·내재(天官·內宰)」에 보인
　　다. 한나라 때 정현(鄭玄)은 정침(正寢) 하나와 연침(燕寢) 다섯을 합하여 육궁이라 한다고 하
　　였다. 나중에는 황후와 비빈들이 거처하는 곳을 두루 일컫는 말로 쓰이게 되었는데, 여기서는
　　육궁에 거처하는 천자의 모든 후비들을 가리킨다.

春寒賜浴華清池829러니
춘 한 사 욕 화 청 지

봄 추위 때 화청지에서 목욕하게 하니,

溫泉水滑洗凝脂830라
온 천 수 활 세 응 지

온천 물 매끄럽게 엉긴 기름 씻어내네.

侍兒831扶起832嬌無力하니
시 아 부 기 교 무 력

시녀들 부축하여 일으키니
아리따워 설 힘도 없는 듯한데,

始是新承恩澤833時라
시 시 신 승 은 택 시

비로소 새로이 은총 받은 때였다네.

雲鬢834花顔金步搖835요
운 빈 화 안 금 보 요

구름 같은 머리 꽃 같은 얼굴
금 보요 머리 장식,

---

827 분대(粉黛): 여자들의 화장 도구를 말한다. 화장을 할 때는 먼저 분을 칠하고 난 다음에 청흑색
의 안료로 눈썹을 그리므로 이렇게 말하며, 여기서는 미녀들을 대신 일컫는 말로 쓰였다.

828 무안색(無顔色): 아름답게 보이지 않다. 양귀비의 아름다움에 비하면 후비나 궁녀들은 모두
미인이 아닌 것처럼 여겨진다는 뜻

829 화청지(華清池): 여산에 지어 놓은 궁전인 황제와 후비들의 전용 목욕탕. 원래는 온천궁(溫泉
宮)이라 불렸으며, 매년 겨울과 봄이 되면 여기에 와서 머물렀다. 시 번호 150 소식의 「여산(驪
山)」의 주 482를 참조할 것

830 응지(凝脂): 기름이 엉긴 듯 고운 살갗을 말한다. 『시경』 「위풍·높으신 님(衛風·碩人)」에 "손은
부드러운 띠풀의 싹 같고, 살갗은 엉긴 기름처럼 매끄럽네(手如柔荑, 膚如凝脂)"라는 구절이
있다.

831 시아(侍兒): 시종을 말한다. 『사기』 「원앙(袁史)열전」에 "일찍이 남자 비서가 있었는데, 원앙의
시종드는 여자와 몰래 사랑을 나누었다(當有從史, 盜愛盎侍兒)"는 말이 나오는데, 배인(裴
駰)의 『사기』에 대한 주석서인 『집해(集解)』에서 "여자 종이다(婢也)"라고 주석을 달았다.

832 부기(扶起): 부축하여 일으키다.

833 은택(恩澤): 천자의 사랑. 은혜, 은총을 말한다. 은혜가 비나 이슬이 농작물을 고루 적시어 윤
택하게 할 수 있는 것과 같다는 말

834 운빈(雲鬢): 옛날 여자의 머리가 검고 숱이 많은 것을 표현할 때 운(雲) 자를 많이 썼다. 『시경』
「용풍(鄘風)·낭군과 해로하세(君子偕老)」에 "검은 머리 구름 같으니, 가발이 필요없네(鬒髮如
雲, 不屑髢也)"라는 구절이 있다.

835 금보요(金步搖): '보요'는 고대의 머리 장식으로 위로는 봉황[雀]이나 꽃 짐승 형태의 장식이
있고, 아래로는 구슬이 드리워져 있어 걷기 시작하면 장식이 움직여서 그렇게 불렀다. 『양태진
외전(楊太眞外傳)』 권 상에 "이날 저녁 금비녀와 작은 나전 세공 상자[鈿合]를 내리고, 임금께

芙蓉帳⁸³⁶暖度春宵⁸³⁷라
부 용 장　　난 도 춘 소

연꽃 수놓은 휘장 따뜻하고
봄밤은 지나갔다네.

春宵苦短⁸³⁸日高起하니
춘 소 고 단　　일 고 기

봄밤 너무 짧아
햇님 높이 뜬 뒤에야 일어나셨으니,

從此君王不早朝⁸³⁹라
종 차 군 왕 부 조 조

이로부터 임금께선
새벽 조회 않으셨네.

承歡⁸⁴⁰侍宴⁸⁴¹無閒暇⁸⁴²하여
승 환　　시 연　　무 한 가

총애 받아 잔치 시중드느라
한가할 겨를 없었으니,

春從春遊夜專夜라
춘 종 춘 유 야 전 야

봄이면 봄마다 봄놀이 하고
밤마다 오로지 함께했다네.

後宮⁸⁴³佳麗⁸⁴⁴三千人⁸⁴⁵이나
후 궁　　가 려　　삼 천 인

후궁에 아리땁고 고운 미녀
삼천 명이나 있었지만,

서 또 직접 여수진(麗水鎭)의 창고에서 보랏빛으로 연마하고 금을 쪼아 만든 보요를 가지고 장
각(妝閣)에 이르러 친히 머리에 꽂아 주었다"는 말이 있다.
836　부용장(芙蓉帳): 연꽃 모양을 수놓은 침실 휘장
837　도춘소(度春宵): 봄밤이 지나가다.
838　고단(苦短): 너무 짧다. 고(苦) 자가 시에서 부사로 쓰이면 대단히라는 뜻이 있는데, 특히 가슴
　　아파하는 기분을 표현할 때 많이 쓰인다.
839　조조(早朝): 아침 일찍부터 조정에 나아가 정사를 돌보다.
840　승환(承歡): 남의 뜻에 영합하여 널리 환심을 사다. 여기서는 천자의 총애를 받음을 말한다.
841　연(宴): 잔치. 여기서는 사적인 시간 전체를 가리킨다.
842　무한가(無閒暇): 한가한 틈이 없다. 천자를 모시느라 천자 곁을 떠나는 때가 없다는 뜻.
843　후궁(後宮): 궁녀들의 거처

三千寵愛在一身이라
삼천총애재일신

삼천 명에게 쏟을 총애가
이 한 몸에 쏠렸네.

金屋846粧成嬌侍夜하니
금옥   장성교시야

금집에서 화장하고는
아리땁게 밤 시중 들었고,

玉樓847宴罷醉和春848이라
옥루   연파취화춘

옥누대에서 잔치 끝나면
취하여 봄기운과 어울렸다네.

姊妹弟兄849皆列土850하니
자매제형   개열토

그녀의 자매 형제들
그녀 덕에 봉지(封地)를 나눠 받아,

---

844 가려(佳麗): 미인

845 삼천인(三千人): 『후한서』 「황후기 상(皇后紀上)」에 "한나라 무제와 문제 이후에는 대대로 낭
    비가 심하여져 후궁에 3천 명을 두었으며, 후궁의 등급을 14등급으로 늘렸다"고 하였다. 『신당
    서』 「태종본기」에 "무덕(武德) 9년(626) 8월 [태종은] 즉위하자 궁녀 3천여 명을 모두 풀어 주
    었다"는 기록이 보인다. 『구당서』 「후비전(后妃傳)」에는 "후정(後庭)에 수천 명이나 있었으나
    마음에 두고 있는 사람이 없었다"는 말이 나온다. 그러나 3천 명은 그 수가 많음을 두루 일컫는
    말일 뿐 실제로는 이만큼 많지는 않았던 것으로 보인다.

846 금옥(金屋): 집이 화려함을 극단적으로 표현한 것. 『한 무제 이야기(漢武故事)』에 "무제가 교
    동왕(膠東王)이 된 지 몇 해 만에 장공주[長公主: 황제의 고모]가 안아서 무릎에 앉히고는 묻
    기를 '얘야, 너 부인을 갖고 싶으냐?'라고 하였더니, '갖고 싶습니다'라고 하였다. 장공주가 좌우
    의 어른 여시종 백여 명을 가리키니 모두 필요없다고 하였는데 그녀의 딸인 아교(阿嬌)를 가리
    키며 어떠냐고 하자 웃으며 대답하기를 '좋습니다. 아교를 부인으로 얻는다면 금으로 된 집[金
    屋]을 지어서 살게 하겠습니다'라고 하였다"는 고사가 있다. 여기서 남자에게 바깥에 총애하는
    여자가 생겼다는 뜻의 금옥장교(金屋藏嬌)라는 성어가 나왔는데, 여기서는 양귀비가 기거하
    는 궁전을 가리킨다.

847 옥루(玉樓): 『신선이 사는 열 섬에 관한 이야기(十洲記)』에 "곤륜산(崑崙山)에는 옥으로 만든
    누각이 열두 개 있다"는 말이 나온다. 아름답고 훌륭한 누각을 일컫는 말

848 취화춘(醉和春): 양귀비가 취한 모습이 봄의 화락한 기운과 잘 어울린다는 뜻

849 자매제형(姊妹弟兄): 양귀비의 세 언니와 양기(楊錡)·양국충(楊國忠) 등을 가리킨다.

850 열토(列土): 천자가 토지를 왕공·제후들에게 분봉하여 주는 것을 말한다. 여기서는 작위를 내
    리는 것[封爵]과 관직을 내리는 것[封官]을 겸하여 말한다. 양귀비가 현종의 총애를 받은 뒤,

可憐⁸⁵¹光彩生門戶⁸⁵²라
가 련　　광 채 생 문 호

부럽도다,
광채가 집 문에서 생겨났네.

逐令⁸⁵³天下父母心으로
수 령　　천 하 부 모 심

마침내 천하의 부모들 마음,

不重生男重生女⁸⁵⁴라
부 중 생 남 중 생 녀

아들 낳는 것 중히 여기지 않고
딸 낳기를 중히 여기게 되었네.

驪宮⁸⁵⁵高處入靑雲하고
여 궁　　고 처 입 청 운

여산 이궁의 높은 곳은
푸른 구름 속에 들어갔고,

아버지인 양현염에게는 태위와 제국공이 추증되었고, 숙부인 양현규는 광록경으로 승진되었으며, 오빠인 양섬(楊銛)과 양기에게는 각기 홍로경(鴻臚卿)과 시어사가, 사촌오빠인 양국충〔원래 이름은 쇠(釗)인데 현종이 국충(國忠)이란 이름을 하사하였음〕에게는 우승상이 내려지는 등 점차 귀족화되어 갔다. 이뿐만 아니라 세 자매가 각기 한국부인(韓國夫人), 괵국부인(虢國夫人), 진국부인(秦國夫人)에 봉하여졌는데, 이것을 말한다.

851　가련(可憐): 불쌍하다는 뜻과 어여쁘다는 뜻이 있는데, 여기서는 부럽다[可羨]의 뜻으로 쓰였다.

852　광채생문호(光彩生門戶): '문호'는 원래 두짝문과 외짝문을 가리키는 말이나, 보통 한 집의 안과 밖을 구분하는 말로 쓰인다. 문에서 광채가 난다는 말은 영화를 누린다는 뜻

853　수령(逐令): 마침내 ~하게 되다. 수(逐)가 동사로 쓰이면 이루다의 뜻이 되지만, 부사로 쓰이면 드디어, 마침내, 결국 등의 뜻이 된다.

854　부중생남중생녀(不重生男重生女): 아들을 낳는 것보다 딸을 낳는 것을 중하게 여김. 『사기』「외척세가(外戚世家)」의 "아들을 낳았다고 기뻐하지 말고, 딸을 낳았다고 슬퍼하지 말라. 다만 위자부가 천하를 제패함을 보지 못하였더냐(生男無喜, 生女無怒, 獨不見衛子夫, 覇天下)"라고 한 말에서 나왔다. 양귀비 일가의 영화로 말미암아, 당시 민간에서는 "딸 낳았다고 슬퍼시큰둥해하지 말고, 사내 낳았다고 기뻐 즐거워 말라(生女勿悲酸, 生男勿喜歡)" 또 "사내아이 제후에 봉해지지 않으나 딸은 왕비 되니, 보라 딸이면 오히려 문 위의 대들보가 되리니(男不封候女作妃, 看看女卻爲門楣)"라는 노래가 유행했다고 하는데, 모두 진홍(陳鴻)의 「장한가전(長恨歌傳)」에 자세히 나온다.

855　여궁(驪宮): 여산의 이궁(離宮)인 화청궁(華淸宮)을 말한다. 시 번호 150 소식의 「여산」을 참조할 것

仙樂風飄處處聞이라
선 악 풍 표 처 처 문

신선 세계의 노랫소리 바람에
나부껴 곳곳에서 들렸다네.

緩歌856慢舞857凝絲竹858하고
완 가 만 무 응 사 죽

느슨한 노래와 고요한 춤
관현 소리에 섞이었고,

盡日859君王看不足860이라
진 일 군 왕 간 부 족

종일토록 임금님께서는
구경하며 싫증 내지 않으셨다네.

漁陽861鼙鼓862動地來하여
어 양 비 고 동 지 래

어양에서 북소리
땅을 흔들며 들려오니,

驚破863霓裳羽衣曲864이라
경 파 예 상 우 의 곡

갑자기 놀라서
무지개 치마 깃털 저고리 입고 추던
춤 툭 끊어 버렸네.

---

856 완가(緩歌): 느린 가락의 노래

857 만무(慢舞): 느리고 정적인 춤. '만'은 만(謾)으로 된 판본도 있는데 같은 뜻이다.

858 사죽(絲竹): '사'는 거문고나 비파 같은 현악기이고, '죽'은 피리나 퉁소 같은 관악기이다. 여기서는 팔음(八音), 곧 8종 악기에서 나오는 음악 소리를 말한다.

859 진일(盡日): 종일(終日)

860 간부족(看不足): 아무리 보아도 충분하다고 느껴지지 않다. 곧 싫증이 나지 않음

861 어양(漁陽): 범양(范陽) 절도사의 관할지에 속했던 군 이름으로 하북 평곡(平谷) 계현(薊縣) 일대에 있다. 『구당서』「안녹산전」에서는 "천보 14년(755) 11월 범양에서 반란을 일으켰다"고 하였다. 같은 책의 「지리지」에 의하면 천보 9년 유주(幽州)를 범양군으로 고치고 어양 등 8개 군을 예속시켰다고 하였다. 당나라 때 계주는 천보 연간에 어양군으로 개칭하고 범양 절도사의 관할에 속하였으며, 안녹산이 범양을 근거로 난을 일으켰는데도 여기서 어양이라고 말한 것은 한나라 때 팽총(彭寵)이 이곳을 근거로 하여 난을 일으킨 전고를 끌어다 쓴 것이다.

862 비고(鼙鼓): '비'가 비(鞞)로 되어 있는 판본도 있다. '비고'는 기병용의 작은 북이다. 전란이 일어난 것을 말하며, 안녹산이 양국충을 친다는 것을 명분으로 난을 일으킨 것을 가리킨다.

九重城闕⁸⁶⁵煙塵生⁸⁶⁶하고　아홉 겹의 성과 궁궐에
구 중 성 궐　연 진 생　　　　　　연기와 먼지 피어오르고,

千乘萬騎⁸⁶⁷西南行⁸⁶⁸이라　천 대의 전차 만의 군마
천 승 만 기　서 남 행　　　　　서남쪽으로 밀려 나갔다네.

---

863 경파(驚破): '파'는 여기서 다하다[盡]의 뜻. 놀라게 하여 연주하던 음악을 도중에서 끝내게 하
　　다. 이처럼 파(破) 자가 동사의 아래에 붙을 때에는 강조의 뜻을 나타내는데, 이를테면 독파(讀
　　破), 답파(踏破) 등의 예를 들 수 있다.

864 예상우의곡(霓裳羽衣曲): 글자 그대로는 무지개 치마와 새깃 저고리를 입고 춤추는 노래란
　　뜻. 「바라문곡(婆羅門曲)」이라고도 하며, 개원 원년 인도에서 중국으로 전래된 무곡이다. 『태
　　진외전(太眞外傳)』(상)에 "나아가 뵙는 날 「예상우의곡」을 연주하였다"라고 하였다. 일설에 의
　　하면 현종이 삼향역(三鄕驛)에 올라 여궤산(女几山)을 바라보며 지은 것이라고도 하고, 또
　　『일사(逸史)』에 의하면 현종이 나공원(羅公遠)을 따라 월궁(月宮)에서 노닐 때 들은 무곡을
　　기록한 것이라고도 한다.

865 구중성궐(九重城闕): 경성(京城)인 장안을 말한다. 송옥(宋玉)의 『초사』 「구변(九辯)」에 "임
　　금의 문은 아홉 겹으로 한다(君門之以九重)"는 말이 있다. 천자가 사는 궁성의 문은 바깥에서
　　부터 관문(關門), 교문(郊門), 근교문(近郊門), 성문(城門), 고문(皐門), 고문(庫門), 치문(雉
　　門), 응문(應門), 노문(路門)의 아홉 문이 있었으므로 이렇게 부름. 나중에는 그냥 궁성을 일컫
　　는 일반 명사처럼 쓰이게 되었다.

866 연진생(煙塵生): 연기와 먼지가 일어나다. 천보 15년 6월 안녹산이 동관(潼關)을 함락시키고
　　장안을 압박한 것을 말한다.

867 천승만기(千乘萬騎): '승'은 원래 고대의 군사를 헤아리는 단위로, 수레 한 대에 갑사 세 명과 보
　　졸 72명이 딸렸다. 제후는 천 승을 보유할 수 있었고 천자는 만 승을 보유할 수 있었다. 여기서는
　　그냥 많은 수레와 말을 가리키는 말로, 천자의 거동을 뜻한다. 당 현종은 이때 양귀비, 양국충을
　　데리고 단지 몇몇 기병의 호위를 받으며 사천으로 피난 갔으므로, 이는 과장의 표현이다.

868 서남행(西南行): 현종이 난을 피해 촉으로 떠난 것을 가리킨다. 『자치통감』 「당기(唐紀)」(권
　　34)에 "양국충이 촉으로 행차할 대책을 제창하자 임금이 그러자고 했다. 갑오일에 호위병들
　　을 궁궐 북쪽으로 옮기고 저녁이 되자 용무대장군(龍武大將軍) 진현례(陳玄禮)에게 육군(六
　　軍)을 정비하게 하고 은전과 비단을 후히 내리고 천자의 마구간에서 말 9백 필을 가려 뽑았는
　　데, 바깥의 사람들은 아무도 알지 못했다. 을미일 날이 밝아오자 임금은 홀로 양귀비 자매, 황
　　자, 비(妃), 주[主: 황제의 딸], 황손과 양국충, 위견소(韋見素), 위방진(魏方進), 진현례와 가까
　　이서 모시던 환관, 궁인과 함께 연추문(延秋門)을 나셨다"고 되어 있다.

翠華[869]搖搖[870]行復止[871]하니
취 화 요 요 행 부 지

천자의 깃발 흔들흔들
가다가 섰다가 하더니,

西出都門百餘里[872]라
서 출 도 문 백 여 리

서쪽으로 도성문 나가서
백여 리 밖에 못 나겠네.

六軍不發[873]無奈何하여
육 군 불 발 무 내 하

6군의 병사들 발걸음 떼지 않아
어쩔 수 없이,

宛轉[874]蛾眉[875]馬前死[876]라
완 전 아 미 마 전 사

누에 같은 눈썹의 미인
병사들의 말 앞에서 죽었다네.

---

869 취화(翠華): 물총새의 깃털로 장식하여 만든 천자의 깃발. 사마상여(司馬相如)의 「상림부(上林賦)」에 "푸른 물총새의 깃발을 세웠다(建翠華之旗)"는 말이 있다.

870 요요(搖搖): 바람에 가볍게 흔들리다. 불안한 마음을 나타낸 것이다.

871 행부지(行復止): 가다 멈추다를 반복하다. 피난길에 오른 현종 일행의 여정이 순조롭지 못한 것을 말한다.

872 서출도문백여리(西出都門百餘里): 마외(馬嵬)에 도착한 것을 가리킨다. 도문은 장안의 도성문이고, 현종 일행이 나온 연추문

873 육군불발(六軍不發): 주나라의 제도로 천자는 6군을 두었으며, 제후국 가운데 대국은 3군을, 그다음의 제후국은 2군을, 소국은 1군을 두었다. 1군은 1만 2천5백 명을 말하며, 여기서는 천자의 호위군을 말한다.

874 완전(宛轉): 완전(婉轉)이라고도 하며, 변화가 있고 아취가 있는 모습. 미인의 아름다운 모습을 형용하는 데 쓰이는 말로, 여기서는 양귀비를 가리킨다.

875 아미(蛾眉): 시 번호 154 송지문의 「생각나는 바 있어(有所思)」의 주 20을 참조할 것

876 마전사(馬前死): 현종이 마외역으로 도피했을 때 병변(兵變)이 일어났다. 장수와 사병들은 양국충을 죽이고 아울러 현종에게 양귀비를 죽일 것을 청했다. 이에 현종이 병사들의 마음을 진정시키기 위해 고력사에게 명하여 마외파의 불당 앞에 있는 배나무에 비단으로 양귀비의 목을 달아 죽였다. 이때 현종은 72세였고, 양귀비는 38세였다. 병사들의 말 앞에서 죽었다고 한 것은 양귀비의 죽음을 보다 극적으로 표현하기 위한 것이다.

花鈿⁸⁷⁷委地⁸⁷⁸無人收하고
화 전　위 지　무 인 수

꽃비녀 땅에 버려져도
줍는 사람 없었고,

翠翹⁸⁷⁹金雀⁸⁸⁰玉搔頭⁸⁸¹라
취 교　금 작　옥 소 두

물총새 꼬리깃이며 금빛 참새
옥 머리 장식 널렸네.

君王掩面救不得하여
군 왕 엄 면 구 부 득

임금께선 얼굴 가린 채 구할 수 없어,

回首血淚相和⁸⁸²流라
회 수 혈 루 상 화　류

머리 돌리고 피와 눈물
함께 줄줄 흘렸네.

黃埃散漫風蕭索⁸⁸³한데
황 애 산 만 풍 소 삭

누런 먼지 어수선하게 흩어지고
바람 소리 쓸쓸한데,

雲棧⁸⁸⁴縈紆⁸⁸⁵登劍閣⁸⁸⁶이라
운 잔　영 우　등 검 각

구름까지 솟은 잔도로 구불구불
검산에 올랐네.

877　화전(花鈿): 금조각으로 만든 머리 장식. 꽃의 형상을 하였으므로 이렇게 부른다. 꽃비녀. 『구
　　　당서』「수레와 의복 제도(輿服志)」에 의하면 지위가 높은 부인들은 화전을 착용했다고 한다.
878　위지(委地): 땅에 버려지다. '위'는 기(棄)와 마찬가지의 뜻
879　취교(翠翹): 일종의 머리 장식으로 형태가 물총새 꼬리의 긴 깃털과 같기 때문에 이렇게 말한다.
880　금작(金雀): 금으로 만든 참새나 공작 모양을 아로새긴 비녀, 곧 금작차(金雀釵: 釵는 갈래가
　　　둘로 갈라져서 묶은 머리에 꽂는 것으로 일반적으로 보는 비녀와는 모양이 조금 다름)를 말하
　　　며, 봉두차(鳳頭釵)라고도 한다.
881　옥소두(玉搔頭): 백옥으로 만든 머리 장식. 『서경잡기(西京雜記)』(권 상)에 "한 무제가 이 부
　　　인의 처소에 들러 옥비녀 머리 장식[玉簪搔頭]을 가져오니 이때부터 궁인들의 머리 장식에는
　　　모두 옥을 썼다"고 하였다.
882　혈루상화(血淚相和): 피와 눈물이 뒤섞여 범벅이 되다. 극도의 슬픔을 가리킨다.
883　소삭(蕭索): 바람이 쓸쓸하게 부는 소리를 나타내는 의성어
884　운잔(雲棧): 구름 잔도(棧道). 잔도는 시 번호 150 소식의 「여산」을 참조할 것. 구름이 걸쳐 있
　　　을 정도로 높은 곳에 설치된 잔도를 말한다.

峨嵋山[887]下少人行하고
아 미 산 하 소 인 행

아미산 아래엔
사람들 거의 다니지 않고,

旌旗[888]無光日色薄이라
정 기 무 광 일 색 박

깃발은 빛을 잃고
해마저 저물어 갔다네.

蜀江水碧蜀山靑하니
촉 강 수 벽 촉 산 청

촉강 물 짙푸르고 촉산도 파랗건만,

聖主朝朝暮暮情[889]이라
성 주 조 조 모 모 정

성군께선 아침이면 아침
저녁이면 저녁마다 그리워했다네.

行宮[890]見月傷心色이요
행 궁 견 월 상 심 색

행궁에서 보이는 달은
마음을 아프게 하고,

夜雨聞鈴[891]斷腸[892]聲이라
야 우 문 령 단 장 성

밤비 속에 들리는 방울 소리는
애를 끊었다네.

---

885 영우(縈紆): 구불구불한 모양을 나타내는 의태어
886 등검각(登劍閣): 검남도(劍南道) 검주(劍州) 보안현(普安縣) 북서쪽에 있으며, 촉 지방에서
     가장 험난한 곳으로 알려져 있다. 대·소 두 검산이 있으며, 험난하고 가파르기가 칼날 같다고 해
     서 이렇게 불린다. 대검산은 또 양산(梁山)이라고도 불리며, 검주는 지금은 검각현으로 불린
     다. 그곳의 잔도는 유명하다.
887 아미산(峨嵋山): 아미산(蛾眉山)이라고도 하며, 『백거이집』에는 아미산(峨眉山)으로 되어 있
     다. 촉의 명산으로, 두 봉우리가 마치 나방의 촉각처럼 마주보고 서 있다 하여 이런 이름이 붙
     여졌다. 송나라 위경지(魏慶之)의 『시인옥설(詩人玉屑)』(권 10)에 의하면 "아미산은 가주(嘉
     州)에 있으며 촉의 행차와는 전혀 상관이 없다"고 하였다. 가주는 성도 서남쪽에 있으며, 여기
     서는 그냥 촉산(蜀山)을 광범위하게 가리킨 것이다.
888 정기(旌旗): 천자의 거처에 세우는 깃발
889 조모정(朝暮情): 운우지정, 곧 남녀가 잠자리를 함께하는 꿈인 양대몽(陽臺夢)을 말한다. 시
     번호 164 이백의 「원단구 선생이 무산을 그린 병풍 앞에 앉아 있는 것을 보고(觀元丹丘坐巫
     山屛風)」의 주 62를 참조할 것. 현종이 양귀비를 그리워하는 것을 말한다.
890 행궁(行宮): 경성 이외에 천자가 행차할 때 거처하는 궁전. 여기서는 행재소를 가리킨다.

天旋地轉⁸⁹³回龍馭⁸⁹⁴러니
천 선 지 전 회 룡 어

하늘 돌고 땅 바뀌어
천자의 수레 돌아오는데,

到此⁸⁹⁵躊躇⁸⁹⁶不能去라
도 차 주 저 불 능 거

이곳에 이르자 머뭇거리며
차마 떠날 수 없었네.

馬嵬⁸⁹⁷坡下泥土中에
마 외 파 하 이 토 중

마외역 언덕 아래 진흙 더미 속에는,

不見玉顔⁸⁹⁸空死處⁸⁹⁹라
불 견 옥 안 공 사 처

옥 같은 얼굴 보이지 않고
부질없이 죽은 곳만 보이네.

君臣相顧盡沾衣하니
군 신 상 고 진 첨 의

임금과 신하 서로 돌아보고
모두들 옷 적시며,

---

891 야우문령(夜雨聞鈴): 『명황잡록(明皇雜錄)』(補遺)에 "명황[현종]이 이미 촉으로 행차하여
서남쪽으로 갔다. 장맛비를 맞으며 열흘을 갔는데 잔도 위에서 빗속에 방울 소리가 산에 울리
는 것을 들었다. 임금이 양귀비를 애도하면서 그 소리를 따다가 「우림령곡」을 지어서 한스러운
심정을 담았다"는 말이 나오는데 이를 가리킨다. 양귀비는 방울 소리를 좋아했다고 한다.

892 단장(斷腸): 애간장이 끊어지다. 극심한 비애를 가리킨다.

893 천선지전(天旋地轉): 난의 형국이 바뀐 것을 말한다. 『백거이집』에는 천선일전(天旋日轉)으
로 되어 있다. 숙종(肅宗) 지덕(至德) 2년(757) 9월에 곽자의(郭子儀)가 장안을 수복했으며,
12월에는 현종이 촉 땅에서 장안으로 돌아왔다.

894 회룡어(回龍馭): 현종이 장안으로 돌아온 것을 말한다. '용어'는 천자의 수레. 여기서 '용'은 8척
이상의 말로, 천자의 수레를 끄는 준마. 『습유기(拾遺記)』(권 2)에 "우임금은 푸른 봉우리를 건
널 때면 신룡이 수레를 끌었다"는 구절이 있다.

895 차(此): 양귀비가 죽은 마외역을 말한다.

896 주저(躊躇): 앞으로 나아가지 못하고 머뭇거리는 모양을 나타내는 의태어

897 마외(馬嵬): 마외역을 말하며, 경조부(京兆府) 흥평현(興平縣)에 있었다.

898 옥안(玉顔): 옥 같은 얼굴, 곧 양귀비의 얼굴을 말한다.

899 공사처(空死處): 공견사처(空見死處), 곧 부질없이 양귀비가 죽은 곳만 보인다는 뜻과 같다.

東望都門900信馬歸901라
동 망 도 문　신 마 귀

동쪽으로 도성문 바라보며
말에게 길 맡겨 돌아오네.

歸來902池苑903皆依舊904하니
귀 래　지 원　개 의 구

돌아오니 못과 뜰
모두 옛날 그대로였으니,

太液905芙蓉未央906柳라
태 액　부 용 미 앙　류

태액지엔 연꽃 피어 있었고
미앙궁에는 버들 늘어졌다네.

芙蓉如面柳如眉하니
부 용 여 면 유 여 미

연꽃은 얼굴 같고 버들은 눈썹 같으니,

對此如何不淚垂오
대 차 여 하 불 루 수

이것 대하고도 어찌
눈물 흘리지 않으리.

春風桃李花開夜요
춘 풍 도 리 화 개 야

봄바람에 복숭아꽃 자두꽃 핀 밤이요,

秋雨梧桐葉落時907라
추 우 오 동 엽 락 시

가을비에 오동나무 잎 떨어질 때라네.

900　동망도문(東望都門): 앞의 '서출도문(西出都門)'과 대가 되는 구이다.

901　신마귀(信馬歸): 말이 가는 대로 내맡기는 것을 말한다.

902　귀래(歸來): 돌아오다. '래'는 여기서 조자로 쓰였고 아무런 의미가 없다.

903　지원(池苑): 궁중의 못과 정원

904　의구(依舊): 옛날과 다름이 없다.

905　태액(太液): 한나라 때 궁중에 있던 연못. 옛터는 지금의 섬서성 장안현 서북쪽 건장궁(建章宮) 북쪽에 있으며, 여기서는 당나라 궁중의 지원을 가리키는 말로 쓰였다.

906　미앙(未央): 한나라 때 궁전 이름. 한 고조 8년(기원전 199년)에 소하(蕭何)가 세웠는데, 동궐(東闕)과 북궐(北闕)이 있었다. 옛터는 역시 지금의 섬서성 장안현 서북쪽에 있으며, 여기서는 당나라의 궁전을 가리키는 말로 쓰였다.

907　춘풍~엽락시(春風~葉落時): 봄바람에 복숭아꽃·자두꽃이 피는 밤이나, 가을비에 오동잎이 떨어질 때 양귀비의 생각이 더욱 간절해진다는 뜻으로, 백거이의 감상이 유감없이 표현된 이 구는, 인구에 회자되는 명구이다.

西宮南苑⁹⁰⁸多秋草⁹⁰⁹하고
서 궁 남 원　　다 추 초

서궁과 남원에 가을 풀 많고,

宮葉⁹¹⁰滿階紅不掃⁹¹¹라
궁 엽　　만 계 홍 불 소

궁전의 나뭇잎 섬돌에 가득 쌓여
붉어도 쓸지 않았네.

梨園弟子⁹¹²白髮新⁹¹³이요
이 원 제 자　　백 발 신

이원의 학생들
백발 새로 나기 시작했고,

椒房⁹¹⁴阿監⁹¹⁵靑娥老⁹¹⁶라
초 방　아 감　청 아 로

황후 궁전의 궁녀들도
젊고 예쁜 모습 늙었네.

908　서궁남원(西宮南苑): 『백거이집』에는 서궁남내(西宮南內)로 되어 있다. 천자의 궁궐을 대내
(大內)라 하며 줄여서 그냥 내(內)라고도 한다. 그리고 서궁은 곧 태극궁(太極宮)으로 서내(西
內)라고도 한다. 『신당서』 「환자전(宦者傳)」에 "이보국(李輔國)은 태상황[太上皇: 곧 현종]을
맞아들여 서내로 돌려보내 드렸다"는 기록이 있다. 남내는 흥경궁(興慶宮)을 말한다. 같은 책
「지리지」에 "흥성궁은 황성 동남쪽에 있으며, 개원 초년에 설치하였고, 14년에 또 증설하고 넓
혔는데 남내라 하였다"고 하였다. 현종은 사천에서 장안으로 돌아온 후 숙종에게 왕위를 물려
주고 남내에서 지냈다.

909　다추초(多秋草): 가을 풀만 무성하다. 당시 현종은 정치 일선에서 완전히 물러났을 뿐만 아니
라 연금 상태에 있었는데, 이런 심경을 묘사한 것이다.

910　궁엽(宮葉): 궁전의 뜰에 떨어진 낙엽

911　홍불소(紅不掃): 낙엽이 떨어져 붉은색을 깔아 놓은 것처럼 되어도 그것을 쓸어 내는 사람이
없다. 찾아오거나 시중드는 사람이 없이 쓸쓸히 지내는 것을 가리킨다.

912　이원제자(梨園弟子): 이원의 현종이 악인을 양성하던 곳으로, 옛터는 지금 섬서성 장안현에
있다. 이원제자는 당 현종이 음률에 통달하여 좌부기[坐部伎: 당 현종은 당하(堂下)에 서서 음
악을 연주하는 사람들을 입부기(立部伎)라 불렀으며, 당하에 앉아서 음악을 연주하는 사람들
을 좌부기라 불렀다. 좌부기가 입부기보다 신분이 높았으며, 이외에도 아악(雅樂)을 배우는 사
람들이 있었는데 아악부(雅樂部)라 하였다]의 자제 가운데서 3백여 명을 선발하여 친히 이원
에서 가르쳤는데 이들을 황제이원제자라고 불렀다. 이 외에도 궁녀 수백 명이 있었는데 또한
이원제자라 하였다. 이원제자는 나중에 배우를 가리키는 말로 쓰이게 되었다.

913　백발신(白髮新): 흰머리가 새로 나기 시작하다. 이제 막 노년에 접어들기 시작한 것을 가리킨
다. 현종이 촉으로 피난길을 떠났다가 다시 돌아오기까지 3년밖에 걸리지 않았지만, 그동안 변
한 것이 너무 많음을 표현한 것이다.

914　초방(椒房): 황후의 어전. 황후의 어전은 산초 열매를 섞어 벽을 발랐다. 산초는 자손을 번성하

夕殿⁹¹⁷螢飛思悄然⁹¹⁸하여
석 전　형 비 사 초 연

밤의 어전에 반딧불 날면
생각나 우수에 잠기고,

孤燈挑盡⁹¹⁹未成眠이라
고 등 도 진　미 성 면

외로이 등불 심지 다 돋우고도
잠 못 이루었네.

遲遲更鼓⁹²⁰初長夜⁹²¹요
지 지 경 고　초 장 야

느릿느릿한 시각을 알리는 북소리에
막 길어지는 밤이요,

耿耿⁹²²星河⁹²³欲曙天⁹²⁴이라
경 경　성 하　욕 서 천

반짝반짝 은하수는 하늘 밝히려 하네.

게 하고 악기를 물리친다고 믿었기 때문이다. 『한관의(漢官儀)』에 "황후를 초방이라 하는데 그 열매가 많이 열리는 뜻을 취하였다. 『시경』「당풍(唐風)·초료(椒聊)」에서는 "산초나무 열매, 알 알이 열리어 한 됫박도 넘겠네(椒聊之實, 蕃衍盈升)"라고 하였다. 또 말하기를 "산초로 궁실벽을 바르면 또한 몸을 따뜻하게 하고 나쁜 기운을 물리친다"고 하였다.

915 아감(阿監): 궁중의 여관(女官)

916 청아로(靑娥老): '청아'는 젊고 아름다운 여인이란 뜻으로, 곧 궁녀들을 가리킨다.

917 석전(夕殿): 밤의 어전

918 초연(悄然): 고요하고 쓸쓸한 모양. 우수 띤 모양이나 낙심하여 근심하는 모양

919 도진(挑盡): 등잔 심지를 다 돋우다. '도'는 호롱불이나 등잔의 심지를 돋우는 것. 옛날 중국의 부귀한 집안에서는 촛불을 쓰고 등잔불을 쓰지 않았으며 황궁에서도 마찬가지였다. 이에 대해 송나라의 소박(邵博)은 『소씨문견후록(邵氏聞見後錄)』(권 19)에서 "흥경궁(興慶宮)에는 한밤중에 밀랍기름을 쓰지 않았는데 명황이 어찌 친히 등불의 심지를 돋우었겠는가? 서생의 견식이 가소롭다"고 하였다. 그러나 이는 단지 당 현종의 고독과 처량함을 한층 더 강조하기 위한 표현일 뿐이다.

920 지지경고(遲遲更鼓): 시각을 알리는 북소리가 매우 느린 것처럼 느껴지다. 독수공방의 괴로움을 표현한 것. 『백거이집』에는 종고(鐘鼓)로 되어 있다.

921 초장야(初長夜): 가을밤을 말한다. 가을이 되면 밤이 길어지기 시작하므로 이렇게 말한다.

922 경경(耿耿): 작게 빛나는 모양

923 성하(星河): 하늘의 강, 즉 은하

924 욕서천(欲曙天): 하늘이 밝아지려 하다. 새벽이 됨을 가리킨다. '서'는 새벽, 또는 날이 새는 것

鴛鴦瓦[925]冷霜華[926]重[927]하고
원 앙 와　랭 상 화　중

　　　　원앙 기와 차가운데
　　　　꽃 같은 서리 무겁게 내리고,

翡翠衾[928]寒誰與共고
비 취 금　한 수 여 공

　　　　비취 이불 싸늘한데
　　　　누구와 함께할까?

悠悠[929]生死別經年[930]이나
유 유　생 사 별 경 년

　　　　아득하여라, 삶과 죽음
　　　　갈라져 해를 넘겼으나,

魂魄[931]不曾[932]來入夢이라
혼 백　부 증　내 입 몽

　　　　혼백마저 꿈속에 들어온 적 없었네.

---

925 원앙와(鴛鴦瓦): 한쪽은 숙이고 한쪽은 쳐든 것이 한 짝이 되게 구성된 기와를 말한다. 『삼국지』「위지(魏志)·방기(方伎)·주선전(周宣傳)」에 "문제(文帝)가 주선에게 물어서 말했다. '내가 전옥(展屋)의 두 기와가 땅에 떨어지는 꿈을 꾸었는데, 한 쌍의 원앙이 되는 것이었소'라고 하였다."

926 상화(霜華): 서리를 꽃에 견주어서 한 말

927 중(重): '두터울 후(厚)' 자와 같은 뜻으로 쓰였다.

928 비취금(翡翠衾): 비취를 수놓은 이불. 비취는 새의 이름으로 취작(翠雀)이라고도 한다. 참새 비슷하게 생겼으나 조금 크며, 깃털은 장식을 할 수가 있다. 비(翡)는 수컷으로 붉은 깃털을 가졌고, 취(翠)는 암컷으로 파란 깃털을 가졌는데, 암수의 사이가 매우 좋아 금슬이 좋은 부부의 비유로 많이 쓰인다. 전국 시대 초나라 송옥(宋玉)의 「혼을 부름(招魂)」에 "비취 구슬 이불, 찬란하게 빛나네(翡翠珠被, 爛齊光些)"라는 구절이 있다.

929 유유(悠悠): 만장(漫長), 유원(悠遠), 곧 멀고 아득한 모양. 현종과 양귀비가 유명의 경계를 달리하고 멀리 떨어져 있는 것을 가리킨다.

930 경년(經年): 1년 이상의 시간이 지난 것을 말한다. 「장한가전」에 의하면 현종은 양귀비가 죽은 후에도 "3년을 한결같은 뜻으로 그 생각이 조금도 시들지 않았다(三載一意, 其念不衰)"고 한다.

931 혼백(魂魄): 원래는 영혼의 양에 속하는 것과 음에 속하는 것을 말한다. 사람이 죽으면 혼은 하늘로 올라가고 백은 지상에 남는다고 한다. 여기서는 양귀비의 넋을 말한다.

932 부증(不曾): '증'은 과거의 경험을 나타낼 때 쓰는 말. 일정한 범위 내에서 '지금까지 일찍이~한 일이 없다'는 뜻이다.

臨邛⁹³³道士⁹³⁴鴻都客⁹³⁵으로
임 공　도 사　홍 도 객

임공의 도사는 홍도 장안의 나그네로,

能以精神致魂魄⁹³⁶이라
능 이 정 신 치 혼 백

정신으로 혼백을 부를 수 있다 하네.

爲感君王展轉思⁹³⁷하여
위 감 군 왕 전 전 사

임금께서 뒤척거리며
그리워한다는 말에 감동하여,

遂敎方士⁹³⁸殷勤⁹³⁹覓이라
수 교 방 사　은 근　멱

마침내 방사로 하여금
은근히 찾게 하였다.

排風馭氣⁹⁴⁰奔如電하고
배 풍 어 기　분 여 전

바람 타고 구름 몰고 번개처럼 달려,

933　임공(臨邛): 촉의 지명. 『원화군현지(元和郡縣志)』에서는 "검남도(劍南道) 공주(邛州) 임공
　　　현은 본래 한나라 때의 현이다"라고 하였다. 지금 사천성 공래현(邛崍縣) 일대

934　도사(道士): 신선의 도를 배워 불로장생하는 방법[方術]을 행하는 사람. 『양태진외전(楊太眞
　　　外傳)』(권 하)에 "양통유(楊通幽)라는 도사가 촉 땅에서 왔는데 상황[上皇: 곧 현종]이 양귀비
　　　를 못 잊는 것을 알고, 스스로 말하기를 '이소군[李少君: 한 무제 때의 도사]과 같이 죽은 혼백
　　　을 부르는 방법을 가지고 있습니다'라고 하였다. 이에 상황이 크게 기뻐하며 그 혼백을 부르게
　　　끔 했다"고 하였다. 그러나 도사의 이름은 『태진외전』의 작자인 악사(樂史)가 부회하여 지은
　　　것이라 한다.

935　홍도객(鴻都客): '홍도'는 동한의 도성인 낙양의 궁문 이름으로, 책을 수장하고 태학을 설치한
　　　곳이다. 『후한서』 「영제(靈帝)본기」에 의하면 광화(光和) 원년에 처음으로 설치하였다고 한다.
　　　시 번호 196 한유의 「돌북을 노래함」을 참조할 것. 여기서는 장안을 가리키는 데 쓰였다. '홍도
　　　객'은 도사가 장안에 와서 머무는 나그네임을 말한다. 또 일설에 의하면 홍도는 선도(仙都)와
　　　같은 뜻이어서, 신선들이 사는 곳에서 이 세상에 온 손님이라는 뜻이라고도 한다.

936　치혼백(致魂魄): 죽은 사람의 혼을 불러오다.

937　전전사(展轉思): '전전'은 전전(輾轉)과 같은 뜻으로, 잠을 이루지 못하고 뒤척거리는 것. 『시
　　　경』 「주남·물수리(關雎)」에 "그리워도 얻지 못해, 자나 깨나 생각하노니, 그리움 가없어, 이리
　　　뒤척 저리 뒤척(求之不得, 寤寐思服. 悠哉悠哉, 輾轉反側)"이라는 구절이 있다.

938　방사(方士): 전문적으로 신선의 도와 연단술 등을 강구하는 사람, 방술이 있는 사람. 여기서는
　　　임공의 도사를 가리키는 말

939　은근(殷勤): 은근(慇懃)이라고도 쓰며, 정성을 다한다는 뜻

升天入地求之徧이라
승 천 입 지 구 지 편

하늘에 오르고 땅까지 들어가
빠짐없이 두루 찾게 하였네.

上窮碧落[941]下黃泉[942]이나
상 궁 벽 락　　　하 황 천

위로는 하늘 끝까지
아래로는 땅속까지 이르렀으나,

兩處[943]茫茫[944]皆不見이라
양 처　　망 망　　개 불 견

두 곳 아득하여
모두 찾지 못했다네.

忽聞海上有仙山하니
홀 문 해 상 유 선 산

문득 들었네, 바다 위에
신선 사는 산 있는데,

山在虛無縹緲[945]間이라
산 재 허 무 표 묘　　간

산은 보일 듯 말 듯하고도
까마득한 곳에 있다고,

樓殿玲瓏[946]五雲[947]起하고
누 전 영 롱　　오 운　　기

누대와 전각은 영롱하고
오색구름 피어오르며,

---

940 배풍어기(排風馭氣): '배'는 승(升)과 같은 뜻이며, '어'는 릉(凌)과 마찬가지의 뜻이다.

941 벽락(碧落): 도가 용어로 하늘을 말한다. 『도인경(度人經)』에 "옛날에 시청천(始靑天)의 벽락
에서 노래하였다"는 말이 나오는데, 주석에서는 "시청천은 곧 동방의 제일천(第一天)인데, 짙
푸른 놀[碧霞]이 온 데 가득하므로 벽락이라 한다"고 하였다. 여기서 락(落)은 구역의 뜻이다.

942 황천(黃泉): 지하, 곧 저승을 말한다. 『좌전』「은공(隱公)원년」에 "황천에 이르지 않으면 서로
만나보지 않겠다"는 말이 나오는데, 두예(杜預)는 "땅 속에 있는 샘이므로 황천이라 하였다"고
하였다. 땅은 오행 가운데 색깔로는 누런빛을 나타내기 때문에 그렇게 부른다.

943 양처(兩處): 벽락과 황천

944 망망(茫茫): 끝없이 넓은 모양

945 표묘(縹緲): 높고 멀어서 까마득한 모양

946 영롱(玲瓏): 금옥이 서로 부딪히며 울리는 소리, 또는 곱고 투명하게 반짝이는 모양을 나타내
는데, 여기서는 후자의 뜻으로 쓰임

947 오운(五雲): 다섯 가지 빛깔을 띤 구름

其中綽約⁹⁴⁸多仙子라
기 중 작 약   다 선 자

그 가운데 부드럽고 아름다운
선녀들 많이 있다네.

中有一人字玉眞⁹⁴⁹이오
중 유 일 인 자 옥 진

또 그 가운데 한 사람 자가 옥진인데,

雪膚花貌參差⁹⁵⁰是라
설 부 화 모 참 치   시

눈 같은 살갗 꽃 같은 모습이
거의 비슷하다 하네.

金闕⁹⁵¹西廂⁹⁵²叩玉局⁹⁵³하고
금 궐   서 상   고 옥 경

황금 대궐 서쪽 행랑에서
옥 빗장을 두드리고

轉敎小玉⁹⁵⁴報雙成⁹⁵⁵이라
전 교 소 옥   보 쌍 성

소옥으로 하여금 다시
쌍성에게 알리도록 했네.

---

948 작약(綽約): 첩운(疊韻) 연면자(連綿字)로 아름다운 모습을 말한다. 『장자』「소요유(逍遙遊)」
     에 "막고야(藐姑射)산에는 신인(神人)이 살고 있는데, 그 피부는 얼음이나 눈처럼 희고 몸매는
     처녀처럼 아름답다(綽藥若處子)"는 말이 나온다. 주석에는 "부드럽고 약한 모양(柔弱貌)"이
     라고 한 것과 "아름다운 모양(好貌)"이라 한 것이 있다.

949 옥진(玉眞): 『백거이집』에는 태진(太眞)으로 되어 있다. 태진은 양귀비의 도호.

950 참치(參差): 원래는 쌍성(雙聲) 연면자로 가지런하지 않다는 뜻으로 쓰이나, 여기서는 대략, 대
     체로, 거의 등의 뜻으로 쓰임

951 금궐(金闕): 도가에서는 천상에 황금으로 만든 궁궐과 백옥으로 만든 서울[白玉京]이 있다고
     하는데, 천제(天帝)의 거처라고 한다.

952 서상(西廂): 서쪽에 위치한 방, '상'은 본채의 동서쪽에 딸린 방. 곁채, 행랑

953 고옥경(叩玉局): 옥석으로 만든 문, 곧 선경의 출입문을 두드리다.

954 소옥(小玉): 『백거이집』의 원주에 "소옥은 오왕 부차(夫差)의 딸 이름이다"라고 하였다.

955 쌍성(雙成): 동쌍성(董雙成)을 말하며, 서왕모의 시녀다. 『한무내전(漢武內傳)』에 "서왕모가
     옥녀[玉女: 곧 신녀(神女)] 동쌍성에게 명하여 운화[雲和: 산 이름]의 생(笙)을 불게 했다"는
     구절이 있다. 소옥이나 쌍성은 여기서 모두 양귀비의 선경(仙境)에서의 시녀를 가리킨다. 이들
     은 모두 「장한가전」에 나오는 "두 갈래로 쪽진 여자아이(雙鬟童女)"와 "짙푸른 옷을 입은 시녀
     (碧衣侍女)"를 가리켜 말한 것이다.

聞道漢家天子使[956]하고
문 도 한 가 천 자 사

한나라에서 천자의 사자
왔다는 말 듣고,

九華帳[957]裏夢魂驚[958]이라
구 화 장 　 리 몽 혼 경

구화전의 장막 안에서
꿈꾸던 혼 놀라 깨었네.

攬衣[959]推枕起徘徊할새
남 의 　 추 침 기 배 회

옷 잡고 베개 밀치며
일어나 서성이더니,

珠箔[960]銀屛[961]邐迤[962]開라
주 박 　 은 병 　 리 이 　 개

구슬발 은병풍 차례차례 열렸네.

雲鬢半偏[963]新睡覺[964]요
운 빈 반 편 　 신 수 교

구름 살쩍머리 반쯤 흐트러진 채
막 깨어나,

花冠[965]不整下堂來라
화 관 　 부 정 하 당 래

꽃 머리 장식 매만지지도 않고
대청으로 내려왔네.

---

956 한가천자사(漢家天子使): '한가'는 곧 당나라, '천자사'는 당 현종이 보낸 도사를 가리킨다.

957 구화장(九華帳): 진나라 장화(張華)의 『박물지』(권 3)에 "한 무제는 선도(仙道)를 좋아하였는데, 이때 서왕모가 사자를 보내어 흰 사슴을 타고 무제에게 곧 올 것이라고 알리자 구화전(九華展)에 장막을 치고 기다렸다"는 이야기가 나온다. 여기서는 화려한 장막을 가리킨다.

958 몽혼경(夢魂驚): 잠들어 꿈을 꾸던 양귀비의 혼이 놀라 깨다.

959 남의(攬衣): 저고리를 손에 들다. '의'는 치마인 상(裳)의 반대로 상의, 곧 저고리를 말한다.

960 주박(珠箔): 구슬로 장식한 발, 곧 주렴(珠簾)과 같은 뜻

961 은병(銀屛): 은지(銀紙)로 장식한 병풍

962 이이(邐迤): 비스듬히 연이어져 있는 모양. 여기서는 서로 이어져 있다는 뜻을 가지고 있다.

963 운빈반편(雲鬢半偏): 운빈은 앞에 나온 주 834를 참조할 것. 구름 같은 살쩍머리가 반쯤 기울어져 있다는 것은 머리 모양이 흐트러진 것을 말한다.

964 신수교(新睡覺): '覺' 자는 '깨다'의 뜻일 때는 '교'로 읽는다. '수교'는 편의복사(偏意複詞)로 잔다는 뜻으로 많이 쓰이는데, 여기서는 깬다는 뜻

965 화관(花冠): 꽃장식이 달려 있는 머리 장식

風吹仙袂飄飄擧하니
풍 취 선 메 표 표 거
바람 신선 소맷자락에 불어
펄럭펄럭 나부끼니,

猶似霓裳羽衣舞라
유 사 예 상 우 의 무
「예상우의곡」에 맞추어 춤추는 듯했고,

玉容⁹⁶⁶寂寞淚闌干⁹⁶⁷하니
옥 용   적 막 루 란 간
옥 같은 얼굴 쓸쓸하게
눈물 이리저리 흘리니,

梨花一枝春帶雨⁹⁶⁸라
이 화 일 지 춘 대 우
배꽃 한 가지가 봄에 비 띤 듯하였네.

含情凝睇⁹⁶⁹謝君王⁹⁷⁰하되
함 정 응 제   사 군 왕
정 머금고 응시하며
임금님께 감사하기를,

一別音容⁹⁷¹兩渺茫⁹⁷²이라
일 별 음 용   양 묘 망
한 번 헤어지고는 옥음과 용안
모두 아득하여졌습니다.

昭陽殿⁹⁷³裏恩愛絶이요
소 양 전   리 은 애 절
소양전에서 받던
은혜와 사랑 끊어진 채,

---

966 옥용(玉容): 백옥같이 희고 아름다운 얼굴
967 누란간(淚闌干): 하염없이 눈물을 흘리다. '란간'은 첩운 연면자로 종횡으로 눈물 따위가 마구
    흐르는 모양을 나타내는 말이다. 『오월춘추(吳越春秋)』에 "월왕 구천(勾踐)과 부인은 말을 마
    치고 얼굴을 가리니 눈물이 이리저리 마구 흘러내렸다(涕泣闌干)"는 말이 있다.
968 이화일지춘대우(李花一枝春帶雨): 양귀비의 눈물이 가득 고여 있는 얼굴 모습이 흡사 봄날
    빗물을 머금고 있는 배꽃과 같다는 말이다.
969 함정응제(含情凝睇): 정을 가득 머금은 그윽한 눈빛으로 뚫어질 듯 바라보다. '응제'는 한 곳을
    뚫어지게 보는 것, 곧 응시하는 것을 말한다. 굴원의 『초사』「구가·산 귀신(九歌·山鬼)」에 "이미
    곁눈질하고 또 웃어야 하리니, 그대는 내가 얌전한 것을 사모하네(旣含睇兮又宜笑, 子慕予
    兮善窈窕)"라는 구절이 있다. 여기서는 정을 표현하는 방법으로 쓰였다.
970 사군왕(謝君王): 임금, 곧 현종의 호의에 감사하다.
971 음용(音容): 현종의 목소리와 모습
972 묘망(渺茫): 까마득한 모양. 멀고 희미한 모양

蓬萊⁹⁷⁴宮中日月長라
봉래   궁중일월장

이곳 봉래궁에서
긴 세월 보내고 있습니다.

回頭下望人寰⁹⁷⁵處로되
회두하망인환   처

머리 돌려 아래로
사람 사는 곳 바라보아도,

不見長安見塵霧⁹⁷⁶라
불견장안견진무

장안은 보이지 않고
먼지만 안개처럼 보일 뿐입니다.

唯將舊物表深情하여
유장구물표심정

오직 옛 물건으로
깊은 정 나타내고자 하니,

鈿合⁹⁷⁷金釵⁹⁷⁸寄將去⁹⁷⁹라
전합   금차   기장거

자개 상자와 금비녀 가져다드리십시오.

釵留一股⁹⁸⁰合一扇⁹⁸¹하니
차류일고   합일선

비녀 한쪽 끝과
자개 상자 한 짝 남겼으니,

---

973 소양전(昭陽殿): 한나라 때 궁전 이름으로, 성제(成帝)의 총희이며 조비연(趙飛燕)의 동생인 조소의(趙昭儀)가 기거하던 궁전. 여기서는 양귀비가 살아 있을 때에 기거하던 궁전을 가리킨다. 시 번호 146 두보의「강가에서 슬퍼함(哀江頭)」을 참조할 것

974 봉래(蓬萊): 전설에 나오는 신선이 사는 산으로 동해에 있다고 하며, 방장(方丈), 영주(瀛州)와 함께 삼신산으로 불린다. 여기서는 선궁(仙宮)을 가리키는 말로 쓰임

975 인환(人寰): '환'은 광대한 지구(地區)라는 뜻. '인환'은 인간 세계. 원래 환은 경기(京畿) 지역의 천자 직할 영지를 말하였다. 뜻이 바뀌어 천하 또는 세계의 뜻으로 쓰임

976 진무(塵霧): 흙먼지가 안개처럼 날리는 것을 말한다.

977 전합(鈿合): 곧 전합(鈿盒)을 말한다. 금박의 꽃 세공으로 장식한 작은 상자. 「장한가전」에 "사랑이 변하지 않기로 맹세하던 날 저녁 금비녀와 전합을 주면서 굳게 했다. (…) 이듬해 귀비로 책봉되었다(定情之夕, 授金釵鈿合以固之 (…) 明年冊爲貴妃)"라는 말이 있다. 보요나 금전 같은 머리 장식이라는 설도 있어서 바로 위의 구절에서 구물(舊物)이라고 하였다.

978 금차(金釵): 황금으로 만든 비녀. 잠과는 다름. 앞에 나온 주 880의 금작(金雀)을 참조할 것

979 기장거(寄將去): 드릴 테니 가져가십시오.

980 일고(一股): 한쪽 끝. 둘로 나눈 비녀의 한쪽. '고'는 여기서 단위사로 쓰임

釵擘[982]黃金合分鈿이라
차 벽　황 금 합 분 전

황금 비녀 가르고
자개 상자는 나누었습니다.

但令心似金鈿堅[983]이면
단 령 심 사 금 전 견

다만 우리의 마음 금비녀나
전합처럼 굳게 할 수 있다면,

天上人間[984]會[985]相見이라
천 상 인 간　회　상 견

하늘 위에서나 인간 세상에서나
반드시 만날 것입니다.

臨別殷勤[986]重寄詞[987]하니
임 별 은 근　중 기 사

헤어질 즈음 은근히
당부의 말 거듭하였는데,

詞中有誓兩心知[988]라
사 중 유 서 양 심 지

그 말에는 맹세의 말 있었네,
둘만이 마음으로 아는.

七月七日[989]長生殿[990]에
칠 월 칠 일　장 생 전

칠월 칠석날 장생전에서,

---

981 합일선(合一扇): 전합의 반을 가리킨다. 곧 전합의 뚜껑이나 물건을 담는 쪽의 한쪽을 말한다.
　　 '선'은 여기서 문짝이라는 뜻인데, '고'와 마찬가지로 단위사로 쓰임

982 벽(擘): 쪼개다, 가르다. 이 구절은 '擘黃金釵分鈿合'의 도치구이다.

983 단령심사금전견(但令心似金鈿堅): '령'은 『백거이집』에 교(敎)로 되어 있는데 같은 뜻이다. 우
　　 리의 마음이 금비녀와 전합처럼 굳다면, 곧 사랑하는 서로의 마음이 변치 않았다면

984 인간(人間): 인생 세간과 같은 뜻, 곧 인간 세상

985 회(會): 여기서는 '반드시 필(必)'과 같은 뜻으로 쓰임

986 은근(殷勤): 첩운 연면자로 은근(慇懃)이라고도 쓰는데 여기서는 '간곡하게'라는 뜻으로 쓰였다.

987 기사(寄詞): 말을 전해 달라고 부탁하다.

988 양심지(兩心志): 아무도 모르고 오직 현종과 양귀비 두 사람만이 알다.

989 칠월칠일(七月七日): 여기서는 천보 10년(751)의 7월 7일을 가리킨다.

990 장생전(長生殿): 『당회요(唐會要)』(권 30)에 "[여산의] 화청궁에 천보 원년 10월 장생전을 지
　　 어 집령대(集靈臺)라 하고 신을 제사 지냈다"고 하였다.

夜半無人私語⁹⁹¹時라
야 반 무 인 사 어   시

밤 깊어 사람 없자
은밀히 속삭였을 때라네.

在天願作比翼鳥⁹⁹²요
재 천 원 작 비 익 조

하늘에서는 원컨대 비익조가 되고,

在地願爲連理枝⁹⁹³라
재 지 원 위 연 리 지

땅에서는 원컨대
연리수의 가지가 될지어다.

天長地久⁹⁹⁴有時盡⁹⁹⁵이나
천 장 지 구   유 시 진

하늘 오래고 땅 영원하대도
다할 때 있을 것이나,

此恨⁹⁹⁶綿綿⁹⁹⁷無絶期⁹⁹⁸라
차 한   면 면   무 절 기

이 한만은 끊이지 않고
다할 기약 없으리라.

991　사어(私語): 은밀한 속삭임. 본서의 주석에 "천보 10년 명황[현종]은 양귀비의 어깨에 기대어 하늘을 바라보며, 견우·직녀의 일에 감동하여 은밀히 마음속으로 맹세하기를 '대대로 부부로 맺어질지어다'라고 했다." 그러나 현종이 여산의 이궁에 행차한 것은 항상 시월이었으므로 이는 허구일 것이다.

992　비익조(比翼鳥): 이 새는 눈과 날개가 하나씩밖에 없어, 암컷과 수컷이 하나로 합쳐져야만 비로소 두 날개를 이루어 날 수 있다고 하는 전설상의 새. 진나라 장화의 『박물지』(권 3)에 "비익조는 한 마리는 깃털이 붉고 한 마리는 파란데 참우산(參嵎山)에 산다"고 하였다. 또 『이아』「석지(釋地)」에서는 "남방에 비익조가 있는데 날개를 나란히 합치지 않으면 날지를 못하며, 그 이름을 겸겸[鶼鶼: 비익조]이라 하였다"는 말이 있다. 부부의 의가 대단히 좋거나 남녀 간의 애정이 매우 깊음을 비유하는 말로 많이 쓰인다.

993　연리지(連理枝): 뿌리가 서로 다른 두 그루 나무의 가지가 맞닿아 나뭇결이 통하여 하나로 합쳐져 떨어지지 않는 가지. 『문선』유월석(劉越石)의 「권진표(勸進表)」에 "뿔이 하나인 짐승, 결이 이어진 나무(一角之獸, 連理之木)"라는 말이 나오는데, 이선은 "덕이 초목에 이르면 나무의 결이 이어진다"고 하였다. 또 『예문유취(藝文類聚)』「목부(木部)」에 인용된 지우(摯虞)의 「연리송(連理頌)」에서는 "홰나무는 두 가지가 결이 이어져서 자란다(槐樹二枝, 連理而生)"고 했다. 옛날 사람들은 이 나무를 상서로운 것으로 생각했다.

994　천장지구(天長地久): 『노자』 제7장에 나오는 말인데, 여기서는 '천지는 장구하다고들 하지만' 정도의 의미로 쓰임

995　유시진(有時盡): 다할 때가 있다.

658

206. 여섯 노래(六歌)[999]

문천상(文天祥)[1000]

有妻有妻出糟糠하니

유 처 유 처 출 조 강

마누라여 마누라여

지게미와 겨 먹으며 살아와,

996　차한(此恨): 사랑하는 두 사람이 떨어져 있어 느끼는 슬픔과 한

997　면면(綿綿): 실이 길게 이어져 있는 것처럼 끊어지지 않고 계속되는 것. 『시경』「대아·길게 뻗음(緜)」에 "길게 뻗은 외 덩굴(綿綿瓜瓞)"이란 말이 나오는데, 모씨(毛氏)의 주석에서는 "면면은 끊이지 않는 모양(不絶貌)"이라 하였고, 『이아』「석훈(釋訓)」에서는 "긴 것이다(長也)"라고 하였다.

998　무절기(無絶期): 다할 날이 없다.

999　육가(六歌): 여섯 가지 노래라는 뜻인데, 후한 장형(張衡)의 「네 가지 근심(四愁詩)」이나 두보의 「동곡칠가(同谷七歌)」와 비슷한 형태의 작품이다. 이 시는 『송시기사』에도 수록이 되어 있는데, 제목이 「난리가(亂離歌)」로 되어 있다. 본서 이 시의 제목 아래에는 다음과 같은 장문의 주석이 달려 있다.

　　　"송나라 덕우(德祐) 병자년(1276) 정월 원나라 백안(伯顔)이 군대를 이끌고 임안(臨安)에 이르자, 송나라 승상 문천상이 군진 앞에 사신으로 나가 백안에게 항변하는 글을 지어 논쟁하며 굴하지 않음에 붙들리어 북쪽으로 가다가 진강(鎭江)에 이르러 계책을 써서 탈출했다. 돌아왔을 때는 삼궁(三宮)을 이미 북쪽으로 옮겼다. 경염제[景炎帝: 곧 송나라 단종(端宗)]가 즉위하자 복주(福州)에서 불러 우승상(右丞相)에 제수되었으며 추밀사(樞密使)로 나가 광복(匡復)하려는 뜻을 독려했다. 공갱(空坑)에 이르러 대패하여 부인 구양씨(歐陽氏)와 아들 불생(佛生)과 환생(還生), 딸 유랑(柳娘)과 환랑(還娘), 첩 황씨(黃氏)와 안씨(顔氏)가 모두 붙잡혔으며, 생질녀 손율(孫栗)과 팽진도 모두 해를 당했다. 공은 홀로 맏아들인 도생(道生)과 기병 몇 명만 거느리고 벗어났다. 흩어진 병사들을 모아 애산(厓山)에 거처하며 무인년(1278) 10월 군사를 이끌고 조주(潮州)에 이르러 원나라 군대를 만나 붙잡혀 북쪽으로 끌려가다가 연대(燕臺)에 이르러 이 「여섯 노래」를 지었다." 애국 시인 문천상의 고난이 잘 드러난 시이다.

1000　문천상(文天祥: 1236~1283): 초명을 운손(雲孫)이라 하였으며 자를 천상이라 하였는데, 나중에 자를 이름으로 삼고 자는 이선(履善)이라 고쳤다. 그 뒤에 다시 자를 송서(宋瑞)로 고쳤으며, 호는 문산(文山)이라 하였다. 남송 길주(吉州) 길수(吉水: 지금의 강서성) 사람. 이종(理宗) 보우(寶祐) 4년(1158)에 진사가 된 뒤 지공주(知贛州) 등을 지냈고, 덕우(德祐) 연간에 원나라 군대가 쳐들어오자 우승상으로 항쟁에 나섰다가 원나라 군대에 잡혔다. 도망하여 좌승상이 되었으며, 다시 원군과 싸우다가 대패하여 순주(循州)로 도망하였다. 위왕 밑에서 소보로 신국공(信國公)에 봉하여졌으나 조양(潮陽)에서 원군에게 잡히어 끝내 굴복하지 않아 3년 뒤에 죽음을 당하였다. 그가 죽기 전에 지은 「정기가(正氣歌)」가 특히 유명하며, 『문산

自少結髮不下堂[1001]이라
자소결발불하당

어려서 머리 묶어
마루 아래로 내려보낸 적 없었네.

亂離中道逢虎狼[1002]하여
난리중도봉호랑

난리 중에 길에서
호랑이와 이리를 만나,

鳳飛翩翩失其凰[1003]이라
봉비편편실기황

숫봉황 훨훨 날다
암봉황을 잃었다네.

將雛[1004]一二去何方고
장추　　　일이거하방

새끼 한두 마리 데리고
어디로 갔는가?

집』21권과『문산시사』4권이 있다.

1001 조강~불하당(糟糠~不下堂): '조강'은 술지게미와 곡식의 껍질인 겨로, 조악한 음식을 비유하
는 말. 『후한서』「송홍전(宋弘傳)」에 "신이 듣건대 '빈천할 때 사귄 친구는 잊을 수가 없고, 술
지게미와 겨를 먹으며 함께 고생한 마누라는 마루 아래로 내려보내지 않는다[쫓아 보내지 않
는다는 뜻](貧賤之知不可忘, 糟糠之妻不下堂)'고 하였습니다"라는 말이 있다. 이로 인해
나중에는 조강을 아내를 대신 일컫는 말로 쓰게 되었다.

결발(結髮): 머리를 묶다. 성년이 되지 않은 남자아이라는 뜻과 결혼한다는 뜻이 있는데, 여기
서는 후자의 뜻으로 쓰였다. 옛날에는 결혼하던 날 밤 남자는 왼쪽에서 여자는 오른쪽에서 함
께 상투를 틀고 머리를 올리는 풍습이 있었다. 시 번호 175 백거이의 「태항산에 오르는 길(太
行路)」에 "그대와 결혼하여 머리 올린 지 오 년도 되지 않았는데, 어찌 기약하였으리, 견우와
직녀 삼성과 상성처럼 될 줄을(與君結髮未五載, 豈期牛女爲參商)"이라는 구절이 있다. 또
배우자, 특히 처를 가리키는 말로 쓰이기도 한다.

1002 호랑(虎狼): 곧 원나라 군대를 말한다.

1003 봉비편편실기황(鳳飛翩翩失其凰): '봉황'은 원래 봉황(鳳皇)이라고 하였으며, 수컷을 봉
(鳳)이라 하고 암컷은 황(凰)이라 하였다. 여기서는 부부를 비유하는 말로 쓰였다. 『시경』「대
아·구부정한 언덕(卷阿)」에 "봉황새 나는데, 그 날개 펄럭이네(鳳凰千飛, 翩翩其羽)"라는
구절이 있다. 여기서는 난리 중에 처자를 잃은 것을 말한다. 앞에 나온 주 999의 본서의 주석
을 참조할 것

1004 장추(將雛): '장'은 동사일 때는 '가지다', '끌다', '데리고'의 뜻이고 '추'는 원래 병아리라는 뜻인
데 여기서는 처와 함께 원나라로 잡혀간 문천상의 자식들을 말한다.

豈料國破家亦亡가
기 료 국 파 가 역 망

어찌 생각했으리, 나라 깨어지고
집 또한 망할 줄.

不忍舍君羅襦裳[1005]하니
불 인 사 군 라 유 상

차마 그대의 비단 치마 저고리
떨치지 못하였는데,

天長地久[1006]終茫茫[1007]이요
천 장 지 구 　 　 종 망 망

하늘 영원하고 땅 오랜데
끝내 아득해졌으니,

牛女[1008]夜夜遙相望이라
우 녀 　 　 야 야 요 상 망

견우와 직녀 밤마다
아득히 서로 바라보네.

嗚呼一歌兮歌正長[1009]하여
오 호 일 가 혜 가 정 장

아아! 첫 번째 노래여
노래 마침 길었구나!

悲風北來起彷徨이라
비 풍 북 래 기 방 황

슬픈 바람 북쪽에서 불어오니
일어나 왔다갔다 서성이네.

有妹有妹家流離[1010]하여
유 매 유 매 가 유 리

누이여 누이여 집안 흩어져 헤매며,

1005 나유상(羅襦裳): 비단 치마 저고리. 헤어지기 전 아내의 모습을 평소 아내가 입던 의복을 가지
고 대신 나타낸 것이다.
1006 천장지구(天長地久): 『노자』에 나오는 말. 앞에 나온 시 번호 205 「긴 한탄(長恨歌)」 주 994를
참조할 것
1007 종망망(終茫茫): 아내와의 연분이 이제는 영 끝났다는 표현
1008 우녀(牛女): 견우와 직녀를 말한다. 시 번호 193 장뢰의 「칠석날 밤의 노래(七夕歌)」를 참조
할 것
1009 가정장(歌正長): 노래의 여운이 슬퍼서 길어진다는 뜻

良人¹⁰¹¹去後携諸兒라
양 인 　 거 후 휴 제 아

남편 떠난 뒤에 여러 아이 이끌었네.

北風吹沙塞草萋¹⁰¹²한대
북 풍 취 사 새 초 처

북쪽 바람 모래 날리니
변방의 풀도 시들고,

窮猿¹⁰¹³慘淡將安歸오
궁 원 　 참 담 장 안 귀

곤궁해진 원숭이 참담하게
장차 어디로 돌아가려나?

去年哭母¹⁰¹⁴南海湄¹⁰¹⁵라
거 년 곡 모 　 남 해 미

작년에는 어머니 영전에 곡하였네,
남쪽 바다 물가에서.

三男一女同歔欷¹⁰¹⁶라
삼 남 일 녀 동 허 희

아들 셋과 딸 하나가
함께 훌쩍훌쩍 흐느꼈는데,

1010　유리(流離): 이산(離散)과 같은 뜻. 뿔뿔이 흩어지다. 후한 채염(蔡琰)의 시 「비분(悲憤)」에
　　　"다 흩어져 비천해졌는데, 다시 버림을 받을까 늘 두렵네(流離成鄙淺, 常恐復捐廢)"라는 구
　　　절이 있다.

1011　양인(良人): 선량한 사람과 평민이라는 뜻도 있으나 여기서는 배우자라는 뜻으로 쓰임. 『시경』
　　　「당풍(唐風)·묶음(綢繆)」에 "오늘 저녁이 어떤 저녁인가? 우리 님을 만난 날이라네(今夕何夕,
　　　見此良人)"라는 구절이 있다. 여기에 대해 모씨는 미실(美室), 곧 처를 가리킨다고 하였고, 주
　　　자는 남편을 칭한 것[夫稱]이라 하였다. 이때까지만 해도 부부 상호 간에 통용될 수 있는 말이
　　　었으나, 나중에는 주로 여자의 입장에서 남편을 가리키는 말로 쓰이게 되었다.

1012　처(萋): 『문산선생전집(文山先生全集)』에는 처(凄)로 되어 있다. 차갑다[寒凉]는 뜻. 여기서
　　　는 추워서 시들었다는 뜻으로 쓰임

1013　궁원(窮猿): 유리하며 곤경에 처해 갈 집이 없는 사람을 비유함. 두보의 「두위에게 부침(寄杜
　　　位)」에 "차가운 해 짧은 처마 지나니, 곤궁한 원숭이 나무 잃고 슬퍼하네(寒日經簷短, 窮猿失
　　　木悲)"라는 구절이 있다.

1014　거년곡모(去年哭母): 어머니의 죽음에 곡하다. 문천상의 어머니는 제위국부인(齊魏國夫人)
　　　으로, 상흥(祥興) 원년(1278)에 죽었다.

1015　남해미(南海湄): '미'는 물가라는 뜻. 이해에 문천상은 단종(端宗)이 죽자 아우인 조병(趙昺)
　　　을 옹립하고 광동성 혜주(惠州)와 뇌주(雷州) 등지에서 싸웠고 왕은 남해 속의 애산으로 옮
　　　아갔으니, 남해 가란 혜주나 뇌주 근처일 것이다.

1016　허희(歔欷): 흑흑 흐느껴 울다. 보통 상을 당했을 때 많이 쓴다.

惟汝不在割我肌라
유 여 부 재 할 아 기

너만 없어 내 살갗 찢는 듯했구나.

汝家零落¹⁰¹⁷母不知하니
여 가 영 락　　　　모 부 지

너희 집 쇠퇴한 것
엄마는 모를 것이니,

母知豈有瞑目¹⁰¹⁸時아
모 지 기 유 명 목　　　　시

엄마가 알았다면 어찌
눈감을 때 있었으리?

嗚呼再可兮歌孔¹⁰¹⁹悲하니
오 호 재 가 혜 가 공　　　비

아아! 두 번째 노래여
노래 매우 슬프구나!

鶺鴒在原¹⁰²⁰我何爲오
척 령 재 원　　　　아 하 위

할미새 언덕에 있으니
나는 어떡해야 하리?

有女有女婉淸揚¹⁰²¹하니
유 녀 유 녀 완 청 양

딸이여 딸이여
눈과 눈썹 사이 예쁘기도 한데,

1017 영락(零落): 원래는 초목이 시드는 것을 말하는데, 여기서는 초목이 시들 듯 쇠망한 것을 말한다. 풀이 시드는 것을 영(零)이라 했고, 나무가 시드는 것을 락(落)이라 하였다.

1018 명목(瞑目): 눈을 감다. 죽어도 유감(遺憾)이 없음을 비유하는 말이다.

1019 공(孔): 부사로 쓰이면 '매우', '심히'의 뜻이 됨. 『시경』 「소아·사슴이 울다(鹿鳴)」에 "내게 좋은 손님 오셨는데, 그분의 말씀 매우 밝네(我有嘉賓, 德音孔昭)"라는 구절이 있다.

1020 척령재원(鶺鴒在原): '척령'은 척령(脊令)이라고도 쓰며 『이아(爾雅)』에는 척령(鶺鴒)으로 되어 있다. 『시경』 「소아·아가위(常棣)」에 나오는 말. "할미새가 들에 있듯이, 형제가 어려움 있을 때 구하네(脊令在原, 兄弟急難)"라는 구절이 있다. 척령은 또 옹거(離渠)라고도 하고, 우리말로는 할미새라고 한다. 참새의 일종으로 다리와 꼬리가 길고 부리가 뾰족하다. 등은 청회색이고, 배는 흰색이며 목 밑으로는 까만 무늬가 있다. 모래 위에다 둥지를 틀고 항상 물가에서 먹이를 구하는데, 날 때는 울고 호들갑을 떨며 들까불어 마치 큰일이라도 난 듯하여, 사람에게 큰 사고가 났음을 비유하는 말로 많이 쓰인다. 여기서는 누이에게 큰일이 생겼음을 말하며, 주로 형제라는 뜻으로 쓰인다.

大者學帖¹⁰²²臨鍾王¹⁰²³이요
대 자 학 첩　　　임 종 왕

큰놈은 서첩 배우느라
종요와 왕희지에 다가섰고,

小者讀字聲琅琅¹⁰²⁴이라
소 자 독 자 성 랑 랑

작은놈은 글자 읽는데
그 소리 낭랑했다네.

朔風吹衣白日黃¹⁰²⁵한데
삭 풍 취 의 백 일 황

북쪽 바람 옷에 부니 흰 해 누레지고,

一雙白璧¹⁰²⁶委道傍¹⁰²⁷이라
일 쌍 백 벽　　위 도 방

한 쌍 흰 벽옥 길가에 버렸네.

鴈兒啄啄¹⁰²⁸秋無粱하고
안 아 탁 탁　　추 무 량

기러기 새끼 콕콕 쪼아대지만
가을인데도 곡식 없고,

1021 완청양(婉清揚): 『시경』 「정풍·들판의 덩굴풀(野有蔓草)」에 "아름다운 한 사람 있는데, 맑은 눈에 넓은 이마 예쁘기도 하네(有美一人, 淸揚婉兮)"라는 구절이 있다. '양'은 「용풍·남편과 해로하리(君子偕老)」에도 나오는데, "이마가 넓은 것(眉上廣)"이라 하였다. '청양'은 주자가 "눈썹과 눈 사이가 완연히 아름다운 것(眉目之間婉然美)"이라 하였다.

1022 학첩(學帖): '첩'은 명필들을 한데 모아 놓은 책. 곧 서예 연습용 교본을 말한다.

1023 임종왕(臨鍾王): 종왕은 삼국 시대 위나라의 종요(鍾繇: 151~230)와 진나라 왕희지(王羲之)를 말한다. 종요는 위나라에서 태부(太傅)를 지냈으며, 정자(正字: 곧 해서)와 예서·행서·팔분·초서에 두루 뛰어났고, 특히 해서와 예서에 뛰어났다. 시 번호 197 소식의 「나중에 돌북을 노래함(後石鼓歌)」의 주 549에도 언급한 적이 있다. 왕희지에 대해서는 시 번호 196 한유 「돌북을 노래함(石鼓歌)」의 주 532를 참조할 것. 임(臨)은 이 두 사람의 서체를 배우기 위해 그들의 서첩에 다가섰다고도 볼 수 있고, 그 두 사람의 서체에 근접했다고도 볼 수 있다.

1024 낭랑(琅琅): 금속이나 옥돌 따위가 부딪쳐서 나는 소리로, 아름다운 소리를 나타낼 때 쓰는 첩자 연면 의성어

1025 삭풍취의백일황(朔風吹衣白日黃): 북풍은 원나라 군대를, 밝은 해는 송나라를 가리킨다. 송나라가 원나라에 침략을 당함을 말한다.

1026 일쌍백벽(一雙白璧): 연옥(聯玉), 연벽(聯璧)과 같은 말. 나란히 놓인 흰 벽옥을 말한다. 둘이 똑같이 우열을 가릴 수 없을 정도로 뛰어남을 비유하는 말. 진나라의 하후담(夏侯湛)과 반악(潘岳)을 나란한 벽옥[聯玉]이라 불렀다. 여기서는 두 딸을 가리킨다.

1027 위도방(委道傍): '위'는 '맡기다'의 뜻도 있지만 여기서는 '버리다', '내버려두다'의 뜻으로 쓰였다. 두 딸이 전란을 겪는 와중에 길에서 원나라에 잡혀간 것을 말한다.

隨母北首¹⁰²⁹誰人將¹⁰³⁰고
수 모 북 수   수 인 장

어미 따라 북으로 가니
누가 장차 보살필쏜가?

嗚呼三歌兮歌愈傷¹⁰³¹하니
오 호 삼 가 혜 가 유 상

아아 세 번째 노래여
노래 더욱 가슴 아프구나!

非爲兒女淚淋浪¹⁰³²이라
비 위 아 녀 누 림 랑

아녀자 아닌데도 눈물 줄줄 흐르네.

有子有子風骨¹⁰³³殊하여
유 자 유 자 풍 골   수

아들이여 아들이여 풍모 남달라서,

釋氏抱送徐卿雛¹⁰³⁴하니
석 씨 포 송 서 경 추

부처가 서경의 자식 안아다 주니,

1028 안아탁탁(鴈兒啄啄): '안아'는 기러기 새끼. 문천상 자신이 철새인 기러기처럼 붙들려 이리저리 정처 없이 떠돌아다니는 신세이므로 이렇게 표현했다. '탁'은 새가 모이를 쪼아 먹는 것을 말한다. '탁탁'은 새가 쉬지 않고 연속적으로 먹이를 쪼아대는 모양

1029 수모북수(隨母北首): 수(首)는 여기서 '향하다'의 뜻. 엄마와 딸이 모두 북쪽 원나라로 잡혀 갔음을 말한다.

1030 수인장(誰人將): '장'은 원래 '부지(扶持)하다'의 뜻이 있으며, 뜻이 확장되어 '보살피다', '봉양하다'의 뜻도 생겨났음. 『시경』「소아·사마(四牡)」에 "나랏일 끝나지 않았으니, 아버지 봉양할 틈이 없네. (…) 나랏일 끝나지 않았으니, 어머니 봉양할 틈이 없네(王事靡盬, 不遑將父 (…) 王事靡盬, 不遑將母)"라는 구절이 있는데, 모씨는 봉양하다[養]라고 하였다.

1031 가유상(歌愈傷): 노래를 하면 할수록 가슴이 아파진다. '유'는 부사로 쓰이면 익(益)과 같이 '더욱', '~할수록'의 뜻이 됨

1032 임랑(淋浪): 물이 끊임없이 흐르는 모양. 도연명의 「선비가 때를 만나지 못함을 느껴(感士不遇賦)」에 "명철한 인물에 짝 없음이 비감을 자아내어, 눈물 줄줄 흘러 옷소매를 적시네(感哲人之無偶, 淚淋浪以灑袂)"라는 구절이 있다.

1033 풍골(風骨): 풍격(風格), 기골(氣骨)과 같은 말이다.

1034 석씨포송서경추(釋氏抱送徐卿雛): 두보가 시 번호 186 「서 사또 댁의 두 아들을 노래함(徐卿二子歌)」에서 "그대는 보지 못했는가, 서경의 두 아들 빼어나게 잘 태어난 것을. 길한 꿈에 감응하여 서로 좇아 뒤따랐네. 공자와 석가께서 몸소 안아 보내 주셨다니, 모두가 천상의 기린아일세(君不見徐卿二子生絶奇, 感應吉夢相追隨. 孔子釋氏親抱送, 並是天上麒麟兒)"라고 읊은 것을 따다 썼다.

四月八日摩尼珠¹⁰³⁵라
사 월 팔 일 마 니 주

4월 8일의 마니보주였다네.

榴花犀錢¹⁰³⁶絡繡襦¹⁰³⁷하고
유 화 서 전　　락 수 유

석류꽃 무소뿔 돈
수놓은 저고리에 매달았고,

蘭湯百沸香似酥¹⁰³⁸러니
난 탕 백 비 향 사 수

난초 욕탕 백 번 끓으니
향기 연유 같았는데,

欻¹⁰³⁹隨飛電飄泥途¹⁰⁴⁰라
홀　　수 비 전 표 니 도

갑자기 나르는 번개 따라
흙탕물 길로 날아갔네.

1035 마니주(摩尼珠): '마니'는 산스크리트어[梵語]의 음역으로, 말니(末尼)라고도 한다. 주(珠)·보(寶)·여의(如意)로 번역되며, 구슬의 총칭. 『열반경(涅槃經)』(권 9)에 "마니주를 흐린 물에 던지면 물이 곧 맑아진다(如摩尼珠, 投之濁水, 水卽爲淸)"는 말이 있다. 자기 자식을 흐린 세상을 맑게 할 인물이 될 것으로 본 것이다.

1036 유화서전(榴花犀錢): '유화'는 석류화(石榴花)를 말하며, '서전'은 옛날 아기가 태어나서 사흘이나 30일이 지난 후 아기를 씻는 행사인 세아(洗兒)의 의식을 베풀 때 주는 장난감 돈을 말한다. 무소의 뿔이 누런색이어서 돈의 색깔과 비슷하였기 때문에 이렇게 부름. 석류화도 세아의 의식 때 쓰는 장식물이었던 듯하다.

1037 낙수유(絡繡襦): '낙'은 여기서 '두르다', '감다'의 뜻으로 쓰임. '수유'는 수놓은 저고리를 말하는데, 갓난아기가 세아의 의식 때 입는 배냇저고리를 말하는 것 같다.

1038 난탕백비향사수(蘭湯百沸香似酥): 세아의 의식의 절차를 말한다. 송나라 맹원로(孟元老)의 『동경몽화록(東京夢華錄)』 권 5 「아들을 기름(育子)」에 이에 관한 기록이 나오는데 잠깐 소개해 보면 다음과 같다. "애기를 낳은 지 한 달이 차면 (…) 아이를 씻는 모임을 크게 펼치는데, 친척과 손님들이 성대히 모여 동이[盆]에다 향료를 넣어 끓이고 과자며 비단 돈, 파와 마늘 등을 넣고 여러 길 되는 비단으로 두르는데, 위분(圍盆)이라 한다. 비녀로 물을 휘젓는데, 교완(攪盆)이라 하고, 구경하는 사람들이 각기 물속에 돈을 던져 넣는데 이를 첨분(添盆)이라 한다. 동이에 똑바로 선 대추가 있으면 부인들이 다투어 집어먹으며, 아들을 낳을 징험으로 삼는다. 아이의 목욕이 끝나면 태반과 머리카락을 떨어뜨려 좌중의 손님에게 두루 사의를 표한다." '수'는 우유나 양젖 같은 것으로 만든 향기로운 연유를 말하며, 자기의 아들이 태어남을 성대하게 축하했다는 뜻이다.

1039 홀(欻): 홀(忽)과 같은 말. 별안간, 갑자기, 홀연히

汝兄十三騎鯨魚¹⁰⁴¹하고
여 형 십 삼 기 경 어

너희 형은 열세 살에 고래를 탔건만,

汝今三歲知在無¹⁰⁴²라
여 금 삼 세 지 재 무

너는 지금 세 살인데도 없음 알겠구나.

嗚呼四歌兮歌以吁¹⁰⁴³하고
오 호 사 가 혜 가 이 우

아아 네 번째 노래여
노래하며 탄식하노라!

燈前老我¹⁰⁴⁴明月孤라
등 전 노 아   명 월 고

등불 앞에 나를 늙게 하는
밝은 달만 외롭네.

有妾¹⁰⁴⁵有妾今何如오
유 첩   유 첩 금 하 여

첩이여 첩이여
지금은 어떻게 지내고 있는가?

大者手將小蟾蜍¹⁰⁴⁶요
대 자 수 장 소 섬 여

큰 것은 손에 작은 두꺼비 키웠고,

1040 표니도(飄泥途): 진흙탕 길로 날아가다. 역시 원나라 군사들에게 붙들려간 것을 말한다.

1041 기경어(騎鯨魚): 한나라 양웅의 「우렵부(羽獵賦)」에서 "깊은 동굴로 들어가고 순(舜)임금이 묻혀 있는 창오를 나오며, 큰 물고기를 타고 고래에 올라탄다(入同穴, 出蒼梧, 乘鉅鱗, 騎京魚)"고 한 데서 나왔으며, 은둔하거나 죽은 것을 비유하는 말로 쓰임. 두보가 죽은 이백을 고래를 타고 나는 신선으로 묘사한 시 구절이 있다. 「공소보가 강동으로 놀러 가려 돌아감을 송별하며 아울러 이백에게 드림(送孔巢父歸遊江東, 兼로李白)」에서 "만약에 고래를 타고 있는 이백을 만나거들랑, 두보가 지금은 어떻게 지내는지 묻더라고 말해 주게(若逢李白騎鯨魚, 道甫問訊今何如)"라고 읊었다.

1042 『문산선생전집』에는 "여금지재삼세무(汝今知在三歲無)"로 되어 있다.

1043 가이우(歌以吁): 노래를 하면서도 탄식하다. 한편으로는 시를 지어 읊조리지만 한편으로는 탄식하다.

1044 노아(老我): '노'는 여기서 사동용법(使動用法)으로 쓰임. 곧 늙게 한다는 뜻

1045 유첩(有妾): 문천상에게는 황씨(黃氏)와 안씨(顏氏) 두 첩이 있다. 주 999를 참조할 것

1046 소섬여(小蟾蜍): 『문산선생전집』에는 옥섬여(玉蟾蜍)로 되어 있다. '섬여'는 달을 말한다. 『후한서』「천문에 관한 기록 상(天文志上)」의 주석에 인용된 『영헌(靈憲)』이라는 책에 "후예(后羿)가 서왕모에게 죽지 않는 약을 청하였는데 항아(姮娥)가 그것을 훔쳐 달로 달아나려 하였

次者親抱汗血駒[1047]라
차 자 친 포 한 혈 구

다음 것은 친히
피 같은 땀나는 망아지 안았다네.

晨粧靚服[1048]臨西湖[1049]면
신 장 정 복　　임 서 호

아침에 화장하고 아름다운 옷 입고
서호 내려다보면,

英英落鴈[1050]飄瓊琚[1051]하여
영 영 락 안　　표 경 거

사뿐히 기러기 내려앉고
패옥 바람에 움직이니,

다. 떠나려 할 때 유황(有黃)에게서 그것에 대하여 널리 점을 쳤는데, 유황이 '길하다. (…)' 하
므로 마침내 항아는 달에다 몸을 맡겼는데 이것이 곧 '섬여'이다"라고 하였다. 여기서는 달과
같이 빼어난 아이라는 뜻으로 쓰임

1047 한혈구(汗血駒): 천리마인 한혈마의 새끼. 시 번호 208 두보의 「취하여 부르는 노래(醉歌
行)」에 "화류마는 새끼일 때 피 같은 땀 흘리며, 사나운 새는 나래 들어 푸른 구름까지 이어 난
다네(驊騮作駒已汗血, 鷙鳥擧翮連靑雲)"라는 구절이 있다. 한혈마는 『한서』 「무제본기(武
帝本紀)」 태초(太初) 4년(101) 조에 처음 보이는데, 이사장군(貳師將軍) 이광리(李廣利)가
대완국(大宛國) 왕의 머리를 베고 얻어 왔다는 말. 해당 조목의 주석에서 응소(應劭)의 말을
인용하여 말하기를 "대완에는 옛날부터 천마(天馬)의 종마(種馬)가 많았는데, 바위를 밟고
다녔으며 피 같은 땀을 흘렸다. 땀은 어깻죽지에서 나왔는데, 피 같았다. 하루에 천 리를 달린
다고 하였다"고 하였다. 여기서는 천리마의 망아지 같은 썩 훌륭한 자식이라는 뜻으로 쓰임

1048 정복(靚服): 아름다운 장식이 된 옷을 입다.

1049 서호(西湖): 절강성(浙江省) 항주(杭州)에 있는 호수로, 송나라의 임포(林逋)가 이곳의 고산
(孤山)에서 매화를 아내로 삼고 학을 자식으로 삼아[梅妻鶴子] 은거한 곳으로 유명하다.

1050 영영락안(英英落鴈): 『시경』 「소아·띠풀(白華)」에 영영백운(英英白雲)이란 말이 나오는데,
주자는 가볍고 밝은 모양[輕明貌]이라 하였다. 피수식어가 구름이라면 '두둥실' 정도로 번역
이 되겠으나, 여기서는 기러기를 수식하므로 '사뿐히'라고 번역을 해 보았다. 『송시기사』 교점
본(상해고적출판사)에서는 고유 명사로 표시를 해 놓았는데, 잘못 본 것 같다.

1051 표경거(飄瓊琚): 『문산선생전집』에는 경거(璚琚)로 되어 있다. 같은 뜻. 신체에 차고 다니는
패옥(佩玉)을 말한다.

風花飛墜¹⁰⁵²鳥鳴呼¹⁰⁵³하고
풍 화 비 추　　　조 명 호

바람 꽃잎 날려 떨어뜨리고
새 울고 지저귀며,

金莖¹⁰⁵⁴沆瀣¹⁰⁵⁵浮汙渠¹⁰⁵⁶라
금 경　　　항 해　　　부 오 거

금경화 이슬 맺힌 채
더러운 도랑에 떠 있네.

天摧地裂龍鳳殂¹⁰⁵⁷하니
천 최 지 열 용 봉 조

하늘 꺾이고 땅 갈라지고
용과 봉황 죽었으니,

美人塵土何代無오
미 인 진 토 하 대 무

미인 흙먼지 됨
어느 시대인들 없었는가?

嗚呼五歌兮歌鬱紆¹⁰⁵⁸하여
오 호 오 가 혜 가 울 우

아아 다섯째 노래여
노래에 근심 얽히었구나!

1052　비추(飛墜): 『송시기사』에는 어지러이 떨어진다는 뜻의 난추(亂墜)로 되어 있다.

1053　조명호(鳥鳴呼): 첩들이 떨어지는 소리를 이렇게 표현한 것 같다.

1054　금경(金莖): 승로반을 받치는 구리 기둥이라는 뜻도 있으나, 여기서는 꽃 이름으로 쓰임. 당나라 소악(蘇鶚)의 『두양잡편(杜陽雜編)』(하)에 "또한 사방 수십 리는 됨직한 양금지(良金池)가 있는데 (…) 금경화가 있으며, 그 꽃은 나비와 같아 미풍이 이를 때마다 날듯이 흔들린다. 부인들이 다투어 그 꽃을 따다가 머리를 꾸몄다. 그래서 '금경화를 꽂지 않으면 선가에 있을 수 없다(不戴金莖花, 不得在仙家)'는 말이 생겨났다"고 하였다.

1055　항해(沆瀣): 맑은 이슬. 굴원의 『초사』「멀리 나가 놀다(遠遊)」에 「여섯 기운을 먹고 밤이슬을 마신다(飡六氣而飮沆瀣)"는 구절이 있다.

1056　오거(汙渠): 더러운 물이 흐르는 도랑
　　이 구절 전체의 뜻은 해맑은 이슬을 머금은 금경화 같은 두 첩이 더러운 도랑물 같은 원나라에 잡혀가 있다는 것이다.

1057　천최지열용봉조(天摧地裂龍鳳殂): '천지'는 송나라를 가리키고, '용'과 '봉'은 두 첩을 가리킨 것. 곧 나라는 망하고 두 첩은 죽었다는 뜻

爲爾遡風[1059]立斯須[1060]라
위 이 소 풍   입 사 수

너희 위해 바람 맞으며
잠시 동안 서 있네.

我生我生何不辰[1061]고
아 생 아 생 하 불 신

내 삶이여 내 삶이여
어찌 그리 때를 못 만났는가?

孤根[1062]不識桃李春[1063]이라
고 근   불 식 도 리 춘

외로운 뿌리 알지 못하네
복사꽃 오얏꽃 피는 봄을.

天寒日暖[1064]重愁人하고
천 한 일 난   중 수 인

날 차고 해 따뜻하니
거듭 사람 시름겹게 하고,

北風隨我鐵馬塵[1065]이라
북 풍 수 아 철 마 진

북쪽 바람 나를 따라
철갑 입힌 말의 먼지 일으키네.

1058 울우(鬱紆): 근심스런 생각이 얽힘, 시름에 젖음. 삼국 시대 위나라 조식(曹植)의 「백마왕 표
      에게 드림(贈白馬王彪)」에 "병들어 피로해도 나가기는 하지만, 나의 마음은 시름에 젖네. 시
      름에 젖어 무엇 생각하는가? 가까이 사랑하는 이 떨어져 사는 것이라네(玄黃猶能進, 我思
      鬱以紆. 鬱紆將何念, 親愛在離居)"라는 구절이 있다.

1059 소풍(遡風): 바람이 불어오는 쪽으로 거슬러 올라가다. 바람을 맞받다.

1060 사수(斯須): 수유(須臾), 편각(片刻), 곧 매우 짧은 시간을 말한다. 잠깐 동안, 잠시

1061 아생하불신(我生何不辰): '신'은 때라는 뜻. 『시경』 「대아·부드러운 뽕나무(桑柔)」에 "나 태어
      나 때는 못 만나고, 하늘의 큰 노하심 만났네(我生不辰, 逢天僤怒)"라는 구절이 있다.

1062 고근(孤根): 외로워서 의지할 데 없는 외로운 뿌리라는 뜻과 홀로 선 독특한 뿌리라는 뜻이 있
      는데, 여기서는 전자의 뜻으로 쓰임. 의지할 데 없는 자신의 처지를 비유한 것이다.

1063 도리춘(桃李春): 온 가족이 모여서 단란하게 보내던 시절을 말한다.

1064 일난(日暖): 『문산선생전집』에는 해는 짧다는 뜻의 일단(日短)으로 되어 있다.

1065 철마진(鐵馬塵): '철마'는 철갑(鐵甲)을 입힌 기마라는 뜻. 곧 정예의 기병대를 가리킨다. '철
      마진'은 군마가 일으키는 전란의 먼지. 원나라 정예 기병대가 일으키는 먼지를 말한다.

初憐骨肉鍾奇禍[1066]러니
초 련 골 육 종 기 화

처음에는 골육들 가엾게 여겼네,
기이한 화 모여드는 것,

而今骨肉重憐[1067]我라
이 금 골 육 중 련 아

그런데 지금은 오히려 골육들이
나를 매우 가엾게 여긴다네.

汝在空令[1068]嬰我懷[1069]니
여 재 공 령 영 아 회

너희들 살아 있어 공연히
내 속만 얽히게 하는데,

我死誰當收我骸[1070]오
아 사 수 당 수 아 해

나 죽으면 누가 나의 뼈 거두겠는가?

人生百年何醜好[1071]오
인 생 백 년 하 추 호

인생살이 백 년에
무엇이 나쁘고 좋겠는가?

黃粱得喪[1072]俱草草[1073]라
황 량 득 상 구 초 초

누런 기장밥에 얻고 잃음
모두 덧없는 것을.

1066 종기화(鍾奇禍): '종'은 여기서 동사로 모인다는 뜻으로 쓰였고 '기화'는 보통과는 다른 기이한 재난이다.

1067 중련(重憐): 『문산선생전집』에는 상련(相憐)으로 되어 있다.

1068 여재공령(汝在空令): '공령'은 『문산선생전집』에는 북혜(北兮)로 되어 있다. '너희들이 북쪽에 살아 있어'라고 하는 것이 더 옳을 것 같다. 잡혀간 가족들이 북쪽 원나라에 죽지 않고 살아 있다는 뜻

1069 영아회(嬰我懷): '영'은 영(縈)과 같은 뜻. 잡혀간 가족들이 차라리 죽었다면 마음은 덜 아플 것이라는 뜻

1070 해(骸): 뼈, 해골

1071 추호(醜好): 호오(好惡)와 같은 뜻

1072 황량득상(黃粱得喪): '황량'은 한단몽(邯鄲夢)과 같은 뜻. 당(唐)나라 때의 문인 심기제(沈旣濟)가 지은 소설 「베개 속에서 겪은 이야기(枕中記)」의 내용. "노생(盧生)이라는 젊은 사람이 한단(邯鄲)이라는 곳의 객주집에서 도사(道士)인 여옹(呂翁)을 만나서 신세타령을 하였다. 그러자 여옹은 행낭 속에 있는 베개를 꺼내어 주면서 이것을 베고 있으면 소원이 이루어지리라고 말하였다. 노생은 잠이 들자 곧 과거에 급제하고 장군도 되고 재상도 되어 50년 동안

嗚呼六歌兮勿復道하라
오 호 육 가 혜 물 부 도

아아 여섯째 노래여
더 이상 말하지 말라!

出門一笑¹⁰⁷⁴天地老라
출 문 일 소   천 지 로

문 나서며 한 번 웃으면
하늘과 땅도 늙으리니!

모든 영화를 다 누리게 되었다. 그러다가 홀연히 하품을 하고 깨어 보니, 여옹은 그대로 곁에
앉아 있고 잠들기 전에 짓던 누런 기장밥이 아직 다 지어지지도 않았다." 곧 인생은 덧없는 꿈
과 같다는 말이다. '득상'은 득실(得失)과 같은 뜻. 얻는 것과 잃는 것, 성공과 실패

1073 구초초(俱草草): '구'는 모두[皆, 共, 悉]의 뜻. '초초'는 초솔(草率)과도 통하며, '거칠다', '하찮
다'의 뜻

1074 출문일소(出門一笑): 문을 나서서 한 번 웃다. 어찌할 수 없는 인생을 탄식하는 것을 나타낸다.

행류
行類

가요인 가사의 한 체다. 노래의 가락이 유창하고 속도감이 있는데,
그 양상을 보면 '인', '가', '곡' 등과 별로 다르지 않다.
백낙천의 「비슬인」을, 그 서문이나 시편 중에서 「비슬행」이라 했고,
또 일반적으로 「비슬행」으로 부르고 있는데,
이는 '인'과 '행'이 실제로 별 차이가 없음을 증명하는 것이다.

207. 가난한 사귐(貧交行)¹

두보(杜甫)

翻手作雲覆手雨²하니
번 수 작 운 복 수 우

손바닥 뒤집으면 구름 되고
손바닥 엎으면 비가 되니,

紛紛³輕薄何須數⁴오
분 분 경 박 하 수 수

어지럽고 경박한 세상
어찌 꼭 헤아려야 하나.

君不見管鮑貧時交⁵아
군 불 견 관 포 빈 시 교

그대는 보지 못하였는가?
관중과 포숙 가난할 때의 사귐을!

---

1 빈교행(貧交行): 세간의 교우가 경박하여, 옛날 관중과 포숙이 어려웠을 적에 보여 주었던 사귐은 볼 수 없고 오로지 이해만을 따지는 교제가 성행함을 개탄한 작품이다. 매우 짧은 작품이나, 고시의 온유돈후한 풍을 잃지 않고 있다.

2 번수작운복수우(翻手作雲覆手雨): '번수'는 손바닥을 위로, '복수'는 손바닥을 아래로 하는 것을 말한다. 손바닥을 뒤집을 때마다 구름이 일고 비가 내린다는 것은 반복이 무상함 또는 일을 제멋대로 꾸미는 것을 비유한다. 세상인심이 가볍게 움직이는 것을 가리키며, 번운복우(翻雲覆雨: 갑자기 구름이 끼고 비가 옴. 인정이 변하기 쉬움을 가리킨다)는 바로 두보의 이 구절에서 나온 말이다.

3 분분(紛紛): 어지럽게 섞인 모양, 매우 많음을 나타내는 의태어

4 하수수(何須數): 굳이 따질 필요도 없다는 뜻

5 관포빈시교(管鮑貧時交): 관중과 포숙의 가난할 적의 사귐. 곧 관포지교(管鮑之交)를 말한다. 『사기(史記)』「관안열전(管晏列傳)」의 요약. "관이오[자는 중(仲), 이름은 자오(夷吾)]는 젊었을 때 포숙아와 함께 장사를 했는데 이익을 분배할 때 항상 더 많이 가졌으며, 포숙을 위하여 일을 도모하다가 더욱 곤궁하게 되기도 하였다. 또한 일찍이 세 번이나 출사했다가 세 번 다 쫓겨나기도 했고, 전쟁터에서 세 번이나 도망치기도 했다. 공자 규(糾)와 소백[小白: 나중에 제환공이 됨]이 패권을 다투다가 규가 죽었을 때도 사로잡히는 몸이 되어 욕을 당했다. 그런데도 포숙은 이 모든 것을 이해하고 오히려 그를 환공에게 천거하였다. 이에 관중은 '나를 낳아 주신 분은 부모이지만, 나를 알아준 사람은 포숙이다(生我者父母 知我者鮑叔也)'라고 하였다." 그리하여 제나라는 관중의 공로로 패업을 이룩할 수 있었는데, 실상 이는 모두 포숙의 공로라고 할 수 있다. 『후한서(後漢書)』「송홍전(宋弘傳)」에 "빈천할 때 알아주는 것은 잊을 수가 없고 조강지처는 대청을 내려오

此道6今人棄如土7라
차 도 금 인 기 여 토

이 도 요즘 사람들 흙처럼 내버리네.

208. 취하여 부르는 노래(醉歌行)8

두보(杜甫)

陸機9二十作文賦나
육 기 이 십 작 문 부

육기는 스물에 「문부」를 지었는데,

汝更少年能綴文10이라
여 갱 소 년 능 철 문

너는 더욱 나이 적은데도
글 잘 짓는구나.

總角11草書又神速12하니
총 각 초 서 우 신 속

총각에 초서를 씀이
또한 신기할 만큼 빠르니,

지 않는다(貧賤之知不可忘, 糟糠之妻不下堂)"는 말이 있다.

6 차도(此道): 관중과 포숙의 사귐. 참된 우정을 가리킨다.

7 기여토(棄如土): 흙을 버리듯이 대수롭지 않게 여기다. 『장자(莊子)』「덕충부(德充符)」에 "그 발을 잃는 것 따위는 흙을 떨어 버리는 정도로밖에 보지 않는다(視喪其足猶遺土也)"는 말이 있다.

8 취가행(醉歌行): 두보 자신이 주석을 달기를 "종질인 근이 낙제하고 돌아감에 이별하다(別從姪勤落第歸)"라고 하였다. 본서의 제목 주석에서도 "두보의 종질인 두근이 과거시험에 떨어지고 귀향하자 두보가 장안에서 취중에 지은 것이다"라고 하였다.

9 육기(陸機: 261~303): 진(晉)나라의 문인으로 자는 사형(士衡). 아우 육운(陸雲)과 함께 문명을 날려 이륙(二陸)으로 불렸으며, 일찍이 평원내사(平原內史)를 지낸 적이 있으므로 육평원(陸平原)으로 불린다. 『문선(文選)』에 실린 그의 작품 「문부」는 문론을 읊은 대표작이다. 『진서(晉書)』 권 54「열전(列傳)」에 의하면, 사람들은 보통 글을 지을 때 재주가 부족함을 한탄하지만, 그는 도리어 재주가 넘쳐 그것을 걱정했다고 한다.

10 철문(綴文): 글을 짓는 것. 자구(字句)를 이어서 문장을 이루므로 이렇게 말한다. 『한서(漢書)』「유향전(劉向傳)」의 찬(贊)에 "공자 이후로 글을 짓는 선비들이 많아졌다(自孔子後, 綴文之士衆矣)"는 말이 있다.

11 총각(總角): 어린아이의 머리. 머리를 양쪽으로 묶어 뿔처럼 만든 것. 『시경(詩經)』「제풍(齊風)·큰 밭(甫田)」에 "어리고 예쁘도다, 머리 두 갈래 뿔처럼 묶었네(婉兮孌兮, 總角丱兮)"라는 구절

世上兒子[13]徒紛紛[14]이라
세 상 아 자   도 분 분

세상에 아이들만
한갓 어지럽기만 하네.

驊騮[15]作駒[16]已汗血[17]이요
화 류   작 구   이 한 혈

화류마는 새끼일 때
피 같은 땀 흘리며,

鷙鳥[18]擧翮[19]連靑雲[20]이라
지 조   거 핵   연 청 운

사나운 새는 나래 들어
푸른 구름까지 이어 난다네.

이 있다. 관을 쓰기 전의 아이들의 머리 모양. 후세에는, 결혼하기 전의 젊은 사람을 가리켰다.

12 초서우신속(草書又神速): '초서'는 한자의 필획을 극도로 간략하게 하여 흘려 쓴 필체. 한나라 때는 초예(草隸)라 하였고, 위진(魏晉) 간에는 장초(章草)라 하였다. 송나라 조언재(趙彦材)의 주석에서는 "초서는 느리게 쓰는 것을 공교롭다 하는데 이른바 '갑작스럽기는 초서에 미치지 못한다'는 것이 이것이며, 빨리 쓰는 것을 신기로 여기는데 이른바 '한 번 붓을 휘둘러 서체를 변화시키다'라는 것이 이것이다"라고 하였다.

13 세상아자(世上兒子): 『장자』「경상초(庚桑楚)」에 "어린애는 몸을 움직여도 무엇을 하는지 모르고, 걸어가도 어디를 가는지를 모른다(兒子動不知所爲, 行不知所之)"는 말이 있다.

14 분분(紛紛): 어지러울 정도로 많다.

15 화류(驊騮): 주나라 목왕이 서쪽으로 서왕모를 만나러 갈 때 탔다는 여덟 준마 중의 하나. 털빛이 꽃처럼 붉었다고 하여 이렇게 불렀다. 주나라 목왕의 여덟 준마는 시 번호 150 소식의 「여산」 주 479를 참조할 것

16 구(駒): 망아지

17 한혈(汗血): 피 같은 붉은색을 띤 땀. 천리마만이 피 같은 땀을 흘린다. 시 번호 206 문천상의 「여섯 노래」의 주 1047을 참조할 것

18 지조(鷙鳥): 맹조. 매나 수리 같은 사나운 새. 후한 공융(孔融)의 「예형을 천거하며 올리는 글(薦禰衡書)」에 "모두 백 마리의 새를 얻는다 해도 사나운 새 한 마리를 얻음만 못합니다(得凡百鳥, 不如得鷙鳥一)"라는 구절이 있다.

19 핵(翮): 깃촉. 깃의 아래쪽에 있는 억새고 강한 축인데, 여기서는 날개를 가리킨다. 죽지, 나래 칼깃이라고도 한다.

20 연청운(連靑雲): 높은 하늘의 푸른 구름에까지 다다르다. 재능이 썩 훌륭하다는 뜻
이상 2구는 두근이 나이가 어린데도 준매(俊邁)함을 비유한 것이다.

詞源倒流三峽水²¹요
사 원 도 류 삼 협 수

글의 근원은 삼협의 물을
거꾸로 흐르게 하고,

筆陣²²獨掃千人²³軍이라
필 진 독 소 천 인 군

붓의 진영 홀로
천 명의 군대를 쓸어버리네.

只今年纔²⁴十六七에
지 금 연 재 십 륙 칠

이제 나이 겨우 열예닐곱이니,

射策²⁵君門期第一²⁶이라
석 책 군 문 기 제 일

임금의 문에서 대책 쏘아 맞힘에
첫 번째를 기대하네.

舊穿楊葉²⁷眞自知니
구 천 양 엽 진 자 지

옛날 버들잎 뚫었음
진실로 스스로 아나니,

---

21 사원도류삼협수(詞源倒流三峽水): 글의 근원이 씩씩하여 삼협의 물을 거꾸로 흐르게 할 수 있
    음을 말한다. 목화(木華)의 「바다(海賦)」에 "물결을 들이키면 큰 물결이 모여들고, 큰 물결을 불
    면 모든 시내가 거꾸로 흐른다(噏波則洪漣踠踏, 吹涝則百川倒流)"는 구절이 있다. 『수서(隋
    書)』「문예가들의 전기(藝文傳)」에 "붓에는 힘이 남아 돌고 글에는 근원이 마르지를 않는다(筆
    有餘力, 詞無竭源)"는 말이 있다. 삼협에 대해서는 시 번호 164 이백의 「원단구 선생이 무산을
    그린 병풍 앞에 앉아 있는 것을 보고(觀元丹丘坐巫山屛風)」의 주 55를 참조할 것
22 필진(筆陣): 필전(筆戰: 필력을 떨치어 싸움)에 대응할 포진. 문장의 웅건함을 진영을 펼침에 비
    유한 말. 『법서(法書)』에 인용되어 있는 진나라 왕희지(王羲之)의 「위 부인의 필진도에 적음(題
    衛夫人筆陣圖)」에 "종이라는 것은 [필전을 펼치는] 진영이고, 붓이라는 것은 창칼이며, 먹이라
    는 것은 투구와 갑옷이고, 벼루라는 것은 해자이며, 본령(本領)은 장군이고, 마음속에 품고 있
    는 뜻은 부장(副將)이다"라고 하였다.
23 소천인(掃千人): 붓을 놀림이 빠르고 날카로움을 말한다.
24 재(纔): 겨우. 가까스로 그만큼
25 석책(射策): 대책이 맞는지 맞지 않는지를 활쏘기에 비유한 것. 시 번호 191 한유의 「짧은 등잔
    걸이(短檠歌)」의 주 247을 참조할 것
26 기제일(期第一): 과거에 수석으로 합격되길 기대하다.
27 천양엽(穿楊葉): 버들잎을 꿰뚫다. 『전국책(戰國策)』「서주책(西周策)」(권 2)에 "초(楚)나라에
    양유기(養由基)라는 사람이 있었는데, 활쏘기를 잘해 버들잎에서 떨어진 거리가 백 걸음이나
    되어도 쏘아 맞혔는데, 백 번을 쏘면 백 번을 맞히니 곁에서 모두들 말하기를 '잘한다'라 하였다"

暫蹶霜蹄[28]未爲失이라
잠 궐 상 제　　미 위 실

잠깐 서리에 엎어지는 발굽은
잘못 아니라네.

偶然[29]擢秀[30]非難取[31]니
우 연　　탁 수　　비 난 취

어쩌다 빼어난 수재로 뽑힘
어렵게 얻지 아니하리니,

會[32]是排風[33]有毛質[34]이라
회　 시 배 풍　　유 모 질

바로 바람을 헤칠 깃털이 있음이네.

汝身已見唾成珠[35]나
여 신 이 현 타 성 주

네 몸은 이미
뱉은 침이 구슬 됨을 보여 주는데,

　는 이야기가 있는데 이를 말한다. 여기서는 두근이 과거에 틀림없이 급제할 것임을 뜻한다.

28　잠궐상제(暫蹶霜蹄):『장자』「말발굽(馬蹄)」에 "말은 발굽이 있어 서리나 눈을 밟을 수 있다(馬,
　　蹄可以踐霜雪)"는 말이 있으며, 한나라 왕포(王褒)의 「어진 임금께서 현명한 신하를 얻으신 것
　　을 칭송함(聖主得賢臣頌)」에 "도읍을 지나고 국경을 넘으니 흙무더기를 지나가는 듯 빠르지요
　　(過都越國, 蹶如歷塊)"라는 말이 있다. 여기서 '궐'은 빨리 달린다는 뜻으로 쓰임. 두근이 낙방
　　한 것을 준마가 실족한 것에 비유한 것으로, 이는 두근의 잘못이 아님을 말한다.

29　우연(偶然): 힘들이지 않고, 또는 머지않아

30　탁수(擢秀): 원래는 초목이 무성하게 자란다는 뜻과 빼어난 사람이라는 뜻이 있는데, 여기서는
　　후자의 뜻으로 쓰임

31　이 구절의 뜻은 과거는 당일 하루의 뛰어남으로 빼어난 인재를 뽑는 것에 불과할 따름이어서 어
　　렵게 취할 만한 것이 아니나, 종질이 어째서 과거에 붙지 못했는가를 알지 못하겠다는 뜻임

32　회(會): 반드시, 틀림없이

33　배풍(排風): 바람을 밀어 열고 하늘에 오르다. 남조 송(宋)나라 포조(鮑照)의 「대뢰안에 올라 누
　　이에게 편지를 보냄(登大雷岸與妹書)」에 "비로 몸 씻고 바람 밀치며 큰 물결 불고 깃털 놀린다
　　(浴雨排風, 吹溺弄翮)"는 구절이 있다.

34　모질(毛質): 조류의 깃털을 말한다. 여기서는 새가 지닌 바람을 타고 높이 날아오르려 하는 본능
　　을 가리킨다.
　　이 구절의 의미는 바람과 이슬을 밀치고 떨쳐냄은 대체로 끝내 구름까지 날아오르려는 새의 기
　　질 때문이라는 것이다. 이는 위로의 말이자 책망하여 나무라는 뜻이 있다.

35　타성주(唾成珠): 곧 해타성주(咳唾成珠: 기침할 때 튀어나온 침이 구슬을 이룬다)를 말한다.
　　『장자』「가을 강(秋水)」 "그대는 저 침을 보지 못했는가? 내뿜으면 큰 것은 구슬만 하고 작은 것
　　은 안개와 같아서 섞이어 떨어지면 그 수를 이루 다 헤아릴 수도 없다네(子不見夫唾者乎? 噴則
　　大者如珠, 小者如露, 雜而下者, 不可勝數也)." 이 말은 권세가 있는 사람의 말은 여러 사람의

汝伯³⁶何由髮如漆³⁷고
여백 하유발여칠

네 큰 아재비는 무슨 수로
머리 옻칠한 것과 같아지리?

春光淡沱³⁸秦東亭³⁹하고
춘광담타 진동정

봄빛 진나라 동쪽 정자에 따뜻하니,

渚蒲牙白⁴⁰水荇⁴¹靑이라
저포아백 수행 청

물가의 창포 싹이 하얗고
물속의 마름 파랗네.

風吹客衣日杲杲⁴²요
풍 취 객 의 일 고 고

바람 나그네 옷자락에 불고
해 쨍쨍 떠오르는데도,

樹攪離思花冥冥⁴³이라
수 교 이 사 화 명 명

나무는 헤어지는 마음 어지럽히고
꽃 어둑어둑하네.

의 중시를 받는다는 뜻도 있고, 또 훌륭한 문인들이 지어낸 시구가 아름답다는 뜻으로 사용되기
도 한다. 여기서는 후자의 뜻으로 쓰임. 종질이 입을 열면 구슬과 같은 문장을 이루니 훗날 반드
시 귀하게 될 것임을 찬미한 것이다.

36 여백(汝伯): 너의 큰 아저씨. 곧 두보 자신

37 하유발여칠(何由髮如漆): 어떻게 하면 머리가 옻처럼 검어질 수 있을까? 두보가 자신은 늙어서
머리가 희어져 다시는 옻처럼 머리가 검어질 수 없음을 한탄하고 두근이 부귀해짐을 보지 못할
까 가슴 아파한 것이다.

38 춘광담타(春光淡沱): 『두공부집』에는 담타(潭沱)로 되어 있다. 곧 담탕(淡蕩, 또는 澹蕩)임. 온
화하고 부드럽다는 뜻으로, 주로 봄날의 기상을 형용할 때 쓰는 말. 당나라 부가모(富嘉謨)의
「밝은 물(明水篇)」에 "따뜻한 봄 2월에 해 막 떠오르니, 봄빛 따뜻하게 천 개의 문을 지나네(陽
春二月朝始暾, 春光潭沱度千門)"라는 구절이 있다.

39 진동정(秦東亭): 장안성 밖의 동정을 말한다. '정'은 역(驛) 같은 행정 단위임. 송별이 주로 이곳
에서 이루어졌다고 한다. 두보가 조카 두근과 이별한 장소이다.

40 저포아백(渚蒲牙白): '아'는 아(芽)와 통하여 씀. 물가에 막 창포가 싹을 틔워 아직 싹이 하얗다
는 뜻이다.

41 수행(水荇): '행'은 마름을 말한다. 뿌리를 땅에 박지 않고 물 위에 떠다니는 수초. 김학주 교수는
수행을 노랑어리연꽃이라 하였다.

42 일고고(日杲杲): '고고'는 해가 떠오르는 모양을 말한다. 『시경』 「위풍(衛風)·내 님(伯兮)」에 "비
좀 와라, 비 좀 와라, 쨍쨍 해만 나네(其雨其雨, 杲杲出日)"라는 구절이 있다.

酒盡沙頭44雙玉瓶45하니
주 진 사 두   쌍 옥 병

술 다 마시니 모랫가에
두 옥술병 있는데,

衆賓46皆醉我獨醒47이라
중 빈   개 취 아 독 성

여러 손님 모두 취했거늘
나만 홀로 깨어 있네.

乃知貧賤別更苦48하니
내 지 빈 천 별 갱 고

이제야 알겠네, 가난하고 천하면
이별 더욱 괴로움을,

吞聲躑躅49涕淚零50이라
탄 성 척 촉   체 루 령

소리 삼키고 머뭇거리며
눈물 콧물 줄줄 흘린다네.

---

43 수교이사화명명(樹攪離思花冥冥): 나무가 이별의 마음을 어지럽히다. 조카와 이별하게 되어, 아름다운 나무조차도 이별의 마음을 더욱 슬프게 하는 것 같다는 뜻이다. 『분류두공부집주(分類杜工部集注)』에서 소씨(蘇氏)는 이 구절에 대하여 "초광(焦光)과 중손(仲遜)이 함께 육혼(陸渾)에게 놀러 갔는데 때는 봄이 온화하고 풍경이 고왔다. 초광이 중손에게 말하기를 '어째서 어둑어둑한가?'라고 하니 '꽃나무가 사람의 이별하는 생각을 어지럽히기 때문이다'라고 하였다"는 주석을 달았다. 『초사』「9장·강을 건넘(九章·涉江)」에 "깊은 숲 아득하고 어둑어둑함이여, 곧 원숭이 사는 곳이라네(深林杳以冥冥兮, 乃猨狖之所居)"라는 구절이 있다.

44 사두(沙頭): 모래 여울, 또는 모래톱의 가장자리. 북주(北周) 유신(庾信)의 「봄을 부체로 읊음(春賦)」에 "나무 아래에는 술잔 돌리는 사람이요, 모랫가에는 물 건너는 사람들이라네(樹下流杯客, 沙頭渡水人)"라는 구절이 있다.

45 쌍옥병(雙玉瓶): 백옥으로 만든 술병 두 개

46 중빈(衆賓): 두근을 송별하러 나온 손님들

47 개취아독성(皆醉我獨醒): '개'는 『두공부집』에는 '이미 이(已)' 자로 되어 있다. 굴원의 『초사』「어부와의 대화(漁父辭)」에 "세상이 온통 다 흐렸는데 나 혼자만이 맑고, 뭇 사람이 다 취해 있는데 나만 홀로 깨어 있습니다(舉世皆濁我獨淸, 衆人皆醉我獨醒)"라는 구절이 있다.

48 빈천별갱고(貧賤別更苦): 빈천한 사람들의 이별은 더욱 괴롭다. 『분류두공부집주』 소씨의 주석에 "위굉(衛宏)이 실의하여 아우가 영외(嶺外)로 옮겨 가는 것을 송별하였는데 기운이 막혀 거의 말을 할 수 없었다. 한참 있다가 말하기를 '빈천한 가운데 이별은 더욱 괴롭다(貧賤中離別更苦)'고 하였다"라는 구절이 있다.

49 탄성척촉(吞聲躑躅): '탄성'은 목이 메어 소리가 이를 수 없음을 말하고, '척촉'은 나아가도 나가지 않는 모양. 남조 송나라 포조(鮑照)의 「행로난 시체를 본따서 짓다(擬行路難)」에 "마음이 나

209. 고운 여인들을 노래함(麗人行)[51]

두보(杜甫)

三月三日[52]天氣新하니
삼 월 삼 일　천 기 신

3월 3일에 하늘 기운 새로우니,

長安水邊[53]多麗人[54]이라
장 안 수 변　다 여 인

장안의 물가에 고운 사람 많네.

態濃意遠[55]淑且眞[56]하고
태 농 의 원　숙 차 진

자태 짙고 뜻 멀어 맑고도 참되며,

무나 돌이 아닌 바에야 어찌 느낌이 없으리오? 목소리 삼키며 머뭇머뭇 감히 말하지 못하네(心非木石豈無感? 呑聲躑躅不敢言)"라는 구절이 있다.

50 체루령(涕淚零): '루'는 『두공부집』에 '울 읍(泣)' 자로 되어 있다. '체'는 콧물이고, '루'는 눈물임. 『시경』「소아(小雅)·작아지는 빛(小明)」에 "얌전한 그이 생각하니, 눈물만 비 오듯 흐르네(念彼共人, 涕零如雨)"라는 구절이 있다.

51 여인행(麗人行): 송나라 황학(黃鶴)이 이 시의 제목 아래에 다음과 같은 주석을 달았다. "천보(天寶) 12년(753) 양국충은 괵국부인(양귀비의 자매)과 이웃에 살면서 왕래함에 때가 없었으며, 어떤 때는 고삐를 나란히 하고 조회에 들기도 하였는데 장막을 치지 않아 길거리에서는 그것 때문에 행인들이 눈을 가려야 했다. 겨울에 부인이 천자의 수레가 화청궁으로 행차하는 것을 따라 양국충의 집에서 만났으므로 이에 「고운 여인들을 노래함」을 지었다."

52 삼월삼일(三月三日): 정(鄭)나라의 풍속에 상사일(上巳日: 음력 3월의 첫 번째 巳日) 날 진(溱)과 유(洧)의 두 강가에서 난초를 잡고 계(禊)제사를 지내어 상서롭지 못한 기운을 떨쳐 버리는 풍습이 있었다. 그러나 위진(魏晉) 이후에는 3월 3일만 썼고 상사일은 더 이상 쓰지 않았다. 또 진송(晉宋)대의 여러 사람들은 유상곡수(流觴曲水: 물을 빙 둘러 흐르게 하고 그 주위에 둘러 앉아 술잔을 띄워 돌리도록 하는 일)를 베풀었는데, 모두 3월 3일을 제목으로 삼아 글을 지었다. 개원 연간에는 도읍의 사람들이 곡강에서 놀고 봄 경치도 감상하였는데, 중화(中和) 상사절(上巳節)만큼 성한 날이 없었다. 이것이 3월 3일 고운 여인들이 물가에 많은 까닭이다. 남조 진(晉)나라의 왕희지(王羲之)가 33세 때 회계군(會稽郡) 산음현(山陰縣)에 있는 난정에서 3월 3일에 친구 41명과 더불어 유상곡수하면서 지은 시를 모아 엮은 시집의 서문으로 유명한 「난정집서(蘭亭集序)」에 "그날 하늘은 깨끗하고 공기는 맑았으며, 은혜로운 봄바람은 더없이 따스하고 부드러웠다(是日也, 天朗氣淸, 惠風和暢)"는 구절이 있다.

53 장안수변(長安水邊): 장안의 남쪽, 곡강 부근

54 여인(麗人): 아름다운 부인. 남조 송나라 포조(鮑照)의 「잡초 무성한 성(蕪城賦)」에 "동쪽 서울은 젊은 계집이고, 남쪽 나라는 고운 여인이라네(東都妙姬, 南國麗人)"라는 구절이 있다.

55 태농의원(態濃意遠): '태농'은 화장을 짙게 한 것이고, '의원'은 마음이 속세로부터 멀리 떨어져

肌理細膩[57]骨肉勻[58]이라
기 리 세 니 　 골 육 균

살결 가늘고 매끄러우며
뼈와 살결 고르네.

繡羅衣裳[59]照暮春[60]하니
수 라 의 상 　 조 모 춘

수놓은 비단옷 늦봄에 비치니,

蹙金孔雀銀麒麟[61]이라
축 금 공 작 은 기 린

금실로 공작 수놓고
은실로 기린 수놓았다네.

頭上何所有오
두 상 하 소 유

머리 위엔 무엇 있는가?

翠爲匎葉[62]倕鬢脣[63]이라
취 위 압 엽 　 수 빈 순

물총새 깃으로 머리 장식 꾸며
귀밑머리 끝에 드리웠네.

고상함을 말한다. 소씨의 주석에 "태일선비(太一仙妃)는 자태가 짙고 뜻이 멀었으며(態濃意遠) 바람을 타고 구름을 부리어 사방을 왕래했다"는 구절이 있다.

56 숙차진(淑且眞): 맑고도 참되다. '진'과 '숙'은 예로부터 여자들의 미덕으로 알려져 왔다.

57 기리세니(肌理細膩): '기리'는 살결. 곱고 매끄럽다. '니'는 기름기가 있어 살결이 매끄러운 것을 말한다. 송옥(宋玉)의 『초사』「혼을 부름(招魂)」에 "부드러운 얼굴 매끄러운 살결, 눈동자 몰래 훔쳐보네(靡顔膩理, 遺視矊些)"라는 구절이 있다. 한나라 장형(張衡)의 「서쪽 서울(西京賦)」에 "호와 리를 가르고 쪼개며, 살갗을 가르고 살결을 쪼갠다(剖析毫釐, 擘肌分理)"는 구절이 있다.

58 골육균(骨肉勻): 뼈와 살의 균형이 잡히다. 여인의 아름다움을 극언(極言)하였다. 후한의 왕찬(王粲)이 「신녀부(神女賦)」에서 "번거롭지만 짧지 않고 가늘지만 길지 않다(穠不短, 纖不長)"고 읊은 것과 같은 표현이다.

59 수라의상(繡羅衣裳): '수'가 화(畫)로 된 판본도 있다. 아름답게 수놓은 비단옷. 「고시」 19수 가운데 제12수에 "입은 것은 비단 치마 저고리, 집에서는 맑은 가락 흐르네(被服羅裳衣, 當戶理清曲)"라는 구절이 있다.

60 모춘(暮春): 만춘. 음력 3월. 한(漢)나라 장형(張衡)의 「남쪽 서울(南都賦)」에 "이에 늦봄의 계제사 지내는 날, 첫 번째 사일에 (…) 남자와 여자들 예쁜 옷 입고, 왁자지껄 왔다갔다 하네(於是暮春之禊 元巳之辰 (…) 男女姣服, 駱驛繽紛)"라는 구절이 있다.

61 축금공작은기린(蹙金孔雀銀麒麟): 금을 가늘게 비틀어 뽑은 수실. 이는 당나라 문인들의 상투어로, 두목은 자신의 시를 일러 "금실로 수를 놓았다(蹙金結繡)"고 하였다. 금실로 기금(奇禽)인 공작을 수놓고, 은실로 서수(瑞獸)인 기린을 수놓았음을 말한다.

62 취위압엽(翠爲匎葉): '취위'는 『두공부집』에는 취미(翠微)로 되어 있다. '압'은 합(匌)으로 된 판

背後何所見[64]고
배 후 하 소 견

등 뒤엔 무엇이 보이는가?

珠壓腰衱[65]穩稱身[66]이라
주 압 요 겁 온 칭 신

구슬 박은 허리 옷자락
온전히 몸매에 맞네.

就中[67]雲幕[68]椒房親[69]은
취 중 운 막 초 방 친

그 가운데서도 특히 구름 장막
초방의 친한 이는,

賜名[70]大國虢與秦[71]이라
사 명 대 국 괵 여 진

이름에 큰 나라 내리시니
괵나라와 진나라라네.

본도 있다. '압엽'은 부인들의 빈변(鬢邊)을 꾸미는 장식인데, 물총새 깃으로 만들었으며, 나뭇잎 모양을 하고 있어서 이렇게 부른다.

63 빈순(鬢脣): 곧 빈변(鬢邊)과 같은 뜻. 귀밑머리의 끝. 여기서 '순'은 가장자리, 테두리라는 뜻으로 쓰였다.

64 배후하소견(背後何所見): 악부체(樂府體)의 표현이다.

65 주압요겁(珠壓腰衱): '겁'은 『이아(爾雅)』에서 거(裾)라 하였으며, 곽박(郭璞)은 옷 뒷자락[衣後裾]이라 하였다. 곧 거대(裾帶: 또는 裙帶)를 말하는데, 옷 뒷자락의 위쪽에 구슬을 꿰어 눌러 아래로 드리워 바람에 날리지 않게 한 것을 말한다.

66 온칭신(穩稱身): 몸에 잘 어울리다. '칭'은 '적합하다[宜]'의 뜻으로 쓰임
    이상은 여인의 용모와 의상의 장식이 매우 곡진함을 표현한 것이다.

67 취중(就中): 그중에서도. 많은 여인들 중에서도

68 운막(雲幕): 장막을 마치 운무가 드리운 것처럼 설치한 것을 말한다. 『서경잡기(西京雜記)』에 한나라 성제(成帝)가 운악(雲幄), 운장(雲帳), 운막(雲幕)을 감천자전(甘泉紫殿)의 곁에다 설치하였는데, 세상에서는 삼운전(三雲殿)이라 했다고 한다.

69 초방친(椒房親): 양귀비의 육친. 초방은 황후의 거소를 말한다. 시 번호 205 백거이의 「긴 한탄(長恨歌)」의 주 914를 참조할 것. 『삼보황도(三輔黃圖)』라는 책에 의하면 초방전(椒房殿)은 미앙궁(未央宮)에 있었다 한다. 진(秦)·괵(虢)국부인이 현종의 총애를 독점했던 양귀비의 자매이므로 이렇게 말한 것이다.

70 사명(賜名): 천자가 작위 칭호를 내리다.

71 대국괵여진(大國虢與秦): 대국인 괵국과 진국의 부인에 봉해지다. 양귀비의 형제자매들이 양귀비 때문에 모두 영달하게 된 것을 가리킨다. 시 번호 153 소식의 「괵국부인야유도(虢國夫人夜遊圖)」의 주 573을 참조할 것. 『자치통감』 권 216 「당기(唐紀)」(제32) 천보 7년에 "최(崔)씨에게 시집간 사람은 한국부인(韓國夫人)으로 삼았고, 배(裴)씨에게 시집간 사람은 괵국(虢國)

684

紫駝之峯[72]出翠釜[73]요
자 타 지 봉　출 취 부

붉은 낙타의 봉우리
푸른 솥에서 삶아내고,

水精之盤[74]行素鱗[75]이라
수 정 지 반　행 소 린

수정 쟁반으로는 흰 비늘 담아내네.

犀筯厭飫[76]久未下[77]하고
서 저 염 어　구 미 하

무소뿔 젓가락 물리어
오래도록 내리지 않고,

부인으로 삼았으며, 유(柳)씨에게 시집간 사람은 진국(秦國)부인으로 삼았다"고 하였다. 『명황
잡록(明皇雜錄)』에 "현종이 화청궁으로 행차하면 양귀비의 자매들은 다투어 옷을 치장하였으
며 양국충의 집에 함께 모여 궁중으로 들어갔는데, 횃불과 촛불이 빛을 발해 구경하는 사람이
담장을 친 것 같았다. 상사일(上巳日)을 헤아려 목욕하여 겨울에 쌓인 묵은 액운을 씻는 행사인
계(禊)제사를 지내는데, 또한 반드시 이렇게 하였다"는 기록이 있다.

72　자타지봉(紫駝之峯): '타'는 타(駝)와 같은 뜻의 이체자. '봉'이 진(珍)으로 된 판본도 있다. '자타
지봉'은 붉은 털을 가진 낙타의 등(혹). '봉'은 방(幫)이라고도 한다. 이것으로 고급 요리를 만들
었다 하며, 당나라 단성식의 『유양잡조(酉陽雜俎)』 권 7 「주식(酒食)」에 "사대부 집의 음식으로
장군인 곡량한(曲良翰)이 만든 타봉적(駝峯炙)이란 것이 있는데, 맛이 매우 훌륭하다"는 말이
있다.

73　취부(翠釜): 푸른 솥. 매우 정미(精美)로운 조리 기구를 말한다.

74　수정지반(水精之盤): 얼음 같은 수정으로 만든 큰 쟁반. 한나라 헌제(獻帝)가 수정으로 만든 쟁
반에 생선을 담아 신하들에게 하사했다고 한다. 또 『삼보황도』에 의하면 동언(董偃)이 수정으로
쟁반을 만들어 얼음을 담는데, 색이 같았다고 한다.

75　소린(素鱗): 살색이 흰 생선 요리. '린'은 여기서 생선의 대칭(代稱)으로 쓰임

76　서저염어(犀筯厭飫): '저'는 젓가락이고, 저(箸)의 이체자이기도 하다. '서저'는 무소의 뿔로 만
든 젓가락. 『유양잡조』에 의하면 안녹산의 은총은 비할 데가 없었으며, 현종이 내린 하사품 가운
데는 금은으로 만든 평탈(平脫: 칠기 공예품)과 무소 머리 뿔로 만든 수저[犀頭匙箸]가 있었다
고 한다. '염어'는 물리도록 배불리 먹는다는 뜻이다.

77　구미하(久未下): 오랫동안 젓가락을 음식에 대지 않다. 항상 좋은 음식을 배불리 먹기 때문에,
진미에도 젓가락을 대지 않는다는 뜻. 진(晉)나라의 하증(何曾)은 성질이 호사로워서 화려하고
사치스러운 데 온 힘을 쏟았다. 연회를 할 때는 태관이 차려 놓은 것을 먹지 않아 임금이 걸핏하
면 그 음식을 먹으라 하명했다. 또한 하루 만금어치를 먹어도 오히려 젓가락 댈 곳이 없다고 하였
다고 한다.

鸞刀縷切[78]空紛綸[79]이라
난 도 누 절　공 분 륜

방울 칼로 잘게 자르니
공연히 어지럽기만 하네.

黃門[80]飛鞚[81]不動塵하고
황 문　비 공　부 동 진

황문의 나는 듯한 말
먼지 하나 일으키지 않고,

御廚[82]絡繹[83]送八珍[84]이라
어 주　락 역　송 팔 진

어전의 주방에선 쉬지 않고
여덟 진미 보내오네.

簫鼓[85]哀吟[86]感鬼神[87]하고
소 고　애 음　감 귀 신

피리와 북 슬피 읊어
귀신 감동시키고,

78　난도누절(鸞刀縷切): '난'은 난(鸞)과 통함. 방울이라는 뜻. 『시경』「소아·길게 뻗은 남산(信南山)」에 "방울 달린 칼 잡고, 털을 벗겨내네(執其鸞刀, 以啓其毛)"라는 구절이 있다. 주석에서 "칼에 방울이 달린 것(刀有鸞者)"이라고 하였다. '누절'은 실오라기처럼 가늘게 회를 써는 것을 말한다. 진나라 반악(潘岳)의 「서쪽으로 가다(西征賦)」에 "옹인이 가늘게 써니 방울 칼 나는 듯 하네(饔人縷切, 鸞刀若飛)"라는 구절이 있다.

79　공분륜(空紛綸): 공연히 부산하고 시끄럽다. 즉 손님들은 항상 기름진 음식을 배불리 먹어 요리에 손도 대지 않는데, 요리사가 방울 달린 칼로 고기를 잘게 썰며 부산하게 요리를 만들고 있다는 뜻

80　황문(黃門): 환관을 말한다. 후한 때 금문(禁門)을 황달(黃闥)이라 하였는데, 중인(中人: 곧 환관)이 그곳에 살았으므로 이렇게 부름. 『명황잡록』에 의하면 괵국부인은 금중(禁中)에 출입할 때마다 항상 자총마(紫驄馬)를 탔는데, 소황문(小黃門)으로 하여금 그 말을 몰게 하였다 한다.

81　비공(飛鞚): '공'은 재갈. 말을 날 듯이 빨리 모는 것을 말한다.

82　어주(御廚): 궁중의 주방

83　낙역(絡繹): 계속하여, 쉬지 않고. 사락(絲絡)으로 된 판본도 있다.

84　팔진(八珍): 여덟 가지의 잘 삶고 익히는[烹飪] 법, 곧 조리법을 말한다. 『주례(周禮)』「천관(天官)·선부(膳夫)」에 "진귀한 여덟 가지 사물을 쓴다(珍用八物)"는 말이 나오는데, 주석에 의하면 "순오(淳熬)·순모(淳母)·포돈(炮豚)·포장(炮牂)·도진(擣珍)·지(漬)·오(熬)·간료(肝膋)이다"라고 했다. 그 조리법에 대해서는 『예기(禮記)』「내칙(內則)」에 나오며, 여기서는 갖가지 진귀한 음식을 가리킨다.

85　소고(簫鼓): 피리와 북. '고'가 관(管)으로 된 판본도 있다. 한(漢)나라 무제의 「가을바람(秋風辭)」에 "피리소리 북소리 울림이여, 뱃노래를 부르도다(簫鼓鳴兮發棹歌)"라는 구절이 있다.

賓從⁸⁸雜遝⁸⁹實要津⁹⁰이라
빈 종 잡 답 실 요 진

빈객과 종자들 어지러이 오니
실로 요직에 있는 사람이로다.

後來鞍馬⁹¹何逡巡⁹²고
후 래 안 마 하 준 순

나중에 오는 말 탄 사람은
어찌 저리 어물거리는가?

當軒⁹³下馬入錦茵⁹⁴이라
당 헌 하 마 입 금 인

헌함 앞에서 말을 내리더니
비단 자리에 드네.

---

86 애음(哀音): 애절한 소리. 애조 띤 음악을 연주하는 것을 말한다.

87 감귀신(感鬼神): 음악과 노랫소리가 영묘하여 신령을 감동시킬 정도다. 「시경의 서문(詩序)」에
"하늘과 땅을 움직이고 귀신을 감동시키는 것으로 시보다 가까운 것이 없다(動天地, 感鬼神,
莫近於詩)"는 구절이 있다.

88 빈종(賓從): 빈객과 종자. 특히 괵국부인을 따르던 자들을 가리킨다. 삼국 시대 위 문제 조비(曹
丕)의 「오질에게 보내는 편지(與吳質書)」에 "수레바퀴가 천천히 움직이기 시작하자 손님과 종
자가 아무 소리도 내지 않았다(輿輪徐動, 賓從無聲)"는 구절이 있다.

89 잡답(雜遝): 많은 모양. 많이 모임. 『한서』「유향전(劉向傳)」에 "뭇 현명한 자들이 모여들었다(雜
遝眾賢)"는 구절이 있는데, 안사고(顏師古)는 "많이 모여 있는 모양(聚績之貌)"이라 하였다.

90 실요진(實要津): 중요한 나루에 가득 차다. '실'은 동사로 쓰이면 '차다'의 뜻이 된다. 요진(要津)
은 요로에 있는 사람. 여기서는 권력자 양국충의 휘하를 암시한다. 당시 양귀비의 측근 가운데
서 양국충과 괵국부인은 불륜의 관계에 있었을 뿐만 아니라, 권력을 마음대로 휘둘렀다. 「고시」
19수 네 번째 시에 "어찌 닫는 말에 채찍질하여, 먼저 중요한 길목에 있는 나루 차지하지 않을쏜
가?(何不策高足, 先據要路津)"라는 구절이 있다.

91 후래안마(後來鞍馬): 뒤에서 오는 안장 지운 말. 양국충을 가리킨다. 안마는 안장을 얹은 말. 여
기서는 말을 타고 오는 사람을 뜻한다. 진나라 좌사(左思)의 「역사를 읊다(詠史)」에 "손님들 떠
들썩하게 말 몰고 오는데, 안장 지운 말 빛이 땅을 비추네(賓御紛颯沓, 鞍馬光照地)"라는 구절
이 있다.

92 준순(逡巡): 망설이며 나아가지 아니하다. '준'은 뒷걸음치다, 머뭇거리다. '순'은 빙 돌다. 한나라
가의(賈誼)의 「진나라의 과오를 논함(過秦論)」에 "아홉 나라 군대는 머뭇거리거나 도망하여 감
히 나아가지 못하였다(九國之師, 逡巡遁逃而不敢進)"는 말이 나오는데, 안사고는 "나갈 듯하
면서도 도리어 물러나는 것(疑出而郤退)"이라 하였다. 여기서는 몹시 거드름을 피며 여유 있게
행동하는 것을 가리킨다.

93 당헌(當軒): '헌'이 도(道)로 된 판본도 있다. 장막을 친 방 앞에 다다르다.

楊花[95]雪落[96]覆白蘋[97]하니
양화 설락 복백빈

버들꽃 눈처럼 떨어져 흰 마름 덮고,

靑鳥[98]飛去銜紅巾[99]이라
청조 비거함홍건

푸른 새 날아가는데
붉은 수건 물었다네.

炙手可熱[100]勢絶倫[101]하니
자수가열 세절륜

손 가까이 대면 데일라
권세 비할 무리 없으니,

---

94 금인(錦茵): 비단으로 만든 자리[褥]
이 구절의 뜻은 섬돌[墀] 앞에 다다라 말에서 내려 땅에 깔아 놓은 자리로 들어간다는 말로, 그
기세가 의기양양하여 마치 곁에 아무도 없는 듯이 행동한다는 것을 말한다.

95 양화(楊花): 버들꽃

96 설락(雪落): 눈처럼 떨어지다.

97 복백빈(覆白蘋): 하얀 개구리밥을 덮다. 부평초[萍: 개구리밥] 가운데 큰 것을 빈(蘋)이라 하고,
흰 것을 백빈이라 한다.
이 구절은 연회의 여자를 구경하려는 사람들이 서로 밀쳐서 머리 위의 꽃이 낭자하게 떨어져 온
땅을 뒤덮은 것을 말한다. 북위(北魏) 명제(明帝)가 선무령황후(宣武靈皇后) 호선화(胡先華)
를 황태후로 높여 조정에 나아가 섭정을 하였는데 음란하였다. 양백화(楊白花)를 총애한다는 뜻
으로 말하였는데, 빈(蘋)은 바른 것이고 양화(楊花)는 사악한 것을 나타내었다. 흰 마름을 덮는
다는 것은 그 악함을 덮으려는 것이며, 이 시가 기탁하고 있는 뜻은 양씨를 풍자하는 것이다.

98 청조(靑鳥): 파랑새는 『산해경(山海經)』에 의하면 삼위지산(三危之山)에 산다고 하며, 서왕모
에게 밥을 가져다주는 새이다. 붉은 수건은 부인들의 장식으로 밥을 덮는 것이다. 푸른 새가 그것
을 물어다 연회를 구경하는 자들에게 내려준 것이다. 한나라 반고(班固)의 『한무고사(漢武故
事)』에 "7월 7일 임금[한 무제]이 승화전(承華殿)에 행차하였다. 해가 한가운데 이르자 갑자기
파랑새가 서쪽에서 날아왔다. 이에 임금이 동방삭(東方朔)에게 묻자 동방삭이 대답하기를 '서
왕모가 저녁 때 반드시 존귀한 모습을 나타낼 것입니다'라고 하였다. (…) 조금 있다가 서왕모가
이르렀는데 보랏빛 수레를 타고 옥녀(玉女)가 양쪽에서 말을 몰았으며 일곱 개의 머리 장식을
하였고, 구름 같은 푸른 기운이 감돌았으며 난(鸞)새 같은 파랑새 두 마리가 서왕모를 양쪽 곁에
서 모시고 있었다"는 이야기가 있다.

99 함홍건(銜紅巾): 붉은 수건을 입에 물고 놀다. 물새들이 부인들의 붉은 수건을 물고 갈 만큼 화
려한 치장을 한 부인들이 물가에 많이 나왔다는 뜻. '홍건'은 부인의 장식이다.

100 자수가열(炙手可熱): 손을 델 만큼 뜨겁다. 최호(崔顥)의 「장안의 길(長安道)」에 "손에 불 쬔다
고 손 데일라 말하지 말라, 조금 있다가 불 다 꺼지면 재 또한 사라진다네(莫言炙手手可熱, 須
臾火盡灰亦滅)"라는 구절이 있다. 여기서는 당나라 양귀비 일가의 권세가 그 정도로 대단했

愼莫近前¹⁰²丞相嗔¹⁰³이라
신 막 근 전　 승 상 진
　　삼가 앞에 가까이 가지 말라
　　승상 노여워하실라.

210. 늙은 측백나무(古柏行)¹⁰⁴

두보(杜甫)

孔明¹⁰⁵廟前有老柏¹⁰⁶하니
공 명　 묘 전 유 로 백
　　공명의 사당 앞에
　　늙은 측백나무 있는데,

다는 뜻. 『당어림(唐語林)』이라는 책에 의하면 회창(會昌) 연간(841~846)에 "정씨와 양씨, 단
씨와 설씨는 손을 가까이 대면 데일 정도이다(鄭楊段薛, 炙手可熱)"라는 말이 장안에 나돌았
다고 한다.

101　세절륜(勢絶倫): '세'가 정(正)으로 된 판본도 있다. 달리 비할 데가 없이 권세가 강한 것. '륜'은
　　　동류(同類)의 무리. '절륜'은 비길 만한 것이 없음을 말한다.

102　신막근전(愼莫近前): '근'이 향(向)으로 된 판본도 있다. 삼가하여 가까이 나아가지 말라는 뜻
　　　이다.

103　승상진(丞相嗔): '승상'은 양국충을 가리킨다. 천보(天寶) 11년(752) 12월 양국충은 우승상이
　　　되었으며, 문부상서(文部尙書)를 겸했다. '진'은 기운이 성한 모양을 말한다. 현종이 장안 교외
　　　의 여산에 있는 온천 별궁인 화청궁(華淸宮)으로 행차를 할 때면 다섯 집[곧 양귀비의 오빠인
　　　기(錡), 사촌오빠인 국충, 그리고 세 여동생]도 모두 뒤따라가는데, 집마다 하나의 대열을 이루
　　　었으며, 각 대열은 각기 다른 색의 옷을 입었다. 온갖 꽃이 흐드러지게 핀 것과 같았으며, 내와
　　　골짝은 비단에 수를 놓은 듯하였고 낙타 천여 마리를 거느리고 양국충이 검남 절도사의 깃발로
　　　이끌었다. 금비녀가 땅에 떨어졌고, 나무덧신이 길에 떨어졌으며, 온갖 진귀한 구슬들 따위가
　　　길바닥에 어지러이 흩어졌고, 향기로운 냄새가 여러 날이나 났다. 진국부인이 먼저 죽자 괵국·
　　　한국부인, 그리고 양국충의 권세는 날로 성해졌다. 괵국부인은 양국충과 불륜 관계에 있었는데
　　　조알하러 들어갈 때마다 양국충은 괵국·한국부인과 말고삐를 나란히 하고 채찍을 휘두르며 말
　　　을 달려 희학질을 하였다 한다.

104　고백행(古柏行): 이 시는 대력(大曆) 원년(766) 두보 55세 때 기주(夔州: 사천성 봉절현)에서
　　　지은 것이다. 혹자는 성도의 제갈공명 사당 앞의 측백나무를 노래한 것이라고도 하는데, 성도
　　　에는 선주인 유비의 사당에 제갈공명의 사당이 붙어 있지만, 기주에는 선주의 사당과 제갈공명

柯如靑銅根如石[107]이라
가 여 청 동 근 여 석

줄기는 청동 같고 뿌리는 돌 같네.

霜皮[108]溜雨[109]四十圍[110]하고
상 피 류 우 사 십 위

서리 맞은 껍질 빗물에 젖었는데
둘레는 마흔 아름이고,

黛色參天[111]二千尺[112]이라
대 색 참 천 이 천 척

검푸른 빛 하늘 뚫고
이천 척이나 솟았네.

君臣[113]已與時[114]際會[115]하니
군 신 이 여 시 제 회

임금과 신하 이미 세상일
알맞은 때 만났으니,

의 사당이 별도로 있다. 이 시 첫 구에서 "孔明廟前有老柏"이라 읊은 것으로 보아 이는 잘못된 것이다.

105 공명(孔明): 삼국 촉한의 승상 제갈량(諸葛亮). 공명은 그의 자

106 노백(老柏): 오래 묵은 측백나무

107 가여청동근여석(柯如靑銅根如石): 남조 양(梁)나라 임방(任昉)의 『술이기(述異記)』에 "노지현(盧氏縣)에 노군총(盧君冢)이 있는데 무덤 곁에는 측백나무 두 그루가 있으며, 굵기가 구리나 돌 같다"는 이야기가 있다. '동'은 측백나무가 푸르다는 것을 말하고, '석'은 단단하고 굳음을 말한다.

108 상피(霜皮): 서리 맞은 나무껍질. 여러 해 동안 풍상에 시달린 것을 가리킨다.

109 유우(溜雨): 비에 젖어 있다. 측백나무가 검고 희면서도 윤택함을 표현한 것이다.

110 사십위(四十圍): 나무 둘레가 사십 아름이나 되다.

111 대색참천(黛色參天): '대색'은 검푸른 빛깔이고, '참천'은 높이 하늘까지 퍼져 있음을 말한다. 남조 양(梁)나라 강엄(江淹)의 「신령스런 언덕의 대나무(靈丘竹賦)」에 "검푸른 빛 들쭉날쭉하고, 감색 그림자는 척척 늘어졌네(參差黛色, 陸離紺影)"라는 구절이 있다.

112 사십위~이천척(四十圍~二千尺): 옛 도량형 단위로 1위(圍)는 3경(徑)이니, 40위는 120척이다. 여기서 둘레가 120척이라 하였으니 지름이 40척을 말한다. 심괄(沈括)은 『몽계필담(夢溪筆談)』에서 40위를 7척이라 하여 너무 가늘고 길다고 조롱하였는데, 이는 단지 지극히 크고 긴 것을 형용하는 말로 쓰였을 뿐이다.

113 군신(君臣): 촉한의 선주(先主) 유비와 승상 제갈공명

114 여시(與時): 시세(그때의 세상)를 위하여, 즉 세상을 걱정하여

樹木猶爲人愛惜[116]이라
수 목 유 위 인 애 석

수목조차 오히려
사람들에게 사랑과 아낌 받네.

雲來氣接巫峽長[117]이요
운 래 기 접 무 협 장

구름 오면 그 기운
무협에까지 길게 이어지고,

月出寒通雪山白[118]이라
월 출 한 통 설 산 백

달 뜨면 차가움
눈 덮인 산의 흰빛과 통하네.

憶昨[119]路繞錦亭東[120]하니
억 작   노 요 금 정 동

생각건대 옛날 길
금정의 동쪽 휘감았고

---

115 제회(際會): 시기, 기회라는 뜻도 있으며, 적절한 때 만난다는 뜻도 있는데, 여기서는 후자의 뜻
     으로 쓰임
116 수목유위인애석(樹木猶爲人愛惜): 사당에 모셔진 분을 사모하여 사당의 나무까지 아끼고 사
     랑함을 말한다. 『좌전(左傳)』「정공(定公) 9년」에 "시에 이르기를 '무성한 감당나무, 꺾지 말고
     치지 말라. 소백(召伯)이 그 나무 그늘 아래서 쉬었으니'라고 하였다. 사람을 사모함에 나무까지
     아끼는데(思其人, 猶愛其樹), 하물며 사람의 기능을 이용하면서도 그 사람을 돌보지 않는다
     는 말인가?"라는 말이 있다.
117 기접무협장(氣接巫峽長): 기운이 무협에까지 길게 이어지다. '무협'은 삼협의 하나로, 사천성
     무산현의 동쪽, 호북성 파동현의 서쪽에 있는데, 무산 아래를 지나 이런 이름이 붙었다. 북위
     (北魏) 역도원(酈道元)의 『수경주(水經注)』에서 인용한 「어가(漁歌)」에 "파동의 삼협 가운데
     서 무협이 가장 기네(巴東三峽巫峽長)"라는 구절이 있다. 자세한 것은 시 번호 164 이백의 「원
     단구 선생이 무산을 그린 병풍 앞에 앉아 있는 것을 보고(觀元丹丘坐巫山屏風)」의 주 55를 참
     조할 것
118 한통설산백(寒通雪山白): 한기가 설산의 흰 눈에 통하다. 사당 앞의 측백나무가 크고 높은 것
     을 형용한 것. '설산'은 『원화군현지(元和郡縣志)』에 의하면 "검남도(劍南道) 송주(松州) 가성
     현(嘉誠縣)의 동쪽에 있는데 봄여름에도 항상 눈이 쌓여 있으므로 이런 이름이 붙었다. 또 자
     주(柘州) 자현(柘縣)의 대설산(大雪山)은 일명 봉파산(蓬婆山)이라고도 하는데, 현 서쪽에 있
     다. 용주(龍州) 강유현(江油縣)의 서쪽에도 설산이 있다"고 하였다. 이 세 산은 모두 기주의 서
     쪽에 있다.
119 작(昨): 석(昔)과 같은 뜻. 옛날
120 노요금정동(路繞錦亭東): 길이 금정의 동쪽을 돌아 뻗어 있다. 금정(錦亭)이 금성(錦城)으로

先主武侯同閟宮[121]이라
선 주 무 후 동 비 궁

선주와 무후
같은 사당에 모셔져 있었네.

崔嵬[122]枝幹郊原古[123]요
최 외　　지 간 교 원 고

우뚝 솟은 가지와 줄기
성 밖 언덕에서 늙어 가고

窈窕丹靑[124]戶牖空[125]이라
요 조 단 청　　호 유 공

사당의 단청 그윽하나
문과 창은 텅 비었네.

되어 있는 판본(『문원영화(文苑英華)』)도 있다. 청나라의 구조오(仇兆鰲)는 "사당이 금성의 서쪽에 있기 때문에 성의 동쪽이라고 하는 것은 옳지 않으며, 정자의 동쪽이라고 해야 마땅하다"고 했다. 엄무(嚴武)가 「두씨네 둘째의 금강의 야정에 지어 부침(寄題杜二錦江野亭)」이라는 시를 지었으므로 금정이라고 불렀다. 사천성 성도에 있다.

121　선주무후동비궁(先主武侯同閟宮): 선주는 촉한의 소열(昭烈)황제 유비를 말하며, 무후는 제갈량을 말하는데, 일찍이 무향후(武鄕侯)에 봉해졌기 때문에 이렇게 부른다. 『태평환우기(太平寰宇記)』에 의하면 당나라 지덕(至德) 2년(757) 촉군(蜀郡)을 성도부로 개칭했다. 화양현(華陽縣)의 선주의 사당은 성도부 서쪽 8리 지점에 있는 혜릉(惠陵: 선주 유비의 묘) 동쪽 70보 지점에 있으며, 제갈무후의 사당은 선주의 사당의 서쪽에 있다고 하였다. 두보 자신도 일찍이 「촉나라의 승상(蜀相)」이라는 시에서 "승상의 사당을 어디서 찾으리오? 금관성 밖 측백나무 빽빽한 곳이라네(丞相祠堂何處尋, 錦官城外柏森森)"라고 읊은 적이 있다. 송나라 육유(陸游)는 「옛 측백나무 그림의 후서(跋古柏圖)」에서 "나는 일찍이 성도에서 한 소열제의 혜릉에 여러 번이나 간 적이 있는데 이 측백나무는 능의 곁에 있는 사당 안 충무후(忠武侯)의 사당 남쪽에 있었다. 두보가 읊은 '선주와 무후 같은 사당에 모셔져 있었네'라고 한 것은 이것과 대체로 별 차이가 없다"고 하였다. '비궁'은 묘당을 말한다. 『시경』「노송(魯頌)·비궁(閟宮)」에 "비궁은 맑고 조용하다(閟宮有侐)"는 구절이 있다. 모씨(毛氏)는 비를 닫힌 것[閉]이라 했고 정현의 주석[鄭箋]에서는 "신이다(神)"라고 했다. 곧 신위를 모셔 놓은 문이 닫힌 사당이라는 뜻

122　최외(崔嵬): 산이 높이 솟은 모양. 측백나무가 높고 큰 것을 가리킨다.

123　교원고(郊原古): 성 밖의 들판에서 늙다.

124　요조단청(窈窕丹靑): 묘당의 채색을 가리킨다. '요조'는 여러 가지 뜻이 있으나, 여기서는 깊고 그윽하며 한가롭고 고요한 모양이라는 뜻이다.

125　호유공(戶牖空): '호'는 집의 본채에 딸린 문을 말한다. 대문 안 입구의 문과 창에 사람의 그림자도 보이지 않는 것을 가리킨다.

落落¹²⁶盤踞¹²⁷雖得地¹²⁸나
낙 락　　반 거　　수 득 지

우뚝하니 서리고 웅크리어
제 땅 차지하고 있으나,

冥冥¹²⁹孤高多烈風이라
명 명　　고 고 다 열 풍

무성하게 홀로 높이 솟아
매서운 바람 많이 받네.

扶持自是神明力¹³⁰이요
부 지 자 시 신 명 력

버텨 온 것 바로 천지신명의 힘이고,

正直¹³¹元因造化功¹³²이라
정 직　　원 인 조 화 공

바르고 곧은 것은 실로
조화옹의 공로라네.

126　낙락(落落): 여러 가지 뜻이 있는데, 여기서는 고상하게 초탈하여 평범하지 않은 모양이란 뜻
　　으로 쓰임. 한나라 두독(杜篤)의 「수양산부(首陽山賦)」에 "큰 소나무는 우뚝하니 솟아 있고,
　　초목은 무더기로 나 있네(長松落落, 卉木蒙蒙)"라는 구절이 있다.

127　반거(盤踞): '반'은 반(蟠)과도 통하여 쓰며, 뱀이나 용 같은 것이 똬리를 틀고 있는 것을 말한
　　다. 여기서는 나무가 구불구불한 것을 표현하는 말이다. '거'는 웅크리다, 쪼그리고 앉다, 나무
　　가 뿌리를 굳게 박고 서 있는 것을 말한다. 한나라 유흠(劉歆)의 『서경잡기(西京雜記)』(권 6)
　　에 수록되어 있는 중산왕(中山王)의 「무늬 있는 나무(文木賦)」에 "어떤 것은 용이 서리어 있고
　　호랑이가 쪼그리고 앉은 것 같으며, 다시 난새가 모여들고 봉황이 날 것 같네(或如龍盤虎踞,
　　復似鸞集鳳翔)"라는 구절이 있다.

128　득지(得地): 있어야 할 자리를 얻은 것, 곧 좋은 자리를 차지하고 있는 것. 남조 양(梁)나라 심약
　　(沈約)의 「큰 소나무(高松賦)」에 "울창한 저 소나무, 뿌리박고 제 땅 얻었네(鬱彼高松, 栖根得
　　地)"라는 구절이 있다.

129　명명(冥冥): 나무가 높고 가지와 잎이 무성하여 어둡게 보이다.

130　부지신명력(扶持神明力): '신명'은 천지신명을 말한다. 진(晉)나라 손작(孫綽)의 「천태산에 노
　　닐며(遊天台山賦)」에 "아아! 천태산이 기이하고 빼어난 것은, 참으로 천지신명이 떠받치고 지
　　켜 줌이로다(嗟台嶽之所奇挺, 寔神明之所扶持)"라는 구절이 있다.

131　정직(正直): 측백나무가 곧고 바르게 자라 있다. 『장자』 「덕충부(德充符)」에 "목숨을 땅에서 받
　　은 것 가운데는 오직 소나무와 측백나무만이 정기(正氣)를 가지고 있을 뿐이다(受命於地, 惟
　　松柏獨也正)"라는 말이 있다. 『좌전』 「장공(莊公) 32년」에 "신은 총명하고 정직하여 한 가지
　　마음만을 갖는 것이다(神, 聰明正直而壹者也)"라는 말이 있다.

132　조화공(造化功): '조화'는 조화옹, 곧 조물주를 말한다. 진나라 왕희지(王羲之)의 「난정시(蘭
　　亭詩)」 제2수에 "위대하도다, 조물주의 공이여, 만물 달라도 고르지 않은 것 없네(大矣造化功,
　　萬殊莫不均)"라는 구절이 있다.

大廈如傾¹³³要梁棟¹³⁴할새
대 하 여 경　　요 양 동

큰 집 기울어
들보와 기둥 필요하다 해도

萬牛回首¹³⁵丘山重이라
만 우 회 수　　구 산 중

만 마리 소 고개 돌리리
언덕과 산처럼 무거우니.

不露¹³⁶文章¹³⁷世已驚하고
불 로　문 장　세 이 경

아름다운 무늬 드러내지 않았어도
세상에선 이미 놀랐으니,

未辭剪伐¹³⁸誰能送고
미 사 전 벌　　수 능 송

자르고 베는 것 막지 않아도
누가 보낼 수 있을까?

苦心¹³⁹未免容螻蟻¹⁴⁰요
고 심　　미 면 용 루 의

괴로운 속은 면치 못하네,
땅강아지와 개미에게 먹히는 걸,

---

133 대하여경(大廈如傾): '대하'는 큰 집. 수나라 왕통(王通)의 『문중자(文中子)』「임금을 섬김(事
君)」에 "큰 집이 기울려 하면 한 나무로 지탱할 수 있는 것이 아니다(大廈將傾, 非一木所支
也)"라는 말이 있다.

134 양동(梁棟): 들보와 기둥. 『후한서』「진구전(陳球傳)」에 "유납(劉納)이 사공(司空)인 유합(劉
郃)에게 말했다. '그대는 나라의 들보와 기둥인데, 나라가 기울고 위태로운데도 붙잡지 않으
면 저 조수[相]를 어디에 쓰시렵니까?'"라는 말이 있다. 또 『남사(南史)』「왕검전(王儉傳)」에는
"단양윤(丹陽尹) 원찬(袁粲)이 그의 명성을 듣고 그를 만나보고서는 말하기를 '재상의 문이로
다. 괄백(栝栢)과 예장(豫章)나무가 비록 작기는 하지만 이미 들보와 기둥이 될 기운이 있도다'
라고 했다"는 말이 있다.

135 만우회수(萬牛回首): 만 마리의 소가 머리를 돌리다. 만 마리의 소도 끌기를 단념할 만큼 나무
가 크고 무겁다는 뜻

136 불로(不露): 드러내지 않다.

137 문장(文章): 나무의 아름다운 무늬. 위에 인용했던 중산왕의 「무늬 있는 나무」에 "이미 벗기고
깎으니, 그 아름다운 무늬 드러내네(旣剝旣刊, 見其文章)"라는 구절이 있다.

138 미사전벌(未辭剪伐): 벌목 당하는 것을 사양하지 않다. 즉 측백나무가 잘린다 해도의 뜻. 『시
경』「소남(召南)·팥배나무(甘棠)」에 "싱싱한 팥배나무를 자르지도 말고 베지도 말라(蔽芾甘
棠, 勿剪勿伐)"는 구절이 있다.

香葉終經宿鸞鳳[141]이라
향 엽 종 경 숙 난 봉

그래도 향기로운 잎에는 결국
난새와 봉황 깃들리라.

志士[142]幽人[143]莫怨嗟[144]하라
지 사 유 인 막 원 차

뜻 있는 선비와 그윽한 은자들이여
원망하여 탄식하지 말지어다,

古來[145]材大難爲用[146]이라
고 래 재 대 난 위 용

예로부터 재주가 크면
쓰이기 어려웠나니.

---

139 고심(苦心): 괴로워하는 마음. 여기서는 '심'이 안[中]이라는 뜻으로 쓰임. 측백나무의 심을 가리킨다.

140 미면용루의(未免容螻蟻): 땅강아지와 개미에게 먹히는 것을 면하지 못하다. 인재가 마음을 써도 소인에게서 핍박받는 일이 흔한 것을 암시한 것이다.

141 향엽종경숙난봉(香葉終經宿鸞鳳): 청나라 구조오(仇兆鰲)가 사승(謝承)의 『후한서』를 인용한 주석에서 "방저(方儲)가 모친상을 당하여 무덤 곁에다가 소나무와 측백나무를 심었더니 난새가 그 위에 깃들었다"고 하였다.

142 지사(志士): 세상에 도를 행하려는 뜻을 가진 사람

143 유인(幽人): 홀로 도를 지켜 세속을 떠나 그윽하게 은거하는 사람. 『주역』「이괘(履卦)」에 "도를 밟음이 탄탄하니 유인이 곧게 행동하면 길하다(履道坦坦, 幽人貞吉)"고 한 데서 나왔다.

144 막원차(莫怨嗟): 원망하고 탄식하지 말라는 뜻이다.

145 고래(古來): 예로부터

146 재대난위용(材大難爲用): 재목이 크면 쓰이기 어렵다. 『장자』「소요유(逍遙遊)」에 비슷한 말이 나오는데, 여기서는 한나라 왕충(王充)의 『논형(論衡)』「효력(效力)」에 나오는 이야기를 따다 썼다. "산에서 땔나무를 벨 때 가볍고 작은 나무는 한데 모아서 묶을 수가 있다. 열 아름 이상 되는 큰 나무는 끌어도 움직이지 않고 밀어도 옮기지 못하여 산에다 버려두고 묶을 수 있는 작은 나무만 거두어 돌아간다. 이것으로 논하여 보건대 지혜와 능력이 큰 사람은 열 아름 이상 되는 나무이며, 사람의 힘으로 천거할 수 없는 것은 땔나무를 하는 사람이 큰 나무는 밀고 당길 수 없는 것이나 같다. 공자가 여러 나라를 두루 돌아다닐 때 잡아 두고자 하는 곳이 없었는데, 이는 성인의 재주가 밝지 못해서가 아니라 지닌 도가 너무 커서 행하기가 어려우므로 사람들이 그를 쓸 수가 없었기 때문이다. 그러므로 공자는 산속의 큰 나무와 같은 유이다."

211. 전차의 노래(兵車行)[147]

두보(杜甫)

車轔轔[148]
거 린 린

수레 소리 덜컹덜컹,

馬蕭蕭[149]하고
마 소 소

말은 히힝히힝,

行人[150]弓箭[151]各在腰라
행 인　궁 전　각 재 요

출정하는 병사들 활과 화살
각기 허리에 찼네.

耶孃[152]妻子走相送하니
야 양　처 자 주 상 송

부모와 처자식들 달려 나와 전송하니,

塵埃不見咸陽橋[153]라
진 애 불 견 함 양 교

먼지 자욱하여
함양교가 안 보일 지경이네.

---

147 병거행(兵車行): 당나라 현종이 토번(吐蕃: 티베트)을 정벌하기 위하여 출병했기 때문에 백성
들이 원정에 시달려 고통받는 것을, 한 무제가 흉노를 정벌하기 위해 백성들을 전쟁터로 내몬
사실에 비겨, 당시의 실정을 풍자한 작품이다.
　7언구가 주를 이루는 고시인데, 5언구가 8구, '군불위'의 구는 10언, '군불견'의 구와 모두의 한
구는 6언으로 되어 있어, 변화 있는 시형을 갖추어, 가요와 악부의 묘미를 두루 맛볼 수 있다. 이
시는 시 번호 94 「석호촌의 관리(石壕吏)」와 함께 내외의 전쟁에 시달리는 백성들의 고통을 읊
은, 유명한 시사시(時事詩)이자 사회시이다.

148 거린린(車轔轔): 많은 수레가 지나가는 소리를 나타내는 의성어. 『시경』「진풍(秦風)·수레 소리
(車轔)」에 "수레 소리 덜컹덜컹, 이마에 흰 털 난 말이 끄네(有車鄰鄰 有馬白顚)"라는 구절이
있다. 린린(鄰鄰)은 린린(轔轔)과 같음

149 마소소(馬蕭蕭): 말 울음소리를 나타내는 의성어. 『시경』「소아·탄탄한 수레(車攻)」에 "히힝히
힝 말 울고, 깃발은 길게 나부끼네(蕭蕭馬鳴, 悠悠旆旌)"라는 구절이 있다.

150 행인(行人): 출행(出行) 또는 출정하는 사람들

151 궁전(弓箭): 활과 화살

152 야양(耶孃): 부모. '야'는 야(爺)와 같은 뜻으로, 아버지. '양'은 어미. 작자 미상의 북위(北魏) 악
부민가인 「목란사(木蘭詞)」에 "부모님 부르시는 소리 들리지 않고, 다만 황하의 물결 흐르는
소리만 출렁출렁 들리네(不聞爺孃喚女聲, 但聞黃河流水聲濺濺)"라는 구절이 있다.

牽衣[154]頓足[155]攔道哭[156]하니
견 의　돈 족　란 도 곡

　　　옷 잡아끌고 발 구르며
　　　길을 막고 통곡하니,

哭聲直上干雲霄[157]라
곡 성 직 상 간 운 소

　　　울음소리 곧장 올라가
　　　구름 덮인 하늘까지 이르네.

道傍過者問行人하니
도 방 과 자 문 행 인

　　　길 곁 지나가던 사람
　　　병사에게 물으니,

行人但云點行[158]頻이라
행 인 단 운 점 행　빈

　　　병사는 다만 말하길
　　　징집이 너무 잦다 하네.

153　함양교(咸陽橋): 함양의 서남쪽 장안성의 외곽에 있던 다리로, 편문(便門: 곁문)과 마주하고
　　　있어서 편교(便橋)라고 불렀으며 한 무제가 축조하였다. 당나라 때는 함양교라 하였으며, 위성
　　　(渭城), 곧 함양의 서쪽에 있다 해서 서위교(西渭橋)라고도 불렀다.
　　　이 구절은 행진하는 병사들이 많아 먼지가 일어 다리가 보이지 않을 지경이라는 뜻
154　견의(牽衣): 이별을 아쉬워하여 옷을 잡아당기다. '의'는 윗도리, 곧 상의를 말하고, 상(裳)은 아
　　　랫도리, 곧 하의를 말한다.
155　돈족(頓足): 발을 구르다. 안타까움을 나타내는 말
156　난도곡(攔道哭): 길을 가로막고 울다. '곡'은 소리를 내서 우는 것. 읍(泣)은 소리는 내지 않고
　　　눈물을 흘리며 흐느끼는 것
157　직상간운소(直上干雲霄): 소리가 곧장 구름 뜬 하늘까지 닿다. '간'은 여기서 범(犯)한다는 뜻.
　　　남조 송나라 공치규(孔稚圭)의 「북산의 산신이 해염 현령에게 보내는 경고의 글(北山移文)」에
　　　"흰 눈을 능가하는 결백함이 있어야 하고 청운보다 더 높아 곧장 하늘 위에 올라야 한다(度白
　　　雪以方潔, 干青雲以直上)"는 구절이 있다.
158　점행(點行): 사씨(師氏)의 주석은 다음과 같다. "점행은 한나라 역사에서는 경행(更行)이라 하
　　　였다. 장정의 명부(丁籍)를 아래위로 참조하여 차역[差役: 과역(課役)의 한 방법으로, 민가를
　　　9등으로 나누어 상위 4등은 인부를 징발하여 부역을 시키고 하위 5등은 이를 면제하던 것]을
　　　바꾸는 것이다. 현종 때에는 자주 출병을 하여 점행의 법이 빈번했다."

或從十五¹⁵⁹北防河¹⁶⁰하여
혹 종 십 오　　　북 방 하

어떤 이는 열다섯 살부터
북쪽을 지키러 나갔다가

便至四十西營田¹⁶¹이라
변 지 사 십 서 영 전

마흔이 되도록
서쪽의 둔전병으로 있고,

去時¹⁶²里正¹⁶³與裹頭¹⁶⁴러니
거 시　　이 정　　여 과 두

떠날 때 이장이 관례 치러 준 사람,

---

159 종십오(從十五): 열다섯 살 때부터. 『신당서』권 51 「식화지(食貨志) 1」에 의하면, 스물한 살을 정(丁)이라 하고 열여덟 살부터 1인당 1경(頃)의 토지를 받으며 조세와 병역의 의무를 지게 되어 있다. 여기서 열다섯 살이라고 한 것은 무명씨의 한대 악부민가 「열다섯에 군대에 나가(十五從軍征)」에 "열다섯에 군대에 나갔다가, 여든에 비로소 돌아왔다오(十五從軍征, 八十始得歸)"라는 구절에서 따다 쓴 것이다. 이 외에 두보의 「집 없는 이별(無家別)」 또한 이 시의 영향을 받은 작품이다.

160 북방하(北防河): 북쪽에서 황하를 지키다. 이때 티베트[吐蕃]가 하우(河右: 중원의 서북쪽)를 침략하여 소요를 일으켰으므로 이렇게 말한 것이다. 『자치통감(資治通鑑)』「당기(唐紀)」(제29)에 의하면 개원 15년(727) 티베트가 변방에서 환란을 일으키는 것을 근심하여 농우도(隴右道), 하서도(河西道), 관중(關中) 및 삭방(朔方)의 군사를 모아 방비하고 초겨울에 티베트의 군사들이 없어지자 이에 그만두었다고 하였다.

161 서영전(西營田): '영전'이라는 것은 수자리를 서는 군졸들로 티베트의 침략에 방비하는 자들을 말한다. 곧 둔전병을 말한다. 둔전병이란 변경 지대에 배치되었다가, 평시에는 농사를 짓고 전란이 일어나면 전투에 참가하는 병사를 말한다. 『신당서』「식화지 3」(권 53)에 의하면 당나라는 군부(軍府)를 열어 요충지를 방비하였는데 빈 땅에다가 영전을 두었고 천하에 모두 992개소였다. 사농시(司農寺)는 매 둔전이 30경이었고, 주진(州鎭)의 제군(諸軍)은 매 둔전이 50경이었다. 나라에 위급한 일이 있으면 군졸들로 하여금 추수를 돕게 하였다고 한다.

162 거시(去時): 출정하기 위해 고향을 떠날 때

163 이정(里正): 당나라의 법제에는 100호(戶)를 이(里)라 하였고 5리를 향(鄕)이라 하였으며, 매 이마다 정(正)을 한 명씩 두었다. 정은 호구를 조사하고, 농상업[農桑]에 고과(考課)를 매기며, 비리와 위반 사항을 감찰하고, 부역을 독촉하는 일을 관장하였다.

164 과두(裹頭): 옛날에는 남자가 장정의 나이[丁年]가 되면 두건으로 머리를 썼는데, 곧 관례(冠禮: 성인식)에 해당하는 의식

歸來頭白還戌邊¹⁶⁵이라
귀 래 두 백 환 수 변

백발 되어 돌아왔다가
다시 변방에서 수자리 서네.

邊庭流血成海水¹⁶⁶나
변 정 유 혈 성 해 수

변경에 흐르는 피
바닷물을 이루었으나,

武皇¹⁶⁷開邊¹⁶⁸意未已¹⁶⁹라
무 황 개 변 의 미 이

무황 변경을 넓히려는
욕심 그치지 않네.

君不聞
군 불 문

그대는 듣지 못하였는가,

---

165 환수변(還戌邊): 다시 국경을 수비하러 출정하다.
이상 2구는 부역이 끊이지 않았다는 뜻이다.

166 변정유혈성해수(邊庭流血成海水): '변정'은 국경 지방이다. 한나라 때 흉노가 거주하던 곳으로 북정(北庭)과 남정(南庭)이 있었기 때문에 이렇게 말하였다. 『사기』 「채택(蔡澤)열전」에 "40여 만의 적을 무찔러 죽여 그들을 장평(長平)에서 섬멸시키니 피가 흘러서 강을 이루었고 [流血成川] 울부짖는 소리는 우렛소리와도 같았습니다"라는 말이 있다. 명나라 왕사석(王嗣奭)의 두보 시 주석서인 『두억(杜臆)』에서는 "『당감(唐鑑)』[『자치통감』의 「당기 제31~32」]에서는 천보 6년(747) 황제가 왕충사(王忠嗣)에게 티베트의 석보성(石堡城)을 공격하게 하였는데, 왕충사가 석보는 험난하고 견고해서 수만 명을 죽이지 않으면 이길 수 없다고 주장하였다. 황제가 기뻐하지 않자 동연광(董延光)이 자청해서 석보를 취하겠다고 하여 황제는 왕충사에게 군사를 나누어 그를 돕게 하였으나 이기지 못하였다. 천보 8년(749) 황제가 가서한(哥舒翰)에게 공격하여 뿌리를 뽑게 하였는데 '병졸 가운데 죽은 자가 수만 명이나 되었다'고 하였다. 그러므로 '변정유혈' 등의 말을 썼다"고 하였다.

167 무황(武皇): 당나라 때 시인들 가운데 명황(明皇: 곧 현종)을 무황이라 부른 예가 많이 보이는데, 이를테면 왕창령은 「청루곡(靑樓曲)」에서 "흰말에 금안장 지우고 무황을 따르네(白馬金鞍從武皇)"라고 하였고, 위응물은 「봉양개부(逢楊開府)」에서 "젊어서 무황제를 섬겼네(少事武皇帝)"라고 읊었는데, 모두 현종을 말한 것이다. 또한 두보의 다른 시 「추흥(秋興)」에서도 현종을 "무황의 깃발 눈 안에 있네(武帝旌旗在眼中)"라고 읊은 적이 있다.

168 개변(開邊): 국토를 확장하다. 영토를 넓히다. 한나라 반고(班固)가 말하기를 "무제가 삼면의 변경을 크게 넓혔다(武帝廣開三邊)"고 하였다.

169 의미이(意未已): 욕심이 끝이 없다.

漢家[170]山東二百州[171]에
한가   산동이백주

한나라의 산동 이백 고을이,

千村萬落[172]生荊杞[173]를
천촌만락 생형기

천 마을 만 부락 가시덤불 돋아난 것을.

縱[174]有健婦[175]把鋤犁[176]나
종 유건부 파서리

설사 건장한 아낙들
호미며 쟁기 잡았다지만,

禾生隴畝無東西[177]라
화생롱묘무동서

벼가 언덕의 이랑에 자라나
동쪽과 서쪽도 없다네.

---

170 한가(漢家): 한나라

171 산동이백주(山東二百州): 여기서 '산동'은 서악(西岳: 서쪽을 지키는 산)인 화산(華山)의 동쪽을 말한다. 곧 전국 시대 때 진(秦)나라 바깥의 6국〔초(楚)·연(燕)·제(齊)·한(韓)·위(魏)·조(曹)〕을 가리킨다. 함곡관 동쪽 7도(道)에는 모두 217주(州)가 있었다. 수나라가 천하를 통일한 후에 군(郡)을 주로 고쳤으며, 당나라 때는 다시 주를 군으로 고쳤다. 여기서 주라고 한 것은 옛 명칭을 그대로 쓴 것이며, 2백 주는 곧 모든 천하를 가리켜 한 말이다.

172 천촌만락(千村萬落): 많은 촌락을 가리킨다. '락'은 사람이 모여 사는 지역

173 생형기(生荊杞): 병화로 땅이 황폐해져 가시나무, 구기자 따위의 잡목이 생겨난 것을 가리킨다. 『노자』 제30장에 "군대가 머물던 곳에는 가시덤불이 자란다(師之所處, 荊棘生焉)"라는 말이 있고, 삼국 시대 위나라 완적(阮籍)의 「속마음을 읊음(詠懷詩)」에 "무성하던 꽃 말라 시들고, 대청 위에는 가시덤불 자라네(繁華有憔悴, 堂上生荊杞)"라는 구절이 있다.

174 종(縱): 종령(縱令), 즉사(卽使)와 같은 뜻으로, '비록', '설사 ~한다 하더라도'의 뜻

175 건부(健婦): 몸이 튼튼하고 일 잘하는 여자

176 파서리(把鋤犁): 호미와 쟁기를 손에 잡다. 경작하는 것을 가리킨다. '서'는 호미, '리'는 쟁기 또는 보습. 한대의 악부민가인 「농서행(隴西行)」에 "굳센 여인 문짝 지키고 섰으니, 또한 웬만한 장부보다 낫다네(健婦持門戶, 亦勝一丈夫)"라는 구절이 있다. 이 구절 전체의 뜻은 남편이 출정을 가서 아내가 대신 농사를 짓고 있다는 뜻이다.

177 화생롱묘무동서(禾生隴畝無東西): 강역(疆場), 곧 전지의 경계를 제대로 닦아 놓지 못하여 방향을 구분할 수 없을 정도로 황폐해졌다는 뜻. 동서로 난 밭두둑은 맥(陌)이라 하고, 남북으로 난 두둑은 천(阡)이라 한다.

況復¹⁷⁸秦兵¹⁷⁹耐苦戰¹⁸⁰하니
황 부   진 병   내 고 전

　　　　더욱이 진 땅의 병사들

　　　　힘든 싸움 잘 견디어,

被驅¹⁸¹不異犬與雞¹⁸²라　　몰리니 다름없네, 개나 닭이랑.
피 구   불 이 견 여 계

長者¹⁸³雖有問이나　　윗분이 묻는다 해도,
장 자   수 유 문

役夫¹⁸⁴敢伸恨¹⁸⁵고　　일꾼 주제에 감히 원한을 말하리.
역 부   감 신 한

且如今年冬엔　　올 겨울 같은 때에는,
차 여 금 년 동

未休關西卒¹⁸⁶이라　　관문 서쪽의 징집 그치지 않았다네.
미 휴 관 서 졸

178　황부(況復): 하물며, 더욱

179　진병(秦兵): 관중(關中) 땅에 있던 병사들로 바로 이때 징발된 군사들을 말한다.

180　내고전(耐苦戰): 고통스럽고 힘든 싸움을 잘 견디다. 옛날 진나라 지방 출신의 병사들은 사납
　　고 인내심이 강하여, 어려운 싸움에도 잘 견디는 강병들이었다고 한다.

181　피구(被驅): 쫓기어 내몰리다.

182　불이견여계(不異犬與雞): 지금 쟁기나 지고 있던 사람들을 군인으로 내모니 개나 닭과 다를
　　바가 없다는 뜻. 『좌전』 「은공(隱公) 11년」에 "정나라 임금인 백작이 25인으로 된 소대인 행에
　　개와 닭을 내렸다(鄭伯行出犬鷄)"는 말이 있다.

183　장자(長者): 윗사람. 여기서는 지위가 높은 상관을 가리킨다. 『예기』 「곡례(曲禮)」에 "윗사람이
　　묻는데 사양하지 않고 대답을 한다면 이는 예의가 아니다(長者問, 不辭讓而對, 非禮也)"라
　　는 말이 있다.

184　역부(役夫): 일꾼이라는 뜻인데, 여기서는 출정 나간 병사들을 말한다. 평상시에는 둔전을 지
　　키므로 이렇게 말한 것 같음

185　감신한(敢伸恨): 어찌 감히 가슴속의 원한을 이야기하겠는가? 신(伸)은 마음속의 뜻을 펴서
　　말하는 것이다.

186　미휴관서졸(未休關西卒): 함곡관의 서쪽 땅인 섬서성 감숙현의 두 성을 지키러 나갈 병사를
　　뽑는 일이 멈추지 않다. 『자치통감』에 의하면 천보 9년 12월에 관서 유혁사(遊奕使) 왕난득
　　(王難得)이 티베트를 쳤는데 다섯 성과 싸워 이기고 수돈성(樹敦城)을 뿌리 뽑았다고 하였다.

縣官¹⁸⁷急索租¹⁸⁸나
현관　급색조

나라에서는 세금 거두기에 조급한데,

租稅¹⁸⁹從何出고
조세　종하출

조세를 어디서 만들어 내리.

信知¹⁹⁰生男惡¹⁹¹이요
신지　생남악

진실로 알겠네, 사내 낳으면 나쁘고

反是¹⁹²生女好¹⁹³라
반시　생녀호

오히려 딸 낳아야 좋다는 것을.

生女猶得¹⁹⁴嫁比鄰¹⁹⁵이나
생녀유득　가비린

딸 낳으면 차라리
이웃에 시집이라도 보낼 수 있지만,

187　현관(縣官): 곧 나라 또는 조정을 말한다. 『사기』「물자 교역에 대한 기록(平準書)」에 "복식이 말했다. '나라에서 쓰는 비용[먹고 입는 것]은 조세로 충당하여야 할 따름입니다(卜式曰, 縣官當食租衣稅而已).' 나라를 현관이라고 말한 것은 『주례』「하관(夏官)」에서 왕기[王畿: 왕성 주위의 지역] 내의 현은 곧 국도(國都)라고 하였기 때문이다. 왕은 국도 안에 있는 현에 살면서 천하를 다스리는 벼슬이기 때문에 현관이라고 한 것이다"라고 하였다.

188　급색조(急索租): 조세를 받으려고 다그치다. '색'은 '찾다', '구하다'라는 뜻이다.

189　조세(租稅): 당대의 세제는 조(租)·용(庸)·조(調)이다. '조'는 곡물세, '용'은 병역이나 부역, '조'는 공물로 바치는 포백(布帛) 등의 특산물. 이 구절은 남편이 변방으로 수자리 살러 가고 남은 아내가 각종 세금을 부담하여야 한다는 뜻으로, 앞에 나온 '건부서리(健婦鋤犂)'의 구절과 일맥상통함

190　신지(信知): 분명히 깨닫다. '신'은 여기서 부사로 쓰여, 실로, 정말로의 뜻

191　생남악(生男惡): 아들을 낳는 것은 나쁘다.

192　반시(反是): 오히려

193　생남악~생녀호(生男惡~生女好): 한나라 잡가요사(雜歌謠辭) 「천하위위부자가(天下爲衛夫子歌)」에 "사내아이 낳으면 기뻐하지 않고, 딸아이 낳으면 성내지 않네(生男無喜, 生女無怒)"라는 구절이 있다. 『수경주(水經注)』「하수(河水) 3」에 인용된 양천(楊泉)의 「물리론(物理論)」에 "진시황이 몽염(蒙恬)에게 장성을 쌓도록 하였는데 죽은 사람이 줄을 이었다. 오나라 민요[吳歌]에 '사내를 낳거든 부디 키우지 말고, 딸을 낳거들랑 말린 고기를 먹여 키우시오. 그대는 유독 보지 못하였소. 장성의 아래에, 죽은 자의 해골이 서로 버티어 있는 것을(生男愼莫擧, 生女哺用脯. 君獨不見長城下, 死人骸骨相撐拄)'이라고 읊은 구절이 있다"고 하였다. 여기서 오가로 인용된 시는 삼국 시대 위나라 진림(陳琳)의 「장성의 굴 아래에서 말에게 물을 먹이다(飲馬長城窟行)」이다.

194　유득(猶得): 그런대로 할 수 있다.

生男埋沒[196]隨百草[197]라
생 남 매 몰   수 백 초

아들 낳으면 파묻혀
잡초에 덮여 버린다네.

君不見靑海[198]頭에
군 불 견 청 해   두

그대는 보지 못하였는가 청해 부근에,

古來白骨無人收[199]를
고 래 백 골 무 인 수

옛날부터 흰 뼈 거두는 사람 없음을.

新鬼[200]煩寃[201]舊鬼[202]哭하여
신 귀   번 원   구 귀   곡

새 귀신들 괴로워하고 원통해하며
옛 귀신들 통곡하니,

---

195 가비린(嫁比隣): 이웃에 시집가다. '비린'은 근린(近隣)과 같은 뜻으로, 이웃을 말한다. 『주례』
     에 의하면 비(「족사(族師)」) 린(「수인(遂人)」)은 모두 다섯 집[五家]을 말한다.

196 생남매몰(生男埋沒): 북주 유신의 「강남을 슬퍼함(哀江南賦)」에 "공업은 일찍 죽어 버리고,
     몸과 이름은 파묻혔네(功業夭枉, 身名埋沒)"라는 구절이 있다.

197 수백초(隨百草): 남조 양나라 강엄(江淹)의 「완적의 시체를 본받아(效阮公詩)」 제14수에 "이
     슬 온갖 잡초 뒤덮고, 가을바람 복숭아와 오얏나무에 부네(零露被百草, 秋風吹桃李)"라는 구
     절이 있다.

198 청해(靑海): 지금의 청해성 안에 있는 중국 최대의 소금물 호수. 주위가 8백 리에 달하며 선비
     족이 세운 토욕혼(吐谷渾)이라는 나라에 속하였다가, 당 고종 용삭(龍朔) 3년(663) 티베트에
     병합되었다. 당나라는 의봉(儀鳳) 연간 이래 티베트와 이곳에서 수차례나 싸웠는데, 천보 연간
     (742)에 가서한이 이곳에 가 신위군(神威軍)을 설치하고 그 호수 안에 있는 용구도(龍駒島)에
     성을 쌓은 후부터 감히 이 근처에 가까이 하지 못했다.

199 백골무인수(白骨無人收): 전사한 병사들의 해골. 『좌전』 「희공(僖公) 32년」에 "건숙(蹇叔)의
     아들이 군대에 들어갔는데 울면서 전송하여 말하기를 (…) '반드시 이 사이에서 죽을 것인데,
     내가 너의 뼈를 거두어 주리라!(必死是間, 余收爾骨焉)'고 하였다"는 말이 있다. 『악부시집』
     양나라 「고각횡취곡·기유가사(鼓角橫吹曲·企喩歌辭)」에 "송장 좁은 골짝 안에서 잃어버려,
     흰 뼈 거두는 사람 없네(尸喪狹谷中, 白骨無人收)"라는 구절이 있다.

200 신귀(新鬼): 새로 죽은 병사들의 망령. 『좌전』 「문공(文公) 2년」에 "하보불기(夏父弗忌)가 종
     묘의 우두머리가 되어 희공(僖公)을 높이고 확실히 [귀신을] 보았다고 하고는 말했다. '나는 새
     귀신이 나이가 많고 옛 귀신이 나이가 적은 것을 보았다(吾見新鬼大, 故鬼小). 나이가 많은 귀
     신을 앞에 세우고 나이가 적은 귀신을 뒤에 세우는 것이 순리이다'"라는 말이 있다.

201 번원(煩寃): 괴로워하고 원통하게 여기다.

202 구귀(舊鬼): 앞서 죽은 병사들의 망령

天陰雨濕聲啾啾[203]라
천음우습성추추

하늘 흐리고 비 축축하게 내리면
울음소리 우우 들린다네.

212. 병마를 씻으며 부르는 노래(洗兵馬行)[204]

두보(杜甫)

中興諸將[205]收山東[206]하여
중흥제장　　수산동

나라를 중흥시킨 여러 장수들
산동을 수복하니,

203　천음우습성추추(天陰雨濕聲啾啾): 『후한서』 「진총전(陳寵傳)」에 "광한[廣漢: 사천성 중국
　　지방] 태수로 옮겨 갔다. 그 군의 소재지인 낙현(洛縣) 성 남쪽에는 이전부터 구름이 끼어 비가
　　올 때마다 항상 곡소리가 났는데, 군청 청사에서 듣는 진총이 하급 관리를 시켜 가서 알아보
　　게 했더니 그 아래에서 난세에 죽은 자들이 많은데 해골을 거두어 장사를 지내 줄 수가 없었는
　　데, 아마도 그 원혼들이 울고 있는 것 같다고 하였다. 이에 진총이 즉시 현에 명령을 내려 해골
　　을 모두 거두어 장사 지내 주었더니 이로부터 곡소리가 마침내 끊겼다"는 이야기가 있다.
　　'추추'는 즐즐(喞喞)이라고도 하며, 무리지어 흐느껴 우는 소리를 형용한 것. 굴원의 초사 「산귀
　　신(山鬼)」에 "우레 꽈릉꽈릉 침이여 비 어둑어둑 내리고, 원숭이 우우 흐느낌이여 또 밤 되어 우
　　네(雷塡塡兮雨冥冥, 猿喞喞兮又夜鳴)"라는 구절이 있다.
　　당나라 이화(李華)의 「옛날 전쟁터에서 죽은 원혼을 애도하는 글(弔古戰場文)」에 "왕왕 귀신
　　들이 울어 하늘이 흐려지기만 하면 들을 수 있다고 합니다(往往鬼哭, 天陰則聞)"라는 구절이
　　있다.
204　세병마행(洗兵馬行): 『두소릉집(杜少陵集)』 권 6에는 제목이 「무기를 씻는 노래(洗兵行)」로
　　되어 있는데, 시의 내용과 더 잘 맞는다. 안녹산의 난이 평정되어 가고 중흥의 조짐이 보임을 기
　　뻐하여, 무기와 군마가 다시는 쓰이는 일이 없기를 바라는 간절한 소망을 읊은 작품이다. 내용
　　상 12구씩 한 단락을 이루며 다른 각운자(脚韻字)가 쓰이고 있어, 각각의 단락이 한 배율을 이
　　루는 독특한 형태를 취하고 있다. 뒤에 왕안석은 두시를 정리하며, 이 시를 두시 중에서도 압권
　　으로 쳤다. 독특하게 전고를 인용한 구가 많고 함축이 깊으며, 훌륭한 생각이 완벽한 형식미 속
　　에 배어 있는 걸작이다.
205　중흥제장(中興諸將): 안녹산의 난으로 망할 뻔했던 당나라 왕조를 중흥시킨 장수들로, 곽자
　　의 등 이 시에 등장하는 여러 장수들을 가리킨다.

捷書夜報²⁰⁷淸晝同이라 승전보 밤에도 전해져
첩 서 야 보   청 주 동   밝은 낮과 같다네.

河廣傳聞一葦過²⁰⁸하니 황하 넓다 하나 듣건대
하 광 전 문 일 위 과   갈댓잎 하나로 건넌다 하니,

胡兒命²⁰⁹在破竹中²¹⁰이라 오랑캐 놈들의 운명
호 아 명   재 파 죽 중   쪼개지는 대쪽 가운데 있네.

206　수산동(收山東): 산동을 수복하다. 여기서 산동은 하북(河北) 지방을 가리킨다. 여기서는 태항
　　산(太行山)을 기준으로 말한 것이며, 요즈음 말하는 산동은 제(齊)나라 땅으로 태산(泰山)을
　　기준으로 구분한 것이다. 안녹산이 반란을 일으켰을 때 먼저 하북의 여러 군(郡)을 함락시켰는
　　데, 두 서울(二京: 낙양과 장안)이 이미 수복되고 경서(慶緒: 안녹산의 아들)가 하북으로 달아
　　난 후 사사명(史思明), 엄장(嚴莊), 능원호(能元皓) 등이 차례로 항복하여 하북의 여러 군이
　　차례로 수복되었으므로 이렇게 말하였다.
207　첩서야보(捷書夜報): '야'가 일(日) 또는 석(夕)으로 된 판본도 있다. '첩서'는 군사 첩보(捷報),
　　곧 승리의 소식을 보고하는 문서. 승전보. 『양서(梁書)』「채도공전(蔡道恭傳)」에 "도둑의 떼들
　　이 쳐들어오자 정성을 다하여 지켜내었는데, 기이한 계책이 가끔 나올 때면 승전보가 날마다
　　이르렀다(奇謀間出, 捷書日至)"는 이야기가 있다.
208　하광일위과(河廣一葦過): 『시경』「위풍(衛風)·황하 넓어도(河廣)」에 "누가 황하를 넓다고 했
　　나? 갈댓잎 하나로 건널 수 있는 것을!(誰謂河廣, 一葦杭之)"이라는 구절이 있다. '하광'은 여
　　기서 안녹산의 무리들이 점령하고 있던 위주(衛州)를 비유하며, '일위과'는 여러 장수들이 황
　　하를 건너 위주의 안녹산 도당을 공격한 것을 가리킨다.
209　호아명(胡兒命): 안녹산 무리의 운명. '아'는 상대방을 얕잡아볼 때 쓰는 비칭어. 『두보집』에는
　　호위명(胡危命: 오랑캐놈들의 위태로운 운명)으로 되어 있다.
210　재파죽중(在破竹中): 쪼개지는 대나무 가운데에 있다. 쉽게 멸망할 상태에 있음을 가리킨다.
　　『진서』「두예전(杜預傳)」에 "옛날에 악의(樂毅)가 제(濟)나라 서쪽에 근거하여 한 번 싸워 강
　　한 제(齊)나라를 병합하였고, 지금 병사들의 위세가 이미 떨쳐 비유컨대 대나무를 쪼개는 것과
　　같아 몇 마디만 지나면 모두 칼날을 받아 갈라져 더 이상 손댈 곳이 없는 것과 같습니다(譬如
　　破竹, 數節之後, 皆迎刃而解, 無復著手處也)"라는 말이 있다.

祇殘[211]鄴城[212]不日得[213]이니
지 잔　 업 성　　불 일 득

　　　　　오직 잔당 업성에만 있으나
　　　　　며칠 버틸 수 없을 것이니,

獨任朔方[214]無限功이라
독 임 삭 방　　무 한 공

　　　　　오로지 삭방 절도사에게
　　　　　무한한 공로 맡겼기 때문이네.

京師[215]皆騎汗血馬[216]하고
경 사　　개 기 한 혈 마

　　　　　서울에서는 모두들 타네,
　　　　　피 같은 땀 흘리는 말,

回紇餧肉葡萄宮[217]이라
회 흘 위 육 포 도 궁

　　　　　위구르에게 고기 먹이네, 포도궁에서.

211　지잔(祇殘): 다만, 오직. 지(只)와 같은 뜻임. '잔'은 '남을 여(餘)' 자와 같은 뜻

212　업성(鄴城): 원래는 상주(相州)였으나 천보 원년에 업군(鄴郡)으로 고쳤고, 다시 건원 원년에
　　　업성으로 고쳤다. 안태청(安太淸)이 획가(獲嘉)에서 곽자의에게 패하자, 경서가 그를 구원하
　　　기 위해 업중의 군사 7만 명을 동원하여 구원하려 하였으나 그 역시 곽자의에게 대패하고 업성
　　　에 가서 숨어 굳게 지키기만 하였다.

213　불일득(不日得): 며칠 되지 않아 곧 손에 넣다.

214　삭방(朔方): 삭방 절도사 곽자의를 가리킨다. 영주〔靈州: 영하성(寧夏省) 영무현(靈武縣)〕에
　　　주둔하던 군대를 삭방군이라 했는데, 안녹산의 난이 일어나자 조정에선 곽자의를 영무(靈武)
　　　태수에 임명하여 삭방 절도사가 되게 했다. 다른 관군이 진도사(陳濤斜)에서 패한 후에는 삭
　　　방군에게 반군의 토벌을 맡겼고, 곽자의는 원래 삭방 절도사 외에도 하서(河書), 농우(隴右) 절
　　　도사의 직책까지 더하여져 오로지 곽자의만 믿었으므로 독임(獨任)이라 하였다.

215　경사(京師): 장안을 가리킨다. 『공양전』 「환공(桓公) 8년」에 "경사란 것은 무엇인가? 천자가 사
　　　는 곳이다. 경이라는 것은 무엇인가? 크다는 것이다. 사라는 것은 무엇인가? 많다는 것이다. 천
　　　자가 사는 곳은 반드시 사람이 많고 땅이 크다는 말 때문에 그렇게 말했다(京師者何? 天子之
　　　居也. 京者何? 大也, 師者何? 衆也, 天子之居, 必以衆大之辭言之)"는 구절이 있다.

216　한혈마(汗血馬): 피 같은 땀을 흘리는 말이라는 뜻으로, 대완에서 나는 명마. 시 번호 206 문천
　　　상의 「여섯 노래(六歌)」 주 1047을 참조할 것

217　회흘위육포도궁(回紇餧肉葡萄宮): '포도궁'은 원래 한나라의 궁전 이름. 『한서』 「흉노전」에
　　　"원수(元壽) 2년(기원전 1년) 선우(單千)가 와서 조알하니 상림원(上林苑) 포도궁(蒲陶宮)에
　　　머물러 쉬게 하였다"는 기록이 있다. 『자치통감』 권 220 「당기 제36」에 "이해(758) 9월에 위구
　　　르의 임금은 그의 아들 섭호(葉護)와 장군 제덕(帝德)에게 날랜 말 4천 필을 거느리고 안경서

已喜皇威²¹⁸淸海岱²¹⁹나
이 희 황 위　청 해 대

천자의 위세 해(海)와 대(岱) 땅을
맑게 한 것 기쁘기는 하나,

常思仙仗²²⁰過崆峒²²¹이라
상 사 선 장　과 공 동

항상 생각나네, 천자의 행차
공동산 지나간 것.

三年²²²笛裏關山月²²³이요
삼 년　적 리 관 산 월

삼 년 동안 피리 소리 속에
관산월 들려 왔고,

萬國兵前草木風²²⁴이라
만 국 병 전 초 목 풍

만국의 군진 앞엔
초목을 흔드는 바람 몰아쳤네.

를 토벌하는 데 돕도록 하니 (…) 장군 곽자의가 그들에게 3일 동안이나 연회를 베풀었다"는 기록이 있는데, 이 시의 한혈마와 포도궁 등은 이것을 가리키는 것 같다.

'회흘'은 이민족의 이름 또는 나라 이름으로, 위구르(Uyghur)를 한자로 음역한 것. 흉노의 자손으로, 돌궐을 좇다가 당대에 돌궐로부터 떨어져 나와 회흘이라고 했다. 곽자의를 도와 안사의 난을 평정하여, 당 덕종(德宗) 정원(貞元) 4년(788) 회골(回鶻)이라는 이름을 받았으며, 내·외몽고의 땅을 갖게 되었다.

218 황위(皇威): 천자의 위세

219 청해대(淸海岱): '해대'는 동해와 태산 지방을 말한다. 『서경』「하서(夏書)·우공(禹貢)」에 "바다와 태산 사이가 청주이다(海岱惟淸州)"라는 말이 있고 또 "바다와 태산과 회주 사이가 서주이다(海岱及淮惟徐州)"라는 말이 있다. 그 주석에 "동북쪽은 바다에 의거하고, 서남쪽은 대와 떨어져 있다"고 하였다. 산동·하북 지방을 평정한 것을 말한다.

220 선장(仙仗): 천자의 행렬을 이끄는 의장(儀仗). 곧 천자의 행차. 선(仙) 자를 쓴 것은 천자를 신성시함을 나타낸다.

221 공동(崆峒): 산 이름으로, 계두산(笄頭山)의 별칭. 감숙성(甘肅省) 평량부(平涼府) 고원주(固原州)의 서쪽에 있다. 안녹산의 난 때 숙종은 마외(馬嵬)에서 이곳을 거쳐 남하하였으며, 돌아올 때도 원주(原州)에서 들어 왔는데, 역시 이곳을 거쳐야 했다.

222 삼년(三年): 천보(天寶) 14년(755)부터 지덕(至德) 2년(757)까지를 가리킨다. 안녹산이 난을 일으켰다가 그 아들 안경서에게 살해당하고, 두 도읍을 수복하기까지를 말한다.

223 관산월(關山月): 고악부 이름으로, 『악부시집』의 해제에 의하면 "「관산월」은 이별을 마음 아파하는 것이다(關山月, 傷離別也)"라고 하였다. '관'은 장성의 관문을 말한다. 이 곡에는 진중에서 달을 보며 고향을 그리는 병사들의 마음을 노래한 부분이 많다.

成王²²⁵功大心轉小²²⁶하고
성왕 공대심전소

성왕께선 공 크시나
마음은 세심해져 가고,

郭相²²⁷謀深古來少요
곽상 모심고래소

곽재상은 계략 깊기가
예로부터 드물었네.

司徒²²⁸清鑒²²⁹懸明鏡이요
사도 청감 현명경

사도의 맑은 감별력은
밝은 거울을 달아 놓은 듯하며,

尚書²³⁰氣與秋天杳²³¹라
상서 기여추천묘

상서의 기개는
가을 하늘과 함께 아득하네.

---

224 만국병전초목풍(萬國兵前草木風): 『진서』「재기(載記)」에 "부견(符堅)이 부융(符融)과 함께
성에 올라 왕의 군대를 바라보았더니 부대의 진영이 가지런하고 장수와 병졸들은 정예로웠다.
또 북쪽으로 팔공산(八公山)을 바라보았더니 초목이 모두 사람의 모습과 비슷하였는데 바람
이 소리를 내고 학이 울자 군대인 것 같았다"는 말이 있다.

225 성왕(成王): 숙종의 아들 광평왕(廣平王) 이숙(李俶)을 가리킨다. 지덕 2년(757) 12월에 초
왕에 봉해졌다가 건원 원년(758) 2월에 성왕에 옮겨 봉해졌으며, 그해 4월에 태자가 되었다.
장안·낙양을 수복할 때 큰 공을 세웠다.

226 공대심전소(功大心轉小): 큰 공을 세우고도 겸허한 마음으로 공을 자랑하지 않고 매사에 신
중하다. '전'은 '점점 더', '~하면 할수록 도리어'의 뜻. 북제(北齊) 유주(劉晝)의 『신론(新論)』「신
언(愼言)」에 "초나라 장왕(楚莊王)은 공을 세우면 마음속으로 두려워했고, 진(晉)나라 문공
(文公)은 전쟁에서 이기면 더욱 걱정을 하였는데, 영광을 미워하고 이기는 것을 싫어해서가 아
니라 곧 공이 크면 마음을 세심하게 가지고 편안한 데 거처하면 위급할 때를 생각하는 것이다
(乃功大而小心, 居安而念危也)"라는 말이 있다.

227 곽상(郭相): 중서령(中書令: 황제의 비서 기관인 중서성의 장관) 곽자의를 말한다.

228 사도(司徒): 이광필(李光弼)을 가리킨다. 이광필은 지덕 2년 검교사도(儉校司徒)가 되었다.
원래 사도는 교육을 관장하던 벼슬로, 그 나라에서 제일 높은 삼공의 하나. 그러나 수·당대에는
대신이 명예직으로 겸직하였을 뿐 실제 맡은 업무는 없었다. 품급은 정1품

229 청감(清鑑): 맑은 감식력. 인물의 능력을 꿰뚫어 보는 힘

230 상서(尚書): 병부상서(兵部尚書) 왕사례(王思禮). 『신당서』에 의하면 왕사례는 고구려 사람으
로, 원수인 광평왕을 따라 장안을 평정하고 청궁(清宮)에 먼저 들어갔으며, 동경인 낙양을 수
복하는 데도 수많은 공을 세웠으며, 이로 인해 병부상서로 옮겼다고 한다. 한편 『구당서』에 의

二三豪俊²³²爲時出하니
이 삼 호 준　위 시 출

두세 호걸 때에 맞춰 내었으니,

整頓乾坤濟時了라
정 돈 건 곤 제 시 료

하늘과 땅 바로잡고
위급한 때 구해내었네.

東走無復憶鱸魚²³³요
동 주 무 부 억 로 어

동쪽으로 달아나는 이 더 이상 없네,
농어회 생각하여,

南飛各有安巢鳥²³⁴라
남 비 각 유 안 소 조

남쪽으로 날아가도 모두 있네
편안한 새 둥지.

하면 호부상서로 옮겼다고 한다.

231 기여추천묘(氣與秋天杳): 기상이 가을 하늘처럼 높고 아득하다.

232 호준(豪俊): 앞에 든 곽자의·이광필·왕사례 등의 뛰어난 인물들을 가리킨다. '호준'은 재주와 지혜가 뛰어나거나, 또는 그런 사람. 『갈관자(鶡冠子)』 권 상 「박선(博選)」에서는 "만 사람 가운데 가장 훌륭한 덕을 지닌 자를 준이라 하고, 천 사람 가운데 가장 훌륭한 덕을 지닌 자를 호라 한다(德萬人者謂之儁, 德千人者謂之豪)"고 하였다. '준'은 준(俊)과 통하여 쓴다.

233 동주무부억로어(東走無復憶鱸魚): 남조 송나라 유의경(劉義慶)의 『세설신어』 「식감(識鑑)」에 "[한나라의] 장계응[張季鷹: 곧 장한(張翰)]이 제왕(齊王)의 동조연(東曹掾)으로 불리어 와 낙양에 있을 때 가을바람이 부는 것을 보고는 고향인 오 땅의 고채국과 농어회 생각이 간절하여 말하기를 '인생에서 가장 귀한 것은 뜻에 만족함을 얻는 것인데, 어찌하여 수천 리나 떨어진 곳에서 벼슬하며 명예와 작위를 구할 수 있단 말인가?'라고 하고는 마침내 수레를 준비하라 이르고 돌아갔다. 얼마 후에 제왕이 거사를 하였다가 실패하자 당시의 사람들은 모두 장계응이 조짐을 예견했기 때문이라고 말했다"는 이야기가 있다. 이 고사를 인용한 것은 은연중에 이제는 반란을 획책하는 무리를 피하여 세상을 떠나려는 사람이 없을 만큼 천하가 태평해졌음을 뜻한다.

234 남비각유안소조(南飛各有安巢鳥): 남쪽으로 날아가다. 위나라 무제 조조가 지은 「단가행(短歌行)」에 "달 밝으니 별 드물고, 까치는 남쪽으로 날아가네. 나무를 세 바퀴 돌아도, 의지할 만한 가지가 없네(月明星稀, 烏鵲南飛. 繞樹三匝, 無枝可依)"라는 구절이 있다. '남비'는 군웅들이 의지할 곳을 잃고 멀리 달아나는 것을 상징한 표현. 한나라 때 지어진 「고시」 19수 「행행중행행(行行重行行)」에 "오랑캐 말은 북풍에 기대고, 월나라 새는 남쪽 가지에 둥지를 트네(胡馬依北風, 越鳥巢南枝)"라는 구절이 있다. 이 구절 전체의 뜻은 군신뿐만 아니라 천하의 사람들도 모두 안주하게 되었음을 뜻한다.

靑春²³⁵復隨冠冕入²³⁶하여
청 춘　부 수 관 면 입

푸른 봄도 다시 면류관 따라 들어와,

紫禁²³⁷正耐²³⁸煙花繞²³⁹라
자 금　정 내　연 화 요

궁성 마침 아름다운 연기와
꽃에 둘러싸이게 되겠네.

鶴駕²⁴⁰通宵²⁴¹鳳輦²⁴²備요
학 가　통 소　봉 련　비

학 수레 밤새도록 있고
봉황 가마도 갖추어져,

鷄鳴問寢²⁴³龍樓曉²⁴⁴라
계 명 문 침　용 루 효

첫닭 울면 상황께 문안드리려
용루문 새벽에 나섰다네.

---

235 청춘(靑春): 봄을 말한다. 오행설에 의하면 봄은 방위로는 동쪽이며, 색깔로는 청색이기 때문에 이렇게 부른다. 또 신록이 우거진 봄이라는 뜻도 있다.

236 수관면입(隨冠冕入): 천자의 관, 곧 면류관(冕旒冠)을 따라 들어오다. 안녹산의 난이 평정되어 천자가 수도의 궁성으로 환궁하게 된 것을 가리킨다. 『풍속통(風俗通)』에 의하면 임금이 쓰는 관인 면류관은 황제(黃帝) 때 처음 만들었다고 한다.

237 자금(紫禁): 천자의 궁성을 하늘의 자미궁(紫微宮)이라 하기 때문에 궁중을 자신(紫宸) 또는 자금(紫禁)이라 한다. '금'은 보통 사람의 출입이 금지된 데서 붙여진 것

238 정내(正耐): 족히 ~하게 되다. '내'는 원래 '견디다', '잘도 ~하다'의 뜻이나, 여기서는 감(堪)·승(勝)과 같이 '~하기에 충분하다'로 쓰임

239 연화요(煙花繞): 운무와 꽃에 둘러싸이다.

240 학가(鶴駕): 황태자의 수레. 한나라 유향(劉向)의 『여러 신선들의 전기(列仙傳)』 「왕자교(王子喬)」에 "[왕자 교가 환량(桓良)에게] '우리 집에다 7월 7일에 나를 구지산의 입구에서 기다리라고 전해 주게'라고 하였다. 그날 보니 과연 흰 학을 타고 산언덕에 머물렀는데 바라볼 수는 있어도 다다를 수는 없었다. 손을 들어 당시 사람들에게 작별을 하고 여러 날 만에 떠났다(告我家於七月七日待我於緱氏山頭. 果乘白鶴駐山, 望之不到. 擧手謝時人, 數日而去)." 이 일로 인해 후세 사람들은 태자의 수레를 학가라 부르게 되었으며, 태자가 머무는 궁전을 학금(鶴禁)이라 하게 되었다.

241 통소(通宵): 밤이 새도록

242 봉련(鳳輦): 봉황의 모양을 장식한 천자의 수레. 이 구에 대한 해석은 여러 가지인데, 태자가 천자와 함께 상황(上皇)을 문안하려는 것을 나타낸 것 같다.

243 계명문침(鷄鳴問寢): 새벽이 되어 상황의 침소에 문안드림을 말한다. 『예기』 「문왕세자(文王世子)」에 "새벽닭이 울기 시작하면 의복을 입고 부왕의 처소에 이르러 숙직자에게 부왕의 안부를 물어 숙직자가 '편안하십니다'라고 답하면 비로소 기뻐하였다(鷄初鳴而衣服, 至於寢門

攀龍附鳳勢莫當하니
반 룡 부 봉 세 막 당

용에 매달리고 봉에 붙어
위세 감당할 도리 없으니,

天下盡化爲侯王²⁴⁵이라
천 하 진 화 위 후 왕

천하의 사람들 모두
제후나 왕이 된 듯하네.

汝等豈知蒙帝力²⁴⁶고
여 등 기 지 몽 제 력

그대들이야 어찌 알겠는가?
천자의 은혜 입음,

時來²⁴⁷不得誇身强²⁴⁸이라
시 래 부 득 과 신 강

시운 타고났다고 자신이
강하다 뽐내서는 안 되네.

外, 問內竪之御者曰, 今日安否何如. 內竪曰安. 文王乃喜)"는 구절이 있다.

244 용루효(龍樓曉): 새벽에 용루문을 나서다. '용루'는 한나라 때 태자가 거처하던 계궁(桂宮)의 남쪽에 있던 문으로, 문루 위에 구리로 조각한 용[銅龍]이 있었기 때문에 그렇게 불렀다.

245 반룡~위후왕(攀龍~爲侯王): 『한서』「서전(敍傳)」에 "구름이 일고 용이 일어나 제후와 왕이 되었다. (…) 용에 매달리고 봉에 붙어서 모두 천상의 통로[곧 경사(京師)의 땅]를 탔다[雲起龍襄, 化爲侯王 (…) 攀龍附鳳, 竪乘天衢]"는 기록이 있다. 곧 영명한 군주를 좇아 공업을 이루는 것을 뜻한다. 용과 봉은 모두 천자를 가리키는 말인데, 여기서는 숙종을 가리킨다.
명나라 왕사석의 『두억』에 "당시에는 작위를 내리는 일이 빈번했다. 심할 때는 벼슬로 공을 칭찬하는 일까지 있어 빈 이름만 내려지는 때도 있었다. 그래서 난중에 관군에 응모했던 자들은 모두 금자[금인(金印)과 자수(紫綬), 곧 금도장과 자줏빛 인끈이란 뜻으로 고관을 가리킨다]가 되었다. 공은 그것을 매우 걱정했다"는 기록이 보인다.

246 여등기지몽제력(汝等豈知蒙帝力): 진(晉)나라 황보밀(皇甫謐)이 지은 『제왕세기(帝王世紀)』에 "요임금이 다스리던 세상에는 천하가 태평하여 백성들이 편안했다. 한 노인이 길에서 땅을 두드리며 노래하기를 '해 돋으면 나가서 밭 갈고, 해 지면 들어와 쉬네. 우물 파서 물 마시고 밭 갈아 밥 먹으니, 임금의 힘이 나에게 무슨 상관이 있겠는가(吾日出作, 日入而息. 鑿井飮, 耕田而食. 帝力何有於我哉)'라고 하였다"는 고사가 있다.

247 시래(時來): 시운이 닥치다.

248 부득과신강(不得誇身强): 자신의 힘이 세다고 자랑해서는 안 된다는 뜻. 『사기』「진세가(晉世家)」에서 개자추(介子推)가 문공(文公)을 끝까지 모신 공로를 숨기고 은거할 결심을 하면서 "다른 사람의 재물을 훔치는 것을 도둑이라고 한다면, 하물며 하늘의 공을 탐내어 자기의 공으로 삼는 사람은 무엇이라고 하겠는가?(竊人之財猶是曰盜, 況貪天功以爲己力)"를 원용하여 썼다.

關中²⁴⁹旣留蕭丞相²⁵⁰이요
관중 기류소승상

관중에는 이미
소승상 머무르고 있고,

幕下復用張子房²⁵¹이라
막하부용장자방

군막 아래에는 다시 있는데,
장자방 쓰고 있네.

張公²⁵²一生江海客²⁵³이요
장공 일생강해객

장공은 한평생
강과 바다 떠다닌 나그네로,

---

249 관중(關中): 함곡관 안쪽, 곧 장안을 가리킨다.

250 소승상(蕭丞相): 한 고조의 승상 소하(蕭何)를 말한다. 고조를 도와 군수품 보급에 공이 컸다. 『한서』「소하전」에 "소하가 관중을 떠나자 늙고 약하여 의지할 데 없는 사람들도 모두 군을 찾아왔다"는 기록이 있고, 또 『사기』「소상국세가(蕭相國世家)」에, "한나라 왕이 군사를 이끌고 동진하여 삼진(三秦)을 평정하러 갔을 때, 소하는 승상으로 파촉(巴蜀)에 남아 그곳을 지키면서 세금을 거두었으며, 지역을 안정시켰고 영(令)을 통하여 백성들에게 알렸으며, 백성들로 하여금 군대의 양식을 보급하게 하였다"는 기록이 있다. 여기서 소승상이 누구를 가리키는지는 확실하지 않아 송나라의 조언재(趙彦材)는 곽자의라고 하였으며, 채몽필(蔡夢弼)은 『당서』의 "숙종이 평량(平涼)에서 군대를 위무할 때 두홍점(杜鴻漸)이 삭방을 수복할 계책을 세우고 군자금과 기계 장비 등을 기록하여 바치자, 숙종이 기뻐하면서 '영무(靈武)는 우리의 관중이고, 경은 우리의 소하로다'"라고 한 기록에 의거하여 두홍점을 가리킨다고 했다.

251 막하부용장자방(幕下復用張子房): '막'은 원래 장군이 군무를 보는 군막인데, 나중에는 대장의 휘하라는 뜻으로 많이 쓰이게 되었다. 장자방은 한 고조의 지장(智將)이었던 장량을 가리키며, 자방은 그의 자. 원래는 전국 시대 한(韓)나라 귀족의 후예로 한나라가 진나라에 망하자, 역사(力士)를 구하여 진시황을 박랑사(博浪沙)에서 저격하였지만 실패하였다. 후에 몸을 피해 황석공에게서 병법을 배워, 한 고조를 도와 항우를 멸하고 천하를 평정, 유후(留侯)에 봉하여졌다. 소하·한신과 함께 한나라 창업의 삼걸로 꼽힌다. 『사기』「고조본기」에 "대체로 군막 속에서 계책을 짜내어 천 리의 밖에서 승리를 결정짓는 일에는 내가 자방만 못하오(夫運籌策帷帳之中, 決勝於千里之外, 吾不如子房)"라는 기록이 있다. 여기서는 장호(張鎬)를 가리키는데, 지덕(757) 2년 5월 방관(房琯)이 재상을 그만두자 장호가 그를 대신하였다.

252 장공(張公): 장호를 가리킨다.

253 강해객(江海客): 강호의 나그네와 같은 뜻. 출사하지 않고 강호를 떠돌아다니며 자유롭게 사는 사람

身長九尺鬚眉蒼[254]이라
신 장 구 척 수 미 창

키가 아홉 자에
수염과 눈썹은 검푸르렀다네.

徵起[255]適遇風雲會[256]하니
징 기 적 우 풍 운 회

불리어 와 마침 때를 만나니
바람과 구름 만난 격으로,

扶顚[257]始知籌策[258]良이라
부 전 시 지 주 책 량

넘어지던 나라 일으켜 세우니 비로소
계책 훌륭함을 알게 되었네.

靑袍白馬[259]更何有오
청 포 백 마 갱 하 유

푸른 옷에 흰말 또 어찌 있겠는가?

---

254 신장구척수미창(身長九尺鬚眉蒼): 수염과 눈썹이 검푸르다. 풍채가 좋은 것을 뜻한다. 『후한서』「문원전(文苑傳)·조일(趙壹)」에 "신체와 외모가 매우 장대하여 신장이 9척에 수염이 아름답고 눈썹이 씩씩하게 생겨(身長九尺, 美須豪眉) 바라보면 매우 위대해 보였다"는 말이 있다.

255 징기(徵起): 임금에게 불리어 쓰이게 되다.

256 적우풍운회(適遇風雲會): 호랑이가 바람을 만나고 용이 구름을 만나듯 훌륭한 군주와 뛰어난 신하가 만나는 것을 가리킨다. 『주역』「건괘(乾卦)」의 문언전(文言傳)에 "같은 소리가 서로 응하고 같은 기운이 서로 요구되어, 물은 습한 데로 흐르고 불은 마른 곳으로 번진다. 구름은 용을 따르고 바람은 범을 따른다. 성인이 일어나야 만물이 보이는 법이다(同聲相應, 同氣相求, 水流濕, 火就燥, 雲從龍, 風從虎, 聖人作而萬物覩)"라는 말이 있다. 『후한서』「주우전(朱祐傳)」의 중흥이십팔장(中興二十八將)의 논찬(論贊: 종합 평가)에 "중흥의 28장수는 전세에 28수의 별자리와 상응하는지는 확실하지 않다. 그러나 그들이 모두 바람과 구름을 만났다는 것은 느낄 수 있었다(咸能感會風雲)"라는 말이 있다. 건안칠자(建安七子) 중의 한 사람인 왕찬(王粲)의 「잡시(雜詩)」에 "바람과 구름 만나게 되어, 몸을 난새와 봉 사이에 맡겼네(遭遇風雲會, 托身鸞鳳間)"라는 구절이 있다.

257 부전(扶顚): 나라가 전복되는 것을 일으켜 세우다.

258 주책(籌策): 계책, 책략. 『노자』27장에 "훌륭한 술수는 책략을 쓰지 않는다(善數不用籌策)"는 말이 있다.

259 청포백마(靑袍白馬): 푸른 옷을 입고 흰말을 탄 자. 『남사』「후경전(侯景傳)」에 "양(梁)나라 대동(大同: 535~546) 간에 '푸른 실에 흰말 타고 수양에서 온다네(靑絲白馬壽陽來)'라는 동요가 유행했다. [조금 뒤 반역을 도모하였던] 후경은 흰말을 타고 푸른 실로 고삐를 만들어 동요의 내용에 맞추려고 하였다"는 기록이 나온다. 이때부터 청포백마는 반란군을 가리키게 되었는데, 여기서는 안녹산의 반란군을 가리킨다.

後漢今周²⁶⁰喜再昌이라
후 한 금 주   희 재 창

후한이나 후주같이
다시 창성하니 기쁘기만 하네.

寸地尺天²⁶¹皆入貢²⁶²하고
촌 지 척 천   개 입 공

한 치 땅이나 한 자의 하늘 가진
나라에서도 모두 조공 들여오고,

奇祥異瑞²⁶³爭來送이라
기 상 이 서   쟁 래 송

기이한 상서들 다투어 보내오네.

不知何國致白環²⁶⁴하고
부 지 하 국 치 백 환

어느 나라인지 알 수 없으나
흰 옥가락지 보내 왔고,

復道²⁶⁵諸山得銀甕²⁶⁶이라
부 도   제 산 득 은 옹

다시 듣자 하니 여러 산에서
은항아리 얻었다 하네.

---

260 후한금주(後漢今周): '후한'은 동경(낙양)에 도읍을 둔 한나라, 곧 동한(東漢)을 말하며, '금주'
는 북주(北周)를 말한다. 북주의 문인 유신(庾信)의 「북주 제나라의 제후이신 헌의 신도비(周
齊王憲神道碑)」에 "옛날에 도읍한 후한 이미 위대한 전한(前漢)의 왕업을 다시 받았다고 일컫
고, 지금의 북주는 곧 풍 땅에 도읍하였던 옛날 주나라의 중흥이라네(昔之東京, 旣稱大漢再
受, 今之周歷, 卽是酆都中興)"라고 한 데서 따온 것이다. 또 금주를 주 선왕(周宣王)으로 보는
견해도 있다. 안녹산을 쫓아낸 숙종의 공덕을 후한과 북주를 재창건한 공로에 견주었다.
261 촌지척천(寸地尺天): 한 치의 땅과 한 척의 하늘. 『황내경정경(黃內景庭經)』 「경실(琼室)」의
"촌전척택(寸田尺宅: 몸에 있는 세 단전과 얼굴)"이란 말에서 따다 쓴 것이며, 여기서는 조그마
한 나라를 가리킨다.
262 입공(入貢): 나라에 바치는 지방의 특산물인 공물을 바치기 위해 입조하다.
263 기상이서(奇祥異瑞): 기이한 조짐을 나타내는 상서로운 징조. '서'는 원래 옥을 길쭉하고 얄팍
하게 다듬은 것[圭笏]의 총칭인데, 서기(瑞氣)가 감응하는 것이 이 옥으로 만든 홀(笏) 같은 것
에 나타나는 것 같다는 의미로 확대되었다.
264 치백환(致白環): 흰 옥으로 만든 가락지를 보내 오다. 아주 귀중한 물건을 말한다. 『죽서기년
(竹書紀年)』에 "순임금 9년에 서왕모가 입조하여 흰 옥가락지와 옥으로 된 패물을 바쳤다(帝
舜九年, 西王母來朝, 獻白環玉块)"는 말이 있다.
265 부도(復道): 또 말하다. '도'는 언(言)과 같은 뜻
266 은옹(銀甕): 은항아리. 『예기』 「예운(禮運)」에, "산에서는 보기와 산거를 낸다(山出器車)"라는
말이 나오는데, 한나라 정현(鄭玄)의 주에서 "보기는 은항아리·붉은 시루(銀甕·丹甀) 등을 말

隱士[267]休歌紫芝曲[268]하고
　은사　　휴가자지곡

은사들은 「자지곡」 부르지 않게 되고,

詞人解撰河淸頌[269]이라
　사인해찬하청송

문인들은 「하청송」
짓는 것 알게 되었네.

田家望望[270]惜雨乾이요
　전가망망　　석우간

농가에선 애타게 바라며
빗물 마르는 것 안타깝게 여기고,

한다"고 했다. 은항아리는 명군이 세상을 다스릴 때에 나타난다고 하여, 『서응도(瑞應圖)』에서는 "왕이 연회에서 취하지 않고 형벌이 적당함을 얻으면 은항아리가 나온다"고 하였다.

267　은사(隱士): 조정에 출사하지 않고 산야에 숨어 도를 지키는 사람

268　휴가자지곡(休歌紫芝曲): 「자지곡」은 곧 「자지가」를 말하는데, 진(秦)나라 말기에 세상을 피하여 섬서성(陝西省) 상산(商山)에 숨어 살던 동원공(東園公)·녹리 선생(甪里先生)·기리계(綺里季)·하황공(夏黃公)의 네 백발 노인[白晧]들이 지었다는 노래로 내용은 다음과 같다. "아득하고도 아득한 높은 산이여! 깊은 골짜기도 구불구불하구나. 빛나고 빛나는 붉은 지초여! 그것으로 요기를 할 수 있구나. 요임금 순임금의 시절 멀리 지나갔으니, 우리들은 장차 어디로 돌아갈 것인가? 네 마리 끄는 높고 큰 수레 탄 사람들이여! 그 근심이 매우 크도다! 부귀와 영화 사람을 붙들어 둠이여! 가난하고 천할지라도 제 뜻을 펴고 사는 것만 못하리!(邈邈高山, 深谷逶迤. 曄曄紫芝, 可以療飢, 唐虞世遠, 吾將安歸, 駟馬高盖, 其憂甚大, 富貴之留人, 不如貧賤而肆志)" 전겸익(錢謙益)은 이에 대하여 "숙종이 즉위하자 이비(李泌)가 영무(靈武)에서 알현하고 현종과 숙종 부자 사이의 관계를 잘 조율하려고 하다가 장량제(張良娣)와 이보국(李輔國)의 미움을 받았다. 그 시도가 실패하여 상황[上皇: 현종]이 동쪽으로 떠난 지 여러 날이 되자 이비는 계속하여 황제 곁을 떠날 것을 청하여, 이에 형산(衡山)으로 돌아갔다. 두공[杜公: 두보]은 사호를 이비에 비겼는데, 대체로 보필한 공이 있는데도 표연히 숨은 것을 애석히 여긴 것이다"고 하였다.

269　사인해찬하청송(詞人解撰河淸頌): 조언재는 이해에 남주(嵐州)의 관하(關河)와 황하가 합쳐지는 곳의 30리가 실제로 맑아져서 모두 상서로운 조짐으로 여겼다고 하였다 한다. 『송서』 「유의경전(劉義慶傳)」에 "송나라 원가(元嘉) 연간에 하수와 제수(濟水)가 모두 맑아 당시에 상서롭게 여겼다. 포조(鮑照)는 「하청송」을 지었는데, 그 서문이 매우 훌륭하다"는 말이 있다. 태평한 세상이 되었음을 뜻한다.

270　망망(望望): 일반적으로는 실의한 모양을 가리키나 여기서는 몹시 바라는 것을 가리킨다. 봄이 되어 농사를 정상적으로 시작할 수 있기를 바라는 것이다. 건원(乾元) 2년(759)에는 봄가뭄이 심하였다고 한다.

布穀271處處催春種이라
포 곡　처 처 최 춘 종

뻐꾸기 곳곳에서
봄에 씨 뿌리기 재촉하네.

淇上健兒272歸莫懶273하라
기 상 건 아　귀 막 란

기수 가의 건장한 젊은이들이여
돌아가는 것 게을리 말게,

城南思婦274愁多夢이라
성 남 사 부　수 다 몽

성 남쪽의 남편 그리는 부인들
시름에 꿈 많다네.

安得壯士275挽天河하여
안 득 장 사　만 천 하

어찌하면 장사를 얻어 은하수 끌어다,

271　포곡(布穀): 뻐꾸기를 말하며, 시구(鳲鳩), 알국(鶷鶪), 격곡(擊穀), 상구(桑鳩), 곽공(郭公), 획곡(獲穀), 대승(戴勝)이라고도 하는데, 대부분은 뻐꾸기의 울음소리를 본떠서 부르는 것이다. 『금경(禽經)』에 의하면 "농사가 바야흐로 시작되면 이 새가 뽕나무 사이를 나르며 '오곡을 널리 뿌릴 만하다(五穀可布種)'고 한다"라고 하였다. 소식은 「다섯 날짐승의 말(五禽言)」이란 시를 지었는데 뻐꾸기를 읊어 "시냇가의 뻐꾸기 나더러 헤진 바지 벗으라 하네(溪邊布穀兒勸我脫破袴)"라고 하며 주석을 달기를 "토착민들이 말하기를 뻐꾸기를 탈각파고(脫却破袴)라 하였다"고 하였다. 이는 뻐꾸기라는 새의 울음소리가 듣기에는 포곡([bùgǔ]布穀: 곡식을 뿌려라)으로도 들릴 수 있고, 또 파고([pòkù]脫却破袴: 헤진 바지를 벗어 던져라)로도 들릴 수 있다는 말이다.

272　기상건아(淇上健兒): 기수(淇水)는 위(衛)나라의 위주(衛州)에 있으며, 상주(相州)와 이웃해 있다. '기상건아'는 안녹산의 잔당이 최후까지 남아 있던 상주의 업성(鄴城)을 포위했던 병사들을 가리킨다.

273　귀막란(歸莫懶): 돌아가는 것을 게을리 하지 말라. 곧 빨리 공업을 이루고 고향으로 돌아가라는 뜻이다.

274　성남사부(城南思婦): '성남'은 장안성 남쪽을 말한다. 곧 장안성 남쪽에서 남편이 돌아오기를 기다리는 부인들. 삼국 위나라 조식(曹植)의 「미녀(美女篇)」에 "묻노니 여인 어디에 사는가? 곧 성 남쪽 끝에 있다네(借問女安居, 乃在城南端)"라는 구절이 있다.

275　안득장사(安得壯士): 한나라 이우(李尤)의 「구곡가(九曲歌)」에 "해 늦고 저물어 때 이미 기울어졌으니, 어찌하면 장사 얻어 해 수레 엎을 수 있을까?(年歲晚暮時已斜, 安得壯士翻日車)"라는 구절이 있고, 또 남조 양나라 심약의 「상사일에 화광전에서(上巳華光殿詩)」에 "붉은 얼굴 비로소 볕 옮겨 가려는 것 흡족한데, 어찌하면 장사 얻어서 달리는 해 붙잡아 둘 수 있을까?(朱顏始洽景將移, 安得壯士駐奔曦)"라는 구절이 있다.

淨洗甲兵[276]長不用고
정세갑병   장불용

갑옷과 무기 깨끗이 씻어
언제까지나 쓰지 않을까?

213. 천자께 상주하러 들어감을 노래함(入奏行)[277]

두보(杜甫)

竇侍御[278]驥之子鳳之雛[279]니
두시어   기지자봉지추

두시어는 천리마의 새끼며
봉황의 새끼이니,

---

276 정세갑병(淨洗甲兵): 갑옷과 병기를 깨끗이 씻다. 『육도(六韜)』에 "무왕(武王)이 태공(太公)에게 물었다. '비가 군대의 짐에서부터 수레에까지 다 내리니 어찌된 것입니까?' 그러자 태공이 답하기를 '갑옷과 병기를 씻는 것입니다'라고 하였다"는 말이 있고, 한나라 유향(劉向)의 『설원(說苑)』「권모(權謀)」에 "무왕(武王)이 주(紂)를 칠 때 병거가 좁은 길을 지나게 되었는데 큰 바람에 꺾였다. 산의생(散宜生)이 간하기를 '이것은 요사한 것이 아닙니까?'라고 하자, 무왕이 말하기를 '아니다. 하늘이 병기를 씻는 것이다'"라는 말이 있다.

277 입주행(入奏行): 『두보집』에는 이 제목의 뒤쪽에 "서산 검찰사 두시어에게 드림(贈西山檢察使竇侍御)"이라는 말이 덧붙여져 있다. 두시어는 미상이나, 시의 내용으로 보아 사천성의 군량을 조사하고 관리들의 검찰을 맡았던 시어사였던 것 같다.
황학(黃鶴)은 이 시를 보응(寶應) 원년(762)에 지은 것으로 보았다. 당시 티베트[吐蕃]가 세 갈래로 길을 나누어 쳐들어와 성도(成都)를 동부(東府)로 삼으려 했다. 이에 두시어가 어사로 여러 주군(州軍)의 병장기를 점검하고 입조하여 상주하려 하자 두보가 그에게 지어 준 시이다. 시 중에 "여덟 고을의 자사들 한 번 싸우리라 생각하고, 세 성으로 변방 지킴도 오히려 꾀할 수 있으리(八州刺史思一戰, 三城守邊却可圖)"라는 구절이 있는 것으로 보아 서산이 티베트에 함락되기 전에 지은 시로 보인다.
구성과 표현에 있어서는 훌륭한 작품이나, 두보 특유의 웅대한 사상이 결여되어 있어, 내용 면에서는 그리 높이 평가받지 못하는 작품이다.

278 두시어(竇侍御): '시어'는 시어사 또는 어사를 가리키는 관직명. 관리들을 단속하는 자리였다.

279 기지자봉지추(驥之子鳳之雛): '기'는 천리마의 이름. '봉'은 성인이 세상에 나오면 나타난다는 전설상의 새. 수컷을 봉이라 하며, 암컷은 황(凰)이라 한다. 모두 뛰어난 재주를 지닌 비범한 인

年未三十忠義俱²⁸⁰하고
연 미 삼 십 충 의 구

나이 서른도 되지 않아
충과 의 갖추고.

骨鯁²⁸¹絶代無²⁸²하며
골 경　　절 대 무

강직하기는 대 끊기어 없고,

炯²⁸³如一段²⁸⁴淸冰²⁸⁵出萬壑²⁸⁶하며
형 여 일 단 청 빙 출 만 학

빛나기는 한 줄기
맑은 얼음물 골짜기 나와,

置在迎風寒露²⁸⁷之玉壺²⁸⁸라
치 재 영 풍 한 로 지 옥 호

영풍관과 한로관의
옥항아리에 놓아둔 듯하네.

물들을 가리키는 말로 많이 쓰인다. 『진서』「육운전(陸雲傳)」에 "어릴 때 오상서(吳尙書) 광릉 (廣陵)의 민홍(閔鴻)이 그를 보고는 기이하게 여기어 말하기를 '이 아이는 용마의 망아지가 아 니면 봉의 새끼일 것이다(若非龍駒, 當是鳳雛)'라고 하였다"는 말이 있다. 또 북제(北齊)의 배 경란(裴景鸞)과 배경홍(裴景鴻)은 모두 재주가 뛰어나서 당시 하동(河東) 사람들은 배경란 을 천리마의 새끼[驥子], 배경홍을 용문(龍文)이라고 불렀다 한다. 삼국 시대 촉나라 방통은 방 덕공의 종자였는데, 방덕공은 방통을 봉추라고 불렀다(『삼국지』「촉지·제갈량전」의 주석에 인 용된 『양양기(襄陽記)』).

280　충의구(忠義俱): 충성과 의리를 갖추다. '충'은 국군(國君)에 대한 진심. '의'는 국군의 명을 받 들어 행하는 것

281　골경(骨鯁): 원래 '골'은 고기[肉]의 뼈를 말하며, '경'은 생선의 가시를 말한다. 나중에는 뜻이 변하여 귀에 거슬리는 충언(忠言)을 '골경'이라 하였고, 이런 말을 하는 신하를 '골경지신'이라 하였다. 『당서』「이길보전(李吉甫傳)」의 찬(贊)에 "임금에게 충성스런 신하가 있으면 골경이라 한다(君有忠臣, 謂之骨鯁)"는 말이 있다.

282　절대무(絶代無): 대가 끊어지고 없다. 여기에서는 두시어를 빼 놓고는 세상에서 찾아 볼 수 없 음을 뜻한다.

283　형(炯): 마음이 맑게 빛나는 모양

284　일단(一段): 한 줄기. '단'은 여기서 물의 흐름 등을 헤아리는 단위사로 쓰임

285　청빙(淸冰): 맑은 얼음물

286　만학(萬壑): 첩첩이 겹쳐진 깊고 큰 산골짜기

287　영풍한로(迎風寒露): 한나라의 두 개의 관명(館名). 한나라 장형(張衡)의 「서쪽 서울(西京

蔗漿²⁸⁹歸廚金盌²⁹⁰凍하여
자 장　　귀 주 금 완　　동
사탕수수 즙 부엌에 가져가
금주발에 얼린 듯하여,

洗滌煩熱足以寧君軀²⁹¹라
세 척 번 열 족 이 영 군 구
찌는 듯한 더위 싹 씻어
족히 임금의 몸 편안하게 하리로다.

政²⁹²用踈通²⁹³合典則²⁹⁴이요
정　용 소 통　　합 전 칙
정사를 함이 트이어 통하니
법에 딱 맞아떨어지고,

戚聯豪貴²⁹⁵耽文儒²⁹⁶라
척 련 호 귀　　탐 문 유
호족과 귀인 친척으로 이어졌으나
글하는 선비 즐기네.

賦)」에 "이미 새로 영풍관을 짓고, 한로관과 저서관을 더 지었네(旣新作於迎風, 增寒露與儲
胥)"라는 구절이 있다. 『한서』에 의하면 무제 원봉(元封) 2년(기원전 109년) 진(秦)나라의 임
광궁(林光宮) 터에 지은 것으로 되어 있다.

288 옥호(玉壺): 남조 송나라 포조(鮑照)의 「백두음의 시체를 본떠서(代白頭吟)」에 "곧기는 붉은 실
로 꼰 먹줄 같고, 맑기는 옥항아리의 얼음 같네(直如朱絲繩, 淸如玉壺冰)"라는 구절이 있다.

289 자장(蔗漿): '자'는 곧 자(柘)와 같은 뜻임. '자장'은 사탕수수의 즙. 『한서』「예악지(藝樂志)·경
성가(景星歌)」에 "큰 술잔의 사탕수수 즙은 아침 숙취를 깨우네(泰尊柘漿析朝酲)"라는 구절
이 있는데, 당나라 안사고는 "자장은 단 사탕수수의 즙을 취하여 음료로 만든 것이다. 사탕수수
즙이 아침 숙취를 해소할 수 있다는 말이다"라고 주석을 달았다.

290 금완(金盌): '완'이 완(碗)으로 된 판본도 있는데, 같은 뜻의 이체자임. 금으로 만든 주발

291 세척번열족이영군구(洗滌煩熱足以寧君軀): 구절의 뜻을 그대로 풀이하면 여름철의 무더위
를 씻어 내어 임금의 몸을 편안하게 해 주기에 족하다는 뜻. 여기서는 두시어가 티베트의 침략
으로 근심에 빠진 천자를 입조하여 충언을 아룀으로써 맑고 시원한 사탕수수 즙이 숙취를 해
소하듯 천자의 근심을 풀어 준다는 뜻이다.

292 정(政): 두시어의 정치하는 방법이나, '모두'의 뜻을 가진 정(整)으로 된 판본도 있다.

293 소통(踈通): 소통(疏通)과 같은 뜻. 막힘이 없이 잘 통하다.

294 합전칙(合典則): 법칙, 규범에 부합하다. 『서경』「하서(夏書)·오자지가(五子之歌)」에 "밝고 밝
은 우리 할아버지께서는 모든 나라의 임금으로 법이 있고 규율이 있어 그 자손에게 물려주셨
도다(明明我祖, 萬邦之君, 有典有則, 貽厥子孫)"라는 구절이 있다.

295 척련호귀(戚聯豪貴): 친척이 호족 귀가(貴家)에 연결되다. 태종(太宗)의 황후가 두씨였는데

兵革未息²⁹⁷人未蘇²⁹⁸하니
병혁미식   인미소

전란 그치지 않아
백성들 아직 소생하지 못하니,

天子亦念西南隅²⁹⁹라
천자역념서남우

천자 또한 염려하시네,
서남쪽 모퉁이의 일.

吐蕃憑陵氣頗麤³⁰⁰하니
토번빙릉기파추

토번이 힘을 믿고 쳐들어와
기세 자못 거치니,

竇氏檢察³⁰¹應時須³⁰²라
두씨검찰   응시수

두시어의 검찰
때마침 필요한 것이었다네.

運粮³⁰³繩橋³⁰⁴壯士喜요
운량   승교   장사희

승교까지 군량 옮기니
장사들 기뻐했고,

두시어가 바로 황후의 집안사람이었음을 말한다.

296 탐문유(耽文儒): 글하는 선비, 또는 학문과 유학을 좋아함. '탐'은 매우 좋아한다는 뜻. 이는 두
     시어가 종실의 외척 자손으로 호귀(豪貴)한 신분이었지만 교만하지 않았음을 읊은 것이다.

297 병혁미식(兵革未息): '병혁'은 원래 무기와 갑옷이라는 뜻인데, 여기서는 전란과 같은 뜻. 진
     (晉)나라 육기(陸機)의 「고향으로 돌아갈 생각을 하다(思歸賦)」에 "전란 그치지를 않아 오랜
     바람 어긋나 버렸네(兵革未息, 宿願有違)"라는 구절이 있다.

298 인미소(人未蘇): 사람들이 아직 깨어날 생각을 하지 않는다. '소'는 소(甦)와 같은 뜻. 백성들이 어
     려움에서 아직 제대로 구제되지 못한 것을 가리킨다. 『서경』「상서(商書)·중훼지고(中虺之誥)」
     에 "우리 임금님 기다렸는데, 이제야 오셔서 우리를 소생시켜 주셨다(徯予后, 后來其蘇)"는
     구절이 있다.

299 서남우(西南隅): 티베트가 침략하려던 촉 지방을 말한다.

300 토번빙릉기파추(吐蕃憑陵氣頗麤): '빙릉'은 세력을 믿고 침범하는 것이고, '기파추'는 기세가
     매우 거칠고 난폭한 것이다. 당시 티베트가 당나라의 내전을 틈타 기세를 믿고 촉 땅으로 쳐들
     어와 성도를 동부(東府)로 삼으려 했던 것을 말한다.

301 검찰(檢察): 군사와 정치의 잘못을 살피다.

302 응시수(應時須): 시국의 필요에 응한 것이다. 두시어의 검찰로 군대를 일으킨 것은 필수적인
     일이었다는 뜻

斬木305火井306窮猿呼307라
참 목　　화 정　　궁 원 호

화정의 나무 베니
궁지에 빠진 원숭이들 울부짖네.

八州刺史308思一戰하고
팔 주 자 사　　사 일 전

여덟 고을의 자사들
한 번 싸우리라 생각하고,

303　운량(運糧): 군량미를 운반하다. '량'은 량(糧)과 같은 뜻

304　승교(繩橋): 성도에 있으며 착교(笮橋)라고도 하였다. 촉나라 사람들이 대나무를 꼬아서 만든 다리. 『원화군현지』에 의하면 "무주(茂州) 문천현(汶川縣) 서북쪽에 있었으며, 장강 위에 놓였으며, 멸착[蔑笮: 대나무 네 가닥을 칡과 등나무로 엮어서 그 위에 널빤지를 얹어 만든 것]으로, 바람에 요동을 쳐도 견고하였으며 이인(夷人)들이 마소를 몰고 오면서도 겁을 내지 않았다. 지금 그 다리는 대나무를 꼬아서 만든 것으로 너비는 여섯 자이며 길이는 열 길이다"라고 하였다. 이 외에 『여지기승(輿地紀勝)』 등에도 기록이 있는데, 소재지가 일치하지 않는 것으로 보아 고유 명사는 아니었지만 거의 고유 명사처럼 쓰였던 것 같다.

305　참목(斬木): 길을 내어 운송을 할 수 있도록 산의 나무를 베는 것을 말한다. 일설에는 울짱[木柵]을 만들기 위해서라는 설도 있다.

306　화정(火井): 촉 지방에 있는 지명으로 공현(邛縣)에 있음. 진나라 장화(張華)의 『박물지』「이산(異産)」에 "임공(臨邛)에 화정이 하나 있는데, 직경이 다섯 자에 깊이는 두세 길이었으며, 현의 남쪽 백 리 지점에 있었다. 옛날에 어떤 사람이 대나무와 나무를 던져 넣어 불을 얻었으며, 제갈 승상도 가서 본 적이 있다. 나중에 불길은 더욱 치솟고 뜨거워져 우물 위에 덮개를 만들어 놓고 물을 끓였더니 다른 곳보다 더 많은 소금을 얻었다. 집에서 가져온 불을 던져 넣었더니 꺼져서 지금까지 다시 타오르지 않고 있다"고 하였다. 『태평환우기』에도 화정이 나오는데, 거기서는 봉주(蓬州)에 있다고 하였다.

307　궁원호(窮猿呼): 길을 내기 위해서, 아니면 목책을 만들기 위해서 숲속의 나무를 베어 버리자 의지할 나무가 없어서 궁벽해진 원숭이들이 울부짖는 것을 말한다. 『진서』「이충전(李充傳)」에 "정북장군(征北將軍) 저부(褚裒)가 이충을 참군[參軍: 참모]으로 썼는데, 이충은 집이 가난하여 외직에 보(補)하여 줄 것을 구하였다. 저부가 현위 자리를 주려고 하면서 물어보았더니, 이충이 말하기를 '궁벽한 원숭이가 숲에 던져졌는데 어찌 나무를 가릴 겨를이 있겠습니까?(窮猿投林, 豈暇擇木)'라고 하였다"는 구절이 보인다.

308　팔주자사(八州刺史): 『구당서』「지리지(地理志)」에 의하면 검남 절도사(劍南節度使)는 서쪽으로 티베트와 싸우고 남쪽으로 만료(蠻獠)를 위무하면서 송(松)·유(維)·공(恭)·봉(蓬)·아(雅)·여(黎)·요(姚)·실(悉)의 8주의 병마(兵馬)를 통괄하여 다스렸다고 한다. 일설에는 팽(彭)·가(嘉)·여(黎)·간(簡)·엄(嚴)·릉(陵)·아(雅)·공(邛)의 8주를 가리킨다고도 하였다.

三城[309]守邊卻可圖라
삼 성　　　　수 변 각 가 도

세 성으로 변방 지킴도
오히려 꾀할 수 있으리.

此行入奏[310]計未小요
차 행 입 주　　계 미 소

이번에 가면 들어가 아뢸
계책이 적지 않을 것이고,

密奉聖旨恩應殊[311]라
밀 봉 성 지 은 응 수

몰래 천자의 뜻 받들리니
은총 의당 남다르리.

繡衣[312]春當霄漢立[313]이요
수 의　　　춘 당 소 한 립

수놓은 옷 입고 봄에는 구름과
은하수 위에 우뚝 서 있을 것이고,

---

309 삼성(三城): 팽주(彭州)에 양관(羊灌)·전붕(田朋)·착승교(笮繩橋)의 세 수착성〔守捉城: 당나라 때 변방 부대가 국경의 수비를 위해 주둔하던 부대의 이름으로 군(軍)보다 작은 규모의 부대〕이 있었고, 또 칠반(七盤)·안원(安遠)·용계(龍溪)의 세 성이 있었는데, 모두 무주(茂州)와 문산(文山)의 경계에 있다고 하였다. 일설에는 티베트를 방비하는 세 요충지인 서산(西山)의 3성 요(姚)·유(維)·송(松)의 3주를 가리킨다고 하였다. 그러나 두보가 요·유·송의 3주의 외곽에 있는 서산에서 지은 시인 「비를 맞으며(對雨)」에서 "설령에서 가을을 방비함 급하고, 승교에서 싸워 이김은 더디구나(雪嶺防秋急, 繩橋戰勝遲)"라고 읊은 것이 있는데, 이곳의 승교 또한 수착성을 가리키므로 요·유·송의 3성을 가리킨다는 것은 틀렸다.

310 차행입주(此行入奏): 두시어가 사천성의 군대 상황에 대한 검찰을 마치고 조정에 들어가 천자께 의견을 아뢰는 것을 말한다.

311 밀봉성지은응수(密奉聖旨恩應殊): 위의 구절에서 말한 8주는 공격할 만하고, 3성은 지킬 만하다는 사실을 아뢰어 천자의 명을 받아낼 것이며, 이로 인해 두시어는 반드시 천자의 남다른 은총을 입게 될 것이라는 것을 말한다.

312 수의(繡衣): 한나라의 수의직지(繡衣直指)에서 비롯되었음. 수의직지는 민간에서 반란하는 자들이 많자 무제(武帝)가 범곤(范昆), 장덕(張德) 등에게 수놓은 옷〔繡衣〕을 입히고, 권력의 상징인 도끼와 황제의 신임을 나타내는 부절(符節)을 들려 보내어 그들을 진압하게 한 것에서 유래되었으며, 나중에는 어사라는 말을 대신하게 되었다.

313 춘당소한립(春當霄漢立): '춘당'이 표요(飄飄)로 된 판본도 있다. 원래 '소'는 구름을, '한'은 은하수를 가리키며 매우 높은 곳을 말한다. 『후한서』 「중장통전(仲長統傳)」에 "한 세상을 자유롭게 거닐었으며 천지의 사이를 엿보았고, 당시의 질책을 받지도 않았으며 성명의 기약을 영원히 보존하였습니다. 이와 같다면 구름과 은하수라도 넘고, 우주의 바깥으로도 나가겠습니다(可

綵服³¹⁴日向³¹⁵庭闈趨³¹⁶라
채 복　일 향　정 위 추

때때옷 입고 매일
뜰에 난 문으로 달릴 것이네.

省郎京尹³¹⁷必俯拾³¹⁸이요
성 랑 경 윤　필 부 습

삼성의 낭중이나 경조윤
반드시 굽히기만 하면 주울 것이오,

江花未落還成都³¹⁹리니
강 화 미 락 환 성 도

강의 꽃 지지 않았으면
성도에 돌아올 것이니,

肯訪浣花老翁無³²⁰아
긍 방 완 화 노 옹 무

완화계 가의 이 늙은이
기꺼이 찾아 줄지 말는지?

以陵霄漢, 出宇宙之外)"라는 말이 나오는데, 이로 인하여 나중에는 조정이라는 뜻으로 쓰이게 되었다.

314 채복(綵服): 색동옷, 꼬까옷, 때때옷. 옛날 중국의 노래자(老萊子)는 효성이 지극하여 나이 70이 훨씬 넘어서도 양친을 봉양하면서 그들을 즐겁게 해드리기 위하여 어린이와 같은 장난을 하고 양친의 앞에서 오색이 영롱한 색동옷을 입고 춤을 추었다고 한다. 나중에는 효성이 지극함을 가리키는 말로 쓰이게 되었다.

315 일향(日向): 날마다. 찬찬(粲粲)으로 되어 있는 판본도 있다.

316 정위추(庭闈趨): 부모님이 계신 집으로 달려가다. '정위'는 부모가 거처하는 곳으로, 나중에는 뜻이 변하여 곧 부모를 가리키는 말로도 쓰이게 되었다. '추'는 추(趨)의 속자. 달린다는 뜻. 부모가 한시라도 빨리 보고 싶다는 뜻으로 역시 효성이 지극함을 나타낸다.

317 성랑경윤(省郎京尹): 상서·중서·문하성 등의 낭중(郎中), 시랑(侍郎) 등의 고관과 서울 시장인 경조윤(京兆尹)을 말한다.

318 부습(俯拾): 몸을 숙여 땅에 떨어진 물건을 줍다. 어떤 일을 쉽게 처리하는 것을 가리킨다. 『한서』「하후승전(夏侯勝傳)에 "선비들의 병은 경학을 밝히지 않는 것이다. 경학만 실로 밝힐 수만 있다면 청색과 자색의 인끈을 차는 고위 관직 같은 것은 구부려 땅에 있는 지푸라기를 줍는 것과 같을 따름이다(取靑紫如俛拾地芥耳)"라는 말이 나온다.

319 어떤 판본에는 이 구절이 두 번 중복되어 있다.

320 긍방완화노옹무(肯訪浣花老翁無): "公來肯訪浣花老"로 된 판본도 있는데, 해석하면 "공이 오면 기꺼이 완화계 가의 늙은이 찾아주리!"가 된다. 두보는 성도의 완화계 가에 초당을 짓고 자호를 완화옹(浣花翁)이라 하였다.

爲君酤酒滿眼酤[321]하고
위 군 고 주 만 안 고

그대 위해 술 사는데
눈에 차도록 사고,

與奴白飯馬靑蒭[322]라
여 노 백 반 마 청 추

종에게는 흰밥 주고
말에겐 푸른 꼴 주리라.

214. 부도호 고선지의 푸른 말(高都護驄馬行)[323]

두보(杜甫)

安西都護[324]胡靑驄[325]이
안 서 도 호   호 청 총

안서 도호의 서역에서 난 푸른 말,

---

321 고주만안고(酤酒滿眼酤): 앞의 '고' 자는 고(沽)와 뜻이 통하며, 산다는 뜻임. 『시경』「소아·나무를 벰(伐木)」에 "술 있으면 거르고, 술 없으면 사오네(有酒湑我, 無酒酤我)"라는 구절이 있다. 뒤의 '고' 자는 하룻밤 사이에 익은 술로 계명주(鷄鳴酒)라고 한다. '만안고'라는 것은 눈앞이 온통 술이라는 뜻이다. 두보의 「비가 소단을 지나다(雨過蘇端)」에 "탁주는 눈앞에 있어야 하니, 양껏 취하면 회포를 풀리라(濁翁必在眼, 盡醉擴懷抱)"라는 구절의 앞 구절과 뜻이 통하는 말이다.

322 여노백반마청추(與奴白飯馬靑蒭): 하인에게 흰 쌀밥을 주고 말에겐 싱싱한 푸른 꼴을 주다. 주인을 접대하는 것에 대해서는 언급하지 않았지만 하인과 말에게까지 이 정도로 대해 준다면 주인에게야 말할 나위도 없다는 뜻. 『시경』「주남(周南)·한수는 넓고(漢廣)」의 "더부룩한 잡목 틈에서 싸리나무만 베어 오고, 그 아가씨 시집올 때는 그 말에 꼴 먹여 주리(翹翹錯薪, 言刈其楚. 之子于歸, 言秣其馬)"와 상통하는 뜻이다.

323 고도호총마행(高都護驄馬行): 『신당서』와 『구당서』의 「고선지전(高仙芝傳)」에 의하면 고선지는 개원 말에 안서 부도호(安西副都護)가 되었다. 옛 주석에서는 고적(高適)이라 하였는데, 이는 맞지 않다. 『당육전(唐六典)』에 의하면 대도호부에는 대도호 한 명(종2품)과 부대도호 한 명(종3품), 그리고 부도호를 두 명 두었는데 품급은 정4품 상이었다. 부도호가 하는 일은 여러 번진들을 위무하고, 외구(外寇)를 평안히 안심시키며, 간사한 속임수를 정탐하고, 떨어져 나가려는 족속들을 정토(征討)하는 것이었다.
이 시는 서역에서 큰 공을 세운 고선지의 명마 청총마에 빗대어 고선지의 명성을 기리는 한편, 전쟁터를 누벼야 할 말이 장안의 마구간에서 겉모습만 화려하게 꾸며져 썩고 있음을 표현하

聲價欸然³²⁶來向東³²⁷이라
성 가 홀 연　　내 향 동

성가 올리며 홀연히
동쪽으로 향하여 왔네.

此馬臨陣久無敵³²⁸하고
차 마 임 진 구 무 적

이 말 전쟁터에서
오래도록 적수 없었고,

與人一心成大功이라
여 인 일 심 성 대 공

주인과 한마음 되어 큰 공 세웠다네.

功成惠養³²⁹隨所致³³⁰하여
공 성 혜 양　　수 소 치

공 이루자 은혜로이 보살핌 받아
이르는 곳마다 따라다니니,

여, 적재적소에 인재를 등용하지 못하고 있는 현실을 풍자하였다.

324　안서도호(安西都護): 안서 부도호 고선지를 가리킨다. 당나라는 태종 정관(貞觀) 14년(640)
　　서주(西州)에 안서 도호부를 설치하였는데, 치소는 교하성(交河城)이었다. 고종 현경(顯慶) 3년
　　(658) 안서 도호부를 구자국〔龜玆國: 지금의 신강(新疆) 고거현(庫車縣)〕으로 옮겼다. 고구
　　려 출신의 장군 고선지는 고창(高昌)의 평정에 공이 있어 안서 부도호가 되었다.

325　호청총(胡靑驄): 호지(胡地), 곧 서역(西域)에서 나는 총마라는 뜻. '총'은 청백색(靑白色)의
　　털이 섞인 말. 『수서』 권 83 「서역·토욕혼(吐谷渾)」에 "청해(靑海)는 둘레가 천여 리나 되는데,
　　그 가운데 작은 산이 있으며 그 풍속이 겨울이 되면 암말을 거기에 놓아 기르며 용종(龍種)을
　　얻었다고 한다. 토욕혼에서 일찍이 페르시아(波斯)산 숫말〔草馬〕을 얻어 청해에 넣어 풀어 놓
　　아 이에 청백색의 망아지[驄駒]가 났다. 하루에 천 리를 달릴 수 있었기 때문에 당시에 청해총
　　(靑海驄)이라고 불렀다"는 기록이 있다. 호준마(胡駿馬)와 같은 뜻

326　성가홀연(聲價欸然): '성가'는 명성, 곧 평판과 가치. 평판이 높고 값이 비쌈. 남조 송나라 안연
　　지(顔延之)의 「붉은 털이 섞인 백마(赭白馬賦)」에 "말의 이름과 가치 크게 떨치어 (…) 갑자기
　　높이 뛰어오르니 기러기 놀라네(聲價隆振 (…) 欸聳擢以鴻驚)"라는 구절이 있다. '홀'은 갑자
　　기라는 뜻으로 홀(忽)과도 뜻이 통한다.

327　내향동(來向東): 동쪽으로 오다. 여기서 동쪽은 장안. 『한서』「예악지(禮樂志)·교사가(郊祀
　　歌)·천마(天馬)」에 "천마 달려오니, 지나온 곳에 풀 없네. 천 리 길 빠르게, 동쪽으로 달려오네
　　(天馬徠, 歷無草, 徑千里, 循東道)"라는 구절이 있는데, 장안(張晏)이 주석을 달기를 "말은
　　서쪽에서 동쪽으로 온다(馬從東而來東也)"고 하였다.

328　차마임진구무적(此馬臨陣久無敵): 『사기』「항우본기」에 "항왕이 정장(亭長)에게 말하기를
　　'나는 5년 동안 이 말(烏騅馬)을 탔는데 당해낸 적이 없으며 하루에 천 리를 달렸다(吾騎此馬
　　五歲, 所當無敵, 嘗一日行千里)"는 말이 있다.

329　혜양(惠養): 정성스럽게 길러지다. 위에서 인용한 안연지의 「붉은 털이 섞인 백마」에 "죽을 때

飄飄331遠自流沙332至라
표 표　　　원자유사　지

날렵하게 저 멀리
유사에서 이르렀다네.

雄姿333未受伏櫪334恩하고
웅자　미수복력　은

씩씩한 자태 받아들이지 않네,
말구유에 엎드려 은혜 입는 것,

猛氣335猶思戰場利라
맹기　유사전장리

사나운 기개는 아직도 생각하네,
전쟁에서의 승리만을.

까지 잘 보살펴 뿌리와 가지[후대까지] 잘 덮어 주기를 바라네(願終惠養, 蔭本枝兮)"라는 구절이 있다.

330 수소치(隨所致): 고선지가 가는 곳마다 따라다닌다.

331 표표(飄飄): 바람에 나부끼는 것처럼 가볍게 달리다. 표요(飄颻)와도 뜻이 통함. 마치 말이 바람에 갈기를 휘날리며 달리는 모습을 연상케 한다. 삼국 위나라 조식(曹植)의 「잡시(雜詩)」에 "날렵하게 긴 바람 따라, 무슨 뜻으로 회오리바람 다시 일으키는가?(飄颻隨長風, 何意迴飆擧)"라는 구절이 있다.

332 유사(流沙): 위에서 인용한 『한서』 「예악지·교사가·천마」에 "천마 달려오는데, 서쪽 끝에서라네. 유사 건너니, 아홉 오랑캐 복종하네(天馬徠, 從西極. 涉流沙, 九夷服)"라는 구절이 있다. 『한서』 「지리지」 장액군(張掖郡) 거연현(居延縣)의 주석에서는 "거연택(居延澤)은 서북쪽에 있는데, 고문『상서』에서 이른바 유사이다"라고 하였고, 또 북위 역도원(酈道元)의 『수경주(水經注)』에는 "거연택은 현의 옛 성 동북쪽에 있는데 『상서』에서 이른바 유사라는 것이다. 형태는 5일쯤 된 초생달 같으며, 약수(弱水)가 유사로 유입해 들어와 모래가 물과 함께 흘러간다"고 하였다. 지금의 감숙성(甘肅省) 유사현(流沙縣) 서북쪽, 곧 돈황(燉煌) 서쪽 일대이다.

333 웅자(雄姿): 용맹스런 모습. 위에서 인용했던 「붉은 털이 섞인 백마」에 "씩씩한 자태 그치고 천자의 수레 받들어 끌고, 마음 유순하게 하여 공경의 수레 기다리네(弭雄姿以奉引, 婉柔心而待御)"라는 구절이 있다.

334 복력(伏櫪): '력'은 말구유, 혹은 마구간 바닥에 까는 널빤지인 마판을 말하는데, 보통 마구간을 대신 일컫는 말로 쓰인다. '복력'은 말구유나 마판에 엎드려 여물을 먹는 것을 말한다. 삼국 시대 위나라 조조(曹操)의 악부(樂府) 「보출하문행(步出夏門行)·신령스러운 거북이가 오래 살아도(龜雖壽)」에 "늙은 천리마 마판에 엎드려 있으나, 뜻은 천 리 밖에 있으며, 뜻이 굳센 선비는 늙어도, 씩씩한 마음은 끝나지 않네(老驥伏櫪, 志在千里, 烈士暮年, 壯心未已)"라는 구절이 있다. 이는 고선지의 청총마는 마구간에서 편안하게 여물이나 받아먹는 것을 싫어할 정도로 천리마로서의 웅지를 지녔음을 뜻한다.

335 맹기(猛氣): 용맹스런 기개. 진나라 반악(潘岳)의 「서쪽으로 가다(西征賦)」에 "나가서 위엄 서

726

腕促蹄高³³⁶如踏鐵³³⁷하니
완 촉 제 고 　 여 부 철

발목 가늘고 굽 높아
쇠를 밟고 선 듯하니,

交河³³⁸幾蹴層冰裂³³⁹고
교 하 　 기 축 층 빙 렬

교하에서 몇 번이나 차서
겹 얼음 깨뜨렸던가?

五花³⁴⁰散作雲滿身하고
오 화 　 산 작 운 만 신

오색의 꽃무늬 군데군데 나 있어
구름처럼 온몸에 흩어져 있고,

萬里方看汗流血³⁴¹이라
만 리 방 간 한 류 혈

만 리를 달려야만 바야흐로
피 같은 땀 흘림 본다네.

하의 바깥에까지 펴니, 용맹스런 기개 얼마나 우르릉거리며 일어났던가?(出申威於河外, 何猛氣之咆勃)"라는 구절이 있다.

336 완촉제고(腕促蹄高): '완'은 발목. '촉'은 건(健)과 통하며 튼튼하다는 뜻. 『제민요술(齊民要術)』(권 6)에 "말을 고를 때에는 발굽은 두텁고 커야 하며, 발목은 가늘고 튼튼해야 한다"고 하였고, 또한 "발목은 튼튼하고 커야 그 사이에 밀치끈[䂒]을 맬 수 있고, (…) 발굽은 두께가 두세 치에 돌같이 단단해야 한다"고 하였다.

337 여부철(如踏鐵): '踏' 자는 음이 부[疋候切]로도 나고, 복[匍覆切]으로도 나며, 밟는다는 뜻이다. 발굽이 견고하여 마치 쇠를 밟고 선 듯이 튼튼하고 안정되어 보임을 말한다.

338 교하(交河): 『원화군현지(元和郡縣志)』에 의하면 "농우도(隴右道) 서주(西州) 교하현(交河縣)은 본래 한나라 차사(車師)의 전 왕정(王庭)이다. 정관 14년(640) 이곳에다 교하현을 설치하였는데, 교하현은 현의 북쪽 천산(天山)에서 나와 물이 성 아래에서 나누어지므로 현의 이름으로 삼았다"고 하였다. 안서와는 70리, 장안과는 8,150리 떨어져 있으며, 지금의 신강성(新疆省) 토로번현(吐魯番縣) 서쪽에 있다.

339 기축층빙렬(幾蹴層冰裂): '층'은 『두보집』에는 증(曾)으로 되어 있는데, '겹'이란 뜻으로 쓰일 때는 역시 '층'으로 읽고 '層'과 똑같은 뜻이 됨. '층빙'은 여러 겹으로 얼어붙은 두꺼운 얼음. 고선지의 청총마가 티베트를 정벌하느라 몇 번이나 교하를 건너며 얼음을 깨뜨렸다는 뜻

340 오화(五花): 『당조명화록(唐朝名畵錄)』에 "개원 연간에 궁궐의 마구간에는 비황(飛黃)·조야(照夜)·부운(浮雲)·오화 등의 말이 있었다"는 구절이 있다. 오화는 말의 색을 가리킨다.

長安壯兒³⁴²不敢騎하니
장 안 장 아   불 감 기

장안의 장사들조차
올라탈 엄두도 못내는 것은,

走過掣電³⁴³傾城³⁴⁴知라
주 과 철 전   경 성   지

달려감이 번개 끄는 것 같음
온 성에서 알기 때문이라네.

青絲絡頭³⁴⁵爲君老러니
청 사 낙 두   위 군 로

푸른 실로 머리 묶고 주인 위해 늙으니,

何由却出橫門³⁴⁶道오
하 유 각 출 광 문   도

어쩌면 다시 광문의 길
나설 수 있을까?

---

341 만리방간한류혈(萬里方看汗流血): '한혈'은 한나라 때 장군인 이광리(李廣利)가 대완국을 정
    벌하고 얻어 왔다는 말인데, 빨리 달리면 피 같은 붉은 땀을 흘린다고 한다. 시 번호 206 문천상
    의 「여섯 노래(六歌)」의 주.1047을 참조할 것. 한혈마의 자태는 만 리를 달리지 않으면 드러나
    지 않는다고 한다.

342 장아(壯兒): 원기가 넘치는 한창때의 젊은이. 이 구절 전체의 뜻은 부도호 고선지만이 청총마
    를 탈 수 있음을 찬양한 것이다.

343 철전(掣電): 번개가 번쩍하고 빛을 발하며 지상으로 내리꽂히는 것을 말한다. 번개처럼 빠르다
    는 것을 표현한 것. 진(晉)나라 최표(崔豹)의 『고금주(古今注)』「조수(鳥獸)」에 보면 "진시황에
    게는 명마가 일곱 마리 있었는데 (…) 네 번째는 분전(犇電)이라 했다"는 말이 나온다. 분(犇)은
    분(奔)과 같은 뜻의 이체자로, 번개처럼 빨리 달리는 말이라는 뜻

344 경성(傾城): 성 안 사람 모두. 여기서 '경'은 모두를 뜻하는 진(盡)의 의미로 쓰임. 이 구절 전체
    의 뜻은 말이 달리는 것이 번개 같다는 것을 온 성 안의 사람들이 모두 알고 있음을 말한다.

345 청사낙두(青絲絡頭): 한나라 악부 「두렁 위의 뽕나무(陌上桑)」에 "푸른 실 말꼬리에 매달고,
    황금 말머리에 다네(青絲繫馬尾, 黃金絡馬頭)"라는 구절이 있다.

346 광문(橫門): 북위 역도원의 『수경주』권 3 「위수(渭水)」에 "북쪽으로 나서서 서쪽 끝 첫째 문은
    본래 이름이 광문(橫門)이다"라고 하였다. 이 문 밖에 다리가 하나 있는데, 이를 광교(橫橋)라
    하였으며, 여순(如淳)은 "음은 광(光)이며, 옛날에는 광문(光門)이라 하였다"고 하였다. 『한서』
    「서역전(西域傳)」에 "누란(樓蘭)의 볼모 위도기(尉屠耆)를 왕으로 세우고 백관들이 광문의
    바깥에까지 나와 그를 전송하였다"는 기록이 있다. 이 문에서 위수(渭水)를 건너 서쪽으로 가
    면 서역으로 가는 길이 나오는데, 광문의 길을 나선다는 것은 전장을 마음껏 누비고 싶다는 것
    을 말한다.

215. 호현의 현령이신 이씨 어르신의 호마를 노래함
(李鄠縣丈人胡馬行)[347]

두보(杜甫)

丈人駿馬名胡駵[348]인데
장 인 준 마 명 호 류

어르신의 준마 이름이 호류마인데,

前年避胡過金牛[349]라
전 년 피 호 과 금 우

지난해에 오랑캐 피하여
금우를 지났다네.

回鞭[350]却走[351]見天子[352]러니
회 편   각 주   현 천 자

채찍 돌리어 되달려
천자를 와서 뵈오니,

---

347 이호현장인호마행(李鄠縣丈人胡馬行): '호'는 수도 장안의 서쪽에 있는 고을 이름. '장인'은
어른을 높여서 부르는 말. 여기서 이씨는 이름은 전해지지 않음. 송나라 때 「보주두시(補注杜
詩)」를 지은 황학(黃鶴)은 이 시의 "지난해에 오랑캐 피하여(前年避胡過金牛)"라는 구절과
"낙양의 큰 길 시절 다시 맑아지니(洛陽大道時再淸)"라는 구절을 들어 건원(乾元) 원년(758)
에 지은 것으로 보았다.

348 호류(胡駵): '류'는 류(駵)라고도 한다. 갈기와 꼬리가 검고 몸의 털은 붉은 말. 좋은 말[良馬]의
대칭으로 쓰이며, 주나라 목왕(穆王)이 타고 다녔다는 여덟 준마 가운데 하나인 화류마(驊駵
馬)도 여기에 속한다. '호'는 말의 산지[서호(西胡), 곧 서역(西域)]를 나타내며, 여기서는 고유
명사처럼 썼다.

349 금우(金牛): 지명으로, 한중(漢中)의 현이다. 한나라 양웅(揚雄)의 「촉토기(蜀土記)」에 "진
(秦)나라가 촉나라를 치고 싶었으나 길이 없어서 사람을 보내어 촉나라 왕에게 '진나라에 금
소[金牛]가 있는데 똥을 누면 금이 되니 촉나라로 하여금 맞이하게 하라'고 알렸다. 촉나라 왕
이 다섯 역사(力士)에게 산을 열게 하여 길이 뚫리자 진나라는 촉나라를 쳐서 그 나라를 차지
하였으며, 이 때문에 그 나라를 금우(金牛)라고 불렀다"는 말이 있다. 당나라 때는 고조 무덕
(武德) 3년(620) 면곡현(綿谷縣)을 나누어 설치하고 포주(襃州)에 예속시켰으나 포주가 없
어지자 양주(梁州)에 속하게 하였다. 여기서는 안녹산의 난 때 현종을 호종(扈從)했다는 것을
말한다.

350 회편(回鞭): 말을 되돌려 몰다.

351 각주(却走): '각'은 여기서 퇴(退)의 뜻으로 쓰임. 곧 왔던 길을 되돌아 달려가는 것을 말한다.

朝飮漢水[353]暮靈州[354]라
조 음 한 수   모 령 주

아침에 한수의 물 먹이니
저녁때는 영주라네.

自矜胡騮奇絶代하니
자 긍 호 류 기 절 대

스스로 뽐내기를 호류마
기이함 대 끊기어,

乘出千人萬人愛라
승 출 천 인 만 인 애

타고 나타나면 천 사람
만 사람이 사랑한다 하네.

一聞說盡急難材[355]로
일 문 설 진 급 난 재

한 번 말하는 것 다 들으니
위급하고 어려움을 구할 재질이라,

轉益愁向駑駘輩[356]라
전 익 수 향 노 태 배

갈수록 더 둔한 말들 근심하게 하네.

위의 '회편'의 뜻이 중복된 것

352 현천자(見天子): 숙종을 알현하러 간 것을 말한다.

353 한수(漢水): 강 이름. 촉 땅인 한중(漢中) 지역을 말한다.

354 영주(靈州): 천보 15년 7월 숙종이 영무(靈武: 영주의 서북)에서 즉위하였으므로 채찍을 돌려
가서 뵈었다고 하였다.

355 급난재(急難材): '재'는 『두보집』에는 재(才)로 되어 있다. 조언재는 "급난재는 유비(劉備)의 적
로(的顱)란 말이 단계(壇溪)를 뛰어넘어 유표(劉表)의 추격에서 벗어나게 해 준 것이나, 유로
지[劉牢之: 동진 때 장군]의 말이 다섯 길이나 되는 시내[五丈澗]를 뛰어 넘어 모용씨(慕容
氏)의 핍박에서 벗어나게 해 준 것 따위를 말한다"고 하였다. 여기서는 위의 오랑캐를 피하게
한 것[避胡]을 말한다.

356 전익수향노태배(轉益愁向駑駘輩): 전국 시대 초나라 송옥(宋玉)의 「구변(九辯)」에 "천리
마 물리치고 타지 않음이여, 둔한 말 채찍질하여 길을 간다네(卻騏驥而不乘兮, 策駑駘而取
路)"라는 구절이 있다. 둔한 말을 근심스럽게 한다는 것은, 타고 있는 사람이 말을 피곤하게
만든다는 뜻이다. 『백락상마경(伯樂相馬經)』에 "말을 고르는 법에는 먼저 세 가지 파리한 말
과 다섯 노둔한 말은 제외해야 한다. 다섯 노둔한 말이라는 것은 머리가 크고 귀가 처진 것이
첫 번째이고, 말의 목이 꺾이지 않는 것이 두 번째이며, 위는 짧고 아래가 긴 것이 셋째이고,
머리가 크고 가슴이 짧은 것이 넷째이며, 허리가 얇고 넓적다리가 얇은 것이 다섯째이다"라고
하였다.

頭上銳耳批秋竹[357]이요
두 상 예 이 비 추 죽

머리 위의 날카로운 귀는
가을 대를 깎아 세운 듯하고,

脚下高蹄削寒玉[358]이라
각 하 고 제 삭 한 옥

다리 아래 높은 굽은
차가운 옥을 다듬은 듯하네.

始知神龍別有種[359]하니
시 지 신 룡 별 유 종

비로소 신룡 특별한
종자 있음을 알았으니,

不比俗馬空多肉[360]이라
불 비 속 마 공 다 육

속세의 말 공연히
살만 많음과는 비교도 되지 않네.

洛陽大道時再淸[361]하니
낙 양 대 도 시 재 청

낙양의 큰 길 시절 다시 맑아지니,

---

357 두상예이비추죽(頭上銳耳批秋竹): '비'는 여기서 깎는다는 뜻으로 쓰였다. '비죽'은 대나무의
　　 마디와 마디 사이를 대각선으로 자르는 것을 말한다. 말의 귀가 날렵하고 쫑긋한 것을 표현한
　　 말. 『제민요술(齊民要術)』에 "귀는 작고 예리해서 대나무통을 깎아 놓은 것 같아야 한다"고 하
　　 였다. 두보의 말을 읊은 시 「방병조의 호마(房兵曹胡馬)」에도 비슷한 표현이 보이는데, 거기서
　　 는 "대나무 깎은 듯 양쪽 귀 우뚝하고, 바람 네 굽에 들어 가볍네(竹批雙耳峻, 風入四蹄輕)"라
　　 고 하였다.
358 삭한옥(削寒玉): 말발굽이 굳고 단단하여 옥이라도 깎고 다듬을 수 있겠다는 말이다.
359 용종(龍種): 여러 가지 뜻이 있으나 여기서는 썩 훌륭한 말의 품종을 나타낸다. 『주례』 「하관
　　 (夏官)·수인(庾人)」에 의하면 말 가운데 8척이 넘는 것을 용이라 한다고 하였다. 7척 이상은 래
　　 (騋), 6척 이상은 그냥 말[馬]이라 하였다. 『북사(北史)』 「수양제본기(隋煬帝本紀)」에 "목장을
　　 청해(淸海)의 모래톱에 설치하고 용종을 구하였다"는 기록이 있다. 또 시 번호 214 「부도호 고
　　 선지의 푸른 말(高都護驄馬行)」의 주 325 호청총의 설명을 참조할 것
360 공다육(空多肉): 말은 골격과 기풍을 귀하게 여기지, 살이 많이 찐 것을 귀하게 여기지 않는다
　　 는 뜻이다. 곧 말의 골격과 기풍은 말이 크고 살찐 데 있지 않다는 것이다. 『제민요술』에 "멀리
　　 서 보기에는 큰데 다가가서 보면 작은 것은 골격이 있는 말[筋馬]이고, 멀리서 보기에는 작은데
　　 다가가서 보면 큰 것은 고기 말[肉馬]이다"라는 말이 있다.
361 시재청(時再淸): 후한 조엽(趙曄)의 『오월춘추(吳越春秋)』 「구천입신(勾踐入臣)」에 "절강
　　 (浙江) 위에 이르러 대월(大越)을 바라보니 산천은 다시 빼어나고 천지는 다시 맑아졌다(山川
　　 重秀, 天地再淸)"는 구절이 있다. 여기서는 안녹산의 난이 완전히 평정되었다는 뜻이다.

累日喜得俱東行³⁶²이라
누 일 희 득 구 동 행

여러 날 만에 기쁘게
함께 동쪽으로 올 수 있었네.

鳳臆龍鬐³⁶³未易識³⁶⁴이나
봉 억 용 기   미 이 식

봉의 가슴 용의 갈기
쉬 알아보지 못하나,

側身注目長風生³⁶⁵이라
측 신 주 목 장 풍 생

몸 기울여 눈 바라보니
긴 바람 일어나네.

216. 청백색의 준마를 노래함(驄馬行)³⁶⁶

두보(杜甫)

鄧公馬癖³⁶⁷人共知나
등 공 마 벽   인 공 지

등공의 말을 좋아하는 버릇
남들이 다 아는데,

---

362 구동행(俱東行): 이미 동경인 낙양이 수복되어 이씨 어른과 함께 가게 되었음을 말한다.

363 봉억용기(鳳臆龍鬐): '용기'는 용수(龍鬚), 용린(龍鱗), 또는 인기(鱗鬐)로 된 판본도 있다. 정
     말 흉한 말이라는 뜻. 『진서』「비정통 왕국들의 역사(載記)」에 "부견(苻堅) 때 대완국(大宛
     國)에서 천리마의 망아지를 바쳤는데, 모두 피 같은 땀을 흘리고 붉은 갈기에 오색을 냈으며 봉
     같은 가슴에 기린 같은 몸을 하였다"는 말이 있다.

364 미이식(未易識): 『두억』에서는 "말도 쉽게 알아보지 못하는데 하물며 선비를 알아보는 어려움
     이야 말할 것이 있겠는가?"라고 하였다.

365 측신주목장풍생(側身注目長風生): 말에 정신이 깃들어 있음을 말한다. 이 연은 이 노인의 말
     을 들어보니 한눈에 말의 훌륭한 점을 쉽게 다 알아볼 수는 없었지만, 눈을 자세히 보니 발아래
     바람이 이는 것이 느껴질 정도로 과연 훌륭한 말이라는 뜻이다.

366 총마행(驄馬行): 두보의 자주(自注)에 "태상 양경이 임금께 하사받은 말인데 이등공이 좋아
     하여 가지게 되었으며, 나에게 시를 지으라 하였다(太常梁卿勅賜馬也, 李鄧公愛而有之, 命
     甫製詩)"고 하였다. 태상은 태상시(太常寺)라는 궁중의 예악을 담당한 관청, 양씨가 그 책임자
     [鄉]이나 이름은 미상, 이등공은 왕족으로서 등공에 봉해진 사람인 것 같으나 이름은 미상. 황

初得花驄³⁶⁸大宛種³⁶⁹이라
초 득 화 총　　대 완 종

처음에는 꽃무늬 청백색 말
얻었으니 대완국에서 난 품종이라네.

夙昔傳聞思一見³⁷⁰이러니
숙 석 전 문 사 일 견

옛날부터 전해 듣고
한 번 보고 싶어 하였는데,

牽來左右神皆竦³⁷¹이라
견 래 좌 우 신 개 송

끌고 오니 곁의 사람들
정신조차 모두 떨렸다네.

학(黃鶴)은 이 시를 천보 14년(755)에 지은 것이라고 하였다.

367　등공마벽(鄧公馬癖): '벽'은 무엇을 몹시 좋아하는 성벽(性癖), 곧 버릇을 말한다. 『진서』 「두예전(杜預傳)」에 "왕제(王濟)는 말을 보는 법을 잘 알고 있었을 뿐만 아니라 매우 좋아하였으며, 화교(和嶠)는 재물을 매우 잘 긁어모았다. 그래서 두예가 항상 말하기를 '왕제에게는 말을 좋아하는 성벽이 있고, 화교에게는 돈을 좋아하는 성벽이 있다'고 하였다. 무제(武帝)가 그것을 듣고는 두예에게 '그대는 무슨 성벽이 있는가?'라고 하자, 대답하기를 '저는 『좌전』을 좋아하는 버릇이 있습니다'라고 하였다"는 기록이 있다. 이 말은 왕의 하사품으로 남에게 줄 수 없는 것이어서, 등공이 그것을 가진 것이 옳지 않기 때문에, 말을 좋아하는 성벽(馬癖)이라 하여 놀린 것이다.

368　화총(花驄): 『명황잡록(明皇雜錄)』에 "임금[현종]이 타고 다니는 말 가운데 옥화총(玉花驄)·조야백(照夜白)이 있다"라는 구절이 있다. '화'는 여기서 얼룩이라는 뜻

369　대완종(大宛種): 『한서』 「서역전(西域傳)」에 "대완에는 훌륭한 말이 많은데, 말은 피 같은 땀을 흘리고 그 선조는 천마자[天馬子: 천마의 새끼]라고 한다"고 하였으며, 안사고가 주석을 달기를 "대완국에는 높은 산이 있는데 그 위에 말이 있지만 잡을 수가 없어서 오색의 암말을 잡아다 그 아래에 두니 모여들어 망아지를 낳았는데, 모두 피 같은 땀을 흘렸으며 이 때문에 천마라고 하였다 한다"고 하였다.

370　숙석전문사일견(夙昔傳聞思一見): '숙석'은 숙석(宿昔)이라고도 함. 고악부(古樂府) 「장성의 굴 아래서 말에게 물을 먹이다(飮馬長城窟行)」에 "먼 길 생각할 수 없으나, 지난날 꿈에서 보았네(遠道不可思, 宿昔夢見之)"라는 구절이 있다. 『남사』 「소마가전(蕭摩訶傳)」에 "안도가 소마가에게 말하기를 '그대의 날래고 용맹함은 이름이 났는데, 천 번 듣는 것이 한 번 보는 것만 못하오(千聞不如一見)'라고 하였다"는 말이 있다.

371　신개송(神皆竦): 정신이 다 떨리다. '송'은 '놀라다', '두려워하다'의 뜻. 말을 보는 순간 전율을 느낄 정도로 좋아하여 정신을 못 차린다는 뜻

雄姿逸態³⁷²何崷崒³⁷³고
웅자일태   하추줄
씩씩한 맵시와 빼어난 태도
어찌나 우뚝하니 빼어나든지,

顧影驕嘶自矜寵³⁷⁴이라
고 영 교 시 자 궁 총
그림자 돌아보고 교만하게 우니
스스로 총애받음 뽐내네.

隅目³⁷⁵青熒³⁷⁶夾鏡懸³⁷⁷이요
우목   청형   협경현
모난 눈은 푸르게 빛나
거울 걸어 놓은 듯하고,

肉騣碨礧³⁷⁸連錢動³⁷⁹이라
육종외뢰   련전동
살과 갈기는 울쑥불쑥
동전 이어 놓은 듯 움직이네.

---

372 웅자일태(雄姿逸態): 씩씩하고 빼어난 자태. 양 경왕(梁景王)의 『칠요(七要)』에 "빼어난 자태
의 적토요, 준족의 여룡이라네(逸態之赤兔, 駿足之驪龍)"라는 구절이 있다. 진나라 부현(傅
玄)의 「매(鷹賦)」에 "씩씩한 자태는 속세와 까마득히 떨어져 있고, 빼어난 기세 가로 생겨나네
(雄姿邈世, 逸氣橫生)"라는 구절이 있다.

373 추줄(崷崒): 불쑥 솟아 무리를 뛰어넘는 것을 말한다. 반고의 「서도부(西都賦)」에 "바위 험준하
게 불쑥 솟았으며, 금석은 가파르네(嚴峻崷崒, 金石崝嶸)"라는 구절이 있다.

374 고영자긍총(顧影自矜寵): 그림자를 돌아본다는 것은 홀로 자기 그림자를 보고 뽐낸다는 뜻
으로, 필적할 만한 무리가 없음을 말하는 것. 외모에 자신을 갖고 있다는 뜻. 『상마경(相馬經)』
에 "그림자를 곁눈질하여 보는 것이 있다"는 구절이 있다. 진나라 속석(束皙)의 「집이 가난하
여(家貧賦)」에 "물러나 그림자를 돌아보며 스스로 사랑하네(退顧影以自憐)"라는 구절이 있
고, 역시 진나라 장화(張華)의 「말(馬賦)」에 "그림자 돌아보며 스스로 사랑스러워하네(顧影自
媚)"라는 구절도 있다.

375 우목(隅目): 한나라 장형(張衡)의 「서쪽 서울(西京賦)」에 "모진 눈과 높다란 눈자위(隅目高
眶)"라는 구절이 있는데, 당나라 이선(李善)은 "우목은 눈이 각진 것[有角]이다"라고 하였다.

376 청형(青熒): 반고의 「서도부」에 "푸른 옥돌같이 파랗게 빛나네(琳珉青熒)"라는 구절이 있다.
색이 파랗고 광채를 발하고 있음을 말한다.

377 협경현(夾鏡懸): 안연지의 「붉은 털이 섞인 백마(赭白馬賦)」에 "양 눈동자는 거울 끼워 놓은
듯하네(雙瞳夾鏡)"라는 구절이 있다.

378 육종외뢰(肉騣碨礧): '종'은 옛날에 준(駿)으로 되어 있었다. 『구당서』에 의하면 개원 29년 3월
에 골주자사(滑州刺史) 이옹(李邕)이 말을 바쳤는데, 근육과 갈기가 울퉁불퉁하고 기린의 가

朝來久³⁸⁰試華軒³⁸¹下하고　　아침 되자 화려한 수레 아래서
조 래 구　시 화 헌　 하　　　　　 오래도록 시험해 보고는,

未覺千金滿高價³⁸²라　　　천금조차 높은 값
미 각 천 금 만 고 가　　　　 채움을 깨닫지 못하겠네.

赤汗微生³⁸³白雪毛하고　　붉은 땀 흰 눈 같은 털에 조금 나는데,
적 한 미 생　 백 설 모

슴[肉駿麟臆] 같았다고 하였다. 소식의 『동파지림(東坡志林)』에 "내가 기하(岐下)에 있을 때
진주(秦州)에서 말을 한 마리 바치는 것을 보았는데, 갈기가 소의 목 아래로 늘어진 멱살 같았
으며, 옆으로 서면 비스듬하게 기울었으며 털이 근육의 모서리에 나 있었다. 번(蕃)의 사람이
말하기를 '이것은 육종마이다'라고 하였다. 이에 두보의 '청백색의 준마를 노래함(驄馬行)』의
'육준외뢰(肉駿磈礧)'는 '육종외뢰(肉駿磈礧)'가 되어야 함을 알겠다"고 하였다. '외뢰'는 근육
과 갈기가 솟아 있는[突起] 모양

379 연전동(連錢動): '연전'은 말의 무늬가 점을 찍은 것처럼 여기저기 흩어져 있는 것이 엽전이 연
결된 모양과 같다는 뜻이다. 『이아』권 19 「석축(釋畜)·마(馬)」에 "청려린은 탄(靑驪驎, 驒)"이
라는 말이 나오는데, 진나라의 곽박(郭璞)은 "색에 짙고 옅음이 있으며 얼룩이 물고기 비늘 같
은 것으로 지금의 연전총(連錢驄)이다"라고 하였다. 『북사』「양휴지전(陽休之傳)」에 "울타리
를 들이받는 저양(抵羊)과 엽전의 무늬가 있는 총마(驄馬)가 있다"는 말이 있다.

380 구(久): 『두보집』에는 소(少)로 되어 있다.

381 화헌(華軒): '헌'은 대부(大夫)가 타는 수레인 헌거(軒車)를 말한다. 도연명의 「두 소씨를 읊음
(詠二疏)」에 "전별하여 보내니 온 조정이 기울고, 화려한 헌거 길에 이르네(餞送傾皇朝, 華軒
及道路)"라는 구절이 있다.

382 미각천금만고가(未覺千金滿高價): 『한비자』「외저설(外儲說)」에 "대체로 말 가운데 사슴 같
은 것이 있으면 천금을 거는데(馬似鹿者而題之千金), 백금짜리 말은 있어도 천금짜리 사슴이
없는 것은 어째서인가?"라는 구절이 있고, 『한서』「서역전」에 "무제는 사신에게 천금을 지니고
가게 하여 대완에 훌륭한 말을 청했다"는 기록이 있다. 미만가(未滿價)라는 것은 가격이 천금
에 그치지 않음을 말한다. 『전국책』「연책(燕策)」에 "백낙이 돌아와서 보고 가다가 돌아보면 하
루아침에 말의 값이 열 배가 되었다(伯樂乃還而視之, 去而顧之. 一旦而馬價十倍)"는 말이
있다.

383 적한미생(赤汗微生): 유진이 지었다고 하는 『동관한기(東觀漢記)』권 7 「전(傳)·동평헌왕창
(東平憲王蒼)」에 "무제께서 천마를 노래할 때 붉은 땀이 적신다고 하였는데, 지금 친히 그런
것을 보니 피 같은 땀이 어깻죽지의 작은 구멍에서 나오는구나(聞武帝歌天馬, 霑赤汗, 今親
見其然, 血從前髆上小孔中出)"라는 기록이 있다.

銀鞍[384]却覆香羅帕[385]이라
은 안　　　　각 복 향 라 파

은안장에 오히려
향기로운 비단 수건 덮여 있네.

卿家[386]舊物公能取[387]하니
경 가　　　구 물 공 능 취

양경의 집 옛 물건
그대 능히 가져오니,

天廐[388]眞龍[389]此其亞라
천 구　　　진 룡　　　차 기 아

임금님의 마구간 진짜 용마도
이에 비하면 그다음이라네.

晝洗須騰涇渭深하고
주 세 수 등 경 위 심

낮에 씻는 것 모름지기
경수와 위수의 깊은 물이어야 하고,

朝趨可刷幽幷夜[390]라
조 추 가 쇄 유 병 야

아침에 달리면 유주와 병주서
밤에 털 쓸 수 있으리.

---

384 은안(銀鞍): 청나라 구조오(仇兆鰲)는 남조 진(陳)나라 주홍정(周弘正)의 시에 "은빛 안장에 자줏빛 고삐 빛나네(銀鞍耀紫韁)"라는 구절이 있다고 주석을 달았다.

385 향라파(香羅帕): '파'는 수건인데, 여기서는 말의 땀을 닦는 수건. 말의 땀을 닦는 수건조차 향기로운 비단을 썼다는 것은 말을 매우 사치스럽게 꾸몄다는 것을 말한다.

386 경가(卿家): 양경(梁卿)을 말한다.

387 능취(能取): 『두보집』에는 취지(取之)로 되어 있으며, 유지(有之)로 된 판본도 있다.

388 천구(天廐): 하늘의 마구간. 천자의 마구간을 말한다. 임금이 내린 말이기 때문에 이렇게 말한 것이다.

389 진룡(眞龍): '용'은 8척이 넘는 준마. 시 번호 215 「호현의 현령이신 이씨 어르신의 호마를 노래함(李鄠縣丈人胡馬行)」의 주 359를 참조할 것. 천구진룡(天廐眞龍)은 임금이 타는 말. 여기서 두보는 임금이 하사한 말을 가진다는 것이 은근히 옳지 않다고 보는 것이다.

390 주세~유병야(晝洗~幽幷夜): 『두보집』에는 조추(朝趨)의 '朝'가 '저녁 석(夕)'으로 되어 있으며, 새벽 신(晨)으로 되어 있는 판본도 있다. '아침에서 밤까지'보다 '저녁에서 밤까지'가 총마의 날램을 표현하는 데는 더 어울리는 것 같다. 쇄(刷)는 말의 털을 쓸어 주는 것. 경수와 위수는 서쪽에 있고, 유주와 병주는 북쪽에 있어서 서로 간의 거리가 수천 리나 된다. 낮에 경수와 위수에서 씻고 밤에 유주와 병주에서 말의 털을 쓴다는 것은 말이 빠르다는 것을 표현한 것이다. 안연지의 「붉은 털이 섞인 백마」에 "아침에는 유주와 연주에서 털 쓸고, 낮에는 형초에서 꼴 먹이

吾聞良驥老始成³⁹¹하니
오 문 량 기 노 시 성

내 들으니 좋은 천리마는
늘어야 비로소 되는 것이라 하니,

此馬數年人更驚³⁹²이라
차 마 수 년 인 갱 경

이 말 여러 해 있으면
사람들 더욱 놀라리라.

豈有四蹄³⁹³疾如鳥하고
기 유 사 제   질 여 조

어찌 네 발굽 새만큼 빠를 뿐이리오,

不與八駿³⁹⁴俱先鳴³⁹⁵고
부 여 팔 준   구 선 명

여덟 준마와도 함께하지 않고
모두 먼저 울리라.

네(旦刷幽燕, 晝秣荊楚)"라는 구절이 있다. 당나라 장열(張說)의 「농우의 감목을 칭송함(隴右監牧頌)」에 "아침에는 낭풍원에서 쓰다듬고, 저녁에는 하늘의 샘에서 씻네(朝刷閬風, 夕洗天泉)"라는 구절이 있다.

391 양기노시성(良驥老始成): 대기만성(大器晩成)을 말한다. '기'는 천리마, 훌륭한 말. 건안칠자(建安七子)의 한 사람인 삼국 시대 위나라 응창(應瑒)의 「천리마를 만나지 못함을 근심함(愍驥賦)」에 "훌륭한 천리마 만나지 못함 근심함이여, 어찌하여 어려움 그리 많은가?(愍良驥之不遇兮, 何屯否之弘多)", 조조(曹操)의 시에 "늙은 천리마 마판에 엎드려 있다(老驥伏櫪)"라는 구절이 있다. 시 번호 214 「부도호 고선지의 푸른 말(高都護驄馬行)」의 주 334를 참조할 것

392 수년인갱경(數年人更驚): 『진서』 「모용준전(慕容儁傳)」에 다음과 같은 이야기가 있다. "모용외(慕容廆)에게 자백(赭白)이라는 준마가 있었는데 기이한 골상과 빼어난 힘이 있었다. 석계룡(石季龍)이 극성(棘城)을 칠 때 모용황[慕容皝: 모용외의 아들]이 도망을 가려고 그 말을 탈까 했는데 말이 슬피 울며 발로 차고 물어서 사람들이 가까이 할 수가 없었다. 이에 모용황이 말하기를 '이 말이 기이함을 보인 것은 윗대부터로, 태우고 싶어 하지 않는 것은 아마 선군의 뜻이리라!' 하고는 그만두었다. 석계룡이 조금 후 물러나니 모용황은 더욱 기이하게 생각하였다. 이때 말은 벌써 49세였는데도 날래고 빼어남이 시들지 않아 모용준[慕容儁: 모용황의 아들]은 그 말을 포씨의 총마에 비기고 구리를 부어서 상을 만들게 하고 친히 칭찬하는 글을 지었는데, 이해에 상이 완성되자 그 말은 죽었다."

393 사제(四蹄): 당 태종에게는 백제마(白蹄馬)가 있었는데, 몸 빛깔은 순 흑색이고 네 발굽은 모두 희었다 한다.

394 팔준(八駿): 『목천자전(穆天子傳)』에 "여덟 준마는 적기(赤驥)·도려(盜驪)·백의(白義)·유륜(踰輪)·산자(山子)·거황(渠黃)·화류(驊騮)·녹이(騄耳)를 말한다"고 하였다. 시 번호 203 두보의 「천육의 나는 듯이 달리는 말(天育驃騎歌)」에 부분적으로 인용되었다.

395 구선명(俱先鳴): 함께 앞으로 달려 나가며 먼저 울려고 하다. 앞을 다툰다는 뜻

時俗³⁹⁶造次³⁹⁷那得致오   시속 잠깐 사이에
시 속　조 차　나 득 치

　　　　　　　　　　　　　　　어찌 이를 수 있으리오?

雲霧晦冥³⁹⁸方降精³⁹⁹이라   구름과 안개 어둑해야
운 무 회 명　방 강 정

　　　　　　　　　　　　　　　비로소 정기 내리리라.

近聞下詔⁴⁰⁰喧都邑하니   요즈음 듣자니 조서 내려
근 문 하 조　훤 도 읍

　　　　　　　　　　　　　　　온 도읍이 떠들썩하다니,

肯使⁴⁰¹騏驎⁴⁰²地上行⁴⁰³고   어찌 기꺼이 기린 땅 위 달리게 하리.
긍 사　기 린　지 상 행

---

396 시속(時俗): 세속(世俗)과 같은 말. 삼국 시대 위나라 조식(曹植)의 「정익에게 드림(贈丁翼)」
　　에 "굳고 큰 절개 싹 쓸어 버리고, 세속에 많이 구애받네(滔蕩固大節, 世俗多所拘)"라는 구절
　　이 있다.

397 조차(造次): '조차'는 아주 짧은 시간, 또는 경황이 없어 허둥대는 모양을 나타내기도 함. 『논어』
　　「이인(里仁)」에 "군자는 한 번 밥을 먹는 시간에도 인을 어김이 없으니, 경황이 없는 중에도 인
　　(仁)에 있으며, 위급한 상황에도 반드시 이에 있는 것이다(君子無終食之間違仁, 造次, 必於
　　是, 顚沛, 必於是)"라는 구절이 있다.

398 운무회명(雲霧晦冥): 한나라 왕일(王逸)의 『초사』 「구사(九思)·허물을 만남(逢尤)」에 "구름과
　　안개 만남이여 해 어둑하니 캄캄해지고, 회오리바람 잃이여! 흙먼지 날리는도다(雲霧會兮日
　　冥晦, 飄風起兮揚塵埃)"라는 구절이 있다.

399 강정(降精): 『서응도(瑞應圖)』에 "용마(龍馬)라는 것은 하수(河水)의 정기이다"라는 말이 있
　　다. 『춘추고이우(春秋考異郵)』에 "땅이 달의 정기를 낳아서 말이 되는데 달의 수는 12이므로
　　말은 열두 달 만에 태어난다"는 말이 있다.

400 하조(下詔): 조서를 내리다. 조서를 내려 천자의 말로 삼으려 한다는 뜻. 등공을 말에 비유하
　　여, 이등공은 세상에서는 받아들일 수 없고, 천자의 조서가 내려 곧 황제의 조정을 밝게 될 것
　　이라는 뜻이다.

401 긍사(肯使): 지유(知有)로 된 판본도 있다.

402 기린(騏驎): 『전국책』 「제책(齊策)」에 "제나라 선왕(宣王)이 말하기를 '지금 세상에는 선비가
　　없으니 과인이 어찌하면 좋겠습니까?'라고 하자 왕두(王斗)가 말하기를 '기린(騏驎)과 녹이
　　(騄耳) 같은 준마가 없어도, 네 마리가 끄는 수레는 이미 갖추어졌습니다'라고 하였다." 『이아익
　　(爾雅翼)』에서는 "기린(麒麟)은 달리기를 잘하므로 훌륭한 말을 또한 기린(騏驎)이라고도 한
　　다"고 하였다.

403 지상행(地上行): 『주역』 「십익(十翼)」 곤괘(坤卦)의 단사(彖辭)에 "암말은 땅에 속하는 종류이

217. 초서를 노래함(草書歌行)⁴⁰⁴

이백(李白)

少年上人⁴⁰⁵號懷素⁴⁰⁶하고　　젊은 스님 호는 회소인데,
소 년 상 인　　호 회 소

草書天下稱獨步⁴⁰⁷라　　　초서는 천하에 독보적이라 일컫네.
초 서 천 하 칭 독 보

므로 땅을 한정 없이 걷는다(牝馬地類, 行地无疆)"는 말이 있다.

404 초서가행(草書歌行): 회소(懷素)라는 스님의 초서를 읊은 시. 회소는 성격이 매인 데가 없고 술을 좋아하였으며, 서예에 뛰어났고 특히 초서에 뛰어나서 술이 취해 흥이 나면 절벽, 동네의 담장 등을 막론하고 아무 데나 글씨를 썼다고 한다. 그리고 집이 가난하여 종이가 없어 파초를 만여 그루나 기르면서 그 잎에다 글씨를 썼다고 한다.
이 시는 예로부터 이백의 작품이 아니라는 설이 많이 제기되었는데, 특히 소식에 의해 강하게 제기되었다. 송나라 주장문(朱長文)의 『묵지편(墨池編)』에서는 "장진(藏眞)이 지어 이백의 명의에 가탁하였다"고 하였다. 청나라의 왕기(王琦)는 장욱은 이백과 함께 음중팔선(飲中八仙)에 들며 「맹호행(猛虎行)」에서 그를 "초나라 사람들 매번 장욱을 기이하게 말하여, 심장에 풍운을 품은 것을 세상에서는 모르네(楚人每道張旭奇, 心藏風雲世莫知)"라고 칭찬하고서는 이 시에서는 갑자기 태도를 바꾸어 "늙어 죽었으니 칠 것도 없다(老死不足數)"고 비난하였는데, 이백은 그렇게 분별이 없는 사람이 아니라고 하여 이 시를 위작으로 단정 짓는 것은 실로 의심의 여지가 없는 것이라고 하였다. 어쨌든 이 시는 이백의 작품에서 보이는 호방한 시풍을 보여 주고 있는 것만은 틀림없다.

405 상인(上人): 불교에서 덕(德)과 지(智), 선행(善行)을 갖춘 사람, 곧 상덕지인(上德之人)을 말하는데, 나중에는 승려의 경칭으로 쓰이게 되었다.

406 회소(懷素): 『국사보(國史補)』와 『선화서보(宣和書譜)』, 『일통지(一統志)』 등에 그의 전기가 산견되는데, 대강을 정리하면 다음과 같다. 장사(長沙) 사람으로 속세의 성은 전(錢)이며, 자는 장진(藏眞)인데 장안으로 옮겨와서 살았다고 한다. 처음에는 율법(律法: 천문과 음악)에 힘썼으나, 나중에는 한묵(翰墨: 문예)에 정진하여 이왕(二王)의 진적, 이장(二張)의 초서를 모사하기를 그치지 않아 몽당붓[禿筆]이 무덤을 이루었는데, 이것을 필총(筆塚)이라 하였다 한다. 하룻저녁에 여름 구름이 바람을 따르는 것을 보고 필법을 깨닫고는 초서삼매(草書三昧)를 터득하였다고 한다. 당시의 명류(名流)들, 이를테면 이백(李白), 대숙륜(戴叔倫), 두중(竇衆), 전기(錢起) 등 모두 37명이 시를 써서 문집을 이루어 그를 찬미하였다고 하며 그 서문은 안진경(顏眞卿)이 지었다고 한다. 평자들은 장욱을 '이마(顚: 머리를 풀어 초서를 잘 씀)'라고 하였고, 회소를 '미치광이(狂: 미친 듯이 갈겨쓴 초서)'라고 하였다.

407 칭독보(稱獨步): 『북제서』 「형소전(邢邵傳)」에 "효명(孝明) 연간 이후에 문장과 풍아(風雅:

墨池⁴⁰⁸飛出北溟魚⁴⁰⁹요
묵 지   비 출 북 명 어

먹물 못에서는 북쪽 바다
물고기 날아오르고,

筆鋒殺盡中山兔⁴¹⁰라
필 봉 살 진 중 산 토

붓끝은 중산의 토끼 다 잡아 없앴네.

八月九月天氣凉한대
팔 월 구 월 천 기 량

8월과 9월에 날씨 서늘한데,

酒徒詞客⁴¹¹滿高堂이라
주 도 사 객   만 고 당

술꾼과 문인들 높은 대청에 가득하네.

牋麻⁴¹²素絹⁴¹³排數廂⁴¹⁴하고
전 마 소 견   배 수 상

삼 종이와 흰 비단 여러 방에 벌여 놓고,

시)가 크게 좋아졌으며, 형소의 문장을 꾸미는 아름다움은 당시에는 독보적이어서(雕蟲之美,
獨步當時) 문장을 완성하여 발표할 때마다 서울에서는 그것 때문에 종이가 귀해졌으며, 읽고
외어서 삽시간에 원근으로 퍼져 나갔다"는 말이 있다.

408 묵지(墨池): 원래는 벼루의 물을 담아 두는 오목한 부분, 곧 연지(硯池)라는 뜻과 필연(筆硯)을
씻는 못이라는 뜻이 있으나 여기서는 고유 명사로 쓰임.『태평환우기』에 의하면 왕희지가 벼루
를 씻은 못으로, 구택(舊宅)과 함께 즙산(戢山)의 아래에 있으며, 회계현(會稽縣)과는 2리쯤
떨어져 있었다. 또『방여승람(方輿勝覽)』이란 책에 의하면 소흥부(紹興府) 계주사(戒珠寺)
는 본래 왕희지의 고택으로 문 밖에는 못이 두 개 있는데, 하나는 묵지라 하였고, 또 하나는 아
지(鵝池)라 하였다 한다.

409 북명어(北溟魚):『장자』「소요유」에 "북쪽 바다[北冥]에 물고기가 있는데 그 이름을 곤(鯤)이라
고 한다. 곤의 크기는 몇 천 리나 되는지 알 수가 없다. 이 물고기가 변해서 새가 되는데, 그 이름
을 붕(鵬)이라고 한다"는 말이 있다. 여기서는 큰 물고기가 나올 정도의 묵지를 이룰 만큼 붓글
씨를 많이 썼다는 말

410 중산토(中山兔):『원화군현지』에 의하면 '중산'은 선주(宣州) 율수현(溧水縣) 동남쪽 15리 지
점에 있으며, 토끼털이 나는데 붓으로 가장 뛰어나다고 한다. 또『태평환우기』에 의하면 율수현
의 중산은 독산(獨山)이라고도 하는데 현의 동남쪽에 있으며, 다른 산들과는 이어져 있지 않
다. 옛 늙은이들이 전하기를 중산에는 흰 토끼가 있는데 세상에서 일컫기를 붓을 만들면 가장
뛰어나다고 한다고 하였다.

411 사객(詞客): 사인(詞人)이라고도 하며, 시인(詩人) 묵객(墨客), 곧 문인을 말한다.

412 전마(牋麻): 모두 종이임. '전'은 전지(牋紙 : 箋紙라고도 함)를 말하며, 글씨를 쓰는 종이, 곧 서
한(書翰) 용지를 말한다. '마'는 마의 섬유질을 가지고 만든 종이, 곧 마지(麻紙)를 말한다. 당나
라 때 조서(詔書)는 황마(黃麻)와 백마(白麻)를 썼는데, 이것이 곧 마지임. 마지는 왕희지가 중

宣州⁴¹⁵石硯墨色光이라
선 주 석 연 묵 색 광

선주의 돌벼루에는 먹빛 빛나네.

吾師醉後倚繩床⁴¹⁶하여
오 사 취 후 의 승 상

우리 스승 취한 뒤에
새끼 의자에 기대어,

須臾掃盡⁴¹⁷數千張이라
수 유 소 진 수 천 장

잠깐 만에 수천 장 다 써 버리네.

飄風驟雨驚颯颯⁴¹⁸이요
표 풍 취 우 경 삽 삽

회오리바람 소나기 쏴쏴 놀라게 하고,

년에 많이 쓴 것으로 유명하다.

413 소견(素絹): 모두 명주의 이름. 명주 가운데 하품의 것을 '견'이라 하고, 상품은 '소'라고 한다.

414 상(廂): 안채[正房] 양쪽에 딸린 곁방. 원래는 상(相) 또는 상(箱)이라고 썼으며, 동·서상(東·西廂), 사상(四廂) 등이 있음

415 선주(宣州): 원래 진(秦)나라 장군(障郡)이던 것을 한나라 원봉 2년(기원전 79년)에 단양(丹陽)으로 고쳤으며, 다시 순제(順帝) 때 선성(宣城)으로 고쳤다가 수나라 때 선주(宣州)로 고쳤다가 다시 선성으로 고친 것을 당나라 고조 무덕(武德) 3년(620)에 다시 선주로 고쳤다. 치소(治所)는 지금의 안휘성(安徽省) 선성현이며, 예로부터 좋은 종이와 붓의 명산지로 유명하다.

416 승상(繩床): 승상(繩牀)·호상(胡床)·교상(交床)이라고도 하며, 판자로 접을 수 있는 간이의자를 만들어 새끼를 감은 것이다. 『진서』 「불도징전(佛圖澄傳)」에 처음 보이는데, "제자 법수(法首) 등 여러 사람들과 함께 옛 샘 가에 가서 승상에 앉아 안식향(安息香)을 사르며 수백 마디의 주문을 외었다"라고 하였다. 호삼성(胡三省)의 『통감주(通鑑註)』에서는 정대창(程大昌)의 『연번로(演繁露)』라는 책을 인용하여 "지금의 교상(交牀)은 만드는 법이 오랑캐 땅에서 전래되었는데, 처음에는 호상(胡牀)이라고 하였다가 수나라 때 교상이라고 이름을 고쳤다. 당 목종(穆宗)이 자신전(紫宸殿)에다 큰 승상을 놓고 여러 신하들을 보았는데, 또한 승상이라고 하였다"고 하였다. 그러나 실제 교상과 승상은 다른 물건이다. 교상은 나무를 교차시켜 다리를 만들고 다리의 앞뒤에는 모두 넓은 나무를 폈으며, 가로지른 나무에는 여러 줄의 구멍을 뚫어 새끼 같은 끈을 꿰어 앉을 수 있게 한 것이다. 다리의 교차시킨 부분에는 다시 둥근 구멍을 뚫고 쇠를 꿰어서 접으면 옆구리에 낄 수 있고 펴면 앉을 수 있었는데, 그 다리를 교차시켰기 때문에 교상이라 한 것이다. 승상은 판자로 만들었는데 사람이 그 위에 앉으면 그 너비가 앞쪽은 무릎을 놓을 수 있을 정도이고 뒤는 등을 기댈 수 있으며 좌우에는 팔걸이가 있어서 팔을 놓을 수 있으며 그 아래쪽의 네 다리는 땅에 닿는 것이다. 명나라 때의 유서(類書)인 『금수만화곡(錦繡萬花谷)』에서는 새끼줄 따위를 꿰어서 만든 앉을 것으로 곧 교의(交椅)라고 하였다.

417 소진(掃盡): '소'에도 다하다의 뜻이 있음. 싹 다 쓸어 버리다.

418 삽삽(颯颯): 바람 소리 또는 빗소리를 나타내는 의성어. 또는 아주 빠름을 형용하는 말로도 쓰임

落花飛雪何茫茫[419]고
낙 화 비 설 하 망 망

꽃 지고 눈 날리는 것은
얼마나 아득한가?

起來向壁不停手하니
기 래 향 벽 부 정 수

일어나 벽 보고 손 멈추지 않으니,

一行數字大如斗라
일 행 수 자 대 여 두

한 줄의 몇 자 크기가 말만 하네.

恍恍[420]如聞神鬼驚이요
황 황 여 문 신 귀 경

멍멍하니 귀신도
놀라는 소리 들은 듯하고,

時時只見蛟龍[421]走라
시 시 지 견 교 룡 주

때때로 다만 보이느니
교룡 달리는 것뿐이라네.

左盤右蹙[422]如飛電하고
좌 반 우 축 여 비 전

왼쪽으로 돌고 오른쪽으로 오므린
것이 나르는 번개와 같은데,

狀同楚漢[423]相攻戰이라
상 동 초 한 상 공 전

형세 마치 초나라와 한나라가
서로 공격하여 싸우는 것 같네.

---

419 망망(茫茫): 흐릿하여 분명하지 못한 모양, 또는 넓고 멀어[曠遠] 아득한 모양. 여기서는 후자의 뜻으로 쓰임

420 황황(恍恍): 황홀(恍惚)이나 마찬가지의 뜻. 정신과 뜻[神志]이 맑지 못한 모양. 정신을 차리지 못하는 모양

421 교룡(蛟龍): 규룡(虯龍)이라고도 하며, 뿔 없는 용, 곧 이무기를 말한다. 필세가 구불구불하여 힘이 넘치는 모양을 나타내는 데 많이 쓰임. 시 번호 196, 197 한유와 소식의 「돌북을 노래함 (石鼓歌)」, 「나중에 돌북을 노래함(後石鼓歌)」, 시 번호 202 두보의 「이조의 팔분소전 글씨를 노래함(李潮八分小篆歌)」을 참조할 것

422 좌반우축(左盤右蹙): '반'은 선(旋)과 같은 뜻. 왼쪽으로 돌리고 오른쪽으로 끌어당기다. 초서를 거침없이 써 내려가는 것을 형용하는 말

423 초한(楚漢): 진나라에 항거하여 일어난 항우(項羽)의 초나라, 유방(劉邦)의 한나라를 말한다. 필체가 느슨하지 않고 팽팽한 긴장감이 감돈다는 뜻

湖南七郡[424] 凡幾[425]家에
호남칠군　범기　가

호남의 일곱 군 거의 모든 집에,

家家屏障[426]書題徧[427]이라
가가병장　서제편

집집마다 병풍과 가리개엔
그가 쓴 글씨 두루 퍼져 있네.

王逸少[428] 張伯英[429]이
왕일소　장백영

왕희지와 장지 같은 이,

古來幾許浪[430]得名고
고래기허낭　득명

예로부터 그 얼마나
헛되이 명성 얻었던가?

張顚[431]老死不足數요
장전　노사부족수

장이마 늙어 죽었으니 칠 것도 없고,

---

424 호남칠군(湖南七郡): 장사(長沙)·형양(衡陽)·계양(桂陽)·영릉(零陵)·연산(連山)·강화(江華)·소양(邵陽)의 일곱 군을 말한다. 이 일곱 군은 모두 동정호(洞庭湖) 남쪽에 있기 때문에 호남이라고 한다.

425 범기(凡幾): 거의 모든

426 병장(屏障): 안팎을 가리어 막는 물건. 담·장지·병풍, 나아가서는 마을과 마을을 가로막는 큰 산봉우리 따위도 여기에 해당하나, 여기서는 병풍류를 널리 가리키는 말로 쓰임

427 서제편(書題徧): 글씨를 쓴 제액(題額), 곧 액자가 널리 퍼져 있다. 회소가 쓴 병풍, 액자 따위가 널리 유행한다는 말

428 왕일소(王逸少): 진나라의 유명한 서예가 왕희지(王羲之: 303~361)의 자. 낭야(琅琊) 임기(臨沂) 사람으로 회계(會稽) 산음(山陰)에서 살았다. 초서·예서·해서·행서에 모두 제가의 장점을 받아들여 일가를 이루었으며, 당 태종이 그의 필체를 매우 좋아하여 일시에 그의 서체가 유행하게 되었고, 서성(書聖)이라 불린다. 문장도 뛰어나 「난정집서(蘭亭集序)」를 남기기도 하였으며, 관직은 강주(江州)자사와 우군장군(右軍將軍)을 거쳐 회계내사(會稽內史)에까지 이르렀다.

429 장백영(張伯英): 후한 돈황(敦煌) 주천(酒泉) 사람 장지(張芝: ?~192?)의 자. 아우인 장창(張昶)과 함께 초서에 뛰어났으며 특히 장초(章草: 행서와 초서의 중간 서체)에 뛰어났다. 그가 못에 다다라 서예를 배울 때 못의 물이 모두 검게 되었다고 하며, 집 안의 옷과 비단은 반드시 글씨를 쓴 뒤에 물을 빼고 삶아서 빨았다고 한다. 삼국 시대 위나라의 위탄(韋誕)은 그를 초성(草聖)이라 하였고, 왕희지는 한위(漢魏)의 필적 가운데 그와 종요(鍾繇) 두 사람의 것만 추숭하였으며, 특히 초서는 그의 영향을 많이 받았다고 한다.

430 낭(浪): 부사로 쓰이면 '부질없이'라는 뜻이며, 공(空), 도(徒)와 같은 뜻이다.

431 장전(張顚): 장욱(張旭)을 말한다. 술에 취하면 머리에 먹물을 묻혀 글씨를 썼으므로 장이마

我師此義⁴³²不師古라
아 사 차 의   불 사 고

우리 스승 이러한 뜻
옛것 스승 삼지 않았다네.

古來萬事貴天生이니
고 래 만 사 귀 천 생

예로부터 모든 일
하늘에서 타고난 것 귀하니,

何必要公孫大娘渾脫舞⁴³³오
하 필 요 공 손 대 랑 혼 태 무

하필이면 공손대랑의
혼태무가 필요하겠는가?

[張顚]라 불렸다. 시 번호 202 두보의 「이조의 팔분소전 글씨를 노래함(李潮八分小篆家)」의
주 736을 참조할 것

432 차의(此義): 이러한 의법(儀法). 이렇게 초서를 쓰는 법

433 공손대랑혼태무(公孫大娘渾脫舞): '혼태'는 당나라 때 유행한 춤의 이름. 중앙아시아에서 전
래했다고 하며, 요즈음의 스트립쇼와 비슷했다고 한다. 두보는 「공손대랑의 제자가 칼춤을 추
는 것을 보고 노래함(觀公孫大娘弟子舞劒器行)」의 서문에서 "현종 개원 3년(715) 내가 아
직 아이였을 때 낙양의 언성(郾城)에서 공손씨가 검기와 혼태의 춤을 추는 것을 본 것이 기억
난다. 사뿐사뿐 춤을 추다가 갑자기 거셈을 멈추는 품이 당시의 춤으로는 으뜸이었다. 우두머
리로부터 의춘(宜春)과 이원(梨園) 두 교방(敎坊)의 나인(內人)과 밖에서 공부하는 무녀에 이
르기까지 이 춤을 깨우친 사람은 성문신무황제[聖文神武皇帝: 곧 현종] 초기에는 공손씨 한
사람 뿐이었다. (…) 지난날 오 땅 사람 장욱이 초서 서첩을 잘 썼는데, 일찍이 자주 하남성 업성
(鄴城)에서 공손대랑이 하서검기(河西劒器)라는 칼춤 추는 것을 보고서, 이로부터 초서의 솜
씨가 크게 늘어 호탕하고 감격(感激)해졌다 하니, 곧 공손대랑의 춤은 가히 알 만하다"고 하였
다. 『악부잡록(樂府雜錄)』에서는 "개원 연간에 공손대랑이 칼춤을 잘 추었다. 승려인 회소가
그것을 보고는 초서가 마침내 많이 늘었다고 하는데, 아마 그 돈좌[頓挫: 갑자기 세력이 끊김]
의 기세를 본받은 것 같다"고 하였다.

218. 매우 가까이 삶을 노래함(偪側行)⁴³⁴

두보(杜甫)

偪側⁴³⁵何偪側고
핍 측　하 핍 측

가깝기는 어찌 그리 가까운가?

我居巷南子巷北이라
아 거 항 남 자 항 북

나는 골목 남쪽에 살고
그대는 골목 북쪽에 사네.

可恨鄰里⁴³⁶間에
가 한 인 리　간

한탄스럽도다! 이웃 간에,

十日不一見顏色⁴³⁷이라
십 일 불 일 견 안 색

열흘에 한 번도 얼굴 보지 못하네.

自從官馬送還官⁴³⁸으로
자 종 관 마 송 환 관

관가의 말 관가로
다시 돌려보낸 후부터,

434　핍측행(偪側行): '핍측'은 핍측(偪仄)으로 되어 있는 판본도 있으며, 『두보집』에는 이 뒤에 "필씨네 넷째 요에게 드림(贈畢四曜)"이란 말이 더 붙어 있다. 황학(黃鶴)은 이 시는 두보가 건원(乾元) 원년(758) 봄에 서울에서 간원(諫院)의 습유(拾遺)로 있을 때 지은 것이며, 이 때문에 시에 조천(朝天)이란 말이 있다고 하였다. 『두보집』에는 별도로 「필씨네 넷째 요에게 드림(贈畢四曜)」이란 시가 있는데, 거기에는 "飢寒奴僕賤"이란 시구가 나온다. 이 시구는 역대로 주리고 추워서 '종들까지도 그를 천하게 여겼다', '종들이 그의 종이 된 것을 스스로 천하다고 여겼다', '종들과 함께 다른 사람들의 멸시를 받았다'의 세 가지 방법으로 해석되어 왔는데, 어쨌든 그가 몹시 가난했던 것만은 사실인 것 같다.

435　핍측(偪側): 밀이(密邇), 곧 매우 가깝다는 뜻. 『문선』에 실려 있는 한나라 장형(張衡)의 「서쪽 서울(西京賦)」에 "암수의 사슴 빽빽하게 서 있는데, 밭에 나란히 모여 있네(麀鹿麌麌, 駢田偪仄)"라는 구절이 있는데, 당나라의 유량(劉良)은 "밭에 나란히 늘어서서 서로 간의 거리가 매우 가까운 것(駢列於田以相偪側)"이라 하였다. 여기서는 두보와 필요가 사는 골목이 좁고 누추한 것을 가리킨다.

436　인리(鄰里): 『주례』「지관(地官)·수인(遂人)」에 "다섯 집이 1인이며, 다섯 인이 1리이다(五家爲鄰五鄰爲里)"고 하였다.

437　불일견안색(不一見顏色): 남조 양(梁)나라 강엄(江淹)의 「옛 이별(古別離)」에 "한 번 얼굴 보고 싶으니, 옥나무 가지와 다르지 않다네(願一見顏色, 不異瓊樹枝)"라는 구절이 있다.

行路難⁴³⁹行澀如棘⁴⁴⁰이라
행 로 난　행 삽 여 극

길 가는 것 가기 어려워
가시나무처럼 막혔다네.

我貧無乘非無足이나
아 빈 무 승 비 무 족

내 가난하여 탈 것 없어도
다리 없지 않으나,

昔者相過今不得이라
석 자 상 과 금 부 득

옛날에 서로 지나던 길
이제는 다닐 수 없다네.

實不是愛微軀⁴⁴¹요
실 불 시 애 미 구

실로 이 미천한 몸 사랑함 아니고,

又非關足無力⁴⁴²이라
우 비 관 족 무 력

또한 발에 힘없음과는 상관없네.

徒步⁴⁴³翻愁⁴⁴⁴官長怒니
도 보　번 수　관 장 노

걸어 다니노라니 오히려 관가의
어르신 노엽게 할까 걱정되니,

438　관마송환관(官馬送還官): 안녹산의 난으로 함락된 낙양과 장안을 수복하기 위하여 말을 징
　　발한 것. 지덕(至德) 2년(757) 2월 임금이 봉상(鳳翔)으로 행차하여 동경과 서경의 양경(兩
　　京)을 수복할 것을 논의하여 공사(公私)의 모든 말을 거두어 군대를 돕자고 하였다. 급사중 이
　　이(李廙)가 말이 없다고 하자 대부 최광원(崔光遠)이 탄핵하여 이이를 강화 태수(江華太守)
　　로 폄적(貶謫)했다.

439　행로난(行路難): 고악부에「가는 길이 험난함(行路難)」이란 시가 있다.

440　삽여극(澀如棘): '삽'은 막힌다는 뜻으로, 경삽(梗澀)과 같은 말.『진서』「왕승전(王承傳)」에
　　"왕승[자는 안기(安期)]이 동쪽으로 장강을 지나는데, 이때 도로가 꽉 막혀 있었다(道路梗
　　澀)"는 말이 있다.

441　실불시애미구(實不是愛微軀):『두보집』에는 첫째 자 실(實)이 없다. '불시'는 미감(未敢)으로
　　된 판본도 있고, '애미구'는 '게을러 서로 찾지 않네'라는 뜻의 용상방(慵相訪)으로 된 판본도 있
　　다. '미구'는 미천한 몸이라는 뜻으로 자기 몸의 겸칭이다.

442　우비관족무력(又非關足無力): 위의 구절과 마찬가지로 역시 우(又) 자가 없는 판본도 있다. 무
　　명씨의 고악부「양백화(楊白花)」에 "정 머금고 지게문 나서니 다리에 힘이 없고, 버들가지 꽃
　　주워 드니 눈물이 가슴을 적시네(含情出戶脚無力, 拾得楊花淚沾臆)"라는 구절이 있다. '비
　　관'은 '~와는 상관이 없다', '~ 때문이 아니다'라는 뜻

443　도보(徒步): 걸어 다님, 도행(徒行)과 같은 뜻.『논어』「선진(先進)」에 "내가 일찍이 대부를 지냈

此心炯炯[445]君應識이라   이 마음 밝고 밝게 그대는 알리라.
차 심 형 형   군 응 식

曉來急雨春風顚[446]이나   새벽 되니 소나기 내리고
효 래 급 우 춘 풍 전   봄바람 어지러이 부는데,

睡美[447]不聞鍾鼓[448]傳이라   잠자는 것 좋아하여 종과 북소리
수 미   부 문 종 고   전   전함을 듣지 못하네.

東家蹇驢[449]許借我나   동쪽 집 저는 나귀
동 가 건 려   허 차 아   나에게 빌려 주었으나,

泥滑不敢騎朝天이라   진흙 미끄러워 감히 타고서
이 활 불 감 기 조 천   대궐에 조회 나가지 못하네.

已令請急[450]會通籍[451]하니   이미 휴가 청하게 하여
이 령 청 급   회 통 적   허락 통지서 받았으니,

던 까닭에 걸어 다닐 수가 없었다(以吾從大夫之後, 不可徒行也)"는 말이 나온다.

444 번수(翻愁): '번'은 원래 '뒤집다', '일으키다'의 뜻. '번수'는 걱정을 일으키다. 걱정하게 만들다.

445 형형(炯炯): 밝게 빛나는 모양. 진(晉)나라 반악(潘岳)의 「과부(寡婦賦)」에 "눈이 반짝반짝 잠 이루지 못하네(目炯炯而不寢)"라는 구절이 있다.

446 전(顚): 어지러운 것을 말한다. 두보는 전(顚) 자를 이런 구법으로 쓰기를 좋아했는데, 이를테 면 그의 시 「절구(絶句)」(제3수)에 "봄 오는 것 좋다고 속이는데, 미친 듯한 바람 크게 어지러이 부네(謾道春來好, 狂風太放顚)"와 같은 구절이 있다.

447 수미(睡美): 잠을 잘 자다.

448 종고(鐘鼓): 시각을 알리는 종소리와 북소리. 파루(罷漏)

449 건려(蹇驢): 절름발이 나귀를 말한다. 한나라 왕포(王褒)의 『초사』 「구회·주소(株昭)」에 "절름 발이 나귀 멍에 지움이여, 쓸모없는 날 많다네(蹇驢服駕兮, 無用日多)"라는 구절이 있다.

450 청급(請急): 휴가를 청하다. '급'은 고대의 휴가명으로 청급은 취급(取急)이라고도 하며, 청가 (請假)와 같다. 『초학기(初學記)』(권 20)에 "진(晉)나라의 제도에 급의 휴가[急假]는 한 달에 5급, 연간 60일로 제한했다"는 기록이 있고, 당나라 때는 3품 이상은 3일의 급휴가가, 5품 이상 은 열흘의 급휴가가 주어졌다.

男兒性命絶可憐⁴⁵²이라
남 아 성 명 절 가 련

남아의 한 목숨 매우 가련하다네.

焉能終日心拳拳⁴⁵³고
언 능 종 일 심 권 권

어찌 종일토록 마음속으로
꼭 붙들고 근심만 할 수 있겠는가?

憶君誦詩神凜然이라
억 군 송 시 신 늠 연

그대 생각하며 시 외우니
정신이 의젓하여지네.

辛夷始花⁴⁵⁴亦已落하니
신 이 시 화   역 이 락

신이화 막 피는 듯 또 이미 졌으니,

況我與子非壯年고
황 아 여 자 비 장 년

하물며 나와 그대 한창때 아니런가?

---

451 통적(通籍): 궁문(宮門)의 출입 허가를 받은 사람의 성명·연령 등을 적은 명패. 주책(註冊) 또는 주적(註籍)이라고도 한다. 여기서는 휴가의 명이 떨어져 이에 대한 통행증이 이미 나온 것을 말한다.

452 남아절가련(男兒絶可憐): 남조 양(梁)나라 오균(吳均)의「군에 종사함(從軍行)」에 "사내아이들 또한 가련하게, 군공 세우느라 북쪽의 국경에 있다네(男兒亦可憐, 立功在北邊)"라는 구절이 있다. 휴가를 얻어 필요를 보러 가지 못함을 말한다.

453 심권권(心拳拳): 정성을 다하는 모양. 『중용(中庸)』에 "안회(顔回)의 사람됨은 중용을 가려 한 선을 얻으면 권권히 가슴속에 두어 잃지 않는다(得一善則拳拳服膺而弗失之矣)"는 말이 나오는데, 주자는 "권권은 받들어 잡는 모양(奉持之貌)"이라고 하였다.

454 신이시화(辛夷始花): '신이'는 향나무[香木]의 이름으로 키가 두세 길[丈]이며 잎은 감나무잎 같은데 좁고 길다. 송나라 위회충(魏懷忠)이 『한유시변증(韓詩辨證)』에서 홍흥조(洪興祖)의 말을 끌어다 단 주석에서 "신이는 키가 여러 길인데 강남 지방에서는 따뜻하여 정월에 피고, 북쪽 지방에서는 2월에 피운다. 처음 필 때는 붓과 같아 북쪽 사람들은 목필(木筆)이라 부른다. 그 꽃이 가장 일러 남쪽 사람들은 영춘(迎春)이라 한다"고 하였다. 송나라 호자(胡仔)는 『초계어은 도사의 시 이야기 모음(苕溪漁隱叢話)』에서 "내가 목필과 영춘을 보니 원래부터 두 종이었다. 목필은 자색이며, 영춘은 흰색이다. 목필은 소복하게 나고 2월에야 피며, 영춘은 나무가 높고 입춘에 이미 핀다. 그런즉 신이는 곧 이 나무의 꽃이다"라고 하였다. 봄에는 소한부터 곡우까지 매 8절후마다 세 차례씩의 봄소식을 알려 주는 바람, 즉 이십사번화신풍(二十四番花信風)이 있다. 이 화신풍의 입춘 제1후(候), 곧 7신풍을 보면 영춘이란 것이 있으니 이에 부합한다. 영춘은 우리나라에서는 개나리꽃을 말한다.

街頭酒價常苦貴[455]하여
가 두 주 가 상 고 귀

길가의 술값 언제나 너무 비싸,

方外[456]酒徒[457]稀醉眠[458]이라
방 외   주 도   희 취 면

세속 바깥의 술 마시는 무리
취하여 자는 일 드무네.

速宜相就飲一斗[459]니
속 의 상 취 음 일 두

빨리 서로 나아가 한 말 마셔야 하리니,

恰有三百靑銅錢[460]이라
흡 유 삼 백 청 동 전

마침 청동 엽전 삼백 냥 있다네.

---

455 주가상고귀(酒價常苦貴): 안녹산의 난 이래 모든 것이 품귀해졌는데, 두보가 유독 술값이 비
싸다고 푸념한 것은, 술을 '시절을 슬퍼하는 것'으로 각별히 생각했음을 잘 드러낸다.

456 방외(方外): 『회남자』「숙진훈(俶眞訓)」에 "진인(眞人)은 세속의 바깥을 달리고(眞人馳於方
外) 우주 안에서 쉰다"는 말이 있다.

457 주도(酒徒): 『사기』「역이기전(酈食其傳)」에 "빨리 들어가서 패공[沛公: 한 고조 유방]에게 말
하라. 나는 고양(高陽)의 술꾼[酒徒]이지 유자(儒者)가 아니라고"라는 말이 있다.

458 취면(醉眠): 『남사』「도잠전(陶潛傳)」에 "도잠이 먼저 취하면 대뜸 '내 취해서 좀 잘까 하니 그
대는 가도 좋소'라고 말하곤 했다(潛若先醉, 便語客, 我醉欲眠卿可去)"는 말이 있다.

459 상취음일두(相就飲一斗): 남조 송나라 포조(鮑照)의 「길을 가기가 어려움(行路難)」에 "또한
뜻 얻어 자주 빨리 나아가길 바라, 침상 머리에 항상 술 살 돈 있다네(且願得志數相就, 床頭
恒有沽酒錢)"라는 구절이 있다.

460 삼백청동전(三百靑銅錢): 당나라 때는 현금을 청전(靑錢)이라 하였다. 조언재(趙彦材)가 말
하기를 "송나라 진종(眞宗)이 가까이 모시는 신하에게 묻기를 '당나라 때 술값은 얼마였는가?'
라고 하자 아무도 대답을 할 수가 없었는데, 정위(丁謂)가 아뢰기를 '한 말에 삼백 문(文)이었
습니다'라고 하였다. 황제가 어떻게 그것을 아느냐고 묻자 정위가 이 시의 구절을 끌어다 대답
하니 황제가 크게 웃으며 말하기를 '자미[子美: 두보의 자]는 정말 일대의 역사라 하겠다'라고
하였다"고 하였다.

219. 떠나가자꾸나(去矣行)461

두보(杜甫)

君不見鞲上鷹462이
군 불 견 구 상 응

그대는 보지 못하였는가?
가죽 팔찌 위의 매,

一飽則飛掣463오
일 포 즉 비 체

한 번 배부르면 빨리 날아가는 것을.

焉能作堂上燕464하여
언 능 작 당 상 연

어찌 큰 집에 깃들어 사는
제비 될 수 있어,

銜泥465附炎熱466고
함 니 부 염 열

진흙 물어 권세가에게 빌붙겠는가?

---

461 거의행(去矣行): '거의'는 사직하고자 하는 결의를 말한다.
천보 14년(755) 두보는 우위솔부주조참군이란 벼슬에 있으면서 사직할 것을 결심하고 이 시를 지었다.

462 구상응(鞲上鷹): 가죽 토시 위의 매. '구'는 구(韝)와도 같으며, 활을 쏠 때 쓰는 깍지인 사구(射鞲)와 같이 생겼는데 양쪽 팔뚝에 결박하는 것이다. 매의 발톱이 날카롭기 때문에 팔뚝에 매를 앉힐 때 다치는 것을 방지하기 위해서 쓰는 일종의 호구(護具), 팔찌이다. 남조 송나라 포조(鮑照)의 「동무를 비겨 읊음(代東武吟)」에 "예전에는 팔찌 위의 매 같더니, 지금은 우리 속의 원숭이 비슷하네(昔如鞲上鷹, 今似檻中猿)"라는 구절이 있다.

463 일포즉비체(一飽則飛掣): 역시 두보의 「종반간에 서른다섯째인 서기 고적(高適)을 송별하다(送高三十五書記)」에 "굶주린 매 고기 배불리 먹지 못하면, 날개 늘어뜨리고 사람 따라 나르네(飢鷹未飽肉, 側翅隨人飛)"라는 구절이 있고, 또한 「위 좌승 장제에게 드림(贈韋左丞丈濟)」에 "늙은 준마 천 리를 생각하고, 주린 매는 한 번 부르는 것 기다리네(老驥思千里, 飢鷹待一呼)"라는 구절이 있는데, 이와 일맥상통한다고 하겠다. '비체'는 신속하게 날아가다.

464 당상연(堂上燕): 큰 집 처마에 깃들인 제비. 고악부(古樂府) 「고운 노래(豔歌行)」에 "훨훨 나는 대청 앞의 제비, 겨울이면 숨었다가 여름이 되면 보이네(翩翩堂前燕, 冬藏夏來見)"라는 구절이 있다. 여기서는 부귀한 사람을 좇아 빌붙는 사람을 가리킨다.

465 함니(銜泥): 진흙을 물고 오다. 「고시」 19수 「동쪽성은 높고 긴데(東城高且長)」에 "생각건대 날아가는 한 쌍 제비 되어, 진흙 물고 그대 집에 머물렀으면(思爲雙飛燕, 銜泥巢其室)"이라는 구절이 있다.

466 염열(炎熱): 위세가 타오르는 불길처럼 대단한 사람을 가리킨다. 시 번호 57 한나라 반첩여(班

750

野人⁴⁶⁷曠蕩無靦顔⁴⁶⁸하니
야 인 　 광 탕 무 전 안

속된 사람 크고 넓은 일에
부끄러운 얼굴 없으니,

豈可久在王侯⁴⁶⁹間고
기 가 구 재 왕 후 　 간

어찌 왕족이나 후작 같은 틈새에
오래 있을 수 있겠는가?

未試囊中飧玉法⁴⁷⁰이나
미 시 낭 중 손 옥 법

주머니 속의 옥 먹는 법
시험해 본 적 없지만,

明朝且⁴⁷¹入藍田山⁴⁷²이라
명 조 차 　 입 남 전 산

내일 아침에는 내친김에
남전산으로 들어가리.

婕妤)의 「원망의 노래(怨歌行)」에 "가을날 이르기를 언제나 걱정했네. 서늘한 바람 일어 더운
열기 몰아낼까(常恐秋節至, 涼飇奪炎熱)"라는 구절이 있다. 시 번호 209 두보의 「고운 여인
들을 노래함(麗人行)」의 "손 가까이 대면 데일라 권세 비할 무리 없으니(炙手可熱勢絶倫)"와
같은 뜻

467　야인(野人): 순박한 사람, 벼슬을 하지 않는 사람, 시골 사람 등의 뜻이 있으나 여기서는 예의를
　　　모르는 속된 사람이란 뜻으로 쓰였으며, 두보가 자신을 겸양적으로 표현한 말이다.

468　광탕전안(曠蕩靦顔): '광탕'은 마음이 크고 넓다. '전안'은 부끄러워하는 얼굴. 진나라 육기(陸
　　　機)의 「평원내사의 직책을 내려 주어 감사드리는 표장(謝平原內史表)」에 "나라가 위급한 이
　　　때에 기록될 만한 절개도 없이 비록 넓고 큰 은혜를 입었으나 신이 홀로 무슨 낯짝이 있겠습니
　　　까?(遭國顚沛, 無節可紀, 雖蒙曠蕩, 臣獨何顔)"라는 구절이 있다. 남조 제나라 심약(沈約)
　　　의 「왕원을 탄핵함(奏彈王源)」에 "조부와 증조부의 명망을 팔아 장사치의 도로 삼았으며, 눈
　　　을 부릅뜨고 두꺼운 낯빛으로 일찍이 부끄러워하거나 두려워한 적이 없었습니다(販鬻祖曾,
　　　以爲賈道, 明目靦顔, 曾無愧畏)"라는 구절이 있다.

469　왕후(王侯): 제후왕이나 후작(侯爵) 같은 지위가 높고 고귀한 사람들

470　손옥법(飧玉法): 옥을 먹는 법. 『주례』「천관·옥부(玉府)」에 "왕제는 먹는 옥을 제공한다(王齊
　　　則共食玉)"라고 하였으며, 한나라의 정현(鄭玄)은 "옥은 양의 정기의 순정한 것으로 먹으면
　　　수기(水氣)를 막는다"고 하였다. 『북사』「이예전(李預傳)」에 "장안에 살면서 옛사람들이 옥을
　　　먹는 법을 부러워하여 남전(藍田)을 물어 가며 찾아 직접 파내러 가서 벽옥과 잡기(雜器) 형태
　　　의 것 크고 작은 것 백여 개를 캐냈다. 그 가운데는 거칠고 검은 것도 있었는데 역시 상자에 담
　　　아서 돌아왔다. 와서 살펴보니 모두가 광택이 나고 가지고 놀 만했다. 이예는 이에 70매를 공이
　　　로 찧어 가루로 만들어 먹고 나머지는 거의 사람들에게 나누어 주었다"고 하였다.

220. 더위를 괴로워함(苦熱行)[473]

왕곡(王轂)[474]

祝融[475]南來鞭火龍[476]하니
축 융　　남 래 편 화 룡

축융이 남쪽으로 와서
불의 용 채찍질하니,

火旗焰焰[477]燒天紅이라
화 기 염 염　　소 천 홍

불의 깃발 활활 타오르고
하늘 벌겋게 불태우네.

日輪當午[478]凝不去[479]하니
일 륜 당 오　　응 불 거

해 바퀴 한낮에 엉겨 붙어 가지 않으니,

471　차(且): 여기서는 '~에 빙자하여', '즉시' 등의 뜻으로 쓰임

472　남전산(藍田山): 『장안지(長安志)』에 의하면 장안현 동남쪽에 있는데, 일명 복거산(覆車山)이라고 하며, 그 산에서 옥이 나므로 옥산(玉山)이라고도 한다. 또 『삼진기(三秦記)』에 의하면, 옥 가운데 가장 아름다운 것을 구(球)라 하고, 그다음 것을 남(藍)이라고 하는데, 그 땅에서 아름다운 옥이 많이 나므로 그렇게 부른다고 하였다.

473　고열행(苦熱行): 여름날의 더위에 고통받는 것을 읊은 작품으로, 많은 전고를 활용하여 상상력을 맘껏 발휘하였다. 7언 8구의 시이나 율시는 아니며, 전반과 후반에서 다른 운자를 사용한 고시이다. 중국 고대의 전형적인 자연관을 엿볼 수 있는 재미있는 작품이다.

474　왕곡(王轂: ?~900?): 자는 허중(虛中). 당나라 의춘[宜春: 지금의 강서성(江西省) 길안현(吉安縣)] 사람. 소종(昭宗) 건녕(建寧) 연간에 진사가 되었으며, 당나라 말에 상서낭중(尙書郎中)으로 치사(致仕)하였다. 그의 문집 3권이 전한다.

475　축융(祝融): 고신씨(高辛氏)의 불을 맡은 신하[火正]. 『좌전』「소공(昭公) 29년」에 "나무의 신하는 구망(句芒)이고 불의 신하는 축융이다"라고 하였다. 죽어서 불을 다스리는 신[火神]이 되었다고 한다. 『여씨춘추』「맹하기(孟夏紀)」에 "이 달을 다스리는 임금은 염제(炎帝)이고 그 신하는 축융이다"라고 하였으며, 고유(高誘)는 "축융은 전욱(顓頊)씨의 후예로 노동(老童)의 아들 오회(吳回)인데 고신씨의 화정이 되었으며 죽어서는 불을 주관하는 신이 되었다"고 주석을 달았다. 『산해경』에 의하면 짐승의 몸체에 사람의 얼굴을 하고 용 두 마리를 타고 다녔다고 한다.

476　편화룡(鞭火龍): '화룡'은 온몸에 불을 띠고 다닌다는 전설상의 신룡. 화룡을 채찍질한다는 것은 여름의 뜨거운 열기를 축융이 화룡을 타고 다니기 때문이라고 표현한 것

477　화기염염(火旗焰焰): '염염'은 염염(燄燄)이라고도 하며 불꽃이 막 타오르는 모양. 해의 열기를 화룡이 끄는 마차의 깃발이 활활 타오르는 모양으로 표현한 것

萬國如在紅爐480中이라
만 국 여 재 홍 로 　 중

온 나라가 마치
벌건 난로 속에 있는 듯하네.

五嶽481翠乾482雲彩滅하여
오 악 　 취 간 　 운 채 멸

오악의 푸름 말라 버리고
구름무늬마저 없어지니,

陽侯483海低愁波竭이라
양 후 　 해 저 수 파 갈

양후 바다 밑에서
물결 마를까 근심하네.

何當一夕金風484發하여
하 당 일 석 금 풍 　 발

어느 저녁에 금빛 바람 일어,

---

478 일륜당오(日輪當午): '일륜'은 태양을 말하는데, 모양이 수레바퀴처럼 생겼다고 해서 그렇게 부름. '당오'는 한낮을 말한다. 중국에서는 하루를 12지(支)에 의해 12로 나누었는데, 오시(午時)는 오전 11시부터 1시까지로 태양이 가장 높이 떠 있는 시간을 말한다.

479 응불거(凝不去): 날이 너무 더워 해가 하늘 한복판에 엉겨 붙어 있는 듯하다는 표현

480 홍로(紅爐): 불에 달아 벌건 빛을 띤 화로. 온 땅이 뜨겁게 달아오른 것을 말한다.

481 오악(五嶽): 중국의 다섯 명산. 중악인 숭산(嵩山), 동악인 태산(泰山), 남악인 형산(荊山), 서악인 화산(華山), 북악인 항산(恒山)의 다섯 산을 말한다. 선진의 고적(古籍)에는 사악의 명칭만 있어서 중악은 없었는데, 『주례』에 와서 비로소 오악의 명칭이 보임

482 취간(翠乾): '乾'은 '마르다'의 뜻으로 쓰일 때는 '간'으로 읽어야 한다.

483 양후(陽侯): 전설상의 파도의 신. 『초사』「9장·초나라의 서울을 슬퍼함(九章·哀郢)」에 "양후 넘쳐흐름 업신여김이여, 갑자기 빙빙 돌아 어디서 멈추려는가?(凌陽侯之氾濫兮, 忽翱翔之焉薄)"라는 구절이 있다. 『회남자』「남명(覽冥)」에 "무왕(武王)이 주(紂)를 치려고 맹진(孟津)을 건너는데 양후의 물결이 거꾸로 흘러 쳐들어왔다"는 말이 있으며, 고유(高誘)는 "양후는 능양국(陵陽國)의 후작이다. 그 나라가 바다에 가까워서 물에 빠져 죽었는데, 그 신은 큰 파도를 일으켜 상해를 입혔으므로 양후의 파도라 하였다"고 주석을 달았다.

484 금풍(金風): 가을바람. 『문선』 장협의 「잡시(雜詩)」에 "금풍은 가을철 부채질하고, 붉은 놀은 음의 시기 여네(金風扇素節, 丹霞啓吟期)"라는 구절이 있는데, 이선(李善)은 "서방은 가을이며 금을 주관하므로 가을바람을 금풍이라 한다"고 주석을 달았다. 오행설에 의하면, 화(火)는 방위로는 남쪽, 계절로는 여름, 빛깔로는 적색을 뜻하며, 금(金)은 각기 서쪽, 가을, 백색을 나타낸다.

爲我掃除天下熱고
_{위 아 소 제 천 하 열}
우리에게 천하의 열기
쓸어 없애 주려나.

221. 비파의 노래(琵琶行)[485]

백거이(白居易)

潯陽江[486]頭夜送客이러니
_{심 양 강   두 야 송 객}
심양강 가에서
밤에 나그네 전송하는데,

---

485 비파행(琵琶行): 제목 아래 다음과 같은 백거이의 서문이 붙어 있다. "원화 10년(815) 나는 구강군의 사마로 좌천되었다. 이듬해 가을 분수구에서 나그네를 전송하다가, 배 안에서 밤중에 비파 뜯는 소리를 듣게 되었다. 그 소리를 들어 보니 쟁그랑쟁그랑 맑게 울리는 것이 서울에서나 들을 수 있는 소리였다. 그를 찾아 사연을 물어보았더니, 본래 장안의 기녀로, 일찍이 목·조 두 사람의 명인에게서 비파를 배웠는데, 나이가 들고 용모가 시들어 장사치의 아내로 몸을 의탁하고 있다고 하였다. 마침내 술을 시키고 몇 곡을 거리낌 없이 더 타게 하였다. 곡조가 끝나자 시름에 잠긴 채 스스로 젊었을 때의 즐겁던 일과 이제는 영락하여 초췌해진 것이며, 강호를 떠돌아다니며 전전하게 된 일 등을 이야기했다. 내가 외직으로 나온 것이 2년인데, 편안하게 스스로 만족하고 있었다. 이 사람의 말을 듣고 느낀 바가 있어, 그날 밤에야 비로소 내가 폄적된 신세를 깨닫게 되었다. 그래서 긴 시를 지어 그녀에게 주었다. 모두 육백열여섯 자로 제목을 「비파의 노래」라 하였다(元和十年, 予左遷九江郡司馬. 明年秋, 送客湓水口, 聞舟中夜彈琵琶者. 聽其音, 錚錚然有京都聲. 問其人, 本長安倡女, 嘗學琵琶於穆曹二善才, 年長色衰, 委身爲賈人婦. 遂命酒使快彈數曲. 曲罷憫然, 自敍少少時歡樂事, 今漂淪憔悴, 轉徙於江湖間. 予出官二年, 恬然自安. 感斯人言, 是夕始覺有遷謫意. 因爲長句歌以贈之. 凡六百一十六言, 命曰琵琶行)."
비파는 원래 서역의 악기인데 한대에 중국으로 전래되었고, 5세기경에는 고구려까지 전해졌다. 『석명(釋名)』에서는 "원래 북쪽 오랑캐들이 말 위에서 연주하던 악기로, 손을 밖으로 밀어서 소리 내는 것을 비(琵)라 하였고, 안으로 끌어들여서 소리 내는 것을 파(琶)라고 하였다"고 했다. 5현에 곧은 목을 하였으며 대나무 술대[匙]로 연주하는 향비파(鄕琵琶)와 4현에 목이 굽고 배가 볼록하며 손톱 모양의 깍지를 끼고 연주하는 당비파(唐琵琶)가 있다. 이 시는 장사치 부인의 일을 빙자하여 마음 가득 들어 있는 좌천되어 귀양 와 있는 심정과 동병상련의 뜻을 읊

楓葉⁴⁸⁷荻花⁴⁸⁸秋瑟瑟⁴⁸⁹이라
<small>풍 엽　적 화　추 슬 슬</small>

　　　　　단풍잎이랑 억새꽃에

　　　　　가을은 쓸쓸하여라

主人⁴⁹⁰下馬客在船하고
<small>주 인　하 마 객 재 선</small>

　　　　　주인 말에서 내리고

　　　　　나그네는 배에 있는데,

擧酒欲飮無管絃⁴⁹¹이라
<small>거 주 욕 음 무 관 현</small>

　　　　　술 들어 마시려 하나

　　　　　관현의 음악 없구나.

고 있다.

486 심양강(潯陽江): 구강(九江)이라고도 하며, 곧 대강(大江: 양자강)임. 진나라 곽박의 「강부(江賦)」에 "근원 거협에서 둘로 나누어지고, 흐름은 심양에서 아홉으로 갈래지네(源二分於嶇峽, 流九派乎潯陽)"라는 구절이 있다. 구강부의 부성(府城) 서북쪽에 있으며, 민산(岷山)에서 발원하여 40리를 흘러 내려가 팽려호(彭蠡湖)의 물과 합류하여 동해로 들어간다. 이 강의 강가에 비파정과 비파주, 비파만 등이 있는데, 『태평환우기』와 『청통지(淸通志)』 등에서는 모두 백거이의 「비파의 노래」와 관련이 있다고 하였으나, 『수경주』에서는 이런 명칭이 있은 지 이미 오래되었다고 하였다.

487 풍엽(楓葉): 가을이 되어 붉게 물든 단풍잎

488 적화(荻花): 물억새꽃. '적'은 물가에 나는 풀로 억새와 비슷하며, 가을이 되면 하얀 꽃을 피운다.

489 추슬슬(秋瑟瑟): '슬슬'은 소슬(蕭瑟)과 같은 뜻이며, 삭삭(索索)으로 된 판본도 있다. 의태어로 가을이 되어 바람이 쓸쓸하게 부는 것을 가리킨다. 한나라 유정(劉楨)의 「종제에게 줌(贈從弟)」에 "산 위의 소나무는 꿋꿋하고, 골짝의 바람은 쓸쓸하네(亭亭山上松, 瑟瑟谷中風)"라는 구절이 있다. 또 명나라 양신(楊愼)의 『승암시화(升菴詩話)』에서는 "슬슬은 원래 옥의 이름인데 그 빛이 짙푸르다. 이 구절은 단풍잎은 붉고 억새꽃은 희며, 가을의 경치는 짙푸름을 말한 것이다"라고 하고, 백거이의 다른 시 「부에서 나와 오두막으로 돌아가다(出府歸吾廬)」의 "숭산은 짙푸르고 이수는 푸릇푸릇하네(嵩碧伊瑟瑟)"와 같은 구절을 예로 들기도 하였다.

490 주인(主人): 백거이 자신을 가리킨다. 옛날에는 고을의 수령을 부를 때 습관적으로 고을 이름 뒤에다 주(主) 자를 붙였다. 구강군 사마인 경우에는 구강주(九江主)라고 하는 식이다.

491 관현(管絃): 피리와 같은 관악기와 금, 슬 등의 현악기. 곧 음악을 말한다.

醉不成歡惨[492]將別하니
취 불 성 환 참　장 별

취하여도 기뻐지지 않아
슬피 헤어지려는데,

別時茫茫[493]江浸月[494]이라
별 시 망 망　강 침 월

헤어질 때 아득하니
강에 달만 잠기어 있네.

忽聞水上琵琶聲하고
홀 문 수 상 비 파 성

별안간 물 위로 비파 소리 들려오니,

主人忘歸客不發이라
주 인 망 귀 객 불 발

주인은 돌아갈 것을 잊고
나그네는 떠나지 않았다네.

尋聲暗問[495]彈者誰하니
심 성 암 문　탄 자 수

소리 찾아 가만히
뜯는 이 누구인가 물었더니,

琵琶聲停欲語遲[496]라
비 파 성 정 욕 어 지

비파 소리 그치고
말할 듯하다가는 머뭇거리네.

移船相近邀相見하고
이 선 상 근 요 상 견

배 옮기어 가까이 가서
만나볼 것 청하고서,

添酒回燈重開宴[497]이라
첨 주 회 등 중 개 연

술 더하고 등불 돌려
다시 잔치 열었다네.

---

492 참(惨): 마음이 침통하고 쓸쓸하다.
493 망망(茫茫): 광막한 모양
494 강침월(江浸月): 달이 강물 속에 빠져 있다. 수면에 달이 비치는 모양을 말하며, 또 강물 위로 달이 떠오르는 것을 표현한 것이라고도 한다.
495 암문(暗問): 나직한 목소리로 묻다. '암'은 부사로 쓰이면 '몰래', '남이 알지 못하게'의 뜻이 됨.
496 욕어지(欲語遲): 말을 할 듯하다가 또 머뭇거리는 것을 말한다.
497 첨주중개연(添酒重開宴): 술을 더 준비하여 술자리를 다시 마련하다. 송별 연회에 음악이 없어서 흥이 떨어졌다가 음악 소리가 들려와 다시 주흥이 올랐음을 말한다.

千呼萬喚498始出來러니
천호만환   시출래

천 번 부르고 만 번 소리치니
비로소 나오는데,

猶抱琵琶半遮面499이라
유포비파반차면

아직도 비파 안은 채
반은 얼굴 가렸다네.

轉軸500撥絃三兩聲501하니
전축   발현삼량성

축 돌리고 현 퉁겨
두세 소리 내어 보니,

未成曲調先有情502이라
미성곡조선유정

곡조 채 이루어지지 않았는데
정이 먼저 생겨나네.

絃絃掩抑503聲聲思504하니
현현엄억   성성사

현마다 낮게 가라앉으니
소리 소리 생각 담겨 있어,

似訴505平生不得志506라
사소   평생부득지

흡사 평생 동안
뜻 얻지 못함 하소연하는 듯하네.

---

498 천호만환(千呼萬喚): 천 번 만 번 부른다는 뜻으로, 몇 차례나 되풀이하여 부름의 과장된 표현.
499 차면(遮面): '차'는 막다, 가리다. 부끄러워 얼굴을 가리며 수줍어함을 말한다.
   이상은 나그네를 전송하다가 비파를 타는 부인을 만나게 되는 광경을 그렸다.
500 전축(轉軸): 현악기에서 소리를 조절할 수 있도록 현을 감아서 움직일 수 있는 부분을 말한다.
501 발현삼량성(撥絃三兩聲): 비파의 줄을 두세 번 튀겨 소리를 내 보다. 비파를 조율하며 시험 삼
   아 내 보는 소리
502 미성곡조선유정(未成曲調先有情): 아직 곡을 타지 않았는데도 벌써 정취를 느끼게 되다. 앞
   서 들은 곡조를 생각하니 새 곡을 타기도 전에 기대가 된다는 뜻이다.
503 엄억(掩抑): 비파를 타는 소리가 나지막이 가라앉는 것을 말한다.
504 성성사(聲聲思): 비파를 타는 소리 하나하나에 모두 생각이 스며 있다.
505 사소(似訴): 호소하는 듯하다. '소'는 하소연하다.
506 평생부득지(平生不得志): '평생'은 시어로 쓰면 평소(平素)의 뜻을 많이 나타냄. 평소의 불우
   (不遇)함

低眉信手507續續彈하니
저 미 신 수   속 속 탄

눈썹 내리 깐 채 손 믿고
연이어 뜯는데,

說盡心中無限事508라
설 진 심 중 무 한 사

마음속 끝없는 일
모조리 이야기하는 듯.

輕攏慢撚撥復挑509하니
경 롱 만 연 발 부 도

가볍게 눌렀다가 천천히 쓸고
퉁겼다가 다시 돋우니,

初爲霓裳510後六幺511라
초 위 예 상   후 육 요

처음엔 「예상우의곡」이더니
나중에는 「육요곡」이라네.

---

507 신수(信手): 손이 가는 대로 맡겨 두다. 비파 연주가 매우 능숙함을 말한다. '신'은 수(隨)나 마찬가지의 뜻

508 심중무한사(心中無限事): 가슴속에 맺혀 있는 끝없이 많은 여러 가지 일들

509 농연발도(攏撚撥挑): 모두 비파를 연주하는 기법을 나타내는 동사임. '연'은 손가락으로 비파의 현을 누른 채 손가락을 옮기는 동작을 말하는 듯하다.

510 예상(霓裳): 「예상우의곡(霓裳羽衣曲)」을 가리킨다. 시 번호 205 백거이의 「긴 한탄(長恨歌)」의 주 864를 참조할 것

511 육요(六幺): 곡명. 『백거이집』에는 녹요(綠腰: 또는 錄腰)로 되어 있다. 또 악세(樂世)라고도 한다. 『백거이집』 권 35에 「청가육절구(聽歌六絶句)」의 한 수로 악세(樂世)가 있는데, 백거이의 자주(自注)에 "일명 육요라고 한다(一名六幺)"고 하였다. 송나라의 정대창(程大昌)은 『연번로(演繁露)』에서 "단안절(段安節)의 『비파록(琵琶錄)』에서는 '정원(貞元) 연간에 강곤륜(康崑崙)이 비파를 매우 잘 연주하였는데 새로운 곡조인 녹요(綠腰)를 탔다'고 하고는, 스스로 주석을 달고 '녹요는 곧 녹요[錄要: 중요한 것을 발췌하여 적음]이다'라고 하였다. 본래 악공들이 곡조를 지어 바친 것 가운데서 임금이 중요한 것을 기록해 내라고(錄出要者) 하였는데, 그것이 곡조의 이름이 되었고, 잘못하여 녹요(綠腰)가 되었다. 이에 의하면 녹요(錄要)가 녹요(綠腰)로 되었는데, 『백거이집』에는 「청녹요시(聽綠腰詩)「청가육절구(聽歌六絶句)」의 樂世를 말함)」가 있고 주석에서는 '육요'라고 하였다. '지금 세상에도 육요가 있지만 그 곡조에는 이미 저절로 고평(高平)과 선려(仙侶)의 두 음조가 있어서 우조(羽調)와는 맞지 않으니 또한 이것이 당조(唐朝)의 유성(遺聲)인지 아닌지를 모르겠는가?'라고 하였다"고 하였다.

大絃512嘈嘈513如急雨하고
대현　조조　여급우

굵은 현은 좌락좌락
소낙비가 내리는 듯,

小絃514切切515如私語516라
소현　절절　여사어

가는 줄은 소곤소곤
비밀 이야기하는 듯.

嘈嘈切切錯雜517彈하니
조조 절절 착잡　탄

좌락좌락 소곤소곤 뒤섞어서 타니,

大珠小珠落玉盤518이라
대 주 소 주 낙 옥 반

큰 구슬 작은 구슬
옥쟁반에 떨어지듯 하네.

間關519鶯語花低滑520하고
간 관　앵 어 화 저 활

또르르 꾀꼬리 소리
꽃 아래서 매끄럽고,

---

512 대현(大絃): 비파의 큰 줄, 즉 가장 굵은 줄로, 저음의 소리를 내는 현
513 조조(嘈嘈): 거세고 굵은 가락의 소리를 형용한 것
514 소현(小絃): 비파의 가는 줄로, 고음현
515 절절(切切): 소리가 가늘고 빠른 것
516 사어(私語): 속삭임, 비밀 이야기
　　대현~사어(大絃~私語): 『사기』 「전경중세가(田敬仲世家)」에 "대체로 대현은 넓으면서도 봄과 같이 온화하여 군(君)에 비유되고, 소현은 청렴하고 맑으니 재상에 비유됩니다"라는 구절이 있다. 또 『회남자』 「무칭(繆稱)」에 "나라를 다스리는 것은 비유컨대 슬(瑟)을 펴는 것과 같아서 대현을 꿰매어 기우면 소현이 끊어진다"는 말이 있다.
517 착잡(錯雜): 함께 뒤섞이다.
518 주낙옥반(珠落玉盤): '옥반'은 옥으로 만든 쟁반. 『문선』 진나라 좌사(左思)의 「오도부(吳都賦)」에 "연못의 손님이 매우 슬퍼하며 눈물로 구슬을 내놓았다(淵客慷慨而泣珠)"는 구절이 나오는데, 이 구절의 주석으로 유연림(劉淵林)은 "세상에 전하기를 교인[鮫人: 물속에 산다는 괴상한 사람]이 물속에서 나와 인가에 기탁하여 머무르면서 며칠 동안 계속 생명주를 샀는데 교인은 떠날 즈음에 주인에게서 그릇을 찾더니 울면서 눈물로 구슬을 내놓아 쟁반 가득 채워서 주인에게 주었다"는 고사를 인용하였다.
519 간관(間關): 잘 굴러가는 소리를 나타내는 의성어. 『시경』 「소아·수레바퀴 굴대(車舝)」에 간관(間關)이란 말이 나오는데 주석에서 굴대를 설치하는 소리라 하였다. 『후한서』 「순욱전(荀彧傳)」에도 같은 말이 나오는데, 거기서는 전전(展轉)이라 하였다. 앵무새의 목소리가 수레바퀴

幽咽⁵²¹泉流水下灘⁵²²이라
유 열　　천 류 수 하 탄

졸졸 샘물은
여울로 흘러 내려가네.

冰泉冷澁⁵²³絃凝絶⁵²⁴하니
빙 천 냉 삽　　현 응 절

얼음 샘물 차갑게 막히듯
줄 엉기어 끊기더니,

凝絶不通聲暫歇⁵²⁵이라
응 절 불 통 성 잠 헐

엉기어 끊겨 통하지 않더니
소리 잠시 그쳤다네.

別有幽愁暗恨⁵²⁶生하니
별 유 유 수 암 한　　생

따로 그윽한 근심에
남모르는 한 생겨나니,

此時無聲勝有聲⁵²⁷이라
차 시 무 성 승 유 성

이때는 소리 나지 않음이
소리 날 때보다 더 낫다네.

銀瓶乍⁵²⁸破水漿⁵²⁹迸하고
은 병 사　　파 수 장　병

은항아리 삽시간에 깨져
물과 술 흩어지고,

　　가 굴러가듯 매끄럽게 그치지 않으므로 이렇게 표현하였다.

520　화저활(花底滑): 꽃나무 아래에서 즐겁게 지저귀다.

521　유열(幽咽): 조용히 흐느낌을 나타내는 의성어

522　수하탄(水下灘): 물이 여울을 흘러 내려가다. '탄'은 물이 얕고 돌이 많으며 급류를 이룬 곳. 『백
　　거이집』에는 빙하난(冰下難)으로 되어 있다.

523　냉삽(冷澁): 물이 얼어 잘 흐르지 못하다.

524　응절(凝絶): 끊긴 것 같다는 뜻의 의절(疑絶)로 되어 있는 판본도 있다.

525　성잠헐(聲暫歇): '잠'은 잠(暫)과 같은 뜻의 이체자이며, 점(漸)으로 된 판본도 있다. 소리가 점
　　점 멎어 간다는 뜻

526　유수암한(幽愁暗恨): 남모를 깊은 근심과 한

527　무성승유성(無聲勝有聲): '승'은 부(復)로 되어 있는 판본도 있다. 그러면 소리가 끊겨졌다가
　　다시 난다는 뜻인데, 운치로 보거나 앞뒤의 문맥으로 따져 봐도 승(勝) 자를 쓰는 것이 더 낫다.

528　사(乍): 갑자기

529　장(漿): 액체로 된 즙(汁)이나 술 따위

鐵騎⁵³⁰突出刀鎗⁵³¹鳴이라
철 기 돌 출 도 창 명

철갑 기병 갑자기 나오니
창과 칼 울리네.

曲終抽撥⁵³²當心畫⁵³³하니
곡 종 추 발 당 심 획

곡조 끝나자 술대 거두어
가슴에 대고 그으니,

四絃一聲⁵³⁴如裂帛⁵³⁵이라
사 현 일 성 여 열 백

네 현이 한꺼번에 소리 내어
비단 찢는 듯하네.

東船西舫⁵³⁶悄無言하고
동 선 서 방 초 무 언

동쪽 배와 서쪽의 쌍배
고요히 소리 없고,

唯見江心秋月白⁵³⁷이라
유 견 강 심 추 월 백

오직 보이느니 강 복판의
가을 달만 희게 빛나네.

沈吟⁵³⁸收撥⁵³⁹揷絃中하고
침 음 수 발 삽 현 중

생각에 잠겨 술대 거두어
현 사이에 꽂더니,

---

530 철기(鐵騎): 철 갑옷을 두른 기병. 용감하고 강한 병사

531 도창(刀鎗): 칼과 창. '鎗'은 술그릇이나 세발솥의 뜻으로 쓰일 때는 '쟁'으로 읽히고, 여기서처럼 창의 뜻으로 쓰일 때에는 '창'으로 읽힌다. 창(槍)과 같은 뜻의 이체자

532 추발(抽撥): '발'은 비파를 연주하는 데 쓰는 대나무로 된 술대[匙]를 말한다. 앞에 나온 발(撥) 자는 모두 술대로 쳐서 소리를 내는 것. '추'는 수(收)로 된 판본도 있는데, 모두 거둔다는 뜻으로 연주를 끝내는 것을 말한다.

533 당심획(當心畫): 줄이 앞쪽으로 가게 비파를 가슴에 안고 술대로 비파 줄을 횡으로 한 번 긁는 것을 말한다. 일종의 연주가 끝남을 표시하는 행동인 듯하다.

534 사현일성(四絃一聲): 비파의 네 줄을 술대로 한꺼번에 쳐서 소리를 내다.

535 여열백(如裂帛): 비단을 찢는 것 같다. 소리가 매우 날카로우면서도 듣기에 싫지 않다는 표현이다.

536 방(舫): 방(膀)과 같은 뜻으로, 두 배를 나란히 묶은 배, 곧 쌍배를 말하며, 뗏목을 가리킬 때도 씀

537 이상은 부인의 비파를 타는 기술이 매우 빼어남을 묘사하였다.

整頓衣裳起斂容[540]이라
정 돈 의 상 기 렴 용

옷매무새 가지런히 하고
일어나 용모 단정히 하네.

自言本是京城[541]女로
자 언 본 시 경 성 녀

스스로 말하기를 "나는 본래
경성의 여자인데,

家在蝦蟆陵[542]下住라
가 재 하 마 릉 하 주

하마릉 아래에서 살고 있었답니다.

十三學得琵琶成하여
십 삼 학 득 비 파 성

열셋에 비파 배워 일가 능히 이루었고,

名屬敎坊[543]第一部[544]라
명 속 교 방 제 일 부

이름이 교방에 들었고
그중에서도 첫째갔지요.

---

538 침음(沈吟): 원래의 뜻은 낮게 읊조리는 것을 말하나 여기서는 사색에 잠기는 것을 말한다.

539 수발(收撥): 『백거이집』에는 방발(放撥)로 되어 있다.

540 염용(斂容): 용모를 단정히 하다.

541 경성(京城): 경도(京都), 곧 장안을 가리킨다.

542 하마릉(蝦蟆陵): 장안성 남쪽, 만년현[萬年縣: 지금의 함녕(咸寧)] 남쪽 60리 지점에 있으며, 한나라 동중서(董仲舒)의 묘지. 이조(李肇)의 『국사보(國史補)』에 의하면 "옛날에 한나라의 황제가 부용원(芙蓉園)에 행차하였는데, 이곳은 곧 진나라의 의춘원(宜春苑)이다. 이 묘에 이를 때마다 말에서 내렸으므로[下馬] 당시 사람들은 하마릉(下馬陵)이라 하였다. 세월이 깊고 멀어져 하마(蝦蟆)라 와전되었다"고 한다. 지금 통행되는 『국사보』에는 하권에 수록되어 있는데, 한나라 황제 대신 문인들이 동중서의 묘를 지날 때 말에서 내려갔으므로 그렇게 불렀다 한다.

543 교방(敎坊): 원래는 기악(伎樂)에 한정하지 않고 교습하는 곳을 모두 일컫는 말이었으나 나중에는 기악을 가르치는 곳만 일컫게 되었다. 최령흠(崔令欽)의 『교방기(敎坊記)』에 의하면 "서경[西京: 곧 장안]의 우교방(右敎坊)은 광택방(光宅坊)에 있고, 좌교방은 연정방(延政坊)에 있는데 우교방에는 노래를 잘하는 사람이 많았고 좌교방에는 춤을 잘 추는 사람이 많았다"고 한다. 교방은 내외교방으로 나뉘는데, 내교방은 봉래궁(蓬萊宮)의 곁에 있으며 비교적 일찍 설치되었다. 외교방은 궁궐 바깥에 있으며, 좌우교방은 여기에 속한다. 외교방에는 좌우교방 외에도 장내교방(仗內敎坊)이라는 것이 있는데, 고취서(鼓吹署)에 속하였으며 악기만을 전문적으로 배웠다.

544 제일부(第一部): 제일류(第一流), 제일등(第一等)이라고도 하며, 곧 좌부기(坐部伎)를 말한

曲罷常教善才⁵⁴⁵服하고
곡 파 상 교 선 재   복

곡조 끝날 때면 언제나
훌륭한 재주 탄복시켰고,

事成每被秋娘⁵⁴⁶妬라
장 성 매 피 추 낭   투

화장 곱게 하면 그때마다
추낭의 시샘을 받았습니다.

五陵⁵⁴⁷年少爭纏頭⁵⁴⁸하니
오 릉   연 소 쟁 전 두

오릉의 젊은이들
다투어 머리에 비단 감아 주었고,

다. 백거이의 시 「입부기(立部伎)」 자신의 주에 "태상부(太常部)에서는 좌부기 가운데 천부적인 소질[性靈]이 없는 자들을 뽑아 입부기로 퇴출시켰다"고 하였고, 시에서는 "태상부의 기녀에는 등급이 있는데, 당 위에 있는 사람은 앉고 당 아래에 있는 사람은 선다네. (…) 입부는 천하고, 좌부는 귀하여, 좌부에서 물러나 입부기가 되면, 북이나 치고 생이나 불며 잡희에 장단이나 맞춘다네(太常部伎有等級, 堂上者坐堂下立 (…) 立部賤, 坐部貴, 坐部退爲立部伎, 擊鼓吹笙和雜戲)"라고 하였다. 이곳의 제일부는 곧 좌부기의 대칭(對稱)으로 쓰였음을 알 수 있다.

545 선재(善才): 훌륭한 재주를 지닌 사람이란 뜻으로, 여기서는 비파의 명수들이란 뜻. 자기에게 비파를 가르치는 스승들을 가리킨다.

546 추낭(秋娘): 고보영(高步瀛)은 『당송시거요(唐宋詩擧要)』에서 "추낭을 혹 이기(李錡)의 첩으로 보는 사람도 있으나 이는 옳지 않다. 원화 2년(807) 이기는 멸족되고 두추(杜秋)는 궁으로 입적되어 헌종(憲宗)의 총애를 받았다. 이 시는 원화 11년(816)에 지어졌는데, 두추가 궁중에 있으면 어떻게 읊조려질 수 있겠는가? 원진(元稹)의 시에 '다투어 돈 꾸러미 더하여 추낭을 정하네(競添錢貫定秋娘)'라는 구절이 있는데, 이 뜻과 같을 것이며, 그 사적에 대해서는 상세하지 않다"고 하였다. 주금성(朱金城) 교수는 당시 유행하던 〈의양주(義陽主)〉라는 연극의 배역일 것이라고 하여, 아궤(阿軌: 軌는 軟의 오기일 것이라 하였음)는 생(生: 남자 주인공)인 부마(駙馬)로 분장하였고, 추낭은 단(旦: 여자 주인공)인 공주(公主)로 분장하였다고 한다.

547 오릉(五陵): 한대에는 황제의 능묘가 서기만 하면 사방의 부호와 외척들을 능의 곁으로 이주시켜 살게 하였다. 특별히 오릉으로 정해진 능묘는 없고 한대의 가장 유명한 능묘 다섯 곳을 꼽는다면 장릉[長陵: 고조(高祖)]·안릉[安陵: 혜제(惠帝)]·양릉[陽陵: 경제(景帝)]·무릉[茂陵: 무제(武帝)]·평릉[平陵: 소제(昭帝)]을 친다.

548 전두(纏頭): 두보의 「되는대로 짓다(卽事)」에 "웃을 때는 꽃이 눈앞에 가깝고, 춤 다 추니 비단으로 머리 묶어 주네(笑時花近眼, 舞罷錦纏頭)"라는 구절이 나오는데, 구가(九家: 송나라 때 아홉 사람이 주석을 단 두보집)의 주석에서는 "금전두라는 것은 가무를 한 사람에게 상을 주는 것이다"라고 하였다.

一曲紅綃不知數라
일 곡 홍 초 부 지 수

한 곡조에 붉은 비단
셀 수조차 없었지요.

鈿頭[549]銀篦[550]擊節碎[551]하고
전 두 은 비 격 절 쇄

금비녀와 은비녀
박자 맞추느라 꺾이고.

血色羅裙翻酒汚[552]라
혈 색 나 군 번 주 오

붉은색 비단 치마는
술 엎질러 더럽혀졌지요.

今年歡笑復明年하니
금 년 환 소 부 명 년

올해의 즐거운 웃음
이듬해에 되풀이되고,

秋月春風等閒度[553]라
추 월 춘 풍 등 한 도

가을 달 봄바람
되는대로 보냈답니다.

弟走從軍阿姨[554]死하고
제 주 종 군 아 이 사

그러다가 동생은 군에 가고
이모도 죽었으며,

---

549 전두(鈿頭): '전'은 금화(金華)를 말하며, 복식의 일종임. 금을 세공한 것으로 수 양제의 궁인
    들은 모두 머리에 전두비녀[鈿頭釵子]를 꽂았다 한다.

550 은비(銀篦): '비'는 비(鎞)와 같은 뜻이며, 비녀, 혹은 여인의 머리에 가르마를 탈 때 쓰는 빗치
    개를 말한다.

551 격절쇄(擊節碎): 비파 가락에 장단을 맞추느라 금은 비녀를 뽑아 두드려 모두 꺾이고 부서진
    것을 말한다.

552 번주오(翻酒汚): 술잔의 술이 엎질러져 옷이 더럽혀진 것을 말한다.

553 등한도(等閒度): 별로 마음 쓰지 않고 보내다. 대수롭지 않게 되는대로 세월을 보내다.

554 아이(阿姨): '이'는 원래 어머니의 자매, 즉 이모를 말하나 여기서는 화류계에서 기녀들의 양어
    머니를 부르는 호칭으로 쓰였다. '아'는 남을 부를 때 친근한 뜻을 나타내기 위하여 호칭 앞에 덧
    붙이는 말

暮去朝來顏色故[555]라
모 거 조 래 안 색 고

저녁 가고 아침 오는 사이에
얼굴빛도 시들해졌지요.

門前冷落鞍馬稀[556]하니
문 전 냉 락 안 마 희

문 앞 쓸쓸해지고
말 타고 오는 이 드물어져,

老大嫁作商人婦라
노 대 가 작 상 인 부

나이 들어 시집가
장사꾼의 아내 되었답니다.

商人重利輕別離하여
상 인 중 리 경 별 리

상인은 이익만 중히 여기지
헤어져 떨어짐은 가벼이 여기어,

前月浮梁[557]買茶去라
전 월 부 량　　 매 다 거

지난달엔 부량으로
차를 사러 갔답니다.

去來江口守空船[558]하니
거 래 강 구 수 공 선

강가 왔다 갔다 하며 빈 배 지키자니,

繞船明月江水寒이라
요 선 명 월 강 수 한

배 둘러싼 밝은 달에
강물만 싸늘했지요.

夜深忽夢少年事[559]하여
야 심 홀 몽 소 년 사

밤 깊어 홀연히 꿈꾸니
젊었을 적 일이어서,

555　안색고(顏色故): 나이가 들어 용모가 시들어 감을 말한다.
556　안마희(鞍馬稀): '안마'는 안장을 얹은 말. 귀인 부호의 방문을 뜻한다. 이제는 자기를 찾아 주는 손님이 끊겼다는 뜻
557　부량(浮梁): 당나라 강남도(江南道) 부량현으로, 지금의 강서성(江西省) 부량현의 행정소재지. 원래는 신창현이었으나 천보 원년에 이 이름으로 고쳤다. 당대의 유명한 차 생산지로, 생산량이 매우 많아 매년 약 7백만 짐[馱]을 생산하였고, 세금으로 낸 돈만 15만여 관(貫)이었다고 한다.
558　수공선(守空船): 남편이 장사를 떠나 혼자서 빈 배를 지키는 것을 말한다.

夢啼粧淚[560]紅闌干[561]이라
몽 제 장 루　　홍 난 간

꿈에 화장한 눈에서
눈물만 붉게 줄줄 흘렸답니다."

我聞琵琶已歎息이요
아 문 비 파 이 탄 식

"내 비파 소리 듣고 이미 감탄한 데다,

又聞此語重唧唧[562]이라
우 문 차 어 중 즉 즉

이 말까지 들으니
거듭 쯧쯧 한숨짓게 되네그려.

同是天涯淪落人[563]이어늘
동 시 천 애 윤 락 인

다 함께 하늘가에서
몰락한 사람 신세이니,

相逢何必曾相識[564]고
상 봉 하 필 증 상 식

서로 만나 어찌 반드시
일찍이 아는 얼굴 따지겠는가?

---

559 소년사(少年事): 한창 젊었을 때의 일

560 몽제장루(夢啼粧淚): 제미장(啼眉粧)을 말한다. 제장(啼粧)이라고도 하는데, 동한 때 부녀자
　　들이 눈 아래에 화장을 한 것이 마치 눈물 자국 같아 보여 이렇게 불렀다. 백거이의 「편지 대신
　　시 2백구를 지어 원진에게 부침(代書詩一百韻寄微之)」에 "풍류는 추마계를 자랑하고, 세속
　　의 유행은 제미장을 다투네(風流誇墜髻, 時世鬥啼眉)"라는 구절이 나오는데, 자신이 주석을
　　달기를 "정원 말에는 성중에 다시 추마계(墜馬髻)와 제미장이 유행하였다"고 하였다. 추마계
　　는 일종의 헤어 스타일

561 홍난간(紅闌干): '난간'은 여러 가지 뜻이 있으나 여기서는 눈물을 많이 흘리는 모양을 나타내
　　는 의태어로 쓰였다. '홍'은 화장의 안료를 가리킨다.
　　이상은 부인이 지난 일을 스스로 말한 내용이다.

562 즉즉(唧唧): 의성어로 여러 가지 뜻이 있으나, 여기서는 탄식하는 소리로 쓰임. 북위의 악부
　　「고사목란시(古辭木蘭詩)」에 "쯧쯧 또 쯧쯧 하며, 목란이 문간에서 베를 짜네. 베틀 소리는 들
　　리지 않고, 딸아이 한숨 소리만 들린다네(唧唧復唧唧, 木蘭當戶織. 不聞機杼聲, 惟聞女歎
　　息)"라는 구절이 있다.

563 동시천애윤락인(同是天涯淪落人): '천애'는 천애지각(天涯地角)과 같은 뜻. 하늘 끝. 매우 멀
　　리 떨어진 곳을 말한다. '윤락'은 영락(零落)과 같은 뜻으로 신세가 매우 쓸쓸해졌음을 말한다.
　　당나라 왕발의 「두소부가 촉 땅으로 부임해 가다(杜少府之任蜀州)」에 "그대와 이별하는 것은
　　다같이 벼슬하는 사람이기 때문. 세상에 나를 알아주는 사람 있으면, 하늘 저 끝도 이웃이나 같
　　으리(與君離別意, 同是宦遊人. 海內存知己, 天涯若比鄰)"라는 구절이 있다.

我從去年辭帝京⁵⁶⁵으로
아 종 거 년 사 제 경

나는 지난해 황제의 서울 하직하고,

謫居臥病潯陽城이라
적 거 와 병 심 양 성

귀양 와 살며 병들어 누워
심양성에 있다오.

潯陽地僻⁵⁶⁶無音樂하여
심 양 지 벽 무 음 악

심양은 땅이 구석져
음악다운 것 없는지라,

終歲不聞絲竹聲⁵⁶⁷이라
종 세 불 문 사 죽 성

해 다 가도록 현악기며
관악기 소리 듣지를 못했소.

住近湓江⁵⁶⁸地低濕하고
주 근 분 강 지 저 습

분강 가까이 사니 땅이 낮고 축축해,

---

564 하필증상식(何必曾相識): 반드시 이전부터 알고 있어야 할 필요가 있겠는가? 이 구절이 이 시 전체의 핵심이 되는 구절임

565 거년사제경(去年辭帝京): 지난해에 서울을 하직하다. 백거이가 강주 사마로 쫓겨난 것을 가리킨다. 『신당서』 「백거이전」에 이와 관련된 기록이 나오는데 잠깐 옮겨 보면 다음과 같다. "이때 도적이 재상인 무원형(武元衡)을 살해하여 온 서울이 놀라고 소란하였다. 이에 태자우찬대부(太子左贊大夫)였던 백거이가 제일 먼저 상소하여 빨리 도적을 잡아 빠른 시일 내에 조정의 수치를 씻기를 청하였다. 재상들은 그가 본분에서 벗어나 너무 나선다고 싫어하였다. 얼마 되지 않아 '백거이의 어머니가 물에 빠져 죽어「신정(新井)」편을 지었는데, 그의 말이 부화하기만 하고 참됨이 없으니 중용할 수 없다'는 말이 돌아 조정에서 쫓겨나 어떤 주의 자사가 되었다. 중서사인 왕애(王涯)가 고을을 다스리는 데도 적합치 않다고 상소하여 다시 강주 사마로 좌천되었다."

566 지벽(地僻): 서울로부터 외따로 동떨어진 곳

567 사죽성(絲竹聲): '사죽'은 원래 현악기와 관악기를 뜻하며 8음의 하나인데, 나중에는 음악을 통칭하는 말로 쓰이게 되었다.

568 분강(湓江): 주 485의 본 시의 서문에 나왔던 분수(湓水)를 말한다. 구강부(九江府) 덕화현(德化縣: 지금의 구강현) 서쪽 1리 지점에 있는데, 서창현(瑞昌縣) 청분산(淸湓山)에서 발원하기 때문에 분간(湓澗)이라고도 하며, 동으로 흘러 양계(瀼溪)와 만나 현 소재지의 남쪽을 경유하기 때문에 또 남하(南河)라고도 부른다. 또 동으로 부성의 아래를 경유하여 분포항(湓浦港)이라고도 하며 북으로 대강(大江)으로 흘러 들어간다. 대강과 합류하는 곳이 바로 옛 분구(湓口)이다.

黃蘆⁵⁶⁹苦竹⁵⁷⁰遶宅生이라
황 로   고 죽   요 택 생

누런 갈대와 참대만이
집 두르고 났지요.

其間旦暮聞何物고
기 간 단 모 문 하 물

그런 사이에서 아침저녁으로
무슨 소리 듣겠소?

杜鵑啼血⁵⁷¹猿哀鳴⁵⁷²이라
두 견 제 혈   원 애 명

두견새 피 토해 내고
원숭이 애절한 울음뿐이지요.

春江花朝秋月夜하고
춘 강 화 조 추 월 야

강가의 꽃이 피는 봄날 아침,
달 뜨는 가을밤

往往取酒還獨傾이라
왕 왕 취 주 환 독 경

때때로 술 가져와 혼자 술잔을
기울였지요.

豈無山歌⁵⁷³與村笛⁵⁷⁴고
기 무 산 가   여 촌 적

산의 노래와 촌락의 피리 소리
어찌 없으리오만,

嘔啞嘲哳⁵⁷⁵難爲聽이라
구 아 조 찰   난 위 청

옹알옹알 조잘조잘 듣기에 난감합니다.

---

569 황로(黃蘆): 누런 갈대. '로'는 곧 로위(蘆葦)로 습지나 얕은 물가에서 자생한다.

570 고죽(苦竹): 줄기가 왜소하며 마디의 사이는 긴 대나무의 일종으로, 우리말로는 참대라고 한다.

571 두견제혈(杜鵑啼血): 두견새는 촉나라 망제(望帝) 두우(杜宇)가 자살하여 되었다는 새. 소쩍
새, 자규(子規), 두우, 두백(杜魄), 불여귀(不如歸), 촉조(蜀鳥) 등으로도 불림. 두견새는 울음
소리가 매우 애절하여 시인들의 시에 슬픈 일과 관련지어 자주 등장한다. 두견새는 입 안이 빨
갛기 때문에 울 때면 마치 피를 흘리는 것처럼 보인다.

572 『백거이집』에는 이 구절의 다음에 "봄 강의 꽃 핀 아침 가을날의 달밤이면, 왕왕 술 가져다 또
홀로 기울였다네(春江花朝秋月夜, 往往取酒還獨傾)"라는 두 구절이 있는데 누락되었다.

573 산가(山歌): 민가의 일종. 수조(水調)·죽지(竹枝)·유지(柳枝) 등은 모두 민가나 문인들이 민가
를 모방하여 만든 작품. 일반적으로 7언 4구이나 혹 한두 자의 친자(襯字)가 첨기되기도 함

574 촌적(村笛): 마을 사람들이 부는 피리 소리

今夜聞君琵琶語하니
금 야 문 군 비 파 어

오늘 밤 그대의 비파 소리 듣자니,

如聽仙樂耳暫明이라
여 청 선 악 이 잠 명

선계의 음악이라도 들은 듯
귀 잠시 밝아졌다오.

莫辭⁵⁷⁶更坐彈一曲하라
막 사 　 갱 좌 탄 일 곡

사양 말고 다시 앉아 한 곡 타 주구려,

爲君翻作⁵⁷⁷琵琶行이라
위 군 번 작 　 비 파 행

그대 위해 다시
비파의 노래를 지어 볼 테니."

感我此言良久⁵⁷⁸立이라가
감 아 차 언 양 구 　 립

나의 이 말에 감동하여
한참을 서 있더니,

却坐⁵⁷⁹促絃絃轉急이라
각 좌 　 촉 현 현 전 급

물러앉아 현 재촉하니
현 더욱 빨라지네.

凄凄⁵⁸⁰不似向前⁵⁸¹聲하여
처 처 　 불 사 향 전 　 성

슬프기 조금 전 소리와는
전혀 비슷하지 않아,

---

575 구아조찰(嘔啞嘲哳): '구아'는 어린아이의 잘 알아들을 수 없는 소리, 또는 가락에 맞지 않는
거친 소리. 초나라 송옥(宋玉)이 지은 『초사』 「구변(九辯)」에 "기러기 끼룩끼룩 남으로 날아감
이여, 곤계 조잘조잘 슬피 우네(鴈雝雝而南遊兮, 鵾雞嘲哳而悲鳴)"라는 구절이 있는데, 송
나라의 홍흥조(洪興祖)는 "조찰은 소리가 번잡하고 가는 모양(繁細貌)"이라 하였다.

576 막사(莫辭): 사양하지 말라, 거절하지 말라. '막'은 동사의 앞쪽에 오면 하지 말라는 뜻의 금지형
명령어가 된다.

577 번작(翻作): 번안(飜案)과 마찬가지의 뜻. 남의 시문이나 작품을 개작한다는 뜻인데, 여기서
는 비파의 곡조에 담긴 뜻을 글로 옮겨 쓰는 것을 말한다.

578 양구(良久): 오랫동안. '양'은 부사로 실로, 매우의 뜻

579 각좌(却坐): 원래 있던 자리로 물러나 다시 앉다.

580 처처(凄凄): 쓸쓸하고 비통한 모습

581 향전(向前): 먼저의. '향'은 향(嚮)과 같은 뜻. 접때

滿座聞之皆掩泣[582]이라
만 좌 문 지 개 엄 읍

온 자리에서 그것 듣고는
모두 얼굴 가리고 울었다네.

就中[583]泣下誰最多오
취 중 　 읍 하 수 최 다

그 가운데 눈물 흘린 것
누가 가장 많은가?

江州司馬[584]靑衫[585]濕[586]이라
강 주 사 마 　 청 삼 　 습

강주 사마 푸른 적삼 흠뻑 적셨다네.

222. 대내전(大內殿) 앞의 광경을 노래함(內前行)[587]

당경(唐庚)

內前[588]車馬撥不開[589]러니
내 전 　 거 마 발 불 개

대내전 앞의 수레와 말
밀어내도 열리지 않고,

---

582 엄읍(掩泣): 얼굴을 가리고 울다.

583 취중(就中): 그중에서도 특별히. 좌중(座中)으로 되어 있는 판본도 있다.

584 강주사마(江州司馬): 백거이 자신을 말한다.

585 청삼(靑衫): 당나라 때 복색 제도는 직사관(職事官)을 나타낸 것이 아니라 계관(階官)을 나타
내었다. 원화 11년 백거이가 이 시를 지을 때는 비록 강주 사마로 종5품 하의 품급이었으나 관
계는 9품 하의 장사랑(將仕郎)에 해당하였으므로, 5품에 해당하는 엷은 붉은색 관복을 착용
할 수 없었고 9품의 관복인 푸른 적삼을 입었다.

586 이상은 좌천되어 귀양 온 감정을 서술한 것이다.

587 내전행(內前行): 제목 아래에 "대관 4년(1110), 장상영(張商英: 자는 천각(天覺))이 재상에 임
명되었다. 이날 저녁에 혜성이 없어지고 오랜 가뭄 끝에 비가 내렸다(大觀四年, 張天覺拜相,
是夕彗星沒, 久旱而雨)"는 주석이 달려 있다.
이 시는 장천각이 상서우복야(尙書右僕射)에 임명된 것을 기뻐하여 지은 것이다. 이 시의 제
목은 첫 구절 '內前車馬撥不開'에서 취한 것으로, 대내(大內)의 전전(前殿)에서 장천각이 대
신에 임명되는 광경을 묘사하였다. 어진 재상을 흠모하는 백성의 마음을 잘 표현하고 있다.

文德殿⁵⁹⁰下宣麻回⁵⁹¹라
문 덕 전　하 선 마 회

문덕전 아래에서
마지에 쓴 선조 받고 돌아가네.

紫微舍人⁵⁹²拜⁵⁹³右相⁵⁹⁴하니
자 미 사 인　배　우 상

자미성의 사인 우승상에 임명되니,

中使押赴⁵⁹⁵文昌臺⁵⁹⁶라
중 사 압 부　문 창 대

궁중의 사자 천자의 사령 들고
문창대로 가는 것이네.

旄頭⁵⁹⁷昨夜光照牖러니
모 두　작 야 광 조 유

묘성 지난밤 남쪽 창에서 빛 발하더니,

588　내전(內前): 대내(大內)를 말한다. 대내는 임금의 부고(府庫)라는 뜻과 임금이 거처하는 황궁
　　　의 총칭이란 뜻이 있는데, 여기서는 후자의 뜻으로 쓰임

589　거마발불개(車馬撥不開): 말과 수레를 밀쳐 내도 길이 열리지 않다. 장상영의 재상 취임식이
　　　거행되느라 인마가 늘어서서 사람들이 나다닐 수가 없다는 뜻

590　문덕전(文德殿): 송(宋)나라 때의 궁전 이름으로, 문무관원들이 매일 이곳에 모이는데 재상이
　　　백관의 위차(位次)를 주관함

591　선마회(宣麻回): 사령서(辭令書), 곧 교지(敎旨)를 받고 돌아가다. 당송(唐宋) 때는 장상(將
　　　相)을 임면(任免)할 때 황색이나 백색의 마지(麻紙)에 천자의 조서[宣詔]를 써서 조정에서 선
　　　포하여 사람들에게 알렸는데, 이를 선마라 한다. 송대에 와서는 재상의 경우에만 선마를 써서
　　　직접 전해 주었다고 하며, 여기서는 장상영이 재상에 임명된 것을 가리킨다.

592　자미사인(紫微舍人): 중서사인(中書舍人)을 말한다. 당나라 현종 개원 연간에 중서성을 자미
　　　성으로 바꿨다. 장상영은 중서사인에서 재상이 되었음. 중서성은 국가의 제반 업무를 총괄하
　　　고 천자의 명을 받드는 곳으로, 사인은 영(令)과 시랑(侍郎) 아래에 있었으며 정4품의 품급이
　　　었다.

593　배(拜): 벼슬을 내리다.

594　우상(右相): 상서우복야(尙書右僕射)를 줄여서 일컫는 말

595　압부(押赴): 천자가 서명한 사령장을 들고 가다. '압'은 공문서나 계약서에 서명하는 일을 말한
　　　다. 여기서는 천자가 수결하거나 도장을 찍은 교지를 말한다.

596　문창대(文昌臺): 상서성을 말한다. 당 측천무후(則天武侯) 때 상서성의 명칭을 문창대로 바꾸
　　　었음. 상서성은 조정의 육부를 통할하는 곳

597　모두(旄頭): 28수(宿: 별자리) 가운데 서쪽 7수의 네 번째 별자리인 묘성(昴星)을 말한다. 『초
　　　학기(初學記)』에 "한나라의 소하(蕭何)는 키가 7척 8촌으로 묘성의 정령(精靈)이다"라는 말
　　　이 나오는데, 이로부터 묘성은 현귀함을 칭송하는 말로 쓰이게 되었다.

是夕鋒芒598如禿箒599라
시석봉망 여독추

오늘 저녁에 날카로운 창끝
몽당비처럼 되었네.

明朝化作甘雨來하니
명조화작감우래

다음 날 아침에 단비 되어 내리니,

官家600喜得調元手601라
관가 희득조원수

천자께선 원기 조화시킬
인물 얻음 기뻐하셨네.

周公禮樂602未制作이나
주공예악 미제작

주공처럼 예악을
제정하여 만들지는 못하였으나,

致身姚宋603亦不惡604이라
치신요송 역불악

몸 바침이 요숭과 송경에
또한 못하지 않네.

---

598 봉망(鋒芒): 봉망(鋒鋩)이라고도 하며, 창과 같은 날카로운 무기의 끝을 말한다. 여기서는 묘성의 별꼬리가 날카롭고 길게 드리운 것을 말한다.

599 독추(禿箒): 몽당비. '독'은 민둥 머리. 끝이 다 닳아 빠진 빗자루로, 혜성의 날카로운 꼬리가 없어졌음을 말한다. 별이 지려고 하는 것

600 관가(官家): 조정과 천자를 가리키는데, 여기서는 후자의 의미로 쓰였다. 『자치통감』「진성제(晉成帝)」 함강(咸康) 3년(337) 조의 주석에 "서한은 천자를 현관(縣官)이라 하였고, 동한에서는 천자를 국가(國家)라 하였으므로 겸하여 일컬었다. 혹자는 말하기를 오제는 천하를 관(官)으로 삼았고 삼왕은 천하를 집[家]으로 삼았기 때문에 겸하여 일컬었다"고 하였다.

601 명조~조원수(明朝~調元手): 송나라 증민행(曾敏行)의 『독성잡지(獨醒雜志)』에 "장상영은 중서시랑에서 우복야에 제수되었는데, 채경(蔡京)이 소보(少保)로 벼슬에서 물러나자 온 세상이 환호하였으며, 착한 무리들이 기세를 더했다. 이때 혜성이 갑자기 없어지고 가뭄이 심했으나 비가 내려 사람들은 모두 장상영이 재상에 임명되어 비가 오게 된 것이라 생각하였다. 천자가 크게 기뻐하며 상림[商霖: 비를 헤아림]이란 두 자를 써서 하사하였다"고 하였다. 한나라의 병길(丙吉)은 재상이 되어 "삼공의 일은 음양을 조화시키는 것(三公 典調和陰陽)"이라고 하였다.

602 주공예악(周公禮樂): 지금은 주공이 육경 가운데 『예』와 『악』을 제정하였다고는 믿지 않지만, 옛날에는 주공이 모두 제정하였다고 믿었다.

603 요송(姚宋): 당 현종 개원(開元) 연간의 명재상인 요숭(姚崇: 651~721)과 송경(宋璟: 663~737)을 말한다. 백거이의 「배기를 중서시랑동평장사에 제수하는 조서(除裴垍中書侍郎

我聞二公[605]拜相年에
아 문 이 공   배 상 년

내 듣자니 두 분 재상으로 있던 해에는,

民間斗米三四錢[606]이라
민 간 두 미 삼 사 전

민간에서 쌀 한 말이
3, 4전이었다 하네.

223. 고운 여인들을 노래함에 이어 씀(續麗人行)[607]

소식(蘇軾)

深宮無人春日長[608]하고
심 궁 무 인 춘 일 장

깊숙한 궁궐에 사람은 보이지 않고
봄날은 긴데,

同平章事制)」에 "태종 때에는 실로 방현령(房玄齡)과 두여회(杜如晦)의 공업이 있었고, 현종 때는 실로 요숭과 송경이 개원지치(開元之治)를 보필한 교화가 있었다"는 말이 나온다. 또 『자치통감』 개원 조에서는 "당세의 어진 재상으로 앞에서는 방현령과 두여회를 일컬었고, 뒤에서는 요숭과 송경을 일컬었다"고 하였다.

604 주공~역불악(周公~亦不惡): 이 두 구절의 뜻은 주공이 예악을 정하여 천하를 평화롭게 한 데에까지는 미치지 못하지만, 당시 채경(蔡京)에 의해 문란해진 정치를 바로잡는다면 그 공로가 주공에 못지않을 것이라는 것을 말한다.

605 이공(二公): 바로 앞에 나왔던 요숭과 송경을 말한다.

606 두미삼사전(斗米三四錢): 원주에 의하면 "당나라 정관 4년(630)에는 쌀값이 한 말에 3전이었으며 바깥문은 닫지를 않았다"고 하였다. 나라가 잘 다스려져 물가가 안정되고 살기가 좋았음을 말한다.

607 속여인행(續麗人行): 『소식시집』 권 16에 실려 있는데, 다음과 같은 서문[引]이 붙어 있다. "이중모의 집에 주방이 얼굴을 돌려 하품을 하며 기지개를 켜는 궁녀를 그린 그림이 있는데 지극히 정채로워 장난삼아 이 시를 짓는다(李仲謀家有周昉畫背面欠伸內人, 極精, 戲作此詩)." 시 번호 209 두보의 「고운 여인들을 노래함(麗人行)」에 이어지는 작품이라는 뜻에서 「고운 여인들을 노래함에 이어 씀(續麗人行)」이라고 제목을 붙인 것이다.

608 심궁춘일장(深宮春日長): 백거이의 「소주의 이 사또님이 군으로 부임함에 전송하다(送蘇州李使君赴君)」 제2수에 "관왜궁 깊을 때 봄날은 길고, 오작교 높을 때 가을밤 차갑네(館娃宮深春日長, 烏鵲橋高秋夜冷)"라는 구절이 있다.

沈香亭[609]北百花香이라
침향정 북백화향

침향정 북쪽에는
온갖 꽃향기 만발하네.

美人睡起[610]薄梳洗[611]하니
미인수기 박소세

아름다운 여인 잠에서 일어나
가벼이 머리 빗고 세수하니,

燕舞鶯啼[612]空斷腸이라
연무앵제 공단장

제비 춤추고 꾀꼬리 지저귀어
부질없이 애간장 끊네.

畵工欲畵無窮意[613]하니
화공욕화무궁의

화공 그리려 한 것이리, 끝없는 뜻까지,

背立春風初破睡[614]라
배립춘풍초파수

봄바람 등지고 막 잠에서 깨었다네.

若敎回首卻嫣然[615]이면
약교회수각언연

머리 돌려 살포시 웃게 한다면,

陽城下蔡[616]俱風靡[617]리라
양성하채 구풍미

양성과 하채에서 모두들 넋을 잃으리.

---

609 침향정(沈香亭): 당 현종이 외국에서 공납한 침향나무의 재목을 써서 지은 궁전 안에 있던 정자. 개원 연간에는 모란을 중시해서 흥경지(興慶池) 동쪽, 침향정 앞에 붉은색과 보라색, 그리고 진홍색과 순백색의 네 종류를 심어 놓고 꽃이 피면 양귀비와 함께 감상했다. 이백은 이 광경을 「청평조사(淸平調詞)」 제3수에서 "이름난 꽃과 나라를 기울일 미인 서로 반기니, 언제나 임금께서 웃음 띠고 바라보네. 봄바람 끝없는 한 삭이니, 침향정 북쪽 난간에 기대네(名花傾國兩相歡, 常得君王帶笑看. 解釋春風無限恨, 沈香亭北依闌干)"라고 읊어서 바쳤다.

610 수기(睡起): 잠에서 깨다.

611 박소세(博梳洗): '소세'는 머리를 빗고 세수하다. 가볍게 몸단장하는 것을 말한다. 백거이의 「봄놀이 꿈을 꾸다라는 시 1백운에 화답하다(和夢遊春詩一百韻)」에 "풍류 가볍게 몸단장하니, 세속에 따라 너그러이 화장하고 머리 묶네(風流薄梳洗, 時世寬妝束)"라는 구절이 있다.

612 연무앵제(燕舞鶯啼): 당나라 맹교(孟郊)의 「봄을 슬퍼함(傷春)」에 "천 리에 사람 없는데 회오리바람 일고, 앵무새 울고 제비 지저귀는 소리만 거친 성 안에 울리네(千里無人旋風起, 鸎啼燕語荒城裏)"라는 구절이 있다.

613 무궁의(無窮意): 한없는 근심을 말한다.

614 초파수(初破睡): 막 잠에서 깨다. 깨어나 기지개를 켜는 모습을 형용한 것

615 언연(嫣然): 살포시 웃는 모양

杜陵飢客⁶¹⁸眼長寒⁶¹⁹하고
두 릉 기 객   안 장 한

두릉의 주린 나그네
눈빛 오래도록 가난했고,

蹇驢⁶²⁰破帽隨金鞍⁶²¹이라
건 려   파 모 수 금 안

절름발이 나귀에 해진 모자 쓰고
금안장 쫓다가,

隔花臨水⁶²²時一見이나
격 화 임 수   시 일 견

꽃가지 건너 물가에 있는 모습
때마침 한 번 보았으나,

---

616 양성하채(陽城下蔡): 둘 다 초(楚)나라의 고을 이름. 송옥(宋玉)의 「여자를 밝힘(好色賦)」에
"동쪽 집의 여인 살포시 한 번 웃어, 양성의 넋을 빼앗고, 하채 미혹시키네(東家之子, 嫣然一
笑, 惑陽城, 迷下蔡)"라는 구절이 있는데, 『문선』에 주석을 단 이선은 "양성과 하채는 두 고을
의 이름인데 초나라의 귀한 집 자제들이 봉해진 곳이다"라고 주석을 달았다.

617 풍미(風靡): 바람에 초목이 나부끼어 한쪽으로 저절로 쓸리다. 『한서』「한신전(韓信傳)」에 "광
무군의 계책을 써서 연나라를 부리면 연나라는 바람 부는 데로 따라서 쓸릴(從風而靡) 것입
니다"라는 말이 나온다. 여기서는 바람에 수풀이 쓸리듯이 어떤 일에 온통 정신이 빼앗김을 말
한다.

618 두릉기객(杜陵飢客): 두보를 말한다. 두릉은 한나라 선제(宣帝)의 능묘로 두보는 그 부근에
서 살았던 적이 있다. 왕문고(王文誥)는 요경(堯卿)의 말을 인용하여 "두보는 스스로 말하기를
'옷은 몸을 다 가리지 못하고 일찍이 남에게서 빌어먹느라 언제나 도랑이나 골짜기에 처박혀
죽을 것을 걱정했으니 주린 나그네[飢客]라 하겠다'고 하였다. 또한 「옛일을 노래함(憶昔行)」
에서 '가을 산에 눈빛 차가운데 혼 아직 돌아오지 않았네(秋山眼冷魂未歸)'라고 읊기도 하였
다"고 하였다.

619 안장한(眼長寒): 눈이 오랫동안 헐벗다. 아름다운 것을 오래도록 보지 못한 것을 말한다.

620 건려(蹇驢): 다리를 절룩거리는 나귀, 비루먹은 나귀. 두보의 「받들어 좌승상 어르신인 위제
(韋濟)에게 22운자로 지어서 드림(奉贈韋左丞丈二十二韻)」의 "비루먹은 나귀 타고 30년 동
안이나, 서울에서 나그네로 식은 밥이나 얻어먹고, 아침이면 부잣집 문이나 두드리고, 저녁에
는 살찐 말이 일으키는 먼지나 쫓았다네(騎驢三十載, 旅食京華春. 朝扣富兒門, 暮隨肥馬
塵)"의 뜻을 쓴 것이다.

621 금안(金鞍): 금으로 장식한 안장. 앞에서 인용한 시구에 나오는 부아(富兒)의 비마(肥馬)를 말
한다.

622 격화임수(隔花臨水): 꽃가지 너머 저쪽 물가. 시 번호 209 두보의 「고운 여인들을 노래함」에
묘사된 곡강(曲江)의 봄놀이 모습을 가리킨다.

只許腰肢背後看[623]이라   다만 허리와 사지
지 허 요 지 배 후 간   등 뒤로 본 것뿐이라네.

心醉[624]歸來茅屋裏하여   마음에 흠뻑 취하여
심 취   귀 래 모 옥 리   초가집으로 돌아와서는,

方信人間有西子[625]라   비로소 믿게 되었네, 인간 세상에
방 신 인 간 유 서 자   서시 같은 미인 있음을.

君不見孟光擧案與眉齊[626]아   그대는 보지 못하였는가? 맹광
군 불 견 맹 광 거 안 여 미 제   밥상 들 때 눈썹과 나란하였던 것을.

何曾背面傷春啼[627]오   어찌 얼굴 돌릴 수 있으리오?
하 증 배 면 상 춘 제   봄에 마음 상해 눈물 흘리는 것을.

---

623 요지배후간(腰肢背後看): 시 번호 209 두보의 「고운 여인들을 노래함」에서 "3월 3일에 하늘
기운 새로우니, 장안의 물가에 고운 사람 많네. (…) 등 뒤엔 무엇이 보이는가? 구슬 박은 허리
옷자락 온전히 몸매에 맞네(三月三日天氣新, 長安水邊多麗人 (…) 背後何所見, 珠壓腰扣
被穩稱身)"라고 읊은 것을 말한다.

624 심취(心醉): 마음이 무엇에 취한 것처럼 홀딱 반하다. 『열자』 「황제(黃帝)」에 "정(鄭)나라에 계
함(季咸)이라는 신령스런 무당이 있었는데 열자가 만나 보고서는 마음속에 흠뻑 취하였다
(列子見之而心醉)"는 말이 있다.

625 서자(西子): 고대 월(越)나라의 미녀 서시(西施)를 말한다. 서시에 관한 상세한 것은 시 번호
241 이백의 「까마귀가 깃듬(烏棲曲)」을 참조할 것

626 맹광거안여미제(孟光擧案與眉齊): 후한 양홍(梁鴻)의 처 맹광의 거안제미(擧案齊眉)의 고
사를 말한다. 『후한서』 「일민전(逸民傳)·양홍전」에 "오(吳) 땅에 이르러 대가인 고백통(皐伯
通)에 의지하여 처마 밑에 거처하며 사람들에게 품삯을 받고 절구 찧는 일을 하였다. 매번 돌아
올 때면 처가 음식을 갖추어 주는데 감히 양홍의 앞에서 고개를 들고 보지 않았으며 밥상을
눈썹에 맞추었다. 고백통이 살펴보고는 기이하게 여겨 말하기를 '저 일꾼은 처가 이렇게 존경
할 수 있게 하는 것을 보건대 범상한 인물이 아니로다'라고 하였다." 주로 부부가 서로 존경한다
는 전고로 쓰임

224. 의심하지 말게나(莫相疑行)[628]

두보(杜甫)

男兒生無所成[629]頭皓白하고
남 아 생 무 소 성　　두 호 백

> 사내아이로 태어나 이룬 것 없이
> 머리만 새하얘지고,

牙齒[630]欲落眞可惜이라
아 치　　욕 락 진 가 석

> 이빨마저 빠지려 하니 참으로 딱하네

憶獻三賦蓬萊宮[631]하니
억 헌 삼 부 봉 래 궁

> 삼대례부(三大禮賦) 지어
> 봉래궁에 바쳤던 일 생각해 보니,

---

627 배면상춘제(背面傷春啼): 두보의 「북으로 가다(北征)」에 "애비를 보고도 낯이 설어 고개 돌려 우는데, 때 꾀죄죄한 데다가 버선도 신지 못하였다네(見爺背面啼, 垢膩脚不襪)"라는 구절이 있다. 여기서는 아름다운 봄빛에 자신의 불우한 처지가 극명하게 대조되어 이를 슬퍼하며 우는 여인을 형용한 것이다.

628 막상의행(莫相疑行): '막상의'는 의심하지 말라는 뜻. 두보는 안녹산의 난 뒤 50세경부터 성도에서 살면서 당시 성도윤이었던 엄무(嚴武)로부터 많은 도움을 받았다. 그런데 영태 원년(756) 엄무(嚴武)가 죽고 30여 세의 곽영예(郭英乂)가 성도윤이 되었다. 두보는 곽영예를 전부터 알고 있었고, 또 그에게 몸을 의지하려 했으나 뜻이 맞지 않았다. 그래서 결국 두보는 성도의 완화초당을 떠나게 되었고 야박한 세상인심을 개탄하여 이 시를 지었다.

629 남아생무소성(男兒生無所成): '생무소'가 일생무(一生無)로 된 판본도 있다. 한나라 이릉(李陵)의 「소무에게 답하는 편지(答蘇武書)」에 "사내로 태어나 명성을 이루지 못하여 죽어서 오랑캐 땅에 장사 지내게 되었다(男兒生而不成名, 死則葬蠻夷中)"는 말이 있다.

630 아치(牙齒): 원래 '아'는 송곳니와 앞쪽의 이빨을, '치'는 어금니를 가리킨다.

631 헌삼부봉래궁(獻三賦蓬萊宮): 천보(天寶) 10년(751) 두보가 장안에서 현종이 태청궁(太淸宮)에 조헌(朝獻)하고 태묘(太廟)에 조향(朝享)하고 남교(南郊)에 제사 지낸 일을 읊어 「삼대예부(三大禮賦)」를 지어 바친 것을 가리킨다. 이때 지어 바친 부 세 편은 「밝으신 군주께서 친히 태청궁에 제사 지내다(明主朝獻太淸宮)」와 「친히 태묘에 제사 지내다(朝享太廟)」, 「남쪽 교외에 일이 있어(有事於南郊)」이다.
봉래궁은 당나라 때의 궁전 이름으로, 장안현 동쪽에 있었다. 『당회요』 권 30 「대명궁(大明宮)」에 의하면 태종 정관(貞觀) 8년(634) 10월 영안궁(永安宮)을 지었는데, 9년 정월에 대명

自怪一日聲輝赫632이라
자 괴 일 일 성 휘 혁

스스로 괴이쩍네, 하루아침에
명성 번쩍 빛났던 일.

集賢學士633如堵墻634하고
집 현 학 사   여 도 장

집현전의 학사들 담장처럼 둘러싸고,

觀我落筆635中書堂636이라
관 아 낙 필   중 서 당

내 글 짓는 것
중서당에서 살펴보았었네.

往時文彩637動人主러니
왕 시 문 채   동 인 주

지난날에는 문장 훌륭하여
임금님 감동시켰건만,

궁으로 고쳤다. 용삭(龍朔) 2년(662) 고종이 중풍이 들자 궁내가 낮고 습하다 하여 옛 대명궁
을 수리하여 봉래궁으로 고쳐 불렀다. 그러나 나중에는 다시 이를 함원전(含元殿)으로 고쳐
부르다가(670) 장안(長安) 원년(701)에는 다시 대명궁이란 이름으로 환원시켰다.

632 일일성휘혁(一日聲輝赫): 하루아침에 명성이 빛나다. '휘혁'은 휘황(輝煌)이나 마찬가지 뜻.
'휘'가 훤(烜), 천(燀) 자로 된 판본도 있는데 모두 같은 뜻이다.

633 집현학사(集賢學士): 개원 13년(725) 집선전(集仙殿)을 집현전으로 고치고, 여정전서원(麗
正殿書院)을 집현전서원으로 고쳤는데, 원내의 5품 이상은 학사이고, 6품 이상은 직학사였다.

634 여도장(如堵墻): 구경하는 사람들이 빙 둘러서서 담과 같다는 뜻으로, 구경하는 사람이 많은 것
을 말한다. 『예기』 「사의(射義)」에 "공자가 확상의 택지(澤地)에서 사례(射禮)를 행하니 구경하
는 사람들이 마치 담을 두른 것 같았다(孔子射於攢相之圃, 蓋觀者如堵牆)"는 말이 있다.

635 낙필(落筆): 문장을 짓다.

636 중서당(中書堂): 중서성의 정사당을 말하며, 재상이 거처하는 곳. 당나라 이화(李華)의 「중서
정사당기(中書政事堂記)」에 의하면 "무덕(武德) 이래로 문하성에서 사안을 의논했는데 정사
당이라 하였다. 고종 광택(光宅) 원년(684) 배염(裴炎)이 시중에서 중서령에 제수되어 재상의
직책을 수행하니 정사당을 중서성으로 옮겼다"고 하였다.
『신당서』 본전에 "천보 13년[754: 사실은 10년의 오기] 현종이 친히 태청궁에 제사 지내고, 종
묘와 천지에 제사 지낼 때 두보가 부 세 편을 지어 바쳤다. 현종이 그를 비범하게 여겨 집현전의
대제(待制)로 삼고 재상에게 명하여 그의 문장을 시험하게 하였다"는 기사가 있다.
이상의 6구는 모경(暮景)에 지난 일을 회상한 것이다.

637 문채(文彩): 문장이 썩 훌륭하다.

778

此日飢寒趨路傍⁶³⁸이라
차 일 기 한 추 로 방

오늘날은 주리고 헐벗은 채
길가를 종종걸음 치네.

晚將末契⁶³⁹託年少⁶⁴⁰러니
만 장 말 계　　탁 연 소

늘그막에 얕은 우정이나마
젊은 그대에게 맡기려는데,

當面輸心⁶⁴¹背面笑⁶⁴²라
당 면 수 심　　배 면 소

바로 앞에서는 마음 주나
얼굴 돌리면 비웃네.

寄謝⁶⁴³悠悠⁶⁴⁴世上兒하나니
기 사　　유 유　　세 상 아

내 말하여 알리건대
많고 많은 세상 사람들이여!

---

638 기한추로방(飢寒趨路傍): 헐벗고 굶주린 채 길가를 종종걸음 치다. 빈궁하고 몸을 의탁할 곳
　　이 없는 것을 가리킨다. 이때 두보는 곤궁한 데다 건강이 말이 아니어서 학질에 열병을 앓았고,
　　폐병을 알아 얼굴에는 핏기가 없었다고 한다. 이병주의 『두보 시와 삶』(민음사, 1993)을 참조
　　할 것

639 말계(末契): 교우 관계에 있어서의 끝자리. 겨우 알고 있을 정도의 친분. '계'는 『설문해자』에서
　　약(約)과 같다고 하였으며, 교우(交友)를 말한다.

640 탁연소(託年少): 젊은 사람에게 몸을 의지하다. 구설에는 엄무(嚴武)를 가리킨다 하였으나 곽
　　영예를 말한다. 당시 두보는 곽영예와 마음이 맞지 않아 성도를 떠나며 이 시를 지었는데, 곽씨
　　가 촉에 있었을 때의 나이는 겨우 30여 세였다.
　　진나라 육기의 「세월이 흘러감을 탄식함(歎逝賦)」에 "후생에게 말석의 교유 기탁하노니, 내 장
　　차 늙어 나그네 되네(託末契於後生, 余將老而爲客)"라는 구절이 있다.

641 당면수심(當面輸心): 얼굴을 마주할 때에는 마음을 다해 정성을 보이다. '수'는 주다, 보내다.

642 배면소(背面笑): 얼굴을 돌리면 비웃다. 보지 않는 곳에서는 비웃다. 『포박자』에 "얼굴을 볼
　　때는 따르지 않고 등을 돌리고서는 미워한다(不面從而背憎)"라는 구절이 나온다.

643 기사(寄謝): 전하여 알리다. 전고(傳告), 고지(告知)와 같은 뜻

644 유유(悠悠): 많은 뜻이 있으나 여기서는 매우 많은 모양을 나타내는 의태어로 쓰임. 『후한서』
　　「최인전(崔駰傳)」에 "많고도 끝없이 또한 각기 얻는 것이 있습니다(悠悠罔極, 亦各有得)"란
　　구절이 나오는데, 당나라의 이현(李賢)은 "유유는 매우 많은 것이다(衆多也)"라고 하였다.

不爭好惡莫相疑하라
부 쟁 호 오 막 상 의

좋아하고 싫어함 다투지 않음을
의심하지 말아 주오.

225. 호랑이 그림(虎圖行)[645]

왕안석(王安石)

壯哉非熊亦非貙[646]니
장 재 비 웅 역 비 추

씩씩하도다, 곰도 아니고
호랑이도 아닌 것이,

目光夾鏡[647]當坐隅라
목 광 협 경   당 좌 우

눈빛 거울을 건 듯한데
모퉁이에 앉아 있네.

---

645 호도행(虎圖行): 『왕형공집』 권 5에는 단지 호도(虎圖)라고만 했을 뿐 행(行) 자가 없다. 『사기』·『장자』·『맹자』 등에 나오는 이야기를 교묘하게 인용하여 무척 재미있는 시편을 이루고 있으며, 호랑이의 모습을 실로 생생하게 그려 낸 작품이다. 『만수시화(漫叟詩話)』에는 본편(本篇)에 얽힌 다음과 같은 일화가 실려 있다. "형공[荊公: 왕안석]이 일찍이 구공[歐公: 구양수]과 함께 좌상에 앉은 자리에서 호랑이 그림을 보고 시를 짓게 되었다. 모두들 붓을 대지도 못했는데 형공은 벌써 다 지었다. 구공은 즉시 그것을 읽더니 무릎을 치며 극찬했다. 좌중의 사람들은 형공의 글을 보더니 들었던 붓을 내려놓고 감히 글을 지을 생각을 못했다."

646 비웅비추(非熊非貙): '웅'은 『왕형공집』에는 비(羆)로 되어 있으며, 말곰이라고 함. 호랑이에 속한 맹수로 살쾡이[貍]와 비슷하나 크다. 『이아』에는 살쾡이와 비슷하다고 했고, 곽박(郭璞)은 "크기는 개와 같고 무늬는 살쾡이와 같다"고 하였다. 『집운(集韻)』에는 "호랑이 가운데 큰 것(虎之大者)"이라 하였고, 일설에는 발가락[趾]이 다섯 개 있는 호랑이를 가리킨다고 하였다. 『사기』「제태공세가(齊太公世家)」에 "서백이 사냥을 나가려고 점을 쳤더니 '잡을 것은 용도 이무기도 아니고, 호랑이도 곰도 아니다(非虎非羆). 잡을 것은 패왕을 보필할 것이다'라고 하였다"는 말이 있다.

647 협경(夾鏡): 남조 송나라 안연지(顔延之)의 「붉은 털이 섞인 백마(赭白馬賦)」에 "두 눈동자에 거울 걸려 있네(雙童夾鏡)"라는 말이 나오는데, 이선이 주석을 달기를 "눈 가운데가 거울같이 맑고 밝은 것을 말한다. 혹은 두 눈의 가운데 소용돌이 모양의 털을 거울이라 한다"고 했다.

橫行⁶⁴⁸妥尾⁶⁴⁹不畏逐⁶⁵⁰하고
횡 행 타 미 불 외 축

거리낌 없이 돌아다니며 꼬리
늘어뜨린 채 쫓아도 두려워하지 않고,

顧眄⁶⁵¹欲去仍躊躕라
고 혜 욕 거 잉 주 주

두리번거리며 갈 듯하다가도
다시 머뭇거리네.

卒然⁶⁵²一見心爲動이러니
졸 연 일 견 심 위 동

갑자기 한 번 보았을 적엔
심장이 뛰었는데,

熟視⁶⁵³稍稍⁶⁵⁴摩其鬚⁶⁵⁵라
숙 시 초 초 마 기 수

자세히 들여다보고는 차츰차츰
그 수염 어루만지게 되네.

固⁶⁵⁶知畫者巧爲此니
고 지 화 자 교 위 차

정말로 알겠네, 그린 사람
솜씨껏 이것 그렸음을,

---

648 횡행(橫行): 거리낌 없이 마음껏 돌아다니다.

649 타미(妥尾): 꼬리를 늘어뜨리다. '타'는 '떨어지다'라는 뜻인데, '드리울 수(垂)' 자와 같은 뜻으로 쓰임

650 불외축(不畏逐): 쫓아내는 것을 두려워하지 않다.

651 고혜(顧眄): 주변을 둘러보다. '고'는 머리를 돌려 뒤돌아보거나, 좌우를 둘러보는 것을 말한다. '혜'도 돌아본다는 뜻. 이리저리 두리번거리며 돌아봄

652 졸연(卒然): 갑자기. 『맹자』「양혜왕 상(梁惠王上)」에 "卒然問曰"이라는 말이 있는데, 주자가 주석을 달기를 "갑작스런 모양(急遽之貌)"이라 하였다.

653 숙시(熟視): 눈여겨 자세히 보다.

654 초초(稍稍): 조금씩, 점점, 차차

655 마기수(摩其鬚): 그림 속 호랑이의 수염을 어루만지는 것을 말한다. 『장자』「도척(盜跖)」에 "공자가 말했다. '(…) 부산하게 달려가서 호랑이의 머리를 건드리고 수염을 만지다가 하마터면 호랑이에게 먹히는 신세를 면하지 못할 뻔했소'〔孔子曰 (…) 疾走料虎頭, 編虎須, 幾不免虎口哉)"라는 말이 나온다.

656 고(固): 부사로 쓰이면 참으로, 진실로, 분명히 등의 뜻이 있음

此物安肯來庭除657오
차 물 안 긍 내 정 제

이놈이 어찌 마당 섬돌에까지
들어오려 하겠는가?

想當盤礴658欲畫時에
상 당 반 박   욕 화 시

책상다리하고 앉아
그림 그리려던 때 생각하니,

睥睨659衆史660如庸奴661라
비 예   중 사   여 용 노

여러 화공들 흘겨보며
종처럼 여겼으리.

神閑意定662始一掃663하니
신 한 의 정   시 일 소

정신 가라앉히고 마음 정해
붓을 휘둘렀으니

功與造化664論錙銖665라
공 여 조 화   논 치 수

그 솜씨 조물주와
하찮은 것까지 따지겠네.

---

657 정제(庭除): 뜰 앞의 섬돌 아래. 담장 안을 말한다. '제'는 섬돌, 곧 개(階)와 같은 뜻

658 반박(盤礴): 책상다리를 하고 앉다. 반슬(盤膝)이라고도 한다. 『장자』「전자방(田子方)」에 "송나라 원군(宋元君)이 그림을 그리게 하였을 때 많은 화공들이 모두 이르렀다(衆史皆至) (…) 한 화공이 늦게 도착하였으나 (…) 옷을 벗고 책상다리를 한 채 벌거벗고 있었다(解衣槃礴). 송나라 원군이 말했다. '옳다. 이 사람이야말로 진짜 화공이다'"라는 고사가 있다.

659 비예(睥睨): 흘겨보다. 자못 거만한 태도로 상대방을 무시하는 모양

660 중사(衆史): 여러 화공. 화가를 화사라 한 것. 위 주 658을 참조할 것

661 용노(庸奴): 어리석고 용렬한 종, 멍청한 하인. 『사기』「장이(張耳)열전」에 "외황의 부잣집 딸은 매우 아름다웠는데 어리석은 종에게 시집을 갔다가 그 남편에게서 도망쳤다(外黃富人女甚美, 嫁庸奴, 亡其夫)"라는 말이 있다.

662 신한의정(神閑意定): 정신을 가다듬고 무엇을 어떻게 그릴까 하는 것을 정하다.

663 일소(一掃): 한 번에 죄다 싹 쓸어버린다는 뜻인데, 여기서는 붓을 들어 단번에 그려 내는 것을 말한다.

664 조화(造化): 조화옹(造化翁), 곧 조물주(造物主)를 말한다.

665 논치수(論錙銖): '치'와 '수'는 모두 도량형 단위임. 24분의 1냥을 수라 하고, 6수를 1치라 함. 모두 무게가 얼마 안 되는 것을 가리키며, 나중에는 근소하거나 매우 작은 수량을 말할 때 쓰임. 『예기』「유행(儒行)」에 "비록 나라를 나누어 준다 해도 치와 수처럼 아주 하찮게 여기어 신하 노

悲風666颯颯667吹黃蘆하고
비 풍   삽 삽   취 황 로

슬픈 바람 쏴아쏴아
누런 갈대에 불어오고

上有寒雀驚相呼라
상 유 한 작 경 상 호

위에서는 추운 날 참새들이
놀라 서로 우짖네.

槎牙668死樹669鳴老烏한데
사 아   사 수   명 노 오

가지 쭉 뻗은 고목에서
늙은 까마귀 울고 있는데,

向之俛喝670如哺雛671라
향 지 면 탁   여 포 추

가지 향해 숙여 쪼는 것이
새끼에게 먹이 주는 것 같네.

山墻野壁黃昏後에
산 장 야 벽 황 혼 후

산의 담이나 들판의 벽에
해 진 뒤에 걸어 놓는다면,

릇도 하지 않고 벼슬도 살지 않는다(雖分國, 如錙銖, 不臣, 不仕)"는 말이 있다.

666 비풍(悲風): 쓸쓸하고 사나운 찬바람. 여기서는 가을바람이란 뜻으로 쓰임

667 삽삽(颯颯): 바람이 부는 소리를 나타내는 의성어. 「고시」 19수에 "백양나무에 슬픈 바람 많이
     불어, 쏴아쏴아 사람 시름겹게 하네(白楊多悲風, 蕭蕭愁殺人)"라는 구절이 있는데, 이선은
     『초사』의 "가을바람이여 쏴아쏴아 부는도다(秋風兮蕭蕭)"라는 구절을 인용하여 주석을 달
     았다.

668 사아(槎牙): 나뭇가지에 가장귀, 곧 아귀가 갈라져 나간 모양

669 사수(死樹): 말라 죽은 나무, 곧 고목(枯木)을 말한다.

670 면탁(俛喝): 머리를 숙이고 부리로 쪼다. '俛' 자는 중국에서는 fǔ라고 읽어서 부(俯)와 같으나,
     우리나라에서는 부앙(俯仰)을 면앙(俛仰)이라고 읽는 예가 있으므로 음을 '면'으로 표기하였
     다. '喝' 자는 부리라는 뜻으로 쓰일 때는 '주'로 읽으나, 쪼다는 의미로 쓰일 때는 '탁'으로 읽는다.

671 포추(哺雛): 새끼에게 먹이를 물어다 먹이다.
     이 구절의 뜻은 호랑이가 나오니 바람이 그 뒤를 따르고, 늙은 까마귀가 머리를 숙이고 시끄럽
     게 우짖고, 호랑이의 모양이 마치 새끼에게 먹이를 물어다 주는 것과 같다는 것이다. 한유의 「맹
     호의 노래(猛虎行)」에 "까마귀와 까치 따라서 시끄럽게 지저귀는데, (…) 호랑이는 돌아갈 곳
     을 모르네(烏鵲從噪之 (…) 虎不知所歸)"라는 구절이 있다.

馮婦[672]遙看亦下車라
풍부 요간역하거

풍부 멀리서 보고
또 수레에서 내리리라.

226. 도원의 노래(桃源行)[673]

왕안석(王安石)

望夷宮[674]中鹿爲馬[675]하니　망이궁에선 사슴을 말이라 했고,
망이궁 중녹위마

672　풍부(馮婦): 진(晉)나라의 용사 이름. 『맹자』 「진심 하(盡心下)」에 "진나라 사람으로 풍부라는 자가 있었는데 범을 잘 잡았으나 마침내 선한 사람이 되었다. 들에 갔을 적에 여러 사람이 범을 쫓고 있었다. 범이 산모퉁이에 의지하고 있자 사람들이 감히 덤벼들지를 못했는데, 풍부를 멀리서 바라보고는 달려가 맞이하였다. 풍부가 팔뚝을 걷어붙이고 수레에서 내려오니 여러 사람들은 모두 좋아하였으나 선비들은 이를 보고 웃었다"는 우언이 있다.

673　도원행(桃源行): 진나라의 도연명이 지은 「도화원기」의 설화를 노래한 시이다. 진시황의 폭정을 피하여 무릉군의 도원향에 들어간 사람들의 자손이 별천지를 이룩하고 외계와 단절된 생활을 하였다. 그런데 한 어부가 우연히 복숭아꽃이 흘러오는 상류를 찾아 올라갔다가 도원향을 발견하였다. 그곳에는, 왕도 없고 조세도 없었다. 그곳 사람들은 바깥세상의 변천을 모른 채 평화롭게 생활하고 있었다. 어부는 돌아와 군수에게 보고한 후, 다시 찾아가려 하였으나 길을 찾을 수가 없었다. 무릉도원은 지금의 호남성 상덕부에 있다고 한다. 시 번호 158 한유의 「도원도(桃源圖)」를 참조할 것.
　　도원의 고사를 빌려서 인간 세상의 치란 흥망이 덧없음을 개탄하고, 백성들을 위해 어지러운 세상을 슬퍼한 것이 이 시의 요지이다.

674　망이궁(望夷宮): 진나라의 궁전 이름. 『사기』 「진시황본기」에 "이세는 하얀 호랑이가 자신의 좌참마를 물어뜯자 이를 죽이는 꿈을 꾸었는데, 마음이 언짢고 괴이쩍어 점쟁이에게 해몽을 시켰더니 '경수의 수신이 재앙을 일으킨다'는 점괘가 나왔다. 이에 이세는 망이궁에서 재계하였다"는 기록이 있다. 남조 송나라 배인(裴駰)은 "망이궁은 장릉(長陵)의 서북쪽 장평관(長平觀) 동쪽의 옛 정(亭)이 있는 곳이다. 경수(涇水)를 굽어보고 지었으며 북이(北夷)를 바라보고 있기 때문에 이렇게 이름을 지었다"고 주석을 달았다. 이세가 조고에게 죽음을 당한 곳이다.

675　녹위마(鹿爲馬): 같은 편에 "조고(趙高)는 반란을 일으키고자 하였으나 군신들이 듣지 않을까 염려되자, 먼저 시험을 하기 위해서 이세에게 사슴을 바치며 말하기를 '말입니다'라 하였다. 이세는 빙그레 웃으면서 '승상이 틀리지 않았소? 사슴을 말이라 하니' 하고는 주변의 군신들에게

秦人半死長城[676]下라
진 인 반 사 장 성　　　 하

진나라 사람들 반은
만리장성 아래서 죽었다네.

避世不獨商山翁[677]이요
피 세 부 독 상 산 옹

세상 피한 것 상산사호뿐 아니라,

亦有桃源種桃者[678]라
역 유 도 원 종 도 자

도원에서 복숭아 심던
사람들도 있었다네.

一來種桃不記春[679]하고
일 래 종 도 불 기 춘

한 번 와서 복숭아 심으니
세월 기억하지 못했고,

물으니, 어떤 사람은 잠자코 대꾸를 하지 않았고, 또 어떤 사람은 사슴이라고 하였다. 조고는 은
밀하게 사슴이라고 말한 사람을 법을 빙자하여 음해했다"는 기록이 있다. 여기서 유명한 지록
위마(指鹿爲馬)란 고사가 나왔는데, 윗사람을 농락하여 위세를 마음대로 하는 것을 이른다.
이때는 이세가 망이궁에 이르기 전의 일이다.

676　장성(長城): 만리장성. 진시황은 북쪽 국경에 만리장성을 쌓아 이민족과 싸우기 위해 백성들을
강제로 징발하여 많은 사람들을 죽게 했다.
　　　이상 2구에 쓰인 고사를 시대적으로 배열하면, 만리장성의 일이 첫째이고, 그 다음은 지록위
마, 망이궁의 순으로 놓여 용사(用事)의 배열이 섞여 있다.

677　상산옹(商山翁): 진나라의 폭정을 피하여 상산에 몸을 숨겼던 동원공(東園公), 기리계(綺里
季), 하황공(夏黃公), 녹리 선생(甪里先生)을 말한다. 네 사람 모두 수염과 눈썹이 희었으므로
상산사호(商山四皓)라고 불린다. 한 고조 유방이 불렀으나 나오지 않다가, 나중에 고조가 태
자를 폐하려 하자 여후(呂后)가 장량(張良)의 계책을 써서 태자를 보필하게 하니, 고조는 태자
를 폐하려던 일을 그만둔 일로 유명하다.

678　종도자(種桃者): 무릉도원에서 복숭아를 심어 별천지를 만드는 사람. 도연명의 「도화원시(桃
花源詩)」에 "영씨의 진나라가 하늘의 강기 어지럽히니, 어진 이들 그 세상에서 도피했다네. 하
황공과 기리계 상산으로 가고, 이 사람들도 또한 떠났다 하네(嬴氏亂天紀, 賢者避其世. 黃綺
之商山, 伊人亦云逝)"라는 구절이 있는데, 이 사람들[伊人]이 바로 도원으로 피난 와서 복숭
아를 심은 사람들이다.

679　불기춘(不記春): 세월의 흐름을 모른다는 뜻. '춘'은 여기서 '해 년(年)' 자와 같은 뜻으로 쓰였
다. 보통 세월을 나타내는 말로는 춘추(春秋)가 쓰이고, 한 자로만 쓰면 추(秋) 자를 쓰는데, 여
기서는 운자에 맞추기 위함인 듯하다.

采花食實枝爲薪[680]이라
채 화 식 실 지 위 신

꽃 따고 열매 먹으며
나뭇가지는 땔나무로 썼다네.

兒孫生長與世隔[681]하여
아 손 생 장 여 세 격

아이 손자 나서 자랐지만
세상과 떨어져 살았으니,

知有父子無君臣이라
지 유 부 자 무 군 신

아버지와 아들 있는 줄은 알아도
임금과 신하는 모르네.

漁郎放舟[682]迷遠近[683]하여
어 랑 방 주　　 미 원 근

어부 배 버려두고 나섰다가
길의 멀고 가까움 잃어,

花閒忽見驚相問이라
화 한 홀 견 경 상 문

꽃 사이로 별안간 보고
깜짝 놀라 물었네.

世上空知古有秦이나
세 상 공 지 고 유 진

세상에선 부질없이 알았네,
옛날에 진나라 있었다는 것을,

山中豈料今爲晉[684]고
산 중 기 료 금 위 진

산속에서야 어찌 헤아리리?
지금이 진나라 때임을.

---

680 채화식실지위신(采花食實枝爲薪): 이 구절은 자급자족하는 아취를 묘사한 것이다.

681 여세격(與世隔): 세상과 멀리 떨어지게 되다. 「도화원기」에 "스스로 말하기를 선대에 진나라 때
의 난리를 피하여 처자식과 마을 사람들을 데리고 이곳 동떨어진 곳까지 와서 다시는 나가지
않으니 마침내 외부인들과는 격리되었다라고 했다(自云先世避秦時亂, 率妻子邑人, 來此絶
境, 不復出焉, 遂與外人隔絶)"는 말이 있다.

682 어랑방주(漁郎放舟): 어부가 배를 버려두다.

683 미원근(迷遠近): 멀고 가까움을 전혀 분간하지 못하다. 곧 길을 잃다. 「도화원기」에 "무릉인 가
운데 고기잡이를 업으로 삼는 사람이 있었는데, 시내를 따라가다가 길의 멀고 가까움을 잃어
버렸다(武陵人捕魚爲業; 緣溪行, 忘路之遠近)"는 구절이 나온다.

684 금위진(今爲晉): 본서 주에는 태강(太康: 서진 무제의 연호로 280~289) 연간에 속한다 했지

聞道⁶⁸⁵長安吹戰塵⁶⁸⁶하고
문 도　　　장 안 취 전 진

장안에 전쟁의 흙먼지 날렸다는
소리 전해 듣고,

東風⁶⁸⁷回首亦沾巾이라
동 풍　　회 수 역 첨 건

봄바람에 고개 돌리고
눈물로 수건 적셨다네.

重華⁶⁸⁸一去寧復得고
중 화　　일 거 영 부 득

순임금 같은 성군 한 번 가면
다시 나타나지 않는 법,

天下紛紛⁶⁸⁹經幾秦⁶⁹⁰가
천 하 분 분　　경 기 진

천하 뒤숭숭하게
몇 번이나 진나라 거쳐 갔던가?

만, 도연명의 「도화원기」에는 태원(太元: 동진 효무제 때의 연호로 376~396) 연간으로 되어
있고 판본에 따라서는 태강 연간으로 된 것도 있다. 「도화원기」에 "지금이 어느 세상인가 물었
더니 한나라가 있는 줄을 몰랐으므로 위·진 등은 말할 필요도 없었다(問今是何世. 乃不知有
漢, 無論魏晉等也)"는 말이 나온다. 시 번호 158 한유의 「도원도」에 "진나라 엎어지고 한나라
넘어진 것 도무지 듣지 못했고, 땅 터지고 하늘 갈라져도 근심할 것 없었네(嬴顚劉蹶了不聞,
地拆天分非所恤)"라는 구절이 있다.

685　문도(聞道): 전해 듣다. 여기서 '도'는 말하다.

686　장안취전진(長安吹戰塵): 한나라의 서경(西京) 장안에 전쟁의 흙먼지가 날리다. 진(秦)나라
　　의 다음 조대인 한나라도 이미 망한 것을 말한다. 두보의 「동쪽 진지의 북쪽 산(東屯北崦)」에
　　"먼 산으로 흰머리 돌리니, 전쟁터엔 누런 먼지 이네(遠山回白首, 戰地有黃塵)"라는 구절이
　　있다.

687　동풍(東風): 봄바람. 『예기』 「월령(月令)」 1월[孟春之月] 조에 "동풍이 불어 얼음을 녹이고 겨
　　울잠 자는 동물들이 비로소 움직인다(東風解凍, 蟄蟲始振)"는 말이 있다.

688　중화(重華): 순임금의 이름. 『상서』 「순전(舜典)」에 "옛날 순임금에 대하여 상고해 보건대 이름
　　을 중화라 하셨으며 [덕은] 요임금과 합치되셨다(曰若稽古帝舜, 曰重華, 協千帝)"는 기사가
　　있으며, 당나라의 공영달은 "순임금은 요임금을 이을 수 있어서 그 문덕의 광화를 거듭하였다
　　(舜能繼堯, 重其文德之光華)"는 주석을 달았다.

689　분분(紛紛): 어지러운 모양을 나타내는 의태어

690　경기진(經幾秦): 몇 개의 진나라가 거쳐 갔는가? 곧 진나라와 같은 폭정을 많이 겪었다는 뜻.
　　왕안석은 「건주학기(虔州學記)」에서 "주나라의 도가 쇠미해졌을 때 불행히도 진나라가 나타
　　났다(周道微, 不幸而有秦)"고 하였다.

227. 오늘 저녁(今夕行)[691]

두보(杜甫)

今夕何夕[692]歲云徂[693]하니
금 석 하 석　세 운 조

오늘 저녁이 어떤 저녁인가?
한 해가 저문다네.

更長燭明[694]不可孤[695]라
경 장 촉 명　불 가 고

밤 길고 촛불 밝아
외로이 지낼 수 없네.

咸陽[696]客舍一事無하여
함 양　객 사 일 사 무

함양의 객사에
할 일이라고는 하나 없어,

相與博塞[697]爲歡娛[698]라
상 여 박 새　위 환 오

서로 더불어 노름이나 하며
즐거움으로 삼네.

691　금석행(今夕行): 천보 5년(746), 장안의 여관에서 섣달그믐을 맞아 젊은이들과 어울려 노름을
　　　하며 논 일을 읊은 시이다. 첫머리의 금석(今夕) 두 자를 취하여 제목으로 삼았다.

692　금석하석(今夕何夕):『시경』「당풍(唐風)·묶음(綢繆)」에 "오늘 저녁 어떤 저녁인가? 우리 님을
　　　만났네(今夕何夕, 見此良人)"라는 구절이 있다.

693　세운조(歲云徂): 한 해가 저물어 가다. '운'은 어조사로 쓰임. 한나라 위맹(韋孟)의 「풍자하여
　　　간하다(諷諫)」에 "세월 흘러가니, 나이 늙어가네(歲其其徂, 年其逮耇)"라는 구절이 있다.

694　경장촉명(更長燭明): '경'은 옛날에 시각을 나타내던 단위. 밤의 시간은 초경에서 오경까지(저
　　　녁 7시~새벽 5시)의 다섯 시로 나누었다.『초사』「혼을 부름(招魂)」에 "난초 향기 나는 촛불 밝
　　　고, 미녀 갖추어졌네(蘭膏明燭, 華容備些)"라는 구절이 있다.

695　불가고(不可孤): '고'는 외롭다는 뜻 외에 등진다는 뜻도 있는데, 여기서는 복합적으로 쓰여서
　　　제야(除夜)에 홀로 외로이 잠을 이룰 수 없다는 것을 말하는 듯하다.

696　함양(咸陽): 본래는 진(秦)나라의 서울인데, 여기서는 장안을 가리킨다. 산과 수[山水]가 모두
　　　[咸] 남쪽[陽]에 있기 때문에 붙여진 이름이다. 무덕(武德) 원년(618)에 경양(涇陽)을 분리해
　　　서 함양현을 만들었는데, 경조부, 곧 장안에 귀속시켰다.

697　박새(博塞):『장자』「변무(駢拇)」에 "곡에게 무엇을 하고 있었느냐고 물었더니 노름을 하면서
　　　놀고 있었다고 한다(問穀奚事, 則博塞以遊)"는 말이 나온다. 도박으로 주사위 노름을 말한
　　　다. 구체적으로는 주사위를 써서 하는 노름을 박이라 하고, 주사위를 쓰지 않는 것을 새라 한다.

憑陵⁶⁹⁹大叫呼五白이나
빙릉　대규호오백

기세 좋게 큰 소리로
오백이라 소리치지만,

祖跣⁷⁰⁰不肯成梟盧⁷⁰¹라
단선　불긍성효로

웃통 벗고 맨발로 돌아다녀도
'효'나 '로' 같은 패 나올 것 같지 않네.

英雄⁷⁰²有時亦如此니
영웅　유시역여차

영웅도 이따금씩 이와 같았다 하니,

邂逅⁷⁰³豈卽非良圖⁷⁰⁴오
해후　기즉비양도

우연히 만났으니 이 어찌
훌륭한 생각 아니겠는가?

---

698 위환오(爲歡娛): 한나라 소무(蘇武)의 「시(詩)」 제3수에 "즐거움 오늘 저녁에 있으니, 아름다움 좋은 때에 미치네(歡娛在今夕, 嬿婉及良時)"라는 구절이 있다.

699 빙릉(憑陵): 본래는 '공격하다, 침략하다'의 뜻. 『좌전』「양공(襄公) 8년」에 "우리 도읍의 외성으로 쳐들어 가다(馮陵我城郭)"란 말이 나오는데, 양백준(楊伯峻) 교수는 "빙과 릉은 같은 뜻의 단어로 공격하여 범하다, 침략하다는 말과 같다"고 하였다. 여기서는 기세를 믿고 허세를 부린다는 정도의 뜻으로 쓰임

700 단선(袒跣): 웃통을 벗어젖히고 맨발로 돌아다니다. 무슨 일의 승부에 몹시 열중하는 것을 가리키며, 여기서는 도박에 정신이 팔려 있음을 말한다.

701 호오백~성효로(呼五白~成梟盧): '오백'이나 '효로'는 모두 박색의 도박에서 쓰이는 용어. 윷처럼 생긴 나무 다섯 쪽을 던져 모두 흰 쪽 면이 나온 것을 오백이라 함. 효는 육박(六博)의 노름 패를 말한다. 다섯 나무를 효, 로(盧: 개), 꿩(雉), 송아지(犢)의 형태로 만들어 로가 많이 나온 사람이 이기게 되는 노름. 또 로(盧)는 모두 검은색이 나온 것을 가리키기도 하며, 모(牟)로 된 판본도 있다. 시대에 따라 놀이의 도구나 방법이 조금씩 달랐던 것 같다. 『초사』「혼을 부름(招魂)」에 "효가 되어 배로 이기니, 오백을 외치네(成梟而牟, 呼五白些)"라는 말이 있다. 주자는 "배로 이기는 것을 모라고 한다. 오백은 박치[簙齒: 노름의 기구]이다. 자기의 패가 이미 효가 되어서 배로 이겼으므로 오백을 외친다"고 하였다.

702 영웅(英雄): 유소(劉劭)의 『인물지(人物志)』에 "짐승 가운데 특출한 것을 웅이라 하고, 초목 가운데 빼어난 것을 영이라 한다. 고인들 가운데 문무가 빼어나고 특이한 것을 일컫는 것도 여기에서 이름을 취했다. 총명하고 빼어난 것을 영이라 하고, 담력이 남보다 뛰어난 것을 웅이라 한다"고 하였다. 여기서는 뒤에 나오는 유의를 가리킨다. 진나라 좌사(左思)의 「역사를 읊다(詠史)」 제7수에 "영웅도 때를 만나지 못할 때 있었으니, 유래 예로부터 있어 왔네(英雄有屯邅, 由來自古昔)"라는 구절이 있다.

君莫笑劉毅從來布衣願하라
군 막 소 유 의 종 래 포 의 원

그대여 비웃지 말게! 유의
포의로 있을 때부터 뜻 품어

家無儋石705輸百萬706이라
가 무 담 석　　수 백 만

집안에 곡식 섬도 없으면서
노름에 백만 섬을 걸었던 것을.

228. 군자의 노래(君子行)707

섭이중(聶夷中)708

君子防未然이니
군 자 방 미 연

군자는 일어나기 전에 미리
막는 것이니,

703　해후(邂逅): 우연히 친구와 만나게 되다. 『시경』「정풍(鄭風)·들판의 덩굴풀(野有蔓草)」에 "뜻
　　밖에 이렇게 만나게 되니, 내 소원 들어맞았네. (…) 뜻밖에 이렇게 만나게 되니, 그대와 함께 다
　　잘된 일이네(邂逅相遇, 適我願矣 (…) 邂逅相遇, 與子偕臧)"라는 구가 있다.

704　양도(良圖): 좋은 방법, 좋은 생각. 진나라 육기(陸機)의 시에 "가서 훌륭한 계책에 힘쓰게나
　　(行矣勉良圖)"라는 구절이 있다.

705　담석(儋石): 쌀 2곡(斛: 1곡은 열 말)을 담이라 한다.

706　유의~수백만(劉毅~輸百萬): '유의'는 남조 진(晉)나라 사람. 『진서』「유의전」에 "동부(東府)에
　　서 저포(樗蒲) 놀음을 하였는데 한 판에 응당 수백만을 걸었다. 나머지 사람들은 모두 검은 독
　　(犢) 패가 나와 돌아가고 유유(劉裕)와 유의만 끝까지 남았다. 유의가 다음에 던져 치(雉) 패를
　　얻고는 매우 기뻐하여 옷을 걷고 침대를 돌며, 한 자리에 있는 사람들에게 소리치기를 '노(盧)
　　패가 나오지 않으면 이길 수 없다'고 하였다. 유유가 미워하면서 나무판 다섯 개를 들고 오래 비
　　비며 말하기를 '노형께선 경(卿)을 위해 답해 보시오'라고 하였다. 얼마 후 네 개는 모두 검은색
　　이었는데, 하나만 구르고 뛰면서 정해지지 않자 유유가 버럭 소리를 지르며 꾸짖으니 곧 노패
　　가 나왔다"라는 이야기가 보인다. 또 『남사』에서는 "유의는 집에 곡식 한 섬도 저축해 놓지 않았
　　는데, 저포 한 판에 백만 섬을 걸었다"고 하였다.

707　군자행(君子行): 본서의 원주에 "이 시는 군자는 일을 함에 일이 일어나기 전에 잘 대비하여야

790

不處嫌疑間이라
불 처 혐 의 간

혐의가 갈 만한 곳에는 처신하지
않는다네.

瓜田不納履[709]요
과 전 불 납 리

외밭에서는 신을 고쳐 신지 않고,

李下不正冠[710]이라
이 하 부 정 관

오얏나무 아래서는 갓을 바루지
않는다네.

嫂叔不親授요
수 숙 불 친 수

형수와 시동생 사이에는 친히
주고받지 않고,

長幼不比肩이라
장 유 불 비 견

어른과 아이는 어깨를 나란히 하지
않는다네.

勞謙得其柄[711]이나
노 겸 득 기 병

겸손하기를 힘쓰면 그 자루를
얻을 것이나,

하며, 혐의가 있는 일에 스스로 처할 수 없음을 말한 것이다"라고 하였다.

708 섭이중은 당나라의 시인인데(시 번호 28의 작자 소개를 참조할 것), 이 시는 『문선』, 『조자건집
(曹子建集)』, 송나라 곽무천(郭茂倩)의 『악부시집(樂府詩集)』과 청나라 심덕잠(沈德潛)의
『고시원(古詩源)』에 모두 실려 있다. 섭이중의 시 중에 「공자행(公子行)」이란 것이 있는데, 이
때문에 편자가 혼동한 것 같다. 『문선』, 『악부시집』에는 모두 고사(古辭)라고 하였고, 『조자건
집』에서는 『예문유취(藝文類聚)』권 41에 의거하여 수록하고 있다.

709 납리(納履): '납'은 원래 신는다는 뜻. 『의례(儀禮)』「기석례(旣夕禮)」에 "履外納"이란 말이 나
오는데, 정현(鄭玄)은 "[발의 남은 부분, 즉 뒤꿈치를] 집어넣는 것이다(收餘也)"라고 하였다.
여기서는 오이밭에 들어갔다가 신이 벗겨져서 신는 것을 말한다.

710 정관(正冠): '정'은 『조식집』에는 정(整)으로 되어 있는데 마찬가지 뜻이다.

711 노겸득기병(勞謙得其柄): 『주역』「겸괘(謙卦)」의 상사(象辭)에 "겸손하고 겸손한 군자는 몸을
낮추어서 스스로 처신한다(謙謙君子, 卑以自牧)"라는 말이 나오고, 「십익(十翼)」의 계사전(繫
辭傳)에 "겸괘는 덕의 자루이다(謙, 德之柄也)"라는 말이 나온다.

和光⁷¹²甚獨難이라
화 광   심 독 난

숨기어 드러내지 않음 유독 매우
어렵네.

周公下白屋⁷¹³하여
주 공 하 백 옥

주공은 가난한 초가집에 살면서,

吐哺不及餐하고
토 포 불 급 찬

먹던 것 뱉느라 식사도 제때에
못했다네.

一沐三握髮⁷¹⁴하니
일 목 삼 악 발

한 번 머리 감으면서 세 번이나
머리 움켜쥐니,

後世稱聖賢이라
후 세 칭 성 현

후세에 성현이라 일컬었다네.

---

712 화광(和光): 『노자』 제4장에 "그 날카로움을 무디게 하며, 얽힘을 푼다. 그 빛이 뛰쳐나옴이 없
게 하고, 그 티끌을 고르게 한다(挫其銳, 解其紛, 和其光, 同其塵)"는 말이 있다. 빛을 감추고
속세에 살며, 자기의 재덕을 드러내지 않는다는 뜻

713 백옥(白屋): 옛날에 평민들의 집에는 아무런 색도 칠하지 않고 목재의 결이 그대로 드러났기 때
문에 이렇게 부르며, 일설에는 띠[白茅]로 지은 집이라고도 한다. 서민의 집을 가리키는 말이
며, 여기서는 주공이 사는 집이 매우 소박하였음을 말한다.

714 토포~삼악발(吐哺~三握髮): 밥을 먹거나 목욕을 하다가도 손님이 오면 이를 맞이하는 일을
가장 급선무로 여겼다는 말. 『사기』「노주공세가(魯周公世家)」에 주공이 그의 아들 백금(伯禽)
에게 훈계하면서 "나는 한 번 머리를 감으면서도 세 번이나 움켜쥐었고, 한 번 식사하는데 세
번씩이나 뱉어내면서(一沐三捉髮, 一飯三吐哺) 나아가 선비를 맞이하였으면서도 오히려 천
하의 현인을 잃을까 걱정하였다"고 말하였다. 목(沐)은 목 위로 씻는 것을 말하고, 목 아래를 씻
는 일은 욕(浴)이라 하였다. 굴원의 「어부와의 대화(漁父詞)」에 "새로 머리를 감은 사람은 [갓
의 먼지가 머리에 묻을까 봐] 반드시 갓을 털어 쓰고, 새로 몸을 씻은 사람은 반드시 옷을 털어
입는다고 하였소(新沐者必彈冠, 新欲者必振衣)"라는 구절이 나온다.

229. 분음의 노래(汾陰行)[715]

이교(李嶠)[716]

君不見昔日西京[717]全盛時아
군 불 견 석 일 서 경　　　　전 성 시

그대는 보지 못하였는가?
옛날 서경 한창 번성했을 때,

汾陰后土親祭祠[718]라
분 음 후 토 친 제 사

분음의 후토에 친히 제사 지내는 것을.

---

715 분음행(汾陰行): '분음'은 옛 현 이름인데 전국 시대 때 위(魏)나라의 읍으로 하동(河東)군에
　　속하였으며, 한나라 때 현을 설치하였다. 치소(治所)는 지금의 산서성(山西省) 만영현(萬榮
　　賢)에 있으며 분수(汾水)의 남쪽[陰]에 있어서 분음이라 하였다. 한 무제 때 여기서 보정(寶
　　鼎)을 얻었다. 『사기』「봉선서(封禪書)」에 "이해 여름 6월에 분음의 무사(巫師)인 금(錦)이 위
　　수(魏睢)의 후토(后土) 사당 옆에서 제사를 지낼 때, 땅 위에 갈고리 같은 돌출물을 보고 흙을
　　파 보았다가 정을 발견하게 되었다. 이 정은 여느 정과는 달리 매우 컸으며, 꽃무늬만 조각되어
　　있고 문자는 새겨져 있지 않았다. 무사가 이를 이상하게 여겨 그 지방 관리에게 말하자, 그 관리
　　는 하동(河東)의 태수 승(勝)에게 이를 알렸고, 승은 또 상부에 보고하였다. 천자는 사자를 보
　　내어 무사 금을 심문하여 정을 얻은 일이 꾸며낸 이야기가 아님을 알고는, 예의를 갖추어 천지
　　에 제사 지내고 정을 감천궁으로 맞아들였다. 백관이 수행하고 천자는 하늘에 제사 지냈다"라
　　는 기록이 있다. 이 시는 『전당시』권 57에 수록되어 있는데, 시의 뒤에 다음과 같이 적어 놓았
　　다. "『명황전신기(明皇傳信記)』에서 말하였다. 임금께서 촉으로 행차하려 할 즈음에 화악루
　　(花萼樓)에 올라 누대 앞에 있던 「수조(水調)」를 잘 부르는 사람으로 하여금 노래를 하게 했다.
　　'산과 내 온 눈에 들고 (…)(山川滿目)'라는 한 부분에 이르러 임금이 시종을 돌아보며 말하기를
　　'누가 이것을 지었는가?'라고 하니 '재상 이교입니다'라고 하였다. 이에 처연히 눈물을 흘리며
　　벌떡 일어서더니 '이교는 참으로 천재로다'라고 하였다. 곡조가 다 끝이 나지 않았는데도 그 자
　　리를 떠났다."
716 이교(李嶠: 644~713): 자는 거산(巨山)이며, 당나라의 조주(趙州) 찬황(贊皇: 지금의 하북
　　성) 사람. 인덕(麟德) 원년(664) 진사가 되었으며, 고종·측천무후·중종·현종의 4조(朝)를 섬겼
　　고, 벼슬은 중서령까지 올랐다. 최융(崔融)·소미도(蘇味道)·두심언(杜審言) 등과 함께 문재를
　　날려 '문장사우(文章四友)'로 일컬어지며, 특히 소미도와는 동향인으로 시문에서 명성을 나란
　　히 날려 '소·이'로 병칭된다. 문집이 있으며, 영물시에 특히 뛰어나 영물시 120수를 수록한 『잡
　　영집(雜咏集)』등이 전한다.
717 서경(西京): 서한(西漢)의 도성인 장안(長安)을 말한다. 여기서는 서한을 대칭(代稱)하는 말
　　로 쓰임

齋宮719宿寢設齋供720하고
재 궁 숙 침 설 재 공

재궁에서 머물러 자면서
제물 진설하고,

撞鐘鳴鼓樹羽旗721라
당 종 명 고 수 우 기

종 치고 북 울리며 깃털 깃발 세우네.

漢家五葉722才且雄하니
한 가 오 엽 재 차 웅

한나라 왕가의 다섯 세대
재기 넘치고 씩씩하여,

賓延萬靈723朝九戎724이라
빈 연 만 령 조 구 융

만 가지 영령 끌어들이고
아홉 오랑캐 조알하게 하였네.

柏梁賦詩725高宴罷하고
백 량 부 시 고 연 파

백량대에서 시 짓던
고아한 연회 끝나자,

---

718 분음후토친제사(汾陰后土親祭祠): '후토'는 토지신이며, 토지신을 제사 지내는 사단(社壇)을
가리키기도 한다. 『예기』「단궁(檀弓)」에 "임금이 성찬도 들지 않고 음악도 듣지 않으며 후토에
서 곡한다(君擧, 而哭於后土)"는 말이 나오는데, 한나라의 정현은 "후토는 토지신이다(后土,
社也)"라고 하였다. 『한서』「무제기」에 "원정(元鼎) 4년[기원전 113년] 겨울 10월에 (…) 동으로
분음에 행차하였다. 11월 갑자일에 분음의 꽁무니에 후토사를 세웠다"는 기록이 있다. 『한서』
「무제기」와「교악지」에는 무제가 분음에 가서 후토에게 제사 지낸 기록이 많이 보인다.

719 재궁(齋宮): 제왕(帝王)이 재계하고 제사 지내는 곳

720 재공(齋供): 물자를 준비하였다가 필요할 때 공급하는 일. '재'는 저(儲) 또는 주(廚)로 되어 있
는 판본도 있다.

721 우기(羽旗): 새의 깃털로 장식한 깃발. '기'는 기(旂) 또는 정(旌)으로 되어 있는 판본도 있다.

722 한가오엽(漢家五葉): 한나라 고조(高祖)·혜제(惠帝)·문제(文帝)·경제(景帝)·무제(武帝)의 다
섯 왕을 말한다. '엽'은 세(世)와 같은 뜻. 판본에 따라 사세(四世), 사엽(四葉)으로 되어 있는 판
본도 있다. 이는 대체로 문제 또한 고조의 아들이므로 그렇게 본 것인데 옳지 않다.

723 빈연만령(賓延萬靈): 연회를 열어 손님을 맞이하다. '만령'은 모든 신(神)을 말한다.

724 조구융(朝九戎): '구융'은 곧 구이(九夷)를 말한다. 옛날에는 동방에 아홉 민족이 있었다고 생
각했으며, 또한 소수 민족을 두루 일컫는 말로도 쓰임. '조'는 복(服)으로 되어 있는 판본도 있으
며, 천자에게 조공을 바치는 일을 말한다.

725 백량부시(柏梁賦詩): '백량'은 무제가 원정 2년에 지은 누대를 말한다. 복건(服虔)은 "백(百)
개의 들보[梁]를 들여 지었으므로 그렇게 이름 지었다" 하였고, 안사고는 『삼보구사(三輔舊

詔書法駕⁷²⁶幸河東⁷²⁷이라
조 서 법 가　행 하 동

천자의 수레에 조서 내려
하동으로 행차하였네.

河東太守親掃除⁷²⁸하고
하 동 태 수 친 소 제

하동 태수 손수 소제하고서,

奉迎至尊導鑾輿⁷²⁹라
봉 영 지 존 도 란 여

지존의 천자 맞아들이어
천자의 수레 이끌었네.

五營夾道⁷³⁰列容衛⁷³¹하고
오 영 협 도　열 용 위

다섯 군진 좁은 길에
호위하느라 늘어서고,

三河⁷³²縱觀空里閭⁷³³라
삼 하　종 관 공 리 려

삼하 지방은 구경하느라
온 마을이 비었네.

事)』라는 책을 들어 "향내가 나는 잣나무[柏]를 들보로 썼으므로 그렇게 이름 지었는데, 해서로
는 백(柏)이라 쓰므로 복건의 설은 틀렸다"고 하였다. 한 무제는 원봉(元封) 3년(기원전 108년)
백량대에서 여러 신하들과 함께 7언 연구시를 지었는데, 한 사람이 한 구씩을 쓰되 매 구 운자
를 쓰게 하였다. 후세에 이를 본떠서 지은 시체를 백량체라 하였다.

726 법가(法駕): 천자가 예식을 행할 때 타는 수레를 말한다. 『사기』「여태후본기(呂太后本紀)」에
　　 "천자의 법가를 받들어 대왕[代王: 유항(劉恒)]을 그의 관저에서 맞이하였다"는 말이 나오는
　　 데, 배인(裴駰)의 『집해(集解)』에서는 "천자에게는 대가(大駕)·법가(法駕)·소가(小駕)가 있
　　 다. 법가는 임금이 타는 것으로 금근거(金根車)라고도 하며, 여섯 필의 말이 끈다"고 주석을 달
　　 았다.

727 하동(河東): 옛날에는 산서성(山西省) 경내의 황하 동쪽 지구를 하동이라 하였다. 진한 때 하
　　 동군을 설치하였는데 치소(治所)는 안읍(安邑)에 있었다. 당나라 초에도 하동도를 설치하였
　　 는데, 치소는 포주(蒲州)에 있었다. 분음이 하동에 속하므로 하동으로 행차한다고 하였다.

728 소제(掃除): 천자의 행궁(行宮)을 청소하다.

729 난여(鑾輿): 천자가 타는 수레

730 오영협도(五營夾道): 다섯 군영의 장교, 곧 한나라 때의 보병(步兵), 둔기(屯騎), 장수(長水),
　　 월기(越騎), 사성(射聲)의 오교위(五校尉)를 합쳐 부르는 말. '협도'는 장교(將校)로 되어 있는
　　 판본도 있다.

731 용위(容衛): 호위의 의장을 갖추다. '용'은 법식(法式)의 뜻으로 쓰임

732 삼하(三河): 한나라 때는 하내(河內)·하동(河東)·하남(河南)을 삼하라 하였다. 곧 지금의 하

回旌734駐蹕735降靈場736하여
회 정　주 필　강 령 장

　　　정문으로 돌아와 머물며

　　　신령이 내리는 곳에 멈추어,

焚香奠醑737邀百祥738이라
분 향 전 서　요 백 상

　　　향 사르고 술 바쳐

　　　온갖 상서로운 신령 맞네.

金鼎739發食740正焜煌741하고
금 정　발 식　정 혼 황

　　　금 세발솥에 음식 올리니

　　　휘황찬란한 빛 번쩍이고,

靈祇742煒燁743擴744景光745이라
영 기　위 엽　터　경 광

　　　신령스런 토지신의 상서로운 빛

　　　반짝반짝 피어오르네.

　　　남성 낙양시 남북 일대를 말한다.

733　공리려(空里閭): 옛날에는 25가(家)를 '려'라 하였다. 여기서는 마을을 가리킨다. 천자의 행차
　　　를 구경하느라 온 마을이 텅 빈 것을 말한다.

734　회정(回旌): 정문(旌門)으로 돌아오다. 정문은 천자가 밖으로 나가 제사를 지내거나 임시로 쉴
　　　때 장막을 쳐서 궁전으로 삼고 깃대를 세워서 만들어 놓은 문

735　주필(駐蹕): 임금이 거둥하는 도중에 어가(御駕)의 행진을 멈추다.

736　영장(靈場): 선령(仙靈)과 귀신을 제사 지내는 제단

737　서(醑): 잘 거른 미주(美酒)를 말한다.

738　백상(百祥): 각종의 길상(吉祥)한 사물. 『상서』「이훈(伊訓)」에 "착한 일을 하면 그에게 온갖 복
　　　을 내리고, 착하지 않은 일을 하면 그에게 온갖 재앙을 내린다(作善, 降之百祥, 作不善, 降之
　　　百殃)"란 말이 있다.

739　금정(金鼎): 제사 때 희생을 바치는 데 쓰는 큰 솥. 『의례』「소례궤식례(少禮饋食禮)」의 기록에
　　　따르면 제례를 올릴 때 대부는 오정(五鼎)을 써서 소, 양, 돼지, 물고기, 순록의 고기를 나누어
　　　서 담는다고 하였다.

740　발식(發食): 발색(發色)으로 되어 있는 판본도 있다.

741　혼황(焜煌): 광채를 내뿜는 모양

742　영기(靈祇): 토지신을 말한다.

埋玉⁷⁴⁶陳牲⁷⁴⁷禮神畢하고
매 옥 진 생 예 신 필

옥 파묻고 희생 늘어놓아
신에게 바치는 예절 끝나자,

擧麾⁷⁴⁸上馬乘輿⁷⁴⁹出이라
거 휘 상 마 승 여 출

깃발 휘두르며 말에 올라
수레 타고 가네.

彼汾之曲⁷⁵⁰嘉可遊⁷⁵¹하니
피 분 지 곡 가 가 유

저 분수의 물굽이 놀기에 좋아,

木蘭爲楫桂爲舟⁷⁵²라
목 란 위 즙 계 위 주

목란으로 노 만들고
계수나무로 배 만들었다네.

櫂歌⁷⁵³微吟綵鷁⁷⁵⁴浮⁷⁵⁵하니
도 가 미 음 채 익 부

뱃노래 가늘게 읊조리고
곱게 칠한 배 떠 있는데,

---

743 위엽(煒燁): 광채가 선명하게 빛을 뿜는 모양

744 터(攄): 퍼지다, 크게 퍼져 나가다.

745 경광(景光): 상서로운 빛. 『한서』「교사지(郊祀志)」에 무제가 분음에 갔을 때 어떤 사람이 분수 (汾水) 가에 붉은 비단 같은 빛이 나는 것을 보아 그곳에 후토사를 세웠다는 기록이 있다.

746 매옥(埋玉): 고대에 신에게 제사를 올리는 일종의 의식. 천신(天神)에게는 승연(升烟)의 옥과 비단, 희생이 있었고, 지신에게는 예매(瘞埋)의 옥과 비단, 희생이 있었다. 승연은 하늘에 바치 는 것이고, 예매는 땅 속에 묻는 의식이다.

747 생(牲): 곧 희생(犧牲)을 말한다. 소·양·돼지의 세 희생을 모두 갖춘 것을 뇌(牢)라 한다.

748 휘(麾): 지휘할 때 쓰는 깃발

749 승여(乘輿): 승거(乘擧)로 된 판본도 있다.

750 피분지곡(彼汾之曲): 분수는 남으로 흘러 태원(太原)시를 거쳐 신강현(新絳縣)에 이르러 서 쪽으로 황하로 꺾여 들어가는데, 그 서쪽의 꺾인 곳을 분곡(汾曲)이라 한다.

751 가가유(嘉可遊): 매우 놀기에 좋다. 잘 놀기에 적당하다.

752 목란위즙계위주(木蘭爲楫桂爲舟): 목란나무로 노를 만들고 계수나무로 배를 만들다. 모두 배 와 노의 미칭으로 쓰인다. '목'은 행(杏)으로 된 판본도 있다.

753 도가(櫂歌): 배를 젓고 배를 탈 때 부르는 노래. 원래는 슬조곡(瑟調曲) 이름이었으나, 진(晉) 나라 때는 위나라 명제(明帝)의 시로 오나라를 평정한 공훈을 담고 있는 노래라 한다.

簫鼓哀鳴白雲秋⁷⁵⁶라
소 고 애 명 백 운 추

피리와 북소리 애절하게 울리고
흰 구름 뜬 가을이라네.

歡娛宴洽賜羣后⁷⁵⁷하고
환 오 연 흡 사 군 후

즐거운 연회 무르익어
뭇 제후들에게 내리고,

家家復除⁷⁵⁸戶牛酒⁷⁵⁹라
가 가 복 제 　호 우 주

집집마다 부역 면제해 주고
소와 술 내리시네.

聲明動天⁷⁶⁰樂無有하니
성 명 동 천 　락 무 유

소리와 밝음 하늘을 움직이니
그런 즐거움 없었으며,

---

754 채익(彩鷁): 뱃머리에 익조(鷁鳥: 백로 비슷하게 생긴 물새)의 머리를 그려 놓은 배. 옛날에
는 습관적으로 뱃머리에 익조의 머리를 그려 놓았으므로 나중에는 배의 대칭(代稱)으로 주
로 쓰임

755 부(浮): 유(游)로 되어 있는 판본도 있다.

756 백운추(白雲秋): 한 무제가 「가을바람(秋風辭)」을 지은 것을 말한다. 『한무고사(漢武故事)』
에 "임금이 하동으로 행차하여 후토[后土: 토지신]에 제사 지내고 서울을 돌아보며 흔연히 즐
거워하였다. 강 가운데 배를 띄우고 여러 신하들과 연회를 열어 마시며 스스로 「가을바람」을 지
어 읊었다. '가을바람이 일어남이여 흰 구름이 날리도다. 초목이 누렇게 떨어짐이여, 기러기가
남쪽으로 돌아가도다(秋風起兮白雲飛, 草木黃落兮雁南歸) (…)"라고 하였다.

757 사군후(賜羣后): '후'는 열국(列國)의 제후를 가리킨다. 『상서』 「순전(舜典)」에 "동후를 만나다
(肆覲東后)"라는 말이 나오는데, 한나라 정현은 "동후는 동쪽 지방의 제후이다(東后, 東方之
諸侯也)"라고 하였다. 여기서는 각 주군(州郡)의 관원들을 말한 것이다. 각 주군의 관원들에게
은상(恩賞)을 내리다.

758 복제(復除): 부역, 요역 따위를 면제하다.

759 우주(牛酒): 옛날 호궤(犒饋)나 연회, 제사에 많이 쓰던 물건을 나타낸다. 『한서』 「무제본기」에
분음에서 후토에 제사를 지내기 직전에 옹(雍) 땅에 가서 제사를 지내고 소와 술을 내렸다는
기록이 있다.

760 성명동천(聲明動天): 『좌전』 「환공(桓公) 2년」에 "말방울인 석(錫)과 말고삐 방울인 난(鸞),
수레 가로막이에 다는 방울인 화(和)와 기에 다는 방울 영(鈴)은 그 소리를 밝히는 것이고(昭
其聲也), 일·월·성의 삼진을 그린 깃발은 하늘의 밝음을 나타내는 것입니다(昭其明也). (…)
[방울] 소리와 [깃발에 그려진] 밝음으로 심덕을 발양시켜(聲明以發之) 백관에 군림합니다"라

798

千秋萬歲南山壽[761]라
천추만세남산수

천년만년 남산만큼 오래가네.

自從天子向秦關[762]으로
자종천자향진관

천자 진나라의 관문으로 돌아간 후로,

玉輦金車[763]不復還이라
옥련금거　불부환

옥장식 연수레와 금마차
다시 돌아오지 않았네.

珠簾羽扇[764]長寂寞하니
주렴우선　장적막

구슬발과 깃 부채 길이 적막하니,

鼎湖龍髥[765]安可攀고
정호용염　안가반

정호의 용 수염
어찌 잡아당길 수 있으리?

千齡人事[766]一朝空하니
천령인사　일조공

천 년 사람의 일 하루아침에 사라지고,

는 말이 있다.

761　남산수(南山壽): 『시경』「소아·하늘이 안정시키시니(天保)」에 "남산의 무궁함같이, 이지러지지
도 무너지지도 않네(如南山之壽, 不騫不崩)"라는 구절이 있다.
　　이상은 한나라 때의 일을 이야기하였다.

762　천자향진관(天子向秦關): 한 무제가 오작궁(五柞宮)에서 죽은 것을 말한다. 『한서』「무제기」
후원(後元) 2년(기원전 87년)에 의하면 "2월에 주질[盩厔: 지금의 주지(周至)]의 오작궁에 행
차하였으며, 을축일에 황자 불릉(弗陵)을 황태자로 세우고, 정묘일에 오작궁에서 붕어하였다"
고 하였다. 주질은 부풍(扶風)현이며, 섬서성 중부에 속해 있는데 섬서는 옛날의 진나라 땅이
므로 진관이라 한 것이다.

763　옥련금거(玉輦金車): 황제가 타는 수레를 말한다. '거'가 여(輿)로 되어 있는 판본도 있다.

764　우선(羽扇): 판본에 따라 취우(翠羽)·우개(羽蓋)·우장(羽帳)으로 되어 있는 것도 있다.

765　정호용염(鼎湖龍髥): 『사기』「봉선서」에 다음과 같은 이야기가 수록되어 있다. "황제(黃帝)는
수산(首山)에서 동(銅)을 채취하여 형산(荊山) 아래서 정(鼎)을 주조하였다. 정이 완성되자 하
늘에서는 긴 수염을 드리운 용이 황제를 맞이하였으며, 황제가 용의 등에 올라타자 군신 후궁
및 70여 명도 따라서 용의 등에 올라탔고, 그러자 용은 상공으로 올라갔다. 그러나 나머지 지위
가 낮은 신하들은 올라탈 수 없게 되자 모두 용의 수염을 잡았다가 수염이 뽑혀 땅으로 떨어졌
으며, 황제의 활도 떨어졌다. 백성들은 모두 황제가 하늘로 올라가는 광경을 바라보면서, 그의
활과 용의 수염을 끌어안고서 대성통곡을 하였다. 이에 후세에 그곳을 정호라고 불렀으며, 그
활은 오호(烏號)라고 불렀다."

766　천령인사(千齡人事): 천 년 동안이나 공들여 온 사람의 일. 당나라의 정치를 말한다.

四海爲家⁷⁶⁷此路窮이라
사 해 위 가　차 로 궁

사해를 집으로 삼았으나
이 길 다했다네.

雄豪⁷⁶⁸意氣今何在오
웅 호　의 기 금 하 재

호쾌한 영웅의 의기
지금은 어디에 있는가?

壇場⁷⁶⁹宮苑⁷⁷⁰盡蒿蓬이라
단 장　궁 원　진 호 봉

제단 있던 마당과 궁궐의 동산은
모두 쑥 더미에 파묻히고 말았네.

路逢故老⁷⁷¹長歎息하니
노 봉 고 로　장 탄 식

길에서 늙은 노인 만나니
길게 탄식하네,

世事回環⁷⁷²不可測이라
세 사 회 환　불 가 측

세상사의 돌고 돎 헤아릴 수 없노라고.

昔時靑樓⁷⁷³對歌舞러니
석 시 청 루　대 가 무

옛날에는 푸른 누대
노래와 춤 마주했었는데,

今日黃埃聚荊棘⁷⁷⁴이라
금 일 황 애 취 형 극

오늘에는 누런 먼지에
가시나무만 모여 있네.

767　사해위가(四海爲家): 온 세계를 집으로 삼는다는 뜻으로, 천하 통일을 이룩하는 것을 말한다.
『순자』「의병」에 "사방의 바다 안이 한 집과 같다면 통하여 이르는 곳이 와서 따르지 않는 곳이
없다(四海之內若一家, 通達之屬莫不從服)"는 말이 있고, 『한서』「고조본기」에는 "그리고 대
저 천자께서는 사해를 집으로 삼았다(且夫天子以四海爲家)"는 말이 있다.
768　웅호(雄豪): 호웅(豪雄)으로 되어 있는 판본도 있다.
769　단장(壇場): 땅을 높이 돋우고 넓게 닦아 놓은 곳. 곧 제단을 말한다.
770　궁원(宮苑): 궁관(宮館, 또는 宮觀)으로 되어 있는 판본도 있다.
771　노봉고로(路逢故老): 노방고로(路傍古老)라고 되어 있는 판본도 있다.
772　회환(回環): 순환하여 그치지 않다. '환'이 환(還)으로 된 판본도 있고, 이 구 맨 끝의 측(測) 자
도 식(識)자로 된 판본이 있다.
773　청루(靑樓): 기루(妓樓), 곧 기생집을 말한다.

山川滿目淚沾衣하니
산 천 만 목 루 첨 의

산과 내 온 눈에 들고
눈물은 옷을 적시는데,

富貴榮華能幾時오
부 귀 영 화 능 기 시

부귀와 영화 얼마나 갈 수 있으리?

不見秖今汾水[775]上에
불 견 지 금 분 수   상

지금 분수 가에는
아무것도 보이지 않고,

唯有年年秋雁飛아
유 유 연 년 추 안 비

다만 해마다
가을 기러기만 나네.

---

774 취형극(聚荊棘): 가시나무만 빽빽이 모여 자라다. 곤경에 처해 있음을 말한다.

775 분수(汾水): 황하의 지류인 분하(汾河)를 말한다. 산서(山西)성 영무(寧武)현의 관잠산(管涔山)에서 발원하여 남으로 곡옥(曲沃)현에 이르러 서쪽으로 꺾이어 하진(河津)현에서 황하로 흘러 들어간다.

음류
吟類

시체의 한 종류로, 개탄·비원(悲怨)·깊은 생각·울적함 등을
읊은 것을 음이라 한다. 작자 미상의 고시인 「농두음」,
제갈공명의 「양두음」, 탁문군의 「백두음」 등이 유명하며,
뜻에 있어서 가·인보다 슬픈 내용의 것이 많다.

230. 옛 장성을 읊조림(古城長吟)[1]

왕한(王翰)[2]

長安少年[3]無遠圖[4]하여
장 안 소 년 무 원 도

장안의 젊은이들
원대한 계책이라곤 없어,

一生惟羨執金吾[5]라
일 생 유 선 집 금 오

한평생 오로지 흠모하는 것이
집금오라네.

麒麟殿[6]前拜天子하고
기 린 전 전 배 천 자

기린전 앞에서 천자 배알하고,

---

1 고성장음(古城長吟): 『악부시집』에는 「음마장성굴행(飮馬長城窟行)」으로 제목이 되어 있는데 시 중에 "回來飮馬長城窟"이란 구절이 있어, 그것을 제목으로 취한 듯하다.

　만리장성을 쌓기 위해 중국 민족은 엄청난 대가를 치렀다. 왕한이 이 시에서 시황이 만리장성을 쌓은 일을 우책이라 비난한 것은, 만리장성을 쌓는 과정에서 빚어진 여러 가지 실정과 백성들의 고통에 근거한 것으로, 성을 쌓아 국방을 튼튼히 하는 것보다 백성들을 편안하게 하여 인심을 얻는 것이 더 중요하다는 것을 말하려는 뜻에서일 것이다. 포악한 군주의 폭정과 전쟁의 잔혹성이 잘 묘사된 작품이다.

2 왕한(王翰): 687~726): 『구당서(舊唐書)』에는 왕한(王瀚)으로 되어 있다. 자는 자우(子羽)로 진양(晉陽: 지금의 산서성(山西省)] 사람이다. 장열(張說)이 병주자사가 되었을 때 잘 대해 주었으며, 진사에 급제하여 벼슬이 통사사인(通事舍人)·가부(駕部: 여마역운(輿馬驛運)을 관장)원외랑에 이르렀다. 뒤에 호남의 도주(道州) 사마로 좌천되어 그곳에서 죽었다. 특히 「양주사(涼州詞)」가 유명하며 『왕한집』 10권이 있다.

3 장안소년(長安少年): 호협(豪俠)을 뽐내는, 수도 장안의 경박한 젊은이들

4 원도(遠圖): 원모(遠謀), 원주(遠籌)라고도 하며 먼 장래를 위한 원대한 계책을 말한다.

5 집금오(執金吾): 수도의 치안과 황제가 행차할 때 호위와 의장을 담당하는 고관. '오'에 대해서는 '막다'는 뜻의 어(禦)로 풀이한 사람(應劭)도 있고, '금오'를 새 이름으로 본 사람(顏師古)도 있는데, 최표(崔豹)의 "금오 또한 막대기이다. 동(銅)으로 만들었는데, 양끝을 금으로 도금했으므로 금오라 한다"고 한 말이 가장 합당하다. 동한, 삼국 때까지 설치되었다가, 서진 때 없어졌으며, 북위 때 잠깐 설치된 적이 있다가 없어졌다.

6 기린전(麒麟殿): 한나라 때의 전각 이름으로, 미앙궁(未央宮) 안에 있었다. 왕실의 도서[秘書]를 간직해 둔 곳으로, 전한 말기에 유명한 학자 양웅(揚雄)이 책을 교정한 곳이 바로 이곳이다.

走馬爲君西擊胡라
주 마 위 군 서 격 호

말 달려 임금 위해
서쪽에서 오랑캐 치네.

胡沙[7]獵獵[8]吹人面하니
호 사 엽 렵 취 인 면

오랑캐의 모래 바람 쌩쌩
사람 얼굴로 불어오니,

漢虜[9]相逢不相見이라
한 로 상 봉 불 상 견

한나라 병사와 오랑캐 마주쳐도
서로 알아보지 못하네.

遙聞鐘鼓動地來하니
요 문 종 고 동 지 래

아득히 종과 북
땅 흔드는 소리 들려오니,

傳道單于[10]夜猶戰이라
전 도 선 우 야 유 전

전해 오는 말에 선우는
밤에도 잘 싸운다 하네.

此時顧恩寧顧身고
차 시 고 은 영 고 신

이때 천자의 은혜 돌아보면
어찌 몸 돌보리오?

爲君一行摧[11]萬人이라
위 군 일 행 최 만 인

임금 위해 한 번 나아가
만 명의 적 꺾었다네.

---

7 호사(胡沙): 서쪽이나 북쪽 지역의 사막이나 모래 바람이란 뜻으로, 호인(胡人)이 거주하는 곳을
   말하며, 중원으로 쳐들어온 오랑캐의 대단한 기세를 비유하기도 한다.
8 엽렵(獵獵): 의성어로 바람이 부는 소리나 비가 오는 소리를 나타내는데 여기서는 전자의 뜻으로
   쓰였고, 정도가 비교적 세찰 때 쓰는 말이다. 남조 송나라 포조(鮑照)의 「도성으로 돌아가는 도중
   에 짓다(還都道中作)」에 "뭉게뭉게 저녁 구름 일고, 쌩쌩 저녁 바람 닥치네(鱗鱗夕雲起, 獵獵晩
   風遒)"라는 구절이 있는데, 당나라의 여연제(呂延濟)는 "바람 소리(風聲)"라고 하였다.
9 한로(漢虜): 한나라 병사와 오랑캐인 흉노족의 병사
10 선우(單于): 한나라 때 흉노족이 그들의 임금을 지칭한 말. 선우는 원래 광대(廣大)한 모습을 말
   하는데, 흉노족의 임금이 하늘을 닮아 광대하다는 뜻을 나타낸 것이다.
11 최(摧): 꺾다, 분지르다. 여기서는 적을 무찌른다는 뜻

壯士揮戈回白日[12]하니
장사휘과회백일

장사 창 휘둘러 밝은 해를 되돌렸으니,

單于濺血[13]汚朱輪[14]이라
선우천혈　오주륜

선우 피 뿌려 붉은 수레바퀴 더럽혔네.

回來飮馬長城窟[15]하니
회래음마장성굴

돌아오다 장성의 굴에서
말에게 물 먹였는데,

長城道傍多白骨[16]이라
장성도방다백골

장성의 길가에 흰 뼈 많네.

問之耆老[17]何代人고
문지기로　하대인

늙은이에게 물어보기를
"어느 때 사람입니까?" 하니,

云是秦王[18]築城卒[19]이라
운시진왕　축성졸

말하기를 "진시황 때
성을 쌓던 병사들이라오" 하네.

12　휘과회백일(揮戈回白日): '과'는 베는 창을 말한다. 『회남자』 「남명훈(覽冥訓)」에 "[초나라의] 노양공(魯陽公)이 한(韓)나라와 싸웠는데 전투가 한창 무르익을 무렵 해가 지려 하자 창을 끌어 당겨 휘두르니 해가 그것 때문에 세 걸음이나 물러났다"는 고사가 있다. 여기서는 용맹스럽게 싸우는 것을 가리킨다.

13　천혈(濺血): 피가 사방으로 튀는 것을 말한다.

14　오주륜(汚朱輪): '오'는 오(汚)와 같은 뜻의 이체자. '주륜'은 바퀴에 붉은 칠(漆)을 입힌 수레로 고관들이 탐. 여기서는 한족의 전차를 가리키며, 흉노에 대한 한족의 상대적 우월성을 나타낸 표현으로 보인다.

15　음마장성굴(飮馬長城窟): 고악부의 슬조곡 이름인데, 정부(征夫)가 장성에 이르러 말에게 물을 먹이고, 집에 남은 부인은 그 노고를 생각한다는 내용으로 한나라 때 채옹(蔡邕)이 지었다고 전한다. 후대에 조비(曹丕), 육기(陸機) 등 많은 작가들이 이를 모의한 시를 지었다.

16　장성도방다백골(長城道傍多白骨): 삼국 위나라 진림(陳琳)의 「장성의 굴 아래서 말에게 물을 먹이다(飮馬長城窟行)」에 "그대는 유독 보지 못하였는가? 장성 아래에, 죽은 사람의 해골이 서로 떠받치고 있는 것을(君獨不見長城下, 死人骸骨相撑拄)"이라는 구절이 있다.

17　기로(耆老): 노인. 기(耆)는 60세, 노(老)는 70세를 가리킨다. 『예기』 「곡례 상(曲禮上)」에 "60세를 기라 하며 남들을 시키고, 70세를 노라 하는데 [가사(家事)를] 전한다(六十日耆, 指使. 七十日老, 而傳)"고 하였다.

18　진왕(秦王): 진나라 시황제인 영정을 말한다.

黃昏塞北²⁰無人煙²¹하고
황혼새북　무인연

해 저무는 변방 북쪽에
인가의 밥 짓는 연기 없는데,

鬼哭²²啾啾²³聲沸天²⁴이라
귀곡　추추　성비천

귀신들의 곡소리만 우우
하늘에 들끓네.

無罪見誅²⁵功不賞하고
무죄견주　공불상

죄 없이 벌 받고
공 세워도 상 못 받으며,

孤魂流落²⁶此城邊이라
고혼유락　차성변

외로운 넋만 떠돌아다니네,
이 성의 변두리를.

當昔秦王按劍²⁷起면
당석진왕안검　기

그 옛날 진시황
칼 어루만지며 일어서면,

19　축성졸(築城卒): 만리장성을 쌓는 일에 징발되어 끌려왔던 병졸들을 말한다.

20　새북(塞北): '새'는 변경 또는 험요지(險要地)를 가리킨다. '새북'은 중국의 북방 변경 지역을 통틀어 일컫는 말로 시문(詩文)에서는 종종 강남(江南)의 대칭(對稱)적 의미로 쓰임

21　무인연(無人煙): 사람들이 밥 짓는 연기가 없다. 인적이 끊어지고 아무도 살지 않는다는 뜻

22　귀곡(鬼哭): 망령들이 우는 소리

23　추추(啾啾): 거마(車馬), 새와 짐승, 음악, 여러 무리의 소리 등을 나타내는 의성어인데, 여기서는 맨 끝의 뜻으로 쓰임

24　비천(沸天): 하늘까지 이름을 말한다. 남조 송나라 포조(鮑照)의 「잡초 무성한 성(蕪城賦)」에 "가게는 땅까지 뻗어 있고, 노래하고 피리 부는 소리는 하늘까지 끓어오르네(廛啾撲地, 歌吹沸天)"라는 구절이 있다.

25　견주(見誅): 벌을 받다. '주'는 '죽이다', '토벌하다'의 뜻이 있으나 여기서는 징벌, 책임 추궁 등의 뜻으로 쓰임. '견'은 피동형으로 쓰임

26　유락(流落): 외지를 정처 없이 떠돌아다니며 곤궁하여 실의에 빠지다.

27　안검(按劍): 칼을 더듬다, 어루만지다. '안'은 무(撫)나 모(摸)와 같은 뜻. '검'은 날이 양쪽에 있는 칼. 금방이라도 칼을 뺄 듯한 기세를 말한다.

諸侯膝行不敢視²⁸라
제 후 슬 행 불 감 시

제후들 무릎으로 기어 다니며
감히 쳐다보지도 못했네.

富國强兵二十年에
부 국 강 병 이 십 년

나라 살찌우고 군사력 키운 지
스무 해에,

築怨興徭²⁹九千里³⁰라
축 원 흥 요　　구 천 리

원망 쌓아 가며 요역 일으킨 것이
구천 리라네.

秦王築城何太愚오
진 왕 축 성 하 태 우

진시황 성 쌓은 일
어찌 그리 미련한가?

天實亡秦非北胡³¹라
천 실 망 진 비 북 호

하늘이 실로 진을 망쳤지
북쪽 오랑캐는 아니었네.

一朝禍起蕭墻³²內하니
일 조 화 기 소 장　내

하루아침에 재화가
집 안에서 일어났으니,

---

28 슬행불감시(膝行不敢視): 무릎으로 기며 감히 쳐다보지 못하다. 몹시 두려워함을 형용함
29 흥요(興徭): 요역(徭役), 부역(賦役)을 일으키다. '요'는 나라의 역사(役事)에 사람을 동원하여
　　부리는 것을 말한다.
30 구천리(九千里): 만리장성을 쌓게 한 것을 가리킨다. 진시황 34년(기원전 213년)에 많은 사람들
　　을 동원하여 장성을 축조하였다 한다.
31 천실망진비북호(天實亡秦非北胡): 진나라가 망한 것이 외부적인 요인 때문이 아니었다는 것
　　을 말한다. 『사기』 「진본기」에 "연(燕)나라 사람 노생(盧生)이 참위(讖緯)의 글을 상주하였는데,
　　거기에는 '진을 멸망시킬 사람은 호이다(亡秦者胡也)'라고 쓰여 있었다. 이에 진시황은 장군 몽
　　염(蒙恬)으로 하여금 군사 30만을 일으켜 북쪽으로 호인(胡人)을 공격하게 하여 하남 지역을
　　점령했다"는 말이 있다. 『사기』의 주석서인 배인(裴駰)의 『집해(集解)』에서는 정현(鄭玄)의 말
　　을 인용하여 다음과 같이 말했다. "호는 호해(胡亥)로 진 이세의 이름이다. 진시황은 도서(圖書)
　　를 보고 이것이 사람의 이름인지를 모르고 도리어 북방의 오랑캐[北胡]에 대해서 방비했다"고
　　하였다. 또 당나라 두목(杜牧)의 「아방궁을 읊음(阿房宮賦)」에 "진나라를 멸망시킨 자는 진나
　　라 자신이요, 천하가 아니었다(族秦者, 秦也, 非天下也)"라는 말이 나온다.

渭水咸陽不復都³³라
위 수 함 양 불 부 도

위수 가의 함양
다시는 도읍 되지 못했네.

231. 백설조를 읊조림(百舌吟)³⁴

유우석(劉禹錫)³⁵

曉星寥落³⁶春雲低하니
효 성 요 락   춘 운 저

새벽별 드문드문 스러져 가고
봄 구름 낮게 나니,

---

32 화기소장(禍起蕭墻): 화가 집 안에서 일어나다. 『논어』 「계씨(季氏)」에 "나는 계손씨의 우환이
전유[顓臾: 춘추 시대 노나라 속국 이름]에 있지 않고 병풍 안에 있는 것을 걱정한다(吾恐季孫
之憂, 不在於顓臾, 而在蕭墻之內也)"는 말이 있다. 소장은 병풍[屛]이다. 원래는 신하가 임금
을 배알할 때 문 앞에 세워 둔 병풍 근처에까지 와서 예의를 갖추었다는 데서 기인하여 몸 가까
운 곳, 집 안, 나라 안 등을 뜻하게 되었다. 여기에서 소장지우(蕭墻之憂)라고 하는 말이 나왔는
데, 내란의 뜻이다. 이 구절은 위의 구절을 이어받아 진나라가 멸망한 원인이 자중지란이었음을
부연 설명한 것

33 위수함양불부도(渭水咸陽不復都): 위수 유역에 있던 진나라의 도읍 함양이 그 뒤로는 두 번 다
시 도읍이 되지 못하다. 이는 장안이나 낙양 등이 여러 나라에 걸쳐 오래도록 도읍이 된 반면 진
(秦)나라의 도읍이던 함양은 항우에 의해 소실된 후로 한 번도 한 나라의 도읍이 되지 못할 정도
로 완전히 망한 것을 말한다.

34 백설음(百舌吟): '백설'은 일명 반설(反舌)이라고도 하며, 지빠귀·개똥지빠귀 혹은 때까치·티티
새라고도 불린다. 갖가지 새의 소리를 내며 운다고 하여 백 가지 새소리를 내는 혀라는 이름을 얻
었다 한다. 예로부터 백설은, 글자의 뜻 그대로 다변을 상징하여 아부 잘하는 간사한 인간을 가
리키는 말로 쓰이나, 사실 지빠귀는 사람들에게 별다른 피해를 주지 않는다. 다만 울음소리가 귀
엽고 다양한 게 죄가 되어, 세 치 혀를 간사하게 놀려대며 간특하게 처신하는 아첨배에 비유될
뿐이다.

35 유우석(劉禹錫: 772~842): 자는 몽득(夢得)이며, 당나라 팽성(彭城) 사람. 정원 9년(793)에
진사가 되었으며, 집현전 학사(集賢殿學士)까지 올랐고 소주(蘇州)자사로 나가기도 하였다. 나
중에 배도(裴度)의 추천으로 태자빈객(太子賓客)이 되었으므로 유 빈객이라고 부른다. 유종원
과 함께 정치 혁신을 주장하는 왕숙문(王叔文) 일파에 들어가 탁지원외랑(度支員外郞)을 지

初聞百舌間關³⁷啼라
초 문 백 설 간 관 제

막 백설조 지지배배 우는 소리 들리네.

花枝滿空迷處所하고
화 지 만 공 미 처 소

꽃가지 하늘 가득
몸 둘 곳을 몰라 하고,

搖動繁英墜紅雨³⁸라
요 동 번 영 추 홍 우

많은 꽃 뒤흔들어
붉은 비 떨어지게 하네.

笙簧³⁹百囀⁴⁰音韻多하니
생 황 백 전 음 운 다

생황 온갖 소리를 내듯
여러 소리로 우니,

黃鸝⁴¹吞聲⁴²燕無語라
황 리 탄 성 연 무 어

꾀꼬리는 소리 삼키고
제비는 지저귀지도 못하네.

내다가 왕숙문이 실패하자 낭주(朗州) 사마로 좌천되었다. 그의 시는 통속적이면서도 매끄러웠으며 비슷한 풍격을 가졌던 백거이와 친하게 지냈고, 낙양에 있을 때 두 사람이 주고받은 시가 있어 당시 유·백으로 병칭되기도 하였다. 『유빈객문집』(일명 『중산집(中山集)』) 30권, 『외집』 10권이 있다.

36 효성요락(曉星寥落): '요락'은 드물다, 희소하다, 점점 사라져 가다. 또 쓸쓸함, 적막함이라는 뜻도 있으나 여기서는 전자의 뜻으로 쓰임. 남조 제(齊)나라 사조(謝朓)의 「서울 길을 밤에 떠나다(京路夜發)」에 "새벽별 마침 드문드문해지고, 아침 빛 다시 흐릿해지네(曉星正寥落, 晨光復泱泱)"라는 구절이 있는데, 당나라의 이선(李善)은 요락을 "별이 드물어진 모양(星稀之貌)"이라고 하였다.

37 간관(間關): 새가 아주 곱게 우는 모양

38 번영추홍우(繁英墜紅雨): 붉은 꽃잎이 마치 비가 오듯 한꺼번에 많이 지는 것을 말한다.

39 생황(笙簧): '생'은 열아홉 개 또는 열세 개의 가는 대나무로 만든 관악기. '황'은 불면 진동하여 소리를 내는 피리 따위의 서를 말한다. 주로 은이나 구리를 얇게 펴서 만든다.

40 백전(百囀): 여러 가지로 소리를 내다. '전'은 지저귀다, 울리다, 여러 가락으로 소리를 바꾸다.

41 황리(黃鸝): 황앵(黃鶯) 또는 황조(黃鳥)라고도 하며, 꾀꼬리를 말한다.

42 탄성(吞聲): 소리를 삼키다. 소리를 내려고 해도 나오지 않음을 말한다. 곧 지저귀지 않는 것을 가리킨다.

東方朝日遲遲[43]升하니
동방조일지지 승

동녘에 아침 해 느릿느릿 떠오르니,

迎風弄景如自矜[44]이라
영풍농영여자긍

바람 맞으며 그림자 가지고 노는
것이 스스로 뽐내는 듯하네.

數聲不盡又飛去하여
수성부진우비거

몇 번 우는 소리 다하기도 전에
또 날아가 버리더니,

何許[45]相逢綠楊路라
하허 상봉녹양로

조금 떨어진 푸른 버들 늘어진
길가에서 다시 만났다네.

緜蠻[46]宛轉[47]似娛人이나
면만 완전 사오인

앙증맞게 잘 따라
사람들 즐겁게 하는 듯하지만,

一心百舌[48]何紛紜[49]고
일심백설 하분운

마음은 하나인데 혀는 백 개이니
얼마나 요란스러운가?

---

43 지지(遲遲): 느린 모양. 『시경』「소아·수레를 내다(出車)」에 "봄날은 느릿느릿하고, 초목 무성하
네(春日遲遲, 卉木萋萋)"라는 구절이 있다.

44 농영여자긍(弄景如自矜): '영'은 '그림자 영(影)' 자와 같은 뜻. '농영'은 백설조가 나는 모습이 땅
에 그림자로 비친 것을 형용한 것이다.

45 하허(何許): '허'는 '곳 처(處)' 자와 같은 뜻으로 쓰임. 어느 곳이라는 뜻이 되는데, 여기서 '하'는
의문사라기보다는 얼마 되지 않은 곳을 나타내는 부정칭(否定稱)의 의미로 쓰임. 얼마 떨어지
지 않은 곳에서

46 면만(緜蠻): 자그마한 새의 모습을 형용하는 쌍성 연면어. 『시경』「소아·작은 새(緜蠻)」에 "자그
마한 꾀꼬리, 움푹한 언덕 위에 앉아 있네(緜蠻黃鳥, 止千丘阿)"라는 구절이 있는데, 주석[傳]
에서 "새가 작은 모양(小鳥貌)"이라 하였다.

47 완전(宛轉): 유순하게 잘 따르는 모양

48 일심백설(一心百舌): 한 몸에서 여러 가지 소리를 내는 것을 말한다.

49 분운(紛紜): 어지러운 모양, 성(盛)한 모양, 많은 모양

酡顔[50]俠少[51]停歌聽하고
타 안 협 소 정 가 청

얼굴에 취기 오른 젊은 협객
멈추어 서서 노래 듣고,

墮珥[52]妖姬和睡聞[53]이라
타 이 요 희 화 수 문

귀걸이 떨어뜨린 채 아름다운 여인
잠결에 그 소리 듣네.

可憐光景[54]何時盡고
가 련 광 경 하 시 진

사랑스런 이 광경
어느 때나 다하려는가?

誰能低回[55]避鷹隼[56]가
수 능 저 회 피 응 준

뉘라서 왔다 갔다
매와 새매 피할 수 있으리?

廷尉張羅[57]自不關이요
정 위 장 라 자 불 관

정위 그물 쳐도 스스로 개의치 않고,

---

50 타안(酡顔): 술에 취해 벌게진 얼굴

51 협소(俠少): 협기 있는 젊은이

52 타이(墮珥): 귀걸이를 떨어뜨리다. 귀걸이가 바닥에 닿을 정도로 술에 취해 쓰러진 여인의 모습을 형용한 것. '이'는 귀막이 옥[項]이란 뜻도 있고, 귀를 장식하는 주옥이란 뜻도 있는데, 보통 귀걸이라고 한다.

53 화수문(和睡聞): 잠결에 듣다.

54 가련광경(可憐光景): 아름다운 풍경 또는 경치. 봄날을 가리킨다. '가련'은 불쌍하다는 뜻도 있지만 여기서는 가애(可愛), 곧 '아름답다', '사랑스럽다'의 뜻으로 쓰임

55 저회(低回): 왔다 갔다 하다. 배회(徘徊)와 같은 뜻

56 피응준(避鷹隼): '준'은 새매, 송골매를 말한다. 매보다 조금 작다. 이 구는 백설조만이 무서운 새들을 겁내지 않고 지저귈 수 있다는 뜻이다.

57 정위장라(廷尉張羅): 정위가 그물을 펴서 쳐 놓다. '정위'는 진한대에 형벌을 관장하던 관리. 『한나라의 역사』「정당시의 전기(鄭當時傳)」에 "하규의 적공이 정위가 되자 빈객들이 대문을 꽉 채웠는데 그만두자 문 밖에 참새를 잡는 그물이라도 설치할 만했다(門外可設雀羅). 나중에 다시 정위가 되어 손이 가고자 하였으나 적공은 대문에 크게 써 놓았다. '한 번 죽고 한 번 사는 것으로 우정을 알 수 있고, 한 번 가난해지고 부자가 되는 것으로 교제하는 세태를 알 수 있으며, 한 번 귀하여지고 한 번 천해지는 것으로 우정이 드러난다'"는 말이 있다. 사람들의 출입이 완전히 끊긴 것을 비유할 때 쓰는 말이다.

潘郎挾彈⁵⁸無情損⁵⁹이라
반랑협탄 무정손

반랑 탄궁 끼고 다녀도
상할까 마음 쓰는 일 없네.

天生羽族⁶⁰爾何微⁶¹오
천생우족 이하미

하늘의 깃털 달린 짐승 가운데
너는 얼마나 미미한가?

舌端萬變乘春輝⁶²라
설단만변승춘휘

혀끝 만 가지 변화 일으키며
봄빛을 타는구나.

南方朱鳥⁶³一朝見⁶⁴이면
남방주조 일조현

남녘의 붉은 새 하루아침에 나타나면,

索寞無言⁶⁵蒿⁶⁶下飛리라
삭막무언 호 하비

쓸쓸히 소리도 없이 쑥대 밑 날게 되리.

---

58 반랑협탄(潘郎挾彈): '반랑'은 곧 진나라 때의 문인인 반악(潘岳)을 말한다. 『진서』「반악의 전기」에 "반악은 용모와 동작이 아름다웠다. 문사 또한 매우 아름다웠으며, 특히 애절한 제문을 잘 지었다. 젊었을 때 늘 탄궁을 끼고 낙양의 거리에 나다녔는데(常挾彈出洛陽道), 마주치는 부인네들이 모두 손을 내밀어 에워싸고는 그에게 과일을 던져 주어 마침내 수레에 가득 차게 되면 돌아왔다"고 하였다.

59 무정손(無情損): 다칠까 신경을 쓰지 않음을 말한다.

60 우족(羽族): 조류(鳥類)를 말한다.

61 이하미(爾何微): 너는 얼마나 작은 존재인가? 백설조를 가리켜 한 말이다.

62 승춘휘(乘春輝): '휘'는 휘(暉)와 통하여 씀. 봄빛을 타다. 권세가를 붙좇아 다니며 잘 지내는 것을 가리킨다.

63 남방주조(南方朱鳥): 곧 주작을 말하며, 여름을 상징함. 남방의 7수[宿]는 메추라기의 형상을 하고 있는데, 정(井)과 귀(鬼) 2수는 순수(鶉首)라 하며, 유(柳)·성(星)·장(張)의 3수는 순화(鶉火: 순심(鶉心)이라고도 함)라 하고, 익(翼)과 진(軫)의 2수는 순미(鶉尾)라고 한다. 여름은 불이 운행하는 계절이고, 불은 붉은색이기 때문에 주조(朱鳥)라고 한다. 송나라 심괄(沈括)의 『몽계필담(夢溪筆談)』「상수(象數) 1」과 『회남자』「천문훈(天文訓)」에 보임

64 현(見): 나타나다.

65 삭막무언(索寞無言): '索'의 음은 '색'과 '삭' 두 가지가 있는데, 후자로 읽을 때는 쓸쓸하다는 뜻이 된다. 여름이 되면 백설조는 울지 않는다. 『예기』「월령(月令)」 5월[仲夏]에 "소서(小暑)가 되면 반설[反舌: 곧 백설조]은 소리를 내지 않는다"는 말이 있다.

66 호(蒿): 쑥. 쑥대 밑을 날아다닌다는 것은 영락한 신세가 되었다는 것을 말한다.

232. 양보를 읊조림(梁甫吟)⁶⁷

제갈량(諸葛亮)⁶⁸

步出齊城門⁶⁹하여
보 출 제 성 문

제나라 성문 걸어 나와,

遙望蕩陰里⁷⁰하니
요 망 탕 음 리

아득히 탕음리 바라보네.

里中有三墳⁷¹한데
이 중 유 삼 분

마을 안에 세 무덤 있는데,

纍纍⁷²正相似라
누 루 정 상 사

울룩불룩 아주 비슷하다네.

問是誰家塚하니
문 시 수 가 총

이것 누구의 무덤인가 물어보았더니,

田疆古冶氏⁷³라
전 강 고 야 씨

전개강과 고야자의 것이라 하네.

---

67 양보음(梁甫吟): 이 시의 작자는 옛날에는 제갈량이라 하였는데, 전인들이 이미 그 옳지 않음을 변별하였다. 이 시는 송나라 곽무천(郭茂倩)의 『악부시집』 「상화가초조곡(相和歌楚調曲)」에 수록되어 있는데, "산 이름으로 태산 아래에 있다. 「양보음」은 대체로 사람들이 죽으면 이 산에다 장사 지낸다 하므로 또한 장사 지낼 때 부르는 노래이다"라고 하였다.

68 제갈량(諸葛亮: 181~234): 삼국 시대 촉한의 승상. 양도(陽都) 사람이며, 자는 공명(孔明). 융 중(隆中)에 은거하였으며 스스로를 관중(管仲)과 악의(樂毅)에 비겼고, 사람들이 와룡(臥龍) 이라 불렀다. 촉한의 선주 유비(劉備)와 관련되어 삼고초려(三顧草廬), 수어지교(水魚之交) 등 의 고사를 만들어 낼 정도로 신임을 받았으며, 후주 때 무향후(武鄕侯)에 봉해졌다. 오장원(五 丈原)의 군중에서 죽었으며, 시호는 충무후(忠武侯)로 문·무를 겸비하였으며, 시인으로서도 이 름이 높다.

69 제성문(齊城門): '제성'은 제나라의 도성 임치(臨淄: 지금의 산동성)를 가리킨다.

70 탕음리(蕩陰里): 임치현의 동남쪽에 있었음

71 이중유삼분(里中有三墳): 후위(後魏) 역도원(酈道元)의 『수경주(水經注)』에서는 "치수(淄水) 는 또 동북쪽으로 흘러 탕음리를 거쳐 서로 흘러간다. 물 동쪽에는 무덤이 있는데, 한 기(基)로 봉분이 세 개다. 동서로 80보인데, 열사 공손접·전개강·고야자의 무덤이다"라고 하였다.

72 누루(纍纍): '루'는 루(累)와 통하여 씀. 봉분의 언덕이 솟았다 낮아졌다 쌓여 있는 형상

力能排南山[74]이요
역 능 배 남 산
힘은 남산을 밀칠 만했고,

文能絕地理[75]라
문 능 절 지 리
문장은 천지의 도리를 다할 만했거늘,

一朝被讒言[76]하여
일 조 피 참 언
하루아침에 모함을 받아,

二桃殺三士[77]라
이 도 살 삼 사
복숭아 두 개로 세 용사 죽였다네.

誰能爲此謨오
수 능 위 차 모
누가 이런 계책 내었던가?

---

73 전강고야씨(田疆古冶氏): 전개강(田開疆)과 고야자(古冶子). '고야씨'가 '고야자'로 되어 있는
    판본도 있으며, 실제로는 공손접(公孫接)까지 세 사람을 가리키는데, 운자와 자수를 맞추기 위
    해서 이렇게 말했다.
74 배남산(排南山): 남산을 밀어내다. 남산은 제나라 경내에 있는 우산(牛山)을 말하며, 제나라 도
    읍의 남쪽에 있기 때문에 제남산(齊南山)이라고도 한다. 일설에는 고유 명사가 아니라고 보기도
    한다.
75 문능절지리(文能絕地理): 세 용사가 문재까지 겸비하였음을 말한다. '절'은 다한다는 뜻의 필
    (畢) 또는 진(盡)으로 풀이함. '지리'는 지기(地紀)로 되어 있는 판본도 있다. 기(紀)는 강(綱)과
    마찬가지의 뜻으로, 천강지기(天綱地紀), 곧 천지간의 대도리를 말한다.
76 일조피참언(一朝被讒言): 하루아침에 참소(讒訴)를 받다. '참'은 남을 헐뜯어 말하는 것
77 이도살삼사(二桃殺三士): 제나라의 재상 안영이 두 개의 복숭아로 전개강·고야자·공손접의 세
    용사를 자살하게 한 고사를 말한다. 『안자춘추(晏子春秋)』「충간에 관한 이야기들(諫) 하」에 나
    오는 이야기로 그 내용을 요약하면 다음과 같다.
    공손접·전개강·고야자가 경공을 섬기게 되었는데, 재상인 안영이 지나가도 인사조차 하지 않았
    다. 이에 안영이 경공에게 이들 세 사람을 내쫓아야 한다고 하였다. 경공은 안영의 뜻에 동의하
    면서도 성공하지 못할까 걱정하고 있다고 하였다. 이에 안영이 그들 세 사람에게 복숭아를 두 개
    만 보내고는 공을 따진 후 먹도록 하였다. 공손접과 전개강이 특견(特狷: 뛰어나고 저돌적인 돼
    지)과 호랑이를 때려잡은 일, 병사를 이끌고 두 번씩이나 삼군을 퇴각시킨 일을 들어 복숭아를
    하나씩 집어 들었다. 이에 고야자는 하수(河水)에서 임금의 참마(驂馬: 수레의 곁말)를 물속으
    로 끌고 들어간 큰 자라를 잡은 공로를 말하고는 칼을 집어 들고 일어났다. 그러나 두 사람이 "용
    기와 공로가 그대에게는 미치지 못하나 양보하지 않음은 탐욕이고, 그러면서도 죽지 않음은 용
    기가 없는 것이다"며 칼로 목을 쳐 죽으니, 고야자 또한 "남에게 말로 부끄러움을 주고 소리로 자
    랑을 하였으니 의(義)가 아니고, 행동에 후회를 하면서도 죽지 않는 것은 용기가 없는 것이다"라
    고 하고는 복숭아를 내놓고 칼로 목을 쳐서 죽었다.

相國齊晏子[78]라　　　　제나라 재상 안영이었다네.
상 국 제 안 자

---

78 안자(晏子): 춘추 시대 제나라의 재상 안영(晏嬰: ?~기원전 500년)을 말한다. 이유(夷維) 사람
　으로, 자는 평중(平仲: 시호가 평중이라는 설도 있고, 그냥 평이 시호이고 중은 자라는 설도 있
　음). 아버지 약(弱: 환자(桓子))의 뒤를 이어 제나라의 경(卿)이 되었다가 경공의 재상이 됨. 절검
　역행하여 제후들 사이에 이름이 널리 알려졌으며, 공자에게도 영향을 미쳤다. 『안자춘추』는 후
　인이 그의 언행을 기록하여 지은 것이라 하나 위작으로 알려졌다.
　이 구절 전체의 뜻은 안자가 세 용사를 죽인 수단이 음험하고 악랄하여 그에 대한 견책을 펴
　고 있는 것이다. 곧 참언(讒言)이라 한 것은 세 용사가 죽은 것이 그들의 잘못 때문이 아니며, 모
　(謀)니 상국(相國)이니 한 것은 안자를 힐난하는 것을 나타낸 것이다.

인류
引類

산문에서는 서(序)와 비슷한 성격의 글인데,
서보다는 내용이 약간 간단하다. 시의 형태에 있어서는,
'인'과 '행'은 별로 다른 점이 없다. 「비파행」을 『백씨장경집』에서는
「비파인」이라 제목을 붙인 예를 보아도 이러한 사실을 잘 알 수 있다.

233. 채색 그림을 노래함(丹靑引)[1]

두보(杜甫)

將軍[2]魏武[3]之子孫으로 <small>장군 위무 지자손</small>	장군은 위 무제의 자손으로,
於今爲庶[4]爲淸門[5]이라 <small>어금위서 위청문</small>	지금은 서민이 되어 있으나 본래는 청고한 가문이라네.
英雄[6]割據[7]雖已矣나 <small>영웅 할거 수이의</small>	영웅 할거하던 시대 비록 끝났으나,

---

1 단청인(丹靑引): 『두보집』에는 제목 아래에 "조 장군 패에게 드림(贈曹將軍霸)"이란 자주가 붙어 있다. 황학은 이 시를 광덕(廣德) 2년(764)에 지은 것으로 보았다. 조패에 대해서는 당나라 장언원(張彦遠)의 『역대명화기(歷代名畫記)』(권 9)에 언급되어 있는데, "조패는 위나라 조모(曹髦)의 후손인데, 조모의 그림은 후대에 널리 일컬어졌다. 조패는 개원 연간에 이미 명성을 얻었으며, 천보 말에는 매번 불리어 어마(御馬)와 공신들을 그렸으며, 벼슬은 좌무위장군(左武衛將軍)에까지 이르렀다"고 하였다. 조모는 위나라 문제(文帝) 조비(曹丕)의 손자인 동해정왕(東海定王) 조림(曹霖)의 아들이다.

2 장군(將軍): 조패를 말한다.

3 위무(魏武): 위나라 무제 조조를 가리킨다. 『삼국지』「위지·무제기(武帝紀)」에 "태조(太祖) 무황제는 패국(沛國) 초(譙) 땅 사람이다. 성은 조(曹)이고, 휘는 조(操)이며, 한나라 상국(相國) 조참(曹參)의 후손이다"라고 하였다.

4 어금위서(於今爲庶): 『좌전』「소공(昭公) 32년」에 "[우(虞)·하(夏)·상(商)] 세 나라 임금의 성씨가 지금은 서인이 되었습니다(三后之姓, 於今爲庶)"라는 말이 있다. 조패는 현종 말년에 죄를 지어 적몰되어 서민이 되었다.

5 청문(淸門): 원래는 청한(淸寒), 청빈(淸貧)한 집안이라는 뜻이나, 여기서는 청고(淸高)한 가문·명문(名門) 등의 뜻을 포함하고 있다.

6 영웅(英雄): 삼국 시대 위나라 유소(劉邵)의 『인물지(人物志)』에서는 "짐승 가운데 특출한 것을 웅이라 하고, 초목 가운데 빼어난 것을 영이라 한다(獸之特者爲雄, 草之爲秀者爲英)"고 하였다. 나중에는 식견과 재능이 비범한 사람을 가리키게 되었다.

7 할거(割據): 한 지방을 나누어 웅거(雄據)하다. 한나라가 쇠미하자 조조가 하북(河北) 지방을 할거한 것을 가리킨다. 청나라의 신함광(申涵光)은 "두보는 소열제[昭烈帝: 유비]와 무후[武侯: 제갈량]에 대해서는 모두 극히 추존하였으나 여기의 위 무제에 대해서는 다만 할거라는 한 마디로 가볍게 말했으니 그 정통과 윤통[閏統: 비정통], 낮추고 높임을 알 만하다"고 하였다.

文彩風流今尙存[8]이라
문채풍류금상존

문채와 풍류는 이제껏 아직 남아 있네.

學書初學衛夫人[9]하고
학서초학위부인

글씨 쓰는 법 처음
위 부인에게서 배우고,

但恨無過王右軍[10]이라
단한무과왕우군

오직 왕우군보다
낮지 못함 한탄했다네.

---

8 문채풍류금상존(文彩風流今尙存): '금상존'은 유상존(猶尙存)으로 되어 있는 판본도 있다. 진나라의 양호(羊祜)가 촉(蜀)에 이르러 그 산천과 풍물이 환하고 풍치가 있음을 사랑하여 마부에게 말하기를 "양웅(揚雄)과 왕포(王褒), 엄준(嚴遵), 사마상여(司馬相如) 등이 비록 떠난 지 수백 년이 지났지만 그들이 남긴 자취를 보고 풍류와 문채를 생각하여 보니 아직도 완연하구나"라고 하였다. 여기서는 조조·조모 이래 조패의 집안에 전해져 내려오는 문학이나 그림에 뛰어난 재능을 가리킨다. 위나라의 조씨 삼부자인 무제와 문제, 진사왕(陳思王) 조식(曹植)의 문재는 유명하다. 그뿐만 아니라 조패의 선조인 조모는 문제의 자손으로, 어려서부터 글 배우기를 좋아하고 서화에 뛰어났다. 태학에서 서(書)·역(易)·예(禮) 등을 강론하기도 하고, 또 그림에도 뛰어나 「도척도(盜跖圖)」·「황하유세도(黃河流勢圖)」·「검루부부도(黔婁夫婦圖)」 등을 남기기도 하였다.

9 위부인(衛夫人): 『서법요록(書法要錄)』 권 1에 필법을 전수한 사람의 이름이 나오는데 "채옹(蔡邕)이 신인(神人)으로부터 전해 받아 최원(崔瑗)과 그의 딸 문희(文姬)에게 전하였으며, 문희는 종요(鍾繇)에게 전하고, 종요는 위 부인에게, 위 부인은 왕희지에게 전하였다"고 하였다. 이 책 권 8에서는 또 『서단(書斷)』이라는 책을 인용하여 "위 부인의 이름은 삭(鑠), 자는 무의(茂猗)이고, 정위(廷尉) 전(展)의 여동생이자, 항(恒)의 종녀(從女)이며, 여음(汝陰) 태수 이구(李矩)의 처이다. 예서에 더욱 뛰어나 종요를 법도로 삼았으며, 왕희지가 어릴 때 그를 사사한 적이 있다. 영화(永和) 5년(349)에 죽으니 나이가 78세였다. 그의 아들 극(克)은 중서랑이 되었는데, 또한 서예에 뛰어났다"고 하였다.

10 무과왕우군(無過王右軍): '과'는 낫다, 우월하다. 왕우군은 진나라의 왕희지를 말한다. 왕희지의 자는 일소. 시 번호 217 이백의 「초서를 노래함(草書歌行)」 주 428을 참조할 것. 명나라 도종의(陶宗儀)의 『서사회요(書史會要)』에서 "왕광(王廣)은 왕도(王度)의 종제로 위(衛)씨네와는 대대로 내외종간이어서, 위 부인에게서 채옹의 서법을 터득하였으며 아들인 왕희지에게 전수하였다"고 하였다. 또 『서단(書斷)』에서는 "전(篆)·주(籀)·팔분(八分)·예서(隸書)·장초(章草)·비백(飛白)·행서(行書)·초서(草書)를 통칭하여 팔체(八體)라 하는데, 오직 왕우군만이 모두 빼어났다"고 하였다.

丹靑[11]不知老將至[12]하니   그림 그림에 늙음이
단 청   부 지 노 장 지   곧 다가오리라는 것도 몰랐으니,

富貴於我如浮雲[13]이라   가멸고 귀함은 나에게
부 귀 어 아 여 부 운   뜬구름과 같다네.

開元[14]之中常引見[15]하고   개원 연간엔 늘 불리어 천자 뵈옵고,
개 원   지 중 상 인 현

承恩數[16]上南薰殿[17]이라   은택 입어 자주 남훈전에 올랐다네.
승 은 삭   상 남 훈 전

---

11 단청(丹靑): 그림을 가리킨다.

12 부지노장지(不知老將至): 늙음이 곧 다가옴을 알지 못하다. 어떤 일에 몹시 몰입하여 세월이 가는 것도 모른다는 뜻. 『논어』「술이(述而)」에 "그 사람됨이 분발하면 먹는 것을 잊으며, [도를 깨달으면] 즐거워 근심을 잊어, 늙음이 장차 다가오는 것도 모른다(其爲人也, 發憤忘食, 樂以忘憂, 不知老之將至)"는 말이 있다.

13 부귀어아여부운(富貴於我如浮雲): 부귀가 뜬구름과 같다. 역시 『논어』「술이」에 나오는 말. "거친 밥을 먹고 물을 마시며 팔을 구부려 베더라도 즐거움이 그 가운데 있다. 의롭지 못하고서 부자가 되는 것, 신분이 귀하게 되는 것 따위는 나에게 있어서는 마치 뜬구름과 같이 보잘것없는 것이니라(不義而富且貴, 於我如浮雲)." 남조 양나라 강엄(江淹)의 「완적의 시체를 본받아(效阮公詩)」 제2수에 "부와 귀는 뜬구름과 같고, 금과 옥은 보물이 되지 못하네(富貴如浮雲, 金玉不爲寶)"라는 구절이 있다. 이와 같이 두보 시에는 『논어』의 전고를 적절하게 쓴 시구들이 많다.

14 개원(開元): 당 현종의 연호(713~741)

15 인현(引見): 천자의 부름을 받아 천자를 알현하다. 『한서』「왕상전(王商傳)」에 "하평(河平) 4년[기원전 25년] 선우(單于)가 와서 조알하자 백호전으로 불려가 천자를 뵈었다(引見白虎殿)"는 말이 있다.

16 삭(數): 자주

17 남훈전(南薰殿): 순(舜)임금이 지었다고 하는 「남풍가(南風歌)」의 "남쪽 바람 향기로움이여, 우리 백성들의 노여움을 풀리로다(南風之薰兮, 可以解吾民之慍兮)"라는 구절에서 따왔음. 『당육전(唐六典)』(권 7)에 의하면 "흥경궁(興慶宮)은 황성의 동남쪽에 있으며, 궁의 서쪽을 흥경문이라 하였고, 그 내전을 흥경전이라 하였으며, 남쪽으로는 용지(龍池)로 가는 문이 있는데 영주문(瀛洲門)이라 하였고, 그 내전을 남훈전이라 하였다"고 하였다. 또 『장안지(長安志)』(권 9)에서는 "남쪽 내전[南內] 흥경궁은 궁내의 정전을 흥경전이라 하였고 앞에는 영주문이 있으며 안에는 남훈전이 있고 그 북쪽에는 용지가 있다"고 하였다.

凌煙¹⁸功臣少顏色¹⁹하여
능 연　공 신 소 안 색

능연각의 공신들 낯빛 바래었는데,

將軍下筆開生面²⁰이라
장 군 하 필 개 생 면

장군이 붓을 대어 산 얼굴 열어 놓았네.

良相²¹頭上進賢冠²²하고
양 상　두 상 진 현 관

어진 재상들 머리 위에는
진현관 씌웠고,

猛將²³腰間大羽箭²⁴이라
맹 장　요 간 대 우 전

용맹한 장군들 허리엔 큰 화살 걸렸네.

褒公²⁵鄂公²⁶毛髮動하니
포 공　악 공 모 발 동

포공과 악공은
머리털이 살아 움직이니,

18　능연(凌煙): 능연각(凌煙閣)을 말한다. 능연각은 태극궁(太極宮)의 응음전(凝陰殿)에 있으며, 능연각의 남쪽에 공신각(功臣閣)이 있다. 당나라 태종(太宗)은 정관 17년(643) 2월 28일에 조칙을 내려 염입본으로 하여금 능연각에 장손무기(長孫無忌) 등 24공신들의 그림을 그리게 하였다. 태종이 몸소 찬(讚)을 지었으며, 그림은 모두 북쪽을 향하도록 걸어 놓았고 악국공(울지경덕)은 일곱 번째, 포국공(단지현)은 열 번째로 걸려 있다.

19　소안색(少顏色): 그림이 오래되어 채색이 바랜 것을 가리킨다.

20　개생면(開生面): 생생한 얼굴을 드러낸다. 정관 17년 염입본이 그린 장손무기 등 24공신의 초상화가 개원 연간에는 색이 어두워졌는데, 『좌전』「희공(僖公) 33년」적(狄)나라에서 죽인 진(晉)나라 선진(先軫)의 머리를 마치 산 사람처럼 돌려보낸(狄人歸其元, 面如生) 뜻을 본받아 조패로 하여금 다시 공신들의 얼굴을 살아 있는 듯이 그리게 한 것을 말한다.

21　양상(良相): 좋은 대신. 장손무기, 이정(李靖), 위징(魏徵), 방현령(房玄齡) 등 공신들을 말한다.

22　진현관(進賢冠): 『후한서』「여복지 하(輿服志下)」에 "진현관은 옛날의 검은 베로 만든 갓[緇布冠]인데, 유학하는 선비들의 복색이다. 앞의 높이가 7촌이며, 뒤의 높이는 3촌, 길이가 8촌이었다"고 하였다.

23　맹장(猛將): 용맹스런 장수. 바로 뒷구의 포공과 악공 등을 가리킨다.

24　대우전(大羽箭): 큰 깃이 달린 화살. 『유양잡조(酉陽雜俎)』(권 1)에 "[당나라] 태종은 네 개의 깃털이 달린 화살대가 큰 긴 화살을 썼는데, 일찍이 한 번 쏘았더니 동네의 문이 닫혔다"고 하였고, 채몽필(蔡夢弼)은 "태종은 일찍이 긴 활과 큰 깃화살을 만들어 썼으며, 모두 보통의 두 배가 되었으며, 이것으로 무공을 나타냈다"고 하였다.

25　포공(褒公): 단지현(段志玄: ?~642)을 말한다. 『구당서』에 의하면 단지현은 "제주(齊州) 임치(臨淄) 사람으로, 번국공(樊國公)에 봉해졌다가 나중에 포국공(褒國公)으로 고쳐서 봉해졌다." 능연각의 그림 가운데 열 번째로 걸렸다.

英姿²⁷颯爽²⁸來酣戰²⁹이라
영 자 삽 상 내 감 전

영웅의 모습 한창 싸우다가
막 돌아온 듯했네.

先帝³⁰天馬³¹玉花驄³²을
선 제 천 마 옥 화 총

선제의 천마 옥화총을,

畫工如山貌不同³³이라
화 공 여 산 막 부 동

화공들이 산같이 서서
그려도 모습 같지 않았다네.

是日³⁴牽來赤墀³⁵下하니
시 일 견 래 적 지 하

이날 붉은 섬돌 아래로 끌려오니,

---

26 악공(鄂公): 울지공(尉遲恭: 585~658). 자는 경덕(敬德)인데, 흔히 자로 알려졌다. 『구당서』에
의하면 울지경덕은 "삭주(朔州) 선양(善陽) 사람으로 오국공(吳國公)의 작위에 봉해졌다가 악
국공(鄂國公)으로 고쳐서 봉해졌으며, 장손무기 등 24인과 함께 능연각에 그림이 그려져 있었
다." 능연각의 그림 가운데 일곱째로 걸렸다.

27 영자(英姿): 영웅다운 모습

28 삽상(颯爽): 힘이 세고 민첩하며, 신색(神色)이 나는 듯 움직임

29 감전(酣戰): 교전이 한창 맹렬하다. 『한비자』「열 가지 허물(十過)」에 "한창 싸움을 할 때(酣戰
之時) 사마자반(司馬子反)이 목이 말라 마실 것을 구하였다"는 말이 나온다. 여기서는 격렬한
전투가 벌어지는 전장을 가리킨다.

30 선제(先帝): 당 현종을 가리킨다.

31 천마(天馬): 어마(御馬)로 되어 있는 판본도 있다. 『사기』「대완열전(大宛列傳)」에 "좋은 말이
많이 나는데 피 같은 땀을 흘리며, 천마의 종자라고 한다"는 말이 나온다. 일반적으로, 명마를 가
리킬 때에 많이 쓰임

32 옥화총(玉花驄): 현종의 말 이름. 『명황잡록(明皇雜錄)』에 "천자가 타는 말에 옥화총과 조야백
(照夜白)이 있는데, 태산에 봉선(封禪) 의식을 지내고 돌아온 뒤에 진굉(陳肱)에게 옥화총을
그리게 하였다"는 말이 있다. 시 번호 153 소식의 「괵국부인야유도(虢國夫人夜遊圖)」를 참조
할 것

33 여산막부동(如山貌不同): '여산'은 수효가 많은 것을 뜻한다. '막'에 대해서는 시 번호 201 두보
의 「유소부가 그린 산수 병풍을 노래함(劉少府畫山水障歌)」주 710을 참조할 것. 남조 양나라
심약(沈約)의 「사철의 흰 모시를 노래함·봄의 흰 모시(四時白紵歌·春白紵)」에 "사랑스러운 듯
원망스러운 듯 형태 같지 않고, 웃음 머금은 채 슬쩍 흘겨보니 온 집에 가득하네(如嬌如怨狀不
同, 含笑流眄滿堂中)"라는 구절이 있다.

34 시일(是日): 이날이라는 뜻이나, 여기서는 어느 날 정도의 뜻으로 쓰임

35 적지(赤墀): 궁전의 계단 입구에 있는, 붉은 흙을 다져 놓은 곳으로, 단지(丹墀)라고도 한다. '지'

逈³⁶立閶闔³⁷生長風³⁸이라
형 립창합 생장풍

멀리 궁전 문 앞에 서 있는데도
긴 바람 일어나네.

詔謂將軍拂絹素³⁹하니
조 위장군불견소

장군에게 조서 내려
흰 깁에 떨어 그리게 하니,

意匠⁴⁰慘澹⁴¹經營⁴²中이라
의장 참담 경영 중

속으로 생각하느라 어렵사리
구상하던 중에,

斯須⁴³九重⁴⁴眞龍⁴⁵出하여
사 수 구중 진룡 출

잠깐 만에 구중궁궐에
진짜 용마가 나타나,

는 전상(殿上)의 뜰. 『한서』「매복전(梅福傳)」에 "매복이 글을 올려 말하기를 '원컨대 오로지 문석(文石)의 섬돌을 오르고, 적지(赤墀)의 길을 건너고 싶습니다'라고 하였다"는 말이 나오는데, 응소(應劭)는 "단사를 진흙에 담구어 전상(殿上)을 칠한 것이다"라고 하였다.

36 형(逈): 멀리

37 창합(閶闔): 『설문해자(說文解字)』에 "창(閶)은 천궁(天宮)의 문이다. 초나라 사람들은 문을 창합이라고 한다"고 하였다. 여기서는 왕궁의 문을 가리킨다. 『문선』 장형의 「서쪽 서울(西京賦)」에 이 말이 나오는데, 이선(李善)은 "자미궁(紫微宮)의 문을 창합이라 한다"고 하였다.

38 장풍(長風): 멀리에서 불어오는 바람. 말의 기세가 높아 바람이 일어나는 것과 같다는 뜻. 진나라 육기(陸機)의 「앞서 지은 느린 노래(前緩聲歌)」에 "긴 바람 만 리 밖에서 일고, 경사스런 구름 막히어 높이 솟아 오르네(長風萬里擧, 慶雲鬱嵯峨)"라는 구절이 있다.

39 불견소(拂絹素): 흰 비단 위를 붓으로 쓸 듯 기세 좋게 그림을 그리는 것을 말한다.

40 의장(意匠): 진나라 육기의 「문부(文賦)」에 "언어로 그 재주를 나타내고 재능을 드러내고, 마음속으로 문장의 요강을 짜서 예술의 교장(巧匠)이 된다(辭程才以效伎, 意司契而爲匠)"라는 말이 있다.

41 참담(慘澹): 그림을 구상하느라 몹시 고민을 하는 것을 말한다.

42 경영(經營): 사물의 크기와 원근 등을 따져 어떻게 그릴 것인가를 계산하는 것. 『고화품록(古畫品錄)』에 "그림을 그리는 데는 여섯 가지 법칙이 있는데, 다섯 번째 위치를 경영하는 것이 바로 이것이다(五經營位置是也)"라는 말이 있다.

43 사수(斯須): 수유(須臾), 편각(片刻), 곧 매우 짧은 시간을 말한다. 잠깐 동안, 잠시

44 구중(九重): 시 번호 205 백거이의 「긴 한탄(長恨歌)」 주 865를 참조할 것

45 진룡(眞龍): 진짜 용마. 8척 이상의 말을 용이라 한다. 시 번호 215 두보의 「호현의 현령이신 이

一洗⁴⁶萬古凡馬⁴⁷空⁴⁸이라
일세　만고범마　공

한꺼번에 만고의 평범한 말
깨끗하게 씻어 버렸네.

玉花⁴⁹卻在御榻⁵⁰上하니
옥화　각재어탑　상

옥화총 도리어
천자의 자리 위에 있게 되니,

榻上庭前屹⁵¹相向이라
탑상정전흘　상향

자리 위와 뜰 앞에서
우뚝 서로 마주 보게 되었네.

至尊⁵²含笑催賜金하니
지존　함소최사금

천자께서 웃음 머금고
금 내리라 재촉하시니,

圉人⁵³太僕⁵⁴皆惆悵⁵⁵이라
어인　태복　개추창

어인과 태복이
모두 슬퍼 탄식하였다네.

씨 어르신의 호마를 노래함(李鄠縣丈人胡馬行)」 주 359를 참조할 것

46 일세(一洗): 모조리 쓸어 없애다.

47 범마(凡馬): 보통의 평범한 말. 진나라 갈홍(葛洪)의 『포박자(抱朴子)』「욱학(勖學)」에 "보통의 말과 들판의 매는 실은 한 가지 무리이다(凡馬野鷹實一類也)"라는 말이 있다.

48 공(空): 모두 없어지게 하다.

49 옥화(玉花): 현종의 말인 옥화총을 말한다.

50 어탑(御榻): 천자의 걸상. '탑'은 벤치 비슷하게 생기고, 등받이와 팔걸이가 있는 좁고 긴 나무 의자

51 흘(屹): 높이 우뚝 솟아 있는 모양

52 지존(至尊): 제위(帝位)를 말하며, 천자의 비유로 쓰임. 한나라 사마상여(司馬相如)의 「촉나라의 어른들을 힐난하는 글(難蜀父老文)」에 "지극한 존위에 있는 분의 아름다운 덕을 받든다(奉至尊之休德)"는 구절이 있다.

53 어인(圉人): 벼슬 이름으로, 말을 기르는 것을 관리함. 『주례』「하관(夏官)」에 "어사(圉師)는 어인에게 말을 기르는 것을 가르치는 일을 관장한다. 어인은 말을 기르고 먹이는 일을 관장하며, 어사의 밑에서 일한다"고 하였다.

54 태복(太僕): 말과 수레를 돌보는 것을 맡은 벼슬아치. 『주례』「하관(夏官)」에 "태복은 왕이 출입하면 왼쪽에서 말을 몰아 앞으로 달린다"고 하였다. 『한서』「백관공경표(百官公卿表)」에서는

弟子韓幹⁵⁶早入室⁵⁷하여
제 자 한 간   조 입 실

제자인 한간이 일찍부터 방 안에 드니,

亦能畵馬窮殊相⁵⁸이라
역 능 화 마 궁 수 상

또한 말 잘 그려
다른 모습 다 그려 내었다네.

"태복은 진(秦)나라의 관직으로 수레와 말을 관리한다"고 하였다.

55 추창(惆悵): 실망하여 탄식함을 나타내는 뜻. 조패가 말 그림을 멋지게 그려 상을 받은 것에 대해, 정작 그 말을 애써 기르고도 상을 받지 못한 어인과 태복이 섭섭하게 생각한다는 뜻과, 말 그림이 진짜 말과 너무나 흡사하여 넋을 잃고 바라보는 모습의 두 가지 뜻이 있다. 청나라의 신함광(申涵光)은 후자의 뜻으로 보아 조패가 금을 하사받은 것을 시샘하는 뜻을 나타낸 것이 아니라고 하였다.

56 한간(韓幹): 『유양잡조(酉陽雜俎)』에 의하면 "한간은 남전(藍田) 사람이다. 젊어서는 술집에서 술을 배달하였으며, 왕유(王維) 형제를 만나지 못하였을 때는 술을 외상 내어 마음껏 놀러 다녔는데, 일찍이 왕유의 집에 빚을 거두러 갔다가 장난삼아 땅에다 사람과 말을 그리자 왕유가 그림을 자세히 살펴보고 그 의취를 기이하게 생각하여 해마다 2만 전을 주고 한간에게 십여 년을 그림을 그리게 하였다"고 한다. 『역대명화기』(권 9)에서는 "한간은 대량 사람으로, 왕유가 그의 그림을 보고 추천하여 벼슬이 태부시승(太府寺丞)에 이르렀다. 인물을 모사하는 데 뛰어났고 안장 지운 말을 그리는 데 더욱 뛰어났다. 처음에는 조패를 사사하다가 나중에는 그 자신이 혼자 멋대로 그렸다. 현종이 큰 말을 좋아하여 마구간에는 40만 마리나 있었다. 천하가 크게 안정되자 서역의 대완국에서 해마다 말을 바쳤는데, 그 가운데 목조마(木槽馬)가 있었다. 이때 천자가 예술을 좋아하여 한간이 이따금 불려가서 마침내 준마를 모두 그리게 되니 옥화총과 조야백 등이었다. 이때 기(岐)·설(薛)·영(寧)·신왕(申王) 같은 왕자들의 마구간에도 모두 훌륭한 말이 있었는데 한간이 모두 그리니 마침내 고금의 독보적인 존재가 되었다"고 하였다. 『당조명화록(唐朝名畵錄)』에도 그에 대한 언급이 있는데, "한간은 경조(京兆) 사람이다. 천보 연간에 불리어 들어가 명을 받았으며 천자가 진굉(陳閎)을 사사하여 말 그림을 그리도록 하였는데, 황제가 그 그림이 다른 것을 괴이히 여겨 힐난하였더니 '신에게는 신의 스승이 있습니다. 폐하의 마구간에 있는 말들이 모두 저의 스승입니다'라고 아뢰니, 천자가 매우 기이하게 생각하였다"고 하였다.

57 입실(入室): 방 안에 들다. 오묘한 경지에 드는 것을 가리킨다. 『논어』「선진」에 "자로는 대청에는 올라왔지만, 아직 방 안에까지는 들어오지 못하였다(由也升堂矣, 未入於室也)"는 말에서 취하였다. 이후로 대청[堂]이나 방 안[室]을 학문이 진보한 단계를 가리키는 말로 많이 쓰게 되었다. 한나라 양웅(揚雄)의 『법언(法言)』「오자(吾子)」에 "이를테면 공자의 문 같은 것으로 등급을 매긴다면 가의는 대청에 올라섰고, 사마상여는 방 안에까지 들어갔다(如孔氏之門用賦也, 賈誼升堂, 相如入室矣)"는 것이 있고, 남조 양나라 종영(鍾嶸)의 『시품(詩品)』「상품(上品)」의 '위문학유정(魏文學劉楨)' 조에도 비슷한 표현이 보인다.

58 궁수상(窮殊相): '상'은 모습이라는 뜻. 빼어난 모습을 다 표현함

幹惟畵肉不畵骨⁵⁹하여
간 유 화 육 불 화 골

한간은 오직 살만 그렸을 뿐
뼈까지는 그려 내지 못하여,

忍⁶⁰使驊騮⁶¹氣凋喪⁶²이라
인　사 화 류　기 조 상

차마 화류마로 하여금
기운 잃게 하였다네.

將軍盡善蓋有神⁶³하니
장 군 진 선 합 유 신

장군 다 잘함에 신묘함 깃들어 있는데,

必⁶⁴逢佳士亦寫眞⁶⁵이라
필　봉 가 사 역 사 진

반드시 훌륭한 선비 만나면
또한 참모습 그려 준다네.

卽今漂泊⁶⁶干戈⁶⁷際⁶⁸에
즉 금 표 박　간 과　제

요즘엔 난리통에
떠돌아다니는 신세여서,

---

59 화육불화골(畵肉不畵骨): 살은 그리되 뼈는 그리지 못하다. 말의 겉모습만 그럭저럭 그려내었
지, 말의 성질이나 기골, 재능 따위는 표현해 내지 못한 것을 말한다.

60 인(忍): 차마, 딱하게도

61 화류(驊騮): 옛날의 명마 이름. 시 번호 203 두보의 「천육의 나는 듯이 달리는 말(天育驃騎歌)」
주 769를 참조할 것

62 조상(凋喪): 시름시름 앓다가 죽다. 여기서는 원기를 잃는 것을 가리킨다.

63 장군진선합유신(將軍盡善蓋有神): '합'은 '합(盍)'과 같음. "어찌~하지 않겠는가?(何不)"의 합
성어. 『진서』「문원전·고개지(文苑傳·顧愷之)」에 "고개지는 그림을 잘 그렸는데 매번 사람을 다
그리고는 어느 때는 몇 년씩이나 눈동자를 그려 넣지 않아 사람들이 그 까닭을 물으면 대답하기
를 '사체(四體)의 미추(美醜)는 본래 오묘한 곳과는 상관이 없으며, 정신을 옮기고 초상을 그리
는 것은 바로 이 눈동자에 있다'고 하였다"는 말이 있다.

64 필(必): 『두보집』에는 우(偶) 자로 되어 있다.

65 사진(寫眞): 초상화를 그리는 것. 시 번호 203 두보의 「천육의 나는 듯이 달리는 말(天育驃騎
歌)」주 763을 참조할 것

66 표박(漂泊): 한 곳에 정착하지 못하고 정처 없이 떠돌아다니다.

67 간과(干戈): 방패와 창. 전쟁을 뜻한다. 『사기』「오제본기(五帝本紀)」에 "헌원(軒轅)씨가 이에 창
과 방패를 쓰는 법을 익혀서 신농씨에게 조공을 바치지 않는 제후들을 정벌했다"는 말이 나온다.

68 제(際): 때, 시대

屢貌尋常行路人[69]이라
누 막 심 상 행 로 인

보통 길 가는 사람도
자주 그리게 되었네.

途窮[70]返遭[71]俗眼白[72]하니
도 궁 반 조 속 안 백

길 다한 데다 오히려
속인들마저 흰 눈으로 보니,

世上未有如公貧이라
세 상 미 유 여 공 빈

세상에 그대처럼 가난한 사람 없으리.

但看古來盛名[73]下에
단 간 고 래 성 명 하

다만 보라, 예로부터
떨친 이름 아래에는,

終日坎壈[74]纏其身[75]이라
종 일 감 람 전 기 신

죽을 때까지 어려움
몸에 얽히어 있음을.

---

69 행로인(行路人): 지나가는 행인들, 예사 사람들을 가리킨다. 한나라 소무(蘇武)의 「시(詩)」 네 수 중 제1수에 "사해가 모두 형제이거늘, 누가 길을 가는 사람이란 말인가?(四海皆兄弟, 誰爲行路 人)"라는 구절이 있다.

70 도궁(途窮): 길이 막히다. 『진서』 「완적전(阮籍傳)」에 "이따금씩 마음이 내키는 대로 혼자 수레 를 몰고 나갔는데 지름길로 가지 않아 수레가 막다른 곳에 이르러 더 이상 갈 방법이 없게 되면 그때에야 통곡을 하고는 되돌아왔다"는 고사가 있다.

71 반조(返遭): '반'은 도리어. '조'는 우연히 만나게 되는 것. 맞닥뜨리다.

72 속안백(俗眼白): 역시 위에 인용한 책에 "완적은 또 검은 눈동자와 흰 눈동자로 사람을 대할 줄 알아 예속에 얽매인 사람을 대할 때는 눈동자를 희게 하여 보았다"는 고사가 있다. 조패가 그의 타고난 재능 때문에 속인들로부터 질시를 받은 것을 말한다.

73 성명(盛名): 훌륭한 평판. 『후한서』 「황경전(黃瓊傳)」에 양춘(陽春)의 곡조는 따라 부르는 사람 이 반드시 적을 것이고, 명성이 자자하게 높은 사람 아래에서는 실로 부합하기가 어려울 것이다 (盛名之下, 其實難副)"라는 말이 있다.

74 감람(坎壈): 뜻을 잃고 불우한 운명에 처해 있음. 전국 시대 초나라 송옥(宋玉)의 「구변(九辯)」 에 "어려움에 처했음이여, 가난한 선비 할 일 잃고 뜻 고르지 않다네(坎壈兮貧士失職而志不 平)"라는 구절이 있다. 왕일(王逸)은 "감람은 자주 환란과 화를 만나 몸의 곤핍함이 극에 이른 것이다"라고 하였다.

75 전기신(纏其身): 그 몸에 얽혀 있어 자유를 구속하다. '전'은 얽히다, 감기다.

234. 도죽 지팡이 노래(桃竹杖引)[76]

두보(杜甫)

江心[77]蟠石[78]生桃竹[79]하니　강 가운데 서린 돌에 도죽 나니,
강 심　반 석　생 도 죽

蒼波噴浸[80]尺度足[81]이라　푸른 물결 뿜어내어 젖으니
창 파 분 침　척 도 족　　길이 딱 알맞네.

76　도죽장인(桃竹杖引): 『두보집』에는 이 아래에 "장 유후에게 드림(贈章留後)"이라는 자주(自註)가 붙어 있다. 두보가 장 유후에게서 도죽 지팡이를 선물받고, 그에 감사하는 뜻에서 이 시를 지은 것이다. 또 본서의 이 시 제목 주석에 "공부[工部: 두보의 관명〕 난[안녹산의 난]을 만나 오랫동안 재주에 머무르며 고향을 그리워했다. 사군 장 유후가 도죽장 두 자루를 공에게 주었다. 공은 이 인을 지어 고마움을 표했다"고 했다. '사군'이란, 우리말의 '사또'와 같은 뜻인데, 지방의 수령을 부를 때 사용하는 호칭이다. 그때 장이(章彝: 장 유후의 이름)는 재주의 자사(刺史: 지사)로 동천(사천성 동부) 절도사의 유후가 되기도 하였다. 유후는 벼슬 이름. 당나라 후기에 각 지방에 반독립 왕국처럼 된 절도사들의 힘을 중앙 정부에서 제어할 수 없게 되자, 절도사를 비공식 세습직으로 인정하게 되면서, 앞의 절도사가 죽으면 그 후계자가 중앙 정부의 승인 없이, '유후(留後: 뒤에 남는다)'라는 직함을 사용하면서 그 자리를 승계하였다. 시구의 변화가 많은 독특한 시이다.
77　강심(江心): 강의 중심. 강의 한가운데
78　반석(蟠石): 넓고 편편한 바위. 반석(盤石)과 같음. 반석에서 났다는 것은 재질이 굳고 단단함을 말한다.
79　도죽(桃竹): 대나무의 일종으로 종죽(椶竹 혹은 종려죽(椶櫚竹))이라고도 하며, 또한 도지죽(桃枝竹) 또는 도사죽(桃絲竹)이라고도 한다. 『이아』에 의하면 도죽은 마디와 마디 사이가 4촌(寸)이며, 파총(嶓冢)·교산(驕山)·고량(高梁)·용산(龍山)의 산에 많다. 껍질의 빛은 붉고, 매끄러우며 굳세어 멸석(篾席), 또는 도생(桃笙)이란 자리를 짜서 쓰기도 한다. 또한 점강현(墊江縣)에서 나는 것은 지팡이로도 쓸 수 있다고 한다. 소식의 「포간의 신 장로에게 드림(贈蒲澗信長老)」에 "이미 두자미 따라 도죽 얻었네(已從子美得桃竹)"라는 구절이 나오는데, 소식 자신이 주석을 달기를 "이 산에서는 도죽이 나며 지팡이를 만들 수 있는데, 토착인들은 모르고 있다. 내가 처음으로 두보의 시를 적어서 그들에게 주었다"고 하였고, 『동파지림(東坡志林)』에서는 "도죽은 잎이 종려나무 같고 몸체는 대나무 같으며, 마디가 촘촘하고 속이 차 있어서 천성적으로 지팡이에 알맞다. 영남(嶺南) 사람들은 이 나무를 많이 심는데 그것이 도죽인지는 모른다"고 하였다.
80　분침(噴浸): 뿜어지는 물결에 젖다. 대나무가 적당한 물기를 머금어 윤택함을 말한다.

斬根削皮如紫玉[82]하니
참 근 삭 피 여 자 옥

뿌리 자르고 껍질 벗기니
붉은 옥 같은데,

江妃[83]水仙[84]惜不得[85]이라
강 비 수 선 석 부 득

강의 여신과 물의 신선
안타까워해도 어쩔 수 없네.

梓潼[86]使君[87]開一束[88]하니
재 동 사 군 개 일 속

재동의 사또가 한 다발 풀어 놓으니,

滿堂賓客[89]皆歎息이라
만 당 빈 객 개 탄 식

온 집의 손님들 모두들 탄식하네.

---

81 척도족(尺度足): 대나무의 크기가 지팡이를 만들기에 알맞을 정도로 자랐다는 뜻

82 자옥(紫玉): 도죽의 뿌리는 붉다고 하였는데, 여기서 다시 자(紫) 자를 써서 표현한 것은 그중에서도 특히 자줏빛의 옥 같은 광택이 나서 가지고 감상하기에 족하다는 것을 말한다.

83 강비(江妃): '비'는 비(斐)라고도 하며, 전설상의 신선. 한나라 유향(劉向)의 『열선전(列仙傳)』에 나오는데 잠깐 그 내용을 간추리면 다음과 같다. "강비라는 두 여인은 한수(漢水) 기슭에 놀러 갔다가 정교보(鄭交甫)를 만났다. 정교보가 마음에 들어 그들에게 패옥을 달라고 하자 손수 패옥을 풀어 주었다. 이에 정교보가 기뻐하며 수십 걸음을 간 뒤에 패옥을 살펴보니 패옥은 온데 간데없고 두 여인을 돌아보았더니 금세 보이지 않았다."

84 수선(水仙): 물의 신선으로 빙이(馮夷 또는 冰夷)를 말한다. 『초사』「멀리 나가 놀다(遠遊)」에 "해약에게 빙이의 춤을 추게 한다(使海若舞馮夷)"는 구절이 있는데, 한나라의 왕일(王逸)은 "빙이는 수선인(水仙人)이다"라고 하였다. 사람의 얼굴을 하고 용을 타고 다닌다고 한다. 진나라 곽박(郭璞)의 「강부(江賦)」에 "빙이 물결에 기대어 오만하게 흘겨보고, 강비는 얼굴 찡그리고 먼 곳 응시하네(冰夷倚浪以傲睨, 江妃含嚬而矊眇)"라는 구절이 있다.

85 석부득(惜不得): 도죽이 사람들에게 많이 잘림을 안타깝게 생각함을 말한다.

86 재동(梓潼): 재주(梓州)를 말한다. 동으로는 재림(梓林)에 기대어 있고, 서로는 동수(潼水)를 베고 있기 때문에 이렇게 말한다.

87 사군(使君): 자사(刺史), 태수(太守). 장이를 말한다. 장이는 당시 재주자사로 동천(東川) 절도사의 권한을 겸하고 있었다.

88 개일속(開一束): 도죽을 한 묶음 가져다가 풀어 헤쳐 놓다.

89 만당빈객(滿堂賓客): 『한서』「진준전(陳遵傳)」에 "진준은 술을 좋아하여 매번 술판을 크게 벌일 때면 손님들이 온 집안에 가득하였다(賓客滿堂)"는 구절이 있다.

憐我老病贈兩莖[90]하니
연 아 노 병 증 양 경
내 늙고 병듦 가엾이 여겨
두 줄기 주니,

出入爪甲[91]鏗有聲[92]이라
출 입 조 갑 갱 유 성
들며 날 때 발톱에서 쨍그랑 소리 나네.

老夫[93]復欲東南征[94]하니
노 부 부 욕 동 남 정
늙은 몸이 다시
동남쪽으로 가고자 하여,

乘濤鼓枻[95]白帝城[96]이라
승 도 고 예 백 제 성
물결 타고 노 두드리며
백제성으로 가는데,

路幽必爲鬼神奪[97]이요
노 유 필 위 귀 신 탈
길 깊숙하여 반드시
귀신들에게 빼앗길 것이고,

---

90 양경(兩莖): '경'은 여기서 가늘고 긴 것을 세는 단위사로 쓰임. 줄기.

91 조갑(爪甲): 손톱 또는 발톱. 여기서는 지팡이를 끌 때 땅에 닿는 부분을 의인화하여 말한 것이다.

92 갱유성(鏗有聲): '갱'은 쇠나 돌 따위가 쳐서 울릴 때 나는 금속성 소리. 도죽이 단단하고 굳어서 쇠나 돌 같다는 말

93 노부(老夫): 늙은이, 두보 자신을 가리킨다.

94 동남정(東南征): 두보가 북쪽에 있는 고향으로 돌아가기 위하여 지금 머물고 있는 사천 지방에서 배를 타고 양자강 상류를 나와서, 그 동남쪽에 있는 양자강의 중류를 경유하려고 한다는 뜻. '정'은 여기서는 간다는 뜻

95 고예(鼓枻): 노를 두드리다. 뱃전을 두드려 소리를 냄을 말한다. 굴원이 지었다고 전해지는 초나라의 민요체[楚辭]인 「어부와의 대화(漁父辭)」에 "어부가 빙그레 웃고서 노를 두드리며 떠나가면서 노래하였다(漁父莞爾而笑, 鼓枻而去, 乃歌曰)"는 구절이 있다.

96 백제성(白帝城): 『화양국지(華陽國志)』 「파지[巴志]」에 "어복현(魚復縣)의 군치[郡治: 행정부 소재지]인데, 공손술(公孫述)이 백제로 이름을 바꿨다"고 하였다. 어복현은 옛 어국(魚國) 땅인데, 공손술이 이곳을 지나다가 용 같은 흰 기운이 우물에서 나오는 것을 보고 상서롭게 여겨 이름을 백제로 고쳤으며, 산성의 둘레가 280보이다. 『청통지(淸統志)』에서는 "사천(四川)성 기주부(夔州府)는 백제의 옛 성으로 봉절현(奉節縣) 동쪽에 있으며 공손술이 세웠다"고 하였다. 지금의 구당협(瞿塘峽) 입구에 있다.

97 위귀신탈(爲鬼神奪): 두보가 동천(東川)을 떠나 기주(夔州)로 옮겨 살려고 하였는데, 기주의 협곡이 가장 거칠고 먼 곳이어서 귀신에게 빼앗길까 걱정이 된다는 뜻

杖劍或與蛟龍爭[98]이라
장 검 혹 여 교 룡 쟁

칼 짚고 어쩌면 교룡과 싸워야 하리.

重爲告曰杖兮杖兮여
중 위 고 왈 장 혜 장 혜

거듭 고하노니, 지팡이여, 지팡이여!

爾之生也甚正直하니
이 지 생 야 심 정 직

너의 됨됨이 매우 바르고 곧으니,

愼勿見水踊躍學變化爲龍[99]하라
신 물 견 수 용 약 학 변 화 위 룡

부디 물 보고 뛰어나와

용으로 변하지 말기를,

使我不得爾之扶持면
사 아 부 득 이 지 부 지

내 너의 부축 받지 못하게 하면,

滅跡[100]於君山[101]湖上之靑峯이라
멸 적 어 군 산 호 상 지 청 봉

군산 호수가 푸른 봉우리에서

자취 사라지게 되리라.

---

98 장검여교룡쟁(杖劍與蛟龍爭): '장검'은 칼을 짚고 서다. 『두보집』에는 '칼을 뽑다'는 뜻의 발검(拔劍)으로 되어 있다. '교룡'은 뿔 없는 용. 앞에 여러 번 나왔다. 진나라 장화(張華)의 『박물지(博物志)』(권 7)에 "담대자우(澹臺子羽)가 강을 건너는데 천금짜리 벽옥을 지니고 있었다. 하백이 이를 탐내어 양후(陽侯)에 이르러 물결을 일으키고 교룡 두 마리가 배를 양쪽에서 끼고 돌았다. 담대자우가 이에 왼손에는 벽옥을 쥐고 오른손으로는 칼을 들고 교룡을 치니 모두 죽었다. 다 건넌 후에 벽옥을 하백에게 세 번 던져 주었으나 하백이 모두 돌려주니 담대자우가 백옥을 깨뜨리고 떠났다"는 말이 있다. 또 『여씨춘추』 「지분(知分)」에는 "형(荊) 땅에 차비(次非)라는 사람이 있었다. 간수(干遂)에서 보검을 얻어 돌아오는 길에 강을 건너다 중류에 이르렀는데, 교룡 두 마리가 배를 끼고 에워싸니 이에 강에 뛰어들어 교룡을 죽이고 다시 배에 올라와 배 안의 사람들이 모두 살 수 있었다"는 고사도 있다.

99 변화위룡(變化爲龍): 변하여 용이 되다. 『후한서』 「비장방전(費長房傳)」에 "비장방이 하직하고 떠나 오는데 호공(壺公)이 지팡이를 하나 주면서 말했다. '이 지팡이를 타고 가는 대로 맡겨 두면 저절로 도착할 것이다. 도착을 하면 지팡이를 갈피[葛陂: 예주(豫州) 신채현(新蔡縣)]에 던지면 될 것이다.' 비장방이 지팡이를 타고 잠깐 만에 돌아와서 즉시 지팡이를 못에다 던지고 돌아보니 곧 용이었다"는 이야기가 있다. 진나라 갈홍의 『신선전』(권 5)에도 같은 이야기가 나온다.

100 멸적(滅跡): 발자취가 없어지다. 행방을 알 수 없게 됨, 죽어 없어짐

噫風塵澒洞[102]兮豺虎咬人[103]하니
희 풍 진 홍 동　　혜 시 호 교 인

　　아아, 난리 계속되어

　　승냥이와 범 사람을 무는 판이니,

忽失雙杖兮吾將曷從[104]고
홀 실 쌍 장 혜 오 장 갈 종

갑자기 쌍 지팡이 잃어버리면

내 장차 무엇을 따르리.

235. 위풍 녹사 댁에서 조 장군이 말을 그린 그림을 노래함
(韋諷錄事宅觀曹將軍畵馬圖引)[105]

두보(杜甫)

國初[106]已來畵鞍馬는
국 초 　 이 래 화 안 마

　　나라 초기 이래 안장 지운 말 그리는데,

101　군산(君山): 『박물지』(권 6)에 "동정호의 군산에는 황제[皇帝: 요임금을 말한다]의 두 딸이 살고 있는데, 상부인(湘夫人)이라 한다"고 하였다. 상부인은 상군(湘君)이라고도 하는데 그들[君]이 놀았기 때문에 군산(君山)이라고 부르게 되었다. 지금의 호남성 악양현(岳陽縣) 서남쪽 동정호 가운데 있으며, 상산(湘山)이라고도 한다.

102　풍진홍동(風塵澒洞): 바람과 먼지가 계속하여 일어나다. 전란을 뜻한다. 『회남자』「정신훈(精神訓)」에 "홍몽홍동(澒蒙鴻洞)"이란 말이 나오는데, 한나라의 고유(高誘)는 "모두 형체가 없는 모양(無形之象)"이라고 하였다.

103　시호교인(豺虎咬人): 승냥이와 범이 사람을 물다. '시호'는 도적을 비유한 것

104　홀실쌍장오장갈종(忽失雙杖吾將曷從): 별안간 두 지팡이를 잃어버리면 장차 나는 어찌 갈 것인가? 지팡이가 없으면 아무 데도 갈 수 없다는 뜻. 황학은 이 구절이 엄무(嚴武)와 장이를 비유한 것이라고 하였다. 당시 엄무는 이미 소환령을 받았고, 두보는 장이를 떠나 동남쪽으로 내려가려고 했기 때문에 두 지팡이, 즉 엄무와 장이를 잃었다고 한 것이다.

105　위풍녹사도관조장군화마도인(韋諷錄事宅觀曹將軍畵馬圖引): 시제 끝의 인(引) 자가 가(歌)로 되어 있는 판본도 있고, 없는 판본도 있다. 황학은 이 시의 말미에 '금속퇴(金粟堆)'와 '용매거(龍媒去)'라는 문자가 있고 현종을 장사 지낸 후에 지은 것으로 보아, 광덕(廣德) 2년(764) 두보가 다시 성도에 갔을 때 지은 것이라고 하였다. 녹사는 벼슬 이름으로 녹사참군(錄事參軍)

神妙獨數江都王[107]이러니　　　신묘하기로는 오직 강도왕을 쳤었는데,
신 묘 독 수 강 도 왕

將軍[108]得名三十[109]載에　　　장군 이름난 지 삼십 년 만에,
장 군　 득 명 삼 십　 재

人間[110]又見眞乘黃[111]이라　　　세상에선 다시 진짜 승황 보게 되었네.
인 간　 우 견 진 승 황

曾貌[112]先帝[113]照夜白[114]하니　　　일찍이 선제의 조야백 그렸는데,
증 막　 선 제　 조 야 백

을 말한다. 서진(西晉)의 승상부에 처음 설치하였으며, 당나라 때의 품급은 종7품 상으로 상주
[上州: 큰 주]에 한 명을 두었다. 문서의 심사와 주와 현(縣: 주의 하급 지방 관청)의 관원들의
비리를 탄핵하여 바로잡는 일, 인장의 간수 등을 맡았다. 이때 위풍은 낭주 종사(閬州從事)로
있었으며, 성도에 거주하고 있었다. 주학령(朱鶴齡)은 "조 장군의 「구마도(九馬圖)」는 나중에
장안의 설소팽(薛紹彭)의 집에서 소장하였는데 소식이 찬[讚: 평]을 지었다"고 하였다.

106 국초(國初): 당나라의 초기

107 강도왕(江都王): 이서(李緖)를 말한다. 『역대명화기』(권 10)에 "강도왕 이서는 곽왕(霍王) 이
원궤(李元軌)의 아들이며, 태종황제의 조카이다. 재예(才藝)가 많았고 서화에 뛰어났으며 안
장 지운 말을 그려서 이름을 떨쳤다. 수공(垂拱) 연간(685~688)에 벼슬이 금주(金州)자사에
이르렀다"고 하였다. 또 『당조명화록(唐朝名畫錄)』에서는 "강도왕은 참새와 매미, 당나귀를
잘 그렸으며 명황(明皇)의 명을 받아 그린 「노부구십서응도(潞府九十瑞應圖)」는 실로 신묘함
이 극치에 달한다"고 하였다.

108 장군(將軍): 조패(曹霸)를 말한다. 시 번호 233 두보의 「채색 그림을 노래함(丹靑引)」의 주 1
을 참조할 것

109 삼십(三十): 사십(四十)으로 된 판본도 있다.

110 인간(人間): 인생세간(人生世間), 세상, 세간

111 승황(乘黃): 짐승의 이름으로 용의 날개에 말의 몸을 하였으며 황제(黃帝)가 타고[乘] 신선이
되었기 때문에 승황이라고 한다. 『산해경』「해외서경(海外西經)」에 의하면 "백민(白民)의 나라
에 승황이 있는데, 모양이 여우를 닮았으며 등에는 뿔이 두 개 있고 그것을 타면 2천 세까지 살
수 있다"고 하였다. 비황(飛黃)이라고도 하며, 당나라 태복시(太僕寺)에는 승황서령(乘黃署
令)을 두기도 하였다. 훌륭한 말을 지칭하는 데 많이 쓰인다.

112 막(貌): 그리다, 모사하다. 앞에 이미 나왔음. 역시 시 번호 201 두보의 「유소부가 그린 산수 병
풍을 노래함(劉少府畫山水障歌)」의 주 710을 참조할 것

113 선제(先帝): 현종을 말한다.

114 조야백(照夜白): 옥화총과 함께 현종이 타고 다녔다는 명마. 시 번호 216 두보의 「청백색의 준
마를 노래함(驄馬行)」 주 368과 시 번호 233 「채색 그림을 노래함」 주 32 등을 참조할 것. 『화
감(畫鑑)』에 "조패의 인마도(人馬圖)에서는 붉은 옷에 아름다운 수염을 한 종이 옥면성(玉面

龍池[115]十日飛霹靂[116]이라   용지에서 열흘 동안
용지   십일 비벽력
                                벼락이며 천둥 날았다네.

內府[117]殷紅[118]馬腦[119]盤을   궁궐 창고의 진홍빛 마노 쟁반을,
내부   안홍   마뇌 반

婕妤[120]傳詔才人[121]索하여   첩여에게 조칙 전하여
첩여   전조재인   색
                                재인에게 찾도록 하였네.

    駬)을 끌고, 푸른 옷을 입은 내시가 조야백을 끌었다"고 하였다. 『명황잡록』에 의하면 조패가 조
야백을 그리는 데에는 열흘이 걸렸다고 한다.

115   용지(龍池): 남훈전(南薰殿: 「채색 그림을 노래함」에 나옴)의 북쪽, 약용문(躍龍門)의 남쪽에
있던 연못. 본래 평지였으나 수공(垂拱) 연간 이후에 빗물이 흘러들어 작은 못이 되었고, 그 후
에 용수거(龍首渠)의 지류를 끌어다 물을 대어 날로 넓어졌으며, 그 후로도 끊임없이 흘러들어
수 경(頃)이나 되었고, 깊이는 여러 길이 되었다. 항상 구름 기운이 있었으며 어떤 때는 그 가운
데서 황룡이 나오기도 하였으므로 용지라 하였다 한다.
    『당육전』(권 7)에는 "흥경궁(興慶宮)은 황성(皇城)의 동남쪽에 있다"고 하고, 그 아래의 주석
에서는 "곧 지금 임금(玄宗)의 용잠[龍潛: 왕이 되기 전] 구택이다. 처음에 임금이 여기서 거처
하였는데 마을의 이름이 성휘[聖諱: 왕의 이름]와 맞았고 거처하는 곳의 동쪽에 옛 우물이 있
었는데 갑자기 작은 못이 되었으며, 둘레와 지름은 몇 자 되지 않았으나 항상 구름 기운을 띠었
으며 어떤 때는 그곳에서 황룡이 보이기도 하였다. 경룡(景龍) 연간(707~709)에 다시 물이 나
오더니 그 소(沼)가 잠기어 넓게 되었고 그때 하나로 합쳐져 반년이 되지 않아 마을 사람들이
모두 거처를 옮기어 마침내 잇닿아 용지가 되었다"고 하였다.

116   비벽력(飛霹靂): '벽력'은 벼락. 번개 가운데 소리가 급한 것을 벽력이라고 한다. 주학령은 "조패
의 그림이 진짜 용마(龍馬)와 너무 가까워서 용지의 용을 감동시켜 바람과 번개를 따라 이르게
할 수 있었음을 말한다"고 하였다.

117   내부(內府): 천자의 부고(府庫), 곧 창고

118   안홍(殷紅): 적흑색(赤黑色), 곧 검붉은 색을 나타낼 때는 안으로 읽는다. 『좌전』 「성공(成公)
2년」에 "좌전주안(左輪朱殷)"이란 말이 나오는데, 진나라 두예(杜預)는 "요즘 사람들은 적흑
색을 안색이라 한다(今人爲赤黑爲殷色)"고 하였다. "좌전주안(左輪朱殷)"은 곧 "피가 수레
바퀴의 왼쪽으로 흘러 검붉은 빛을 띠었다"는 뜻이다.

119   마뇌(馬腦): 보통 마노(瑪瑙)라고 하며, 보석의 일종. 붉은빛을 발하며 말의 뇌[馬腦]와 비슷하
게 생겼다고 해서 붙여진 이름

盤賜將軍拜舞¹²²歸할새
반 사 장 군 배 무 귀

쟁반 장군에게 하사하니
절하고 춤추고 돌아가니,

輕紈¹²³細綺¹²⁴相追飛¹²⁵라
경 환 세 기 상 추 비

가벼운 흰 비단과 고운 무늬 비단이
서로 쫓아 나르네.

貴戚¹²⁶權門¹²⁷得筆跡하고
귀 척 권 문 득 필 적

귀한 인척과 권세 있는 가문에서
필적 얻어,

始覺屛障¹²⁸生光輝¹²⁹라
시 각 병 장 생 광 휘

비로소 병풍들 빛을 냄 깨달았다네.

昔日太宗拳毛騧¹³⁰요
석 일 태 종 권 모 왜

지난날에는 태종의 권모왜 있었고,

---

120 첩여(婕妤): 내관(內官), 곧 여관(女官)의 명칭. 한나라 무제 때 처음으로 설치하였다. '첩' 자는
     음이 접(接) 자와 가까우며, 임금의 행차에 붙어 다닌다는 뜻. '여'는 여(伃)라고도 쓰며 여자의
     미칭. 당나라 때는 첩여 아홉 명을 두었으며, 품급은 정3품이었다.

121 재인(才人): 역시 여관명으로, 『당육전』에 의하면, 일곱 명을 두었으며, 품급은 정4품

122 배무(拜舞): 궤배(跪拜)와 무도(舞蹈). 군신이 입조하여 천자께 하례하는 예절. 궤배는 무릎을
     꿇고 절하는 것. 무도는 조정의 배하(拜賀)에 손을 휘두르고 발을 구르는 예의 절차[儀節]. 『오
     월춘추』 권 8「구천이 귀국한 또 다른 이야기(勾踐歸國外傳)」에 "채갈의 아내가 시를 지어 말
     하기를 '여러 신들 절하고 춤추니 천자의 얼굴 펴졌는데(臣拜舞天顏舒), 우리 임금은 무엇
     을 근심하여 표정을 바꿀 수 없나'라고 하였다"는 말이 있다.

123 경환(輕紈): 가벼운 비단

124 세기(細綺): 무늬를 넣어 촘촘하게 짠 비단

125 상추비(相追飛): 왕사석(王嗣奭)은 『두억(杜臆)』에서 "비단이 쫓아서 나는 것은 권세 있는 천
     자의 인척이 그림을 구하는 것으로, 이 또한 도삽법[倒揷法: 뒤에 올 내용을 바꾸어 끼워 넣는
     방식]을 썼다"고 하였다.

126 귀척(貴戚): 천자의 친인척

127 권문(權門): 대신, 재상과 같은 권세 있는 집안

128 병장(屛障): 안팎을 가리어 막는 물건. 주로 병풍을 가리킨다. 시 번호 217 이백의「초서를 노래
     함(草書歌行)」의 주 426을 참조할 것

129 생광휘(生光輝): 고악부(古樂府)「장가행(長歌行)」에 "양춘은 덕과 은택 펴고, 만물은 광휘를
     발하네(陽春布德澤, 萬物生光輝)"라는 구절이 있다.

近時郭家獅子花[131]라
근자에는 곽 장군 집의 사자총 있다네.

今之新圖[132]有二馬하여
이번의 새 그림에 그 두 말 있으니,

復令[133]識者久歎嗟라
다시 알아보는 이들
오래도록 감탄하게 하네.

此皆騎戰一敵萬[134]이니
이들 모두 타고 싸우면
한 마리가 만 명의 적 당해 내니,

縞素[135]漠漠[136]開風沙[137]라
흰 비단 속 넓은 장막 속에서
모래 바람 헤친다네.

---

130 권모왜(拳毛騧): 본서의 주석에서는 '騧'의 음을 과(瓜)라 하였고 구조오(仇兆鰲)는 왜[烏華切]라고 하였다. 여기서는 구조오의 견해를 따른다. 당 태종이 타던 여섯 마리의 준마 가운데 하나. 『장안지(長安志)』(권 16)에 "예천현(醴泉縣)에 있는 태종의 능인 소릉(昭陵)은 현의 서북쪽 60리 지점에 있다. 여섯 준마의 석상이 능 뒤쪽에 있는데, 권모왜는 유흑달(劉黑闥)을 평정할 때 탔으며, 석상에는 스스로 화살을 뽑아낸 자국이 있는데, 아홉 군데 화살에 맞은 곳이 있다"고 하였다. 소릉에는 다섯 번째에 서 있으며, 『금석록(金石錄)』에서는 "태종의 여섯 말 가운데 첫째가 권화왜(拳花騧)인데, 몸은 누렇고 주둥이는 검다"고 하였다.

131 곽가사자화(郭家獅子花): '곽가'는 곽자의를 말한다. 곽자의에 대해서는 역시 시 번호 212 두보의 「병마를 씻으며 부르는 노래(洗兵馬行)」를 참조할 것. '사자화'는 장군의 말인 사자총(獅子驄)을 말한다. 『두양잡편(杜陽雜編)』(권 상)에 "부원수 곽자의가 서울을 수복하여 임금이 궁궐로 돌아오자 어마(御馬)인 구화규(九花虯)와 자색의 옥고삐와 채찍을 내리게 하였다. 구화규는 범양(范陽) 절도사 이덕산(李德山)이 바친 것으로, 이마의 높이가 9촌(寸)이며 털은 기린처럼 구불구불하며 목의 갈기는 진짜 규룡과 같았다. 한 번 울었다 하면 말떼들이 귀를 쫑긋 세웠고, 온몸이 구화[九花: 꽃 모양의 아홉 반점]의 무늬로 덮여 있어서 구화규라 불렀다"고 하였다.

132 신도(新圖): 화도(畫圖)로 되어 있는 판본도 있다.

133 영(令): 사역 동사로 '~로 하여금 ~하게 하다'라는 뜻

134 기전일만(騎戰一敵萬): '기전'이 『두보집』에는 전기(戰騎)로 되어 있다. 한 필의 기병이 만 명의 적과 싸움. '일당만(一當萬)'이나 같은 말. 『육도(六韜)』에 "전차로 기병과 싸우면 전차 한 대가 여러 기병을 당한다"는 말이 있다.

其餘七匹[138]亦殊絶하니
기 여 칠 필   역 수 절

그 나머지 일곱 마리
또한 몹시 빼어나니,

逈若寒空動煙雪[139]이라
형 약 한 공 동 연 설

멀리 차가운 하늘에서
안개와 눈처럼 움직이네.

霜蹄[140]蹴踏長楸間[141]하고
상 제   축 답 장 추 간

서리 밟은 발굽은
긴 노나무 사이에서 내차니,

馬官[142]廝養[143]森成列[144]이라
마 관   시 양   삼 성 렬

말 다루는 관리 먹이는 사람들
빽빽하게 줄지어 보고 있네.

---

135 호소(縞素): 무늬가 없는 하얀 비단. 조패가 아홉 마리의 말을 그린 비단을 가리킨다. 『사기』 「유
     후세가(留侯世家)」에 "마땅히 흰 비단을 바탕으로 삼아야 한다(宜縞素爲質)"는 말이 있다.

136 막막(漠漠): 넓고 아득한 모양

137 개풍사(開風沙): 모래 바람을 헤치고 말들이 나타나다. 말들이 떼 지어 달려서 말떼의 뒤로 흙
     먼지가 이는 것을 표현한 것

138 기여칠필(其餘七匹): 조패가 그린 그림이 구마도(九馬圖)이기 때문에 위에서 언급한 권모왜
     와 사자화의 두 필을 제외한 나머지 말들을 말한다.

139 한공동연설(寒空動煙雪): '동연설'은 『두보집』에 노을과 눈이 섞인다는 뜻의 잡하설(雜霞雪)
     로 되어 있다. 역시 말들이 힘차게 내닫는 모습을 형용한 것이다.

140 상제(霜蹄): 『장자』 「마제(馬蹄)」에 "말은 발굽이 있어 서리나 눈을 밟을 수 있고(馬, 蹄可以踐
     霜雪) 털이 있어 바람이나 추위를 막을 수 있으며, 풀을 뜯고 물을 마시며 껑충거리며 뛰어노는
     데, 이것이 말의 본성이다"라는 말이 있다.

141 장추간(長楸間): 추(楸)는 개오동나무 또는 노나무라 하며, 한국에서는 가래나무라 한다. 『문
     선』에 나오는 삼국 시대 위나라 조식(曹植)의 「명도편(名都篇)」에 "말이 긴 노나무 사이에서
     달리는데, 내달리어 반도 이를 수 없네(走馬長楸間, 馳騁未能半)"라는 구절이 있다. 당나라
     이주한(李周翰)은 "옛날 사람들은 노나무를 길가에다 심었으므로 긴 노나무(長楸)라고 한다"
     고 하였다.

142 마관(馬官): 말을 관리하는 관원

143 시양(廝養): '시'는 하인이라는 뜻의 시(廝)와 같이 쓰임. 땔나무를 준비하거나 밥을 짓는 일을
     말한다. 『사기』 「장이진여열전(張耳陳餘列傳)」에 "어떤 시양(廝養)하는 병졸이 사중[舍中: 말

可憐[145]九馬爭神駿[146]하니
가련   구마쟁신준

아리땁도다, 아홉 마리 말
빼어난 모습 다투는데,

顧視淸高[147]氣深穩[148]이라
고시청고   기심온

돌아보는 눈빛 맑고 높으며
기품은 깊고도 온화하네.

借問[149]苦心愛者誰오
차문   고심애자수

묻노니, 마음 괴롭혀 가며
말을 사랑한 이 누구인가?

後有韋諷前支遁[150]이라
후유위풍전지둔

후세에는 위풍 있고
전날에는 지둔 있었다네.

관리 청사]의 사람에게 하직하였다"는 말이 나오는데, 위소(韋昭)는 "땔나무를 패는 것을 시라
하고, 불을 때고 밥을 하는 것을 양이라 한다"고 하였다. 여기서는 그런 일을 하는 잡역부와 동
자(童子)로, 주로 말을 기르거나 땔나무를 하는 종을 가리킨다.

144　삼성렬(森成列): 숲의 나무처럼 많이 모여 열을 이루고 있다. 많은 사람이 말을 구경하는 것을
　　　형용한 것

145　가련(可憐): '불쌍하다'는 뜻과 '예쁘다', '훌륭하다'의 뜻으로 쓰이는데, 여기서는 후자의 뜻으
　　　로 쓰임

146　신준(神駿): 신준(神俊)과 같은 말. 『세설신어』「언어(言語)」의 지도림〔支道林: 곧 지둔(支遁)〕
　　　에 관련된 고사. 역시 시 번호 203 두보의 「천육의 나는 듯이 달리는 말(天育驃騎歌)」의 주
　　　760을 참조할 것

147　청고(淸高): 진나라 황보밀(皇甫謐)의 『고사전(高士傳)』(권 중)에 "정박(鄭樸)은 자가 자진이
　　　며 곡구 사람이다. 도를 닦으며 조용하고 가만히 지내니 세상에서는 그 맑고 높은(淸高) 격조
　　　에 탄복하였다"는 말이 있다.

148　기심온(氣深穩): 기품이 깊고도 온화하다.

149　차문(借問): 무슨 일이 계기가 되어 물어보다. 묻노니

150　지둔(支遁: 314~366): 진나라의 고승. 본성은 관(關)이며, 자는 도림(道林). 하동(河東) 임려
　　　(林慮), 혹은 진류(陳留) 사람이라고도 한다. 사안(謝安), 왕희지 등과 어울렸고, 궁중에 들어
　　　가 불법을 강론하기도 했다. 세상에서는 지공(支公) 또는 임공(林公)으로 불렸다. 말 외에 또 학
　　　을 몹시 좋아한 것으로 유명하며, 남조 양나라의 승려 혜교(慧皎)가 지은 『고승전(高僧傳)』에
　　　전기가 전한다.

憶昔巡幸[151]新豊宮[152]할제
억석순행　신풍궁

생각건대 옛날 신풍궁 행차할 때,

翠華拂天[153]來向東이라
취화불천　내향동

물총새 깃 장식한 기 하늘에
펄럭이며 동으로 왔다네.

騰驤[154]磊落[155]三萬匹이
등양　뇌락　삼만필

뛰어오르고 내닫던 우글우글하던
삼만 필의 말들이,

皆與此圖[156]筋骨同[157]이라
개여차도　근골동

모두 이 그림 속의 말과
근육과 뼈대 같았으리.

151　순행(巡幸): 천자가 제후의 나라를 순회하며 시찰하다. 순수(巡狩)라고도 한다. 여기서는 천자의 거둥을 가리킨다.

152　신풍궁(新豊宮): 화청궁(華淸宮)을 말한다. 『원화군현지』「관내도(關內道) 경조부(京兆府) 소응현(昭應縣)」조에 "한나라 신풍현 성이다. 한나라 7년에 고조가 상황(上皇)으로 동쪽으로 돌아가려고 하여 여기에 현을 설치하였는데, 풍[豊: 고조의 고향] 땅의 사람들을 옮겨 채워서 살게 하였으므로 신풍이라고 하였다"고 하였다. 『신당서』「지리지」의 같은 조목의 주석에서는 "본래는 신풍이었으며 궁전이 여산(驪山) 아래에 있는데, 정관(貞觀) 18년(644)에 설치하였다. 동 6년 온천궁을 화청궁으로 고쳤다"고 하였다. 시 번호 205 백거이의 「긴 한탄(長恨歌)」을 참조할 것

153　취화불천(翠華拂天): 『문선』 사마상여의 「상림부(上林賦)」에 "푸른 물총새 깃발을 세웠다(建翠華之旗)"는 구절이 있는데, 장읍(張揖)이 주석을 달고 "물총새의 깃털을 가지고 기를 장식한 것"이라고 하였다. 천자의 깃발을 말한다. 한나라 반고(班固)의 「동도부(東都賦)」에 "깃털 장식 깃대 무지개를 쓰고, 깃발은 하늘을 떠네(羽旄掃霓, 旌旗拂天)"라는 구절이 있다. 『신당서』「왕모중전(王毛仲傳)」에 "왕모중이 황제를 따라 동쪽으로 봉선(封禪)의 의식을 거행하러 가는데 그가 기른 말 수만 필을 데려가면서 색깔별로 하나의 대오를 이루니 각 대오 간의 사이가 비단 같았다"는 말이 있다.

154　등양(騰驤): 말이 펄쩍 뛰어넘고, 빠르게 달리다. '등'은 초(超), '양'은 치(馳)의 뜻

155　뇌락(磊落): 매우 많은 모양

156　차도(此圖): 조패가 그린 「구마도」를 말한다.

157　근골동(筋骨同): 『열자』「설부(說符)」에 "백낙이 말하기를 '좋은 말은 모습과 근육과 뼈를 보기만 하면 됩니다(良馬, 可形容筋骨相也)'라고 하였다"는 말이 있다.

自從[158]獻寶朝河宗[159]으로
자종　　헌보조하종

보물 바치고 하백 조알한 뒤부터,

無復射蛟江水中[160]이라
무부석교강수중

다시는 강 속에 잠긴
교룡 쏘지 못하리라.

君不見
군불견

그대는 보지 못하였는가?

金粟堆[161]前松柏[162]裏에
금속퇴　전송백　리

금속산 앞의 소나무와 잣나무 숲 속에,

---

158 자종(自從): ~로부터. '자'나 '종' 모두 '~에서'의 뜻으로 같은 뜻의 반복어임

159 헌보조하종(獻寶朝河宗): 보물을 바치고 하종, 즉 하백(河伯)을 뵙다. 『목천자전(穆天子傳)』 (권 1)에 "목천자가 서쪽으로 가는 길에 달리다가 양우산(陽紆山)에 이르렀는데, 이곳은 하백 무이(河伯無夷)가 사는 곳으로 하종씨(河宗氏)이다. 천자가 벽옥을 강에 빠뜨려 예를 올렸 다. 하백이 이에 천자와 함께 그림을 펼쳐 놓고 보면서 천자의 보기(寶器)를 옥과(玉果)·선기 (璿璣)·주촉(珠燭)·은(銀)·금고(金膏)라 하였다"는 이야기가 있다. 여기서는 현종이 승하한 것 을 가리킨다. 『구당서』 「숙종기(肅宗紀)」에 "상원(上元) 2년(761) 초주(楚州)자사 최선(崔侁) 이 정국보옥(定國寶玉) 13매를 바치면서 표(表)를 올려 말하기를 '초주의 중 진여(眞如)라는 자가 정신이 황홀해져서 하늘로 올라가 천제(天帝)를 뵈었는데, 천제가 보물 열세 개를 주면서 중국에 재난이 있으니 두 번째 보물로 그것을 눌러야 할 것이라고 하였답니다'라고 하였다. 갑 인일에 태상황이 서쪽 내전내 신룡전(神龍殿)에서 붕어하셨다"는 기록이 있다.

160 무부석교강수중(無復射蛟江水中): 강 속의 교룡을 다시는 쏘아 잡지 못하게 되다. 역시 현종 이 죽은 것을 가리킨다. 『한서』 「무제기(武帝紀)」에 "원봉(元封) 5년(기원전 106년) 겨울 남쪽 으로 순수(巡狩)를 떠났는데, 심양에서 배를 타고 강을 건너다가 친히 물속에 있는 교룡을 활 로 쏘아 잡았다"는 기록이 있다.

161 금속퇴(金粟堆): 현종의 능인 태릉(泰陵) 남쪽에 있는 산 이름. 『구당서』 「현종기」에 "상원 2년 4월 갑인일에 신룡전에서 붕어하시니 이때 나이가 78세였다. 처음에 상황이 친히 오릉(五陵) 을 참배하고 교릉[橋陵: 예종(睿宗)의 능]에 이르러 금속산의 언덕을 보니 용이 서리고 봉황이 날아오르는 지세인 데다 선영도 가까워 시신(侍臣)들에게 이르기를 '내가 죽으면 이곳에 묻히 어 선릉을 받들고 효성과 경모를 잊지 않도록 할 것이니라'고 하였다. 이때 그 유지를 좇아 받들 어 능을 만들고 광덕(廣德) 원년 3월 신유일에 그 능에 장사 지냈다"는 기록이 있다.

162 송백(松柏): 소나무와 측백나무. 묘지 주변에 많이 심는 나무들이다. 시 번호 210 두보의 「늙은 측백나무(古柏行)」를 참조할 것

龍媒[163]去盡鳥呼風을
용 매   거 진 조 호 풍

용 같은 준마들 모두 가 버리고
새들만 바람 속에 지저귀는 것을.

---

163   용매(龍媒): '매'는 원래 남을 유인하도록 길들여진 동물을 말한다. 여기서는 준마를 가리켜 한
     말. 시 번호 203 두보의 「천육의 나는 듯이 달리는 말」의 주 750을 참조할 것

곡류
曲類

'곡'은 악곡의 의미로, 주로 감정을 서술하는 시이다.
본래는 고저·강약·지속 등의 변화가 있는 음악을 곡이라 하여
음악과 깊은 관계가 있지만, 후세에는 가사만 있는 시체의 하나로
정착되었다. 다른 시체보다 음악이 지니는 서정적 성격을
강하게 띠는 것이 특징이다.

236. 명비의 노래 · 1(明妃曲一)[1]

왕안석(王安石)

明妃初出漢宮時에
명비초출한궁시

명비 처음으로
한나라 궁전을 나설 때,

淚濕春風[2]鬢脚[3]垂라
누습춘풍빈각수

눈물 봄바람에 젖고
양쪽 살쩍 아래로 늘어졌었네.

低回[4]顧影無顔色[5]이나
저회고영무안색

머뭇거리며 그림자 뒤돌아보는
얼굴빛 잃었지만,

尙得君王不自持[6]라
상득군왕부자지

그래도 임금은 어쩔 줄 몰라 했다네.

---

1 명비곡(明妃曲): 명비란 곧 왕소군(王昭君)을 말한다. 소군은 자이고 이름은 장(嬙: 한나라 때는 '牆'이라 하였음)으로, 한나라 남군(南郡) 자귀(秭歸) 사람. 진나라 때부터 사마소(司馬昭)의 이름을 피휘해서 명군(明君)이라 하였고, 후세에는 또 명비(明妃)로 불렸다. 한 원제(元帝)의 궁인이었는데 흉노가 연지(閼氏: 선우의 왕비)가 될 미인을 구하자 왕소군을 주어 화친을 맺었다. 흉노 땅에 들어가서는 호한야(呼韓邪)의 비가 되어 영호연지(寧胡閼氏)로 불렸으며, 호한야가 죽자 흉노족의 습속에 따라 다시 그의 아들 복주유약제(復株絫若鞮)의 비가 되었다. 죽어서는 흉노 땅에 묻혔으며, 비운의 한족 여인을 묘사할 때마다 거론되는 인물

2 춘풍(春風): 봄바람. 여기서는 봄바람처럼 화사하고 아름다운 얼굴을 가리킨다.

3 빈각(鬢脚): 귀밑머리, 곧 살쩍의 끝부분 머리털

4 저회(低回): 저회(低徊)라고도 하며, 머뭇머뭇 어쩌지 못하는 모양을 나타내는 의태어. 배회(徘徊)와 같은 뜻이다.

5 무안색(無顔色): 낯빛을 잃어 얼굴이 창백하다. 시 번호 205 백거이의 「긴 한탄(長恨歌)」에 "머리 돌려 한 번 웃으면 백 가지 아름다움 생겨나, 육궁의 화장한 미녀들 낯빛 잃고 말았다네(回頭一笑百媚生, 六宮粉黛無顔色)"라는 구절이 있다.

6 저회~부자지(低回~不自持): '부자지'는 자신을 지탱하지 못하다. 어쩔 줄 몰라 하다. 『후한서』 「남흉노전(南匈奴傳)」에 "호한야가 떠날 즈음에 만나니 원제는 다섯 여인을 불러다 그에게 보여 주었다. 왕소군의 풍성한 용모와 단장한 모습은 한나라 궁실에 빛이 났으며 그림자를 돌아보며 머뭇거리니(顧景裵回) 좌우를 놀라 움직이게 하였다. 황제가 보고 크게 놀라 그를 붙잡아 두려 했

歸來卻怪丹靑手[7]니
귀 래 각 괴 단 청 수

돌아와선 도리어 의심하였네,
화공의 그림 솜씨를.

入眼平生[8]未曾有라
입 안 평 생 미 증 유

눈에 든 모습 평소에
일찍이 본 적이 없었네.

意態[9]由來[10]畫不成하니
의 태 유 래 화 불 성

뜻과 모습은 예로부터
그림으로는 이룰 수 없는 것,

當時枉殺[11]毛延壽[12]라
당 시 왕 살 모 연 수

그때의 화공 모연수만
헛되이 죽었다네.

지만 신용을 잃을까 어려워하며 마침내 흉노에 주고 말았다"는 기록이 있다.

7 단청수(丹靑手): 그림을 그리는 손. 왕소군을 그린 화공의 솜씨. 백거이의 「소군촌에 들르다(過昭君村)」에 "희고 검은색이야 이미 변할 수 있거늘, 단청 어찌 논할 만하리?(白黑旣可變, 丹靑何足論)"라는 구절이 있다.

8 평생(平生): 시어로서는 평소라는 뜻으로 많이 쓰인다. 『후한서』 「남흉노전」에는 "왕소군의 자는 장으로 남군 사람이다. 처음에 원제 때 양가의 규수로 궁중에 뽑혀 들어갔다. 그때 [흉노의] 선우인 호한야가 조회를 받으러 오자 원제는 칙명으로 궁녀 다섯 명을 그에게 하사하였다. 왕소군은 입궁한 지 여러 해가 되도록 임금을 뵐 수 없게 되자 슬픔과 원한이 쌓여 후궁의 우두머리[호한야]에게 갈 것을 청하였다"고 하였다.

9 의태(意態): 신정(神情), 곧 마음속과 자태

10 유래(由來): 시어로 쓰면 종래(從來), 곧 예로부터라는 뜻으로 많이 쓰인다.

11 왕살(枉殺): 죄도 없이 공연히 죽음을 당하다.

12 모연수(毛延壽): 한나라의 유향(劉向)이 지은 『서경잡기(西京雜記)』 권 2에 "한 원제는 후궁이 너무 많아 항상 찾아볼 수가 없어, 화공들을 시켜 그림을 그리게 하여 그림을 보고 불러서 행차하였다. 여러 궁인들은 모두 화공에게 뇌물을 주었는데 많은 자는 10만 전을, 적은 자도 5만 전보다 적지 않았다. 그러나 왕장만은 그렇게 하려 하지 않아 마침내 뵐 수가 없었다. 흉노가 입조하여 미인을 구하여 연지로 삼으려 하니 이에 그림을 바쳐 왕소군이 가게 되었다. 갈 때가 되어 불러 보니 용모가 후궁 가운데서 첫째인 데다 응대도 잘하고 행동거지도 우아했다. 황제는 후회했지만 명적(名籍)이 이미 정해진 데다 외국과의 신망을 중히 여겨 사람을 바꿀 수 없었다. 이에 그 일을 끝까지 파헤쳐 조사하여 화공들을 모두 거리에 끌어내다가 죽이고 시체는 그대로 방치하는 형벌을 내렸다"고 하였다. 이때 처형된 화공은 위의 책에 의하면 두릉(杜陵)의 모연수 외에

一去心知更不歸¹³하니
일 거 심 지 갱 불 귀

한 번 가면 다시는
돌아오지 못함 마음속으로 알았고,

可憐著盡漢宮衣¹⁴라
가 련 착 진 한 궁 의

가엾게도 한나라 궁전의 옷
다할 때까지 입었네.

寄聲¹⁵欲問塞南事¹⁶로되
기 성 욕 문 새 남 사

소식 전하고 국경 남쪽
한나라 궁전의 일 묻고자 하였지만,

只有年年鴻鴈飛¹⁷라
지 유 연 년 홍 안 비

다만 해마다 기러기만 날아올 뿐이네.

佳人¹⁸萬里傳消息하니
가 인 만 리 전 소 식

아름다운 이에게 만 리 밖
소식 전하노니,

도 안릉(安陵)의 진창(陳敞), 신풍(新豊)의 유백(劉白), 공관(龔寬) 등이 있다고 하였다. 『후한서』에는 모연수라는 화공의 이름조차 거론되지 않는 등 『서경잡기』의 내용과는 조금 다른데, 후세의 사인(詞人)들이 근거한 것은 모두 후자에 바탕을 둔 것임을 알 수 있다.

13　일거심지갱불귀(一去心知更不歸): 고악부 「명비의 노래(明妃曲)」에 "한 번 옥문관의 길에 오르더니, 하늘가로 가서 돌아오지 않네(一上玉關道, 天涯去不歸)"라는 구절이 있다.

14　착진한궁의(著盡漢宮衣): 한나라 궁전에서 입던 옷을 다 해질 때까지 입다. 한나라 궁전을 그리워하는 왕소군의 마음을 표현한 것이다. 당나라 고조양(顧朝陽)의 「왕소군의 원한(昭君怨)」에 "그림자에는 오랑캐 땅의 달빛 다 삭았고, 옷에는 한나라 궁전의 향기 다하였네(月銷胡地月, 衣盡漢宮香)"라는 구절이 있다.

15　기성(寄聲): 구두로 문후(問候), 곧 소식을 전해 주는 것을 말한다.

16　새남사(塞南事): 국경 남쪽의 일. 즉 자기가 살던 한나라의 소식

17　홍안비(鴻鴈飛): 기러기가 날아오다. 한 무제의 사신이었던 소무가 오랑캐 땅에 19년 동안 잡혀 있으면서 기러기 발목에 사연을 적은 비단 편지를 전했던 고사를 생각한다는 뜻이 담겨 있다. 원래 홍안은 편지를 전한다고 알려졌는데, 기다리는 편지는 오지 않고 기러기만 날아다니는 것이 보일 뿐이라는 뜻

18　가인(佳人): 『왕형공집(王荊公集)』에는 가인(家人)으로 되어 있다. 가인(佳人)은 왕소군을 가리킨다고 봐야 하며, 가인(家人)은 고향 사람, 또는 집안사람

好在¹⁹氈城²⁰莫相憶하라
호 재　전 성　막 상 억

천막 성에서 잘 지내며
서로 생각하지 말게나.

君不見咫尺²¹長門閉阿嬌²²아
군 불 견 지 척　장 문 폐 아 교

그대는 보지 못하였는가, 지척의
장문궁에 아교가 갇혔던 것을,

人生失意無南北²³이라
인 생 실 의 무 남 북

사람으로 태어나 뜻 잃으면
남쪽이나 북쪽의 구분 없으리.

237. 명비의 노래 · 2(明妃曲二)

왕안석(王安石)

明妃出嫁與胡兒²⁴할새
명 비 출 가 여 호 아

명비 시집가는데 오랑캐 녀석에게 가니,

19　호재(好在): 문안의 말로, 습관적으로 별 탈 없이[無恙] 잘 지낸다는 정도의 뜻

20　전성(氈城): 모전(毛氈), 즉 털로 짠 모직물을 쳐서 만든 천막. 유목민의 거주지를 말하며, 여기서는 흉노족의 거처를 가리키는 데 쓰였다.

21　지척(咫尺): 원래는 길이의 도량형으로 여덟 치와 한 척. 나중에는 주로 매우 가까운 거리를 가리키는 데 쓰이게 되었다.

22　장문폐아교(長門閉阿嬌): 아교는 한 무제의 고모인 장공주(長公主)의 딸로 성은 진(陳)씨임. 한 무제가 네 살에 교동왕(膠東王)이 되었을 때 장공주가 무릎에 앉히고 "아내를 갖고 싶으냐?" 하니 "갖고 싶습니다"라고 하였다. 이에 "아교를 얻고 싶으냐?"라고 하니 "아교를 얻는다면 금으로 집을 지어 살게 하겠습니다"라고 하였다. 무제가 즉위하자 황후가 되었는데, 질투가 심한 데다 아이를 낳지 못하여 총애를 잃고 장문궁에 유폐되었다. 반고의 『한 무제 이야기(漢武故事)』등에 보인다.

23　무남북(無南北): 북쪽 흉노의 땅에서 지내는 것이나, 남쪽 한나라 궁전에 있어도 천자에게서 버림받아 아교처럼 홀로 지내는 것이나 신세가 처량하기는 마찬가지라는 뜻이다.

24　호아(胡兒): 호인을 멸시하여 부르는 말. 여기서는 흉노의 선우를 말한다.

氈車²⁵百兩²⁶皆胡姬라
전 거 백 량 개 호 희

솜털로 휘장 친 수레 백 대에는
모두 오랑캐 여자들이라네.

含情欲語獨無處하여
함 정 욕 어 독 무 처

마음속에 품은 정 말하려 하나
홀로 처할 곳 없어,

傳與琵琶²⁷心自知라
전 여 비 파 심 자 지

비파에 마음 전하니
마음속으로 혼자만 안다네.

黃金捍撥²⁸春風手로
황 금 한 발 춘 풍 수

황금 비파채 봄바람 같은 손에 쥐고,

彈看飛鴻勸胡酒²⁹라
탄 간 비 홍 권 호 주

나는 기러기 보며 타면서
오랑캐에게 술 권하니,

---

25 전거(氈車): 모직물로 짠 담요로 포장을 친 큰 수레. 유목민의 수레를 가리키며, 여기서는 흉노의 수레

26 량(兩): '량'은 원래 짝으로만 이루어진 물건을 셀 때 쓰던 수사였으나, 여기서는 단위사로 량(輛)과 같은 의미로 쓰임. 수레나 차량 따위를 세는 단위

27 전여비파(傳與琵琶): 비파에 자신의 심정을 전하다. 자신의 슬픔을 비파를 타면서 삭이는 것을 말하며, 이때 왕소군이 탔다는 비파곡으로 「소군원(昭君怨)」이 전하고 있다 한다.

28 한발(捍撥): 현악기, 특히 비파를 탈 때에 쓰는 채. 당나라 이하(李賀)의 「봄날의 회포를 읊음(春懷引)」에 "두꺼비의 맷돌 옥 밝은 활 모양의 달에 걸려 있고, 황금 장식한 비파채로 '선봉'의 곡조 타네(蟾蜍碾玉挂弓, 捍撥裝金打仙鳳)"라는 구절이 있고, 또 원진(元稹)의 「비파의 노래(琵琶歌)」에 "눈물 비파채에 떨어지니 비파 젖고, 얼음 같은 샘 시끄러우니 흐르는 앵무새 껄끄럽네(淚垂捍撥琵琶濕, 冰泉嗚咽流鸚鵡澁)"라는 구절이 있다. 『국사찬이(國史纂異)』라는 책에 의하면 당나라 정관 연간에 배락아(裴洛兒)가 비로소 한발을 버리고 손으로 비파를 탔다고 한다. 그러나 이하와 원진의 시로 보건대 당나라 말기까지는 여전히 한발이라는 비파채를 함께 썼던 것을 알 수 있다.

29 탄간비홍권호주(彈看飛鴻勸胡酒): 삼국 위나라 혜강(嵇康)의 「4언으로 형 수재가 군에 들어감에 드림(四言贈兄秀才入軍詩)」제14수에 "눈으로는 돌아가는 기러기를 보내고, 손으로는 오현금을 타네(目送歸鴻, 手揮五絃)"라는 구절이 있다. 오랑캐의 술을 권하면서 눈길은 나는 기러기에 주니 뜻이 호지(胡地)에 있지 않음을 말한 것이다.

漢宮侍女[30]暗垂淚하고
한 궁 시 녀　암 수 루

한나라 궁전의 시녀들
몰래 눈물 흘리고,

沙上行人[31]卻回首라
사 상 행 인　각 회 수

사막의 길손들 오히려 고개 돌렸네.

漢恩自淺胡自深하니
한 은 자 천 호 자 심

한나라의 은총 얕았으나 오랑캐의
은총은 절로 깊었을 터이니,

人生樂在相知心[32]이라
인 생 낙 재 상 지 심

살아가는 즐거움은
서로 마음 알아주는 데 있으리.

可憐靑塚[33]已蕪沒이나
가 련 청 총　이 무 몰

안타깝도다, 푸른 무덤
이미 잡초에 파묻히고,

尙有哀絃[34]留至今이라
상 유 애 현　유 지 금

슬픈 비파의 가락만이
지금까지 남아 있구나.

---

30 한궁시녀(漢宮侍女): 왕소군이 흉노에 시집올 때 따라온 시녀

31 사상행인(沙上行人): 사막을 여행하는 나그네. 대상(隊商)

32 낙재상지심(樂在相知心): 굴원의 『초사』 「구가·소사명(九歌·少司命)」에 "슬픔이여 살아서 이별
    하는 것보다 슬픈 것 없고, 즐거움이여 새로이 서로 알아주는 즐거움만 한 것 없다네(悲莫悲兮
    生別離, 樂莫樂兮新相知)"라는 구절이 있다. 또 서한의 문장인 「이릉이 소무에게 보내는 답장
    (李陵答蘇武書)」에 "사람이 서로를 알아준다는 것은 서로의 심지를 알아준다는 것이 귀합니다
    (人之相知, 貴相知心)"라는 구절이 있다.

33 청총(靑塚): 왕소군의 무덤을 가리킨다. 내몽고의 수도 호화호특(呼和浩特)시 남쪽에 있으며,
    몽고어로는 특목아오이호(特木兒烏爾虎)라 한다. 『태평환우기(太平寰宇記)』에 의하면 "청총
    은 진무군(振武軍) 금하현(金河縣) 서북쪽에 있는데 한나라의 왕소군을 이곳에다 장사 지냈
    다. 그 위의 풀빛이 항상 푸른색을 띠고 있으므로 청총이라 한다"고 하였다. 이백의 「왕소군(王
    昭君)」에 "살아서는 황금 모자라 그림 잘못 그렸더니, 죽어서는 푸른 무덤 남겨 사람들 탄식하게
    하네(生乏黃金枉圖畫, 死留靑塚使人嗟)"라는 구절이 있고, 두보는 「옛 자취를 보고 속마음을
    읊음(咏懷古迹)」 제3수에서 "한 번 자대 하직하고 오랑캐 땅으로 가더니, 푸른 무덤 홀로 남아
    황혼을 맞이하네(一去紫臺連朔漠, 獨留靑塚向黃昏)"라고 읊었다.

238. 명비의 노래(明妃曲)[35]

구양수(歐陽脩)

漢宮有佳人[36]이나
한 궁 유 가 인

한나라 궁중에 가인이 있는데,

天子[37]初未識이라
천 자 초 미 식

천자 처음에는 알아보지 못했네.

一朝隨漢使[38]하여
일 조 수 한 사

하루아침에 한나라 사신 따라,

遠嫁單于國[39]이라
원 가 선 우 국

멀리 선우의 나라로 시집갔다네.

絶色[40]天下無하니
절 색 천 하 무

절세의 미인은 천하에 없으니,

一失難再得[41]이라
일 실 난 재 득

한 번 잃으면 다시 얻기 어렵다네.

雖能殺畫工[42]이나
수 능 살 화 공

화공들 죽일 수 있으나,

34　애현(哀絃): 슬픈 현악기, 즉 비파의 곡조. 왕소군이 지었다고 전해지는 비파곡「소군원」을 가리
　　킨다.

35　명비곡(明妃曲):『구양문충공문집』권 8에는「재화명비곡(再和明妃曲)」이란 제목으로 실려 있
　　다. 시 번호 236, 237 왕안석의「명비의 노래」에 화한 두 편의 시 가운데 두 번째 것이란 뜻인데,
　　이 시는 왕안석의 첫 번째「명비의 노래」에 화답한 것이다.
　　왕안석의 작품에 비해 약간 정치적인 색채를 띠고 있는 작품으로, 한나라의 대외 정책뿐만 아니
　　라 원제의 어리석음까지도 신랄하게 비난하고 있다.

36　가인(佳人): 명비, 즉 왕소군을 말한다.

37　천자(天子): 한나라 원제(元帝)를 말한다.

38　한사(漢使): 한나라 조정에서 흉노 땅으로 보내는 사신

39　선우국(單于國): 흉노를 말한다. 선우는 흉노의 우두머리를 가리키는 말

40　절색(絶色): 남들보다 빼어나게 아름다운 여자. 절세의 미인

41　절색~난재득(絶色~難再得): 한나라 때 이연년(李延年)이 무제에게 누이를 추천하며 부른 노
　　래에 "북방에 가인 있으니 세상에 빼어나 홀로 섰다네. (…) 어찌 성을 기울이고 나라를 기울여
　　[이 미인을 얻을 줄] 모른단 말인가? 이러한 미인은 다시 얻기 어렵네[北方有佳人, 絶世而獨立
　　(…) 寧不知傾城與傾國, 佳人難再得]"라는 구절이 있다.

於事竟何益고
어 사 경 하 익
일에 있어서 결국 무슨 보탬 있겠는가?

耳目所及⁴³尙如此어든
이 목 소 급 상 여 차
눈과 귀 미치는 곳도
오히려 이러하거늘,

萬里安能制夷狄⁴⁴고
만 리 안 능 제 이 적
만 리 밖 오랑캐들
어찌 제압할 수 있으리.

漢計⁴⁵誠已拙⁴⁶하니
한 계 성 이 졸
한나라 계책 실로 서툴렀으니,

女色難自誇⁴⁷라
여 색 난 자 과
여인의 자색으로는 스스로 뽐내기
어려웠다네.

明妃去時淚를
명 비 거 시 루
명비 떠날 때 눈물,

洒⁴⁸向枝上花라
쇄 향 지 상 화
가지 위 꽃에 뿌렸는데,

狂風日慕起하니
광 풍 일 모 기
미친 듯한 바람 해 저물자 일어나니,

---

42 살화공(殺畫工): 모연수 등 당시 원제의 후궁들을 그려 바쳤던 화공들이 왕소군의 일로 인해 모두 처형당한 사실을 말한다. 앞에 나온 시 번호 236, 237 왕안석의 시를 참조할 것

43 이목소급(耳目所及): '이목'은 천자의 눈과 귀로, 천자가 직접 보고 들을 수 있는 궁중 안의 일을 말한다.

44 이적(夷狄): 이민족을 가리킨다. 중국은 역대로 한족을 중심으로 하여 동서남북의 이민족을 이융만적(夷戎蠻狄)이라 불렀으나, 이를 줄여 부를 때는 통상 이적이라 하였다.

45 한계(漢計): 강한 이민족에게 미인을 주어 무마하려는 한나라의 계책을 말한다.

46 성이졸(誠已拙): '성'은 부사로 쓰이면 실로, 참으로 등의 뜻이 됨. 참으로 졸렬함

47 난자과(難自誇): 한조(漢朝)에서 여색을 가지고 흉노를 무마하려던 계책은 자랑할 만한 가치가 없다는 것을 말한다. 당나라 융욱(戎昱)은 「티베트와 화친하다(和蕃)」에서 "한나라 왕조 역사상에서, 졸렬한 계책은 화친이었다네(漢家靑史上, 計拙是和親)"라고 읊었는데, 이와 일맥상통한다 하겠다.

48 쇄(洒): 뿌리다. 쇄(灑)와 같은 뜻

飄泊⁴⁹落誰家오
표 박 　 낙 수 가

꽃잎 마구 휘날려 누구의 집에
떨어졌을까?

紅顔⁵⁰勝人⁵¹多薄命⁵²하니
홍 안 　 승 인 　 다 박 명

붉은 얼굴 남보다 빼어나면
명 짧은 일 많거늘,

莫怨春風當自嗟⁵³하라
막 원 춘 풍 당 자 차

봄바람일랑 원망 말고
스스로 탄식해야 하리.

239. 명비를 노래하여 왕안석에게 화답함(明妃曲和王介甫)[54]

구양수(歐陽脩)

胡人以鞍馬爲家하고
호 인 이 안 마 위 가

오랑캐 사람들 안장 얹은 말
집으로 여기고,

---

49 표박(飄泊): 원래의 뜻은 정처 없이 떠돌아다닌다는 뜻이나, 여기서는 꽃잎 따위가 마구 흩날리는 모양을 말한다.

50 홍안(紅顔): 미인의 얼굴

51 승인(勝人): 다른 사람보다 뛰어나다.

52 박명(薄命): 기구, 기박(奇薄)한 운명. 좋지 못한 팔자

53 자차(自嗟): 자신의 운명을 한탄하다. '차'는 탄식하다.

54 명비곡화왕개보(明妃曲和王介甫): 왕안석의 「명비의 노래」에 화답한 두 편의 시 가운데 첫 번째 것으로, 왕소군이 남긴 비파곡을 주제로 하여, 그 곡의 유래와 후세에 남긴 감동을 읊은 작품이다. 앞의 왕안석의 「명비의 노래」 중 두 번째 것에 화답한 시이다.
왕소군을 그린 그림에는 그녀의 아름다움이 제대로 옮겨져 있지 못했지만, 그녀가 남긴 비파곡에는 완전히 그녀의 마음이 담겨 있었다 한다. 구양수는 두 편의 「명비의 노래」에 자부심이 컸다고 한다.

射獵爲俗이라
사 렵 위 속

활 쏘아 사냥하는 것이 풍속이라네.

泉甘草美無常處하며
천 감 초 미 무 상 처

샘 달고 풀 좋은 곳으로
항상 거처하는 곳 없이,

鳥驚獸駭爭馳逐[55]이라
조 경 수 해 쟁 치 축

새 놀라고 짐승 날뛰면
다투어 말 달려 쫓네.

誰將[56]漢女嫁胡兒오
수 장 한 녀 가 호 아

누가 한나라의 딸을
오랑캐 녀석에게 시집보냈나,

風沙無情[57]面如玉[58]이라
풍 사 무 정 면 여 옥

모래 바람 가차 없이
옥 같은 얼굴 후려치네.

身行不遇中國人[59]하여
신 행 불 우 중 국 인

몸 가는 곳마다
중국 사람 만날 수 없어,

馬上自作思歸曲[60]이라
마 상 자 작 사 귀 곡

말 위에서 스스로 지었네,
돌아가고 싶어 하는 곡조를.

---

55 천감~쟁치축(泉甘~爭馳逐): 흉노족은 유목 생활을 하여 고정된 거주지가 없이 항상 물과 풀을 쫓아 옮겨 다니는 것을 말한다. 『한서』 「조조전(晁錯傳)」에 조조가 변방의 수비에 대해 한 말 가운데 "오랑캐들은 고기를 먹고 젖을 마시며 가죽 털옷을 입는데, 성곽이나 전택(田宅)의 거처가 있는 것이 아니라 광야에서 나는 새, 달리는 짐승처럼 풀이 좋고 물이 단 곳이면 멈추고, 풀을 다 먹고 물이 떨어지면 이동을 합니다"라는 구절이 있다.
56 장(將): ~을. 곧 '써 이(以)' 자와 같은 뜻
57 무정(無情): 가차 없이, 무자비하게
58 면여옥(面如玉): 옥같이 아름다운 얼굴. 명비의 얼굴을 말한다.
59 중국인(中國人): 한족의 사람을 말한다. 옛날 화하(華夏)족은 황하 유역에 나라를 세웠는데, 자신들의 거처가 천하의 한 중앙이라 믿었기 때문에 중국이라 칭하였으며, 이들 주변의 기타 소수민족이 사는 곳은 '사이(四夷)'라 하였다.

推手爲琵却手琶[61]하니
추 수 위 비 각 수 파

손 밀고 당겨 비파 타니,

胡人共聽亦咨嗟라
호 인 공 청 역 자 차

오랑캐들도 모두 듣고
또한 탄식했다네.

玉顔流落[62]死天涯[63]하니
옥 안 유 락   사 천 애

옥 같은 얼굴 떠돌다가
하늘가에서 죽었으니,

琵琶[64]却傳來漢家라
비 파   각 전 내 한 가

비파곡만은 오히려
한나라 왕실로 전하여졌네.

漢宮爭按新聲譜[65]하니
한 궁 쟁 안 신 성 보

한나라 궁전에선 연주하였네,
새로 만든 악보를,

遺恨已深聲更苦라
유 한 이 심 성 갱 고

남긴 한 너무 깊어
소리 더욱 마음 아프네.

---

60 사귀곡(思歸曲): 고국을 생각하고 고향으로 돌아가려는 바람을 실은 비파곡을 말한다. 한나라 이후에 유전되어 내려오는 왕소군이 지었다는 비파곡 「소군원」은 모두가 왕소군의 이름을 빌린 것으로 왕소군의 자작곡이 아니다.

61 추수위비각수파(推手爲琵却手琶): '추수'와 '각수'는 모두 비파를 타는 손동작을 말한다. 『석명(釋名)』「악기를 풀이함(釋樂器)」에 "비파(批把)는 원래 오랑캐에게서 나온 것으로 말 위에서 타는 것이었다. 손을 앞으로 미는 것을 비(批)라 하고, 손을 뒤로 당기는 것을 파(把)라 한다"고 하였다. 『예문유취』「악부(樂部) 4」에서는 비파(琵琶)라 하였다. 여기서는 일반적으로 비파를 연주하는 것을 가리킨다.

62 유락(流落): 정처 없이 유랑하다.

63 천애(天涯): 하늘 끝. 지극히 먼 곳을 말한다. 천애지각(天涯地角)

64 비파(琵琶): 명비가 탄 비파곡

65 쟁안신성보(爭按新聲譜): '안'은 현을 짚는다는 뜻으로, 여기서는 비파를 연주함을 말한다. 명비의 비파곡이 전래되자 다투어 유사한 새 곡을 만들어 연주했다는 뜻

纖纖[66]女手生洞房[67]하여
섬 섬 여 수 생 동 방

곱고 가녀린 여인의 손으로
깊은 내실에서 자라,

學得琵琶不下堂[68]이라
학 득 비 파 불 하 당

비파 배우면서
마당 내려선 적 없었으니,

不識黃雲[69]出塞路하니
불 식 황 운 출 새 로

누런 먼지 구름 이는 국경 길
나설 줄 몰랐을 터이니,

豈知此聲能斷腸[70]고
기 지 차 성 능 단 장

어찌 알았으리오? 이 소리
사람들 애끊을 수 있을 줄.

---

66 섬섬(纖纖): 부녀자의 손가락이 가늘고 길며 연약하고 아름다워 보이는 것을 형용하는 말

67 동방(洞房): 궁궐 깊숙한 곳의 여자들이 거처하는 내실. 『초사』 「혼을 부름(招魂)」에 "훌륭한 용모 긴 자태, 마침내 깊은 내실에 있네(姱容修態, 絚洞房些)"라는 구절이 있다.

68 불하당(不下堂): 대청에서 내려오지 않다. 즉 바깥출입을 하지 않았다는 뜻. 『공양전(公羊傳)』 「양공(襄公) 14년」에 "부인은 밤에 나가고 유모는 대청을 내려오지 않는 것이 보이지 않는다(婦人夜出, 不見傅母不下堂)"라는 말이 있다.

69 황운(黃雲): 여러 가지 뜻이 있으나 여기서는 변새의 구름을 말한다. 변새에는 사막이 많아 누런 흙먼지가 많이 일어나므로 그렇게 부른다. 당나라 설봉(薛逢)의 「사냥 말(獵騎)」에 "어찌 알았으리오, 만 리 밖 누런 구름에서 수자리 서다가, 피 흘리고 쇠 부스럼 나서 갑옷 위에 누워 있을 줄을(豈知萬里黃雲戍, 血迸金瘡臥鐵衣)"이라는 구절이 있다.

70 단장(斷腸): 당나라 고조양의 「왕소군(王昭君)」에 "첩이 죽는 것은 운명 때문이 아니라, 다만 애끊는 원한 때문입니다(妾死非關命, 祗緣怨斷腸)"라는 구절이 있다.

240. 변방의 노래(塞上曲)[71]

황정견(黃庭堅)

十月[72]北風燕草[73]黃하고
시 월　북 풍 연 초　황

시월 북풍에
연 땅의 풀 누렇게 시드는데,

燕人馬肥[74]弓力强[75]이라
연 인 마 비　궁 력 강

연 땅 사람들 말 살찌고 활 힘 세지네.

虎皮裁鞍[76]鵰羽箭[77]으로
호 피 재 안　조 우 전

호랑이 가죽으로 안장 만들고
수리 깃으로 화살 만들어,

射殺[78]山陰[79]雙白狼[80]이라
사 살　산 음　쌍 백 랑

산 북쪽에서 쏘아 잡았네,
흰 이리 두 마리를.

---

71 새상곡(塞上曲): 이 시는 『황산곡집(黃山谷集)』에는 수록되어 있지 않으며, 송대 시인의 시를
　　다 모아 놓은 『전송시(全宋詩)』(북경대출판부, 1995) 권 1027(제17책)에 "明萬曆 『御製重刻
　　古文眞寶』 前集卷四"라고 출전을 밝혀 놓은 것으로 보아, 본서에만 수록되어 전하는 시임을 알
　　수 있다.

72 시월(十月): 음력으로 초겨울임

73 연초(燕草): '연'은 옛 국명으로 전국칠웅 중의 하나. 그 서울인 연경은 바로 현재의 북경 지역이
　　며, 예로부터 협객이 많이 나기로 유명하였던 곳이다. 여기서는 하북성을 대칭(代稱)하는 것으
　　로 보이는데, 오랑캐 땅에서 그리 멀지 않은 곳을 가리킨다.

74 마비(馬肥): 하늘이 높아지는 가을이 되면 말이 살찌고 힘이 세짐을 말한다.

75 궁력강(弓力强): 가을과 겨울이 되면 활의 시위가 팽팽해지고 쇠뇌도 쏠 수 있음을 말한다.

76 호피재안(虎皮裁鞍): 호랑이 가죽을 마름질하여 말안장을 만들다.

77 조우전(鵰羽箭): 깃을 독수리의 날개로 장식한 화살. 이 구절은 무사의 용맹을 나타낸다.

78 사살(射殺): 쏘아 죽이다. '射' 자는 보통 목적어를 받는 경우에는 '석'으로 읽는다.

79 산음(山陰): 산의 북쪽. '음'은 산의 북쪽 또는 물의 남쪽을 뜻한다. 여기서는 깊고 으슥한 산기슭
　　을 가리킨다.

80 백랑(白狼): 하얀 이리. 또 백랑은 지금의 요령성(遼寧省)에 있던 부족명으로, 여기서는 오랑캐
　　를 가리키는 말로 쓰였다.

靑氈[81]帳高雪不濕하고
청 전 　 장 고 설 불 습

푸른 담요 휘장 높으니
눈이 와도 젖지 않고,

擊鼓傳觴[82]令行急[83]이라
격 고 전 상 　 령 행 급

북 치고 술잔 돌리며 주령 급해지네.

戎王[84]半醉擁貂裘[85]하고
융 왕 　 반 취 옹 초 구

오랑캐 왕 반쯤 취하여
담비 털옷 안고 앉아 있는데,

昭君[86]猶抱琵琶泣이라
소 군 　 유 포 비 파 읍

왕소군 아직도 비파 품고 울고 있네.

241. 까마귀가 깃듦(烏棲曲)[87]

이백(李白)

姑蘇臺[88]上烏棲時에
고 소 대 　 상 오 서 시

고소대 위에 까마귀 깃들 때,

---

81 청전(靑氈): 푸른 담요. '전'은 솜털로 만든 장막 또는 이를 사용하여 만든 옥사(屋舍). 유목의 오
랑캐들이 짐승의 가죽으로 만든 천막집을 말한다.

82 격고전상(擊鼓傳觴): 북을 두드리며 술잔을 돌리다. 사냥한 것을 안주로 하여 주연을 베풀고,
술잔을 돌려 가며 흥겹게 노는 것을 가리킨다.

83 영행급(令行急): '영'은 주령(酒令), 주령이 빨라지다. 주령은 술을 마실 때 즐겁게 놀기 위하여
만든 규칙으로, 주연이 무르익어 취흥이 고조되는 것을 말한다.

84 융왕(戎王): 원래는 중국 서방의 소수 민족을 두루 일컫는 말. 여기서 융왕은 흉노의 선우(單于)
를 가리킨다.

85 초구(貂裘): 담비의 가죽으로 만든 옷. 담비의 가죽은 가볍고 따뜻해서 그 가죽으로 만든 옷은
매우 진귀하였다.

86 소군(昭君): 곧 왕소군(王昭君). 시 번호 236, 237 왕안석의「명비의 노래」를 참조할 것

87 오서곡(烏棲曲): 오왕 부차와 절세의 미녀 서시의 환락을 읊은 작품으로, 당시의 현종과 양귀비
의 일을 풍자한 것이라고도 하는데, 그 사실 여부는 확실하지 않다. 두 구·두 구·세 구로 짝지어
각기 다른 운을 사용하고 있으며, 모두 일곱 구로 이루어진 독특한 형태를 취하고 있다. 하지장

吳王⁸⁹宮裏醉西施⁹⁰라 오 왕 궁 리 취 서 시	오나라 왕은 궁중에서 서시에 흠뻑 취했네.
吳歌⁹¹楚舞⁹²歡未畢이나 오 가 초 무 환 미 필	오나라 노래 초나라 춤 환락 다하지 않았는데,
青山猶銜半邊日⁹³이라 청 산 유 함 반 변 일	푸른 산 오히려 삼켰다네, 반쯤 진 해를.
銀箭金壺⁹⁴漏水多⁹⁵하고 은 전 금 호 누 수 다	은화살 금항아리에선 물 많이 새었고,

(賀知章)은 "이 시는 귀신도 울리겠다"며 감탄했다 한다.

88 고소대(姑蘇臺): 소주에 있는 대 이름. 『오지기(吳地記)』라는 책에 의하면 합려(闔閭)가 고소산에 대를 쌓은 후 산의 이름을 따서 고소대라고 하였으며, 나중에 부차가 대를 더 높이 올리고 장식을 하였다고 하였다. 『오월춘추(吳越春秋)』에는 고서대(姑胥臺: 그냥 胥臺라고도 함)로 되어 있으며 5년 만에 다 쌓았다고 하였다. 또한 지극히 화려하여 임방(任昉)의 『술이기(述異記)』에 의하면 관기(官妓) 천 명이 있었고 위에는 별도로 춘소궁(春宵宮)을 지어 밤새 마셨으며, 천석(石)이 들어가는 종(鍾)을 주조하고 천지(天池)를 만들어 놓았는데, 천지에는 청룡의 형상을 한 배를 만들어 놓았고, 배 안에는 기생과 음악을 늘어놓고 날마다 서시(西施)와 뱃놀이를 일삼았다고 한다.

89 오왕(吳王): 곧 부차(夫差)를 가리킨다.

90 서시(西施): 춘추 월(越)나라 저라(苧蘿) 사람으로 선시(先施: 先과 西는 고음이 같음), 또는 서자(西子)라고도 한다. 월나라가 회계(會稽)에서 오나라에 패배하자 월왕 구천(句踐)은 부차가 여자를 좋아한다는 말을 듣고 범려(范蠡)에게 서시를 얻어 부차에게 바치게 하였다. 그러자 부차가 화의를 맺었다. 이로부터 월나라는 국력을 양성하여 마침내 오나라를 멸망시켰으며, 이후 서시는 범려에게 돌아가 오호(五湖)를 유람하며 돌아다녔다고 한다.

91 오가(吳歌): 오나라 유역, 즉 소주(蘇州), 남경(南京) 등이 있는 강소성(江蘇城) 지방에서 부르던 노래. 『진서(晉書)』에 의하면 "오가의 잡곡은 모두 강남에서 나왔다(吳歌雜曲, 幷出江南)"고 하였다.

92 초무(楚舞): 초나라 유역, 즉 호남(湖南), 호북(湖北) 지방의 춤

93 함반변일(銜半邊日): 반변일, 즉 반쪽짜리 해를 머금고 있음. 해가 지려고 하여 서산에 반쯤 걸린 것을 형용한 것

起看秋月墜江波라
기 간 추 월 추 강 파

일어나 가을 달 보니
강 물결 속에 떨어졌다네.

東方漸高⁹⁶奈樂何⁹⁷오
동 방 점 고 　　 내 낙 하

동녘으로 해 점차 높이 떠오르니
즐거움 어떠했을까?

---

94 은전금호(銀箭金壺): '은전'은 은도금한 화살 모양의 시각을 표기하는 물시계 바늘을 말한다.
남조 진(陳)나라 강총(江總)의 「잡곡(雜曲)」에 "고래 등불에 지는 꽃 다함과는 다르지만, 이무
기의 물과 은화살 재촉하지 말라(鯨燈落花殊未盡, 蚪水銀箭莫相催)"는 구절이 있다. '금호'는
옛날의 시계인 각루(刻漏: 물시계)에 물을 채워 두는 항아리인 동호(銅壺)의 미칭. 남조 송나라
포조(鮑照)의 시에 "금항아리 저녁 물결 여네(金壺啓夕淪)"라는 구절이 있는데, 『문선』에 주석
을 단 당나라의 유량(劉良)은 "금호는 물시계인 각루에 물을 저장하는 것인데 구리로 만들므로
금호라 한다"고 하였다. 은전금호는 곧 물시계의 일부로 전체를 대칭한 것이다.
95 누수다(漏水多): 물시계의 동호에서 흘러나온 물이 많음. 곧 긴 가을 밤이 다 간 것을 말한다.
96 점고(漸高): 해가 동녘으로 점점 높이 떠오름을 말한다.
97 내낙하(奈樂何): '낙'은 '어찌할 것인가?'란 의문사의 목적어임. 이에 대한 용법은 시 번호 192
마존의 「넓고 크게 노래함(浩浩歌)」에서 설명한 바 있으니 참조할 것. 아직 즐거움을 채 다 누리
지도 못하였는데 벌써 날이 밝아 오고 있다는 아쉬움의 표현이다.

사류
辭類

'사'는 초사(楚辭)에서 발전한 일종의 문체.
굴원(屈原)의 「어부와의 대화(漁父辭)」, 한 무제의 「가을바람(秋風辭)」 등이
처음으로 보이는 작품들이다. 부(賦)와도 비슷한 시체이나,
좀 더 사설적(辭說的)인 내용을 담는 것이 보통이다.

242. 연창궁의 노래(連昌宮辭)[1]

원진(元稹)[2]

連昌宮中滿宮竹이
연 창 궁 중 만 궁 죽

연창궁 안의 궁궐 가득한 대나무,

歲久無人森似束[3]이라
세 구 무 인 삼 사 속

세월 오래도록 사람 없어
빽빽하여 묶어 놓은 듯하네.

又有牆頭千葉桃[4]하니
우 유 장 두 천 엽 도

게다가 담장 머리에는 천엽도 있으니,

---

1 연창궁사(連昌宮辭): '연창궁'은 당나라 고종(高宗) 현경(顯慶) 3년(658)에 하남군(河南郡) 수안현(壽安縣)에 건축한 이궁(離宮: 별장)으로, 옛터는 지금의 하남성(河南省) 의양현(宜陽縣)에 있다. 이 시는 백거이와 진홍(陳鴻)의 「긴 한탄」과 「장한가전」의 영향을 깊이 받은 작품으로, 시의 내용은 전적으로 허구에 의존하고 있다. 이 시는 백거이가 제창한 악부체에 새로운 창작 방식을 연 작품으로 평가받고 있지만, 직접적인 시도를 한 「긴 한탄」과는 견줄 수 없다. 그러나 당시 천자의 후궁들은 원진의 가시를 많이 외워서 궁중에서는 그를 '원재자(元才子: 원씨 명시인)'라 불렀다. 나중에 형남감군(荊南監軍) 최귀(崔歸)가 조정으로 돌아와 원진의 「연창궁의 노래」 등 백여 편을 아뢰고 바치니, 목종이 크게 기뻐하여 즉시 지제고(知制誥: 황제의 문서 담당 비서관)라는 요직을 내렸다는 이야기도 있다.
2 원진(元稹: 779~831): 자는 미지(微之). 당나라 하남(河南: 지금의 하남성 낙양) 사람. 열다섯 살에 진사가 된 후 원화 원년(806) 대책에서 1등을 차지하여 좌습유가 되었다. 처음에는 환관에 반대하였으나 나중에는 환관에게 아부하여 재상인 동중서문하평장사(同中書門下平章事)에까지 올랐으며, 배도의 탄핵을 받아 파면되었다. 대화(大和) 연간에 무창(武昌) 절도사로 죽었다. 백거이와 절친하게 지냈으며 문학 이론도 비슷하여 현실을 풍자하는 신악부 운동을 전개하였다. 세상에서는 이들을 원·백으로 병칭하고, 이들의 시를 원화체(元和體)라고 하였다. 시의 내용이나 표현이 백거이와 매우 가까우나 백거이보다는 한 수 아래이다. 『원씨장경집(元氏長慶集)』 100권(현재는 60권만 전함)과 『소집(小集)』 10권이 전한다.
3 삼사속(森似束): 대나무가 빽빽하고 길게 자라 다발로 묶어 놓은 듯한 것을 말한다.
4 천엽도(千葉桃): '천엽'은 꽃잎이 매우 많고 번다한 것을 말한다. 천엽도 외에 천엽련(千葉蓮), 천엽모란(千葉牡丹) 등의 경우에도 쓰인다. 천엽도는 일명 벽도(碧桃, 또는 碧桃花)라 하는데, 복숭아나무의 일종으로 꽃잎이 겹쳐 있고 열매는 맺지 못하며, 꽃잎은 흰색을 띤 분홍색이나 짙은 분홍색이다. 관상용으로 심는다.

風動落花紅蔌蔌[5]이라
풍 동 낙 화 홍 속 속

바람 불어 꽃 떨어뜨리니
붉은빛 훨훨 떨어지네.

宮邊老人爲余泣하되
궁 변 노 인 위 여 읍

궁전 곁에 사는 노인
울며 내게 말하기를,

少年選進[6]因曾入이러니
소 년 선 진 인 증 입

"젊은 나이에 뽑혀
일찍이 궁전에 들어갔더니,

上皇[7]正在望仙樓[8]하고
상 황 정 재 망 선 루

상황께선 마침 망선루에 계셨고,

太眞[9]同憑欄干立이라
태 진 동 빙 난 간 립

양태진 함께
난간에 기대어 서 있었답니다.

樓上樓前盡珠翠[10]요
누 상 누 전 진 주 취

누각 위와 누각 앞은
모두가 진주와 비취요,

---

5 속속(蔌蔌): 속속(簌簌)으로 되어 있는 판본도 있으며, 바람이 매우 빨리 부는 모양 또는 꽃잎 따
   위가 떨어지는 모양을 나타내는 의태어. 여기서는 후자의 뜻으로 쓰였다. 의성어로 쓰이면 샘물
   이 흐르는 소리
6 선진(選進): 뽑혀 들어가다. 화자가 연창궁에 일하는 사람으로 뽑혀 들어간 것을 말한다.
7 상황(上皇): 황제의 부친에 대한 존칭으로 태상황(太上皇)과 같은 뜻인데, 여기서는 현종을 가리
   킨다.
8 망선루(望仙樓): 당나라 때 궁내의 원정(園庭)인 내원(內苑)에 있던 누대 이름. 『신당서』에 무종
   (武宗) 회창(會昌) 5년에도 망선루를 지었다는 기록이 있다.
9 태진(太眞): 양귀비의 도호(道號). 양귀비는 원래 현종의 아들인 수왕(壽王) 이모(李瑁)의 왕비
   로, 여도사가 되었던 적이 있는데, 이때 도호를 태진이라 하였다. 상세한 것은 시 번호 205 백거이
   의「긴 한탄」을 참조할 것
10 주취(珠翠): 진주와 비취. 여기서는 누대 가득한 궁녀들이 장신구를 하고 있는 모습을 말한다.

866

炫轉[11]熒煌[12]照天地라
현 전 형 황 조 천 지

빛 점차 휘황찬란해지더니
하늘과 땅을 비추었지요.

歸來如夢復如癡니
귀 래 여 몽 부 여 치

돌아오니 꿈인 듯 또 바보 같은 듯,

何暇備言宮裏事오
하 가 비 언 궁 리 사

무슨 겨를로 궁전 안의
일 모두 말을 하겠소?

初過寒食一百五[13]하니
초 과 한 식 일 백 오

처음 한식 맞았을 때는 백오일 만에,

店舍無烟宮樹綠[14]이라
점 사 무 연 궁 수 록

점포며 민가에서 연기 오르지 않아
궁전의 나무는 푸르렀다오.

夜半月高絃索[15]鳴하니
야 반 월 고 현 삭 명

한밤중 달 높이 떠올라
현악기 줄 울리니,

賀老琵琶定場屋[16]이라
하 로 비 파 정 장 옥

하씨 늙은이 비파가
무대를 평정하였지요.

---

11 현전(炫轉): 광채가 점차 옮겨 가는 모양
12 형황(熒煌): 환히 비치다, 휘황찬란하다.
13 초과한식일백오(初過寒食一百五): '일백오'는 『원진집』에 일백육(一百六)으로 되어 있다. 동지
    로부터 105일이 지나면 한식이다. 한식은 명절(名節)의 하나로, 전설에 의하면 진 문공(晉文公)
    이 망명했을 때 끝까지 수행하였던 신하인 개자추(介子推)가 이날 면산(緜山)에서 불에 타 죽
    었기 때문에 전국적으로 불을 때지 못하게 했으므로 이렇게 불렀다 한다.
14 점사무연궁수록(店舍無烟宮樹綠): 궁전 주변의 점포와 민가에서 불을 때는 연기가 피어오르
    지 않았기 때문에 궁전의 나무들이 더 푸르게 보인다는 뜻
15 현삭(絃索): 현악기의 줄, 또는 그 줄에서 나오는 소리를 말한다. '索'은 줄이란 의미로 쓰일 때는
    '삭'으로 읽으며, 현(絃)과 같은 뜻이다.
16 하로비파정장옥(賀老琵琶定場屋): '하'는 악공 하회지(賀懷智)를 말한다. 당나라 개원 연간에
    하회지는 비파를 잘 타기로 유명했다. 하회지가 비파를 타서 악장(樂場)을 안정시킨 것을 말한
    다. '장옥'은 희장(戲場), 곧 연극을 하는 장소인 무대를 말하며, 여기서는 음악 연주회장을 가리

力士¹⁷傳呼覓念奴¹⁸러니
역사 전 호 멱 염 노

고력사 전하여 외쳐 염노 찾았는데,

念奴潛伴¹⁹諸郎²⁰宿이라
염 노 잠 반 제 랑 숙

염노 몰래 여러
악공들과 함께 있었지요.

須臾覓得又連催²¹하고
수 유 멱 득 우 련 최

잠깐 만에 찾아내라
또 연이어 재촉하고,

特勅街中許燃燭²²이라
특 칙 가 중 허 연 촉

특별 조칙으로 길거리에
촛불 켜는 것 허용했지요.

春嬌²³滿眼睡紅綃²⁴라가
춘 교 만 안 수 홍 초

봄의 아리따움 눈에 가득함은
붉은 이불에서 잠든 모습일러니,

掠削²⁵雲鬟²⁶旋粧束²⁷이라
약 삭 운 환 선 장 속

구름 같은 귀밑머리 빗질하고 다듬어
재빨리 화장하여 단장했다오.

킨다. 음악회의 시작을 알리는 연주를 한 것을 말한다.

17 역사(力士): 고력사(高力士)를 말한다. 원래의 성은 풍(馮)인데, 환관 고연복(高延福)의 양자가
    되었으므로 성씨를 고쳤다. 현종의 총애를 받았으며 표기대장군(驃騎大將軍)까지 올랐다. 상
    세한 것은 시 번호 179 석 관휴의 「옛사람을 생각함(古意)」의 주 392를 참조할 것

18 염노(念奴): 당나라 천보 연간의 유명한 여자 기예인(技藝人). 상세한 것은 뒤에 나오는 주 29를
    참조할 것

19 잠반(潛伴): 남몰래 짝을 짓다. 남몰래 어울리다. '잠'은 부사형으로 쓰이면 '몰래'라는 뜻이 된다.

20 제랑(諸郎): '랑'은 원래 여자들이 젊은 정인(情人)들을 일컫는 말로 많이 쓰였는데, 여기서는 염
    노와 같이 예인(藝人)으로 있는 남자들을 칭한 것이다.

21 연최(連催): 연이어 거듭 재촉하다. 빨리 천자의 연회에 나타날 것을 거듭 재촉한다는 뜻

22 허연촉(許燃燭): 촛불 켜는 것을 허락하다. 한식날이어서 불을 켜면 안 되지만 염노가 옷을 갈
    아입고 치장을 할 수 있게 특별히 촛불을 켜게 허용한 것

23 춘교(春嬌): 여인의 요염한 자태 또는 요염한 여인을 형용하는 말

24 홍초(紅綃): 붉은빛의 얇은 명주. 주로 여인의 손수건이나 머리띠, 옷 등을 만드는 데 쓰이나, 여
    기서는 이불 등 침구류를 가리킨다.

飛上九天[28]歌一聲하니
비 상 구 천　　가 일 성

구천으로 노래 한 소리 날아오르니,

二十五郎吹管逐[29]이라
이 십 오 랑 취 관 축

이십오랑이 피리 불어 뒤따랐지요.

逡巡[30]大徧梁州[31]徹하고
준 순　　대 편 양 주　철

단숨에 대편의 「양주곡」 끝을 내고,

色色龜玆[32]轟綠續[33]이라
색 색 구 자　굉 록 속

갖가지 구자악이
떠들썩하게 이어졌지요.

李謨擪笛[34]傍宮牆하여
이 모 엽 적　　방 궁 장

이모 피리 짚으면서 궁전 담장 곁에서,

25　약삭(掠削): 빗으로 빗어 가지런하게 정돈하는 모양
26　운환(雲鬟): 시 번호 193 장뢰의 「칠석날 밤의 노래(七夕歌)」의 주 314를 참조할 것
27　선장속(旋粧束): '장속'은 화장하다, 장식하다. '선'은 조금 있다가(已而), 또는 즉시, 바로
28　구천(九天): 원래는 하늘을 중앙과 사정(四正: 동서남북 사방), 사우(四隅: 사방의 중간)의 아홉
　　분야로 나눈 칭호이나, 여기서는 구중(九重)과 같은 뜻으로 쓰여 궁중(宮中)을 말한다.
29　역사~취관축(力士~吹管逐): 빈왕 이십오랑(邠王二十五郎)은 현종의 동생인 이승녕(李承寧)
　　인데, 당시 적(笛)의 명수였다. 원진의 자주(自注)에 "염노는 천보 연간의 유명한 여가수로 노래
　　를 잘했다. 해마다 누대 아래서 연회를 열었는데, 며칠 후면 만 명도 넘는 사람들이 떠들썩하게
　　모여들어 길이 막혔다. 많은 음악이 이 때문에 연주를 할 수가 없었다. 현종이 고력사에게 누대
　　위로 가서 크게 소리치게 하기를 '염노를 보내어 노래를 하게 하고 빈왕(邠王)인 이십오랑에게
　　소관(小管)을 불어 따르게 하려고 하는데, 그것을 보고자 하는 사람들은 말을 듣고 길을 비켜야
　　하지 않겠느냐?'라고 하였다. 아닌 게 아니라 조용히 이 말씀을 받들었는데, 그 당시 중시되기가
　　이와 같았다."
30　준순(逡巡): 가려다가 또 멈춤, 곧 머뭇거린다는 뜻과 경각(頃刻) 간에, 곧 잠깐 만에의 두 가지
　　뜻이 있는데 여기서는 후자의 뜻으로 쓰였다.
31　대편양주(大徧梁州): '양주'는 당나라 때 교방(敎坊: 궁정의 음악 양성소)의 곡명. 『신당서』「예
　　악지」(제12)에는 「양주곡(涼州曲)」은 본래 서량(西涼)에서 바친 것으로 그 소리는 궁조(宮調)
　　이며 대편(大遍)과 소편(小遍)이 있다"고 하였다.
32　색색구자(色色龜玆): 각양각색의 구자국의 음악. 구자는 원래 서역의 나라였으나 당나라 때는
　　속국이 되어 안서 도호부(安西都護部)에 편입되었다. 여기서는 구자악곡(龜玆樂曲)을 말한
　　다. 윗구절의 양주와 함께 수 양제(煬帝) 때 제정된 구부악(九部樂)의 하나이다.
33　굉록속(轟綠續): '록속'은 『원진집』에는 록속(錄續)으로 되어 있다. 계속하여 이어져 끊어지지
　　않는 모양[陸續]을 말한다.

偷得新翻數般曲[35]이라
투 득 신 번 수 반 곡

몰래 새로 지은 곡조 여럿 얻었었지요.

平明[36]大駕[37]發行宮하니
평 명 대 가 발 행 궁

해 뜰 무렵 천자의 수레
행궁 향해 떠나니,

萬人鼓舞[38]途路中이라
만 인 고 무 도 로 중

많은 사람들 길거리에서
즐겁게 뛰었지요.

百官隊仗[39]避岐薛[40]하고
백 관 대 장 피 기 설

백관과 의장 대열은
기왕과 설왕의 길 비켜 나갔으나,

---

34 엽적(壓笛): '엽'은 엽(擪)이라고도 쓰며, 누른다는 뜻으로 피리 따위의 구멍을 짚으며 연주하는 모습을 말한다. 한나라 장형(張衡)의 「동경부(東京賦)」에 "거문고 타고 피리 짚어 가며 부네(彈琴擪笛)"라는 구절이 있다.

35 이모~수반곡(李謨~數般曲): 번(翻)은 옛 곡보에 의거하여 새로운 가사를 짓는 것을 말하는데, 여기서는 거의 작곡의 뜻으로 쓰임. 현종은 음악에 정통하여 스스로 악곡을 짓기도 하였다. 원진의 자주에 "현종이 상양궁(上陽宮)에서 밤늦게 새로운 곡을 하나 작곡하였다. 다음 날 저녁은 정월 대보름날로 등불 아래서 몰래 놀고 있었다. 별안간 주루(酒樓)에서 전날 밤 새로 작곡한 곡조가 들려와서 크게 놀랐다. 다음 날 몰래 적(笛)을 분 자를 붙잡아 오게 하여 힐책하였더니 스스로 말하기를 '저는 그날 저녁 몰래 천진교(天津橋)에서 달놀이를 하고 있었는데 궁중에서 곡을 연주하는 소리가 들려 마침내 다리의 기둥에다 악보를 끼워 놓고 기록하였습니다. 저는 장안의 소년으로 적(笛)을 잘 부는 이모이옵니다'라고 하였다. 현종은 기이하게 여겨 그를 보내 주었다."

36 평명(平明): 하늘이 막 밝았을 무렵을 말한다. 『순자』 「애공(哀公)」에 "해가 밝으면 정사를 듣고 해가 기울면 물러난다(平明而聽朝, 日昃而退)"라는 말이 있다.

37 대가(大駕): 천자가 타는 수레로 규모에 따라 대가(大駕), 법가(法駕), 소가(小駕)가 있다. 시 번호 229 이교의 「분음의 노래(汾陰行)」의 주 726을 참조할 것. 대가는 공경(公卿: 대신들)이 인도하고 태복(太僕: 말 관리 책임자)이 몰며, 대장군이 참승(參乘: 곁에 탐)한다. 모두 81승의 수레가 뒤따른다.

38 고무(鼓舞): 여러 가지 뜻이 있는데, 여기서는 즐겁게 뛰는 것[歡躍]을 말한다. 『공자가어』 「변정(辯政)」에 "하늘에서 큰 비가 내리려 하면 상양[밤에 나는 외발을 가진 새]이 즐겁게 뛴다(天將大雨, 商羊鼓舞)"는 말이 있다.

39 대장(隊仗): 호위병과 의장(儀仗)의 행렬

40 기설(岐薛): 기왕 이범(李範)과 설왕 이업(李業)은 명황 현종의 아우이다. 두 사람 다 당시의 호문(豪門) 귀족(貴族)이었다.

楊氏諸姨[41]車鬪風[42]이라
양 씨 제 이 거 투 풍

양씨네 여러 자매들 탄 수레는
오히려 바람과 다투었지요.

明年十月東都破[43]하여
명 년 시 월 동 도 파

이듬해 시월에는 동쪽 서울 깨어지고,

御路猶存祿山過라
어 로 유 존 녹 산 과

천자 거둥하던 길 그대로 있으나
안녹산이 지나갔지요.

驅令供頓[44]不敢藏하니
구 령 공 돈 부 감 장

음식 차리라는 명령 다그쳐도
감히 숨지도 못하고,

萬姓無聲淚潛墮라
만 성 무 성 누 잠 타

백성들 찍소리도 못하고
눈물만 몰래 떨구었지요.

兩京定後[45]六七年에
양 경 정 후 륙 칠 년

동경과 서경 안정된 뒤 육, 칠 년 만에,

却尋家舍行宮前이라
각 심 가 사 행 궁 전

다시 살던 집 찾아
궁전 앞에 가 보았더니,

---

41 양씨제이(楊氏諸姨): 양귀비에게는 언니가 셋 있었는데, 현종은 이들을 부를 때 이(姨)라 하고, 한(韓)·괵(虢)·진(秦)부인에 봉하였다. 시 번호 153 소식의 「괵국부인야유도(虢國夫人夜遊圖)」를 참조할 것

42 거투풍(車鬪風): 수레가 바람처럼 빨리 달리는 것을 말한다.

43 명년시월동도파(明年十月東都破): 이 시가 지어진 해를 기준으로 보면 명년은 천보 13년(754)을 말한다. 그러나 실제로 안녹산이 동도인 낙양을 함락시킨 것은 천보 14년 12월이다.

44 구령공돈(驅令供頓): '구령'은 핍령(逼令)과 마찬가지의 뜻. 핍령은 억지로 시켜 괴롭게 하는 것을 말한다. '공돈'은 연회를 열어 손님들을 청한다는 뜻. 여기서는 안녹산의 반군들이 억지로 음식을 차리게 하는 것을 말한다.

45 양경정후(兩京定後): 숙종(肅宗) 지덕(至德) 2년인 757년에 장안이 수복되어 안녹산의 난이 수습되고 천자가 서울로 다시 돌아온 것을 말한다. 시 번호 212 두보의 「병마를 씻으며 부르는 노래(洗兵馬行)」를 참조할 것

莊園[46]燒盡有枯井하고
장 원 소 진 유 고 정

별장은 다 타 버리고
말라 버린 우물만 있는데,

行宮門闥[47]樹宛然[48]이라
행 궁 문 달 수 완 연

행궁의 바깥문과 안문에는
수목이 완연했다오.

爾後相傳六皇帝[49]나
이 후 상 전 육 황 제

그로부터 여섯 황제
제위 서로 전하였으나,

不到離宮[50]門久閉라
부 도 이 궁 문 구 폐

이궁에는 이르지 않아
문은 오래도록 잠겼답니다.

往來年少說長安하니
왕 래 연 소 설 장 안

왕래하는 젊은이들 장안 얘기하는데,

玄武樓成花萼廢[51]라
현 무 루 성 화 악 폐

현무루 세워지자
화악루는 닫았다더군요.

---

46 장원(莊園): 봉건 시대에 황실, 귀족, 대관, 부호, 사원 등에서 점유하고 있던 토지를 말한다. 장전(莊田), 장택(莊宅), 산장(山莊), 전원(田園), 별서(別墅), 별업(別業) 등의 명칭으로도 불리던 하나의 농업 생산 단위였다.

47 문달(門闥): 궁중의 크고 작은 문을 말한다. '문'은 대문으로 궁중으로 통하는 바깥문을 말하며, '달'은 궁중 안에 있는 작은 문

48 완연(宛然): 뚜렷한 모양을 나타내는 의태어. 여기서는 수목이 매우 우거졌음을 말한다.

49 육황제(六皇帝): 명황의 뒤로 제위를 이어받은 숙종(肅宗)·대종(代宗)·덕종(德宗)·순종(順宗)·헌종(憲宗)·목종(穆宗)까지의 여섯 황제를 말한다.

50 이궁(離宮): 임금이 유행(遊幸)할 때를 대비하여 궁성에서 떨어진 곳에 지은 궁전. 여산(驪山)의 화청궁 등이 이궁에 속한다. 여기서는 연창궁을 말한다. 시 번호 150 소식의 「여산(驪山)」을 참조할 것

51 현무루성화악폐(玄武樓成花萼廢): 본서의 주석에 의하면 "옛날 연창궁의 서쪽에 화악루와 상휘루(相輝樓)를 세웠으며, 나중에 다시 현무루를 세우고 화악루는 없앴다"고 하였다. 그러나 현무루는 덕종(德宗)이 장안 대명궁의 북쪽에 세운 누대이다. 화악루는 현종이 개원 2년(714) 옛 저택을 흥경궁으로 만들고 그 서쪽에다 세운 누대로, '화악상휘지루(花萼相輝之樓)'라 하였는

去年敕使因斫[52]竹하니
거 년 칙 사 인 작 죽

지난해에는 사자 보내어
대나무 베느라,

偶値門開蹔相逐[53]이라
우 치 문 개 잠 상 축

어쩌다 문 열려 잠깐 따라갔었지요.

荊榛[54]櫛比[55]塞池塘하고
형 진 즐 비 색 지 당

가시나무 개암나무 빗살처럼 늘어서
못 둑 막아 버렸고,

狐兎驕癡[56]緣樹木이라
호 토 교 치 연 수 목

여우와 토끼 교만한지 어리석은지
나무를 타고 있더군요.

舞榭[57]欹傾基尙存하고
무 사 기 경 기 상 존

춤추던 정자 비스듬히 기운 채
터 아직 남아 있고,

文窓[58]窈窕[59]紗猶綠이라
문 창 요 조 사 유 록

그윽한 무늬 창에는
깁 아직도 푸르스름하더군요.

데, 그 명칭은 형제 간의 친애를 읊은 『시경』 「소아·아가위(常棣)」의 "아가위나무의 꽃이여! 꽃송이가 울긋불긋하네. 모든 사람들에게 형제보다 더한 이는 없지(常棣之華, 鄂不韡韡, 凡今之人, 莫如兄弟)"라는 구절에서 따왔다고 하며, 누대에 오르면 현종의 형제들인 헌(憲)·설(薛)·신(申)·기(岐)왕의 저택이 한눈에 보였다고 한다.

52 작(斫): 찍다, 치다. 찍거나 쳐내는 것을 말한다.
53 잠상축(蹔相逐): 잠시 따라서 들어가 보다.
54 형진(荊榛): 가시나무와 개암나무. 잡목 덤불
55 즐비(櫛比): 빗살과 같이 촘촘히 죽 늘어서다.
56 교치(驕癡): 천진난만해서 세상 물정을 모르다. '교'는 교(嬌)와도 통하여 쓴다.
57 무사(舞榭): 가무를 일삼던 장소를 말한다.
58 문창(文窓): '문'은 문(紋)과 통함. 문리(紋理), 꽃무늬[花紋]가 있는 창문
59 요조(窈窕): 얌전한 모양, 예쁜 모양이라는 뜻으로 주로 쓰이나, 여기서는 궁궐이 깊고 그윽한 모양이라는 뜻으로 쓰였다.

塵埋粉壁舊花鈿[60]하고
진 매 분 벽 구 화 전

먼지에 파묻힌 흰 벽에는
옛날의 꽃비녀 뒹굴고,

烏啄風箏[61]碎如玉이라
오 탁 풍 쟁 쇄 여 옥

까마귀 풍경 쪼아대니
옥 부서지는 듯했소.

上皇偏愛臨砌花[62]하여
상 황 편 애 림 체 화

상황께선 섬돌 앞의 꽃
특히 좋아하시어,

依然御榻[63]臨階斜라
의 연 어 탑 림 계 사

여전히 천자의 자리
계단 보고 비스듬히 기울었답니다.

蛇出燕巢盤鬪栱[64]하고
사 출 연 소 반 투 공

뱀은 제비집에서 나와
기둥머리에서 똬리 틀고,

菌生香案[65]正當衙[66]라
균 생 향 안 정 당 아

버섯 향기로운 책상 위에 나서
천자의 거처 똑바로 향하였다오.

---

60 화전(花鈿): 내명부의 품급이 있는 여관들이 꽂았다는 비녀. 금전(金鈿)의 일종이라고 함. 시 번
    호 204 백거이의 「강남에서 천보 연간의 악공을 만나다(江南遇天寶樂叟歌)」의 주 784와 시
    번호 205 「긴 한탄」의 주 877을 참조할 것
61 오탁풍쟁(烏啄風箏): '오탁'은 까마귀의 부리나 그같이 생긴 입을 말하나, 여기서는 부리라는 뜻
    의 명사로 쓰인 것이 아니라 동사로 쓰였다. 쪼다. '풍쟁'은 곧 풍경(風磬)을 말한다. 풍경은 처마
    끝에 다는 작은 종 모양의 경쇠로 바람이 불 때마다 서로 부딪혀 소리가 나도록 되어 있다.
62 임체화(臨砌花): 섬돌을 향해 가까이 피어 있는 꽃
63 어탑(御榻): 천자가 앉는 자리. 시 번호 233 두보의 「채색 그림을 노래함」의 주 50을 참조할 것
64 반투공(盤鬪栱): 두공(斗拱)이라고도 하며, 목조 건축에서 기둥 위에 받쳐 들보와 마룻대를 괴
    는 목재. '공'은 기둥 꼭대기에서 바깥쪽으로 삐져나오게 한 곡선형 나무이며, '두'는 공과 공 사이
    를 받치는 방형의 나무를 말한다. '반'은 서리다, 똬리를 튼다.
65 균생향안(菌生香案): 버섯은 보통 썩은 나무에서 나는데, 옛날 향기롭던 책상도 이제는 다 썩어
    가고 있다는 뜻
66 정당아(正當衙): '아'는 당나라 때 제왕이 있던 곳을 말한다. 『신당서』 「의아지 상(儀衙志上)」에

寢殿⁶⁷相連端正樓⁶⁸하니
침전 상련단정루

침전은 단정루와 서로 이어져 있고,

太眞梳洗樓上頭라
태 진 소 세 누 상 두

양태진은 누대 끝머리에서
비질하고 세수했었지요.

晨光未出簾影黑⁶⁹이나
신 광 미 출 렴 영 흑

새벽이라 빛 아직 나지 않아
발 그림자 어두웠었는데,

至今反掛珊瑚鉤⁷⁰라
지 금 반 괘 산 호 구

이제껏 오히려 산호 걸이
걸려 있더군요.

指向傍人因慟哭하고
지 향 방 인 인 통 곡

손가락으로 가리키던 옆 사람
그것 보고 서럽게 울고,

却出宮門淚相續이라
각 출 궁 문 누 상 속

다시 궁전의 문 나와서도
눈물 함께 계속 흘렸다오.

自從此後還閉門하고
자 종 차 후 환 폐 문

이때부터 다시 문 닫히어,

夜夜狐狸⁷¹上門屋이라
야 야 호 리 상 문 옥

밤마다 여우와 살쾡이
문과 지붕 오르내렸다오."

"당나라 제도에 천자가 있는 곳을 아(衙)라 하고, 가는 곳을 가(駕)라 한다"고 하였다.

67 침전(寢殿): 제왕의 능묘(陵墓)의 정전(正殿)을 침전이라 하는데, 여기서는 천자가 잠을 자는 곳을 말한다.

68 단정루(端正樓): 여산의 화청궁에 있던 누대명. 앞의 망선루와 함께 상상으로 표현한 것

69 염영흑(簾影黑): 발의 그림자가 아직 검다. 날이 밝지 않음을 말하는데, 양귀비가 새벽같이 일어나 세수하고 몸단장을 하였음을 말한다.

70 산호구(珊瑚鉤): '구'는 갈고리 모양의 걸쇠를 말한다. 발걸이가 산호로 되어 있음을 뜻한다.

71 호리(狐狸): '리'는 너구리를 말하나, '호'와 함께 쓰일 때는 리(貍)와 같은 뜻으로 쓰여 살쾡이를 나타낸다. 나중에는 둘 다 합쳐서 그냥 여우의 뜻을 나타내기도 하였다.

我聞此語心骨悲하니
아 문 차 어 심 골 비

내 이 말 듣고 마음과 뼛속 슬퍼지니,

太平誰致亂者誰오
태 평 수 치 난 자 수

태평함 누가 이룰 것이고
어지러움 일으킨 자 누군가?

翁言野父72何分別고
옹 언 야 보   하 분 별

늙은이 말하길 "촌늙은이
무슨 분별 있으리오만,

耳聞眼見爲君說이라
이 문 안 견 위 군 설

귀로 듣고 눈으로 본 것
그대에게 말해 주리다.

姚崇宋璟73作相公할제
요 숭 송 경   작 상 공

요숭과 송경이 재상으로 있을 때에는,

勸諫上皇言語切이라
권 간 상 황 언 어 절

상황에게 권하고 간언함에
그 말 적절하였지요.

燮理陰陽74禾黍豐하고
섭 리 음 양   화 서 풍

음양을 잘 다스려 곡식은 풍년 들고,

調和中外無兵戎75이라
조 화 중 외 무 병 융

안팎을 잘 조화시켜
전쟁이라고는 없었지요.

---

72 야보(野父): '父'는 '보'로 읽으면, 남자의 미칭인 보(甫)와 통용해서 쓴다. 야보는 시골의 어른, 곧 촌늙은이를 말한다.

73 요숭송경(姚崇宋璟): 요숭과 송경은 둘 다 당 현종 개원(開元) 연간의 명재상. 시 번호 222 당경의 「대내전 앞의 광경을 노래함(內前行)」의 주 603을 참조할 것

74 섭리음양(燮理陰陽): 곧 음양을 잘 다스림을 말한다. 『한나라의 역사』「병길의 전기(丙吉傳)」에 병길이 순시를 하면서 사람이 싸우다 죽는 것을 보고는 아무 말도 않고 있다가, 소가 더위에 지쳐 헐떡거리며 혀를 빼어 물고 있는 것을 보고는 걱정을 하자 옆에서 수행하던 관리가 이를 놀렸다. 이에 백성들이 싸우다 살상을 하는 것은 장안령(長安令: 서울 시장)이 알아서 할 일이며, 소의 일에 대해서는 "삼공의 일은 음양을 조화시키는 것인데 직책상 근심하는 것이 마땅하다(三公典調和陰陽, 職當憂)"고 대답했다는 고사가 있다. 이로부터 재상의 직책을 가리키는 데 많이 쓰이게 되었다.

長官淸平太守好하니

장 관 청 평 태 수 호

장관들은 청렴하고 공정하였으며
태수들도 훌륭하였으니,

揀選⁷⁶皆言由相公이라

간 선   개 언 유 상 공

모두들 말하기를 가려 뽑음
상공에서 말미암았다 하지요.

開元欲末姚宋死하니

개 원 욕 말 요 송 사

개원 연간 말기에 요송 죽으니,

朝廷漸漸由妃子⁷⁷라

조 정 점 점 유 비 자

조정은 점점
귀비에게서 말미암게 되었지요.

祿山宮裏養作兒⁷⁸하고

녹 산 궁 리 양 작 아

안녹산이 궁중에서
양자가 되는가 하면,

虢國門前鬧如市⁷⁹라

괵 국 문 전 뇨 여 시

괵국부인 문 앞은
저자처럼 떠들썩했다오.

弄權宰相不記名하니

농 권 재 상 불 기 명

권력 주무르던 재상은
이름 기억 못해도,

---

75 병융(兵戎): 원래는 무기라는 뜻으로 쓰였으나, 나아가서 전쟁이라는 뜻도 가리키게 되었다.

76 간선(揀選): 선택과 같은 뜻. 사람을 가려 뽑을 때 씀. 관리를 뽑는 것을 말한다.

77 비자(妃子): 양귀비를 말한다. '자'는 별 의미가 없는 접미어. 본서의 원주에 "당나라의 어지러움
의 단서는 여기에서 비롯되었다"고 하였다.

78 녹산궁리양작아(祿山宮裏養作兒): 천보 10년(751) 안녹산을 궁중에 불러들였을 때 양귀비는
궁인들에게 채색 가마에 태우고 마주 들게 하였다. 후궁에서 떠들썩한 소리가 나자 왕이 물었다.
좌우에서 양귀비가 세아(洗兒)의 의식을 거행한다고 대답하니 왕이 기뻐하면서 세아전(洗兒
錢)을 내렸다.

79 괵국문전뇨여시(虢國門前鬧如市): 양귀비의 언니는 괵국부인에 봉해졌는데 세력이 대단하여
사람들이 모두 그에 빌붙으니 문전이 항상 저자를 이루었다 한다. 주 41을 참조할 것

依俙憶得楊與李[80]라
의 희 억 득 양 여 리

어렴풋이 기억하고 있지요,
양국충과 이임보는.

廟謨[81]顚倒四海搖하니
묘 모 전 도 사 해 요

조정의 계책 엎어지고
사해가 요동치니,

五十年來作瘡痏[82]라
오 십 년 래 작 창 유

오십 년 동안 만신창이 되었지요.

今皇神聖丞相[83]明하여
금 황 신 성 승 상 명

지금 천자 신성하고 승상도 명철하여,

詔書纔下吳蜀[84]平이라
조 서 재 하 오 촉 평

조서 한 번 내리자마자
오와 촉이 평정되었지요.

官軍又取淮西賊[85]하니
관 군 우 취 회 서 적

관군이 또 회서의 적까지 정벌하여,

---

80 양여리(楊與李): 양국충과 이임보를 말한다. 양국충에 대해서는 시 번호 205 백거이의 「긴 한탄」과 시 번호 209 두보의 「고운 여인들을 노래함」 등을 참조할 것. 이임보에 대해서는 시 번호 155 소식의 「여지를 한탄하노라」를 참조할 것

81 묘모(廟謨): 묘략(廟略)과 같은 뜻으로 조정에서 의결한 계책을 말한다. '묘'는 나라의 정무를 듣고 결단[聽斷]을 내리는 곳인데, 나아가 제왕 또는 조정에 관한 말의 접두어로 쓰인다.

82 창유(瘡痏): '창'은 부스럼, '유'는 타박상 또는 상처를 말한다. 전신이 상처투성이일 때를 말한다. 『포박자』 「탁재(擢才)」에 "옥 같은 피부에 부스럼과 상처가 났다(生瘡痏於玉肌)"는 말이 있다. 나중에는 창이(瘡痍)의 뜻으로 전쟁 등으로 입은 백성의 질고를 나타내는 말로 많이 쓰이게 되었다.

83 금황승상(今皇丞相): 이때 임금은 헌종(憲宗: 재위 기간은 806~820)이었고, 승상은 배도(裴度: 765~830)였다.

84 오촉(吳蜀): 강남 동도 절도사(江南東道節度使) 이기(李錡: 740~807)와 검남 서천 절도사(劍南西川節度使) 유벽(劉闢)을 말한다. 이기는 치천왕(淄川王) 이효동(李孝同)의 5세손으로 헌종 원화(元和) 2년(806)에 반란을 도모하였다가 사형당하였다. 유벽은 원화 원년 반란을 획책한 죄로 참형을 당하였다.

85 회서적(淮西賊): 회서 절도사 오소양(吳少陽)의 아들인 오원제(吳元濟: 793~817)를 말한다. 나이 불과 23세 때인 원화 12년(817)에 반란을 일으켰으나 2년 만에 잡혀서 사형당하였다.

此賊亦除天下寧이라
차 적 역 제 천 하 녕

이 적도 또한 없어지니
천하 편안해졌지요.

年年耕種宮前道[86]러니
연 년 경 종 궁 전 도

해마다 궁전 앞길에서
밭 갈고 씨 뿌렸는데,

今年不遣子孫耕[87]이라
금 년 불 견 자 손 경

올해는 자식들
씨 뿌리러 보내지 않았답니다."

老翁此意深望幸[88]하니
노 옹 차 의 심 망 행

늙은이의 이 뜻
천자의 행차에 깊이 바라니,

努力廟謨休用兵[89]하라
노 력 묘 모 휴 용 병

조정에서는 계책에 힘써
군대 쓰는 일 그만두었으면.

---

86 궁전도(宮前道): 연창궁의 앞길. 전쟁으로 사방이 모두 황폐해져 궁전의 앞에 난 길까지 경작하고 있음을 말한다.

87 금년불견자손경(今年不遣子孫耕): 세상이 태평해져서 올해는 천자가 연창궁으로 납실지 모르므로 앞길은 비워 두었다는 뜻

88 망행(望幸): 천자가 연창궁으로 납시기를 바라다.

89 노옹~휴용병(老翁~休用兵): 이 연은 첫 구절에서 펼쳐 보이고자 한 뜻을 전체적으로 총괄하고 있으며, 또 저자가 말하고 싶었던 뜻을 밝히고 있다.

찾아보기